Edgar Allan Poe

Ficção completa, poesia & ensaios

BIBLIOTECA
UNIVERSAL

EDGAR ALLAN POE
FICÇÃO COMPLETA,
POESIA & ENSAIOS

VOLUME ÚNICO
Introdução geral
Contos
Impressões, viagens
e aventuras
Poesia
Ensaios

Edgar A. Poe

Edgar Allan Poe

Ficção completa, poesia & ensaios

VOLUME ÚNICO

Organização, tradução e notas
Oscar Mendes

Colaboração
Milton Amado

Versão precedida de estudos biográficos e críticos por
Hervey Allen, Charles Baudelaire e Oscar Mendes,
de uma breve cronologia e de uma bibliografia

Ilustrações de
Eugênio Hirsch e Augusto Iriarte Gironaz

Editora
Nova
Aguilar

Sumário

Introdução geral

Contos

Impressões, viagens e aventuras

Poesia

Ensaios

Introdução

GERAL

Vida e obra de Edgar Allan Poe

Hervey Allen

Nascimento

Até bem poucos anos, a biografia de Poe vinha sendo uma das mais obscuras e controvertidas no campo das letras americanas. Os cuidadosos trabalhos de vários eruditos e o aparecimento periódico de novas provas, devidas a pesquisas e felizes acasos, no correr dos anos, tornaram agora possível reconstruir, com um grau mais ou menos definitivo de exatidão, os principais acontecimentos da vida de uma das poucas figuras da literatura americana que alcançaram um nicho na galeria da fama universal. No que concerne aos acontecimentos e aos fatos do calendário da vida do poeta, não há mais desculpa em falar no "mistério de Poe". O enigma, se algum há, que continua preso ao nome de Edgar Allan Poe deve ser encontrado mais no caráter do homem do que nos fatos de sua jornada terrestre.

Edgar Allan Poe nasceu no n.º 33 da Rua Hollis, em Boston (Massachusetts), em 19 de janeiro de 1809, filho de pobres atores, David e Isabel (nascida Arnold) Poe. Seus pais achavam-se então cumprindo um contrato num teatro de Boston e as representações de ambos, com sua permanência em vários lugares, durante sua carreira errante, podem ser acompanhadas plenamente pelos programas de teatro do tempo.

Linhagem paterna

O pai do poeta era um tal David Poe, de Baltimore (Maryland), que havia abandonado o estudo de Direito, naquela cidade, para seguir a carreira teatral, contra o desejo de sua família. Os Poe haviam-se estabelecido na América, duas ou três gerações antes do nascimento de Edgar. Traça-se distintamente sua linha ascendente até Dring, da paróquia de Kildallen, do Condado de Cavan, na Irlanda, e daí até a paróquia de Fenwick, em Ayrshire, na Escócia. Portanto, derivavam eles dum tronco escoto-irlandês, sendo duvidoso que haja traços de celtas. Os primeiros Poe vieram para a América aí por 1739. Os imediatos antepassados paternos do poeta desembarcaram em New Castle (Delaware), em 1748, ou pouco mais cedo. Eram eles João Poe e sua mulher, Joana McBride Poe, estabelecendo-se na Pensilvânia oriental. O casal teve dez filhos, entre os quais David, que foi o avô do poeta. David Poe casou-se com Isabel Cairnes, também de ascendência escoto-irlandesa, e viveram em Lancaster (Pensilvânia), de onde, algum tempo antes de rebentar a Revolução Americana, mudaram-se para Baltimore (Maryland).

David Poe e sua mulher tomaram o partido patriótico da Revolução. David mostrou-se ativo em expulsar de Baltimore os partidários do Rei e foi nomeado "Deputado Quartel-Mestre Assistente", o que significava ser ele agente de aprovisionamentos militares para o Exército Revolucionário. Diz-se que ele prestou considerável auxílio a Lafayette, durante as campanhas da Virgínia e do Sul, e por essa patriótica atividade recebeu o título de "General" honorário. Isabel tomou parte ativa na confecção de roupas para o Exército Continental. David e Isabel Poe tiveram sete filhos. David, o mais velho, veio a ser o pai do poeta. Duas irmãs de David, Elisa Poe (depois Sra. Henry Herring) e Maria Poe (mais tarde Sra. William Clemm), entram na história da vida do poeta, a última, especialmente, por se ter tornado sua sogra, além de ser sua tia. Com ela, ele viveu de 1835 a 1849.

O jovem David Poe estava destinado ao estudo do Direito, mas, como já mencionamos, deixou por fim a cidade natal para seguir a carreira do teatro. Sua estreia profissional realizou-se em Charleston (Carolina do Sul), em dezembro de 1803. Uma notícia teatral dessa representação, num jornal local, descreve David Poe como sendo extremamente tímido, ao passo que:

> [...] sua voz parece clara, melodiosa e variável; seu compasso, só se revela quando ele representa libertado de sua timidez. Sua dicção parece ser bem distinta e articulada; e seu rosto e sua pessoa dizem muito em seu favor. Seu tamanho é daquele porte bem adequado à ação geral, se seu talento se adaptasse ao soco e ao coturno [...]

É esse, talvez, o único testemunho direto existente do aspecto físico do pai do poeta. Não se conhecem retratos dele. Suas qualidades histriônicas eram, quando muito, limitadas. Continuou a representar papéis menores em várias cidades do Sul e, em janeiro de 1806, casou-se com Isabel Arnold Hopkins, jovem viúva sem filhos, também atriz, cujo marido morrera havia poucos meses. Isabel Arnold Poe veio a ser a mãe de Edgar Allan Poe.

Linhagem materna

A jovem viúva, com quem David Poe se casou em 1806, nascera na Inglaterra, na primavera de 1787. Era filha de Henry Arnold e de Isabel Arnold (nascida Smith), ambos atores no Teatro Real de Covent Garden, em Londres. Henry Arnold morreu, ao que parece, em 1793. Sua viúva continuou a sustentar-se e à filha, representando e cantando, e, em 1796, trazendo consigo sua jovem filha, veio para a América, desembarcando em Boston. A Sra. Arnold continuou sua carreira profissional na América, a princípio com pouquíssimo êxito. Ou imediatamente antes, ou logo depois de chegar aos Estados Unidos, porém, casou-se uma segunda vez, com um tal Charles Tubbs, inglês de poucos dotes e pouco caráter. O casal continuou a representar, a cantar e dançar em várias cidades, por toda a costa oriental, e a jovem Srta. Arnold foi logo notada nos cartazes, aparecendo em papéis juvenis, como membro de várias companhias a que sua família pertencia. O Sr. e Sra. Tubbs desapareceram de vista, aí por 1798, mas a carreira de Isabel Arnold, mãe de Poe, pode ser seguida, cuidadosamente, pelos vários cartazes de anúncios e notícias nos jornais das diversas cidades em que representou, até sua morte, em 1811. Foi durante suas viagens como atriz que se casou com C. D. Hopkins, também ator, em agosto de 1802. Não houve filhos dessa união. Hopkins morreu três anos depois, e, em 1806, como foi dito antes, sua viúva casou-se com David Poe.

O casal continuou a representar junto, mas com muito pouco êxito. Vieram os três filhos: William Henry Leonard, nascido em Boston, em 1807; Edgar, nascido em Boston, em 1809; e Rosália, em Norfolk (Virgínia), provavelmente em dezembro de 1810. Devido à sua pobreza, sempre extrema, o primeiro filho, Henry, fora deixado aos cuidados de seus avós, em Baltimore, logo depois de nascido. Edgar nascera enquanto seus pais cumpriam um contrato no Teatro de Boston. No verão de 1809, os Poe foram para Nova York, onde David Poe ou morreu ou abandonou sua mulher, provavelmente este último fato. A Sra. Poe foi abandonada com o menino Edgar e, algum tempo depois, deu à luz uma filha. Lançou-se suspeita, mais tarde, a respeito da paternidade dessa última criança e sobre a reputação da Sra. Poe, suspeita essa que desempenhou desgraçado papel na vida de seus filhos. Não é preciso dizer que tal suspeita era injusta.

Isabel Arnold Poe, mãe do autor.

De 1810 em diante, a Sra. Poe continuou, embora com a saúde decadente, a aparecer em vários papéis em Norfolk, em Charleston e em Richmond. No inverno de 1811, foi dominada por uma doença fatal e morreu em 8 de dezembro, em situação de grande miséria e pobreza, na casa de uma modista de chapéus, escocesa, em Richmond. Foi sepultada no cemitério da Igreja Episcopal de S. João, daquela cidade, dois dias mais tarde, mas não sem alguma pia oposição.

Infância

Sobreviviam à Sra. Poe três crianças órfãs. Duas delas, Edgar e Rosália, achavam--se com ela ao tempo de sua morte e foram tratadas por pessoas caridosas. Edgar, então com cerca de dois anos de idade, foi levado para a casa de John Allan, negociante escocês, em situação francamente próspera, ao passo que a pequena Rosália recebera abrigo em casa do casal William Mackenzie. Os Allan e os Mackenzie eram amigos íntimos e vizinhos. As crianças ficaram naquelas casas, e o fato de sua criação tornou-se, com o correr do tempo, equivalente a uma adoção.

Frances Keeling Valentine Allan, esposa do comerciante escocês que dera abrigo ao "pequeno órfão Edgar Poe", não tinha filhos, embora estivesse casada havia muitos anos. O menino Edgar parece ter sido uma criança viva e atraente, e, a despeito de certa relutância do Sr. Allan, foi logo admitido como membro permanente da família. Embora haja certa prova de uma tentativa da parte dos parentes paternos de Baltimore para demonstrar seu interesse pela criança, o rapazinho ficou como filho de criação de John Allan, em Richmond, onde bem cedo foi posto numa escola mantida por uma dama escocesa e, ao que parece, mais tarde, na de um tal William Irving, professor local. Há bastante prova de que seus primeiros anos de

John Allan, o negociante que tomou conta de Edgar.

infância passou-os, ele, em ambientes felizes e confortáveis. A Sra. Allan e sua irmã solteira Nancy Valentine, que residia na mesma casa, eram especialmente loucas pelo seu "garoto". Parece que ele, realmente, foi um tanto tratado com excesso de mimos, como se fosse uma criancinha, da parte das mulheres, o que o pai de criação procurava contrabalançar com severidade ocasional, mas provavelmente bem oportuna.

Em 1815, a família viajou para a Inglaterra, a bordo do *Lothair*, levando Edgar consigo. Depois de breve estada em Londres, visitaram uns parentes da Escócia, os Galts, Allans e Fowlds, em Kilmarnock, Irvine e outros lugares perto de Ayrshire. Viajaram para Glasgow e depois voltaram a Londres, no fim do outono de 1815, quando Edgar foi enviado de volta à Escócia, para Irvine. Ali, durante pouco tempo, frequentou a Escola de Gramática. Em 1816, porém, regressou a Londres, onde seu pai de criação estava procurando fundar uma sucursal de sua firma de Richmond, Ellis e Allan, com comércio de tabaco e mercadorias em geral. A família residia na Praça Russell, em Southampton Row, e, nessa ocasião, o jovem Edgar foi matriculado num internato, dirigido pelas Srtas. Dubourgs, na Rua Sloane, nº 146, em Chelsea. Ali permaneceu até o verão de 1817. No outono desse ano, entrou para a escola de Manor House, do Reverendo John Bransby, em Stoke Newington, então subúrbio de Londres. Ali permaneceu até certo tempo, na primavera de 1820, quando foi retirado para voltar à América. As memórias do jovem Poe, de seus cinco anos de estada na Escócia e na Inglaterra, foram excessivamente vivas e continuaram a fornecer-lhe recordações para o resto da vida. Parece ter sido um jovem cavalheiro um tanto precoce e orgulhoso. Curiosas e vívidas reminiscências desses antigos dias escolares na Inglaterra encontram-se na sua história de "William Wilson". É significativo de suas relações com seus pais adotivos que as notas de sua instrução na Inglaterra sejam dadas para o jovem Allan. Não pode haver a menor dúvida de que, naquela ocasião, o Sr. Allan o olhava como a um filho. Outras provas não faltam.

Adolescência

As especulações comerciais de John Allan em Londres não foram felizes. Voltou para os Estados Unidos, chegando a Richmond, em agosto de 1820, cheio de dificuldades, nas quais se viu também envolvido seu sócio, Charles Ellis. Cessões de bens de raiz tiveram de ser consequentemente feitas para satisfazer os credores. A vida da família Allan, porém, continuou a ser confortável. Edgar foi mandado para uma Academia, dirigida por William Burke e mais tarde por Joseph H. Clarke, e frequentada pelos filhos das melhores famílias de Richmond. Na escola, o jovem Poe sobressaiu-se em línguas, oratória e representações teatrais e realizou notáveis façanhas em natação. Parece ter atraído a atenção de seus mestres e dos colegas mais velhos pelo seu brilho e ter sido bastante estimado, apesar de mostrar-se um tanto distante, pela maior parte de seus companheiros. Em idade muito precoce começou a escrever poesias, datando seus versos logo dos treze anos. Em 1823, tornou-se íntimo da casa dum colega de escola, Robert Stanard, cuja mãe, Jane Stith Stanard, tomou terno interesse pelo brilhante rapaz, afeição que foi ardente e romanticamente retribuída. Foi a essa senhora que Poe dedicou mais tarde seu poema "Para Helena", que começa:

> Helena, tua beleza é para mim...

A Sra. Stanard em breve enlouqueceu e morreu. Essa tragédia atingiu, sem dúvida, profundamente o coração de Poe, tendo sido para ele um grande golpe, que o abalou de modo intenso. Conta-se, não sem discutível autoridade, que, solitário, ele rondava o túmulo à noite. Não há dúvida, porém, de que continuou a estremecer-lhe a lembrança.

Frances Valentine Allan, esposa de John Allan.

Seja como for, porém, em 1824, o jovem poeta, que estivera a dirigir às moças dum colégio feminino vizinho juvenis versos líricos, achou-se plenamente embarcado nas águas turvas duma vida mais adulta. A Sra. Stanard morrera; seu pai adotivo achava-se em graves apuros financeiros; a saúde da Sra. Allan ia rapidamente definhando e havia na casa uma dissensão doméstica da mais séria espécie: John Allan dava-se, de tempos em tempos, a relações extramaritais. Alguns de seus filhos naturais viviam então em Richmond e, dessa ou daquela forma, chegou isso ao conhecimento de sua mulher, cujo pesar foi imenso. Durante a visita de Lafayette a Richmond em 1824, o jovem Poe, na ocasião oficial em uma companhia de cadetes, esteve na escolta do velho general. Isso lhe deu novo senso de sua própria dignidade e importância, e ao mesmo tempo parece que em alguns de seus encontros na cidade com companheiros adultos veio a saber do modo de vida de seu pai de criação. Em casa, Edgar tomou o partido de sua mãe e uma desavença, que, por meio de várias ramificações, durou por mais de dez anos, criou-se entre Poe e John Allan.

A situação era caracteristicamente exasperante a todos os respeitos, e o conflito, dramático.

O Sr. Allan, ao que parece, havia, quando da morte da Sra. David Poe, entrado na posse de parte da correspondência dela. O que havia naquelas cartas ninguém jamais saberá, pois foram mais tarde destruídas pela Sra. Clemm, a pedido do próprio Poe. Talvez houvesse algo de comprometedor nelas. Seja como for, a fim de se garantir o silêncio de Edgar em torno de seus próprios negócios, o Sr. Allan escreveu uma carta a William Henry Leonard Poe, em Baltimore, queixando-se de Edgar em vagos termos, acusando-o de ingratidão e atacando a legitimidade de Rosália, irmã do rapaz. O efeito dessa carta, e talvez tenha havido mais de um, foi evidentemente transtornador para ambos os filhos de Isabel Poe. Decerto, tornou ainda mais tensas as relações na casa de Allan, em Richmond. Três anos mais tarde, encontramos Henry, em Baltimore, publicando um poema, intitulado "Numa carteira de lembranças", que dá todas as mostras de que as dúvidas a respeito da legitimidade de sua irmã tinham atingido o alvo.

Por esse tempo começava Rosália Poe a dar sinais de paralisação do desenvolvimento. Jamais se desenvolveu plenamente e, embora continuasse a ser estimada como filha pelos Mackenzie que a acolheram desde o começo permaneceu, quando muito, como uma triste recordação do passado para seu irmão Edgar. Sobreviveu-lhe muitos anos, morrendo afinal numa instituição de caridade, em Washington, D.C.

A morte da Sra. Stanard, os apuros financeiros e a consequente irritabilidade de John Allan, as disputas e os contra-ataques em casa, sua própria posição duvidosa ali — pois nunca fora adotado e sua situação de caridade era constantemente reiterada —, tudo isso formava um penoso ambiente para um poeta jovem e ambicioso.

Acresce que há indicações de que o Sr. Allan, como escocês prático, tinha pouca ou nenhuma simpatia pelas ambições de seu filho de criação no campo da literatura.

Em 1825, os apuros financeiros do Sr. Allan foram amplamente aliviados, pela herança de grande fortuna de seu tio William Galt. Viu-se ele, em suma, homem bastante rico. Todo o teor de vida da família mudou então para um método de acordo com suas melhores condições. Foi comprada nova casa de considerável aparato, e nessa vasta e confortável mansão, situada nas Ruas Quinta e Principal, da cidade de Richmond, teve início uma série de diversões e funções sociais, a despeito da saúde decadente da dona da casa. Poe acompanhou a família, na nova casa. Seu pai de criação retirou-o da Academia do Sr. Clarke e tinha-o preparado para a Universidade de Virgínia, que, sob o patrocínio de Thomas Jefferson, acabara recentemente de abrir as portas.

Numa rua vizinha, vivia uma mocinha, chamada Sarah Elmira Royster. Poe frequentava-lhe o salão, onde cantavam e desenhavam quadros. Elmira tocava piano, enquanto Edgar a acompanhava na flauta, ou passeavam pelos jardins, de mãos dadas. Sabe-se que Henry Poe visitou seu irmão, em Richmond, por esse tempo e acompanhou Poe à casa dos Roysters. Antes de seguir para a universidade, Edgar ficou noivo de Elmira. O trato, porém, foi mantido oculto das pessoas de ambas as famílias.

Sarah Elmira Royster, que prometeu casamento a Poe em 1826, e mais tarde em 1849, quando ambos já viúvos.

Em fevereiro de 1826, Edgar A. Poe matriculou-se na Universidade de Virgínia. Tinha então apenas pouco mais de 17 anos, mas pode dizer-se que sua idade adulta começara.

Sua posição na universidade era precária. Como "filho" dum homem rico, possuía bastante crédito e o próprio Poe estava disposto a viver de acordo com tal reputação. Por outro lado, seu pai de criação parece mesmo, naquele tempo, ter-se mostrado tão alheio a seu pupilo que lhe dava mesada muito menor do que a necessária para sua manutenção. O jovem estudante fez brilhantes progressos nos estudos, mas também se entregou a excessivas diversões com seus amigos. A fim de manter sua posição, começou a jogar intensamente; perdeu, e utilizou-se de seu crédito junto aos lojistas locais de modo atrevido. Foi por esse tempo também que ficamos sabendo, pela primeira vez, de ele ter começado a beber. Os efeitos de bem pequena porção de álcool no organismo de Poe foram devastadores. Parece ter sido um jovem brilhante, mas um tanto excêntrico e francamente nervoso. Outra causa de tensão, nessa época, foi o infeliz "desenvolvimento" do seu caso amoroso. O Sr. e a Sra. Royster tornaram-se evidentemente conhecedores do fato de que o jovem Poe não era mais considerado herdeiro por seu pai de criação. Logo souberam, sem dúvida, de seu namoro com Elmira, e então trataram de fazer pressão para desfazer o noivado. As cartas de Poe para sua amada foram interceptadas; proibiram que Elmira lhe escrevesse; as atenções de um jovem solteiro aceitável, A. Barrett Shelton, a cercaram, insistentes; e por fim mandaram-na para fora, por algum tempo, sob custódia. Entrementes, o Sr. Allan foi informado das dificuldades financeiras de seu pupilo, cujas dívidas, dizia-se, haviam atingido o montante de 2.500 dólares. Sua cólera tornou-se extrema, e quando Poe voltou a Richmond, para passar as férias do Natal de 1826, foi avisado por seu tutor de que não poderia voltar para a Universidade.

As primeiras semanas de 1827 foram passadas em Richmond, nas mais tensas relações entre o jovem Poe e o Sr. Allan. A carreira de Poe na universidade fora, sem dúvida, bastante insatisfatória. Por outro lado, a cólera do Sr. Allan era implacável e extrema. Recusou-se a pagar quaisquer das dívidas de honra de seu pupilo ou quaisquer outras dívidas; por esse meio reduzindo ao desespero o espírito altivo do rapaz, que ele tinha elevado à categoria de seu filho. O jovem Poe estava perseguido pelas letras de câmbio. Seu pai de criação aproveitou a oportunidade para insistir em que ele estudasse Direito e abandonasse todas as ambições literárias. Aparentemente por causa disso deu-se, afinal, o rompimento. Tiveram eles violenta discussão, em março de 1827, ao fim da qual o jovem poeta deixou a casa e foi para uma hospedaria, donde escreveu pedindo sua mala e suas roupas, além de objetos pessoais. Muitas cartas foram trocadas entre os dois sem que se chegasse a uma reconciliação. Os mútuos agravos se repetiram e Poe, afinal, acabou por, a despeito de seu extremo desamparo, seguir para Boston, então a capital literária dos Estados Unidos. Parece que o Sr. Allan tentou evitá-lo, mas sua mulher e sua cunhada talvez tenham suprido Poe secretamente de uma pequena soma de dinheiro, por intermédio de um dos escravos, antes que o rapaz se pusesse a caminho.

Sob o nome falso de Henri Le Rennet, abandonou Richmond com um companheiro, Ebenezer Burling, e alcançou Norfolk (Virgínia). Ali Burling o deixou, enquanto Poe continuava a viagem em um navio até Boston, onde chegou quase sem dinheiro, em certo dia de abril de 1827. Não foi para o estrangeiro, como tem sido tantas vezes afirmado, até por ele mesmo. As datas de seus conhecidos paradeiros, tomadas de cartas e documentos naquela ocasião, afastam definitivamente a possibilidade de uma viagem à Europa.

Em Boston há provas um tanto obscuras de que Poe tentou manter-se escrevendo para um jornal. É certo, porém, que, enquanto estava em Boston, durante a primavera e o verão de 1827, fez amizade com um jovem impressor, um tal Calvino F. S. Thomas, entrado aos poucos no negócio, e valeu-se dele para imprimir um volume de versos, *Tamerlão e outros poemas*. Parece que o impressor não conheceu Poe senão por um falso nome. A capa do pequeno volume afirmava que o trabalho era de "Um Bostoniano". A maior parte da edição, provavelmente devido à incapacidade de Poe em pagar o impressor, foi ao que parece destruída, ou teve que ficar em estoque. Somente poucos exemplares entraram em circulação e apenas apareceram duas notícias muito discretas. O próprio Poe parece ter reservado muito poucos livros para seu uso pessoal. Entrementes, o autor desse volumezinho desconhecido, mas agora famoso, achava-se reduzido à maior pobreza. Totalmente sem meios, demasiado orgulhoso ou incapaz de recorrer a Richmond, tomou por fim a desesperada resolução de alistar-se no Exército dos Estados Unidos, em 26 de maio de 1827, sob o falso nome de Edgar A. Perry. Foi destacado para a Bateria H do 1º Regimento de Artilharia dos Estados Unidos, e passou o verão de 1827 no acampamento do Forte Independência, no porto de Boston. No fim de outubro, seu regimento teve ordem de seguir para o Forte Moultrie, em Charleston (Carolina do Sul).

A Universidade da Virgínia em Charlottesville, fundada por Thomas Jefferson e inaugurada em 1825.

Juventude

Os dois anos e meio que se seguem formam curioso intermédio na vida de um poeta. Poe passa o tempo, entre novembro de 1827 e dezembro de 1828, cumprindo os deveres militares no Forte Moultrie. O forte estava localizado na ilha de Sullivan, à entrada do porto. O jovem soldado tinha muitas horas de lazer, que certamente gastava vagueando ao longo das praias, escrevendo poesias e lendo. Seus deveres militares eram leves e completamente burocráticos, pois os oficiais logo notaram que ele se adaptava melhor aos serviços de escritório do que à prática com canhões. Desse período e do que ele fez e imaginou, a melhor recordação é "O escaravelho de ouro", escrito muitos anos mais tarde, mas repleto de cenas de cor local exatas. As obrigações de Poe certamente o punham em estreito contato com seus superiores. Ele era diligente, sóbrio e inteligente; e uma promoção logo se seguiu. Em breve o encontramos destacado para serviços especializados, o primeiro passo fora da posição de soldado raso. Ele mesmo, porém, sentiu que sua vida estava sendo desperdiçada e, em certa época de 1828, reatou a correspondência com seu pai de criação em Richmond, com o objetivo de solicitar uma reconciliação e voltar à vida civil. Embora as cartas de Poe fossem tocantes, rogativas e penitentes, seu tutor mostrou-se obstinado e o jovem permaneceu no seu posto, até dezembro de 1828, quando seu regimento teve ordem de seguir para o Forte Monroe, na Virgínia.

Vendo que o tutor não lhe permitia voltar à casa, concebeu ele então a ideia de entrar em West Point. Alguns dos oficiais de seu regimento, e, de modo particular, um cirurgião, se interessaram por ele e trataram de exercer pressão sobre John Allan. Em 1º de janeiro de 1829, Poe, servindo ainda sob o nome de Perry, foi promovido a sargento-mor de seu regimento, o posto mais alto para um engajado. Suas cartas para casa tornaram-se mais insistentes e a elas acrescentavam-se agora os rogos da Sra. Allan, moribunda. Desejava ver seu "querido menino" antes de morrer. Por mais estranho que possa parecer, John Allan manteve-se firme até o último instante. Por fim, mandou chamar seu filho de criação que se achava então apenas a poucas milhas de Richmond; mas era demasiado tarde. A Sra. Allan morreu antes que Poe chegasse à casa e, apesar de seu último pedido de não ser enterrada senão quando seu filho de criação voltasse, seu marido ordenou que se fizesse o enterro. Quando Poe chegou à casa, poucas horas depois, tudo quanto ele mais amava se achava na sepultura. Diz-se que sua angústia diante do túmulo foi extrema.

A Sra. Allan, todavia, arrancara de seu marido a promessa de não abandonar Poe. Realizou-se então uma reconciliação parcial e o Sr. Allan consentiu em ajudar o plano de Poe de entrar em West Point. Escreveram-se cartas para o coronel de seu regimento, arranjou-se um substituto e o jovem poeta conseguiu dar baixa do Exército, em 15 de abril de 1829. Voltou a Richmond para passar pouco tempo.

Poe não demorou muito "em casa". Arranjou, em grande parte por solicitação própria, numerosas cartas de recomendação para o Departamento da Guerra. Com elas e uma carta bastante fria de seu tutor, que afirmava "francamente, senhor, declaro que ele não tem parentesco nenhum comigo", partiu, mais ou menos em 7 de maio, para Washington, onde apresentou as credenciais, numerosas recomendações de seus oficiais, concebidas nos mais elevados termos, para o Secretário da Guerra, Sr. Eaton. Longo período de quase um ano decorreu, ao longo do qual esteve em dúvida sua nomeação para West Point.

Durante a maior parte desse período, de maio de 1829 até o fim daquele ano, residiu ele em Baltimore. Seu pai de criação enviava-lhe de vez em quando pequenas somas, o suficiente apenas para mantê-lo vivo, e continuava frio e suspeitoso de suas boas intenções relativas a West Point. Entretanto, o jovem Poe, depois de ter sido roubado por um primo em um hotel, procurou abrigo junto à sua tia Maria Clemm, irmã de seu pai. Na casa dessa boa mulher, desde o princípio seu anjo da guarda, encontrou Poe sua avó, a Sra. David Poe Sênior, então idosa e paralítica, seu irmão Henry e sua prima primeira Virgínia Clemm, com cerca de sete anos de idade. Mais tarde, veio ela a ser a esposa do poeta. Durante essa estada em Baltimore, esforçou-se Poe em tornar conhecido seu nome literário. Pouco depois de sua chegada, nós o vemos visitando William Wirt, que acabava de retirar-se de uma ativa vida política em Washington, autor das *Cartas de um espião inglês* e homem de considerável reputação literária. Poe deixou com Wirt o manuscrito de "Al Aaraaf", e dele recebeu uma carta mais de conselho que de elogio. O incidente, porém, mostra que ele tinha em mãos, então, o manuscrito para um segundo volume de poemas. Consistia este de numerosas poesias que tinham aparecido no primeiro volume, bastante revistas, e algumas novas.

Seguiu então para Filadélfia e entregou o manuscrito a Carey, Lea & Carey, famosa editora da época, que exigiu uma garantia antes de imprimi-lo. Poe escreveu a seu tutor pedindo-lhe auxiliar com a soma de cem dólares a publicação do pequeno volume, mas recebeu uma negativa colérica e uma censura severa por pensar em tal coisa. Em 28 de julho tinha ele, porém, ao que parece, arranjado a publicação do volume em Baltimore, e escreveu a Carey, Lea & Carey, retirando o manuscrito. Por intermédio de amigos e parentes de Baltimore, pôde seu nome chegar aos ouvidos de John Neal, então influente jornalista em Boston, e a obra recebeu algumas notícias encorajadoras nos números do *Yankee* de setembro e dezembro de 1829. O volume mesmo, intitulado *Al Aaraaf, Tamerlão e poemas menores*, foi publicado por Hatch & Dunning, em Baltimore,

Cena de rua em Baltimore, a cidade onde Poe morreu.

em dezembro de 1829. Um tanto abrandado por esse êxito e a fama que ele atraiu, porém muito mais pela certeza de que seu filho de criação estava prestes a receber sua tão retardada nomeação para a Academia Militar, permitiu o Sr. Allan que Edgar voltasse a Richmond, onde ele permaneceu de janeiro a maio de 1830, na "grande mansão". Sua vida em Baltimore tinha sido assombrada pela pobreza, e a volta a seu antigo modo de existência foi, sem dúvida, bem-vinda para Poe.

Sr. Allan, porém, tinha razões particulares para desejar que seu pupilo estivesse fora de Richmond o mais cedo possível. Havia reatado relações íntimas com uma antiga companheira, após a morte de sua mulher, e achava-se agora esperando um malvindo acréscimo aos filhos naturais. Renovaram-se as brigas com Poe. Depois de uma delas, peculiarmente amarga, escreveu Poe uma carta a um antigo conhecido do Exército, um sargento a quem devia pequena soma de dinheiro. Nessa carta, permitiu-se ele fazer uma infeliz afirmativa acerca de seu tutor. Essa carta foi mais tarde usada pelo homem para cobrar do Sr. Allan a quantia que lhe era devida e foi a causa final da expulsão de Poe.

A nomeação para a Academia Militar foi recebida em fins de março. Os exames de admissão eram processados em West Point no fim de junho e, em maio, Poe despediu-se de seu tutor e seguiu para a Academia Militar, visitando de passagem seus parentes em Baltimore. Em 1º de julho de 1830 prestou o juramento e foi admitido como cadete em West Point.

Poe permaneceu na Academia Militar dos Estados Unidos de 25 de junho de 1830 a 19 de fevereiro de 1831. Não há dúvida de que a carreira militar não lhe agradava e que fora forçado a entrar nela pelo seu tutor, de cuja fortuna podia ainda esperar partilhar. O Sr. Allan, porém, achava já ter cumprido seu dever, estando Edgar colocado em cargo público, e sentia-se satisfeito por tê-lo afastado de Richmond. No dia em que Poe entrou para West Point, seu tutor foi presenteado com um par de gêmeos naturais, a quem mais tarde contemplou no seu testamento. Isso não o impediu, contudo, de casar-se pela segunda vez, e a nova ligação tornou-o mais do que nunca inimizado com seu filho de criação.

Edgar Poe continuou a cumprir honrosamente seus deveres na Academia Militar, quando toda a esperança de qualquer auxílio no futuro da parte do Sr. Allan foi destruída por uma carta de Richmond, que o repudiava. O soldado havia apresentado a seu tutor a carta escrita por Poe, um ano antes, e extrema foi a cólera do Sr. Allan. Certificado de que toda esperança de ajuda financeira, vinda de Richmond, desaparecera agora, Poe resolveu tomar decisões próprias e deixar o Exército para sempre. Como não pudesse obter do Sr. Allan o consentimento para dar baixa, fez greve e deixou de comparecer às formaturas, às aulas e à igreja. Foi submetido à corte marcial e destituído por desobediência. Enquanto se achava na Academia Militar, arranjara com Elam Bliss, editor nova-iorquino, a publicação dum terceiro volume de poemas, subscrita pelo corpo de estudantes da Academia.

Em fevereiro de 1831, seguiu para Nova York. Estava sem dinheiro, malvestido e quase morreu dum "resfriado", complicado por uma doença do ouvido interno, depois de ter chegado à cidade.

Forçado a pedir desculpas, apelou de novo para seu tutor, mas em vão. Permaneceu em Nova York o bastante para ver seu terceiro volume fora do prelo. Intitulava-se *Poemas, segunda edição*, e continha um prefácio dirigido ao "Querido B", personagem desconhecido, no qual algumas das opiniões críticas do jovem autor, largamente procedentes de Coleridge, eram pela primeira vez expostas.

Depois de tentar baldadamente obter do Coronel Thayer, comandante de West Point, cartas de apresentação para Lafayette, a fim de juntar-se aos patriotas poloneses, que se tinham então revoltado contra a Rússia, Poe deixou Nova York e viajou de Filadélfia a Baltimore. Chegou a esta última cidade em dias do fim de março de 1831 e novamente passou a residir em Mechanics Row, Rua do Leite, com sua tia Maria Clemm, e a filha dela, Virgínia. Seu irmão Henry achava-se então em péssima saúde, "tendo-se entregue à bebida", e moribundo. Poe passou os quatro anos seguintes, em Baltimore, em condições de extrema pobreza. Era ainda obscuro e suas ações, na maior parte das vezes, são muito vagas. Alguns fatos, porém, podem ser com certeza relanceados.

Durante a maior parte do período de Baltimore, deve ter Poe levado uma vida reclusa. Começou então a voltar sua atenção para a prosa e conseguiu colocar alguns contos em uma publicação de Filadélfia. Seu irmão Henry morreu em agosto de 1831. Edgar continuava a morar com os Clemm. A família vivia atenazada pela pobreza e ele próprio, na maior parte do tempo, não gozava de boa saúde. De que vivia a família não se sabe bem. Foram feitas tentativas para interessar mais uma vez o Sr. Allan em favor dele, mas sem resultado. Nenhum auxílio veio de Richmond, exceto em certa ocasião em que, por causa duma dívida contraída por seu irmão Henry, esteve Edgar em perigo de ser preso. O Sr. Allan enviou uma tardia resposta, a última que Poe veio a receber dele. Sabe-se que Poe dedicou ardente interesse a Maria Devereaux, moça que morava perto de sua casa. Foi recusado e chicoteou o tio da moça. Por essa ocasião, frequentava ele também as casas de seus parentes, os Poe e os Herring, especialmente estes últimos. Foi então, também, que se pôs a trabalhar com ardor, aperfeiçoando sua arte de contista e compondo o seu único drama, "Policiano".

Em outubro de 1833, concorreu a um prêmio de cinquenta dólares, oferecido ao melhor conto apresentado a um jornal de Baltimore, *The Saturday Visitor*. O prêmio foi concedido, por uma comissão de cidadãos bem conhecidos, ao "Manuscrito encontrado numa garrafa", de Poe. Foi seu primeiro êxito assinalável e marca sua entrada no caminho da fama. O dinheiro veio-lhe em socorro às necessidades, mas o efeito mais importante do concurso foi o auxílio dado ao jovem poeta, agravado de pobreza, por John P. Kennedy, cavalheiro de Baltimore, bastante rico, de coração bondoso e, ele próprio, escritor de teatro. Sr. Kennedy, por meio de vários e oportunos atos de caridade e de prestígio, fez Poe enveredar pela estrada do renome. Kennedy possibilitou a publicação de alguns dos contos de Poe e apresentou-o a Thomas White, editor do *Southern Literary Messenger*, que se publicava em Richmond. Poe começou então a colaborar, com críticas e contos, naquele periódico e finalmente foi convidado, em 1835, a ir para Richmond, como redator auxiliar. Nesse meio-tempo, o Sr. Allan havia morrido, em 1834, e no testamento não havia menção de Poe. Duas mal-avisadas viagens de Poe a Richmond, entre 1832 e 1834, tinham tido apenas como resultado afastar ainda mais de si seu antigo tutor e a família Allan. Mantiveram-se de mal até o fim. Em julho de 1835, Poe deixou Baltimore para assumir suas novas funções de redator, em Richmond.

Como jornalista, considerado simplesmente do ponto de vista do escritório e da cadeira, Poe constituiu um autêntico êxito. As assinaturas do *Southern Literary*

Messenger se multiplicaram. O Sr. White não podia deixar de ficar bem satisfeito. Era homem bondoso e de boas disposições. Bastante significativo da inabilidade de Poe em abandonar os estimulantes é o fato de que, poucas semanas depois de sua chegada a Richmond, achou-se desempregado. Voltou a Baltimore e ali se casou secretamente, em 22 de setembro de 1835, com sua prima primeira Virgínia Clemm. Ela tinha, naquela ocasião, mais ou menos 13 anos de idade, e o casamento secreto originou-se da oposição dos parentes a uma união tão prematura. Poe apelou então, de novo, para o Sr. White, com promessas de abster-se da bebida, e reassumiu seu antigo posto, sob condição de boa conduta e com uma paternal advertência. A Sra. Clemm e sua filha Virgínia acompanharam Poe a Richmond e ficaram morando com ele numa pensão, na Praça do Capitólio.

Poe permaneceu em Richmond, como redator auxiliar do Sr. White, no *Southern Literary Messenger*, do outono de 1835 até janeiro de 1837. Durante seu tempo no jornal, a circulação aumentou de 700 para 3500 exemplares, atraiu a atenção nacional e pode-se dizer que foi inicialmente devido a Poe que se tornou o periódico mais influente do Sul. Sua reputação foi depois mantida e aumentada por outros homens de considerável habilidade jornalística.

A tarefa do jovem redator escalonava-se do mero trabalho mercenário de natureza francamente jornalística até a colaboração literária. Escrevia poemas, resenhas de livros, crítica literária geral e particular e histórias curtas, quer seriadas, quer completas. As notas sobre livros variavam desde o comentário sobre as *Memórias*, de Coleridge, até as referências a livros tais como as *Cartas da Senhora Sigourney às moças*; em resumo, desde as críticas bem raciocinadas e muitas vezes severas até as simples notícias com leve comentário crítico. Alguns dos poemas que tinham anteriormente aparecido nos volumes de poesia a que já aludimos foram republicados, consideravelmente revistos. Poe continuou seguindo essa política de maior ou menor revisão constante e de reimpressão durante toda a carreira. Entre os mais notáveis dos novos poemas que apareceram nessa ocasião contam-se "Para Helena", "Irene", ou "A adormecida", "Israfel" e "Zante".

O tom geral da crítica literária nos Estados Unidos, ao tempo em que Poe começou a escrever para o *Southern Literary Messenger*, era um tanto superficial, servil ou nebuloso. O comentário do rapaz de Richmond era interessante, perturbador e renovador. Sua frequente severidade provocava réplicas e observações e, embora suscitasse antagonismo em alguns setores, sua presença em cena e a mordacidade de seu estilo tornaram-se cada vez mais evidentes. Muitas das histórias que Poe tinha preparado para os *Contos do Fólio Clube*, em Baltimore, antes de receber o prêmio do *The Saturday Visitor*, publicou-as então no *Messenger*. Histórias tais como "Metzengerstein" atraíram considerável atenção, como bem mereciam, e aumentaram não pouco sua fama. Em algumas delas assinalada morbidez era já então observada e censurada. Tais comentários de censura, porém, não impediam que sua fascinação rara deixasse de ser sentida. Sob o título de "Pinakidia", o jovem jornalista publicou também, nessa ocasião, uma coleção de curiosas anotações, abrangendo vasto campo de interesse, tiradas de seu livro de notas. Muitas delas utilizou-as de novo, mais tarde, na *Revista Democrática*, com o título de "Marginalia". Por esse tempo, Poe foi descrito como sendo "gracioso, de cabelos negros e ondulados, e magníficos olhos, usando colarinho à Byron e parecendo poeta da cabeça aos pés". O mais antigo retrato dele que se conhece data de seus primeiros dias no *Messenger* e o mostra com suíças e uma expressão um tanto sardônica para homem tão jovem. Mesmo naquela data ele era evidentemente um tanto frágil e delicado. Sua tez, que mais tarde se tornou completamente lívida, é descrita como tendo sido amorenada.

Virgínia Clemm Poe, a esposa.

Da sua vida pessoal, o mais importante acontecimento da época de Richmond foi o segundo casamento com sua prima Virgínia. As razões do enlace parecem ser suficientemente claras. Fora clandestino o primeiro casamento em Baltimore, tendo como única testemunha a Sra. Clemm. Parentes influentes tinham-se oposto a ele e jamais fora tornado público. Todas as explicações foram evitadas por um segundo casamento em público, nada tendo sido dito a respeito do primeiro, e em 16 de maio de 1836 um contrato de casamento foi assinado no Juizado de Paz da cidade de Richmond, que dá Virgínia Clemm como tendo 21 anos. Na realidade, tinha ela menos de 14 anos de idade naquele tempo e a aparência de uma criança. O casamento realizou-se em uma pensão de propriedade de uma tal Sra. Yarrington, em companhia de amigos, tendo oficiado um teólogo presbiteriano chamado Amasa Converse. Depois de simples cerimônia o casal partiu para sua lua de mel, que se passou em Petersburgo, na Virgínia, em casa de certo Sr. Hiram Haines, diretor do jornal local. Poe estava de volta à Richmond e a seu trabalho no *Messenger* em fins de maio de 1836. O Sr. White prometera-lhe um aumento de salário.

Depois de seu casamento, na verdade algum tempo antes, a correspondência do poeta com parentes e amigos mostra que ele desejava montar casa. O plano seguido era solicitar dinheiro para que a Sra. Clemm e Virgínia pudessem estabelecer uma pensão. Embora alguns pequenos auxílios, "empréstimos", fossem obtidos, o plano fracassou e a pequena família mudou-se para uma casa barata na Rua Sete, onde parece que ficou até o fim de sua estada em Richmond.

Poe continuou seu trabalho redatorial e, como resultado de sua observação, experiência e ambição, começou a desenvolver em sua mente um plano cujo começo pode ser rastreado desde Baltimore. Esperava montar e ser o editor de uma grande revista literária nacional. De que Poe foi um dos primeiros homens na América a compreender as possibilidades do jornalismo moderno, no que se refere a um periódico, não resta a menor dúvida. Desde então, e até o fim de sua história, foi esse o plano acarinhado de sua vida. O infortúnio e a sua própria personalidade, mais do que as teorias que a respeito do jornalismo entretinha, foram os responsáveis pelo seu fracasso na realização de tal ambição.

Começou então a pensar em seguir para o Norte, a fim de montar a nova publicação, mudança que a fama crescente e os atritos sempre numerosos com seu redator-chefe serviram para apressar. Poe era brilhante, mas inadaptado ao trabalho em posição subalterna. Deve-se, com toda justiça, dizer que o Sr. White foi paciente. Foi porém dominado, em várias ocasiões, pelo seu versátil e jovem redator e há também indicações de que, no outono de 1836, havia Poe mais uma vez decaído de suas boas graças e, a despeito de suas promessas bem-intencionadas a White, estava-se entregando de novo, de vez em quando, à bebida. Além disso, ele não parecia muito contente. Tirando vantagem de relações que fizera por correspondência com homens de Nova York, tais como o Prof. Charles Anthon, John K. Paulding, os irmãos Harper e outros, decidiu mudar-se para aquela cidade.

Em consequência, em janeiro de 1837, liquidou seus negócios com o *Southern Literary Messenger* e com o Sr. White e, levando a família consigo, partiu para Nova York. Parece que ali chegaram mais ou menos em fins de fevereiro de 1837 e se alojaram na esquina da Sexta Avenida com a Praça Waverly, partilhando um andar com um tal William Gowans, livreiro, que prestou consideráveis serviços a Poe.

Antes de deixar Richmond, no verão de 1836, fizera Poe várias tentativas de reunir as histórias contidas nos *Contos do Fólio Clube* e publicá-las em volume. Os manuscritos tinham sido anteriormente deixados em Filadélfia com Lea & Carey, que os conservaram durante algum tempo para examiná-los, mas finalmente os haviam devolvido ao autor, menos uma história, em fevereiro de 1836. Poe então enviou-os para J. K. Paulding, em Nova York, que os submeteu à apreciação dos Harper. O resultado foi outra recusa. Paulding escrevera a Poe, contudo, quando devolveu os contos, sugerindo uma longa narrativa em dois volumes, em formato bem popular. Em consequência dessa sugestão surgiu uma comprida história de aventuras, naufrágio e horríveis sofrimentos no então desconhecido hemisfério meridional. Chamou-se *A narrativa de Arthur Gordon Pym* e foi finalmente aceita pelos Harpers, que a publicaram em 1838, nos Estados Unidos. Wiley & Putnam fizeram uma edição na Inglaterra, onde mais tarde a plagiaram. Foi o primeiro livro de prosa de Poe, embora seu quarto livro publicado, havendo-o precedido três volumes de poesia. A história apareceu em séries no *Southern Literary Messenger* mesmo depois de ter Poe cortado relações. Era dada como escrita pelo próprio Artur Gordon Pym e o verdadeiro autor apenas vinha mencionado no prefácio. O tipo de história de aventuras que *A narrativa de Arthur Gordon Pym* seguiu de perto era popular naquele tempo. Poe deixou simplesmente que sua imaginação se entretivesse com materiais conhecidos, encontrados em livros tais como *O motim do Bounty*, *Uma narrativa de quatro viagens*, de Morrell, e quejandos. Seu entusiasmo do momento pelo antártico parece ter surgido dos preparativos então feitos por um tal J. N. Reynolds para uma expedição do Governo àquelas partes. Nathaniel Hawthorne estava também interessado no mesmo plano, que, porém, deu em nada. O êxito do livro foi pequeno e trouxe ao autor muito pouca fama e menos dinheiro ainda.

Pouco tempo depois de sua chegada a Nova York, Poe, Virgínia e a Sra. Clemm mudaram-se para uma pequena casa, na Rua Carmine, nº 131/2, onde a Sra. Clemm aceitou pensionistas para se manter. Poe estava ganhando quase nada. Era um período de pânico financeiro, sendo quase impossível obter trabalho literário. Os Poe foram acompanhados à sua nova residência pelo livreiro Gowans, que parece ter apresentado o poeta a

A cidade de Richmond, Virgínia, na época em que Poe lá residiu.

numerosos literatos, mas com pouco resultado. A pobreza da família era agora extrema. A despeito disso, contudo, Poe continuou a escrever. As principais notícias que se podem ter dessa primeira, mas um tanto breve, estada em Nova York referem-se a uma resenha de "Arabia Petraea", na *Revista de Nova York*, "Silêncio (Fábula)", publicado no *Baltimore Book*, e um conto chamado "Von Jung, o Místico", (Mistificação), que apareceu no *American Monthly Magazine*, de junho de 1837.

Os planos de iniciar um periódico de sua propriedade não devem ter encontrado aceitação naquele tempo, devido à depressão financeira. Poe, na verdade, não era capaz de obter até mesmo um lugar de redator secundário, ou o suficiente trabalho mercenário que lhe garantisse a subsistência. Seus atos desse tempo hão de permanecer para sempre um tanto obscuros. Provavelmente por intermédio de Gowans, foi posto em contato com James Pedder, inglês de capacidade literária quase nula, mas homem bondoso. Pedder, por esse tempo, ocupava-se em obter, para si mesmo, ligações com revistas de Filadélfia, onde suas irmãs residiam. Por intermédio dele parece bastante provável que Poe foi induzido a deixar Nova York e mudar-se para Filadélfia, então o grande centro editorial dos Estados Unidos. Seja como for, nós o encontramos em Filadélfia pelos fins de agosto de 1838, pensionista, com sua família e James Pedder, de uma casa de cômodos mantida pelas irmãs do inglês na Rua Doze, um pouco acima de Mulberry (Arch). Poe achou-se logo definitivamente encarregado de dois projetos literários, a edição de um compêndio de concologia e a de há muito adiada publicação de seus contos escolhidos.

Logo depois de sua chegada a Filadélfia, Poe mudou-se para mais perto das livrarias e tipografias da cidade baixa, para uma casa no nº 4 da Rua Arch (então Mulberry), onde continuou a residir até 4 de setembro de 1838. Estava agora encarregado de editar o *Primeiro livro do concologista, ou Sistema de malacologia dos testáceos*, compêndio ao qual ele emprestou seu nome. Foi um mero trabalho mercenário, e nada tem a ver com os escritos originais e artísticos de Poe. O livro é bastante procurado agora pelos colecionadores. São conhecidas pelo menos umas nove edições dele, tendo sido a primeira publicada em abril de 1837, por Haswell, Barrington e Haswell. Poe escreveu o prefácio e a introdução, e foi auxiliado no arranjo do texto e das ilustrações por um tal Sr. Isaac Lee e pelo Prof. Thomas Wyatt. Bergman, De Blainville e Parkinson são citados, e Cuvier profusamente aproveitado. As belas gravuras de conchas foram furtadas do *Compêndio dos concologistas*, trabalho dum inglês, o Capitão Thomas Brown, a quem não foram dadas satisfações. Posteriormente foi Poe atacado por causa disso e acusado de plágio. A verdade é que o costume de furtar material para livros escolares era então quase universal e muito pouca censura se pode fazer realmente a Poe. Recebeu cinquenta dólares pela utilização de seu nome, como redator. Na série dos volumes publicados por Poe é esse o quinto.

Edgar Allan Poe em 1839.

Esse compêndio escolar era apenas uma transação financeira. Poe voltou depois a atenção para a publicação de seus contos. Arranjou-se publicar suas histórias escolhidas sob o título de *Contos do grotesco e arabesco*, em dois delgados volumes. Foram publicados em dezembro de 1839 por Lea & Blanchard, de Filadélfia.

A página do título traz a data de 1840. O autor não recebeu direitos autorais pelo seu trabalho, mas apenas uns poucos exemplares para distribuir entre seus amigos. O editor assumiu o risco, não muito agradável, pois os volumes se venderam muito devagar. Havia catorze histórias no primeiro volume e dez no segundo, compreendendo o total de todos os contos publicados até aquela ocasião pelo autor e "Por que o francesinho está com a mão na tipoia", só aparecido mais tarde. Foi esta a sexta aventura de Poe com um volume impresso, nenhum dos quais fora de modo algum um êxito do ponto de vista financeiro.

Maturidade

Enquanto isso Poe havia assegurado um emprego com William E. Burton, editor da *Burton's Gentleman's Magazine*. O Sr. Burton era um inglês, ator, nas melhores condições para a farsa grosseira, empresário teatral e jornalista. Poe colaborou com resenhas bibliográficas, artigos sobre esporte, pelo menos com cinco contos notáveis e alguns poemas, sendo "Para alguém no paraíso" o mais notável. Foi na revista de Burton que apareceram "A queda do Solar de Usher", "William Wilson" e "Morela". Ao mesmo tempo Poe correspondia-se com várias figuras literárias, entre as quais era Washington Irving a mais eminente.

A ligação de Poe com Burton não durou muito tempo. Houve numerosos atritos entre os dois. Duma feita, Poe se retirou, mas foi induzido a voltar. Seu salário era pequeno, seu trabalho inadequado e um tanto intermitente. Passava novamente mal de saúde, não sendo certo se devido, em parte, ao uso de excitantes. De qualquer forma, ele e o Sr. Burton não podiam concordar. Este último vendeu sua revista a George Rex Graham, em outubro de 1840, e Poe foi conservado pelo novo editor um dos mais capazes jornalistas da época. Devido à má saúde não assume suas funções no novo periódico de Graham senão em janeiro de 1841, quando se tornam plenamente evidentes em suas páginas traços de sua pena.

Estava ele então morando em uma pequena casa de tijolos, na junção entre Rua Coates e Fairmont Drive, em Filadélfia, para onde se tinha mudado, provavelmente no outono de 1839. Foi dessa residência que ele deu a lume, em outubro de 1840, seu "Prospecto do *Penn Magazine*, jornal literário mensal, a ser redigido e publicado na cidade de Filadélfia, por Edgar A. Poe". Nesse prospecto as teorias de Poe, a respeito de um periódico, são completamente postas a claro. Esperava receber bastantes assinaturas para prover-se de fundos, a fim de lançar a empresa. Numerosíssimas pessoas subscreveram, mas os negócios do editor em perspectiva estavam em tais condições que ele foi forçado a abandonar o plano, a fim de aceitar uma posição de assalariado, junto ao Sr. Graham. O *Penn Magazine* foi, em consequência, adiado, ao passo que Poe aceitava um lugar na revista de Graham, por oitocentos dólares por ano.

Filadélfia, Pensilvânia, nos tempos de Poe. O desenho mostra o Rio Schuylkill e o Parque Fairmont perto da casa do escritor.

O êxito do *Graham's Magazine* foi fenomenal. As assinaturas montaram de cinco mil a quarenta mil, em cerca de dezoito meses, sendo o aumento devido à capacidade redatorial de Poe, ao número de artigos e poemas garantidos pela colaboração de notáveis escritores, por ele solicitada, e pela política do Sr. Graham, que era profuso nas ilustrações e bastante generoso nos honorários aos autores.

O período da sociedade de Poe com o Sr. Graham, que durou de janeiro de 1841 a abril de 1842, foi o período financeiro mais folgado de sua vida. Seus lucros eram pequenos, mas suficientes para mantê-lo e à sua família com algum conforto. Foi por essa época que ele iniciou o conto de raciocínio e publicou "Os crimes da Rua Morgue" e outras histórias de crime e sua descoberta. Interessou-se também bastante por criptogramas e sua solução, e, em 1842, publicou no *Dollar Newspaper*, de 20 de junho daquele ano, sua história de "O escaravelho de ouro", na qual a solução dum papel cifrado faz parte do enredo. Por essa história recebeu um prêmio de cem dólares. Alguns dos mais reputados trabalhos de Poe apareceram no periódico de Graham e atraíram assinalada atenção. Começou então a tornar-se vastamente conhecido como competente redator, crítico brilhante e severo, escritor de histórias arrepiantes e poeta. Sua sociedade com Graham foi, porém, de curta duração. Não suportava sua posição subalterna, com tão pequeno salário, esperançoso de lançar sua própria publicação, e também deu para beber. Em abril de 1842, suas "irregularidades" levaram o Sr. Graham a empregar Rufus Wilmot Griswold, o mais notável antologista americano daquela época, e competentíssimo redator, em lugar de Poe. Encontrando um dia Griswold na sua cadeira, Poe nunca mais voltou, embora continuasse a colaborar para ele, de vez em quando.

Em breve se tornou um livre atirador, escrevia onde e quando podia, tentou obter um emprego do Governo, na Alfândega de Filadélfia, por meio de amigos em Washington, e de novo tentou lançar seu próprio periódico, agora projetado como *O Estilo*. Estava prestes a ser bem-sucedido, mas uma visita a Washington, em março de 1843, quando infelizmente se embebedou e exibiu sua fraqueza, mesmo na Casa Branca, arruinou suas mais profundas esperanças. Até mesmo seu melhor amigo, F. W. Thomas, romancista secundário e político do tempo, nada mais podia fazer por ele. O infortúnio de agora por diante lhe segue os passos.

Sua mulher, Virgínia, estava a morrer de tuberculose e tinha frequentes hemorragias. Ele mesmo começou a recorrer à bebida mais do que antes. Há também algumas provas de que utilizou ópio. Foi mandado para Saratoga Springs, para recuperar a saúde, e voltou a Filadélfia, onde quase morreu duma lesão cardíaca. Naquela ocasião, 1844, estavam residindo os Poe no nº 234 (agora 530) da Rua Sete do Norte, em Filadélfia, numa casa ainda hoje de pé. Ali, embora visitado por vários amigos leais, entre os quais se contavam o romancista Capitão Mayne Reid, George Rex Graham, o gravador Sartain, o editor Louis Godey, o ilustrador F. O. C. Darley, o poeta Hirst, o editor Thomas Clarke e outros, experimentava Poe os tormentos da pobreza e do desespero. Correspondia-se com James Russell Lowell e outras pessoas notáveis, mas era incapaz, por várias

A casa de Poe, "Spring Garden", Filadélfia. Somente a parte baixa se erguia no tempo de Poe.

causas, largamente devidas a seu temperamento e a suas condições físicas, de lutar contra o mundo. Certa vez, no outono de 1843, fez uma tentativa abortada de publicar nova edição de seus contos, com o título de *Romances em prosa de Edgar A. Poe*. Houve uma pequena edição em brochura, para ser vendida a doze cêntimos e meio,, mas o nº 1, contendo "Os crimes da Rua Morgue" e "O homem que foi desmanchado", é o único da série que se saiba tenha aparecido, embora se conheça a existência dum exemplar, contendo apenas a primeira história. Do ponto de vista do colecionador é esse o mais raro de todos os volumes de Poe. O opúsculo foi o sétimo dos trabalhos impressos de Poe. Nenhuma recompensa lhe adveio.

Reduzido à mais horrenda necessidade e encontrando todos os caminhos fechados para si, em Filadélfia, resolveu então voltar para Nova York. A Sra. Clemm ficou, para fechar a casa, e em 6 de abril de 1844, levando sua mulher inválida consigo, Poe seguiu para a cidade de Nova York. Chegou ali na mesma noite, com quatro dólares e meio no bolso e sem fins definidos.

Poe e sua mulher doente acharam abrigo em uma humilde pensão da Rua Greenwich, nº 130. Com imediata necessidade de dinheiro, lançou uma de suas pilhérias favoritas, escrevendo uma história de falsas notícias para o *Sun*, de Nova York, mais tarde publicada com o título de "A balela do balão". Tais "balelas" eram "populares" naquele tempo e favorecidas pelos diretores de jornais. A história era hábil, é notável mesmo agora, e divertiu milhares de pessoas naquele tempo — com grande satisfação para Poe. O dinheiro assim ganho possibilitou a vinda da Sra. Clemm, de Filadélfia, para juntar-se aos dois em Nova York. Deixando a família na pensão da Rua Greenwich, Poe passou a morar sozinho então, na pensão duma Sra. Foster, nº 4, da Rua Ana. Durante a primavera e o verão de 1844, conseguiu arranjar o bastante com artigos vendidos, alguns dos quais apareceram no *Columbia Spy* (Pa.), no *Godey's Lady's Book*, no *Ladies' Home Journal* da época, para manter-se e sustentar a família ainda com dificuldade.

A saúde de Virgínia piorava constantemente e, no começo do verão de 1844, toda a família se mudou para uma fazenda, localizada na estrada de Bloomingdale, onde são hoje a Rua 84 e a Broadway. A fazenda era de propriedade dum bondoso casal de irlandeses, com numerosa família, os Brennan. Ali, durante uns poucos meses, no que era então uma encantadora solidão rural, no formoso Vale do Hudson, parece que Poe gozou breve período de paz. Durante esse intervalo, compôs "O Corvo", ou antes, deu-lhe a redação final, pois se sabe que o poema já existia em versões mais antigas, que remontam a 1842. A própria ideia do corvo foi tirada do *Barnaby Rudge*. Durante o verão, Poe manteve correspondência com James Russell Lowell, que estava escrevendo uma curta biografia de Poe, para o *Graham's Magazine*, e com o Dr. Thomas Holley Chivers, poeta da Geórgia, cuja obra influenciou certamente o autor de "O Corvo".

No outono, achou-se o poeta novamente sem recursos, e a Sra. Clemm pôs-se então, decididamente, em campo para arranjar-lhe algum trabalho pago. Foi ter com Nathaniel P. Willis, então diretor do *Evening Mirror*, de Nova York, e persuadiu-o a empregar Poe em funções redatoriais de menor importância. Em certo dia do outono de 1844, a família mudou-se de novo para uma pensão, na cidade, na Rua da Amizade, nº 15, em Nova York, onde ocuparam poucos quartos.

Poe continuou a fornecer trabalhos de ocasião para Willis e também, pelas colunas do *Mirror*, encontrou oportunidade de chamar a atenção sobre si, dando uma nota favorável das poesias de Miss Barrett (mais tarde Sra. Robert Browning) e metendo-se num infeliz ataque contra Longfellow, conhecido como "A pequena guerra de Longfellow", com numerosas repercussões. Em fins de 1844, estava Poe prestes a cortar relações com Willis, que se conservou seu amigo fiel até o fim. Por intermédio dos bons ofícios de Lowell, fora Poe posto em contato com alguns jornalistas secundários das vizinhanças de Nova York, que se preparavam para lançar um novo semanário, que se chamaria *Broadway Journal*. Para esse jornal foi Poe contratado, com funções redatoriais mais importantes do que as que lhe poderia oferecer Willis.

Casa de campo onde "O Corvo" foi terminado, bem perto da Rua 84 e da Broadway.

Em janeiro de 1845, o poema de Poe "O Corvo" foi publicado anonimamente no *Evening Mirror*, antes de seu aparecimento na *American Whig Review*, de fevereiro. Provocou furor, e no sábado, 8 de fevereiro de 1845, o Sr. Willis tornou a publicá-lo, sob o nome do autor, no *Evening Mirror*. A reputação de Poe tomou imediatamente o aspecto da fama que nunca mais veio a perder. É inútil dizer que nenhum poema na América jamais se tornara tão popular. O poeta continuou a redigir o *Broadway Journal*, no qual prosseguiu na polêmica com Longfellow, resenhou livros, publicou e republicou suas poesias, escreveu resenhas dramáticas e crítica literária, e reimprimiu muitas de suas histórias, agora mais avidamente lidas, por provirem de uma pena famosa. Estava-se também preparando para tornar-se proprietário do *Broadway Journal* e, com esse fim, endividou-se, enquanto querelava com Briggs, um de seus sócios. Começou então, também, pela primeira vez, desde seus antigos dias de Richmond, a levar uma vida menos solitária e a frequentar uma sociedade semiliterária e artística. Poe foi bastante visto, durante o inverno de 1845, nos "salões" de vários escritores e de menores luminares da sociedade de Nova York, que eram conhecidos como "os literatos". Por intermédio do Sr. Willis conheceu uma tal Sra. Fanny Osgood, mulher de um artista de alguma importância e poetisa de segunda ordem, com quem ele logo travou uma amizade íntima, senão amorosa. Acompanhava-a por toda parte, a tal ponto que ela se viu finalmente obrigada, por causa do escândalo provocado e por causa de seu próprio estado de tuberculose, a seguir para Albany. Poe acompanhou-a até ali, depois a Boston, e dali a Providência, em Rhode Island, onde, num passeio solitário, tarde da noite, viu pela primeira vez uma tal Sra. Helen Whitman, com quem mais tarde quase se casaria. O segundo poema chamado "A Helena" celebra esse encontro.

Lowell visitou Poe em Nova York, na primavera de 1845, e encontrou-o levemente embriagado, nos seus aposentos da Broadway, nº 195, para onde ele se havia recentemente mudado. Em julho, o Dr. Chivers também o visitou e viu-o, certas vezes, sob a influência do álcool, mas, não obstante, com as características de seu gênio.

Os negócios de Poe, a despeito de sua crescente fama, não prosperavam. Publicou uma série de artigos no *Godey's Lady's Book*, sobre os literatos de Nova York. Eram esboços pessoais, combinados com os *obiter dicta* do autor e um traço de crítica literária, que causaram considerável rumor naquele tempo e, em um ou dois casos, envolveram Poe em questões pouco dignas. Os "Artigos sobre os literatos" não pertencem à crítica literária mais séria de Poe, mas são essenciais como um comentário fácil e contemporâneo sobre pessoas que ele conhecia, a maior parte delas obscuras.

Em fins de 1845, apesar de seus desesperados esforços, o *Broadway Journal* faliu, deixando seu redator, e já naquele tempo seu único proprietário, endividado, desanimado e doente. Virgínia, sua mulher, continuava a definhar e aproximava-se da morte. Poe achava-se, mais uma vez, sem meios de vida. Entretanto, tinha-se mudado de novo para a Rua da Amizade nº 185. Uma infeliz conferência em Boston, no outono daquele ano, tinha proporcionado uma oportunidade a Poe, então em sério estado nervoso, de fazer mais ou menos uma exibição de si mesmo. O caso foi aproveitado por seus inimigos de Nova York, que o exploraram muito. Essa situação contribuiu para aumentar sua depressão. Apesar disso, porém, conseguira dar a lume, em junho de 1845, seus *Contos*, coleção de histórias suas, selecionadas por E. A. Duyckinck, hábil editor, e publicada por Wiley & Putnam. Seguiu-se-lhe, em dezembro de 1845, *O Corvo e outros poemas*, seleção de seus versos, publicada pelo mesmo editor. Na série de trabalhos de Poe surgidos durante sua vida, constituem esses dois, respectivamente, os livros oitavo e nono. Os *Contos* foram, em alguns casos, publicados em dois volumes e ambas as edições obtiveram pouco êxito. Ao mesmo tempo, sabia-se que Poe estivera a trabalhar em uma antologia de vários escritores americanos, em que se ocupava de vez em quando, durante vários anos. Nunca foi publicada, embora existam alguns fragmentos do manuscrito.

Os negócios de Poe e a saúde de Virgínia urgiam mais uma vez uma mudança para o campo. Enquanto Poe viajava para Baltimore, a fim de fazer conferências, na primavera de 1846, a Sra. Clemm e Virgínia foram de novo passar uma temporada na fazenda de Bloomingdale. Poucas semanas depois, encontramos a família toda numa casa de fazenda, na "Baía da Tartaruga", atualmente Rua 47 e East River. A estada ali foi breve. Poe alugou uma casinha de campo de madeira em Fordham, então uma pequena aldeia, a cerca de quinze milhas de Nova York, e para ali a família se mudou, em fins de maio de 1846.

Na casinhola de Fordham, ainda conservada como relíquia no Poe Park,na cidade de Nova York, o poeta e sua bondosa sogra, Maria Clemm, sofreram juntos os extremos da tragédia da pobreza, da morte e do desespero. O verão de 1846 foi amargurado por uma violenta briga com um tal T. D. English, a quem Poe havia atacado azedamente nos "Artigos sobre os literatos". English então replicou e, depois de um encontro pessoal com Poe, acusou-o de falsificação, no *Mirror*, de Nova York. Poe processou o jornal e conseguiu receber pequena quantia como indenização, em fevereiro de 1847.

A saúde de Poe era excepcionalmente frágil. Sua mulher continuava a definhar rapidamente e ele próprio não conseguia escrever o suficiente nem obter emprego. Durante a maior parte do tempo, a Sra. Clemm, graças a vários artifícios e ardis, conseguiu alimentá-los. Ela, ao mesmo tempo, pedia emprestado e mendigava e viu-se mesmo reduzida à necessidade de cavar legumes, à noite, nos campos das fazendas vizinhas. Com a chegada do frio, as visitas de amigos e

A casa de campo de Edgar A. Poe em Fordham, Nova York.

pessoas curiosas da cidade cessaram e os Poe foram deixados sozinhos, em face dos rigores do inverno, sem combustível ou suficientes roupas e alimentos. Sob tais rigores, Virgínia definhava rapidamente. Jazia numa cama de palha, enrolada no capote de seu marido e com um gato de estimação no colo, para fornecer-lhe calor. Em dezembro de 1846, a família foi visitada por uma amiga de Nova York, a Sra. Marie Louise Shew, que encontrou Virgínia moribunda e Poe e sua "mãe" sem recursos. Graças à sua bondade e um apelo público pelos jornais, as necessidades imediatas da família foram aliviadas e Virgínia pôde morrer em relativa paz, nos fins de janeiro de 1847. Foi enterrada em Fordham, mas depois removida para o lado de seu marido, em Baltimore.

O FIM

Depois da morte de Virgínia, a Sra. Clemm continuou a tratar de Poe, que pouco a pouco voltou a um estado de saúde um tanto melhor. A Sra. Shew auxiliou-a nisso, mas se viu por fim obrigada a retirar-se, devido às exigências amorosas de seu paciente. Ajudado por seus amigos, mais uma vez começou Poe a aparecer em público. Em Fordham, escrevera ele "Eureka", longo "poema em prosa", de forma semicientífica e metafísica, que foi publicado em março de 1848, por Geo B. Putnam, de Nova York. Foi esse o décimo e último dos livros do poeta, publicados durante sua vida, embora se saiba existir uma edição de seus contos, datada de 1849. A natureza de "Eureka" impediu-o de se tornar popular. Poe começou a fazer então conferências, depois de uma viagem a Filadélfia, no verão de 1847, quando outra recaída na bebida quase se revelou fatal.

O fim de sua vida foi assinalado pela publicação de alguns de seus mais notáveis poemas, "Os sinos", "Ulalume", "Annabel Lee" e outros, e por sua paixão por diversas mulheres.

Durante várias viagens, a fim de pronunciar conferências em Lowell, Massachusets, e Providência, em Rhode Island, ficou ele conhecendo Annie Richmond e Sarah Helen Whitman, a primeira, uma mulher casada, e a última, viúva, de certa reputação literária e de considerável encanto. Depois de uma visita a Richmond, na Virgínia, no verão de 1848, na qual tentou travar um duelo com um tal Daniel, redator de um jornal de Richmond, de novo entregou-se à bebida. Começou a fazer a corte à Sra. Whitman, visitando-a muitas vezes em Providência e mantendo uma intensa correspondência. Por fim, obteve o seu hesitante consentimento para casar-se com ele, sob a condição de que se abstivesse da bebida. Poe, porém, então num estado de triste aturdimento, achava-se também "apaixonado", ou tão escravizado à simpatia da Sra. Richmond[1], que, numa tentativa de pôr fim aos seus impossíveis problemas amorosos, tentou suicidar-se, ingerindo láudano, em Boston, em novembro de 1848. A dose foi apenas um vomitório e ele sobreviveu.

---

1 As relações amorosas de Poe integram uma enorme bibliografia, iniciada pelas memórias ou pelas fábulas escritas posteriormente por várias das protagonistas, que não fizeram mais do que aumentar a confusão sobre esse tema. Edmund Gosse resumiu humoristicamente nas seguintes palavras: "Que Poe foi um pertinaz enamorado, constitui um outro encargo irrefutável. Cortejou muitas mulheres, porém sem acarretar dano a nenhuma. A todas agradou muitíssimo. Houve, pelo menos, uma dúzia, e o orgulho que cada uma delas demonstra em suas memórias pelas atenções de Poe somente é igualado pelo seu ódio para com as outras onze."

THE RAVEN
OTHER POEMS.
EDGAR A. POE

Frontispício da edição original de
The raven and other poems.

No dia seguinte, num estado que raiava pela loucura, apareceu em Providência e suplicou à Sra. Whitman que cumprisse sua promessa. Ela, ao que parece, na esperança de talvez salvá-lo, estava inclinada a casar com o poeta, mas a oposição dos parentes e outra volta ao alcoolismo, da parte de Poe, finalmente levaram-na a despedi-lo. Grandemente pesaroso, voltou para Fordham, na mesma noite, para os confortadores cuidados da pobre Sra. Clemm, que se preparava, com relutância, para acolher uma noiva.

Poe tentou abafar o negócio e liquidá-lo com certa fanfarronice. Haviam-se divulgado, porém, notícias do assunto, que causaram considerável escândalo. Ele se pôs então a escrever, com renovada atividade, enquanto continuava sua correspondência com a Sra. Richmond. A infelicidade persistia em acompanhar-lhe os passos, como um cão. Magazines que haviam aceitado seu trabalho faliam, ou suspendiam pagamento, sua saúde novamente piorou, e a Sra. Clemm viu-se obrigada a cuidar dele, em meio do delírio. Finalmente um tanto melhor, mas simples fantasma de si mesmo, empreendeu reviver seu plano de um magazine, *O Estilo*, e, com capital fornecido por um admirador do Oeste, E. H. N. Patterson, partiu para Richmond (Virgínia), na primavera de 1849, esperando obter auxílio ali de velhos amigos. A Sra. Clemm ficou em Nova York, na casa duma poetisa, em Brooklyn, que devia favores a Poe.

A caminho de Richmond, Poe se deteve em Filadélfia, onde começou de novo a beber, andando a vagar num estado de demência. Por fim foi salvo da prisão e tirado das ruas por alguns amigos fiéis, que reuniram a quantia suficiente para enviá-lo a seu destino.

Avisado por uma quase aproximação da morte em Filadélfia, Poe lutou com todas as forças que lhe restavam para abster-se da bebida, e durante algum tempo conseguiu-o. Em Richmond, pôde, com auxílio de velhos amigos e de outras pessoas, que agora reconheciam tanto sua fraqueza quanto seu gênio, encenar uma breve *rentrée*. Fez conferências em Richmond e em Norfolk com grande êxito; apareceu com aplausos e dignidade na sociedade, e se tornou, finalmente, depois de alguma dificuldade, mais uma vez merecedor de obter a promessa de casamento de seu amor da mocidade, Elmira Royster — agora Sra. A. B. Shelton, viúva em boa situação.

Os preparativos para o casamento prosseguiram. A data foi marcada. Por algum tempo, parecia que o romance da mocidade do poeta com Elmira ia merecer a recompensa de sua mão e de um vultoso quinhão da viúva. Cartas foram escritas à Sra. Clemm participando o estado de coisas, e Poe estava pronto a voltar a Nova York, a fim de trazê-la a Richmond, para assistir ao casamento. Pouca dúvida pode haver de que em todos esses planos visse Poe não apenas a volta de sua "perdida Lenora", mas uma velhice confortável, preparada para a Sra. Clemm, refúgio contra o mundo e vitória sobre a pobreza. Até o fim, escrevia ele à Sra. Clemm, dizendo que ainda amava a Sra. Annie Richmond e desejava que o "Sr. R***" morresse. Com essa carta, uma das últimas que escreveu, a curiosa história de seus amores acaba em contradição e ambiguidade, como começara.

Tomando uma pequena quantia de dinheiro, que recebera do produto de uma conferência realizada pouco antes de sua partida, Poe deixou Richmond de manhã bem cedo, em 23 de setembro de 1849. Passara a tarde anterior com a Sra. Shelton e o casamento fora marcado para 17 de outubro. Poe não conseguira abster-se completamente de beber, enquanto estivera em Richmond, e se encontrava indubitavelmente num estado anormal, quando partiu. O inquérito, porém, mostra que ele se achava perfeitamente sóbrio naquela ocasião particular.

Viajou de navio até Baltimore e ali chegou em 29 de setembro. O que lhe aconteceu, naquela cidade, não pode ser exatamente afirmado até hoje. Desenrolava-se uma eleição e a maioria das provas aponta o fato de que ele começou a beber e caiu nas mãos duma quadrilha de *repeaters*[2], que provavelmente lhe ministraram algum licor com drogas e o fizeram votar. No dia 3 de outubro, foi encontrado pelo Dr. James E. Snodgrass, velho amigo, em horrível estado, numa sórdida taberna da Rua Lombard. Mandando avisar um parente de Poe, o Dr. Snodgrass levou o poeta, agora inconsciente e moribundo, num carro, até o Hospital Washington e o pôs sob os cuidados do Dr. J. J. Moran, que era o médico-residente. Seguiram-se muitos dias de delírio, com apenas poucos intervalos de lucidez parcial. Chamava repetidamente por um tal "Reynolds" e revelava todos os indícios de extremo desespero. Finalmente, na manhã de domingo, 7 de outubro de 1849, aquietou-se e pareceu repousar por breve tempo. Depois, movendo devagar a cabeça, disse: "Senhor, ajudai minha pobre alma".

E assim morreu, como vivera — em grande miséria e tragicamente.

Agosto de 1927.

O túmulo de Edgar A. Poe no adro da igreja de Westminster, em Baltimore, Maryland.

2 Eleitores que, nos Estados Unidos, votam duas vezes na mesma eleição. (N. T.)

Breve cronologia

1806. Casa-se o jovem ator David Poe, de Baltimore (Maryland), com Isabel Arnold, jovem atriz, nascida em Londres.

1807. Nasce William Henry Poe, irmão mais velho de Edgar, na cidade de Boston.

1809. Nasce na cidade de Boston (Massachusetts), em 19 de janeiro, Edgar Poe.

1810. Nasce em Norfolk (Virgínia) Rosália, irmã de Edgar.

1811. A mãe de Edgar Poe morre de tuberculose, em 10 de dezembro, com 24 anos, em Richmond (Virgínia). Edgar, com apenas dois anos, é adotado pelo comerciante escocês John Allan e sua esposa Frances Keeling Valentine Allan.

1815. Parte com os Allan para a Inglaterra e recebe instrução em escolas de Londres até 1820.

1820. Regresso dos Allan com Edgar aos Estados Unidos.

1822. Entra na escola de Joseph Clarke, em Richmond (Virgínia).

1826. Matricula-se em 14 de fevereiro na Universidade da Virgínia, de onde regressa em dezembro, tendo-se destacado pelas suas qualidades intelectuais e esportivas, mas também por bebedeiras e jogatinas.

1827. Rompe com seu pai adotivo, deixa Richmond e parte para Boston, onde consegue editar seu primeiro livro *Tamerlane and other poems* (*Tamerlão e outros poemas*). O livro não traz nome de autor, mas apenas "Um Bostoniano", e passa despercebido. Sem meios de vida, alista-se, em 26 de maio, no Exército dos Estados Unidos, sob o nome de Edgar A. Perry.

1828. Procura, por meio de correspondência, reconciliar-se com seu pai adotivo, mas sem resultado.

1829. Em 1º de janeiro é promovido a sargento-mor, o mais alto posto para alistados. Morre Frances Allan, sua mãe adotiva. John Allan promete auxiliar Edgar a entrar para a Academia Militar de West Point. É desligado do Exército em 15 de abril. Munido de numerosas cartas de recomendação, parte para Washington. Espera quase um ano pela solução de seu caso, residindo em Baltimore com sua tia Maria Clemm, irmã de seu pai, a filha dela, Virgínia, que seria sua esposa mais tarde, e seu irmão William Henry Leonard Poe. Sai em dezembro seu segundo livro de versos: *Al Aaraaf, Tamerlane and minor poems*.

1830. Em 1º de julho é admitido como cadete na Academia Militar de West Point.

1831. É expulso, por desobediência, da Academia Militar e instala-se em Nova York e depois em Baltimore, em casa de sua tia Maria Clemm. Publica, quando em Nova York, seu terceiro volume de poemas, intitulado *Poems, second edition*. Em agosto desse ano, morre seu irmão Wiliam Henry. Dedica-se à prosa, escrevendo contos.

1833. Obtém um prêmio de cinquenta dólares pelo seu conto "Manuscrito encontrado numa garrafa", num concurso de contos organizado pelo semanário *The Saturday Visitor* (*O Visitante do Sábado*), de Baltimore. Consegue publicar contos no referido semanário e em revistas.

1834. Morre John Allan, sem nada deixar a Poe em seu testamento.

1835. Torna-se, com grande êxito, redator do *Southern Literary Messenger* (*Mensageiro Literário do Sul*), de Richmond, em que desenvolve grande atividade literária, escrevendo contos, alguns poemas e numerosas críticas literárias. Em 22 de setembro, casa-se secretamente com sua prima Virgínia, menor de 14 anos.

1836. Numa segunda cerimônia, torna público seu casamento com sua prima Virgínia, em 16 de maio.

1837. Deixa a redação do *Southern Literary Messenger* e parte com sua sogra e sua esposa para Nova York.

1838. É publicado em Nova York e em Londres seu romance *A narrativa de Arthur Gordon Pym*. Planeja sem êxito publicar uma revista própria. Segue em fins de agosto para Filadélfia.

1839. Torna-se redator e crítico do *Gentleman's Magazine*, de Filadélfia. Em dezembro aparece, em dois volumes, sua coletânea de contos, sob o título de *Tales of the grotesque and arabesque* (*Contos do grotesco e arabesco*), mas a página do título traz a data de 1840. A obra contém 25 contos, todos já publicados antes em revistas, exceto "Por que o francesinho está com a mão na tipoia". Deixa a redação do *Gentleman's Magazine*.

1841. Passa a trabalhar na redação do *Graham's Magazine*, de Filadélfia, onde apareceram alguns de seus melhores trabalhos. Publica seus famosos contos policiais "Os crimes da Rua Morgue" (1841) e "O mistério de Maria Roget" (1842).

1842. Deixa em abril a redação do *Graham's Magazine*. Virgínia apresenta os primeiros sintomas de tuberculose. Encontro com Dickens, com quem discute o problema dos direitos autorais. Publica no número de 20 de junho do *Dollar Newspaper* seu conto "O escaravelho de ouro", que recebe um prêmio de cem dólares.

1843. Sua fama se difunde como redator, crítico, contista e poeta. Tenta novamente lançar uma revista própria, intitulada *The Stylus* (*O Estilo*), mas é malsucedido.

1844. Muda-se com a esposa gravemente doente para Nova York. Para obter dinheiro, publica no *New York Sun*, anunciando-a como coisa verdadeira, a sua "A balela do balão", que causa grande sensação. Sua sogra vai morar com ele. Ganha a vida publicando contos em várias revistas. Muda-se para uma casa de campo, em busca de melhores ares para Virgínia. Completa seu famoso poema "O Corvo", no qual vinha trabalhando desde 1842. Passa a escrever para o *Evening Mirror* (*Espelho da Tarde*) e volta a morar no centro de Nova York.

1845. Publica, em janeiro, anonimamente, no *Evening Mirror* seu poema "O Corvo", que torna a aparecer na *American Whig Review*, de fevereiro. O êxito é tamanho que o *Evening Mirror* torna a publicar, em 8 de fevereiro, o poema, agora com o nome do autor. Redator-chefe e proprietário do *Broadway Journal*. Famoso, frequenta salões literários e artísticos. O editor E. A. Duyckinck publica uma seleção dos contos de Edgar Poe, em junho, e em dezembro *O Corvo e outros poemas*. Aparece na *Revue Britannique*, que se publica em Paris, uma versão francesa de "O escaravelho de ouro" por Borghers. O *Broadway Journal*, de sua propriedade, encerra sua publicação. Publica no *Godey's Lady's Book* uma série de artigos contra os "literatos" de Nova York.

1846. Piorando o estado de saúde de Virgínia, muda-se para uma pequena casa de campo, em Fordham (Nova York).

1847. Em 30 de janeiro, na mais extrema miséria, morre Virgínia, em Fordham. Em dezembro é publicado seu poema "Ulalume", na *American Whig Review*.

1848. Publicação de seu ensaio filosófico "Eureka". Conferências em várias cidades. Amizades femininas: a Sra. Shew, a Sra. Lewis, a Sra. Locke, a Sra. Richmond e a Sra. Whitman, a quem pede em casamento. Tentativa de envenenamento com láudano. Crises de alcoolismo. Ataque de paralisia facial. Desfaz-se o noivado com a Sra. Whitman. Aparece em julho, em *La Liberté de Penser*, o primeiro conto de Poe, "Revelação mesmeriana", traduzido por Baudelaire, grande admirador e entusiasta divulgador da obra de Edgar A. Poe.

1849. Nova tentativa para publicar *The Stylus*, mas sem resultado. Procura reagir ao vício do alcoolismo. Faz conferências em Richmond e Norfolk. Reencontra, agora viúva, sua antiga namorada Elmira Royster, com quem trata casamento, embora se confesse apaixonado pela Sra. Richmond. Marca o casamento para 17 de outubro e em 23 de setembro parte de Richmond para Nova York. De passagem por Baltimore, cai em mãos de cabos eleitorais que o embriagam para fazê-lo votar. Em 3 de outubro é encontrado por seu amigo Dr. James E. Snodgrass, em miserável estado, numa tasca. Levado para o hospital local e após vários dias de delírio, vem a falecer em 7 de outubro de 1849, dizendo: "Senhor, ajudai minha pobre alma".

1856. Em 12 de março o editor Michel Lévy publica as *Histórias extraordinárias*, de Poe, traduzidas por Baudelaire, que escreve também uma introdução sobre sua vida e obra.

1875. Em 17 de novembro, inauguração do monumento à sua memória, em Baltimore.

1902. Edição crítica, em 17 volumes, de *The complete works of Edgar Allan Poe* (*As obras completas de Edgar Allan Poe*), por James A. Harrison, professor da Universidade de Virgínia, conhecida como *Virginia Edition*.

Retrato de Isabel Hopkins, mãe de Poe.

O homem e a obra

Charles Baudelaire

É um prazer bem grande e bem útil comparar os traços fisionômicos dum grande homem com suas obras. As biografias, as notas sobre os costumes, os hábitos, o físico dos artistas e dos escritores sempre suscitaram uma curiosidade bem legítima. Quem não procurou algumas vezes a acuidade do estilo e a nitidez das ideias de Erasmo no recorte acentuado de seu perfil, o calor e o tumulto de suas obras na cabeça de Diderot e na de Mercier, onde um pouco de fanfarronada se mistura à bonomia; a ironia obstinada no sorriso persistente de Voltaire, sua careta de combate, o poder de comando e de profecia no olhar lançado para o horizonte, e a sólida figura de José de Maistre, águia e boi ao mesmo tempo? Quem não se deu ao engenhoso trabalho de decifrar a *Comédia humana* na fronte e no rosto potentes e complicados de Balzac?

Edgar Poe era de estatura um pouco abaixo da média, mas todo o seu corpo era solidamente constituído. Tinha pés e mãos pequenos. Antes de vir a ter sua compleição combalida, era capaz de maravilhosas proezas de força. Dir-se-ia que a Natureza, e creio que isso já foi muitas vezes observado, torna a vida bastante dura àqueles de quem deseja extrair grandes coisas. De aparência muitas vezes mesquinha, são talhados como atletas, tão bons para o prazer como para o sofrimento. Balzac, assistindo aos ensaios de *Recursos de Quinola*, dirigindo-os e desempenhando ele próprio todos os papéis, corrigia provas de seus livros, ceava com os atores, e quando toda a gente fatigada ia dormir, entregava-se ele de novo vivamente ao trabalho. Todos sabem que enormes excessos de insônia e de sobriedade praticou ele. Edgar Poe, na mocidade, se distinguira bastante em todos os exercícios de destreza e de força; isso condizia um pouco com seu talento: cálculos e problemas. Um dia, apostou que partiria dum dos cais de Richmond, que subiria a nado umas sete milhas o Rio James e voltaria a pé no mesmo dia. E o fez. Era um dia ardente de verão. Nem por isso passou lá tão mal. Aspecto, gestos, marcha, posição da cabeça, tudo o assinalava, quando se achava ele nos seus bons dias, como um homem de alta distinção. Era *marcado* pela Natureza, como essas pessoas que, num grupo, no café, na rua, *atraem* o olhar do observador e o preocupam. Se jamais a palavra "estranho", de que tanto se abusou nas descrições modernas, se aplicou bem a alguma coisa, foi certamente ao gênero de beleza de Poe. Suas feições não eram vultosas, mas bastante regulares, a tez dum moreno-claro, a fisionomia triste e distraída, e se bem que não a apresentasse, nem o tom da cólera nem o da insolência tinham algo de penoso. Seus olhos, singularmente belos, à primeira vista pareciam dum cinzento sombrio; melhor examinados, porém, mostravam-se gelados por uma leve tonalidade violeta indefinível. Quanto à fronte, era majestosa, não que lembrasse as proporções ridículas que os maus artistas inventam, quando, para lisonjear o gênio, transformam-no em hidrocéfalo, mas dir-se-ia que uma força interior desbordante impelia para diante os órgãos da perfeição e da construção. As partes a que os craniologistas atribuem o sentido do pitoresco não estavam, no entanto, ausentes, mas pareciam deslocadas, oprimidas, acotoveladas pela tirania soberba e usurpadora da comparação, da construção e da casualidade. Sobre essa fronte tronava também, num orgulho calmo, o sentido da idealidade e do belo absoluto, o senso estético por excelência. Malgrado todas essas qualidades, aquela cabeça não apresentava um conjunto agradável e harmonioso. Vista de lado, feria e dominava a atenção pela expressão dominadora e inquisitorial da fronte, mas o perfil revelava certas deficiências; havia uma imensa massa de crânio, adiante e atrás, e medíocre quantidade no meio; afinal uma enorme potência animal e intelectual, e uma falha no lugar da venerabilidade e das qualidades afetivas. Os ecos desesperados da melancolia, que atravessam as obras de Poe, têm um acento penetrante, é verdade, mas é preciso dizer também que é uma melancolia bem solitária e pouco simpática para o comum dos homens.

Tinha Poe os cabelos negros, semeados de alguns fios brancos, grosso bigode eriçado, que ele esquecia de pôr em ordem e alisar devidamente. Trajava com bom gosto, mas negligentemente, como um cavalheiro que tem bem outras coisas que fazer. Suas maneiras eram perfeitas, muito polidas e cheias de segurança. Mas sua conversação merece menção especial. A primeira vez que interroguei um americano a esse respeito, respondeu-me ele, rindo muito: *"Oh, oh! ele tinha uma conversa que não era lá muito consecutiva!"*. Depois de algumas explicações, compreendi que Poe dava vastas pernadas no mundo das ideias, como um matemático que fizesse uma demonstração diante de alunos já bem fortes em Matemática, e que ele monologava muito. Na verdade, era uma conversa essencialmente nutritiva. Não era um *beau parleur*, e aliás sua palavra, como seus escritos, tinha horror à convenção; mas um vasto saber, o conhecimento de várias línguas, sólidos estudos, ideias colhidas em vários países faziam dessa palavra um ensinamento incomparável. Enfim, era um homem para ser frequentado pelas pessoas que medem sua amizade pelo ganho espiritual que podem auferir duma convivência. Mas parece que Poe tenha sido pouco severo na escolha de seu auditório. Que seus auditores fossem capazes de compreender suas abstrações sutis, ou admirar as gloriosas concepções, que rasgavam continuamente com seus clarões o céu sombrio de seu cérebro, era coisa que não lhe causava preocupação.

*

Vou procurar dar uma ideia do caráter geral que domina as obras de Edgar Poe. Ele se apresenta sob três aspectos: crítico, poeta e romancista; e mais, no romancista há um filósofo. Quando foi chamado para dirigir o *Mensageiro Literário do Sul (Southern Literary Messenger)*, ficou estipulado que ganharia 2.500 francos por ano. Em troca de tão medíocres honorários, deveria encarregar-se da leitura e escolha dos trechos destinados à composição do número do mês, e da redação da parte chamada editorial, isto é, da análise de todas as obras aparecidas e da apreciação de todos os fatos literários. Além disso, contribuiria muitas vezes com um conto ou uma poesia. Durante dois anos, pouco mais ou menos, exerceu essa tarefa. Graças à sua ativa direção e à originalidade de sua crítica, o *Mensageiro Literário do Sul* atraiu dentro em pouco todas as atenções. Tenho, diante de mim, a coleção dos números desses dois anos. A parte *editorial* é considerável; os artigos são bastante longos. Muitas vezes, no mesmo número, encontra-se a resenha dum romance, dum livro de poesia, dum livro de medicina, de física ou de história. Todas são feitas com o maior cuidado, e denotam no autor um conhecimento das diversas literaturas e uma aptidão científica, que recordam os escritores franceses do século XVIII. Parece que durante seus precedentes tempos miseráveis, Edgar Poe havia posto seu tempo a juros e agitado um ror de ideias. Há ali uma coleção notável de apreciações críticas dos principais autores ingleses e americanos, muitas vezes de memórias francesas. De onde partia uma ideia, qual era sua origem, seu objetivo, a que escola pertencia ela, qual era o método do autor, salutar ou perigoso, tudo isso era nitidamente, claramente, rapidamente explicado. Se Poe atraiu fortemente as atenções sobre si, arranjou também numerosos inimigos. Profundamente penetrado por suas convicções, fez guerra infatigável aos falsos raciocínios, às imitações bobas, aos barbarismos e a todos os delitos literários, que se cometem diariamente nos jornais e nos livros. Desse lado, nada havia a reprochar-lhe. Pregava com o exemplo. Seu estilo é puro, adequado às ideias, dando delas a expressão exata. Poe é sempre correto. Fato bastante assinalável é que um homem de imaginação tão erradia e tão ambiciosa seja ao mesmo tempo tão amoroso das regras, e capaz de análises estudiosas e de pacientes pesquisas. Dir-se-ia uma antítese feita carne. Sua glória de crítico prejudicou bastante sua fortuna literária. Muitos se quiseram vingar. Não houve censuras que não lhe lançassem mais tarde em rosto, à medida que sua obra se avolumava. Toda a gente conhece esta longa e banal ladainha: imoralidade, falta de ternura, ausência de conclusões, extravagância, literatura inútil. A crítica francesa jamais perdoou a Balzac o *Grande homem provinciano em Paris*.

Como poeta, Edgar Poe é um homem à parte. Representa quase sozinho o movimento romântico do outro lado do Oceano. É o primeiro americano que, propriamente falando, fez do seu estilo uma ferramenta. Sua poesia, profunda e gemente, é, não obstante, trabalhada, pura, correta e brilhante, como uma joia de cristal. Edgar Poe amava os ritmos complicados, e, por mais complicados que fossem, neles encerrava uma harmonia profunda. Há um pequeno poema seu, intitulado "Os sinos", que é uma verdadeira curiosidade literária; traduzível, porém, não o é. "O Corvo" logrou vasto êxito. Segundo afirmam Longfellow e Emerson, é uma maravilha. O assunto é quase nada, e é uma pura obra de arte. O tom é grave e quase sobrenatural, como os pensamentos da insônia; os versos caem um a um, como lágrimas monótonas. No "País dos sonhos", tentou descrever a sucessão dos sonhos e das imagens fantásticas que assaltam a alma quando o olho corpóreo está cerrado. Outros poemas como "Ulalume" e "Annabel Lee" gozam de igual celebridade. Mas a bagagem poética de Poe é diminuta. Sua poesia, condensada e laboriosa, custava-lhe, sem dúvida, muito esforço e ele necessitava muitas vezes de dinheiro, para que se pudesse entregar a essa dor voluptuosa e infrutífera.

Como novelista e romancista, Edgar Poe é único no seu gênero, como Maturin, Balzac, Hoffmann, cada um no seu. Os variados trabalhos que espalhou em revistas foram reunidos em dois grupos, um, *Contos do grotesco e arabesco*, o outro, *Contos de Edgar A. Poe*, edição de Wiley & Putnam. Forma tudo um total de 72 trabalhos mais ou menos. Há ali bufonadas violentas, puro grotesco, aspirações desenfreadas para o infinito e uma grande preocupação pelo magnetismo.

*

Nele é atraente toda entrada em assunto, sem violência, como um turbilhão. Sua solenidade surpreende e mantém o espírito alerta. Sente-se, desde o princípio, que se trata de algo grave. E lentamente, pouco a pouco, se desenrola uma história, cujo interesse inteiro repousa sobre um imperceptível desvio do intelecto, sobre uma hipótese audaciosa, sobre uma dosagem imprudente da Natureza no amálgama das faculdades. O leitor, tomado de vertigem, é constrangido a seguir o autor em suas arrebatadoras deduções.

Nenhum homem jamais contou com maior magia as *exceções* da vida humana e da natureza; os ardores de curiosidade da convalescença; o morrer das estações sobrecarregadas de esplendores enervantes, os climas quentes, úmidos e brumosos, em que o vento do sul amolece e distende os nervos, como as cordas de um instrumento, em que os olhos se enchem de lágrimas, que não vêm do coração; a alucinação deixando, a princípio, lugar à dúvida, para em breve se tornar convencida e razoadora como um livro; o absurdo se instalando na inteligência e governando-a com uma lógica espantosa; a histeria usurpando o lugar da vontade, a contradição estabelecida entre os nervos e o espírito, e o homem descontrolado, a ponto de exprimir a dor por meio do riso. Analisa que há de mais fugitivo, sopesa o imponderável e descreve, com essa maneira minuciosa e científica, cujos efeitos são terríveis, todo esse imaginário que flutua em torno do homem nervoso e o impele para a ruína.

*

Geralmente Edgar Poe suprime as coisas acessórias, ou pelo menos não lhes dá senão um valor mínimo. Graças a essa sobriedade cruel, a ideia geratriz se torna mais visível e o assunto se recorta ardentemente, sobre esses segundos planos nus. Quanto a seu método de narração, é simples. Abusa do "eu" com uma cínica monotonia. Dir-se-ia que está tão certo de interessar, que pouco se preocupa em variar seus meios. Seus contos são quase sempre narrativas ou manuscritos do personagem principal. Quanto ao ardor com que trabalha muitas vezes no que é horrível, observei em muitos homens que isso se deve a uma imensa energia vital sem exercício, por vezes a uma castidade obstinada e também a uma profunda sensibilidade recalcada. A volúpia sobrenatural, que o homem pode experimentar em ver correr seu próprio sangue, os movimentos bruscos e inúteis, os grandes gritos lançados ao ar quase involuntariamente são fenômenos análogos. A dor é um alívio para a dor, a ação repousa do repouso.

*

Nos contos de Poe jamais se encontra amor. Pelo menos, "Ligeia" e "Eleonora" não são, propriamente falando, histórias de amor, sendo outra a ideia principal sobre a qual giram as obras. Talvez acreditasse ele que a prosa não é uma linguagem à altura desse estranho e quase intraduzível sentimento; porque suas poesias, em compensação, estão fortemente saturadas de amor. A divina paixão nelas aparece magnífica, constelada, e sempre velada por uma irremediável melancolia. Nos seus artigos, fala algumas vezes de amor, como de uma coisa cujo nome faz a pena estremecer. No "Domínio de Arnheim", afirmará que as quatro condições elementares da felicidade são: a vida ao ar livre, o *amor duma mulher*, o desprendimento de qualquer ambição e a criação dum Belo novo. O que corrobora a ideia da Sra. Frances Osgood referente ao respeito cavalheiresco de Poe pelas mulheres é que, malgrado seu prodigioso talento para o grotesco e para o horrível, não há em toda a sua obra uma única passagem que se refira à lubricidade ou mesmo aos prazeres sensuais. Seus retratos de mulheres são, por assim dizer, aureolados; brilham em meio dum vapor sobrenatural e são pintados à maneira enfática dum adorador. — Quanto aos *pequenos episódios romanescos*, há motivo para espanto que uma criatura tão nervosa, cuja sede do Belo era talvez o traço principal, tenha por vezes, com ardor apaixonado, cultivado a galantaria, essa flor vulcânica e almiscarada, para a qual o cérebro fervente dos poetas é terreno predileto?

Em Edgar Poe não há choraminguices enervantes, mas por toda a parte, incessantemente, o ardor infatigável pelo ideal. Como Balzac, que morreu talvez triste por não ser um puro sábio, tem sanhas de ciência. Escreveu um *Manual do concologista*. Tem, como os conquistadores e os filósofos, uma aspiração arrebatadora para a unidade; assimila as coisas morais às coisas físicas. Dir-se-ia que procura aplicar à literatura os processos da filosofia, e à filosofia o método da álgebra. Nessa incessante ascensão para o infinito, perde-se um pouco o fôlego. O ar fica rarefeito nessa literatura, como num laboratório. Contempla-se aí sem cessar a glorificação da vontade, aplicando-se à indução e à análise. Poe parece querer arrancar a palavra aos profetas e atribuir-se o monopólio da explicação racional. Assim, as paisagens que servem por vezes de fundo a suas ficções febris são pálidas como fantasmas. Poe, que não partilhava das paixões dos outros homens, desenha árvores e nuvens que se assemelham a sonhos de nuvens e de árvores, ou antes, que se assemelham a seus estranhos personagens, agitadas, como eles, por um calafrio sobrenatural e galvânico.

Os personagens de Poe, ou melhor, o personagem de Poe, o homem de faculdades superagudas, o homem de nervos relaxados, o homem cuja vontade ardente e paciente lança um desafio às dificuldades, aquele cujo olhar está ajustado, com a rigidez duma espada, sobre objetos que crescem, à medida que ele os contempla — é o próprio Poe. E suas mulheres, todas luminosas e doentes, morrendo de doenças estranhas e falando com uma voz que parece música, são ele ainda; ou pelo menos, por suas aspirações estranhas, por seu saber, por sua melancolia incurável, participam fortemente da natureza de seu criador. Quanto à sua mulher ideal, à sua Titânide, revela-se em diferentes retratos, esparsos nas suas poesias pouco numerosas, retratos, ou antes, maneiras de sentir a beleza, que o temperamento do autor aproxima e confunde numa unidade vaga, mas sensível, e onde vive mais delicadamente talvez que em qualquer parte esse amor insaciável do Belo, que é seu grande título, isto é, a soma de seus títulos à afeição e ao respeito dos poetas.

Influência de Poe no estrangeiro

Oscar Mendes

Um livro inteiro de centenas de páginas e não apenas uma simples nota informativa seria preciso se quiséssemos demonstrar a influência de Edgar Poe sobre escritores das mais diversas nacionalidades. Aliás, já existem obras sobre o assunto, especialmente os trabalhos de Léon Lemonnier, Léon e Frédéric Saisset, Cambiaire. Na impossibilidade de um trabalho completo para esta edição, damos aqui apenas uma visão geral do que tem sido a influência do autor de "O Corvo" em alguns países.

Inegavelmente deve-se à França a difusão universal da obra de Poe. Foi por meio da tradução de Baudelaire que o mundo literário ocidental tomou conhecimento da novidade e do valor da mensagem do escritor norte-americano. As traduções que de seus contos surgiram em muitos países foram feitas sobre a tradução de Baudelaire e não sobre o original inglês. Em 1845 aparece na *Revue Britannique,* que se publica em Paris, com uma notícia de Amédée Pichot, uma tradução por Borghers de "O escaravelho de ouro". Mas somente no ano seguinte, em 1846, começa a verdadeira popularidade de Poe, na França, quando surge em *La Quotidienne*, sob o título de "Um Crime sem Exemplo nos Fastos da Justiça", uma adaptação feita por G. B. do conto "Os crimes da Rua Morgue". O mesmo conto aparece meses mais tarde em tradução assinada pelas iniciais O. N. (Old Nick, pseudônimo de Émile Forgues), com o título de "Um sangrento enigma".

Outros tradutores se seguem, como Isabelle Meunier, Léon de Wailly e William Hughes, até que, em 15 de julho de 1848, aparece em *La Liberté de Penser*, acompanhada de uma notícia sobre o autor, a tradução de "Revelação mesmeriana" feita por Baudelaire, tradução que iria iniciar a verdadeira marcha de Poe pelos caminhos da literatura universal. Baudelaire foi traduzindo novos contos de Poe e, em 12 de março de 1856, o editor Michel Lévy lançava num volume in-12 as *Histórias extraordinárias*, de Poe, treze contos, traduzidos por Baudelaire, que é também autor de uma introdução sobre Edgar Poe, sua vida e sua obra. Estava assim projetado no mundo literário francês o escritor que trazia para a literatura, como do próprio Baudelaire dissera Victor Hugo, um *frisson nouveau*. Esse "arrepio novo" iria transmitir-se a dezenas de escritores não só da França, mas de numerosos outros países, e não apenas escritores medianos, mas até mesmo os nomes mais destacados e mais em evidência.

O primeiro discípulo de Poe foi Émile Gaboriau com seus romances policiais que tinham como protagonista o policial Lecoq. Escritor medíocre, soube, no entanto, desenvolver aquilo que Poe começara com suas novelas policiais. Outro conhecidíssimo imitador e seguidor de Poe foi Júlio Verne, na linha do romance de ficção científica, de aventuras fantásticas. O que deve a Poe é enorme. *Drama nos ares* e *cinco semanas em balão* derivam de "Hans Pfaall" e "A balela do balão". *A esfinge dos gelos* é continuação de "A narrativa de Arthur Gordon Pym". *A jangada* desenvolve um tema existente em "O escaravelho de ouro". Em *Vinte mil léguas submarinas* há reminiscências de "Descida no Maelström". *A volta ao mundo em oitenta dias* parte da ideia do conto de Poe "Três domingos em uma semana". *Castelo dos Cárpatos* está na linha dos solares misteriosos de Poe. A ideia de o "Diabo no campanário" é aproveitada por Verne em *O doutor Ox*, que no mesmo livro se vale de outra ideia de Poe em "[Palestra de] Eiros e Charmion". *Da Terra à Lua* é a história de Hans Pfaal revivida.

Théophile Gautier, Prosper Mérimée, Barbey d'Aurevilly, Maupassant, Jean Richepin, Huysmans, Maurice Beaubourg, Ernest Heilo, Jean Lorrain, Henri de Régnier, Marcel Schwob e J. H. Rosny (este no setor do romance científico) são dos mais proeminentes autores franceses de comprovada influência poesca. Mas a todos supera Villiers de l'Isle-Adam, cognominado o Poe francês, que com seus *Contos cruéis* se mostrou um discípulo fiel que muitas vezes superou o mestre. Sua paixão e admiração por Poe levavam-no a decorar deste contos inteiros, que declamava com emoção impressionante.

Contam-se ainda como influenciados por Poe os escritores alsacianos Erckmann-Chatrian e Henri Rivière, Octave Mirbeau, Eugène Mouton, que chegou a escrever também uma cosmogonia, à moda de "Eureka", intitulada *A origem da vida*. O romance policial teve com Gaston Leroux e Maurice Leblanc os melhores seguidores de Poe e Gaboriau. No teatro com Sardou, Fleischmann e Laumann, Poe foi imitado e adaptado. O chamado teatro de terror, *Grand Guignol*, tem em Poe sua origem e André de Lorde e Lenormant são seus grandes fornecedores.

Mas não apenas na prosa exerceu Poe sua ação fecundante e renovadora. Na poesia, especialmente no movimento simbolista, Poe está presente. Podemos reconhecer-lhe a marca genial não apenas em Baudelaire, sobre o qual sua influência foi enorme e intensa, mas em Mallarmé, que lhe traduziu muitos poemas e lhe dedicou, por ocasião da ereção do monumento fúnebre em Baltimore à memória de Poe, o seu célebre soneto que começa "*Tel qu'en lui-même, enfin, l'éternité le change* ", em Verlaine, Rimbaud e Paul Valéry que o considerava o "poeta máximo". Interessante é que a influência de Poe se exerceu com intensidade nas artes plásticas e até mesmo na música, como o revela a seguinte confissão de Maurice Ravel: "No que se refere à técnica musical, meu mestre foi certamente Edgar Allan Poe. Para mim, a mais bela dissertação sobre composição, decerto a que mais influência exerceu sobre mim, foi o ensaio de Poe sobre a gênese de um poema."

Na Bélgica, Rodenbach e Maeterlinck (*Pelléas et Mélisande*) não negam influências poescas. Na Alemanha, onde o conto de terror era tradição na forma de Hoffmann, um autor como Poe, que renovava o gênero, não podia deixar de encontrar aceitação e ter repercussão. Todos os escritores românticos alemães, como o citado Hoffmann, Novalis, Tieck, Lenau, Platen e Achim von Arnim já haviam preparado o caminho para a popularidade de Poe, e entre os mais conhecidos imitadores do autor de "O gato preto" contam-se Hanns-Heins Ewers e Gustav Meyrink.

Na Inglaterra, a tradução de "A narrativa de Arthur Gordon Pym", em 1844, não logrou repercussão, mas quando no ano seguinte foi publicado "O Corvo" na imprensa inglesa a voga de Poe foi imensa. A famosa poetisa Elizabeth Barrett Browning escrevia a um amigo: "Uma sensação de horror, como convinha que se desse; ouço falar de pessoas que vivem perseguidas e assombradas pelo 'nunca mais', e uma de minhas conhecidas que tem a desgraça de possuir um busto de Palas não ousa mais olhá-lo assim que escurece um pouco". Logo após a morte de Poe, a publicação em Londres do necrológio caluniador de Griswold provocou um violento artigo na *Revista de Edimburgo* que terminava chamando Poe "um pulha de marca". Mas desde que John

Ingram lhe publicou, em 1874, as obras completas e as acompanhou de uma biografia, a reabilitação de Poe começou e sua fama espalhou-se. Swinburne e Oscar Wilde reconhecem-no como mestre. A chamada escola pré-rafaelita e especialmente seu chefe, Dante Gabriel Rossetti, tiveram-no como modelo admirado e imitado.

Mas a revelação mais importante da influência de Poe na Inglaterra ocorre com a estreia da novela policial de Conan Doyle *Um estudo em vermelho* em 1889, no *Lippincott's Magazine*, na qual aparece o policial Sherlock Holmes, evidentemente calcado no Dupin, de Poe. A fama e a popularidade coroaram as subsequentes novelas de Conan Doyle e o romance policial, como já o mostramos na nossa nota sobre os contos policiais de Poe, tornou-se um gênero dos mais cultivados na Inglaterra, nos Estados Unidos, na Alemanha, na França e outros países. O romance científico e de acontecimentos futuros encontrou em Wells um seguidor indiscutível de Poe.

Interessante notar é a influência e difusão que teve na Rússia a obra de Poe. Desde 1839 aparecem as primeiras traduções de alguns contos de Poe, que em breve era o escritor norte-americano mais estimado e mais lido pelos russos. O poeta Constantino Balmont caracterizou-se pelas suas notáveis traduções e adaptações das poesias de Poe. Em 1878, surgia no *Mensageiro* da Europa a primeira tradução de "O Corvo" pelo poeta S. A. Andreievski. E já em pleno regime soviético o poeta Brusov publica *Edgar Poe — coleção completa de poemas e versos*. A obra de Dostoiévski foi profundamente marcada por Edgar Poe. É coisa incontestável. E o romancista Andreievski alinha-se também entre seus influenciados. Mas a partir da década de 1930, os críticos soviéticos, com a sua conhecida obtusidade exigida pela política literária do Partido, desandaram a atacar Poe, especialmente um tal S. Dinamov, apontando-lhe a obra como característica da literatura capitalista decadente, imoral, burguesa, em que o artista se sente asfixiado pela pressão do regime econômico capitalista, crítica que faz a gente rir, quando pensa na "pressão" sufocante que sobre toda a literatura russa moderna exerce inexoravelmente a polícia literária do governo comunista.

Na Espanha, a obra em prosa de Poe, por meio das traduções de Baudelaire, teve maior repercussão que a obra poética. Já em 1857 surgiam traduções de Poe na Espanha. Na Itália e Portugal a difusão de sua obra foi igualmente extensa, devendo-se neste último país ao poeta Fernando Pessoa uma tradução de "O Corvo". Na América Espanhola a poesia de Edgar Poe teve, talvez, maior influência que a prosa. A primeira tradução de Poe é de 1869. Em quase todos os países da América Espanhola poetas dedicaram-se a traduzir poesias suas. E dois escritores de primeiro plano foram seus admiradores e comentadores: Rubén Darío, que o chamava o "celeste Edgardo", e Amado Nervo. Na Colômbia, José Asunción Silva procurou introduzir na poética espanhola algumas das inovações rítmicas de Poe. No Uruguai, a teoria poética de Julio Herrera y Reissig decorre da de Poe, e na Argentina Leopoldo Lugones revela-se discípulo e admirador do poeta de "O Corvo".

No Brasil, os escritores que liam inglês tomaram bem cedo conhecimento da obra de Poe, como aconteceu ao nosso Machado de Assis, antes que aparecessem traduções das *Histórias extraordinárias*, vertidas para o francês por Baudelaire. Machado de Assis, se não limitou os contos de terror, coisa que não estava no seu feitio espiritual, traduziu "O Corvo" e em dois contos humorísticos seus, *O alienista* e *O cão de lata ao rabo*, a ideia foi evidentemente inspirada em Poe. Em Monteiro Lobato, em alguns contos, e em Gabriel Marques, autor de *Os condenados*, a influência poesca é visível. Na poesia, a difusão de Poe foi maior, dado o número de traduções que de sua obra poética se fizeram, a maioria de "O Corvo".

Por este levantamento, rápido e falho, pode-se, no entanto, verificar que Edgar Poe é dos raros autores cuja influência se faz sentir através dos tempos e sobre os espíritos mais diversos, como elemento gerador de novas criações e de renovação de temas.

Bibliografia

A. EDIÇÕES ORIGINAIS PUBLICADAS NOS ESTADOS UNIDOS

Tamerlane and Other Poems by a Bostonian. Boston, 1827.
Al Aaraaf, Tamerlane and Minor Poems. Baltimore, 1829.
Poems by Edgar A. Poe, segunda edição. Baltimore, 1831.
The Narrative of Arthur Gordon Pym of Nantucket. Nova York, 1838.
Tales of the Grotesque and Arabesque. Filadélfia, 1840.
The Prose Romances of Edgar A. Poe. Filadélfia, 1843.
Tales. Nova York, 1845.
The Raven and Other Poems. Nova York, 1845.
Mesmerism in Articulo Mortis. Nova York, 1846.
Eureka, a Prose Poem. Nova York, 1848.
The Works of the Late Edgar Allan Poe. 3 volumes. Nova York, 1850.

A edição mais completa das Obras de Edgar Allan Poe é a chamada *Virginia Edition: The Complete Works of Edgar Allan Poe,* por James A. Harrison. 17 volumes. Nova York, 1902.

B. BIBLIOGRAFIA

Charles F. Heartman. *A Census of First Editions and Source Materials of Edgar Allan Poe in American Collections.* 1932.
John W. Robertson. *Bibliography of the Works of Allan Poe.* 2 volumes, 1934.

C. ESTUDOS CRÍTICOS E BIOGRÁFICOS

Allen, H. *Israfel – The Life and Times of Edgar Allan Poe.* Nova York, 1926. – *Israfel – Vida e Época de Edgar Allan Poe*, tradução de Oscar Mendes. Globo, Porto Alegre, 1945.
Barbey D'Aurevilly. Littérature Étrangère. Lemerre, Paris, 1890.
Barine, *Arvède. Poètes et Névrosés.* Hachette, Paris, 1908.
Baudelaire. *Edgar Poe, sa Vie et ses Oeuvres* (prefácio à sua tradução das *Histórias Extraordinárias*). *Michel Lévy, Paris*, 1856.
Bonaparte, Marie. *The Life and Works of Edgar Allan Poe (A Psychoanalytic Interpretation).* Imago Publishing Co., Londres, 1949.
Bousoulas, N.I. *La Peur et l'Univers dans l'Oeuvre d'Edgar Poe.* Prenses Universitaires de France, Paris, 1952.
Cabau, J. *Edgar Poe par lui-même. Editions du Seuil*, Paris, 1960.
Calvocoressi, M.D. *Edgar Poe. Ses Biographes, ses Éditeurs, ses Critiques.* Mercure, Paris, 1909.
Cambiaire, C.P. *The Influence of Edgar Allan Poe in France.* Stechert and Co., Nova York, 1927.
Chauvet, P. *Sept Essais de Littérature Anglaise: Edgar Poe.* Paris, 1931.
Clutton-Brock. *Edgar A. Poe.* Londres, 1921.
Covert, J.C. *Quelques Poètes Américains (Longfellow, Whitman, Poe).* Lião, 1903.
Delaunay, P. *Silhouettes d'Écrivains. Alcooliques et Névrosés.* Paris, 1904.
Englekirk, J.E. *Edgar A. Poe in Hispanic Literature.* Nova York, 1934.
Fagin, N.B. *The Histrionic Mr. Poe.* Baltimore, 1948.
Fontainas, A. *La Vie d'Edgar Poe.* Mercure de France, Paris, 1919.
Gill, W.F. *The Life of Edgar Allan Poe.* Dillingham, Nova York, 1877.
Gosse, E.W. *The Centenary of Edgar A. Poe.* Nova York, 1920.
_______. *Edgar Poe and his Detractors. Londres*, 1928.
Gourmont, Reny de. *Promenades Littéraires.* Mercure de France, Paris, 1904, 1913.
Griswold, R.W. *The Prose Writers of America.* Filadélfia, 1847.
Harrison, J.A. *New Glimpses of Poe.* Mansfield and Co., Londres, 1901.
_______. *Life of Edgar Allan Poe.* Thomas & Crowell, Nova York, 1902.
Ingram, J.H. *Edgar Allan Poe. His Life, Letters and Opinion.* Allen and Co., Londres, 1886.
Krutch, J.W. *Edgar Allan Poe. A Study in Genius.* Knopf, Londres, 1926.
Lauvrière, E. *Edgar Poe. Sa Vie et son Oeuvre. Étude de Psychologie Pathologique.* Alcan, Paris, 1904.

_______. *Edgar Poe*. Bloud, Paris, 1911.
_______. *L'Étrange Vie et les Étranges Amours d'Edgar Poe*. Desciée de Brouwer, Paris, 1935.
_______. *Le Génie Morbide d'Edgar Poe*. Alcan, Paris, 1935.
Lemonnier, L. *Les Traducteurs d'Edgar Poe en France de 1845 à 1875: Charles Baudelaire*. Presses Universitaires de France, Paris, 1928.
_______. *Edgar Poe et la Critique Française de 1845 à 1875*. Presses Universitaires de France, Paris, 1928.
_______. *Edgar Poe et les Poètes Français*. Nouvelle Revue Critique, Paris.
_______. *Edgar Poe et les Conteurs Français*. Aubier, Paris, 1947.
Mackenzie, K. *Conferenze sulla Letteratura Americana (Hawthorne e Poe)*. Bari (Itália), 1922.
Mauclair, C. *L'Art en Silence*. Ollendorf, Paris, 1901.
_______. *Les Princes de L'Esprit: Edgar Poe*. Ollendorf, Paris, 1925.
_______. *Le Génie d'Edgar Poe*. Albin Michel, Paris, 1925.
Menz, L. *Die Sinnlichen Elemente bei Edgar A. Poe und ihr Einfluss auf Technik und Stil des Dichters*. Marburg, 1915.
Messac, G. *Influences Françaises dans l'Oeuvre d'Edgar Poe*. Paris, 1929.
Monti, G. *Letterati Contemporanei. Edgar A. Poe*. Bergamo, 1897.
Morris, G. *Fenimore Cooper et E. Poe, d'après la Critique Française du XIXe Siècle*, Paris, 1912.
Ostrom, J. *The Letters of Edgar Allan Poe*. Cambridge (USA), 1948.
Paleólogo, C. Machado, *Poe e Dostoiévski*. Revista Branca, Rio, 1950.
Patterson, A. *L'Influence de Poe sur Charles Baudelaire*. Grenoble, 1903.
Petit, G. *Étude Médico-psychologique sur E. Poe*. Paris, 1906.
Phillips, M.E. *Edgar Allan Poe. The Man*. Winston, Chicago, 1926.
Probst, Dr. F. *Edgar Allan Poe*. E. Reinhardt, Munique, 1908.
Quinn, A. *The French Face of Edgar Poe*. Southern Illinois University Press, 1957.
Ransome, A. *Edgar Allan Poe. A Critical Study*. Swift, Londres, 1912.
Richardson, G.F. *Poe's Doctrine of Effect. University of Berkeley*, Califórnia, 1922.
Robertson, J.W. *Edgar Allan Poe. A Psychopathic Study*. Putnam's Sons, Londres e Nova York, 1923.
Schinzel, E. *Natur und Natursymbolik hei Poe, Baudelaire und den Französischen Symbolisten*. Düren, 1931.
Seylaz, L. *Edgar Poe et les Premiers Symbolistes Français*. La Concorde, Lausanne, 1923.
Shanks, E. *Edgar Allan Poe*. Londres, 1937.
Valéry, P. *Variété*. Gallimard, Paris, 1928.
Weiss, S. A. *The Home Life of Poe. Broadway Publishing*, Nova York, 1907.
_______. Edgar... *The Last Days of Edgar A. Poe*. Nova York, 1907.
Whitman, S.H. *Edgar Poe and his Critics*. Tibbits and Preston, Providence (USA), 1885.
Wolff, A. L. *Tod und Unsterblichkeit: das Leitmotiv von E.A. Poes Werk*. Dusseldorf, 1937.
Woodberry, G.R. *The Life of E.A. Poe Personal and Literary*. Houghton Mifflin Co., Boston, 1909.
Wyzewa, T. de. *Écrivains Étrangers: Poe*. Perrin, Paris, 1896.

Milhares de artigos e estudos em jornais e revistas literárias de todo o mundo. Numerosas teses universitárias.

FIM
DE "BIBLIOGRAFIA"
E DE "INTRODUÇÃO GERAL"

Virgínia Clemm, esposa de Poe.

Contos

Contos policiais

Contos de terror, de mistério e de morte

Contos filosóficos

Contos humorísticos

Contos policiais

Nota preliminar

Histórias de crimes e roubos misteriosos sempre foram do agrado popular desde a mais remota antiguidade. Entre os contadores populares de histórias nos mercados e praças públicas sempre havia um conto cujos heróis eram criminosos ou ladrões astutos e inteligentes, muito embora acabassem sendo descobertos. O famoso egiptólogo Maspero, no seu livro Contos populares do Egito Antigo, *apresenta um velho conto em que o tema é o roubo misterioso dos tesouros do Rei Rampsinitos e que pode ser admitido como o primeiro exemplar de conto policial.* As mil e uma noites *estão cheias de histórias de ardis e crimes.*

Nos começos do século XIX, com o chamado roman noir, *romance de mistérios, fantasmas, crimes e aventuras fantásticas, o romance em que se contam crimes e perseguições a criminosos constitui uma literatura copiosa e de qualidade inferior, diga-se logo. Godwin, na Inglaterra, e Balzac, na França, fornecem amostras desse gênero tão do gosto do grande público. É essa também a época dos chamados romances-folhetins, que os jornais publicavam seriadamente em seus rodapés e nos quais ocorriam as aventuras mais intrincadas e mirabolantes. Foi, porém, Edgar Poe quem deu dignidade intelectual a essas histórias de crimes e de mistérios, traçando-lhes as regras gerais e princípios que ainda vigoram e que poucas inovações receberam. De modo que os críticos concordam geralmente em apontá-lo como o verdadeiro criador do conto policial, do romance cuja finalidade é a descoberta do autor de um crime envolto em mistério.*

Sua primeira obra no gênero foi o conto "Os crimes da Rua Morgue", publicado pela primeira vez no Graham's Magazine, *de abril de 1841. Nele surge o tipo que vai ser o pai de toda uma numerosa geração de policiais ou detetives nas literaturas de todo o mundo. Inspirado talvez no Zadig, de Voltaire, que mostrara sua capacidade dedutiva na observação de rastros de animais, Poe imagina um homem de notável inteligência, de espírito agudo e cultivado, que se utiliza da teoria do cálculo das probabilidades de Laplace e da análise matemática para destrinçar casos misteriosos e complicados. Até então o herói do romance folhetinesco era o próprio criminoso ou o policial (aliás, ex-criminoso), como no caso de Vidocq, de acordo com uma tendência popular que acha prazer quando vê a polícia ser surrada por alguém do povo. Em* Os miseráveis, *de Victor Hugo, romance publicado em 1862, João Valjean é criminoso simpático e Javert é o policial odiento e cruel. Edgar Poe faz de seu detetive uma criatura simpática, e para que o leitor não o rejeite não faz dele um polícia profissional, mas um simples amador que revela, aliás, um desdém profundo pela polícia oficial e seus métodos e processos. Esse francês, Dupin, a quem ele favorece com tantas qualidades intelectuais, culturais e sociais, será assim o protótipo do detetive amador e imitado por centenas de outros. Não é um homem comum: é culto, é um esteta, é um poeta, é um cientista, é um matemático, é um intuitivo, antes de tirar conclusões dos fatos que tem à mão. Para melhor fazê-lo desenvolver seus raciocínios, dá-lhe Poe um interlocutor de menores capacidades intelectuais, processo que mais tarde será utilizado por Conan Doyle, quando põe o seu Sherlock Holmes a dialogar com seu amigo, o médico Dr. Watson, e por outros autores de romances policiais como Hornung, Agatha Christie etc.*

Deve-se também a Poe o que chamaremos a "receita" do romance policial, tal como vem sendo preparada até hoje: a inversão e baralhamento dos fatos, a investigação a partir do crime até encontrar o criminoso, a possibilidade de várias pistas e de vários criminosos, o destrinçamento de todas as complicações até a descoberta final do verdadeiro criminoso. O efeito teatral do suspense, tão comum nos romances policiais e levado ao cinema com tanta habilidade por Alfred Hitchcock, é também um dos ingredientes da "receita" de Poe.

Após o êxito do seu primeiro conto policial, escreve, em 1842, "O mistério de Maria Roget", baseado num crime ocorrido nas vizinhanças de Nova York, mas que ele situa em Paris. Aqui também cabe ao detetive amador Dupin a descoberta do crime. Mais tarde, em 1845, publica o terceiro conto da série que tem Dupin como protagonista, intitulado "A carta furtada". Dessa década são ainda "O escaravelho de ouro", em que a descoberta do tesouro enterrado deve-se a um tal Legrand, tão ágil na arte de deduzir como Dupin, e o conto "Tu és o homem", em que, muito embora não haja um detetive, cabe ao próprio narrador, mediante um ardil, levar o criminoso a confessar o seu crime, salvando um inocente contra o qual se acumulavam as mais irrefutáveis provas.

O discípulo imediato de Poe na França foi Émile Gaboriau com o seu policial Lecoq. Na Inglaterra, foi Conan Doyle, criando o seu universalmente famoso Sherlock Holmes, copiado claramente do Dupin de Poe. O gênero policial é um dos mais florescentes em países como a Inglaterra, os Estados Unidos, a França, a Alemanha. Dupin está sempre vivo nos personagens que o imitam e o reencarnam, no Sherlock de Conan Doyle, no Rouletabille de Gaston Leroux, no Raffles de Hornung, no Juve de Souvestre e Allain, no Nick Carter de Dey, no Nero Wolf de Rex Stout, no Lord Peter de Dorothy Sayers, no Philo Vance de Van Dine, no Charlie Chan de Biggers, no Mr. Moto de Marquand, no Hercule Poirot de Agatha Christie, no Wens de Steeman, no Bulldog Drummond de Sapper, no Perry Mason de Gardner, no Nayland Smith de Sax Rohmer, no Padre Brown de Chesterton, no Maigret de Simenon e em centenas de outros que fervilham nos milhões de romances policiais que se publicam em todo o mundo. Pouco se tem acrescentado à sua "receita" de conto ou romance policial. Por isso, Léon e Frédéric Saisset puderam afirmar no livro Les histoires extraordinaires d'Edgar Poe, *em que historiam o amplo êxito obtido por seus contos, que o romance policial de observação deriva de "Os crimes da Rua Morgue"; o romance policial psicológico, de "A carta furtada"; e o romance policial científico, de "O mistério de Maria Roget".*

O. M.

Os crimes da Rua Morgue[1]

> Que canção cantavam as sereias? Que nome tomara Aquiles quando se ocultou entre as mulheres? Perguntas são estas de embaraçosa resposta, é certo, mas que não estão fora de possíveis conjeturas.
>
> Sir Thomas Browne, *Urn burial*

As faculdades do espírito, denominadas analíticas, são, em si mesmas, bem pouco suscetíveis de análise. Apreciamo-las somente em seus efeitos. O que delas sabemos, entre outras coisas, é que são sempre, para quem as possui em grau extraordinário, fonte do mais intenso prazer. Da mesma forma que o homem forte se rejubila com suas aptidões físicas, deleitando-se com os exercícios que põem em atividade seus músculos, exulta o analista com essa atividade espiritual, cuja função é destrinçar enredos. Acha prazer até mesmo nas circunstâncias mais triviais, desde que ponham em jogo seu talento. Adora os enigmas, as adivinhas, os hieróglifos, exibindo nas soluções de todos eles um poder de *acuidade*, que, para o vulgo, toma o aspecto de coisa sobrenatural. Seus resultados, alcançados apenas pela própria alma e essência do método, têm, na verdade, ares de intuição.

Essa faculdade de *resolução* é, talvez, bastante revigorada pelo estudo da matemática e especialmente pelo do mais alto ramo desta, que, injustamente e tão só por causa de suas operações retrógradas, tem sido denominada análise. Como se fosse a análise por excelência. No entanto, o cálculo em si mesmo não é análise. O jogador de xadrez, por exemplo, exercita um, sem fazer uso da outra. Daí decorre ser o jogo de xadrez grandemente mal apreciado nos seus efeitos sobre a natureza mental.

Não pretendo escrever aqui um tratado, mas simplesmente prefaciar uma história bastante singular com algumas observações um tanto à ligeira. Aproveitarei, pois, a ocasião para afirmar que os mais altos poderes do intelecto reflexivo se põem mais decidida e mais utilmente à prova no modesto jogo de damas do que em todas as complicadas frivolidades do xadrez. Neste último jogo, em que as peças têm movimentos diferentes e estranhos, com diversos e variados valores, o que é complexo — erro bastante comum — se confunde com o que é profundo. A *atenção* é nele posta poderosamente em jogo. Se ela se distrai por um instante, comete-se um erro, que resulta em perda ou em derrota.

Como os movimentos possíveis não são somente múltiplos, como também intrincados, as possibilidades de tais enganos se multiplicam. E em nove casos dentre dez é o jogador mais atento, e não o mais hábil, quem ganha. No jogo de damas, pelo contrário, em que os movimentos são *únicos* e pouco variam, as probabilidades de engano ficam diminuídas e, a atenção não estando de todo absorvida, todas as vantagens obtidas pelos jogadores só o são graças a uma perspicácia superior.

---

1 Publicado pela primeira vez no *Graham's Lady's and Gentleman's Magazine*, dezembro de 1841. Título original: THE MURDERS IN THE RUE MORGUE.

Concretizando o que dissemos, suponhamos um jogo de damas em que as pedras fiquem reduzidas a quatro damas, e onde, sem dúvida, não se deve esperar engano algum. É evidente que aqui a vitória pode ser decidida — estando as duas partes em iguais condições — somente por algum movimento muito hábil, resultado dum forte esforço intelectual. Privado dos recursos habituais, o analista coloca-se no lugar de seu adversário, identifica-se com ele e não poucas vezes descobre, num simples relance de vista, o único meio — às vezes absurdamente simples — de induzi--lo a um erro, ou precipitá-lo em um cálculo errado.

O jogo de *whist* tem sido famoso desde muito por sua influência sobre o que se chama "faculdade de calcular" e conhecem-se homens de elevado valor intelectual que dele auferem um deleite aparentemente inacreditável, ao passo que menosprezam o jogo de xadrez como frívolo. É fora de dúvida que nenhum jogo análogo existe que tão grandemente exercite a faculdade de análise. O melhor jogador de xadrez da cristandade não passa de ser o melhor enxadrista; mas o jogador proficiente de *whist* tem capacidade de êxito em todas as especulações de bem maior importância, em que o espírito luta com o espírito. Quando digo jogador proficiente, quero significar essa perfeição no jogo, que inclui o conhecimento de todas as fontes donde pode derivar um proveito legítimo. E estas não são apenas numerosas, mas complexas, e jazem frequentemente em recessos do pensamento, totalmente inacessíveis a uma inteligência comum.

Observar atentamente equivale a recordar com clareza; e, consequentemente, o jogador de xadrez capaz de concentração intensa será bom jogador de *whist*, porquanto as regras de Hoyle, baseadas apenas no simples mecanismo do jogo, são geralmente bastante inteligíveis. Por isso, ter uma boa memória e jogar de acordo com o "livro" são pontos comumente encarados como o sumo do bem jogar. Mas é nas questões acima dos limites da simples regra que se evidencia o talento do analista. Em silêncio, faz ele uma série enorme de observações e inferências. Talvez seus parceiros façam o mesmo, e a diferença de extensão das informações obtidas não se encontra tanto na validade da dedução como na qualidade da observação.

O necessário é saber o *que* se tem de observar. Nosso jogador não se confina no seu jogo, nem rejeita deduções nascidas de coisas externas ao jogo, somente porque é o jogo seu objetivo do momento. Examina a fisionomia do parceiro, comparando-a cuidadosamente com a de cada um de seus adversários. Considera a maneira pela qual são arrumadas as cartas em cada mão; e muitas vezes conta, pelos olhares lançados pelos seus possuidores às suas cartas, os trunfos e figuras que têm. Nota cada movimento do rosto, à medida que o jogo se adianta, coligindo um cabedal de ideias, graças às diferenças fisionômicas indicativas de certeza, surpresa, triunfo ou pesar. Da maneira de recolher uma vaza, adivinha se a pessoa pode fazer outra da mesma espécie. Reconhece um jogo fingido pela maneira com que é lançada a carta na mesa. Uma palavra casual ou inadvertida, uma carta que cai acidentalmente, ou que é virada, e o consequente olhar de ansiedade ou despreocupação com que é apanhada, a contagem das vazas pela sua ordem de arrumação, o embaraço, a hesitação, a angústia ou a trepidação, tudo isso são sintomas, para sua percepção aparentemente intuitiva, do verdadeiro estado das coisas. Realizadas as duas ou três primeiras jogadas, está ele de posse completa das cartas que estão em cada mão e, portanto, joga suas cartas com uma tão absoluta precisão como se o resto dos jogadores houvessem mostrado as suas.

O poder analítico não deve confundir-se com a simples engenhosidade porque, se bem que seja o analista necessariamente engenhoso, muitas vezes acontece que o homem engenhoso é notavelmente incapaz de análise. A capacidade de construtividade e de combinação, por meio da qual usualmente se manifesta a engenhosidade e à qual os frenólogos (a meu ver, erroneamente) atribuem um órgão separado, supondo-a uma faculdade primordial, tem sido tão frequentemente encontrada naqueles cujo intelecto está quase nos limites da idiotia, que atraiu a atenção geral dos tratadistas de moral social. Entre o engenho e a habilidade analítica existe uma diferença muito maior, na verdade, do que entre a fantasia e a imaginação, mas de caráter estritamente análogo. Verificar-se-á, com efeito, que os homens engenhosos são sempre fantasistas e os *verdadeiramente* imaginativos são, por sua vez, sempre analíticos. A história que se segue aparecerá ao leitor como um comentário luminoso das proposições que acabo de anunciar.

Residindo em Paris, durante a primavera e parte do verão de 18..., travei ali conhecimento com um Sr. C. Augusto Dupin, jovem cavalheiro de excelente e ilustre família. Em consequência duma série de acontecimentos desastrosos, ficara reduzido a tal pobreza que a energia de seu caráter sucumbira aos reveses, tendo ele deixado de frequentar a sociedade e de esforçar-se em recuperar sua fortuna. Graças à condescendência de seus credores, mantinha-se ainda de posse dum resto de seu patrimônio, com cuja renda conseguia, com rigorosa economia, prover-se do necessário, sem cuidar de coisas supérfluas. Tinha na verdade um único luxo: os livros, que, em Paris, podem ser adquiridos a baixo custo.

Nosso primeiro encontro se deu em uma escura livraria da Rua Montmartre, onde o acaso de estarmos à procura do mesmo livro, notável e raro, nos fez entrar em estreitas relações. Víamo-nos frequentemente. Interessou-me intensamente a pequena história de família que ele me contou, com toda aquela sinceridade característica do francês, quando se trata de si mesmo. Causou-me também admiração a vasta extensão de suas leituras e, acima de tudo, empolgaram-me a alma o intenso fervor e a vívida frescura de sua imaginação. Procurando em Paris certas coisas que me interessavam, vi que a convivência com tal homem seria para mim tesouro inapreciável.

E isso mesmo, francamente, lho disse. Resolvemos por fim morar juntos durante minha permanência em Paris e, como minha situação financeira era muito melhor que a dele, a mim coube a despesa de alugar e mobiliar, num estilo adequado à um tanto fantástica melancolia de nossos caracteres, uma velha e grotesca casinha, quase em ruínas, havia muito desabitada, em virtude de superstições de que não indagamos, e situada em solitário recanto do bairro de São Germano.

Se a rotina da vida que ali levávamos viesse a ser conhecida do mundo, ter-nos-iam como doidos — ou, talvez, por simples malucos inofensivos... Nossa reclusão era completa. Não recebíamos visitas. Para dizer a verdade, tínhamos mantido sigilo absoluto a respeito do lugar de nosso retiro até mesmo para com nossos antigos camaradas. Havia muitos anos que Dupin cessara de travar novos conhecimentos, ou de ser conhecido em Paris. Vivíamos, pois, sozinhos os dois.

Tinha meu amigo uma esquisitice — que outro nome posso dar-lhe senão esse? — que era a de amar a noite por amor da noite. E dessa esquisitice, bem como de todas as outras dele, me deixei eu contagiar, *abandonando-me* ao sabor de suas extravagantes originalidades. A negra divindade não podia viver sempre conosco, mas nós lhe imitávamos a presença. Aos primeiros albores da manhã, fechávamos todos os pesados postigos de nossa velha casa, acendíamos um par de círios, fortemente perfumados, que emitiam uma luz fraca e pálida. Graças a ela, mergulhávamos nossas almas em sonhos, líamos, escrevíamos, ou conversávamos, até que o relógio nos advertisse da chegada da verdadeira escuridão. Então, saíamos pelas ruas, de braço dado, continuando a conversa do dia, ou vagando por toda parte, até hora avançada, à procura, entre as luzes desordenadas e as sombras da populosa cidade, daquelas inumeráveis excitações cerebrais que a tranquila observação pode proporcionar.

Em tais ocasiões, não podia deixar eu de notar e de admirar em Dupin (embora a rica idealidade de que era ele dotado a isso me conduzisse, como era de esperar) certa habilidade analítica peculiar. Parecia, também, sentir acre prazer no exercitá-la, senão mais exatamente em exibi-la, e não hesitava em confessar a satisfação que disso lhe provinha. Dizia-me, com vanglória e com uma risadinha escarninha, que a maioria dos homens tinha para ele janelas no coração, acompanhando geralmente tal afirmativa de provas diretas e bem surpreendentes de seu profundo conhecimento de minha própria pessoa.

Seus modos, nesses momentos, eram frios e abstratos; seus olhos tinham uma expressão vaga, ao passo que sua voz, geralmente de belo timbre de tenor, elevava-se agudamente, num tom que seria insolente, não fosse a ponderação e inteira segurança da enunciação. Observando-lhe esses modos, muitas vezes fiquei a meditar sobre a velha filosofia da Alma Dupla, e divertia-me com a ideia de um duplo Dupin: o criador e o analista.

Não se suponha, do que acabo justamente de dizer, que estou circunstanciando algum mistério, ou escrevendo algum romance. O que descrevi na pessoa desse francês foi simplesmente o efeito de uma inteligência excitada, ou talvez doentia, mas um exemplo dará melhor ideia da natureza de suas observações na época em questão.

Passeávamos, certa noite, por uma comprida e suja rua, nas vizinhanças do *Palais Royal*. Estando, aparentemente ambos nós, ocupados com os próprios pensamentos, havia já uns quinze minutos que nenhum dos dois dizia uma só sílaba. Subitamente, Dupin pronunciou as seguintes palavras:

— A verdade é que ele é mesmo um sujeito muito pequeno e daria mais para o *Théâtre des Variétés*.

— Não pode haver dúvida alguma a respeito — respondi, inconscientemente, e sem reparar, a princípio (tão absorto estivera em minha meditação), a maneira extraordinária pela qual as palavras de meu companheiro coincidiam com o objeto de minhas reflexões.

Um instante depois dei-me conta do fato e meu espanto não teve limites.

— Dupin — disse eu, com gravidade —, isto passa as raias de minha compreensão. Não hesito em dizer que estou maravilhado e mal posso dar crédito a meus sentidos. Como é possível que soubesse você que eu estava pensando em...

Aqui me detive, para certificar-me, sem sombra de dúvida, se ele realmente sabia em quem pensava eu.

— Em Chantilly — disse ele. — Por que parou? Não estava você justamente a pensar que o tamanho diminuto dele não se adequava à representação de tragédias?

Era esse precisamente o assunto de minhas reflexões. Chantilly era um antigo sapateiro-remendão da Rua São Diniz, que, fanático pelo teatro, atrevera-se a desempenhar o papel de Xerxes, na tragédia de Crébillon, do mesmo nome, tendo por isso merecido críticas violentas.

— Diga-me, pelo amor de Deus — exclamei —, qual foi o processo... se é que há algum... que o capacitou a sondar o íntimo de minha alma.

Eu estava, na verdade, mais surpreso do que desejava parecer.

— Foi o fruteiro — respondeu meu amigo — quem levou você à conclusão de que o remendador de solas não tinha bastante altura para o papel de Xerxes *et id genus omne*.[2]

— O fruteiro?! Você me assombra! Não conheço fruteiro de espécie alguma.

— O homem que lhe deu um encontrão quando entramos nesta rua, há talvez uns quinze minutos.

Lembrei-me então que, de fato, um fruteiro, carregando na cabeça um grande cesto de maçãs, quase me derrubara acidentalmente quando havíamos passado da Rua C*** para a avenida em que nos achávamos. Mas o que tivesse isso que ver com Chantilly é o que eu não podia compreender.

Não havia em Dupin uma partícula sequer de charlatanice.

— Vou explicar — disse ele —, e, para que você possa compreender tudo claramente, vamos primeiro retroceder, seguindo o curso de suas meditações, desde o momento em que lhe falei até o do encontrão com o tal fruteiro. Os elos mais importantes da cadeia são estes: Chantilly, Órion, Dr. Nichols, Epicuro, a estereotomia, as pedras da rua, o fruteiro.

Há bem poucas pessoas que não tenham, em algum momento de sua vida, procurado divertir-se, remontando os degraus pelos quais atingiram certas conclusões particulares de suas ideias. Esta ocupação é, não poucas vezes, cheia de interesse e o que a experimenta pela primeira vez fica admirado diante da aparente distância ilimitada e da incoerência que há entre o ponto de partida e a chegada. Qual não foi, pois, o meu espanto, quando ouvi o francês falar daquela maneira, e não pude deixar de reconhecer que ele havia falado a verdade. Continuou:

— Estávamos conversando a respeito de cavalos, se bem me lembro, justamente antes de deixar a Rua C***. Foi o último assunto que discutimos. Ao cruzarmos na direção desta avenida, um fruteiro, com um grande cesto sobre a cabeça, passando a toda pressa à nossa frente, lançou você de encontro a um monte de pedras, empilhadas no lugar onde estão consertando o calçamento. Você pisou em uma das pedras soltas, escorregou, torceu levemente o tornozelo, pareceu aborrecido ou contrariado, resmungou umas palavras, voltou-se para olhar o monte de pedras e depois continuou a caminhar em silêncio. Não estava particularmente atento ao que você fazia, mas é que a observação se tornou para mim, ultimamente, uma espécie de necessidade.

— Você manteve os olhos fixos no chão, olhando com expressão mal-humorada os buracos e sulcos do pavimento (de modo que vi que você continuava pensando ainda nas pedras), até que alcançamos a pequena Travessa Lamartine, que foi calçada, a título de experiência, com tacos de madeira solidamente reajustados e fixos. Ali, sua fisionomia se iluminou e, percebendo que seus lábios se moviam, não tive dúvida

2 E para nenhum da sua classe. (N. T.)

em que você murmurava a palavra "estereotomia", termo demasiado pedante que se aplica a essa espécie de calçamento. Sabia que você não podia dizer consigo mesmo a palavra "estereotomia" sem vir a pensar em átomos e portanto nas teorias de Epicuro.

— Como não faz muito tempo que discutimos este assunto, lembro-me de lhe haver mencionado quão singularmente, embora muito pouco notado, as vagas conjeturas daquele nobre grego tinham tido confirmação com a recente cosmogonia nebular, e vi que você não se conteve que não erguesse os olhos para a grande nebulosa de Órion, coisa que eu esperava que você não deixaria de fazer. Você olhou, pois, para cima e tinha então a certeza de haver acompanhado estritamente o fio de suas ideias. Naquela crítica ferina que apareceu a respeito de Chantilly, ontem, no *Musée*, o satirista, fazendo algumas maldosas alusões à mudança de nome do remendão ao calçar coturnos, citou um verso latino, a respeito do qual temos tantas vezes conversado. Refiro-me ao verso:

Perdidit antiquum litera prima sonum.[3]

— Eu havia lhe explicado que este verso aludia a Órion, que antigamente se escrevia Urion, e, por causa de certa mordacidade ligada a esta explicação, estava eu certo de que você não poderia tê-la esquecido. Era, portanto, bem claro que você não deixaria de combinar as duas ideias de Órion e Chantilly. Que você as havia combinado vi pela espécie de sorriso que lhe pairou nos lábios. Pensou na imolação do pobre remendão. Até então estivera você a caminhar meio curvado, mas naquele momento você se endireitou, ficando bem espigado, a toda a altura. Certifiquei-me então de que você estivera pensando na pequena estatura de Chantilly. Neste ponto, interrompi suas meditações para observar que, como, de fato, era ele um sujeito muito baixo, o tal Chantilly daria melhor para representar no *Théâtre des Variétés*.

Pouco tempo depois disso, estávamos lendo uma edição vespertina da *Gazette des Tribunaux* quando os seguintes parágrafos detiveram nossa atenção:

Crimes extraordinários

Esta manhã, cerca das três horas, os moradores do bairro de São Roque foram despertados do sono por sucessivos gritos aterrorizadores, provindos, ao que parecia, do quarto andar duma casa da Rua Morgue, da qual eram únicos inquilinos uma tal Sra. L'Espanaye e sua filha, a Srta. Camila L'Espanaye. Depois de certa demora, ocasionada pela infrutífera tentativa de penetrar na casa pela maneira habitual, foi a porta arrombada com um pé de cabra, oito ou dez vizinhos entraram, em companhia de dois gendarmes. A este tempo, já haviam cessado os gritos, mas, ao subir o grupo o primeiro lanço de escada, ouviram se duas ou mais vozes ásperas, em colérica disputa, as quais pareciam provir da parte mais alta da casa. Alcançado o segundo patamar, também esses sons cessaram e tudo ficou em completo silêncio. O grupo espalhou-se, a correr quarto por quarto. Ao chegarem a um grande quarto, da parte de trás, no quarto andar (cuja porta foi arrombada, por se achar fechada à chave, por dentro), o espetáculo que se apresentou à vista dos presentes os encheu não só de assombro como de horror.

O aposento apresentava a mais selvagem desordem, com a mobília partida e jogada em todas as direções. Havia apenas uma armação de cama, cujas roupas e colchão tinham

3 A antiga palavra perdeu sua primeira letra. (N. T.)

sido arrancados, e lançados no meio do quarto. Sobre uma cadeira via-se uma navalha, manchada de sangue. Na chaminé encontravam-se duas ou três longas e espessas mechas de cabelo humano grisalho, também sujas de sangue e parecendo terem sido arrancadas pela raiz. Espalhados no chão, quatro napoleões, um brinco de topázio, três grandes colheres de prata, três pequenas, de *métal d'Alger*, e duas bolsas contendo cerca de quatro mil francos em ouro. As gavetas duma escrivaninha, a um canto, estavam abertas, e tinham sido, ao que parecia, saqueadas, embora ainda contivessem muitos objetos. Um pequeno cofre de ferro foi descoberto debaixo do colchão e não da armação da cama. Estava aberto e com a chave ainda na fechadura. Continha apenas umas poucas cartas velhas e outros papéis de pequena importância.

Não se viam sinais da Sra. L'Espanaye, mas, tendo sido notada uma quantidade insólita de fuligem na estufa, deu-se uma busca na chaminé, e (coisa horrível de contar-se!) dela se retirou o cadáver da filha, de cabeça para baixo. Fora ali introduzido, à força, pela estreita abertura, até uma altura considerável. O corpo ainda estava quente. Ao examiná-lo, notaram-se numerosas escoriações, causadas, sem dúvida, pela violência com que fora metido na chaminé e depois dela retirado. O rosto apresentava muitas arranhaduras profundas e na garganta viam-se negras equimoses e fundas marcas de unhas, como se a vítima tivesse sido mortalmente estrangulada.

Depois de cuidadosa investigação de todos os aposentos da casa, sem nenhuma outra descoberta, o grupo encaminhou-se para um pequeno pátio calçado que havia atrás da casa, e lá encontrou o cadáver da velha, com a garganta tão cortada que, ao tentar-se levantar o corpo, a cabeça caiu. Tanto o corpo como a cabeça estavam terrivelmente mutilados, sendo que aquele mal conservava qualquer aparência humana.

Segundo parece, não se descobriu até agora nenhum indício revelador de tão horrível mistério.

O jornal do dia seguinte trazia estes novos pormenores:

A tragédia da Rua Morgue

Muitas são as pessoas que têm sido interrogadas a respeito deste tão extraordinário e terrível caso, mas nada do que até agora se sabe pode lançar luz sobre ele. Damos abaixo todos os depoimentos prestados à polícia:

PAULINA DUBOURG, lavadeira, depõe que conhecia ambas as vítimas havia já três anos, tendo lavado para elas durante esse período. A velha e sua filha pareciam viver em boa harmonia, mostrando-se muito afetuosas uma para a outra. Eram boas pagadoras. Nada podia informar a respeito do modo e dos meios de viver delas. Acredita que a Sra. L'Espanaye exercesse a profissão de adivinha, para manter-se. Dizia-se que tinha dinheiro guardado. Nunca encontrou qualquer outra pessoa na casa, quando ia buscar roupa para lavar ou entregá-la. Está certa de que elas não tinham empregada. Parece que a casa tinha mobília apenas no quarto andar.

PEDRO MOREAU, vendedor de fumo, depõe que estava habituado a vender pequenas quantidades de fumo e de rapé à Sra. L'Espanaye, havia quase quatro anos. Nasceu nas vizinhanças e sempre residiu ali. A morta e sua filha ocupavam a casa onde os cadáveres foram encontrados havia mais de seis anos. Antigamente, lá residira um joalheiro, que sublocava os quartos de cima a várias pessoas. A casa era de propriedade da Sra. L'Espanaye. Descontente com os estragos feitos na casa pelo inquilino, mudou para lá, recusando-se, porém, a alugar qualquer outra parte da casa. A velha era um tanto caduca. A testemunha vira a filha umas cinco ou seis vezes durante aqueles seis anos. As duas levavam uma vida excessivamente reclusa e dizia-se que tinham dinheiro. Ouvira de alguns vizinhos que a Sra. L'Espanaye tirava sortes, mas não acredita nisso. Nunca viu qualquer outra pessoa entrar na casa, exceto a velha e sua filha, um carregador, uma ou duas vezes, e um médico, oito ou dez.

Vários outros vizinhos depuseram a mesma coisa. Ninguém se referiu a frequentadores da casa. Não se conhece a existência de parentes vivos da Sra. L'Espanaye e de sua filha. Os postigos das janelas da frente raramente se abriam. Os das de trás estavam sempre fechados, exceto as do grande e sombrio aposento do quarto andar. A casa não era muito velha e estava em boas condições.

ISIDORO MUSET, gendarme, depõe que foi chamado para o caso, cerca das três horas da madrugada, e encontrou umas vinte ou trinta pessoas tentando penetrar na casa. Foi forçada a porta, afinal, com uma baioneta e não com um pé de cabra. Não teve grande dificuldade em abri-la, por ser de duas folhas e não ter ferrolhos nem em cima nem embaixo. Os gritos continuaram até que a porta foi forçada e então cessaram subitamente. Pareciam alaridos de uma pessoa, ou de várias pessoas, em grande agonia, gritos altos e prolongados, nem curtos, nem rápidos. A testemunha subiu as escadas. Ao alcançar o primeiro patamar, ouviu duas vozes em forte e colérica altercação, uma delas rouca, a outra mais aguda, bastante estranha, aliás. Conseguiu distinguir algumas palavras da primeira, que eram dum francês. Não era positivamente voz de mulher. Pôde ouvir as palavras *sacré* e *diable*. A voz aguda era dum estrangeiro. Não podia garantir fosse voz de homem ou de mulher. Não entendeu o que dizia, mas acha que estavam falando espanhol. O estado do quarto e dos corpos foi descrito pela testemunha tal como o fizemos ontem.

HENRIQUE DUVAL, vizinho, de profissão ourives, depõe que foi um dos que primeiro entraram na casa. Corrobora o testemunho de Muset, em geral. Logo que forçaram a entrada, tornaram a fechar a porta, para impedir que a multidão entrasse, pois se havia juntado bastante gente bem depressa, não obstante a hora matinal. A voz aguda, pensa a testemunha, era de um italiano. Com certeza não era de francês. Não podia afirmar fosse voz de homem. Podia ser de mulher. Não conhece a língua italiana. Não pôde distinguir as palavras, mas está convencido, pela entonação, que era um italiano quem falava. Conhecia a Sra. L'Espanaye e sua filha. Conversava com ambas frequentemente. Tinha certeza de que a voz aguda não era de nenhuma das vítimas.

... ODENHEIMER, dono dum restaurante. Esta testemunha apresentou-se espontaneamente para depor. Como não fala francês, foi interrogado por meio dum intérprete. É natural de Amsterdã. Passava diante da casa, quando ouviu os gritos, que duraram alguns minutos, uns dez provavelmente. Eram gritos longos e fortes, verdadeiramente terríveis e aflitivos. Foi um dos que entraram na casa. Confirma os depoimentos anteriores, exceto em um ponto. Tinha certeza de que a voz aguda era de um homem e dum francês. Não pôde perceber as palavras pronunciadas. Eram fortes e rápidas, desiguais, parecendo exprimir, ao mesmo tempo, medo e cólera. A voz era áspera, mais áspera do que estridente. Não se podia dizer mesmo que fosse aguda. A voz grossa repetiu por diversas vezes: *sacré*, *diable* e uma vez *Mon Dieu!*

JÚLIO MIGNAUD, banqueiro, da firma Mignaud & Filho, da Rua Deloraine. É o Mignaud pai. A Sra. L'Espanaye possuía algumas propriedades. Havia oito anos abrira uma conta em sua casa bancária. Fazia frequentes depósitos de pequenas somas. Nunca retirara quantia alguma, até três dias antes de sua morte, quando, em pessoa, sacou a soma de quatro mil francos. O pagamento foi feito em ouro, e o dinheiro levado à casa dela por um empregado do banco.

ADOLFO LE BON, empregado de Mignaud & Filho, depõe que no dia em questão, pela manhã, acompanhou a Sra. L'Espanaye à sua casa, levando a quantia de quatro mil francos em duas bolsas. Quando a porta se abriu, apareceu a Srta. L'Espanaye, que tomou de suas mãos uma das bolsas, enquanto a velha o aliviava da outra. Cumprimentou então e retirou-se. Não viu pessoa alguma na rua naquela ocasião. É uma travessa muito solitária.

GUILHERME BIRD, alfaiate, depõe que fazia parte do grupo que entrou na casa. É inglês. Reside em Paris há dois anos. Foi dos primeiros a subir as escadas. Ouviu as vozes que discutiam. A voz grossa era dum francês. Pôde perceber algumas palavras, mas não consegue lembrar-se de todas. Ouviu distintamente *sacré* e *Mon Dieu*. Parecia no momento haver o barulho de várias pessoas lutando, barulho de peleja e de coisas quebradas. A voz aguda era bastante forte, mais alta do que a voz grossa. Tem certeza que não era voz de inglês. Parecia ser de alemão. Talvez fosse voz de mulher. Não compreende o alemão.

Quatro das testemunhas acima mencionadas, tendo sido novamente interrogadas, depuseram que a porta do quarto em que foi encontrado o corpo da Srta. L'Espanaye estava fechada por dentro quando o grupo chegou. Estava tudo em completo silêncio, não se ouvindo gemidos, nem ruídos de qualquer espécie. Ao ser forçada a porta, não se viu ninguém. As janelas, tanto as da frente como as de trás do quarto, estavam descidas, e firmemente aferrolhadas por dentro. Uma porta, entre os dois quartos, estava fechada, mas não aferrolhada. A porta que dava passagem do quarto para o corredor estava fechada, com a chave por dentro. Um quartinho, na frente da casa, no quarto andar, na extremidade do corredor, tinha a porta aberta, de par em par. Esse compartimento estava cheio de camas velhas, caixas e coisas semelhantes. Foram cuidadosamente removidas e rebuscadas. Não ficou uma polegada da casa que não tivesse sido rigorosamente examinada. As chaminés foram limpas, abaixo e acima. A casa tem quatro andares, com mansardas. No teto, um alçapão estava pregado com toda a firmeza, parecendo não ter sido aberto havia anos. O tempo decorrido entre o rumor das vozes em disputa e o arrombamento da porta do quarto foi diversamente afirmado pelas testemunhas. Algumas dizem que foi de três minutos. Outros afirmam terem sido cinco. Abriu-se a porta com dificuldade.

AFONSO GARCIO, agente de funerais, depõe que reside na Rua Morgue. É natural da Espanha. Foi um dos que entraram na casa. Não subiu as escadas. É nervoso e estava apreensivo com as consequências da agitação. Ouviu as vozes em questão. A voz grossa era de um francês. Não pôde distinguir o que se dizia. A voz aguda era de um inglês, tem certeza disso. Não compreende a língua inglesa, mas julga pela entonação.

ALBERTO MONTANI, confeiteiro, depõe que se achava entre os primeiros que subiram as escadas. Ouviu as vozes em questão. A voz grossa era de um francês. Percebeu várias palavras. Quem falava parecia estar repreendendo. Não entendeu as palavras pronunciadas pela voz aguda. Falava depressa e irregularmente. Acha que era uma voz de russo. Confirma os testemunhos dos outros. É italiano. Nunca conversou com um russo.

Várias das testemunhas, ao serem reinterrogadas, afirmam que as chaminés de todos os aposentos do quarto andar são demasiado estreitas para deixar passar um ser humano. As chaminés foram limpas com vassouras cilíndricas, semelhantes às usadas pelos limpadores de chaminés. Essas vassouras foram passadas de cima a baixo, em todos os canos da casa. Não há nenhuma passagem atrás por onde alguém pudesse ter descido enquanto os vizinhos subiam as escadas. O corpo da Srta. L'Espanaye estava tão firmemente comprimido dentro da chaminé, que só pôde ser retirado graças aos esforços unidos de quatro ou cinco do grupo.

PAULO DUMAS, médico, depõe que foi chamado para ver os cadáveres, ao amanhecer. Jaziam ambos então sobre o enxergão, no quarto onde foi encontrada a Srta. L'Espanaye. O cadáver da moça estava bastante machucado e escoriado. Para explicar este aspecto bastava o fato de ter sido metido à força chaminé adentro. A garganta estava grandemente esfolada.

Havia numerosas arranhaduras profundas justamente por baixo do queixo, bem como uma série de manchas lívidas, produzidas evidentemente pela pressão de dedos. O rosto estava horrivelmente exangue e os olhos saltados. A língua havia sido parcialmente cortada. Descobriu-se uma grande equimose na boca do estômago, produzida, ao que parece, pela pressão dum joelho. Na opinião do Dr. Dumas, a Srta. L'Espanaye foi estrangulada por uma ou várias pessoas desconhecidas. O cadáver da mãe estava horrivelmente mutilado. Todos os ossos da perna direita e do braço estavam quase esmigalhados. A tíbia esquerda, bastante lascada, bem como todas as costelas do lado esquerdo. Todo o corpo mortalmente machucado e arroxeado. Não era possível dizer como haviam sido infligidas aquelas lesões. Uma pesada clava de madeira, ou uma larga barra de ferro, uma cadeira, qualquer arma larga, pesada e obtusa poderiam ter produzido tais resultados, se manejadas pela mão dum homem excepcionalmente forte. Com tal arma, nenhuma mulher poderia dar golpes semelhantes. A cabeça da vítima, quando vista pela testemunha, estava inteiramente separada do corpo e também grandemente esfacelada. A garganta fora evidentemente cortada com algum instrumento bastante afiado, provavelmente uma navalha.

ALEXANDRE ETIENNE, cirurgião, foi chamado pelo Dr. Dumas para examinar os corpos. Confirma o testemunho e as opiniões do Dr. Dumas.

Nada mais de importância foi elucidado, embora muitas outras pessoas tenham sido interrogadas. Jamais fora cometido em Paris crime tão misterioso e tão apavorante em todos os seus pormenores, se é que se trata mesmo dum crime. A polícia se acha inteiramente às cegas, fato insólito em casos dessa natureza. Não há, portanto, nem sombra dum indício aparente.

A edição vespertina do jornal informava que reinava ainda a maior excitação no bairro de São Roque, que a casa em questão fora novamente rebuscada, com todo o cuidado, haviam-se feito novos interrogatórios de testemunhas, mas tudo sem resultado. Uma nota de última hora, porém, mencionava que Adolfo Le Bon tinha sido detido e preso, embora nada parecesse incriminá-lo, além dos fatos já pormenorizados.

Dupin parecia mostrar-se excepcionalmente interessado pelo curso do processo; pelo menos assim deduzia eu de seus modos, pois nenhum comentário fazia. Foi somente depois da notícia da prisão de Le Bon que ele perguntou qual a minha opinião a respeito dos crimes.

Apenas pude concordar com toda Paris, que os considerava um mistério insolúvel. Não via eu quais os meios possíveis para descobrir uma pista do criminoso.

— Não devemos julgar os meios — disse Dupin — por esse arcabouço de interrogatório. A polícia de Paris, tão enaltecida pela sagacidade, é apenas astuta e nada mais. Não há método em seus processos, além do método do momento. Faz vasta exibição de medidas, mas, não raras vezes, estas se adaptam tão mal aos objetivos propostos, que nos vem à memória M. Jourdain pedindo *sa robe de chambre... pour mieux entendre la musique.*[4] Os resultados a que chega são surpreendentes, em geral, mas, na maior parte, são devidos à simples diligência e atividade. Quando estas qualidades são inúteis, seus planos falham. Vidocq, por exemplo, era bem perspicaz e perseverante. Mas sem intelecto educado, equivocava-se continuamente, pela intensidade mesma de suas investigações. Enfraquecia sua visão, por aproximar demasiado o objeto. Podia ver, talvez, um ou dois pontos com uma clareza maravilhosa, mas, ao assim fazer, perdia

4 Seu roupão... para melhor ouvir a música. (N. T.)

necessariamente de vista o caso em seu conjunto total. Tal é o que acontece quando se é demasiado profundo. A verdade não está sempre dentro dum poço. Acredito mesmo, no que concerne aos conhecimentos mais importantes, que ela se encontra invariavelmente à superfície. A profundidade jaz nos vales onde a buscamos, e não no alto das montanhas onde é encontrada. As formas e origens dessa espécie de erro tipificam-se bem na contemplação dos corpos celestes. Lançar um olhar rápido para uma estrela, olhá-la obliquamente, voltando para ela as partes exteriores da retina (mais suscetíveis às impressões de luz que as interiores), é contemplar a estrela nitidamente, é apreciar perfeitamente o seu brilho, que se vai esmaecendo, justamente, na proporção em que dirigimos nossa visão em cheio sobre ela. Neste último caso, maior número de raios luminosos incide sobre o olho, mas no primeiro há uma capacidade mais refinada de compreensão. Graças a uma profundeza indevida, confundimos e enfraquecemos o pensamento e é mesmo possível fazer Vênus esvanecer-se no firmamento com um exame demasiado prolongado, demasiado concentrado ou demasiado direto.

— Quanto a estes crimes, examinemo-los nós mesmos, antes de formular uma opinião a seu respeito. Uma investigação nos servirá de entretenimento (achei este termo, assim aplicado, um tanto estranho, mas nada disse) e, além disso, Le Bon certa vez me prestou um obséquio, pelo que lhe sou grato. Iremos ver o local dos crimes com nossos próprios olhos. Conheço G***, o chefe de polícia, e não teremos dificuldade em obter a necessária permissão.

A permissão foi concedida e seguimos imediatamente para a Rua Morgue. É ela uma dessas miseráveis travessas que ligam a Rua Richelieu à Rua São Roque. Foi à tardinha que lá chegamos, pois o bairro fica a distância bem grande daquele em que residíamos. Descobrimos a casa, pois ainda havia muita gente a mirar-lhe os postigos fechados, numa curiosidade inútil, da calçada fronteira. Era uma casa parisiense comum, com um saguão, tendo a um lado um nicho envidraçado, com uma janelinha corrediça, indicando o cubículo do porteiro. Antes de entrar, andamos pela rua, demos volta por uma passagem, e depois, dando outra volta, passamos por trás do edifício. Enquanto isso, ia Dupin examinando toda a vizinhança, bem como a casa, com minudentíssima atenção, para a qual não encontrava eu possível objetivo.

Voltando alguns passos, fomos de novo à frente da casa, tocamos a campainha e, tendo exibido nossas credenciais, deram-nos entrada os policiais lá de guarda. Subimos as escadas e entramos no quarto onde fora encontrado o cadáver da Srta. L'Espanaye e onde jaziam ainda ambas as mortas. A desordem existente no quarto havia sido conservada, como de costume em tais casos. Nada descobri, além do que fora descrito na *Gazette des Tribunaux*. Dupin examinou minuciosamente tudo sem excetuar os corpos das vítimas. Depois passamos ao outro quarto e ao pátio. Um gendarme acompanhava todos os nossos passos. O exame nos teve ocupados até o escurecer, quando regressamos. De volta para casa, meu companheiro se deteve um instante na redação de um dos jornais.

Já tive ocasião de dizer que os caprichos de meu amigo eram múltiplos e que eu "os respeitava". Deu-lhe na veneta evitar qualquer conversa a respeito do crime até quase o meio-dia do dia seguinte. Então me perguntou, de súbito, se eu havia observado qualquer coisa de peculiar na cena do crime.

Havia algo na sua maneira de acentuar a palavra *peculiar* que me fez estremecer, sem saber por quê.

— Não, nada de peculiar — disse eu —, nada mais afinal do que vimos descrito no jornal.

— A *Gazette* — replicou ele —, ao que me parece, não penetrou em todo o horror insólito do crime. Mas ponhamos de parte as opiniões ociosas desse jornal. Parece-me que este mistério é considerado insolúvel pela razão mesma que o torna mais fácil de resolver, quero dizer, pelo caráter excessivo de seus aspectos. A polícia parece estar confusa, diante da aparente ausência de motivo, não pelo próprio assassinato, mas pela atrocidade do assassinato. Perturba-a também a aparente impossibilidade de conciliar o fato das vozes ouvidas a discutir com o fato de não se ter encontrado, lá em cima, senão o cadáver da Srta. L'Espanaye e de não haver meios de saírem do quarto os assassinos sem serem vistos pelas pessoas que subiam as escadas. A selvagem desordem do quarto, o cadáver metido, de cabeça para baixo, dentro da chaminé, a terrífica mutilação do cadáver da velha, todas estas considerações, como as que acabo de mencionar e outras que não preciso citar, bastaram para paralisar as faculdades e desorientar por completo a tão gabada perspicácia dos agentes do Governo. Caíram no erro comum, mas grosseiro, de confundir o insólito com o abstruso. Mas é por esses desvios do plano comum que a razão tateia seu caminho, se é que existe, na procura da verdade. Em investigações como a que nos ocupa agora o que importa não é perguntar: "que se passou?", mas "que se passou que já não se tenha passado antes?". De fato, a facilidade com que eu chegarei, ou já cheguei, à solução deste mistério está na razão direta de sua aparente insolubilidade aos olhos da polícia.

Contemplei meu interlocutor, emudecido de espanto.

— Estou agora à espera — continuou ele, olhando para a porta de nosso apartamento —, estou agora à espera de uma pessoa que, embora não seja a autora daquela carnificina, deve estar implicada, de certo modo, na sua perpetração. É provável que esteja inocente da parte pior dos crimes cometidos. Espero estar certo nesta minha suposição, pois é sobre ela que baseio minha expectativa de decifrar por completo o enigma. Espero o homem aqui... neste quarto... a qualquer momento. É verdade que ele pode não vir, mas há probabilidades de que o faça. Se vier, será preciso detê-lo. Aqui estão estas pistolas. Ambos saberemos como utilizá-las quando as circunstâncias o exigirem.

Tomei as pistolas, mal sabendo o que fazia, ou mal acreditando no que ouvia, enquanto Dupin continuava a falar, numa espécie de monólogo. Já me referi a seus modos abstratos em semelhantes ocasiões. Dirigia-se a mim, mas sua voz, embora sem ser forte, tinha aquela entonação comumente empregada para falar a alguém que se acha a grande distância. Seus olhos, de expressão vaga, fitavam somente a parede.

— Ficou plenamente provado — disse ele —, no processo, que as vozes que altercavam nao eram as das duas mulheres. Isto nos liberta de qualquer dúvida a respeito da questão de saber se a velha poderia ter antes matado a filha e depois resolvido suicidar-se. Se me refiro a este ponto é apenas para agir com método, pois a força da Sra. L'Espanaye teria sido insuficiente para a tarefa de meter o cadáver da filha chaminé adentro, tal como foi encontrado; e a natureza dos ferimentos em sua própria pessoa exclui por completo a ideia do suicídio. O crime, portanto, foi cometido por terceiros, cujas vozes foram ouvidas a discutir. Permita-me, agora, que lhe faça notar não todos os testemunhos referentes a estas vozes, mas o que havia de *peculiar* nesses testemunhos. Observou qualquer coisa de característico neles?

— Observei que, enquanto todas as testemunhas concordavam em atribuir a um francês a voz grossa, discordavam bastante a respeito da voz aguda, ou, como disse uma delas, a voz áspera.

— Isto é o próprio testemunho — disse Dupin —, mas não a característica do testemunho. Você nada observou de particular. Contudo havia algo a observar-se. As testemunhas, como nota você, concordam a respeito da voz grossa. Foram nisso unânimes. Mas a respeito da voz estridente, a particularidade é não a de terem discordado, mas a de terem-na atribuído, todos aqueles que a tentaram descrever, um italiano, um inglês, um espanhol, um holandês e um francês, a *um estrangeiro*. Cada um deles está certo de que não era a voz de um conterrâneo. Cada um a compara com a voz dum indivíduo que se expressa numa língua desconhecida. O francês supõe que é a voz dum espanhol e *"poderia ter entendido algumas palavras, se soubesse espanhol"*. O holandês sustenta que a voz era dum francês, mas está provado que *"como não fala francês esta testemunha foi interrogada por meio dum intérprete"*. O inglês pensa que a voz era dum alemão e *"não compreende o alemão"*. O espanhol "tem certeza" que a voz era dum inglês, mas "julga pela entonação" tão somente, pois *"não compreende a língua inglesa"*. O italiano acredita que a voz é dum russo, mas *"nunca conversou com um russo"*. Um outro francês discorda, porém, do primeiro e positiva que a voz era dum italiano, mas *"não conhece a língua italiana"*, e, como o espanhol, *"está convencido pela entonação"*.

— Pois bem, bastante estranha deve ter sido essa voz para produzir testemunhas tão dessemelhantes, uma voz em cujas entonações representantes das cinco grandes potências da Europa não puderam reconhecer nada que lhes fosse familiar! Você poderá dizer que talvez tenha sido a de um asiático, ou a de um africano. Mas estes não são numerosos em Paris. Sem negar, porém, esta possibilidade, chamarei, agora, simplesmente sua atenção para três pontos. Uma das testemunhas diz que a voz era "mais áspera que estridente". Duas outras dizem que ela era "rápida e *desigual*". Nenhuma palavra, nenhum som que se assemelhasse a uma palavra foi enunciado pelas testemunhas como inteligível.

— Não sei — continuou Dupin — que impressão pude até aqui causar na sua mente, mas não hesito em dizer que as exatas deduções que decorrem desta parte dos depoimentos, a que diz respeito às vozes grossas e estridentes, são por si mesmas suficientes para engendrar uma suspeita que poderá encaminhar todo o curso ulterior da investigação do mistério. Digo "deduções exatas", mas meu pensamento não está plenamente expresso. Quero dar a entender que as deduções são as *únicas* aceitáveis e que a suspeita surge *inevitavelmente* delas como o único resultado possível. Qual seja essa suspeita, porém, não o direi ainda. Desejo apenas que você concorde comigo que ela foi suficientemente forte para dar uma forma definida, uma tendência positiva às investigações a que procedi no quarto.

— Transportemo-nos, em imaginação, àquele quarto. Que procuraremos em primeiro lugar? Os meios de evasão utilizados pelos assassinos. Não é demais dizer que nenhum de nós dois acredita em fatos sobrenaturais. A Sra. e a Srta. L'Espanaye não foram mortas por espíritos. Os autores da façanha eram seres materiais e escaparam materialmente. Mas como? Felizmente, só há uma maneira de raciocinar a respeito deste ponto, e esta maneira deve conduzir-nos a uma decisão definitiva. Examinemos, um a um, os possíveis meios de evasão.

— É claro que os assassinos se achavam no quarto onde foi encontrada a Srta. L'Espanaye, ou, pelo menos, no quarto contíguo, quando as testemunhas subiram as escadas. Portanto, é somente naqueles dois aposentos que temos de procurar as saídas. A polícia arrancou os assoalhos, revistou o forro e o reboco das paredes, em todos os sentidos. Nenhuma saída *secreta* podia ter escapado a essa busca. Mas não acreditando nos olhos dela, examinei com os meus próprios. Não havia, de fato, *nenhuma* saída secreta. Ambas as portas que davam dos quartos para o corredor estavam solidamente fechadas, com as chaves, por dentro. Voltemos às chaminés. Estas, embora de largura comum, até uns dois metros e meio a três acima da lareira, não dão passagem, em toda a sua extensão, ao corpo dum gato grande. A impossibilidade de fuga pelas saídas já indicadas sendo dessa forma absoluta, só nos restam as janelas. Pelas do quarto da frente ninguém poderia ter passado sem ser visto pela multidão que estacionava na rua. Os assassinos *devem* ter passado, pois, pelas do quarto de trás. Ora, chegados a esta conclusão da maneira inequívoca por que fizemos, não nos cabe, como raciocinadores, rejeitá-la, por causa de aparentes impossibilidades. Só nos resta provar que estas aparentes "impossibilidades" não são realmente "impossíveis".

— Há duas janelas no quarto. Diante de uma delas não há móveis que a obstruam e está plenamente visível. A parte inferior da outra está oculta pela cabeceira da pesada armação de cama que se acha encostada à parede. Achou-se a primeira janela solidamente fechada por dentro. Resistiu aos maiores esforços dos que tentaram erguê-la. À esquerda de seu caixilho, haviam furado um grande buraco com verruma e nele meteram um grosso prego, quase até a cabeça. Examinando-se a outra janela, encontrou-se prego igual e de igual maneira enfiado. Não teve êxito tampouco a vigorosa tentativa de levantar esse caixilho. A polícia estava, pois, inteiramente certa de que a evasão não se dera naquela direção. E, *em consequência*, achou que era desnecessário retirar os pregos e abrir as janelas.

— Meu exame foi um tanto mais minucioso e isto pela razão que já expus, isto é, porque sabia que era ali que se devia provar que todas as aparentes impossibilidades não eram realmente "impossíveis".

— Continuei a raciocinar assim *a posteriori*. Os assassinos *escaparam* por uma daquelas janelas. Assim sendo, não poderiam ter fechado por dentro os caixilhos tal como foram encontrados, consideração que pôs ponto, pela sua evidência, à investigação da polícia nesse sentido. Contudo os caixilhos estavam trancados. Deviam, pois, poder fechar-se por si mesmos. Não havia fugir a esta conclusão. Dirigi-me à janela desimpedida, com alguma dificudade retirei o prego e tentei levantar o caixilho. Resistiu a todos os meus esforços, como já esperava. Tinha agora a certeza de que havia uma mola oculta e a comprovação de minhas deduções me convenceu de que minhas premissas eram pelo menos corretas, por misteriosas que me parecessem ainda as circunstâncias relativas aos pregos. Uma busca cuidadosa logo revelou a mola oculta. Premi-a e, satisfeito com a descoberta, abstive-me de levantar o caixilho.

— Tornei a colocar o prego no lugar e observei-o atentamente. Uma pessoa, passando por aquela janela, podia tê-la fechado e a mola teria entrado em ação. Mas o prego não poderia ter sido reposto. A conclusão era clara e mais uma vez limitava o campo de minhas investigações. Os assassinos deviam ter escapado pela outra janela.

— Supondo, pois, que fossem as mesmas as molas de cada caixilho, como era provável, *deveria* encontrar-se uma diferença entre os pregos, ou, pelo menos, na maneira pela qual estavam fixos. Subindo ao enxergão da cama, examinei atentamente a segunda janela. Passando a mão por trás da cabeceira, logo encontrei e calquei a mola, que era, como eu tinha suposto, idêntica à outra. Examinei depois o prego. Era tão grosso como o outro e parecia estar fixo da mesma maneira, enfiado quase até a cabeça.

— Você há de dizer que fiquei embaraçado, mas se pensa assim é porque não entendeu a natureza das deduções. Para usar uma frase esportiva, não estivera nem uma vez "em falta". O faro nem por um instante se perdera. Não havia falha em um elo sequer da cadeia. Tinha rastreado o segredo até seu derradeiro resultado... e este resultado era o *prego*. Tinha ele, como disse, sob todos os aspectos, a mesma aparência de seu companheiro da outra janela. Mas este fato era uma absoluta nulidade (por mais concludente que parecesse ser), quando comparado com a consideração de que ali, naquele ponto, terminava o fio condutor. "*Deveria* haver algum defeito naquele prego", disse comigo mesmo. Peguei-o e a cabeça, com cerca de um quarto de polegada da espiga, ficou-me nos dedos. O resto da espiga estava no buraco feito com verruma, onde se havia quebrado. A fratura era velha (pois suas extremidades mostravam-se incrustadas de ferrugem) e parecia ter sido causada por um golpe de martelo, que introduziu parte da cabeça do prego no alto da beira do caixilho.

— Voltei a colocar, então, com todo o cuidado, a parte da cabeça no orifício de onde a havia retirado e sua semelhança com um prego perfeito era completa, pois não se via a fratura. Apertando a mola, levantei levemente o caixilho algumas polegadas; a cabeça do prego subiu com o caixilho, permanecendo fixa no seu lugar. Fechei a janela e a semelhança com um prego completo tornou-se de novo total.

— Este enigma estava até aqui resolvido. O assassino escapara pela janela que se abria sobre a cama. Quer aquela se tivesse fechado por si mesma, após a saída dele (ou talvez fechada de propósito), havia ficado segura pela mola. E foi a retenção desta mola que a polícia tornara, por engano, como sendo a do prego, considerando dessa forma desnecessária qualquer investigação ulterior.

— A questão seguinte é saber como o assassino conseguiu descer. Neste ponto, dei-me por satisfeito com o passeio dado com você em torno do edifício. A pouco mais de metro e meio da janela em questão, corre um condutor de para-raios. Era impossível que alguém pudesse, daquele condutor, alcançar a janela, nem tampouco nela entrar. Observei, porém, que os postigos do quarto andar eram daquele feitio especial que os carpinteiros parisienses chamam de *ferrades*, tipo raramente empregado nos nossos dias, mas visto com frequência nas casas bem velhas de Lion e Bordeaux. Têm o formato duma porta comum (porta simples e não de duas bandeiras), mas a metade inferior é gradeada, ou trabalhada em forma de gelosia, permitindo assim excelente ponto de pega para as mãos. No caso presente, os tais postigos têm bem um metro e pouco de largura. Quando os vimos da retaguarda da casa, estavam ambos semiabertos, isto é, formavam ângulos retos com a parede. É provável que a polícia, tanto como eu mesmo, tenha examinado a parte de trás da casa, mas se assim fez, ao olhar aquelas *ferrades* na linha de sua largura (como deve ter feito), não tenha percebido essa grande largura, ou, pelo menos, deixou de tomá-la na devida consideração. De fato, assim convencida de que nenhuma fuga poderia ter-se dado por ali, naturalmente limitou-se a um exame muito superficial.

— Era, porém, evidente para mim que, se o postigo pertencente à janela da cabeceira da cama estivesse escancarado até a parede, ficaria a cerca de sessenta centímetros do condutor do para-raios. Era também evidente que, por meio dum grau insólito de atividade e de coragem, poder-se-ia, com ajuda do condutor, efetuar a entrada pela janela. Chegado a esta distância de 45 centímetros (estamos supondo o postigo completamente aberto), um ladrão poderia agarrar-se firmemente às grades. Largando depois o condutor, colocando os pés firmemente contra a parede e lançando--se vivamente, poderia ter feito girar o postigo, fechando-o, e, se imaginarmos a janela aberta no momento, poderia mesmo ter-se atirado dentro do quarto.

— Desejo que tenha bem em conta na mente que me referi a um grau *bem* insólito de atividade como requisito para o êxito de proeza tão audaciosa e tão difícil. É minha intenção mostrar-lhe, primeiro, que a coisa podia ter-se efetivamente realizado e, em segundo lugar, e *principalmente*, quero gravar-lhe no espírito o caráter *extraordinaríssimo*, quase sobrenatural mesmo, da agilidade necessária para executá-la.

— Você dirá, decerto, usando a linguagem da lei, que "para esclarecer o caso" eu deveria antes dar menos valor que insistir na exata estimativa da energia exigida no caso. Talvez seja esta a praxe legal, mas não é a que segue a razão. Meu objetivo último é apenas a verdade. Meu propósito imediato é levar você a justapor essa *bastante insólita* energia de que acabo justamente de falar àquela voz *bastante característica*, estridente (ou áspera) e *irregular*, a respeito de cuja nacionalidade nem duas pessoas se encontraram de acordo, e em cuja pronúncia não se conseguiu perceber palavra articulada.

A estas palavras se formou na minha mente uma ideia vaga e semi-informe do que queria Dupin dar a entender. Pareceu-me achar-me à borda da compreensão, sem poder, no entanto, compreender como se encontram, às vezes, os homens à beira da lembrança, sem que consigam afinal recordar. Meu amigo continuou a argumentar:

— Você está vendo que passei da questão do modo de saída para o modo de entrada. Era minha intenção sugerir a ideia de que ambas foram realizadas da mesma maneira e pelo mesmo lugar. Voltemos agora ao interior do quarto. Examinemos todas as particularidades ali. Segundo disseram, as gavetas da cômoda foram saqueadas, embora muitas peças de roupa ainda permanecessem dentro delas. A conclusão aqui é absurda. É uma simples conjetura, muito tola aliás, e só isto. Como haveremos de saber que as peças encontradas nas gavetas não eram todas as que se continham antes nas gavetas? A Sra. L'Espanaye e sua filha viviam uma vida excessivamente retirada, não recebiam visitas, raramente saíam, não precisando, portanto, de mudar muitas vezes de roupa. As que foram encontradas eram pelo menos de tão boa qualidade como quaisquer outras que aquelas senhoras provavelmente possuíam. Se um ladrão tivesse tirado algumas, por que não levou as melhores, por que não levou todas? Numa palavra: por que abandonou ele quatro mil francos em ouro, para embaraçar-se com uma trouxa de roupa? O dinheiro foi abandonado. Quase toda a soma mencionada pelo Sr. Mignaud, o banqueiro, foi descoberta em bolsas jogadas no chão. Faço, pois, empenho de afastar de seu pensamento a disparatada ideia do "interesse", engendrada nos miolos da polícia, por aquela parte dos depoimentos que fala do dinheiro entregue à porta da casa. Coincidências dez vezes tão notáveis como esta (a entrega de dinheiro e o crime cometido dentro de três dias, após seu recebimento) acontecem a todos nós, a qualquer hora de nossas vidas, sem mesmo atrair uma momentânea atenção. As coincidências, em geral, são obstáculos no caminho daquela classe de pensadores que tem sido educada no desconhecimento da teoria das probabilidades, essa teoria com a qual estão em dívida os mais gloriosos resultados da pesquisa humana, para maior glória do saber. No presente caso, se o dinheiro tivesse sido levado, o fato de sua entrega três dias antes teria formado algo mais do que uma coincidência. Viria corroborar a ideia do interesse. Mas, nas circunstâncias reais do caso, se tivermos de supor que o ouro foi o móvel do ataque, devemos também imaginar que esse assassino não passa dum maluco indeciso, que abandona ao mesmo tempo seu ouro e seu interesse.

— Mantenha agora alerta no espírito os pontos para os quais lhe chamei a atenção: aquela voz característica, aquela agilidade incomum e aquela ausência surpreendente de motivo em um crime tão singularmente atroz como este, e passemos a analisar a própria carnificina. Eis uma mulher morta, estrangulada por força manual e metida numa chaminé de cabeça para baixo. Assassinos comuns não empregam semelhantes processos de homicídio. Ainda menos dispõem dessa forma do assassinado. Nesta maneira de meter o cadáver chaminé adentro, há de você convir que houve algo de *excessivamente exagerado* — algo totalmente irreconciliável com nossas noções habituais de ação humana, mesmo quando supomos seus atores os mais depravados dos homens. Pense também quão grande deve ter sido aquela força que pôde enfiar o cadáver para dentro duma abertura de modo tão potente que as forças unidas de muitas pessoas quase não foram suficientes para retirá-lo para baixo!

— Voltemos agora a outros indícios do emprego de tão espantosa força. Na lareira foram encontradas espessas mechas de cabelo, bastante espessas mesmo, de cabelo grisalho. Tinham sido arrancados pelas raízes. Sabe bem você que grande força é necessária para arrancar, dessa forma, da cabeça, mesmo apenas vinte ou trinta cabelos juntos. Você viu as mechas em questão tão bem quanto eu. Suas raízes (horrendo espetáculo!) mostravam, aderidos, fragmentos da carne do couro cabeludo, certamente arrancados pela prodigiosa força que se empenhou em desarraigar talvez meio milhão de cabelos duma vez. A garganta da velha foi não simplesmente cortada, mas a cabeça totalmente separada do corpo; o instrumento utilizado foi uma simples navalha. Desejo que repare também na brutal ferocidade dessas façanhas. Não falarei das equimoses do corpo da Sra. L'Espanaye. O Dr. Dumas e seu digno auxiliar, o Sr. Etienne, declararam que elas foram produzidas por algum instrumento contundente e até aqui estes cavalheiros estão bem certos. O instrumento contundente foi claramente a pedra de calçamento do pátio sobre a qual a vítima caíra da janela que abria sobre a cama. Esta ideia, por mais simples que possa agora parecer, escapou à polícia, pela mesma razão por que escapou a largura dos postigos, por isso que, graças à circunstância dos pregos, sua percepção se fechara hermeticamente, contra a possibilidade de terem sido alguma vez abertas as janelas.

— Se agora, em adendo a todas estas coisas, tiver você devidamente refletido na estranha desordem do quarto, teremos chegado a um ponto tal que se podem combinar as ideias duma agilidade espantosa, de uma força sobre-humana, de uma ferocidade brutal, de uma carnificina sem motivo, dum horrível grotesco, absolutamente extra-humano, e duma voz de tom estranho aos ouvidos de homens de muitas nações e privada de qualquer enunciação distinta e inteligível. Que resulta então de tudo isso? Qual a impressão que lhe causei à imaginação?

Senti um arrepio na carne quando Dupin me fez a pergunta.

— Foi um louco — disse eu — o autor dessa proeza... algum maníaco furioso, escapado duma vizinha casa de saúde.

— Sob alguns aspectos — replicou ele — a sua ideia não é despropositada. Mas as vozes dos loucos, mesmo nos seus mais ferozes paroxismos, nunca se enquadram com aquela voz característica ouvida nas escadas. Os loucos pertencem a alguma nação, e têm sua língua, e, embora incoerentes nas suas palavras, têm sempre a coerência da pronunciação das palavras. Além disso, o cabelo dum louco não é igual ao que agora tenho nas mãos. Desembaracei este pequeno tufo de cabelos dos dedos rigidamente cerrados da Sra. L'Espanaye. Diga-me, que pensa disto?

— Dupin! — disse eu, completamente transtornado. — Este cabelo é o mais extraordinário possível, não é cabelo *humano*.

— Não afirmei que fosse — disse ele. — Mas, antes de decidirmos este ponto, quero que você lance um olhar para este pequeno esboço que tracei aqui neste papel. É um desenho fac-similado daquilo que foi descrito, em certo trecho do processo, como "negras equimoses e fundas marcas de unhas" na garganta da Srta. L'Espanaye, e em outro (pelos Srs. Dumas e Etienne) como uma "série de manchas lívidas, produzidas evidentemente pela pressão de dedos".

— Você perceberá — continuou meu amigo, desenrolando o papel sobre a mesa diante de nós — que este desenho dá a ideia dum punho firme e seguro. Não há sinais de que os dedos tenham escorregado. Cada dedo manteve — possivelmente até a morte da vítima — o terrível arrocho primitivo, moldando-se na carne. Procure, agora, colocar todos os seus dedos, ao mesmo tempo, nas respectivas marcas que está vendo.

Minha tentativa não deu resultado.

— É possível que não estejamos fazendo a experiência bem direito — disse ele. — O papel está estendido numa superfície plana, mas a garganta humana é cilíndrica. Aqui está um rolo de pau cuja circunferência é quase a duma garganta. Enrole o desenho nele e tente a experiência de novo.

Fiz o que ele disse, mas a dificuldade foi mesmo mais evidente do que antes.

— Isto — disse eu — não é marca de mão humana.

— Leia agora — replicou Dupin — esta passagem de Cuvier.

Era uma história anatômica, minuciosa e geralmente descritiva, dos grandes orangotangos fulvos das ilhas da Índia Oriental. A estatura gigantesca, a prodigiosa força e atividade, a ferocidade selvagem e as faculdades de imitação desses mamíferos são bem conhecidas de todos. Compreendi imediatamente todo o horror do crime.

— A descrição dos dedos — disse eu, ao terminar a leitura — concorda exatamente com seu desenho. Vejo que nenhum animal, a não ser um orangotango da espécie aqui mencionada, poderia ter deixado marcas semelhantes às que você traçou. Este tufo de cabelos fulvos é também idêntico ao do animal de Cuvier. Mas não me é possível compreender as particularidades desse espantoso mistério. Além disso, foram ouvidas *duas* vozes que discutiam, e uma delas era inquestionavelmente a dum francês.

— É verdade e você há de lembrar-se de uma expressão, atribuída quase unanimemente, no processo, a essa voz; a expressão: *Mon Dieu!* Estas palavras, nas circunstâncias presentes, foram justamente caracterizadas por uma das testemunhas (Montani, o confeiteiro) como uma expressão de repressão ou advertência. Sobre estas duas palavras, portanto, baseei solidamente minhas esperanças duma plena solução do enigma. Um francês tinha conhecimento do crime. É possível — e na verdade é muito mais que provável — que estivesse inocente de qualquer participação nesse caso sangrento ali ocorrido. Pode ser que o orangotango se tenha escapulido de suas mãos. Talvez o tenha acompanhado até o quarto, mas, sob as perturbadoras circunstâncias que se seguiram, é bem possível que ainda não o tenha recapturado. Está ainda às soltas. Não continuarei com estas conjeturas — pois não tenho direito de dar-lhes outro nome —, visto como as sombras de reflexão que lhes servem de base não têm a suficiente profundeza para serem apreciadas pela minha própria razão, e tanto mais quanto não pretendo torná-las inteligíveis à compreensão de outra inteligência. Chamá-las-emos, pois, de conjeturas, e a elas nos referiremos como tais. Se o francês em questão for, de fato, como eu suponho, inocente dessa atrocidade, este anúncio que na noite passada, quando voltávamos para casa, deixei na redação de *Le Monde* (jornal dedicado a interesses marítimos e bastante procurado pelos marinheiros) trá-lo-á até nossa casa.

Entregou-me um jornal, onde li:

> Agarrado
>
> No Bosque de Bolonha, ao amanhecer do dia... do corrente (a manhã do crime), achou-se um enorme orangotango fulvo da espécie de Bornéu. O proprietário (que se sabe ser um marinheiro pertencente a um navio maltês) pode reaver o animal de novo se apresentar identidade satisfatória e pagar algumas despesas pela captura e conservação. Procurar no nº... da Rua... Bairro de São Germano... terceiro andar.

— Como é possível — perguntei — saber você que o homem é um marinheiro e pertence a um navio maltês?

— *Não sei* — disse Dupin. — Não tenho *certeza* disso. Aqui está, todavia, um pedacinho de fita, que, pela sua forma e seu aspecto gorduroso, foi evidentemente usada para atar o cabelo de uma dessas *caudas* de que tanto se orgulham os marinheiros. Além disso, este nó é daqueles que poucas pessoas, a não ser marinheiros, podem dar e é característico dos malteses. Apanhei a fita ao pé do condutor do para-raios. Não podia ter pertencido a nenhuma das mortas. Ora, se depois de tudo eu me tiver enganado em minhas deduções desta fita, isto é, que o francês era um marinheiro pertencente a um navio maltês, nenhum dano causei dizendo o que disse no anúncio. Se estiver certo, teremos ganho um grande ponto. Sabendo-se embora inocente do crime, o francês naturalmente hesitará em responder ao anúncio e reclamar o orangotango. Raciocinará desta forma: "Estou inocente. Sou pobre. Meu orangotango vale muito. Para alguém na minha situação é uma verdadeira fortuna. Por que hei de perdê-lo por causa de tolas apreensões de perigo? Ele está aqui, ao meu alcance. Foi encontrado no Bosque de Bolonha, a bem grande distância do teatro daquela carnificina. Como se poderá suspeitar que um animal feroz tenha sido o autor do fato? A polícia anda às cegas. Não conseguiu encontrar o menor indício. Ainda mesmo que descobrisse a pista do animal, seria impossível provar que eu tenho conhecimento do crime, ou inculpar-me por causa desse conhecimento. E acima de tudo, *já sou conhecido*. O anunciante me designa como possuidor do animal. Não tenho certeza até onde pode chegar o limite de seu conhecimento. Se desistir de reclamar uma propriedade de tão grande valor, atrairei, afinal, suspeitas sobre o bicho. Não seria de boa política atrair a atenção nem sobre mim nem sobre o animal. Responderei ao anúncio, reaverei o orangotango e conservá-lo-ei preso até que esse caso fique liquidado."

No mesmo instante, ouvimos passos que subiam a escada.

— Esteja pronto — disse Dupin. — Pegue as pistolas, mas não as use, nem as mostre, sem que eu mesmo lhe faça sinal.

A porta de entrada fora deixada aberta e o visitante entrara sem tocar na campainha e já havia subido muitos degraus da escada. Agora, porém, parecia hesitar. Depois, ouvimo-lo descer. Já Dupin se dirigia rápido para a porta, quando o ouvimos que de novo subia. Não voltou uma segunda vez, mas marchou com decisão e bateu à porta de nosso quarto.

— Entre! — disse Dupin, em tom alegre e cordial.

Um homem entrou. Era evidentemente um marinheiro, alto, robusto e musculoso, com certa expressão fisionômica atrevida, não de todo desagradável. Seu rosto, grandemente queimado de sol, mostrava-se oculto, mais da metade, pelas suíças e pelos bigodes. Trazia consigo um bengalão de carvalho, mas parecia não ter outra arma. Cumprimentou um tanto desajeitadamente e nos deu boa tarde num francês que, apesar dum leve sotaque suíço, revelava ainda bastante sua origem parisiense.

— Sente-se, meu amigo — disse Dupin. — Creio que veio buscar o orangotango. Palavra de honra, quase lhe invejo a posse dele. Um animal notavelmente belo e com certeza de alto preço. Qual a idade que lhe dá?

O marinheiro respirou fundamente, com o ar dum homem aliviado de alguma carga intolerável, e depois respondeu, em tom seguro:

— Não me é possível dizê-lo, mas creio que não terá mais de quatro ou cinco anos de idade. Está aqui com o senhor?

— Oh, não! Não tínhamos meios de conservá-lo aqui. Está numa cocheira de aluguel, pertinho daqui, na Rua Dubourg. Poderá ir buscá-lo pela manhã. Tem sem dúvida as provas de que é seu dono?

— Sim, senhor, todas elas.

— Tenho pena de separar-me dele — disse Dupin.

— Não é minha intenção deixar sem recompensa todo o trabalho que o senhor tomou — disse o homem. — Nem podia pensar isso. Quero, pois, gratificá-lo pela descoberta do animal... isto é, dar-lhe uma recompensa que seja razoável, é claro.

— Está bem — replicou meu amigo —, tudo isto é muito justo, na verdade. Deixe-me pensar... Que pedirei? Oh! Vou dizer-lhe! Minha recompensa será esta: o senhor me dará todas as informações que conhece a respeito daqueles crimes da Rua Morgue.

Dupin pronunciou as últimas palavras num tom bastante baixo e sossegado. Com a mesma calma, também, caminhou até a porta, fechou-a e guardou a chave no bolso. Depois tirou uma pistola do peito e colocou-a, sem a menor agitação, em cima da mesa.

O rosto do marinheiro ficou tão vermelho como se estivesse sendo sufocado. Deu um salto e agarrou o bengalão, mas logo depois deixou-se cair na cadeira, tremendo violentamente e com uma palidez de morto. Não disse uma palavra. Tive pena dele, do mais íntimo do coração.

— Meu amigo — disse Dupin, com tom bondoso —, o senhor está-se alarmando sem necessidade. Tranquilize-se. Não pretendemos fazer-lhe mal algum. Dou-lhe minha palavra, como cavalheiro e como francês, que não é intenção nossa prejudicá-lo. Sei perfeitamente que está inocente das atrocidades cometidas na Rua Morgue. Isto não quer dizer, porém, que o senhor não esteja, até certo ponto, nelas implicado. Pelo que já disse, deve saber que tive meios de informação a respeito desse assunto, meios com os quais o senhor jamais poderia ter sonhado. Agora a coisa está neste pé: o senhor nada fez que pudesse ter evitado... nada, certamente, que o torne culpado. Nem mesmo culpado de roubo, quando poderia ter roubado impunemente. Nada tem a ocultar. Não tem motivos para esconder o que quer que seja. Por outro lado, o senhor está obrigado, por todos os princípios da honra, a confessar tudo quanto sabe. Acha-se preso, no momento, um homem inocente, inculpado do crime, cujo autor o senhor pode indicar.

O marinheiro havia recuperado sua presença de espírito, em grande parte, enquanto Dupin pronunciava estas palavras, mas sua primitiva atitude audaciosa havia desaparecido.

— Valha-me Deus! — disse ele, depois de breve pausa. — Dir-lhe-ei tudo quanto sei a respeito desse negócio. Mas não espero que o senhor acredite nem na metade do que eu disser. Seria um louco, na verdade, se tal pensasse. Contudo, *estou inocente* e quero desabafar-me, ainda mesmo que isto me custe a vida.

O que ele narrou foi em suma o seguinte: fizera recentemente uma viagem ao Arquipélago Índico. Um grupo de que fazia parte desembarcou em Bornéu e penetrou no interior da ilha, em viagem de recreio. Ele e um companheiro haviam capturado o orangotango. Morrendo este seu companheiro, ficou ele como único dono do animal. Depois de grandes complicações causadas pela intratável ferocidade de seu cativo durante a viagem de regresso, conseguiu ele, afinal, alojá-lo com segurança em sua própria casa em Paris, onde, para não atrair a desagradável curiosidade de seus vizinhos, conservou-o cuidadosamente encerrado, até curá-lo duma ferida no pé, ocasionada por um estilhaço a bordo do navio. Estava francamente decidido a vendê-lo.

De volta à casa, após uma farra com alguns marinheiros, na noite, ou antes, na manhã do crime, encontrou o animal no seu próprio quarto, aonde penetrara, vindo do cubículo contíguo, em que o mantinha seguramente preso, como pensava. Tendo uma navalha na mão e todo ensaboado, estava sentado diante dum espelho, procurando barbear-se, coisa que decerto vira seu dono fazer anteriormente, observando-o pelo buraco da fechadura do cubículo. Aterrorizado por ver tão perigosa arma de posse dum animal tão feroz e tão bem capaz de fazer uso dela, o homem, por alguns instantes, ficou sem saber o que fazer. Estava, porém, acostumado a aquietar o bicho, mesmo nos seus acessos mais ferozes, por meio dum chicote, e a este recorreu no momento. À vista do chicote, o orangotango saltou através da porta do quarto, desceu as escadas e dali, por uma janela infelizmente aberta, precipitou-se na rua.

Desesperado, o francês seguiu o macaco, que, de navalha em punho, parava de vez em quando, voltava-se e gesticulava para seu perseguidor, até que este estivesse bem perto dele. Então de novo escapulia. A perseguição continuou desta forma por muito tempo. As ruas estavam profundamente silenciosas, pois eram quase três horas da madrugada. Ao passar por uma travessa, na retaguarda da Rua Morgue, a atenção do fugitivo foi atraída por uma luz que brilhava na janela aberta do quarto da Sra. L'Espanaye, no quarto andar de sua casa. Correndo para o prédio, percebeu ele o condutor do para-raios, trepou por ele com inconcebível agilidade, agarrou o postigo que estava escancarado contra a parede e, nele se apoiando, saltou diretamente à cabeceira da cama. Tudo isso se passou em menos dum minuto. O postigo de novo foi aberto por um pontapé do orangotango, ao entrar no quarto.

Entrementes, o marinheiro sentia-se ao mesmo tempo alegre e perplexo. Tinha fortes esperanças, agora, de recapturar o animal, pois dificilmente escaparia ele da armadilha em que se metera, exceto pelo para-raios, onde poderia ser apanhado ao descer. Por outro lado, havia bastantes motivos de ansiedade pelo que poderia ele fazer dentro da casa. Este último pensamento apressou ainda mais o homem a continuar a perseguição do fugitivo. Num condutor de para-raios sobe-se sem dificuldade, mormente quando se é marinheiro. Mas ao chegar à altura da janela, situada bem distante à sua esquerda, viu-se obrigado a parar. O mais que podia fazer era colocar-se de modo a conseguir uma vista do interior do quarto. Mas o que viu quase o fez largar as mãos de onde se agarrava, tamanho foi o horror que dele se apossou. Fora então que se ouviram dentro da noite aqueles horríveis gritos que despertaram do sono os habitantes da Rua Morgue. A Sra. L'Espanaye e sua filha, de camisola, tinham estado ocupadas, ao que parece, em arrumar alguns papéis no cofrezinho de ferro, já mencionado, e que haviam arrastado para o meio do quarto. Estava aberto e seu conteúdo jazia ao lado, no assoalho. As vítimas deviam estar sentadas de costas para a janela e, pelo tempo decorrido entre a entrada do animal e os gritos, parece provável que ele não tenha sido logo percebido. A batida do postigo fora de certo atribuída ao vento.

Quando o marinheiro olhou para dentro do quarto, o gigantesco animal havia agarrado a Sra. L'Espanaye pelos cabelos (que estavam soltos, pois os estivera penteando) e manejava a navalha em torno de seu rosto, imitando os movimentos dum barbeiro. A filha jazia prostrada e sem movimento. Havia desmaiado. Os gritos e os esforços da velha (durante os quais o cabelo lhe fora arrancado da cabeça) tiveram o efeito de mudar em cólera as intenções provavelmente pacíficas do orangotango. Com um golpe rápido de seu braço musculoso, quase separou-lhe a cabeça do corpo. A vista do sangue transmudou a cólera do animal em frenesi. Rilhando os dentes, de olhos chispantes, saltou sobre o corpo da moça e enterrou-lhe as terríveis garras na garganta, mantendo o arrocho até deixá-la morta. Seus olhares errantes e ferozes caíram, neste momento, sobre a cabeceira da cama, por cima da qual se avistava, justamente, o rosto de seu dono, petrificado de horror. A fúria do animal, que sem dúvida se lembrava ainda do terrível chicote, converteu-se instantaneamente em medo. Cônscio de haver merecido castigo, pareceu desejoso de ocultar suas sangrentas façanhas e pôs-se a saltar dentro do quarto, em angustiosa agitação nervosa, derrubando e quebrando os móveis ao pular e arrastando a roupa de cama de cima do enxergão. Por fim, agarrou primeiro o cadáver da filha e meteu-o pela chaminé acima, tal como foi encontrado, e depois o da velha, que ele imediatamente atirou pela janela.

Quando o macaco se aproximou da janela, com sua carga mutilada, o marinheiro se abaixou, apavorado, para o condutor de para-raios, e antes deslizando que descendo, com cuidado, por ele, correu para casa imediatamente, temendo as consequências da carnificina e abandonando, com satisfação, no seu terror, qualquer interesse pela sorte do orangotango. As palavras ouvidas pelas pessoas que subiam as escadas eram as exclamações de horror e pavor do francês, misturadas com os uivos diabólicos da besta-fera.

Quase mais nada tenho a acrescentar. O orangotango deve ter escapado do quarto pelo condutor de para-raios justamente antes de ter sido arrombada a porta. Deve ter fechado a janela ao passar por ela. Deve ter sido recapturado mais tarde pelo próprio dono, que obteve por ele elevado preço, vendendo-o para o *Jardin des Plantes*. Le Bon foi imediatamente solto, após nossa narrativa das circunstâncias (com alguns comentários de Dupin), no gabinete do chefe de polícia. Este funcionário, apesar de sua boa disposição para com meu amigo, não podia ocultar de todo seu desgosto pelo rumo que o caso havia tomado, e de bom grado se entregava a um ou dois sarcasmos, a respeito da conveniência de cada qual tratar de seus próprios negócios.

— Deixemo-lo falar — disse Dupin, que achou melhor não replicar. — Deixemo-lo discursar. Aliviar-lhe-á a consciência. Estou satisfeito por havê-lo derrotado no seu próprio castelo. Não obstante, o fato de não haver ele logrado êxito na solução deste mistério não é, de modo algum, coisa de tanto espanto, como ele acredita, porque, na verdade, nosso amigo chefe de polícia é um tanto sagaz demais para ser profundo. Falta suporte à sua ciência. É toda cabeça e não corpo, como os retratos da Deusa Laverna, ou, no melhor dos casos, toda cabeça e ombros, como um bacalhau. Mas apesar de tudo é uma boa criatura. Gosto dele, especialmente pela sua magistral impostura, graças à qual alcançou fama de engenhoso, quero dizer, o jeito que ele tem de *nier ce qui est, et d'expliquer ce qui n'est pas*.[5]

---

5 Negar o que é, e explicar o que não é. Rousseau, *Nouvelle Heloïse*.

O mistério de Maria Roget[1]
Continuação de "Os crimes da Rua Morgue"

> *Es giebt eine Reihe idealischer Begebenheiten, die der Wirklichkeit parallel läuf. Selten fallen sie zusammen. Menschen und Zufälle modificiren gewöhnlich die idealische Begebenheit, so dass sie unvollkommen ercheint, und ihre Folgen gleichfalls unvollkommen sind. So bei der Reformation: statt des Protestantismus kam das Lutherthum hervor.*[2]
>
> Novalis,[3] *Moralische Ansichten*

Poucas pessoas há, mesmo entre os pensadores mais serenos, que não tenham sido alguma vez assustadas por uma vaga, e contudo arrepiante, semicrença no sobrenatural, diante de *coincidências* de caráter tão aparentemente maravilhoso que a inteligência não se teria sentido capaz de admiti-las como meras coincidências. Tais sentimentos (pois as semicrenças de que falo nunca têm a plena força do *pensamento*) são raramente sufocados, a menos que os relacionemos à doutrina do acaso, ou, como se diz tecnicamente, o cálculo das probabilidades. Ora, este cálculo é, na sua essência, puramente matemático e dessa forma temos a anomalia da ciência mais rigidamente exata aplicada à sombra e ao espírito do que há de mais intangível em especulação.

Ver-se-á que os pormenores que agora fui solicitado a tornar públicos formam, no que concerne à sua ordem cronológica, o ramo principal duma série de coincidências apenas inteligíveis, cujo ramo secundário ou conclusivo será por todos os leitores reconhecido no recente assassinato de Maria Cecília Rogers, em Nova York.

Quando, numa narrativa intitulada "Os crimes da Rua Morgue", tentei, há cerca de um ano, descrever alguns traços marcantes do caráter mental de meu amigo, o cavalheiro C. Augusto Dupin, não me ocorreu que tivesse alguma vez de retomar o assunto. Meu objetivo fora a descrição desse caráter e o realizara inteiramente, por meio da série estranha de circunstâncias *carreadas* para revelar a feição temperamental de Dupin. Poderia ter aduzido outros exemplos, mas nada teria provado a mais. Todavia, acontecimentos recentes, no seu surpreendente

---

1 Publicado pela primeira vez no *Ladies' Companion*, novembro-dezembro de 1842, fevereiro de 1843. Título original: THE MYSTERY OF MARIE ROGET.

Por ocasião da primeira publicação de *O mistério de Maria Roget*, as notas de pé de página, agora apensas, foram consideradas desnecessárias; mas os muitos anos decorridos desde a tragédia sobre que se baseia a história tornam-nas indispensáveis e também dizer, em poucas palavras, algo sobre o plano geral. Uma moça, Mary Cecilie Rogers, foi assassinada nas vizinhanças de Nova York, e, embora sua morte ocasionasse intensa e duradoura emoção, o mistério que a cercava permaneceu insolúvel até a ocasião em que o presente relato foi escrito e publicado (novembro de 1842). Aqui, sob o pretexto de relatar a sorte de uma *grisette* parisiense, o autor seguiu, em todas as minúcias, os fatos essenciais, ao mesmo tempo que acompanhava apenas os não essenciais do assassinato real de Mary Rogers. Assim, todo o argumento baseado na ficção é aplicável à verdade, pois a investigação da verdade foi o seu objetivo.

"O mistério de Maria Roget" foi escrito bem longe do local do crime e sem outros meios de investigação que os fornecidos pelos jornais. Por isso muito escapou ao autor daquilo que ele próprio poderia ter utilizado se houvesse estado na cena do crime e visitado os lugares. Deve ser, não obstante, útil recordar que as confissões de duas pessoas (uma delas a Sra. Deluc da narrativa), feitas em diferentes ocasiões e muito depois de publicada a história, confirmaram, em pleno, não somente a conclusão geral, mas absolutamente todos os principais pormenores hipotéticos por meio dos quais foi essa conclusão obtida.

2 Há séries ideais de acontecimentos que correm paralelamente aos reais. Raramente coincidem. Os homens e as circunstâncias geralmente modificam o curso ideal dos acontecimentos, de modo a fazê-los parecer imperfeitos e suas consequências são igualmente imperfeitas. Tal ocorreu com a Reforma: em lugar do Protestantismo veio o Luteranismo. (N. T.)

3 Pseudônimo do Barão Friedrich von Hardenberg (1772-1801), escritor alemão e poeta romântico. (N. T.)

desenvolvimento, despertaram em mim pormenores outros, que terão o aspecto de confissão extorquida.

Depois de ter ouvido o que recentemente ouvi, seria por certo estranho que eu permanecesse em silêncio a respeito do que tanto vi como ouvi já faz tempo.

Após o desenlace da tragédia que envolveu a morte da Sra. L'Espanaye e sua filha, meu amigo Dupin não prestou mais atenção ao caso e recaiu nos seus velhos hábitos de extravagantes devaneios. Sempre predisposto às abstrações, não tardei em seguir-lhe o exemplo, e, continuando a ocupar nossos aposentos no bairro de

São Germano, abandonamos ao vento o futuro e adormecemos tranquilamente no presente, tecendo de sonhos o mundo estúpido que nos cercava.

Mas esses sonhos não ficaram inteiramente sem interrupção. Pode-se de pronto supor que a parte desempenhada por meu amigo no drama da Rua Morgue não deixara de causar impressão na imaginação da polícia parisiense. Entre seus agentes, o nome de Dupin tinha-se tornado familiar. Não tendo sido o simples caráter daquelas induções, por meio das quais havia ele destrinçado o mistério, jamais explicado, mesmo ao chefe de polícia, ou a qualquer outro indivíduo, a não ser eu mesmo, não é de admirar, sem dúvida, que o caso fosse encarado como pouco menos que miraculoso, ou que as habilidades analíticas de Dupin houvessem adquirido para ele o crédito da intuição.

Sua franqueza o teria levado a libertar qualquer perguntador de tal preconceito, mas seu temperamento indolente o impedia de qualquer agitação ulterior a respeito dum episódio cujo interesse de há muito cessara para ele. Por isso aconteceu que veio a tornar-se o alvo dos olhares policiais, e poucos não foram os casos em que se fizeram tentativas, na chefia de polícia, para que ele deles se encarregasse. Um desses casos mais notáveis foi o do assassinato duma moça chamada Maria Roget.

Este fato ocorreu cerca de dois anos depois do bárbaro crime da Rua Morgue. Maria, cujos nomes de batismo e de família chamaram desde *pronto* a atenção, por sua semelhança com os da desventurada vendedora de charutos, era filha única da viúva Estela Roget. O pai morrera na infância da criança e, da ocasião de sua morte até dentro de oito meses antes do assassinato que forma o assunto de nossa narrativa, mãe e filha tinham vivido juntas na Rua Pavée Saint-André,[4] mantendo aquela uma *pensão*, ajudada por Maria. As coisas continuaram assim, até haver esta última atingido os 22 anos, quando sua grande beleza atraiu a atenção dum perfumista, proprietário de uma das lojas do rés do chão do *Palais Royal*, cuja clientela consistia principalmente de audaciosos aventureiros que infestavam aqueles arredores. O Sr. Le Blanc[5] não duvidava das vantagens que adviriam da presença da formosa Maria em sua loja de perfumes, e suas generosas propostas foram avidamente aceitas pela moça, embora com um pouco mais de hesitação da parte de sua mãe.

As previsões do lojista se realizaram e seus salões em breve se tornaram famosos, graças aos encantos da alegre *grisette*. Encontrava-se ela no emprego havia quase um ano, quando seus admiradores ficaram aturdidos com sua súbita desaparição da loja. O Sr. Le Blanc não soube dar explicações de tal ausência e a Sra. Roget estava quase louca de ansiedade e terror. Os jornais se apoderaram imediatamente do assunto e a polícia se aprestava a fazer sérias investigações, quando, uma bela manhã, uma semana após, Maria, de boa saúde, mas com um ar de leve tristeza, reapareceu no seu habitual balcão da perfumaria. Toda investigação, exceto as de caráter particular, foi, sem dúvida, imediatamente sustada. O Sr. Le Blanc mantinha a mesma ignorância anterior absoluta. A todas as perguntas que lhe faziam, Maria, bem como sua mãe, respondia que passara a semana na casa dum parente, no interior. De modo que o caso não foi adiante e em breve todos o esqueceram, pois a moça, no propósito evidente de livrar-se duma curiosidade impertinente, em breve se despedia definitivamente do perfumista e recolhia-se ao abrigo da residência de sua mãe, na Rua Pavée Saint-André.

---

4 Rua Nassau.

5 Anderson.

Foi cerca de cinco meses depois dessa volta ao lar que seus amigos se alarmaram com sua súbita desaparição, pela segunda vez. Três dias se passaram e nada se ouvia falar a respeito dela. No quarto dia, seu corpo foi encontrado boiando no Sena,[6] perto da praia fronteira ao bairro da Rua Saint-André e a um ponto não muito distante das cercanias pouco frequentadas da Barreira do Roule.[7]

A atrocidade desse crime (pois era de pronto evidente que fora cometido um crime), a mocidade e beleza da vítima e, acima de tudo, sua anterior notoriedade conspiravam para produzir intensa comoção no espírito dos sensíveis parisienses. Não me recordo de caso semelhante que houvesse provocado efeito tão geral e tão intenso. Durante semanas, na discussão desse único tema absorvente, até mesmo os momentosos tópicos políticos do dia eram esquecidos. O chefe de polícia fez esforços fora do comum e todas as forças da polícia parisiense foram chamadas a dar o máximo de sua colaboração.

Ao ser descoberto o cadáver, não se supôs que o assassino fosse capaz de escapar, a não ser por breve período, ao inquérito sem demora instaurado. Somente ao fim duma semana é que se julgou necessário oferecer uma recompensa e mesmo então estava essa recompensa limitada a mil francos. Entrementes, continuava a investigação com vigor, se não sempre com discernimento, e numerosos indivíduos foram interrogados, mas sem resultado, à medida que, devido à contínua ausência dum fio esclarecedor do mistério, aumentava intensamente a excitação popular. No fim do décimo dia, achou--se aconselhável dobrar a soma originalmente prometida e, por fim, tendo decorrido a segunda semana sem conduzir a nenhuma elucidação e tendo a prevenção, que sempre existe em Paris contra a polícia, dado azo a algumas desordens sérias, o chefe de polícia tomou a seu cargo prometer a soma de vinte mil francos "pela denúncia do assassino", ou, se ficasse provado haver mais de um implicado, "pela denúncia de qualquer um dos assassinos". Na proclamação que anunciava esta recompensa, prometia-se pleno perdão a qualquer cúmplice que depusesse contra seu companheiro e a essa declaração estava apenso, onde quer que aparecesse, um cartaz particular duma comissão de cidadãos, que ofereciam dez mil francos a mais do montante prometido pela chefia de polícia. De modo que toda a recompensa prometida ascendia a nada menos de trinta mil francos, o que pode ser olhado como uma soma extraordinária, quando consideramos a modesta posição da moça e a grande frequência, nas grandes cidades, de crimes tão atrozes como esse.

Ninguém duvidava agora de que o mistério desse crime seria imediatamente esclarecido. Mas, embora, em um ou dois casos, tivessem sido feitas prisões que prometiam elucidação, contudo nada ficou esclarecido que pudesse incriminar as pessoas suspeitas, as quais foram sem demora postas em liberdade. Por mais estranho que possa parecer, havia já passado a terceira semana após a descoberta do cadáver sem que nenhuma luz fosse projetada sobre o caso, antes mesmo que qualquer rumor dos acontecimentos, que tanto agitaram a opinião pública, chegasse aos ouvidos de Dupin e aos meus.

Entregues a pesquisas que haviam absorvido toda a nossa atenção, havia quase um mês que não saíamos de casa, ou recebíamos visitas, limitando-nos a lançar uma

6 Hudson.

7 Weechawken.

vista rápida aos principais artigos políticos de algum dos diários da capital. A primeira notícia do crime nos foi trazida por G*** em pessoa. Veio ver-nos, logo no começo da tarde do dia 13 de julho de 18... e ficou conosco até tarde da noite. Estava vivamente irritado pelo fracasso de todas as suas tentativas de deitar mão aos criminosos. Sua reputação — assim dizia ele, com típico ar parisiense — estava em jogo. Até mesmo sua honra se achava comprometida. Os olhares do público estavam fixos sobre ele e não havia, na verdade, sacrifício algum que não desejasse fazer pelo esclarecimento do mistério. Terminou seu discurso, um tanto ridículo, com um elogio ao que lhe aprazia chamar de "*o tato*" de Dupin, e fez-lhe uma direta e certamente generosa proposta, cujo valor preciso não tenho o direito de aqui revelar, mas que não tem grande importância no assunto mesmo desta narrativa.

Meu amigo refutou o elogio o melhor que pôde, mas aceitou a proposta imediatamente, embora suas vantagens fossem inteiramente condicionais. Ficando determinado este ponto, o chefe de polícia pôs-se logo a dar explicações a respeito de seus próprios pontos de vista, intercalando-os de longos comentários sobre os depoimentos, dos quais ainda não tínhamos até então conhecimento. Discorreu bastante e, sem dúvida, doutamente, enquanto eu aventurava uma sugestão ocasional a propósito da noite que passava e da hora de dormir. Dupin, sempre sentado na sua poltrona habitual, era a encarnação da atenção respeitosa. Ficara de óculos durante toda a entrevista, e um fortuito olhar, por baixo dos vidros verdes dos óculos, bastou para convencer-me de que dormia profundamente, embora não ressonasse, durante as sete ou oito pesadas horas que precederam a partida do chefe de polícia.

Pela manhã, procurei, na chefia de polícia, um relatório completo de todos os depoimentos obtidos e, em várias redações de jornais, exemplares nos quais, do princípio ao fim, tinha sido publicada qualquer informação decisiva a respeito daquele triste caso. Desembaraçada de tudo quanto não estava positivamente provado, essa massa de informações estatuía o seguinte:

Maria Roget deixara a casa de sua mãe, na Rua Pavée Saint-André, cerca das nove horas da manhã do domingo 22 de junho de 18... Ao sair, comunicou a um tal Sr. Jacques St. Eustache,[8] e somente a ele, sua intenção de passar o dia com uma tia que morava na Rua dos Drômes. A Rua dos Drômes é uma travessa curta e estreita, mas movimentada, não longe das margens do rio, e a uma distância dumas duas milhas, pelo caminho mais reto possível, da pensão da Sra. Roget. St. Eustache era o pretendente aceito de Maria e dormia, bem como tomava refeições, na pensão. Deveria ir buscar sua noiva ao anoitecer e acompanhá-la até em casa. À tarde, porém, sobreveio pesada chuva e, supondo que ela permaneceria a noite toda em casa de sua tia (como já fizera antes, em circunstâncias idênticas), achou ele que não era necessário manter sua promessa. Como a noite avançasse, a Sra. Roget (que era uma velha doente, de setenta anos de idade) expressou seu temor de "que jamais veria Maria de novo"; mas, no momento, tal observação não atraiu grandemente a atenção.

Na segunda-feira, verificou-se que a moça não estivera na Rua dos Drômes e, quando se passou o dia, sem notícias dela, uma busca tardia foi organizada em vários pontos da cidade e seus arredores. Somente, porém, no quarto dia após seu desaparecimento é que algo de importante se veio a saber a respeito dela. Nesse

---

8 Payne.

dia (quarta-feira, 25 de junho), um tal Sr. Beauvais,[9] que, com um amigo, estivera fazendo indagações a respeito de Maria, perto da Barreira do Roule, na margem do Sena, fronteira à Rua Pavée Saint-André, foi informado de que um cadáver acabava justamente de ser trazido à praia por alguns pescadores que o haviam encontrado boiando no rio. Ao ver o corpo, Beauvais, depois de alguma hesitação, identificou-o como o da moça da perfumaria. Seu amigo reconheceu-o mais prontamente.

O rosto estava coberto de sangue preto, que saíra, em parte, da boca. Não se via espuma, como no caso dos simples afogados. Não havia descoloração do tecido celular. Em torno da garganta, havia equimoses e marcas de dedos. Os braços estavam dobrados sobre o peito e mostravam-se rígidos. A mão direita estava crispada e a esquerda parcialmente aberta. No punho esquerdo havia duas escoriações circulares, parecendo causadas por cordas, ou por uma corda com mais de uma volta. Parte do punho direito, também, estava bastante esfolada, bem como o dorso, em toda a sua extensão, porém mais especialmente nas omoplatas. Ao rebocar o corpo para a praia, os pescadores haviam amarrado nele uma corda, mas nenhuma das escoriações havia sido produzida por essa corda. A carne do pescoço estava bastante inchada. Não havia cortes visíveis, ou equimoses que parecessem causadas por golpes. Descobriu-se um pedaço de fita amarrado tão estreitamente ao pescoço, que não se podia perceber; estava completamente enterrado na carne e amarrado por um nó oculto, justamente por baixo da orelha esquerda. Só isso teria bastado para produzir a morte. O laudo médico afirmou com convicção o caráter virtuoso da morta. Dizia ele que ela fora vítima duma brutal violência. Achava-se o corpo, quando encontrado, em estado tal que não pôde haver dificuldade em ser reconhecido pelos seus amigos.

O vestido estava bastante rasgado e, aliás, em grande desordem. Na parte exterior, uma faixa de cerca de trinta centímetros de largura fora rasgada de alto a baixo, desde o debrum superior até a cintura, mas não arrancada. Estava enrolada três vezes em torno da cintura, e presa por uma espécie de nó nas costas. A roupa que se seguia ao vestido era de fina musselina e dela uma tira de oito polegadas de largura tinha sido inteiramente arrancada, arrancada de todo e com grande cuidado. Foi encontrada em torno de seu pescoço, frouxamente amarrada, e presa por um nó cego. Por cima dessa tira de musselina e da tira de fita, estavam amarrados os cordões do chapéu, com o chapéu pendente. O nó que prendia os atilhos do chapéu não era dos que dão as mulheres, mas um nó corrediço de marinheiro.

Depois de identificado o cadáver, não foi ele, como de hábito, levado ao necrotério (tal formalidade era supérflua), mas enterrado apressadamente não longe do ponto em que fora retirado do rio. Graças aos esforços de Beauvais, a questão foi cuidadosamente abafada tanto quanto possível; e vários dias decorreram antes que se registrasse qualquer emoção pública. Um jornal semanário,[10] contudo, afinal apossou-se do tema; o cadáver foi exumado e procedeu-se a um novo exame; porém nada se obteve além do que já fora observado. As roupas, contudo, foram desta vez apresentadas à mãe e aos amigos da morta, sendo perfeitamente identificadas como as que a moça usava ao sair de casa.

Entrementes, a excitação crescia de hora em hora. Diversas pessoas foram deti-

9 Crommelin.

10 *The New York Mercury*.

das e postas em liberdade. Especialmente St. Eustache foi tido como suspeito; e ele não pôde, a princípio, dar um relato compreensível do que andara fazendo durante o domingo em que Maria saíra de casa. Posteriormente, todavia, ele apresentou ao Sr. G*** atestados satisfatoriamente explicativos sobre cada hora daquele dia. Como o tempo passasse sem que viessem descobertas, mil rumores contraditórios circulavam, ocupando-se os jornalistas em *sugestões*. Entre estas, a única que atraiu mais a atenção foi a ideia de que Maria Roget ainda vivia, a de que o cadáver encontrado no Sena era o de alguma outra infeliz. Será bom que eu apresente ao leitor alguns dos trechos que corporificam a sugestão aludida. Tais trechos são cópias *literais* de *L'Étoile*,[11] jornal conduzido, em geral, com grande habilidade:

> A Srta. Roget saiu da casa de sua mãe, na manhã do domingo 22 de junho de 18..., com o propósito ostensivo de ir ver sua tia, ou certo outro parente, na Rua dos Drômes. Ninguém mais a viu desde aquela hora. Não há traço ou notícias dela, absolutamente... Nenhuma pessoa, fosse qual fosse, se apresentou até agora que a tivesse visto naquele dia, desde que ela saiu da porta da casa de sua mãe...
>
> Ora, embora não tenhamos provas de que Maria Roget se achasse no mundo dos vivos no domingo 22 de junho, depois das nove horas, temos prova de que até aquela hora ela estava viva. Ao meio-dia de quarta-feira, um corpo de mulher foi descoberto quando flutuava junto à margem da Barreira do Roule. Isto, mesmo que presumamos que Maria Roget se atirou no rio dentro de três horas depois que saiu da casa de sua mãe, só se deu três dias depois de haver ela saído, três dias com diferença de uma hora. Mas é loucura supor que o assassinato, se assassinato foi cometido, pudesse consumar-se bastante cedo para habilitar os assassinos a atirarem o corpo no rio antes da meia-noite. Os que são culpados de tão horríveis crimes escolhem antes a treva e não a luz...
>
> Assim, vemos que, se o corpo encontrado no rio *era* o de Maria Roget, só poderia ter estado na água dois dias e meio, ou três no máximo. Toda a experiência demonstra que os afogados, ou atirados dentro da água logo depois de uma morte violenta, exigem de seis a dez dias a fim de que se produza a decomposição suficiente para trazê-los à tona da água. Mesmo quando se dá um tiro de canhão sobre o local onde o cadáver se encontra e esse vem à tona antes de, pelo menos, cinco ou seis dias após a imersão, afundar-se-á de novo, se abandonado a si mesmo. Agora, perguntamos, que há neste caso para produzir um afastamento do caminho normal da natureza?...
>
> Se o corpo tivesse sido conservado sobre a praia, em seu estado de mutilação, até a noite de terça-feira, algum traço dos assassinos se encontraria na margem. É também um ponto duvidoso o de que o corpo flutuaria tão rapidamente, ainda que atirado à água, depois de dois dias de ter sido morto. E, mais ainda, é enormemente improvável que quaisquer criminosos que tenham cometido o assassinato, como aqui se supõe, tivessem atirado o cadáver na água sem um peso para afundá-lo, quando tal precaução facilmente poderia ter sido tomada.

O redator passa aqui a argumentar que o cadáver deve ter estado dentro da água "não simplesmente três dias, mas, pelo menos, cinco vezes três dias", porque estava tão decomposto, que Beauvais teve dificuldade em reconhecê-lo. Este último ponto, porém, era inteiramente falso. Continuo a citar:

> Quais, então, são os fatos pelos quais o Sr. Beauvais diz não ter dúvida de que o cadáver é o de Maria Roget? Rasgou a manga do vestido e disse ter encontrado marcas que o satisfizeram acerca da identidade. O público geralmente supôs que essas marcas consistiam

11 *The New York Brother Jonathan*, dirigido por H. Hastings Weld, Esq.

em alguma espécie de cicatriz. Esfregou o braço e descobriu nele pelos — algo tão vago, pensamos, como mal se poderia imaginar —, coisa tão pouco decisiva como encontrar um braço dentro de uma manga. O Sr. Beauvais não voltou à casa aquela noite, mas mandou um recado à Sra. Roget, às sete horas da noite de quarta-feira, dizendo que as investigações ainda continuavam, com relação à sua filha. Se admitirmos que a Sra. Roget, por causa de sua idade e de seu pesar (o que é admitir muito) não podia ir lá, certamente devia ter havido alguém que julgasse valeria a pena ir lá e acompanhar as investigações, se pensasse que o cadáver era o de Maria. Ninguém foi. Nada se ouviu nem foi dito acerca do assunto, na Rua Pavée Saint-André, que tenha chegado sequer aos ocupantes do mesmo prédio. O Sr. St. Eustache, o amoroso e futuro esposo de Maria, que era pensionista da casa da mãe dela, depôs que não ouviu falar sobre a descoberta do cadáver de sua noiva senão na manhã seguinte, quando o Sr. Beauvais veio a seu quarto e lhe falou disso. Admira-nos que uma notícia semelhante a esta fosse tão friamente recebida.

Desse modo o jornal tentava criar a impressão de uma apatia da parte dos parentes de Maria, inconsistente com a suposição de que esses parentes acreditassem ser dela o cadáver. Suas insinuações chegaram a isto: que Maria, com a conivência de seus amigos, se ausentara da cidade por motivos que envolviam uma acusação contra sua castidade; e que esses amigos, depois da descoberta de um cadáver no Sena, algo semelhante ao da moça, tinham-se aproveitado da oportunidade para fazer o público impressionar-se com a crença de sua morte. Mas *L'Étoile* estava de novo ultra-apressada. Distintamente se provara que nenhuma apatia, tal como a imaginada, existira; que a velha senhora ficara excessivamente enfraquecida e tão agitada, que era incapaz de atender a qualquer obrigação; que St. Eustache, em vez de receber as notícias friamente, ficou perturbado de pesar e comportou-se tão alucinadamente, que o Sr. Beauvais encarregou um amigo e parente de tomar conta dele e impedi-lo de acompanhar o exame na exumação. Além disso, embora *L'Étoile* asseverasse que o corpo havia sido novamente inumado a expensas públicas e que uma vantajosa oferta de sepultura particular fora absolutamente rejeitada pela família, e que nenhum membro da família acompanhou o cerimonial, embora, repito, tudo isso fosse afirmado por *L'Étoile* para consolidar a impressão que desejava obter — *tudo isso*, porém, demonstrou-se satisfatoriamente, era falso. Num número subsequente do jornal, foi feita uma tentativa de atirar suspeitas sobre o próprio Beauvais. Disse o jornalista:

> Agora, afinal, surge uma mudança. Dizem-nos que, em certa ocasião, enquanto certa Sra. B*** estava na casa da Sra. Roget, o Sr. Beauvais, que estava saindo, falou-lhe que era esperado ali um *gendarme* e que ela, Sra. B***, nada devia dizer ao *gendarme* até que ele, Beauvais, voltasse, deixando o negócio por sua conta...
>
> Na presente situação do assunto, o Sr. Beauvais parece ter toda a questão fechada em sua mão. Nem um só passo pode ser dado sem o Sr. Beauvais, pois, tome-se o rumo que se quiser, esbarrar-se-á com ele...
>
> Por alguma razão, decidiu ele que ninguém poderia imiscuir-se no inquérito, a não ser ele, e empurrou do caminho os parentes masculinos, de modo muito singular, de acordo com suas queixas. Ele parece também ter muito grande aversão a permitir que os parentes vejam o cadáver.

Pelo fato seguinte, alguma cor foi dada à suspeita, assim atirada sobre Beauvais. Um visitante do escritório deste, poucos dias antes do desaparecimento da moça, e durante a ausência do dono, observara uma rosa no buraco da fechadura e o nome "*Maria*" escrito sobre uma ardósia pendurada ao alcance da mão.

A impressão geral, tanto quanto a podemos extrair dos jornais, parecia ser a de que Maria fora vítima de uma *quadrilha* de bandidos, que tinha sido levada por eles pelo rio, maltratada e assassinada. *Le Commerciel*,[12] contudo, órgão de extensa influência, encarniçou-se em combater essa ideia popular. Cito um ou dois trechos de suas colunas:

> Estamos persuadidos de que as pesquisas até agora têm tomado um rumo falso, ao se dirigirem para a Barreira do Roule. É impossível que uma pessoa tão bem conhecida por milhares de pessoas como a jovem em apreço tenha passado por três quarteirões sem que ninguém a tenha visto; e quem quer que a tivesse visto tê-lo-ia recordado, porque ela interessava a todos os que a conheciam. Ela saiu quando as ruas estavam cheias de gente... É impossível que possa ter ido até a Barreira do Roule ou à Rua dos Drômes sem ser reconhecida por uma dúzia de pessoas; contudo, ninguém se apresentou que a tivesse visto fora da porta da casa de sua mãe e não há prova, a não ser o testemunho relativo a suas *expressas intenções*, de que ela tenha absolutamente saído. Sua blusa estava rasgada, envolvida em torno do corpo e amarrada; e assim o corpo foi carregado como um fardo. Se o assassinato tivesse sido cometido na Barreira do Roule, não teria havido necessidade de tal arranjo. O fato de que o cadáver foi encontrado flutuando perto da Barreira não é prova de que fora atirado à água ali... Um pedaço de um dos saiotes da infortunada moça, de sessenta centímetros de comprimento e trinta de largura, fora arrancado e amarrado sob seu queixo, atando-se na nuca, provavelmente para impedir gritos. Isso foi feito por sujeitos que não tinham lenços de bolso.

Um dia ou dois antes que o chefe de polícia nos chamasse, porém, chegou à polícia certa informação importante, que parecia desmanchar, pelo menos, a principal parte da argumentação de *Le Commerciel*. Dois meninos, filhos de uma tal Sra. Deluc, quando vagabundeavam entre os bosques próximos da Barreira do Roule, conseguiram penetrar numa mata particular, dentro da qual havia três ou quatro grandes pedras, formando uma espécie de banco, com encosto e escabelo. Na pedra mais ao alto estava uma saia branca; na segunda, uma echarpe de seda. Uma sombrinha, luvas e um lenço de bolso também ali se encontravam. O lenço trazia o nome "Maria Roget".

Fragmentos de vestido foram descobertos nas sarças em redor. O chão estava calcado, as moitas partidas e havia toda a evidência duma luta. Entre o bosquezinho e o rio os parapeitos da cerca foram encontrados arriados e o solo mostrava sinais evidentes de haver sido arrastado por ele algum fardo pesado.

Um semanário, *Le Soleil*,[13] publicara os seguintes comentários sobre esta descoberta, comentários que fizeram simplesmente eco ao sentimento de toda a imprensa parisiense:

> Os objetos ficaram *evidentemente* lá, durante pelo menos três ou quatro semanas; estavam completamente *mofados* pela ação da chuva e colados uns aos outros pelo mofo. A grama crescera em torno e por cima de alguns deles. A seda da sombrinha era forte, mas os fios estavam costurados juntos por dentro. A parte superior, onde fora dobrada e enrolada, estava toda mofada e apodrecida, rasgando-se ao ser aberta a sombrinha...
>
> Os pedaços de vestido rasgados pelas moitas tinham cerca de três polegadas de largura e seis de comprimento. Uma parte era o debrum do vestido e fora emendado; o outro

12 *New York Journal of Commerce.*

13 *Philadelphia Saturday Evening Post*, dirigido por C. I. Petterson, Esq.

pedaço fazia parte da saia, mas não era o debrum. Pareciam tiras arrancadas e se achavam na moita de espinheiros, a cerca de trinta centímetros de altura do solo... Não pode haver dúvida, portanto, que o local de tão espantoso ultraje tenha sido descoberto.

Logo depois desta descoberta, novo testemunho apareceu. A Sra. Deluc contou que mantém uma hospedaria à beira da estrada, não distante da margem do rio, oposta à Barreira do Roule. Os arredores são desertos, extraordinariamente desertos. E, aos domingos, o ponto de reunião habitual de maus elementos da cidade, que cruzam o rio em botes.

Cerca das três horas da tarde do domingo em questão, uma moça chegou à hospedaria, acompanhada por um rapaz moreno. Ficaram os dois ali, durante algum tempo. Ao partir, tomaram a estrada que leva a uns bosques espessos da vizinhança. A atenção da Sra. Deluc foi despertada pelo vestido usado pela moça, por causa da semelhança com o de uma sua parenta já falecida. Reparou particularmente uma echarpe. Logo depois da partida do casal, uma quadrilha de malfeitores apareceu, comportou-se ruidosamente, comeu e bebeu sem pagar, seguiu pelo caminho do rapaz e da moça, voltou à estalagem *por volta do crepúsculo* e tornou a atravessar o rio como se estivesse com grande pressa.

Foi *logo depois de escurecer* daquela mesma tarde que a Sra. Deluc, bem como seu filho mais velho, ouviu gritos de mulher nas vizinhanças da hospedaria. Os gritos foram violentos, mas duraram pouco. A Sra. Deluc reconheceu não somente a echarpe que fora encontrada na touceira, mas o vestido descoberto sobre o cadáver. Um condutor de ônibus, Valence,[14] depôs igualmente que vira Maria Roget atravessar o Sena, de barco, no domingo em questão, em companhia dum rapaz moreno. Ele, Valence, conhecia Maria, e não podia enganar-se a respeito de sua identidade. Os objetos encontrados na touceira foram plenamente identificados pelos parentes de Maria.

Esse acervo de depoimentos e informações, por mim mesmo recolhido dos jornais, por sugestão de Dupin, abrangia ainda um outro ponto, ponto esse, porém, ao que parecia, da mais alta importância. Parece que, imediatamente depois da descoberta das roupas acima descritas, o corpo inanimado, ou quase inanimado, de St. Eustache, o noivo de Maria, foi encontrado nas vizinhanças do que todos agora supunham ser o local do crime. Um frasco vazio de láudano, etiquetado, foi achado perto dele. Seu hálito denunciava veneno. Morreu sem falar. Encontrou-se sobre ele uma carta, afirmando, em poucas palavras, seu amor por Maria e seu propósito de suicídio.

— Creio que não tenho necessidade de dizer-lhe — falou-me Dupin, ao terminar a leitura de minhas notas — que este é um caso muito mais intrincado do que o da Rua Morgue, do qual difere em um ponto importantíssimo. Este é exemplo de crime *ordinário*, embora bárbaro. Nele nada há de especificamente *outré*. Você observará que, por esta razão, o mistério tem sido considerado fácil, quando, por esta mesma razão, deveria ter sido considerado de solução difícil.

Por isso é que, a princípio, se julgou desnecessário oferecer uma recompensa. Os esbirros de G*** foram capazes de compreender imediatamente como e por que tal atrocidade *podia ter sido cometida*. A imaginação deles podia conceber um modo,

14 Adam.

muitos modos, e um motivo, muitos motivos. E porque não fosse impossível que qualquer desses numerosos modos ou motivos fosse o verdadeiro, consideraram como provado que um deles devesse ser o verdadeiro. Mas a facilidade com que foram concebidas essas várias fantasias e a verdadeira plausibilidade que cada uma delas assumia deveriam ser entendidas como indicativas mais das dificuldades do que das facilidades ligadas à explicação do enigma. Tenho por esta razão observado que é pelos cumes, acima do plano ordinário, que a razão tateia seu caminho, se bem que, de qualquer modo, na sua busca da verdade, e em casos tais como esse, a pergunta devida não é tanto "o que ocorreu?", mas "o que ocorreu que nunca antes ocorrera?".

Nas investigações na casa da Sra. L'Espanaye,[15] os agentes de G*** ficaram desencorajados e confusos por aquela verdadeira *estranheza* que, para uma inteligência devidamente regulada, teria proporcionado o mais seguro prenúncio de êxito; ao passo que este mesmo intelecto poderia ter sido mergulhado em desespero, diante do caráter ordinário de tudo quanto se oferecia aos olhos, no caso da moça da perfumaria e, contudo, nada indicava, a não ser o fácil triunfo, aos funcionários da polícia.

— No caso da Sra. L'Espanaye e sua filha, não havia, mesmo no começo de nossa investigação, nenhuma dúvida a respeito da realização ou não do assassinato. A ideia do suicídio foi excluída imediatamente. Aqui, também, estamos libertos, desde o começo, de qualquer suposição de suicídio. O corpo achado na Barreira do Roule foi encontrado em tais circunstâncias que não dão margem a embaraço relativo a este ponto importante. Mas foi sugerido que o cadáver descoberto não é o de Maria Roget, pela denúncia de cujo assassino, ou assassinos, foi prometida uma recompensa e a respeito do qual foi combinado com o chefe de polícia nosso único arranjo. Ambos nós conhecemos este cavalheiro muito bem. Não devemos fiar-nos por demais nele. Se, datando nossas investigações do encontro do corpo e depois seguindo a pista do criminoso, contudo descobrirmos ser esse corpo de outro indivíduo, que não Maria, ou se, partindo de Maria viva, a descobrirmos não assassinada, em qualquer dos casos perdemos nosso trabalho, pois é com o Sr. G*** que temos de lidar. Portanto, para nosso próprio bem, se não para bem da justiça, é indispensável que nosso primeiro passo seja a determinação da identidade do cadáver com a Maria Roget desaparecida.

— Para o público, os argumentos de *L'Étoile* são de peso, e o fato de que o próprio jornal está convencido de sua importância surge da maneira pela qual ele começa um de seus artigos a respeito. "Diversos matutinos de hoje — diz — falam do *decisivo* artigo de *L'Étoile*, de domingo." Para mim, esse artigo só parece decisivo quanto ao zelo de seu redator. Devemos recordar-nos de que, em geral, o objetivo de nossos jornais é antes criar uma sensação, lavrar um tento, que favorecer a causa da verdade. Este último fim só é visado quando parece coincidir com os primeiros. O órgão de imprensa que simplesmente se ajusta às opiniões comuns (por mais bem fundadas que possam essas opiniões ser) adquire para si o descrédito da população. A massa popular olha como profundo apenas quem lhe sugere *contradições agudas* das ideias generalizadas. Na lógica, não menos do que na literatura, é o *epigrama* que se torna mais imediata e mais universalmente apreciado. E em ambas está na mais baixa ordem de merecimento.

---

15 Ver "Os crimes da Rua Morgue".

— O que eu quero dizer é que o misto de epigrama e melodrama da ideia de que Maria Roget ainda vive, mais do que qualquer verdadeira plausibilidade dessa ideia, foi o que a sugeriu a *L'Étoile*, e assegurou-lhe favorável acolhimento entre o público. Examinemos os pontos principais do argumento desse jornal, tentando anular a incoerência com que ele desde o início se apresentou.

— O primeiro objetivo do autor é mostrar-nos, pela brevidade do intervalo entre o desaparecimento de Maria e o encontro do cadáver a flutuar, que tal cadáver não pode ser o de Maria. A redução desse intervalo à dimensão menor possível torna-se assim, imediatamente, uma coisa imprescindível ao argumentador. Na irrefletida procura disso, ele se atira, desde o início, na mera suposição. "Mas é loucura supor que o assassinato, se assassinato foi cometido, pudesse consumar-se bastante cedo para habilitar os assassinos a atirarem o corpo no rio antes da meia-noite." Nós perguntamos logo, e muito naturalmente: *por quê*? Por que será loucura supor que o assassinato tenha sido cometido *dentro de cinco minutos*, depois que a moça saiu da casa de sua mãe? Por que será loucura pensar que o assassinato tenha sido cometido a qualquer hora do dia? Sucedem-se assassinatos a todas as horas. Mas, se o crime se tivesse realizado, em qualquer momento, entre as nove da manhã de domingo e um quarto antes da meia-noite, ainda haveria tempo bastante para atirar o corpo ao rio, antes da meia-noite. A suposição do jornal, assim, conduz precisamente a isto: a que o assassinato não foi cometido absolutamente no domingo. E, se permitimos que *L'Étoile* afirme isto, permitir-lhe-emos todas as liberdades de qualquer espécie.

— O parágrafo iniciado "Mas é loucura supor que o assassinato...", embora assim apareça impresso em *L'Étoile*, pode ser imaginado como tendo existido realmente assim no cérebro de seu autor: "É loucura supor que o assassinato, se assassinato foi cometido sobre essa pessoa, poderia ter sido cometido bastante cedo, para capacitar os assassinos a atirarem-lhe o corpo ao rio, antes da meia-noite; é loucura, dizemos, supor tudo isso e supor ao mesmo tempo (como estamos resolvidos a supor) que o corpo não foi atirado à água, até *depois* da meia-noite". Sentença suficientemente inconsequente em si mesma, porém não tão extremamente absurda como a impressa.

— Fosse meu propósito — continuou Dupin — simplesmente fazer carga contra esse trecho dos argumentos de *L'Étoile* e eu poderia muito bem deixá-lo onde está. Não é, contudo, com *L'Étoile* que temos a tratar, mas com a verdade. A sentença em questão, tal como está, tem apenas um significado e esse eu já estabeleci perfeitamente; é, porém, necessário que vamos por trás das simples palavras buscar uma ideia que essas palavras obviamente pretendiam e não puderam expressar. Era desígnio do jornalista dizer que, a qualquer hora do dia ou da noite de domingo, em que esse crime fosse cometido, era improvável que os assassinos se tivessem aventurado a carregar o cadáver para o rio, antes da meia-noite.

— E aí é que está, realmente, a hipótese que censuro. Supõe-se que o assassinato foi cometido em um local tal e sob tais circunstâncias que o *levar o corpo ao rio* se tornou necessário. Ora, o crime pode ter sido cometido na margem do rio, ou sobre o próprio rio. E, dessa forma, atirar o cadáver dentro da água pode apresentar-se a qualquer momento do dia ou da noite como o mais evidente e mais imediato modo de ação. Você compreenderá que nada sugiro aqui como provável, nem como coincidindo com a minha própria opinião; meu objetivo, por enquanto, não se relaciona com os fatos do caso. Simplesmente desejo adverti-lo contra o tom geral da sugestão de *L'Étoile*, chamando sua atenção para seu caráter *parcial*, desde o início.

— Tendo prescrito assim um limite para acomodar suas próprias opiniões preconcebidas, tendo suposto que, se aquele fosse o cadáver de Maria, apenas poderia ter estado dentro da água por um tempo muito curto, o jornal continua dizendo:

> ... Toda a experiência demonstra que os afogados, ou atirados dentro da água logo depois de uma morte violenta, exigem de seis a dez dias a fim de que se produza a decomposição suficiente para trazê-los à tona da água. Mesmo quando se dá um tiro de canhão sobre o local onde o cadáver se encontra e esse vem à tona antes de, pelo menos, cinco ou seis dias após a imersão, afundar-se-á de novo, se abandonado a si mesmo.

— Tais asseverações foram tacitamente aceitas por todos os jornais de Paris, com exceção de *Le Moniteur*.[16] Este último órgão tentou combater a parte do artigo que se refere a corpos afogados somente, citando uns cinco ou seis exemplos em que os corpos de indivíduos que se sabiam *afogados* foram achados flutuando depois de decorrido menos tempo do que o fixado por *L'Étoile*. Mas há algo excessivamente não racional na tentativa, por parte de *Le Moniteur*, de refutar a asserção geral de *L'Étoile*, com uma citação de casos particulares que vão de encontro a essa asserção. Tivesse sido possível aduzir cinquenta em vez de cinco exemplos de corpos encontrados a flutuar no fim de dois ou três dias, esses cinquenta exemplos ainda poderiam ser encarados legitimamente só como exceções à regra de *L'Étoile*, até que a própria regra pudesse ser refutada. Admitida a regra (e esta *Le Moniteur* não nega, insistindo meramente sobre as exceções), o argumento de *L'Étoile* permanece em plena força; porque esse argumento não intenta envolver mais do que a questão da probabilidade de haver o corpo subido à superfície em menos de três dias; e esta probabilidade estará em favor da posição de *L'Étoile* até que os casos tão puerilmente aduzidos sejam em número suficiente para estabelecer uma regra antagônica.

— Você verá logo que todo argumento quanto a esse ponto deveria ser atirado, de qualquer modo, contra a própria regra. E para esse fim devemos examinar o *rationale* da regra. Ora, o corpo humano, em geral, não é muito mais leve nem muito mais pesado do que a água do Sena; isto é, a gravidade específica do corpo humano, em sua condição natural, é quase igual à massa de água doce que ele desloca. Os corpos das pessoas gordas e carnudas, de ossos pequenos, e os das mulheres, geralmente, são mais leves do que os das pessoas magras, de ossos compridos, e os dos homens; e a gravidade específica da água de um rio é um tanto influenciada pela presença do fluxo marítimo. Mas, deixando a maré de parte, pode-se dizer que *muito poucos* corpos humanos se afundarão completamente, mesmo na água doce, *por si mesmos*. Quase todos, caindo num rio, serão capazes de flutuar, se deixam que a gravidade específica da água perfeitamente se coloque em equilíbrio com a sua própria, isto é, se suportam que sua pessoa fique imersa inteiramente, com a mínima exceção possível. A posição mais conveniente para quem não sabe nadar é a posição ereta de quem anda em terra, com a cabeça completamente atirada para trás e imersa, só permanecendo à tona a boca e as narinas. Em tais circunstâncias, acharemos que flutuamos sem dificuldade e sem esforço. É evidente, contudo, que as gravidades do corpo e da massa de água deslocada são muito delicadamente equilibradas, e que uma ninharia pode fazer com

16 *The New York Commercial Advertiser*, dirigido pelo Coronel Stone.

que uma delas predomine. Um braço, por exemplo, erguido fora da água, e assim privado de seu suporte equivalente, é um peso adicional suficiente para imergir toda a cabeça, ao passo que a ajuda casual do menor pedaço de madeira habilitar-nos-á a elevar a cabeça, para olhar em derredor.

— Ora, nos esforços de alguém não acostumado a nadar os braços são invariavelmente atirados para o alto, ao mesmo tempo que se faz uma tentativa para conservar a cabeça em sua habitual posição perpendicular. O resultado é a imersão da boca e das narinas, e a introdução de água nos pulmões durante os esforços para respirar enquanto sob a superfície. Muita água é também recebida pelo estômago e o corpo inteiro se torna mais pesado, dada a diferença entre o peso do ar que primitivamente distendia aquelas cavidades e o do fluido que então as enche. A diferença é suficiente para levar o corpo a afundar-se, como regra geral; mas é insuficiente no caso de indivíduos de ossos pequenos e anormal quantidade de matéria flácida ou gorda. Tais indivíduos flutuam mesmo depois de afogados.

— Supondo-se que o cadáver esteja no fundo do rio, ele ali permanecerá até que, por algum meio, sua gravidade específica de novo se torne menor do que a do volume de água que ele desloca. Este efeito é provocado quer pela decomposição, quer por outro meio. O resultado da decomposição é a geração de gás, que distende os tecidos celulares e todas as cavidades e dá aos cadáveres o aspecto de inchados, que é tão horrível. Quando essa distensão se avoluma de tal modo que o volume do cadáver é sensivelmente aumentado sem correspondente aumento da *massa* ou peso, sua gravidade específica torna-se menor do que a da água deslocada e ele aparece imediatamente à superfície. Mas a decomposição é modificada por inúmeras circunstâncias, é apressada ou retardada por inúmeros agentes. Por exemplo, pelo calor ou pelo frio da estação, pela impregnação mineral ou pureza da água, pela sua maior ou menor profundidade, pela sua correnteza ou estagnação, pela temperatura do corpo, pela sua infecção, ou ausência de doença antes da morte. Assim é evidente que não podemos marcar tempo, com exatidão, para que o cadáver se eleve, em consequência da decomposição. Sob certas circunstâncias esse resultado poderá processar-se dentro de uma hora; sob outras, pode não se realizar de modo algum. Há infusões químicas por meio das quais o sistema animal pode ser preservado *para sempre* da corrupção. O bicloreto de mercúrio é uma delas. Mas, separadamente da decomposição, pode haver, e geralmente há, uma geração de gás dentro do estômago, pela fermentação acética de matérias vegetais (ou dentro de outras cavidades e por outras causas), suficiente para originar uma distensão que trará o corpo à tona. O efeito produzido pelo tiro dum canhão é o de simples vibração. Pode fazer o cadáver desprender-se da lama mole, ou da vasa em que está atolado, permitindo assim que ele se eleve, quando outros agentes já o prepararam para assim fazer; ou pode vencer a tenacidade de algumas porções putrescentes do tecido celular, permitindo que as cavidades se distendam sob a influência do gás.

— Tendo dessa forma diante de nós toda a filosofia do caso, podemos facilmente verificar por ela as asserções de *L'Étoile*:

> ...Toda a experiência demonstra que os afogados, ou atirados dentro da água logo depois de uma morte violenta, exigem de seis a dez dias a fim de que se produza a decomposição suficiente para trazê-los à tona da água. Mesmo quando se dá um tiro de canhão

> sobre o local onde o cadáver se encontra e esse vem à tona antes de, pelo menos, cinco ou seis dias após a imersão, afundar-se-á de novo, se abandonado a si mesmo.

— Todo esse parágrafo deve agora parecer como uma trama de inconsequência e incoerência. A experiência *não* mostra que corpos afogados *requerem* de seis a dez dias para que uma suficiente decomposição se realize para trazê-los à tona da água. Mas a ciência e a experiência mostram que o período de sua imersão é, e deve necessariamente ser, indeterminado. Se, além disso, um corpo emergiu em consequência dum tiro de canhão, ele *não* afundará de novo "se abandonado a si mesmo", até que a *decomposição* tenha aumentado a tal ponto que permita o escapamento dos gases gerados. Mas desejo chamar-lhe a atenção para a distinção que é feita entre *corpos afogados* e corpos "atirados dentro da água logo depois de uma morte violenta". Se bem que o escritor admita a distinção, inclui, no entanto, a todos na mesma categoria. Demonstrei como acontece que o corpo de um homem que se afoga se torna especificamente mais pesado do que seu volume de água, e que ele não afundará absolutamente, a não ser que lute, elevando os braços acima da superfície da água, e faça esforços para respirar, enquanto se acha debaixo da água, esforços que substituem por água o lugar do ar nos pulmões.

— Mas esta luta e estes esforços não ocorrem nos corpos "atirados dentro da água logo depois de uma morte violenta". De modo que, neste último caso, *o corpo, em regra geral, não afundará absolutamente* — fato que *L'Étoile* evidentemente ignora. Quando a decomposição alcançou ponto bem adiantado, quando a carne já se despregou dos ossos em grande parte, então, de fato, mas não até então, nós vemos o cadáver desaparecer.

— E agora, que faremos com o argumento de não poder ser o corpo encontrado o de Maria Roget, porque foi achado boiando apenas passados três dias? Por ser mulher, se foi afogada jamais poderia ter afundado; ou se afundou, podia ter reaparecido dentro de 24 horas, ou menos. Mas ninguém supõe que ela tenha sido afogada; e, estando morta antes de ser lançada dentro do rio, poderia ter sido achada boiando em não importa qual outra época posterior.

Mas, diz *L'Étoile*:

> ... Se o corpo tivesse sido conservado sobre a praia, em seu estado de mutilação, até a noite de terça-feira, algum traço dos assassinos se encontraria na margem.

— É difícil perceber aqui, a princípio, a intenção do raciocinador. Procura antecipar o que imagina que poderia ser uma objeção à sua teoria, a saber, que o corpo foi conservado na praia dois dias, sofrendo rápida decomposição — *mais* rápida do que se estivesse mergulhado na água. Supõe que, se tivesse sido esse o caso, o corpo *deveria* ter aparecido à superfície na quarta-feira, e pensa que só sob tais circunstâncias ele poderia ter assim aparecido. Em consequência, ele se apressa em mostrar que o corpo *não estava* colocado na praia; porque, se estivesse, "algum traço dos assassinos se encontraria na margem". Presumo que você há de sorrir com o que se segue. Você não pode ver como a *estada* apenas do corpo na praia poderia atuar para *multiplicar* sinais dos assassinos. Nem eu.

Continua o jornal:

... E, mais ainda, é enormemente improvável que quaisquer criminosos que tenham cometido o assasinato, como aqui se supõe, tivessem atirado o cadáver na água sem um peso para afundá-lo, quando tal precaução facilmente poderia ter sido tomada.

— Observe aqui a risível confusão de ideias! Ninguém, nem mesmo *L'Étoile*, discute o fato de ter sido o assassinato cometido *no corpo encontrado*. Os sinais de violência são evidentes demais. O objetivo do nosso argumentador é simplesmente mostrar que esse cadáver não é o de Maria. Deseja provar que Maria não foi assassinada, e não que o cadáver não o foi. Sua observação, contudo, só demonstra este último ponto. Lá está um cadáver sem um peso ligado a ele. Os assassinos, ao atirá-lo, não teriam deixado de prender-lhe um peso. Por conseguinte, ele não foi lançado ao rio por assassinos. Isto é tudo o que fica provado, se alguma coisa fica. A questão da identidade nem é aflorada e *L'Étoile* deu-se a grandes trabalhos unicamente para desmentir agora o que era admitido apenas um momento antes. "Estamos convencidos — diz o jornal — de que o corpo encontrado era o de uma mulher assassinada."

— Esta não é a única ocasião, mesmo nesta parte de seu assunto, em que nosso raciocinador inconsideradamente raciocina contra si mesmo. Seu objetivo evidente, já eu o disse, é reduzir, tanto quanto possível, o intervalo entre o desaparecimento de Maria e o encontro do cadáver. Entretanto, vemo-lo *insistindo* sobre o ponto de que ninguém viu a moça desde que ela deixou a casa de sua mãe. "Ora, embora não tenhamos provas — diz ele — de que Maria Roget se achasse no mundo dos vivos no domingo 22 de junho, depois das nove horas, temos prova de que até aquela hora ela estava viva." Como seu argumento é obviamente *parcial*, ele pelo menos poderia ter deixado esse assunto de parte; pois, se soubesse de alguém que tivesse visto Maria, digamos, na segunda ou na terça-feira, o intervalo em apreço teria sido muito reduzido e, de acordo com seu próprio raciocínio, muito diminuída estaria a probabilidade de ser o cadáver o da *grisette*. Não obstante, é divertido observar que *L'Étoile* insiste sobre esse ponto na plena crença de que isso auxiliará seu argumento geral.

— Volte a examinar agora aquela parte do argumento que se refere à identificação do corpo por Beauvais. Em relação ao *pelo* nos braços, *L'Étoile* foi evidentemente de má-fé. Não sendo um idiota, o Sr. Beauvais nunca podia ter apresentado, como identificação do cadáver, apenas o *pelo em seu braço*. Não há braço *sem* pelo. A *generalidade* da expressão de *L'Étoile* é uma simples perversão da fraseologia da testemunha. Ele devia ter falado de alguma *peculiaridade* nesse pelo. Devia ter sido uma peculiaridade de cor, de quantidade, de comprimento ou de posição.

Diz o jornal: "Seu pé era pequeno. Assim são milhares de pés. Suas ligas não provam também coisa alguma, nem seus sapatos, pois sapatos e ligas são vendidos aos fardos. O mesmo se pode dizer das flores de seu chapéu. Uma coisa sobre a qual o Sr. Beauvais insiste fortemente é que a fivela encontrada na liga tinha sido puxada para trás, para apertá-la. Isso a nada conduz, pois a maior parte das mulheres acha mais conveniente levar um par de ligas para casa e adaptá-las ao tamanho das pernas que devem prender do que experimentá-las nas lojas em que as compram."

— É difícil aqui supor que o raciocinador esteja falando sério. Tivesse o Sr. Beauvais, na procura do corpo de Maria, descoberto um cadáver correspondendo no tamanho geral e no aspecto ao da moça desaparecida, estaria autorizado (sem referência absolutamente à questão de traje) a formar uma opinião de que sua pesquisa fora bem-sucedida. Se, em adendo ao ponto do tamanho geral e do contorno, tivesse encontrado no braço um característico aspecto piloso que observara antes em Maria quando viva, sua opinião podia ter sido justamente fortalecida; e o aumento de positividade podia ter estado na razão da peculiaridade, ou raridade, do tipo de pelo. Se, sendo pequenos os pés de Maria, fossem também pequenos os do cadáver, o aumento de probabilidade de que o corpo fosse o de Maria não seria um aumento em razão simplesmente aritmética, mas em razão altamente geométrica, ou acumulativa.

— Acrescentam-se a tudo esses sapatos iguais aos que se sabia ter ela usado durante ou no dia de sua desaparição, e, embora esses sapatos pudessem ser "vendidos aos fardos", a probabilidade aumenta, a ponto de chegar aos limites da certeza. O que por si mesmo não seria prova de identidade torna-se por meio de sua posição corroborativa a mais segura prova. Deem-nos então flores no chapéu iguais às usadas pela moça desaparecida e nada mais buscaremos. Bastaria uma flor para não procurarmos mais nada, mas que dizer quando se trata de duas, ou três, ou mais? Cada flor sucessiva é uma prova múltipla, prova não somada à prova, mas *multiplicada* por centenas ou milhares de vezes.

— Descubramos agora na vítima ligas iguais às usadas pela viva e é quase loucura prosseguir. Mas descobre-se que essas ligas estavam apertadas pelo repuxamento de uma fivela de maneira igual às de Maria, pouco antes de deixar sua casa. É agora loucura ou hipocrisia duvidar. O que *L'Étoile* diz a respeito de ser esse encurtamento das ligas uma ocorrência não rara, isto é, habitual, nada mais mostra do que sua própria pertinácia no erro. A natureza elástica de uma liga de fivela é a própria demonstração da *raridade* do encurtamento. O que é feito para ajustar-se por si mesmo só deve por necessidade requerer ajustamento estranho raramente. Deve ter sido por acaso, no seu estrito sentido, que essas ligas de Maria necessitaram do encurtamento descrito. Só elas teriam amplamente estabelecido a identidade da moça.

— Mas não sucede que se encontrou o cadáver com as ligas da moça desaparecida, ou com seus sapatos, ou seu chapéu, ou as flores de seu chapéu, ou seus pés, ou uma marca característica no braço, ou seu tamanho geral e aspecto; acontece que o cadáver tinha cada uma dessas coisas e *todas coletivamente*. Se se pudesse provar que o diretor de *L'Étoile* entretinha *realmente* uma dúvida nestas circunstâncias, não haveria necessidade, no seu caso, de uma comissão de *lunatico inquirendo*. Julgou ele coisa sagaz repetir as conversinhas dos advogados, que, pela maior parte, se contentam em repetir os preceitos retangulares dos tribunais.

— Eu desejaria observar aqui que muito do que é rejeitado como prova por um tribunal é a melhor das evidências para a inteligência. Porque o tribunal, guiando-se pelos princípios gerais de prova — os princípios reconhecidos e *livrescos* —, mostra-se adverso a inclinar-se em favor de provas particulares. E esta firme adesão aos princípios, com severo desprezo da exceção contraditória, é maneira segura de atingir o máximo de verdade atingível em uma longa sequência de tempo. A prática, em massa, é, por isso, filosófica, mas não é menos certo que engendra vasto erro individual.[17]

---

17 Uma teoria baseada nas qualidades de um objeto não poderá ser desdobrada de acordo com seus objetivos; e quem arranja fatos, em relação a suas causas, deixará de avaliá-los de acordo com seus resultados. Por isso, a jurisprudência de todas as nações mostrará que quando a lei se torna uma ciência e um sistema cessa de ser justiça. Os erros a que uma cega devoção aos princípios de classificação tem conduzido a lei comum serão vistos, observando-se como muitas vezes a legislação tem sido obrigada a intervir para restaurar a equidade que suas fórmulas perderam. (LANDOR.)

— A respeito das insinuações levantadas contra Beauvais, você poderia desfazê-las com um sopro. Você já sondou o verdadeiro caráter desse bom cavalheiro. É um *enxerido*, com muito de romance e pouco de juízo. Qualquer pessoa assim constituída prontamente se conduzirá dessa maneira em qualquer ocasião de excitação *real*, tornando-se passível de suspeita por parte dos ultraperspicazes ou mal-intencionados. O Sr. Beauvais, como aparece em suas notas, teve algumas entrevistas pessoais com o diretor de *L'Étoile* e ofendeu-o, aventurando uma opinião de que o cadáver, não obstante a teoria do diretor, era, sem dúvida alguma, o de Maria. "Ele persiste — diz o jornal — em asseverar que o corpo é o de Maria, mas não apresenta uma circunstância, em adendo àquelas que já temos comentado, para fazer os outros acreditarem." Ora, sem nos referirmos novamente ao fato de que a mais forte prova "para fazer os outros acreditarem" *nunca* poderia ter sido aduzida, podemos notar que um homem muito bem pode ser induzido a acreditar em um caso dessa espécie, sem a habilidade de apresentar uma única razão para que um segundo grupo o acredite.

— Nada é mais vago que as impressões sobre a identidade individual. Cada homem reconhece seu vizinho, contudo há poucos exemplos em que alguém esteja preparado para dar a razão desse reconhecimento. O diretor de *L'Étoile* não tinha direito de considerar-se ofendido pela crença desarrazoada do Sr. Beauvais.

— As circunstâncias suspeitas que o cercam acham-se muito mais condizentes com minha hipótese de *enxerimento romântico* do que com a sugestão de culpa do raciocinador. Uma vez adotada a interpretação mais caridosa, não acharemos dificuldade em compreender a rosa no buraco da fechadura; o "Maria" sobre a ardósia; e "empurrou do caminho os parentes masculinos"; a "grande aversão a permitir que os parentes vejam o cadáver"; a advertência feita à Sra. B*** de que ela, Sra. B***, nada devia dizer ao *gendarme* até que ele, Beauvais, voltasse, deixando o negócio por sua conta... E finalmente sua aparente determinação de que "ninguém poderia imiscuir-se no inquérito, a não ser ele". Parece-me fora de questão que Beauvais era apaixonado por Maria, que ela o namorava; e que sua ambição era fazer crer que gozava da mais completa intimidade e confiança dela. Não direi mais coisa alguma a respeito deste ponto. E como o inquérito plenamente repele a asserção de *L'Étoile* referente à questão da *apatia* por parte da mãe e outros parentes — apatia inconsistente com a suposição de acreditarem eles que o cadáver fosse o da moça da perfumaria —, continuaremos agora como se a questão de *identidade* estivesse plenamente estabelecida.

— E — perguntei eu aqui — que pensa você das opiniões de *Le Commerciel*?

— Que, por natureza, são muito mais dignas de atenção do que qualquer outra já publicada sobre o assunto. As deduções das premissas são filosóficas e agudas. Mas as premissas, em dois exemplos, pelo menos, estão baseadas sobre observação imperfeita. *Le Commerciel* deseja insinuar que Maria foi agarrada por alguma quadrilha de rufiões ordinários, não longe da porta da casa de sua mãe. "É impossível — insiste ele — que uma pessoa tão bem conhecida por milhares de pessoas como a jovem em apreço era tenha passado por três quarteirões sem que ninguém a tenha visto." Esta é a ideia de um homem há muito residente em Paris, um homem público, e alguém cujos passeios para lá e para cá pela cidade têm-se limitado, na maioria, às vizinhanças das repartições públicas. Ele sabe que ele mesmo raramente anda mais de doze quarteirões, desde seu próprio *bureau*, sem ser reconhecido e abordado.

— E, sabendo da extensão de seu conhecimento pessoal com os demais, e dos outros com ele, compara sua celebridade com a da moça da perfumaria, não encontra grande diferença entre elas e chega imediatamente à conclusão de que ela, em seus passeios, seria igualmente capaz de ser reconhecida como ele nos seus. Tal só poderia ser o caso se os passeios dela fossem do mesmo caráter invariável e metódico e dentro das mesmas *espécies* de região limitada como são os dele. Ele anda para lá e para cá, a intervalos regulares, dentro de uma periferia limitada, cheia de indivíduos levados a observar-lhe a pessoa, pelo interesse da afinidade natural de sua ocupação com a deles próprios.

— Mas os passeios de Maria podem ser tidos, em geral, como sem rumo certo. Neste caso particular, pode-se compreender, como mais provável, que ela tomou um caminho mais do que de hábito diferente dos seus passeios comuns. O paralelo, que imaginamos ter existido no pensamento de *Le Commerciel*, só poderia ser sustentado no caso de dois indivíduos atravessando a cidade inteira. Neste caso, admitindo-se que as relações pessoais de cada um sejam numericamente equivalentes, as oportunidades seriam também iguais de que o mesmo número de encontros pessoais se realizasse. No que a mim toca, eu tomaria não só como possível, mas como bem mais do que provável, que Maria pudesse ter seguido em qualquer dado momento por qualquer um dos muitos caminhos entre sua própria residência e a de sua tia sem encontrar uma só pessoa a quem conhecesse ou por quem fosse reconhecida. Encarando essa questão em sua plena e devida luz, devemos manter firmemente no espírito a grande desproporção entre as relações pessoais do até mesmo mais conhecido sujeito de Paris e a inteira população da própria Paris.

— Mas, seja qual for a força que possa ainda parecer haver na sugestão de *Le Commerciel*, será ela muito diminuída quando tomarmos em consideração a *hora* em que a moça saiu. "Ela saiu quando as ruas estavam cheias de gente..." — diz *Le Commerciel*. Mas não foi tal. Eram nove horas da manhã. Ora, às nove horas de todas as manhãs, durante a semana, *com exceção do domingo*, as ruas da cidade estão, é verdade, apinhadas de gente. Às nove de domingo, a população acha-se principalmente dentro de casa, *preparando-se para ir à igreja*. Nenhuma pessoa observadora pode ter deixado de notar o ar caracteristicamente deserto da cidade, desde cerca das oito até às dez da manhã de cada domingo. Entre dez e onze as ruas estão repletas, mas não a uma hora tão cedo como a designada.

— Há outro ponto em que parece haver deficiência de *observação* da parte de *Le Commerciel*. "Um pedaço — diz ele — de um dos saiotes da infortunada moça, de sessenta centímetros de comprimento e trinta de largura, fora arrancado e amarrado sob seu queixo, atando-se na nuca, provavelmente para impedir gritos. Isso foi feito por sujeitos que não tinham lenços de bolso." Se esta ideia está ou não bem fundamentada tentaremos ver em seguida; mas por "sujeitos que não tinham lenços de bolso" o diretor entende a mais baixa classe de rufiões. Estes, porém, são os próprios tipos de gente que sempre têm lenços, mesmo quando destituídos de camisa. Você deve ter tido ocasião de observar quão absolutamente indispensável, nos últimos anos, se tornou o lenço de bolso para os perfeitos capadócios.

— E que devemos pensar — perguntei — do artigo publicado em *Le Soleil*?

— Que grande pena que seu redator não tenha nascido papagaio, em qual caso teria sido ele o mais ilustre papagaio de sua raça. Repetiu simplesmente os pormenores individuais das opiniões já publicadas, reunindo-as, com louvável habilidade, dum jornal e doutro. "Os objetos — diz ele — ficaram *evidentemente* lá, durante pelo menos três ou quatro semanas"; *não pode haver dúvida* que o local de tão espantoso ultraje tenha sido descoberto. Os fatos aqui reafirmados por *Le Soleil* estão bem longe, de fato, de desfazer minhas dúvidas sobre esse assunto, e teremos de examiná-los mais detidamente adiante, em suas relações com outra parte da questão.

— Presentemente, devemos ocupar-nos com outras investigações. Você não pode ter deixado de notar a extrema negligência no exame do cadáver. De certo, a questão da identidade foi prontamente determinada, ou deveria ter sido; mas havia outros pontos a serem verificados. Tinha sido o corpo de alguma maneira *despojado*? Levava a morta consigo algumas joias, ao sair de casa? Em caso afirmativo, tinha ela alguma quando foi encontrada? Estas são questões importantes, absolutamente negligenciadas pelo inquérito. E há outras de igual valor que não mereceram atenção. Tentaremos satisfazer-nos por meio duma investigação pessoal.

— O caso de St. Eustache deve ser novamente examinado. Não tenho suspeitas contra esse indivíduo. Mas procedamos com método. Verificaremos, com todo o escrúpulo, a validade de seus atestados a respeito de seu paradeiro no domingo. Atestados dessa natureza tornam-se prontamente objeto de mistificação. Se nada encontrarmos de suspeito aqui, afastaremos St. Eustache de nossas investigações. Seu suicídio, porém, corroborativo de suspeita, no caso de se descobrir falsidade nos atestados, não é, sem tal falsidade, de modo algum uma circunstância inexplicável, ou que deva fazer-nos desviar da linha da análise ordinária.

— Nisto que eu agora proponho, afastaremos os pontos interiores desta tragédia, e concentraremos nossa atenção sobre seus contornos exteriores. É erro comum, em investigações como esta, limitar a pesquisa ao imediato, com total desprezo pelos acontecimentos colaterais ou circunstâncias. É mau costume dos tribunais confinar a instrução e discussão nos limites de relevância aparente. Contudo a experiência tem mostrado, e uma verdadeira filosofia sempre mostrará, que uma vasta e talvez a maior porção de verdade brota das coisas aparentemente irrelevantes. É pelo espírito desse princípio, se não precisamente pela sua letra, que a ciência moderna tem resolvido *calcular sobre o imprevisto*. Mas talvez você não me compreenda. A história do conhecimento humano tem tão ininterruptamente mostrado que devemos aos acontecimentos colaterais, fortuitos ou acidentais as mais numerosas e as mais valiosas descobertas, que se tornou afinal necessário, na perspectiva do progresso vindouro, fazer não somente grandes, mas as maiores concessões às invenções que surgem por acaso, e completamente fora das previsões ordinárias. Já não é filosófico basear-se sobre o que tem sido uma visão do que deve ser. O *acidente* é admitido como uma parte da subestrutura. Fazemos do acaso matéria de cálculo absoluto. Sujeitamos o inesperado e o inimaginado às fórmulas matemáticas das escolas.

— Repito que é fato positivo que a maior parte de toda a verdade tem nascido dos fatos secundários e é simplesmente em acordo com o espírito do princípio implicado neste fato que eu gostaria de desviar o inquérito, no presente caso, do terreno já palmilhado e até agora infrutífero do próprio acontecimento para o das circunstâncias contemporâneas que o rodeiam. Enquanto você verifica a validade dos atestados, examinarei os jornais de maneira mais geral do que você até agora tem feito. Até aqui temos apenas feito o reconhecimento do campo de investigação; mas será estranho, de fato, se um exame compreensivo, tal como proponho, dos jornais públicos não nos proporcione algumas pequenas informações, que estabelecerão uma *direção* para o inquérito.

De acordo com a sugestão de Dupin, fiz escrupuloso exame do caso dos atestados. O resultado foi uma firme convicção de sua validade e da consequente inocência de St. Eustache. Entrementes, meu amigo ocupava-se, com o que parecia ser para mim uma minúcia totalmente supérflua, em examinar rigorosamente as coleções dos diversos jornais. No fim duma semana, colocou diante de mim os seguintes recortes:

> Há cerca de três anos e meio, uma agitação bem semelhante à atual foi causada pelo desaparecimento dessa mesma Maria Roget da perfumaria do Sr. Le Blanc, no *Palais Royal*. No fim de uma semana, porém, ela reapareceu no seu balcão costumeiro, tão bem como sempre, com exceção de uma leve palidez não de todo habitual. Foi declarado pelo Sr. Le Blanc e por sua mãe que ela estivera simplesmente de visita a alguma amiga no interior e o caso foi prontamente esquecido. Presumimos que a presente ausência é um capricho da mesma espécie e que, expirado o prazo de uma semana, ou talvez de um mês, tê-la-emos entre nós de novo.
>
> (*Evening Paper*,[18] segunda-feira, 23 de junho.)

*

> Um jornal da noite de ontem refere-se a uma antiga desaparição misteriosa da Srta. Roget. É bem sabido que, durante a semana de sua ausência da perfumaria de Le Blanc, achava-se ela em companhia de um jovem oficial de marinha, muito conhecido pela sua devassidão. Uma briga, supõe-se, providencial foi causa de sua volta para casa. Sabemos o nome do libertino em questão, o qual se acha atualmente colocado em Paris, mas, por evidentes razões, abstemo-nos de torná-lo público.
>
> (*Le Mercurie*,[19] terça-feira de manhã, 24 de junho.)

*

> Um crime da espécie mais atroz foi perpetrado perto desta cidade, antes de ontem. Um cavalheiro, com sua mulher e sua filha, ao cair da noite, alugou os serviços de seis rapazes que estavam ociosamente remando em um bote, para cá e para lá, perto das margens do Sena, a fim de atravessá-lo. Ao alcançar a margem oposta, os três passageiros saltaram em terra e já se tinham afastado do barco, a ponto de perdê-lo de vista, quando a filha descobriu que havia deixado nele sua sombrinha. Voltou para buscá-la, foi agarrada pela quadrilha, carregada sobre o rio, amordaçada, brutalmente tratada e, finalmente, levada para a margem a um ponto não longe daquele onde havia anteriormente entrado no barco com seus pais. Os canalhas escaparam no momento, mas a polícia já se encontra em sua pista e qualquer deles será apanhado dentro em breve.
>
> (*Morning Paper*,[20] 25 de junho.)

*

18 *New York Express.*

19 *New York Herald.*

20 *New York Courier and Enquirer.*

Recebemos uma ou duas comunicações cuja finalidade é atribuir a Mennais o crime atroz há pouco cometido.[21] Mas como esse cavalheiro foi plenamente absolvido por um inquérito legal, e como os argumentos de nossos numerosos correspondentes parecem ser mais cheios de zelo que de profundeza, achamos não ser aconselhável torná-los públicos.

(*Morning Paper*, 28 de junho.)

*

Recebemos numerosas comunicações, redigidas com energia e aparentemente de várias procedências e que levam a aceitar como coisa certa que a infeliz Maria Roget veio a ser vítima de um dos numerosos bandos de malfeitores que infestam os arredores da cidade, aos domingos. Nossa própria opinião é decididamente a favor dessa hipótese. Trataremos proximamente de expor aqui alguns desses argumentos.

(*Evening Paper*,[22] 30 de junho.)

*

Segunda-feira, um dos bateleiros ligados ao serviço fiscal viu um bote vazio descendo a correnteza do Sena. As velas jaziam no fundo do barco. O bateleiro rebocou-o até o escritório de navegação. Na manhã seguinte, foi tirado dali, sem conhecimento de qualquer dos empregados. O leme ficou no escritório de navegação.

(*Le Diligence*,[23] quinta-feira, 26 de junho.)

Depois de ler estes vários recortes, não somente me pareceram sem importância como também não consegui arranjar modo de relacioná-los com o assunto em questão. Esperava uma explicação qualquer de Dupin.

— Não é intenção minha atual — disse ele — *morar* em cima do primeiro e do segundo desses recortes. Copiei-os principalmente para mostrar-lhe a extrema negligência da polícia, que, a acreditar no que disse o chefe de polícia, não se inquietou, de modo algum, em interrogar o oficial de marinha a que ali se alude. Entretanto, seria loucura dizer que entre a primeira e a segunda desaparição de Maria não exista uma *provável* relação. Admitamos que a primeira fuga tenha resultado em briga entre os dois namorados, com a volta para casa da moça traída. Estamos agora preparados para examinar uma segunda *fuga* (se *sabemos* que se realizou uma fuga de novo), como indicativa duma renovação de tentativas por parte do traidor, mais do que como o resultado de novas propostas da parte dum segundo indivíduo — estamos preparados a encará-la como uma "volta às boas" do velho amor, em vez do começo de outro.

— As probabilidades são de dez para um de que aquele que outrora fugira com Maria propusera nova fuga, em vez de ser Maria, a quem tinham sido feitas propostas de uma fuga, por um indivíduo, quem as aceitara desse outro. E aqui deixe-me chamar-lhe a atenção para o fato de ser o tempo decorrido entre a primeira fuga conhecida e a segunda fuga suposta de poucos meses mais do que a duração geral dos cruzeiros de nossos navios de guerra.

— Teria sido o amante interrompido na sua primeira infâmia pela necessidade de partir para bordo e aproveitou a primeira oportunidade de seu regresso

21 Mennais foi um dos suspeitos, detido a princípio, sendo após libertado por falta completa de provas.

22 *New York Evening Post.*

23 *New York Standard.*

para renovar as vis tentativas ainda não de todo realizadas — ou não ainda de todo realizadas *por ele*? De todas essas coisas, nada sabemos. Você dirá, porém, que, no segundo caso, *não* houve fuga, como imaginamos. Certamente que não. Mas estamos preparados para dizer que não houve o desígnio frustrado?

— Além de St. Eustache, e talvez Beauvais, não encontramos namorados de Maria, reconhecidos, declarados, respeitáveis. De nenhum outro se falou coisa alguma. Qual é, então, o amante secreto de quem os parentes (*pelo menos a maior parte deles*) nada sabem, mas com quem Maria se encontra no domingo de manhã, e que goza tão profundamente de sua confiança que ela não hesita em permanecer com ele, até caírem as sombras da noite, entre os pequenos bosques solitários da Barreira do Roule? Quem é esse amante oculto, pergunto eu, de quem, pelo menos, *a maior parte* dos parentes nada sabe? E que significa a singular profecia da Sra. Roget, na manhã da partida de Maria: "Receio que jamais verei Maria de novo"?

— Mas se não podemos imaginar a Sra. Roget informada do desígnio de fuga, não poderemos pelo menos supor que essa fosse a intenção da moça? Ao sair de casa, deu ela a entender que ia fazer uma visita à sua tia, na Rua dos Drômes, e St. Eustache foi encarregado de ir buscá-la ao escurecer. Ora, à primeira vista, este fato milita fortemente contra minha sugestão, mas reflitamos. Que ela tenha encontrado algum companheiro, que tenha atravessado com ele o rio, alcançando a Barreira do Roule a uma hora já bastante avançada, pois eram três horas da tarde, é sabido. Mas consentindo assim em acompanhar esse indivíduo (*com uma intenção qualquer, conhecida ou desconhecida por sua mãe*), devia ela ter pensado na intenção que havia exprimido ao sair de casa, e na surpresa e na suspeita despertadas no coração de seu noivo, St. Eustache, quando, indo procurá-la, à hora combinada, na Rua dos Drômes, descobrisse que ela não estivera ali, e quando, além disso, de volta à pensão, com esta alarmante informação, viesse a saber que ela continuava ausente de casa. Ela deveria ter pensado nestas coisas, digo eu. Ela deve ter previsto o pesar de St. Eustache, a suspeita de todos. Podia não ter pensado em voltar, para enfrentar essa suspeita; mas a suspeita torna-se para ela um ponto de importância insignificante, se supusermos que *não* era intenção sua voltar.

— Podemos imaginá-la pensando desta forma: "Vou encontrar-me com certa pessoa, a fim de fugirmos, ou para certos outros fins, conhecidos somente de mim mesma. É necessário que não haja possibilidade de interrupção — devemos ter bastante tempo para escapar a qualquer perseguição —, darei a entender que irei visitar e passear o dia todo com minha tia, na Rua dos Drômes. Direi a St. Eustache que só vá buscar-me ao anoitecer — desta forma, minha ausência de casa, pelo maior tempo possível, sem causar suspeita ou apreensão, poderá explicar-se, e ganharei mais tempo que de qualquer outra maneira. Se peço a St. Eustache para ir buscar-me ao anoitecer, certamente ele não irá antes disso; mas se me esqueço completamente de pedir-lhe que me vá buscar, meu tempo para a fuga diminuirá, desde que é de esperar que eu volte mais cedo e minha ausência, mais cedo ainda, despertará inquietação. Ora, se fosse intenção minha voltar *de qualquer modo*, se tivesse em vista um simples passeio com o indivíduo em questão, não seria de boa política pedir a St. Eustache para ir buscar-me, pois, indo, descobriria, com toda a certeza, que eu o havia enganado, fato de que poderia conservá-lo para sempre na ignorância, deixando a casa, sem notificá-lo de minha intenção, voltando antes do escurecer e contando então que estivera de visita à minha tia, na Rua dos Drômes. Mas, como é intenção minha *jamais* voltar, ou não voltar durante algumas semanas, ou só voltar depois que certas coisas possam ficar ocultas, ganhar tempo é o único ponto a respeito do qual tenho necessidade de preocupar-me."

— Você deve ter observado, em suas notas, que a opinião mais geral, em relação a este triste caso, é, e foi desde o começo, que a moça foi vítima dum *bando* de malfeitores. Ora, a opinião popular, sob certas condições, não merece ser desprezada. Quando surge por si mesma, quando se manifesta de maneira estritamente espontânea, devemos encará-la como análoga àquela *intuição*, que é a disposição temperamental do homem de gênio. Em 99% dos casos, eu me ateria às suas decisões. Mas é importante que não encontremos traços palpáveis de *sugestão*. A opinião deve ser rigorosamente a *própria opinião do público*; e a distinção é muitas vezes excessivamente difícil de perceber e de manter. No caso presente, parece-me que esta "opinião pública", a respeito duma *quadrilha*, tem sido induzida pelo acontecimento paralelo, relatado no terceiro de meus recortes.

— Toda Paris está excitada pela descoberta do cadáver de Maria, uma jovem bela e conhecida. Esse cadáver é encontrado, acusando sinais de violência, e boiando no rio. Mas se torna então conhecido que na mesma ocasião, ou quase na mesma ocasião em que se supõe que a moça tenha sido assassinada, um crime de semelhante natureza ao sofrido pela morta, embora de menor repercussão, foi perpetrado por uma quadrilha de jovens rufiões, na pessoa duma segunda jovem. É de surpreender que o primeiro crime conhecido tenha influído no julgamento popular a respeito do outro desconhecido? Este julgamento aguardava uma direção, e o crime conhecido parecia tão oportunamente proporcioná-la! Maria também foi encontrada no rio e nesse mesmo rio foi cometido o crime conhecido. A relação dos dois acontecimentos tinha em si mesma tanto de palpável, que verdadeira maravilha teria sido que o povo *deixasse* de apreciá-la e dela apoderar-se. Mas, de fato, um dos dois crimes, conhecido por ter sido cometido com atrocidade, é um índice, se alguma coisa é, de que o outro, cometido quase na mesma ocasião, não foi cometido da mesma maneira. Teria sido na verdade um milagre, se, enquanto um bando de rufiões estava perpetrando, em dada localidade, um crime inaudito, estivesse outra quadrilha semelhante, em idêntica localidade, na mesma cidade, nas mesmas circunstâncias, com os mesmos meios e os mesmos processos, ocupada em um crime precisamente da mesma espécie e precisamente no mesmo espaço de tempo! E no entanto, em que, a não ser nesta maravilhosa série de coincidências, nos levaria a acreditar a opinião, acidentalmente *sugerida*, do povo?

— Antes de ir mais além, consideremos a suposta cena do assassinato, na moita da Barreira do Roule. Essa moita, embora densa, achava-se bem próxima duma estrada pública. Dentro dela havia três ou quatro grandes pedras, formando uma espécie de banco, com um encosto e um escabelo. Na pedra de cima descobriu-se uma saia branca; na segunda, uma echarpe de seda. Uma sombrinha, luvas e um lenço de bolso foram também ali encontrados. O lenço trazia o nome "Maria Roget". Fragmentos de vestido foram descobertos nas sarças em redor. O chão estava calcado, as moitas partidas, e havia toda a evidência duma luta violenta.

— Não obstante a aclamação com que a imprensa recebeu a descoberta dessa moita e a unanimidade com que se supôs que representasse a cena precisa do crime, deve-se admitir que havia mais de uma boa razão para duvidar disso. Que *fosse* o cenário do crime, eu poderia ou não acreditar, mas havia uma excelente razão para duvidar. Se a *verdadeira* cena tivesse sido, como sugere *Le Commerciel*, na vizinhança da Rua Pavée Saint-André, os executantes do crime, supondo-os ainda morando em Paris, teriam sido naturalmente tomados de terror, ao ver a atenção do público tão agudamente dirigida para a verdadeira pista; e, em certa classe de espíritos, ter-se-ia despertado, imediatamente, o senso da necessidade de uma tentativa qualquer para distrair essa atenção. E assim, tendo já as suspeitas recaído sobre a moita da Barreira do Roule, a ideia de colocar os objetos onde eles foram encontrados podia ter sido naturalmente concebida.

— Não há prova real, embora *Le Soleil* assim suponha, de que os objetos descobertos tenham estado mais do que poucos dias na moita; ao passo que existem muito mais provas circunstanciais que eles não poderiam ter ficado ali sem atrair a atenção durante os vinte dias decorridos entre o fatal domingo e a tarde em que foram encontrados pelos meninos. "Estavam completamente *mofados*", diz *Le Soleil*, adotando as opiniões de seus predecessores, "pela ação da chuva e colados uns aos outros pelo *mofo*. A grama crescera em torno e por cima de alguns deles. A seda da sombrinha era forte, mas os fios estavam costurados juntos por dentro. A parte superior, onde fora dobrada e enrolada, estava toda *mofada* e apodrecida, rasgando-se ao ser aberta a sombrinha...". A respeito da grama ter crescido "em torno e por cima de alguns deles", é claro que o fato podia ter sido verificado apenas de acordo com as palavras e por isso com as recordações dos dois meninos, porque esses meninos pegaram os objetos e levaram-nos para casa antes que fossem vistos por terceiros. Mas a grama cresce, especialmente, em tempo quente e úmido (como o da época em que se deu o crime), umas duas ou três polegadas num só dia. Uma sombrinha pousada sobre um chão onde a grama é robusta pode, numa única semana, estar inteiramente oculta na grama subitamente crescida. E quanto a esse *mofo* sobre o qual o diretor de *Le Soleil* tão pertinazmente insiste, que emprega a palavra nada menos de três vezes no breve parágrafo que acabamos de citar, ignorará ele realmente a natureza desse *mofo*? Será preciso dizer-lhe que é uma dessas numerosas classes de fungos cujo caráter mais comum é seu aparecimento e decadência dentro de vinte e quatro horas?

— Por isso vemos, ao primeiro relance, que o que tem sido mais triunfalmente aduzido em apoio da ideia que os objetos tinham estado "durante pelo menos três ou quatro semanas" na moita é absurdamente nulo, como prova qualquer desse fato. Por outro lado é excessivamente difícil acreditar que aqueles objetos pudessem ter permanecido na moita especificada por um tempo maior do que uma simples semana, durante um período mais longo do que de um domingo para outro. Todos aqueles que conhecem um pouco dos arredores de Paris sabem a extrema dificuldade de encontrar "retiros", a não ser a grandes distâncias de seus subúrbios. Coisa semelhante a um recanto inexplorado, ou mesmo não frequentemente visitado, entre seus bosques e capões, nem por um momento se imagina. Vá alguém que, sendo de coração amante da natureza, está ainda encadeado pelos deveres ao calor e ao pó desta grande metrópole, vá esse alguém tentar, mesmo durante os dias da semana, saciar sua sede de solidão entre os panoramas de encanto natural que de perto nos circundam. A cada passo encontrará o feitiço nascente, rompido pela voz ou pela intromissão pessoal de algum rufião ou bando de vadios embriagados.

Buscará o recolhimento entre as mais densas folhagens, mas tudo em vão.

— Estão ali os próprios esconderijos, em que a ralé é mais abundante; esses são os templos mais profanados. Com angústia no coração, o passeante voará de volta à poluída Paris, como a uma sentina de poluição menos imprópria, porque menos odiosa. Mas se a vizinhança da cidade é tão frequentada durante os dias de trabalho da semana, quanto mais não o será nos domingos! É especialmente então que, libertada das cadeias do trabalho, ou privada das costumeiras oportunidades para o crime, a vadiagem da cidade busca-lhe os arredores, não pelo amor do campo, que no íntimo ela despreza, mas como um meio de escapar às restrições e convencionalismos sociais. Deseja menos o ar fresco e as árvores verdejantes do que a extrema *licença* campestre. Ali, na estalagem, à beira da estrada, ou sob a folhagem das árvores, ela se entrega, sem ser refreada por qualquer olhar, exceto o de seus alegres companheiros, a todos os loucos excessos de uma hilaridade contrafeita, produto conjunto da liberdade e da aguardente.

— Nada digo além do que deve ser evidente para qualquer observador desapaixonado quando repito que a circunstância de terem ficado os objetos em apreço sem ser descobertos em período maior do que o de um domingo a outro em *qualquer* bosquezinho das cercanias de Paris deve ser considerada como pouco menos de miraculosa.

— Mas não são necessários outros motivos para a suspeita de que os objetos foram colocados no bosquezinho com o fim de desviar a atenção da cena real do crime. E primeiramente deixe-me dirigir-lhe a atenção para a *data* da descoberta dos objetos. Compare-a com a data do quinto recorte, que eu mesmo fiz dos jornais. Verificará que a descoberta se seguiu quase imediatamente às comunicações urgentes enviadas ao vespertino.

— Essas comunicações, embora várias e aparentemente de várias fontes, tendiam todas para o mesmo fim, a saber, dirigir a atenção para uma quadrilha, como sendo a autora do crime, e para as vizinhanças da Barreira do Roule, como sendo seu teatro. A situação aqui, sem dúvida, não é a de que, em consequência dessas comunicações, ou da atenção pública por elas orientada, os objetos foram encontrados pelos meninos; mas pode, e pode muito bem, haver a suspeita de que os objetos não foram encontrados antes pelos meninos pela razão de que tais objetos não se encontravam *antes* no bosquezinho, tendo sido colocados ali num período mais tardio, seja o da data em apreço, seja pouco antes dessa data, pelos criminosos, autores das próprias comunicações.

— Esse bosquezinho era singular, era excessivamente singular. Incomumente fechado. No recinto de suas muralhas naturais havia três pedras extraordinárias, *formando um banco, com encosto e escabelo*. E esse bosquezinho, tão cheio de arte, estava na vizinhança imediata, *a poucos metros de distância* da residência da Sra. Deluc, cujos filhos tinham o hábito de examinar acuradamente os hortos circunvizinhos, à procura de casca de sassafrás. Seria desarrazoado apostar — numa aposta de mil contra um — que *nem um dia* se passava sobre as cabeças desses meninos sem se encontrar pelo menos um deles escondido no umbroso recanto e entronizado no seu trono natural? Aqueles que hesitassem em tal aposta, ou nunca foram crianças, ou esqueceram a natureza infantil. É — repito — imensamente difícil compreender como os objetos poderiam ter ficado sem ser descobertos naquele bosquete por período superior a um ou dois dias; e assim há bons motivos para suspeitar, a despeito da dogmática ignorância de *Le Soleil*, que eles foram, em data relativamente posterior, colocados onde foram achados.

— Mas ainda há outras e mais fortes razões para acreditar que eles foram assim colocados, além dessas sobre que já insisti. E agora deixe-me chamar sua atenção para o arranjo altamente artificial dos objetos. Na pedra *de cima* estava uma saia branca; na *segunda*, uma echarpe de seda; espalhados em volta, uma sombrinha, luvas e um lenço de bolso, trazendo o nome "Maria Roget". Aqui está precisamente um arranjo, como *naturalmente* seria feito por uma pessoa não muito perspicaz que desejasse arrumar os objetos naturalmente. Mas não é de modo algum um arranjo *realmente* natural. Eu preferiria ver as coisas todas no chão e pisadas por pés.

— Nos estreitos limites daquele caramanchão, mal era possível que a saia branca mantivesse uma posição sobre as pedras, quando sujeita ao roçar de muitas pessoas em luta para lá e para cá. "Havia sinais — disseram — de uma luta, e a terra estava pisada, moitas partidas...", mas a saia branca e a echarpe foram achadas colocadas como num guarda-roupa. "Os pedaços de vestido rasgados pelas moitas tinham cerca de três polegadas de largura e seis de comprimento. Uma parte era o debrum do vestido e fora emendado." "Pareciam tiras arrancadas." Aqui, inadvertidamente, *Le Soleil* empregou uma frase extremamente suspeitosa. Os pedaços, tais como descritos, na verdade *parecem tiras arrancadas*, mas propositadamente e pela mão. É acidente dos mais raros que um pedaço seja "arrancado" de alguma roupa, tal como agora vemos, por intermédio de um *espinho*.

— Pela própria natureza de tais tecidos, um espinho ou um prego que a eles se prendesse rasgá-los-ia retangularmente, dividi-los-ia em duas fendas longitudinais, em ângulo reto uma com a outra, encontrando-se no ápice em que o espinho entrou, mas é raramente possível conceber o pedaço "arrancado". Nunca vi isso, nem você também. Para arrancar um pedaço de qualquer pano, devem ser exigidas, em quase todos os casos, duas forças distintas, em diferentes direções. Se houvesse duas extremidades do pano, se, por exemplo, fosse um lenço de bolso, e se se desejasse tirar dele uma tira, então, e somente então, uma só força serviria para o caso. Mas no caso presente a questão é arrancar de um vestido que apresenta somente uma extremidade. Para arrancar um pedaço do interior, onde não se apresenta extremidade, só por um milagre se poderia fazê-lo por meio de espinhos, e nenhum espinho *só* poderia realizá-lo. Mas, mesmo onde se apresenta uma extremidade, seriam necessários dois espinhos, operando um em duas distintas direções, e o outro numa só. E isto na suposição de que a extremidade não seja embainhada. Se embainhada, a coisa está quase fora de questão.

— Vemos assim os numerosos e grandes obstáculos, em se tratando de pedaços que são "arrancados" por meio de simples "espinhos"; contudo, somos solicitados a crer que não somente um pedaço, mas muitos, foram assim arrancados. "E uma parte", também, *era o debrum do vestido*. Outro pedaço era *parte da saia, e não o debrum*, isto é, estava completamente arrancado, por espinhos, da parte interna, e sem extremidades, do vestido! Estas são coisas, digo eu, que merecem perdão se nelas não acreditamos; contudo, tomadas coletivamente, formam, talvez, campo razoavelmente menor para suspeita do que a circunstância extraordinária de terem sido os objetos deixados, de algum modo, naquela moita por alguns *assassinos*, que tiveram precaução suficiente de pensar em remover o cadáver.

— Você, porém, não me terá entendido direito, se supuser que minha intenção é *negar* que essa moita seja a cena do crime. Talvez tenha havido algum delito ali, ou, mais possivelmente, um acidente em casa da Sra. Deluc. Mas, de fato, esse é um ponto de importância menor. Não nos comprometemos numa tentativa para descobrir o local, mas para apresentar os autores do assassinato. O que eu deduzi, não obstante a minúcia com que o deduzi, fi-lo tendo em vista, primeiro, mostrar a loucura das positivas e precipitadas asserções de *Le Soleil*, mas, em segundo lugar, e principalmente, trazer você, pelo mais natural dos caminhos, a uma visão mais avançada da dúvida sobre se esse crime foi ou não foi obra de uma *quadrilha*.

— Resumiremos esta questão com a simples referência aos pormenores revoltantes do cirurgião interrogado neste inquérito. É apenas necessário dizer que as *inferências* dele publicadas, a respeito do número de rufiões, foram devidamente ridicularizadas, como injustas e totalmente sem base, por todos os anatomistas reputados de Paris. Não que a coisa *não pudesse* ter sido assim inferida, mas é que não havia lugar para essa inferência. Não haverá tampouco para outras?

— Reflitamos agora sobre os "sinais de uma luta". E permita-me perguntar o que se supôs que esses sinais demonstrassem. Uma quadrilha. Mas não demonstrariam antes a ausência de uma quadrilha? Que *luta* poderia ter tido lugar, que luta tão violenta e tão tenaz que deixasse sinais em todas as direções, entre uma fraca moça indefesa e uma imaginada *quadrilha* de rufiões? O silencioso aperto de uns poucos braços brutais, e estaria tudo terminado. A vítima deveria ter ficado absolutamente passiva, à sua discrição. Você aqui levará em consideração que os argumentos apresentados contra o fato de ser a moita a cena do crime são aplicáveis principalmente apenas contra ela, como a cena de um crime cometido *por mais de um só indivíduo*. Se imaginamos, porém, um só violador, podemos conceber, e conceber só assim, a luta de natureza tão violenta e tão obstinada, que deixou "sinais" aparentes.

— E mais ainda. Já mencionei a suspeita a suscitar-se contra o fato de que os objetos em questão tiveram de permanecer, de alguma forma, na moita onde foram descobertos.

— Parece quase impossível que essas provas de culpabilidade tenham sido deixadas ali onde foram encontradas acidentalmente. Houve, supõe-se, suficiente presença de espírito, para remover o cadáver. E contudo, uma prova mais positiva do que o próprio cadáver (cujas feições poderiam ter sido completamente desfeitas pela decomposição) é deixada exposta visivelmente no local do crime; refiro-me ao lenço com o *nome* da morta. Se foi acidental, não foi o acidente de uma quadrilha. Podemos imaginá-lo apenas como o acidente de um indivíduo. Vejamos. Um indivíduo cometeu o crime. Está sozinho com o espírito da morta. É apavorado pelo que jaz imóvel à sua frente. A fúria de sua paixão desapareceu. E há no seu coração bastante espaço para o natural pavor de sua façanha. Não tem aquela segurança que a presença de outros inevitavelmente inspira. Está *sozinho* com a morta. Treme e está transtornado. Contudo, há necessidade de livrar-se do cadáver. Carrega-o até o rio e deixa atrás de si as outras provas de sua culpa, pois é difícil, senão impossível, transportar toda a carga de uma vez, e será fácil voltar para buscar o que se deixou. Mas, em sua penosa caminhada para a água, seus temores redobram dentro dele. Os rumores da vida seguem-lhe os passos. Uma dúzia de vezes ouve, ou julga ouvir, as passadas de um observador. Até mesmo as luzes da cidade o perturbam. Contudo, a tempo e com longas e frequentes pausas de profunda angústia, alcança ele a margem do rio e livra-se de sua carga apavorante, talvez graças a um bote. Mas que tesouro haveria no mundo, que ameaça de vingança poderia haver, que tivesse o poder de impelir aquele assassino solitário a voltar, por aquele mesmo caminho perigoso e penoso, até a moita e suas sangrentas recordações? Ele *não* volta, sejam quais forem as consequências. Não podia voltar, se quisesse. Seu único pensamento é a fuga imediata. Volta as costas *para sempre* àqueles apavorantes bosquetes e foge como que diante da ira por vir.

— Mas, se se tratasse de uma quadrilha? O número de membros teria inspirado a todos confiança, se, realmente, jamais há falta de confiança no peito dos meliantes consumados, e só de meliantes consumados é que se supõe estejam constituídas as *quadrilhas*. O número deles, repito, teria evitado o terror irracional e transtornante que, imaginei, paralisaria o homem solitário. Se supuséssemos uma negligência em um, ou dois, ou três, esse descuido teria sido remediado por um quarto. Não teriam deixado nada para trás, pois seu número os capacitaria a levar *tudo* de uma vez. Não haveria, então, necessidade de *voltar*.

— Considere agora a circunstância de que, na vestimenta externa do cadáver, quando encontrado, *uma tira, de cerca de trinta centímetros de largura, tinha sido rasgada, desde a barra de baixo até a cintura, enrolada três vezes em volta da cintura e atada por meio de uma espécie de nó, nas costas*. Isso foi feito com o objetivo evidente de formar uma alça para carregar o corpo. Teria, porém, algum grupo de homens sonhado em recorrer a tal expediente?

— Para três ou quatro, os membros do cadáver teriam fornecido uma alça não só suficiente, mas a melhor possível. Tal recurso é o de um indivíduo só; e isso nos leva ao fato de que, "entre o bosquezinho e o rio, os parapeitos da cerca foram encontrados arriados e o solo mostrava sinais evidentes de haver sido arrastado por ele algum fardo pesado". Mas um *grupo* de homens ter-se-ia dado ao trabalho supérfluo de arriar uma cerca, para o fim de arrastar por ali um cadáver, que eles poderiam bem ter *passado por cima* de qualquer cerca em um instante? Precisaria um *grupo* de homens ter *arrastado* assim o cadáver, a ponto de ter deixado sinais evidentes do arrastamento?

— E aqui devemos referir-nos a uma observação de *Le Commerciel*, uma observação sobre a qual já fiz, de algum modo, comentários. "Um pedaço — diz o jornal — de um dos saiotes da infortunada moça, de sessenta centímetros de comprimento e trinta de largura, fora arrancado e amarrado sob seu queixo, atando-se na nuca, provavelmente para impedir gritos. Isso foi feito por sujeitos que não tinham lenços de bolso."

— Eu já sugeri que um meliante genuíno nunca anda *sem um* lenço de bolso. Mas não é este fato que agora friso especialmente. Que essa atadura foi empregada quando não faltava um lenço para o fim imaginado por *Le Commerciel* torna-se visível pelo fato de haver sido deixado um lenço no bosquete; e que o objetivo não era "impedir gritos", deduz-se também do fato de haver sido empregada de preferência a atadura, em vez do que muito melhor conviria para tal fim. Mas a linguagem do inquérito fala da atadura em questão como "encontrada em volta do pescoço, adaptada frouxamente e amarrada com um nó cego". Estas palavras são suficientemente vagas, mas diferem materialmente das de *Le Commerciel*. A tira era de uma largura de dezoito polegadas e, por conseguinte, embora de musselina, formaria uma faixa forte, quando dobrada ou enrolada longitudinalmente. E enrolada assim é que foi descoberta.

— Minha dedução é esta: tendo o assassino solitário conduzido o corpo, por alguma distância (seja do bosquete ou de outro lugar), por meio da faixa *em forma de alça*, em volta de sua cintura, achou que o peso, nesse modo de agir, era demasiado para suas forças. Resolveu arrastar o fardo... a pesquisa chega a mostrar que ele foi *arrastado*. Com esse fim em vista, tornou-se necessário amarrar qualquer coisa, como uma corda, às extremidades. Podia ser amarrada melhor em volta do pescoço, onde a cabeça a impediria de escapulir. E então o assassino pensou, inquestionavelmente, em servir-se da faixa, em torno dos rins. Tê-la-ia usado desse modo se não houvesse seu enrolamento em torno do cadáver, o *nó forte* que a prendia e a reflexão de que ela não havia sido "arrancada" da roupa. Era mais fácil arrancar novo pedaço da saia branca. Arrancou-o, deu-lhe um nó em volta do pescoço e assim *arrastou* sua vítima até a margem do rio. O *fato* de que essa "faixa", só conseguida com trabalho e demora, e apenas imperfeitamente servindo ao fim visado, o fato de que essa faixa tenha sido empregada *de qualquer modo* demonstra que a necessidade de seu emprego nasceu de circunstâncias que se manifestaram num momento em que não era mais alcançável o lenço, isto é, manifestaram-se, como imaginamos, depois de deixar o bosquezinho (se fosse mesmo o bosquezinho) e no caminho entre o bosquete e o rio.

— Mas o depoimento, dirá você, da Sra. Deluc (!) indica especialmente a presença de uma *quadrilha*, nas vizinhanças do bosquete, no momento do assassinato, ou perto dele. De acordo. Duvido é de que não existisse *uma dúzia* de quadrilhas como a descrita pela Sra. Deluc, na vizinhança da Barreira do Roule, ou perto dela, no momento dessa tragédia, ou *perto dele*. Mas a quadrilha que atraiu sobre si a frisada animada versão da Sra. Deluc, embora seu depoimento seja algo tardio e muito suspeito, é a *única* apresentada por aquela honesta e escrupulosa velha senhora como tendo comido os bolos dela e tragado sua aguardente, sem dar-se ao incômodo de pagar-lhe. *Et hinc illae irae?*

— Qual, porém, é o depoimento preciso da Sra. Deluc? "Uma quadrilha de malfeitores apareceu, comportou-se ruidosamente, comeu e bebeu sem pagar, seguiu pelo caminho do rapaz e da moça, voltou à estalagem *por volta do crepúsculo* e tornou a atravessar o rio como se estivesse com grande pressa."

— Ora, essa "grande pressa" muito possivelmente pareceu "maior pressa" aos olhos da Sra. Deluc, desde que ela se demora, inquieta e dolorosamente, sobre a violação de seus bolos e aguardente, bolos e aguardente pelos quais ainda podia ter mantido uma fraca esperança de retribuição. Por que, de outro modo, desde que estava a *ponto de escurecer*, teria ela feito questão da *pressa*? Não há motivo para admirar, por certo, que mesmo uma quadrilha de meliantes tivesse *pressa* em voltar para casa, quando se deve atravessar um largo rio em pequenos botes, quando está prestes uma tempestade e quando a noite se *aproxima*.

— Digo: *aproxima-se*. Porque a noite *não chegara ainda*. Foi só "por volta do crepúsculo" que a indecente pressa daqueles "malfeitores" ofendeu os castos olhos da Sra. Deluc. Mas dizem-nos que foi nessa mesma tarde que "a Sra. Deluc, bem como seu filho mais velho, ouviu gritos de mulher nas vizinhanças da hospedaria". E com que palavras designa a Sra. Deluc o período da tarde em que tais gritos se ouviram?

Diz ela: "Foi *logo depois de escurecer...*". Mas "logo depois de escurecer" há, no mínimo, *escuridão*; e *por volta do crepúsculo* há, certamente, luz diurna.

— Assim, torna-se abundantemente claro que a quadrilha deixou a Barreira do Roule antes que os gritos fossem *ouvidos* pela Sra. Deluc, casualmente (?). E embora em todos os numerosos relatos do depoimento as expressões respectivas em apreço sejam distintas e invariavelmente tais como as que empreguei nesta conversação com você, nenhuma notícia, qualquer que fosse, da enorme discrepância ainda foi assinalada por quaisquer dos grandes jornais ou por quaisquer dos esbirros da polícia.

— Aos argumentos contra uma *quadrilha* devo acrescentar apenas um; mas *este*, pelo menos, para minha compreensão, tem um peso inteiramente irresistível. Sob as circunstâncias da grande recompensa oferecida e do pleno perdão a qualquer denunciador dos cúmplices, não se deve imaginar, por um momento, que algum membro de uma quadrilha de rufiões de baixa classe, ou de qualquer grupo de homens, deixaria de trair seus cúmplices. Cada um de uma quadrilha assim colocada não só estaria muito ávido pela recompensa, ou ansioso por escapar, como *temeroso de traição*. Ele trai, apressada e rapidamente, para que *ele mesmo não possa ser traído*. Que o segredo não tenha sido divulgado é a melhor prova que é, de fato, um segredo. Os horrores deste sinistro caso são conhecidos somente por *uma* ou duas criaturas humanas vivas e por Deus.

— Recapitulemos agora os escassos, porém seguros frutos de nossa longa análise. Chegamos à convicção seja dum fatal acidente, sob o teto da Sra. Deluc, seja dum crime perpetrado, na moita da Barreira do Roule, por um amante, ou pelo menos por um camarada íntimo e secreto da morta. Esse camarada tem a tez morena. Essa tez, o "nó" na faixa e o "nó de marinheiro", com que está atada a fita do chapéu, designam um homem do mar. Sua camaradagem com a morta, uma moça alegre mas não abjeta, denuncia-o como de grau superior ao de simples marinheiro. Aqui as comunicações urgentes e bem escritas aos jornais servem bastante para corroborar nossa hipótese. A circunstância da primeira fuga, revelada por *Le Mercure*, leva a fundir a ideia desse marinheiro com a daquele "oficial de marinha", que se conhece como tendo sido o primeiro que induziu a infeliz a cometer uma falta.

— E aqui, com a maior oportunidade, se apresenta a consideração da contínua ausência desse tal homem de tez morena. Detenhamo-nos na observação de que a tez desse homem é escura e queimada; não é uma tez simplesmente requeimada essa que constitui o *único* ponto de recordação tanto para Valence como para a Sra. Deluc. Mas por que está ausente esse homem? Teria sido assassinado pela quadrilha? Se tal aconteceu, por que há apenas *sinais* da *moça* assassinada? Há de supor-se que o local do crime tenha sido o mesmo. E onde está o cadáver dele? Com toda a probabilidade deveriam os assassinos ter-se livrado de ambos, da mesma maneira. Mas pode-se alegar que este homem está vivo e que o receio de ser acusado do crime o impede de se dar a conhecer.

— Somente agora é que se pode supor que essa consideração aja sobre ele, tão tarde já, pois foi testemunhado ter sido ele visto com Maria, mas não teria tido força alguma no período do crime. O primeiro impulso dum homem inocente teria sido anunciar o crime e ajudar a identificar os bandidos. Esta *política* seria aconselhável. Fora visto com a moça. Cruzara o rio com ela num barco descoberto. A denúncia dos assassinos teria parecido, mesmo a um idiota, o meio único e mais seguro de livrar a si mesmo de suspeitas. Não podemos supô-lo, na noite do domingo fatal, ao mesmo tempo inocente e ignorante dum crime cometido. Entretanto, somente em tais circunstâncias é possível imaginar que, estando vivo, deixasse de denunciar os assassinos.

— E que meios possuímos de alcançar a verdade? Veremos esses meios se multiplicarem e se reunirem distintamente, à medida que avançarmos. Sondemos até o fundo esse caso da primeira fuga. Tomemos conhecimento da história completa do oficial, bem como das circunstâncias atuais em que se encontra e do seu paradeiro na época precisa do crime. Comparemos cuidadosamente umas com as outras as várias comunicações enviadas ao jornal da noite, cujo objetivo era incriminar uma *quadrilha*.

— Isto feito, comparemos essas comunicações, pelo estilo e pela caligrafia, com as enviadas ao jornal da manhã, em ocasião precedente, insistindo tão veementemente na culpabilidade de Mennais. E, feito tudo isto, comparemos de novo essas várias comunicações com a caligrafia conhecida do oficial. Tentemos averiguar, por meio de repetidos interrogatórios da Sra. Deluc e de seus filhos, bem como do condutor do ônibus, Valence, alguma coisa mais a respeito da aparência pessoal e atitudes do "rapaz moreno". Perguntas, habilmente dirigidas, não deixarão de arrancar, de algumas dessas testemunhas, informações sobre esse ponto particular (ou sobre outros) — informações que nem mesmo as próprias testemunhas podem estar certas de possuir. E depois sigamos o *bote*, recolhido pelo bateleiro, na manhã de segunda-feira, 23 de junho, e que foi retirado do escritório de navegação sem que o oficial de serviço disso tivesse conhecimento, e sem o *leme*, em certa ocasião anterior à descoberta do cadáver. Com a devida precaução e perseverança, seguiremos infalivelmente esse *bote*, pois não somente o bateleiro que o recolheu pôde identificá-lo, mas *temos o leme à nossa disposição*. O leme dum *bote a vela* não teria sido abandonado sem busca por alguém de coração inteiramente à vontade. E paremos aqui para insinuar uma sugestão. Não houve *aviso* do recolhimento desse bote. Foi silenciosamente levado para o escritório de navegação e silenciosamente de lá saiu. Mas como *se deu* que seu proprietário, ou quem dele se utilizava, logo na terça-feira de manhã, fosse informado, sem nenhum aviso, do local onde se achava o bote recolhido na segunda-feira, a menos que imaginemos alguma conexão com a *marinha*, alguma conexão permanente e pessoal que implicasse o conhecimento de seus mínimos interesses e de suas pequeninas notícias locais?

— Ao falar do assassino solitário levando sua carga para a praia, já tinha eu insinuado a probabilidade de haver-se ele utilizado dum *bote*. Compreendemos agora que Maria Roget foi precipitada dum bote. Deve ter sido este, naturalmente, o caso. O cadáver não podia ter sido confiado às águas pouco profundas da praia. As marcas características nas costas e nos ombros da vítima denunciam as travessas do fundo dum barco.

— Que o corpo tenha sido encontrado sem um peso, vem também corroborar a hipótese. Se tivesse sido lançado da margem, ter-lhe-iam por certo amarrado um peso. Só podemos explicar-lhe a falta supondo que o assassino esqueceu a precaução de suprir-se de um, antes de pôr-se ao largo. No ato de lançar o corpo à água, deveria ter, sem dúvida alguma, percebido sua negligência; mas então remédio algum havia à mão. Qualquer risco seria preferível a voltar à maldita praia. Uma vez livre de sua horrenda carga, ter-se-ia o criminoso apressado em voltar para a cidade. Ali, em qualquer cais obscuro, teria saltado em terra. Mas o bote, tê-lo-ia posto em segurança? Muita era a pressa que tinha, para perder tempo em guardar um bote. Além disso, amarrando-o ao cais, teria acreditado estar amarrando uma prova contra si mesmo. Naturalmente pensou em afastar de si, o mais longe possível, tudo quanto tivera relação com seu crime. Não somente fugira do cais, mas não deixara que o bote lá ficasse. Por certo, empurrou-o para a correnteza.

— Prossigamos na nossa concepção. Pela manhã, o miserável foi tomado de indizível terror, ao descobrir que o bote tinha sido recolhido a um lugar que ele costumava frequentar diariamente, a um lugar, talvez, que suas ocupações obrigassem a frequentar. Na noite seguinte, *sem ousar perguntar pelo leme*, fez desaparecer o bote. *Onde* se encontra agora esse bote sem leme? Seja um dos nossos primeiros objetivos descobri-lo. Com o primeiro esclarecimento que pudermos obter, começará a aurora de nosso êxito. Este bote nos guiará, com uma rapidez que surpreenderá a nós próprios, àquele que o utilizou à meia-noite do domingo fatídico. Confirmações se amontoarão sobre confirmações e seguiremos a pista do criminoso.

Por motivos que não especificaremos, mas que parecerão claros a muitos leitores, tomamos a liberdade de omitir aqui, do manuscrito a nós entregue, a parte em que se acha pormenorizado o *prosseguimento* do indício, aparentemente ligeiro, descoberto por Dupin. Julgamos conveniente apenas fazer conhecer, em resumo, que o resultado desejado foi obtido e que o chefe de polícia cumpriu pontualmente, embora com relutância, os termos de seu contrato, com o cavalheiro. O artigo do Sr. Poe conclui com as palavras que seguem:[24]

> Compreender-se-á que falo de simples coincidências e *nada mais*. O que já disse a respeito deste assunto deve bastar. Não há no meu coração nenhuma fé no sobrenatural. Que a Natureza e Deus sejam dois, nenhum homem que pensa poderá negá-lo. Que este, criando aquela, pode, à vontade, controlá-la, ou modificá-la, é também incontestável. Digo "à vontade", pois a questão é de vontade, e não de poder, como certos lógicos absurdos o têm suposto. Não é que a Divindade *não possa* modificar suas leis, mas nós a insultamos imaginando uma possível necessidade de modificação. Na sua origem essas leis foram feitas para abarcar todas as contingências que *poderiam* jazer no futuro. Com Deus tudo é presente.
>
> Repito, pois, que falo dessas coisas somente como coincidências. E mais ainda: no que relato, ver-se-á que, entre a sorte da infeliz Maria Cecília Rogers, até onde se conhece essa sorte, e a sorte de uma tal Maria Roget, até certa época de sua história, existiu um paralelo na contemplação de cuja maravilhosa exatidão a razão se sente embaraçada. Digo que tudo isso se verá. Mas nem por um instante se suponha que, continuando a triste história de Maria, desde a época mencionada e encalçando até sua solução o mistério que a cercava, foi meu desígnio secreto sugerir uma extensão do paralelo, ou mesmo insinuar que as medidas adotadas em Paris, para a descoberta do assassino de uma *grisette*, ou medidas baseadas sobre um método de raciocínio semelhante, produziriam resultado idêntico.
>
> Porque em relação à última parte da suposição, dever-se-ia considerar que a mais leve variação nos fatos dos dois casos poderia dar origem aos mais graves erros de cálculo, fazendo divergir totalmente os dois cursos de acontecimentos, como acontece tantas vezes em aritmética, em que um erro, inapreciável, se tomado individualmente, produz afinal, por força de multiplicação em todos os pontos da operação, um resultado enormemente distante do verdadeiro. E relativamente à primeira parte, não devemos deixar de ter em

---

24 Nota dos editores do magazine em que o artigo foi originalmente publicado.

vista que esse mesmo cálculo das probabilidades a que me referi interdiz qualquer ideia da extensão do paralelo e a interdiz com uma positividade forte e decidida, justamente na proporção em que esse paralelo já tem sido lento e exato. É esta uma dessas proposições anômalas que, se bem que pareça considerar-se totalmente separada da matemática, é contudo daquelas que somente os matemáticos podem plenamente conceber. Nada, por exemplo, é mais difícil do que convencer o leitor comum de que o fato de ter sido o seis lançado duas vezes sucessivas, por um jogador de dados, é causa suficiente para apostar-se que o seis não aparecerá na terceira tentativa.

Uma sugestão dessa espécie é geralmente rejeitada pela inteligência, imediatamente. Não se compreende como as duas jogadas já realizadas, e que são agora coisa absolutamente do passado, possam ter influência sobre a terceira, que existe somente no futuro. A possibilidade de obter o seis parece ser precisamente o que ela era em não importa qual momento, isto é, sujeita tão só à influência das várias outras jogadas que os dados possam fazer. E esta é uma reflexão que parece tão excessivamente evidente, que qualquer tentativa de controvertê-la é recebida mais frequentemente com um sorriso de zombaria do que com algo que lembra uma atenção respeitosa. O erro aqui implicado, grande erro grávido de males, não pode ser aqui exposto, dentro dos limites que me são atualmente concedidos, e para os filósofos dispensa explicação. Basta dizer aqui que forma ele um engano de uma infinita série de enganos, que surgem no caminho da Razão, em virtude de sua tendência em buscar a verdade no pormenor.

O ESCARAVELHO DE OURO[1]

Oh! Oh! Este rapaz está dançando como um louco!
Foi picado pela tarântula!
Tudo às avessas

Há muitos anos passados, travei amizade com um cavalheiro chamado William Legrand. Pertencia ele a uma antiga família huguenote e fora, outrora, rico, mas uma série de infortúnios tinham-no reduzido à miséria. Para evitar as mortificações que se seguiram a seus desastres, deixou Nova Orleans, terra natal de seus avós, e passou a residir na Ilha de Sullivan, perto de Charleston, na Carolina do Sul.

Esta ilha é bastante singular. É formada quase que só de areia e tem cerca de três milhas de comprimento. Sua largura em ponto algum excede de um quarto de milha. Está separada do continente por um braço de mar quase imperceptível que se insinua através de uma vastidão de mangues e lodo, refúgio favorito das aves aquáticas. A vegetação, como se pode supor, é escassa, ou, pelo menos, raquítica. Nenhuma árvore de grande porte ali se vê. Perto da extremidade ocidental, onde se ergue o Forte Moultrie e onde se encontram alguns miseráveis barracões, habitados, durante o verão, pelos que fogem da poeira e da febre de Charleston, pode ser encontrada, na verdade, a cerdosa palmeira-anã. Mas toda a ilha, com exceção dessa ponta ocidental e de uma faixa de áspera e branca praia na costa marítima, está coberta de densa capoeira de murta cheirosa, tão apreciada pelos horticultores ingleses. Os arbustos atingem ali, às vezes, a altura de quinze a vinte pés e formam um matagal quase impenetrável, impregnando o ar com sua fragrância.

No mais recôndito recesso desse matagal, não longe da ponta ocidental e mais remota da ilha, Legrand construiu uma pequena cabana, em que residia, quando, pela primeira vez, por mero acaso, travei conhecimento com ele. Esse conhecimento logo amadureceu em amizade, pois naquele solitário muito havia para excitar interesse e estima. Achei-o bem-educado, dotado de incomuns faculdades espirituais, infetadas, apenas, de misantropia e sujeitas a caprichosas disposições de entusiasmo e de melancolia alternadas. Tinha consigo muitos livros, mas raramente se servia deles. Suas principais diversões eram a caça e a pesca, além de vaguear por entre as murtas, à busca de conchas ou espécimes entomológicos. Sua coleção destes últimos podia ser invejada por um Swammerdam. Nessas excursões era acompanhado, habitualmente, por um negro velho, chamado Júpiter, que tinha sido libertado antes dos reveses da família, mas não pudera ser levado, por ameaças ou promessas, a abandonar o que considerava seu direito de acompanhar os passos de seu jovem "sinhô Will". Não é improvável que os parentes de Legrand, considerando-o de intelecto um tanto desarranjado, tenham tentado instilar essa teimosia em Júpiter, tendo em vista a vigilância e a guarda do erradio.

Os invernos, na latitude da Ilha de Sullivan, raramente são muito severos, e no fim do ano é coisa rara, na verdade, ser necessário acender fogo. Pelo meado de outubro de 18..., houve, porém, um dia de sensível friagem. Justamente antes do pôr do sol,

1 Publicado pela primeira vez no *Dollar Newspaper*, 21-28 de junho de 1843. Título original: THE GOLD BUG.

rompi, através dos arbustos sempre verdes, até a cabana de meu amigo, a quem eu não tinha visitado havia várias semanas, residente, como então era, em Charleston, a uma distância de nove milhas da ilha, num tempo em que as facilidades de travessia e volta estavam muito abaixo das dos dias atuais. Depois de alcançar a cabana, bati à porta, segundo meu costume, e, não obtendo resposta, procurei a chave no lugar onde eu sabia que ela ficava escondida, girei-a na fechadura e entrei. Belo fogo ardia na lareira. Era uma novidade, e de modo algum desagradável. Tirei o sobretudo e, puxando uma poltrona para junto das achas crepitantes, esperei pacientemente a chegada dos donos da casa.

Pouco depois do escurecer, chegaram eles e me deram cordiais boas-vindas. Júpiter, arreganhando os dentes de uma orelha à outra, apressou-se em preparar algumas aves aquáticas para o jantar. Legrand estava num de seus acessos — como poderia eu denominá-los diversamente? — de entusiasmo. Encontrara uma concha bivalva desconhecida, formando novo gênero, e, mais do que isso, caçara e apanhara, com o auxílio de Júpiter, um *scarabaeus*, que acreditava ser totalmente novo, mas a respeito do qual desejava conhecer minha opinião, no dia seguinte.

— E por que não esta noite? — perguntei, esfregando as mãos por cima do fogo e desejando que toda a raça dos *scarabaei* fosse para o inferno.

— Ah! Se eu tivesse sabido que você estava aqui! — disse Legrand. — Mas faz tanto tempo que não o vejo; e como podia eu prever que você viria visitar-me logo nesta noite, grande entre todas? Ao vir para casa, encontrei-me com o Tenente G***, do forte, e, muito doidamente, emprestei-lhe o escaravelho; de modo que, para você, é impossível vê-lo antes que amanheça. Fique aqui esta noite e mandarei Júpiter descer, ao nascer do sol. É a coisa mais bela da criação!

— O quê? O nascer do sol?

— Ora... não! O escaravelho. É de uma brilhante cor de ouro, mais ou menos do tamanho de uma noz grande, com duas manchas, negras de azeviche, perto de uma das extremidades das costas, e uma outra, um pouco mais comprida, na outra extremidade. As *antennae* são...

— *Não tem* nada de estanho[2] nele não, sinhô Will, tou apostando — interrompeu aí Júpiter. — O escarveio é um escarveio de oro maciço, cada pedacinho dele, por dentro e tudo, menos as asa. Eu nunca vi um escarveio nem a metade mais pesado, em toda a minha vida.

— Bem, suponhamos que é, Jup — replicou Legrand, algo mais vivamente, pareceu-me, do que o caso requeria. — É isso algum motivo para você deixar as aves queimarem? A cor — e aí ele voltou-se para mim — é realmente quase capaz de afiançar a opinião de Júpiter. Você nunca viu um brilho metálico mais cintilante do que o emitido pela casca dele. Mas sobre isso você poderá julgar amanhã. Até lá, vou dar-lhe alguma ideia do formato.

Dizendo isso, sentou-se a uma mesinha em que havia pena e tinta, porém não papel. Procurou alguma folha numa gaveta, mas não encontrou.

— Não faz mal — disse, por fim. — Isto servirá.

---

2 Júpiter confunde *antennae* com *tin*, estanho. *Dey aint no tin him* é, por conseguinte, um jogo de palavras intraduzível. Tenha-se em conta (sobretudo na época em que Poe situa este relato) a maneira especial de falar dos negros americanos, cujo *slang* resulta, às vezes, ininteligível até para os próprios ingleses ou americanos. (N. T.)

E tirou do bolso do colete um pedaço do que eu tomei por um gorro muito sujo e fez nele, com a pena, rápido desenho. Enquanto o fazia, conservei-me na cadeira junto ao fogo, pois estava ainda com frio. Quando o desenho ficou pronto, ele mo entregou, sem levantar-se. No momento em que eu o recebia, ouviu-se um alto grunhido, seguido de arranhões na porta. Júpiter abriu-a e um grande cão terra-nova, que pertencia a Legrand, entrou correndo, pulou sobre meus ombros e cumulou-me de festas, pois eu lhe dedicara muita atenção em visitas anteriores. Quando suas brincadeiras terminaram, olhei para o papel e, para falar verdade, achei-me não pouco intrigado com o que meu amigo desenhara.

— Bem! — disse eu, depois de contemplá-lo por alguns minutos. — Esse é um estranho *scarabaeus*, devo confessá-lo; para mim, é novo; nunca vi coisa alguma como ele, antes, a não ser um crânio, ou uma caveira, com o que ele se parece mais do que qualquer coisa que já esteve sob a minha observação.

— Uma caveira! — repetiu Legrand. — Oh! Sim! Bem... ele tem algo dessa aparência, no papel, sem dúvida. As duas manchas pretas do alto assemelham-se aos olhos, hein? E a mais comprida, embaixo, assemelha-se à boca... Depois, a forma do conjunto é oval.

— Talvez seja isso — disse eu —, mas, Legrand, receio que você não seja artista. Devo esperar até ver o próprio bicho, se quiser formar uma ideia de sua aparência pessoal.

— Bem, não sei... — disse ele, um pouco irritado. — Eu desenho toleravelmente; pelo menos, deveria desenhar; tive bons professores e orgulho-me de não ser um imbecil.

— Mas, meu caro, então você está brincando — falei. — Isto é um *crânio* bem passável... de fato posso dizer que é um crânio *excelente*, de acordo com as noções vulgares sobre tais espécimes da fisiologia. E seu *scarabaeus* deve ser o mais esquisito do mundo, se se parecer com isto. Ora, poderíamos extrair uma impressionante superstição desse esboço. Presumo que você chamará o escaravelho *scarabaeus caput hominis*, ou qualquer coisa desse gênero. Há muitos títulos semelhantes na História Natural. Mas onde estão as antenas de que você falou?

— As antenas! — disse Legrand, que parecia estar-se tornando inexplicavelmente furioso com o assunto. — Estou certo de que você deve ver as antenas! Fi-las tão nítidas como são no inseto original e julgo que é suficiente.

— Bem... bem... talvez você tenha feito — disse eu. — Contudo, não as vejo.

E passei-lhe o papel, sem observação adicional, não desejando exasperar-lhe o temperamento. Mas muito surpreendido estava com a reviravolta que as coisas sofreram; seu mau humor me intrigava. E, quanto ao desenho do bicho, positivamente *nenhuma antena* era visível e o conjunto possuía uma semelhança muito estreita com os desenhos comuns de uma caveira.

Ele recebeu o papel, muito impaciente, e estava a ponto de amarfanhá-lo, aparentemente para atirá-lo ao fogo, quando uma olhadela casual ao desenho pareceu de súbito prender-lhe a atenção. Num instante seu rosto enrubesceu com violência, e noutro ficou excessivamente pálido. Durante alguns minutos continuou a pesquisar o desenho, acuradamente, do lugar onde se sentava. Afinal, levantou-se, apanhou uma vela na mesa e foi sentar-se sobre uma arca de viagem, no canto mais distante do aposento. Ali, de novo, procedeu a um exame ansioso do papel, virando-o em todas as direções. Nada disse, todavia, e essa conduta grandemente me assombrou; achei prudente, porém, não exacerbar o crescente mau humor de seu temperamento com qualquer comentário. Depois, ele tirou do bolso do colete uma carteira, colocou o papel dentro dela, cuidadosamente, e depositou-a numa escrivaninha, que fechou à chave. Tornou-se, então, mais comedido em seus modos, mas o aspecto primitivo de entusiasmo desaparecera por inteiro. Contudo, não parecia tão de mau humor quanto abstraído. À medida que a noite avançava, ele se tornava cada vez mais perdido em sonhos dos quais nenhuma das minhas observações podia despertá-lo. Fora minha intenção passar a noite na cabana, como antes frequentemente fizera, mas, vendo naquela disposição de ânimo o dono da casa, considerei mais prudente despedir-me. Ele não insistiu para que eu ficasse, mas, quando parti, apertou-me a mão, com cordialidade além da costumeira.

Foi cerca de um mês depois disso (e durante esse intervalo eu nada soubera de Legrand) que recebi, em Charleston, a visita de seu criado, Júpiter. Eu nunca vira o bom negro velho com aparência tão assustada e temi que algum sério desastre tivesse sobrevindo a meu amigo.

— Bem, Jup — falei —, que há agora? Como vai seu patrão?

— Ora, pra falá verdade, sinhô, ele num vai tão bem cumo devia sê.

— Não vai bem? Sinto muito em saber disso. De que é que ele se queixa?

— Taí. É isso! Ele num queixa de nada... mas ele está muito doente, muito mesmo.

— *Muito* doente, Júpiter? Por que você não disse isso logo? Ele está de cama?

— Num tá, não! Ele num acha lugá nenhum bão! Aí é que a porca torce o rabo! Tou cum a cabeça tonta por causa do pobre sinhô Will!

— Júpiter, eu gostaria de entender o que você está dizendo. Você falou que seu patrão está doente. Ele não lhe contou de que é que sofre?

— Ora, sinhô, é bobage ficá quebrano a cabeça cum esse negócio! O sinhô Will num fala nada, diz que num tem coisa nenhuma... mas, então, por que é que ele fica pra lá e pra cá, oiano pra onde anda, cum a cabeça pra baixo e os ombro pra cima? E por que é que ele fica o tempo todo com uns numos, e...

— Com o quê, Júpiter?

— Fazendo uns numos e figuras na pedra, as figuras mais esquisitas que eu já vi. Eu já tou ficano cum medo, palavra. Tenho de ficá cum os oio pregado em riba dele só. Trodia, ele me escapuliu antes do só nascê e ficou sumido todo o santo dia. Eu tinha cortado uma boa vara, pra dá um bom ezempre nele quando ele vortasse, mas eu sô tão bobo que num tenho coração pra fazê isso... Ele tava com uma cara tão triste!

— Hein? Como? Ah, sim!... Afinal de contas, eu acho que você fez melhor em não ser tão severo com o coitado. Não bata nele, Júpiter. Ele pode muito bem não aguentar isso. Mas você não faz uma ideia do que é que causou essa doença, ou antes, essa mudança de procedimento? Aconteceu alguma coisa desagradável desde que eu estive lá?

— Não, sinhô. Num teve nada desagradave *desde* esse dia. Foi *antes* disso, eu acho. Foi mesmo no dia que o sinhô teve lá.

— Como? Que é que você quer dizer?

— Ora, sinhô, eu quero dizê o escarveio, taí!

— O quê?

— O escarveio. Tou com toda a certeza de que sinhô Will foi mordido, lá por perto da cabeça, por aquele escarveio de ouro.

— E que motivo você tem para essa suposição, Júpiter?

— Ele tem puã que chega, sinhô, e boca também. Eu nunca vi um escarveio tão encapetado. Ele bate e morde em tudo o que chegá perto. Sinhô Will apanhô ele primeiro, mas teve de deixá ele i embora depressa outra vez, tou-lhe falando... Foi nessa ocasião que ele deve tê dado a mordida. Eu num gosto do jeito da boca do escarveio, de modo nenhum. Assim, eu num ia pegá nele cum meus dedo, mas agarrei ele cum pedaço de papé, que eu achei. Enrolei ele no papé e enfiei um pedaço na boca dele. Foi assim que eu fiz.

— E você pensa, então, que seu patrão foi picado pelo bicho e que a picada é que o fez ficar doente?

— Eu num penso, nada. Eu sei. O que é que faz ele ficá variano por causa de ouro, se num é a mordida do escarveio de ouro? Eu já ouvi falá desses escarveio de ouro antes disso.

— Mas como é que você sabe que ele sonha com ouro?

— Cumo é que eu sei? Ora, porque ele fala disso enquanto tá dormino. Taí como é que eu sei.

— Bem, Jup, talvez você tenha razão. Mas a que afortunada circunstância devo atribuir a honra de sua visita, hoje?

— Que é que é isso, sinhô?

— Você traz algum recado do Sr. Legrand?

— Não, sinhô. Eu trago é esta carta. E aí Júpiter me entregou um bilhete, que rezava assim:

> Meu caro,
>
> Por que não o tenho visto, há tanto tempo? Espero que você não tenha caído na infantilidade de ofender-se com qualquer pequena rudeza de minha parte; mas, não; isso é improvável.
>
> Desde que o vi, tenho tido grandes motivos de ansiedade. Tenho algo a dizer-lhe e, contudo, mal sei como falar, nem se devo falar de algum modo.
>
> Não tenho andado muito bem, nestes últimos dias, e o pobre velho Júpiter me irrita quase além do suportável com suas significativas atenções. Você acreditará que ele preparou uma pesada vara, no outro dia, para castigar-me, por ter escapulido dele e passado o dia, *solus*, entre as colinas do continente? Acredito, deveras, que só minha aparência doentia me salvou de uma surra...
>
> Não fiz qualquer acréscimo à minha coleção, desde que nos encontramos.
>
> Se você puder, de qualquer modo, fazê-lo sem inconveniente, venha com Júpiter. *Venha*. Desejo vê-lo, *esta noite*. É assunto de importância. Asseguro-lhe que é da mais alta importância,
>
> Sempre seu,
>
> William Legrand

Havia algo no tom desse bilhete que me causou grande incômodo. Todo o seu estilo diferia completamente do de Legrand. Com que poderia estar ele sonhando? Que nova excentricidade dominava seu cérebro excitável? Que "negócio da mais alta importância" podia *ele*, possivelmente, ter a realizar? O que Júpiter me dissera dele não afiançava nada de bom. Eu temia que a contínua pressão da má sorte, afinal, tivesse inteiramente desarranjado a razão de meu amigo. Sem um momento de hesitação, por conseguinte, preparei-me para acompanhar o negro.

Ao chegar ao cais, notei uma foice e três pás, todas aparentemente novas, no fundo do bote em que devíamos embarcar.

— Que quer dizer isso tudo, Jup? — interroguei.

— Foice, sinhô, e pá.

— Muito bem; mas que é que elas estão fazendo aí?

— É a foice e as pá que sinhô Will falô pra eu comprá pra ele na cidade e foi o diabo o dinheirão que eu tive de dá por elas.

— Mas, por tudo quanto é misterioso, que é que seu "sinhô Will" vai fazer com foices e pás?

— Taí uma coisa que eu num sei e um raio me parta se eu num aquerdito que ele também num sabe. Mas isso tudo é coisa do escarveio.

Verificando que nada de satisfatório podia obter de Júpiter, cuja mente parecia estar inteiramente absorvida pelo "escarveio", entrei no bote e soltei a vela. Com bela e forte brisa, logo corremos para a pequena angra, ao norte do Forte Moultrie, e uma caminhada de cerca de duas milhas levou-nos à cabana. Eram quase três horas da tarde quando chegamos. Legrand estivera a esperar-nos com ansiosa expectativa. Apertou-me a mão, com um aperto nervoso, que me alarmou e fortaleceu as suspeitas já entretidas. Seu rosto estava pálido até a lividez e seus olhos, fundos, brilhavam com um clarão anormal. Depois de algumas perguntas, relativas à sua saúde, interroguei-o, não sabendo que coisa melhor dizer, sobre se recebera do Tenente G*** o *scarabaeus*.

— Oh, sim! — replicou ele, corando violentamente. — Recebi-o dele, na manhã seguinte. Nada me podia tentar a separar-me desse *scarabaeus*. Você sabe que Júpiter tem toda a razão acerca dele?

— De que modo? — perguntei, com triste pressentimento no coração.

— Ao supor que ele é um escaravelho de *ouro autêntico*. Falou isso com aspecto de profunda seriedade e senti-me indizivelmente perturbado.

— Esse escaravelho vai fazer minha fortuna — continuou ele, com sorriso triunfante. — Vai reinstalar-me na posse do que era de minha família. É qualquer coisa de admirar, então, que eu o aprecie tanto? Desde que a Fortuna achou conveniente conceder-mo, só tenho que usá-lo de modo adequado e chegarei até o ouro de que ele é o indício. Júpiter, traga-me aquele *scarabaeus*!

— O quê? O escarveio, sinhô? Eu acho mió num tê trabaio com aquele escarveio... O sinhô mesmo apanhe ele.

Aí Legrand levantou-se, com ar grave e imponente, e trouxe-me o bicho, tirando-o de uma caixa de vidro em que ele estava encerrado. Era um belo *scarabaeus*, de tipo naquele tempo desconhecido para os naturalistas e naturalmente de grande valor do ponto de vista científico. Havia duas manchas negras e redondas, perto de uma das extremidades das costas, e outra comprida mancha perto da outra extremidade. A casca era enormemente dura e brilhante, com toda a aparência de ouro brunido. O peso do inseto era bem digno de nota e, tomando tudo isso em consideração, eu mal poderia censurar Júpiter por sua opinião relativamente a ele; mas, por minha vida, não podia dizer que fazer, quanto à concordância de Legrand com essa opinião.

— Mandei buscá-lo — disse ele, num tom grandiloquente —, mandei buscá-lo para poder ter seu conselho e auxílio, a fim de favorecer os desígnios da Sorte e do escaravelho...

— Meu caro Legrand — gritei eu, interrompendo-o —, você com certeza não está bem e faria melhor se tomasse algumas pequenas precauções. Deve ir para a cama e eu ficarei com você alguns dias, até que recobre a saúde. Você está com febre e...

— Tome meu pulso — disse ele.

Tomei-lhe o pulso e, para falar a verdade, não achei o mais leve indício de febre.

— Mas você pode estar doente e, contudo, não ter febre. Permita-me que, desta vez, me faça de médico para você. Em primeiro lugar, vá para a cama. Em segundo lugar...

— Você está enganado — interrompeu ele. — Sinto-me tão bem quanto seria de esperar no estado de excitação em que me encontro. Se você realmente se interessa pela minha saúde, trate de aliviar-me dessa excitação.

— E como se há de fazer?

— Muito facilmente. Júpiter e eu vamos fazer uma expedição às colinas, no continente, e nessa expedição necessitamos do auxílio de alguma pessoa em quem possamos confiar. Você é a única que nos merece essa confiança. Se formos bem-sucedidos ou fracassarmos, a excitação que você agora percebe em mim será, igualmente, aliviada.

— Tenho o maior desejo em servi-lo, de qualquer maneira — respondi —, mas... pretende você dizer que esse infernal escaravelho tem alguma relação com sua expedição às colinas?

— Tem.

— Então, Legrand, não posso tomar parte numa empresa tão absurda.

— Sinto muito... sinto muito... pois teremos de tentá-la nós mesmos.

— Pois tentem-na vocês! Este homem está seguramente maluco! Mas, vejamos! Quanto tempo se propõe você ficar ausente?

— Provavelmente a noite inteira. Partiremos agora mesmo e estaremos de volta, de qualquer modo, ao amanhecer.

— E você me promete, sob palavra de honra, que, quando tiver passado esse capricho de vocês e o negócio do escaravelho (bom Deus!) estiver resolvido, para satisfação sua, voltará então para casa e seguirá estritamente meu conselho, como se fosse o seu médico?

— Sim, prometo. E agora, partamos, pois não temos tempo a perder.

De coração opresso, acompanhei meu amigo. Pusemo-nos a caminho, cerca das quatro horas, Legrand, Júpiter, o cachorro, e eu. Júpiter tinha consigo a foice e as pás, pois insistira em carregar todas, mais por medo, pareceu-me, de deixar qualquer daqueles utensílios ao alcance de seu patrão do que por qualquer excesso de solicitude ou complacência. Sua fisionomia estava extremamente carrancuda e "esse mardito escarveio" foram as únicas palavras que escaparam de seus lábios durante o trajeto. Pela minha parte, estava encarregado de um par de lanternas furta-fogo, enquanto Legrand contentava-se com o *scarabaeus*, que levava amarrado à ponta de um pedaço de barbante fazendo-o girar, para lá e para cá, com o ar de um prestidigitador, enquanto caminhava. Ao observar esta última e plena prova da aberração mental de meu amigo, mal podia eu reter as lágrimas. Pensei, porém, que seria melhor satisfazer-lhe a fantasia, pelo menos um momento, ou até que eu pudesse adotar medidas mais enérgicas, com

probabilidade de êxito. Entrementes, tentei, mas completamente em vão, sondá-lo a respeito do objetivo da caminhada. Tendo conseguido induzir-me a acompanhá-lo, não parecia desejar travar conversa sobre qualquer assunto da menor importância. E a todas as minhas perguntas não se dignava dar outra resposta senão: "Veremos!".

Cruzamos o braço de mar na ponta da ilha por meio de um esquife e, subindo os terrenos altos da praia do continente, continuamos na direção noroeste, através de um trecho de terras expressivamente agrestes e desoladas, onde não se via vestígio algum de passo humano. Legrand seguia na dianteira, com decisão, parando apenas um instante aqui e ali para consultar o que parecia ser certos marcos, por ele mesmo colocados em ocasião anterior.

Caminhamos, assim, cerca de duas horas, e o sol estava a ponto de pôr-se, quando penetramos numa região infinitamente mais sinistra do que qualquer outra até então vista. Era uma espécie de tabuleiro, perto do cume de uma colina quase inacessível, densamente coberta da base ao cimo e entremeada de imensos penhascos que pareciam estar soltos sobre o solo e, em muitos casos, só não se precipitavam nos vales, lá embaixo, graças ao suporte dos troncos contra os quais se reclinavam. Profundas ravinas, em várias direções, davam ao cenário um ar de solenidade ainda mais severo.

A plataforma natural sobre a qual havíamos grimpado estava espessamente coberta de sarças, através das quais logo descobrimos que seria impossível abrir caminho, a não ser por meio da foice; e Júpiter, por ordem de seu patrão, começou a rasgar para nós uma estrada, até o pé de um tulipeiro gigantesco, que se erguia, com uns oito ou dez carvalhos, sobre o planalto, e os ultrapassava, a todos, bastante, bem como a todas as outras árvores que até então eu vira, pela beleza da folhagem e da forma, pela vasta circunferência dos ramos e pela majestade geral de seu aspecto. Ao alcançarmos essa árvore, Legrand voltou-se para Júpiter e perguntou-lhe se achava que podia subir por ela. O velho pareceu um tanto aturdido com essa pergunta e, durante alguns instantes, não deu resposta. Afinal, aproximou-se do imenso tronco, andou devagar em torno dele e examinou-o com minuciosa atenção. Terminado o exame, disse simplesmente:

— Sim, sinhô. Jup sobe em quarqué arve que ele nunca não viu na sua vida.

— Então suba, o mais depressa possível, pois em breve estará demasiado escuro para ver o que devemos fazer.

— Até aonde eu tenho de assubi, sinhô? — perguntou Júpiter.

— Suba primeiro pelo tronco principal e depois eu lhe direi que caminho deverá tomar... Ah! Espere! Leve este escaravelho com você.

— O escarveio, sinhô Will? O escarveio de ouro? — gritou o negro, recuando de medo. — Pur que é que eu tenho de levá o escarveio pra cima da arve? Que eu me dane se fizé isso!

— Se você tem medo, Jup, um negralhão como você, de pegar num pequeno escaravelho morto e inofensivo, pode levá-lo por este barbante. Mas se, de qualquer modo, não quiser levá-lo consigo lá para cima, serei forçado a quebrar sua cabeça com esta pá.

— Que negócio é esse, sinhô? — disse Júpiter, evidentemente envergonhado, a ponto de se tornar mais condescendente. — Sempre quereno armá baruio com o nego véio... Eu tava só brincano! Eu, tê medo de escarveio? Nem tou ligando pra ele!

Aí pegou com precaução a extremidade do barbante e, mantendo o inseto tão longe de sua pessoa quanto as circunstâncias lhe permitiam, preparou-se para subir à árvore.

Quando novo, o tulipeiro, ou *Liriodendron tulipiferum*, o mais majestoso dos habitantes da floresta americana, tem um tronco caracteristicamente liso e muitas vezes se eleva a grande altura, sem ramos laterais; mas, chegando à maturidade, a casca torna-se rugosa e desigual, enquanto muitos galhos pequenos aparecem sobre o tronco. Assim, a dificuldade da ascensão, no caso presente, era mais aparente que real. Abraçando o enorme cilindro o mais estreitamente possível, com os braços e os joelhos, agarrando com as mãos alguns dos brotos e descansando os dedos nus sobre outros, Júpiter, depois de ter escapado de cair uma ou duas vezes, por fim içou-se até a primeira grande forquilha, parecendo considerar a coisa toda como virtualmente executada. Na realidade, o *risco* da empresa havia passado, embora o negro estivesse a sessenta ou setenta pés do solo.

— Pra donde devo i agora, sinhô Will? — perguntou ele.

— Vá subindo pelo galho mais grosso, o daquele lado — disse Legrand.

O negro obedeceu-lhe prontamente e, ao que parece, sem muita dificuldade, subindo cada vez mais alto, até que não se conseguia vislumbrar seu vulto agachado, através da densa folhagem que o cercava. Nesse momento, ouviu-se sua voz, numa espécie de grito.

— Até onde eu tenho de assubi ainda?

— A que altura você está? — perguntou Legrand.

— Tão arto, tão arto — replicou o negro — que tou podendo vê o céu pelo arto da arve.

— Não se preocupe com o céu, mas preste atenção ao que eu digo. Olhe para o tronco embaixo e conte os galhos abaixo de você, deste lado. Quantos galhos você passou?

— Um, dois, treis, quatro, cinco... Passei cinco gaios grandes deste lado, sinhô.

— Então, suba um galho mais alto.

Em poucos minutos ouviu-se novamente a voz, anunciando que o sétimo galho fora atingido.

— Agora, Jup — gritou Legrand, evidentemente bastante excitado. — Quero que você vá andando por esse galho, até onde puder. Se vir qualquer coisa estranha, diga-me.

Desta vez, qualquer pequena dúvida que eu pudesse ainda entreter a respeito da insanidade de meu pobre amigo foi, por fim, desfeita. Não tinha alternativa senão concluir que ele estava atacado de loucura e fiquei seriamente ansioso por fazê-lo voltar à casa. Enquanto ponderava sobre o que seria melhor, ouviu-se de novo a voz de Júpiter.

— Tou com muito medo de me arriscá nesse gaio mais longe... Elá tá quage todo podre.

— Você está dizendo que é um galho *podre*, Júpiter? — gritou Legrand, com voz trêmula.

— Nhô, sim. Tá podre que nem uma tranca veia. Podrinho da sirva. Não tá prestano mais pra nada.

— Em nome do céu, que devo fazer? — perguntou Legrand, demonstrando o maior desespero.

— Que fazer? — disse eu, alegre por encontrar uma oportunidade de intercalar uma palavra. — Ora, ir para casa e deitar-se. Vamos embora! Não seja teimoso! Está ficando tarde, e além disso não deve esquecer-se de sua promessa.

— Júpiter! — gritou ele, sem me dar nenhuma atenção. — Está-me ouvindo?

— Nhô, sim, sinhô Will, tou escuitando o sinhô muito bem.

— Experimente, então, o galho com seu canivete e veja se ele está muito podre.

— Ele tá podre, sinhô, e muito mesmo — replicou o negro, em poucos momentos. — Mas num tá tão podre como devia tá. Eu, sozinho, posso me arriscá mais um bocado pelo gaio.

— Você sozinho? Que é que você quer dizer?

— Ora, tou falano do escarveio. Ele é muito pesado. Se eu cortasse ele primeiro, então o gaio não ia se quebrá, só com o peso de um nego.

— Velhaco dos infernos! — gritou Legrand, aparentemente muito aliviado. — Que é que você está pensando para falar uma asneira dessas? Se você soltar esse escaravelho, palavra que lhe quebro o pescoço. Escute aqui, Júpiter. Você está me ouvindo?

— Tou sim, sinhô. Num é preciso gritá pro pobre nego desse jeito.

— Bem, então escute! Se você se arriscar pelo galho, até onde puder chegar sem perigo, e não soltar o escaravelho, eu lhe darei um dólar de prata de presente logo que você descer.

— Tou ino, sinhô Will... Tá feito — replicou o negro, bem depressa. — Tou agora quage na pontinha!

— *Na ponta!* — gritou satisfeito Legrand. — Você diz que está na ponta desse galho?

— Tou chegando no fim, sinhô... ooooooooooooh! Vala-me Deus! Que é isso aqui em cima da arve?

— Bem! — gritou Legrand, altamente satisfeito. — Que é?

— Uai! Pra mim isso é uma caveira! Arguém deixô a cabeça dele aqui em riba da arve e os corvo comero tudo quanto era pedaço de carne.

— Uma caveira, foi o que você disse? Muito bem!... Como é que ela está presa no galho? Que é que a segura?

— Sei não, sinhô. Vô espiá. Taí, palavra que é uma coisa muito esquisita... Tem um prego enorme na caveira, pregando ela na arve.

— Bem. Agora, Júpiter, faça exatamente como eu vou dizer.

— Sim, sinhô.

— Preste atenção, então. Procure o olho esquerdo da caveira.

— Humm! Humm! Tá bem! Mas ela num tem oio esquerdo nenhum!

— Maldita estupidez! Você não sabe distinguir sua mão direita da esquerda?

— Sei. Isso eu sei... Sei muito bem... E com a mão esquerda que eu racho a lenha.

— Muito bem. Você é canhoto. E seu olho esquerdo está do mesmo lado de sua mão esquerda. Acho que agora você já sabe achar o olho esquerdo da caveira ou o lugar onde ele estava. Achou?

Houve um prolongado intervalo. Por fim o negro falou:

— O oio esquerdo da caveira tá também do mesmo lado da mão esquerda dela? É purque a caveira não tem nem um pedacinho de mão nenhuma... Num faz mal!

Achei o oio esquerdo agora. Tá aqui o oio esquerdo. Que é que eu vô fazê cum ele?

— Deixe o escaravelho cair por dentro dele, até onde o barbante der... mas tenha cuidado e não largue o barbante.

— Tá tudo pronto, sinhô Will. Foi muito fácil pô o escarveio pelo buraco. Oia ele lá embaixo!

Durante essa conversa, nenhuma parte do corpo de Júpiter podia ser vista; mas o escaravelho, que ele fizera descer, era agora visível na ponta do cordel e cintilava, como um globo de ouro brunido, aos últimos raios do sol poente, alguns dos quais ainda iluminavam debilmente o cume sobre que nos achávamos. O *scarabaeus* pendia inteiramente livre de quaisquer galhos e, se deixado cair, tombaria a nossos pés. Legrand imediatamente tomou da foice e limpou com ela um espaço circular, de três ou quatro jardas de diâmetro, bem por baixo do inseto. E, tendo feito isso, ordenou a Júpiter que soltasse o barbante e descesse da árvore.

Fincando uma cunha, com grande cuidado, no lugar preciso em que o escaravelho caiu, meu amigo tirou então do bolso uma fita métrica. Amarrando uma extremidade da fita ao ponto da árvore que estava mais próximo da cunha, desenrolou-a até alcançar a cunha e tornou a desenrolá-la, na direção já estabelecida pelos dois pontos da cunha e da árvore, pela distância de cinquenta pés. Júpiter ia limpando as sarças com a foice. No lugar assim atingido, foi cravada segunda cavilha e em volta desta, como centro, traçou ele um círculo grosseiro, de cerca de quatro pés de diâmetro. Apanhando então uma pá e dando uma a Júpiter e a outra a mim, Legrand pediu-nos que cavássemos tão depressa quanto possível.

Para falar verdade, eu nunca tive predileção por tal divertimento, em tempo algum, e naquele momento particular de boa vontade teria recusado, pois a noite ia chegando e me achava muito fatigado com o exercício já feito. Mas não vi jeito de escapar e temia perturbar a serenidade de meu pobre amigo com uma recusa. Se eu, de fato, pudesse confiar na ajuda de Júpiter, não teria hesitado em tentar carregar o lunático para casa, à força; mas conhecia demasiado bem a disposição de ânimo do velho negro para crer que ele me ajudaria, sob quaisquer circunstâncias, numa disputa pessoal com seu patrão. Não tinha dúvida de que este último era vítima de alguma das inúmeras superstições meridionais acerca de ouro enterrado e de que tal fantasia recebera confirmação pela descoberta do *scarabaeus*, ou, talvez, pela obstinação de Júpiter em asseverar que era "um escarveio de ouro de verdade". Um espírito disposto à loucura seria facilmente conduzido por semelhantes sugestões, especialmente se as mesmas se harmonizassem com ideias favoráveis e preconcebidas. Recordei-me, então, da conversa do coitado acerca de ser o escaravelho "o indício de sua fortuna". Por causa de tudo isso eu me sentia tristemente aborrecido e incomodado, mas afinal resolvi fazer do mal um bem e cavar com boa vontade, para que assim o visionário se convencesse mais cedo, pela demonstração de seus olhos, da inutilidade das opiniões que entretinha.

Acesas as lanternas, entregamo-nos ao trabalho com um zelo digno de causa mais racional; e ao cair o clarão sobre nossas pessoas e objetos, não pude deixar de pensar no grupo pitoresco que compúnhamos e quão estranhas e suspeitas nossas ações deveriam parecer a qualquer intruso que, por acaso, pudesse surgir onde nos achávamos.

Cavamos bem firmemente, durante duas horas. Pouca coisa se disse. E nosso embaraço principal estava nos latidos do cachorro, que tomava especial interesse em nossa tarefa. Afinal, ele se tornou tão impertinente, que tivemos receio de que desse o alarme a algum desgarrado que andasse nas vizinhanças. Ou, antes, esse era o temor de Legrand, pois eu me sentiria alegre com qualquer interrupção que me permitisse levar o alucinado para casa. O barulho, por fim, foi muito eficazmente silenciado por Júpiter, que, saindo do buraco, com um ar carrancudo de resolução, amarrou a cabeça do bicho com um de seus suspensórios e depois voltou, com um risinho sério, à sua tarefa.

Quando o tempo mencionado expirara, alcançáramos uma profundidade de cinco pés e, contudo, nenhum sinal de qualquer tesouro se manifestara. Seguiu-se uma pausa geral e comecei a esperar que a farsa estivesse no fim. Legrand, contudo, embora evidentemente muito desapontado, enxugou a testa, pensativo, e recomeçou. Caváramos todo o círculo de quatro pés de diâmetro e agora, pouco a pouco, alargávamos o limite, chegando a cavar mais dois pés de profundidade. Nada apareceu, todavia. O procurador de ouro, de quem eu sinceramente me apiedava, pulou afinal do buraco, com o mais amargo desaponto impresso em todos os traços do rosto, e pôs-se, vagarosa e relutantemente, a vestir o paletó que atirara fora ao começar o serviço. Entrementes, eu não fiz qualquer observação. Júpiter, a um sinal do patrão, começou a juntar as ferramentas. Feito isso e desamordaçado o cachorro, voltamos para casa, em profundo silêncio.

Déramos, talvez, doze passos nessa direção, quando, com um alto palavrão, Legrand saltou sobre Júpiter e agarrou-o pelo pescoço. O negro, atônito, abriu os olhos e a boca até onde foi possível, soltou as pás e caiu de joelhos.

— Vagabundo! — disse Legrand, sibilando as sílabas, por entre os dentes cerrados. — Negro dos diabos! Fale, estou-lhe dizendo! Responda-me neste instante, sem querer enganar-me! Qual é... qual é seu olho esquerdo?

— Oh, meu Deus! Sinhô Will! Então num é este aqui meu oio esquerdo? — grunhiu o terrificado Júpiter, colocando a mão sobre o órgão *direito* da visão e conservando-a ali, com desesperada pertinácia, como se temesse uma tentativa imediata de seu patrão para arrancá-lo.

— Bem eu pensei! Eu sabia disso! Viva! — vociferou Legrand, soltando o negro e executando uma série de piruetas e cambalhotas, para grande espanto do criado, que, erguendo-se de sobre os joelhos, olhava, mudo, de seu patrão para mim e de mim para seu patrão.

— Venham! Precisamos voltar! — disse este último. — A partida não foi perdida ainda.

E de novo caminhou para o tulipeiro.

— Júpiter — disse ele, quando o acompanhamos. — Venha cá! A caveira estava pregada ao galho com a face para fora ou com a face para o ramo?

— A cara tava pra fora, sinhô, e assim os corvo pudero chegá bem nos oio, sem trabaio nenhum.

— Bem. Então foi por este olho ou por aquele que você deixou cair o escaravelho? — e aí Legrand apontou para cada um dos olhos de Júpiter.

— Foi por este oio, sinhô... o oio esquerdo... certinho como o sinhô me disse — e aí era o olho direito o que o negro indicava.

— Pois vamos! Devemos tentá-lo de novo.

Aí, meu amigo, em cuja loucura agora eu via, ou imaginava ver, certos indícios de método, removeu a cavilha que marcava o lugar onde o escaravelho caiu para um lugar cerca de três polegadas para oeste de sua primitiva posição. Tomando, depois, a fita métrica do ponto mais próximo do tronco até a cavilha, como antes, e continuando a estendê-la em linha reta até a distância de cinquenta pés, foi indicado um lugar afastado várias jardas do ponto em que tínhamos estado cavando.

Em torno da nova posição, um círculo, um tanto maior do que no caso anterior, foi agora traçado e nós de novo pusemo-nos a trabalhar com a pá. Eu estava terrivelmente cansado; mas, mal compreendendo o que havia causado a mudança em meus pensamentos, não sentia mais nenhuma grande aversão pelo trabalho imposto. Tinha-me tornado mais inexplicavelmente interessado, e não só, até mesmo excitado. Talvez houvesse algo, em meio de todas as atitudes extravagantes de Legrand, certo ar de previsão, ou de decisão, que me impressionava. Cavei com afinco e, de vez em quando, me surpreendia realmente aguardando, com algo que muito se assemelhava à expectativa, o imaginado tesouro, cuja visão havia dementado meu infeliz companheiro. Ao tempo em que tais devaneios de pensamento maiormente se apoderaram de mim e quando já estávamos a trabalhar talvez uma hora e meia, fomos de novo interrompidos pelos violentos latidos do cão. Sua inquietação, no primeiro caso, tinha sido, evidentemente, apenas o resultado de brincadeira, capricho; mas agora assumia um tom mais amargo e sério. À nova tentativa de Júpiter para amordaçá-lo, ele ofereceu furiosa resistência e, pulando para dentro do buraco, começou a cavar a terra, freneticamente, com as patas. Em poucos segundos, tinha descoberto um monte de ossos humanos, formando dois esqueletos completos, entremeados de vários botões de metal e do que parecia ser a poeira de lã apodrecida. Uma das pazadas pôs a descoberto a lâmina de uma faca espanhola e, ao cavarmos mais fundo, três ou quatro moedas de ouro e de prata vieram a lume.

À vista delas, a alegria de Júpiter mal pôde ser contida, mas a fisionomia de seu patrão apresentava um ar de extremo desaponto. Insistiu conosco, porém, a que continuássemos nossos esforços e, mal as palavras acabavam de ser pronunciadas, eu cambaleei e caí para a frente, tendo enfiado a ponta de minha bota num grande anel de ferro que jazia semienterrado na terra solta.

Trabalhávamos, agora, com verdadeira ânsia e nunca passei dez minutos de mais intensa excitação. Durante este intervalo, havíamos completamente desenterrado uma arca oblonga, de madeira, que, pela sua perfeita conservação e maravilhosa resistência, evidenciava plenamente ter sido sujeita a algum processo de mineralização, talvez o do bicloreto de mercúrio. Esta caixa tinha três pés e meio de comprimento, três pés de largura e dois e meio de altura. Estava firmemente fechada por aros de ferro fundido, com cravos, formando uma espécie de grade em volta da arca. De cada lado da caixa, perto da tampa, havia três anéis de ferro, seis ao todo, por meio dos quais seis pessoas poderiam agarrá-la com firmeza. Reunidos os nossos maiores esforços, mal pudemos afastar o cofre um pouquinho no seu leito. Percebemos imediatamente a impossibilidade de levantar tão grande peso. Felizmente, as únicas trancas da tampa consistiam em dois ferrolhos corrediços, que puxamos para trás, tremendo e vacilando de ansiedade. No mesmo instante, tivemos ali, cintilando diante de nossos olhos, um tesouro de incalculável valor. Como os raios de luz das lanternas caíssem dentro do poço, deste subiam, irradiando, uma incandescência e um resplendor, provindos dum confuso montão de ouro e de joias, que nos deslumbravam completamente a vista.

Não pretenderei descrever os sentimentos que de mim se apossaram ao contemplar aquilo. Predominava, sem dúvida, o espanto. Legrand parecia exausto e dizia muito poucas palavras. A fisionomia de Júpiter apresentou, por alguns minutos, a palidez mais mortal que é possível, na ordem natural das coisas, um rosto de negro exibir. Parecia estupefato, siderado. Logo em seguida caiu ajoelhado dentro do buraco e, mergulhando os braços, nus até os cotovelos, no ouro, ali deixou-os ficar, como se gozasse a volúpia dum banho. Por fim, com um profundo suspiro, exclamou, como se falasse sozinho:

— E tudo isso vem do escarveio de ouro! Do bunito escarveio de ouro! O coitado do escarveinho de ouro que eu tanto descompus, chamei tanto nome feio! Ocê num tem vergonha disso não, seu nego? Vamos, me arresponda!

Tornou-se necessário, por fim, que eu despertasse tanto o patrão como o criado, chamando-lhes a atenção para a urgência de remover o tesouro. Estava ficando tarde, e era conveniente que desenvolvêssemos certa atividade para ter tudo aquilo em casa antes do amanhecer. Difícil foi combinarmos o que deveríamos fazer, e muito tempo perdemos a decidir-nos, tão confusas eram as ideias de todos nós. Finalmente, aliviamos o peso da caixa, removendo dois terços de seu conteúdo, e só então fomos capazes, com algum esforço, de tirá-la do buraco. Os objetos retirados foram depositados entre as sarças, ficando o cachorro a guardá-los, com estritas ordens de Júpiter para, sob nenhum pretexto, nem se afastar do lugar nem abrir a boca até voltarmos. Então, apressadamente, rumamos para casa, com a arca, tendo alcançado a cabana a salvo, mas depois de excessivo esforço, à uma hora da manhã. Esgotados como estávamos, ultrapassava as forças humanas fazer mais alguma coisa imediatamente. Descansamos até as duas horas e ceamos, partindo para as colinas logo depois, munidos de três resistentes sacos que havíamos encontrado, por felicidade, na cabana. Um pouco antes das quatro, chegamos ao buraco, dividimos o restante da presa, o mais igualmente possível, entre nós, e, deixando os buracos abertos, de novo partimos para a cabana, na qual, pela segunda vez, depositamos nossas cargas de ouro, justamente quando os primeiros e fracos raios da madrugada apareciam a leste, luzindo por cima das copas das árvores.

Sentíamo-nos, agora, completamente esgotados, mas a intensa excitação daquele instante nos impedia de repousar. Depois dum sono inquieto dumas três ou quatro horas de duração, despertamos, como se o houvéssemos combinado, para proceder ao exame do nosso tesouro.

A arca fora cheia até as bordas e passamos o dia inteiro e grande parte da noite inventariando seu conteúdo. Nenhuma ordem ou arranjo fora adotada. Tudo fora amontoado misturadamente. Depois de tudo classificado com cuidado, achamo-nos de posse duma riqueza muito mais vasta do que a princípio supuséramos. Em moedas, havia mais, muito mais, de 450 mil dólares, estimando o valor do dinheiro, tão acuradamente como podíamos, de acordo com as tabelas da época. Não havia uma partícula de prata. Tudo era ouro de antiga data e de grande variedade: moedas francesas, espanholas e alemãs, com alguns guinéus ingleses e uns tantos miúdos, de que jamais havíamos visto modelos antes. Havia muitas moedas bem grandes e pesadas, tão gastas que nada se podia vislumbrar de suas inscrições. Não havia dinheiro americano. Mais dificuldade encontrávamos em avaliar o valor das joias. Havia diamantes, alguns deles excessivamente grandes e belos, 110 ao todo, e nenhum pequeno; dezoito rubis de notável brilho; 310 esmeraldas, todas lindíssimas, e 21 safiras, além de uma opala. Essas pedras tinham sido, todas, arrancadas de seus engastes e atiradas de qualquer modo à arca. Os próprios engastes que retiramos de entre outras peças de ouro pareciam ter sido batidos com martelos, como para impedir a identificação. Além de tudo isso, havia uma enorme quantidade de pesados ornamentos de ouro, quase duzentos brincos e anéis maciços; ricas correntes, em número de trinta, se bem me lembro; 83 crucifixos muito grandes e pesados; cinco turíbulos de ouro de grande valor; uma maravilhosa poncheira de ouro, ornamentada com folhas de parreira ricamente cinzeladas e figuras báquicas; dois punhos de espada, caprichosamente gravados em relevo, e muitos outros objetos menores, de que não me posso lembrar. O peso desses valores excedia de 350 libras,[3] bem pesadas; e nessa avaliação eu não incluí 197 soberbos relógios de ouro, três dos quais valiam, cada um, quinhentos dólares, no mínimo. Muitos deles eram muito velhos e, para marcar o tempo, inúteis, pois o mecanismo sofrera, muito ou pouco, com a corrosão; mas eram todos ricamente cravejados de pedras, estando em estojos de alto preço. Calculamos, naquela noite, que o inteiro conteúdo da arca valia um milhão e meio de dólares; e quando, depois, dispusemos dos berloques e joias (retendo poucas para nosso uso próprio) verificamos haver grandemente subestimado o tesouro.

Ao concluir, por fim, nosso exame, diminuída de algum modo a intensa excitação daquelas horas, Legrand, que viu que eu morria de impaciência, esperando uma solução desse extraordinaríssimo enigma, passou a detalhar, completamente, todas as circunstâncias relacionadas com ele.

— Você se lembra — disse ele — da noite em que eu lhe entreguei o tosco desenho que fizera do *scarabaeus*. Você se recorda, também, de que eu fiquei completamente zangado com você, por sua insistência de que meu desenho se assemelhava a uma caveira. Quando você, pela primeira vez, fez essa afirmativa, pensei que estivesse brincando; mas depois recordei as manchas características das costas do inseto e concordei comigo mesmo em que sua observação tinha, de fato, alguma base. Contudo, a zombaria de minhas capacidades gráficas me irritou, pois sou considerado um bom artista; portanto, quando você me restituiu o pedaço de pergaminho, estive a ponto de rasgá-lo e atirá-lo, com raiva, ao fogo.

— O pedaço de papel, quer dizer — disse eu.

— Não; ele era muito parecido com o papel e, a princípio, eu supus que fosse isso, mas quando fui desenhar nele verifiquei logo que era um pedaço de pergaminho muito fino. Você se lembra de que estava inteiramente sujo? Bem, quando eu estava a amarrota-lo, meu olhar caiu sobre o esboço para que você estivera olhando e você pode imaginar meu espanto quando, de fato, percebi a figura de uma caveira no mesmo lugar, pareceu-me, em que eu fizera o desenho do escaravelho. Por um momento fiquei demasiado atônito para pensar com clareza. Sabia que meu desenho era, em detalhes, muito diverso daquele, embora houvesse uma certa semelhança no contorno geral. Tomei então de uma vela e, sentando-me no outro canto do quarto, comecei a

3 Sistema de pesos vigente na Inglaterra e nos Estados Unidos cuja unidade é a libra inglesa de 16 onças, ou seja: 0,451 quilogramas. (N. T.)

examinar o pergaminho mais de perto. Depois de virá-lo, vi meu próprio desenho no verso, tal como o havia feito. Minha primeira ideia, então, foi a de simples surpresa pela similaridade de contorno realmente notável e pela singular coincidência envolvida no fato, para mim desconhecido, de que houvesse um crânio no outro lado do pergaminho, bem por baixo de meu desenho do *scarabaeus*, e de que esse crânio, não só no contorno, mas no tamanho, tão estreitamente se assemelhasse a meu desenho. Digo que a similaridade dessa coincidência me deixou estupefato por algum tempo. Tal é o efeito comum de coincidências tais. A mente luta para estabelecer uma relação, uma sequência de causa e efeito e, sendo incapaz de fazê-lo, experimenta uma espécie de paralisia temporária. Mas quando voltei a mim desse estupor, irrompeu em mim uma convicção, pouco a pouco, que me espantou, mesmo mais do que a coincidência. Comecei distintamente, positivamente, a recordar que *não havia* desenho algum sobre o pergaminho, quando fiz o esboço do escaravelho. Fiquei perfeitamente certo disso, porque me lembrava de ter virado primeiro um lado e depois o outro, à procura do lugar mais limpo. Se o crânio tivesse estado ali, sem dúvida, eu não podia ter deixado de notá-lo. Ali estava, de fato, um mistério que achei impossível explicar; mas mesmo naquele primeiro momento, pareceu-me cintilar, fracamente, no mais íntimo e secreto recanto de minha inteligência a larva de uma concepção daquela verdade de que a ventura da noite passada nos trouxe tão magnífica demonstração. Ergui-me logo e, guardando o pergaminho com cuidado, transferi toda reflexão ulterior para quando estivesse só.

— Quando você saiu, e quando Júpiter estava já bem adormecido, entreguei-me a uma investigação mais metódica do assunto. Em primeiro lugar, considerei a maneira pela qual o pergaminho veio a cair em meu poder. O lugar onde descobrimos o escaravelho era na costa do continente, a cerca de uma milha para leste da ilha, e apenas a curta distância acima da marca da maré alta. Quando o agarrei, ele me deu uma aguda picada, o que me fez deixá-lo cair. Júpiter, com sua precaução costumeira, antes de agarrar o inseto, que voara para o lado dele, procurou em volta uma folha, ou algo semelhante, com que apanhá-lo. Foi nesse momento que seus olhos, e também os meus, caíram sobre o pedaço de pergaminho, que então supus ser papel. Ele estava meio enterrado na areia, com uma ponta aparecendo. Perto do lugar onde o encontramos, observei os restos do casco do que parecia ter sido uma baleeira de navio. As ruínas pareciam estar ali desde muito tempo, pois nas madeiras mal se podia vislumbrar a aparência de um bote.

— Bem, Júpiter apanhou o pergaminho, envolveu nele o escaravelho e deu-me. Logo depois voltamos para casa e, no caminho, encontramos o Tenente G***. Mostrei-lhe o inseto e ele me pediu que o deixasse levá-lo ao forte. Tendo o meu consentimento, colocou-o em seguida no bolso do colete, sem o pergaminho em que estivera enrolado, e que eu continuara a ter na mão durante o tempo em que ele inspecionava o animal. Talvez receasse que eu mudasse de ideia e achasse melhor assegurar-se da presa imediatamente; você sabe quão entusiasta ele é em todos os assuntos relacionados com a História Natural. Ao mesmo tempo, sem notar o que fazia, eu devo ter colocado o pergaminho em meu próprio bolso.

— Você se lembra de que, quando fui à mesa para o fim de fazer um esboço do escaravelho, não encontrei papel onde era ele habitualmente guardado. Procurei na gaveta e também nada achei. Revistei os bolsos, esperando encontrar uma velha carta, quando minha mão caiu sobre o pergaminho. Pormenorizo assim o modo preciso pelo qual este caiu em meu poder porque as circunstâncias me impressionaram com força especial.

— Não duvido de que você me achará um sonhador... mas eu já estabelecera uma espécie de *relação*. Ajuntara dois elos de uma grande cadeia. Havia um bote jazendo sobre a costa marinha e, não longe do bote, havia um pergaminho — *não um papel* — com um crânio pintado nele. Você naturalmente perguntará: onde está a relação? Replico que o crânio, ou caveira, é o muito conhecido emblema dos piratas. A bandeira da caveira é içada em todas as suas empresas.

— Já disse que aquele pedaço era de pergaminho e não de papel. O pergaminho é durável, quase imperecível. Raramente se confiam ao pergaminho coisas de pequena importância, visto como, para os simples fins ordinários do desenho ou da escrita, ele não se presta tão bem como o papel. Essa reflexão sugeria alguma significação, algum propósito na caveira. Não deixei de observar, também a *forma* do pergaminho. Embora um de seus cantos tivesse sido destruído por algum acidente, podia-se ver que a forma primitiva era quadrangular. Era justamente um pedaço, de fato, tal como poderia ter sido escolhido para uma nota, para o registro de alguma coisa que devia ser prolongadamente lembrada e cuidadosamente preservada.

— Mas — interrompi —, você disse que o crânio *não* estava no pergaminho quando fez o desenho do escaravelho. Como, então, traça alguma relação entre o bote e o crânio, desde que este último, de acordo com o que você mesmo admitiu, deve ter sido desenhado (só Deus sabe como e por quem) em algum período subsequente ao de seu esboço do escaravelho?

— Ah, aí é que todo o mistério se resolve, embora, nesse ponto, eu tivesse relativamente pouca dificuldade em resolver o segredo. Meus passos eram certos e eu só podia atingir um resultado. Raciocinei, por exemplo, assim: quando desenhei o escaravelho, não aparecia crânio algum no pergaminho. Ao terminar o desenho, passei-o a você e observei-o acuradamente, até que você o devolveu. *Você*, portanto, não desenhou o crânio e não se achava presente mais ninguém para fazê-lo. Logo, não fora feito por meios humanos. E, não obstante, fora feito.

— Nesse ponto de minhas reflexões, esforcei-me por lembrar, e *lembrei*, com inteira exatidão, todos os incidentes que correram por volta do período em apreço. O tempo estava frio (oh! raro e feliz acaso!) e o fogo ardia na lareira. Eu me achava aquecido pelo exercício e sentei-me perto da mesa. Você, porém, puxara uma cadeira para perto da chaminé. Logo que coloquei o pergaminho em suas mãos, e que você estava a ponto de examiná-lo, Lobo, o meu terra-nova, entrou e pulou sobre seus ombros. Com a mão esquerda você lhe fez festas e conservou-o afastado, enquanto sua mão direita, que segurava o pergaminho, caiu descuidadamente entre seus joelhos, bem perto do fogo. Em um momento pensei que as chamas o atingissem e estava quase a avisá-lo quando, antes que tivesse podido falar, você o retirou e entregou-se a examiná-lo. Quando considerei todos esses pormenores, não duvidei um só momento de que o *calor* fora o agente que trouxera à luz, no pergaminho, o crânio que eu vira desenhado nele. Você bem sabe que existem preparados químicos, e sempre existiram desde tempos imemoriais, por meio dos quais é possível escrever sobre papel ou velino, de modo que os caracteres só se tornem visíveis quando submetidos à ação do fogo. O óxido impuro de cobalto, dissolvido em água-régia e diluído em quatro vezes o seu peso de água, é às vezes empregado; resulta uma tinta verde.

O régulo de cobalto, dissolvido em espírito de nitro, dá uma tinta vermelha. Tais cores desaparecem em intervalos maiores ou menores, depois de efetuada a escrita, com o frio, mas reaparecem de novo, após a aplicação de calor.

— Examinei então a caveira com cuidado. A borda exterior, a borda do desenho mais perto da ponta do velino, era bem mais *distinta* do que o resto. Claro estava que a ação do calórico fora imperfeita, ou desigual. Acendi fogo imediatamente e submeti todas as partes do pergaminho a um calor ardente. A princípio, o único efeito foi acentuar as linhas fracas do crânio; mas, perseverando na experiência, ficou visível, num canto da faixa, diagonalmente, em oposição ao lugar em que se delineara a caveira, a figura do que, a princípio, supus ser uma cabra. Um exame mais acurado, contudo, demonstrou-me que se tratava de um cabrito.

— Ah! Ah! — disse eu. — Sem dúvida não tenho o direito de rir de você. Um milhão e meio em dinheiro é coisa muito séria para brincadeiras. Mas você não vai querer estabelecer um terceiro elo em sua cadeia. Você não vai achar uma relação especial entre seus piratas e uma cabra. Os piratas, como você sabe, não têm nada com as cabras; elas pertencem aos interesses dos fazendeiros.

— Mas eu acabo de dizer que a figura *não era* a de uma cabra...

— Bem, que seja de um cabrito... é mais ou menos a mesma coisa.

— Mais ou menos, mas não inteiramente — disse Legrand. — Você deve ter ouvido falar num tal Capitão Kidd. Pela minha parte, considerei logo a figura do animal como espécie de assinatura figurada ou hieroglífica.[4] Digo assinatura porque sua posição no velino me sugeriu essa ideia. A caveira no canto diagonalmente oposto tinha, do mesmo modo, o aspecto de um sinete, ou selo. Mas fiquei tristemente perturbado com a ausência de mais qualquer coisa, de um corpo para meu imaginado documento, do texto de meu contexto.

— Presumo que você esperava encontrar uma carta entre o sinete e a assinatura.

— Algo dessa espécie. O fato é que me sentia irresistivelmente impressionado com um pressentimento de alguma vasta e boa fortuna pendente. Mal posso dizer porque talvez, afinal de contas, fosse antes um desejo que uma crença real. Mas sabe você que as tolas palavras de Júpiter acerca de ser o escaravelho feito de ouro maciço tiveram notável efeito sobre minha imaginação? E, depois, a série de acasos e coincidências... eram todos *tão* extraordinários! Observe como, por simples acaso, esses acontecimentos ocorreram no único dia do ano que foi, ou podia ser, suficientemente frio para que acendêssemos fogo, e sem esse fogo, sem a intervenção do cão no momento preciso em que ele apareceu, eu nunca saberia da existência dessa caveira e, assim, nunca seria o possuidor do tesouro.

— Mas, continue... estou impaciente.

— Bem, você naturalmente já ouviu as muitas histórias que correm, esses mil boatos vagos que circulam acerca de dinheiro enterrado em algum ponto da costa atlântica por Kidd e seus associados. Tais boatos devem ter tido alguma base na realidade. E o fato de que eles tenham existido tanto e tão continuamente só podia ter resultado, pareceu-me, da circunstância de que o tesouro enterrado ainda *permanecia* sepulto. Tivesse Kidd escondido sua pilhagem por algum tempo, retirando-a depois, tais boatos raramente poderiam ter-nos alcançado na sua forma presente e invariável. Observe que

4 *Kid*, em inglês, significa cabrito. (N. T.)

as histórias que se contam são, todas, sobre procuradores de dinheiro e não acerca de achadores de dinheiro. Se o pirata tivesse recuperado seu dinheiro, a questão estaria encerrada. Parece-me que algum acidente — digamos a perda de uma nota indicando o local — o privou dos meios de recuperar o tesouro e que esse acidente se tornou conhecido de seus comparsas, que de outro modo nunca poderiam ter ouvido falar, em absoluto, que o tesouro tivesse sido escondido, e que, empregando-se em tentativas inúteis, porque sem guia, para reavê-lo, deram origem, primeiramente, e depois divulgação universal, aos relatos que agora são tão comuns. Você já ouviu falar que algum tesouro importante tenha sido desenterrado ao longo da costa?

— Nunca.

— Mas é bem sabido que a fortuna acumulada por Kidd era imensa. Tomei como certo, portanto, que a terra ainda a conservava escondida. E você mal se surpreenderá se lhe disser que senti uma esperança, quase chegando à certeza, de que o pergaminho tão estranhamente encontrado encerrasse o registro perdido do lugar do depósito.

— Mas como você continuou?

— Levei de novo o velino ao fogo, depois de aumentar o calor, mas nada apareceu; julguei então possível que a cobertura de sujo podia ter alguma relação com o fracasso; assim, limpei cuidadosamente o pergaminho, derramando água quente sobre ele, e, tendo feito isso, coloquei-o numa caçarola de cobre com o crânio para baixo, e pus a caçarola sobre um fogão com carvão em brasa. Em poucos minutos a caçarola ficou inteiramente aquecida e removi a folha, que, com indizível alegria, encontrei salpicada, em diversos lugares, com o que me pareceu serem figuras arrumadas em linhas. Coloquei-a de novo na caçarola e deixei que lá ficasse outro minuto. Depois de tirá-la, tudo estava tal como você agora vê.

E aí Legrand, aquecendo de novo o pergaminho, entregou-o a meu exame. Entre a caveira e a cabra estavam toscamente traçados, em tinta vermelha, os seguintes sinais:

53%%+305))6*; 4826) 4%.) 4%); 806*; 48+8&60))85; 1%(; :%*8+83(88)5*+; 46(; 88*96*?;
8)*%(; 485); 5*+2:*%(; 4956 *2(5*-4)8&8*; 4069285);)6+8)4%%; 1(%9; 48081; 8:8%1; 48 +85; 4)
485+528806*81(%9; 48; (88; 4(%?34; 48)4%; 161; :188; %?;

— Mas — disse eu, entregando-lhe a folha —, estou no escuro como antes. Esperassem-me todas as joias de Golconda em troca da solução desse enigma e tenho plena certeza de que seria incapaz de ganhá-las.

— E contudo — falou Legrand — a solução de modo algum é tão difícil como você poderia ser levado a imaginar após o primeiro exame apressado dos caracteres. Esses caracteres, como qualquer pessoa pode prontamente verificar, formam uma cifra, isto é, encerram um significado; mas segundo o que se conhece de Kidd, eu não podia supô-lo capaz de compor qualquer espécie de cifra muito complicada. Achei, imediatamente, que esta era duma espécie simples, tal, entretanto, que para a inteligência rude do marinheiro devesse parecer absolutamente insolúvel, sem a chave.

— E você realmente a decifrou?

— Com toda a facilidade. Já decifrei outras, dez mil vezes mais complicadas. Certas circunstâncias e certas tendências do espírito levaram-me a interessar-me por semelhantes enigmas e pode-se bem duvidar de que a engenhosidade humana consiga compor um enigma dessa espécie, que a engenhosidade humana não possa decifrar, graças a uma aplicação adequada. De fato, uma vez que tenha eu arranjado caracteres unidos e legíveis, mal ligo importância à simples dificuldade de descobrir-lhe a significação.

— No caso presente — e na verdade em todos os casos de escrita secreta — a primeira questão diz respeito à *língua* da cifra, pois os princípios de solução, particularmente quando se trata das cifras mais simples, dependem do gênio de cada idioma e podem por isso variar. Em geral não há alternativa para quem tenta a decifração senão experimentar (dirigido pelas probabilidades) cada língua conhecida até que a verdadeira seja encontrada. Mas nesta cifra que temos aqui diante de nós, toda a dificuldade foi removida, graças à assinatura. O trocadilho com a palavra "Kidd" só é perceptível na língua inglesa. Sem esta consideração, teria eu começado minhas tentativas com o espanhol e o francês, como línguas em que um segredo desta espécie deveria ter sido naturalmente escrito por um pirata dos mares espanhóis. Mas no caso presente, presumi que a cifra estivesse em inglês.

— Você há de notar que não existem divisões entre as palavras. Se as houvesse, a tarefa teria sido relativamente fácil. Em tal caso, teria eu começado por fazer uma comparação e análise das palavras mais curtas e, se tivesse encontrado, como é sempre provável, uma palavra duma só letra *a* (um) ou *I* (eu), por exemplo, haveria considerado a solução como garantida. Mas, não havendo divisões, meu primeiro passo foi averiguar quais as letras dominantes, bem como as menos frequentes. Contando todas, construí a seguinte tábua:

O algarismo	8	ocorre 33 vezes
O sinal	;	ocorre 26 vezes
O algarismo	4	ocorre 19 vezes
O sinal	%	ocorre 16 vezes
O sinal	)	ocorre 16 vezes
O sinal	*	ocorre 13 vezes
O algarismo	5	ocorre 12 vezes
O algarismo	6	ocorre 11 vezes
O sinal	(	ocorre 10 vezes
O sinal	+	ocorre 8 vezes
O algarismo	1	ocorre 8 vezes
O algarismo	0	ocorre 6 vezes
O algarismo	9	ocorre 5 vezes
O algarismo	2	ocorre 5 vezes
O sinal	:	ocorre 4 vezes
O algarismo	3	ocorre 4 vezes
O sinal	?	ocorre 3 vezes
O sinal	&	ocorre 2 vezes
O sinal	-	ocorre 1 vez
O sinal	.	ocorre 1 vez

— Ora, em inglês a letra que mais frequentemente se encontra é o *e*. As demais ocorrem na seguinte ordem: *a, o, i, d, h, n, r, s, t, u, y, c, f, g, l, m, w, b, k, p, q, x, z*. O *e* é tão singularmente predominante, que raras são as frases, de certo tamanho, em que não seja ele a letra principal.

— Temos, pois, aqui, logo no começo, uma base para algo mais do que uma simples conjetura. É evidente o uso geral que se pode fazer dessa tábua, mas para esta cifra particular só mui reduzidamente nos utilizaremos de seu concurso. Como o algarismo predominante é o 8, começaremos por atribuir-lhe o valor de *e*, do alfabeto natural. Para verificar essa suposição, observemos se o 8 aparece muitas vezes aos pares, pois o *e* se duplica, com grande frequência, em inglês: por exemplo, nas palavras *meet, fleet, speed, seen, been, agree* etc. No caso presente, vemo-lo duplicado não menos de cinco vezes, embora o criptograma seja curto.

— Admitamos, pois, que o 8 seja o *e*. Ora, de todas as palavras da língua, *the* é a mais usual. Vejamos, portanto, se não há repetições de três caracteres na mesma ordem de colocação, sendo o 8 o último dos três. Se descobrirmos repetições de tais letras arranjadas dessa forma, elas representarão, mui provavelmente, a palavra *the*. Examinando-se, encontramos não menos de sete dessas combinações: sendo os caracteres ;48. Podemos, portanto, supor que ; representa *t*, 4 representa *h* e 8 representa *e*, estando este último agora bem confirmado. De modo que um grande passo já foi dado.

— Mas, tendo determinado uma única palavra, estamos capacitados a determinar um ponto vastamente importante, isto é, muitos começos e fins de outras palavras. Vejamos, por exemplo, o penúltimo caso, em que a combinação ;48 ocorre quase no fim da cifra. Sabemos que o sinal ; que vem logo depois é o começo de uma palavra, e dos seis caracteres que seguem este *the* conhecemos não menos de cinco. Substituamos, pois, estes caracteres pelas letras que já sabemos que eles representam, deixando um espaço para o que não conhecermos:

t eeth.

— Aqui já estamos habilitados a descartar-nos do *th*, como não formando parte da palavra que começa pelo primeiro *t*, pois que vemos, experimentando sucessivamente todas as letras do alfabeto para preencher a lacuna, que nenhuma palavra pode ser formada em que apareça este *th*. Estamos, assim, limitados a

t ee,

e, percorrendo todo o alfabeto, se necessário, como antes, chegamos à palavra *tree* (árvore) como a única possivelmente certa. Ganhamos assim outra letra, o *r*, representada por (, e mais duas palavras justapostas, *the tree* (a árvore).

— Um pouco além destas palavras, a curta distância, vemos de novo a combinação ;48, e dela nos utilizamos como *terminação* da que imediatamente a precede. E assim temos este arranjo:

the tree ;4(%?34 the,

ou, substituindo pelas letras reais os sinais conhecidos, lê-se assim:

the tree thr%?3h the.

— Ora, se, em vez dos caracteres desconhecidos, deixarmos espaços em branco, ou pontos que os substituam, leremos isto:

the tree thr... h the,

— Aí a palavra *through* se torna imediatamente evidente. Mas esta descoberta dá-nos três novas letras: *o, u* e *g*, representadas por %, ? e 3.

— Procurando agora, cuidadosamente, na cifra, combinações de caracteres conhecidos, descobrimos, não muito longe do princípio, esta disposição:

83(88, ou seja, *egree*.

— Isto é, claramente, a conclusão da palavra *degree* (grau) e dá-nos outra letra, o *d*, representada por +.

— Quatro letras além da palavra degree notamos a combinação

;46(;88.

— Traduzindo os caracteres conhecidos e representando os desconhecidos por pontos, como antes, vemos o seguinte:

th rtee,

combinação que sugere imediatamente a palavra *thirteen* (treze) e de novo nos fornece dois novos caracteres: *i* e *n*, representados, respectivamente, por 6 e *.

— Voltando agora ao princípio do criptograma, observamos a combinação

53%%+.

— Traduzindo-a como antes, obtemos

good.

— Isso nos certifica de que a primeira letra é A e as primeiras duas palavras são: *A good*. É tempo, então, de organizar nossa chave, com o já descoberto, em forma de uma tábua, para evitar confusões. Tê-la-emos assim:

5 representa a
+ representa d
8 representa e
3 representa g
4 representa h
6 representa i
* representa n
% representa o
(representa r
; representa t
? representa u

— Temos, portanto, nada menos de onze das mais importantes letras representadas e será desnecessário continuar com os detalhes desta solução. Já lhe disse o bastante para convencê-lo de que as cifras desta natureza são facilmente solúveis e para dar-lhe alguma ideia da análise racional que serve para desenvolvê-las. Mas fique certo de que o espécime presente pertence às mais simples espécies de criptogramas.

Agora só resta dar-lhe a tradução completa dos caracteres do pergaminho, depois de decifrados. Aqui está ela:

> *A good glass in the bishop's hostel in the devil's seat forty one degrees and thirteen minutes northeast and by north main branch seventh limb east side shoot from the left eye of the death's-head a bee line from the tree through the shot fifty feet out.*[5]

— Mas — disse eu — o enigma parece ainda em tão má situação como antes. Como é possível extrair um significado dessa trapalhada toda de "cadeira do diabo", "caveira" e "hotel do bispo"?

— Confesso — replicou Legrand — que a questão ainda apresenta um aspecto sério, quando encarada de modo superficial. Minha primeira tentativa foi dividir a sentença nas divisões naturais, pretendidas pelo autor da cifra.

— Pontuá-la, quer dizer?

— Mais ou menos isso.

— Mas como era possível fazê-lo?

— Refleti que o autor fizera questão de amontoar as palavras sem separá-las, para aumentar a dificuldade da tradução. Ora, um homem não demasiado esperto, ao objetivar tal resultado, quase certamente iria além do devido. Quando, no decorrer de sua escrita, chegasse a uma parada do assunto, que naturalmente requereria uma pausa, ou um ponto, ele seria mais do que capaz de amontoar as letras nesse lugar, mais do que nas junções anteriores. Se você observar o manuscrito aqui presente, facilmente observará cinco casos de ajuntamento incomum. Partindo dessa sugestão, fiz a divisão seguinte:

> *A good glass in the bishop's hostel in the devil's seat — forty one degrees and thirteen minutes — northeast and by north — main branch seventh limb east side — shoot from the left eye of the death's-head — a bee line from the tree through the shot fifty feet out.*[6]

— Mesmo esta divisão — falei — ainda me deixa no escuro.

— Também me deixou no escuro — replicou Legrand — por poucos dias, durante os quais fiz diligentes pesquisas nas vizinhanças da Ilha de Sullivan, procurando algum edifício que tivesse o nome de "hotel do bispo", pois, naturalmente, não me inquietei com a palavra arcaica *hostel*. Não obtendo qualquer informação a respeito, estava a ponto de estender meu campo de pesquisa e proceder de modo mais sistematizado, quando, certa manhã, tive a ideia, bem súbita, de que esse "hotel do bispo" podia referir-se a uma antiga família Bessop, que, desde tempos remotíssimos, possuía uma mansão antiga a cerca de quatro milhas a nordeste da ilha. Em consequência, fui até a fazenda e renovei minhas pesquisas entre os mais velhos negros do lugar. Afinal, uma das mulheres mais idosas disse que ouvira falar de um lugar tal como *Bessop's Castle* (castelo de Bessop) e achou que me podia levar ao lugar, mas que não se tratava de um castelo nem de uma taverna, mas de um rochedo elevado.

---

5 Um bom vidro no hotel do bispo na cadeira do diabo quarenta e um graus e treze minutos nordeste quadrante norte tronco principal sétimo galho lado leste atirai do olho esquerdo da caveira uma linha de abelha da árvore através o tiro cinquenta pés distante. (N. T.)

6 Um bom vidro no hotel do bispo na cadeira do diabo — quarenta e um graus e treze minutos nordeste quadrante norte — tronco principal sétimo galho lado leste — atirai do olho esquerdo da caveira — uma linha de abelha da árvore através o tiro cinquenta pés distante. (N. T.)

— Ofereci-lhe boa paga pelo trabalho e, depois de alguma hesitação, ela consentiu em acompanhar-me ao local. Encontrando-o sem grande dificuldade, mandei-a de volta e passei a examinar o lugar. O "castelo" consistia em um conjunto irregular de penhascos e rochedos, sendo um destes últimos mui digno de nota, por sua altura, bem como por sua aparência isolada e artificial. Subi a seu cume e então fiquei sem saber o que devia fazer em seguida.

— Enquanto me ocupava em tal reflexão, caíram meus olhos sobre uma saliência estreita, na face ocidental do rochedo, uma jarda talvez por baixo do cimo em que me achava. Essa saliência projetava-se cerca de dezoito polegadas e não tinha mais de um pé de largura; um nicho no penhasco dava-lhe tosca semelhança com uma das cadeiras de encosto côncavo usadas por nossos antepassados. Não duvidei de que ali se achava a "cadeira do diabo" a que aludia o documento e pareceu-me então apreender todo o segredo do enigma.

— O "bom vidro", sabia eu, apenas podia referir-se a um binóculo, pois a palavra *glass* (vidro) é raramente empregada em outro sentido pelos marinheiros. Logo vi, então, que se devia usar um binóculo, de um ponto de visão definido, *não admitindo variação*. Não hesitei em acreditar que as frases "quarenta e um graus e treze minutos" e "nordeste quadrante norte" deveriam ser direções para a colocação do binóculo. Grandemente excitado por essas descobertas, apressei-me em voltar à casa, apanhei um binóculo e regressei ao rochedo.

— Coloquei-me na saliência e verifiquei que era impossível ficar ali sentado, a não ser numa posição especial. Esse fato confirmou minha ideia preconcebida. Passei a usar o binóculo. Naturalmente, os "quarenta e um graus e treze minutos" só podiam aludir à elevação acima do horizonte visual, pois a direção horizontal estava claramente indicada pelas palavras "nordeste quadrante norte". Estabeleci imediatamente esta última direção, por meio de uma bússola de bolso; depois, apontando o binóculo a um ângulo de cerca de quarenta e um graus de elevação, como podia calcular por experiência, movi-o cautelosamente para cima e para baixo, até que minha atenção foi detida por uma fenda circular, ou abertura, na folhagem de uma grande árvore, que, a distância, dominava suas companheiras. No centro dessa abertura percebi um ponto branco, mas a princípio não pude distinguir de que se tratava. Ajustando o foco do binóculo, olhei de novo e verifiquei então que era um crânio humano.

— Depois desta descoberta, eu estava confiante em considerar o enigma resolvido, pois a frase "tronco principal, sétimo galho, lado leste" só se podia referir à posição do crânio na árvore, enquanto que "atirai do olho esquerdo da caveira" também apenas admitia uma interpretação em relação à busca do tesouro enterrado. Percebi que a intenção era de lançar uma bala através do olho esquerdo do crânio e que uma "linha de abelha", ou, em outras palavras, uma linha reta, tirada do ponto mais próximo da árvore através "do tiro", ou o lugar onde a bala caísse, e daí estendida a uma distância de cinquenta pés, indicaria um ponto definido. E por baixo desse ponto considerei como pelo menos *possível* que estivesse oculto um depósito de valor.

— Tudo isso — disse — é excessivamente claro e, embora engenhoso, simples e explícito. Que fez você depois de deixar o "hotel do bispo"?

— Ora, tendo cuidadosamente tomado nota da aparência da árvore, voltei para casa. Logo, porém, que deixei a "cadeira do diabo", a abertura circular desapareceu. Não pude vê-la mais depois, embora me virasse para trás. O que pareceu a principal perícia, em todo esse negócio, foi o fato (pois repetidas experiências me convenceram de que era *um fato*) de que a abertura circular em questão não é visível de qualquer ponto de visão que se possa alcançar, a não ser o que permite a estreita saliência na face do rochedo.

— Nessa expedição ao "hotel do bispo", fora eu auxiliado por Júpiter, que, sem dúvida, observara, nas semanas anteriores, minha atitude de abstração, tomando especial cuidado em não me deixar só. Mas, no dia seguinte, levantando-me muito cedo, escapuli dele e fui às colinas, à procura da árvore. Depois de muito pesquisar, encontrei-a. Quando voltei para casa, à noite, meu criado estava resolvido a dar-me uma surra. Do resto das aventuras creio que você sabe tanto como eu.

— Suponho — disse — que você errou o lugar, na primeira tentativa de cavar, por causa da estupidez de Júpiter, deixando o escaravelho cair pelo olho direito, em vez de pelo olho esquerdo do crânio.

— Perfeitamente. Esse engano produziu uma diferença de cerca de duas polegadas e meia no "tiro", isto é, na posição da cavilha mais próxima da árvore; e se o tesouro estivesse por baixo do "tiro", o erro teria sido de pouca importância; mas o "tiro", bem como o ponto mais próximo da árvore eram simplesmente dois pontos para o estabelecimento de uma linha de direção. Naturalmente, o erro, embora trivial no começo, aumentava à medida que continuava com a linha e, ao completarmos os cinquenta pés, ficamos inteiramente fora da direção. Não fossem minhas impressões solidificadas de que o tesouro estava ali realmente enterrado, em alguma parte, poderíamos ter perdido em vão todo o nosso trabalho?[7]

— Mas sua grandiloquência, sua conduta ao balançar o escaravelho... estavam enormemente extravagantes! Eu ficara certo de que você enlouquecera. E por que você insistiu em deixar cair o escaravelho, em vez de uma bala, pelo crânio?

— Ora, para ser franco, eu me sentia algo aborrecido com suas evidentes suspeitas, relativamente à minha sanidade mental e assim resolvi castigá-los calmamente ao meu próprio jeito, com um pouquinho de calculada mistificação. Por esse motivo balancei o escaravelho, e por essa razão fiz com que fosse atirado da árvore. Uma observação sua sobre o grande peso dele sugeriu-me essa última ideia.

— Sim, percebo! E agora só há um ponto que me embaraça. Que significam os esqueletos encontrados no buraco?

— Essa é uma pergunta a que não sou mais capaz de responder do que você. Parece, contudo, haver apenas um meio plausível de explicar o caso... e, entretanto, é terrível acreditar em atrocidade tal como a implicada em minha hipótese. É claro que Kidd (se na verdade Kidd escondeu esse tesouro, coisa de que não duvido), é claro que ele deve ter sido auxiliado nesse trabalho. Concluído, porém, o serviço, pode ter ele considerado prudente fazer desaparecer todos os que participavam de seu segredo. Talvez um par de golpes, com uma picareta, fosse suficiente, enquanto seus ajudantes se ocupavam em cavar; talvez fossem necessários doze... Quem sabe?

---

7 Anotado à margem do conto, no volume do próprio Edgar Poe, com sua letra, foi encontrado o seguinte trecho, que era intenção do autor acrescentar em nova edição:

"— Acho que a invenção do crânio... e de deixar cair um escaravelho pelo olho do crânio foi sugerida a Kidd pela bandeira dos piratas. Sem dúvida, achou ele uma espécie de afinidade poética em recuperar seu dinheiro por meio de seu *ominus insignium*.
— Talvez — disse Legrand —, embora não possa deixar de pensar que o senso comum tinha tanto a fazer com o negócio como a afinidade poética. Para ser visível da 'cadeira do diabo', era necessário que o objeto, se pequeno, fosse branco; e nada há como o seu crânio humano que possa conservar e até aumentar sua alvura, mesmo exposto a todas as intempéries." (N. T.)

"Tu és o homem"[1]

Desempenharei agora o papel de Édipo, para o enigma de Rattleburgo. Expor-vos-ei, como somente eu posso fazê-lo, o segredo do maquinismo que efetuou o milagre de Rattleburgo — o único, o autêntico, o admitido, o indisputado e indisputável milagre que pôs definitivamente fim à infidelidade entre os rattleburgueses e converteu à ortodoxia das vovós qualquer materialista que antes se aventurara a ser cético.

Este acontecimento, que seria triste discutir num tom de inoportuna leviandade, ocorreu no verão de 18... O Sr. Barnabé Shuttleworthy, um dos mais ricos e dos mais respeitáveis cidadãos do burgo, estivera desaparecido por vários dias, em circunstâncias que despertavam suspeitas de uma má ação. O Sr. Shuttleworthy se ausentara de Rattleburgo num sábado, de manhã, bem cedo, a cavalo, com a confessada intenção de ir à cidade de N***, a cerca de quinze milhas de distância, e de lá voltar na noite do mesmo dia. Duas horas depois de sua partida, porém, seu cavalo voltou sem ele e sem os alforjes, que lhe tinham sido amarrados ao lombo, ao partir. O animal estava também ferido e coberto de lama. Estas circunstâncias suscitaram naturalmente grande alarme entre os amigos do homem desaparecido, e quando se verificou, no domingo de manhã, que ele ainda não havia reaparecido, todo o burgo se ergueu *en masse*, para ir procurar seu corpo.

O primeiro e mais enérgico em organizar essa busca era o amigo de peito do Sr. Shuttleworthy, um tal Sr. Carlos Goodfellow, ou como era por todos chamado, "Carlito Goodfellow", ou "Carlito Velho Goodfellow". Ora, se se trata apenas de maravilhosa coincidência, ou se é que o próprio nome tem imperceptível efeito sobre o caráter, não fui ainda capaz de certificar-me; mas é fato inquestionável que nunca houve ninguém chamado Carlito que não fosse um sujeito franco, valente, honesto, afável e cordial, com uma rica e clara voz, agradável de ouvir-se, e um olhar que parece encarar sempre a gente diretamente como se dissesse: "Tenho uma consciência limpa, não tenho medo de homem nenhum e sou completamente incapaz de praticar uma ação indigna". E assim todos os alegres e descuidados artistas secundários do palco estão bem certos de ser chamados Carlos.

Ora, o "Carlito Velho Goodfellow", embora estivesse em Rattleburgo não havia mais de seis meses ou por aí assim, e embora ninguém soubesse qualquer coisa a seu respeito antes que viesse estabelecer-se na vizinhança, não tivera dificuldade alguma em travar conhecimento com todas as pessoas respeitáveis do burgo. Nenhuma delas havia que não acreditasse piamente numa simples palavra sua a qualquer momento; quanto às mulheres, não se pode dizer o que elas não teriam feito para obsequiá-lo. E tudo isso lhe vinha do fato de ter sido batizado como Carlos e de possuir, em consequência, aquele rosto ingênuo, que é proverbialmente a "melhor carta de recomendação".

Já disse que o Sr. Shuttleworthy era um dos mais respeitáveis e, indubitavelmente, o homem mais rico de Rattleburgo e que "Carlito Velho Goodfellow" estava em tão íntimas relações com ele como se fosse seu próprio irmão. Os dois velhos cavalheiros eram vizinhos de casas contíguas e, embora o Sr. Shuttleworthy raramente, ou jamais, visitasse "Carlito Velho", nunca se soube que tivesse feito alguma refeição

1 Publicado pela primeira vez no *Godey's Lady's Book*, novembro de 1844. Título original: "THOU ART THE MAN".

em sua casa; contudo, isso não impedia que os dois amigos fossem excessivamente íntimos, como justamente observei. Quanto a "Carlito Velho", nunca deixou passar um dia sem ir três ou quatro vezes ver como seu vizinho ia passando e muitas vezes ficava para almoçar ou para o chá, e quase sempre para jantar. Coisa realmente bem difícil de averiguar seria a quantidade do vinho escorropichada pelos dois camaradas numa reunião dessas. A bebida preferida de "Carlito Velho" era o Château Margaux e parecia confortar o coração do Sr. Shuttleworthy ver o velho amigo bebê-lo, como fazia, quartilho após quartilho. De modo que, um dia, quando o vinho estava *dentro* e o juízo, como consequência natural, um tanto *fora*, disse ele a seu companheiro, dando-lhe pancadinhas nas costas:

— Vou dizer-lhe o que é que você é, "Carlito Velho". Você é indubitavelmente o sujeito mais cordial que eu jamais encontrei desde que nasci. E já que você gosta de beber vinho dessa maneira, muito me haveria de amaldiçoar se não lhe fizesse presente de uma grande caixa do Château Margaux. Diabos me levem! — exclamou o Sr. Shuttleworthy, que tinha o triste hábito de praguejar, embora raramente passasse de: "Diabos me levem!", "Que eu me dane!", ou "Com os seiscentos diabos!". — Diabos me levem — repetiu ele — se não mandar uma ordem para a cidade, esta tarde mesmo, pedindo uma caixa dupla do melhor que se possa encontrar, para fazer presente dela a você. E mando mesmo! Você não precisa dizer uma só palavra agora: eu mando, é o que lhe digo, e não se fala mais nisso. E não se preocupe. Chegará às nossas mãos um destes belos dias, precisamente quando menos o esperarmos!

Menciono essa pequena amostra de liberalidade da parte do Sr. Shuttleworthy justamente para mostrar-vos quanta intimidade e compreensão existia entre os dois amigos.

Pois bem, na manhã do domingo em questão, quando se tornou claramente patente que algo de mau havia acontecido ao Sr. Shuttleworthy, jamais vi alguém tão profundamente abalado como "Carlito Velho Goodfellow". Quando soube, a princípio, que o cavalo havia voltado para casa sem seu dono e sem os alforjes, todo ensanguentado por um tiro de pistola, que atravessara simplesmente o peito do pobre animal, sem matá-lo; quando ouviu tudo isso, ficou tão pálido como se o homem desaparecido tivesse sido seu próprio irmão querido ou seu pai, e tremia e se agitava todo, como se estivesse com um ataque de maleita.

A princípio sentia-se demasiado acabrunhado de tristeza para poder fazer qualquer coisa ou decidir qualquer plano de ação. Assim é que, durante muito tempo, tentou dissuadir os outros amigos do Sr. Shuttleworthy de provocar qualquer agitaçao em torno do assunto achando melhor esperar-se, entrementes — digamos, uma semana ou duas, ou um mês, ou dois —, para ver se alguma coisa não se apresentaria ou se o Sr. Shuttleworthy não voltaria de maneira natural e explicaria as razões de ter enviado seu cavalo na frente. Suponho que tendes muitas vezes observado esta disposição para contemporizar, ou para adiar, nas pessoas que estão sofrendo qualquer pungente sofrimento. As forças de sua mente parecem cair em torpor, de maneira que têm elas horror de qualquer coisa que se pareça com ação e nada acham melhor no mundo que ficar quietamente na cama e "ninar sua dor", como dizem as velhas, isto é, ruminar as contrariedades.

O povo de Rattleburgo tinha, de fato, tão alta opinião da sabedoria e da discrição de "Carlito Velho", que a maior parte das pessoas se sentiu disposta a concordar com ele, e não agitar o caso, "até que alguma coisa se apresentasse", como tinha dito o honesto cavalheiro. E eu acredito que, afinal, teria sido esta a decisão geral, não fosse a interferência bem suspeitosa do sobrinho do Sr. Shuttleworthy, rapaz de costumes dissipados e, além disso, um tanto dotado de mau caráter. Esse sobrinho, cujo nome era Pennifeather, não concordava absolutamente com aquela história de "ficar quieto", mas insistiu numa imediata busca do "cadáver do homem assassinado". Era esta a expressão que ele empregava. E o Sr. Goodfellow agudamente observou, no mesmo instante, que era "uma expressão *singular*, para não dizer mais". Essa observação de "Carlito Velho" produziu também grande efeito sobre a multidão e alguém do grupo perguntou, muito intencionalmente, "como era que o jovem Sr. Pennifeather se mostrava tão íntimo conhecedor de todas as circunstâncias relacionadas com o desaparecimento de seu rico tio, a ponto de sentir-se autorizado a afirmar, distinta e inequivocamente, que seu tio *era* um homem assassinado". Nisto, ocorreram pequenas altercações e disputas entre várias pessoas do povo e especialmente entre "Carlito Velho" e o Sr. Pennifeather, embora esta última ocorrência não fosse de fato absolutamente novidade, pois certa má vontade se suscitara entre os dois, nos últimos três ou quatro meses, e as coisas tinham ido tão longe, que o Sr. Pennifeather tinha realmente esmurrado o amigo de seu tio, por causa de um alegado excesso de liberdade que o último tomara, na casa do tio, da qual era o sobrinho morador. Nessa ocasião, conta-se que "Carlito Velho" comportou-se com exemplar moderação e caridade cristã. Levantou-se, depois de recebido o golpe, ajeitou as roupas e nenhuma tentativa fez de reação, murmurando apenas algumas palavras relativas a "tomar sumária vingança na primeira oportunidade conveniente" — natural e bem justificável ebulição de cólera, que nada significava porém, e sem dúvida, tão logo fora expressa, já estava esquecida.

Seja como for (coisa que não diz respeito ao assunto agora em questão), é completamente certo que o povo de Rattleburgo, principalmente em virtude da persuasão do Sr. Pennifeather, decidiu-se afinal a dispersar-se pelas regiões adjacentes, em busca do desaparecido Sr. Shuttleworthy. Digo que chegaram a esta decisão em primeiro lugar. Depois que fora completamente resolvido que se fizesse uma busca, considerou-se quase fora de questão que os pesquisadores se dispersariam, isto é, se distribuiriam em grupos, para mais cuidadoso exame de toda a região em redor. Não sei, porém, por que engenhoso raciocínio foi que "Carlito Velho", finalmente, convenceu a assembleia de que era aquele o plano mais desarrazoado que se poderia realizar. Convenceu-os, contudo, a todos, exceto ao Sr. Pennifeather; e afinal ficou combinado que se faria uma busca, cuidadosa e bem completa, por todos os habitantes *en masse*, dirigidos pelo próprio "Carlito Velho".

Quanto a isto, não poderia haver melhor pioneiro do que "Carlito Velho", que todos sabiam possuir olhos de lince; mas, embora ele os levasse a tudo quanto era recanto e buraco, fora da estrada e a caminhos que ninguém jamais suspeitara existir na vizinhança, e embora a busca fosse mantida, sem cessar, dia e noite, durante quase uma semana, nenhum sinal do Sr. Shuttleworthy pôde ser descoberto. Quando digo "nenhum sinal", porém, não se deve entender que falo literalmente, porque sinais, até certo ponto, certamente havia. O pobre homem tinha chegado, como se verificou pelas ferraduras de seu cavalo (que eram características), a um lugar situado a três milhas a leste do burgo, na estrada principal que levava à cidade. Ali, o rastro desviou-se para uma vereda, através de um trecho de mata, entroncando-se à vereda, novamente, na estrada principal e atalhando assim cerca de meia milha da distância regular. Acompanhando as marcas de ferradura por aquele atalho, o grupo chegou afinal a um brejo de água estagnada, semioculto pelas sarças, à direita do atalho. Do outro lado do brejo, todo o vestígio do rastro desaparecera. Parecia, porém, que uma luta de certa natureza ali se realizara e que algum corpo, grande e pesado, muito maior e mais pesado que o de um homem, tinha sido arrastado da vereda para o brejo. Este foi cuidadosamente dragado duas vezes, mas nada se encontrou. E o grupo estava a ponto de retirar-se, sem ter conseguido chegar a resultado algum, quando a Providência sugeriu ao Sr. Goodfellow o expediente de drenar toda a água. Esse projeto foi recebido com aplausos e elevados cumprimentos se dirigiram a "Carlito Velho", por sua sagacidade e ponderação. Como muitos dos habitantes tinham trazido pás consigo, na suposição de que teriam de desenterrar um cadáver, o drenamento foi fácil e rapidamente efetuado; e tão logo o fundo do brejo se tornou visível, surgiu em meio da lama restante um colete de veludo preto, que quase todos os presentes, imediatamente, reconheceram como pertencente ao Sr. Pennifeather. Esse colete estava bastante dilacerado e manchado de sangue e muitas das pessoas que ali se achavam lembravam-se, distintamente, de que o seu dono o usara justamente na manhã da partida do Sr. Shuttleworthy para a cidade, ao mesmo tempo que outras estavam prontas a testemunhar, sob juramento, se preciso, que o Sr. Pennifeather *não* usara a peça de roupa em questão, durante o *restante* daquele memorável dia; como também ninguém se podia achar que dissesse ter visto aquele colete na pessoa do Sr. Pennifeather em tempo algum em seguida ao desaparecimento do Sr. Shuttleworthy.

As coisas agora estavam tomando aspecto muito sério para o Sr. Pennifeather e foi observado, como indubitável confirmação das suspeitas levantadas contra ele, que se tornou excessivamente pálido e, quando perguntado o que tinha a dizer em seu favor, foi absolutamente incapaz de dizer uma palavra. Nisto os poucos amigos que o seu modo dissoluto de vida lhe deixara abandonaram-no imediatamente como um só homem e se mostraram mesmo mais indignados do que seus antigos e confessados inimigos, exigindo sua imediata detenção. Mas, por outro lado, a magnanimidade do Sr. Goodfellow esplendeu, com o mais brilhante lustre, pelo contraste. Fez, calorosa e intensamente, eloquente defesa do Sr. Pennifeather, na qual aludiu mais de uma vez ao seu próprio e sincero perdão àquele grosseiro rapaz, "o herdeiro do digno Sr. Shuttleworthy", pelo insulto que ele (o rapaz) tinha, sem dúvida no ardor da paixão, achado próprio descarregar na pessoa dele (Sr. Goodfellow). Perdoava-o, dizia ele — do âmago do seu coração e quanto a si mesmo (Sr. Goodfellow), longe de levar ao extremo as circunstâncias suspeitas, que, sentia muito dizê-lo, se haviam realmente levantado contra o Sr. Pennifeather, ele (Sr. Goodfellow) faria o que estivesse em seu poder, empregaria toda a pouca eloquência de que era possuidor, para... para... para suavizar, tanto quanto lhe fosse possível fazer em consciência, os piores aspectos daquela parte real e excessivamente espantosa do caso.

O Sr. Goodfellow prosseguiu, durante uma comprida meia hora, desse jeito, para muito crédito de sua cabeça e de seu coração; mas toda essa gente muito bondosa raramente se mostra bem ajuizada em suas observações; mete-se em toda espécie de disparates, contratempos e despropósitos, na efervescência de seu zelo em servir a um amigo; de modo que, muitas vezes, com a mais bondosa das intenções, causa infinitamente mais prejuízo à sua causa do que bem a serve.

Assim, no caso presente, aconteceu com toda a eloquência de "Carlito Velho", pois, embora procurasse ativamente atenuar as suspeitas, contudo aconteceu que, duma forma ou de outra, cada sílaba que ele pronunciava, e cuja tendência direta, mas inconsciente, não fosse a de exaltar o orador no bom conceito de seu auditório, produziu o efeito de intensificar a suspeita já ligada ao indivíduo cuja causa ele advogava e de suscitar contra este a fúria da multidão.

Um dos mais inacreditáveis erros, cometidos pelo orador, foi sua alusão ao suspeito como sendo "o herdeiro do digno cavalheiro Sr. Shuttleworthy". O povo, realmente, nunca tinha pensado nisso antes. Lembrava-se de certas ameaças de deserdação proferidas um ano ou dois antes pelo tio (que não tinha parente vivo, exceto o sobrinho), e tinha por isso encarado sempre essa deserdação como uma questão assentada, tão simplórios eram os rattleburgueses. Mas a observação de "Carlito Velho" levou-os imediatamente a considerar este ponto, fazendo-os ver que a possibilidade das ameaças nada mais tinha sido que uma ameaça. E logo diretamente ergueu-se a natural questão do *cui bono?*, questão que, muito mais do que o colete, concorreu para ligar o rapaz ao terrível crime. E aqui, no receio de poder vir a ser mal-entendido, permiti-me uma rápida digressão para simplesmente observar que a frase latina, excessivamente breve e simples, por mim empregada, é invariavelmente mal traduzida e mal-entendida. *Cui bono?*, em todas as novelas famosas e em qualquer outra parte — nas da Sra. Gore, por exemplo (a autora de *Cecílio*), mulher que cita todas as línguas, do caldaico ao chickasaw, e foi ajudada no seu aprendizado, "quando necessário", por um sistemático plano do Sr. Bedford —, em todas as novelas famosas, dizia eu, das de Bulwer e Dickens às de Turnapenny e Ainsworth, as duas pequenas palavras latinas *cui bono?* são traduzidas como "com que propósito?" ou (como se fosse *quo bono?*) "com que utilidade?". Sua verdadeira significação, no entanto, é "para beneficiar a quem?". *Cui*, a quem; *bono*, o benefício. É uma frase puramente legal e aplicável precisamente a casos tais como o que temos agora a considerar, onde a probabilidade de ser autor da façanha gira sobre a probabilidade do benefício em acréscimo para esse indivíduo, ou para o que resulta do cumprimento da façanha. Ora, no presente caso, a questão *cui bono?* mui diretamente implicava o Sr. Pennifeather. Seu tio o havia ameaçado de deserdá-lo, depois de haver feito um testamento em seu favor. Mas a ameaça não fora realmente mantida; o testamento original fora alterado, supunha-se. Se tivesse sido alterado, o único motivo provável para o crime, por parte do suspeito, teria sido o motivo vulgar da vingança; e mesmo este teria sido contrabalançado pela esperança de ser reintegrado nas boas graças do tio. Mas, se o testamento não estivesse alterado, enquanto a ameaça de alterá-lo permanecesse suspensa sobre a cabeça do sobrinho, era de supor-se, imediatamente, o incitamento mais forte possível para aquela atrocidade; e assim concluíam bem sagazmente os dignos cidadãos de Rattleburgo.

O Sr. Pennifeather foi, consequentemente, detido na mesma hora, e a multidão, depois de mais algumas buscas, voltou para casa, levando-o preso. Em caminho, porém, outra circunstância ocorreu tendente a confirmar a suspeita existente. O Sr. Goodfellow, cujo zelo o levava a ficar sempre um pouco à frente do grupo, foi visto correr subitamente para a frente e curvar-se, depois de poucos passos, aparentando apanhar um pequeno objeto dentre a relva. Tendo-o examinado rapidamente, observaram também que ele fazia uma espécie de semitentativa de ocultá-lo no bolso de seu paletó; mas esse gesto foi percebido, como eu disse, e consequentemente evitado, quando se verificou que o objeto apanhado era uma faca espanhola, que uma dúzia de pessoas imediatamente reconheceu como pertencente ao Sr. Pennifeather. Além disso, suas iniciais estavam gravadas no cabo. A lâmina daquela faca estava aberta e ensanguentada.

Nenhuma dúvida restava agora a respeito da culpabilidade do sobrinho e, logo depois que chegaram a Rattleburgo, foi ele conduzido à presença de um magistrado para ser interrogado.

Ali as coisas tomaram, de novo, um aspecto ainda mais desfavorável. Interrogado a respeito de seus passos na manhã do desaparecimento do Sr. Shuttleworthy, teve o prisioneiro a absoluta audácia de confessar que justamente naquela manhã estivera fora, com seu rifle de caçar veados, na imediata vizinhança do brejo, onde o colete manchado de sangue fora descoberto, graças à sagacidade do Sr. Goodfellow.

Este último adiantou-se então e, com lágrimas nos olhos, pediu permissão para ser interrogado. Disse ele que um agudo senso do dever para com seu Criador, e não menos para com seus companheiros, não lhe permitia que permanecesse por mais tempo em silêncio. Até então, o mais sincero afeto pelo rapaz (não obstante o mau tratamento que o último infligira a ele, Goodfellow) o havia induzido a levantar todas as hipóteses que a imaginação pudesse sugerir, a fim de tentar explicar o que parecia suspeito nas circunstâncias que falavam tão seriamente contra o Sr. Pennifeather. Mas estas circunstâncias eram agora tão totalmente convincentes, tão condenatórias, que não hesitaria por mais tempo... Contaria tudo quanto sabia, embora seu coração (o do Sr. Goodfellow), com esse esforço, se fizesse em pedaços.

Passou, então, a relatar que, na tarde do dia anterior ao da partida do Sr. Shuttleworthy para a cidade, aquele digno cavalheiro tinha referido a seu sobrinho, em sua presença (dele, Goodfellow), que o fim de sua ida à cidade no outro dia era fazer um depósito de uma soma de dinheiro, insolitamente elevada, no Banco da Lavoura e Comércio e que, nessa mesma ocasião, o dito Sr. Shuttleworthy tinha distintamente confessado ao dito sobrinho sua irrevogável decisão de rescindir o testamento originariamente feito e de deixá-lo sem um vintém. Ele (testemunha) apelava agora solenemente para o acusado, a fim de afirmar se o que ele (testemunha) acabava de relatar era ou não a verdade, em todos os seus pormenores substanciais.

Para grande espanto de todos os presentes, o Sr. Pennifeather admitiu francamente que era a pura verdade.

O magistrado então achou de seu dever mandar dois policiais dar uma busca no quarto do acusado, na casa de seu tio. Voltaram quase imediatamente, com a bem conhecida carteira de couro vermelho, com cantos de aço, que o velho costumava usar durante anos. Os valores que continha, porém, tinham sido retirados. E o magistrado em vão tentou obrigar o prisioneiro a confessar o uso que fizera deles, ou o lugar em que os ocultara. De fato, negou ele obstinadamente que soubesse qualquer coisa a respeito daquilo. Os policiais também descobriram entre a cama e o saco de roupas do infortunado homem uma camisa e um lenço de pescoço, ambos marcados com as iniciais de seu nome e ambos horrendamente manchados com o sangue da vítima.

Nesta conjuntura, foi anunciado que o cavalo do homem assassinado acabava justamente de expirar, na estrebaria, em consequência do tiro que recebera. E foi proposto, pelo Sr. Goodfellow, que se fizesse imediatamente a necropsia do animal com objetivo, se possível, de encontrar a bala. Foi tudo efetivamente realizado; e como para demonstrar, fora de qualquer dúvida, a culpa do acusado, o Sr. Goodfellow, depois de considerável pesquisa na cavidade torácica, conseguiu localizar e retirar uma bala, de bem extraordinário tamanho, que, examinada, achou-se que se adaptava exatamente ao calibre do rifle do Sr. Pennifeather, ao passo que era bastante grande para o da arma de qualquer outra pessoa do burgo ou da vizinhança. Para tornar o caso ainda mais seguro, porém, descobriu-se que aquela bala tinha uma fenda ou sutura nos ângulos direitos, em vez da sutura habitual, e, examinada, essa sutura correspondeu precisamente a uma crista acidental ou elevação, num par de moldes que o acusado reconheceu como de sua propriedade. Com a descoberta dessa bala, o magistrado sumariante recusou-se a ouvir qualquer outro testemunho e imediatamente ordenou o julgamento do prisioneiro, negando-se de modo resoluto a aceitar qualquer fiança para o caso, embora contra semelhante severidade o Sr. Goodfellow, mui calorosamente, protestasse e se oferecesse como fiador de qualquer quantia em que fosse ela arbitrada. Esta generosidade da parte de "Carlito Velho" estava simplesmente de acordo com todo o teor de sua amigável e cavalheiresca conduta durante todo o período de sua residência em Rattleburgo. No presente caso, o digno homem se deixou de tal modo arrebatar pelo excessivo ardor de sua simpatia, que pareceu ter-se esquecido completamente, quando se ofereceu para fiador de seu jovem amigo, de que ele próprio, Goodfellow, não possuía um simples dólar de propriedade na face da Terra.

O resultado do inquérito pode ser prontamente previsto. O Sr. Pennifeather, entre as elevadas execrações de todo Rattleburgo, foi levado a julgamento na próxima sessão do júri, quando a cadeia de provas circunstanciais (reforçada como foi por alguns adicionais fatos condenatórios, que a sensível retidão de consciência do Sr. Goodfellow proibia que subtraísse ao conhecimento do tribunal) foi considerada tão indestrutível e tão totalmente conclusiva, que o júri, sem mesmo levantar-se das cadeiras, pronunciou imediato veredicto de *Réu de assassinato em primeiro grau*. Logo depois o infeliz coitado recebeu sentença de morte e foi recambiado para a cadeia regional, a fim de lá aguardar a inexorável vingança da lei.

Entrementes, a nobre conduta de "Carlito Velho Goodfellow" tinha-o feito ser duplamente estimado pelos cidadãos honestos do burgo. Tornou-se dez vezes mais preferido que dantes; e, como natural resultado da hospitalidade com que era tratado, relaxou ele, como era de esperar, por força, os hábitos extremamente parcimoniosos que sua pobreza até então o haviam forçado a observar, e mui frequentemente proporcionava pequenas reuniões, em sua própria casa, ocasião em que a espirituosidade e a jovialidade imperavam supremamente, ensombradas um tanto, *sem dúvida*, pela fortuita recordação do destino fatal e melancólico que impendia sobre o sobrinho do falecido e pranteado amigo íntimo do generoso anfitrião.

Um belo dia, aquele magnânimo cavalheiro ficou agradavelmente surpreendido, ao receber a seguinte carta.

Senhor Carlos Goodfellow, Esq., Rattleburgo.

Caro Senhor:

Em conformidade com uma ordem transmitida à nossa firma, há cerca de dois meses, pelo nosso estimado correspondente Sr. Barnabé Shuttleworthy, temos a honra de despachar esta manhã, para seu endereço, uma caixa dupla de Château Margaux, marca antílope, selo roxo. A caixa numerada é marcada como se indica à margem.

Somos de V. Senhoria os mais obedientes servos,

HOGGS, FROGS, BONS & CO.

Cidade de..., 21 de junho de 18...

P.S. — A caixa chegará aí, pelo trem de ferro, um dia após o recebimento desta carta. Nossos respeitos ao Sr. Shuttleworthy.

H., F., B. & Co.

Chat. Mar. A. Nº 1, 6 doc. bot. (1/2 grossa).

O fato é que, desde a morte do Sr. Shuttleworthy, perdera o Sr. Goodfellow a esperança de jamais receber o prometido Château Margaux; por isso, encarou aquilo agora como uma espécie de dom especial da Providência em seu favor. Ficou altamente deleitado, sem dúvida, e, na exuberância de sua alegria, convidou numerosos amigos para um *petit souper* no dia seguinte, com o fim de abrir o presente do bom velho Shuttleworthy. Não que dissesse qualquer coisa a respeito do "bom velho Shuttleworthy", quando fez os convites. O fato é que ele pensou muito e concluiu em nada dizer absolutamente. Não fez menção a ninguém — se bem me recordo — de haver recebido um *presente* de Château Margaux. Convidou simplesmente os amigos a ir ajudá-lo a beber um pouco de vinho de excelente e notável qualidade e rico sabor que mandara buscar na cidade, uns dois meses atrás, e que iria chegar no dia seguinte. Tenho muitas vezes indagado, de mim mesmo, por que foi que "Carlito Velho" chegou à conclusão de nada dizer a respeito do recebimento daquele vinho do seu velho amigo, mas nunca pude precisamente compreender a razão de seu silêncio, embora tivesse ele *alguma* razão excelente e bem magnânima, sem dúvida.

Chegou afinal o dia seguinte, e com ele apareceu em casa do Sr. Goodfellow uma numerosa e altamente respeitável companhia. De fato, metade do burgo ali se achava — eu mesmo me encontrava no número dos presentes —, mas, para grande vexame do anfitrião, o Château Margaux não havia chegado até o último instante, e quando já tinham feito todos os convidados ampla justiça à suntuosa ceia proporcionada por "Carlito Velho", chegou afinal, porém, uma caixa monstruosamente grande, e, como toda a companhia estava de excessivo bom humor, decidiu-se, *nemine contradicente*, que seria colocada sobre a mesa e seu conteúdo retirado imediatamente.

Dito e feito. Dei uma ajuda também e num instante tínhamos a caixa sobre a mesa, no meio de todas as garrafas e copos, não poucos dos quais se quebraram na confusão. "Carlito Velho", que estava lindamente embriagado e de rosto excessivamente vermelho, tomou então uma cadeira, com um ar de fingida dignidade, à cabeceira da mesa e bateu com furor sobre ela com uma garrafa, convidando a companhia a manter a ordem "durante a cerimônia do desenterro do tesouro".

Depois de algumas vociferações, o silêncio foi afinal restaurado, e, como acontece muitas vezes em casos semelhantes, seguiu-se profundo e admirável silêncio. Sendo então solicitado a abrir a tampa, cumpri a tarefa, sem dúvida, "com infinito prazer". Inseri um formão e dando-lhe umas leves marteladas, a tampa da caixa soltou subitamente fora, e, no mesmo instante, saltou, em posição de quem está sentado, encarando diretamente o anfitrião, o corpo ferido, ensanguentado e quase podre do assassinado Sr. Shuttleworthy. Contemplou em cheio, durante poucos segundos, fixa e tristemente, com seus olhos mortos e baços, o rosto do Sr. Goodfellow; devagar mas clara e marcadamente, pronunciou as palavras: "Tu és o homem!", e depois, caindo sobre um lado do peito, como se totalmente satisfeito, esticou os membros, tremendo, sobre a mesa.

A cena que se seguiu está além de qualquer descrição. A carreira para as portas e janelas foi terrível, e muitos dos homens mais robustos que se achavam na sala perderam por completo os sentidos, tomados de pânico horrível. Mas depois da primeira e selvagem explosão de tumultuoso terror, todos os olhos se fixaram no Sr. Goodfellow. Se mil anos viver, jamais poderei esquecer a agonia mais do que mortal que se estampava naquele seu rosto lívido, até então rubicundo de triunfo e de vinho. Durante muitos minutos, conservou-se ele sentado, rígido, como uma estátua de mármore. Seus olhos pareciam, na intensa vacuidade do olhar, terem-se voltado para dentro, absorvendo-se na contemplação de sua própria alma, miserável e assassina. Afinal sua expressão pareceu reacender-se, subitamente, para o mundo exterior quando, num salto ligeiro, pulou da cadeira e, caindo, pesadamente, com a cabeça e os ombros sobre a mesa, em contato com o cadáver, despejou, rápida e veementemente, uma pormenorizada confissão do horrível crime pelo qual estava preso o Sr. Pennifeather e condenado à morte.

O que ele contou foi, em substância, o seguinte: acompanhou sua vítima até a vizinhança do brejo; ali atirou no seu cavalo, com uma pistola; matou o cavaleiro com a coronha da arma; apossou-se de sua carteira e, supondo morto o cavalo, arrastou-o com grande esforço até as sarças junto do brejo. Em seu próprio animal, colocou o cadáver do Sr. Shuttleworthy e assim o levou até um esconderijo seguro e bem distante, através das matas.

O colete, a faca, a carteira e a bala foram colocados por ele próprio nos lugares em que foram encontrados, com o fito de vingar-se do Sr. Pennifeather. Tinha também tramado a descoberta do lenço e da camisa manchados.

Já para o fim daquela narrativa, de fazer gelar o sangue, as palavras do miserável assassino tornaram-se gaguejantes e surdas. Quando a confissão chegou afinal a termo, ele se levantou, afastando-se cambaleante da mesa e caiu... *morto*.

*

Os meios pelos quais aquela felizmente oportuna confissão foi extorquida, embora eficientes, eram na realidade simples. O excesso de franqueza do Sr. Goodfellow havia-me desgostado e excitado minhas suspeitas, desde o princípio. Eu estava presente quando o Sr. Pennifeather lhe havia batido, e a odienta expressão que se revelou na sua fisionomia, embora momentânea, assegurou-me de que sua ameaça de vingança seria, se possível, rigorosamente executada. Estava eu assim preparado para observar as *manobras* de "Carlito Velho", a uma luz bem diversa daquela a que as viam os bons cidadãos de Rattleburgo. Vi imediatamente que todas as descobertas incriminantes partiam, quer direta, quer indiretamente, dele. Mas o fato que claramente me abriu os olhos à verdadeira situação do caso foi o negócio da bala, *encontrada* pelo Sr. Goodfellow na carcaça do cavalo. Eu não havia esquecido, embora os rattleburgueses o *houvessem*, que havia um buraco no lugar em que a bala tinha penetrado no cavalo e outro por onde ela saíra. Se, pois, fora encontrado no animal depois de haver saído, é que evidentemente ali teria sido depositada pela pessoa que a encontrou. A camisa ensanguentada e o lenço confirmavam a ideia sugerida pela bala, pois o sangue examinado revelou-se não ser mais do que excelente clarete. Quando vim a pensar nessas coisas, e também no recente aumento de prodigalidade e gastos da parte do Sr. Goodfellow, abriguei uma suspeita ainda mais forte, porque a conservava totalmente para mim mesmo.

Entrementes, iniciei uma rigorosa busca particular do cadáver do Sr. Shuttleworthy, e, com bons fundamentos, minhas pesquisas eram em lugares os mais divergentes possíveis daqueles aonde o Sr. Goodfellow conduzira seus acompanhantes. O resultado foi que, depois de alguns dias, dei com um velho poço seco, cuja boca estava quase oculta pelas sarças, e ali, no fundo, descobri o que procurava.

Ora, aconteceu que eu havia ouvido o colóquio entre os dois amigos, quando o Sr. Goodfellow tinha levado seu anfitrião a prometer-lhe uma caixa de Château Margaux. Baseado nessa sugestão, agi. Arranjei um forte pedaço de barbatana de baleia, enfiei-o pela garganta do cadáver e depositei este último numa velha caixa de vinho, tomando o cuidado de dobrar o corpo de modo a dobrar a barbatana dentro dele. Desta maneira, tive de fazer forte pressão sobre a tampa, para conservá-la fechada, enquanto a segurava com pregos. E previ, sem dúvida, que logo que estes últimos fossem removidos a tampa saltaria e o corpo se levantaria.

Tendo assim preparado a caixa, marquei-a, numerei-a e enderecei-a, como já foi dito; e depois, escrevendo uma carta em nome dos negociantes de vinho com quem o Sr. Shuttleworthy estava em relações, dei instruções a meu criado para rodar a caixa até a porta do Sr. Goodfellow, num carro de mão, a dado sinal meu. A respeito das palavras que eu queria que o cadáver pronunciasse, confiava eu nas minhas habilidades de ventríloquo. Quanto a seu efeito, contava com a consciência do miserável assassino.

Creio que nada há mais a explicar. O Sr. Pennifeather foi imediatamente posto em liberdade, herdou a fortuna de seu tio, aproveitou bem as lições da experiência, virou nova página, e levou nova vida, sempre, felizmente, em progresso.

A CARTA FURTADA[1]

Nil sapientiae odiosius acumine nimio.
Sêneca

Em Paris, logo depois do escurecer duma ventosa noite do outono de 18..., gozava eu a dupla volúpia da meditação e dum cachimbo de espuma, em companhia de meu amigo C. Augusto Dupin, em sua pequena biblioteca, ou gabinete de estudos, no terceiro andar, do nº 33, da Rua Dunot, bairro de São Germano. Durante uma hora, pelo menos, mantivemos profundo silêncio; ao primeiro observador casual, cada um de nós pareceria atenta e exclusivamente ocupado com as crespas volutas de fumaça que tornavam pesada a atmosfera do quarto. Quanto a mim, porém, discutia mentalmente certos tópicos que haviam formado tema de conversa entre nós, logo no começo da noite. Refiro-me ao caso da Rua Morgue e ao mistério ligado ao assassinato de Maria Roget. Considerava, por conseguinte, a espécie de relação existente entre eles, quando a porta de nosso apartamento foi escancarada e deu entrada ao nosso velho conhecido, o Sr. G***, chefe da polícia parisiense.

Recebemo-lo cordialmente, pois tanto havia naquele homem de encantador como de desprezível, e há muitos anos que não o víamos. Como estivéssemos no escuro, Dupin levantou-se a fim de acender uma lâmpada, mas sentou-se de novo, sem fazê-lo, ao ouvir G*** dizer que tinha vindo consultar-nos, ou antes, pedir a opinião de meu amigo a respeito de certo negócio oficial que já havia ocasionado grandes complicações.

— Se se trata dum caso que requeira reflexão — observou Dupin, ao abster-se de acender o pavio —, examiná-lo-emos melhormente no escuro.

— É outra de suas esquisitices — disse o chefe de polícia, que tinha o cacoete de chamar de "esquisito" tudo quanto estivesse além de sua compreensão e por isso vivia em meio duma completa legião de "esquisitices".

— É bem verdade — disse Dupin, apresentando um cachimbo ao visitante e empurrando para o lado dele uma confortável cadeira.

— E qual a dificuldade agora? — perguntei. — Espero que não seja mais nenhum assassinato.

— Oh, não, nada dessa espécie! O fato é... o caso é *bastante* simples na verdade, e não tenho dúvida que poderíamos nós mesmos resolvê-lo muito bem; mas depois pensei que Dupin gostaria de conhecer-lhe os pormenores, porque é tão extraordinariamente *esquisito*...

— Simples e esquisito — disse Dupin.

— Mas é mesmo, embora a expressão não seja bem exata. O fato é que todos nós ficamos bastante embaraçados, porque o caso é tão simples, e, no entanto, desconcerta-nos inteiramente.

— Talvez seja a própria simplicidade da coisa que o induz a erro — disse meu amigo.

---

1 Publicado pela primeira vez em *The Gift: A Christmas, New Year's and Birthday Present*, Nova York, 1845. Título original: THE PURLOINED LETTER.

— Que contrassenso esse seu! — respondeu o chefe de polícia, rindo cordialmente.

— Talvez o mistério seja um tanto *demasiado* claro — disse Dupin.

— Oh, pelo bom Deus! Quem já ouviu falar de semelhante ideia?

— Um pouco *demasiado* evidente.

— Ah, ah, ah! Ah, ah, ah! Oh! oh! oh! — ria estrepitosamente nosso visitante, intensamente divertido. — Oh, Dupin, você ainda me mata!

— E afinal — perguntei eu —, qual é o caso em questão?

— Bem, vou contar-lhes o caso — respondeu o chefe de polícia, lançando uma longa, segura e contemplativa fumaçada e sentando-se na cadeira. — Contar-lhes-ei tudo em poucas palavras, mas, antes de começar, deixem-me adverti-los de que se trata dum negócio que exige o maior sigilo, e que mui provavelmente perderei o cargo que ora exerço se souberem que o confiei a alguém.

— Comece — disse-lhe eu.

— Ou não comece — disse Dupin.

— Pois vamos lá. Recebi informação particular, na mais alta esfera, de que certo documento da mais extrema importância foi furtado dos aposentos reais. O indivíduo que o furtou é conhecido, e não pode haver dúvida a respeito. Foi visto no ato do furto. Sabe-se também que o documento se encontra ainda em seu poder.

— Como se sabe disso? — perguntou Dupin.

— Deduz-se claramente — respondeu o chefe de polícia — da natureza do documento e do não aparecimento de certos resultados que surgiriam imediatamente se ele *saísse* das mãos do ladrão, isto é, se ele o utilizasse em vista do fim a que se propunha.

— Seja um pouco mais explícito — disse eu.

— Bem, posso aventurar-me a dizer que o papel dá a seu possuidor certo poder em determinado setor em que tal poder é imensamente valioso.

O chefe de polícia era doido pela gíria diplomática.

— Não compreendo ainda inteiramente — disse Dupin.

— Não? Pois bem, revelado esse documento a uma terceira pessoa, cujo nome omitirei, porá em questão a honra de um personagem da mais alta hierarquia, e este fato dá ao detentor do documento ascendência sobre o ilustre personagem cuja honra e cuja paz ficam assim ameaçadas.

— Mas esta ascendência — interrompi eu — dependerá do seguinte: saberá o ladrão que a pessoa roubada conhece quem furtou o documento? Quem ousaria...

— O ladrão — disse G*** — é o ministro D***, que ousa tudo quanto é indecente, bem como tudo quanto é decente para um homem. O processo do furto foi tão engenhoso quanto audaz. O documento em questão — uma carta, para ser franco — tinha sido recebida pela personagem roubada enquanto se achava só na alcova real. Enquanto a lia, foi ela, de súbito, interrompida pela entrada de outra elevada personagem, de quem desejava especialmente ocultar a carta. Depois de apressada e vã tentativa de lançá-la numa gaveta, foi obrigada a colocá-la, aberta como estava, sobre uma mesa. O sobrescrito, porém, estava para cima e oculto assim o conteúdo, não chamando a carta atenção. Nesta conjuntura entra o ministro D***. Seu olhar de lince nota imediatamente o papel, reconhece a letra do sobrescrito, percebe a atrapalhação da personagem, a quem a carta estava endereçada, e descobre-lhe o segredo. Depois de tratar de alguns negócios, a toda pressa, como costuma, tira do bolso uma carta um tanto semelhante à carta em questão, abre-a, pretende lê-la, e depois coloca-a bem junto da outra. Recomeça a conversar, durante uns quinze minutos, a respeito de negócios públicos. Por fim, ao despedir-se, pega de cima da mesa a carta a que não tinha direito. Seu verdadeiro dono, viu isso, porém, sem dúvida, não ousou chamar a atenção para o ato, na presença do terceiro personagem, que estava a seu lado. O ministro partiu, deixando sua própria carta, que não tinha a menor importância, sobre a mesa.

— Aqui, então — falou-me Dupin —, tem você o que é preciso para tornar a ascendência completa: o ladrão sabe que a pessoa furtada conhece o ladrão.

— Sim — replicou o chefe de polícia — e o poder assim obtido tem sido utilizado, desde há alguns meses, para fins políticos, numa amplitude muito perigosa. A pessoa roubada está cada dia mais inteiramente convencida da necessidade de reaver sua carta. Mas isto, naturalmente, não pode ser feito às claras. Afinal, levada ao desespero, encarregou-me da questão.

— Para isso — disse Dupin, em meio a uma perfeita espiral de fumaça — nenhum agente mais sagaz poderia, suponho, ser desejado ou sequer imaginado.

— O senhor me lisonjeia — replicou o chefe de polícia —, mas é possível que tenha sido expendida alguma opinião dessa espécie.

— É claro — disse eu —, como o senhor observa, que a carta ainda se acha em poder do ministro; visto como é a posse, e não qualquer utilização da carta, que lhe permite o poder. Com seu emprego, desaparece o ascendente.

— De fato — disse G*** — e eu procedi de acordo com essa convicção. Meu primeiro cuidado foi fazer uma busca completa no palacete do ministro. E meu principal embaraço, aí, estava na necessidade de procurar, sem que ele soubesse. Além de tudo, eu fora prevenido do perigo que resultaria de dar-lhe motivo para suspeitar de nosso desígnio.

— Mas — disse eu — o senhor está perfeitamente *au fait*[2] nessas investigações. A polícia parisiense já fez tais coisas várias vezes antes.

— Oh, sim! E por essa razão não perdi a esperança. Os hábitos do ministro, aliás, davam-me grande vantagem. Frequentemente se ausenta ele de casa a noite inteira. Seus criados não são muito numerosos. Dormem distanciados do apartamento de seu patrão e, como são napolitanos, embriagam-se facilmente. Eu tenho chaves, como sabem, que podem abrir qualquer quarto ou móvel de Paris. Durante três meses, não se passou uma noite em cuja maior parte eu não me entregasse à tarefa de revistar, pessoalmente, o palacete D***. Minha honra está em jogo e, para mencionar um grande segredo, a recompensa é enorme. Assim, não abandonei a busca, até que me convenci completamente de que o ladrão é homem mais astuto do que eu. Creio que investiguei todos os nichos e cantos do edifício em que fosse possível estar o papel escondido.

— Mas não é possível — sugeri — que, embora a carta possa estar em poder do ministro, como inquestionavelmente está, ele a tenha ocultado em outra parte que não em sua própria residência?

— Isso é dificilmente possível — disse Dupin. — As atuais condições especiais dos negócios da corte e principalmente dessas intrigas em que se sabe estar D*** envolvido tornam a eficácia do documento, sua possibilidade de ser apresentado em um momento, um ponto de importância quase igual ao de sua posse.

2 A par. (N. T.)

— Sua possibilidade de ser apresentado? — perguntei.

— O que vale dizer, de ser *destruído* — disse Dupin.

— De fato — observei. — A carta então está claramente no prédio. Quanto a estar na própria pessoa do ministro, devemos considerar isso como coisa fora de questão.

— Inteiramente — disse o chefe de polícia. — Ele foi duas vezes vítima de emboscada, como da parte de salteadores, e uma estrita busca foi dada em sua pessoa, sob minha própria inspeção.

— Você podia ter-se poupado esse incômodo — falou Dupin. — D***, creio eu, não é de modo algum maluco, e, não o sendo, devia ter previsto essas emboscadas como uma coisa inevitável.

— Não é de *modo algum* maluco — falou G*** —, mas é poeta, o que eu julgo estar só a um passo do maluco.

— Efetivamente — disse Dupin, depois de longa e pensativa fumarada do cachimbo —, embora eu próprio tenha perpetrado alguns versos de pé quebrado.

— Suponho que o senhor pormenorizará — disse eu —, minuciosamente, a sua pesquisa.

— Bem, o fato é que gastamos tempo e procuramos *em toda parte*. Tenho longa experiência desses assuntos. Explorei o edifício inteiro, aposento por aposento, dedicando as noites de toda uma semana a cada um deles. Examinamos primeiro a mobília de cada apartamento. Abrimos todas as gavetas possíveis; e imagino que o senhor sabe que, para um agente de polícia convenientemente treinado, coisa tal como uma gaveta *secreta* é impossível. Será um pateta qualquer homem que deixe escapulir-lhe uma gaveta "secreta" numa busca dessa espécie. A coisa é *tão* fácil. Há certa quantidade de volume, de espaço, a ser examinada em cada móvel. Depois, temos regras acuradas. Não nos escapará a quinta parte de uma linha. Depois das escrivaninhas passamos às cadeiras. Os estofos foram pesquisados com as finas agulhas compridas, que você me viu empregar. Das mesas, retiramos a parte de cima.

— Por que isso?

— Às vezes, a parte de cima de uma mesa, ou de outra peça similarmente construída do mobiliário, é removida pela pessoa que deseja esconder um objeto. Depois, escava-se a perna do móvel, deposita-se o objeto dentro da cavidade e recoloca-se a tampa. As partes de cima e do fundo das colunas de camas são também empregadas do mesmo modo.

— Mas não podia a cavidade ser localizada pelo som? — perguntei.

— De modo algum, se, quando o objeto for colocado, se puser em volta dele um enchimento suficiente de algodão. Além disso, em nosso caso, éramos obrigados a agir sem fazer barulho.

Mas o senhor não podia ter removido, o senhor não podia ter feito em pedaços *todas* as peças do mobiliário, em que seria possível depositar uma coisa do modo que mencionou. Uma carta pode ser comprimida num rolo fino em espiral, não diferindo muito, na forma ou no volume, de uma comprida agulha de croché e, dessa forma, pode ser inserida num pé de cadeira, por exemplo. O senhor não reduziu a pedaços todas as cadeiras?

— Certamente que não; mas fizemos melhor: examinamos os pés de todas as cadeiras do palacete e, para falar verdade, as juntas de todas as peças do mobiliário com o auxílio de um poderoso microscópio. Tivesse havido traços de qualquer alteração recente, não deixaríamos de descobri-la no mesmo instante. Qualquer modificação na cola, qualquer afastamento incomum das juntas, seria bastante para assegurar a descoberta.

— Creio que o senhor examinou os espelhos, entre as tábuas e o vidro, e pesquisou as camas e as roupas de cama, assim como as cortinas e os tapetes.

— Naturalmente; e quando acabamos de examinar completamente desse modo cada partícula do mobiliário, rebuscamos a própria casa. Dividimos sua superfície completa em compartimentos, que numeramos de modo que nenhum podia escapar; depois, investigamos cada polegada quadrada, isoladamente, pelo edifício inteiro, com o microscópio, como fizéramos antes, inclusive as duas casas imediatamente vizinhas.

— As duas casas vizinhas? — exclamei. — O senhor deve ter tido um trabalho enorme!

— Tivemos. Mas a recompensa oferecida é maravilhosa!

— O senhor incluiu o *chão* em volta das casas?

— Todo o chão é calçado com tijolos. Isso nos deu relativamente pouco trabalho. Examinamos a relva entre os tijolos e verificamos que não se mexera ali.

— O senhor investigou os papéis de D***, naturalmente, e os livros da biblioteca?

— Por certo. Abrimos cada embrulho e cada objeto; não só abrimos todos os livros, mas viramos todas as folhas de todos os volumes, não nos contentando com uma simples sacudidela, como fazem alguns de nossos funcionários da polícia. Também medimos a espessura de cada capa de livro, com a mais apurada precisão e aplicamos, a cada uma delas, a mais zelosa pesquisa com o microscópio. Se se tivesse inserido alguma coisa em qualquer uma das capas, seria extremamente impossível que tal fato houvesse escapado à observação. Cerca de cinco ou seis volumes que haviam saído recentemente das mãos do encadernador foram sondados, cuidadosamente, com as agulhas.

— Examinou o assoalho por baixo dos tapetes?

— Sem dúvida. Removemos todos os tapetes e examinamos as tábuas com o microscópio.

— E o papel das paredes?

— Também.

— Olharam nas adegas?

— Sim.

— Então — disse eu — o senhor está fazendo um cálculo errado e a carta não está no prédio, como supõe.

— Receio que aí o senhor tenha razão — disse o chefe de polícia. — E agora, Dupin, que é que você me aconselha a fazer?

— Fazer uma busca completa no edifício.

— Isso é completamente desnecessário — replicou G***. — Tenho menos certeza de respirar do que de que a carta não está no palacete.

— Não tenho melhor conselho para lhe dar — disse Dupin. — O senhor com certeza tem uma descrição minuciosa da carta?

— Oh, sim!

E então o chefe de polícia extraiu um caderno de notas e leu, em voz alta, um minucioso relatório sobre a aparência interna e, especialmente, a externa do documento perdido. Logo depois de terminar a leitura dessa descrição, partiu, mais inteiramente abatido de ânimo do que eu jamais vira antes o bom cavalheiro.

Cerca de um mês depois, nos fez ele outra visita e achou-nos ocupados quase da mesma forma em que nos encontrou da vez anterior. Pegou do cachimbo, assentou-se e iniciou qualquer conversa comum. Afinal, disse eu:

— Bem, mas G***, que há a respeito da carta furtada? Presumo que você, afinal, se convenceu de que não é coisa de pouca monta vencer em astúcia o ministro?

— Maldito seja, digo eu, sim, maldito seja. Refiz as buscas, no entanto, como Dupin sugeriu, mas foi tudo trabalho perdido, como sabia que seria.

— De quanto era a recompensa oferecida, a que você se referiu? — perguntou Dupin.

— Ora, é muita coisa... uma recompensa *bastante* generosa... não gosto de dizer quanto, precisamente, mas uma coisa direi: que não me importaria de dar, do meu próprio bolso, cinquenta mil francos a quem quer que pudesse obter para mim essa carta. O fato é que a coisa está-se tornando dia a dia mais importante e a recompensa foi recentemente duplicada. Mesmo, porém, que a triplicassem, não poderia fazer mais do que tenho feito.

— Mas, sim... — disse Dupin, arrastando as palavras, entre as baforadas de seu cachimbo de espuma. — Na verdade... acho, G***, que você não tem se esforçado... não tem feito o mais que pode nesse negócio. Você devia — penso eu — fazer um pouco mais, hein?

— Como?... Em que sentido?

— Ora... puff... você, poderia... puff, puff... aconselhar-se com alguém nesse caso... não acha?... puff, puff, puff... Lembra-se da história que contam do Abernethy?[3]

— Não. Que vá Abernethy para o diabo!

— Com efeito! Mande-o para o diabo, se lhe apraz. Mas uma vez, certo ricaço forreta concebeu o desígnio de extrair do tal Abernethy uma consulta médica. Travando, com esse objetivo, uma conversa comum, num grupo de íntimos, insinuou seu caso ao médico, como o de um indivíduo imaginário. "Vamos supor — disse o avaro — que os sintomas dele são tais e tais; ora, doutor, que lhe aconselharia tomar?" "Eu lhe mandaria que tomasse — disse Abernethy — o conselho de um médico, com certeza."

— Mas... — disse o chefe de polícia, um tanto desconcertado — estou *perfeitamente* disposto a tomar conselho e a pagar esse conselho. Daria *realmente* cinquenta mil francos a quem quer que me ajudasse nesse negócio.

— Neste caso — respondeu Dupin, abrindo uma gaveta, e apresentando um livro de cheques — você poderia muito bem encher-me um cheque do montante que acaba de mencionar. Depois que o tiver assinado entregar-lhe-ei a carta.

Fiquei atônito. O chefe de polícia parecia ter sido fulminado. Durante alguns minutos permaneceu sem fala e sem movimento, olhando incredulamente para meu amigo, de boca aberta, e de olhos quase fora das órbitas. Depois parecendo, de certo modo, dominar-se, agarrou uma pena e, após muitas pausas e olhares vagos, encheu afinal e assinou um cheque de cinquenta mil francos, entregando-o, por cima da mesa, a Dupin. Este examinou-o detidamente e meteu-o depois na carteira. Em seguida, abrindo uma escrivaninha, dela tirou uma carta e entregou-a ao chefe

3 Médico inglês muito célebre e muito excêntrico. (Nota de Charles Baudelaire.)

de polícia. O funcionário agarrou-a, num perfeito transe de alegria, abriu-a com mão trêmula, lançou um rápido olhar a seu conteúdo, e, depois, arrastando-se com esforço para a porta, precipitou-se, afinal, sem mais cerimônia, para fora do quarto e da casa sem ter pronunciado uma só sílaba, desde que Dupin lhe havia pedido que enchesse o cheque.

Quando ele saiu, meu amigo passou a dar algumas explicações.

— A polícia parisiense — disse ele — é excessivamente hábil no seu ofício. Seus agentes são perseverantes, engenhosos, sagazes e inteiramente versados nos conhecimentos que sua profissão principalmente exige. Por isso, quando G*** nos expunha seu processo de pesquisa nos aposentos da residência de D***, tive inteira confiança no resultado satisfatório da busca, dentro dos limites de seus esforços.

— Dentro dos limites de seus esforços? — perguntei eu.

— Sim — disse Dupin. — As medidas adotadas eram não somente as melhores de sua espécie, mas foram conduzidas com absoluta perfeição. Se a carta tivesse sido depositada dentro do alcance de sua busca, os agentes teriam, sem dúvida alguma, dado com ela.

Ri simplesmente. Ele, porém, parecia dizer tudo aquilo com toda a seriedade.

— As medidas, pois — continuou ele —, eram boas no seu gênero, e bem executadas. Seu defeito jazia em serem inaplicáveis ao caso e ao homem. Certo grupo de recursos altamente engenhosos é, para o chefe de polícia, uma espécie de leito de Procusto, ao qual tem de forçosamente adaptar seus planos. Mas ele erra, sem cessar, por ser demasiado profundo ou demasiado raso no assunto em questão, e muito menino de colégio raciocina melhor do que ele. Conhecia um, de cerca de oito anos de idade, cujos triunfos em acertar no jogo do "par e ímpar" atraíam a admiração geral. Este jogo é simples e joga-se com bolinhas. Um jogador contém na mão certo número dessas bolinhas e pergunta a outro se esse número é par ou ímpar. Se a adivinhação dá certo, o adivinhador ganha uma bola; se está errada, perde uma. O menino a quem me referi ganhava todas as bolas da escola. Tinha ele, sem dúvida, algum meio de adivinhação e este consistia na simples observação e comparação da astúcia de seus adversários. Por exemplo, um simplório chapado é seu adversário, e, mantendo a mão fechada, pergunta: "São pares ou ímpares?" O nosso colegial responde: "Ímpares", e perde; mas, na segunda prova, acerta, porque então diz a si mesmo: "O simplório pusera número par da primeira vez e sua dose de astúcia é o suficiente para fazê-lo ter bolas em número ímpar, da segunda vez; portanto, adivinharei ímpar"; adivinha ímpar e ganha. Ora, com um simplório um grau acima do primeiro, ele teria raciocinado assim: "Este rapaz vê que, no primeiro caso, eu adivinho ímpar, e no segundo, proporá a si mesmo, de acordo com o primeiro impulso, uma simples variação de par para ímpar, como fez o primeiro simplório; mas depois um segundo pensamento lhe sugerirá que isto é uma variação demasiado simples, e, finalmente, decidirá pôr número par como antes. Eu, portanto, adivinharei par"; adivinha par e ganha. Ora, este modo de raciocinar do colegial que seus camaradas chamam de "sorte", em última análise, qual é?

— É, simplesmente — disse eu —, uma identificação do intelecto do raciocinador com o de seu antagonista.

— É — disse Dupin. — Quando perguntei ao menino por que meio era efetuada aquela *perfeita* identificação na qual consistia seu êxito, recebi a resposta que se segue:

"Quando eu quero descobrir até que ponto alguém é sensato, ou estúpido, ou bom, ou perverso, ou quais são seus pensamentos no momento, componho a expressão de meu rosto, tão cuidadosamente quanto possível, de acordo com a expressão dele, e então espero ver que pensamentos ou sentimentos são despertados na minha mente ou no meu coração, como para se equiparar ou corresponder à 'minha fisionomia'." Esta resposta do colegial mergulha fundamente em toda aquela profundeza errônea que tem sido atribuída a La Rochefoucauld, a La Bougive, a Maquiavel e a Campanella.

— E a identificação — disse eu — do intelecto do raciocinador com o de seu adversário depende, se bem o compreendo, da exatidão com que é apreciado o intelecto do adversário.

— Para seu valor prático, depende efetivamente disso — respondeu Dupin —, e se o chefe de polícia e sua corte são tão frequentemente malsucedidos é, primeiro, por falta dessa identificação, e, em segundo lugar, pela má apreciação, ou antes, pela não apreciação do intelecto com que se estão medindo. Consideram somente suas *próprias* ideias engenhosas e, na procura de algo oculto, só cuidam dos meios de que eles se teriam servido para ocultá-lo. Têm bastante razão nisto de ser sua própria engenhosidade uma representação fiel da *massa*; mas quando a astúcia dum malfeitor particular é de caráter diverso da deles, o malfeitor naturalmente os "enrola". Isso sempre acontece quando essa astúcia está acima da deles e, muito comumente, quando está abaixo. Eles não variam de princípios em suas investigações; no máximo, quando premidos por alguma emergência insólita, por alguma recompensa extraordinária, ampliam ou exageram seus velhos métodos de ação, sem mexer-lhes nos princípios. Que, por exemplo, neste caso de D***, se fez para variar o princípio de ação? Que significam todas essas perfurações e exames e sondagens e investigações com o microscópio e divisões da superfície do edifício em polegadas quadradas numeradas? Que significa tudo isso senão um exagero da *aplicação* do único princípio ou grupo de princípios de pesquisa, que se baseiam sobre o único grupo de noções relativas à engenhosidade humana, com as quais o chefe de polícia se acostumou na longa rotina de suas funções? Você não vê que ele tomou como assegurado que *todos* os homens procuram, para esconder uma carta, se não exatamente um buraco feito à verruma, numa perna de cadeira, pelo menos *algum* canto ou orifício, sugerido pelo mesmo curso de ideias que impeliria um homem a ocultar uma carta, num buraco feito à verruma, numa perna de cadeira? E você não vê também que tais esconderijos *recherchés*[4] só se prestam para ocasiões comuns e só seriam adotados por intelectos comuns? Porque, em todos os casos de ocultamento, a colocação do objeto escondido, a colocação dele desse modo *recherché*, é, logo no primeiro momento, presumível e presumida; e sua descoberta assim depende não absolutamente da agudeza, mas inteiramente do simples cuidado, paciência e obstinação dos que procuram; e quando o caso é de importância (o que significa a mesma coisa aos olhos policiais quando a recompensa é elevada), *nunca* se soube que *falhassem* as qualidades em apreço. Você compreenderá agora o que eu queria dizer, ao sugerir que, se a carta furtada tivesse sido escondida em qualquer lugar dentro dos limites de pesquisa do chefe de polícia, em outras palavras, se estivesse o princípio de seu esconderijo compreendido dentro dos princípios do chefe de polícia, sua descoberta teria sido um assunto completamente fora de questão. Esse funcionário, contudo, foi inteiramente mistificado, e a fonte remota de sua derrota está

4 Rebuscados. (N. T.)

na suposição de que o ministro é um maluco, porque adquiriu renome como poeta. Todos os malucos são poetas; é isso o que o chefe de polícia *sente*; e ele é simplesmente culpado de um *non distributio medii*, ao deduzir daí que todos os poetas são malucos.

— Mas esse é realmente o poeta? — perguntei. — Sei que são dois irmãos, e que ambos alcançaram renome nas letras. O ministro, creio eu, escreveu eruditamente sobre o cálculo diferencial. É um matemático e não um poeta.

— Você se engana. Eu o conheço bem; é ambas as coisas. Como poeta e matemático, ele raciocinaria bem; como simples matemático, ele não raciocinaria absolutamente e assim estaria à mercê do chefe de polícia.

— Você me surpreende — disse eu — com essas opiniões que têm sido contraditadas pela voz geral. Você não tem a intenção de reduzir a nada as ideias bem assentadas através dos séculos. O raciocínio matemático tem sido considerado, há muito, como o raciocínio *par excellence*.[5]

— "Deve-se apostar — replicou Dupin, citando Chamfort — que toda ideia pública, toda convenção aceita é uma tolice, porque conveio ao número maior." Os matemáticos, concedo-lhe, fizeram o melhor que puderam para divulgar o erro popular a que você alude e que não deixa de ser um erro só por ser promulgado como verdade. Com uma arte digna de melhor causa, por exemplo, insinuaram a palavra "análise" nas operações algébricas. Os franceses são os criadores desse engano particular, mas se uma palavra tem alguma importância, se as palavras extraem qualquer valor de sua aplicabilidade, então "análise" significa "álgebra", quase tanto como, no latim, *ambitus* significa "ambição", *religio* quer dizer "religião", ou *homines honesti*, um punhado de "homens honrados".

— Vejo que você está tendo alguma polêmica — disse eu — com alguns dos algebristas de Paris. Mas continue.

— Contesto a eficácia, e portanto o valor, daquele raciocínio que se cultiva por qualquer forma especial que não seja a lógica abstrata. Contesto, em particular, o raciocínio deduzido pelo estudo matemático. As matemáticas são a ciência da forma e da quantidade; o raciocínio matemático é simplesmente lógico se aplicado à forma e à quantidade. O grande erro está em supor que mesmo as verdades do que se chama álgebra *pura* são verdades gerais ou abstratas. E esse erro é tão evidente, que me espanta a universalidade de sua aceitação. Os axiomas matemáticos não são axiomas de verdade geral. O que é uma verdade de *relação* (de forma e quantidade) é muitas vezes enormemente falso, com respeito à moral, por exemplo. Nesta última ciência, é muito comumente *inverídico* que a soma das partes seja igual ao todo. Também na química esse axioma falha. Na apreciação de motivos, falha: porque dois motivos, cada um de um dado valor, não têm, necessariamente, quando unidos, um valor igual à soma de seus valores separados. Há numerosas outras verdades matemáticas que só são verdades dentro dos limites da *relação*. Mas os matemáticos argumentam com suas *verdades finitas* pelo hábito, como se elas fossem de uma aplicabilidade absolutamente geral, tal como o mundo em verdade imagina que sejam. Bryant, em sua mui erudita *Mitologia*, menciona uma fonte análoga de erro quando diz que, "embora as fábulas pagãs não sejam cridas, esquecemo-nos, contudo, continuamente, e tiramos deduções delas como de realidades existentes". Entre os algebristas, porém, que são igualmente

5 Por excelência. (N. T.)

pagãos, as "fábulas pagãs" são criadas, e as inferências são feitas, não tanto por falta de memória como por causa de uma inexplicável perturbação do cérebro. Em suma, nunca encontrei um simples matemático em quem pudesse ter confiança fora das raízes quadradas, nem um que, clandestinamente, não mantivesse, como um ponto de fé, que $x^2 + px$ era absoluta e incondicionalmente igual a q. Diga a algum desses cavalheiros, só para experimentar, se lhe aprouver, que você acredita possam ocorrer ocasiões em que $x^2 + px$ não seja igual a q, e, tendo feito com que ele compreenda o que você quer dizer, coloque-se fora de seu alcance, com toda a rapidez conveniente, pois sem dúvida ele tentará atirá-lo ao chão.

— Quero dizer — prosseguiu Dupin, enquanto eu apenas ria de suas observações — que se o ministro não fosse mais do que um matemático, o chefe de polícia não teria passado pela necessidade de dar-me este cheque. Conheço-o, contudo, tanto como matemático quanto como poeta, e minhas medidas foram adaptadas à capacidade dele com referência às circunstâncias que o rodeavam. Sabia também que ele era um cortesão e um ousado *intrigante*. Um homem assim, pensei, não podia deixar de ser conhecedor dos modos comuns de agir da polícia. Não podia deixar de prever — e os acontecimentos provaram que ele não deixou de prever — as emboscadas a que estava sujeito. Deve ter pressuposto, refleti, as investigações secretas de sua residência. Suas frequentes ausências de casa, à noite, que foram saudadas pelo chefe de polícia como auxílio certo para seu sucesso, olhei-as apenas como *astúcia* para fornecer oportunidade a uma busca completa pela polícia e assim acentuar-lhe a convicção a que G***, de fato, finalmente chegou, de que a carta não estava no prédio. Pensei, também, que toda a série de pensamentos que me estava custando detalhar-lhe agora mesmo com relação ao princípio invariável da ação policial na procura de objetos escondidos, pensei que toda essa série de pensamentos necessariamente passaria pela mente do ministro. Ela o levaria, imperativamente, a pôr de parte todos os *esconderijos* comuns. Ele não podia, refleti, ser fraco a ponto de não ver que os mais intrincados e remotos recessos de seu palacete ficariam tão abertos como as mais comuns antecâmaras aos olhos, às pesquisas, às verrumas e aos microscópios do chefe de polícia. Vi, finalmente, que ele seria levado, como coisa natural, à *simplicidade*, senão deliberadamente induzido a isso, por uma questão de gosto. Você se lembrará, talvez, de como o chefe de polícia riu, desbandeiradamente, quando eu sugeri, em nossa primeira entrevista, que era bem possível que esse mistério o perturbasse tanto por ser *tão* claro.

— Sim — disse eu. — Lembro-me perfeitamente de sua hilaridade. Realmente pensei que ele ia cair em contorções de riso.

— O mundo material — continuou Dupin — é abundante em analogias muito estreitas com o imaterial e, assim, certa coloração de verdade foi dada ao dogma retórico de que a metáfora ou o sorriso podem servir tão bem para fortalecer um argumento como para embelezar uma descrição. O princípio de *vis inertiae*, por exemplo, parece ser idêntico na física e na metafísica. Não menos verdade é, na primeira, que um corpo grande se põe com mais dificuldade em movimento do que um menor e que seu *momentum* subsequente está em proporção com essa dificuldade, do que o é, na segunda, que às inteligências de maior capacidade, se bem que mais poderosas, mais constantes e mais cheias de acontecimentos em seus movimentos, do que as de grau inferior, são, contudo, as que se movem menos prontamente, com mais embaraço e cheias de hesitação, nos primeiros poucos passos de seu progresso. E mais: já observou você quais dos letreiros de rua, nas portas das lojas, mais atraem a atenção?

— Nunca cogitei disso — disse eu.

— Há um jogo de adivinhação — continuou ele — que se exerce sobre um mapa. Um parceiro, que joga, pede ao outro para descobrir uma dada palavra, um nome de cidade, rio, estado ou império; qualquer palavra, em suma, sobre a matizada e intrincada superfície do mapa. Um novato no jogo procura, geralmente, embaraçar seus parceiros dando-lhes os nomes de letras mais miúdas, mas o veterano escolhe palavras de grandes caracteres que se estendem de uma extremidade à outra do mapa. Estes, como os letreiros e tabuletas de rua, com grandes letras, escapam à observação pelo fato de serem excessivamente evidentes, e aqui a inadvertência física é precisamente análoga à inapreensão moral por meio da qual o intelecto deixa passar inadvertidas aquelas considerações, que são demasiado importunamente e demasiado palpavelmente evidentes. Mas este é um ponto, ao que parece, um tanto acima ou um tanto abaixo da compreensão do chefe de polícia. Ele, nem uma vez sequer, julgou provável ou possível que o ministro tivesse depositado a carta bem por baixo do nariz de todo mundo, com o fim de melhor impedir que qualquer porção desse mundo a percebesse.

— Mas quanto mais refleti sobre a habilidade atrevida, ousada e inteligente de D***, sobre o fato de que o documento devia estar sempre *à mão*, se ele tencionava utilizá-lo para um devido fim, e sobre a decisiva prova obtida pelo chefe de polícia de que ele não estava oculto dentro dos limites das buscas comuns daquele funcionário, tanto mais convencido fiquei de que, para ocultar essa carta, o ministro tinha apelado para o expediente compreensível e sagaz de não tentar ocultá-la absolutamente.

— Cheio destas ideias, muni-me de um par de óculos verdes e dirigi-me, um belo dia, completamente por acaso, ao edifício ministerial. Encontrei D*** em casa, bocejando, espreguiçando-se, ocioso como de costume e demonstrando achar-se no mais extremo tédio. Ele é, talvez, a criatura humana mais realmente enérgica que existe, mas somente quando ninguém o vê.

Para emparelhar com ele, queixei-me de meus olhos fracos e lamentei a necessidade de usar óculos, e, a coberto disto, atenta e completamente investiguei todo o aposento, enquanto dava mostras de estar apenas atento à conversa de meu interlocutor.

— Prestei especial atenção a uma grande escrivaninha, junto à qual estava ele sentado e sobre a qual achavam-se confundidas várias cartas misturadas e outros papéis, com um ou dois instrumentos musicais e uns poucos livros. Ali, porém, depois de longa e bem decidida pesquisa, nada vi que despertasse particular suspeita.

— Afinal meus olhos, circulando o quarto, caíram sobre um barato porta-cartões de filigrana e papelão que pendia, oscilando, amarrado por uma suja fita azul, de um pequeno prego de bronze, justamente sob o meio da cornija da lareira. Nesse porta-cartões, que tinha três ou quatro compartimentos, viam-se cinco ou seis cartões de visita e uma carta solitária. Esta última estava bastante manchada e amassada. Estava quase rasgada em duas, no meio, como se uma intenção, no primeiro momento, de rasgá-la inteiramente como coisa sem importância tivesse sido alterada, ou adiada, no segundo momento. Ostentava um grande selo negro, levando bem claramente o sinete de D***, e estava endereçada, com letra feminina bem miúda, ao próprio D***, o ministro. Fora atirada descuidadosamente e mesmo, como parecia, desdenhosamente numa das divisões superiores do porta-cartões.

— Logo depois que lancei a vista para aquela carta, concluí que deveria ser a tal que eu procurava. Decerto era, segundo todas as aparências, radicalmente diferente daquela de que o chefe de polícia nos dera tão minuciosa descrição. Nela o selo era grande e negro, com o sinete de D***; lá era pequeno e vermelho, com as armas ducais da família S***. Aqui o endereço do ministro era em letras miúdas e femininas; na outra, o sobrescrito, para certo personagem real, estava em letras marcadamente abertas e firmes; só o formato constituía um ponto de relação. Mas justamente o *radicalismo* dessas diferenças, que era excessivo; o sujo; o estado do papel, manchado e amassado, tão de desacordo com os *verdadeiros* hábitos metódicos de D***, e tão sugestivo de uma intenção de induzir erradamente o observador a uma ideia da falta de importância do documento; estas coisas, juntamente com a posição, exageradamente ostensiva desse documento, bem à vista de qualquer visitante e dessa forma exatamente em acordo com as conclusões a que eu tinha previamente chegado; tudo isso, repito, corroborava fortemente a suspeita de quem ali fosse com a intenção de suspeitar.

— Prolonguei minha visita o mais possível, e, enquanto mantinha a mais animada discussão com o ministro, a respeito de um assunto que eu bem sabia jamais deixara de interessá-lo e excitá-lo, conservava na realidade minha atenção fixa sobre a carta. Neste exame, confiei à memória sua aparência externa e posição no porta-cartões e, por fim, cheguei também a uma descoberta que afastou a mais ligeira dúvida que eu pudesse entreter. Observando as extremidades do papel, notei que elas estavam mais *estragadas* do que parecia necessário. Apresentavam o aspecto *enxovalhado*, que se manifesta quando um papel duro, tendo sido uma vez dobrado e repassado por uma espátula, é desdobrado em direção contrária, nas mesmas dobras, ou extremidades que haviam formado a dobra primitiva. Esta descoberta foi suficiente. Tornava-se claro para mim que a carta tinha sido revirada como uma luva, de dentro para fora, reendereçada e relacrada. Despedi-me do ministro, imediatamente, deixando uma tabaqueira de ouro sobre a mesa. No dia seguinte, fui buscar a tabaqueira e então retomamos, com a mesma avidez, a conversa do dia anterior. Enquanto estávamos assim entretidos, ouviu-se uma forte detonação, como de uma pistola, ali bem por baixo das janelas do edifício, seguida de uma série de terríveis gritos e do vozerio de uma populaça aterrorizada. D*** correu para uma sacada, abriu-a e olhou para fora. Enquanto isso, encaminhei-me para o porta-cartões, tirei a catra, meti-a no bolso e substituí-a por um fac-símile (quanto às aparências externas) que eu tinha cuidadosamente preparado nos meus aposentos, imitando o sinete de D***, muito facilmente, por meio de um selo feito de miolo de pão.

— A desordem na rua tinha sido ocasionada pela conduta furiosa de um homem armado de um mosquete. Havia-o detonado, em meio de uma multidão de mulheres e crianças. Ficou provado, porém, que o fizera sem balas e deixaram o camarada seguir seu caminho, tendo-o como um maluco ou um bêbedo. Logo que ele se foi, D*** voltou da janela, aonde eu o havia seguido, logo depois de ter-me apoderado do objeto em vista. Sem demora tratei de despedir-me. O pretenso maluco era um homem pago por mim.

— Mas qual a sua intenção — perguntei —, substituindo a carta por um fac-símile? Não teria sido melhor, logo à primeira visita, haver-se apoderado dela francamente e partido?

— D*** — replicou Dupin — é um homem violento e nervoso. Além disso, em sua casa não faltam servidores devotados a seus interesses. Se eu tivesse feito a grosseira tentativa que você sugere, talvez jamais tivesse podido sair vivo da presença do ministro. Talvez o bom povo de Paris nunca mais ouvisse falar de mim. Mas tinha eu um objetivo, fora dessas considerações. Você conhece minhas simpatias políticas. Neste assunto, ajo como partidário da senhora em questão. Durante dezoito meses o ministro a teve em seu poder. Ela agora o tem no seu, uma vez que, não sabendo que a carta não se acha em seu poder, ele continuará com suas extorsões, como se ainda a possuísse. Por isso será inevitavelmente conduzido, de pronto, à sua destruição política. Sua queda, também, será tão precipitada quanto desastrada. É muito bom falar a respeito do *facilis descensus Averni*; mas em todas as espécies de subida, como diz Catalani sobre o canto, é bem mais fácil subir do que descer. No presente caso, não tenho eu simpatia, ou pelo menos não tenho piedade, por aquele que cai. Ele é aquele *monstrum horrendum*, um homem de gênio sem caráter. Confesso, contudo, que gostaria bastante de conhecer a precisa natureza de seus pensamentos quando, sendo desafiado por aquela a quem o chefe de polícia denomina "certo personagem", se vir reduzido a abrir a carta que eu deixei para ele no porta-cartões.

— Como? Escreveu você qualquer coisa de especial nela?

— Ora... não pareceria absolutamente direito deixar o interior da carta em branco! Teria sido insultante. D***, outrora, em Viena, pregou-me uma má peça, de que, lhe disse eu, completamente de bom humor, sempre haveria de lembrar-me. Assim, como soubesse que ele sentiria alguma curiosidade a respeito da identidade da pessoa que o tinha excedido em astúcia, achei que era uma pena não lhe dar um indício. Ele conhece muito bem minha letra e justamente copiei, no meio da folha branca, as palavras:

> *... un dessein si funeste,*
> *s'il n'est digne d'Atrée, est digne de Thyeste.*[6]

Elas se encontram na *Atrée* de Crébillon.

FIM
DE "A CARTA FURTADA"
E DE "CONTOS POLICIAIS"

6 Desígnio tão funesto, se não é digno de Atreia, é digno de Tiesto.

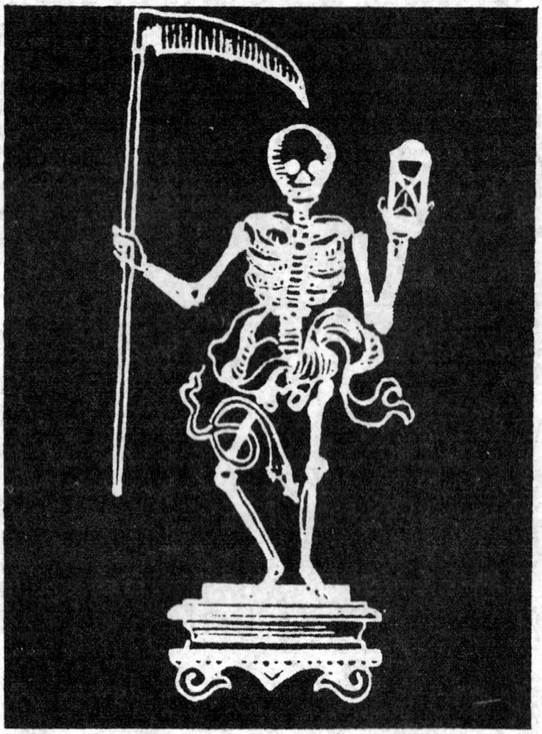

Contos de terror, de mistério e de morte

Nota preliminar

Se é creditada a Poe a criação do gênero policial, com seus contos de raciocínio e dedução, cabe-lhe também o mérito de haver renovado o conto e o romance de terror, de mistério e de morte, neles introduzindo o fator científico que lhes daria certo cunho de verossimilhança e de verdade. O gênero já existia e era fartamente difundido nas letras inglesas, alemãs e francesas. Já em 1764, com o seu Castelo de Otranto, *Horace Walpole, romancista inglês, iniciava o gênero que se chamou "romance negro" ou "romance gótico", talvez porque a ação se situava quase sempre em velhos castelos e mansões medievais. Clara Reeve secundou-o. Mais tarde Anne Radcliffe enchia seus livros de cenas e personagens aterrorizadores, Lewis imprimia-lhe a marca do satanismo e Maturin, na França, levava-o às raias da loucura e da fantasmagoria. Na Alemanha, se com Jean Paulo Richter perde-se ele pelo vago e pelo poético e imaginoso, com Hoffmann atinge os limites do maravilhoso e do fantástico. Na própria América do Norte, cuja literatura apenas se iniciava, Charles Brockden Brown transplanta para as terras do Novo Mundo as fantasmagorias e horrores dos romances de Ann Radcliffe, completando-os com as obsessões e os terrores íntimos de seus personagens.*

A influência do "romance negro" foi imensa na Inglaterra, na França e na Alemanha. Pode-se encontrá-la em escritores como Walter Scott, Byron, Shelley, cuja esposa, também escritora, criou o famoso personagem Frankenstein. O romantismo iria aproveitar-se de muito dos cenários e das emoções desencadeadas e até mesmo do fantástico e do maravilhoso de que os romancistas "negros" abusaram. Nodier, Victor Hugo, Jules Janin, Balzac não escaparam à influência do gênero. Mas deve-se, na verdade, a Edgar Poe o tê-lo renovado, o ter feito dele uma obra de arte e não apenas um meio de desencadear terrores em leitores impressionáveis, tirando-lhes o sono. Deu-lhe em primeiro lugar uma concentração de força explosiva que não existia nos demais autores que diluíam a força aterrorizante em romances enormes e por demais atravancados de coisas inúteis, numa acumulação de crimes e episódios pavorosos que, pelo próprio excesso, perdiam a verossimilhança e a possibilidade de impressionar mais fundamente o leitor.

Incapaz por natureza e pelas circunstâncias de sua vida de escrever longos romances, Poe aperfeiçoou-se na história curta, no conto, cujo valor reside especialmente na sua força concentrada. Mas o que distingue os seus contos do clássico conto ou romance de terror é certa tônica de autenticidade e de realidade que predomina em suas histórias. Enquanto os demais autores descreviam um medo exterior, um medo que provinha do mundo sobrenatural, da fantasmagoria, um medo de cenografia teatral com alçapões, fumaça de enxofre e satanases chifrudos, rasgando risadas arrepiantes, Poe descrevia um medo real, um medo que estava dentro do personagem, um medo que estava dentro dele próprio, autor, porque eram os seus terrores, as suas fobias, os seus recalques, reais, autênticos, verdadeiramente existentes, que ele transfundia em seus personagens, que eram sempre projeções dele, Poe, e não criaturas tiradas do mundo objetivo. Não há conto algum de Poe que seja narrado na terceira pessoa. Ele é quem sempre fala, quem sempre narra ou quem está presente para ouvir a confissão deste ou daquele personagem. E é o seu "eu" repleto de terrores, de presságios, de complexos, de inibições, de males físicos e morais que se revela nas suas histórias de terror e de morte.

A morte da mãe, com redobradas hemoptises, deve ter impressionado fortemente a sensibilidade do menino, que já carregava consigo a hereditariedade alcoólica do pai; sua condição de filho adotivo dos Allan, de futuro incerto, depois da morte de Frances Allan e das desavenças com John Allan; o vício do jogo e da embriaguez e mais tarde dos entorpecentes; o medo que sempre o dominou de ficar louco, pois a debilidade mental da irmã Rosália fazia-o temer que também ele perdesse a inteligência aguda e viva que era o seu orgulho; os ataques de adversários e invejosos; as condições de miséria em que quase sempre viveu; os seus complexos de origem sexual; tudo concorria para exacerbar-lhe a sensibilidade e povoar-lhe a mente de terrores intensos e alucinações. O medo, pois, que existe nos seus contos é um medo real, autêntico, sentido, arraigado. O Prof. Boussoulas escreveu mesmo um trabalho a respeito do medo na obra de Edgar Poe. Marie Bonaparte, também, numa obra compacta e minuciosa, andou, com aquele encarniçamento tão próprio dos psicanalistas e com todos os exageros da escola freudiana, a explicar todas as implicações sexuais que existem nos contos de Poe, apesar de haver ele escrito uma obra que prima pela sua ausência de sensualidade, pela sua castidade, pela sua aversão às cenas de amor físico.

Mas em Poe sempre existiu uma dicotomia psíquica. Sua inteligência aguda, racionalista, em que se juntavam metafísica e física, intuição poética em alto grau e raciocínio matemático, frio e desapaixonado, sempre procurava manter-se alerta, tornando-o capaz de apreciar os desenvolvimentos de seus terrores, de suas fobias, no momento mesmo em que se produziam. Era como um médico que sentia e diagnosticava os seus próprios males. Essa dicotomia marca a personalidade de Poe. Foi sempre um dilacerado, um homem dividido em duas naturezas: uma angélica e outra satânica. Sua luta contra o vício da embriaguez, contra a dipsomania, foi uma luta de longos anos. Conhecia a sua fraqueza e condenava-a. Os personagens condenáveis, fracos, viciosos, de seus contos nunca são exaltados ou elogiados, mas lamentados, dignos de dó, e condenados a pagar com a morte os próprios vícios. Essa luta de seus dois "eus" encontra-se fixada no seu conto "William Wilson", que ele mesmo considerava dos melhores que produzira.

Os mistérios da mente, o mistério da morte constituem o tema principal dos contos de Poe. Os terrores que ele descreve com intensidade e impressionante realismo são terrores que se geram na própria mente do personagem, e a realidade ambiente é vista por meio desse terror e por ele deformada. No seu livro Edgar Poe par lui-même, *o escritor Jacques Cabau assinala que "o conto de Poe é o contrário do conto de terror clássico. Em lugar de lançar um indivíduo normal num universo inquietante, Poe larga um indivíduo inquietante em um mundo normal. Nada acontece ao herói; ele é que acontece ao mundo. Não é tomado por um horror exterior; não é o medo que dispara a neurose, mas a neurose que suscita o medo. O herói é medusado pela sua própria visão. Uma vez apanhado nos seus próprios mecanismos de fascinação, é arrastado para a engrenagem da obsessão."*

Numa época em que começaram a desenvolver-se o magnetismo e o espiritismo, precisamente na América do Norte, não hesitou Poe em valer-se desses novos meios de criar sensação e angústia, e não faltam em seus contos os casos de reencarnação, de hipnotização, ou mesmerismo, como se costumava chamar na ocasião. Mas em todos ou quase todos há sempre um mergulho em certas profundezas da alma humana, em certos estados mórbidos da mente humana, em recônditos desvãos do subconsciente. Por isso mesmo os psicanalistas lançam-se com afã ao estudo da obra de Poe, porque nela encontram exemplos a granel para ilustrar suas demonstrações. Independentemente, porém, desses aspectos, o que há nela é um talento narrativo eficiente e impressivo, uma força criadora, uma realização artística, que explicam o ascendente enorme que até os nossos dias exercem os contos de terror de Edgar Allan Poe.

O.M.

Berenice[1]

Dicebant mihi sodales, si sepulchrum amicae visitarem, curas meas aliquantulum fore levatas.[2]
Ebn Zaiat

A desgraça é variada. O infortúnio da terra é multiforme. Arqueando-se sobre o vasto horizonte como o arco-íris, suas cores são como as deste, variadas, distintas e, contudo, intimamente misturadas. Arqueando-se sobre o vasto horizonte como o arco-íris! Como de um exemplo de beleza, derivei eu uma imagem de desencanto? Da aliança de paz, uma semelhança de tristeza? É que, assim como na ética o mal é uma consequência do bem, da mesma forma, na realidade, da alegria nasce a tristeza. Ou a lembrança da felicidade passada é a angústia de hoje, ou as amarguras que existem agora têm sua origem nas alegrias que *podiam ter existido*.

Meu nome de batismo é Egeu. O de minha família não revelarei. Contudo não há torres no país mais vetustas do que as salas cinzentas e melancólicas do solar de meus avós. Nossa estirpe tem sido chamada uma raça de visionários. Em muitos pormenores notáveis, no caráter da mansão familiar, nas pinturas do salão principal, nas tapeçarias dos dormitórios, nas cinzeladuras de algumas colunas da sala de armas, porém, mais especialmente, na galeria de quadros antigos, no estilo da biblioteca e, por fim, na natureza muito peculiar dos livros que ela continha, há mais que suficiente prova a justificar aquela denominação.

As recordações de meus primeiros anos estão intimamente ligadas àquela sala e aos seus volumes, dos quais nada mais direi. Ali morreu minha mãe. Ali nasci. Mas é ocioso dizer que não havia vivido antes, que a alma não tem existência prévia. Vós negais isto. Não discutamos o assunto. Convencido eu mesmo, não procuro convencer os demais. Sinto, porém, uma lembrança de formas aéreas, de olhos espirituais e expressivos, de sons musicais, embora tristes; uma lembrança que não consigo anular; uma reminiscência semelhante a uma sombra, vaga, variável, indefinida, inconstante; e como uma sombra, também, na impossibilidade de livrar-me dela, enquanto a luz de minha razão existir.

Foi naquele quarto que nasci. Emergindo assim da longa noite daquilo que parecia, mas não era, o nada, para logo cair nas verdadeiras regiões da terra das fadas, num palácio fantástico, nos estranhos domínios do pensamento monástico e da erudição, não é de admirar que tenha lançado em torno de mim um olhar ardente e espantado, que tenha consumido minha infância nos livros e dissipado minha juventude em devaneios; mas é estranho que, ao perpassar dos anos e quando o apogeu da maturidade me encontrou ainda na mansão de meus pais, uma maravilhosa inércia tenha tombado sobre as fontes da minha vida, maravilhosa a total inversão que se operou na natureza de meus pensamentos mais comuns. As realidades do mundo me afetavam como visões, e somente como visões, enquanto que as loucas ideias da

1 Publicado pela primeira vez no *Southern Literary Messenger*, março de 1835. Título original: BERENICE.

2 Meus companheiros me asseguravam que visitando o túmulo de minha amiga conseguiria, em parte, alívio para as minhas tristezas.

terra dos sonhos tornavam-se, por sua vez, não o estofo de minha existência cotidiana, mas, na realidade, a minha absoluta e única existência.

*

Berenice e eu éramos primos e crescemos juntos, no solar paterno. Mas crescemos diferentemente: eu, de má saúde e mergulhado na minha melancolia; ela, ágil, graciosa e exuberante de energia. Para ela, os passeios pelas encostas da colina. Para mim, os estudos do claustro. Eu, encerrado dentro do meu próprio coração e dedicado, de corpo e alma, à mais intensa e penosa meditação. Ela, divagando descuidosa pela vida, sem pensar em sombras em seu caminho, ou no voo silente das horas de asas lutuosas. Berenice! Quando lhe invoco o nome... Berenice!, das ruínas sombrias da memória repontam milhares de tumultuosas recordações. Ah, bem viva tenho agora a sua imagem diante de mim, como nos velhos dias de sua jovialidade e alegria! Oh, deslumbrante, porém fantástica beleza! Oh, sílfide entre os arbustos de Arnheim! Oh, náiade à beira de suas fontes! E depois... depois tudo é mistério e horror, uma história que não deveria ser contada. Uma doença — uma fatal doença — soprou como um simum sobre seu corpo. E precisamente quando a contemplava, o espírito da metamorfose arrojou-se sobre ela, invadindo-lhe a mente, os hábitos e o caráter e, da maneira mais sutil e terrível, perturbando-lhe a própria personalidade! Ai! O destruidor veio e se foi, e a vítima... onde está ela? Não a conhecia... ou não mais a conhecia como Berenice!

Entre a numerosa série de males acarretados por aquela fatal e primeira doença, que realizou tão horrível revolução no ser moral e físico de minha prima, pode-se mencionar, como o mais aflitivo e o mais obstinado, uma espécie de epilepsia, que não poucas vezes terminava em catalepsia, muito semelhante à morte efetiva e da qual despertava ela, quase sempre, duma maneira assustadoramente subitânea. Entrementes, minha própria doença aumentava, pois me fora dito que para ela não havia remédio, e assumiu afinal um caráter de monomania, de forma nova e extraordinária, que, de hora em hora, de minuto em minuto, crescia em vigor e por fim veio a adquirir sobre mim a mais incompreensível ascendência. Esta monomania, se assim posso chamá-la, consistia numa irritabilidade mórbida daquelas faculdades do espírito que a ciência metafísica denomina "faculdades da atenção". É mais que provável não me entenderem. Mas temo, deveras, que me seja totalmente impossível transmitir à mente do comum dos leitores uma ideia adequada daquela nervosa *intensidade da atenção* com que, no meu caso, as faculdades meditativas (para evitar a linguagem técnica) se aplicava e absorvia na contemplação dos mais vulgares objetos do mundo.

Meditar infatigavelmente longas horas, com a atenção cravada em alguma frase frívola, à margem de um livro ou no seu aspecto tipográfico; ficar absorto, durante a melhor parte dum dia de verão, na contemplação duma sombra extravagante, projetada obliquamente sobre a tapeçaria, ou sobre o assoalho; perder uma noite inteira a observar a chama inquieta duma lâmpada, ou as brasas de um fogão; sonhar dias inteiros com o perfume duma flor; repetir, monotonamente, alguma palavra comum, até que o som, à força da repetição frequente, cesse de representar ao espírito a menor ideia; perder toda a sensação de movimento ou de existência física, em virtude de uma absoluta quietação do corpo, prolongada e obstinadamente mantida, tais eram as mais comuns e menos perniciosas aberrações, provocadas pelo estado de minhas faculdades mentais, não, de fato, absolutamente sem exemplo, mas certamente desafiando qualquer espécie de análise ou explicação.

Sejamos, porém, mais explícitos. A excessiva, ávida e mórbida atenção, assim excitada por objetos de seu natural triviais, não deve ser confundida, a propósito, com aquela propensão à meditação, comum a toda a humanidade e mais especialmente do agrado das pessoas de imaginação ardente. Nem era tampouco, como se poderia a princípio supor, um estado extremo, ou uma exageração de tal propensão, mas primária e essencialmente distinta e diferente dela. Naquele caso, o sonhador, ou entusiasta, estando interessado por um objeto, geralmente não trivial, perde, sem o perceber, de vista esse objeto, através duma imensidade de deduções e sugestões dele provindas, até que, chegando ao fim daquele sonho acordado, muitas vezes repleto de voluptuosidade, descobre estar o *incitamentum*, ou causa primária de suas meditações, inteiramente esvanecido e esquecido. No meu caso, o ponto de partida era invariavelmente frívolo, embora assumisse, por intermédio de minha visão doentia, uma importância irreal e refratária. Poucas ou nenhumas reflexões eram feitas e estas poucas voltavam, obstinadamente, ao objeto primitivo, como a um centro. As meditações nunca eram agradáveis e, ao fim do devaneio, a causa primeira, longe de estar fora de vista, atingira aquele interesse sobrenaturalmente exagerado que era a característica principal da doença. Em uma palavra: as faculdades da mente mais particularmente exercitadas em mim eram, como já disse antes, as da *atenção*, ao passo que no sonhador-acordado são as *especulativas*.

Naquela época, os meus livros, se não contribuíam eficazmente para irritar a moléstia, participavam largamente, como é fácil perceber-se, pela sua natureza imaginativa e inconsequente, das qualidades características da própria doença. Bem me lembro, entre outros, do tratado do nobre italiano, Coelius Secundus Curio *De amplitudine beati regni Dei*; da grande obra de Santo Agostinho, *A cidade de Deus*; do *De carne Christi*, de Tertuliano, no qual a paradoxal sentença: *Mortuus est Dei filius; credible est guia ineptum est; et sepultus resurrexit; certum est quia impossibile est*, absorveu meu tempo todo, durante semanas de laboriosa e infrutífera investigação.

Dessa forma, minha razão, perturbada, no seu equilíbrio, por coisas simplesmente triviais, assemelhava-se àquele penhasco marítimo, de que fala Ptolomeu Hefestião, o qual resistia inabalável aos ataques da violência humana e ao furioso ataque das águas e dos ventos, mas tremia ao simples toque da flor chamada asfódelo. E embora a um pensador desatento possa parecer fora de dúvida que a alteração produzida pela lastimável moléstia no estado moral de Berenice fornecesse motivos vários para o exercício daquela intensa e anormal meditação, cuja natureza tive dificuldade em explicar, tal não se deu absolutamente. Nos intervalos lúcidos de minha enfermidade, a desgraça que a feria me dava realmente pena, e me afetava fundamente o coração aquela ruína total de sua vida alegre e doce. Por isso não deixava de refletir muitas vezes, com amargura, nas causas prodigiosas que tinham tão subitamente produzido modificação tão estranha. Mas essas reflexões não participavam da idiossincrasia de minha doença, tais como teriam ocorrido, em idênticas circunstâncias, à massa ordinária dos homens. Fiel a seu próprio caráter, meu desarranjo mental preocupava-se com as menos importantes porém mais chocantes mudanças operadas na constituição *física* de Berenice, na estranha e mais espantosa alteração de sua personalidade.

Posso afirmar que nunca amara minha prima, durante os dias mais brilhantes de sua incomparável beleza. Na estranha anomalia de minha existência, os sentimentos nunca me provinham do coração, e minhas paixões eram sempre do espírito. Através do crepúsculo matutino, entre as sombras estriadas da floresta, ao meio-dia, no silêncio de minha biblioteca, à noite, esvoaçara ela diante de meus olhos e eu a contemplara, não como a viva e respirante Berenice, mas como a Berenice de um sonho; não como um ser da terra, um ser carnal, mas como a abstração de tal ser; não como uma coisa para admirar, mas para ser analisada; não como um objeto para amar, mas como o tema da mais abstrusa, embora inconstante, especulação. E *agora*... agora eu estremecia na sua presença e empalidecia ao vê-la aproximar-se; contudo, lamentando amargamente sua deplorável decadência, lembrei-me de que ela me havia amado muito tempo, e, num momento fatal, falei-lhe em casamento.

Aproximava-se, enfim, o período de nossas núpcias quando, numa tarde de inverno de um daqueles dias intempestivamente cálidos, sossegados e nevoentos, que são a alma do belo Alcíone,[3] me sentei no mais recôndito gabinete da biblioteca. Julgava estar sozinho, mas erguendo a vista divisei Berenice, em pé, à minha frente.

Foi a minha própria imaginação excitada, ou a nevoenta influência da atmosfera, ou o crepúsculo impreciso do aposento, ou as cinerias roupagens que lhe caíam em torno do corpo, que lhe deu aquele contorno indeciso e trêmulo? Não sei dizê-lo. Ela não disse uma palavra e eu por forma alguma podia emitir uma só sílaba. Um gélido calafrio correu-me pelo corpo, uma sensação de intolerável ansiedade me oprimia, uma curiosidade devoradora invadiu-me a alma e, recostando-me na cadeira, permaneci por algum tempo imóvel e sem respirar, com os olhos fixos no seu vulto. Ai! sua magreza era excessiva e nenhum vestígio da criatura de outrora se vislumbrava numa linha sequer de suas formas. O meu olhar ardente pousou-se afinal em seu rosto.

A fronte era alta e muito pálida, e de uma placidez singular. O cabelo, outrora negro, de azeviche, caía-lhe parcialmente sobre a testa, e sombreava as fontes encovadas com numerosos anéis, agora dum amarelo vivo, em chocante discordância, pelo seu caráter fantástico, com a melancolia que lhe dominava o rosto. Os olhos, sem vida e sem brilho, pareciam estar desprovidos de pupilas. Desviei involuntariamente a vista daquele olhar vítreo para olhar-lhe os lábios delgados e contraídos. Entreabriram-se e, num sorriso bem significativo, *os dentes* da Berenice transformada se foram lentamente mostrando. Prouvera a Deus que eu nunca os tivesse visto, ou que, tendo-os visto, tivesse morrido!

*

O batido duma porta me assustou e, erguendo a vista, vi que minha prima havia saído do aposento. Mas do aposento desordenado do meu cérebro não havia saído, ai de mim!, e não queria sair o *espectro* branco de seus dentes lívidos. Nem uma mancha se via em sua superfície, nem uma pinta no esmalte, nem uma falha nas suas pontas, que aquele breve tempo de seu sorriso não houvesse gravado na minha memória. Via-os *agora*, mesmo mais distintamente do que os vira *antes*. Os dentes!... Os dentes! Estavam aqui e ali e por toda parte, visíveis, palpáveis, diante de mim. Compridos, estreitos e excessivamente brancos, com os pálidos lábios contraídos sobre eles, como no instante

3 Porque como Júpiter, durante a estação invernosa, dá duas vezes sete dias de calor, os homens chamavam este benigno e temperado tempo de "A ama da bela Alcíone" (SIMÔNIDES).

mesmo do seu primeiro e terrível crescimento. Então desencadeou-se a plena fúria de minha monomania e em vão lutei contra sua estranha e irresistível influência. Nos múltiplos objetos do mundo exterior, só pensava naqueles dentes. Queria-os com frenético desejo. Todos os assuntos e todos os interesses diversos foram absorvidos por aquela exclusiva contemplação. Eles... somente eles estavam presentes aos olhos de meu espírito, e eles, na sua única individualidade, se tornaram a essência de minha vida mental. Via-os sob todos os aspectos. Revolvia-os em todas as direções. Observava-lhes as características. Detinha-me em todas as suas peculiaridades. Meditava em sua conformação. Refletia na alteração de sua natureza. Estremecia ao atribuir-lhes, em imaginação, faculdades de sentimento e de sensação, e, mesmo quando desprovidos dos lábios, capacidade de expressão moral. Dizia-se, com razão, de Mademoiselle Sallé que: *tous ses pas étaient des sentiments*, e de Berenice que: *tous ses dents étaient des idées. Des idées!*[4] Ah, esse foi o pensamento absurdo que me destruiu! *Des idées!* Ah, essa era a razão pela qual eu os cobiçava tão loucamente! Sentia que somente a posse deles me poderia restituir a paz para sempre, fazendo-me voltar a razão.

E assim cerrou-se a noite em torno de mim. Vieram as trevas, demoraram-se, foram embora. E o dia raiou mais uma vez. E os nevoeiros de uma segunda noite de novo se adensaram em torno de mim. E ainda sentado estava, imóvel, naquele quarto solitário, ainda mergulhado em minha meditação, ainda com o *fantasma* dos dentes mantendo sua terrível ascendência sobre mim, a flutuar, com a mais viva e hedionda nitidez, entre as luzes mutáveis e as sombras do aposento. Afinal, explodiu em meio de meus sonhos um grito de horror e de consternação, ao qual se seguiu, depois de uma pausa, o som de vozes aflitas, entremeadas de surdos lamentos de tristeza e pesar. Levantei-me e, escancarando uma das portas da biblioteca, vi, de pé, na antecâmara, uma criada, toda em lágrimas, que me disse que Berenice havia... morrido! Sofrera um ataque epiléptico pela manhã e agora, ao cair da noite, a cova estava pronta para receber seu morador e todos os preparativos do enterro terminados.

*

Com o coração cheio de angústia, oprimido pelo temor, dirigi-me, com repugnância, para o quarto de dormir da defunta. Era um quarto vasto, muito escuro, e eu me chocava, a cada passo, com os preparativos do sepultamento. Os cortinados do leito, disse-me um criado, estavam fechados sobre o ataúde e naquele ataúde, acrescentou ele, em voz baixa, jazia tudo quanto restava de Berenice.

Quem, pois, me perguntou se eu não queria ver o corpo? Não vi moverem-se os lábios de ninguém; entretanto, a pergunta fora realmente feita e o eco das últimas sílabas ainda se arrastava pelo quarto. Era impossível resistir e, com uma sensação opressiva, dirigi-me a passos tardos para o leito. Ergui de manso as sombrias dobras das cortinas; mas, deixando-as cair de novo, desceram elas sobre meus ombros e, separando-me do mundo dos vivos, me encerraram na mais estreita comunhão com a defunta.

Todo o ar do quarto respirava morte; mas o cheiro característico do ataúde me fazia mal e imaginava que um odor deletério se exalava já do cadáver. Teria dado mundos para escapar, para livrar-me da perniciosa influência mortuária, para respirar,

4 Todos os seus passos eram sentimentos... todos os seus dentes eram ideias. Ideias! (N. T.)

uma vez ainda, o ar puro dos céus eternos. Mas, faleciam-me as forças para mover-me, meus joelhos tremiam e me sentia como que enraizado no solo, contemplando fixamente o rígido cadáver, estendido ao comprido no caixão aberto.

Deus do céu! Seria possível? Ter-se-ia meu cérebro transviado? Ou o dedo da defunta se mexera no sudário que a envolvia? Tremendo de inexprimível terror, ergui lentamente os olhos para ver o rosto do cadáver. Haviam-lhe amarrado o queixo com um lenço, o qual, não sei como, se desatara. Os lábios lívidos se torciam numa espécie de sorriso, e por entre sua moldura melancólica os dentes de Berenice, brancos, luzentes, terríveis me fixavam ainda, com uma realidade demasiado vívida. Afastei-me convulsivamente do leito e, sem pronunciar uma palavra, como um louco, corri para fora daquele quarto de mistério, de horror e de morte...

Achei-me de novo sentado na biblioteca, e de novo ali estava só. Parecia-me que havia pouco despertara de um sonho confuso e agitado. Sabia que era então meia-noite e bem ciente estava de que, desde o pôr do sol, Berenice tinha sido enterrada. Mas, durante esse tétrico intervalo, eu não tinha qualquer percepção positiva, ou pelo menos definida. Sua recordação, porém, estava repleta de horror, horror mais horrível porque vindo do impreciso, terror mais terrível porque saído da ambiguidade. Era uma página espantosa do registro de minha existência, toda escrita com sombra e com medonhas e ininteligíveis recordações. Tentava decifrá-la, mas em vão; e de vez em quando, como o espírito de um som evadido, parecia-me retinir nos ouvidos o grito agudo e lancinante de uma voz de mulher. Eu fizera alguma coisa; que era, porém? Fazia a mim mesmo tal pergunta, em voz alta, e os ecos do aposento me respondiam: *Que era?*

Sobre a mesa, a meu lado, ardia uma lâmpada e perto dela estava uma caixinha. Não era de forma digna de nota e eu frequentemente a vira antes, pois pertencia ao médico da família; mas, como viera ter *ali*, sobre minha mesa, e por que estremecia eu ao contemplá-la? Não valia a pena importar-me com tais coisas e meus olhos por fim caíram sobre as páginas abertas de um livro, sobre uma sentença nelas sublinhada. Eram as palavras singulares, porém simples, do poeta Ebn Zaiat: *Dicebant mihi sodales, si sepulchrum amicae visitarem, curas meas aliquantulum fore levatas*. Por que, então, ao lê-las, os cabelos de minha cabeça se eriçaram até a ponta, e o sangue de meu corpo se congelou nas veias?

Uma leve pancada soou na porta da biblioteca. E, pálido como o habitante de um sepulcro, um criado entrou, na ponta dos pés. Sua fisionomia estava transtornada de pavor e ele me falou numa voz trêmula, rouca e muito baixa. Que disse? Ouvi frases truncadas. Falou-me de um grito selvagem que perturbara o silêncio da noite... todos em casa se reuniram... saíram procurando em direção ao som. E depois sua voz se tornou penetrantemente distinta, ao falar-me de um túmulo violado... de um corpo desfigurado, desamortalhado, mas que ainda respirava, ainda palpitava, ainda *vivia!*

Apontou para minhas roupas; estavam sujas de coágulos de sangue. Eu nada falava e ele pegou-me levemente na mão; gravavam-se nela os sinais de unhas humanas. Chamou-me a atenção para certo objeto encostado à parede: era uma pá.

Com um grito, saltei para a mesa e agarrei a caixa que nela se achava. Mas não pude arrombá-la; e, no meu tremor, ela deslizou de minhas mãos e caiu com força, quebrando-se em pedaços. E dela, com um som tintinante, rolaram vários instrumentos de cirurgia dentária, de mistura com trinta e duas coisas brancas, pequenas, como que de marfim, que se espalharam por todo o assoalho.

Morela[1]

Ele mesmo, por si mesmo unicamente,
eternamente Um e único.
Platão, *Symposium*

Era com sentimentos de profunda embora singularíssima afeição que eu encarava minha amiga Morela. Levado a conhecê-la por acaso, há muitos anos, minha alma, desde nosso primeiro encontro, ardeu em chamas que nunca antes conhecera; não eram, porém, as chamas de Eros, e foi amarga e atormentadora para meu espírito a convicção crescente de que eu não podia, de modo algum, definir sua incomum significação, ou regular-lhe a vaga intensidade. Conhecemo-nos, porém, e o destino conduziu-nos juntos ao altar; mas nunca falei de paixão ou pensei em amor. Ela, contudo, evitava as companhias e, ligando-se só a mim, fazia-me feliz. Maravilhar--se é uma felicidade; e é uma felicidade sonhar.

A erudição de Morela era profunda. Asseguro que seus talentos não eram de ordem comum, sua força de espírito era gigantesca. Senti-a e, em muitos assuntos, tornei-me seu aluno. Logo, porém, verifiquei que, talvez por causa de sua educação, feita em Presburgo, ela me apresentava numerosos desses escritos místicos que usualmente são considerados como o simples sedimento da primitiva literatura germânica. Por motivos que eu não podia imaginar, eram essas obras o seu estudo favorito e constante. E o fato de que, com o correr do tempo, se tornassem elas também o meu pode ser atribuído à simples, mas eficaz influência do costume e do exemplo.

Em tudo isso, se não me engano, minha razão tinha pouco a fazer. Minhas convicções, ou me desconheço, de modo algum eram conformes a um ideal, nem se podia descobrir qualquer tintura das coisas místicas que eu lia, a menos que esteja grandemente enganado, nos meus atos ou nos meus pensamentos.

Persuadido disso, abandonei-me implicitamente à direção de minha esposa e penetrei, de coração resoluto, no labirinto de seus estudos. E então... então, quando, mergulhado nas páginas nefastas, sentia um espírito nefasto acender-se dentro de mim, Morela colocava a mão fria sobre a minha e extraía das cinzas de uma filosofia morta algumas palavras profundas e singulares, cujo estranho sentido as gravava a fogo em minha memória.

Santa Maria! Volve o teu olhar tão belo,
de lá dos altos céus, do teu trono sagrado,
para a prece fervente e para o amor singelo
que te oferta, da terra, o filho do pecado.

Se é manhã, meio-dia, ou sombrio poente,
meu hino em teu louvor tens ouvido, Maria!
Sê, pois, comigo, ó Mãe de Deus, eternamente,
quer no bem ou no mal, na dor ou na alegria!

1 Publicado pela primeira vez no *Southern Literary Messenger*, abril de 1835. Título original: MORELLA.

No tempo que passou, veloz, brilhante, quando
nunca nuvem qualquer meu céu escureceu,
temeste que me fosse a inconstância empolgando
e guiaste minha alma a ti, para o que é teu.

Hoje, que o temporal do Destino ao Passado
e sobre o meu presente espessas sombras lança,
fulgure ao menos meu Futuro, iluminado
por ti, pelo que é teu, na mais doce esperança!

E então, hora após hora, eu me estendia a seu lado, imergindo-me na música de sua voz, até que, afinal, essa melodia se maculasse de terror; então caía uma sombra sobre minha alma, eu empalidecia, tremia internamente àqueles sons que não eram da terra. Assim a alegria subitamente se desvanecia no horror e o mais belo se transformava no mais hediondo, como o Hinnon se transformou na Geena.[2]

É desnecessário fixar o caráter exato dessas disquisições que, irrompendo dos volumes mencionados, formaram, por longo tempo, quase que o único objeto de conversação entre mim e Morela. Mas os instruídos no que se pode denominar moralidade teológica facilmente o conceberão e os leigos, de qualquer modo, não o poderiam entender. O extravagante panteísmo de Fichte; a palingenesia modificada de Pitágoras; e, acima de tudo, as doutrinas de *Identidade*, como as impõe Schelling, eram esses geralmente os assuntos de discussão que mais beleza apresentavam à imaginativa Morela. Aquela identidade que se chama pessoal, Locke, penso, define-a com realismo, como consistindo na conservação do ser racional. E desde que por pessoa compreendemos uma essência inteligente dotada de razão, e desde que há uma consciência que sempre acompanha o pensamento, é ela que nos faz, a todos, sermos o que chamamos, *nós mesmos*, distinguindo-nos por isso de outros seres que pensam e dando-nos nossa identidade pessoal. Mas o *principium individuationis*, a noção daquela identidade que, com a morte, está ou não perdida para sempre, foi para mim, em todos os tempos, uma questão de intenso interesse, não só por causa da natureza embaraçosa e excitante de suas consequências como pela maneira acentuada e agitada com que Morela as mencionava.

Na verdade, porém, chegara o tempo em que o mistério da conduta de minha esposa me oprimia como um encantamento. Eu não podia suportar mais o contato de seus dedos lívidos, nem o tom grave de sua fala musical, nem o brilho de seus olhos melancólicos. E ela sabia de tudo isso, porém não me repreendia; parecia consciente de minha fraqueza ou de minha loucura, e, a sorrir, chamava-a Destino. Parecia também consciente de uma causa, para mim ignota, do crescente alheamento de minha amizade; mas não me dava sinal ou mostra da natureza disso. Era, contudo, mulher e fenecia dia a dia. Por fim, uma rubra mancha se fixou, firmemente, na sua face e as veias azuis de sua fronte pálida se tornaram proeminentes; por instantes minha natureza se fundia em piedade, mas, a seguir, meu olhar encontrava o brilho de seus olhos significativos e minha alma enfermava e entontecia, com a vertigem de quem olhasse para dentro de qualquer horrível e insondável abismo.

Poderei dizer então que ansiava, com desejo intenso e devorador, pelo

2 Do latim *gehenna*, que dizem vir do hebraico *ge-hinnon*, vale de Hinon, ao sudoeste de Jerusalém, no qual nos tempos da impiedade se sacrificava a Moloc. É, também, a denominação do Inferno, na Bíblia. (N. T.)

momento da morte de Morela? Ansiei; mas o frágil espírito agarrou-se à sua mansão de argila por muitos dias, por muitas semanas, por meses penosos, até que meus nervos torturados obtiveram domínio sobre meu cérebro e me tornei furioso com a demora, e, com o coração de um inimigo, amaldiçoei os dias, as horas e os amargos momentos que pareciam ampliar-se cada vez mais, à medida que sua delicada vida declinava como as sombras ao morrer do dia.

Numa tarde de outono, porém, quando os ventos silenciavam nos céus, Morela chamou-me a seu leito. Sombria névoa cobria toda a terra e um resplendor ardia sobre as águas e entre as bastas folhas de outubro na floresta, como se um arco-íris tivesse caído do firmamento.

— Este é o dia dos dias — disse ela, quando me aproximei. — O mais belo dos dias para viver ou para morrer. É um belo dia para os filhos da terra e da vida... ah, e mais belo ainda para as filhas do céu e da morte!

Beijei-lhe a fronte, e ela continuou:

— Vou morrer e, no entanto, viverei.

— Morela!

— Jamais existiram esses dias em que podias amar-me... mas aquela a quem na vida aborreceste, depois de morta a adorarás.

— Morela!

— Repito que vou morrer. Mas dentro de mim há um penhor desta afeição — ah, quão pequena! — que deveste sentir por mim, Morela. E quando meu espírito partir, a criança viverá — teu filho e meu filho, o filho de Morela. Mas os teus dias serão dias de pesar, desse pesar que é a mais duradoura das impressões, do mesmo modo que o cipreste é a mais resistente das árvores. Porque as horas da tua felicidade passaram e alegria não se colhe duas vezes numa vida, como as rosas de Paesturo[3] duas vezes num ano. Não jogarás mais, portanto, com o tempo o jogo do homem de Teos, mas, não conhecendo o mirto e a vinha, levarás contigo, por toda parte, a tua mortalha, como o muçulmano a sua em Meca.

— Morela! — exclamei. — Morela! como sabes disto?

Ela, porém, voltou o rosto sobre o travesseiro. Leve tremor agitou-lhe os membros e assim ela morreu, não mais ouvindo eu a sua voz.

Entretanto, como o predissera ela, seu filho, a quem, ao morrer, dera à vida, que só respirou quando a mãe deixou de respirar, seu filho, uma menina, sobreviveu. E, estranhamente, cresceu em estatura e inteligência, vindo a tornar-se a semelhança perfeita daquela que se fora. E eu a amava com um amor mais fervoroso do que acreditava fosse possível sentir por qualquer criatura terrestre.

Mas dentro em pouco o céu dessa pura afeição se enegreceu e a melancolia, o horror e a angústia nele se acastelaram como nuvens. Disse que a criança crescia, estranhamente, em estatura e inteligência. Estranho, na verdade, foi o rápido crescimento de seu tamanho corporal, mas terríveis, oh!, terríveis eram os tumultuosos pensamentos que sobre mim se amontoaram, enquanto observava o desenvolvimento de sua mentalidade. Poderia ser de outra forma, quando, diariamente, descobria eu nas concepções da criança as energias adultas e as faculdades da mulher?

---

3 Vila da antiga Itália, a 95 quilômetros de Nápoles, famosa pelas ruínas admiráveis que apresenta, destacando-se dentre elas as de dois templos: um, dedicado a Netuno; o outro, a Ceres. (N. T.)

quando as lições da experiência brotavam dos lábios da infância? e quando eu via a sabedoria ou as paixões da maturidade cintilarem a cada instante naqueles olhos grandes e meditativos? Quando, repito, quando tudo isso se tornou evidente aos meus sentidos aterrados, quando não mais o pude ocultar à minha alma nem repeli-lo dessas percepções, que tremiam ao recebê-lo, há de que admirar-se que suspeitas de natureza terrível e excitante se introduzissem no meu espírito, ou que meus pensamentos se tenham reportado, com horror, às histórias espantosas e às arrepiantes teorias da falecida Morela? Arranquei à curiosidade do mundo uma criatura a quem o destino me compeliu a adorar e, na rigorosa reclusão de meu lar, velava com agoniante ansiedade tudo quanto concernia à bem-amada.

E enquanto rolavam os anos e eu contemplava, dia a dia, o seu rosto santo, suave e eloquente, e estudava-lhe as formas maturescentes, dia após dia descobria novos pontos de semelhança entre a criança e sua mãe, a melancólica e a morta. E a todo instante se tornavam mais negras aquelas sombras de semelhança e mais completas, mais definidas, mais inquietantes e mais terrivelmente espantosas no seu aspecto. Porque não podia deixar de admitir que seu sorriso era igual ao de sua mãe; mas essa *identidade* demasiado perfeita fazia-me estremecer; não podia deixar de tolerar que seus olhos fossem como os de Morela; mas eles também penetravam muitas vezes nas profundezas de minha alma com a mesma intensa e desnorteante expressividade dos de Morela. E no contorno de sua fronte elevada, nos cachos de seu cabelo sedoso, nos seus dedos pálidos que nele mergulhavam, no timbre musical e triste de sua fala e, sobretudo — oh! acima de tudo —, nas frases e expressões da morta sobre os lábios da amada e da viva, encontrava eu alimento para um pensamento horrendo e devorador — para um verme que não queria morrer.

Assim se passaram dois lustros de sua vida, e, contudo, permanecia minha filha sem nome sobre a terra. "Minha filha" e "meu amor" eram os apelativos usualmente ditados por minha afeição de pai, e a severa reclusão de sua vida impedia qualquer outra relação. O nome de Morela acompanhara-a na morte. Da mãe nunca falara à filha; era impossível falar. De fato, durante o breve período de sua existência, não recebera esta última impressões do mundo exterior, exceto as que lhe puderam ser proporcionadas pelos estreitos limites de seu retiro. Mas afinal a cerimônia do batismo apresentou-se a meu espírito, naquele estado de agitação e enervamento, como uma libertação imediata dos terrores do meu destino. E na fonte batismal hesitei na escolha de um nome. E numerosas denominações de sabedoria e de beleza, de tempos antigos e modernos, de minha e de terras estrangeiras, vieram amontoar-se nos meus lábios, com outras tantas lindas denominações, de nobreza, de ventura e de bondade. Quem me impeliu então a perturbar a memória da morta sepultada? Que demônio me incitou a suspirar aquele som cuja simples lembrança sempre fazia fluir, em torrentes, o sangue rubro das fontes do coração? Que espírito maligno falou dos recessos de minha alma quando, entre aquelas sombrias naves e no silêncio da noite, eu sussurrei aos ouvidos do santo homem as sílabas "Morela"? Quem, senão o demônio, convulsionou as feições de minha filha e sobre elas espalhou tons de morte, quando, estremecendo ao ouvir aquele som quase inaudível, volveu os olhos límpidos da terra para o céu e, caindo prostrada sobre as negras lajes de nosso mausoléu de família, respondeu: "Estou aqui!"?

Distinta, fria e calmamente precisos, esses tão poucos e tão simples sons penetraram-me nos ouvidos e, depois, como chumbo derretido, rolaram, sibilantes, dentro do meu cérebro. Anos e mais anos podem-se passar, mas a lembrança daquela época, nunca. Nem desconhecia eu de fato as flores e a vinha, mas o acônito e o cipreste ensombraram-me noite e dia. E não guardei memória de tempo ou de lugar, e as estrelas da minha sorte sumiram do céu e desde então a terra se tornou tenebrosa e suas figuras passaram perto de mim como sombras esvoaçantes, e entre elas só uma eu vislumbrava: Morela. Os ventos do firmamento somente um som murmuravam aos meus ouvidos e o marulho das ondas sussurrava sem cessar: "Morela!" Ela, porém, morreu e com minhas próprias mãos levei-a ao túmulo. E ri, uma risada longa e amarga, quando não achei traços da primeira Morela no sepulcro em que depositei a segunda.

O VISIONÁRIO[1]

Fica a esperar-me ali! Não deixarei de te
encontrar nesse profundo vale.
Henry King, Bispo de Chichester:
Elegia sobre a morte de sua mulher

Malfadado e misterioso homem! Desnorteado no esplendor de tua própria fantasia e tombado nas chamas de tua própria juventude! De novo, na imaginação eu te contemplo! Mais uma vez teu vulto se ergueu diante de mim... Não, não como te encontras, no frio vale, na sombra!, mas como *deverias* estar, dissipando uma vida de sublime meditação naquela cidade de sombrias visões, tua própria Veneza, que é um Eliseu do mar querido das estrelas, onde as amplas janelas dos palácios paladinos contemplam, com profunda e amarga reflexão, os segredos de suas águas silenciosas. Sim, repito-o: como deverias estar! Há seguramente outros mundos que não este... outros pensamentos que não os pensamentos da multidão... outras especulações que não as especulações dos sofistas. Quem discutirá então tua conduta? Quem te censurará por tuas horas visionárias, ou denunciará aquelas ocupações como uma perda de vida, quando eram apenas a superabundância de tuas energias eternas?

Foi em Veneza, por baixo da arcada coberta que chamam a *Ponte dei Sospiri*, que encontrei, pela terceira ou quarta vez, a pessoa de quem falo. É com uma confusa recordação que trago à mente as circunstâncias daquele encontro. Contudo, recordo... ah, como poderia esquecer!... a profunda treva da meia-noite, a Ponte dos Suspiros, a beleza de mulher e o Gênio Romântico que palmilhava abaixo e acima o estreito canal.

Era uma noite de insólita escuridão. O grande sino da *Piazza* havia soado a quinta hora da noite italiana. O Largo do Campanile jazia silente e deserto e as luzes, no velho Palácio Ducal, iam rapidamente morrendo. Voltava eu para casa da *Piazzetta*, através do Grande Canal. Mas, quando minha gôndola chegou em frente à boca do Canal San Marco, uma voz feminina irrompeu subitamente de seus recessos, dentro da noite, num grito selvagem, histérico, e interminável. Abalado pelo grito, ergui-me, enquanto o gondoleiro, deixando deslizar seu único remo, perdeu-o naquela escuridão de breu sem nenhuma possibilidade de recuperá-lo. Em consequência, ficamos ao sabor da corrente, que ali existe vinda do grande para o pequeno canal. Como um imenso condor de penas de areia éramos vagarosamente levados para a Ponte dos Suspiros, quando milhares de archotes acenderam-se nas janelas e nas escadarias do Palácio Ducal, transformando imediatamente toda aquela profunda treva num dia lívido e sobrenatural.

Uma criança, escorregando dos braços de sua própria mãe, tinha caído de uma das janelas de cima do elevado edifício dentro do fundo e sombrio canal. As águas tranquilas haviam-se fechado, placidamente, sobre sua vítima; e, embora minha gôndola fosse a única à vista, muitos nadadores ousados já se achavam dentro da

1 Publicado pela primeira vez no *Godey's Lady's Book*, janeiro de 1834, este conto é também conhecido com o título de "O encontro marcado" (*The assignation*). Título original: THE VISIONARY.

água procurando em vão, na superfície, o tesouro que, infelizmente, apenas deveria ser encontrado dentro do abismo. Sobre as largas e negras lajes de mármore, à entrada do palácio, e a poucos passos acima da água, estava de pé um vulto que ninguém que o visse poderia daí por diante esquecer. Era a Marquesa Afrodite, adorada por Veneza inteira, a mais alegre das criaturas alegres, a mais bela onde todas eram belas — mas também a jovem esposa do velho e intrigante Mentoni e a mãe daquela linda criança, seu primeiro e único filho, que agora, mergulhado nas águas lôbregas, pensava, cheio de amargura o coração, nas doces carícias de sua mãe e exauria sua pequenina vida lutando por chamá-la.

Ela permanecia só. Seus pequeninos pés nus e prateados cintilavam no espelho negro do mármore sobre que pousavam. Seu cabelo, ainda mal desnastrado dos seus enfeites de baile para o sono da noite, enrolava-se, entre um chuveiro de diamantes, em torno de sua cabeça de linhas clássicas, em cachos como os de um jacinto em botão. Uma túnica de gaze, branca como a neve, parecia ser a única coisa que lhe cobria as formas delicadas; mas o ar daquela meia-noite de verão era quente, soturno e silencioso, e nenhum movimento, naquela forma estatuária, agitava mesmo as dobras daquele vestuário vaporoso, que a envolvia como o pesado mármore envolve a Níobe. Contudo — estranho é dizê-lo! — seus grandes e brilhantes olhos não estavam voltados para baixo, para aquela sepultura onde jazia mergulhada sua mais brilhante esperança, mas fixavam-se numa direção completamente diversa! A prisão da Velha República é, penso eu, o mais majestoso edifício de toda Veneza. Mas como poderia aquela mulher olhar tão fixamente para ele, quando abaixo dela estava-se extinguindo seu próprio filho? Aquele sombrio e lúgubre nicho também escancarava-se justamente diante da janela de seu quarto. Que, pois, poderia haver nas suas sombras, na sua arquitetura, nas suas cornijas solenes e cingidas de hera que a Marquesa de Mentoni não houvesse contemplado antes, milhares de vezes? Absurdo! Quem não se lembra que, em ocasiões como esta, os olhos, como um espelho partido, multiplicam as imagens de seu pesar e veem, em numerosos lugares distantes, a desgraça que está ali próxima?

Muitos passos acima da marquesa e sob o arco do portão que dava para a água, estava de pé, em trajes de gala, a própria figura de sátiro de Mentoni. Ele se achava, na ocasião, ocupado em arranhar uma guitarra e parecia mortalmente aborrecido quando, a intervalos, dava ordens para o salvamento de seu filho. Estupefato e horrorizado, eu mesmo não tinha forças para mover-me da posição ereta que tomara ao ouvir o primeiro grito e devo ter apresentado, à vista do grupo agitado, um aspecto espectral e sinistro quando, lívido e de membros rígidos, flutuava entre eles naquela funerária gôndola.

Todos os esforços resultaram vãos. Muitos dos mais enérgicos na busca tinham relaxado suas diligências e entregavam-se a um sombrio pesar. Parecia haver pouca esperança de salvar a criança (e quão muito menos para a mãe!). Mas então, do interior daquele escuro nicho já mencionado, como fazendo parte da prisão da Velha República — e fronteiro ao postigo da marquesa —, um vulto, envolto numa capa, adiantou-se para dentro do círculo de luz e, detendo-se um instante à beira da descida vertiginosa, mergulhou de cabeça para baixo no canal. Quando, um instante depois, ele se ergueu com a criança ainda viva e a respirar entre seus braços sobre as lajes de mármore ao lado da marquesa, sua capa, pesada da água que a embebia, desabotoou--se e, caindo em pregas em volta de seus pés, descobriu aos olhos dos espectadores, tomados de surpresa, a figura graciosa de um homem muito jovem, cujo nome repercutia então na maior parte da Europa.

O salvador nenhuma palavra pronunciou. Mas a marquesa... Receberá agora seu filho! Apertá-lo-á ao encontro do coração, abraçar-se-á estreitamente ao seu pequeno corpo e o cobrirá de carícias! Mas, ai!, os braços de *outrem* tomaram-no das mãos do estrangeiro; os braços de *outrem* tinham-no levado, tinham conduzido para longe, despercebidamente, para dentro do palácio! E a marquesa?... Seus lábios, seus lindos lábios tremem; o pranto inunda-lhe os olhos, aqueles olhos que, como o acanto de Plínio, eram "macios e quase líquidos". Sim, o pranto inunda aqueles olhos e — vede! — aquela mulher treme até a alma... a estátua recuperou a vida! O palor do rosto marmóreo, a marmórea turgescência dos seios e a alvura imácula dos pés marmóreos vemo-los, de súbito, enrubescidos por uma onda de incoercível vermelhidão. E um leve tremor lhe agita as delicadas formas como a brisa em Nápoles agita os lírios prateados que brotam dentre a relva.

Por que enrubesceu aquela mulher? Para esta pergunta não há resposta, exceto que, tendo deixado, com a pressa ávida e com o terror de um coração de mãe, a intimidade da sua alcova, tinha-se esquecido de prender os delicados pés nas sandálias e completamente deixado de lançar sobre seus ombros venezianos aquela túnica que eles mereciam... Que outra possível razão haveria para que ela assim enrubescesse? para o lampejo selvagem daqueles olhos fascinantes? para o insólito tumulto daquele seio arfante? para a convulsa pressão daquela mão trêmula, aquela mão que caiu, acidentalmente, quando Mentoni voltou para dentro do palácio, sobre a mão do estrangeiro? Que razão poderia haver para o som baixo, singularmente baixo, daquelas ininteligíveis palavras que a mulher apressadamente murmurou, ao dizer-lhe adeus?

— Venceste — disse ela, ou os murmúrios da água me enganaram. — Venceste... Uma hora depois do sol nascer... nós nos encontraremos... está combinado!

*

O tumulto se extinguira. As luzes se apagaram dentro do palácio e o estrangeiro, a quem eu agora reconhecia, ficara só sobre as lajes. Tremia inconcebivelmente agitado e seus olhos buscavam em redor uma gôndola. Não pude deixar de oferecer-lhe os serviços da minha e ele aceitou o obséquio. Tendo arranjado um remo perto do portão, seguimos juntos até sua residência, enquanto ele, rapidamente, recuperava o domínio de si mesmo e se referia ao nosso antigo e leve conhecimento, em termos aparentemente de grande cordialidade.

Há alguns pontos a respeito dos quais tenho prazer em ser minucioso. A pessoa do estrangeiro — deixe-me assim chamar quem para todo mundo era ainda um estrangeiro —, a pessoa do estrangeiro é um desses pontos. Seu porte era mais abaixo do que acima da altura média, embora em momentos de intensa paixão seu corpo como que se expandia e desmentia o asserto. A fraca e quase delgada conformação de seu vulto era mais adequada à pronta atividade que demonstrara na Ponte dos Suspiros do que à força hercúlea que, se sabe, ele revelara sem esforços, em ocasiões de mais perigosa emergência. Com a boca e o queixo de um deus, olhos estranhos, selvagens, amplos, líquidos, cujas sombras variavam do puro castanho ao intenso e

brilhante azeviche; bastos cabelos negros e cacheados, dentre os quais brilhava uma fronte, a intervalos, toda luminosa e ebúrnea, uma fronte de insólita amplitude; eram feições estas, cuja regularidade clássica eu jamais vira, a não ser talvez as feições marmóreas do Imperador Cômodo. Contudo, sua fisionomia não era dessas que os homens fixam para sempre. Não tinha expressão característica, nem predominante, para se gravar na memória; uma fisionomia vista e instantaneamente esquecida, mas esquecida com um vago e incessante desejo de reevocá-la à recordação. Não porque o espírito de qualquer rápida paixão deixasse, a qualquer hora, de mostrar sua imagem distinta no espelho daquela face; mas porque o espelho, sendo espelho, não retinha vestígios da paixão quando a paixão se dissipava.

Ao deixá-lo, na noite de nossa aventura, solicitou-me ele, duma maneira que reputei urgente, que o visitasse bem cedo na manhã seguinte. Logo depois do amanhecer, achei-me, por conseguinte, em seu *palazzo*, um daqueles imensos edifícios de sombria porém fantástica majestade que se erguem por cima das águas do Grande Canal, nas vizinhanças do Rialto. Subindo por uma larga escadaria circular de mosaicos, entrei num aposento cujo esplendor inigualável flamejava pela porta aberta, numa verdadeira cintilação que me tornava cego e entontecido, pela sua faustosidade.

Verifiquei que meu conhecido era rico. O que eu ouvira a respeito de suas posses me parecera uma exageração ridícula. Mas, ao olhar em torno de mim, não podia ser levado a acreditar que a riqueza de qualquer súdito europeu pudesse suprir a principesca magnificência que flamejava e resplandecia ali.

Embora, como disse, o sol já se tivesse erguido, o quarto ainda se achava brilhantemente iluminado. Julgo, por esta circunstância, bem como pelo ar de cansaço de meu amigo, que ele não se deitara durante toda a noite precedente.

Na arquitetura e embelezamentos do quarto, o objetivo evidente fora o de deslumbrar e espantar. Pouca atenção se dera à decoração do que é tecnicamente chamado "harmonia", ou às características de nacionalidade. O olhar vagava de um objeto a outro e não se fixava em nenhum, nem nos *grotesques* dos pintores gregos, nem nas esculturas das melhores épocas italianas, nem nas imensas inscrições do primitivo Egito. Ricas tapeçarias, por toda parte do quarto, tremiam à vibração de uma música suave e melancólica cuja origem não podia ser descoberta. O olfato era sufocado pela mistura de perfumes heterogêneos que se exalavam de estranhos incensários retorcidos, juntamente com numerosas e agitadas línguas flamejantes dum fogo de esmeralda e violeta. Os raios do sol, que acabava de nascer, banhavam todo o quarto através das janelas formadas, cada uma, de simples peça de vidro cor-de-rosa. Cintilando para lá e para cá, em mil reflexos, das cortinas que pendiam de suas cornijas como cataratas de prata derretida, os raios da luz natural misturavam-se por fim, caprichosamente, com a luz artificial e rolavam, em massas avassaladoras, sobre um tapete de um rico tecido, que parecia o ouro líquido do Chile.

— Ah, ah, ah! Ah, ah, ah! — riu o proprietário, apontando-me uma cadeira, quando eu entrei no quarto, e lançando-se de costas, a fio comprido, sobre uma otomana. — Vejo — disse ele, notando que eu não podia imediatamente adaptar-me à esquisitice de tão singular acolhida —, vejo que está atônito à vista de meu aposento, de minhas estátuas, de meus quadros, de minha originalidade de concepção em arquitetura e tapeçamento... Absolutamente embriagado, hein, com a minha magnificência? Mas, perdoe-me, meu caro senhor (e aqui o tom de sua voz encheu-se do verdadeiro espírito de cordialidade), perdoe-me a minha descaridosa gargalhada. O senhor se mostrou tão extremamente atônito! Além disso, algumas coisas há tão completamente ridículas que um homem deve rir ou morrer. Morrer rindo deve ser a mais gloriosa de todas as mortes gloriosas! Sir Thomas More — e que homem inteligente era Sir Thomas More! — morreu rindo, como o senhor se recorda. Também nos *Absurdos* de Ravisius Textor há uma longa lista de personagens que tiveram o mesmo magnífico fim. O senhor sabe, porém — continuou ele, reflexivamente —, que em Esparta (que é agora Palaeochori), em Esparta, como disse, a oeste da cidadela, entre um amontoado de ruínas dificilmente visíveis, há uma espécie de soco, sobre o qual se leem ainda as letras "LASM". Fazem parte, sem dúvida, da palavra "GELASMA". Ora, em Esparta havia milhares de templos e santuários dedicados a milhares de divindades diferentes. Como é excessivamente estranho que o altar do Riso tenha sobrevivido a todos os outros! Mas, na presente circunstância — prosseguiu ele, com singular alteração da voz e das maneiras —, não tenho o direito de alegrar-me à sua custa. O senhor tinha bem razão de ficar admirado. A Europa não pode produzir qualquer coisa tão bela como esta, este meu régio gabinete. Meus outros aposentos não são, de modo algum, da mesma espécie; são meros "ultras" de insipidez elegante. Isto é melhor do que a moda, não é? Contudo, basta o que se está vendo para provocar o despeito daqueles que só poderiam adquiri-lo à custa de seu inteiro patrimônio. Tenho evitado, porém, semelhante profanação. Com uma exceção apenas: é o senhor a única criatura humana, além de mim mesmo e de meu criado, a ser admitido dentro dos mistérios deste recinto imperial desde que ele foi adornado da maneira que o senhor vê...

Curvei-me, reconhecido, pois a dominante sensação de esplendor, o perfume e a música, juntamente com a inesperada excentricidade da fala e das maneiras dele impediam-me de exprimir, com palavras, aquilo que eu compusera na mente como um cumprimento.

— Aqui — continuou ele, levantando-se e apoiando-se no meu braço, enquanto vagava pelo aposento —, aqui estão pinturas, desde os gregos até Cimabue, e de Cimabue até a época atual. Muitas foram escolhidas, como vê, com pouco respeito às opiniões da crítica de arte. Todas, porém, são tapeçarias adequadas a um quarto como este. Aqui, também, há algumas obras-primas dos grandes desconhecidos... e ali, desenhos inacabados de homens célebres na sua época e cujos verdadeiros nomes a perspicácia das academias abandonou ao silêncio e a mim. Que pensa o senhor — disse ele, voltando-se bruscamente, enquanto falava —, que pensa o senhor desta *Madonna della Pietà*?

— É do próprio Guido! — disse eu, com todo o entusiasmo de minha natureza, pois tinha estado de olhos atentamente fixos sobre sua beleza transcendente. — É do próprio Guido! Como pôde obtê-la? É, indubitavelmente, em pintura, o que Vênus é em escultura!...

— Ah! — disse ele pensativamente. — Vênus... a bela Vênus... a Vênus de Médici? A de cabeça pequena e de cabelo dourado? Parte do braço esquerdo (aí sua voz se abaixou, a ponto de ser ouvida com dificuldade) e todo o braço direito são restaurações; e no amaneirado daquele braço direito se encontra, penso eu, a quinta-essência de toda a afetação. Para mim, a Vênus de Canova! O próprio Apolo, também, é uma cópia... não pode haver dúvida... Oh, louco, estúpido cego que eu sou, que não posso apreender a ostentosa inspiração do Apolo! Não posso deixar — pobre de mim —, não posso deixar de preferir o Antinous. Não foi Sócrates quem disse que o escultor descobre sua estátua no bloco de mármore? Por isso Miguel Ângelo não foi, de modo algum, original nos seus versos:

Non ha l'ottimo artista alcun concetto
che un marmo solo in se non circunscriva[2]

Tem sido ou deveria ter sido notado que na maneira dos verdadeiros homens de gosto nós sempre estamos cônscios de uma diferença do procedimento do homem vulgar, sem sermos imediata e precisamente capazes de determinar em que consiste tal diferença. Admitindo que a observação se aplicasse em todo o seu vigor à conduta estranha de meu conhecido, sentia, naquela manhã cheia de acontecimentos, que ela era mais plenamente aplicável ainda ao seu temperamento moral e ao seu caráter. Nem posso eu melhor definir aquela peculiaridade de espírito que parecia colocá-lo tão essencialmente à parte de todos os outros seres humanos do que chamando-a um *hábito* de intenso e contínuo pensamento, tomando conta até mesmo de suas mais triviais ações, intrometendo-se nos seus momentos de ócio e interferindo nas suas explosões de alegria, como serpentes que irrompem dos olhos das máscaras careteantes nas cornijas que cercam os templos de Persépolis.

Não podia deixar, porém, de repetidas vezes observar, através do tom de misturada leviandade e solenidade com que ele rapidamente comentava assuntos de pouca importância, certo ar de trepidação, um grau de *fervor* nervoso no agir e no falar, certa inquieta excitabilidade de maneiras que a mim me parecia, a todo tempo, inexplicável e, em algumas ocasiões mesmo, me alarmava. Frequentemente, também, parando em meio de uma frase cujo começo tinha sido, na aparência, esquecido, parecia estar

2 Não tem o ótimo artista algum conceito / que um mármore só em si não circunscreva. (N. T.)

escutando em meio da mais profunda atenção, como se esperasse, de momento, um visitante ou ouvisse sons que só deviam ter existência na sua imaginação.

Foi durante um desses devaneios ou pausas de aparente abstração que, passando uma folha da bela tragédia do poeta e erudito Policiano, *Orfeu* (a primeira tragédia original italiana), que estava ao meu lado sobre uma otomana, descobri um trecho sublinhado a lápis. Era uma passagem, já no fim do terceiro ato, uma passagem da mais excitante comoção, uma passagem que, embora tinta de impureza, nenhum homem lerá sem um arrepio de nova emoção e nenhuma mulher sem um suspiro. A página inteira estava manchada de lágrimas recentes e, na página oposta, viam-se os seguintes versos ingleses, escritos numa caligrafia tão diferente da letra característica de meu conhecido, que tive alguma dificuldade em reconhecer como de seu próprio punho:

Tudo quanto anelei foste, amor,
tudo quanto minha alma queria:
ilha verde nos mares, amor,
templo, fonte que límpida fluía
num jardim de encantado primor
onde a mim cada flor pertencia.

Ah, o sonho fulgiu demais, para
persistir! Foi anseio estrelado
que morreu, mal surgira e brilhara!
Diz-me "Avante" o Futuro em voz clara;
não o escuto! Somente o Passado
(triste abismo) é que o espírito encara,
mudo, lívido, petrificado.

Sim, a luz me fugiu desta vida!
Foi-se a chama! Ficaram-me os ais.
Nunca mais, nunca mais, nunca mais
(ah! com essas palavras fatais
fala às praias a vaga abatida),
fronde ao raio tombada, jamais
te hás de erguer, nem tu, águia ferida!

E meus dias em êxtases passo,
e meu sonho procura no espaço
teu olhar, onde quer que o escondas,
e o fulgor de teus rastros, o traço
de teus pés, em celestes, mil rondas,
junto a eternas, incógnitas ondas.

Causou-me pouca surpresa que aqueles versos estivessem escritos em inglês, língua que eu não acreditava fosse do conhecimento de seu autor. Mas também estava certo da extensão de seus conhecimentos e do singular prazer que ele experimentava em ocultá-los à observação, para que me espantasse diante de semelhante descoberta. O lugar da data, porém, devo confessar, causou-me não pequeno espanto. Fora originariamente de *Londres* e depois cuidadosamente riscado, não porém de modo eficiente para ocultar a palavra a um olhar escrutinador. Afirmo que isto me causou não pequeno espanto, pois bem me recordo de que, em anterior conversa com meu amigo, inquiri particularmente dele se havia se encontrado em Londres, alguma vez, com a Marquesa de Mentoni (que durante alguns anos, antes de seu casamento, havia residido naquela cidade), quando sua resposta, se não me engano, deu-me a entender que ele nunca visitara a metrópole da Grã-Bretanha. Eu poderia, entretanto, aqui mencionar que mais de uma vez ouvi (sem indubitavelmente dar crédito a um boato, que implicava tantas improbabilidades) que a pessoa de quem falo era, não só de nascimento, mas de educação, *inglês*.

*

— Há um quadro — disse ele, sem saber que eu conhecia a tragédia —, há ainda um quadro que o senhor não viu.

E, afastando para um lado uma cortina, descobriu um retrato inteiro da Marquesa Afrodite.

A arte humana nada mais podia ter feito no delinear-lhe a sobre-humana beleza. O mesmo vulto etéreo que se erguera diante de mim na noite precedente sobre os degraus do Palácio Ducal ali permanecia à minha frente, mais uma vez. Mas, na expressão da fisionomia, toda a cintilar de sorrisos, ali ainda se ocultava (anomalia incompreensível!) aquela caprichosa sombra de melancolia que sempre se encontra como inseparável da perfeição do belo.

Seu braço direito dobrava-se sobre seu seio. Com o braço esquerdo apontava para um vaso de formato estranho. Um pequeno e lindo pé, mal visível, tocava de leve a terra; e, dificilmente discernível, na brilhante atmosfera que parecia cercar e aureolar sua beleza, flutuava um par das mais delicadamente imaginadas asas. Meu olhar desceu do quadro para o rosto de meu amigo, e as vigorosas palavras do *Bussy d'Amboise*, de Chapman, palpitaram-me, instintivamente, nos lábios:

> Está de pé ali
> Como uma romana estátua. E assim ficará
> Até que a morte em mármore o transforme!

— Venha! — disse ele afinal, voltando-se para uma mesa de prata maciça, ricamente esmaltada, sobre a qual viam-se várias taças fantasticamente pintadas, ao lado de dois grandes vasos etruscos, talhados no mesmo extraordinário modelo do do primeiro plano do quadro, e cheios do que supunha eu ser Johannisberger. — Venha! — disse ele, bruscamente —, bebamos! É cedo ainda, mas bebamos! É *realmente* cedo — continuou ele, reflexivamente, quando um querubim, com um pesado martelo de ouro, fez o aposento retinir com a primeira hora depois do nascer do sol. — É realmente cedo... Mas, que importa? Bebamos! Façamos uma libação àquele solene sol que essas brilhantes lâmpadas e incensários estão tão ávidos de dominar!

E, tendo-me feito brindá-lo com um enorme copo, engoliu, em rápida sucessão, várias taças de vinho.

— Sonhar — continuou ele, no tom de sua inconstante conversa, ao erguer, diante da viva flama dum incensário, um dos magníficos vasos —, sonhar tem sido a ocupação de minha vida. Armei, pois, para mim, como vê, um camarim de sonhos.

Poderia construir um melhor no coração de Veneza? O senhor observa em torno de si, é verdade, uma mistura de adornos arquitetônicos. A castidade de Iônia é ofendida pelas inscrições antediluvianas, e as esfinges do Egito se estendem sobre tapetes dourados. Contudo, o efeito só é incongruente para o tímido. Conveniências de lugares, e especialmente de tempo, são os fantasmas que afastam a humanidade aterrorizada da contemplação do magnificente. Fui outrora decorador, mas esta sublimação do disparate embotou a minha alma. Tudo isto é agora o mais apropriado para meu propósito. Como aqueles arabescados incensários, meu espírito se estorce em labaredas e o delírio desta cena está-me amoldando para as mais insensatas visões daquela região de verdadeiros sonhos para onde estou agora rapidamente partindo.

Aqui parou subitamente, inclinou a cabeça sobre o peito e pareceu escutar um som que eu não podia ouvir. Por fim, erguendo o busto, olhou para cima e proferiu os versos do Bispo de Chichester:

> Fica a esperar-me ali! Não deixarei
> De te encontrar nesse profundo vale.

No momento seguinte, reconhecendo o poder do vinho, lançou-se, a fio comprido, sobre uma otomana.

Ouviu-se então um leve rumor de passos na escadaria, a que logo se seguiu pesada pancada à porta. Apressava-me em evitar segunda interrupção, quando um pajem da casa de Mentoni irrompeu pelo quarto e gaguejou, numa voz embargada de emoção, estas incoerentes palavras:

— A minha senhora... a minha senhora... envenenada... envenenada! Oh formosa... oh formosa Afrodite!

Atordoado, corri para a otomana e tentei despertar o adormecido para que soubesse a apavorante informação. Mas seus membros estavam rígidos, seus lábios estavam lívidos, seus olhos, ainda havia pouco cintilantes, estavam revirados pela *morte*. Recuei, cambaleante, para a mesa. Minha mão caiu sobre uma taça partida e enegrecida e a consciência da completa e terrível verdade brilhou subitamente na minha alma.

O Rei Peste[1]
Conto alegórico

> Os deuses suportam nos reis, e permitem,
> as coisas que odeiam em meio à ralé.
>
> Buckhurst, *A tragédia de Ferrex e Porrex*

Por volta da meia-noite de um dia do mês de outubro, durante o cavalheiresco reinado de Eduardo III, dois marinheiros pertencentes à tripulação do *Free and Easy* (Livre e Feliz), escuna de comércio que trafegava entre Eclusa (Bélgica) e o Tâmisa, e então ancorada neste rio, ficaram bem surpresos ao se acharem sentados na ala duma cervejaria da paróquia de Santo André, em Londres, a qual tinha como insígnia a tabuleta dum "Alegre Marinheiro".

À sala, embora mal construída, enegrecida de fuligem, acachapada e, sob todos os outros aspectos, semelhante às demais tabernas daquela época, estava, não obstante, na opinião dos grotescos grupos de frequentadores ali dentro espalhados, muito bem adaptada a seu fim.

Dentre aqueles grupos, formavam nossos dois marinheiros, creio eu, o mais interessante, se não o mais notável.

O que parecia mais velho e a quem seu companheiro se dirigia, chamando-o pelo característico apelido de Legs (Pernas) era também o mais alto dos dois. Mediria talvez uns dois metros e dez centímetros de altura e a inevitável consequência de tão grande estatura se via no hábito de andar de ombros curvados. O excesso de altura era, porém, mais que compensado por deficiências de outra natureza. Era excessivamente magro e poderia, como afirmavam seus companheiros, substituir, quando bêbedo, um galhardete no topete do mastro, ou servir de pau de bujarrona, se não estivesse embriagado. Mas essas pilhérias e outras de igual natureza jamais produziram, evidentemente, qualquer efeito sobre os músculos cachinadores do marinheiro. Com as maçãs do rosto salientes, grande nariz adunco, queixo fugidio, pesado maxilar inferior e grandes olhos protuberantes e brancos, a expressão de sua fisionomia, embora repassada duma espécie de indiferença intratável por assuntos e coisas em geral, nem por isso deixava de ser extremamente solene e séria, fora de qualquer possibilidade de imitação ou descrição.

O marujo mais moço era, pelo menos aparentemente, o inverso de seu companheiro. Sua estatura não ia além de um metro e vinte. Um par de pernas atarracadas e arqueadas suportava-lhe o corpo pesado e rechonchudo, enquanto os braços, descomunalmente curtos e grossos, de punhos incomuns, pendiam balouçantes dos lados, como as barbatanas duma tartaruga marinha. Os olhos pequenos, de cor imprecisa, brilhavam-lhe encravados fundamente nas órbitas. O nariz se afundava na massa de carne, que lhe envolvia a cara redonda, cheia, purpurina. O grosso lábio superior descansava sobre o inferior, ainda mais carnudo, com um ar de complacente satis-

---

1 Publicado pela primeira vez no *Southern Literary Messenger*, setembro de 1835. Título original: KING PEST THE FIRST. A TALE CONTAINING AN ALLEGORY.

fação pessoal, mais acentuada pelo hábito que tinha o dono de lamber seus beiços, de vez em quando. É evidente que ele olhava seu camarada alto com um sentimento meio de espanto, meio de zombaria, e, quando, às vezes, erguia a vista para encará-lo, parecia o vermelho sol poente a fitar os penhascos de Ben Nevis.

Várias e aventurosas haviam, porém, sido as peregrinações do digno par, pelas diversas cervejarias da vizinhança, durante as primeiras horas da noite. Mas os cabedais, por mais vastos que sejam, não podem durar sempre e foi de bolsos vazios que nossos amigos se aventuraram a entrar na taberna aludida.

No momento preciso, pois, em que esta história começa, Legs e seu companheiro, Hugh Tarpaulin,[2] estão sentados, com os cotovelos apoiados na grande mesa de carvalho, em meio da sala, e a cara metida entre as mãos. Olhavam, por trás duma enorme garrafa de *humming-stuff* a pagar, as agourentas palavras, *Não se fia*, que, para indignação e espanto deles, estavam escritas a giz na porta de entrada.[3] Não que o dom de decifrar caracteres escritos — dom considerado então, entre o povo, pouco menos cabalístico do que a arte de escrever — pudesse, em estrita justiça, ter sido deixado a cargo dos dois discípulos do mar; mas havia, para falar a verdade, certa contorção no formato das letras, uma indescritível guinada no conjunto, que pressagiava, na opinião dos dois marinheiros, uma longa viagem de tempo ruim, e os decidia a, imediatamente, na linguagem alegórica do próprio Legs, "correr às bombas, ferrar todas as velas e correr com o vento em popa".

Tendo, consequentemente, consumido o que restava da cerveja, e abotoado seus curtos gibões, trataram afinal de saltar para a rua. Embora Tarpaulin houvesse, por duas vezes, entrado de chaminé adentro, pensando tratar-se da porta, conseguiram por fim realizar com êxito a escapada, e meia hora depois da meia-noite achavam-se nossos heróis prontos para outra e correndo a bom correr por uma escura viela, na direção da Escada de Santo André, encarniçadamente perseguidos pela taberneira do "Alegre Marinheiro".

Periodicamente, durante muitos anos antes e depois da época desta dramática história, ressoava por toda a Inglaterra, e mais especialmente na metrópole, o espantoso grito de: "Peste!" A cidade estava em grande parte despovoada, e naqueles horríveis bairros das vizinhanças do Tâmisa, onde, entre aquelas vielas e becos escuros, estreitos e imundos, o Demônio da Peste tinha, como se dizia, seu berço, a Angústia, o Terror e a Superstição passeavam, como únicos senhores, à vontade.

Por ordem do rei, estavam aqueles bairros condenados e as pessoas proibidas, sob pena de morte, de penetrar-lhes a lúgubre solidão. Contudo, nem o decreto do monarca, nem as enormes barreiras erguidas às entradas das ruas, nem a perspectiva daquela hedionda morte que, com quase absoluta certeza, se apoderaria do desgraçado, a quem nenhum perigo poderia deter de ali aventurar-se, impediam que as habitações vazias e desmobiliadas fossem despojadas, pelos rapinantes noturnos, de coisas como ferro, cobre ou chumbo, que pudessem, de qualquer maneira, ser transformadas em lucro apreciável.

Verificava-se, sobretudo, por ocasião da abertura anual das barreiras, no inverno, que fechaduras, ferrolhos e subterrâneos secretos não passavam de fraca

2 *Tarpaulin*, lenço ou chapéu encerado, e também marinheiro. (N. T.)

3 O autor faz aqui um jogo de palavras intraduzível com a expressão *No chalk*, que tanto quer dizer "não se fia" como "não há giz". (N. T.)

proteção para aqueles ricos depósitos de vinhos e licores que, dados os riscos e incômodos da remoção, muitos dos numerosos comerciantes, com estabelecimentos na vizinhança, tinham consentido em confiar, durante o período de exílio, a tão insuficiente segurança.

Mas poucos eram, entre o povo aterrorizado, os que atribuíam tais fatos à ação de mãos humanas. Os espíritos, os duendes da peste, os demônios da febre eram, para o povo, os autores das façanhas. E tamanhas histórias arrepiantes se contavam a toda hora que toda a massa de edifícios proibidos ficou, afinal, como que envolta numa mortalha de horror e os próprios ladrões, muitas vezes, se deixavam tomar do pavor que suas depredações haviam criado e abandonaram todo o vasto recinto do bairro proibido, às trevas, ao silêncio, à peste e à morte.

Foi uma daquelas terríficas barreiras já mencionadas e que indicavam estar o bairro adiante sob a condenação da peste que deteve, de repente, a disparada em que vinham, beco adentro, Legs e o digno Hugh Tarpaulin. Arrepiar caminho estava fora de cogitação e não havia tempo a perder, pois os perseguidores se achavam quase a seus calcanhares. Para marinheiros chapados era um brinquedo subir por aquela tosca armação de madeira; exasperados pela dupla excitação do licor e da corrida, pularam sem hesitar para dentro do recinto e, continuando sua carreira de ébrios, com berros e urros, em breve se perderam naquelas profundezas intrincadas e pestilentas.

Não se achassem eles tão embriagados, a ponto de haverem perdido o senso moral, o horror de sua situação lhes teria paralisado os passos vacilantes. O ar era frio e nevoento. As pedras do calçamento, arrancadas do seu leito, jaziam em absoluta desordem, em meio do capim alto e viçoso, que lhes subia em torno dos pés e tornozelos.

Casas desmoronadas obstruíam as ruas. Os odores mais fétidos e mais deletérios dominavam por toda a parte, e, graças àquela luz lívida que, mesmo à meia-noite, nunca deixa de emanar duma atmosfera pestilencial e brumosa, podiam-se perceber, jacentes nos atalhos e becos, ou apodrecendo nas casas sem janelas, as carcaças de muitos saqueadores noturnos, detidos pela mão da peste, no momento mesmo da perpetração de seu roubo.

Mas não estava no poder de imagens, sensações ou obstáculos como esses deter a corrida de homens que, naturalmente corajosos e, especialmente naquela ocasião, repletos de coragem e de *humming-stuff*, teriam ziguezagueado, tão eretos quanto lhes permitia seu estado, sem temor, até mesmo dentro das fauces da Morte. Na frente, sempre na frente, caminhava o disforme Legs, fazendo aquele deserto solene soar e ressoar, com berros semelhantes aos terríveis urros de guerra dos índios; e para a frente, sempre para a frente, rebolava o atarracado Tarpaulin, agarrado ao gibão de seu companheiro mais ativo, levando-lhe enorme vantagem nos tenazes esforços, à moda de música vocal, com seus mugidos taurinos arrancados das profundezas de seus pulmões estentóricos.

Haviam agora evidentemente alcançado o reduto da peste. A cada passo, ou a cada tropeção, o caminho que seguiam se tornava mais fedorento e mais horrível, as veredas mais estreitas e mais intrincadas. Enormes pedras e vigas que caíam de repente dos telhados desmoronados demonstravam, com sua queda soturna e pesada, a altura prodigiosa das casas circunvizinhas; e quando lhes era necessário imediato esforço para forçar passagem através de frequentes montões de caliça, não era raro que a mão caísse sobre um esqueleto ou pousasse num cadáver ainda com carne.

De repente, ao tropeçarem os marujos, à entrada dum elevado e sinistro edifício, um berro, mais retumbante que os outros, irrompeu da garganta do excitado Legs e lá de dentro veio uma resposta, em rápida sucessão de ferozes e diabólicos guinchos, semelhantes a risadas. Sem se intimidarem com aqueles sons que, pela sua natureza, pela ocasião e pelo lugar, teriam gelado todo o sangue de corações menos irrevogavelmente incendiados, o par de bêbedos embarafustou pela porta, escancarando-a e, cambaleantes, com um chorrilho de pragas, se viram em meio dum montão de coisas.

A sala em que se encontravam era uma loja de cangalheiro; mas um alçapão, a um canto do assoalho, perto da entrada, dava para uma longa fileira de adegas, cujas profundezas, reveladas pelo ocasional rumor de garrafas que se partiam, estavam bem sortidas do conteúdo apropriado. No meio da sala havia uma mesa, em cujo centro se erguia uma enorme cuba, cheia, ao que parecia, de ponche. Garrafas de vários vinhos e cordiais, juntamente com jarros, pichéis e garrafões de todo formato e qualidade, estavam espalhadas profusamente pela mesa. Em torno desta via-se um grupo de seis indivíduos sentados em catafalcos. Vou tentar descrevê-los um por um.

Em frente à porta de entrada e em plano acima dos companheiros estava sentado um personagem que parecia ser o presidente da mesa. Era descarnado e alto, e Legs sentiu-se confuso ao notar nele um aspecto mais emaciado do que o seu. Tinha o rosto açafroado, mas nenhum de seus traços, exceção feita de um, era bastante característico para merecer descrição especial. Aquele traço único consistia numa fronte tão insólita e tão horrivelmente elevada, que tinha a aparência de um boné ou coroa de carne acrescentada à cabeça natural. Sua boca, enrugada, encovava-se numa expressão de afabilidade horrível, e seus olhos, bem como os olhos de todos quantos se achavam em torno à mesa, tinham aquele humor vítreo da embriaguez. Esse cavalheiro trajava, da cabeça aos pés, uma mortalha de veludo de seda negra, ricamente bordada, que lhe envolvia, com displicência, o corpo à moda duma capa espanhola. Estava com a cabeça cheia de plumas negras mortuárias, que ele fazia ondular para lá e para cá, com um ar afetado e presunçoso. E na mão direita segurava um enorme fêmur humano, com o qual parecia ter acabado de bater em algum dos presentes para que cantasse.

Defronte dele, e de costas para a porta, estava uma mulher de fisionomia não menos extraordinária. Embora tão alta quanto o personagem que acabamos de descrever, não tinha direito de se queixar da mesma magreza anormal. Encontrava-se, evidentemente, no derradeiro grau de uma hidropisia e seu todo era bem semelhante ao imenso pipote de cerveja de outubro que se erguia, de tampa arrombada, a seu lado, a um canto do aposento. Seu rosto era excessivamente redondo, vermelho e cheio e a mesma peculiaridade, ou antes falta de peculiaridade, ligada à sua fisionomia, que já mencionei no caso do presidente, isto é, somente uma feição de seu rosto era suficientemente destacada para merecer caracterização especial. De fato, o perspicaz Tarpaulin notou logo que a mesma observação podia ser feita a respeito de um dos indivíduos ali presentes. Cada um deles parecia monopolizar alguma porção particular de fisionomia. Na dama em questão, essa parte era a boca. Começando na orelha direita, rasgava-se, em aterrorizante fenda, até a esquerda. Ela fazia, no entanto, todos os esforços para conservar a boca fechada, com ar de dignidade. Seu traje consistia num sudário, recentemente engomado e passado a ferro, chegando-lhe até o queixo, com uma gola encrespada de musselina de cambraia.

À sua direita sentava-se uma mocinha chocha, a quem ela parecia amadrinhar. Essa delicada criaturinha deixava ver, pelo tremor de seus dedos descarnados, pela lívida cor de seus lábios e pela leve mancha héctica que lhe tingia a tez, aliás cor de chumbo, sintomas de tuberculose galopante. Um ar de extrema distinção, porém, dominava em toda a sua aparência. Usava, duma maneira graciosa e negligente, uma larga e bela mortalha da mais fina cambraia indiana. Seu cabelo caía-lhe em cachos sobre o pescoço. Um leve sorriso pairava-lhe nos lábios, mas seu nariz, extremamente comprido, delgado, sinuoso, flexível e cheio de borbulhas, acavalava-se por demais sobre o lábio inferior; e, a despeito da delicada maneira pela qual ela, de vez em quando, o movia para um lado e outro com a língua, dava-lhe à fisionomia uma expressão um tanto quanto equívoca.

Do outro lado, e à esquerda da dama hidrópica, estava sentado um velho pequeno, inchado, asmático e gotoso, cujas bochechas lhe repousavam sobre os ombros como dois imensos odres de vinho do Porto. De braços cruzados e uma perna enfaixada posta sobre a mesa, parecia achar-se com direito a alguma consideração. Evidentemente orgulhava-se bastante de cada polegada de sua aparência pessoal, mas sentia mais especial deleite em chamar a atenção para seu sobretudo de cores vistosas. Para falar a verdade, não deveria ter este custado pouco dinheiro e lhe assentava esplendidamente bem, talhado como estava em uma dessas cobertas de seda, curiosamente bordadas, pertencentes àqueles gloriosos escudos que, na Inglaterra e noutros lugares, são ordinariamente suspensos, em algum lugar bem patente, nas residências de aristocratas falecidos.

Junto dele, e à direita do presidente, via-se um cavalheiro, com compridas meias brancas e ceroulas de algodão. Seu corpo tremelicava, de maneira ridícula, num acesso daquilo que Tarpaulin chamava "os terrores". Seus queixos, recentemente barbeados, estavam atados estreitamente por uma faixa de musselina, e, tendo os braços amarrados nos pulsos da mesma maneira, não lhe era possível servir-se, muito à vontade, dos licores que se achavam sobre a mesa, precaução necessária, na opinião de Legs, graças à expressão caracteristicamente idiota e temulenta de seu rosto. Sem embargo, um par de prodigiosas orelhas, que sem dúvida era impossível ocultar, alteava-se na atmosfera do aposento e, de vez em quando, arrebitavam-se espasmodicamente ao rumor das rolhas que espoucavam.

Defronte dele, sentava-se o sexto e último personagem, de aparência rígida, que, sofrendo de paralisia, devia sentir-se, falando sério, muito mal à vontade nos seus trajes nada cômodos. Essa roupa, um tanto singular, consistia em um novo e belo ataúde de mogno. Sua tampa ou capacete apertava-se sobre o crânio do sujeito e estendia-se sobre ele, à moda de um elmo, dando-lhe a todo o rosto um ar de indescritível interesse. Cavas para os braços tinham sido cortadas dos lados, mais por conveniência que por elegância; mas, apesar disso, o traje impedia seu proprietário de se sentar direito como seus companheiros. E como se sentasse reclinado sobre um cavalete, formando um ângulo de 45 graus, um par de enormes olhos esbugalhados revirava suas apavorantes escleróticas para o teto, num absoluto espanto de sua própria enormidade.

Diante de cada um dos presentes estava a metade dum crânio, usada como copo. Por cima, pendia um esqueleto humano, pendurado duma corda amarrada em uma das pernas e presa a uma argola no forro. A outra perna, sem nenhuma amarra, saltava do corpo em ângulo reto, fazendo flutuar e girar toda a carcaça desconjuntada e chocalhante, ao sabor de qualquer sopro de vento que penetrasse no aposento. O crânio daquela hedionda coisa continha certa quantidade de carvão em brasa, que lançava uma luz vacilante, mas viva, sobre a cena, enquanto ataúdes e outras mercadorias de casa mortuária empilhavam-se até o alto, em toda a sala e contra as janelas, impedindo assim que qualquer raio de luz se projetasse na rua.

À vista de tão extraordinária assembleia e de seus mais extraordinários adornos, nossos dois marujos não se conduziram com aquele grau de decoro que era de esperar. Legs, encostando-se à parede junto da qual se encontrava, deixou cair o queixo ainda mais baixo do que de costume e arregalou os olhos até mais não poder, enquanto Hugh Tarpaulin, abaixando-se a ponto de colocar o nariz ao nível da mesa e dando palmadas nas coxas, explodiu numa desenfreada e extemporânea gargalhada, que mais parecia um rugido longo, poderoso e atroador.

Sem, no entanto, ofender-se diante de procedimento tão excessivamente grosseiro, o escanifrado presidente sorriu com toda a graça para os intrusos, fazendo-lhes um gesto cheio de dignidade com a cabeça empenachada de negro, e, levantando-se, pegou os dois pelos braços e levou-os aos assentos que alguns dos outros presentes tinham colocado, enquanto isso, para que eles estivessem a cômodo. Legs nenhuma resistência ofereceu a tudo isso, sentando-se no lugar indicado, ao passo que o galanteador Hugh, removendo seu cavalete de ataúde do lugar perto da cabeceira da mesa para junto da mocinha tuberculosa, da mortalha ondulante, derreou-se a seu lado, com grande júbilo, e, emborcando um crânio de vinho vermelho, esvaziou-o em honra de suas mais íntimas relações. Diante de tamanha presunção, o cavalheiro teso do ataúde mostrou-se excessivamente exasperado, e sérias consequências poderiam ter-se seguido não houvesse o presidente, batendo com o bastão na mesa, distraído a atenção de todos os presentes para o seguinte discurso:

— É dever nosso na atual feliz ocasião...

— Pare com isso! — interrompeu Legs, com toda a seriedade. — Cale essa boca, digo-lhe eu, e diga-nos que diabos são vocês todos e que estão fazendo aqui, com essas farpelas de diabos sujos e bebendo a boa pinga armazenada para o inverno pelo meu honrado camarada Will Wimble, o cangalheiro!

À vista daquela imperdoável amostra de má educação, toda a esquipática assembleia se soergueu e emitiu aqueles mesmos rápidos e sucessivos guinchos ferozes e diabólicos que já haviam chamado antes a atenção dos marinheiros. O presidente, porém, foi o primeiro a retomar sua compostura e por fim, voltando-se para Legs, com grande dignidade, recomeçou:

— De muito boa vontade satisfaremos qualquer curiosidade razoável da parte de hóspedes tão ilustres, embora não convidados. Ficai, pois, sabendo que, nestes domínios, sou o monarca e aqui governo, com indivisa autoridade, com o título de "Rei Peste I".

— Esta sala, que supondes injuriosamente ser a loja do cangalheiro Will Wimble, homem que não conhecemos e cujo sobrenome plebeu jamais ressoara, até esta noite, aos nossos reais ouvidos... esta sala, repito, é a Sala do Trono de nosso palácio, consagrada aos conselhos de nosso reino e outros destinos de natureza sagrada e superior.

— A nobre dama sentada à nossa frente é a Rainha Peste, nossa Sereníssima Esposa. Os outros personagens ilustres que vedes pertencem todos à nossa família e usam as insígnias do sangue real nos respectivos títulos de: "Sua Graça o Arquiduque Peste-Ífero", "Sua Graça o Duque Pest-Ilencial", "Sua Graça o Duque Tem-Pestuoso" e "Sua Serena Alteza a Arquiduquesa Ana-Peste".[4]

— Quanto à vossa pergunta — continuou ele —, a respeito do que nos traz aqui reunidos em conselho, ser-nos-ia lícito responder que concerne, e concerne *exclusivamente*, ao nosso próprio e particular interesse e não tem importância para ninguém mais que não nós mesmos. Mas em consideração aos direitos de que, na qualidade de hóspedes e estrangeiros, possais julgar-vos merecedores, explicar-vos-emos, no entanto, que estamos aqui, esta noite, preparados por intensa pesquisa e acurada investigação, a examinar, analisar e determinar, indubitavelmente, o indefinível espírito, as incompreensíveis qualidades e natureza desses inestimáveis tesouros do paladar, que são os vinhos, cervejas e licores desta formosa metrópole. Assim procedemos não só para melhorar nossa própria situação, mas para o bem-estar verdadeiro daquela soberana sobrenatural que reina sobre todos nós, cujos domínios não têm limites e cujo nome é "Morte".

— Cujo nome é David Jones! — exclamou Tarpaulin, oferecendo à sua vizinha um crânio de licor e emborcando ele próprio um segundo.

— Lacaio profanador! — exclamou o presidente, voltando agora a sua atenção para o digno Hugh. — Miserável e execrando profanador! Dissemos que, em consideração àqueles direitos que, mesmo na tua imunda pessoa, não nos sentimos com inclinação para violar, condescendemos em responder às tuas grosseiras e desarrazoadas indagações. Contudo, tendo em vista a vossa profana intrusão no recinto de nossos conselhos, acreditamos ser de nosso dever multar-te a ti e a teu companheiro, num galão de Black Strap,[5] que bebereis pela prosperidade de nosso reino, dum só gole e de joelhos; logo depois estareis livres para continuar vosso caminho ou permanecerdes e serdes admitidos aos privilégios de nossa mesa, de acordo com vossos respectivos gostos pessoais.

— Será coisa de absoluta impossibilidade — replicou Legs, a quem a imponência e a dignidade do Rei Peste I tinham evidentemente inspirado alguns sentimentos de respeito, e que se levantara, ficando de pé junto da mesa, enquanto aquele falava. — Será, com licença de Vossa Majestade, coisa extremamente impossível arrumar no meu porão até mesmo a quarta parte desse tal licor que Vossa Majestade acaba de mencionar. Não falando das mercadorias colocadas esta manhã a bordo para servir de lastro, e não mencionando as várias cervejas e licores embarcados esta noite em vários portos, tenho, presentemente, uma carga completa de *humming-tuff*, entrada e devidamente paga na taberna do "Alegre Marinheiro".

— De modo que há de Vossa Majestade ter a bondade de tomar a intenção como coisa realizada, pois não posso de modo algum, nem quero, engolir outro trago e muito menos um trago dessa repugnante água de porão que responde ao nome de Black Strap.

— Pare com isso! — interrompeu Tarpaulin, espantado não só pelo tamanho do discurso de seu companheiro como pela natureza de sua recusa. — Pare com isso, seu marinheiro de água doce! Repito, Legs, pare com esse palavreado! O *meu* casco

---

4 Poe emprega aqui um trocadilho, pois em inglês *anapest* significa assim, numa palavra, "anapesto", que é, como bem se sabe, pé de verso, grego ou latino, composto de três sílabas: as duas primeiras breves, e a terceira longa. (N. T.)

5 Mistura de melado e cachaça. (N. T.)

está ainda leve, embora, confesso-o, esteja o seu mais pesado em cima que embaixo. Quanto à história de sua parte da carga, em vez de provocar uma borrasca, acharei jeito de arrumá-la eu mesmo no porão, mas...

— Este modo de proceder — interferiu o presidente — não está de modo algum em acordo com os termos da multa ou sentença, que é de natureza média e não pode ser alterada nem apelada. As condições que impusemos devem ser cumpridas à risca, e isto sem um instante de hesitação... sem o quê, decretamos que sejais amarrados, pescoços e calcanhares juntos, e devidamente afogados, como rebeldes, naquela pipa de cerveja de outubro!

— Que sentença! Que sentença! Que sentença justa e direita! Que decreto glorioso! A condenação mais digna, mais irrepreensível, mais sagrada! — gritaram todos os membros da família Peste ao mesmo tempo.

O rei franziu a testa em rugas inumeráveis; o homenzinho gotoso soprava, como um par de foles; a dona da mortalha de cambraia movia o nariz para um lado e para outro; o cavalheiro de ceroulas de algodão arrebitou as orelhas; a mulher do sudário ofegava como um peixe agonizante, e o sujeito do ataúde entesou-se mais, arregalando os olhos para cima.

— Oh, uh, uh! — ria Tarpaulin, entre dentes, sem notar a excitação geral. — Uh, uh, uh!... Uh, uh, uh... Estava eu dizendo quando aqui o Sr. Rei Peste veio meter seu bedelho, que a respeito da questão de dois ou três galões mais ou menos de Black Strap era uma bagatela para um barco sólido como eu que não está sobrecarregado; e quando se tratar de beber à saúde do Diabo (que Deus lhe perdoe) e de me pôr de joelhos diante dessa horrenda majestade aqui presente, que eu conheço tão bem como sei que sou um pecador, e que não é outro senão Tim Hurlygurly, o palhaço!... Ora essa, é muito outra coisa, e vai muito além de minha compreensão.

Não lhe permitiram que terminasse tranquilamente seu discurso. Ao nome de Tim Hurlygurly, todos os presentes pularam dos assentos.

— Traição! — gritou Sua Majestade o Rei Peste I.

— Traição! — disse o homenzinho gotoso.

— Traição! — esganiçou a Arquiduquesa Ana-Peste.

— Traição! — murmurou o homem dos queixos amarrados.

— Traição! — grunhiu o sujeito do ataúde.

— Traição, traição! — berrou Sua Majestade, a mulher da bocarra. E, agarrando o infeliz Tarpaulin pela traseira das calças, o qual estava justamente enchendo outro crânio de licor, ergueu-o bem alto no ar e deixou-o cair sem cerimônia no imenso barril aberto de sua cerveja predileta. Boiando para lá e para cá, durante alguns segundos, como uma maçã numa tigela de ponche, desapareceu ele afinal no turbilhão de espuma que, no já efervescente licor, haviam provocado seus esforços de safar-se.

Não se resignou, porém, o marinheiro alto com a derrota de seu camarada. Empurrando o Rei Peste para dentro do alçapão aberto, o valente Legs deixou cair a tampa sobre ele, com uma praga, e correu para o meio da sala. Ali, puxando para baixo o esqueleto que pendia sobre a mesa, com tamanha força e vontade o fez que conseguiu fazer saltar os miolos do homenzinho gotoso, ao tempo que morriam os derradeiros lampejos de luz dentro da sala.

Precipitando-se, então, com toda a sua energia, contra a pipa fatal, cheia de cerveja de outubro e de Hugh Tarpaulin, revirou-a, num instante, de lado. Dela jorrou um dilúvio de licor tão impetuoso, tão violento, tão irresistível, que a sala ficou inundada de parede a parede, as mesas carregadas viraram de pernas para o ar, os cavaletes rebolaram uns por cima dos outros, a tina de ponche foi lançada na chaminé da lareira... e as damas caíram com ataques histéricos. Montes de artigos fúnebres boiavam. Jarros, pichéis e garrafões confundiam-se, numa misturada enorme, e as garrafas cobertas de vime embatiam-se, desesperadamente, com cantis trançados. O homem dos tremeliques afogou-se imediatamente. O sujeitinho teso flutuava no seu caixão... e o vitorioso Legs, agarrando pela cintura a mulher gorda do sudário, arrastou-a para a rua e tomou, em linha reta, a direção do *Free and Easy*, seguido, a bom pano, pelo temível Hugh Tarpaulin, que, tendo espirrado três ou quatro vezes, ofegava e bufava atrás dele, puxando a Arquiduquesa Ana-Peste.

Metzengerstein[1]

Pestis eram vivos – moriens tua mors ero.[2]
Martinho Lutero

O horror e a fatalidade têm tido livre curso em todos os tempos. Por que então datar esta história que vou contar? Basta dizer que, no período de que falo, havia, no interior da Hungria, uma crença bem assentada, embora oculta, nas doutrinas da metempsicose. Das próprias doutrinas, isto é, de sua falsidade, ou de sua probabilidade, nada direi. Afirmo, porém, que muito de nossa incredulidade (como diz La Eruyère, explicando todas as nossas infelicidades) *vient de ne pouvoir être seuls*.[3]

Mas havia na superstição húngara alguns pontos que tendiam fortemente para o absurdo. Diferiam os húngaros, bastante essencialmente, de suas autoridades do Oriente. Por exemplo: *a alma*, dizem eles — cito as palavras dum sutil e inteligente parisiense —, *ne demeure qu'une seule fois dans un corps sensible: au reste, un cheval, un chien, un homme même, n'est que la ressemblanc peu tangible de ces animaux*.[4]

As famílias de Berlifitzing e Metzengerstein viviam havia séculos em discórdia. Jamais houvera antes duas casas tão ilustres acirradas mutuamente por uma hostilidade tão mortal. Parece encontrar-se a origem desta inimizade nas palavras duma antiga profecia: "Um nome elevado sofrerá queda mortal quando, como o cavaleiro sobre seu cavalo, a mortalidade de Metzengerstein triunfar da imortalidade de Berlifitzing."

Decerto as próprias palavras tinham pouca ou nenhuma significação. Mas as causas mais triviais têm dado origem — e isto sem remontar a muito longe — a consequências igualmente cheias de acontecimentos. Além disso, as duas casas, aliás vizinhas, vinham de muito exercendo influência rival nos negócios de um governo movimentado. É coisa sabida que vizinhos próximos raramente são amigos e os habitantes do castelo de Berlifitzing podiam, de seus altos contrafortes, mergulhar a vista nas janelas do palácio de Metzengerstein. Afinal, essa exibição duma magnificência mais que feudal era pouco propícia a acalmar os sentimentos irritáveis dos Berlifitzing, menos antigos e menos ricos. Não há, pois, motivo de espanto para o fato de haverem as palavras daquela predição, por mais disparatadas que parecessem, conseguido criar e manter a discórdia entre duas famílias já predispostas a querelar, graças às instigações da inveja hereditária. A profecia parecia implicar — se é que implicava alguma coisa — um triunfo final da parte da casa mais poderosa já, e era sem dúvida relembrada, com a mais amarga animosidade, pela mais fraca e de menor influência.

O Conde Guilherme de Berlifitzing, embora de elevada linhagem, era, ao tempo desta história, um velho enfermo e caduco, sem nada de notável a não ser uma antipa-

1 Publicado pela primeira vez no *Saturday Courier*, 14 de janeiro de 1832. Título original: METZENGERSTEIN.

2 Vivendo era teu açoite — morto, serei tua morte. (N. T.)

3 "Provém de não podermos estar sozinhos." Mercier, em *L'an deux mille quatre cents quarante* (O ano 2440), defende seriamente as doutrinas da metempsicose, e J. D'Israeli diz que "não há sistema tão simples e que menos repugne a inteligência". O Coronel Ethan Allen, o *Green Mountain Boy* (Garoto da Montanha Verde), foi também, segundo dizem, um sério e importante metempsicosista.

4 Só uma vez permanece num corpo sensível: quanto ao resto, um cavalo, um cachorro, um homem mesmo, não são senão a semelhança pouco tangível desses animais. (N. T.)

tia pessoal desordenada e inveterada pela família de seu rival e uma paixão tão louca por cavalos e pela caça, que nem a enfermidade corporal nem a idade avançada nem a incapacidade mental impediam sua participação diária nos perigos das caçadas.

O Barão Frederico de Metzengerstein, por outro lado, ainda não atingira a maioridade. Seu pai, o Ministro G***, morrera moço. Sua mãe, D. Maria, logo acompanhara o marido. Frederico estava, naquela época, com dezoito anos de idade. Numa cidade, dezoito anos não constituem um longo período; mas num lugar solitário, numa solidão tão magnificente como a daquela velha casa senhorial, o pêndulo vibra com significação mais profunda.

Em virtude de certas circunstâncias características decorrentes da administração de seu pai, o jovem barão, por morte daquele, entrou imediatamente na posse de vastas propriedades. Raramente se vira antes um nobre húngaro senhor de tamanhos bens. Seus castelos eram incontáveis. O principal, pelo esplendor e pela vastidão, era o palácio de Metzengerstein. Os limites de seus domínios jamais foram claramente delineados, mas seu parque principal abrangia uma área de cinquenta milhas.

O acontecimento da entrada de posse de uma fortuna tão incomparável por um proprietário tão jovem e de caráter tão bem conhecido poucas conjeturas trouxe à tona referentes ao curso provável de sua conduta. E de fato, no espaço de três dias, a conduta do herdeiro sobrepujou a do próprio Herodes e ultrapassou, de longe, as expectativas de seus admiradores mais entusiastas. Orgias vergonhosas, flagrantes perfídias, atrocidades inauditas deram logo a compreender a seus apavorados vassalos que nenhuma submissão servil de sua parte e nenhum escrúpulo de consciência da parte dele lhes poderia de ora em diante garantir a segurança contra as implacáveis garras daquele mesquinho Calígula. Na noite do quarto dia, pegaram fogo as estrebarias do castelo de Berlifitzing e a opinião unânime da vizinhança acrescentou mais este crime à já horrenda lista dos delitos e atrocidades do barão.

Mas, durante o tumulto ocasionado por esse fato, o jovem senhor estava sentado — aparentemente mergulhado em funda meditação — num vasto e solitário aposento superior do palácio senhorial dos Metzengerstein. As ricas, embora desbotadas, colgaduras que balançavam lugubremente nas paredes representavam as figuras sombrias e majestosas de milhares de antepassados ilustres. Aqui, padres ricamente arminhados e dignitários pontificais, familiarmente sentados com o autocrata e o soberano, opunham o seu veto aos desejos dum rei temporal, ou reprimiam com o *fiat* da supremacia papal o cetro rebelde do Grande-Inimigo. Ali, os negros e altos vultos dos príncipes de Metzengerstein — os musculosos corcéis de guerra pisoteando os cadáveres dos inimigos tombados — abalavam os nervos mais firmes, com sua vigorosa expressão; e aqui, ainda, voluptuosos e brancos como cisnes, flutuavam os vultos das damas de outrora, nos volteios duma dança irreal, aos acentos duma melodia imaginária.

Mas enquanto o barão escutava ou fingia escutar a algazarra sempre crescente que se erguia das cavalariças de Berlifitzing — ou talvez meditasse em algum ato de audácia, mais novo e mais decidido —, seus olhos se voltaram involuntariamente para a figura dum enorme cavalo, dum colorido fora do comum, representado na tapeçaria como pertencente a um antepassado sarraceno da família de seu rival. O cavalo se mantinha, no primeiro plano do desenho, sem movimento, como uma estátua, enquanto que, mais para trás, seu cavaleiro derrotado perecia sob o punhal dum Metzengerstein.

Abriu-se nos lábios de Frederico uma expressão diabólica, ao perceber a direção que seu olhar tinha tomado, sem que ele o houvesse notado. Contudo não desviou a vista. Pelo contrário, não podia de forma alguma explicar a acabrunhante ansiedade que parecia apoderar-se, como uma mortalha, de seus sentidos. Era com dificuldade que conciliava suas sensações imaginárias e incoerentes com a certeza de estar acordado. Quanto mais olhava, mais absorvente se tornava o feitiço, mais impossível lhe parecia poder arrancar seu olhar do fascínio daquela tapeçaria. Mas a algazarra lá de fora se tornou de repente mais violenta e, com um esforço constrangedor, desviou sua atenção para o clarão de luz vermelha lançado em cheio sobre as janelas do aposento pelas cavalariças chamejantes.

A ação, porém, foi apenas momentânea; seu olhar se voltou maquinalmente para a parede. Com extremo espanto e horror, verificou que a cabeça do gigantesco corcel havia, entrementes, mudado de posição. O pescoço do animal antes arqueado, como que cheio de compaixão, sobre o corpo prostrado de seu dono estendia-se agora, plenamente, na direção do barão. Os olhos, antes invisíveis, tinham agora uma expressão enérgica e humana, e cintilavam com um vermelho ardente e extraordinário; e os beiços distendidos do cavalo, que parecia enraivecido, exibiam por completo seus dentes sepulcrais e repugnantes.

Estupefato de terror, o jovem senhor dirigiu-se, cambaleante, para a porta. Ao escancará-la, um jato de luz vermelha, invadindo até o fundo do aposento, lançou a sombra dele em nítido recorte ao encontro da tapeçaria tremulante. Ele estremeceu, ao perceber que a sombra — enquanto se detinha vacilante no umbral — tomava a exata posição e preenchia, precisamente, o contorno do implacável e triunfante matador do sarraceno Berlifitzing.

Para aliviar a depressão de seu espírito, o barão correu para o ar livre. No portão principal do palácio encontrou três eguariços. Com muita dificuldade, e com imenso perigo de suas vidas, continham eles os saltos convulsivos dum cavalo gigantesco e de cor avermelhada.

— De quem é esse cavalo? Onde o encontraram? — perguntou o jovem, num tom lamentoso e rouco, ao verificar, instantaneamente, que o misterioso corcel do quarto tapeçado era a reprodução do furioso animal que tinha diante dos olhos.

— Ele vos pertence, senhor — respondeu um dos eguariços — ou pelo menos não foi reclamado por nenhum outro proprietário. Nós o pegamos quando fugia, todo fumegante e escumando de raiva, das cavalariças incendiadas do castelo de Berlifitzing. Supondo que pertencesse à manada de cavalos estrangeiros do velho conde, levamo-lo para trás, como se fosse um dos remanescentes da estrebaria. Mas os empregados ali negam qualquer direito ao animal, o que é estranho, uma vez que ele traz marcas evidentes de ter escapado dificilmente dentre as chamas.

— As letras "W. V. B." estão também distintamente marcadas na sua testa — interrompeu um segundo eguariço. — Supunha, portanto, que eram as iniciais de Wilhelm von Berlifitzing, mas todos no castelo negam peremptoriamente conhecer o cavalo.

— É extremamente singular! — disse o jovem barão, com um ar pensativo e parecendo inconsciente do significado de suas palavras. — É, como dizem vocês, um cavalo notável, um cavalo prodigioso... embora, como vocês muito bem observaram, de caráter arisco e intratável... Pois que me fique pertencendo — acrescentou ele, depois duma pausa. — Talvez um cavaleiro como Frederico de Metzengerstein possa domar até mesmo o diabo das cavalariças de Berlifitzing.

— Estais enganado, senhor. O cavalo, como já dissemos, creio eu, não pertence às cavalariças do conde. Se tal se desse, conhecemos demasiado nosso dever para trazê-lo à presença duma nobre pessoa de vossa família.

— É verdade! — observou o barão, secamente.

Nesse momento, um jovem camareiro veio a correr, afogueado, do palácio. Sussurrou ao ouvido de seu senhor a história do súbito desaparecimento de pequena parte da tapeçaria, num aposento que ele designou, entrando, ao mesmo tempo, em pormenores de caráter minucioso e circunstanciado. Mas como tudo isto foi transmitido em tom de voz bastante baixo, nada transpirou que satisfizesse a excitada curiosidade dos eguariços.

O jovem Frederico, enquanto ouvia, mostrava-se agitado por emoções variadas. Em breve, porém, recuperou a compostura e uma expressão de resoluta maldade espalhou-se-lhe na fisionomia ao dar expressas ordens para que o aposento em questão fosse imediatamente fechado e a chave trazida às suas mãos.

— Soubestes, senhor, da lamentável morte do velho caçador Berlifitzing? — perguntou um de seus vassalos ao barão, enquanto, após a partida do camareiro, o enorme corcel, que o gentil-homem adotara como seu, saltava e corveteava, com redobrada fúria, pela longa avenida que se estendia desde o palácio até as cavalariças de Metzengerstein.

— Não! — disse o barão, voltando-se abruptamente para quem lhe falava. — Morreu, disse você?

— É a pura verdade, senhor, e suponho que para um nobre com o vosso nome não será uma notícia desagradável.

Rápido sorriso abriu-se no rosto do barão.

— Como morreu ele?

— Nos seus esforços imprudentes para salvar a parte favorita de seus animais de caça, pereceu miseravelmente nas chamas.

— De... ve... e ...e... ras! — exclamou o barão, como que impressionado, lenta e deliberadamente, pela verdade de alguma ideia excitante.

— Deveras — repetiu o vassalo.

— Horrível — disse o jovem, com calma, e voltou sossegadamente ao palácio.

Desde essa data, sensível alteração se operou na conduta exterior do jovem e dissoluto Barão Frederico de Metzengerstein. Na verdade, seu procedimento desapontava todas as expectativas e se mostrava pouco em acordo com as vistas de muita mamãe de filha casadoura, ao passo que seus hábitos e maneiras, ainda menos do que dantes, não ofereciam algo de congenital com os da aristocracia da vizinhança. Nunca era visto além dos limites de seu próprio domínio e, no vasto mundo social, andava absolutamente sem companheiros, a não ser que, na verdade, aquele cavalo descomunal, impetuoso e fortemente colorido, que ele de contínuo cavalgava, a partir dessa época, tivesse qualquer misterioso direito ao título de seu amigo.

Numerosos convites, da parte dos vizinhos, chegaram, porém, durante muito tempo: "Quererá o barão honrar nossas festas com sua presença?" "Quererá o barão se juntar a nós para caçar javali?"

"Metzengerstein não caça" ou "Metzengerstein não comparecerá" eram as respostas lacônicas e arrogantes.

Estes repetidos insultos não podiam ser suportados por uma nobreza imperiosa. Tais convites tornaram-se menos cordiais, menos frequentes, até que cessaram por completo. A viúva do infortunado Conde de Berlifitzing exprimiu mesmo, como se diz ter-se ouvido, a esperança de "que o barão estivesse em casa, quando não desejava estar em casa, desde que desdenhava a companhia de seus iguais e que andasse a cavalo, quando não queria andar a cavalo, uma vez que preferia a companhia de um cavalo". Isto decerto era uma estúpida explosão da hereditária má-vontade e provava, tão só, quanto se tornam nossas palavras singularmente absurdas quando desejamos dar-lhes forma enérgica fora do comum.

As pessoas caridosas, no entanto, atribuíam a alteração de procedimento do jovem fidalgo à tristeza natural de um filho pela precoce perda de seus pais, esquecidas, porém, de sua conduta atroz e dissipada durante o curto período que se seguiu logo àquela perda. Alguns havia, de fato, que a atribuíam a uma ideia demasiado exagerada de sua própria importância e dignidade. Outros ainda (entre os quais pode ser mencionado o médico da família) não hesitavam em falar numa melancolia mórbida e num mal hereditário, enquanto tenebrosas insinuações de natureza mais equívoca corriam entre o povo.

Na verdade, o apego depravado do barão à sua montaria recentemente adquirida — apego que parecia alcançar novas forças a cada novo exemplo das inclinações ferozes e demoníacas do animal — tornou-se, por fim, aos olhos de todos os homens de bom senso, um fervor nojento e contra a natureza. No esplendor do meio-dia, a horas mortas da noite, doente ou com saúde, na calma ou na tempestade, o jovem Metzengerstein parecia parafusado à sela daquele cavalo colossal, cujas ousadias intratáveis tão bem se adequavam ao próprio espírito do dono.

Havia, além disso, circunstâncias que, ligadas aos recentes acontecimentos, davam um caráter sobrenatural e monstruoso à mania do cavaleiro e às capacidades do corcel. O espaço que ele transpunha num simples salto fora cuidadosamente medido e verificou-se que excedia, por uma diferença espantosa, as mais ousadas expectativas das mais imaginosas criaturas. Além disso, o barão não tinha um *nome* particular para o animal, embora todos os outros de suas cavalariças fossem diferençados por denominações características. Sua estrebaria também ficava a certa distância das dos restantes, e, quanto ao trato e outros serviços necessários, ninguém, a não ser o dono em pessoa, se havia aventurado a fazê-los ou mesmo a entrar no recinto da baia particular daquele cavalo. Observou-se também que, embora os três estribeiros que haviam capturado o corcel quando este fugia do incêndio em Berlifitzing houvessem conseguido deter-lhe a carreira por meio dum laço corrediço, nenhum dos três podia afirmar com certeza que tivesse, no correr daquela perigosa luta, ou em outro qualquer tempo depois, posto jamais a mão sobre o corpo do animal. Provas de inteligência característica na conduta dum nobre cavalo árdego não bastariam, decerto, para excitar uma atenção desarrazoada, mas havia certas circunstâncias que violentavam os espíritos mais céticos e mais fleumáticos. E dizia-se que, por vezes, o animal obrigava a multidão curiosa que o cercava a recuar de horror diante da profunda e impressionante expressão de seu temperamento terrível e que, outras vezes, o jovem Metzengerstein empalidecera e fugira diante da súbita e inquisitiva expressão de seu olhar quase humano.

Entre toda a domesticidade do barão ninguém havia, porém, que duvidasse do ardor daquela extraordinária afeição que existia da parte do jovem fidalgo pelas ferozes qualidades de seu cavalo; ninguém, exceto um insignificante e disforme pajenzinho, cujos aleijões estavam sempre à mostra de todos e cujas opiniões não tinham a mínima importância possível. Ele (se é que suas ideias são dignas afinal de menção) tinha o desplante de afirmar que seu senhor jamais montava na sela sem um estremecimento inexplicável e quase imperceptível, e que ao voltar de cada um de seus demorados e habituais passeios uma expressão de triunfante malignidade retorcia todos os músculos de sua fisionomia.

Numa noite tempestuosa, Metzengerstein, despertando dum sono pesado, desceu, como um maníaco, de seu quarto e, montando a cavalo, a toda a pressa lançou-se a galope para o labirinto da floresta. Uma ocorrência tão comum não atraiu particular atenção, mas seu regresso foi esperado com intensa ansiedade pelos seus criados quando, após algumas horas de ausência, as estupendas e magníficas seteiras do palácio de Metzengerstein se puseram a estalar e a tremer até as bases, sob a ação de uma densa e lívida massa de fogo indomável.

Como as chamas, quando foram vistas pela primeira vez, já tivessem feito tão terríveis progressos que todos os esforços para salvar qualquer parte do edifício eram evidentemente inúteis, toda a vizinhança atônita permanecia ociosa e calada, senão apática. Mas outra coisa inesperada e terrível logo prendeu a atenção da turba e demonstrou quão muito mais intensa é a excitação provocada nos sentimentos duma multidão pelo espetáculo da agonia humana do que suscitada pelas mais aterradoras cenas da matéria inanimada.

Ao longo da comprida avenida de anosos carvalhos que levava da floresta até a entrada principal do palácio de Metzengerstein, um corcel, conduzindo um cavaleiro sem chapéu e em desordem, era visto a pular com uma impetuosidade que ultrapassava a do próprio Demônio da Tempestade.

Era evidente que o cavaleiro não conseguia mais dominar a carreira do animal. A angústia de sua fisionomia, os movimentos convulsivos de toda a sua pessoa mostravam o esforço sobre-humano que fazia; mas som algum, a não ser um grito isolado, escapava de seus lábios lacerados, que ele mordia cada vez mais, no paroxismo do terror. Num instante, o tropel dos cascos ressoou forte e áspero acima do bramido das labaredas e dos assobios do vento; um instante ainda e, transpondo dum só salto o portão e o fosso, o corcel lançou-se pelas escadarias oscilantes do palácio e, com o cavaleiro, desapareceu no turbilhão caótico do fogo.

A fúria da tempestade imediatamente amainou e uma calma de morte sombriamente se seguiu. Uma labareda pálida ainda envolveu o edifício como uma mortalha, e, elevando-se na atmosfera tranquila, dardejava um clarão de luz sobrenatural, enquanto uma nuvem de fumaça se abatia pesadamente sobre as ameias com a forma bem nítida dum gigantesco *cavalo*.

Ligeia[1]

> E ali dentro está a vontade que não morre. Quem conhece os mistérios da vontade, bem como seu vigor? Porque Deus é apenas uma grande vontade, penetrando todas as coisas pela qualidade de sua aplicação. O homem não se submete aos anjos nem se rende inteiramente à morte, a não ser pela fraqueza de sua débil vontade.
>
> Joseph Glanvill

Juro pela minha alma que não posso lembrar-me quando, ou mesmo precisamente onde, travei, pela primeira vez, conhecimento com Lady Ligeia. Longos anos se passaram desde então e minha memória se enfraqueceu pelo muito sofrer. Ou, talvez, não posso *agora* reevocar aqueles pontos, porque, na verdade, o caráter de minha bem-amada, seu raro saber, sua estranha mas plácida qualidade de beleza e a emocionante e subjugante eloquência de sua profunda linguagem musical haviam aberto caminho dentro do meu coração, a passos tão constantes e tão furtivos, que passaram despercebidos e ignorados. Entretanto, acredito que a encontrei, pela primeira vez, e depois frequentemente, em alguma grande e decadente cidade velha das margens do Reno. Quanto à família... certamente ouvi-a falar a seu respeito. Que fosse de origem muito remota, é coisa que não se pode pôr em dúvida. Ligeia! Ligeia! Mergulhado em estudos, mais adaptados que quaisquer outros, pela sua natureza, a amortecer as impressões do mundo exterior, é apenas por aquela doce palavra, Ligeia, que na imaginação evoco, diante de meus olhos, a imagem daquela que não mais existe. E agora, enquanto escrevo, uma lembrança me vem, como um clarão: que eu *jamais conheci* o nome de família daquela que foi minha amiga e minha noiva, que se tornou a companheira de meus estudos e finalmente a esposa de meu coração. Fora uma travessa injunção de Ligeia ou uma prova da força de meu afeto que me levara a não indagar esse ponto? Ou fora antes um capricho de minha parte uma oferta loucamente romântica, no altar da mais apaixonada devoção? Só confusamente me lembro do próprio fato. Mas há alguma coisa de admirar no ter eu inteiramente esquecido as circunstâncias que o originaram ou o acompanharam? E, na verdade, se jamais o espírito de *Romance*, se jamais a pálida *Ashtophet*, de asas tenebrosas, do Egito idólatra, preside, como dizem, aos casamentos de mau agouro, então com mais certeza presidira ao meu.

Há, no entanto, um assunto querido, a respeito do qual a memória não me falha. E a *pessoa* de Ligeia. Era de alta estatura, um tanto delgada, e, nos seus últimos dias, bastante emagrecida. Tentaria em vão retratar a majestade, o tranquilo desembaraço de seu porte, ou a incompreensível ligeireza e elasticidade de seu passo. Ela entrava e saía como uma sombra. Jamais me apercebia de sua entrada no meu gabinete de trabalho, exceto quando ouvia a música de sua doce e profunda voz, quando punha sua mão de mármore sobre o meu ombro. Em beleza de rosto, nenhuma mulher jamais a igualou. Era o esplendor de um sonho de ópio, uma visão aérea e encantadora, mais

1 Publicado pela primeira vez no *American Museum of Science, Literature and the Arts*, setembro de 1838. Título original: LIGEIA.

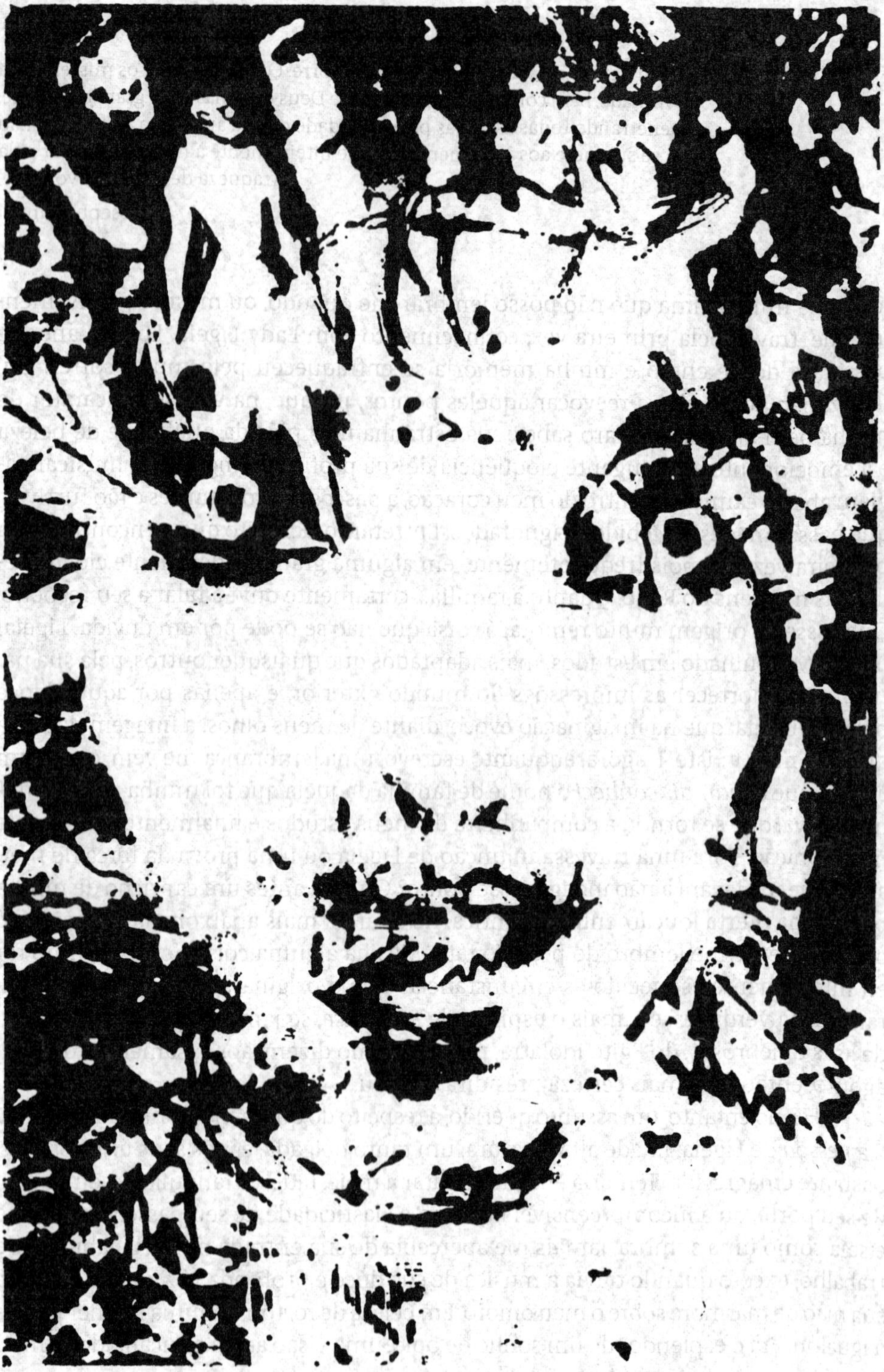

estranhamente divina que as fantasias que flutuam nas almas dormentes das filhas de Delos. Entretanto, não tinham suas feições aquele modelado regular, que falsamente nos ensinaram a cultuar nas obras clássicas do paganismo. "Não há beleza rara — disse Bacon, Lorde Verulam, falando verdadeiramente de todas as formas e gêneros de beleza — sem algo de *estranheza* nas proporções." Contudo, embora eu visse que as feições de Ligeia não possuíam a regularidade clássica, embora percebesse que sua beleza era realmente "esquisita" e sentisse que muito de "estranheza" a dominava, tentara em vão descobrir essa irregularidade e rastrear, até sua origem, minha própria concepção de "estranheza". Examinava o contorno da fronte elevada e pálida: era impecável — mas quão fria, na verdade, é esta palavra, quando aplicada a uma majestade tão divina! — pela pele que rivalizava com o mais puro marfim, pela largura imponente e calma, a graciosa elevação das regiões acima das fontes; e depois aquelas luxuriantes e luzentes madeixas, naturalmente cacheadas, dum negro de corvo, realçando a plena força da expressão homérica: "cabelo hiacintino". Considerava as linhas delicadas do nariz e em nenhuma outra parte, senão nos graciosos medalhões dos hebreus, tinha eu contemplado perfeição semelhante. Tinham a mesma voluptuosa maciez de superfície, a mesma tendência quase imperceptível para o aquilino, as mesmas narinas harmoniosamente arredondadas, a revelar um espírito livre. Olhava a encantadora boca. Nela esplendia de fato o triunfo de todas as coisas celestes: a curva magnífica do curto lábio superior, o aspecto voluptuoso e macio do inferior, as covinhas do rosto, que pareciam brincar, e a cor que falava; os dentes refletindo, com uma irradiação quase cegante, cada raio da bendita luz que sobre eles caía, quando ela os mostrava num sorriso sereno e plácido, que era no entanto o mais triunfantemente radioso de todos os sorrisos. Analisava a forma do queixo, e aqui também encontrava a graciosidade da largura, a suavidade e a majestade, a plenitude e espiritualidade grega, aquele contorno que o deus Apolo só revelou num sonho a Cleômenes, o filho do ateniense. E depois eu contemplava os grandes olhos de Ligeia.

Para os olhos, não encontramos modelos na remota Antiguidade. Podia ser, também, que naqueles olhos de minha bem-amada repousasse o segredo a que alude Lorde Verulam. Eram, devo crer, bem maiores que os olhos habituais de nossa raça. Eram mesmo mais rasgados que os mais belos olhos das gazelas da tribo do Vale de Nourjahad. No entanto, era somente a intervalos, em momentos de intensa excitação, que essa peculiaridade se tornava mais vivamente perceptível em Ligeia. E, em tais momentos, era a sua beleza — pelo menos assim surgia diante de minha fantasia exaltada —, a beleza de criaturas que se acham acima ou fora da terra, a beleza da fabulosa huri dos turcos. As pupilas eram do negro mais brilhante, veladas por longuíssimas pestanas de azeviche. As sobrancelhas, de desenho levemente irregular, eram da mesma cor. Todavia, a "estranheza" que eu descobria nos olhos era de natureza distinta da forma, da cor ou do brilho deles e devia ser, decididamente, atribuída à sua *expressão*. Ah, palavra sem significação, simples som, por trás de cuja vasta latitude entrincheiramos nossa ignorância de tanta coisa espiritual. A expressão dos olhos de Ligeia... Quantas e quantas horas refleti sobre ela! Quanto tempo esforcei-me por sondá-la, durante uma noite inteira de verão! Que era então aquilo — aquela alguma coisa mais profunda que o poço de Demócrito — que jazia bem no fundo das pupilas de minha bem-amada? Que era *aquilo*? Obsessionava-me a paixão de descobri-lo. Aqueles olhos, aquelas largas, brilhantes, divinas pupilas, tornaram-se para mim as estrelas gêmeas de Leda e eu para elas o mais fervente dos astrólogos.

Não há caso, entre as numerosas anomalias incompreensíveis da ciência psicológica, mais emocionantemente excitante do que o fato — nunca, creio eu, observado nas escolas — de nos encontrarmos, muitas vezes, em nossas tentativas de trazer à memória alguma coisa há muito tempo esquecida, *justamente à borda* da lembrança, sem poder, afinal, recordar. E assim, quantas vezes, na minha intensa análise dos olhos de Ligeia, senti aproximar-se o conhecimento completo de sua expressão!

Senti-o aproximar-se, e contudo não estava ainda senhor absoluto dele, e por fim desaparecia totalmente! E (estranho, oh, o mais estranho de todos os mistérios!) descobri nos objetos mais comuns do universo uma série de analogias para aquela expressão. Quero dizer que, depois da época em que a beleza de Ligeia passou para o meu espírito e nele se instalou como num relicário, eu deduzia, de vários seres do mundo material, uma sensação idêntica à que me cercava e me penetrava sempre, quando seus grandes e luminosos olhos me fitavam. Entretanto, nem por isso sou menos incapaz de definir essa sensação, de analisá-la, ou mesmo de ter dela uma percepção integral. Reconheci-a, repito-o, algumas vezes no aspecto duma vinha rapidamente crescida, na contemplação duma falena, duma borboleta, duma crisálida, duma corrente de água precipitosa. Senti-a no oceano, na queda dum meteoro. Senti-a nos olhares de pessoas extraordinariamente velhas. E há uma ou duas estrelas no céu (uma especialmente, uma estrela de sexta grandeza, dupla e mutável, que se encontra perto da grande estrela da Lira) que, vistas pelo telescópio, me deram aquela sensação. Senti-me invadido por ela ao ouvir certos sons de instrumentos de corda e, não poucas vezes, ao ler certos trechos de livros. Entre numerosos outros exemplos, lembro-me de alguma coisa num volume de Joseph Glanvill que (talvez simplesmente por causa de sua singularidade, quem sabe lá?) jamais deixou de inspirar-me a mesma sensação: "E ali dentro está a vontade que não morre. Quem conhece os mistérios da vontade, bem como seu vigor? Porque Deus é apenas uma grande vontade, penetrando todas as coisas pela qualidade de sua aplicação. O homem não se submete aos anjos nem se rende inteiramente à morte, a não ser pela fraqueza de sua débil vontade."

Com o correr dos anos e graças a subsequentes reflexões, consegui descobrir, realmente, certa ligação remota entre esta passagem do moralista inglês e parte do caráter de Ligeia. Uma *intensidade* de pensamento, de ação ou de palavra era possivelmente nela resultado, ou pelo menos sinal, daquela gigantesca volição que, durante nossas longas relações, deixou de dar outras e mais imediatas provas de sua existência. De todas as mulheres que tenho conhecido, era ela, a aparentemente calma, a sempre tranquila Ligeia, a mais violentamente presa dos tumultuosos abutres da paixão desenfreada. E só podia eu formar uma estimativa daquela paixão pela miraculosa dilatação daqueles olhos que, ao mesmo tempo, me encantavam e atemorizavam, pela quase mágica melodia, pela modulação, pela clareza e placidez de sua voz bem grave e pela selvagem energia (tornada duplamente efetiva pelo contraste com sua maneira de emiti-las) das ardentes palavras que habitualmente pronunciava.

Falei do saber de Ligeia: era imenso, como jamais encontrei em mulher alguma. Era profundamente versada em línguas clássicas, e, tão longe quanto iam meus próprios conhecimentos das modernas línguas europeias, nunca a descobri em falta. E na verdade, em qualquer tema dos mais admirados, precisamente porque mais abstrusos, da louvada erudição acadêmica, encontrei eu *jamais* Ligeia em falta?

Quão singularmente, quão excitantemente, este único ponto da natureza de minha mulher havia, apenas neste último período, subjugado minha atenção! Disse que seu saber era tal como jamais conhecera em mulher alguma, mas onde existe o homem que tenha atravessado, e com êxito, todas as vastas áreas da ciência moral, física e matemática? Eu não via então o que agora claramente percebo, que os conhecimentos de Ligeia eram gigantescos, espantosos. Entretanto, estava suficientemente cônscio de sua infinita supremacia para resignar-me, com uma confiança de criança, a ser por ela guiado através do caótico mundo da investigação metafísica em que me achava acuradamente ocupado durante os primeiros anos de nosso casamento. Com que vasto triunfo, com que vivo deleite, com que tamanha esperança etérea *sentia* eu — quando ela se curvava sobre mim, em meio de estudos tão pouco devassados, tão pouco conhecidos — alargar-se pouco a pouco, diante de mim, aquela deliciosa perspectiva, ao longo de cuja via esplêndida e jamais palmilhada podia eu afinal seguir adiante até o termo de uma sabedoria por demais preciosa e divina para não ser proibida!

Quão pungente, então, deve ter sido o pesar com que, depois de alguns anos, vi minhas bem fundadas esperanças criarem asas por si mesmas e voarem além! Sem Ligeia, era apenas uma criança tateando no escuro. Sua presença, somente suas lições podiam tornar vivamente luminosos os muitos mistérios do transcendentalismo em que estávamos imersos. Privado do clarão radioso de seus olhos, aquela literatura leve e dourada tornava-se mais pesada e opaca do que o simples chumbo. E agora aqueles olhos brilhavam cada vez menos frequentemente sobre as páginas que eu esquadrinhava. Ligeia adoeceu. Os olhos ardentes esbraseavam numa refulgência por demais esplendorosa; os pálidos dedos tomaram a transparência cérea da morte e as veias azuis, na elevada fronte, intumesciam-se e palpitavam, impetuosamente, aos influxos da mais leve emoção. Vi que ela ia morrer e, desesperadamente, travei combate em espírito com o horrendo Azrael. E os esforços daquela mulher apaixonada eram, com grande espanto meu, mais enérgicos mesmo do que os meus. Havia muito na sua severa natureza para fazer-me crer que, para ela, a morte chegaria sem terrores; mas assim não foi. As palavras são impotentes para transmitir qualquer justa ideia da ferocidade de resistência com que ela batalhou contra a Morte. Eu gemia de angústia diante daquele lamentável espetáculo. Teria querido acalmá-la, teria querido persuadi-la, mas na intensidade do seu feroz desejo de viver, de viver, nada mais que viver, todos os alívios e razões teriam sido o cúmulo da loucura. Entretanto, nem mesmo no derradeiro instante, entre as mais convulsivas contorções do seu espírito ardente, foi abalada a externa placidez de seu porte. Sua voz tornou-se mais suave, tornou-se mais grave, mas eu não queria confiar na significação estranha daquelas palavras, sossegadamente pronunciadas. Meu cérebro vacilava quando eu escutava, extasiado por uma melodia sobre-humana, aquelas elevações e aspirações que os homens mortais jamais conheceram até então.

Que ela me amasse, não podia pô-lo em dúvida, e era-me fácil saber que, num peito como o seu, o amor não deveria ter reinado como uma paixão comum. Mas somente na morte é que compreendi toda a força de seu afeto. Durante longas horas, presas minhas mãos nas suas, derramava diante de mim a superabundância dum coração cuja devoção, mais do que apaixonada, atingia as raias da idolatria. Como tinha eu merecido a beatitude de ouvir tais confissões? Como tinha eu merecido a maldição de que minha amada me fosse roubada na hora mesma em que mais falta fazia? Mas sobre essa questão não posso suportar o demorar-me. Permiti-me apenas dizer que no abandono mais do que feminino de Ligeia a um amor, ai de mim!, inteiramente imerecido, concedido a quem era de todo indigno, eu afinal reconheci o princípio de sua saudade, com um desejo, tão avidamente selvagem, da vida que agora lhe fugia com tal rapidez. É essa violenta aspiração, essa ávida veemência do desejo da vida, apenas da vida, que não tenho poder para retratar, nem palavras capazes de exprimir.

Bem no meio da noite durante a qual partiu, chamando-me, autoritariamente, a seu lado, ela me pediu para repetir-lhe certos versos, que ela mesma compusera, não muitos dias antes; obedeci-lhe. Eram os que seguem:

Vede! é noite de gala, hoje, nestes
anos últimos e desolados!
Turbas de anjos alados, em vestes
de gaze, olhos em pranto banhados,
vêm sentar-se no teatro, onde há um drama
singular, de esperança e agonia;
e, ritmada, uma orquestra derrama
das esferas a doce harmonia.

Bem à imagem do Altíssimo feitos,
os atores, em voz baixa e amena,
murmurando, esvoaçam na cena,
são de títeres, só, seus trejeitos,
sob o império de seres informes,
dos quais cada um a cena retraça
a seu gosto, com as asas enormes
esparzindo invisível Desgraça!

Certo, o drama confuso já não
poderá ser um dia olvidado,
com o espectro a fugir, sempre em vão
pela turba furiosa acossado,
numa ronda sem fim, que regressa,
incessante, ao lugar de partida;
e há Loucura, e há Pecado, e é tecida
de Terror toda a intriga da peça!

Mas, olhai! No tropel dos atores
uma forma se arrasta e insinua!
Vem, sangrenta, a enroscar-se, da nua
e erma cena, junto aos bastidores,
a enroscar-se! Um a um, cai, exangue,
cada ator, que esse monstro devora.
E soluçam os anjos — que é sangue,
sangue humano, o que as fauces lhe cora.

E se apagam as luzes! Violenta,
a cortina, funérea mortalha,
sobre os trêmulos corpos se espalha,
ao cair, com um rugir de tormenta.

Mas os anjos, que espantos consomem,
já sem véus, a chorar, vêm depor
que esse drama, tão tétrico, é "O Homem"
e que o herói da tragédia de horror
é o Verme Vencedor.

— Ó, Deus! — quase gritou Ligeia, erguendo-se sobre os pés e estendendo os braços para a frente num movimento espasmódico, quando terminei aqueles versos. — Ó, Deus! Ó, Pai Divino! Deverão ser essas coisas inflexivelmente assim? Não será uma só vez vencido esse vencedor? Não somos uma parte, uma parcela de Ti? Quem... quem conhece os mistérios da vontade, bem como seu vigor? O homem não se submete aos anjos *nem se rende inteiramente à morte*, a não ser pela fraqueza de sua débil vontade.

E então, como se a emoção a exaurisse, ela deixou os alvos braços caírem e regressou solenemente a seu leito de morte. E enquanto exalava os últimos suspiros, veio de envolta com eles um baixo murmúrio de seus lábios: "*O homem não se submete aos anjos nem se rende inteiramente à morte, a não ser pela fraqueza de sua débil vontade.*"

Morreu. E eu, aniquilado, pulverizado pela tristeza, não pude mais suportar a solitária desolação de minha morada, na sombria e decadente cidade à beira do Reno. Não me faltava aquilo que o mundo chama riqueza. Ligeia me trouxera bem mais, muitíssimo mais do que cabe de ordinário à sorte dos humanos. Depois, portanto, de poucos meses de vaguear cansativamente e sem rumo, adquiri e restaurei, em parte, uma abadia que não denominarei em um dos mais incultos e menos frequentados rincões da bela Inglaterra. A grandeza melancólica e sombria do edifício, o aspecto quase selvagem da propriedade, as muitas recordações tristonhas e vetustas que a ambos se ligavam tinham muito de união com os sentimentos de extremo abandono que me haviam levado àquela remota e deserta região do interior. Contudo, embora a parte externa da abadia, com sinais esverdinhados de ruína a pender em volta, apenas experimentasse pouca modificação, entreguei-me com perversidade como que pueril, e talvez com a fraca esperança de encontrar alívio a minhas tristezas, a exibir dentro dela uma magnificência mais do que régia. Mesmo na infância, eu tomara gosto por tais fantasias, e agora elas me voltavam como uma extravagância do pesar. Ai! sinto quanto de loucura, mesmo incipiente, pode ser descoberta nas tapeçarias ostentosas e fantasmagóricas, nas solenes esculturas egípcias, nas fantásticas colunas, nos móveis estranhos, nos desenhos alucinados dos tapetes enfeitados de ouro! Tornei-me um escravo acorrentado às peias do ópio, e meus trabalhos e decisões tomavam o colorido de meus sonhos. Mas não devo deter-me em pormenorizar tais absurdos. Permiti-me que fale só daquele aposento, maldito para sempre, aonde conduzi, do altar, como minha esposa, num momento de alienação mental — como sucessora da inesquecível Ligeia —, a loura Lady Rowena Trevanion, de Tremaine, de olhos azuis.

Não há pormenor da arquitetura e decoração daquela câmara nupcial que não esteja agora presente a meus olhos. Onde estavam as almas da altiva família da noiva quando, movidas pela sede do ouro, permitiram que transpusesse o umbral dum aposento tão ataviado uma jovem e tão amada filha? Disse que me recordo minuciosamente dos pormenores do quarto, se bem que minha memória tristemente se esqueça de coisas de profunda importância; e não havia nenhuma sistematização, nenhuma harmonia, naquela fantástica exibição que cativasse a memória. O aposento achava-se numa alta torre da abadia acastelada, tinha a forma pentagonal e era bastante espaçoso. Ocupando toda a face sul do pentágono havia uma única janela, imensa folha de vidro inteiriço de Veneza, dum só pedaço e duma cor plúmbea, de modo que os raios do sol, ou da lua, passando através dele, lançavam sobre os objetos do interior uma luz sinistra. Sobre a parte superior dessa imensa janela prolongava-se a latada duma velha vinha que grimpara pelas maciças paredes da torre. O forro, de carvalho quase negro, era excessivamente elevado, abobadado e primorosamente ornado com os mais estranhos e os mais grotescos espécimes dum estilo semigótico e semidruídico. Do recanto mais central dessa melancólica abóbada pendia, duma única cadeia de ouro de compridos elos, um imenso turíbulo do mesmo metal, de modelo sarraceno, e com numerosas perfurações, tão tramadas que dentro e fora delas se estorcia, como se dotada de vitalidade serpentina, uma contínua sucessão de luzes multicores.

Algumas poucas otomanas e candelabros de ouro, de forma oriental, ocupavam em redor vários lugares; e havia também o leito — o leito nupcial — de modelo indiano, baixo e esculpido de ébano maciço, encimado por um dossel semelhante a um pano mortuário. Em cada um dos ângulos do quarto se erguia um gigantesco sarcófago de granito negro tirado dos túmulos dos reis em face de Luxor, com suas vetustas tampas cheias de esculturas imemoriais. Mas a fantasia principal, ai de mim!, se ostentava nas colgaduras, do aposento. As paredes elevadas a gigantesca altura — acima mesmo de qualquer proporção — estavam cobertas, de alto a baixo, de vastos panejamentos duma pesada e maciça tapeçaria, que tinha seu similar no material empregado no tapete do assoalho, bem como na cobertura das otomanas e do leito de ébano, no seu dossel e nas suntuosas volutas das cortinas, que parcialmente ocultavam a janela. Esse material era um tecido riquíssimo de ouro, todo salpicado, a intervalos regulares, de figuras arabescas com cerca de trinta centímetros de diâmetro e lavradas no pano em modelos do mais negro azeviche. Mas essas figuras só participavam do caráter de arabesco quando observadas dum único ponto de vista. Graças a um processo hoje comum, e na verdade rastreável até a mais remota antiguidade, eram feitos de modo a mudar de aspecto. Para quem entrasse no quarto, tinham a aparência de simples monstruosidades, mas à medida que se avançava desaparecia gradualmente esse aspecto e, passo a passo, à proporção que o visitante mudasse de posição no quarto, via-se cercado por uma infindável sucessão das formas espectrais pertencentes às superstições dos normandos ou que surgem nos sonhos pecaminosos dos monges. O efeito fantasmagórico era vastamente realçado pela introdução artificial duma forte corrente contínua de vento por trás das cortinas, dando horrenda e inquietante animação ao todo.

Em aposentos tais como aquele, numa câmara nupcial tal como aquela, passava eu, com Lady de Tremaine, as horas não sagradas do primeiro mês do nosso casamento, e as passava com muito pouca inquietação. Que minha mulher receava o violento mau humor de meu temperamento, que me evitava e que me amava muito pouco eram coisas que eu não podia deixar de perceber. Mas isto me causava mais prazer que outra coisa. Eu a detestava com um ódio que tinha mais de diabólico que de humano. Minha memória retornava (oh, com que intensa saudade!) a Ligeia, a bem-amada, a augusta, a bela, a morta. Entregava-me a orgias de recordações de sua pureza, de sua sabedoria, de sua nobre, de sua etérea natureza, de seu apaixonado e idolátrico amor. Agora, pois, plena e livremente, meu espírito se abrasava em chamas mais ardentes que as da própria Ligeia. Na excitação de meus sonhos de ópio (pois vivia habitualmente agrilhoado às algemas da droga) gritava seu nome em voz alta, durante o silêncio da noite, ou de dia, entre os recantos protetores dos vales, como se, pela ânsia selvagem, pela paixão solene, pelo ardor devorante de meu desejo pela morta, eu pudesse ressuscitá-la, nas sendas que abandonara nesta terra... será possível que para sempre?

Cerca do começo do segundo mês do casamento, Lady Rowena foi atacada por súbita doença, da qual só lentamente veio a restabelecer-se. A febre que a consumia tornava suas noites penosas e no seu agitado estado de semissonolência referia-se ela a sons e a movimentos dentro e em redor do quarto da torre, e que eu não podia deixar de atribuir senão ao desarranjo de sua imaginação ou talvez às fantasmáticas influências do próprio quarto. Veio afinal a convalescer... e, por fim, recobrou a saúde. Todavia, mal se passara breve período, eis que segundo e mais violento acesso a lança de novo no leito de sofrimento; e deste ataque, seu corpo, que sempre fora fraco, jamais se restabeleceu inteiramente. Desde essa época, sua doença tomou caráter alarmante e de recaídas mais alarmantes, desafiando ao mesmo tempo o saber e os grandes esforços de seus médicos. Com o aumento da moléstia crônica, que assim, ao que parecia, de tal modo se apoderara de sua constituição que não era mais possível erradicá-la por meios humanos, não podia eu deixar de observar idêntico aumento da irritação nervosa de seu temperamento e da sua excitabilidade por motivos triviais de medo. Referia-se novamente, e agora com mais frequência e mais pertinácia, aos sons, aos mais leves sons e aos insólitos movimentos das tapeçarias, a que já antes aludira.

Numa noite dos fins de setembro, chamou minha atenção, com insistência insólita, para o desagradável assunto. Ela acabava de despertar de um sono inquieto e eu estivera observando, com sentimentos mistos de ansiedade e vago terror, as contrações de sua fisionomia emagrecida. Sentei-me ao lado de seu leito de ébano, sobre uma das otomanas da Índia. Ela ergueu-se um pouco e falou, num sussurro ansioso e baixo, de sons que ela *então* ouvia mas que eu não podia perceber. O vento corria com violência por trás das tapeçarias e eu tentei mostrar-lhe (o que, confesso, eu mesmo não podia acreditar *inteiramente*) que aqueles sopros, quase inarticulados, e aquelas oscilações muito suaves das figuras na parede eram apenas o efeito natural daquela corrente costumeira de vento. Mas um palor mortal, espalhando-se em sua face, demonstrou-me que os esforços para reanimá-la seriam infrutíferos. Ela parecia desmaiar, e nenhum criado poderia ouvir se eu chamasse. Lembrei-me de onde fora guardado um frasco de vinho leve que os médicos haviam receitado e apressei-me em atravessar o quarto para buscá-lo. Mas, ao passar por sob a luz do turíbulo, duas circunstâncias de natureza impressionante me atraíram a atenção. Senti que alguma coisa palpável, embora invisível, passara de leve junto de mim, e vi que jazia ali, sobre o tapete dourado, bem no meio do forte clarão lançado pelo turíbulo, uma sombra, uma sombra fraca, indecisa, de aspecto angélico, tal como o que se poderia imaginar ser a sombra de uma sombra. Mas eu estava desvairado pela excitação de uma dose imoderada de ópio e considerei essas coisas como nada, não falando delas a Rowena. Tendo encontrado o vinho, tornei a atravessar o quarto e enchi uma taça, que levei aos lábios da mulher desmaiada. Ela havia então, em parte, recuperado os sentidos, porém, e segurou o copo, enquanto eu me afundava numa otomana próxima, com os olhos presos à sua pessoa. Sucedeu então que percebi distintamente um leve rumor de passos sobre o tapete e perto do leito, e um segundo depois, quando Rowena estava a erguer o vinho aos lábios, vi ou posso ter sonhado que vi, caírem dentro da taça, como vindos de fonte invisível na atmosfera do quarto, três ou quatro grandes gotas de um líquido brilhante, cor de rubi. Se eu o vi, não o viu Rowena. Bebeu o vinho sem hesitar e eu contive-me de falar-lhe de uma circunstância que, julguei, devia, afinal de conta, ter sido apenas a sugestão de uma imaginação viva, tornada morbidamente ativa pelo ópio e pela hora da noite.

Não posso, contudo, ocultar de minha própria percepção que, imediatamente após a queda das gotas de rubi, uma rápida mudança para pior se verificou na enfermidade de minha mulher; assim é que, na terceira noite subsequente, as mãos de seus criados a preparavam para o túmulo, e na quarta, eu me sentei só, com seu corpo amortalhado, naquele quarto fantástico que a recebera como minha esposa. Fantásticas visões, geradas pelo ópio, esvoaçavam, como sombras, à minha frente. Contemplei com olhar inquieto a essa armada nos ângulos do quarto, as figuras oscilantes da tapeçaria e o enroscar-se das chamas multicoloridas do turíbulo, no alto. Meus olhos então caíram, enquanto eu recordava as circunstâncias de uma noite anterior, sobre o lugar por baixo do clarão do turíbulo, onde eu vira os fracos traços da sombra. Ela, contudo, já não estava mais ali, e, respirando com maior liberdade, voltei a vista para a pálida e rígida figura que jazia no leito. Então precipitaram-se em mim milhares de recordações de Ligeia, e então recaiu-me no coração, com a violência turbulenta de uma torrente, o conjunto daquele indizível sentimento de desgraça com que eu a contemplara, a ela, amortalhada assim. A noite avançava e ainda, com o peito cheio de amargas lembranças dela, a única e supremamente amada, eu continuava a olhar o corpo de Rowena.

Podia ser meia-noite, ou talvez mais cedo ou mais tarde, pois eu não notava o decorrer do tempo, quando um soluço, baixo, suave, mas bem distinto, me sobressaltou do sonho. *Senti* que ele vinha do leito de ébano, do leito da morta. Prestei ouvidos, numa agonia de terror supersticioso, mas não houve repetição do som. Agucei a vista, para apreender qualquer movimento do cadáver, mas perceptivelmente nada havia. Contudo, eu não podia ter sido enganado. *Ouvira* o ruído, embora fraco, e minha alma despertara dentro de mim. Resoluta e perseverantemente conservei a atenção fixa no corpo. Muitos minutos decorreram antes que qualquer circunstância ocorresse tendente a atirar luz sobre o mistério. Afinal, tornou-se evidente que uma coloração fraca, muito fraca e mal perceptível, corava as faces e se estendia nas pequenas veias deprimidas das pálpebras. Por meio de uma espécie de horror e espanto indizíveis, para os quais a linguagem humana não tem expressões suficientemente significativas, senti meu coração deixar de bater e meus membros se enrijeceram, no lugar em que estava sentado. O senso do dever, contudo, agiu para devolver-me o domínio de mim mesmo. Não podia mais duvidar de que havíamos sido precipitados em nossos preparativos, de que Rowena ainda vivia. Era necessário que se fizesse alguma tentativa; entretanto, o torreão estava completamente separado daquela parte da abadia em que residiam os criados, e não havia nenhum que se pudesse chamar; eu não podia ordenar-lhes que me ajudassem sem deixar o quarto por muitos minutos e isso não me podia aventurar a fazer. Lutei, portanto, sozinho, nas tentativas para chamar de volta o espírito, que ainda pairava sobre o corpo. Em curto período tornou-se certo, contudo, que uma recaída se verificara; a coloração desapareceu tanto das pálpebras como da face, deixando em seu lugar uma palidez ainda maior do que a do mármore; os lábios tornaram-se duplamente fechados e contorcidos, na espantosa expressão da morte; uma frialdade e uma viscosidade repulsivas espalharam-se rapidamente na superfície do corpo; e sobreveio imediatamente toda a costumeira e rigorosa rigidez. Caí, trêmulo, sobre a poltrona de que me erguera tão sobressaltadamente e de novo me entreguei às apaixonadas recordações de Ligeia.

Uma hora assim decorreu, quando (podia ser possível?) verifiquei, pela segunda vez, que certo som indeciso saía da região do leito. Prestei ouvidos, na extremidade do horror. Repetiu-se o som: era um suspiro. Correndo para o cadáver, vi, vi distintamente, um tremor em seus lábios. Um minuto depois, eles se abriram, exibindo uma fileira brilhante de dentes de pérola. A estupefação agora lutava em meu corpo, com o profundo horror que até então dominara sozinho. Senti que minha vista se ensombrava, que minha razão divagava; e foi só com violento esforço que afinal consegui dominar os nervos para entregar-me à tarefa que o dever assim mais uma vez me apontava. Havia agora um brilho parcial na fronte, na face e na garganta; um calor perceptível invadia todo o corpo; havia mesmo um leve bater do coração. A mulher *vivia*, e com redobrado ardor entreguei-me ao trabalho de reanimá-la. Esfreguei-lhe e banhei-lhe as têmporas e as mãos e usei de todos os esforços que a experiência e não pouca leitura de assuntos médicos puderam sugerir. Mas em vão. De súbito, a cor desapareceu, a pulsação cessou, os lábios retomaram a expressão cadavérica e, um instante depois, todo o corpo se tornou de frialdade de gelo, com a coloração lívida, a rigidez intensa, os contornos cavados e todas as particularidades repulsivas de quem tinha sido, durante muitos dias, um habitante do sepulcro.

E imergi de novo nas recordações de Ligeia, e de novo (será de admirar que eu estremeça ao escrevê-lo?), *de novo* alcançou meus ouvidos um baixo soluço vindo da região do leito de ébano. Mas por que irei pormenorizar miudamente os indescritíveis horrores daquela noite? Por que me demorarei a relatar como de tempo em tempo, até quase a hora acinzentada do alvorecer, se repetiu esse horrendo drama de revivificação? E como cada terrível recaída só o era numa morte mais profunda e aparentemente mais irremissível? E como cada agonia tinha o aspecto de uma luta com algum adversário invisível? E como a cada luta se sucedia não sei que estranha mudança na aparência pessoal do cadáver? Permiti que apresse a conclusão.

A maior parte da noite terrível se fora e aquela que morrera, de novo, outra vez, se movera, e agora mais vigorosamente do que até então, embora erguendo-se de um aniquilamento mais apavorante, em seu extremo desamparo, do que qualquer outro. Eu já muito cessara de lutar, ou de mover-me, e permanecia rigidamente sentado na otomana, presa inerme de um turbilhão de emoções violentas, das quais o pavor extremo era talvez a menos terrível, a menos consumidora. O cadáver, repito, moveu-se, e agora mais violentamente do que antes. As cores da vida irromperam, com indomável energia, no seu rosto, os membros se relaxaram e, a não ser porque as pálpebras ainda se mantivessem estreitamente cerradas e porque os panejamentos e faixas tumulares ainda impusessem seu caráter sepulcral ao rosto, eu poderia ter sonhado que Rowena, na verdade, repelira completamente as cadeias da Morte. Mas se essa ideia não foi, mesmo então, inteiramente adotada, eu não pude pelo menos duvidar mais quando, erguendo-se do leito, vacilando, com passos trôpegos, com os olhos fechados e com as maneiras de alguém perdido num sonho, a coisa amortalhada avançou, ousada e perceptivelmente, para o meio do aposento.

Não tremi... não me movi... pois uma multidão de inenarráveis fantasias, ligadas com o aspecto, a estatura, a maneira do vulto, precipitando-se atropeladamente em meu cérebro, me paralisaram, me enregelaram em pedra. Não me movi, mas contemplei a aparição. Havia uma louca desordem em meus pensamentos, um tumulto não apaziguável. Podia, na verdade, ser Rowena viva que me enfrentava? Podia, de fato, ser *verdadeiramente* Rowena, a loura, a dos olhos azuis, Lady Rowena Trevanion de Tremaine? Por que, *por que* duvidaria disso? A faixa rodeava apertadamente a boca; mas então não podia ser a boca respirante de Lady de Tremaine? E as faces, onde havia rosas, como no esplendor de sua vida, sim, bem podiam ser elas as belas faces da viva Lady de Tremaine. E o queixo, com suas covinhas, como antes da doença, não podia ser o dela? *Mas, então, ela crescera desde a doença?* Que inexprimível loucura me dominou com este pensamento? Um salto, e fiquei a seu lado! Estremecendo ao meu contato, deixou cair da cabeça, desprendidos, os fúnebres enfaixamentos que a circundavam, e dali se espalharam, na atmosfera agitada pelo vento do quarto, compactas massas de longos e revoltos cabelos: *e eram mais negros do que as asas de corvo da meia-noite!* E então se abriram vagarosamente os olhos do vulto que estava à minha frente.

— Aqui estão, afinal — clamei em voz alta —, nunca poderei... nunca poderei enganar-me... Estes são os olhos grandes, negros e estranhos de meu perdido amor... de Lady... de "Lady Ligeia!"

A queda do Solar de Usher[1]

Son coeur est un luth suspendu;
sitôt qu'on le touche, il résonne.[2]
De Béranger

Durante todo um pesado, sombrio e silente dia outonal, em que as nuvens pairavam opressivamente baixas no céu, estive eu passeando, sozinho, a cavalo, através de uma região do interior, singularmente tristonha, e afinal me encontrei, ao caírem as sombras da tarde, perto do melancólico Solar de Usher. Não sei como foi, mas ao primeiro olhar sobre o edifício invadiu-me a alma um sentimento de angústia insuportável, digo insuportável porque o sentimento não era aliviado por qualquer dessas semiagradáveis, porque poéticas, sensações com que a mente recebe comumente até mesmo as mais cruéis imagens naturais de desolação e de terror. Contemplei o panorama em minha frente — a casa simples e os aspectos simples da paisagem da propriedade, as paredes soturnas, as janelas vazias, semelhando olhos, uns poucos canteiros de caniços e uns poucos troncos brancos de árvores mortas, com extrema depressão de alma que só posso comparar, com propriedade, a qualquer sensação terrena, lembrando os instantes após o sonho de ópio, para quem dele desperta, a amarga recaída na via cotidiana, o terrível tombar do véu. Havia um enregelamento, uma tontura, uma enfermidade de coração, uma irreparável tristeza no pensamento, que nenhum incitamento da imaginação podia forçar a transformar-se em qualquer coisa de sublime. Que era — parei para pensar —, que era o que tanto me perturbava à contemplação do Solar de Usher? Era um mistério inteiramente insolúvel; e eu não podia apreender as ideias sombrias que se acumulavam em mim ao meditar nisso. Fui forçado a recair na conclusão insatisfatória de que, se *há*, sem dúvida, combinações de objetos muito naturais que têm o poder de assim influenciar-nos, a análise desse poder, contudo, permanece entre as considerações além de nossa argúcia. Era possível, refleti, que um mero arranjo diferente dos detalhes da paisagem, dos pormenores do quadro, fosse suficiente para modificar ou talvez aniquilar sua capacidade de produzir tristes impressões; e, demorando-me nesta ideia, dirigi o cavalo para a margem escarpada de um pantanal negro e lúgubre que reluzia parado junto ao prédio, e olhei para baixo — com um tremor ainda mais forte do que antes —, para as imagens alteradas e invertidas dos caniços cinzentos e dos lívidos troncos de árvores e das janelas semelhantes a órbitas vazias.

Não obstante isso, eu me propusera ficar algumas semanas naquela mansão de melancolia. Seu proprietário, Roderick Usher, fora um dos meus alegres companheiros de infância; mas muitos anos haviam decorrido desde o nosso último encontro. Uma carta, porém, chegara-me ultimamente, em distante região do país — uma carta dele,

1 Publicado pela primeira vez no *Burton's Gentleman's Magazine*, setembro de 1839. Título original: THE FALL OF THE HOUSE OF USHER.

2 Seu coração é um alaúde pendurado; tão logo alguém o toca, ressoa. (N. T.)

a qual, por sua natureza estranhamente importuna, não admitia resposta que não fosse pessoal. O manuscrito dava indícios de nervosa agitação. O signatário falava de uma aguda enfermidade física, de uma perturbação mental que o oprimia e de um ansioso desejo de ver-me, como seu melhor e, em realidade, seu único amigo pessoal, a fim de lograr, pelo carinho de minha companhia, algum alívio a seus males. A maneira pela qual tudo isso e ainda mais era dito, o aparente sentimento que seu pedido demonstrava não me deixaram lugar para hesitação; e, em consequência, aceitei logo o que ainda considerava um convite bastante singular.

Embora quando crianças tivéssemos sido companheiros íntimos, eu, na verdade, conhecia pouco meu amigo. Sua reserva sempre fora excessiva e constante. Sabia, contudo, que sua família, das mais antigas, se tornara notada desde tempos imemoriais por uma particular sensibilidade de temperamento, manifestando-se, através de longas eras, em muitas obras de arte exaltada e, ultimamente, evidenciando-se em repetidas ações de caridade munificente, embora discreta, assim como uma intensa paixão pelas sutilezas, talvez mesmo mais do que pelas belezas ortodoxas e facilmente reconhecíveis, da ciência musical. Eu conhecia, também, o fato, muito digno de nota, de que do tronco da família Usher, apesar de sua nobre antiguidade, jamais brotara, em qualquer época, um ramo duradouro; em outras palavras, a família inteira só se perpetuava por descendência direta e assim permanecera sempre, com variações muito efêmeras e sem importância. Era essa deficiência, pensava eu, enquanto a mente examinava a concordância perfeita do aspecto da propriedade com o caráter exato de seus habitantes, e enquanto especulava sobre a possível influência que aquela, no longo decorrer dos séculos, poderia ter exercido sobre estes, era essa deficiência, talvez, de um ramo colateral, e a consequente transmissão em linha reta, de pai a filho, do nome e do patrimônio, que afinal tanto identificaram ambos, a ponto de dissolver o título original do domínio na estranha e equívoca denominação de "Solar de Usher", denominação que parecia incluir, na mente dos camponeses que a usavam, tanto a família quanto a mansão familiar.

Disse que o simples efeito de minha experiência algo pueril — a de olhar para dentro do pântano — aprofundara a primeira impressão de singularidade. Não podia haver dúvida de que a consciência do rápido aumento de minha superstição — por que não a chamaria assim? — servia principalmente para intensificar esse aumento. Tal, sabia eu de há muito, é a lei paradoxal de todos os sentimentos que têm o terror como base. E só podia ter sido por esta razão que, quando de novo ergui os olhos da imagem do edifício no paul para a própria casa, cresceu-me no espírito uma estranha fantasia — uma fantasia de fato tão ridícula, que só a menciono para mostrar a viva força das sensações que me oprimiam.

Tanto eu forçara a imaginação, que realmente acreditava que em torno da mansão e da propriedade pairava uma atmosfera característica de ambos e de seus imediatos arredores — atmosfera que não tinha afinidade com o ar do céu, mas que se exalava das árvores apodrecidas e do muro cinzento e do lago silencioso — um vapor pestilento e misterioso, pesado, lento, fracamente visível e cor de chumbo.

Desembaraçando o espírito do que devia ter sido um sonho, examinei mais estreitamente o aspecto real do edifício. Sua feição dominante parecia ser a duma excessiva antiguidade. Fora grande o desbotamento produzido pelos séculos. Cogumelos miúdos se espalhavam por todo o exterior, pendendo das goteiras do telhado como uma fina rede emaranhada. Tudo isso, porém, estava fora de qualquer deterioração incomum. Nenhuma parte da alvenaria havia caído e parecia haver uma violenta incompatibilidade entre sua perfeita consistência de partes e o estado particular das pedras esfarinhadas. Isto me lembrava bastante a especiosa integridade desses velhos madeiramentos que durante muitos anos apodreceram em alguma adega abandonada, sem serem perturbados pelo hálito do vento exterior. Além deste índice de extensa decadência, porém, dava o edifício poucos indícios de fragilidade. Talvez o olhar dum observador minucioso descobrisse uma fenda mal perceptível que, estendendo-se do teto da fachada, ia descendo em zigue-zague pela parede, até perder-se nas soturnas águas do lago.

Notando estas coisas, segui a cavalo por uma curta calçada que levava à casa. Um criado tomou meu cavalo e penetrei na abóbada gótica do vestíbulo. Outro criado, a passos furtivos, conduziu-me, então, em silêncio, através de muitos corredores escuros e intrincados, até o gabinete de seu patrão. Muito do que ia encontrando pelo caminho contribuía, não sabia eu como, para reforçar os sentimentos vagos de que já falei. Os objetos que me cercavam, as esculturas dos forros, as sombrias tapeçarias das paredes, a negrura de ébano dos assoalhos e os fantasmagóricos troféus de armas que tilintavam à minha passagem precipitada eram coisas com as quais me familiarizara desde a infância e, conquanto não hesitasse em reconhecê-las como assim familiares, espantava-me ainda verificar como não eram familiares as fantasias que essas imagens habituais faziam irromper. Numa das escadarias encontrei o médico da família. Seu aspecto, pensei, apresentava a expressão mista da agudeza baixa e da perplexidade. Passou por mim precipitadamente e seguiu. O criado então abriu uma porta e me levou à presença de seu patrão.

O aposento em que me achei era muito amplo e elevado. As janelas eram longas, estreitas e pontudas, a uma distância tão vasta do assoalho de carvalho negro que, de pé sobre este, não as poderíamos atingir. Fracos clarões de uma luz purpúrea penetravam pelos vitrais e gelosias, conseguindo tornar suficientemente distintos os objetos mais salientes em derredor; em vão, porém, o olhar lutava para alcançar os ângulos mais distantes do quarto, ou os recessos do teto esculpido e abobadado. Negras tapeçarias penduravam-se das paredes. O mobiliário, em geral, era profuso, desconfortável, antigo e desconjuntado. Viam-se espalhados muitos livros e instrumentos musicais, mas nenhuma vivacidade conseguiam eles dar ao cenário. Senti que respirava uma atmosfera de tristeza. Um ar de melancolia acre, profunda e irremissível pairava ali, penetrando tudo.

À minha entrada, Usher ergueu-se de um sofá em que estivera deitado, ao comprido, e saudou-me com o vivo calor que em si tinha muito, pensei eu a princípio, de cordialidade constrangida, do esforço obrigatório do homem de sociedade entediado. Um olhar, porém, para seu rosto convenceu-me de sua perfeita sinceridade. Sentamo-nos. E, por alguns momentos, enquanto ele não falou, olhei-o com um sentimento meio de dó, meio de espanto. Certamente, homem algum jamais se modificou tão terrivelmente, em período tão breve, quanto Roderick Usher! Foi com dificuldade que cheguei a admitir a identidade do fantasma à minha frente com o companheiro de minha primeira infância. Os característicos de sua face, porém, sempre haviam sido, em todos os tempos, notáveis.

Uma compleição cadavérica; um olhar amplo, líquido e luminoso, além de qualquer comparação; lábios um tanto finos e muito pálidos, mas de uma curva extraordinariamente bela; nariz de delicado modelo hebraico, mas com uma amplidão de narinas incomum em tais formas; um queixo finamente modelado, denunciando, na sua falta de proeminência, a falta de energia moral; cabelos de mais tenuidade e maciez que fios de aranha; tais feições e um desenvolvimento frontal excessivo, acima das regiões das têmporas, compunham uma fisionomia que dificilmente se olvidava. E agora, pelo simples exagero dos característicos dominantes desses traços e da expressão que eles costumavam apresentar, tanta se tornara a mudança, que não reconheci logo com quem falava. A lividez agora cadavérica da pele e o brilho sobrenatural do olhar, principalmente, me deixaram atônito e mesmo horrorizado. Também o cabelo sedoso crescera à vontade, sem limites; e como ele, na sua tessitura de aranhol, mais flutuava do que caía em torno da face, eu não podia, mesmo com esforço, ligar sua aparência estranha com a simples ideia de humanidade.

Impressionou-me logo certa incoerência nas maneiras de meu amigo, certa inconsistência; e logo verifiquei que isso nascia de uma série de lutas fracas e fúteis para dominar uma perturbação habitual, uma excessiva agitação nervosa. Na verdade, eu me achava preparado para encontrar algo dessa natureza, não só pela carta dele como por certas recordações de fatos infantis e por conclusões derivadas de sua conformação física e temperamento especiais. Seu modo de agir era alternadamente vivo e indolente. Sua voz variava, rapidamente, de uma indecisão trêmula (quando a energia animal parecia inteiramente ausente) àquela espécie de concisão enérgica, àquela abrupta, pesada, pausada e cavernosa enunciação, àquela pronúncia carregada, equilibrada e de modulação guturalmente perfeita que se pode observar no ébrio contumaz ou no irremediável fumador de ópio durante os períodos de sua mais intensa excitação.

Foi assim que ele falou do objetivo de minha visita, de seu ansioso desejo de me ver e da consolação que esperava que eu lhe trouxesse. Passou a tratar, com alguma extensão, do que concebia ser a natureza de sua doença. Era, disse ele, um mal orgânico e de família, para o qual desesperara de achar remédio. Simples afecção nervosa — acrescentou imediatamente —, que sem dúvida passaria depressa. Desenvolvia-se numa multidão de sensações anormais. Algumas destas, como ele as detalhou, me interessaram e admiraram, embora talvez para isso concorressem os termos e o modo geral de sua narrativa. Sofria muito de uma acuidade mórbida dos sentidos; só o alimento mais insípido lhe era suportável; somente podia usar vestes de determinados tecidos; eram-lhe asfixiantes os perfumes de todas as flores; mesmo uma fraca luz lhe torturava os olhos; e apenas sons especiais, além dos brotados dos instrumentos, não lhe inspiravam horror.

Verifiquei que ele era um escravo agrilhoado a uma espécie anômala de terror. "Morrerei — disse ele —, *devo* morrer nesta loucura deplorável. Estarei perdido assim, assim e não de outra maneira. Temo os acontecimentos do futuro, não por si mesmos, mas por seus resultados. Estremeço ao pensar em algum incidente, mesmo o mais trivial, que possa influir sobre essa intolerável agitação da alma. Na verdade, não tenho horror ao perigo, exceto no seu efeito positivo: o terror. Nessa situação enervante e lastimável, sinto que chegará, mais cedo ou mais tarde, o período em que deverei abandonar, ao mesmo tempo, a vida e a razão, em alguma luta com esse fantasma lúgubre: o MEDO."

Fiquei sabendo, ademais, a intervalos e por meio de frases quebradas e equívocas, de outro traço singular de sua condição mental. Ele estava preso a certas impressões supersticiosas com relação ao prédio em que morava e de onde, por muitos anos, nunca se afastara, e com relação a uma influência cuja força hipotética era exposta em termos demasiado tenebrosos para serem aqui repetidos; influência que certas particularidades apenas de forma e de substância do seu solar familiar, por meio de longos sofrimentos, dizia ele, exerciam sobre seu espírito; efeito que o *físico* das paredes e torreões cinzentos e do sombrio pântano em que esse conjunto se espelhava, afinal, produzira sobre o *moral* de sua existência.

Ele admitia, porém, embora com hesitação, que muito da melancolia peculiar que assim o afligia podia rastrear-se até uma origem mais natural e bem mais admissível: a doença severa e prolongada, a morte — aparentemente a aproximar-se — de uma irmã ternamente amada, sua única companhia durante longos anos, sua última e única parenta na terra. "O falecimento dela — dizia ele, com amargura que nunca poderei esquecer — deixá-lo-ia (a ele, o desesperançado e frágil) como o último da antiga raça dos Ushers." Enquanto ele falava, Lady Madeline (pois era assim chamada) passou lentamente para uma parte recuada do aposento e, sem ter notado minha presença, desapareceu. Olhei-a com extremo espanto não destituído de medo. E contudo achava impossível dar-me conta de tais sentimentos. Uma sensação de estupor me oprimia, enquanto meus olhos acompanhavam seus passos que se afastavam. Quando afinal se fechou atrás dela uma porta, meu olhar buscou instintivamente, curiosamente, a fisionomia do irmão. Mas ele havia mergulhado a face nas mãos e apenas pude perceber que uma palidez bem maior do que a habitual se havia espalhado sobre os dedos emagrecidos, através dos quais se filtravam lágrimas apaixonadas.

A doença de Lady Madeline tinha por muito tempo zombado da habilidade de seus médicos. Uma apatia fixa, um esgotamento gradual de sua pessoa e crises frequentes, embora transitórias, de caráter parcialmente cataléptico eram os insólitos sintomas. Até ali tinha ela suportado bravamente o peso de sua doença e não quisera ir para a cama; mas, ao fim da noite de minha chegada à casa, ela sucumbiu (como me contou seu irmão, à noite, com inexprimível agitação) ao poder esmagador do flagelo; e eu soube que o olhar que havia lançado sobre ela seria assim, provavelmente, o último e que não mais veria aquela mulher, pelo menos enquanto estivesse viva.

Durante os vários dias que se seguiram, seu nome não foi pronunciado nem por Usher nem por mim, e nesse período fiquei eu ocupado em esforços tenazes para aliviar a melancolia de meu amigo. Pintávamos e líamos juntos, ou ouvíamos como em sonhos, suas improvisações estranhas, em sua eloquente guitarra. E assim, à medida que uma intimidade cada vez maior me introduzia sem reservas nos recessos de seu espírito, mais amargamente eu percebia a validade de todas as minhas tentativas de alegrar uma alma da qual a escuridão, como uma qualidade inerente e positiva, se derramava sobre todos os objetos do universo moral e físico, numa incessante irradiação de trevas.

Guardarei para sempre a lembrança de muitas horas solenes que passei a sós com o dono do Solar de Usher. Contudo, seria malsucedido em qualquer tentativa de exprimir uma ideia do exato caráter dos estudos ou das ocupações a que ele me arrastava ou de que me mostrava o caminho. Uma idealidade excitada e altamente mórbida lançava um brilho sulfuroso sobre tudo. Suas longas e improvisadas endechas soarão para sempre aos meus ouvidos. Entre outras coisas, recordo-me penosamente de certa adulteração singular e amplificação da estranha ária da derradeira valsa de Von Weber. Quanto às pinturas geradas pela sua complicada fantasia — e que iam aumentando, traço a traço, numa espécie de vaguidão que me causava os mais arrepiantes calafrios, porque eu tremia sem saber por que —, quanto a essas pinturas (como suas imagens estão vivas agora diante de mim!), em vão tentaria delas extrair mais do que uma pequena parte que pudesse ficar nos limites das simples palavras escritas. Pela extrema simplicidade, pela nudez de seus desenhos, ele atraía e subjugava a atenção. Se jamais algum mortal pintou uma ideia, esse foi Roderick Usher. Para mim, pelo menos, nas circunstâncias que então me cercavam, erguia-se das puras abstrações que o hipocondríaco se esforçava por lançar na tela um terror de intensidade intolerável, do qual nem a sombra eu jamais senti na contemplação dos devaneios de Fuselli,[3] certamente brilhantes, embora demasiado concretos.

Uma das fantasmagóricas concepções de meu amigo, que não partilhava tão rigidamente do espírito de abstração, pode ser esboçada, embora fracamente, em palavras. Um pequeno quadro apresentava o interior de uma adega, ou túnel, imensamente longo e retangular, com paredes baixas, polidas, brancas e sem interrupção ou ornamento. Certos pontos acessórios da composição serviam bem para traduzir a ideia de que essa escavação jazia a uma profundidade excessiva, abaixo da superfície da terra. Não se via qualquer saída em seu vasto percurso, e nenhuma tocha ou qualquer outra fonte artificial de luz era perceptível; e, no entanto, uma efusão de intensos raios rolava de uma extremidade à outra, tudo banhando de esplendor fantástico e inapropriado.

Já me referi àquele estado mórbido do nervo acústico que tornava toda música intolerável ao paciente, exceto certos efeitos de instrumentos de corda. Foram talvez os estreitos limites a que ele assim se confinou na guitarra que deram origem, em grande parte, ao caráter fantástico de suas execuções. Mas a fervorosa *facilidade* de seus *impromptus* não podia ser assim explicada. Eles devem ter sido — e eram, nas notas bem como nas palavras de suas estranhas fantasias (pois ele frequentemente se acompanhava com improvisações verbais rimadas) — o resultado daquela intensa concentração e recolhimento mental a que eu antes aludi, observados apenas em momentos especiais da mais alta excitação artificial. Guardei facilmente de memória as palavras de uma dessas rapsódias. Talvez me tenha ela impressionado mais fortemente, quando ele ma apresentou, porque, na corrente subterrânea ou mística de seu significado imaginei perceber, pela primeira vez, que Usher tinha pleno conhecimento do vacilar de sua elevada razão sobre seu trono. Os versos, intitulados "O palácio assombrado",[4] eram pouco mais ou menos assim:

No vale mais verdejante
que anjos bons têm por morada,
outrora, nobre e radiante
palácio erguia a fachada.
Lá, o rei era o Pensamento,
e jamais um serafim

---

3 Pintor suíço estabelecido na Inglaterra (1742?-1825). (N. T.)

4 Este poema apareceu no *Brook's Magazine*, publicado em Baltimore. (N. T.)

as asas soltou ao vento.
sobre solar belo assim.

Bandeiras de ouro, amarelas,
no seu teto, flamejantes,
ondulavam (foi naquelas...
eras distantes!)
e alado odor se evolava,
quando a brisa, em horas cálidas,
por sobre as muralhas pálidas
suavemente perpassava.

Pelas janelas de luz
o viajor a dançar via
espíritos que a harmonia
de um alaúde tinham por lei.
E, sobre o trono, fulgia
(porfirogênito!) o Rei,
com a glória, com a fidalguia,
de quem tal reino conduz.

Pela porta, cintilante
de pérolas e rubis,
ia fluindo a cada instante
multidão de ecos sutis,
vozes de imortal beleza
cujo dever singular
era somente cantar
do Rei a imensa grandeza.

Mas torvos, lutuosos vultos
assaltaram o solar!
(Choremos! pois nunca o dia
sobre o ermo se há de elevar!)
E, em torno ao palácio, a glória
que fulgente florescia
é apenas obscura história
de velhos tempos sepultos!

Pelas janelas, agora,
em brasa, avista o viajante
estranhas formas, que agita
uma música ululante;
e, qual rio, se precipita
pela pálida muralha
uma turba que apavora,
que não sorri, mas gargalha
em gargalhada infinita!

Lembro-me bem que as sugestões surgidas desta balada conduziram-nos a uma corrente de ideias dentro das quais se manifestou uma opinião de Usher, que menciono não tanto por causa de sua novidade (pois outros homens têm pensado assim)[5] como por causa da pertinácia com que a mantinha. Esta opinião, na sua forma geral, era a da sensitividade de todos os seres vegetais. Mas, na sua fantasia desordenada a ideia havia assumido um caráter mais audacioso e avançava, sob certas condições, no reino do inorgânico. Faltam-me palavras para exprimir toda a extensão ou o grave *abandono* de sua persuasão. Esta crença, todavia, estava ligada (como já dei antes a entender) às cinzentas pedras do lar de seus antepassados. As condições da sensitividade tinham sido aqui, imaginava ele, realizadas pelo método de colocação dessas pedras na ordem do seu arranjo, bem como na dos muitos fungos que as revestiam e das árvores mortas que se erguiam em redor, mas, acima de tudo, na longa e imperturbada duração deste arranjo e em sua reduplicação nas águas dormentes do lago. A prova — a prova de sensitividade — haveria de ver-se, dizia ele (e aqui me sobressaltei ao ouvi-lo falar), na gradual ainda que incerta condensação duma atmosfera que lhes era própria, em torno das águas e dos muros. O resultado era discernível, acrescentava ele, naquela influência silenciosa, embora importuna e terrível, que durante séculos tinha moldado os destinos de sua família, e fizera *dele*, tal como eu agora o via, o que ele era. Tais opiniões não necessitam de comentários e por isso nenhum farei.

Nossos livros — os livros que durante anos tinham formado não pequena parte da existência mental do inválido — estavam, como é de supor-se, de perfeito acordo com esse caráter de visionário. Analisávamos juntos obras tais como *Vert-vert et Chartreuse*, de Gresset; o *Belphegor*, de Maquiavel; *O céu e o inferno*, de Swedenborg; *A viagem subterrânea de Nicolau Klimm*, de Holberg; a *Quiromancia*, de Robert Fludd, de Jean d'Indaginé e de La Chambre, a *Viagem no azul*, de Tieck, e a *Cidade do sol*, de Campanella. Um volume favorito era uma pequena edição, *in octavo*, do *Directodium inquisitorium*, do dominicano Eymeric de Gironne; e havia passagens de Pomponius Mela, a respeito dos velhos sátiros africanos e dos egipãs, sobre as quais ficava Usher a sonhar durante horas. Seu principal deleite, porém, consistia na leitura dum livro excessivamente raro e curioso, um *in quarto* gótico — manual duma igreja esquecida —, *Vigiliae mortuorum secundum chorum eclesiae maguntinae.*

Não podia deixar de pensar no estranho ritual dessa obra, e na sua provável influência sobre o hipocondríaco, quando, uma noite, tendo-me informado bruscamente que Lady Madeline não mais vivia, revelou sua intenção de conservar-lhe o corpo por uma quinzena (antes de seu enterramento definitivo) em uma das numerosas masmorras, dentro das possantes paredes do castelo. A razão profana, porém, que ele dava de tão singular procedimento era dessas que eu não me sentia com liberdade de discutir. Como irmão, tinha sido levado a essa resolução (assim me dizia ele) tendo em conta o caráter insólito da doença da morta, certas perguntas importunas e indiscretas da parte de seus médicos e a localização afastada e muito exposta do cemitério da família. Não negarei que, quando me veio à memória a fisionomia sinistra do indivíduo a quem encontrara na escada no dia de minha chegada à casa, perdi a vontade de opor-me ao que eu encarava, quando muito, como uma preocupação inocente e sem dúvida alguma muito natural.

A pedido de Usher, ajudei-o pessoalmente nos arranjos para o sepultamento temporário. Tendo sido o corpo metido no caixão, nós dois sozinhos levamo-lo para

5 Watson, Dr. Percival, Spallanzani e, especialmente, o Bispo de Landalff. Ver *Chemical Essays*, volume V.

seu lugar de repouso. A adega na qual o colocamos (e que estivera tanto tempo fechada que nossas tochas semiamortecidas na sua atmosfera sufocante não nos permitiam um exame melhor do local) era pequena, úmida e sem nenhuma entrada para luz; achava-se a grande profundidade, logo abaixo daquela parte do edifício em que se encontrava meu próprio quarto de dormir. Tinha sido utilizada, ao que parece, em remotos tempos feudais, para os péssimos fins de calabouço e, em dias recentes, como paiol de pólvora ou de alguma outra substância altamente inflamável, pois uma parte do chão e todo o interior duma longa arcada por onde havíamos passado estavam cuidadosamente revestidos de cobre. A porta de ferro maciço tinha sido também protegida de igual modo. Quando girava nos gonzos, seu enorme peso produzia um som insolitamente agudo e irritante.

Tendo depositado nosso fúnebre fardo, sobre cavaletes, naquele horrendo lugar, desviamos em parte a tampa ainda não pregada do caixão, e contemplamos o rosto do cadáver. Uma semelhança chocante entre o irmão e a irmã deteve então, em primeiro lugar, a minha atenção; e Usher, adivinhando, talvez, meus pensamentos, murmurou umas poucas palavras, pelas quais vim a saber que a morta e ele tinham sido gêmeos e que afinidades, duma natureza mal inteligível, sempre haviam existido entre eles. Nossos olhares, porém, não descansaram muito tempo sobre a morta, pois não a podíamos contemplar sem temor. A doença que assim levara ao túmulo a senhora, na plenitude de sua mocidade, havia deixado, como sempre acontece em todas as moléstias de caráter estritamente cataléptico, a ironia duma fraca coloração no seio e na face, e nos lábios aquele sorriso desconfiadamente hesitante, tão terrível na morte. Fechamos e pregamos a tampa e, depois de havermos prendido a porta de ferro, retomamos, com lassidão, o caminho de volta para os aposentos, pouco menos sombrios, da parte superior da casa.

E então, tendo decorrido alguns dias de amargo pesar, uma mudança visível operou-se nos sintomas da desordem mental de meu amigo. Suas maneiras usuais desapareceram. Suas ocupações costumeiras eram negligenciadas ou esquecidas. Vagava de quarto em quarto, a passos precipitados, desiguais e sem objetivo. A palidez de sua fisionomia tomara, se possível, um tom ainda mais espectral, mas a luminosidade de seu olhar havia-se extinguido por completo. Não mais escutava aquele tom rouco de voz que ele outrora fazia às vezes ouvir, e sua fala era agora habitualmente caracterizada por gaguejo trêmulo, como de extremo terror. Havia vezes, na verdade, em que eu pensava que seu pensamento, incessantemente agitado, estava sendo trabalhado por algum segredo opressivo, lutando ele para ter a necessária coragem de divulgá-lo. Às vezes, ainda, era eu forçado a considerar tudo como inexplicáveis devaneios da loucura, pois via-o contemplar o vácuo durante horas a fio, numa atitude da mais profunda atenção, como se desse ouvidos a algum som imaginário. Não admira que sua situação terrificasse, que me contagiasse. Senti subirem, rastejando em mim, por escalas lentas, embora incertas, as influências estranhas das fantásticas mas impressionantes superstições que ele entretinha.

Foi especialmente depois de ir deitar-me, já noite alta, sete ou oito dias depois de haver sido colocado no túmulo o corpo de Lady Madeline, que experimentei o pleno poder desses sentimentos. O sono não se aproximou de meu leito, e as horas se iam desfazendo, uma a uma. Lutei para dominar com a razão o nervosismo que de mim se apoderava. Tentei levar-me a crer que muito, senão tudo aquilo que sentia, se devia à impressionante influência da sombria decoração do aposento, dos panejamentos negros e em farrapos que, forçados ao movimento pelo sopro de uma tempestade nascente, ondulavam caprichosamente, para lá e para cá, nas paredes, frufrulhando, inquietas, junto aos ornatos da cama. Meus esforços, porém, foram infrutíferos. Irreprimível tremor, pouco a pouco, me invadiu o corpo, e, por fim, sentou-se sobre meu próprio coração o íncubo de uma angústia inteiramente infundada. Sacudindo-o de cima de mim, em luta ofegante, ergui-me sobre os travesseiros e, perscrutando avidamente a intensa escuridão do quarto, escutei — não sei por que, mas impelido por uma força instintiva — certos sons baixos e indefinidos, que vinham por entre as pausas da tempestade, a longos intervalos, não sabia eu de onde. Dominado por um intenso sentimento de horror, inexplicável embora insuportável, vesti-me às pressas (pois sentia que não poderia dormir mais naquela noite) e tentei arrancar-me da lastimável situação em que caíra, andando rapidamente para lá e para cá pelo aposento.

Havia eu dado apenas poucas voltas dessa maneira, quando um passo leve, numa escada vizinha, deteve minha atenção. Logo o reconheci como o passo de Usher. Um instante depois batia ele levemente à minha porta e entrava trazendo uma lâmpada. Sua fisionomia estava, como sempre, cadavericamente descorada; mas, além disso, havia uma espécie de hilaridade louca nos seus olhos, uma histeria evidentemente contida em toda a sua atitude. Seu ar aterrorizou-me; mas qualquer coisa era preferível à solidão que eu tinha suportado tanto tempo, e mesmo acolhi sua presença como um alívio.

— E você não o viu? — perguntou ele bruscamente, depois de ter olhado em torno de si, por alguns instantes, em silêncio. — Não o viu, então? Mas espere! Você o verá!

Assim falando, e tendo cuidadosamente protegido sua lâmpada, correu para uma das janelas e abriu-a escancaradamente para a tempestade.

A fúria impetuosa da rajada que entrava quase nos elevou do solo. Era, na verdade, uma noite tempestuosa, embora asperamente bela, uma noite estranhamente singular, no seu terror e na sua beleza. Um turbilhão, aparentemente, desencadeara sua força na nossa vizinhança, pois havia frequentes e violentas alterações na direção do vento e a densidade excessiva das nuvens (que pendiam tão baixas como a pesar sobre os torreões da casa) não nos impedia de perceber a velocidade natural com que elas se precipitavam, de todos os pontos, umas contra as outras, sem se dissiparem na distância. Disse que mesmo sua excessiva densidade não nos impedia de perceber isto; contudo, não podíamos ver a lua ou as estrelas, nem havia ali qualquer clarão de relâmpagos. Mas as superfícies inferiores das vastas massas de vapor agitado, bem como todos os objetos terrestres imediatamente em torno de nós, estavam cintilando à luz sobrenatural de uma exalação gasosa, fracamente luminosa e distintamente visível, que pendia em torno da mansão, amortalhando-a.

— Você não deve... você não pode contemplar isso! — disse eu, estremecendo, a Usher, enquanto o levava, com suave energia, da janela para uma cadeira. — Esses espetáculos que o perturbam são simples fenômenos elétricos comuns... ou talvez tenham sua origem fantasmal nos miasmas fétidos do pântano. Fechemos esta janela; o ar está frio e é um perigo para sua saúde. Aqui está um de seus romances favoritos. Lê-lo-ei e você escutará. E assim passaremos esta terrível noite juntos.

O velho volume que apanhei era o *Mad Trist* (A assembleia dos loucos), de Sir Launcelot Canning; mas eu o havia chamado favorito de Usher mais por triste brincadeira que a sério, pois, na verdade, pouca coisa havia em sua prolixidade grosseira e sem imaginação que pudesse interessar a idealidade elevada e espiritual de meu amigo. Era, contudo, o único livro imediatamente à mão, e abriguei a vaga esperança de que a excitação que no momento agitava o hipocondríaco pudesse achar alívio (pois a história das desordens mentais está cheia de anomalias semelhantes) mesmo no exagero das loucuras que eu iria ler. A julgar, na verdade, pelo ar estranhamente tenso de vivacidade com que ele escutava ou fingia escutar as palavras da narração, eu poderia congratular-me pelo êxito do meu desígnio.

Havia chegado àquele trecho muito conhecido da história em que Etelredo, o herói do *Trist*, tendo procurado em vão entrar pacificamente na casa do eremita, passa a querer abrir caminho à força. Aí, como hão de recordar-se, as palavras da narrativa dizem o seguinte:

> E Etelredo, que era por natureza de coração valente e que se achava então ainda mais encorajado, por causa da força do vinho que tinha bebido, não esperou mais tempo para travar discussão com o eremita, que, na verdade, tinha um jeito obstinado e malicioso; mas, sentindo a chuva nos ombros e temendo o desencadear-se da tempestade, ergueu sua maça e, com repetidos golpes, abriu rapidamente caminho nos tabuados da porta para sua manopla; e então, empurrando com ela firmemente, tanto arrebentou, e fendeu, e despedaçou tudo, que o barulho da madeira seca e do som oco repercutia alarmando toda a floresta.

Ao termo desta frase, sobressaltei-me e, durante um momento, me detive, pois me parecia (embora imediatamente concluísse que minha imaginação excitada me havia enganado) que de alguma parte mui distante da casa provinha, indistintamente, aos meus ouvidos o que poderia ser, na exata similaridade de seu caráter, o eco (mas um eco certamente abafado e cavo) do som verdadeiramente estalante e rachante que Sir Launcelot havia tão caracteristicamente descrito. Foi, não resta dúvida, somente a coincidência que havia detido minha atenção, pois, entre o ranger dos caixilhos das janelas e os rumores habituais e misturados da tempestade ainda em aumento, o som em si mesmo nada tinha, decerto, que pudesse ter-me interessado ou perturbado. Continuei a história:

> Mas o bom campeão Etelredo, entrando agora pela porta, ficou excessivamente enraivecido e espantado por não encontrar sinal algum do malicioso eremita; mas, em lugar dele, um dragão havia, de aspecto escamoso e monstruoso, e com uma língua chamejante, que estava de guarda diante de um palácio de ouro com chão de prata. E sobre a parede pendia um escudo de bronze cintilante com esta legenda gravada:
>
> Quem aqui penetrar, conquistador será;
> quem matar o dragão, esse, o escudo terá.
>
> E Etelredo ergueu sua clava e descarregou-a sobre a cabeça do dragão, que caiu diante dele e lançou seu pestilento suspiro com um berro tão horrível e rouco e ao mesmo tempo tão agudo, que Etelredo foi obrigado a cobrir os ouvidos com as mãos contra o tremendo barulho, que igual jamais ele ouvira.

Aqui de novo eu parei bruscamente e, então, com um sentimento de estranho espanto, pois não poderia haver dúvida alguma de que neste instante eu tivesse realmente ouvido (embora me fosse impossível distinguir de que direção ele provinha) um som baixo e aparentemente distante, mas áspero, prolongado e bem singularmente penetrante ou rascante, a exata reprodução daquilo que minha fantasia já havia figurado como o berro desnatural do dragão, tal como o descrevera o romancista.

Opresso, como certamente estava, diante daquela segunda e muito extraordinária coincidência, por mil sensações contraditórias, em que predominavam o espanto e o extremo terror, mantive ainda suficiente presença de espírito para impedir-me de excitar, por qualquer observação, a sensibilidade nervosa de meu companheiro. Não tinha certeza alguma de que ele houvesse notado os sons em questão, embora certamente uma estranha alteração, durante os últimos minutos, se houvesse operado na sua atitude. De uma posição fronteira à minha ele havia gradualmente feito girar sua cadeira, de modo a ficar sentado de frente para a porta do quarto; e assim eu podia avistar apenas parcialmente suas feições, embora visse que seus lábios tremiam, como se ele estivesse murmurando sons inaudíveis. A cabeça havia-lhe pendido sobre o peito e, no entanto, eu sabia que ele não estava adormecido por ver-lhe os olhos escancarados e vítreos, quando lobriguei avistar--lhe o perfil. O movimento de seu corpo estava também em desacordo com essa ideia, pois ele se balançava de um lado para outro, num ondular vagaroso, embora constante e uniforme. Tendo rapidamente percebido tudo isso, retomei a narrativa de Sir Launcelot, que continuava desta forma:

> E agora o campeão, tendo escapado à terrível fúria do dragão, lembrando-se do escudo de bronze e da quebra do encanto que havia nele, removeu a carcaça de sua frente e aproximou-se corajosamente pelo pavimento de prata do castelo do lugar onde pendia o escudo sobre a parede, o qual, em verdade, não esperou que ele chegasse junto, mas caiu-lhe aos pés sobre o chão argênteo, com um retinir reboante e terrível.

Tão logo estas sílabas me saíram dos lábios, eis que — como um escudo de bronze que houvesse realmente, naquele instante, caído pesadamente sobre um chão de prata — percebi um eco distinto, cavo, metálico e clangoroso, embora aparentemente abafado. Completamente nervoso, de um salto, pus-me de pé; mas o movimento compassado de balanço de Usher não se modificou. Corri para a cadeira onde ele estava sentado. Seus olhos estavam sempre fixos diante de si e por toda a sua fisionomia imperava uma rigidez de pedra. Mas quando coloquei minha mão sobre seu ombro, toda a sua pessoa estremeceu fortemente; um sorriso mórbido tremeu--lhe em torno dos lábios e eu vi que ele falava num murmúrio baixo, apressado, inarticulado, como se não notasse minha presença. Curvando-me sobre ele e bem de perto, sorvi, afinal, o medonho sentido de suas palavras.

— Não o ouves? Sim, ouço-o, e *tenho-o* ouvido. Longamente... longamente... muitos minutos, muitas horas, muitos dias tenho-o ouvido, contudo não ousava... Oh, coitado de mim, miserável, desgraçado que sou! Não ousava... não *ousava falar! Nós a pusemos viva na sepultura!* Não disse que meus sentidos eram agudos? *Agora* eu lhe conto que ouvi seu primeiro fraco movimento, no fundo do caixão. Ouvi-o faz muitos, muitos dias, e contudo não ousei... não ousei falar! E agora, esta noite...

Etelredo... ah, ah, ah!... arrombamento da porta do eremita, e o estertor de agonia do dragão, e o retinir do escudo!... Diga, antes, o abrir-se do caixão, e o rascar dos gonzos de ferro de sua prisão, e o debater-se dela dentro da arcada de cobre da masmorra! Oh! para onde fugirei? Não estará ela aqui, dentro em pouco? Não estará correndo a censurar-me por minha pressa? Não ouvi eu o tropel de seus passos na escada? Não distingo aquele pesado e horrível bater de seu coração? Louco! — e aqui saltou ele furiosamente da cadeira e gritou, bem alto, cada sílaba, como se com aquele esforço estivesse exalando a própria alma: — *Louco! Digo-lhe que ela está, agora, por trás da porta!*

Como se na sobre-humana energia de sua fala se tivesse encontrado a potência de um encantamento, as enormes e antigas almofadas da porta para as quais Usher apontava escancararam, imediatamente, suas pesadas mandíbulas de ébano. Foi isso obra de furiosa rajada, mas, por trás da porta, estava de pé a figura elevada e amortalhada de Lady Madeline de Usher. Havia sangue sobre suas vestes alvas e sinais de uma luta terrível, em todas as partes de seu corpo emagrecido. Durante um instante, permaneceu ela, tremendo e vacilando, para lá e para cá, no limiar. Depois, com um grito profundo e lamentoso, caiu pesadamente para a frente, sobre seu irmão, e, em seus estertores agônicos, violentos e agora finais, arrastou-o consigo para o chão, um cadáver, uma vítima dos terrores que ele mesmo antecipara.

Fugi espavorido daquele quarto e daquela mansão. Ao atravessar a velha alameda, a tempestade lá fora rugia ainda, em todo o seu furor. De repente, irrompeu ao longo do caminho uma luz estranha e voltei-me para ver donde podia provir um clarão tão insólito, pois o enorme solar e as suas sombras eram tudo que havia atrás de mim. O clarão era o da lua cheia e cor de sangue, que se ia pondo e que agora brilhava vivamente através daquela fenda, outrora mal perceptível, a que me referi antes, partindo do telhado para a base do edifício, em zigue-zague. Enquanto eu a olhava, aquela fenda rapidamente se alargou... sobreveio uma violenta rajada do turbilhão... o inteiro orbe do satélite explodiu imediatamente à minha vista... meu cérebro vacilou quando vi as possantes paredes se desmoronarem... houve um longo e tumultuoso estrondar, semelhante à voz de mil torrentes... e o pântano profundo e lamacento, a meus pés, fechou-se, lúgubre e silentemente, sobre os destroços do Solar de Usher.

William Wilson[1]

> Que dirá ela? Que dirá a horrenda Consciência,
> aquele espectro no meu caminho?
> Chamberlain, *Pharronida*

Permiti que, por enquanto, me chame William Wilson. A página virgem que agora se estende diante de mim não precisa ser manchada com meu nome verdadeiro. Esse nome já foi por demais objeto de desprezo, de horror, de abominação para minha família. Não terão os ventos indignados divulgado a incomparável infâmia dele até as mais longínquas regiões do globo? Oh, o mais abandonado de todos os proscritos! Não terás morrido para o mundo eternamente? Para suas honras, para suas flores, para suas douradas aspirações? E não está para sempre suspensa, entre tuas esperanças e o céu, uma nuvem espessa, sombria e sem limites?

Não quereria, mesmo que o pudesse, aqui ou hoje, reunir as lembranças de meus últimos anos de indizível miséria e de imperdoável crime. Essa época — esses últimos anos — atingiu súbita elevação de torpeza, cuja origem única é minha intenção atual expor. Tornam-se os homens usualmente vis, pouco a pouco. Mas de mim, num só instante, a virtude se desprendeu, realmente, como uma capa. Duma perversidade relativamente trivial, passei, a passadas de gigante, para enormidades maiores que as de Heliogábalo. Que oportunidade, que único acontecimento trouxe essa maldição é o que vos peço permissão para narrar. A morte se aproxima e a sombra que a antecede lançou sobre meu espírito sua influência suavizante. Anseio, ao atravessar o lutulento vale, pela simpatia — ia quase dizer, pela compaixão — de meus semelhantes. De bom grado fá-los-ia acreditar que tenho sido, de algum modo, escravo de circunstâncias superiores ao controle humano. Desejaria que eles descobrissem para mim, entre os pormenores que estou a ponto de relatar, algum pequeno oásis de fatalidade, *perdido* num deserto de erros. Quereria que eles admitissem — o que não poderiam deixar de admitir — que, embora grandes tentações possam ter outrora existido, homem algum jamais, pelo menos, foi assim tentado antes, e certamente jamais assim caiu. E será, pois, por isso que ele jamais assim sofreu? Não teria eu, na verdade, vivido em sonho? E não estarei agora morrendo vítima do horror e do mistério da mais estranha de todas as visões sublunares?

Descendo de uma raça que se assinalou, em todos os tempos, pelo seu temperamento imaginativo e facilmente excitável. E desde a mais tenra infância dei prova de ter plenamente herdado o caráter da família. À medida que me adiantava em anos, mais fortemente se desenvolvia ele, tornando-se, por muitas razões, causa de sérias inquietações para os meus amigos e de positivo dano para mim mesmo. Tornei-me voluntarioso, afeto aos mais extravagantes caprichos e presa das mais indomáveis paixões. Espíritos fracos e afetados de enfermidades constitucionais da mesma natureza da que me atormentava, muito pouco podiam fazer meus pais para deter as tendên-

---

1 Publicado pela primeira vez em *The Gift: A Christmas and New Year's Present for 1840*. Filadélfia, 1839. Título original: WILLIAM WILSON.

cias más que me distinguiam. Alguns esforços fracos e mal dirigidos resultavam em completo fracasso, da parte deles, e, sem dúvida, em completo triunfo da minha. A partir de então minha voz era lei dentro de casa e, numa idade em que poucas crianças deixaram as suas andadeiras, fui abandonado ao meu próprio arbítrio e tornei-me, em tudo, menos de nome, o senhor de minhas próprias ações.

Minhas mais remotas recordações da vida escolar estão ligadas a uma grande e extravagante casa de estilo isabelino numa nevoenta aldeia da Inglaterra, onde havia grande quantidade de árvores gigantescas e nodosas e onde todas as casas eram extremamente antigas. Na verdade, aquela venerável e vetusta cidade era um lugar de sonho e que excitava a fantasia. Neste instante mesmo, sinto na imaginação o arrepio refrescante de suas avenidas intensamente sombreadas, respiro a fragrância de seus mil bosquetes e estremeço ainda, com indefinível prazer, à lembrança do som cavo e profundo do sino da igreja quebrando a cada hora, com súbito e soturno estrondo, a quietação da atmosfera fusca em que se embebia e adormecia o gótico campanário crenulado.

Retardar-me nas minudentes recordações das coisas escolares é talvez o maior prazer que me é dado agora experimentar, de certo modo. Imerso na desgraça como estou — desgraça, ai de mim!, demasiado real —, merecerei perdão por procurar alívio, por mais ligeiro e temporário que seja, nessas poucas minúcias fracas e erradias. Aliás, embora extremamente vulgares e até mesmo ridículas em si mesmas, assumem na minha imaginação uma importância adventícia, por estarem ligadas a uma época e lugar em que reconheço as primeiras advertências ambíguas do destino que veio depois tão profundamente ensombrecer-me. Deixai-me, pois, recordar.

A casa, como disse, era velha e irregular. Os terrenos eram vastos e um alto e sólido muro de tijolos, encimado por uma camada de argamassa e cacos de vidro, circundava tudo. Aquela muralha, semelhante à de uma prisão, formava o limite de nosso domínio; nossos olhos só iam além dele três vezes por semana: uma, todos os sábados à tarde, quando, acompanhados por dois regentes, tínhamos permissão de dar curtos passeios em comum por alguns dos campos vizinhos; e duas vezes, nos domingos, quando íamos, como em parada, da mesma maneira formalística, ao serviço religioso da manhã e da noite, na única igreja da aldeia. O pastor dessa igreja era o diretor de nossa escola. Com que profundo sentimento de maravilha ez seu rosto tão modestamente benigno, com trajes tão lustrosos e tão clericalmente flutuantes, com sua cabeleira tão cuidadosamente empoada, tão tesa e tão vasta, poderia ser o mesmo que, ainda há pouco, de rosto azedo e roupas manchadas de rapé, fazia executar, de palmatória em punho, as draconianas leis do colégio? Oh gigantesco paradoxo, por demais monstruoso para ser resolvido!

A uma esquina da muralha maciça erguia-se, sombrio, um portão ainda mais maciço, bem trancado e guarnecido de ferrolhos de ferro, e arrematado por denteados espigões de ferro. Que impressões de intenso terror ele inspirava! Nunca se abria senão para as três periódicas saídas e entradas já mencionadas; então, a cada rangido de seus poderosos gonzos, descobríamos uma plenitude de mistério... um mundo de solenes observações ou de meditações ainda mais solenes.

O extenso recinto era de forma irregular, possuindo muitos recantos espaçosos, dos quais três ou quatro dos mais vastos constituíam o campo de recreio. Era plano e recoberto dum cascalho fino e duro. Lembro-me bem de que não havia árvores, nem bancos, nem qualquer coisa semelhante. Ficava, naturalmente, na parte posterior da casa. Na frente, estendia-se um pequeno jardim, plantado de buxo e outros arbustos; mas, por entre aquela sagrada região só passávamos, realmente, em bem raras ocasiões, tais como a da primeira ida ao colégio ou a da saída definitiva, ou talvez quando com um parente ou amigo, tendo vindo buscar-nos, tomávamos alegremente o caminho da casa paterna, pelas férias do Natal ou de São João.

Mas a casa! Que curioso casarão era aquele! Para mim, um verdadeiro palácio de encantamentos! Não havia realmente fim para suas sinuosidades, era um nunca acabar de subdivisões incompreensíveis. Era difícil, em qualquer ocasião, dizer com certeza se a gente estava em algum dos seus dois andares. De cada sala para outra era certo encontrarem-se três ou quatro degraus a subir ou a descer. Depois as subdivisões laterais eram inúmeras — inconcebíveis — e tão cheias de voltas e reviravoltas, que as nossas ideias mais exatas a respeito da casa inteira não eram mui diversas daquelas com que imaginávamos o infinito. Durante os cinco anos de minha estada ali, nunca fui capaz de determinar, com precisão, em que remoto local estava situado o pequeno dormitório que me cabia, bem como a uns dezoito ou vinte outros estudantes.

A sala de aulas era a mais vasta da casa e do mundo, não podia eu deixar de pensar. Era muito comprida, estreita e sombriamente baixa, com janelas em ogiva e o forro de carvalho. A um canto distante, e que inspirava terror, havia um recinto quadrado de dois a três metros, abrangendo o *sanctum* "durante as horas de estudo" do nosso diretor, o Reverendo Dr. Bransby. Era uma sólida construção, de porta maciça; e, ao abri-la na ausência do Mestre-Escola, teríamos todos preferido morrer de *la peine forte et dure*. Em outros ângulos havia dois outros compartimentos idênticos, bem menos respeitados, é certo, mas mesmo assim motivadores de terror. Um era a cátedra do professor de "letras clássicas", e o outro a do professor de "inglês e matemática". Espalhados pela sala, cruzando-se e entrecruzando-se, numa irregularidade sem fim, viam-se inúmeros bancos e carteiras, enegrecidos, velhos e gastos pelo tempo, horrivelmente sobrecarregados de montões de livros, manchados de dedos e tão retalhados de iniciais, de nomes por extenso, de grotescas figuras e outros numerosos lavores de faca, que haviam perdido inteiramente o pouco de forma original que lhes poderia ter cabido nos dias mais remotos. Um enorme pote de água erguia-se a uma extremidade da sala, e na outra um relógio de estupendas dimensões.

Encerrado entre as maciças paredes daquele venerável colégio, passei, todavia, sem desgosto ou tédio, os anos do terceiro lustro de minha vida. O cérebro fecundo da infância não exige um mundo exterior de incidentes para com ele ocupar-se ou divertir-se; e a monotonia aparentemente triste de uma escola estava repleta de mais intensa excitação que a que minha mocidade mais madura extraiu da luxúria, ou minha plena maturidade do crime. Todavia, devo crer que meu primeiro desenvolvimento mental tivesse tido muito de extraordinário e mesmo muito de exagerado. Em geral, os acontecimentos da primeira infância raramente deixam uma impressão definida sobre os homens, na idade madura. Tudo são sombras cinzentas, recordações apagadas e imprecisas, indistinto amontoado de débeis prazeres e de fantasmagóricos pesares. Comigo tal não se deu. Devo ter na infância sentido, com a energia de um homem, o que agora encontro estampado na memória em linhas tão vivas, tão fundas, tão duradouras como os exergos das medalhas cartaginesas.

Contudo, de fato — na realidade do mundo em que eu vivia — quão pouco havia para recordar! O despertar pela manhã, as ordens à noite para dormir, o estudo e recitação das lições, os periódicos semiferiados e passeios, o campo de recreio com seu barulho, seus jogos, suas intrigas — tudo isso, graças a uma feitiçaria mental havia muito esquecida, era de molde a envolver uma imensidade de sensações, um mundo de vastos acontecimentos, um universo de emoções variadas, de excitação, o mais apaixonado e impressionante. *Oh, le bon temps, que ce siècle de fer!*[2]

Na verdade, o ardor, o entusiasmo, a imperiosidade de minha natureza depressa me destacaram entre meus colegas, e pouco a pouco, por gradações naturais, deram-me um ascendente sobre todos os que não eram muito mais velhos do que eu; sobre todos... com uma única exceção. Essa exceção encontrava-se na pessoa de um aluno que, embora não fosse parente, possuía o mesmo nome de batismo e o mesmo sobrenome que eu. Circunstância, de fato, pouco digna de nota, pois, não obstante uma nobre linhagem, o meu era um desses nomes cotidianos que parecem, por direito obrigatório, ter sido, desde tempos imemoriais, propriedade comum da multidão. Nesta narrativa designei-me, portanto, como William Wilson, título de ficção, não muito diferente do verdadeiro. Só meu xará, de todos os que, na fraseologia da escola, constituíam "nossa turma", atreveu-se a competir comigo nos estudos da classe, nos esportes e jogos do recreio, a recusar implícita crença às minhas afirmativas e submissão à minha vontade, e, realmente, a intrometer-se nos meus ditames arbitrários em todos os casos possíveis. Se há na terra um despotismo supremo e absoluto, é o despotismo de um poderoso cérebro juvenil sobre o espírito menos enérgico de seus companheiros.

A rebeldia de Wilson era para mim fonte do maior embaraço; e tanto mais o era quanto, a despeito das bravatas com que, em público, eu fazia questão de tratá-lo e às suas pretensões, no íntimo sentia medo dele e não podia deixar de considerar a igualdade que ele mantinha tão facilmente comigo como uma prova de sua verdadeira superioridade, desde que me custava uma perpétua luta não ser sobrepujado. Todavia essa superioridade, ou mesmo essa igualdade, não era na verdade conhecida de ninguém, senão de mim mesmo; nossos companheiros, graças talvez a alguma cegueira inexplicável, nem mesmo pareciam suspeitar disso. Na verdade, sua competição, sua resistência e, especialmente, sua impertinente e obstinada interferência em meus propósitos não se manifestavam exteriormente. Ele parecia ser destituído também da ambição que incita e da apaixonada energia de espírito que me capacitava a superar. Poderia supor-se que, em sua rivalidade, ele atuava somente por um desejo estranho de contradizer-me, espantar-me, mortificar-me, embora ocasiões houvesse em que eu não podia deixar de observar, com uma sensação composta de maravilha, rebaixamento e irritação, que ele misturava a suas injúrias, seus insultos ou suas contradições certa *afetividade* de maneiras muito imprópria e seguramente muito desagradável. Só podia imaginar que essa singular conduta proviesse de uma presunção consumada que assumia os aspectos vulgares de patrocínio e proteção.

Talvez tivesse sido este último traço do procedimento de Wilson, conjugado com a nossa identidade de nome e o simples acaso de termos entrado na escola no mesmo dia, que trouxe à baila a ideia de que éramos irmãos, entre as classes mais

2 Oh, que época boa aquela do século de ferro! (N. T.)

velhas do colégio, pois estas não indagavam usualmente, com bastante precisão, dos negócios das classes menores. Já disse antes, ou deveria ter dito, que Wilson não tinha parentesco com a minha família, nem no mais remoto grau. Mas, seguramente, se tivéssemos sido irmãos, deveríamos ter sido gêmeos, pois, após ter deixado o colégio do Dr. Bransby, vim a saber, por acaso, que o meu xará tinha nascido no dia 19 de janeiro de 1813, e isto é uma coincidência um tanto notável por ser precisamente o dia do meu próprio nascimento.

Pode parecer estranho que, a despeito da contínua ansiedade que me causavam a rivalidade de Wilson e seu intolerável espírito de contradição, não pudesse eu ser levado a odiá-lo totalmente. Tínhamos, na verdade, uma briga quase todos os dias, na qual, concedendo-me publicamente a palma da vitória, ele, de certo modo, me obrigava a sentir que não fora eu quem a merecera; contudo, um senso de orgulho de minha parte e uma verdadeira dignidade da dele conservavam-nos sempre no que chamávamos "relações de cortesia", ao mesmo tempo que havia muitos pontos de forte identidade em nossa índole agindo para despertar em mim um sentimento que talvez somente nossa posição impedisse de amadurecer em amizade. É difícil, na verdade, definir, ou mesmo descrever, meus reais sentimentos para com ele. Formavam uma mistura complexa e heterogênea; certa animosidade petulante que não era ainda ódio, alguma estima, ainda mais respeito, muito temor e um mundo de incômoda curiosidade. Para o moralista, será necessário dizer, em acréscimo, que Wilson e eu éramos os mais inseparáveis companheiros.

Foi, sem dúvida, o estado anômalo das relações existentes entre nós que fez todos os meus ataques contra ele (e muitos eram francos ou encobertos) converterem-se em ironias ou mera brincadeira — ferindo, embora sob o aspecto de simples troça — em vez de hostilidade mais séria e preconcebida. Mas minhas tentativas nesse sentido não eram, de modo algum, uniformemente bem-sucedidas, mesmo quando meus planos eram os mais espirituosamente ideados, pois meu xará tinha muito, no caráter, daquela austeridade calma e despretensiosa que, embora goze a agudez de suas próprias pilhérias, não tem calcanhar de aquiles e recusa-se absolutamente a ser zombada. Eu podia descobrir, na realidade, apenas um ponto vulnerável e que, consistindo numa peculiaridade pessoal nascida, talvez, de enfermidade orgânica, teria sido poupada por qualquer antagonista menos incapaz de revidar do que eu: meu rival tinha uma deficiência nos órgãos faciais ou guturais que o impedia de elevar a voz, em qualquer ocasião, *acima de um sussurro muito baixo*. Não deixei de tirar desse defeito todas as pobres vantagens que estavam em meu poder.

As represálias de Wilson eram de muitas espécies, e havia uma forma de sua virtual malícia que me perturbava além dos limites. Como sua sagacidade descobriu logo, de qualquer modo, que coisa tão insignificante me envergonhava é questão que jamais pude resolver; mas, tendo-a descoberto, ele habitualmente me aborrecia com isso. Eu sempre sentira aversão a meu sobrenome vulgar e a meu comuníssimo, senão plebeu, prenome. Tais palavras eram veneno a meus ouvidos; e quando, no dia de minha chegada, um segundo William Wilson chegou também ao colégio, senti raiva dele por usar esse nome e sem dúvida antipatizei com o nome, porque o usava um estranho que seria causa de sua dupla repetição, que estaria constantemente na minha presença e cujos atos, na rotina comum das coisas da escola, deviam, inevitavelmente, em virtude da detestável coincidência, confundir-se com os meus.

O sentimento de vexame assim engendrado tornava-se mais forte a cada circunstância que tendesse a mostrar semelhança, moral ou física, entre meu rival e eu mesmo. Não tinha então descoberto o fato notável de sermos da mesma idade, mas via que éramos da mesma altura, e percebi que éramos, mesmo, singularmente semelhantes no contorno geral da figura e nos traços fisionômicos. Exasperava-me, também, o rumor corrente nas classes superiores, de nosso parentesco. Numa palavra: nada podia perturbar-me mais seriamente (embora escrupulosamente escondesse tal perturbação) que qualquer alusão a uma similaridade de espírito, pessoa ou posição existente entre nós dois. Mas, na verdade, não tinha eu razão de acreditar que (com exceção da questão de parentesco e no caso do próprio Wilson) essa similaridade tivesse sido, alguma vez, assunto de comentários, ou mesmo fosse observada de algum modo pelos nossos colegas. Que *ele* a observasse em todas as suas faces e com tanta atenção quanto eu era coisa evidente; mas que pudesse descobrir, em semelhantes circunstâncias, um campo tão frutuoso de contrariedades só pode ser atribuído, como disse antes, à sua penetração fora do comum.

Sua réplica, perfeita imitação de mim mesmo, consistia em palavras e gestos, e desempenhava admiravelmente seu papel. Minha roupa era coisa fácil de copiar; meu andar e maneiras gerais foram, sem dificuldade, assimilados e, a despeito de seu defeito constitucional, até mesmo minha voz não lhe escapava. Naturalmente, não alcançava ele meus tons mais elevados, mas o timbre era idêntico e *seu sussurro característico tornou-se o verdadeiro eco do meu*.

Não me atreverei agora a descrever até que ponto esse estranhíssimo retrato (pois não o podia com justiça chamar de caricatura) me vexava. Tinha eu apenas um consolo no fato de ser a imitação, ao que parecia, notada somente por mim e ter eu de suportar tão só o conhecimento e os sorrisos estranhamente sarcásticos de meu próprio xará. Satisfeito por ter produzido no meu íntimo o efeito desejado, parecia ele rir em segredo com a picada que me dera, e mostrava-se singularmente desdenhoso dos aplausos públicos que o êxito de seus mordazes esforços pudesse ter tão facilmente conquistado. Que a escola, realmente, não percebesse seu desígnio nem notasse sua realização ou participação de seu sarcasmo foi, durante ansiosos meses, um enigma que eu não podia resolver. Talvez a *gradação* de sua cópia não o tornasse prontamente perceptível, ou, mais provavelmente, devia eu minha segurança ao ar dominador do copista que, desdenhando a letra (coisa que os espíritos obtusos logo percebem numa pintura), dava apenas o espírito completo de seu original para meditação minha, individual, e pesar meu.

Já falei, mais de uma vez, do desagradável ar de proteção que ele assumia para comigo e de sua frequente intromissão oficiosa na minha vontade. Essa interferência tomava, muitas vezes, o caráter desagradável dum conselho; conselho não abertamente dado, mas sugerido ou insinuado. Recebia-o com uma repugnância que ganhava forças à medida que eu ganhava idade. Entretanto, naquela época já tão distante, quero fazer-lhe a simples justiça de reconhecer que não me recordo dum só caso em que as sugestões de meu rival tivessem participado daqueles erros ou loucuras tão comuns na sua idade, ainda carente de maturidade e de experiência; seu senso moral, pelo menos, se não seu talento geral e critério mundano, era bem mais agudo do que o meu, e eu poderia, hoje, ter sido um homem melhor e, portanto, mais feliz, se não tivesse tão frequentemente rejeitado os conselhos inclusos naqueles significativos sussurros, que só me inspiravam, então, ódio cordial e desprezo amargo.

Sendo assim, afinal me tornei rebelde ao extremo à sua desagradável vigilância e cada dia mais e mais abertamente detestei o que considerava sua insuportável arrogância. Já disse que, nos primeiros anos de nossas relações, como colegas, meus sentimentos com referência a ele poderiam ter-se amadurecido facilmente em amizade; mas, nos últimos meses de minha estada no colégio, embora seus modos habituais de intrusão tivessem diminuído, fora de dúvida, algum tanto, meus sentimentos, em proporção quase semelhante, possuíam muito de positivo ódio. Certa ocasião ele o percebeu, creio, e depois disso evitou-me ou fingiu evitar-me.

Foi mais ou menos na mesma ocasião, se bem me lembro, que, numa violenta altercação com ele, em que se descuidou mais do que de costume e falou e agiu com uma franqueza de maneiras bem estranhas à sua índole, descobri (ou imaginei ter descoberto) em sua pronúncia, na sua atitude, no seu aspecto geral algo que a princípio me chocou e depois me interessou profundamente, por me relembrar sombrias visões de minha primeira infância; tropel confuso e estranho de recordações de um tempo em que a própria memória ainda não nascera. Não posso descrever melhor a sensação que então me oprimiu do que dizendo que com dificuldade me era possível afastar a crença de haver conhecido aquele ser diante de mim em alguma época muito longínqua, em algum ponto do passado, ainda que infinitamente remoto. A ilusão, porém, desvaneceu-se rapidamente como chegara; e a menciono tão só para assinalar o dia da última conversação que ali mantive com meu singular homônimo.

A enorme e velha casa, com suas incontáveis subdivisões, tinha vários e amplos aposentos que se comunicavam uns com os outros e onde dormia o maior número dos estudantes. Havia, também (como necessariamente deve suceder em edifícios tão desastradamente planejados), muitos recantos ou recessos, as pequenas sobras da estrutura; e deles a habilidade econômica do Dr. Bransby havia também feito dormitórios; contudo, como não passavam de simples gabinetes, apenas eram capazes de acomodar uma só pessoa. Um desses pequenos apartamentos era ocupado por Wilson.

Uma noite, depois do encerramento de meu quinto ano na escola e imediatamente após a altercação acima mencionada, verificando que todos imergiam no sono, levantei-me da cama e, de lâmpada na mão, deslizei através de uma imensidade de estreitos corredores do meu quarto para o de meu rival. Longamente planejara uma dessas peças de mau gosto, à custa dele, em que até então eu tão constantemente falhara. Era, agora, minha intenção pôr o plano em prática e resolvi fazê-lo sentir toda a extensão da malícia de que eu estava imbuído. Tendo alcançado seu quartinho, entrei silenciosamente, deixando a lâmpada do lado de fora, com um quebra-luz por cima. Avancei um passo e prestei ouvidos ao som de sua respiração tranquila. Certo de que ele estava dormindo, voltei, apanhei a luz e com ela me aproximei de novo da cama. Cortinados fechados a rodeavam; prosseguindo em meu plano, abri-os devagar e quietamente, caindo então sobre o adormecido, em cheio, os raios brilhantes de luz, ao mesmo tempo que meus olhos sobre seu rosto. Olhei, e um calafrio, uma sensação enregelante no mesmo momento me atravessou o corpo. Meu peito ofegou, meus joelhos tremeram, todo o meu espírito se tornou presa de um horror imotivado, embora intolerável. Arquejando, baixei a lâmpada até quase encostá-la no seu rosto. Eram aquelas... *aquelas* as feições de William Wilson? Vi, de fato, que eram as dele, mas tremi como num acesso de febre, imaginando que não o eram. Que havia em torno delas para me perturbarem desse modo? Contemplei, enquanto meu cérebro girava com uma multidão de pensamentos incoerentes. Não era assim que ele aparecia — certamente não era *assim* — na vivacidade de suas horas despertas. O mesmo nome! Os mesmos traços pessoais! O mesmo dia de chegada ao colégio! E, depois, sua obstinada e incompreensível imitação de meu andar, de minha voz, de meus costumes, de meus gestos! Estaria, em verdade, dentro dos limites da possibilidade humana que *o que eu então via* fosse, simplesmente, o resultado da prática habitual dessa imitação sarcástica? Horrorizado, com um tremor crescente, apaguei a lâmpada, saí silenciosamente do quarto e abandonei imediatamente os salões daquele velho colégio, para neles nunca mais voltar a entrar.

Depois de um lapso de alguns meses, passados em casa em mera ociosidade, vi-me como estudante em Eton. Esse curto intervalo fora suficiente para enfraquecer em mim a recordação dos acontecimentos no colégio do Dr. Bransby, ou pelo menos para efetuar uma radical mudança na natureza dos sentimentos com que eu os relembrava. A verdade — a tragédia — do drama não existia mais. Eu achava, agora, motivos para duvidar do testemunho de meus sentidos; e muitas vezes recordei o assunto, unicamente e apenas admirando a extensão da credulidade humana e com um sorriso para a viva força de imaginação que eu possuía por herança. Nem era essa espécie de ceticismo capaz de ser diminuído pela natureza da vida que eu levava em Eton. O vórtice de loucura impensada em que ali tão imediata e irrefletidamente mergulhei varreu tudo, exceto a espuma de minhas horas passadas, abismou imediatamente todas as impressões sólidas e sérias e só deixou na memória as leviandades de uma existência anterior.

Não desejo, contudo, traçar o curso de meu miserável desregramento ali, um desregramento que desafiava as leis, ao mesmo tempo que iludia a vigilância do instituto. Três anos de loucura, passados sem proveito, apenas me deram os hábitos arraigados do vício e um acréscimo, em grau de algo anormal, à minha estatura física. Foi quando, depois de uma semana de animalesca dissipação, convidei um pequeno grupo dos mais dissolutos estudantes para uma bebedeira secreta em meu quarto. Encontramo-nos a horas tardias da noite, pois nossas orgias deviam prolongar-se, religiosamente, até a manhã. O vinho corria à vontade, e não haviam sido esquecidas outras e talvez mais perigosas seduções; assim, a plúmbea aurora já aparecera debilmente no oriente quando nossa delirante extravagância estava no auge. Loucamente excitado pelo jogo e pela bebida, eu estava a insistir num brinde de profanação mais do que ordinária, quando minha atenção foi subitamente desviada pelo abrir-se da porta do aposento, parcial embora violentamente, e pela voz apressada de um criado lá fora. Disse ele que alguém, aparentemente com grande pressa, queria falar comigo no vestíbulo.

Sob a selvagem excitação do vinho, a inesperada interrupção mais me deleitou do que surpreendeu. Saltei para a frente imediatamente e poucos passos me levaram ao vestíbulo do prédio. Nessa sala pequena e baixa não havia uma lâmpada, e nenhuma luz, de modo algum, ali penetrava, a não ser a excessivamente fraca do alvorecer que se introduzia por uma janela semicircular. Ao transpor os batentes, distingui o vulto de um jovem mais ou menos de minha própria altura, vestido com um quimono matinal de casimira branca, cortado à moda nova do mesmo que eu trajava no momento. A fraca luz habilitou-me a perceber isto, mas não pude distinguir as feições de seu rosto. Depois que entrei, ele precipitou-se para mim, e, agarrando-me o braço com um gesto de petulante impaciência, sussurrou ao meu ouvido as palavras: "William Wilson!"

Em um segundo minha embriaguez se desvaneceu.

Havia algo no modo do desconhecido e no gesto trêmulo de seu dedo levantado quando ele o pôs entre meus olhos e a luz que me encheu de indefinível espanto; não foi, porém, isso o que me comoveu tão violentamente. Foi a concentração de solene advertência na pronúncia singular, baixa, silvante; e, acima de tudo, foram o caráter, o tom, a chave daquelas poucas sílabas, simples e familiares, embora *sussurradas*, que vieram com mil atropelantes recordações dos dias idos e me agitaram a alma como o choque de uma bateria elétrica. Logo que pude recuperar o uso de meus sentidos, ele já havia partido.

Embora esse acontecimento não deixasse de ter um vivo efeito sobre minha imaginação desordenada, foi ele, contudo, tão fugaz quanto vivo. Durante algumas semanas, na verdade, eu me entreguei a ansiosas pesquisas, ou me envolvi numa nuvem de mórbidas investigações. Não pretendi disfarçar, em minha percepção, a identidade do singular indivíduo que tão perseverantemente interferia com os meus assuntos e me perseguia com seus conselhos insinuados. Mas quem era esse Wilson? E donde vinha ele? E quais eram suas intenções? Não pude obter satisfatória resposta a quaisquer desses pontos, verificando simplesmente, em relação a ele, que um súbito acidente em sua família provocara sua saída do colégio do Dr. Bransby na tarde do dia em que eu fugira de lá. Mas em breve tempo deixei de pensar sobre o caso, estando com a atenção completamente absorvida por uma projetada ida para Oxford. Ali logo cheguei — pois a irrefletida vaidade de meus pais me fornecia uma grande pensão anual que me habilitava a entregar-me ao luxo já tão caro a meu coração — rivalizando, em profusão de despesas, com os mais elevados herdeiros dos mais ricos condados da Grã-Bretanha.

Excitado ao vício por tais recursos, meu temperamento natural irrompeu com redobrado ardor e espezinhei mesmo as comuns restrições da decência na louca paixão de minhas orgias. Mas seria absurdo narrar em pormenores as minhas extravagâncias. Bastará dizer que, em dissipações, ultrapassei Herodes e que, dando nome a uma multidão de novas loucuras, acrescentei um apêndice nada curto ao longo catálogo dos vícios então habituais na mais dissoluta universidade da Europa.

Dificilmente pode ser crido, contudo, que eu tivesse, mesmo ali, caído tão completamente da posição de nobreza a ponto de procurar conhecer as artes mais vis dos jogadores profissionais, tornando-me adepto dessa desprezível ciência, a ponto de praticá-la habitualmente como um meio de aumentar minha já enorme renda à custa de meus colegas fracos de espírito. Tal sucedeu, não obstante. E a própria enormidade desse atentado contra todos os sentimentos viris e probos evidenciava, sem dúvida, a principal, senão a única, razão de ser ele cometido. Quem, na verdade, entre meus mais dissolutos companheiros, não teria antes duvidado do mais claro testemunho de seus sentidos de preferência a ter suspeitado de que agisse assim o alegre, o franco, o generoso William Wilson, o mais nobre e o mais liberal dos camaradas de Oxford, aquele cujas loucuras (diziam seus parasitas) eram apenas as loucuras da imaginação jovem e desenfreada, cujos erros eram apenas caprichos inimitáveis e cujos vícios negros eram apenas uma extravagância descuidada e magnífica?

Fazia dois anos que eu me ocupava desse modo, com amplo sucesso, quando chegou à universidade um jovem, *parvenu* da nobreza, Glendenning, rico, dizia-se, como

Herodes Ático, e de riqueza adquirida com igual facilidade. Logo verifiquei que era de intelecto fraco e, naturalmente, marquei-o como um digno objeto para minha astúcia. Frequentemente levei-o a jogar e fiz com que ele ganhasse, de acordo com a arte usual dos jogadores profissionais, somas consideráveis para de modo eficiente prendê-lo em minha teia. Afinal, estando maduros meus planos, encontrei-o (com a plena intenção de que esse encontro seria final e decisivo) no aposento de um colega (Sr. Preston), igualmente íntimo de nós ambos, mas que, para fazer justiça, não tinha sequer a mais remota suspeita de meu desígnio. Para deixar o caso mais colorido, consegui reunir um grupo de oito ou dez e tive o mais estrito cuidado em que o aparecimento de cartas de baralho fosse acidental, originando-se da proposta de minha própria vítima em vista. Para ser breve sobre tão vil tópico, nenhuma das baixas espertezas, tão habituais em ocasiões similares, foi omitida, e é mesmo motivo de admiração haver tantas pessoas ainda tão tolas para cair como suas vítimas.

Prolongamos a vigília pela noite adentro, e afinal efetivei a manobra de deixar Glendenning como meu único antagonista. O jogo, aliás, era o meu favorito, o *écarté*...[3] Os restantes do grupo, interessados na extensão de nossas apostas, abandonaram suas próprias cartas e ficaram em volta, como espectadores. *O parvenu*, que fora induzido, por meus artifícios, no primeiro período da noite, a beber abundantemente, agora baralhava, cortava ou jogava com estranho nervosismo de maneiras, para o qual sua embriaguez, pensava eu, podia parcialmente, mas não inteiramente, servir de explicação. Em período muito curto ele se tornara meu devedor de uma grande soma, e então, tendo tomado um trago avultado de vinho do Porto, fez precisamente o que eu estivera friamente prevendo: propôs dobrar nossa já extravagante parada. Com bem fingida mostra de relutância e não sem que minhas repetidas recusas o levassem a amargas palavras, que deram um tom de desafio a meu consentimento, aceitei afinal. O resultado, naturalmente, apenas demonstrou quanto a presa estava em minha teia; em menos de uma hora ele quadruplicara sua dívida.

Desde algum tempo seu rosto perdera a tintura álacre que lhe dava o vinho; agora, porém, para meu espanto, percebi que ele se tornava de um palor verdadeiramente horrível. Para meu espanto, digo. Glendenning fora apresentado, em meus intensos inquéritos, como imensamente rico, e as quantias que ele até então perdera, embora em si mesmas vastas, não podiam, supunha eu, aborrecê-lo muito seriamente e muito menos afligi-lo tão violentamente. A ideia de que ele estava perturbado pelo vinho que acabara de tragar foi a que mais prontamente se me apresentou; e, mais para defender meu próprio caráter aos olhos de meus companheiros do que por qualquer motivo menos interesseiro, eu estava a ponto de insistir, peremptoriamente, para cessarmos o jogo, quando certas expressões saídas dentre o grupo junto de mim e uma exclamação demonstrativa de extremo desespero da parte de Glendenning deram-me a compreender que eu causara sua ruína total sob circunstâncias que, tornando-o um motivo de piedade para todos, deveriam tê-lo protegido dos malefícios mesmo de um demônio.

Qual podia ter sido então minha conduta é difícil dizer. A lastimável situação de minha vítima atirara sobre tudo um ar de embaraçosa tristeza. Durante alguns

---

3 Jogo de cartas entre dois parceiros, cada um dos quais recebe cinco cartas que, de comum acordo, podem ser trocadas por outras. Ao jogador que, em cada mão, faz mais vazas anota-se um ponto; outro, àquele que compra um rei do trunfo, ganhando o primeiro que somar cinco pontos. (N. T.)

momentos, foi mantido um profundo silêncio, durante o qual eu não podia deixar de sentir minhas faces formigarem sob os numerosos olhares queimantes de desprezo ou reprovação que me lançavam os menos empedernidos do grupo. Confessarei mesmo que um intolerável peso de angústia foi retirado por breves instantes de meu peito pela súbita e extraordinária interrupção que se seguiu. Os pesados e largos batentes da porta do aposento escancararam-se, duma só vez, com tão vigorosa e impetuosa violência, que se apagaram, como por mágica, todas as velas da sala. Ao morrerem as luzes, pudemos ainda perceber que um estranho havia entrado, mais ou menos de minha altura e envolto apertadamente numa capa. A escuridão, porém, não era total, e podíamos apenas sentir que ele estava entre nós. Antes que qualquer de nós pudesse refazer-se do extremo espanto em que aquela violência nos tinha lançado a todos, ouvimos a voz do intruso.

— Cavalheiros — disse ele, num *sussurro* baixo, distinto e inesquecível, que me fez estremecer até a medula dos ossos —, cavalheiros, peço desculpas deste meu modo de proceder, porque, assim agindo, estou cumprindo um dever. Não estais, sem dúvida, informados do verdadeiro caráter da pessoa que esta noite ganhou no *écarté* uma soma enorme de Lorde Glendenning. Vou, pois, propor-vos um plano expedito e decisivo de obterdes essa informação, verdadeiramente necessária. Tende a bondade de examinar, à vontade, o forro do punho de sua manga esquerda e os vários pacotinhos que podem ser achados nos bolsos um tanto vastos de seu roupão bordado.

Enquanto ele falava, tão profundo era o silêncio, que se poderia ouvir um alfinete cair no assoalho. Ao terminar, partiu sem demora, e tão violentamente como havia entrado. Poderei eu descrever minhas sensações? Devo dizer que senti todos os horrores dos danados? Por certo, tinha eu muito pouco tempo para refletir. Muitas mãos me agarraram brutalmente, no mesmo instante, e reacenderam-se logo em seguida as luzes. Seguiu-se uma busca. No forro de minha manga foram encontradas todas as figuras essenciais do *écarté* e, nos bolsos de meu roupão, certo número de baralhos, exatamente iguais aos que utilizávamos em nossas reuniões, com a única exceção de que os meus eram da espécie chamada, tecnicamente, *arredondées*, sendo as cartas de figuras levemente convexas nas pontas e as cartas comuns levemente convexas nos lados. Com esta disposição, o ingênuo que corta, como de costume, ao comprido do baralho invariavelmente é levado a cortar dando uma figura a seu parceiro, ao passo que o jogador profissional, cortando na largura, com toda a certeza nada cortará para sua vítima que possa servir de vantagem no desenrolar do jogo.

Uma explosão de indignação ter-me-ia afetado menos do que o silêncio de desprezo ou a calma sarcástica com que foi recebida a descoberta.

— Sr. Wilson — disse o dono da casa, abaixando-se para apanhar de sob seus pés uma capa extremamente luxuosa de peles raras —, Sr. Wilson, isto lhe pertence. (O tempo estava frio e, ao deixar meu próprio quarto, lançara uma capa sobre meu roupão, desfazendo-me dela ao chegar ao teatro do jogo.) Presumo que seja supérfluo (e olhou as dobras da capa com um sorriso amargo) procurar aqui qualquer outra prova a mais de sua habilidade. Na verdade, já chega, é bastante. O senhor reconhecerá a necessidade, assim o espero, de abandonar Oxford, e, de qualquer modo, de abandonar instantaneamente minha casa.

Envilecido, humilhado até o pó, como então estava, é provável que eu devesse ter-me vingado daquela mortificante linguagem com uma imediata violência pessoal, não tivesse sido toda a minha atenção no momento detida por um fato do mais impressionante caráter. A capa que eu tinha usado era de uma qualidade rara de pele, quão rara e quão extravagantemente custosa não me aventurarei a dizer. Seu corte, também, era de minha própria e fantástica invenção, pois eu era, em questões dessa frívola natureza, um peralvilho exigente, até o grau mais absurdo. Quando, portanto, o Sr. Preston entregou-me aquilo que apanhara do chão, perto dos batentes da porta do aposento, foi com um espanto quase limítrofe do terror que percebi minha própria capa pendente já de meu braço (onde eu sem dúvida a tinha colocado inadvertidamente) e da qual a outra que me apresentavam era apenas a exata reprodução, em todos e até mesmo nos mínimos particulares possíveis. A singular criatura que tão desastrosamente me havia comprometido estivera envolvida, lembrava-me, em uma capa, e nenhuma fora usada, absolutamente, por qualquer dos membros de nosso grupo, com exceção de mim mesmo. Conservando alguma presença de espírito, tomei a capa que me foi oferecida por Preston, coloquei-a, sem que o percebessem, por cima de minha própria capa, deixei o aposento com uma resoluta carranca de desafio e, na manhã seguinte, antes mesmo do raiar do dia, iniciei precipitada viagem de Oxford para o continente, num estado de perfeita angústia, de horror e de vergonha.

Fugi em vão. Minha má sorte me perseguiu, como se em triunfo, e mostrou realmente que a ação de seu misterioso domínio tinha apenas começado. Mal tinha eu posto o pé em Paris, já possuía prova evidente do detestável interesse tomado por aquele Wilson a meu respeito. Anos passavam sem que eu experimentasse alívio algum. Canalha! Em Roma, com que inoportuna embora espectral solicitude intrometeu-se ele entre mim e minha ambição! Em Viena também... em Berlim... e em Moscou! Onde, na verdade, não tinha eu um amargo motivo de amaldiçoá-lo, do íntimo do coração? Da sua inescrutável tirania eu fugia por fim, tomado de pânico, como de uma peste; e até aos confins da terra *fugi em vão*.

E sempre, e sempre mais, em secreta comunhão com meu próprio espírito, perguntava eu: "Quem é ele? Donde vem? E quais são os seus objetivos?" Mas nenhuma resposta ali encontrava. E então eu pesquisava, com minudente sondagem, as formas, os métodos e os traços principais de sua impertinente vigilância. Mas mesmo aí havia muito pouco sobre que basear uma conjetura. Era visível, de fato, que em nenhuma das múltiplas vezes em que tivera recentemente de cruzar meu caminho o fizera sem ser para frustrar aqueles planos ou perturbar ações que, se plenamente realizadas, teriam resultado em acerbo mal. Pobre justificativa esta, na verdade, para uma autoridade tão imperiosamente usurpada! Pobre indenização para os direitos naturais de livre-arbítrio, tão pertinaz e tão insultuosamente negados!

Fora também forçado a notar que meu carrasco, durante longo período de tempo (enquanto escrupulosamente e com miraculosa habilidade mantinha seu capricho de uma identidade de traje comigo), tinha-se arranjado de tal maneira, em todas as ocasiões em que interferira com a minha vontade, que eu não vira, em momento algum, as feições de seu rosto. Fosse Wilson quem fosse, isto, pelo menos, era apenas o cúmulo da afetação ou da loucura. Podia ele, por um instante, ter suposto que no meu admoestador de Eton, no destruidor de minha honra em Oxford, naquele que frustrou minha ambição em Roma, minha vingança em Paris, meu apaixonado amor em Nápoles, ou aquilo que ele falsamente denominou de minha avareza no Egito, que naquele meu arqui-inimigo e diabólico gênio eu deixaria de reconhecer o William Wilson de meus dias de colégio, o xará, o companheiro, o rival, o odiado e temido rival do colégio do Dr. Bransby? Impossível! Mas apressemo-nos a descrever a última e culminante cena do drama.

Até então eu sucumbira passivamente àquele imperioso domínio. O sentimento de profundo temor com que habitualmente encarava o caráter elevado, a sabedoria majestosa, a aparente onipresença e onipotência de Wilson, acrescentado mesmo a uma sensação de terror que certos outros traços de sua natureza e de sua arrogância me inspiravam, tinham conseguido, até então, imprimir em mim uma ideia de minha própria fraqueza extrema e desamparo e sugerir uma submissão implícita, embora amargamente relutante, à sua vontade arbitrária. Mas, nos últimos dias, entregara-me inteiramente ao vinho; e sua enlouquecedora influência sobre meu temperamento hereditário tornou-me cada vez mais insubmisso ao controle. Comecei a murmurar, a hesitar, a resistir. E seria apenas a imaginação que me induzia a acreditar que, com o aumento de minha própria firmeza, a do meu carrasco sofria uma diminuição proporcional? Fosse como fosse, comecei então a sentir o bafejo de uma esperança e por fim nutri em meus pensamentos secretos uma resolução desesperada e austera de que não me submeteria por mais tempo à escravidão.

Foi em Roma, durante o carnaval de 18... Assistia eu a um baile de máscaras, no palácio do napolitano Duque Di Broglio. Eu me entregara, mais livremente do que de costume, aos excessos do vinho, e agora a sufocante atmosfera das salas apinhadas irritava-me insuportavelmente. A dificuldade, também, em abrir caminho através dos grupos compactos contribuía não pouco para exasperar-me o gênio, pois eu estava ansioso à procura (permiti que não vos diga com que indigna intenção) da jovem, da alegre, da bela mulher do velho e caduco Di Broglio. Com uma confiança igualmente inescrupulosa, ela me havia previamente revelado o segredo da fantasia com que estaria trajada, e agora, tendo-a vislumbrado, apressava-me em abrir caminho até ela. Neste momento, senti uma mão pousar levemente sobre meu ombro e ouvi aquele sempre lembrado, aquele baixo e maldito *sussurro*, dentro em meu ouvido.

Num total frenesi de cólera, voltei-me imediatamente para quem assim me interrompera e agarrei-o violentamente pelo pescoço. Trajava ele, como eu havia esperado, uma roupa inteiramente igual à minha: trazia uma capa espanhola de veludo azul, cingida em torno da cintura por um cinturão escarlate, que sustentava um florete. Uma máscara de seda preta encobria-lhe inteiramente o rosto.

— Canalha! — disse eu, numa voz rouca de raiva, ao passo que cada sílaba que eu pronunciava parecia alimentar cada vez mais minha fúria. — Canalha! Impostor! Maldito vilão! Não mais, não mais você me perseguirá como um cão até a morte! Siga-me, ou eu o atravessarei aqui mesmo, com este florete!

E rompi caminho para fora da sala de baile, até uma pequena antecâmara ao lado, arrastando-o irresistivelmente comigo.

Depois de entrar, atirei-o furiosamente para longe. Ele bateu de encontro à parede, enquanto eu fechava a porta com uma praga e lhe ordenava que puxasse a arma. Ele hesitou, mas apenas um instante; depois, com leve suspiro, puxou-a em silêncio e pôs-se em guarda.

A luta foi deveras curta. Eu estava frenético no paroxismo da excitação selvagem e sentia no meu simples braço a energia e a potência de uma multidão. Em poucos segundos obriguei-o, só pela força, a encostar-se ao entablamento da parede e assim, tendo-o à mercê, mergulhei minha espada, com bruta ferocidade e repetidamente, no seu peito.

Naquele instante, alguém tentou abrir a porta. Apressei-me em evitar uma intromissão e, em seguida, voltei imediatamente para meu antagonista moribundo. Mas que língua humana pode adequadamente retratar *aquele* espanto, *aquele* horror, que de mim se apossou diante do espetáculo que então se apresentou à minha vista? O curto instante em que desviei meus olhos tinha sido suficiente para produzir, ao que parecia, uma mudança positiva na disposição, na parte mais alta ou mais distante do quarto. Um grande espelho — assim a princípio me pareceu na confusão em que me achava — erguia-se agora ali, onde nada fora visto antes, e como eu caminhasse para ele, no auge do terror, minha própria imagem, mas com as feições lívidas e manchadas de sangue, adiantava-se ao meu encontro, com um andar fraco e cambaleante.

Assim parecia, digo eu, mas não era. Era meu adversário, era Wilson que então se erguia diante de mim, nos estertores de sua agonia. Sua máscara e sua capa jaziam ali no chão, onde ele as havia lançado. Nem um fio em todo o seu vestuário, nem uma linha em todas as acentuadas e singulares feições de seu rosto que não fossem, mesmo na mais absoluta identidade, *os meus próprios!*

Era Wilson, mas ele falava, não mais num sussurro, e eu podia imaginar que era eu próprio quem estava falando, enquanto ele dizia:

Venceste e eu me rendo. Contudo, de agora por diante, tu também estás morto... morto para o Mundo, para o Céu e para a Esperança! Em mim tu vivias... e, na minha morte, vê por esta imagem, que é a tua própria imagem, quão completamente assassinaste a ti mesmo!

Eleonora[1]

Sub conservatione formae specificae salva anima.[2]

Raimundo Lúlio

Provenho de uma raça notável pelo vigor da imaginação e pelo ardor da paixão. Chamaram-me de louco; mas a questão ainda não está resolvida: se a loucura é ou não a inteligência sublimada, se muito do que é glorioso, se tudo o que é profundo não brota do pensamento enfermo, de maneiras do espírito exaltado, a expensas da inteligência geral. Os que sonham de dia conhecem muitas coisas que escapam aos que sonham somente de noite. Nas suas visões nevoentas, logram vislumbres de eternidade, e sentem viva emoção, ao despertar, por descobrirem que estiveram no limiar do grande segredo. Aos poucos, vão aprendendo algo da sabedoria, o que é bom, e muito mais do simples conhecimento, o que é mau. Penetram, contudo, sem leme e sem bússola, no vasto oceano da "luz inefável", e de novo, como nas aventuras do geógrafo Núbio, *agressi sunt mare tenebrarum, quid in eo esset exploraturi*.

Digamos, pois, que estou louco. Admito, pelo menos, que há duas distintas condições de minha existência mental: a condição duma razão lúcida, indiscutível, pertencente à memória de acontecimentos que formam a primeira época de minha vida, e uma condição de sombra e dúvida, relativa ao presente e à recordação do que constitui a segunda grande era do meu ser. Portanto, acreditem no que irei contar do primeiro período, e, ao que eu relatar do tempo mais recente, deem-lhe apenas o crédito que lhes merecer, ou ponham tudo em dúvida; ou ainda, se não puderem duvidar, façam-se de Édipo diante do enigma.

Aquela a quem amei na mocidade, e cujas lembranças agora descrevo, calma e nitidamente, era a filha única da única irmã de minha mãe, há muito falecida. Eleonora se chamava minha prima. Sempre vivemos juntos, sob um sol tropical, no Vale das Relvas Multicores. Nenhum passo perdido chegou alguma vez àquele vale, porque jazia bem distante e elevado, entre uma fileira de gigantescas colinas que se erguiam em torno dele, impedindo que a luz do sol penetrasse nos seus mais doces recantos. Nenhuma vereda se abria na sua vizinhança, e para chegar ao nosso lar feliz havia necessidade de afastar, com força, a folhagem de muitos milhares de árvores da floresta e de esmagar de morte o esplendor flagrante de milhões de flores. Era assim que vivíamos, sozinhos, nada conhecendo do mundo senão o vale, eu, minha prima e sua mãe.

Das sombrias regiões além das montanhas, no mais alto ponto do nosso limitado domínio, serpeava estreito e profundo rio, mais brilhante do que tudo, exceto os olhos de Eleonora; e, enroscando-se furtivamente em intrincados meandros, passava, finalmente, através de uma garganta trevosa, entre colinas ainda mais sombrias do que aquelas donde havia saído. Nós o chamávamos o "Rio do Silêncio", porque parecia haver uma influência silenciante na sua torrente. Nenhum murmúrio se erguia de

---

1 Publicado pela primeira vez em *The Gift: A Christmas and New Year's Present for 1842*. Filadélfia, 1841. Título original: ELEONORA.

2 Sob a conservação da forma específica, salva a alma. (N. T.)

seu leito, e tão mansamente ele deslizava, que os seixos semelhantes a pérolas que gostávamos de contemplar bem no fundo do seu seio absolutamente não se moviam, mas jaziam num contentamento imoto, na mesma posição de outrora, esplendendo gloriosamente para sempre.

A margem do rio e dos numerosos riachos refulgentes que resvalavam através de caminhos tortuosos para o seu leito, bem como os espaços que se estendiam das margens para dentro das profundezas das torrentes até alcançarem a camada de seixos do fundo, esses lugares, não menos do que toda a superfície do vale, desde o rio até as montanhas que o rodeavam, estavam atapetados por uma macia relva verde, espessa, curta, perfeitamente igual, cheirando a baunilha, mas tão pintalgada por toda a parte de ranúnculos amarelos, brancas margaridas, roxas violetas, e as rúbidas abróteas, que sua excessiva beleza falava a nossos corações, em altas vozes, do amor e da glória de Deus.

E, aqui e ali, em pequenos bosques, em torno dessa relva, como sonhos selváticos, erguiam-se fantásticas árvores cujos caules altos e esbeltos não se verticalizavam, mas curvavam-se graciosamente para a luz que assomava ao meio-dia, no centro do vale. Sua casca era mosqueada pelo vívido e alternado esplendor do ébano e da prata, e era mais macia do que tudo, exceto as faces de Eleonora; de modo que, não fosse o verde brilhante das enormes folhas que brotavam do alto de suas frondes em linhas longas e trêmulas, brincando com os zéfiros, poder-se-ia imaginar que fossem gigantescas serpentes da Síria prestando homenagem a seu soberano, o Sol.

Durante quinze anos, vagueamos, de mãos dadas, pelo vale, eu e Eleonora, antes que o Amor penetrasse em nossos corações. Foi numa tarde, no fim do terceiro lustro de sua vida e do quarto da minha, em que nos achávamos sentados sob as árvores serpentinas, estreitamente abraçados e contemplávamos nossos rostos dentro da água do Rio do Silêncio. Nem uma palavra dissemos durante o resto daquele dia suave, e mesmo no dia seguinte nossas palavras eram poucas e trêmulas. Tínhamos arrancado daquelas águas o deus Eros e agora sentíamos que ele inflamara, dentro de nós, as almas ardentes de nossos antepassados. As paixões que durante séculos haviam distinguido nossa raça vieram em turbilhão com as fantasias pelas quais tinham sido igualmente notáveis e juntas sopraram uma delirante felicidade sobre o Vale das Relvas Multicores. Todas as coisas se transformaram. Flores estranhas e brilhantes, em forma de estrelas, brotaram nas árvores onde antes nunca haviam sido vistas. Os matizes do verde tapete ficaram mais intensos, e, quando, uma a uma, as brancas margaridas desapareceram, em lugar delas floriram dezenas e dezenas de rúbidas abróteas. E a vida despertou nas nossas veredas, porque o alto flamingo, até então invisível, com todos os alegres pássaros resplendentes, ostentou para nós a plumagem escarlate. Peixes de ouro e prata encheram o rio, de cujo seio irrompeu, pouco a pouco, um murmúrio que foi crescendo, afinal, para se tornar uma melodia embaladora mais divina que a da harpa de Éolo, mais doce do que tudo, exceto a voz de Eleonora. E então, uma nuvem imensa, que há muito observávamos nas regiões de Vésper, veio flutuando, toda rebrilhante de carmim e ouro, e pairou tranquila sobre nós, descendo, dia a dia, cada vez mais baixo, até que suas extremidades descansaram sobre o cume das montanhas, transformando-lhes o negror em magnificência e encerrando-nos, como que para sempre, dentro de uma mágica prisão de grandeza e de glória.

A beleza de Eleonora era angélica; era uma moça natural e inocente como a breve vida que levara entre as flores. Nenhum artifício disfarçava o férvido amor que lhe animava o coração, e examinava comigo os seus mais remotos recantos quando juntos passeávamos no Vale das Relvas Multicores, discorrendo a respeito das grandiosas mudanças que ali haviam recentemente ocorrido.

Afinal, tendo um dia falado, entre lágrimas, da derradeira e triste mudança que deveria sobrevir à Humanidade, daí por diante só tratou desse tristonho tema, entremeando-o em todas as nossas conversas, como as imagens que surgem, sempre as mesmas, a todo instante, a cada variação impressiva da frase, nos poemas do bardo de Schiraz.

Vira que o dedo da Morte lhe calcava o seio e que, como a efêmera, toda aquela beleza perfeita lhe fora dada apenas para morrer; mas, para ela, os terrores do túmulo consistiam somente numa consideração que me revelou certa tarde, ao crepúsculo, junto às margens do Rio do Silêncio. Afligia-a o pensar que, tendo-a sepultado no Vale das Relvas Multicores, eu abandonasse para sempre aqueles felizes recantos, transferindo o amor que agora tão apaixonadamente lhe dedicava para alguma moça do mundo exterior e cotidiano. Ali, então, lancei-me precipitadamente aos pés de Eleonora e fiz um voto, a ela e ao Céu, de que jamais me casaria com qualquer filha da Terra, de que, de modo algum, seria perjuro à sua querida memória ou à memória do devotado afeto com que ela me tornara feliz. E invoquei o Supremo Senhor do Universo como testemunha da piedosa solenidade de meu voto. E a maldição que para mim pedi a Ele e a ela, santa do Eliseu, se me demonstrasse traidor a essa promessa encerrava um castigo de tão excessivo horror, que não me é permitido mencioná-lo aqui. E os brilhantes olhos de Eleonora mais brilhantes se tornaram ao ouvir minhas palavras. Suspirou, como se um peso mortal lhe tivesse sido tirado do peito, e tremeu e chorou amargamente, mas aceitou o voto (que era ela senão uma criança?) e isso lhe tornou mais fácil o leito de morte. E ela me disse, não muitos dias depois, ao morrer tranquilamente, que, pelo que eu fizera para lhe confortar o espírito, velaria por mim em espírito quando morresse e, se lhe fosse permitido, voltaria a mim em forma visível nas vigílias da noite; mas, se isso fosse realmente superior ao poder das almas do Paraíso, ela pelo menos me daria frequentes indicações de sua presença, suspirando ao meu lado no vento da tarde, ou enchendo o ar que eu respirava com o perfume dos turíbulos dos anjos. E, com estas palavras nos lábios, entregou sua vida inocente, pondo um fim ao primeiro período da minha.

Até aqui narrei fielmente. Mas, ao transpor a barreira da vereda do Tempo formada pela morte da minha bem-amada e continuar a segunda era de minha existência, sinto que uma sombra se espalha no meu cérebro e não confio na perfeita sanidade da narrativa. Mas vamos adiante. Os anos passaram lenta e pesadamente e eu morava ainda no Vale das Relvas Multicores; porém, uma segunda mudança operou-se em todas as coisas. As flores, em forma de estrela, murcharam nos caules das árvores e não mais apareceram. Desbotaram-se os matizes do verde tapete; e, uma a uma, as rábidas abróteas feneceram. E em lugar delas ali brotaram, às dezenas, os olhos escuros das violetas, que se retorciam inquietas e estavam sempre pesadas de orvalho. E a Vida fugiu de nossos caminhos, porque o alto flamingo não mais ostentou para nós a escarlate plumagem, mas voou tristemente do vale para as colinas, com todos os resplendentes pássaros que tinham vindo em sua companhia. E os peixes de ouro e prata nadaram através da garganta para a parte mais baixa de nosso domínio e nunca mais encheram de novo o manso rio. E a melodia embaladora que tinha sido mais suave do que a harpa eólia e mais divina do que tudo, exceto a voz de Eleonora, foi pouco a pouco morrendo, em murmúrios cada vez menos audíveis, até que a corrente voltou, afinal, inteiramente, à solenidade de seu silêncio primitivo. E depois, finalmente, a imensa nuvem se ergueu e, abandonando os cumes das montanhas ao seu negror de outrora, voltou às regiões de Vésper, levando consigo todo o seu áureo esplendor magnificente, para longe do Vale das Relvas Multicores.

Contudo, as promessas de Eleonora não foram olvidadas, pois eu ouvia o balouçar sonoro dos turíbulos dos anjos, e ondas de sagrado perfume não cessavam de flutuar por todo o vale. E nas horas solitárias, quando meu coração batia opresso, os ventos que me banhavam a fronte chegavam até mim carregados de leves suspiros, e indistintos murmúrios enchiam muitas vezes o ar noturno. Certa vez — oh, uma vez somente! —, fui despertado dum sono, semelhante ao sono da morte, pela pressão de lábios espirituais na minha face.

Mas o vácuo em meu coração recusava-se, mesmo assim, a encher-se. Desejava ardentemente o amor que o tinha enchido até as bordas. Por fim, o vale passou a atormentar-me com a lembrança de Eleonora, e eu o deixei para sempre pelas vaidades e pelos turbulentos triunfos do mundo.

*

Encontrei-me numa estranha cidade, onde todas as coisas podiam ter servido para apagar da memória os doces sonhos que por tanto tempo sonhara no Vale das Relvas Multicores. As pompas e faustos de uma corte majestosa, e o louco clangor de armas, e a radiosa formosura das mulheres perturbaram e envenenaram-me o cérebro. Mesmo assim, minha alma continuara fiel a seus votos, e os sinais da presença de Eleonora eram-me ainda mostrados nas horas silentes da noite. De repente, essas manifestações cessaram e o mundo se tornou mais negro diante de meus olhos. Fiquei horrorizado diante dos ardentes pensamentos que me possuíam, das terríveis tentações que me cercavam, porque tinha chegado à alegre corte do rei que eu servia, vinda de longínqua e ignota região, uma donzela a cuja beleza todo o meu perjuro coração imediatamente se rendeu, diante de cujo escabelo eu me curvava sem relutar, no mais ardente e no mais abjeto culto de amor. Que era, na verdade, a minha paixão pela jovem do vale, comparada com o fervor, com o delírio, com o enlevante êxtase de adoração com que eu arrojava toda a minha alma em prantos aos pés da etérea Hermengarda? Oh, a radiosa e seráfica Hermengarda! E nesta crença lugar não havia para nenhuma outra. Oh, a divina e angélica Hermengarda! E ao baixar o olhar para as profundezas de seus olhos inesquecíveis, somente neles pensava... e "nela".

Casei-me, sem temer a maldição que havia invocado. E seu rigor não se abateu sobre mim. E uma vez, mais uma vez ainda no silêncio da noite, chegaram-me, através das gelosias, os suaves suspiros que me tinham abandonado, modulando-se numa voz familiar e doce, que dizia:

— Dorme em paz! Porque o Espírito do Amor reina e governa, e, afeiçoando-te, com teu apaixonado coração, àquela que é Hermengarda, estás dispensado, em virtude de razões que irás conhecer no Céu, dos votos que fizeste a Eleonora.

O RETRATO OVAL[1]

O castelo cuja entrada meu criado se aventurara a forçar para não deixar que eu passasse a noite ao relento, gravemente ferido como estava, era um desses monumentos ao mesmo tempo grandiosos e sombrios que por tanto tempo se ergueram carrancudos entre os Apeninos, tanto na realidade como na imaginação da Sra. Radcliffe.[2] Segundo todas as aparências, tinha sido temporária e muito recentemente abandonado. Aboletamo-nos em uma das salas menores e menos suntuosamente mobiliadas, localizada num afastado torreão do edifício. Eram ricas, embora estragadas e antigas, suas decorações. Tapeçarias pendiam das paredes, adornadas com vários e multiformes troféus de armas, de mistura com um número insólito de quadros de estilo bem moderno em molduras de ricos arabescos de ouro. Por esses quadros, que enchiam não só todas as paredes, mas ainda os numerosos ângulos que a esquisita arquitetura do castelo formava, meu delírio incipiente me fizera talvez tomar profundo interesse. Assim é que mandei Pedro fechar os pesados postigos da sala — pois já era noite —, acender as velas de um enorme candelabro que se achava à cabeceira de minha cama e abrir completamente as franjadas cortinas de veludo preto que envolviam o leito. Desejei que tudo isso fosse feito, a fim de que pudesse abandonar-me senão ao sono, pelo menos, alternativamente, à contemplação desses quadros e à leitura de um livrinho que encontrara sobre o travesseiro e que continha a crítica e a descrição das pinturas.

Li, li durante muito tempo e longamente contemplei aqueles quadros. Rápida e esplendidamente as horas se escoaram e a profunda meia-noite chegou. A posição do candelabro me desagradava e, estendendo a mão, com dificuldade, para não perturbar o sono do criado, coloquei-o de modo a lançar seus raios de luz em cheio sobre o livro.

Esse gesto, porém, produziu um efeito totalmente inesperado. Os raios das numerosas velas (pois havia muitas) caíam agora dentro de um nicho da sala que até então estivera mergulhado na intensa sombra lançada por uma das colunas da cama. E assim vi, em plena luz, um retrato até então despercebido. Era o retrato de uma jovem no alvorecer da feminilidade. Olhei rapidamente para o retrato e depois fechei os olhos. Por que isso fizera, eu mesmo não o percebi a princípio. Mas, enquanto minhas pálpebras permaneciam fechadas, revolvi na mente a razão de assim ter feito. Era um movimento impulsivo, para ganhar tempo de pensar, para certificar-me de que minha vista não me iludira, para acalmar e dominar a fantasia, forçando-a a uma contemplação mais serena e mais segura. Logo depois, olhei de novo, fixamente, para o quadro.

Do que então vi claramente não poderia nem deveria duvidar. Porque o primeiro clarão das velas sobre aquele quadro como que dissipou o sonolento torpor que furtivamente se apossava de meus sentidos e sem demora me pôs completamente desperto.

O retrato, como já disse, era o de uma jovem. Apenas a cabeça e os ombros, feitos na maneira tecnicamente chamada *vignette*, e bastante no estilo das cabeças

---

1 Publicado pela primeira vez no *Graham's Lady's and Gentleman's Magazine*, abril de 1842. Título original: LIFE IN DEATH.

2 Ann Ward Radcliffe (1764-1823), romancista inglesa famosa por suas obras de mistério, destacando-se entre elas: *O romance do bosque* e *Os mistérios de Udolpho*. (N. T.)

favoritas de Sully.[3] Os braços, o colo e mesmo as pontas do cabelo luminoso perdiam-se imperceptivelmente na vaga porém profunda sombra formada pelo fundo do conjunto. A moldura era oval, ricamente dourada e filigranada à mourisca. Como obra de arte, nada podia ser mais admirável do que a própria pintura. Mas aquela comoção tão súbita e tão intensa não me viera nem da execução da obra nem da imortal beleza do semblante. Menos do que tudo poderia ter sido minha imaginação que, despertada de seu semitorpor, teria tomado aquela cabeça pela de uma pessoa viva. Vi imediatamente que as peculiaridades do desenho, do trabalho do vinhetista e da moldura deviam ter de pronto dissipado tal ideia, impedido mesmo seu momentâneo aparecimento. Permaneci quase talvez uma hora semierguido, semi-inclinado, a pensar intensamente sobre tais pormenores, com a vista fixada no retrato. Por fim, satisfeito com o verdadeiro segredo de seu efeito, deixei-me cair na cama. Descobrira que o encanto do retrato estava na expressão de uma absoluta *aparência de vida* que a princípio me espantou, para afinal confundir-me, dominar-me e aterrar-me. Com profundo e reverente temor, tornei a pôr o candelabro em sua primitiva posição. Afastada assim de minha vista a causa de minha aguda agitação, busquei avidamente o volume que descrevia as pinturas e sua história. Procurando a página que se referia ao retrato oval, li as imprecisas e fantásticas palavras que se seguem:

> Era uma donzela da mais rara beleza e não só amável como cheia de alegria. E, maldita foi a hora em que ela viu, amou e desposou o pintor. Ele era apaixonado, estudioso, austero é já tinha na Arte a sua desposada. Ela, uma donzela da mais rara beleza e não só amável como cheia de alegria; toda luz e sorrisos, travessa como uma jovem corça; amando com carinho todas as coisas; odiando somente a Arte, que era sua rival; temendo apenas a paleta, os pincéis e os outros sinistros instrumentos que a privavam da contemplação do seu amado. Era pois terrível coisa para essa mulher ouvir o pintor exprimir o desejo de pintar o próprio retrato de sua jovem esposa. Ela era, porém, humilde e obediente, e sentava-se submissa durante semanas no escuro e alto quarto do torreão, onde a luz vinha apenas de cima projetar-se, escassa, sobre a alva tela. Mas ele, o pintor, se regozijava com sua obra, que continuava de hora em hora, de dia em dia. E era um homem apaixonado, rude e extravagante, que vivia perdido em devaneios; assim, não percebia que a luz que caía tão lívida naquele torreão solitário ia murchando a saúde e a vivacidade de sua esposa, visivelmente definhando para todos, menos para ele. Contudo, ela continuava ainda e sempre a sorrir, sem se queixar, porque via que o pintor (que tinha alto renome) trabalhava com fervoroso e ardente prazer e porfiava, dia e noite, por pintar quem tanto o amava, mas que, todavia, se tornava cada vez mais triste e fraca. E na verdade alguns que viram o retrato falavam em voz baixa de sua semelhança como de uma extraordinária maravilha, prova não só da mestria do pintor como de seu intenso amor por aquela a quem pintava de modo tão exímio. Mas afinal, ao chegar o trabalho quase a seu termo, ninguém mais foi admitido no torreão, porque o pintor se tornara rude no ardor de seu trabalho, e raramente desviava os olhos da tela, mesmo para contemplar o semblante de sua esposa. E não percebia que as tintas que espalhava sobre a tela eram tiradas das faces daquela que se sentava a seu lado, E quando já se haviam passado várias semanas e muito pouco restava a fazer, exceto uma pincelada sobre a boca e um colorido nos olhos, a alegria da mulher de novo bruxuleou, como a chama dentro de uma lâmpada. E então foi dada a pincelada e completado o colorido. E durante um instante o pintor ficou extasiado diante da obra que tinha realizado, mas em seguida, enquanto ainda contemplava, pôs-se a tremer e, pálido, horrorizado, exclamou em voz alta: "Isto é na verdade a própria Vida!" Voltou-se, subitamente, para ver a sua bem-amada... Estava morta!

---

3 Thomas Sully (1783-1872), pintor norte-americano de origem inglesa. (N. T.)

A MÁSCARA DA MORTE RUBRA[1]

Durante muito tempo devastara a "Morte Rubra" aquele país. Jamais se vira peste tão fatal e tão terrível. O sangue era a sua encarnação e o seu sinete: a vermelhidão e o horror do sangue. Aparecia com agudas dores e súbitas vertigens, seguindo-se profusa sangria pelos poros e a decomposição. Manchas escarlates no corpo e sobretudo no rosto da vítima eram o anátema da peste, que a privava do auxílio e da simpatia de seus semelhantes. E toda a irrupção, progresso e término da doença não duravam mais de meia hora.

Mas o Príncipe Próspero era feliz, destemido e sagaz. Quando seus domínios se viram despovoados da metade de seus habitantes mandou chamar à sua presença um milheiro de amigos sadios e joviais dentre os cavalheiros e damas de sua corte, retirando-se com eles, em total reclusão, para uma de suas abadias fortificadas. Era um edifício vasto e magnífico, criação de príncipes de gosto excêntrico, embora majestoso. Cercava-o forte e elevada muralha, com portas de ferro. Logo que entraram, os cortesãos trouxeram fornos e pesados martelos para rebitar os ferrolhos. Tinham resolvido não proporcionar meios de entrada ou saída aos súbitos impulsos de desespero dos de fora ou ao frenesi dos de dentro.

A abadia estava fartamente provida. Com tais precauções, podiam os cortesãos desafiar o contágio. Que o mundo exterior se arranjasse por si. Enquanto isso, de nada valia nele pensar, ou afligir-se por sua causa. Providenciara o príncipe para que não faltassem diversões. Havia jograis, improvisadores, bailarinos, músicos. Havia beleza e havia vinho. Lá dentro, tudo isso e segurança. Lá fora, a "Morte Rubra".

Foi quase ao término do quinto ou sexto mês de sua reclusão, enquanto a peste raivava mais furiosamente lá fora, que o Príncipe Próspero ofereceu a seus mil amigos um baile de máscaras da mais extraordinária magnificência.

Que voluptuosa cena a daquela mascarada! Mas antes descrevamos os salões em que ela se desenrolava. Era uma série imperial de sete salões. Em muitos palácios, contudo, tais sucessões de salas formam uma longa e reta perspectiva quando as portas se abrem de par em par, não havendo quase obstáculo à perfeita visão de todo o conjunto. Aqui, o caso era bastante diverso, coisa aliás de esperar do amor do duque pelo *fantástico*. Os aposentos estavam tão irregularmente dispostos, que a visão abrangia pouco mais de cada um de uma vez. De vinte ou de trinta em trinta jardas havia uma curva aguda e, a cada curva, uma nova impressão.

À direita e à esquerda, no meio de cada parede, uma enorme e estreita janela gótica abria-se para um corredor fechado que acompanhava as voltas do conjunto. Essas janelas eram providas de vitrais, cuja cor variava de acordo com o tom dominante das decorações do aposento para onde se abriam. O da extremidade oriental, por exemplo, era azul, e de azul vivo eram suas janelas. O segundo aposento tinha ornamentos e tapeçarias purpúreos, e purpúreas eram as vidraças. O terceiro era todo verde, e verdes eram também as armações das janelas. O quarto estava mobiliado e iluminado com cor alaranjada. O quinto era branco, e o sexto, roxo. O sétimo

---

1 Publicado pela primeira vez no *Graham's Lady's and Gentleman's Magazine*, maio de 1842. Título original: THE MASK OF THE RED DEATH: A FANTASY.

aposento estava totalmente coberto de tapeçarias de veludo preto, que pendiam do teto e pelas paredes, caindo em pesadas dobras sobre um tapete do mesmo material e da mesma cor. Mas somente nesta sala a cor das janelas não correspondia à das decorações. As vidraças, ali, eram escarlates, da cor de sangue vivo.

Ora, em nenhum daqueles sete salões havia qualquer lâmpada ou candelabro em meio à profusão de ornamentos dourados que se espalhavam por todos os cantos ou pendiam do forro. Luz de espécie alguma emanava de lâmpada ou vela, dentro da série de salas. Mas, nos corredores que acompanhavam a perspectiva, erguia-se, em frente de cada janela, uma pesada trípode com um braseiro que projetava seus raios pelos vitrais coloridos e assim iluminava deslumbrantemente a sala, produzindo numerosos aspectos vistosos e fantásticos. Na sala negra, porém, o efeito do clarão que raiava sobre as negras cortinas, através das vidraças tintas de sangue, era extremamente lívido e dava uma aparência tão estranha às fisionomias dos que entravam, que poucos eram os bastante ousados para nela penetrar.

Era também nesse salão que se erguia, encostado à parede que dava para oeste, um gigantesco relógio de ébano. O pêndulo oscilava para lá e para cá, com um tique-taque vagaroso, pesado, monótono. E quando o ponteiro dos minutos concluía o circuito do mostrador e a hora ia soar, emanava dos pulmões de bronze do relógio um som claro, elevado, agudo e excessivamente musical, mas tão enfático e característico que, de hora em hora, os músicos da orquestra viam-se forçados a parar por instantes a execução da música para ouvir-lhe o som; e dessa forma, obrigatoriamente, cessavam os dançarinos suas evoluções e toda a alegre companhia sentia-se, por instantes, perturbada. E enquanto os carrilhões do relógio ainda soavam, observava-se que os mais alegres tornavam-se pálidos e os mais idosos e serenos passavam as mãos pela fronte, como se em confuso devaneio ou meditação. Mas quando os ecos cessavam por completo, leves risadas imediatamente contagiavam a reunião; os músicos olhavam uns para os outros e sorriam de seu próprio nervoso e loucura, fazendo votos sussurrados, uns aos outros, para que o próximo carrilhonar do relógio não produzisse neles idêntica emoção. E, no entanto, passados os sessenta minutos (que abarcam três mil e seiscentos segundos do Tempo que voa), ouvia-se de novo outro carrilhonar do relógio, e de novo se viam a mesma perturbação, o mesmo tremor, as mesmas atitudes meditativas. A despeito, porém, de tudo isso, que esplêndida e magnífica folia!

O duque tinha gostos característicos. Sabia escolher cores e efeitos. Desprezava os ornamentos apenas em moda. Seus desenhos eram muito audazes e vivos, e suas concepções esplendiam com um lustre bárbaro. Muita gente o julgava louco. Mas seus cortesãos achavam que não. Era preciso ouvi-lo, vê-lo e tocá-lo, para se estar certo de que ele não o era.

Por ocasião dessa grande festa, dirigira ele próprio, em grande parte, os mutáveis adornos dos sete salões e fora o seu próprio gosto orientador que escolhera as fantasias. Mas não havia dúvida de que eram grotescas. Havia muito brilho, muito esplendor, muita coisa berrante e fantástica — muito disso que depois se viu no *Hernani*. Havia formas arabescas, com membros e adornos desproporcionados.

Havia concepções delirantes, como criações de louco; havia muito de belo e muito de atrevido, de esquisito, algo de terrível e não pouco do que poderia causar aversão. Na realidade, uma multidão de sonhos deslizava para lá e para cá nas sete

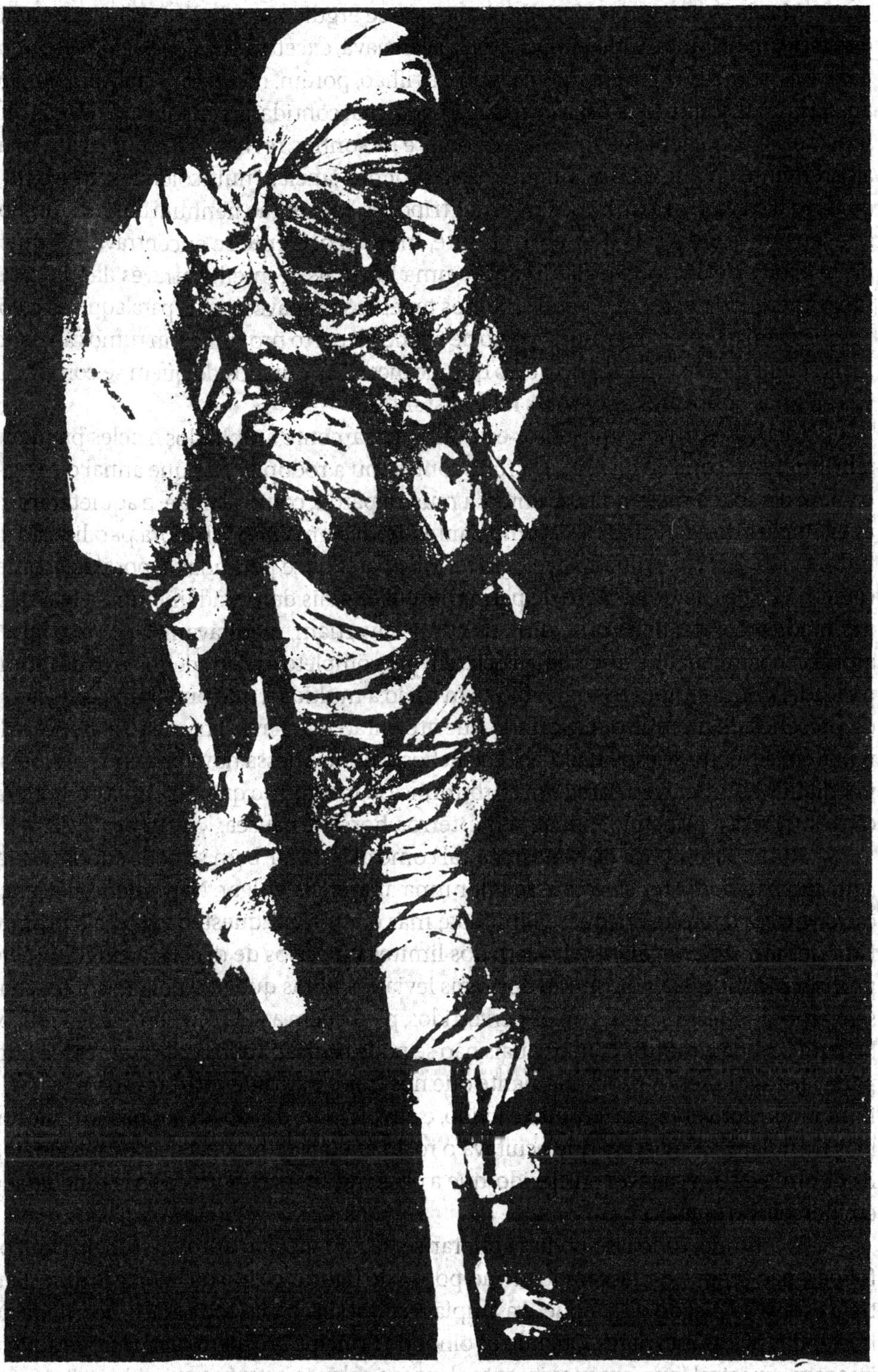

salas. E estes sonhos giravam de um canto para outro, tomando a cor das salas, e fazendo a música extravagante da orquestra parecer o eco de seus passos.

Mas logo soava o relógio de ébano que se erguia na parede de veludo. E então, durante um instante, tudo parava e tudo silenciava, exceto a voz do relógio. Os sonhos paravam, como que gelados. Os ecos do carrilhão, porém, morriam — haviam durado apenas um instante —, e uma leve gargalhada, mal contida, acompanhava os ecos que morriam. E logo depois a música explodia, e os sonhos reviviam e rodopiavam mais alegremente do que dantes, tingindo-se da cor das janelas multicoloridas, através das quais se filtravam os luminosos raios das trípodes. Mas então nenhum dos mascarados se aventurava até a sala que, entre as sete, mais ao ocidente se encontrava, porque a noite estava declinando e ali dimanava uma luz mais vermelha através das vidraças sanguíneas, e o negror dos panejamentos tenebrosos apavorava. E, para aqueles cujos pés pisavam o tapete negro, do relógio de ébano ali perto provinha um rumor abafado, mais solenemente enfático do que o que alcançava os ouvidos de quem se comprazia nas alegrias dos outros aposentos mais distantes.

Mas esses outros aposentos estavam densamente apinhados e neles palpitava febrilmente o coração da vida. E a folia continuou a rodopiar, até que afinal o relógio começou a soar a meia-noite. E, então, a música parou, como já disse; e aquietaram-se as evoluções dos dançarinos; e, como dantes, houve uma perturbadora paralisação de tudo. Mas agora o carrilhão do relógio teria de bater doze pancadas. E por isso aconteceu talvez que maior número de pensamentos, e mais demoradamente, se inserisse nas meditações daqueles que, entre os que se divertiam, meditavam. E por isso talvez aconteceu também que, antes de silenciarem por completo os derradeiros ecos da última pancada, muitos foram os indivíduos, em meio à multidão, que puderam certificar-se da presença de um vulto mascarado que até então não havia chamado a atenção de ninguém. E, tendo-se espalhado, aos cochichos, a notícia dessa nova presença, elevou-se imediatamente dentre a turba um burburinho ou murmúrio que exprimia desaprovação e surpresa a princípio e, finalmente, terror, horror e náusea.

Numa assembleia de fantasmas, tal como a descrevi, bem se pode supor que tal agitação não podia ter sido causada por uma aparência vulgar. Na verdade, a licença carnavalesca da noite era quase ilimitada; mas o vulto em questão excedia o próprio Herodes em extravagância e ia além dos limites indecisos de decência exigidos pelo próprio príncipe. Há no coração dos mais levianos fibras que não podem ser tocadas sem emoção. Mesmo para os mais pervertidos, para quem a vida e a morte são idênticos brinquedos, há assuntos com os quais não se pode brincar. Todos os presentes, de fato, pareciam agora sentir profundamente que nos trajes e atitudes do estranho não havia finura nem conveniência. Era alto e lívido, e envolvia-se, da cabeça aos pés, em mortalhas tumulares. A máscara que ocultava o rosto era tão de modo a quase reproduzir a fisionomia de um cadáver enrijecido, que a observação mais acurada teria dificuldade em perceber o engano.

E, contudo, tudo isso poderia tolerar-se, se não mesmo aprovar-se, pelos loucos foliões, não tivesse o mascarado ido ao ponto de figurar o tipo da "Morte Rubra". Seu traje estava salpicado de sangue, e a ampla testa, assim como toda a face, borrifada de horrendas placas escarlates. Quando os olhos do Príncipe Próspero caíram sobre aquela imagem espectral (que, em movimentos lentos e solenes, como se quisesse representar mais completamente seu papel, rodopiava aqui e ali entre os dançarinos), viram-no ser tomado de convulsões, a princípio um forte tremor de pânico ou repugnância, para logo depois enrubescer-se de raiva.

— Quem ousa — perguntou ele, roucamente, aos cortesãos que o cercavam —, quem ousa insultar-nos com tão blasfema pilhéria? Agarrem-no e desmascarem-no, para podermos conhecer quem teremos de enforcar, ao amanhecer, no alto das ameias!

Ao pronunciar estas palavras achava-se o Príncipe Próspero no salão dourado e azul, do lado do poente. Elas atravessaram todas as sete salas, alta e claramente, pois o príncipe era um homem ousado e robusto e a música havia silenciado a um gesto de sua mão. Era no salão azul que se achava o príncipe, tendo ao lado um grupo de cortesãos pálidos. Logo que ele falou, houve um leve movimento de investida por parte daquele grupo na direção do intruso, que, no momento, se encontrava quase ao alcance da mão, e agora, em passadas firmes e decididas, mais se aproximava do príncipe. Mas em virtude de um indefinível terror que a todos os presentes causara o louco atrevimento do mascarado, não se achou ninguém que ousasse estender a mão para agarrá-lo. De modo que, sem empecilho, passou a uma jarda do príncipe, e, enquanto toda a numerosa assembleia, como movida por um só impulso, recuava do centro das salas para as paredes, seguiu ele seu caminho sem deter-se, com os mesmos passos solenes e medidos que desde o começo o haviam distinguido, do salão azul ao salão purpúreo, do purpúreo ao verde, do verde ao alaranjado, deste ao branco e até mesmo ao roxo, sem que um movimento de decisão se fizesse para detê-lo. Foi então, porém, que o Príncipe Próspero, enlouquecido de raiva e de vergonha de sua própria e momentânea covardia, correu precipitadamente através das seis salas, sem que ninguém o seguisse, pois um terror mortal de todos se apossara. Brandia um punhal desembainhado e se aproximara, com rápida impetuosidade, a poucos passos do vulto que se retirava, quando este último, tendo alcançado a extremidade do salão de veludo, voltou-se subitamente e arrostou seu perseguidor. Ouviu-se um grito agudo e o punhal caiu, cintilante, sobre o negro tapete, onde, logo, instantaneamente, tombou mortalmente abatido o Príncipe Próspero. Então, recorrendo à coragem selvagem do desespero, numerosos foliões lançaram-se sem demora no lúgubre aposento, e, agarrando o mascarado, cujo alto vulto permanecia ereto e imóvel dentro da sombra do relógio de ébano, pararam, arfantes de indizível pavor, ao sentir que nenhuma forma tangível se encontrava sob a mortalha e por trás da máscara cadavérica, quando as seguraram com violenta rudeza.

E foi então que reconheceram estar ali presente a "Morte Rubra". Ali penetrara, como um ladrão noturno. E um a um, foram tombando os foliões, nos salões da orgia, orvalhados de sangue, morrendo na mesma posição desesperada de sua queda. E a vida do relógio de ébano se extinguiu com a do último dos foliões. E as chamas das trípodes expiraram. E o ilimitado poder da Treva, da Ruína e da "Morte Rubra" dominou tudo.

O CORAÇÃO DENUNCIADOR[1]

É verdade! Tenho sido e sou nervoso, muito nervoso, terrivelmente nervoso! Mas, por que *ireis* dizer que sou louco? A enfermidade me aguçou os sentidos, não os destruiu, não os entorpeceu. Era penetrante, acima de tudo, o sentido da audição. Eu ouvia todas as coisas, no céu e na terra. Muitas coisas do inferno ouvia. Como, então, sou louco? Prestai atenção! E observai quão lucidamente, quão calmamente vos posso contar toda a história.

É impossível dizer como a ideia me penetrou primeiro no cérebro. Uma vez concebida, porém, ela me perseguia dia e noite. Não havia motivo. Não havia cólera. Eu gostava do velho. Ele nunca me fizera mal. Nunca me insultara. Eu não desejava seu ouro. Penso que era o olhar dele! Sim, era isso! Um de seus olhos se parecia com o de um abutre... um olho de cor azul-pálido, que sofria de catarata. Meu sangue se enregelava sempre que ele caía sobre mim; e assim, pouco a pouco, bem lentamente, fui-me decidindo a tirar a vida do velho e assim libertar-me daquele olho para sempre.

Ora, aí é que está o problema. Imaginais que sou louco. Os loucos nada sabem. Deveríeis, porém, ter-me visto. Deveríeis ter visto como procedi cautamente! Com que prudência... com que previsão... com que dissimulação lancei mãos à obra!

Eu nunca fora mais bondoso para com o velho do que durante a semana inteira antes de matá-lo. E todas as noites, por volta da meia-noite, eu girava o trinco da porta de seu quarto e abria-a... oh, bem devagarinho. E depois, quando a abertura era suficiente para conter minha cabeça, eu introduzia uma lanterna com tampa, toda velada, bem velada, de modo que nenhuma luz se projetasse para fora, e em seguida enfiava a cabeça. Oh, teríeis rido ao ver como a enfiava habilmente! Movia-a lentamente... muito, muito lentamente, a fim de não perturbar o sono do velho. Levava uma hora para colocar a cabeça inteira além da abertura, até podê-lo ver deitado na cama. Ah! um louco seria precavido assim? E depois, quando minha cabeça estava bem dentro do quarto, eu abria a tampa da lanterna cautelosamente... oh, bem cautelosamente! Sim, cautelosamente (porque a dobradiça rangia)... abria-a só até permitir que apenas um débil raio de luz caísse sobre o olho do abutre. E isto eu fiz durante sete longas noites... sempre precisamente à meia-noite... e sempre encontrei o olho fechado. Assim, era impossível fazer a minha tarefa, porque não era o velho que me perturbava, mas seu olho diabólico. E todas as manhãs, quando o dia raiava, eu penetrava atrevidamente no quarto e falava-lhe sem temor, chamando-o pelo nome com ternura e perguntando como havia passado a noite. Por aí vedes que ele precisaria ser um velho muito perspicaz para suspeitar que todas as noites, justamente às doze horas, eu o espreitava, enquanto dormia.

Na oitava noite, fui mais cauteloso do que de hábito no abrir a porta. O ponteiro dos minutos de um relógio mover-se-ia mais rapidamente do que meus dedos. Jamais, antes daquela noite, *sentira* eu tanto a extensão de meus próprios poderes, de minha sagacidade. Mal conseguia conter meus sentimentos de triunfo. Pensar que ali estava eu, a abrir a porta, pouco a pouco, e que ele nem sequer sonhava com os meus atos ou pensamentos secretos... Ri com gosto, entre os dentes, a essa ideia, e talvez ele

---

1 Publicado pela primeira vez em *The Pioneer*, janeiro de 1843. Título original: THE TELL-TALE HEART.

me tivesse ouvido, porque se moveu de súbito na cama, como se assustado. Pensais talvez que recuei? Não! O quarto dele estava escuro como piche, espesso de sombra, pois os postigos se achavam hermeticamente fechados, por medo aos ladrões. E eu sabia, assim, que ele não podia ver a abertura da porta; continuei a avançar, cada vez mais, cada vez mais.

Já estava com a cabeça dentro do quarto e a ponto de abrir a lanterna, quando meu polegar deslizou sobre o fecho de lata e o velho saltou na cama, gritando:

— Quem está aí?

Fiquei completamente silencioso e nada disse. Durante uma hora inteira, não movi um músculo e, por todo esse tempo, não o ouvi deitar-se de novo. Ele ainda estava sentado na cama, à escuta; justamente como eu fizera, noite após noite, ouvindo a ronda da morte próxima.

Depois, ouvi um leve gemido e notei que era o gemido do terror mortal. Não era um gemido de dor ou de pesar... oh, não! Era o som grave e sufocado que se ergue do fundo da alma quando sobrecarregada de medo. Bem conhecia esse som. Muitas noites, ao soar a meia-noite, quando o mundo inteiro dormia, ele irrompia de meu próprio peito, aguçando, com seu eco espantoso, os terrores que me aturdiam. Disse que bem o conhecia. Conheci também o que o velho sentia e tive pena dele, embora abafasse um riso no coração. Eu sabia que ele ficara acordado desde o primeiro leve rumor, quando se voltara na cama. Daí por diante, seus temores foram crescendo. Tentara imaginá-los sem motivo, mas não fora possível. Dissera a si mesmo: "É só o vento na chaminé...", ou "é só um rato andando pelo chão", ou "foi apenas um grilo que cantou um instante só". Sim, ele estivera tentando animar-se com estas suposições, mas tudo fora em vão. *Tudo em vão*, porque a Morte, ao aproximar-se dele, projetara sua sombra negra para a frente, envolvendo nela a vítima. E era a influência tétrica dessa sombra não percebida que o levava a sentir — embora não visse nem ouvisse —, a *sentir* a presença de minha cabeça dentro do quarto.

Depois de esperar longo tempo, com muita paciência, sem ouvi-lo deitar-se, resolvi abrir um pouco, muito, muito pouco, a tampa da lanterna. Abri-a — podeis imaginar quão furtivamente — até que, por fim, um raio de luz apenas, tênue como o fio de uma teia de aranha, passou pela fenda e caiu sobre o olho de abutre.

Ele estava aberto... todo, plenamente aberto... e, ao contemplá-lo, minha fúria cresceu. Vi-o, com perfeita clareza, todo de um azul-desbotado, com uma horrível película a cobri-lo, o que me enregelava até a medula dos ossos. Mas não podia ver nada mais da face, ou do corpo do velho, pois dirigira a luz, como por instinto, sobre o maldito lugar.

Ora, não vos disse que apenas é superacuidade dos sentidos aquilo que erradamente julgais loucura? Repito, pois, que chegou a meus ouvidos um som baixo, monótono, rápido como o de um relógio quando abafado em algodão. Igualmente eu bem sabia que som era. Era o bater do coração do velho. Ele me aumentava a fúria, como o bater de um tambor estimula a coragem do soldado.

Ainda aí, porém, refreei-me e fiquei quieto. Tentei manter tão fixamente quanto pude a réstia de luz sobre o olho do velho. Entretanto, o infernal *tã-tã* do coração aumentava. A cada instante ficava mais alto, mais rápido, mais alto, mais rápido! O terror do velho *deve* ter sido extremo! Cada vez mais alto, repito, a cada momento! Prestais-me bem atenção? Disse-vos que sou nervoso: sou. E então, àquela hora morta da noite, tão estranho ruído excitou em mim um terror incontrolável. Contudo, por alguns minutos mais, dominei-me e fiquei quieto. Mas o bater era cada vez mais alto. Julguei que o coração ia rebentar. E, depois, nova angústia me aferrou: o rumor poderia ser ouvido por um vizinho! A hora do velho tinha chegado! Com um alto berro, escancarei a lanterna e pulei para dentro do quarto. Ele guinchou mais uma vez... uma vez só. Num instante, arrastei-o para o assoalho e virei a pesada cama sobre ele. Então sorri alegremente por ver a façanha realizada. Mas, durante muitos minutos, o coração continuou a bater, com som surdo. Isto, porém, não me vexava. Não seria ouvido através da parede. Afinal cessou. O velho estava morto. Removi a cama e examinei o cadáver. Sim, era uma pedra, morto como uma pedra! Coloquei minha mão sobre o coração e ali o mantive durante muitos minutos. Não havia pulsação. Estava petrificado. Seu olho não mais me perturbaria.

Se ainda pensais que sou louco, não mais o pensareis, quando eu descrever as sábias precauções que tomei para ocultar o cadáver. A noite avançava e eu trabalhava apressadamente, porém em silêncio. Em primeiro lugar, esquartejei o corpo. Cortei-lhe a cabeça e as pernas.

Arranquei depois três pranchas do assoalho do quarto e coloquei tudo em vãos. Depois recoloquei as tábuas, com tamanha habilidade e perfeição, que nenhum olhar humano – nem mesmo o *dele* – poderia distinguir qualquer coisa suspeita. Nada havia a lavar... nem mancha de espécie alguma..., nem marca de sangue. Fora demasiado prudente no evitá-las.Uma tina tinha recolhido tudo... ah, ah, ah!

Terminadas todas essas tarefas, eram já quatro horas. Mas ainda estava escuro como se fosse meia-noite. Quando o sino soou a hora, bateram à porta da rua. Desci a abri-la, de coração ligeiro, pois que tinha eu *agora* a temer? Entraram três homens, que se apresentaram, com perfeita mansidão, como soldados de polícia. Fora ouvido um grito por um vizinho, durante a noite. Despertara-se a suspeita de um crime. Tinha-se formulado uma denúncia à polícia e eles, soldados, tinham sido mandados para investigar.

Sorri, pois... que tinha eu a temer? Dei as boas-vindas aos cavalheiros. O grito, disse eu, fora meu mesmo, em sonhos. O velho, relatei, estava ausente, no interior. Levei meus visitantes a percorrer toda a casa. Pedi-lhes que dessem busca *completa*. Conduzi-os, afinal, ao quarto *dele*. Mostrei-lhes suas riquezas, em segurança, intatas. No entusiasmo de minha confiança, trouxe cadeiras para o quarto e mostrei desejos de que eles ficassem *ali*, para descansar de suas fadigas, enquanto eu mesmo, na desenfreada audácia de meu perfeito triunfo, colocava minha própria cadeira precisamente sobre o lugar onde repousava o cadáver da vítima.

Os soldados ficaram satisfeitos. Minhas *maneiras* os haviam convencido. Sentia-me singularmente à vontade. Sentaram-se e, enquanto eu respondia cordialmente, conversaram coisas familiares. Mas, dentro em pouco, senti que ia empalidecendo e desejei que eles se retirassem. Minha cabeça doía e parecia-me ouvir zumbidos nos ouvidos; eles, porém, continuavam sentados e continuavam a conversar. O zumbido tornou-se mais distinto; continuou e tornou-se ainda mais perceptível. Eu falava com mais desenfreio, para dominar a sensação; ela, porém, continuava e aumentava sua perceptibilidade... até que, afinal, descobri que o barulho não era dentro de meus ouvidos.

É claro que então a minha palidez aumentou sobreposse. Mas eu falava ainda mais fluentemente e num tom de voz muito elevada. Não obstante, o som

se avolumava... E que podia eu fazer? Era *um som grave, monótono, rápido... muito semelhante ao de um relógio envolto em algodão*. Respirava com dificuldade... e, no entanto, os soldados não o ouviram. Falei mais depressa ainda, com mais veemência. Mas o som aumentava constantemente. Levantei-me e fiz perguntas a respeito de ninharias, num tom bastante elevado e com violenta gesticulação, mas o som constantemente aumentava. Por que não se iam eles embora? Andava pelo quarto acima e abaixo, com largas e pesadas passadas, como se excitado até a fúria pela vigilância dos homens; mas o som aumentava constantemente. Oh, Deus! Que poderia eu fazer? Espumei... enraiveci-me... praguejei! Fiz girar a cadeira sobre a qual estivera sentado, e arrastei-a sobre as tábuas, mas o barulho se elevava acima de tudo e continuamente aumentava. Tornou-se mais alto... mais... mais alto... *mais alto!* E os homens continuavam ainda a passear, satisfeitos, e sorriam. Seria possível que eles não ouvissem? Deus Todo-Poderoso! Não, não! Eles suspeitavam! Eles *sabiam!* Estavam *zombando* do meu horror! Isto pensava eu e ainda penso. Outra coisa qualquer porém, era melhor que aquela agonia! Qualquer coisa era mais tolerável que aquela agonia! Qualquer coisa era mais tolerável que aquela irrisão! Não podia suportar por mais tempo aqueles sorrisos hipócritas! Sentia que devia gritar ou morrer, e agora... de novo... escutai... mais alto... mais alto... mais alto... *mais alto!*...

— Vilões! — trovejei — Não finjam mais! Confesso o crime! Arranquem as pranchas! Aqui, aqui! Ouçam o batido do seu horrendo coração!

O gato preto[1]

Para a muito estranha embora muito familiar narrativa que estou a escrever, não espero nem solicito crédito. Louco, em verdade, seria eu para esperá-lo, num caso em que meus próprios sentidos rejeitam seu próprio testemunho. Contudo, louco não sou e com toda a certeza não estou sonhando. Mas amanhã morrerei e hoje quero aliviar minha alma. Meu imediato propósito é apresentar ao mundo, plena, sucintamente e sem comentários, uma série de simples acontecimentos domésticos. Pelas suas consequências, estes acontecimentos me aterrorizaram, me torturaram e me aniquilaram. Entretanto, não tentarei explicá-los. Para mim, apenas se apresentam cheios de horror. Para muitos, parecerão menos terríveis do que grotescos. Mais tarde, talvez, alguma inteligência se encontre que reduza meu fantasma a um lugar-comum, alguma inteligência mais calma, mais lógica e bem menos excitável do que a minha e que perceberá nas circunstâncias que pormenorizo com terror apenas a vulgar sucessão de causas e efeitos, bastante naturais.

Salientei-me, desde a infância, pela docilidade e humanidade de meu caráter. Minha ternura de coração era mesmo tão notável, que fazia de mim motivo de troça de meus companheiros. Gostava de modo especial de animais e meus pais permitiam que eu possuísse grande variedade de bichos favoritos. Gastava com eles a maior parte de meu tempo e nunca me sentia tão feliz como quando lhes dava comida e os acariciava. Esta particularidade de caráter aumentou com o meu crescimento e, na idade adulta, dela extraía uma de minhas principais fontes de prazer. Àqueles que têm dedicado afeição a um cão fiel e inteligente, pouca dificuldade tenho em explicar a natureza ou a intensidade da recompensa que daí deriva. Há qualquer coisa no amor sem egoísmo e abnegado de um animal que atinge diretamente o coração de quem tem tido frequentes ocasiões de experimentar a amizade mesquinha e a fidelidade frágil do simples *Homem*.

Casei-me ainda moço e tive a felicidade de encontrar em minha mulher um caráter adequado ao meu. Observando minha predileção pelos animais domésticos, não perdia ela oportunidade de procurar os das espécies mais agradáveis. Tínhamos pássaros, peixes dourados, um lindo cão, coelhos, um macaquinho e um *gato*.

Este último era um belo animal, notavelmente grande, todo preto e de uma sagacidade de espantar. Ao falar da inteligência dele, minha mulher, que no íntimo não tinha nem um pouco de superstição, fazia frequentes alusões à antiga crença popular que olhava todos os gatos pretos como feiticeiras disfarçadas. Não que ela se mostrasse jamais *séria* a respeito desse ponto, e eu só menciono isto, afinal, pelo simples fato de, justamente agora, ter-me vindo à lembrança.

Plutão — assim se chamava o gato — era o meu preferido e companheiro. Só eu lhe dava de comer e ele me acompanhava por toda a parte da casa, por onde eu andasse. Era mesmo com dificuldade que eu conseguia impedi-lo de acompanhar-me pelas ruas.

Nossa amizade durou, desta maneira, muitos anos, nos quais meu temperamento geral e meu caráter — graças à diabólica intemperança — tinham sofrido

1 Publicado pela primeira vez no *United States Saturday Post* (*Saturday Evening Post*), 19 de agosto de 1843. Título original: THE BLACK CAT.

(coro de confessá-lo) radical alteração para pior. Tornava-me dia a dia mais taciturno, mais irritável, mais descuidoso dos sentimentos alheios. Permiti-me mesmo usar de uma linguagem brutal para com minha mulher. Por fim, cheguei mesmo a usar de violência corporal. Meus bichos, sem dúvida, tiveram que sofrer essa mudança de meu caráter. Não somente descuidei-me deles, como os maltratava. Quanto a Plutão, porém, tinha para com ele, ainda, suficiente consideração que me impedia de maltratá-lo, ao passo que não tinha escrúpulos em maltratar os coelhos, o macaco ou mesmo o cachorro, quando, por acaso ou por afeto, se atravessavam em meu caminho. Meu mal, contudo, aumentava, pois que outro mal se pode comparar ao álcool? E, por fim, até mesmo Plutão, que estava agora ficando velho e, em consequência, um tanto impertinente, até mesmo Plutão começou a experimentar os efeitos do meu mau temperamento.

Certa noite, de volta à casa, bastante embriagado, de uma das tascas dos subúrbios, supus que o gato evitava minha presença. Agarrei-o, mas, nisto, amedrontado com a minha violência, deu-me ele leve dentada na mão. Uma fúria diabólica apossou-se instantaneamente de mim. Cheguei a desconhecer-me. Parecia que minha alma original me havia abandonado de repente o corpo e uma maldade mais do que satânica, saturada de álcool, fazia vibrar todas as fibras de meu corpo. Tirei do bolso do colete um canivete, abri-o, agarrei o pobre animal pela garganta e, deliberadamente, arranquei-lhe um dos olhos da órbita! Coro, abraso-me, estremeço ao narrar a condenável atrocidade.

Quando, com a manhã, me voltou a razão, quando, com o sono, desfiz os fumos da noite de orgia, experimentei uma sensação meio de horror, meio de remorso pelo crime de que me tornara culpado. Mas era, quando muito, uma sensação fraca e equívoca e a alma permanecia insensível. De novo mergulhei em excessos e logo afoguei no vinho toda a lembrança do meu ato.

Enquanto isso o gato, pouco a pouco, foi sarando. A órbita do olho arrancado tinha, é verdade, uma horrível aparência, mas ele parecia não sofrer mais nenhuma dor. Andava pela casa como de costume, mas, como era de esperar, fugia com extremo terror à minha aproximação. Restava-me ainda bastante de meu antigo coração, para que me magoasse, a princípio, aquela evidente aversão por parte de uma criatura que tinha sido outrora tão amada por mim. Mas esse sentimento em breve deu lugar à irritação. E então, apareceu, como para minha queda final e irrevogável, o espírito de *perversidade*. Desse espírito não cuida a filosofia. Entretanto, tenho menos certeza da existência de minha alma do que de ser essa perversidade um dos impulsos primitivos do coração humano, uma das indivisíveis faculdades primárias, ou sentimentos, que dão direção ao caráter do *homem*. Quem não se achou centenas de vezes a cometer um ato vil ou estúpido, sem outra razão senão a de saber que *não* devia cometê-lo? Não temos nós uma perpétua inclinação, apesar de nosso melhor bom senso, para violar o que é a *Lei*, pelo simples fato de compreendermos que ela é a Lei? O espírito de perversidade, repito, veio a causar minha derrocada final. Foi esse anelo insondável da alma, *de torturar-se a si próprio*, de violentar sua própria natureza, de praticar o mal pelo mal, que me levou a continuar e, por fim, a consumar a tortura que já havia infligido ao inofensivo animal. Certa manhã, a sangue-frio, enrolei um laço em seu pescoço e enforquei-o no ramo de uma árvore, enforquei-o com as lágrimas jorrando-me dos olhos e com o mais amargo remorso no coração.

Enforquei-o *porque* sabia que ele me tinha amado e *porque* sentia que ele não me tinha dado razão para ofendê-lo. Enforquei-o *porque* sabia que, assim fazendo, estava cometendo um pecado, um pecado mortal, que iria pôr em perigo a minha alma imortal, colocando-a — se tal coisa fosse possível — mesmo fora do alcance da infinita misericórdia do mais misericordioso e mais terrível Deus.

Na noite do dia no qual pratiquei essa crudelíssima façanha fui despertado do sono pelos gritos de: "Fogo!" As cortinas de minha cama estavam em chamas. A casa inteira ardia. Foi com grande dificuldade que minha mulher, uma criada e eu mesmo conseguimos escapar ao incêndio. A destruição foi completa. Toda a minha fortuna foi tragada, e entreguei-me desde então ao desespero.

Não tenho a fraqueza de buscar estabelecer uma relação de causa e efeito entre o desastre e a atrocidade, mas estou relatando um encadeamento de fatos e não desejo que nem mesmo um possível elo seja negligenciado. Visitei os escombros no dia seguinte ao incêndio. Todas as paredes tinham caído, exceto uma, e esta era a de um aposento interno, não muito grossa, que se situava mais ou menos no meio da casa e contra a qual permanecera a cabeceira de minha cama. O estuque havia, em grande parte, resistido ali à ação do fogo, fato que atribuí a ter sido ele recentemente colocado. Em torno dessa parede reuniu-se compacta multidão e muitas pessoas pareciam estar examinando certa parte especial dela, com uma atenção muito ávida e minuciosa. As palavras "estranho!", "singular!" e expressões semelhantes excitaram minha curiosidade. Aproximei-me e vi, como se gravada em baixo-relevo sobre a superfície branca, a figura de um *gato* gigantesco. A imagem fora reproduzida com uma nitidez verdadeiramente maravilhosa. Havia uma corda em redor do pescoço do animal.

Ao dar, a princípio, com essa aparição — pois não podia deixar de considerá-la senão isso — meu espanto e meu terror foram extremos. Mas, afinal, a reflexão veio em meu auxílio. O gato, lembrava-me, tinha sido enforcado num jardim, junto da casa. Ao alarme de fogo, esse jardim se enchera imediatamente de povo e alguém devia ter cortado a corda que prendia o animal à árvore e o lançara por uma janela aberta dentro de meu quarto. Isto fora provavelmente feito com o propósito de despertar-me. A queda de outras paredes tinha comprimido a vítima de minha crueldade de encontro à massa do estuque, colocado de pouco, cuja cal, com as chamas e o amoníaco do cadáver, traçara então a imagem tal como a vi.

Embora assim prontamente procurasse satisfazer a minha razão, se não de todo a minha consciência, a respeito do surpreendente fato que acabo de narrar, nem por isso deixou ele de causar profunda impressão na minha imaginação. Durante meses, eu não me pude libertar do fantasma do gato e, nesse período, voltava-me ao espírito um vago sentimento que parecia remorso, mas não era. Cheguei a ponto de lamentar a perda do animal e de procurar, entre as tascas ordinárias que eu agora habitualmente frequentava, outro bicho da mesma espécie e de aparência um tanto semelhante com que substituí-lo.

Certa noite, sentado, meio embrutecido, num antro mais que infame, minha atenção foi de súbito atraída para uma coisa preta que repousava em cima de um dos imensos barris de genebra ou de rum que constituíam a principal mobília da sala. Estivera a olhar fixamente para o alto daquele barril, durante alguns minutos, e o que agora me causava surpresa era o fato de que não houvesse percebido mais cedo a tal coisa ali situada. Aproximei-me e toquei-a com a mão. Era um gato preto, um gato bem grande, tão grande como Plutão, e totalmente semelhante a ele, exceto em um ponto. Plutão não tinha pelos brancos em parte alguma do corpo, mas este gato tinha uma grande, embora imprecisa, mancha branca cobrindo quase toda a região do peito.

Logo que o toquei, ele imediatamente se levantou, ronronou alto, esfregou-se contra minha mão e pareceu satisfeito com o meu carinho. Era, pois, aquela a criatura mesma que eu procurava. Imediatamente, tentei comprá-lo ao taverneiro, mas este disse que não lhe pertencia o animal, nada sabia a seu respeito e nunca o vira antes.

Continuei minhas carícias, e, quando me preparei para voltar para casa, o animal deu mostras de querer acompanhar-me. Deixei que assim o fizesse, curvando-me, às vezes, e dando-lhe palmadinhas, enquanto seguia. Ao chegar à casa, ele imediatamente se familiarizou com ela e se tornou desde logo grande favorito de minha mulher.

De minha parte, depressa comecei a sentir despertar-se em mim antipatia contra ele. Isto era, precisamente, o reverso do que eu tinha previsto, mas — não sei como ou por que — sua evidente amizade por mim antes me desgostava e aborrecia. Lenta e gradativamente esses sentimentos de desgosto e aborrecimento se transformaram na amargura do ódio. Evitava o animal; certa sensação de vergonha e a lembrança de minha antiga crueldade impediam-me de maltratá-lo fisicamente. Durante algumas semanas abstive-me de bater-lhe ou de usar contra ele qualquer outra violência; mas gradualmente, bem gradualmente, passei a encará-lo com indizível aversão e a esquivar-me, silenciosamente, à sua odiosa presença, como a um hálito pestilento.

O que aumentou, sem dúvida, meu ódio pelo animal foi a descoberta, na manhã seguinte à em que o trouxera para casa, de que, como Plutão, fora também privado de um de seus olhos. Essa circunstância, porém, só fez aumentar o carinho de minha mulher por ele; ela, como já disse, possuía, em alto grau, aquela humanidade de sentimento que fora outrora o traço distintivo e a fonte de muitos dos meus mais simples e mais puros prazeres.

Com a minha aversão àquele gato, porém, sua predileção por mim parecia aumentar. Acompanhava meus passos com uma pertinácia que o leitor dificilmente compreenderá. Em qualquer parte onde me sentasse, enroscava-se ele debaixo de minha cadeira ou pulava sobre meus joelhos, cobrindo-me com suas carícias repugnantes. Se me levantava para andar, metia-se entre meus pés, quase a derrubar-me, ou, cravando suas longas e agudas garras em minha roupa, subia dessa maneira até o meu peito. Nessas ocasiões, embora tivesse o desejo ardente de matá-lo com uma pancada, era impedido de fazê-lo, em parte por me lembrar de meu crime anterior, mas, principalmente — devo confessá-lo sem demora —, por absoluto *pavor* do animal.

Esse pavor não era exatamente um pavor de mal físico e, contudo, não saberia como defini-lo de outra forma. Tenho quase vergonha de confessar — sim, mesmo nesta cela de criminoso, tenho quase vergonha de confessar que o terror e o horror que o animal me inspirava tinham sido aumentados por uma das mais simples quimeras que seria possível conceber. Minha mulher chamara mais de uma vez minha atenção para a natureza da marca de pelo branco de que falei e que constituía a única diferença visível entre o animal estranho e o que eu havia matado. O leitor há de recordar-se que esta mancha, embora grande, fora a princípio de forma bem imprecisa. Mas, por leves gradações, gradações quase imperceptíveis e que, durante muito tempo, a razão forcejou para rejeitar como imaginárias, tinha afinal assumido uma rigorosa precisão de contorno. Era agora a reprodução de um objeto que tremo em nomear, e por isso, acima de tudo, eu detestava e temia o monstro e ter-me-ia livrado dele, se o ousasse. Era agora, digo, a imagem de uma coisa horrenda, de uma coisa apavorante... a imagem de uma *forca*! Oh, lúgubre e terrível máquina de horror e de crime, de agonia e de morte!

E então eu era em verdade um desgraçado, mais desgraçado que a própria desgraça humana. E *um bronco animal*, cujo companheiro eu tinha com desprezo destruído, *um bronco animal* preparava para mim — para *mim*, homem formado à imagem do Deus Altíssimo — tanta angústia intolerável! Ai de mim! Nem de dia nem de noite era me dado mais gozar a bênção do repouso! Durante o dia, o bicho não me deixava um só momento e, de noite, eu despertava, a cada instante, de sonhos de indizível pavor, para sentir o quente hálito daquela *coisa* no meu rosto e o seu enorme peso, encarnação de pesadelo, que eu não tinha forças para repelir, oprimindo eternamente o meu coração!

Sob a pressão de tormentos tais como estes, os fracos restos de bondade que havia em mim sucumbiram. Meus únicos companheiros eram os maus pensamentos, os mais negros e maléficos pensamentos. O mau humor de meu temperamento habitual aumentou, levando-me a odiar todas as coisas e toda a Humanidade. Minha resignada esposa, porém, era a mais constante e mais paciente vítima das súbitas, frequentes e indomáveis explosões de uma fúria a que eu agora me abandonava cegamente.

Certo dia ela me acompanhou, para alguma tarefa doméstica, até a adega do velho prédio que nossa pobreza nos compelira a ter de habitar. O gato desceu os degraus seguindo-me e quase me lançou ao chão, exasperando-me até a loucura. Erguendo um machado e esquecendo na minha cólera o medo pueril que tinha até ali sustido minha mão, descarreguei um golpe no animal, que teria, sem dúvida, sido instantaneamente fatal se eu o houvesse assestado como desejava. Mas esse golpe foi detido pela mão de minha mulher. Espicaçado por essa intervenção, com uma raiva mais do que demoníaca, arranquei meu braço de sua mão e enterrei o machado no seu crânio. Ela caiu morta imediatamente, sem um gemido.

Executado tão horrendo crime, logo e com inteira decisão entreguei-me à tarefa de ocultar o corpo. Sabia que não podia removê-lo da casa, nem de dia nem de noite, sem correr o risco de ser observado pelos vizinhos. Muitos projetos me atravessavam a mente. Em dado momento pensei em cortar o cadáver em pedaços miúdos e queimá-los. Em outro, resolvi cavar uma cova para ele no chão da adega. De novo, deliberei lançá-lo no poço do pátio, metê-lo num caixote, como uma mercadoria, com os cuidados usuais, e mandar um carregador retirá-lo da casa. Finalmente, detive-me no que considerei um expediente bem melhor que qualquer um destes. Decidi emparedá-lo na adega, como se diz que os monjes da Idade Média emparedavam suas vítimas.

Para um objetivo semelhante estava a adega bem adaptada. Suas paredes eram de construção descuidada e tinham sido ultimamente recobertas, por completo, de um reboco grosseiro, cujo endurecimento a umidade da atmosfera impedira. Além disso, em uma das paredes havia uma saliência causada por uma falsa chaminé ou lareira que fora tapada para não se diferençar do resto da adega. Não tive dúvidas de que poderia prontamente retirar os tijolos naquele ponto, introduzir o cadáver e emparedar tudo como antes, de modo que olhar algum pudesse descobrir qualquer coisa suspeita.

E não me enganei nesse cálculo. Por meio de um gancho, desalojei facilmente os tijolos e, tendo cuidadosamente depositado o corpo contra a parede interna, sustentei-o nessa posição, enquanto, com pequeno trabalho, repus toda a parede no seu estado primitivo. Tendo procurado argamassa, areia e fibra, com todas as precauções possíveis, preparei um estuque que não podia ser distinguido do antigo e com ele, cuidadosamente, recobri o novo entijolamento. Quando terminei, senti-me satisfeito por ver que tudo estava direito. A parede não apresentava a menor aparência de ter sido modificada. Fiz a limpeza do chão, com o mais minucioso cuidado. Olhei em torno com ar triunfal e disse a mim mesmo: "Aqui, pelo menos, pois, meu trabalho não foi em vão!"

Tratei, em seguida, de procurar o animal que fora causa de tamanha desgraça, pois resolvera afinal decididamente matá-lo. Se tivesse podido encontrá-lo naquele instante, não poderia haver dúvida a respeito de sua sorte. Mas parecia que o manhoso animal ficara alarmado com a violência de minha cólera anterior e evitava arrostar a minha raiva do momento. É impossível descrever ou imaginar a profunda e abençoada sensação de alívio que a ausência da detestada criatura causava no meu íntimo. Não me apareceu durante a noite. E assim, por uma noite pelo menos, desde que ele havia entrado pela casa, *dormi* profunda e tranquilamente. Sim, *dormi*, mesmo com o peso de uma morte na alma.

O segundo e o terceiro dia se passaram e, no entanto, o meu carrasco não apareceu. Mais uma vez respirei como um homem livre. Aterrorizado, o monstro abandonara a casa para sempre! Não mais o veria! Minha ventura era suprema! Muito pouco me perturbava a culpa de minha negra ação. Poucos interrogatórios foram feitos e tinham sido prontamente respondidos. Dera-se mesmo uma busca, mas, sem dúvida, nada foi encontrado. Considerava assegurada a minha futura felicidade.

No quarto dia depois do crime, chegou, bastante inesperadamente, à casa um grupo de policiais, que procedeu de novo a rigorosa investigação dos lugares. Confiando, porém, na impenetrabilidade de meu esconderijo, não senti o menor incômodo. Os agentes ordenaram-me que os acompanhasse em sua busca. Nenhum escaninho ou recanto deixaram inexplorado. Por fim, pela terceira ou quarta vez, desceram à adega. Nenhum músculo meu estremeceu. Meu coração batia calmamente, como o de quem dorme o sono da inocência. Caminhava pela adega de ponta a ponta; cruzei os braços no peito e passeava tranquilo para lá e para cá. Os policiais ficaram inteiramente satisfeitos e prepararam-se para partir. O júbilo de meu coração era demasiado forte para ser contido. Ardia por dizer pelo menos uma palavra, a modo de triunfo, e para tornar indubitavelmente segura a certeza neles de minha inculpabilidade.

— Senhores — disse, por fim, quando o grupo subia a escada —, sinto-me encantado por ter desfeito suas suspeitas. Desejo a todos saúde e um pouco mais de cortesia. A propósito, cavalheiros, esta é uma casa muito bem construída... (no meu violento desejo de dizer alguma coisa com desembaraço, eu mal sabia o que ia falando). Posso afirmar que é uma casa excelentemente bem construída. Estas paredes... já vão indo, senhores?... estas paredes estão solidamente edificadas.

E aí, por simples frenesi de bravata, bati pesadamente com uma bengala que tinha na mão justamente naquela parte do entijolamento por trás do qual estava o cadáver da mulher de meu coração.

Mas praza a Deus proteger-me e livrar-me das garras do Demônio! Apenas mergulhou no silêncio a repercussão de minhas pancadas e logo respondeu-me uma voz do túmulo. Um gemido, a princípio velado e entrecortado como o soluçar de uma criança, que depois rapidamente se avolumou, num grito prolongado, alto e contínuo, extremamente anormal e inumano, um urro, um guincho lamentoso, meio de horror e meio de triunfo, como só do inferno se pode erguer, a um tempo, das gargantas dos danados na sua agonia e dos demônios que exultam na danação.

Loucura seria falar de meus próprios pensamentos. Desfalecendo, recuei até a parede oposta. Durante um minuto, o grupo que se achava na escada ficou imóvel, no paroxismo do medo e do pavor. Logo depois, uma dúzia de braços robustos se atarefava em desmanchar a parede. Ela caiu inteiriça. O cadáver, já grandemente decomposto e manchado de coágulos de sangue, erguia-se, ereto, aos olhos dos espectadores. Sobre sua cabeça, com a boca vermelha escancarada e o olho solitário chispante, estava assentado o horrendo animal cuja astúcia me induzira ao crime e cuja voz delatora me havia apontado ao carrasco. Eu havia emparedado o monstro no túmulo!

O POÇO E O PÊNDULO[1]

Impia tortorum longas hic turba furores
Sanguinis innocui, non satiata, aluit.
Sospite nunc patria, fracto nunc funeris antro,
Mors ubi dira fuit vita salusque patent.
[Quadra composta para os portões de um mercado a ser levantado no lugar do Clube dos Jacobinos, em Paris.]

Eu estava extenuado, extenuado até a morte, por aquela longa agonia. E quando eles, afinal, me desacorrentaram e me foi permitido sentar, senti que ia perdendo os sentidos. A sentença, a terrível sentença de morte, foi a última frase distintamente acentuada que me chegou aos ouvidos. Depois disto, o som das vozes dos inquisidores pareceu mergulhar num zumbido fantástico e vago. Trazia-me à alma a *ideia* de rotação, talvez por se associar, na imaginação, com a mó de uma roda de moinho. Mas isto durou apenas pouco tempo, pois logo nada mais ouvi. Contudo, durante algum tempo, eu via... porém com que terrível exagero! Eu via os lábios dos juízes vestidos de preto. Pareciam-me brancos, mais brancos do que as folhas de papel sobre as quais estou traçando estas palavras, e grotescamente delgados; mais adelgaçados ainda pela intensidade de sua expressão de firmeza, de imutável resolução, de rigoroso desprezo pela dor humana. Eu via os decretos do que, para mim, representava o Destino saírem ainda daqueles lábios. Via-os torcerem-se, com uma frase letal. Via-os articularem as sílabas do meu nome, e estremecia por não ouvir nenhum som em seguida.

Via, também, durante alguns minutos de delirante horror, a ondulação leve e quase imperceptível dos panejamentos negros que cobriam as paredes da sala. E, depois, meu olhar caiu sobre as sete grandes tochas em cima da mesa. A princípio, elas tomaram o aspecto da Caridade e pareciam anjos brancos e esbeltos que me deviam salvar; mas depois, repentinamente, inundou-me o espírito uma náusea mais mortal e senti todas as fibras de meu corpo vibrarem como se eu tivesse tocado o fio de uma pilha galvânica, enquanto os vultos angélicos se tornavam espectros insignificantes com cabeças de chama, e via bem que deles não teria socorro. E, então, introduziu-se-me na imaginação, como rica nota musical, a ideia do tranquilo repouso que deveria haver na sepultura. Essa ideia chegou doce e furtivamente, e parece ter-se passado muito tempo até que pudesse ser completamente percebida. Mas, no momento mesmo em que o meu espírito começava, enfim, a sentir propriamente e a acarinhar essa ideia, os vultos dos juízes desapareceram, como por mágica, de minha frente; as altas tochas se foram reduzindo a nada; suas chamas se extinguiram por completo; o negror das trevas sobreveio. Todas as sensações pareceram dar um louco e precipitado mergulho, como se a alma se afundasse no Hades. E o universo não foi mais do que noite, silêncio e imobilidade.

Eu tinha desmaiado. No entanto, não direi que havia perdido por completo a consciência. Não tentarei definir o que dela ainda permanecia, nem mesmo procurarei

1 Publicado pela primeira vez em *The Gift: A Christmas and New Year's Present for 1843*. Filadélfia, 1842. Título original: THE PIT AND THE PENDULUM.

descrevê-lo. Todavia, nem tudo estava perdido. No sono mais profundo... não! No meio do delírio... não! No desmaio... não! Na morte... não! Nem mesmo no túmulo tudo está perdido! De outra forma, não haveria imortalidade para o homem. Ao despertar do mais profundo sono, quebramos a teia delgada de *algum* sonho. Entretanto, um segundo depois, por mais fraca que tenha sido essa teia, não nos lembramos de ter sonhado. No voltar de um desmaio à vida, há duas fases: a primeira é o sentimento da existência mental ou espiritual; a segunda, o sentimento da existência física. Parece provável que, se, ao atingir a segunda fase, pudéssemos evocar as impressões da primeira, poderíamos encontrá-las ricas em recordações do abismo transposto. E esse abismo... que é? Como, pelo menos, distinguiremos suas sombras das sombras do túmulo? Mas, se as impressões daquilo que denominei a primeira fase não são reevocadas à vontade, depois de longo intervalo não aparecem elas espontaneamente, enquanto indagamos, maravilhados, donde poderiam ter vindo? Aquele que nunca desmaiou é quem não descobre palácios estranhos e rostos esquisitamente familiares em brasas ardentes; é quem não percebe a flutuar, no meio do espaço, as tristes visões que a maioria não pode distinguir; é quem não medita sobre o perfume de alguma flor desconhecida; é quem não tem o cérebro perturbado pelo mistério de alguma melodia que, até então, jamais lhe detivera a atenção.

Entre as frequentes e intensas tentativas de recordar, entre as lutas encarniçadas para recolher alguns vestígios daquele estado de aparente aniquilamento no qual a minha alma havia mergulhado, momentos houve em que eu sonhava ser bem-sucedido; houve períodos breves, bastante breves, em que evoquei recordações que a lúcida razão de uma época posterior me assegura relacionarem-se, apenas, àquela condição de aparente inconsciência. Essas sombras de memória falam, indistintamente, de altas figuras que arrebatavam e carregavam em silêncio, para baixo... para baixo... cada vez mais baixo... até que uma horrível vertigem me oprimiu à simples ideia daquela descida sem fim. Falam-me, também, de um vago horror no coração, por causa mesmo daquele sossego desnatural do coração. Depois, sobrevém uma sensação de súbita imobilidade em todas as coisas, como se aqueles que me transportavam (cortejo espectral) houvessem ultrapassado, na sua descida, os limites do ilimitado e se houvessem detido, vencidos pelo extremo cansaço da tarefa. Depois disso, reevoco a monotonia e a umidade, e depois tudo é *loucura* — a loucura de uma memória que se agita entre coisas repelentes.

Bem de súbito voltaram à minha alma o movimento e o som: o tumultuoso movimento do coração e, aos meus ouvidos, o rumor de suas pancadas. Depois, uma pausa em que tudo desaparece. Depois, novamente o som, o movimento e o tato — uma sensação formigante invadindo-me o corpo. Depois, a simples consciência da existência, sem pensamento, situação que durou muito tempo. Depois, bem de repente, o *pensamento*, um terror arrepiante, e um esforço ardente de compreender meu verdadeiro estado. Depois, um forte desejo de recair na insensibilidade. Depois, uma precipitada revivescência da alma e um esforço bem-sucedido de mover-me. E, agora, a plena lembrança do processo, dos juízes, dos panos negros, da sentença, do mal-estar, do desmaio. Por fim, inteiro esquecimento de tudo que se seguiu, de tudo que um dia mais tarde e acurados esforços me habilitaram a vagamente recordar.

Até aqui, não tinha aberto os olhos. Sentia que estava deitado de costas, desamarrado. Estendi a mão e ela caiu, pesadamente, sobre algo úmido e duro. Deixei que ela ficasse alguns minutos, enquanto me esforçava por adivinhar onde poderia estar e o *que* me acontecera. Desejava ardentemente, mas não o ousava, servir-me dos olhos. Receava o primeiro olhar para os objetos que me cercavam. Não que eu temesse olhar para coisas horríveis, mas porque ia ficando aterrorizado, temendo que *nada* houvesse para ver. Por fim, com selvagem desespero no coração, abri rapidamente os olhos. Meus piores pensamentos foram, então, confirmados. Cercava-me o negror da noite eterna. Fiz um esforço para respirar. A espessa escuridão parecia oprimir--me e sufocar-me. A atmosfera estava intoleravelmente confinada. Conservei-me ainda quietamente deitado, fazendo esforços para exercitar minha razão. Recordei os processos inquisitoriais e tentei, a partir deste ponto, deduzir minha verdadeira posição. A sentença fora pronunciada e me parecia que bem longo intervalo de tempo havia, desde então, decorrido. Contudo, nem por um instante supus que estivesse realmente morto. Tal suposição, a despeito do que lemos em romances, é completamente incompatível com a existência real. Mas, onde estava eu e em que situação me encontrava? Sabia que os condenados à morte pereciam, ordinariamente, em autos de fé, e se realizara um destes na mesma noite do dia do meu julgamento. Tinha eu sido reenviado para o meu calabouço à espera da próxima execução, que só se realizaria daí a muitos meses? Vi logo que não podia ser isto. As vítimas haviam sido requisitadas imediatamente. Além disso, meu cárcere, como todas as celas dos condenados em Toledo, tinha assoalhos de pedra e a luz não era inteiramente excluída.

Uma terrível ideia lançou-me, de súbito, o sangue em torrentes ao coração e, durante breve tempo, mais uma vez recaí no meu estado de insensibilidade. Voltando a mim, pus-me de pé, dum salto, tremendo convulsivamente em todas as fibras. Estendi desordenadamente os braços acima e em torno de mim, em todas as direções. Não sentia nada. No entanto, temia dar um passo, no receio de embater-me com as paredes de um *túmulo*. Transpirava por todos os poros e o suor se detinha, em grossas e frias bagas, na minha fronte. A agonia da incerteza tornou-se, afinal, intolerável e, com cautela, movi-me para diante, com os braços estendidos. Meus olhos como que saltavam das órbitas, na esperança de apanhar algum débil raio de luz. Dei vários passos, mas tudo era ainda escuridão e vácuo. Respirei mais livremente. Parecia evidente que minha sorte não era, pelo menos, a mais horrenda.

E então, como continuasse ainda a caminhar, cautelosamente, para diante, vieram-me, em tropel, à memória, mil vagos boatos a respeito dos horrores de Toledo. Narravam-se estranhas coisas dos calabouços, que eu sempre considerara como fábulas; coisas, no entanto, estranhas e demasiado espantosas para serem repetidas, a não ser num sussurro. Ter-me-iam deixado para morrer de fome no mundo subterrâneo das trevas? Ou que sorte, talvez mesmo mais terrível, me esperava? Conhecia muito bem o caráter de meus juízes para duvidar de que o resultado seria a morte, e morte de insólita acritude. O modo e a hora eram tudo que me ocupava e perturbava.

Minhas mãos estendidas encontraram, afinal, um sólido obstáculo. Era uma parede, que parecia construída de pedras, muito lisa, viscosa e fria. Fui acompanhando-a, caminhando com toda a cuidadosa desconfiança que certas narrativas antigas me haviam inspirado. Este processo, porém, não me proporcionava meios de verificar as dimensões de minha prisão, pois eu podia fazer-lhe o percurso e voltar ao ponto donde partira sem dar por isso, tão perfeitamente uniforme parecia a parede. Por isso é que procurei a faca que estava em meu bolso quando me levaram à sala inquisitorial, mas não a encontrei. Haviam trocado minhas roupas por uma camisola de sarja grosseira. Pensara em enfiar a lâmina em alguma pequena fenda da parede, de modo a identificar meu ponto de partida. A dificuldade, não obstante, era apenas trivial, embora na desordem de minha mente parecesse a princípio insuperável. Rasguei uma parte do debrum da roupa e coloquei o fragmento bem estendido em um ângulo reto com a parede. Tateando meu caminho em torno da prisão, não podia deixar de encontrar aquele trapo, ao completar o circuito. Assim, pelo menos, pensava eu, mas não tinha contado com a extensão da masmorra ou com minha própria fraqueza. O chão estava úmido e escorregadio. Caminhava cambaleando para a frente, durante algum tempo, quando tropecei e caí. Minha excessiva fadiga induziu-me a permanecer deitado e logo o sonho se apoderou de mim naquele estado.

Ao despertar e estender um braço achei, a meu lado, um pão e uma bilha de água. Estava demasiado exausto para refletir naquela circunstância, mas comi e bebi com avidez. Logo depois recomecei minha volta em torno da prisão e com bastante trabalho cheguei, afinal, ao pedaço de sarja. Até o momento em que caí, havia contado 52 passos, e ao retomar meu caminho, contara 48 mais, até chegar ao trapo. Havia, pois, ao todo, uns cem passos, e admitindo dois passos para uma jarda, presumi que o calabouço teria umas cinquenta jardas de circuito. Encontrara, porém, muitos ângulos na parede e, desse modo, não me era possível conjeturar qual fosse a forma do sepulcro, pois sepulcro não podia deixar eu de supor que era.

Não tinha grande interesse — nem certamente esperança — naquelas pesquisas, mas uma vaga curiosidade me impelia a continuá-las. Deixando a parede, resolvi atravessar a área do recinto. A princípio, procedi com extrema cautela, pois o chão, embora parecesse de material sólido, era traiçoeiro e lodoso. Afinal, porém, tomei coragem e não hesitei em caminhar com firmeza, tentando atravessar em linha tão reta quanto possível. Havia avançado uns dez a doze passos desta maneira, quando o resto do debrum rasgado de minha roupa se enroscou em minhas pernas. Pisei nele e caí violentamente de bruços.

Na confusão que se seguiu à minha queda não apreendi uma circunstância um tanto surpreendente, que, contudo, poucos segundos depois, e enquanto jazia ainda prostrado, reteve minha atenção. Era o seguinte: meu queixo pousava sobre o chão da prisão, mas meus lábios e a parte superior de minha cabeça, embora parecendo em menor elevação que o queixo, nada tocavam. Ao mesmo tempo, minha testa parecia banhada dum vapor viscoso, e o cheiro característico de fungos podres subiu-me às narinas. Estendi o braço e estremeci ao descobrir que havia caído à beira dum poço circular cuja extensão, sem dúvida, não tinha meios de medir no momento. Tateando a alvenaria justamente abaixo da borda, consegui deslocar um pequeno fragmento e deixei-o cair dentro do abismo. Durante muitos segundos prestei ouvidos a suas repercussões ao bater de encontro aos lados da abertura, em sua queda. Por fim, ouvi um lúgubre mergulho na água, seguido de ruidosos ecos. No mesmo instante ouviu-se um som semelhante ao duma porta tão depressa aberta quão rapidamente fechada, acima de minha cabeça, enquanto um fraco clarão luzia, de repente, em meio da escuridão e com a mesma rapidez desaparecia.

Vi claramente o destino que me fora preparado e congratulei-me com o acidente oportuno que me salvara. Um passo a mais antes de minha queda e o mundo não mais me veria. E a morte, justamente evitada, era daquela mesma natureza que olhara como fabulosa e absurda nas histórias a respeito da Inquisição. Para as vítimas de sua tirania havia a escolha da morte: com suas mais cruéis agonias físicas, ou da morte com suas mais abomináveis torturas morais. Tinham reservado para mim esta última. O longo sofrimento havia relaxado meus nervos, a ponto de fazer-me tremer ao som de minha própria voz e me tornara, a todos os aspectos, material excelente para as espécies de tortura que me aguardavam.

Com os membros todos a tremer, arrepiei caminho, tateante, até a parede, resolvido a perecer antes que arriscar-me aos terrores dos poços, que minha imaginação agora admitia que fossem muitos, espalhados em todas as direções, no calabouço. Em outras condições de pensamento, poderia ter tido a coragem de dar fim imediato às minhas desgraças deixando-me cair dentro de um daqueles abismos. Mas, então, era eu o mais completo dos covardes. Nem podia, tampouco, esquecer o que lera a respeito daqueles poços: que a *súbita* extinção da vida não estava incluída nos mais horrendos planos dos inquisidores.

A agitação do espírito conservou-me desperto por muitas horas, mas, afinal, mergulhei de novo no sono. Ao despertar, encontrei a meu lado, como antes, um pão e uma bilha de água. Sede ardente me devorava e esvaziei a vasilha dum trago. Deveria estar com alguma droga, porque, logo depois de beber, fui tomado dum torpor irresistível. Um sono profundo se apoderou de mim — sono semelhante ao da morte. Quanto tempo durou isso, não me é possível dizê-lo, mas, quando, mais uma vez, descerrei os olhos, os objetos que me cercavam estavam visíveis. Graças a uma luz viva e sulfúrea, cuja origem não pude a princípio determinar, consegui verificar a extensão e o aspecto da prisão.

Tinha-me enganado grandemente a respeito de seu tamanho. Todo o circuito de suas paredes não excedia de 25 jardas. Durante alguns minutos, este fato causou-me um mundo de inútil perturbação, inútil, de fato, porquanto que coisas havia de menor importância, nas terríveis circunstâncias que me cercavam, que as simples dimensões de minha masmorra? Mas minha alma interessava-se, com ardor, por bagatelas, e ocupei-me em tentar explicar o erro que havia cometido nas minhas medidas. A verdade, afinal, jorrou luminosa. Na minha primeira tentativa de exploração havia eu contado 52 passos até o momento em que caí. Deveria achar-me, então, à distância dum passo ou dois do pedaço da sarja. De fato, havia quase realizado o circuito da cava. Foi então que adormeci e, ao acordar, devo ter refeito o mesmo caminho, supondo, assim, que a volta da prisão era quase o duplo do que é na realidade. Minha confusão de espírito impediu-me de observar que começara minha volta com a parede à esquerda e a acabara com a parede à direita.

Enganara-me, também, a respeito da forma do recinto. Ao tatear meu caminho descobrira muitos ângulos e daí deduzi a ideia de grande irregularidade. Tão poderoso é o efeito da escuridão absoluta sobre alguém, que desperta do letargo ou do sono! Os ângulos eram apenas os de umas poucas e ligeiras depressões ou nichos a intervalos desiguais. A prisão era, em geral, quadrada. O que eu tinha tomado por alvenaria parecia, agora, ser ferro ou algum outro metal, em imensas chapas, cujas suturas ou juntas causavam aquelas depressões.

Toda a superfície daquele recinto metálico estava grosseiramente brochada com os horríveis e repulsivos emblemas a que a superstição sepulcral dos monges tem dado origem. Figuras de demônios, em atitudes ameaçadoras, com formas de esqueletos e outras imagens mais realisticamente apavorantes, se espalhavam por todas as paredes, manchando-as. Observei que os contornos daqueles monstros eram bem recortados, mas que as cores pareciam desbotadas e borradas por efeito, talvez, da atmosfera tímida. Notei, então, o chão, que era de pedra. No centro, escancarava-se o poço circular de cujas fauces havia eu escapado; mas era o único que se achava no calabouço.

Vi tudo isto indistintamente e com bastante esforço, pois minha condição física tinha grandemente mudado durante meu sono. Encontrava-me agora de costas e bem espichado, numa espécie de armação de madeira muito baixa. Estava firmemente amarrado a ela por uma comprida correia semelhante a um loro. Enrolava-se em várias voltas em torno de meus membros e de meu corpo, deixando livres apenas a cabeça e o braço esquerdo, até o ponto apenas de poder, com excessivo esforço, suprir-me de comida em um prato de barro que jazia a meu lado no chão. Vi, com grande horror, que a bilha de água tinha sido retirada. Digo com grande horror, porque intolerável sede me abrasava. Parecia ser intenção de meus perseguidores exacerbar essa sede, pois a comida do prato era uma carne picantemente temperada.

Olhando para cima examinei o forro de minha prisão. Tinha uns nove ou doze metros de altura e era do mesmo material das paredes laterais. Em um de seus painéis uma figura bastante estranha absorveu-me toda a atenção. Era um retrato do Tempo, tal como é comumente representado, exceto que, em lugar duma foice, segurava ele aquilo que, ao primeiro olhar, supus ser o desenho dum imenso pêndulo, dos que vemos nos relógios antigos. Havia algo, porém, na aparência daquela máquina que me fez olhá-la mais atentamente. Enquanto olhava diretamente para ela, lá em cima (pois se achava bem por cima de mim), pareceu-me que se movia. Um instante depois vi isso confirmado. Seu balanço era curto e sem dúvida vagaroso. Estive a observá-lo alguns minutos, mais maravilhado que mesmo amedrontado. Cansado, afinal, de examinar-lhe o monótono movimento, voltei os olhos para os outros objetos que se achavam na cela.

Leve rumor atraiu-me a atenção e, olhando para o chão, vi vários ratos enormes que por ali andavam. Haviam saído do poço que se achava bem à vista à minha direita. No mesmo instante, enquanto os observava, subiram aos bandos, apressados, com olhos vorazes, atraídos pelo cheiro da carne. Era-me preciso muito esforço e atenção para afugentá-los.

Talvez se houvesse passado uma meia hora, ou mesmo uma hora — pois só podia medir o tempo imperfeitamente —, quando ergui de novo os olhos para o forro. O que vi, então, encheu-me de confusão e de espanto. O balanço do pêndulo tinha aumentado de quase uma jarda de extensão. Como consequência natural, sua velocidade era, também, muito maior. Mas o que sobretudo me perturbou foi a ideia de que ele havia perceptivelmente descido. Observava agora — com que horror é desnecessário dizer — que sua extremidade inferior era formada por um crescente de aço cintilante, tendo cerca de trinta centímetros de comprimento, de ponta a ponta; as pontas voltavam-se para cima e a borda de baixo era evidentemente afiada como a folha de uma navalha. Como uma navalha, também, parecia pesado e maciço, estendendo-se para cima, a partir do corte, numa sólida e larga configuração. Estava ajustado a uma pesada haste de bronze e o conjunto *assobiava* ao balançar-se no ar.

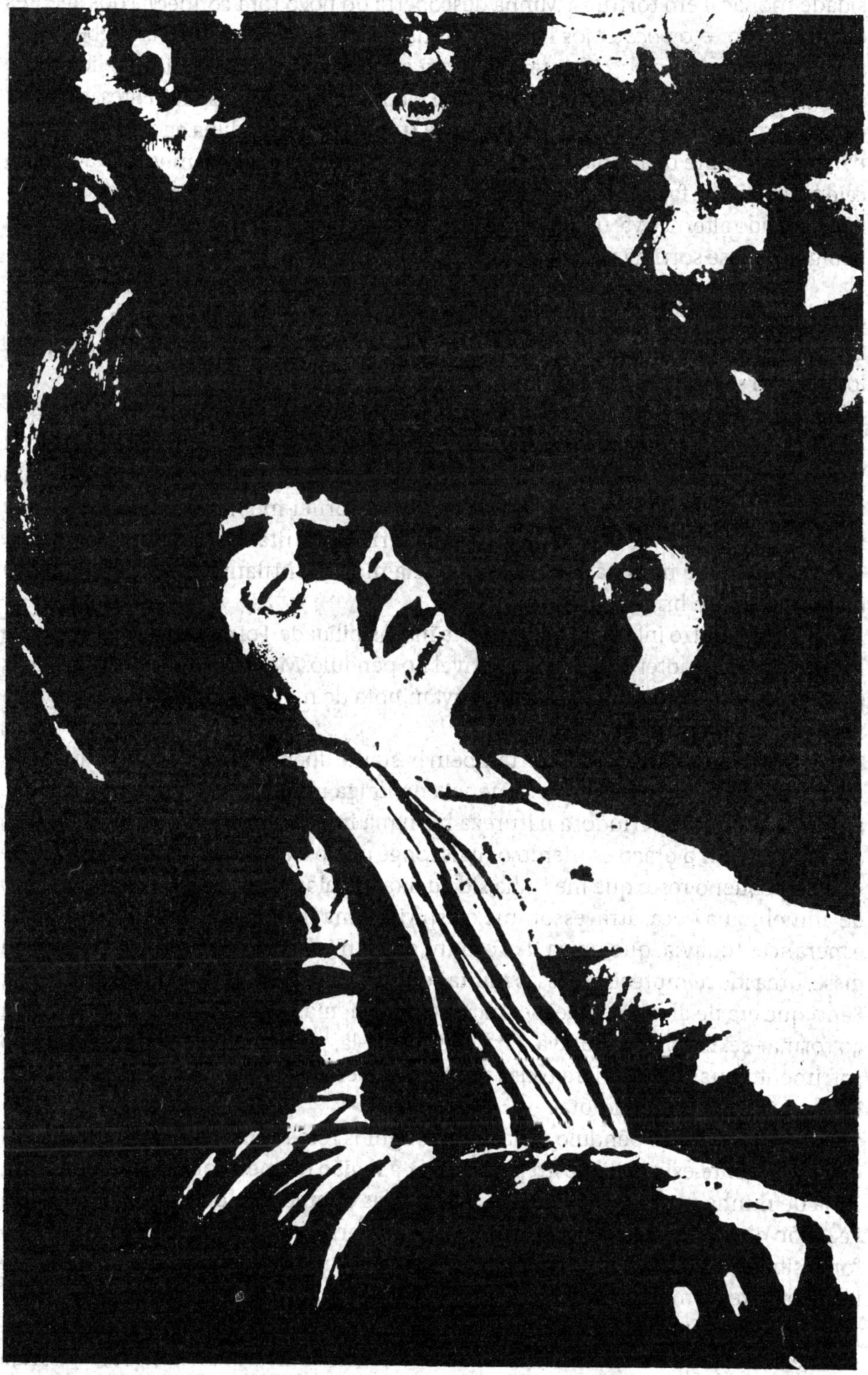

Não pude duvidar, por mais tempo, da sorte para mim preparada pela engenhosidade monacal em torturas. Minha descoberta do poço fora conhecida dos agentes da Inquisição — o *poço* cujos horrores tinham sido destinados para um rebelde tão audacioso como eu; o *poço*, figura do inferno, e considerado, pela opinião pública, como a última Thule de todos os seus castigos! Pelo mais fortuito dos incidentes, tinha eu evitado a queda dentro do poço e sabia que a surpresa ou armadilha da tortura formava parte importante de todo o fantástico daquelas mortes em masmorras. Não tendo caído, deixava de fazer parte do plano demoníaco atirar-me no abismo e dessa forma, não havendo alternativa, uma execução mais benigna e diferente me aguardava. Mais benigna! Quase sorri na minha angústia, quando pensei no uso de tal termo.

De que serve falar das longas, das infindáveis horas de horror mais que mortal, durante as quais contei as precipitadas oscilações da lâmina? Polegada a polegada, linha a linha, com uma descida somente apreciável a intervalos que pareciam séculos... descia sempre, cada vez mais baixo, cada vez mais baixo!

Dias se passaram — pode ser que se tenham passado muitos dias — até que ele se balançasse tão perto de mim, que me abanasse com seu sopro acre. O odor da lâmina afiada entrava-me pelas narinas. Roguei aos céus, fatiguei-os com as minhas preces, para que mais rápida a lâmina descesse. Tornei-me freneticamente louco e forcejei por erguer-me contra o balanço da terrível cimitarra. Mas depois acalmei-me de repente e fiquei a sorrir para aquela morte cintilante como uma criança diante de algum brinquedo raro.

Houve outro intervalo de completa insensibilidade. Foi curto, pois voltando de novo à vida, não notei descida perceptível no pêndulo. Mas pode ter sido longo, pois eu sabia que havia demônios que tomavam nota de meu desmaio e que podiam, à vontade, ter detido a oscilação.

Voltando a mim, sentia-me também bastante doente e fraco — oh! de maneira inexprimível — como em consequência de longa inanição. Mesmo em meio das angústias daquele período, a natureza humana implorava alimento. Com penoso esforço, estendi o braço esquerdo o mais longe que os laços permitiam, e apoderei-me do pequeno resto que me tinha sido deixado pelos ratos. Ao colocar um pedaço de alimento na boca, atravessou-me o espírito uma imprecisa ideia de alegria... de esperança. Todavia, que havia de comum entre mim e a esperança? Era, como eu disse, uma ideia imprecisa, dessas muitas que todos têm e que nunca se completam. Senti que era de alegria... de esperança, essa ideia; mas também senti que perecera ao formar-se. Em vão eu lutava para aperfeiçoá-la, para recuperá-la. O prolongado sofrimento quase aniquilara todas as minhas faculdades comuns de pensamento. Eu era um imbecil, um idiota.

A oscilação do pêndulo fazia-se em ângulos retos com meu comprimento. Vi que o crescente estava disposto para cruzar a região de meu coração. Desgastaria a sarja de minha roupa... voltaria e repetiria suas operações... de novo... ainda outra vez. Não obstante sua oscilação, terrivelmente larga (de nove metros ou mais), e a força sibilante de sua descida, suficiente para cortar até mesmo aquelas paredes de ferro, o corte de minha roupa seria tudo quanto durante alguns minutos ele faria.

Ao pensar nisto, fiz uma pausa. Não ousava passar além dessa reflexão. Demorei-me nela com uma atenção pertinaz como se assim fazendo pudesse deter ali a descida da lâmina. Obriguei-me a meditar sobre o som que o crescente produziria ao passar através de minha roupa e na característica e arrepiante sensação que a fricção do pano produz sobre os nervos. Meditava em todas estas bagatelas, até me doerem os dentes.

Mais baixo... cada vez mais baixo, ele descia. Senti um frenético prazer em comparar sua velocidade de alto a baixo com sua velocidade lateral. Para a direita... para a esquerda... para lá e para cá, com o guincho de um espírito danado... para o meu coração, com o passo furtivo do tigre! Eu ora ria, ora urrava, à medida que uma ou outra ideia se tornava predominante.

Para baixo... seguramente, inexoravelmente para baixo! Oscilava a três polegadas de meu peito! Debatia-me violentamente, furiosamente, para libertar meu braço esquerdo, que só estava livre do cotovelo até a mão. Podia apenas levar a mão à boca, desde o prato que estava ao meu lado, com grande esforço, e nada mais. Se tivesse podido quebrar os liames acima do cotovelo, teria agarrado e tentado deter o pêndulo. Seria o mesmo que tentar deter uma avalanche!

Para baixo... incessantemente para baixo, inevitavelmente para baixo! Eu ofegava e debatia-me a cada oscilação. Encolhia-me convulsivamente a cada balanço. Meus olhos acompanhavam seus vaivéns, para cima e para baixo, com a avidez do mais insensato desespero; fechavam-se-me os olhos espasmodicamente, no momento da descida, embora a morte viesse a ser para mim um alívio, e, oh, que inexprimível alívio! Entretanto, todos os meus nervos tremiam ao pensar que bastava uma simples descaída da máquina para precipitar aquele machado agudo e cintilante sobre meu peito. Era a *esperança*, que fazia assim tremerem os meus nervos, que assim me calafriava o corpo. Era a *esperança*, a esperança que triunfa, mesmo sobre o cavalete de tortura, a esperança que sussurra aos ouvidos do condenado à morte, até mesmo nas masmorras da Inquisição!

Vi que cerca de dez ou doze oscilações poriam a lâmina em contato com minhas roupas, e a essa observação, subitamente, me veio ao espírito toda a aguda e condensada calma do desespero. Pela primeira vez, durante muitas horas — ou mesmo dias —, *pensei*. Ocorreu-me então que a correia ou loro que me cingia *era uma só*. Não estava amarrado por cordas separadas. O primeiro atrito do crescente navalhante, com qualquer porção da correia, a cortaria, de modo que eu poderia depois desamarrar-me com a mão esquerda. Mas quão terrível era, nesse caso, a proximidade da lâmina. Quão mortal seria o resultado do mais leve movimento! Seria verossímil, aliás, que os esbirros do inquisidor não tivessem previsto e prevenido essa possibilidade? Seria provável que a correia cruzasse o meu peito no percurso do pêndulo? Receando ver frustrada minha fraca e, ao que parecia, última esperança, elevei a cabeça o bastante para conseguir ver distintamente o meu peito. O loro cingia meus membros e meu corpo em todas as direções, *exceto no caminho do crescente assassino*.

Mal deixara cair a cabeça na sua posição primitiva, reluziu em meu espírito algo que eu não saberia melhor definir senão como a metade informe daquela ideia de libertação, a que já aludi, anteriormente, e da qual apenas uma metade flutuava, de modo vago, em meu cérebro, ao levar a comida aos meus lábios abrasados. A ideia inteira estava agora presente — fraca, apenas razoável, apenas definida, mas mesmo assim inteira. Pus-me imediatamente a tentar executá-la, com a nervosa energia do desespero.

Durante muitas horas, a vizinhança imediata da baixa armação de madeira sobre a qual eu jazia estivera literalmente fervilhando de ratos. Eram ferozes, audaciosos, vorazes. Seus olhos vermelhos chispavam sobre mim como se esperassem apenas uma parada de movimentos de minha parte para fazer de mim sua presa. "A que espécie de alimento — pensei eu — estão eles acostumados neste poço?"

A despeito de todos os meus esforços para impedi-los, tinham devorado tudo, exceto um restinho do conteúdo do prato. Minha mão contraíra um hábito de vaivém ou de balanço, em torno do prato, e, afinal, a uniformidade inconsciente do movimento privou-o de seu efeito. Na sua voracidade, a bicharia frequentemente ferrava as agudas presas nos meus dedos. Com as migalhas da carne gordurosa e temperada que ainda restavam, esfreguei toda a correia, até onde podia alcançar. Depois, erguendo a mão do chão, fiquei imóvel, sem respirar.

A princípio, os vorazes animais se espantaram, terrificados com a mudança... com a cessação do movimento. Fugiram, alarmados, e muitos regressaram ao poço. Mas isso foi só por um momento. Eu não contara em vão com sua voracidade. Observando que eu ficava sem mover-me, um ou dois dos mais audazes pularam sobre o cavalete e farejaram o loro. Parece que isto foi o sinal para uma corrida geral. Do poço precipitaram-se tropas frescas. Subiram pela madeira, correram sobre ela e saltaram, às centenas, por cima de meu corpo. Absolutamente não os perturbou o movimento cronométrico do pêndulo. Evitando-lhe a passagem, trabalhavam sobre a correia besuntada de gordura. Precipitavam-se, formigavam sobre mim, em pilhas sempre crescentes. Torciam-se sobre minha garganta; seus lábios frios tocavam os meus.

Eu estava semissufocado pelo peso daquela multidão. Um nojo para que o mundo não tem nome arfava-me o peito e me enregelava o coração com pesada viscosidade. Mais um minuto, porém, e compreendi que estaria terminada a operação. Claramente percebi o afrouxamento da correia. Sabia que em mais de um lugar ela já deveria estar cortada. Com resolução sobre-humana, permaneci imóvel.

Nem errara em meus cálculos nem havia suportado tudo aquilo em vão. Afinal, senti que estava *livre*. O loro pendia de meu corpo, em pedaços. Mas o movimento do pêndulo já me comprimia o peito. Dividira a sarja de minha roupa. Cortara a camisa por baixo. Duas vezes, de novo, oscilou e uma aguda sensação de dor atravessou todos os meus nervos. Mas chegara o momento de escapar-lhe. A um gesto de minha mão, meus libertadores precipitaram-se, tumultuosamente, em fuga. Com um movimento firme — prudente, oblíquo, encolhendo-me, abaixando-me — deslizei para fora dos laços da correia e do alcance da cimitarra. Pelo momento, ao menos, eu *estava livre*.

Livre... e nas garras da Inquisição! Mal descera de meu cavalete de horror para o chão de pedra da prisão, o movimento da máquina infernal cessou e vi que alguma força invisível a puxava, suspendendo-a através do forro. O conhecimento desse fato me abateu desesperadamente. Cada movimento meu era sem dúvida vigiado.

Livre! Eu apenas escapara de morrer numa forma de agonia para ser entregue a qualquer outra forma pior do que a morte. Com tal pensamento, girei os olhos nervosamente, em volta, sobre as paredes de aço que me circundavam. Qualquer coisa incomum, certa mudança que, a princípio, não pude perceber distintamente, era óbvio, produzira-se no aposento. Durante vários minutos de sonhadora e tremente abstração, entreguei-me a vãs e desconexas conjeturas. Nesse período, certifiquei-me, pela primeira vez, da origem da luz sulfurosa que iluminava a cela. Procedia de uma fenda, de cerca de meia polegada de largura, que se estendia completamente em volta da prisão, na base das paredes, as quais assim pareciam que, de fato, eram inteiramente afastadas do solo. Tentei, mas sem dúvida inutilmente, olhar por essa abertura.

Ao erguer-me da tentativa, o mistério da alteração do aposento revelou-se logo à minha inteligência. Eu observara que, embora os contornos das figuras nas paredes fossem suficientemente distintos, suas cores pareciam manchadas e indecisas. Tais cores passaram a tomar, e a cada momento tomavam, um brilho apavorante e mais intenso, que dava às espectrais e diabólicas imagens um aspecto capaz de fazer tremerem nervos, mesmo mais firmes que os meus. Olhos de demônio, de vivacidade selvagem e sinistra, contemplavam-me, vindos de mil direções, onde antes nada fora visível, e cintilavam com o lívido clarão de um fogo que eu não podia forçar a imaginação a considerar como irreal.

Irreal! Mesmo quando respirei, veio-me às narinas o bafo do vapor de ferro aquecido! Um odor sufocante espalhou-se pela prisão! Um fulgor mais profundo se fixava a cada instante nos olhos que contemplavam minhas agonias! Uma coloração, sempre mais intensamente carmesim, difundia-se sobre as horrendas pinturas de sangue! Ofeguei! Esforcei-me para respirar! Não podia haver dúvidas sobre os desígnios de meus atormentadores, oh, os mais implacáveis, os mais demoníacos dos homens! Fugi do metal ardente para o centro da cela. Entre as ideias da destruição pelo fogo que impendia sobre mim, o pensamento do frescor do poço caiu em minha alma como um bálsamo. Atirei-me para suas bordas mortais. Lancei para o fundo os olhares ansiosos. O brilho do teto inflamado iluminava seus mais recônditos recessos. Contudo, por um momento desordenado, o espírito recusou-se a compreender a significação do que eu via. Afinal, obriguei-o a compreender — lutei para que aquilo penetrasse em minha alma — e aquilo se gravou em brasa na minha mente trêmula. Oh, uma voz para falar! Oh, horror! Oh, qualquer horror, menos aquele! Com um grito, fugi da margem e sepultei a face nas mãos, chorando amargamente.

O calor aumentava com rapidez e ainda uma vez olhei para cima, a tiritar, como num acesso de febre. Segunda alteração se verificara na cela... e agora a mudança era, evidentemente, na *forma*. Como antes, foi em vão que tentei, a princípio, perceber ou compreender o que ocorria. Mas não fui deixado em dúvida muito tempo. A vingança inquisitorial fora apressada pela minha dupla fuga a ela, e não havia mais meio de perder tempo com o Rei dos Terrores. O quarto fora quadrado. Eu notava que dois de seus ângulos de ferro eram agora agudos e dois, em consequência, obtusos. A terrível diferença velozmente aumentava, com um grave rugido, ou um gemido surdo. Em um instante o aposento trocara sua forma pela de um losango. Mas a alteração não parou aí, nem eu esperei ou desejei que ela parasse. Eu poderia ter aplicado as paredes rubras ao meu peito como um vestuário de eterna paz. A morte! — disse eu. — Qualquer morte, porém não a do poço!" Louco! Não havia compreendido que o objetivo dos ferros ardentes era impelir-me *para dentro do poço*? Poderia eu resistir a seu fulgor? Ou, mesmo que o conseguisse, poderia suportar sua pressão? E então, mais e mais se achatou o losango, com uma rapidez que não me dava tempo para refletir. Seu centro e, naturalmente, sua maior largura ficaram mesmo sobre o abismo escancarado. Fugi... mas as paredes, a apertar-se, impeliam-me irresistivelmente para diante. Afinal, para meu corpo queimado e torcido, não havia mais de uma polegada de solo firme no assoalho da prisão. Não lutei mais, a agonia de minha alma, porém, se exalou num grito alto, longo e final de desespero. Senti que oscilava sobre a borda... Desviei os olhos...

Houve um ruído discordante de vozes humanas! Houve um elevado toque, como o de muitas trombetas! Houve um rugido áspero, como o de mil trovões! Precipitadamente, recuaram as paredes em brasa! Um braço estendido agarrou o meu, quando eu caía, desfalecido, no abismo. Era o do General Lasalle. O exército francês entrara em Toledo. A Inquisição caíra nas mãos de seus inimigos.

Uma história das Montanhas Ragged[1]

Durante os fins do ano de 1827, quando residia nas proximidades de Charlottesville (Virgínia), conheci casualmente o Sr. Augusto Bedloe. Esse jovem cavalheiro era notável, a todos os respeitos, e provocava-me profundo interesse e curiosidade. Achei impossível compreender-lhe os modos, tanto físicos como morais. Sobre sua família não pude obter informação satisfatória. Donde vinha ele, nunca pude verificar. Mesmo acerca de sua idade — embora o considere um jovem cavalheiro — havia algo que me deixava perplexo, em não pequeno grau. Ele, certamente, *parecia* jovem e fazia questão de falar sobre sua juventude; mas havia momentos em que pouco me custaria imaginar que ele tinha um século de idade. De modo algum, porém, era ele mais singular do que na aparência pessoal. Era estranhamente alto e magro. Muito curvado. Tinha os membros excessivamente longos e descarnados. A testa era ampla e baixa. A tez inteiramente exangue. A boca era grande e flexível e seus dentes, embora sãos, mais amplamente irregulares do que eu já vira em qualquer dentadura humana. A expressão de seu sorriso, contudo, de modo algum desagradava, como se poderia supor; mas não tinha qualquer variação. Era sempre de profunda melancolia, de uma tristeza incessante e sem fases. Seus olhos eram anormalmente grandes e redondos como os de um gato. As pupilas, além disso, depois de qualquer acréscimo ou diminuição da luz, contraíam-se ou dilatavam-se, tal como se observa na raça felina. Em momento de excitação, tornavam-se elas brilhantes, em um grau quase inconcebível; pareciam emitir raios luminosos, não de um clarão refletido, mas próprio, como o de uma vela ou o do sol; e, entretanto, sua aparência comum era tão inteiramente abúlica, velada e nebulosa, que dava a ideia dos olhos de um cadáver há muito enterrado.

Tais particularidades pessoais pareciam causar-lhe muito aborrecimento e ele continuamente aludia a elas, numa espécie de estilo, entre a explicação e a desculpa, o qual, quando o ouvi pela primeira vez, me impressionou muito dolorosamente. Logo, contudo, acostumei-me a ele e meu constrangimento desapareceu. Parecia ser sua intenção insinuar, mais do que afirmar de modo direto, que, fisicamente, ele nem sempre fora o que era então, que uma longa série de ataques nevrálgicos tinham-no reduzido de uma condição de beleza pessoal, mais do que comum, àquela que eu via. Havia muitos anos vinha sendo ele tratado por um médico chamado Templeton, um velho de talvez setenta anos de idade, a quem ele encontrara pela primeira vez em Saratoga e de cujos cuidados, enquanto ali estivera, havia recebido, ou imaginava que havia recebido, grande benefício. O resultado foi que Bedloe, que era rico, fizera um contrato com o Dr. Templeton, por meio do qual este último, em virtude de fartos honorários anuais, tinha consentido em dedicar seu tempo e sua experiência médica exclusivamente ao cuidado do inválido.

Na sua mocidade, o Dr. Templeton viajara bastante e em Paris se havia convertido num grande seguidor das doutrinas de Mesmer. Foi inteiramente graças a remédios

---

1 Publicado pela primeira vez no *Godey's Lady's Book*, abril de 1844, este conto é conhecido também sob o título de "Reminiscências do Sr. Augusto Bedloe". Título original: A TALE OF THE RAGGED MOUNTAINS.

Ragged Mountains (Montanhas Fragosas), como o próprio nome indica, trata-se duma cadeia de montanhas de difícil acesso e formando parte das Montanhas Azuis (*Blue Ridge*), localizadas na parte oriental dos Alegânis, estados de Virgínia e Carolina do Norte, EUA. (N. T.)

magnéticos que conseguira aliviar as agudas dores de seu paciente e este êxito tinha, mui naturalmente, inspirado a Bedloe certo grau de confiança nas opiniões que preconizavam esses remédios. O doutor, porém, como todos os entusiastas, se esforçara fortemente para converter por completo o seu paciente. E afinal teve tanto êxito, que induziu o doente a submeter-se a numerosas experiências. Em consequência de uma frequente repetição destas, sobrevieram resultados que nos últimos dias se tornaram tão comuns a ponto de atrair pouca ou nenhuma atenção, mas que, no período a respeito do qual escrevo, eram raramente conhecidos na América. Quero dizer que entre o Dr. Templeton e Bedloe tinha-se gerado, pouco a pouco, uma afinidade ou relação magnética bastante distinta e fortemente acentuada. Não estou, porém, preparado para asseverar que essa afinidade se estendesse além dos limites do simples poder de produzir o sono, mas este mesmo poder havia atingido grande intensidade. À primeira tentativa de provocar a sonolência magnética, o magnetizador fora inteiramente malsucedido. Na quinta ou sexta, conseguiu-o diminutamente e depois de demoradíssimo esforço. Somente na 12ª o êxito foi completo. Depois disso, a vontade do paciente submeteu-se rapidamente à do médico. De modo que, quando conheci os dois, pela primeira vez, o sono era provocado quase que instantaneamente pela simples vontade do operador, mesmo quando o inválido não estava cônscio da presença daquele. E somente agora, no ano de 1845, quando milagres semelhantes são testemunhados diariamente por milhares de pessoas, é que ouso aventurar-me a lembrar esta aparente impossibilidade como uma questão de fato séria.

O temperamento de Bedloe era, no mais alto grau, sensível, excitável; entusiástico. Sua imaginação era singularmente vigorosa e criadora, e sem dúvida recolhia força adicional do uso habitual da morfina, que ele bebia em grande quantidade e sem a qual teria achado impossível viver. Era seu hábito tomar uma enorme dose dela, imediatamente depois do pequeno almoço, de cada manhã, ou antes, imediatamente depois de uma xícara de café forte, pois ele não comia nada antes do meio-dia, e depois saía sozinho, ou acompanhado simplesmente por um cachorro, para dar um longo giro entre a cadeia de colinas ásperas e sombrias que se estendem a oeste e ao sul de Charlottesville e são ali honradas com o título de *Ragged Mountains* (Montanhas Fragosas).

Num dia tristonho, quente e nevoento dos fins de novembro, e durante o estranho interregno das estações que na América se denomina o "verão indiano", o Sr. Bedloe partiu, como de costume, para as colinas. Passou o dia e ele ainda não voltara.

Cerca das oito horas da noite, tendo ficado seriamente alarmados com esta ausência prolongada, estávamos prestes a sair em busca dele, quando inesperadamente apareceu, num estado de saúde não pior do que o de costume, e um tanto mais animado do que comumente. O relato que nos fez de sua expedição e dos acontecimentos que o haviam retido foi de fato singular.

— Vocês hão de lembrar-se — disse ele — que eram quase nove horas da manhã quando deixei Charlottesville. Dirigi meus passos imediatamente para as montanhas e, cerca das dez horas, penetrei numa garganta que era inteiramente nova para mim. Acompanhei os meandros dessa passagem com bastante interesse. O cenário que se apresentava por todos os lados, embora mal se pudesse denominá-lo de grandioso, caracterizava-se por um indescritível e para mim delicioso aspecto de lúgubre desolação. A solidão parecia absolutamente virgem. Não podia deixar de acreditar que a verde relva e as rochas cinzentas sobre as quais eu caminhava jamais tinham sido antes pisadas por algum pé humano. Tão inteiramente fechada e de fato inacessível — exceto através de uma série de obstáculos — é a entrada da ravina que não é de modo algum impossível tivesse eu sido, de fato, o primeiro aventureiro, o verdadeiramente primeiro e único aventureiro que jamais penetrara em seu recesso.

— O espesso e característico nevoeiro ou fumaça que distingue o verão indiano, e que agora pendia pesadamente sobre todas as coisas, servia, sem dúvida, para aprofundar as vagas impressões que essas coisas criavam. Tão denso era esse agradável nevoeiro, que eu não podia ver ou enxergar senão a menos de doze jardas do caminho que se abria à minha frente. Essa vereda era extremamente sinuosa e, como o sol não podia ser visto, bem cedo perdi toda ideia da direção em que caminhava. Entrementes, a morfina produzia seu costumeiro efeito: o de dotar todo o mundo exterior de intenso interesse. No tremer de uma folha, na tonalidade de uma lâmina de relva, na forma de um trevo, no bezoar de uma abelha, no cintilar de uma gota de orvalho, no bafejo do vento, nos fracos odores que vinham da floresta, havia todo um mundo de sugestão, uma alegre e matizada sucessão de pensamentos rapsódicos e desordenados.

— Assim ocupado, caminhei algumas horas, durante as quais o nevoeiro se adensou em torno de mim com tal intensidade que, afinal, me vi obrigado a andar às apalpadelas. E então, uma indescritível inquietação apoderou-se de mim, uma espécie de hesitação nervosa e de tremor. Receava caminhar, com medo de ser precipitado em algum abismo. Recordava-me também de estranhas histórias contadas a respeito daquelas Montanhas Fragosas e de singulares e selvagens raças de homens que habitavam seus bosques e cavernas. Mil vagas fantasias me oprimiam e desconcertavam, fantasias mais aflitivas porque vagas. Mui subitamente, minha atenção foi detida pelo bater rumoroso de um tambor.

— Meu espanto foi deveras extremo. Um tambor naquelas colinas era uma coisa inaudita. Maior surpresa não me causaria o toque da trombeta do Arcanjo. Porém nova e ainda mais espantosa fonte de interesse e de perplexidade surgiu. Soou um insólito chocalhar ou tintinar, semelhante ao de um molho de grandes chaves, e no mesmo instante um homem de rosto escuro e seminu passou correndo por trás de mim, dando um berro. Chegou tão perto de mim, que senti seu quente hálito no meu rosto. Levava numa das mãos um instrumento formado de um conjunto de anéis de aço, que ele agitava violentamente ao correr. Mal havia desaparecido no nevoeiro à minha frente, ofegando atrás dele, de boca aberta e olhos chispantes, saltou um enorme animal. Nao podia enganar-me a seu respeito. Era uma hiena.

— À vista daquele monstro, mais abrandou que aumentou meu terror, pois estava agora certo de que sonhava e procurei despertar a consciência adormecida. Caminhei audaciosa e vivamente para diante, esfreguei os olhos, gritei alto, belisquei meus braços. Avistei um pequeno lacrimal e, ali parando, banhei minhas mãos, a cabeça e o pescoço. Isto pareceu dissipar as equívocas sensações que me tinham até ali incomodado. Ergui-me, como pensava, um novo homem, e continuei rápida e complacentemente meu caminho desconhecido.

— Afinal, completamente acabrunhado pelo esforço e por certa opressão da atmosfera, sentei-me debaixo de uma árvore. Logo luziu um fraco clarão do sol e a sombra das folhas da árvore se projetou, leve mas nitidamente, sobre a relva. Contemplei maravilhado essa sombra por muitos minutos. Sua forma me petrificava de espanto. Olhei para cima. A árvore era uma palmeira. Ergui-me então, às carreiras, e num estado de terrível agitação, pois a ideia de que estivesse sonhando já não me servia. Eu vi, eu senti que estava completamente senhor de meus sentidos. E estes sentidos traziam agora à minha alma um mundo de sensações novas e singulares. O calor tornou-se imediatamente intolerável. Estranho odor saturava a brisa. Um murmúrio contínuo e grave, como o que se desprende de um rio cheio, mas que flui suavemente, chegou aos meus ouvidos, entremeado do característico zumbido de numerosas vozes humanas.

— Enquanto eu o escutava num paroxismo de espanto que não preciso tentar descrever, forte e breve rajada de vento varreu o pesado nevoeiro como por artes de magia.

— Achei-me ao pé de uma alta montanha, contemplando lá embaixo vasta planície rasgada por majestoso rio. À margem daquele rio erguia-se uma cidade de aspecto oriental, semelhante às descritas nas *Mil e uma noites*, mas de caráter muito mais singular do que qualquer das ali narradas. Da posição em que me achava, bem acima do nível da cidade, podia eu avistar todos os seus cantos e esquinas como se estivessem traçados em um mapa. As ruas pareciam inumeráveis e se cruzavam irregularmente em todas as direções, mas pareciam antes longas avenidas sinuosas do que ruas, e totalmente apinhadas de habitantes. As casas eram insolitamente pitorescas. De cada lado havia uma verdadeira profusão de balcões, varandas, minaretes, nichos e sacadas fantasticamente esculpidas. Abundavam os bazares, onde se ostentavam ricas mercadorias, em infinita variedade e cópia: sedas, musselinas, as mais ofuscantes cutelarias, as mais magnificentes joias e gemas. Além dessas coisas viam-se por todos os lados bandeiras e palanquins, liteiras com soberbas mulheres completamente veladas, elefantes pomposamente ajaezados, ídolos grotescamente talhados, tambores, estandartes, gongos, lanças, maças de ouro e de prata. E em meio da multidão e do clamor e do geral emaranhamento e confusão, em meio do milhão de homens negros e amarelos, de turbante e de túnica, e de barbas flutuantes, vagueava uma incontável multidão de touros sagrados, cheios de fitas, enquanto vastas legiões de macacos, sujos mas sagrados, trepavam, tagarelavam e guinchavam, em torno das cornijas das mesquitas, ou penduravam-se dos minaretes e sacadas. Das ruas regurgitantes até as margens do rio desciam inúmeras séries de degraus conduzindo aos lugares de banho, enquanto o próprio rio parecia forçar passagem com dificuldade através das inúmeras esquadras de navios pesadamente carregados que, por toda parte, lhe cobriam a superfície. Fora dos limites da cidade erguiam-se, em numerosos e majestosos grupos, palmeiras e coqueiros, com outras árvores gigantescas e fantásticas, seculares. E aqui e ali podiam-se ver uma plantação de arroz, a cabana de palha de um camponês, uma cisterna, um templo isolado, um acampamento de ciganos, ou uma solitária e graciosa rapariga caminhando, com uma bilha à cabeça, para as margens do rio magnífico.

— Vocês dirão agora, sem dúvida, que eu sonhava. Mas não é verdade. O que eu via, o que eu ouvia, o que eu sentia, o que eu pensava nada tinham da sensação inconfundível do sonho. Tudo era rigorosamente real. A princípio, duvidando de que estivesse realmente acordado, iniciei uma série de experiências que logo me convenceram de que estava efetivamente desperto. Ora, quando alguém sonha e no sonho suspeita de que está sonhando, a suspeita *nunca deixa de confirmar-se* e o dormente é quase imediatamente despertado. De modo que Novalis não erra em dizer que “nós estamos quase despertando, quando sonhamos que estamos sonhando”. Tivesse me ocorrido a visão, como a descrevo, sem que a suspeitasse de ser sonho, então um sonho ela poderia verdadeiramente ter sido, mas, ocorrendo como ocorreu, e suspeitada como era, sou forçado a classificá-la entre outros fenômenos.

— Nisto, não digo que o senhor não tenha razão — observou o Dr. Templeton —, mas prossiga. O senhor levantou-se e desceu para a cidade...

— Levantei-me — continuou Bedloe, encarando o médico, com um ar de profundo espanto —, levantei-me, como o senhor diz, e desci para a cidade. Em meu caminho deparei com uma multidão imensa apinhando todas as avenidas, andando sempre na mesma direção e demonstrando, em todas as ações, a agitação mais selvagem. De súbito, e obedecendo a algum impulso inconcebível, fiquei intensamente tomado de interesse pessoal pelo que estava sucedendo. Pareceu-me sentir que tinha importante papel a representar, sem exatamente compreender o que fosse. Contra a multidão que me rodeava, contudo, experimentei profundo sentimento de animosidade. Arranquei-me do meio dela e, velozmente, alcancei a cidade por um atalho e nela penetrei. Tudo ali dava mostras do mais selvagem tumulto e desordem. Reduzido grupo de homens, trajados com vestes semi-indianas, semieuropeias, e dirigidos por oficiais de uniforme parcialmente britânico, lutava, com grande disparidade, contra a populaça que formigava nas avenidas. Juntei-me a esse grupo mais fraco, apossando-me das armas de um oficial caído, e pelejei, sem saber contra quem, com a nervosa ferocidade do desespero. Breve fomos sobrepujados pelo número dos adversários e forçados a buscar refúgio numa espécie de quiosque. Ali fizemos barricadas e, pelo momento, ficamos a salvo. Por uma claraboia, próxima ao cimo do quiosque, notei vasta multidão, furiosamente agitada, que rodeava e assaltava um belo palácio, a cavaleiro do rio. Logo, de um janela superior desse edifício, desceu uma pessoa de aparência efeminada, por meio de uma corda feita com os turbantes de seus serviçais. Um bote estava a seu alcance e nele o indivíduo escapou para a margem oposta do rio.

— E então novo intento se apossou de minha alma. Dirigi umas poucas palavras precipitadas, porém enérgicas, a meus companheiros e, tendo conseguido atrair alguns deles para o meu desígnio, fiz uma sortida desesperada do quiosque. Corremos por entre a multidão que o rodeava. A princípio, eles bateram em retirada. Tornaram a unir-se, houve uma luta louca, e retiraram-se de novo. Entretanto, tínhamos sido afastados do quiosque e nos perdemos e emaranhamos pelas ruas estreitas, de altos e imponentes edifícios, em cujos recessos o sol nunca fora capaz de brilhar. A canalha precipitou-se impetuosamente sobre nós, hostilizando-nos com suas lanças e oprimindo-nos com nuvens de flechas. Estas eram muito dignas de nota e se pareciam, em alguns pontos, com o cris dos malaios. Eram feitas à imitação do corpo de uma serpente rastejante e longas e negras, com uma ponta envenenada. Uma delas feriu-me na têmpora direita. Girei e caí. Um mal-estar instantâneo e terrível se apoderou de mim. Lutei... ofeguei... morri...

— O senhor *agora* — disse eu sorrindo — dificilmente persistirá em afirmar que toda a sua aventura não foi um sonho. Certamente não está habilitado a assegurar que está morto?

Quando eu disse estas palavras esperei, naturalmente, alguma saída brilhante de Bedloe, em resposta; mas, com espanto meu, ele hesitou, tremeu, tornou-se terrivelmente pálido e permaneceu silencioso. Olhei para Templeton.

Este sentara-se, hirto, na cadeira. Seus dentes matraqueavam e seus olhos como que saltavam das órbitas.

— Continue! — disse ele, afinal, roucamente, a Bedloe.

— Durante muitos minutos — continuou este último — meu único sentimento, minha única sensação, era a da treva e do aniquilamento, com a consciência da morte. Afinal, um violento e súbito choque, como de eletricidade, pareceu atravessar-me a alma. Veio com ele a sensação da elasticidade e da luz. Esta última, senti-a, não a vi. Num instante, como que me levantei do solo. Mas não possuía uma presença corpórea, visível, audível ou palpável. A multidão se fora. O tumulto cessara. A cidade estava em relativo repouso. Abaixo de mim jazia meu cadáver com a seta em minha têmpora e toda a cabeça grandemente intumescida e desfigurada. Mas todas essas coisas eu sentia, não via. Nada me despertava interesse. Mesmo o cadáver parecia uma coisa que não me dizia respeito. Não tinha vontade, mas parecia estar sendo forçado ao movimento e voejar levemente para fora da cidade, refazendo o atalho pelo qual entrara nela. Quando atingi aquele ponto da ravina da montanha em que encontrara a hiena, de novo experimentei um choque como de bateria galvânica; a sensação do peso, a da volição, a da substância voltaram. Tornei a ser meu eu primitivo e apressei ansiosamente os passos, de regresso; mas o passado não perdeu a vividez da realidade, e, ainda agora, nem por um instante posso forçar a mente a considerar isso como um sonho.

— Nem foi sonho — disse Templeton, com solenidade —, embora seja difícil dizer como o poderíamos denominar de outra forma. Suponhamos somente que a alma do homem de hoje está à beira de alguma estupenda descoberta psíquica. Contentemo-nos com esta suposição. Quanto ao resto, tenho alguma explicação a dar. Aqui está um desenho a aquarela que eu deveria ter-lhe mostrado antes, mas que um inexplicável sentimento de horror até agora me impedira de mostrar.

Olhamos para o quadro que ele apresentava. Nada vi nele de extraordinário, mas seu efeito sobre Bedloe foi prodigioso. Quase desmaiou ao contemplá-lo. E contudo era apenas um retrato em miniatura — sem dúvida, um retrato maravilhosamente pormenorizado — de sua própria fisionomia, tão notável. Pelo menos fora isto o que eu pensara ao olhá-lo.

— O senhor notará — disse Templeton — a data desse quadro. Cá está, mal visível, neste canto: 1780. O retrato foi tirado nesse ano. É a fisionomia de um amigo morto, um Sr. Oldeb, com quem me tornei muito ligado em Calcutá durante a administração de Warren Hastings. Então tinha eu somente vinte anos. Quando pela primeira vez o vi, Sr. Bedloe, em Saratoga, foi a maravilhosa semelhança que existia entre o senhor e esta pintura que me induziu a procurá-lo, buscar sua amizade e chegar a essas combinações que resultaram em tornar-me eu o seu constante companheiro. Ao realizar isso era eu impelido em parte, e talvez principalmente, pela recordação saudosa do morto, mas também, em parte, por uma inquietante curiosidade, não de todo destituída de terror, com relação à sua pessoa.

—Em sua narrativa da visão que se lhe apresentou entre as colinas o senhor descreveu, com pormenorizada precisão, a cidade hindu de Benares, sobre o Rio Sagrado. Os tumultos, o combate, o massacre foram os acontecimentos reais da insurreição de Cheyte Sing que ocorreu em 1870, quando Hastings correu iminente perigo de vida. O homem que fugiu pela corda de turbantes era o próprio Cheyte Sing.

O grupo do quiosque era formado de cipaios e de oficiais britânicos que Hastings chefiava. Eu fazia parte desse grupo e fiz tudo o que pude para impedir a imprudente e fatal sortida do oficial que caiu, nas avenidas apinhadas, vitimado pela flecha envenenada de um bengali. Esse oficial era o meu amigo mais caro. Era o Sr. Oldeb. O senhor notará por estes escritos que (e aí o Dr. Templeton puxou um caderno de bolso no qual várias páginas pareciam estar escritas de fresco) no próprio período em que o senhor imaginava essas coisas, entre as colinas, eu me dedicava a pormenorizá-las no papel, aqui em casa.

Cerca de uma semana depois desta conversação, os parágrafos seguintes apareceram num jornal de Charlottesville:

> Cumprimos o doloroso dever de anunciar o falecimento do Sr. Augusto Bedlo, cavalheiro cujas maneiras amáveis e numerosas virtudes o haviam de há muito tornado caro aos cidadãos de Charlottesville.
>
> O Sr. Bedlo, desde há alguns anos, sofria de nevralgia que várias vezes ameaçou ter um desfecho fatal; mas isso só pode ser considerado como a causa mediata de sua morte. A causa imediata foi de particular singularidade. Numa excursão às Montanhas Fragosas, faz poucos dias, contraiu ele um leve resfriado, com febre, seguido de acúmulo de sangue na cabeça. Para aliviá-lo, o Dr. Templeton recorreu à sangria tópica. Foram-lhe aplicadas bichas às têmporas. Num período terrivelmente breve o paciente faleceu, verificando-se que no vaso que continha as bichas fora introduzida, por acidente, uma das sanguessugas vermiculares venenosas que são de vez em quando encontradas nos pântanos vizinhos. Esse animal introduziu-se numa pequena artéria, na têmpora direita. Sua enorme semelhança com a sanguessuga medicinal fez com que o engano só fosse percebido tarde demais.
>
> N. B. — A sanguessuga venenosa de Charlottesville pode ser sempre distinguida da sanguessuga medicinal por sua cor negra e especialmente por seus movimentos ondulatórios ou vermiculares, que muito se assemelham aos de uma cobra.

Eu conversava com o editor do jornal em apreço sobre o assunto desse notável acidente, quando me ocorreu perguntar como acontecera que o nome do defunto fora grafado *Bedlo*.

— Presumo — disse eu — que o senhor tem alguma autoridade para escrevê-lo assim, mas sempre supus que o nome fosse escrito com um *e* no fim.

— Autoridade? Não! — replicou ele. — Foi um simples erro tipográfico. O nome é *Bedloe*, com *e*, no mundo inteiro, e nunca em minha vida soube que fosse escrito diferentemente.

— Então — murmurei, ao girar sobre os calcanhares —, então, na realidade, bem pode ser que uma verdade seja mais estranha do que qualquer ficção, porque Bedloe, sem *e*, é apenas Oldeb de trás para diante. E esse homem vem-me dizer que é um erro tipográfico!

O ENTERRAMENTO PREMATURO[1]

Há certos temas de interesse totalmente absorventes mas por demais horríveis para os fins da legítima ficção. O simples romancista deve evitá-los se não deseja ofender ou desgostar. Só devem ser convenientemente utilizados quando a severidade e a imponência da verdade os santificam e sustentam. Estremecemos, por exemplo, com o mais intenso "pesar agradável", diante das narrativas da Passagem do Beresina, do Terremoto de Lisboa, da Peste em Londres, do Massacre de São Bartolomeu, ou do asfixiamento dos 123 prisioneiros da Caverna Negra em Calcutá. Mas nessas narrativas é o fato, é a realidade, é a história o que excita. Como invenções, olhá-las-íamos com simples aversão.

Mencionei algumas, apenas, das mais proeminentes e augustas calamidades que a história registra. Mas nelas existe a extensão, bem como o caráter, de calamidade, que tão vivamente impressiona a fantasia. Não é necessário lembrar ao leitor que, do longo e pavoroso catálogo das misérias humanas, poderia eu ter selecionado numerosos exemplos individuais mais repletos de sofrimento essencial que quaisquer daqueles vastos desastres generalizados. A verdadeira desgraça, na verdade, o derradeiro infortúnio, é particular e não difuso. Demos graças a um Deus misericordioso pelo fato de serem os espantosos extremos da agonia suportados pelo homem-unidade e nunca pelo homem-massa!

Ser enterrado vivo é, fora de qualquer dúvida, o mais terrífico daqueles extremos que já couberam por sorte aos simples mortais. Que isso haja acontecido frequentemente, e bem frequentemente, mal pode ser negado por aqueles que pensam. Os limites que separam a Vida da Morte são, quando muito, sombrios e vagos. Quem poderá dizer onde uma acaba e a outra começa? Sabemos que há doenças em que ocorre total cessação de todas as aparentes funções de vitalidade, mas, de fato, essas cessações são meras suspensões, propriamente ditas. Não passam de pausas temporárias no incompreensível mecanismo. Certo período decorre e alguns princípios misteriosos e invisíveis põem de novo em movimento os mágicos parafusos e as encantadas rodas. A corda de prata não estava solta para sempre, nem o globo de ouro irreparavelmente quebrado. Mas, entrementes, onde se achava a alma?

De parte, porém, a inevitável conclusão, *a priori*, de que causas tais devem produzir tais efeitos, de que a bem conhecida ocorrência de tais casos de interrompida animação deve, naturalmente, dar azo, de vez em quando, a enterros prematuros, de parte esta consideração temos o testemunho direto da experiência médica e da experiência comum a provar que grande número de semelhantes enterros se tem realmente realizado. Se fosse necessário, poderia referir-me imediatamente a uma centena de casos bem autenticados. Um dos mais famosos, e cujas circunstâncias podem estar ainda frescas na memória de alguns de meus leitores, ocorreu, não faz muito, na vizinha cidade de Baltimore, onde causou uma excitação penosa, intensa e de vasto alcance. A esposa de um dos mais respeitáveis cidadãos, advogado eminente e membro do Congresso, foi atacada de súbita e estranha moléstia que zombou completamente do saber de seus médicos. Depois de muitos sofrimentos

1 Publicado pela primeira vez no *Dollar Newspaper*, 31 de julho de 1844. Título original: THE PREMATURE BURIAL.

veio a falecer, ou supôs-se que houvesse falecido. Ninguém suspeitava, na verdade, nem tinha razão de suspeitar, que ela não estivesse realmente morta. Apresentava todos os sinais habituais de morte. O rosto tomara o usual contorno cadavérico. Os lábios tinham a habitual palidez marmórea. Os olhos estavam sem brilho. Não havia calor. A pulsação cessara. Durante três dias o corpo foi conservado insepulto, adquirindo então uma rigidez de pedra. Afinal, o enterro foi apressado, por causa do rápido avanço do que se supunha ser a decomposição.

A mulher fora depositada no jazigo da família, que não foi aberto nos três anos subsequentes. Ao expirar esse prazo, abriram-no para receber um ataúde; mas, ai!, que pavoroso choque esperava o marido que abrira em pessoa a porta. Ao se escancararem os portais, certo objeto branco caiu-lhe ruidosamente nos braços. Era o esqueleto de sua mulher, ainda com a mortalha intata.

Cuidadosa investigação tornou evidente que ela recuperara a vida dois dias depois de seu enterramento; que sua luta dentro do ataúde fizera-o cair de uma saliência ou prateleira, no chão, onde se quebrara, permitindo-lhe escapar. Uma lâmpada que fora, por acaso, deixada cheia de óleo dentro do jazigo foi encontrada vazia; contudo, poderia ter sido esgotada pela evaporação. No alto dos degraus que levavam à câmara mortuária, havia um grande fragmento do caixão, com o qual, parecia, tinha ela tentado chamar a atenção batendo na porta de ferro. Enquanto assim fazia, provavelmente desfaleceu ou possivelmente morreu tomada de terror completo e, ao cair, sua mortalha ficou presa a algum pedaço de ferro saliente no interior. E assim ela permaneceu e assim apodreceu, erecta.

No ano de 1810, um caso de inumação viva aconteceu na França, cercado de circunstâncias que provam plenamente a afirmativa de que a verdade é, de fato, mais estranha do que a ficção. A heroína da história era Mademoiselle Vitorina Lafourcade, moça de ilustre família, rica e de grande beleza pessoal. Entre seus numerosos pretendentes havia um tal Julien Bossuet, pobre literato ou jornalista de Paris. Seu talento e sua amabilidade tinham atraído a atenção da herdeira, por quem parecia ter sido verdadeiramente amado; mas o orgulho de seu nascimento decidiu-a, por fim, a repeli-lo e a casar-se com um certo Monsieur Renelle, banqueiro e diplomata de certa importância. Depois do casamento, porém, esse cavalheiro a desprezou e, talvez mesmo mais positivamente, maltratou-a. Tendo passado a seu lado alguns anos infelizes, ela morreu; pelo menos, seu aspecto se assemelhava tão de perto à morte que enganava a qualquer que a visse. Foi enterrada, não num jazigo, mas num sepulcro comum, na vila onde nascera. Cheio de desespero e ainda inflamado pela lembrança de sua profunda afeição, o apaixonado viajou da capital para a longínqua província em que se achava a aldeia, no romântico propósito de desenterrar o cadáver e apossar-se de suas fartas madeixas. Chegou ao túmulo. À meia-noite desenterrou o caixão, abriu-o e, ao cortar-lhe o cabelo, foi detido pelos olhos abertos de sua amada. De fato, a mulher tinha sido enterrada viva. A vitalidade ainda não desaparecera de todo e ela foi despertada pelas carícias de seu amado do letargo que fora tomado como morte. Ele a levou, nervosamente, para seus aposentos na aldeia. Empregou certos poderosos analépticos sugeridos por seus não pequenos conhecimentos médicos. Por fim, ela reviveu. Reconheceu seu salvador. Permaneceu com ele até que, gradativamente, recobrou por completo a primitiva saúde. Seu coração de mulher não tinha a dureza dos diamantes e essa última lição de amor bastou para abrandá-lo. Concedeu-o a

Bossuet. Não voltou à companhia do marido; mas, ocultando dele a sua ressurreição, fugiu com seu amante para a América. Vinte anos depois, ambos voltaram à França, persuadidos de que o tempo tinha alterado tão grandemente o aspecto da mulher, que seus amigos seriam incapazes de reconhecê-la. Enganaram-se, porém, porque, ao primeiro encontro, Monsieur Renelle reconheceu logo e reclamou sua mulher. Ela se opôs a essa reclamação e um tribunal de justiça apoiou-a, decidindo que as circunstâncias peculiares e o longo lapso de anos haviam extinguido, não só equitativa, mas legalmente, a autoridade do marido.

O *Jornal de Cirurgia* de Lipsia, periódico de alta autoridade e mérito, que alguns livreiros americanos fariam bem em traduzir e republicar, relembra num dos últimos números um acontecimento bem penoso dessa mesma espécie.

Um oficial de artilharia, homem de gigantesca estatura e vigorosa saúde, tendo sido atirado de um cavalo indomável, recebeu fortíssima contusão na cabeça que o tornou imediatamente insensível. O crânio ficou levemente fraturado, mas não se temia imediato perigo. A trepanação foi executada com pleno êxito. Sangraram-no e puseram-se em execução vários outros meios comuns de alívio. Gradualmente, porém, foi ele mergulhando, cada vez mais, num estado de desesperado torpor e, finalmente, pensou-se que havia morrido.

O tempo era de calor, e enterraram-no, com pressa censurável, num dos cemitérios públicos. Seu enterro realizou-se na quinta-feira. No domingo seguinte o cemitério, como de costume, encheu-se de visitantes e, ao meio-dia, produziu-se intensa excitação quando um camponês declarou que, tendo-se sentado sobre o túmulo do oficial, sentira distintamente um movimento da terra, como se ocasionado por alguém que lutasse ali embaixo. A princípio, pouca atenção foi dada à afirmativa do homem, mas seu evidente terror e a teimosia obstinada com que persistia em sua história produziram, afinal, natural efeito sobre a multidão. Procuraram-se, às pressas, pás e o túmulo, que era vergonhosamente pouco profundo, foi em poucos minutos tão depressa escavado que a cabeça do seu ocupante apareceu; ele estava, então, aparentemente morto, mas sentara-se quase erecto dentro do caixão cuja tampa, na sua luta furiosa, havia parcialmente soerguido.

Foi imediatamente transportado ao mais próximo hospital e ali declarou-se que ele estava ainda vivo, embora em estado de asfixia. Depois de algumas horas, reviveu, reconheceu pessoas de sua amizade e, em frases entrecortadas, narrou as agonias que sofrera na sepultura.

Pelo que ele relatou ficou patente que devera ter estado consciente de perder os sentidos. A sepultura fora descuidada e frouxamente cheia de uma terra excessivamente porosa, e assim algum ar podia, necessariamente, penetrar. Ele ouviu o tropel de passos da multidão por cima de sua cabeça e procurou fazer-se ouvir, por sua vez. Foi o barulho dentro do cemitério, disse ele, que pareceu despertá-lo de um profundo sono, mas logo que despertou sentiu-se plenamente cônscio do horror pavoroso de sua situação.

Este paciente, conta-se, estava indo bem e parecia achar-se em franco caminho de completo restabelecimento, mas foi vítima do charlatanismo das experiências médicas. Aplicaram-lhe uma bateria elétrica e ele, de repente, expirou num daqueles extáticos paroxismos que ela ocasionalmente provoca.

A menção da bateria elétrica, aliás, traz-me à memória um caso bem conhecido e extraordinário, em que sua ação provou-se eficaz em fazer voltar à vida um jovem procurador londrino que estivera enterrado durante oito dias. Isto ocorreu em 1831, e causou, em seu tempo, profundíssima sensação em toda a parte em que se tornasse o assunto da conversa.

O paciente, Sr. Eduardo Stapleton, tinha morrido, parece, de tifo, com certos sintomas anômalos que haviam excitado a curiosidade de seus médicos assistentes. A respeito dessa morte aparente, solicitou-se de seus amigos que permitissem um exame *post mortem*, mas eles se negaram a consentir nisso. Como acontece muitas vezes quando se fazem tais recusas, os profissionais resolveram desenterrar o corpo e dissecá-lo, com vagar, por sua conta. Realizaram-se facilmente os preparativos, com os numerosos grupos de desenterradores de cadáveres, então muito encontradiços em Londres, e, na terceira noite depois do funeral, o suposto cadáver foi desenterrado duma cova de dois metros e quarenta de profundidade e depositado na sala de operações de um dos hospitais particulares.

Uma incisão de certo tamanho fora já feita no abdome, quando a aparência fresca e incorrupta do paciente sugeriu que se fizesse aplicação duma bateria. As experiências se sucederam e sobrevieram os efeitos costumeiros, sem nada que, de algum modo, os caracterizasse, exceto, numa ou duas ocasiões, certo grau um pouco incomum de vivacidade na ação convulsiva.

Fazia-se tarde. O dia estava prestes a raiar e achou-se, afinal, que era conveniente proceder, sem demora, à dissecação. Um estudante, porém, estava especialmente desejoso de provar certa teoria sua e insistiu em que se aplicasse a bateria num dos músculos peitorais. Deu-se um grosseiro talho e aplicou-se apressadamente um fio; então o paciente, num movimento ligeiro, mas não convulsivo, ergueu-se da mesa, andou até o meio do assoalho, olhou inquieto por instantes em redor de si e depois... falou. Não se podia entender o que dizia, mas as palavras eram ditas e a formação das sílabas, distinta. Depois de falar, caiu pesadamente no assoalho.

Por alguns instantes todos ficaram paralisados de terror, mas a urgência do caso em breve os fez recuperar a presença de espírito. Via-se que o Sr. Stapleton estava vivo, embora desmaiado. Com aplicações de éter reviveu e, sem demora, recuperou a saúde, voltando ao convívio de seus amigos, dos quais, porém, todo conhecimento de sua ressurreição fora oculto, até passar o perigo de uma recaída. Podem imaginar-se sua admiração e seu arrebatador espanto.

A mais emocionante particularidade desse incidente, contudo, consiste no que o próprio Sr. Stapleton afirma. Declara ele que em nenhuma ocasião esteve totalmente insensível; que vaga e confusamente tinha consciência de tudo quanto lhe acontecia, desde o momento em que foi declarado *morto* pelos médicos, até aquele em que desmaiou no assoalho do hospital. "Eu estou vivo" foram as palavras incompreendidas que, ao reconhecer que se achava numa sala de dissecação, tinha tentado pronunciar, naquela hora extrema.

Seria coisa fácil multiplicar histórias como esta, mas, abstenho-me disso porque, na verdade, não temos necessidade de tal coisa para demonstrar que, efetivamente, ocorrem enterramentos prematuros. Quando refletimos, dada a natureza do caso, quão raramente nos é possível descobri-los, devemos admitir que eles possam ocorrer *frequentemente* sem que o saibamos. É raro, na verdade, que um cemitério seja revolvido, alguma vez, com qualquer propósito e em grande extensão, e não se encontrem esqueletos em posições que sugerem as mais terríveis suspeitas.

Terrível, na verdade, a suspeita, porém mais terrível é tal destino! Podemos asseverar, sem hesitação, que *nenhum* acontecimento é tão horrivelmente capaz de inspirar o supremo desespero do corpo e do espírito como ser enterrado vivo. A insuportável opressão dos pulmões, os vapores sufocantes da terra úmida, o contato dos ornamentos fúnebres, o rígido aperto das tábuas do caixão, o negror da noite absoluta, o silêncio como um mar que nos afoga, a invisível, porém sensível, presença do Verme Conquistador, tudo isso, com a ideia do ar e da relva lá em cima, a lembrança dos queridos amigos que voariam a salvar-nos se informados de nosso destino, e a consciência de que eles *jamais* poderão ser informados desse destino, e de que nossa desesperada sorte é a do realmente morto, essas considerações, digo, acarretam ao coração que ainda palpita um grau tal de horror espantoso e intolerável, que a mais ousada imaginação recua diante dele. Nada conhecemos de mais agoniante sobre a terra. Não podemos imaginar nem a metade de coisa tão horrível nas regiões do mais profundo inferno. E, por isso, qualquer narrativa a respeito tem interesse profundo; interesse, porém, que, através do sagrado terror do próprio assunto, bem própria e caracteristicamente depende de nossa convicção da *verdade* do caso narrado. O que tenho agora a contar é do meu real conhecimento, da minha própria, positiva e pessoal experiência.

Durante vários anos estive sujeito a ataques da estranha moléstia que os médicos acordaram em chamar catalepsia, na falta de denominação mais definida. Embora tanto as causas imediatas e predisponentes como o verdadeiro diagnóstico desta doença ainda sejam misteriosos, seu caráter claro e evidente já está bastante compreendido. Suas variações parecem ser, principalmente, de grau. Às vezes, o paciente jaz, durante um dia só, ou mesmo durante curto período, numa espécie de exagerada letargia. Perde a sensibilidade e os movimentos, mas a pulsação do coração é ainda fracamente perceptível; alguns restos de calor permanecem; ligeiro colorido se mantém no centro da face; e, aplicando um espelho à boca, pode-se descobrir uma lenta, desigual e vacilante ação dos pulmões. Outras vezes, a duração do transe é de semanas ou mesmo de meses, e a mais severa investigação, as mais rigorosas experiências médicas não conseguem estabelecer qualquer distinção material entre o estado do paciente e o que concebemos como morte absoluta.

Frequentes vezes é ele salvo do enterramento prematuro apenas por saberem seus amigos que fora anteriormente sujeito a ataques catalépticos, pela consequente suspeita suscitada e, acima de tudo, pela aparência de incorrupção. Os progressos da doença sao, felizmente, gradativos. As primeiras manifestações, além de típicas, são inequívocas. Os acessos se tornam, sucessivamente, cada vez mais distintos, prolongando-se cada um mais do que o anterior. Nisto jaz a principal garantia contra a inumação. O infeliz cujo *primeiro* ataque for de caráter extremo, como ocasionalmente se vê, estará quase sem remédio condenado a ser enterrado vivo.

Meu próprio caso não diferia, em pormenores importantes, dos mencionados nos livros médicos. Às vezes, sem nenhuma causa aparente, eu mergulhava, pouco a pouco, num estado de semissíncope ou semidesmaio; e neste estado, sem dor, sem possibilidade de mover-me ou, estritamente falando, de pensar, mas com uma nevoenta e letárgica consciência da vida e da presença dos que cercavam minha cama, eu permanecia até que a crise da doença me fizesse recuperar, de súbito, a completa sensação. Outras vezes, era rápida e impetuosamente surpreendido pelo ataque. Sentia-me doente, entorpecido, frio, aturdido e caía logo prostrado. Depois, durante semanas, tudo era vácuo, negror, silêncio, e num nada se transformava o universo. Não poderia haver mais total aniquilação. Destes últimos ataques eu despertava, porém, com lentidão gradativa na proporção da subitaneidade do acesso. Da mesma forma por que o dia alvorece para o mendigo, sem lar e sem amigos, que vaga pelas ruas, através da longa e desolada noite de inverno, assim também tardia, assim também cansada, assim também alegre, voltava a luz à minha alma.

Exceto aquela predisposição para o ataque, meu estado geral de saúde apresentava-se bom; nem eu podia perceber que todo ele se achava afetado por uma doença predominante, a menos que, realmente, certa reação em meu *sono* comum pudesse ser olhada como mais um sintoma. Logo ao despertar, nunca podia de imediato assenhorear-me de meus sentidos e sempre permanecia, durante muitos minutos, em grande confusão e perplexidade, com as faculdades mentais em geral, e especialmente a memória, num estado de absoluta vaguidão.

Em tudo isso que eu experimentava não havia sofrimento físico, mas infinita angústia moral. Minha imaginação se tornava macabra. Falava de "vermes, de covas e epitáfios". Perdia-me em devaneios de morte e a ideia do enterramento prematuro se apossava de contínuo de meu cérebro. O horrendo Perigo a que estava sujeito assombrava-me dia e noite. De dia, a tortura da meditação era excessiva; de noite, suprema. Quando a disforme Escuridão inundava a terra, com todo o horror do pensamento eu tremia, tremia como as plumas palpitantes que adornam os carros fúnebres. Quando a natureza não podia mais suportar a insônia, era com relutância que eu consentia em dormir, pois me abalava o pensar que, ao despertar, poderia achar-me como habitante de um túmulo. E quando, finalmente, mergulhava no sono, era apenas para precipitar-me imediatamente num mundo de fantasmas acima do qual, com asas enormes, lúridas, tenebrosas, pairava, dominadora, a fixa ideia sepulcral.

Das inúmeras imagens de tristeza que assim me oprimiam em sonhos escolho, para ilustrar, apenas uma visão solitária. Creio que estava imerso num transe cataléptico de duração e intensidade maiores que as habituais. De repente, senti uma mão gelada pousar-se na minha fronte e uma voz, impaciente e inarticulada, sussurrou-me ao ouvido a palavra: "Levanta-te!"

Sentei-me. A escuridão era total. Não podia distinguir o vulto de quem me havia despertado. Não podia recordar-me do momento em que caíra em transe, nem do lugar em que então jazia; enquanto permanecia parado, ocupado em procurar coordenar o pensamento, a fria mão agarrou-me, feroz, pelo punho, sacudindo-o com aspereza, ao mesmo tempo que a voz inarticulada dizia novamente:

— Levanta-te! Não te ordenei que te levantasses?

— Quem és tu? — perguntei.

— Não tenho nome nas regiões onde habito — respondeu a voz, funebremente. — Eu era mortal, mas sou agora demônio. Eu era implacável, mas agora sou compassivo. Deves sentir que estou tremendo. Meus dentes matraqueiam enquanto falo, embora não seja por causa da frialdade da noite, da noite sem fim. Essa hediondez, porém, é insuportável. Como podes *tu* dormir tranquilo? Não posso repousar por causa do clamor dessas grandes agonias. Esse espetáculo é superior às minhas forças. Põe-te de pé! Sai comigo para a noite e deixa que eu te escancare os túmulos. Não é esta uma visão de horror? Contempla!

Olhei, e o vulto invisível que ainda me agarrava pelo punho fez com que se abrissem todos os túmulos da humanidade, e de cada um saiu o fraco palor fosfórico da podridão; e então eu pude ver, dentro dos mais absconsos recessos, pude ver os corpos amortalhados nos seus tristes e solenes sonos com o verme. Mas, ai!, os que dormiam verdadeiramente eram muitos milhões menos do que aqueles que não dormiam absolutamente; e debatiam-se, sem força; havia uma agitação geral e confrangedora; e das profundezas das covas incontáveis se elevava o ruído roçagante e melancólico das mortalhas dos sepultos. E entre aqueles que pareciam tranquilamente repousar vi que grande número havia mudado, em maior ou menor proporção, a rígida e incômoda posição em que tinham sido primitivamente enterrados. E a voz de novo me disse, enquanto eu contemplava:

— Não é isto, oh!, não é isto uma visão lastimável?

Mas antes que eu pudesse encontrar palavras para replicar, o vulto largou-me o punho, as luzes fosfóricas se extinguiram e as tumbas se fecharam com súbita violência, enquanto delas se erguia um tumulto de clamores desesperados; e ele disse de novo: "Não é isto, meu Deus!, não é isto uma visão lastimável?"

Fantasias como estas que se apresentavam à noite estendiam sua terrífica influência muito além de minhas horas de vigília. Meus nervos se relaxaram inteiramente e me tornei presa de perpétuo horror. Hesitava em cavalgar, em passear ou em praticar qualquer exercício que me afastasse de casa. Na realidade, não ousava mais afastar-me da imediata presença daqueles que sabiam de minha propensão à catalepsia, temendo que, ao cair num de meus costumeiros ataques, viesse a ser enterrado antes de que minha verdadeira condição fosse certificada. Duvidava do cuidado, da fidelidade de meus mais queridos amigos. Receava que, em algum transe de maior duração que a habitual, fossem eles induzidos a considerá-lo como definitivo. Eu mesmo cheguei a ponto de temer que, por causar muito incômodo, ficassem eles satisfeitos em considerar qualquer ataque muito demorado como suficiente escusa para se verem livres de mim de uma vez por todas. Era em vão que eles procuravam tranquilizar-me com as mais solenes promessas. Exigi os mais sagrados juramentos de que em nenhuma circunstância eles me enterrariam sem que a decomposição estivesse materialmente adiantada, que se tornasse impossível qualquer ulterior preservação. E mesmo assim meus terrores mortais não queriam dar ouvidos à razão, não queriam aceitar consolo. Iniciei uma série de cuidadosas precauções. Entre outras coisas, mandei remodelar o jazigo de família, de modo a facilitar o ser prontamente aberto de dentro. A mais leve pressão sobre uma comprida manivela, que avançava bem dentro do túmulo, causaria a abertura dos portais de ferro. Havia também dispositivos para a livre admissão do ar e da luz e adequados recipientes para comida e água, dentro do imediato alcance do caixão preparado para receber-me. O caixão estava quente e maciamente acolchoado e provido de uma tampa construída de acordo com o sistema da porta do jazigo, com o acréscimo de molas tão engenhosas, que o mais fraco movimento do corpo seria suficiente para abri-lo. Além de tudo isso, havia, suspenso do teto do túmulo, um grande sino, cuja corda, como determinei, deveria ser enfiada por um buraco do caixão e amarrada a uma das mãos do cadáver. Mas, ah!, de que vale a vigilância contra o Destino do homem? Nem mesmo aquelas tão engenhosas seguranças bastaram para salvar das extremas agonias de ser enterrado vivo um desgraçado condenado de antemão a essas mesmas agonias!

Chegou uma época — como muitas vezes havia chegado antes — em que me achei emergindo de total inconsciência para o início de um fraco e indefinido senso da existência. Vagarosamente, numa gradação tardígrada, aproximou-se a nevoenta madrugada do dia psicológico. Um torpor incômodo. Um sofrimento apático de obscura dor. Nenhuma atenção, nenhuma esperança, nenhum esforço. Em seguida, após longo intervalo, um zumbido nos ouvidos; depois disso, após um lapso de tempo ainda mais longo, uma comichão ou sensação de formigueiro nas extremidades; depois, um período aparentemente eterno de aprazível quietude, durante o qual os sentimentos despertos lutam dentro do pensamento; depois, um breve e novo mergulho no nada; depois, uma súbita revivescência. Afinal, o rápido tremer de uma pálpebra, e, imediatamente após, um choque elétrico de terror, mortal e indefinido, que arroja o sangue em torrentes das têmporas para o coração. E agora, o primeiro positivo esforço para pensar. E agora, a primeira tentativa de recordar. E agora, um êxito parcial e evanescente. E agora, a memória já recuperou de tal modo seu domínio que, até certa medida, estou consciente de meu estado. Sinto que não estou despertando de um sono comum. Lembro-me de que estive sujeito à catalepsia. E agora, afinal, como que inundado por um oceano, meu espírito trêmulo é dominado pelo Perigo horrendo, por aquela espectral e tirânica ideia fixa.

Permaneci imóvel alguns minutos, depois que essa imagem se apoderou de mim. E por quê? Eu não podia armar-me de coragem para mover-me. Não ousava fazer o esforço necessário para certificar-me de minha sorte, e, contudo, havia algo no meu coração que me sussurrava que ela era fatal. O desespero — como o de nenhuma outra desgraça que jamais salteou o ser humano —, só o desespero me impeliu, após longa irresolução, a erguer as pesadas pálpebras de meus olhos. Ergui-as. Estava escuro, totalmente escuro. Senti que o ataque tinha passado. Senti que a crise de minha doença há muito desaparecera. Senti que me achava agora, completamente, em pleno uso de minhas faculdades visuais. E, contudo, estava escuro, totalmente escuro, daquela escuridão intensa e extrema da Noite que dura para sempre.

Tentei gritar, e meus lábios e minha língua seca moveram-se convulsivamente, em comum tentativa, mas nenhuma voz saiu dos cavernosos pulmões, que, como oprimidos sob o peso de alguma esmagadora montanha, arfavam e palpitavam com o coração a cada trabalhosa e penosa respiração.

O movimento das mandíbulas, no esforço de gritar bem alto, mostrava-me que elas estavam amarradas, como se faz usualmente com os mortos. Senti também que jazia sobre alguma coisa sólida e que a mesma coisa também me comprimia estreitamente ambos os lados. Até então eu não me atrevera a mover qualquer dos membros; mas agora, violentamente, levantei os braços que tinham estado até então sobre o peito, com as mãos cruzadas. Eles bateram de encontro a uma madeira sólida, que se estendia sobre mim, a uma altura de não mais do que seis polegadas de meu rosto. Não podia mais duvidar de que repousava dentro de um caixão.

E então, entre todas as minhas infinitas aflições, senti aproximar-se suavemente o anjo da Esperança, pois pensei nas precauções que havia tomado. Retorci-me e fiz esforços espasmódicos para abrir a tampa: não se movia. Tateei os punhos à procura da corda do sino: não foi encontrada. E então o anjo confortador voou para sempre e um desespero ainda mais agudo reinou triunfante, porque clara se tornava a ausência das almofadas que eu tinha tão cuidadosamente preparado, e depois, também, chegou-me subitamente às narinas o forte e característico odor da terra úmida. A conclusão era irresistível. Eu *não* estava dentro do jazigo. Fora vítima dum de meus ataques enquanto me achava fora de casa e então alguns estranhos, quando ou como não me podia recordar, me enterraram como a um cachorro, trancado dentro dum caixão comum e lançado no fundo, bem no fundo e para sempre, de alguma *cova* ordinária e sem nome.

Quando essa terrível convicção se fixou à força nos recessos mais íntimos de minha alma, esforcei-me mais uma vez por gritar bem alto. E essa segunda tentativa deu resultado. Um longo, selvagem e contínuo grito, ou bramido de agonia, ressoou através dos domínios da Noite subterrânea.

— Ei! Ei! Olha aqui! — respondeu uma voz grosseira.

— Que diabo é isso agora? — disse um segundo.

— Acabe com isso! — gritou um terceiro.

— Que pretende você berrando desse jeito, como um danado? — disse um quarto.

E nisto fui agarrado e sacudido sem cerimônia durante muitos minutos por uma turma de sujeitos mal-encarados. Não me despertaram de meu sono, porque eu estava bem desperto quando gritei, mas me fizeram recobrar a plena posse de minha memória.

Esta aventura ocorreu perto de Richmond, na Virgínia. Acompanhado por um amigo eu tinha avançado, seguindo uma expedição de caça, algumas milhas ao longo das margens do Rio Jaime. A noite se aproximou e fomos surpreendidos por uma tempestade. O camarote duma pequena chalupa, ancorada no rio e carregada de terra pastosa para jardim, oferecia-se como o único abrigo disponível. Arranjamo-nos o melhor que pudemos para passar a noite a bordo. Adormeci em um dos dois únicos beliches da embarcação. Os beliches duma chalupa de sessenta ou setenta toneladas quase não precisam ser descritos. Aquele que eu ocupava não tinha colchão de espécie alguma. Sua largura extrema era de dezoito polegadas. A distância até o tombadilho, por cima da cabeça, era precisamente a mesma. Fora com excessiva dificuldade que me apertara dentro dele. Apesar de tudo, adormeci profundamente, e toda aquela minha visão, porque não era sonho, nem pesadelo, surgiu naturalmente das circunstâncias de minha posição, do meu habitual pensamento impressionado e da dificuldade, a que já aludi, de recuperar os sentidos e especialmente a memória durante muito tempo depois de despertar de um sono. Os homens que me sacudiram eram da tripulação da chalupa e alguns trabalhadores contratados para descarregá-la. Da própria carga é que provinha aquele cheiro de terra. A ligadura em torno de meus queixos era um lenço de seda em que havia enrolado minha cabeça, na falta de meu costumeiro barrete de dormir.

As torturas experimentadas, porém, eram, sem dúvida, completamente idênticas, no momento, as duma verdadeira sepultura. Eram pavorosas, eram inconcebivelmente hediondas. Mas do Mal se origina o Bem, porque aqueles paroxismos operaram inevitável revulsão no meu espírito. Minha alma adquiriu tonalidade, adquiriu têmpera. Viajei para o estrangeiro. Fiz vigorosos exercícios. Aspirei o ar livre do Céu. Pensei em outras coisas que não na Morte. Descartei-me de meus livros de medicina. Queimei Buchan.[2] Não li mais os *Pensamentos Noturnos*, nem aranzéis a respeito de cemitérios, nem histórias de fantasmas *como esta*. Em resumo, tornei-me um novo homem e vivi vida de homem. Desde aquela memorável noite afugentei para sempre minhas apreensões sepulcrais e com elas esvaneceu-se a doença cataléptica, da qual, talvez, tivessem sido menos a consequência que a causa.

Há momentos em que, mesmo aos olhos serenos da Razão, o mundo de nossa triste Humanidade pode assumir o aspecto de um inferno, mas a imaginação do homem não é Carathis para explorar impunemente todas as suas cavernas. Ah! A horrenda legião dos terrores sepulcrais não pode ser olhada de modo tão completamente fantástico, mas, como os Demônios em cuja companhia Afrasiab fez sua viagem até o Oxus, eles devem dormir ou nos devorarão, devem ser mergulhados no sono ou nós pereceremos.

2 Guilherme Buchan (1729-1805), médico escocês, autor duma muito conhecida e difundida *Medicina doméstica* e de *conservador das mães e das crianças*. (N. T.)

O caixão quadrangular[1]

Há alguns anos, segui viagem de Charleston (Carolina do Sul) para a cidade de Nova York, no belo navio *Independência*, do Capitão Hardy. Devíamos viajar no dia 15 do mês de junho, se o tempo permitisse; e, no dia 14, fui a bordo para arranjar algumas coisas em meu camarote.

Achei que íamos ter muitos passageiros, inclusive um número maior de senhoras do que o habitual. Da lista constavam muitos conhecidos meus, e, entre outros nomes, alegrei-me por ver o do Sr. Cornélio Wyatt, jovem artista a quem dedicava eu cordial amizade. Fora meu companheiro de estudos na Universidade de C***, onde andávamos sempre juntos. Tinha ele o temperamento comum dos gênios, formando um conjunto de misantropia, sensibilidade e entusiasmo. A essas qualidades unia ele o coração mais ardente e mais franco que jamais bateu em peito humano.

Observei que seu nome estava afixado em três camarotes e, tendo novamente consultado a lista de passageiros, descobri que ele tinha tomado passagem para si mesmo, sua mulher e duas irmãs dele. Os camarotes eram suficientemente espaçosos, tendo cada um dois beliches, um por cima do outro. Esses beliches, para falar a verdade, eram tão excessivamente estreitos, que neles não cabia mais de uma pessoa; contudo, eu não podia compreender por que havia *três* camarotes para aquelas quatro pessoas. Encontrava-me justamente naquela época em um daqueles fantásticos estados de espírito que tornam um homem anormalmente curioso em questão de ninharias; e confesso, envergonhado, que me preocupei com uma variedade de conjeturas indelicadas e absurdas a respeito dessa história de camarotes excedentes. Decerto, não era da minha conta; mas com pertinácia não pequena esforcei-me pela solução do enigma. Afinal cheguei a uma conclusão que me provocou grande espanto, por não tê-la descoberto antes: "É uma criada, sem dúvida — disse eu. — Que tolo fui, por não ter mais cedo pensado em tão evidente solução!" E novamente reparei na lista; mas ali vi distintamente que *nenhuma* criada acompanhava o grupo, embora, de fato, tivesse sido intenção original trazer uma, pois as palavras "e criada" tinham sido escritas a princípio e depois riscadas. "Oh! Muita bagagem, decerto — disse então para mim mesmo. — Algo que ele não deseja pôr no porão, algo que deve ficar sob suas vistas... Ah, achei! Uma pintura ou coisa semelhante... Deve ser isso o que ele andou trocando com o Nicolino, um judeu italiano." Essa ideia me satisfez e pus de parte minha curiosidade por essa vez.

Conhecia muito bem as duas irmãs de Wyatt, e que moças amáveis e inteligentes eram elas! Ele havia-se casado recentemente, de modo que eu nunca vira sua mulher. Muitas vezes me falara a respeito dela, porém no seu habitual estilo entusiasmado. Descrevia-a como de uma beleza surpreendente, muito inteligente e prendada. Sentia-me, por isso, grandemente ansioso por conhecê-la.

No dia em que visitei o navio (dia 14), Wyatt e família ali estavam também para visitá-lo, assim me informou o capitão, e fiquei esperando a bordo, uma hora mais do que tinha pretendido, na expectativa de ser apresentado à jovem esposa, mas então recebi uma desculpa. "A Sra. Wyatt estava um pouco indisposta e desistira de vir a

1 Publicado pela primeira vez no *Godey's Lady's Book*, setembro de 1844. Título original: THE OBLONG BOX.

bordo, o que só faria no dia seguinte, à hora da partida."

No dia seguinte, seguia eu do meu hotel para o cais, quando o Capitão Hardy me encontrou e me disse que "devido às circunstâncias (frase estúpida, porém conveniente) achava ele que o *Independência* não viajaria antes de um dia ou dois e que, quando tudo estivesse pronto, ele me mandaria dizer". Achei aquilo estranho, porque soprava uma constante brisa do sul; mas como as "circunstâncias" não estivessem à vista, embora eu as sondasse com a maior perseverança, nada tinha a fazer senão voltar para casa e digerir minha impaciência à vontade.

Esperei quase uma semana pelo recado do capitão. Chegou porém, afinal, e segui imediatamente para bordo. O navio estava repleto de passageiros e tudo se achava em alvoroço à espera da partida. A família de Wyatt chegou quase dez minutos depois de mim. Eram as duas irmãs, a esposa e o artista — este, em um de seus habituais acessos de melancólica misantropia. Eu, porém, estava por demais habituado a eles para dar-lhes qualquer atenção especial. Ele nem mesmo me apresentou a sua mulher, cortesia deixada, por força, a cargo de sua irmã Mariana, moça muito delicada e inteligente, que em algumas palavras apressadas nos tornou conhecidos.

A Sra. Wyatt usava um véu cerrado e, quando o ergueu para responder ao meu cumprimento, confesso que fiquei profundamente atônito. E muito mais teria eu ficado se uma longa experiência não me houvesse advertido a não acreditar, com confiança demasiado implícita, nas entusiásticas descrições de meu amigo artista, quando se comprazia em comentários a respeito da formosura das mulheres. Quando o tema era a beleza, bem sabia eu a facilidade com que ele remontava às regiões do puro ideal.

A verdade é que eu não podia deixar de olhar a Sra. Wyatt como uma mulher decididamente nada bonita. Se não era positivamente feia, penso eu que não estava muito longe disso. Trajava, porém, com gosto esquisito, e então não tive dúvida de que ela dominara o coração de meu amigo pelas mais duradouras graças da inteligência da alma. Ela disse muito poucas palavras e dirigiu-se imediatamente para o seu camarote com o Sr. Wyatt.

Minha velha curiosidade então voltou. Não havia criada, este era um ponto assente. Procurei, em consequência, a bagagem extraordinária. Depois de alguma demora, chegou uma carroça ao cais com um caixão quadrangular de pinho, que parecia ser a última coisa que se esperava. Imediatamente após sua chegada, partimos e dentro em pouco havíamos saído livremente da barra rumando para o mar.

O caixão em questão era, como eu disse, quadrangular. Tinha quase um metro e oitenta centímetros de comprimento, por noventa de largura. Observei-o atentamente, de modo a poder ser exato. Ora, aquele formato era *característico* e, logo que o vi, louvei-me pela precisão de minhas suposições. Eu chegara à conclusão, como se hão de lembrar, de que a bagagem excedente de meu amigo o artista deveria constar de pinturas, ou pelo menos de uma pintura, pois eu sabia que ele estivera durante várias semanas conferenciando com Nicolino. E agora ali estava um caixão que, dada sua forma, nada mais no mundo *podia* conter possivelmente senão uma cópia da *Última ceia* de Leonardo, e uma cópia dessa mesma *Última ceia* que Rubini, o moço, fizera em Florença e que desde algum tempo eu sabia estar em poder de Nicolino. Considerado, portanto, esse ponto como suficientemente assente, vangloriei-me bastante ao pensar em minha acuidade. Que eu soubesse, era a primeira vez que Wyatt me escondia algum de seus segredos artísticos; mas aí ele evidentemente pretendia lavrar um tento sobre mim e contrabandear para Nova York um belo quadro, sob meu próprio nariz, esperando que eu nada soubesse a respeito. Resolvi lográ-lo bem, então, e para o futuro.

Uma coisa, contudo, me aborreceu bastante. O caixote não foi levado para o camarote excedente. Foi depositado no próprio camarote de Wyatt, e ali ficou, aliás, ocupando quase todo o assoalho, sem dúvida, com enorme desconforto para o artista e sua mulher; e isso mais especialmente porque o piche ou a tinta com que fora endereçado, em maiúsculas deitadas, emitia um odor forte, desagradável e, para minha imaginação, caracteristicamente repugnante. Na tampa estavam pintadas as palavras:

> SENHORA ADELAIDE CURTIS, ALBANY, NOVA YORK.
> AOS CUIDADOS DO SENHOR CORNÉLIO WYATT.
> ESTE LADO PARA CIMA. CARREGUE COM CUIDADO.

Agora sei que a Sra. Adelaide Curtis era a mãe da mulher do artista, mas então tomei todo o endereço como uma mistificação preparada especialmente para mim. Convenci-me, sem dúvida, de que o caixão e seu conteúdo não iriam mais além do estúdio de meu misantrópico amigo, em *Chambers Street*, Nova York.

Durante os primeiros três ou quatro dias, tivemos bom tempo embora o vento estivesse em calmaria pela frente — tendo mudado de direção para o norte logo depois que perdemos a costa de vista. Os passageiros se achavam, por consequência, em excelente disposição de espírito e de sociabilidade. Devo fazer exceção, porém, de Wyatt e de suas irmãs, que se conduziam secamente e, não podia eu deixar de pensar, descortesmente, para com os demais. Eu não me importava muito com a conduta de Wyatt. Estava sombrio, além do costume — de fato, estava taciturno —, mas eu já contava com a excentricidade dele. Quanto às irmãs, porém, não havia desculpa. Conservaram-se reclusas nos seus camarotes durante a maior parte da travessia e recusaram-se absolutamente, embora eu repetidas vezes instasse com elas, a manter comunicação com qualquer pessoa de bordo.

A própria Sra. Wyatt era muito mais agradável. Isto é, era loquaz, e ser loquaz não é pequena recomendação para quem viaja. Tornou-se excessivamente íntima da maior parte das senhoras e, para intenso espanto meu, revelou inequívoca disposição de namorar os homens. Divertiu-nos bastante, a todos. Eu digo "divertiu-nos" e dificilmente sei como explicar-me. A verdade é que logo descobri que muito mais vezes riam *da* Sra. Wyatt do que *com* ela. Os cavalheiros pouco falavam a seu respeito, mas as senhoras, em pouco tempo, acharam que ela era "uma criatura cordial, de aparência um tanto comum, totalmente ineducada e decididamente vulgar".

O que causava maior espanto era ter Wyatt caído em tal casamento. A solução geral era o dinheiro, mas isso sabia eu que não resolvia absolutamente nada, pois Wyatt me dissera que ela não lhe trouxera nem um dólar, nem esperava ele nenhum dinheiro de sua parte. "Casara-se — falou-me — por amor e por amor somente; e sua esposa era mais do que digna de seu amor."

Quando pensava nestas expressões de parte de meu amigo confesso que me sentia indescritivelmente confuso. Seria possível que ele tivesse perdido o juízo? Que outra coisa poderia eu pensar? "Ele", tão refinado, tão intelectual, tão exigente,

com tão rara percepção das coisas imperfeitas e tão profundo na apreciação da beleza! Para falar a verdade, a mulher parecia especialmente apaixonada por ele — isso, de modo particular, na sua ausência —, tornando-se ridícula pelas frequentes citações do que fora dito pelo seu "amado esposo, Sr. Wyatt". A palavra "marido" parecia estar sempre — para usar uma de suas próprias e delicadas expressões — "na ponta de sua língua". Entrementes, todos a bordo observavam que ele a evitava da maneira mais saliente e na maior parte do tempo fechava-se sozinho no seu camarote, onde, de fato, podia dizer-se que vivia, deixando sua mulher em plena liberdade de divertir-se como achasse melhor na sociedade dos passageiros do salão principal.

Minha conclusão do que via e ouvia era que o artista, por algum imprevisto capricho da sorte ou talvez num arroubo de entusiástica e fantástica paixão, fora induzido a unir-se a uma pessoa inteiramente inferior a ele e que, como resultado natural, não tardara em sobrevir-lhe um desgosto completo. Eu o lamentava do íntimo do coração, mas não podia, por esta razão, perdoar-lhe inteiramente o sigilo a respeito da *Última ceia*. Por isso resolvi desforrar-me.

Um dia subiu ele ao tombadilho e, pegando-o pelo braço como fora sempre meu costume, fiquei a passear com ele para lá e para cá. Seu ar melancólico (que considerei perfeitamente natural nas circunstâncias do momento) parecia conservar-se sem diminuição. Falou pouco e, assim mesmo, tristemente e com evidente esforço. Aventurei um ou dois gracejos e ele esboçou uma amarela tentativa de sorriso. Pobre rapaz!... Quando pensava em "sua mulher", imaginava se ele teria coragem para até mesmo simular um pouco de contentamento. Por fim, aventurei uma investida direta. Decidi começar uma série de insinuações ocultas ou indiretas a respeito do caixão quadrangular, justamente para deixá-lo perceber, gradativamente, que eu não era totalmente o alvo ou a vítima de sua pontinha de divertida mistificação. Minha primeira observação foi como a exibição duma bateria mascarada. Disse alguma coisa a respeito da "forma característica *daquele* caixão" e, enquanto pronunciava as palavras, sorria intencionalmente, piscando os olhos e tocando-lhe de leve nas costelas com meu indicador.

A maneira pela qual Wyatt recebeu minha inocente brincadeira convenceu-me imediatamente de que ele estava louco. A princípio olhou para mim como se achasse impossível compreender o chiste de minha observação; mas à medida que sua intencionalidade parecia abrir lentamente caminho no seu cérebro, seus olhos pareciam querer saltar fora das órbitas. Depois ficou vermelhíssimo e horrivelmente pálido e, em seguida, como se intensamente divertido com o que eu tinha insinuado, desatou numa gargalhada enorme e desgovernada que, com grande espanto meu, ele manteve, com gradual e crescente vigor, durante dez minutos ou mais. Em conclusão, caiu pesadamente sobre o tombadilho. Quando corri para levantá-lo, tinha ele toda a aparência de estar *morto*.

Pedi socorro e, com bastante dificuldade, conseguimos fazê-lo voltar a si. Ao recobrar os sentidos pôs-se a falar incoerentemente durante algum tempo. Por fim, o sangramos e levamos para a cama. No dia seguinte estava completamente são no que se referia apenas à sua saúde física. Do espírito, porém, não digo nada, sem dúvida. Evitei-o durante o resto da travessia, a conselho do capitão, que parecia concordar totalmente comigo a respeito da insanidade de Wyatt, mas preveniu-me que não tocasse nesse assunto com pessoa alguma de bordo.

Circunstâncias várias ocorreram logo após aquele ataque de Wyatt, as quais contribuíram para aumentar a curiosidade de que já estava eu possuído. Entre outras coisas a seguinte: eu tinha estado nervoso, bebi muito chá verde, forte, e à noite dormi mal; de fato, durante duas noites, não podia dizer propriamente que havia dormido. Ora, meu camarote abria-se para o salão principal ou sala de jantar, como todos os camarotes de solteiro. Os três cômodos de Wyatt achavam-se no compartimento de trás, que se separava do principal por uma pequena porta corrediça, jamais fechada, mesmo à noite. Como quase constantemente estivéssemos a favor do vento e a brisa não chegasse a ser violenta, o navio inclinava-se para sota-vento, mui consideravelmente; e quando seu lado de estibordo estava para sota-vento a porta corrediça, entre os camarotes, abria-se e assim ficava, não se dando ninguém ao cuidado de levantar-se para fechá-la. Mas meu beliche se achava em tal posição que, quando a porta de meu camarote estava aberta ao mesmo tempo que a porta corrediça em questão (e minha própria porta ficava sempre aberta por causa do calor), podia eu avistar distintamente o interior do compartimento de trás, e justamente a parte dele, onde se achavam situados os camarotes do Sr. Wyatt. Pois bem, durante duas noites (não consecutivas), enquanto eu jazia acordado, claramente vi a Sra. Wyatt, cerca das onze horas de cada noite, sair furtivamente do camarote do Sr. Wyatt e entrar no camarote extra, onde permanecia até a madrugada, quando era chamada pelo marido e regressava. Era claro que eles estavam virtualmente separados. Tinham aposentos separados, sem dúvida, na perspectiva de um divórcio mais permanente; e ali, afinal de contas, pensava eu, estava o mistério do camarote extra.

Havia outra circunstância também que me interessou bastante. Durante as duas noites de vigília em questão e imediatamente após o desaparecimento da Sra. Wyatt no interior do camarote extra, fui atraído por certos rumores estranhos, cautelosos e sumidos, no de seu marido. Depois de ter ficado à escuta por algum tempo, com ansiosa atenção, consegui por fim apreender perfeitamente sua significação. Eram sons causados pelo artista, ao levantar a tampa do caixão quadrangular, por meio de um formão e macete, este último com a ponta aparentemente envolta ou amortecida por alguma substância de algodão ou de lã macia.

Dessa forma, imaginei que podia distinguir o momento preciso em que ele despregasse a tampa, bem como que podia determinar quando ele a abrisse completamente e quando a depositasse sobre o beliche inferior do seu camarote. Descobri este último ponto, por exemplo, por causa de certas pancadas leves que a tampa deu ao bater contra as extremidades de madeira do beliche, quando ele tentou depositá-la bem devagar, pois não havia lugar para ela no assoalho. Depois disso, houve um silêncio mortal e nada mais eu ouvi, em qualquer outra ocasião, até quase o raiar do dia, a menos que deva talvez fazer menção de um leve soluço ou murmúrio, tão contido, que quase se tornava inaudível, se é que na realidade esse último ruído não se tinha produzido apenas na minha própria imaginação. Digo que parecia ele *assemelhar-se* a um soluço ou suspiro, mas sem dúvida podia não ser uma coisa nem outra. Acho antes que foi um estalido nas minhas próprias orelhas. O Sr. Wyatt, sem dúvida, de acordo com o costume, estava simplesmente dando rédeas a uma de suas manias, comprazendo-se num de seus arroubos de entusiasmo artístico. Abrira o caixão quadrangular a fim de pastar os olhos no tesouro pictórico que ali se achava. Nada havia nisto, porém, que o fizesse *soluçar*. Repito, pois, que deve ter sido simplesmente um capricho de minha própria fantasia, destemperada pelo chá verde do bom Capitão Hardy. Precisamente antes do alvorecer, em cada uma das duas noites de que falo, ouvi de modo distinto o Sr. Wyatt tornar a colocar a tampa sobre o caixão quadrangular, e recolocar os pregos nos lugares por meio do macete empanado. Tendo feito isto, ele saiu de seu camarote, completamente vestido, e começou a chamar a Sra. Wyatt no dela.

Havia sete dias que navegávamos e havíamos passado o Cabo Hatteras, quando sobreveio um vendaval, tremendamente pesado, do sudoeste. Estávamos, de certo modo, preparados para ele, pois o tempo já se tinha mostrado ameaçador algumas vezes. Tudo tinha sido posto em ordem, em cima e embaixo, e quando o vento rapidamente refrescou, colhemos as velas, afinal, ficando apenas com a mezena e a gávea do traquete, ambas em duplos rizes.

Nessa aparelhagem navegamos bem a salvo durante 48 horas, demonstrando o navio ser um excelente barco, a muitos respeitos, não fazendo água de modo sensível. Ao fim desse período, porém, as rajadas se tinham transformado em furacão e a nossa vela de popa foi rasgada, levando-nos tanto na cava da vaga que engolimos muitas ondas prodigiosas, uma imediatamente após a outra. Com esse acidente perdemos três homens, arrebatados pela água, com a cozinha e quase todas as amuradas de bombordo. Mal tínhamos recuperado a calma, antes que a gávea do traquete se tivesse estraçalhado, quando içamos uma vela de estai, adequada ao tempo, e com isso conseguimos manter-nos muito bem, durante algumas horas, afrontando o mar muito mais depressa do que antes.

O temporal, contudo, ainda continuava e não víamos sinais de que amainasse. Verificou-se que o velame estava mal mareado e grandemente esticado; e no terceiro dia do vendaval, cerca das cinco horas da tarde, nosso mastro de mezena, numa pesada guinada para barlavento, caiu. Durante uma hora ou mais, tentamos, em vão, desembaraçar-nos dele, por causa do fantástico jogo do navio; e antes de o havermos conseguido, o carpinteiro veio acima e anunciou que havia mais de um metro de água no porão. Para aumento de nosso problema, verificamos que as bombas estavam entupidas e quase imprestáveis.

Tudo agora era confusão e desespero, mas um esforço foi feito para aliviar o navio, lançando ao mar tudo quanto se pôde encontrar de sua carga e cortando os dois mastros restantes. Conseguimos afinal fazer tudo isso, mas achávamo-nos ainda impossibilitados de utilizar as bombas e entrementes a entrada de água aumentava muito depressa.

Ao pôr do sol a tempestade tinha sensivelmente diminuído de violência e, como o mar foi serenando, nós ainda entretivemos fracas esperanças de salvar-nos nos escaleres. Às oito da noite as nuvens se abriram a barlavento e tivemos a vantagem de uma lua cheia, dom da fortuna, que serviu maravilhosamente para soerguer o nosso espírito abatido.

Depois de incrível trabalho conseguimos por fim lançar o escaler, sem acidente material, e dentro dele se amontoaram toda a tripulação e a maior parte dos passageiros. Esse grupo afastou-se imediatamente e, depois de suportar muitos sofrimentos, chegou afinal, a salvo, à Baía de Ocracoke, no terceiro dia após o desastre.

Catorze passageiros, com o capitão, ficaram a bordo, resolvendo confiar sua sorte ao escaler da popa. Nós o arriamos sem dificuldade, embora só por milagre evitássemos que mergulhasse ao tocar a água. Levava, quando posto a flutuar, o capitão e sua mulher, o Sr. Wyatt e família, um oficial mexicano com mulher e quatro filhos, e eu mesmo com um criado negro.

Não tínhamos lugar, sem dúvida, para qualquer outra coisa, à exceção de poucos instrumentos, positivamente necessários, algumas provisões e as roupas que usávamos. Ninguém tivera a ideia de nem mesmo tentar salvar alguma outra coisa mais. Qual não foi, porém, o espanto de todos, quando, tendo-nos afastado algumas toesas do navio, o Sr. Wyatt, de pé na escota de popa, friamente pediu ao Capitão Hardy que fizesse voltar o escaler para ir buscar seu caixão quadrangular.

— Sente-se, Sr. Wyatt — replicou o capitão, um tanto severamente. — O senhor nos fará ir ao fundo se não se conservar completamente quieto. Nossa amurada está quase dentro da água agora.

— O caixão! — vociferou o Sr. Wyatt, ainda de pé. — O caixão, digo eu! Capitão Hardy, o senhor não pode, o senhor não poderá recusar-se. Seu peso será uma ninharia... É nada, simplesmente nada. Pela mãe que o deu à luz, pelo amor de Deus, pela esperança de sua salvação... imploro-lhe que volte para buscar o caixão!

O capitão, por um instante, pareceu comovido pelo fervoroso apelo do artista, mas recuperou sua atitude grave e disse simplesmente:

— Sr. Wyatt, o senhor está louco. Não posso dar-lhe ouvidos. Sente-se, digo-lhe, ou fará virar o bote! Fique aí... Agarrem-no! Segurem-no! Ele vai cair ao mar... Pronto! Já sabia... caiu!

Enquanto o capitão dizia isso, o Sr. Wyatt, efetivamente, pulou fora do bote e, como estivéssemos ainda a sota-vento do navio naufragado, conseguiu, quase que graças a um esforço sobre-humano, agarrar uma corda que pendia das correntes da proa. No instante imediato achava-se ele a bordo correndo freneticamente para o camarote.

Entrementes tínhamos sido arrastados para a popa do navio e, estando completamente fora de seu sota-vento, ficamos à mercê das tremendas ondas que ainda rolavam. Fizemos decidido esforço para voltar, mas nosso pequeno barco era como uma pena ao sopro da tempestade. Vimos, num relance, que a sentença do desventurado artista fora lavrada.

À medida que nossa distância do navio naufragado aumentava rapidamente, o louco (pois como tal somente o poderíamos olhar) era visto saindo da escada do tombadilho, arrastando, à custa de um esforço que parecia verdadeiramente gigantesco, o caixão quadrangular. Enquanto olhávamos no auge do espanto, ele passou rapidamente várias voltas de uma corda de três polegadas, primeiro, em torno do caixão, e depois, em torno de seu corpo. Logo depois, corpo e caixão caíram ao mar, desaparecendo subitamente, imediatamente e para sempre.

Retardamos por um momento, com tristeza, nossas remadas, com os olhos fixos naquele ponto. Afinal, afastamo-nos. Mantivemo-nos em silêncio, durante uma hora. Por fim, aventurei uma observação.

— Reparou, capitão, como eles afundaram repentinamente? Não foi isso uma coisa muito singular? Confesso que entretive certa fraca esperança de sua salvação final, quando o vi amarrar-se ao caixão e lançar-se ao mar.

— Era natural que afundassem — replicou o capitão — e sem demora. Em breve, porém, subirão à tona de novo, *quando o sal se derreter*.

— O sal! — exclamei.

— Psiu! — disse o capitão, apontando para a mulher e as irmãs do morto. — Falaremos a esse respeito em ocasião mais oportuna.

*

Sofremos muito e escapamos por um triz, mas a sorte protegeu-nos bem como aos nossos companheiros do outro escaler. Chegamos à terra, afinal, mais mortos do que vivos, depois de quatro dias de intensa angústia, na praia fronteira à Ilha de Roanoke. Permanecemos ali uma semana, não fomos maltratados pelos aproveitadores de naufrágios e, por fim, obtivemos passagem para Nova York.

Cerca de um mês depois da perda do *Independência*, encontrei o Capitão Hardy na Broadway. Nossa conversa dirigiu-se naturalmente para o desastre e, de modo especial, para a triste sorte do pobre Wyatt. Foi assim que vim a conhecer os seguintes pormenores:

O artista havia comprado passagem para si mesmo, sua mulher, duas irmãs e uma criada. Sua esposa era, realmente, como ele a descrevera, a mais amável e mais perfeita mulher. Na manhã do dia 14 de junho (dia em que visitei pela primeira vez o navio), a mulher subitamente adoeceu e morreu. O jovem marido ficou louco de dor, mas circunstâncias imperiosas o impediam de adiar sua viagem para Nova York. Era preciso levar para sua sogra o cadáver de sua adorada esposa, e, por outro lado, o universal preconceito que o proibia de fazê-lo tão abertamente era bem conhecido. Nove décimos dos passageiros teriam abandonado o navio, de preferência a seguir viagem com um cadáver.

Neste dilema, o Capitão Hardy resolveu que o corpo, depois de parcialmente embalsamado e coberto de grande quantidade de sal, fosse colocado num caixão de dimensões adequadas e transportado para bordo como mercadoria. Nada deveria ser dito a respeito da morte da senhora; e, como era bem sabido que o Sr. Wyatt tinha tomado passagem para sua mulher, tornou-se necessário que alguém a substituísse durante a viagem. A criada da morta prestou-se facilmente a fazê-lo. O camarote extra, primitivamente tomado para essa moça, enquanto vivia sua patroa, foi então simplesmente conservado. Naquele camarote, dormia todas as noites, é evidente, a pseudoesposa. Durante o dia representava ela, o melhor que podia, o papel de sua patroa, que — como fora cuidadosamente apurado — era desconhecida de quaisquer dos passageiros de bordo.

Meu próprio engano surgiu, bastante naturalmente, do meu temperamento por demais leviano, demasiado curioso e demasiado impulsivo. Mas, nestes últimos tempos, é raro que eu durma profundamente à noite. Há um rosto que me assombra, por mais que me vire na cama. Há uma risada histérica que para sempre ecoará nos meus ouvidos.

O DEMÔNIO DA PERVERSIDADE[1]

Ao examinar as faculdades e impulsos dos móveis primordiais da alma humana, deixaram os frenólogos de mencionar uma tendência que, embora claramente existente como um sentimento radical, primitivo, irredutível, tem sido igualmente desdenhada por todos os moralistas que os precederam. Por pura arrogância da razão, todos nós a temos desdenhado. Temos tolerado que sua existência escape aos nossos sentidos unicamente por falta de crença, de fé, quer seja fé na Revelação ou fé na Cabala. A ideia dessa tendência nunca nos ocorreu simplesmente por causa de sua superfluidade. Não víamos necessidade do impulso, nem da propensão. Não podíamos perceber-lhe a necessidade. Não podíamos compreender, isto é, não podíamos ter compreendido, dado o caso de ter-se este *primum mobile* introduzido a força, não podíamos ter compreendido de que maneira poderia ele promover os objetivos da humanidade, quer temporais, quer eternos.

Não se pode negar que a frenologia e boa parte de todas as ciências metafísicas tenham sido planejadas *a priori*. O intelectual ou homem lógico, ainda mais que o homem compreensivo ou observador, se põe a imaginar projetos, a ditar objetivos a Deus. Tendo assim sondado, a seu bel-prazer, as intenções de Jeová, edifica, de acordo com essas intenções, seus inumeráveis sistemas de pensamento. Na questão da frenologia, por exemplo, primeiro determinamos, o que é bastante natural, que fazia parte dos desígnios da Divindade que o homem comesse. Então atribuímos ao homem um órgão de alimentação e este órgão é o chicote com que a Divindade compele o homem a comer, quer queira quer não. Em segundo lugar, tendo estabelecido que foi vontade de Deus que o homem continuasse a espécie, descobrimos imediatamente um órgão de amatividade. E assim por diante, com a combatividade, a idealidade, a casualidade, a construtividade, e assim, em suma, com todos os órgãos, quer representem uma propensão, um sentimento moral ou uma faculdade do intelecto puro. E nessas disposições dos *princípios* da ação humana, os spurzheimitas, com razão ou não, em parte ou no todo, não fizeram mais que seguir, em princípio, as pegadas de seus predecessores, deduzindo ou estabelecendo cada coisa em virtude do destino preconcebido do homem e baseada nos objetivos de seu Criador.

Teria sido mais acertado, teria sido mais seguro, classificar (se podemos classificar) sobre a base daquilo que o homem, usual ou ocasionalmente, fez e estava sempre ocasionalmente fazendo do que sobre a base daquilo que supomos que a Divindade tencionava que ele fizesse. Se não podemos compreender Deus nas suas obras visíveis, como então compreendê-lo nos seus inconcebíveis pensamentos que dão vida às suas obras? Se não podemos compreendê-lo nas suas criaturas objetivas, como compreendê-lo então nas suas disposições de ânimo substantivas e nas suas fases de criação?

A indução *a posteriori* teria levado a frenologia a admitir, como um princípio inato e primitivo da ação humana, algo de paradoxal que podemos chamar de

1 Publicado pela primeira vez no *Graham's Lady's and Gentleman's Magazine*, julho de 1845. Título original: THE IMP OF THE PERVERSE.

perversidade, na falta de termo mais característico. No sentido que deu é, de fato, um *mobile* sem motivo, um motivo não *motivirt*. Sob sua influência agimos sem objetivo compreensível, ou, se isto for entendido como uma contradição nos termos, podemos modificar a tal ponto a proposição que digamos que sob sua influência nós agimos pelo motivo de *não* devermos agir.

Em teoria, nenhuma razão pode ser mais desarrazoada; mas, de fato, nenhuma há mais forte. Para certos espíritos sob determinadas condições, torna-se absolutamente irresistível. Tenho menos certeza de que respiro do que a de ser muitas vezes o engano ou o erro de qualquer ação a *força* inconquistável que nos empurra, e a única que nos impele a continuá-lo. E não admitirá análise ou resolução em elementos ulteriores esta acabrunhante tendência de praticar o mal pelo mal. É um impulso radical, primitivo, elementar. Dir-se-á, estou certo, que, quando nós persistimos em atos porque sentimos que não deveríamos persistir neles, nossa conduta é apenas uma modificação daquela que ordinariamente se origina da *combatividade* da frenologia. Mas um simples olhar nos mostrará a falácia dessa ideia. A *combatividade* frenológica tem por essência a necessidade de autodefesa. É nossa salvaguarda contra a ofensa. Seu princípio diz respeito ao nosso bem-estar e dessa forma o desejo desse bem-estar é excitado, simultaneamente, com seu desenvolvimento. Segue-se que o desejo do bem-estar deve ser excitado, simultaneamente, com qualquer princípio que seja simplesmente uma modificação da combatividade, mas, no caso daquilo que denominei de *perversidade*, não somente o desejo de bem-estar não é excitado, mas existe um sentimento fortemente antagônico.

Afinal, um apelo ao próprio coração será a melhor resposta ao sofisma que acabamos de observar. Ninguém que confiantemente consulte e amplamente interrogue sua própria alma sentir-se-á disposto a negar a completa radicabilidade da tendência em questão. Esta tendência não é menos característica que incompreensível. Não há homem que, em algum momento, não tenha sido atormentado, por exemplo, por um agudo desejo de torturar um ouvinte por meio de circunlóquios. Sabe que desagrada. Tem toda a intenção de desagradar. Em geral é conciso, preciso e claro. Luta em sua língua por expressar-se a mais lacônica e luminosa linguagem. Só com dificuldade consegue evitar que ela desborde. Teme e conjura a cólera daquele a quem se dirige. Contudo, assalta-o o pensamento de que essa cólera pode ser produzida por meio de certas tricas e parêntesis. Basta esta ideia. O impulso converte-se em desejo, o desejo em vontade, a vontade numa ânsia incontrolável, e a ânsia (para profundo remorso e mortificação de quem fala e num desafio a todas as consequências) é satisfeita.

Temos diante de nós uma tarefa que deve ser rapidamente executada. Sabemos que retardá-la será ruinoso. A mais importante crise de nossa vida requer, imperiosamente, energia imediata e ação. Inflamamo-nos, consumimo-nos na avidez de começar o trabalho, abrasando-se toda a nossa alma na antecipação de seu glorioso resultado. É forçoso, é urgente que ele seja executado hoje e contudo adiamo-lo para amanhã. Por que isso? Não há resposta, senão a de que sentimos a *perversidade* do ato, usando o termo sem compreender-lhe o princípio. Chega o dia seguinte e com ele mais impaciente ansiedade de cumprir nosso dever, mas com todo esse aumento de ansiedade chega também um indefinível e positivamente terrível, embora insondável, anseio extremo de adiamento. E quanto mais o tempo foge, mais força vai tomando esse anseio. A última hora para agir está iminente. Trememos à violência do conflito que se trava dentro de nós, entre o definido e o indefinido, entre a substância e a sombra. Mas se a contenda se prolonga a este ponto, é a sombra quem prevalece. Foi vã a nossa luta. O relógio bate e é o dobre de finados de nossa felicidade. Ao mesmo tempo é a clarinada matinal para o fantasma que por tanto tempo nos intimidou. Ele voa. Desaparece. Estamos livres. Volta a antiga energia. Trabalharemos *agora*. Ai de nós porém, *é tarde demais!*

Estamos à borda dum precipício. Perscrutamos o abismo e nos vêm a náusea e a vertigem. Nosso primeiro impulso é fugir ao perigo. Inexplicavelmente, porém, ficamos. Pouco a pouco, a nossa náusea, a nossa vertigem, o nosso horror confundem-se numa nuvem de sensações indefiníveis. Gradativamente, e de maneira mais imperceptível, essa nuvem toma forma, como a fumaça da garrafa donde surgiu o gênio nas *Mil e uma noites*. Mas fora dessa nossa nuvem à borda do precipício, uma forma se torna palpável, bem mais terrível que qualquer gênio ou qualquer demônio de fábulas. Contudo não é senão um pensamento, embora terrível, e um pensamento que nos gela até a medula dos ossos com a feroz volúpia do seu horror. É, simplesmente, a ideia do que seriam nossas sensações durante o mergulho precipitado duma queda de tal altura.

E esta queda, este aniquilamento vertiginoso, por isso mesmo que envolve essa mais espantosa e mais repugnante de todas as espantosas e repugnantes imagens de morte e de sofrimento que jamais se apresentaram à nossa imaginação, faz com que mais vivamente a desejemos. E porque nossa razão nos desvia violentamente da borda do precipício, *por isso mesmo* mais impetuosamente nos aproximamos dela. Não há na natureza paixão mais diabolicamente impaciente como a daquele que, tremendo à beira dum precipício, pensa dessa forma em nele se lançar. Deter-se, um instante que seja, em qualquer concessão a essa ideia é estar inevitavelmente perdido, pois a reflexão nos ordena que fujamos sem demora e, *portanto*, digo-o, é isto mesmo que *não podemos* fazer. Se não houver um braço amigo que nos detenha, ou se não conseguirmos, com súbito esforço, recuar da beira do abismo, nele nos atiraremos e destruídos estaremos.

Examinando ações semelhantes, como fazemos, descobriremos que elas resultam tão somente do espírito de *Perversidade*. Nós as cometemos porque sentimos que *não* deveríamos fazê-lo. Além, ou por trás disso, não há princípio inteligível, e nós podíamos, de fato, supor que essa perversidade é uma direta instigação do demônio se não soubéssemos, realmente, que esse princípio opera em apoio do bem.

Se tanto me demorei neste assunto foi para responder, de certo modo, à pergunta do leitor, para poder explicar o motivo de minha estada aqui, para poder expor algo que terá, pelo menos, o apagado aspecto duma causa que explique por que tenho estes grilhões e por que habito esta cela de condenado. Não me tivesse mostrado assim prolixo, talvez não me houvésseis compreendido de todo, ou, como a gentalha, me houvésseis julgado louco. Dessa forma, facilmente percebereis que sou uma das incontáveis vítimas do Demônio da Perversidade.

Nenhuma outra proeza jamais foi levada a cabo com mais perfeita deliberação. Durante semanas, durante meses, ponderei todos os meios do assassinato. Rejeitei milhares de planos porque sua realização implicava uma *possibilidade* de descoberta. Por fim, lendo algumas memórias francesas, encontrei a narrativa de uma doença quase fatal que atacou Madame Pilau em consequência duma vela acidentalmente envenenada. A ideia feriu-me a imaginação imediatamente. Sabia que minha vítima tinha o hábito de ler na cama. Sabia, também, que seu quarto de dormir era estreito e mal ventilado. Mas não é preciso fatigar-vos com pormenores impertinentes. Não preciso descrever-vos os artifícios fáceis por meio dos quais substituí, no castiçal de seu dormitório, por uma vela, por mim mesmo fabricada, a que ali encontrei. Na manhã seguinte, encontraram-no morto na cama e o veredicto do médico-legista foi: "Morte por visita de Deus."[2]

Tendo-lhe herdado os bens, tudo correu a contento para mim durante anos. A ideia de ser descoberto jamais penetrou-me no cérebro. Eu mesmo cuidadosamente dispusera dos restos da vela mortal. Não deixara nem sombra de indício pelo qual fosse possível provar-se ou mesmo suspeitar-se de ter sido eu o criminoso. É impossível conceber-se o sentimento de absoluta satisfação que no meu íntimo despertava a certeza de minha completa segurança. Durante longo período de tempo habituei-me à deleitação desse sentimento. Proporcionava-me muito mais deleite que todas as vantagens puramente materiais que me advieram do crime. Mas chegou por fim uma época na qual a sensação de prazer se transformou, por meio de gradações quase imperceptíveis, numa ideia obcecante e perseguidora. Perseguia porque obcecava. Dificilmente conseguia libertar-me dela por um instante sequer. É coisa bem comum termos assim os ouvidos, ou antes a memória, assediados pela insistência do som de alguma cantiga vulgar ou de trechos inexpressivos de ópera. Não menos atormentados seremos se a cantiga é boa por si mesma ou se tem mérito a ária de ópera. Dessa forma, afinal, surpreendia-me quase sempre a refletir na minha segurança e a repetir, em voz baixa, a frase: "Estou salvo!"

Um dia, enquanto vagueava pelas ruas, contive-me no ato de murmurar, meio alto, essas sílabas habituais. Num acesso de audácia repeti-as desta outra forma: "Estou salvo... estou salvo, sim... contanto que não faça a tolice de confessá-lo abertamente!"

Logo que pronunciei estas palavras, senti um arrepio enregelar-me o coração. Já conhecia aqueles acessos de perversidade (cuja natureza tive dificuldade em explicar) e lembrava-me bem de que em nenhuma ocasião me fora possível resistir a eles com êxito. E agora minha própria e casual autossugestão de que poderia ser bastante tolo para confessar o assassinato de que me tornara culpado me enfrentava como se fosse o autêntico fantasma daquele a quem eu havia assassinado a acenar-me com a morte.

A princípio fiz um esforço para afastar da alma semelhante pesadelo. Caminhei mais apressadamente, mais depressa ainda... pus-me por fim a correr. Sentia um desejo enlouquecedor de gritar bem alto. Cada onda sucessiva de pensamento me acabrunhava com novos terrores, porque, ai!, eu bem compreendia, muito bem mesmo, que, na minha situação, *pensar* era estar perdido. Acelerei ainda mais minha carreira. Saltava como um louco pelas ruas cheias de gente. Por fim a populaça alvoroçou-se e pôs-se a perseguir-me. Senti *então* que minha sorte estava consumada. Se tivesse podido arrancar minha língua, tê-lo-ia feito, mas uma voz rude ressoou em meus ouvidos e uma mão ainda mais rude agarrou-me pelo ombro. Voltei-me, resfolegante. Durante um momento senti todos os transes da sufocação. Tornei-me cego, surdo e atordoado; e depois creio que algum demônio invisível bateu-me nas costas com a larga palma da mão. O segredo há tanto tempo retido irrompeu de minha alma.

---

2 *Death visitation of God* é a expressão com que os médicos-legistas ingleses indicam, nos atestados de óbito, a morte natural. (N. T.)

Dizem que me exprimi com perfeita clareza, embora com assinalada ênfase e apaixonada precipitação, como se temesse uma interrupção antes de concluir as frases breves mas refertas de importância que me entregavam ao carrasco e ao inferno.

Tendo relatado tudo quanto era preciso para a plena prova judicial, desmaiei.

Que me resta a dizer? Hoje suporto estas cadeias e estou *aqui*! Amanhã estarei livre de ferros! *Mas onde?*

Revelação mesmeriana[1]

Embora ainda se possa cercar de dúvida a *análise racional* do magnetismo, seus espantosos *resultados* são agora quase universalmente admitidos. E os que, dentre todos, duvidam são simples descrentes profissionais, casta inútil e desacreditada. Não pode haver mais completa perda de tempo que a tentativa de *provar*, nos dias atuais, que o homem, pelo mero exercício da vontade, pode impressionar seu semelhante a ponto de conduzi-lo a uma condição anormal cujos fenômenos muito estreitamente se assemelham aos da *morte*, ou pelo menos se assemelham mais a eles do que os fenômenos de qualquer outra condição normal de que tenhamos conhecimento; provar que, enquanto em tal estado, a pessoa assim impressionada só emprega com esforço, e mesmo assim fracamente, os órgãos externos dos sentidos, embora perceba, com percepção agudamente refinada e através de canais supostamente desconhecidos, questões além do alcance dos órgãos físicos; provar que, além disso, suas faculdades intelectuais são maravilhosamente intensificadas e revigoradas; provar que suas simpatias para com a pessoa que assim age sobre ela são profundas; e, finalmente, provar que sua suscetibilidade à ação magnética aumenta com a frequência desta, ao mesmo tempo que, em idêntica proporção, os fenômenos característicos obtidos se tornam mais extensos e mais *pronunciados*.

Digo que seria superfluidade demonstrar tais coisas — que são as leis do magnetismo em seu aspecto geral. E não irei infligir hoje a meus leitores tão desnecessária demonstração. Sou impelido, arrostando mesmo todo um mundo de preconceitos, a pormenorizar, sem comentários, a notabilíssima essência de um colóquio ocorrido entre mim e um magnetizado.

Por muito tempo eu me acostumara a magnetizar a pessoa em apreço (o Sr. Vankirk) e sobrevieram a suscetibilidade aguda e a intensidade da percepção magnética, como de hábito. Durante numerosos meses viera sofrendo de tísica bem caracterizada, de cujos efeitos mais angustiantes fora aliviado graças a minhas manipulações; e, na noite de quarta-feira, quinze do corrente, fui chamado à sua cabeceira.

O enfermo sofria aguda dor na região do coração e respirava com grande dificuldade, tendo todos os sintomas comuns da asma. Em espasmos semelhantes achara sempre alívio com a aplicação de mostarda nos centros nervosos, mas naquela noite isso tinha sido tentado em vão.

Ao entrar em seu quarto o doente saudou-me com carinhoso sorriso e, embora evidentemente sofresse grandes dores corporais, parecia estar mentalmente sem qualquer perturbação.

— Mandei chamá-lo hoje — disse-me — não tanto para dar-me um alívio ao corpo como para satisfazer-me relativamente a certas impressões psíquicas que, nos últimos tempos, causaram-me grande ansiedade e surpresa. Não preciso dizer-lhe quanto sou cético a respeito da imortalidade da alma. Não posso negar que sempre existiu nessa própria alma, que andei negando, um como que vago sentimento de sua

---

1 Publicado pela primeira vez no *Columbian Lady's and Gentleman's Magazine*, agosto de 1844. Título original: MESMERIC REVELATION.

Relativo ao "mesmerismo", doutrina do médico alemão Frederico Antônio Mesmer (1734-1815). Ele julgava haver descoberto no magnetismo animal a terapêutica para todas as doenças, e, sobre sua pretendida descoberta, escreveu vários livros. (N. T.)

realidade. Mas esse indeciso sentimento em tempo algum se ampliou à convicção. Nada havia de comum entre minha razão e ele. Todas as tentativas de uma análise lógica resultaram, na verdade, em deixar-me mais cético do que antes. Aconselharam-me a estudar Cousin. Estudei-o em suas próprias obras, bem como nas de seus ecos europeus e americanos. Esteve em minhas mãos, por exemplo, o *Charles Elwood* do Sr. Browson. Li-o com profunda atenção. Achei-o inteiramente lógico; apenas as partes que não eram *simplesmente* lógicas eram, infelizmente, os argumentos iniciais do incrédulo herói do livro. Em seu resumo pareceu-me evidente que o raciocinador não tivera êxito sequer em convencer-se a si mesmo. Seu fim claramente esquecera o início, como o governo de Trínculo. Em suma, não tardei em perceber que, se um homem deve ser intelectualmente convencido da própria imortalidade, nunca será convencido pela mera abstração que por tanto tempo foi moda entre os moralistas da Inglaterra, da França e da Alemanha. As abstrações podem divertir a mente e exercitá-la, mas não tomam posse dela. Neste mundo terreno pelo menos, a filosofia, estou persuadido, apelará sempre em vão para que contemplemos as qualidades como coisas. A vontade pode concordar; a alma, o intelecto, nunca.

— Repito, pois, que só senti um tanto, e nunca acreditei intelectualmente. Mas, há pouco, houve certo aguçamento dessa sensação até ao ponto de quase parecer a aquiescência da razão, tanto que eu achava difícil distinguir entre ambos. Creio-me, pois, capaz de atribuir esse efeito à influência magnética. Não posso explicar melhor o que penso senão pela hipótese de que a intensificação magnética me capacita a perceber um encadeamento de raciocínios que, em minha existência anormal, me convence, mas que, em plena concordância com o fenômeno magnético, não se estende, a não ser por meio de seu *efeito*, à minha condição normal. Estando magnetizado, o raciocínio e sua conclusão, a causa e seu efeito, estão juntamente presentes. No meu estado natural, desaparecendo a causa, só o efeito permanece, e talvez só parcialmente.

— Tais considerações levaram-me a pensar que certos bons resultados podem ser a consequência de uma série de bem orientadas perguntas, a mim propostas enquanto magnetizado. Muitas vezes você observou o profundo autoconhecimento demonstrado pelo magnetizado, a extensa consciência que ele tem de todos os pontos relativos à condição magnética em si; ora, desse autoconhecimento podem ser deduzidas ideias suficientes para a organização adequada de um catecismo.

Consenti, naturalmente, em fazer tal experiência. Poucos passes levaram o Sr. Vankirk ao sono mesmérico. Sua respiração tornou-se imediatamente mais fácil e ele pareceu não sofrer qualquer incômodo físico. Seguiu-se, então, a conversação abaixo (V., no diálogo, representa o paciente, e P. representa minha pessoa):

P. – Está dormindo?

V. – Sim... não; preferiria dormir mais profundamente.

P. – (*Depois de poucos passes mais.*) Está dormindo agora?

V. – Sim.

P. – Como pensa que terminará sua enfermidade atual?

V. – (*Depois de longa hesitação e falando como que com esforço.*) Vou morrer.

P. – A ideia de morte o aflige?

V. – (*Muito rapidamente.*) Não.

P. – Agrada-lhe essa perspectiva?

V. – Se eu estivesse acordado gostaria de morrer, mas agora isso não importa. A condição magnética está bastante perto da morte para me satisfazer.

P. – Desejaria que se explicasse, Sr. Vankirk.

V. – Desejo fazê-lo, mas isso requer esforço maior do que aquele de que sou capaz. O senhor não interrogou adequadamente.

P. – Que perguntarei então?

V. – Deve começar pelo começo.

P. – O começo? Mas onde é o começo?

V. – O começo, como sabe, é Deus. (*Isto foi dito num tom de voz baixo, flutuante, e com todos os sinais da mais profunda veneração.*)

P. – Que é Deus, então?

V. – (*Hesitando durante alguns minutos.*) Não posso dizer.

P. – Deus não é espírito?

V. – Enquanto estava desperto, eu sabia o que queria dizer você com a palavra "espírito", mas agora parece-me apenas uma palavra tal, por exemplo, como verdade, beleza: quero dizer, uma qualidade.

P. – Não é Deus imaterial?

V. – Não há imaterialidade; é uma simples palavra. O que não é matéria não é absolutamente, a menos que as qualidades sejam coisas.

P. – Deus, então, é material?

V. – Não. (*Esta resposta me espantou bastante.*)

P. – Então que é ele?

V. – (*Depois de longa pausa, murmurando.*) Vejo... mas é uma coisa difícil de dizer. (*Outra pausa longa.*) Ele não é espírito, porque existe. Nem é matéria, tal como você entende. Mas há gradações da matéria de que o homem não conhece nada, a mais densa impelindo a mais sutil, a mais sutil invadindo a mais densa. A atmosfera, por exemplo, movimenta o princípio elétrico, ao passo que o princípio elétrico penetra a atmosfera. Estas gradações da matéria aumentam em raridade ou sutileza até chegarmos a uma matéria *imparticulada* — sem *partículas* —, indivisível — *una* —, e aqui a lei de impulsão e de penetração é modificada. A matéria suprema ou não particulada não somente penetra todas as coisas, mas movimenta todas as coisas, e assim *é* todas as coisas em si mesma. Esta matéria é Deus. Aquilo que os homens tentam personificar na palavra "pensamento" é esta matéria em movimento.

P. – Os metafísicos sustentam que toda ação é redutível a movimento e pensamento, e que este é a origem daquele.

V. – Sim. E agora vejo a confusão de ideias. O movimento é a ação do *espírito* e não do *pensamento*. A matéria imparticulada ou Deus, em estado de repouso (tanto quanto podemos concebê-lo), é o que os homens chamam espírito. E o poder do automovimento (equivalente com efeito à volição humana) é, na matéria imparticulada, o resultado de sua unidade e de sua onipotência; como, não sei, e agora vejo claramente que jamais o saberei. Mas a matéria imparticulada, posta em movimento por uma lei ou qualidade existente dentro de si mesma, é pensamento.

P. – Poderá dar-me ideia mais precisa do que chama você matéria imparticulada?

V. – As matérias de que o homem tem conhecimento escapam aos sentidos gradativamente. Temos, por exemplo, um metal, um pedaço de madeira, uma gota de água, a atmosfera, um gás, o calórico, a eletricidade, o éter luminoso. Ora, chamamos todas essas coisas matéria e abrangemos toda a matéria numa definição geral; mas a despeito disto, não pode haver duas ideias mais essencialmente distintas do que a que ligamos a um metal e a que ligamos ao éter luminoso. Quando alcançamos este último, sentimos uma inclinação quase irresistível a classificá-lo como espírito ou como o nada. A única consideração que nos retém é nossa concepção de sua constituição atômica, e aqui mesmo temos necessidade de buscar auxílio na nossa noção de um átomo, como algo que possui, com pequenez infinita, solidez, palpabilidade, peso. Suprimamos a ideia do éter como uma entidade ou, pelo menos, como matéria. À falta de melhor palavra podemos denominá-lo espírito. Dê agora um passo para além do éter luminoso. Conceba uma matéria como muito mais rarefeita do que o éter, assim como o éter é muito mais rarefeito do que o metal, e chegaremos imediatamente (a despeito de todos os dogmas da escola) a uma única massa, uma matéria imparticulada. Pois, embora possamos admitir infinita pequenez nos próprios átomos, a infinidade da pequenez nos espaços entre eles é um absurdo. Haverá um ponto, haverá um grau de rarefação no qual, se os átomos são suficientemente numerosos, os interespaços devem desaparecer e a massa unificar-se de todo. Mas, sendo agora posta de lado a consideração da constituição atômica, a natureza da massa resvala inevitavelmente para aquilo que concebemos como espírito. É claro, porém, que ela é tão matéria ainda quanto antes. A verdade é que não se pode conceber o espírito sem que seja possível imaginar o que não é. Quando nos lisonjeamos por haver formado essa concepção, apenas iludimos a nossa inteligência com a consideração da matéria infinitamente rarefeita.

P. – Parece-me haver uma insuperável objeção à ideia de unidade absoluta, e ela é a da bem pouca resistência sofrida pelos corpos celestes nas suas revoluções pelo espaço, resistência agora verificada, é verdade, como existente em *certo* grau, mas que é, não obstante, tão leve a ponto de ter sido completamente desdenhada pela sagacidade do próprio Newton. Sabemos que a resistência dos corpos está principalmente em proporção com a sua densidade. A absoluta unificação é a absoluta densidade. Onde não há interespaços não pode haver passagem. Um éter absolutamente denso oporia um obstáculo infinitamente mais eficaz à marcha de um astro do que o faria um éter de diamante ou de ferro.

V. – Sua objeção é respondida com uma facilidade que está quase na razão da sua aparente irresponsabilidade. Quanto à marcha de um astro, não faz diferença se o astro passa através do éter ou se o éter *através dele*. Não há erro astronômico mais inexplicável do que o que relaciona o conhecido retardamento dos cometas com a ideia de sua passagem através de um éter; porque, por mais rarefeito que se suponha esse éter, oporia ele obstáculo a qualquer revolução sideral em um período bem mais breve do que tem sido admitido por aqueles astrônomos que têm tentado tratar pela rama um ponto que eles acham impossível compreender. O retardamento realmente experimentado é, por outro lado, quase igual àquele que pode resultar da *fricção* do éter na sua passagem instantânea através do orbe. No primeiro caso, a força retardadora é momentânea e completa dentro de si mesma; no outro, é infinitamente crescente.

P. – Mas, em tudo isso, nesta identificação da simples matéria como Deus, não haverá algo de irreverência? (*Fui obrigado a repetir esta pergunta antes que o magnetizado compreendesse plenamente o que eu queria dizer.*)

V. – Pode dizer por que a matéria seria menos respeitada do que o pensamento? Mas você esquece que a matéria de que falo é, a todos os respeitos, o verdadeiro "pensamento" ou "espírito" das escolas, no que se refere às suas altas capacidades, e é, além disso, a "matéria" dessas escolas ao mesmo tempo. Deus com todos os poderes atribuídos ao espírito não é senão a perfeição da matéria.

P. – Você afirma então que a matéria imparticulada em movimento é pensamento?

V. – Em geral, esse movimento é o pensamento universal da mente universal. Esse pensamento cria. Todas as coisas criadas são apenas os pensamentos de Deus.

P. – Você diz "em geral".

V. – Sim. A mente universal é Deus. Para as novas individualidades a *matéria* é necessária.

P. – Mas você agora fala de "espírito" e "matéria", como fazem os metafísicos.

V. – Sim, para evitar confusão. Quando eu digo espírito, significo a matéria imparticulada ou suprema; por *matéria*, entendo todas as outras espécies.

P. – Você dizia que para novas individualidades a matéria é necessária".

V. – Sim, pois o espírito, existindo incorporeamente, é simplesmente Deus. Para criar seres individuais pensantes foi necessário encarnar porções do espírito divino. Por isso o homem é individualizado. Desvestido do invólucro corpóreo seria Deus. Ora, o movimento particular das porções encarnadas da matéria imparticulada é o pensamento do homem, assim como o movimento do todo é o de Deus.

P. – Diz você que desvestido do corpo o homem seria Deus?

V. – (*Depois de muita hesitação.*) Eu não podia ter dito isto. É um absurdo.

P. – (*Consultando minhas notas.*) Você disse que "desvestido do invólucro corpóreo o homem seria Deus".

V. – Isto é verdade. O homem, assim despojado seria Deus, seria desindividualizado. Mas ele nunca pode ser assim despojado — pelo menos nunca será —, a menos que devêssemos imaginar uma ação de Deus voltando sobre si mesma, uma ação fútil e sem objetivo. O homem é uma criatura. As criaturas são pensamentos de Deus. E é da natureza do pensamento ser irrevogável.

P. – Não compreendo. Você diz que o homem nunca se despojará do corpo?

V. – Digo que ele nunca estará sem corpo.

P. – Explique-se.

V. – Há dois corpos: o rudimentar e o completo, correspondendo às duas condições da lagarta e da borboleta. O que chamamos "morte" é apenas a dolorosa metamorfose. Nossa atual encarnação é progressiva, preparatória, temporária. A futura é perfeita, final, imortal. A vida derradeira é o fim supremo.

P. – Mas nós temos conhecimento palpável da metamorfose da lagarta.

V. – "Nós", certamente, mas não a lagarta. A matéria de que nosso corpo rudimentar é composta está ao alcance dos órgãos rudimentares que estão adaptados à matéria de que é formado o corpo rudimentar, mas não à de que é composto o corpo derradeiro. O corpo derradeiro escapa assim aos nossos sentidos rudimentares e percebemos apenas o casulo que abandona, ao morrer, a forma interior, e não essa própria forma interior; mas esta forma interior, bem como o casulo, é apreciável por aqueles que já adquiriram a vida derradeira.

P. – Você disse muitas vezes que o estado magnético se assemelha muito de perto à morte. Como é isso?

V. – Quando digo que ele se assemelha à morte, quero dizer que se parece com a vida derradeira, pois quando estou no sono magnético os sentidos de minha vida rudimentar ficam suspensos e percebo as coisas externas diretamente, sem órgãos, por um meio que empregarei na vida derradeira e inorgânica.

P. – Inorgânica?

V. – Sim. Os órgãos são aparelhos pelos quais o indivíduo é posto em relação sensível com certas categorias e formas da matéria, com exclusão de outras categorias e formas. Os órgãos do homem estão adaptados à sua condição rudimentar e a ela somente; sua condição última, sendo inorgânica, é de compreensão ilimitada em todos os pontos, exceto um: a natureza da vontade de Deus, isto é, o movimento da matéria imparticulada. Você pode ter uma ideia distinta do corpo derradeiro concebendo-o como sendo totalmente cérebro. Ele "não" é isso; mas uma concepção dessa natureza aproximará você de uma compreensão do que ele "é". Um corpo luminoso comunica vibração ao éter luminoso. As vibrações geram outras semelhantes na retina; estas, por sua vez, comunicam outras semelhantes ao nervo óptico; o nervo leva outras semelhantes ao cérebro; o cérebro também outras iguais à matéria imparticulada que o penetra. O movimento desta última é pensamento, do qual a percepção é a primeira vibração. Este é o modo pelo qual o pensamento da vida rudimentar se comunica com o mundo exterior e este mundo exterior é limitado, para a vida rudimentar, pelas reações de seus órgãos. Mas, na vida derradeira e inorgânica, o mundo exterior comunica-se com o corpo inteiro (que é de uma substância afim da do cérebro, como já disse), sem nenhuma outra intervenção que não a de um éter infinitamente mais rarefeito, do que mesmo o éter luminífero; e com esse éter, em uníssono com ele, todo o corpo vibra, pondo em movimento a matéria imparticulada que o penetra. É à ausência de órgãos reativos, contudo, que devemos atribuir a quase ilimitada percepção da vida derradeira. Para os seres rudimentares os órgãos são as gaiolas necessárias para encerrá-los até que estejam emplumados.

P. – Você fala de seres rudimentares. Há outros seres rudimentares e pensantes além do homem?

V. – A conglomeração numerosa de matéria dispersa em nebulosas, planetas, sóis e outros corpos que nem são nebulosas, sóis, nem planetas tem como único fim suprir o *pabulum* para a reação dos órgãos de uma infinidade de seres rudimentares. Sem a necessidade do rudimentar, anterior à vida derradeira, não teria havido corpos tais como esses. Cada um deles é ocupado por uma distinta variedade de criaturas orgânicas, rudimentares e pensantes. Em todas, os órgãos variam com os característicos do habitáculo. Na morte ou metamorfose, estas criaturas, gozando da vida derradeira — da imortalidade — e conhecedoras de todos os segredos, menos o *único*, operam todas as coisas e se movem por toda a parte, por simples ato de vontade. Habitam, não as estrelas, que para nós parecem as únicas coisas tangíveis e para conveniência das quais nós cegamente cremos que o espaço foi criado, mas o próprio *espaço*, esse infinito cuja imensidão verdadeiramente substantiva absorve as sombras estelares, apagando-as como não entidades da visão dos anjos.

P. – Você diz que "sem a *necessidade* da vida rudimentar" não teria havido estrelas. Mas qual a razão dessa necessidade?

V. – Na vida inorgânica, bem como geralmente na matéria inorgânica, nada há que impeça a ação de uma lei simples e *única*: a Divina Vontade. Com o fim de criar um empecilho, a vida orgânica e a matéria (complexas, substanciais e oneradas por leis) foram criadas.

P. – Mais ainda, que necessidade havia de criar esse empecilho?

V. – O resultado da lei inviolada é perfeição, justiça, felicidade negativa. O resultado da lei violada é imperfeição, injustiça, dor positiva. Por meio dos empecilhos produzidos pelo número, complexidade e substancialidade das leis da vida orgânica e da matéria, a violação da lei se torna, até certo ponto, praticável. Esta dor, que na vida inorgânica é impossível, torna-se possível na orgânica.

P. – Mas em vista de que resultado bom se torna possível a dor?

V. – Todas as coisas são boas ou más por comparação. Uma análise suficiente mostrará que o prazer, em todos os casos, é apenas o contraste da dor. Prazer *positivo* é mera ideia. Para ser feliz, até certo ponto, devemos ter sofrido na mesma proporção. Jamais sofrer equivaleria a não ter jamais sido feliz. Mas está demonstrado que na vida inorgânica a dor não pode existir; daí a necessidade da dor para a vida orgânica. A dor da vida primitiva da Terra é a única base da felicidade da derradeira vida no Céu.

P. – Contudo, ainda há uma de suas expressões que não acho possibilidade de compreender: "a imensidão verdadeiramente *substantiva* do infinito".

V. – É, provavelmente, porque não tem a concepção suficientemente genérica do próprio termo *substância*. Não devemos olhá-la como uma qualidade, mas como um sentimento: é a percepção, nos seres pensantes, da adaptação da matéria à organização deles. Há muitas coisas sobre a Terra que seriam nada para os habitantes de Vênus; muitas coisas visíveis e tangíveis em Vênus que não poderíamos ser levados a apreciar como absolutamente existentes. Mas para os seres inorgânicos — para os anjos — o todo da matéria imparticulada é substância, isto é, o todo do que chamamos "espaço" é para eles a mais verdadeira substancialidade; os astros, entretanto, do ponto de vista de sua materialidade, escapam ao sentido angélico, justamente na mesma proporção em que a matéria imparticulada, do ponto de vista de sua imaterialidade, escapa ao sentido orgânico.

Ao pronunciar o magnetizado, estas últimas palavras em voz fraca, notei-lhe na fisionomia singular expressão que me alarmou um tanto e induziu-me a despertá-lo imediatamente. Logo que fiz isto, com um brilhante sorriso a iluminar todas as suas feições caiu para trás no travesseiro e expirou. Notei que, menos de um minuto depois, seu cadáver tinha toda a rígida imobilidade da pedra. Sua fronte estava fria como gelo. Assim, geralmente, só se mostraria depois de longa pressão da mão de Azrael. Ter-se-ia, realmente, o magnetizado, na última parte de sua dissertação, dirigido a mim lá do fundo das regiões das sombras?

O caso do Sr. Valdemar[1]

Não pretenderei, por certo, considerar como motivo de espanto que o extraordinário caso do Sr. Valdemar tenha provocado discussão. Milagre seria se tal não acontecesse, especialmente em tais circunstâncias. O desejo de todas as partes interessadas em evitar a publicidade ao caso — pelo menos no presente, ou até que tenhamos ulteriores oportunidades de investigação — e nossos esforços para realizar isto deram lugar a uma narrativa truncada ou exagerada que logo se propalou na sociedade, e veio a ser fonte de muitas notícias falsas e desagradáveis e, bem naturalmente, de grande cópia de incredulidade.

Torna-se agora necessário que eu exponha os fatos — até onde alcança minha compreensão dos mesmos. São, em resumo, os seguintes:

Nos últimos três anos minha atenção vinha sendo atraída repetidamente pelos assuntos referentes ao magnetismo e, coisa de nove meses atrás, ocorreu-me, bastante inesperadamente, que nas séries de experiências feitas até então houvera uma lacuna assinalável e inexplicável: ninguém fora ainda magnetizado *in articulo mortis*. Restava ver, primeiro, se em tais condições havia no paciente qualquer suscetibilidade à influência; segundo, no caso de haver alguma, se era atenuada ou aumentada por esta circunstância; e, em terceiro lugar, até que ponto ou por quanto tempo a invasão da Morte poderia ser impedida pelo processo magnético. Havia outros pontos a serem verificados, mas estes excitavam mais minha curiosidade; o último de modo especial, pelo caráter imensamente importante de suas consequências.

Procurando em torno de mim algum paciente por cujo intermédio pudesse eu certificar-me daquelas particularidades, vim a pensar no meu amigo o Sr. Ernesto Valdemar, o conhecido compilador da *Biblioteca forense* e autor (sob o pseudônimo de Issachar Marx) das traduções polonesas de *Wallenstein* e *Gargantua*. O Sr. Valdemar, que residia geralmente no Harlem, Nova York, desde o ano de 1839, é (ou era) especialmente notável pela extrema magreza corporal, parecendo-se muito suas pernas com as de John Randolph, e também pela brancura de suas suíças, em violento contraste com o negro do cabelo, que, em consequência, era geralmente tomado como um chinó. Seu temperamento era assinaladamente nervoso e tornava-o um bom instrumento para experiências mesméricas. Em duas ou três ocasiões, eu o fizera dormir com pouco esforço, mas ficara desapontado quanto aos outros resultados que sua particular constituição me levava a prever. Em período algum sua vontade ficava inteira ou positivamente submetida à minha influência e, no que toca à *clarividência*, nada eu podia realizar com ele que me servisse de base. Atribuí sempre meu insucesso, nesse ponto, ao seu precário estado de saúde. Certos meses, antes de conhecê-lo, seus médicos o haviam declarado tísico, sem qualquer dúvida. E, na verdade, tinha ele o hábito de falar sobre a aproximação de seu fim como de uma questão que não devia ser lastimada nem se podia evitar.

Quando me ocorreram, pela primeira vez, as ideias a que aludi, foi sem dúvida muito natural que eu pensasse no Sr. Valdemar. Eu conhecia muito bem sua sólida filo-

1 Publicado pela primeira vez no *American Review*, dezembro de 1845. Título original: THE FACTS OF M. VALDEMAR'S CASE.

sofia para temer qualquer escrúpulo de sua parte, e ele não tinha parentes na América que pudessem interferir, plausivelmente. Falei-lhe com franqueza sobre o assunto e, com surpresa minha, seu interesse pareceu vivamente excitado. Digo com surpresa, pois, embora ele sempre entregasse livremente sua pessoa para meus experimentos, nunca antes manifestara qualquer sinal de predileção pelo que eu fazia. Sua enfermidade era de um tal caráter que admitia exato cálculo da época em que seu desenvolvimento conduzia à morte. Finalmente, combinamos entre nós que ele me mandaria chamar 24 horas antes do prazo marcado pelos médicos como o de seu falecimento.

Faz agora mais ou menos sete meses que recebi, do próprio Sr. Valdemar, o bilhete seguinte:

> Meu caro P***:
>
> Você pode bem vir *agora*. D*** e F*** concordam em que não posso durar além da meia-noite de amanhã, e penso que eles acertaram no cálculo com grande aproximação.
>
> VALDEMAR.

Recebi este bilhete meia hora depois que fora escrito, e quinze minutos após estava eu no quarto do moribundo. Não o via havia dez dias e espantou-me a terrível alteração que lhe trouxera tão breve intervalo. Sua face tinha uma coloração plúmbea, os olhos completamente sem brilho e sua magreza era tão extrema, que os ossos da face quase rompiam a pele. Sua expectoração era excessiva. O pulso mal podia ser percebido. Não obstante, ele conservava, de modo bem digno de nota, toda a lucidez da mente e certo grau de força física. Falava distintamente, tomava sem auxílio alheio alguns remédios paliativos, e, quando entrei no quarto, ocupava-se em escrever notas num caderno de bolso. Estava apoiado na cama por travesseiros. Cuidavam dele os Drs. D*** e F***.

Depois de apertar a mão de Valdemar, chamei aqueles senhores de parte e obtive deles relato minucioso das condições do paciente. O pulmão esquerdo estivera, durante dezoito meses, num estado semiósseo ou cartilaginoso e se tornara, sem dúvida, inteiramente inútil a qualquer função vital. O direito, na sua parte superior, estava também parcialmente, senão de todo, ossificado, enquanto a região inferior era simplesmente uma massa de tubérculos purulentos, interpenetrando-se. Havia muitas cavernas extensas e, em um ponto, se operara uma adesão permanente às costelas. Esses aspectos do lobo direito eram de data relativamente recente. A ossificação prosseguira com uma rapidez bastante incomum, nenhum sinal dela fora descoberto um mês antes e a adesão apenas fora observada durante os três dias antecedentes. Independentemente da tísica, suspeitava-se que o paciente sofresse de aneurisma da aorta, mas, nesse ponto, os sintomas ósseos tornavam impossível um diagnóstico exato. Era opinião de ambos os médicos que o Sr. Valdemar morreria mais ou menos à meia-noite do dia seguinte, domingo. Estávamos, então, às sete horas da noite de sábado.

Ao deixar a cabeceira da cama do inválido para travar conversa comigo, os Drs. D*** e F*** tinham-lhe dado um definitivo adeus. Não tencionavam voltar, mas, a pedido meu, concordaram em visitar o doente mais ou menos às dez horas da noite seguinte.

Quando eles se foram, falei francamente com o Sr. Valdemar sobre o assunto de sua morte vindoura, bem como, mais particularmente, sobre a experiência proposta. Ele mostrou-se ainda completamente de acordo e mesmo ansioso por sua realização e insistiu comigo para que a começasse imediatamente. Dois enfermeiros, um homem e uma mulher, cuidavam dele; mas eu não me sentia totalmente em liberdade de empreender uma tarefa dessa natureza sem mais testemunhas dignas de confiança do que aqueles dois que pudessem depor em caso de súbito acidente. Consequentemente, adiei as operações até cerca das oito horas da noite seguinte, quando a chegada de um estudante de medicina com quem eu estava um tanto relacionado (o Sr. Teodoro L***l) libertou-me de qualquer embaraço ulterior. Fora minha intenção, a princípio, esperar os médicos, mas fui levado a agir, primeiro, em virtude dos rogos prementes do Sr. Valdemar e, em segundo lugar, pela minha convicção de que não tinha um momento a perder, diante da evidente aproximação rápida de seu fim.

O Sr. L***l teve a bondade de satisfazer meu desejo de tomar notas de tudo quanto ocorresse, e é dessas suas notas que o que vou agora narrar foi na maior parte condensado ou copiado *verbatim*.

Faltavam cerca de cinco minutos para as oito, quando, tomando a mão do paciente, eu lhe pedi que afirmasse, o mais distintamente possível, ao Sr. L***l se ele (o Sr. Valdemar) estava inteiramente de acordo em que eu fizesse a experiência de magnetizá-lo no seu estado presente.

Ele respondeu, com fraca voz, porém completamente audível:

— Sim, desejo ser magnetizado — acrescentando imediatamente depois: — Receio que você tenha demorado muito.

Enquanto ele assim falava, comecei os passes que eu já descobrira terem mais efeito em dominá-lo. Ele ficou evidentemente influenciado com o primeiro toque lateral de minha mão pela sua fronte. Mas, embora utilizasse eu todos os meus poderes, nenhum efeito ulterior perceptível se verificou até alguns minutos depois das dez horas, quando os Drs. D*** e F*** chegaram, de acordo com o combinado. Expliquei-lhes, em poucas palavras, o que pretendia, e como eles não opusessem objeção, dizendo que o paciente já estava em agonia mortal, continuei, sem hesitação, mudando, porém, os passes laterais por outros descendentes e dirigindo meu olhar inteiramente sobre o olho direito do moribundo.

A este tempo já seu pulso era imperceptível e sua respiração estertorosa, a intervalos de meio minuto.

Tal estado conservou-se quase inalterado durante um quarto de hora. No expirar desse período, porém, um suspiro natural, embora muito profundo, escapou do peito do homem moribundo e cessou a respiração estertorosa, isto é, seus estertores não mais apareciam; os intervalos não diminuíram. As extremidades do paciente tinham uma frialdade de gelo.

Aos cinco minutos antes das onze, percebi sinais inequívocos da influência magnética. O movimento vítreo do olho mudara-se naquela expressão de inquietante exame *interior* que só se vê em casos de sonambulismo e diante da qual é completamente impossível haver engano. Com alguns rápidos passes laterais fiz as pálpebras estremecerem, como em sono incipiente, e com alguns mais consegui fechá-las de todo. Não estava, porém, satisfeito com isso e continuei vigorosamente as manipulações, com o mais completo esforço da vontade, até paralisar, por completo, os membros do dormente, depois de colocá-los em posição aparentemente cômoda. As pernas estavam inteiramente espichadas; os braços, quase a mesma coisa, e repousavam sobre o leito, a uma distância moderada das nádegas. A cabeça achava-se levemente elevada.

Quando terminei isso era já meia-noite em ponto e pedi aos cavalheiros presentes que examinassem o estado do Sr. Valdemar. Depois de alguns exames, admitiram eles que se achava num estado perfeitamente extraordinário de sono mesmérico. A curiosidade dos dois médicos achava-se altamente excitada. O Dr. D*** resolveu logo ficar ao lado do paciente a noite inteira, enquanto o Dr. F*** se despedia, com promessa de voltar ao amanhecer. O Sr. L***l e os enfermeiros ficaram.

Deixamos o Sr. Valdemar inteiramente tranquilo até as três horas da madrugada, quando me aproximei dele e vi que se encontrava, precisamente, no mesmo estado em que o deixara o Dr. F*** ao retirar-se; isto é, jazia na mesma posição e o pulso era imperceptível; a respiração, ligeira (mal distinguível, a não ser por meio da aplicação de um espelho aos lábios); os olhos fechavam-se naturalmente e os membros estavam tão rígidos e frios como o mármore. Contudo, a aparência geral não era certamente a da morte.

Quando me aproximei do Sr. Valdemar fiz uma espécie de leve esforço, para influenciar seu braço direito a acompanhar o meu, que passava levemente, para lá e para cá, por cima de sua pessoa. Em tais experiências com esse paciente, nunca eu conseguira antes êxito completo e decerto tinha pouca esperança de ser bem-sucedido agora; mas, para espanto meu, seu braço bem pronta, embora fracamente, acompanhou todos os movimentos que o meu fazia. Decidi arriscar algumas palavras de conversa.

— Sr. Valdemar... — disse eu — está adormecido?

Ele não deu resposta, mas percebi um tremor em torno dos lábios e por isso fui levado a repetir a pergunta várias vezes. À terceira repetição, todo seu corpo se agitou em um leve calafrio; as pestanas abriram-se, permitindo que se visse a faixa branca do olho: os lábios moveram-se lentamente e dentre eles, num sussurro mal audível, brotaram as palavras:

— Sim... estou adormecido agora. Não me desperte! Deixe-me morrer assim!

Apalpei-lhe então os membros e achei-os tão rijos como dantes: o braço direito obedecia ainda à direção de minha mão. Interroguei de novo o magnetizado:

— Sente ainda dor no peito, Sr. Valdemar?

A resposta agora foi imediata, mas ainda menos audível do que antes:

— Dor nenhuma... Estou morrendo!

Não achei prudente perturbá-lo mais então e nada mais foi dito ou feito até a chegada do Dr. F***, que veio um pouco antes do amanhecer e demonstrou seu ilimitado espanto ao encontrar o paciente ainda vivo. Depois de tomar-lhe o pulso e aplicar-lhe um espelho aos lábios, pediu-me que me dirigisse de novo ao magnetizado. Assenti, perguntando:

— Sr. Valdemar, ainda está dormindo?

Como anteriormente, alguns minutos decorreram até que fosse dada uma resposta e, durante o intervalo, parecia que o moribundo reunia suas energias para falar. À minha quarta repetição da pergunta, disse ele, com voz muito fraca, quase imperceptível:

— Sim... durmo ainda... estou morrendo.

Era agora opinião, ou antes, desejo dos médicos que o Sr. Valdemar deveria ser deixado tranquilo, na sua presente situação de aparente repouso, até sobrevir a morte. E isto, todos concordavam, deveria realizar-se, dentro de poucos minutos. Resolvi, porém, falar-lhe uma vez mais e repeti simplesmente minha pergunta anterior.

Enquanto eu falava, ocorreu sensível mudança na fisionomia do magnetizado. Os olhos se abriram devagar, desaparecendo as pupilas para cima; toda a pele tomou uma cor cadavérica, assemelhando-se mais ao papel branco que ao pergaminho, e as manchas circulares héticas, que até então se assinalavam fortemente no centro de cada face, apagaram-se imediatamente. Uso esta expressão porque a subitaneidade de sua desaparição trouxe-me à mente nada menos que a ideia do apagar de uma vela com um sopro. Ao mesmo tempo o lábio superior retraiu-se, acima dos dentes que até então cobria por completo, enquanto o maxilar inferior caía com movimento audível, deixando a boca escancarada e mostrando a língua inchada e enegrecida. Suponho que ninguém do grupo ali presente estava desacostumado aos horrores dos leitos mortuários; mas tão inconcebivelmente horrenda era a aparência do Sr. Valdemar naquele instante, que houve um geral recuo de todos das proximidades da cama.

Sinto agora ter chegado a um ponto desta narrativa diante do qual todo leitor passará a não dar crédito algum. É, contudo, minha obrigação simplesmente continuar.

Já não havia mais o menor sinal de vida no Sr. Valdemar; e, comprovando sua morte, íamos entregá-lo aos cuidados dos enfermeiros, quando um forte movimento vibratório observou-se-lhe na língua, o qual continuou durante um minuto talvez. Terminado este, irrompeu dos queixos distendidos e imóveis uma voz, uma voz tal que seria loucura minha tentar descrever. Há, é certo, dois ou três epítetos que poderiam ser considerados aplicáveis a ela, em parte; podia dizer, por exemplo, que o som era áspero, entrecortado, cavernoso; mas o horrendo conjunto é indescritível, pela simples razão de que nenhum som igual jamais vibrou em ouvidos humanos. Havia duas particularidades, não obstante, que, então pensei e ainda penso, podiam francamente ser comprovadas como características da entonação, bem como adequadas a dar alguma ideia da sua peculiaridade sobrenatural. Em primeiro lugar, a voz parecia alcançar nossos ouvidos — pelo menos os meus — de uma vasta distância ou de alguma profunda caverna dentro da terra. Em segundo lugar, dava-me a impressão (receio na verdade ser impossível fazer-me compreender) que as coisas gelatinosas e pegajosas dão ao sentido do tato.

Falei, ao mesmo tempo, em "som" e "voz". Quero dizer que o som era de uma dicção distinta... maravilhosamente distinta, mesmo, e arrepiante. O Sr. Valdemar falava, evidentemente, respondendo à pergunta que eu lhe havia feito poucos minutos antes. Perguntara-lhe, como se lembram, se ele estava adormecido. Ele agora respondia:

— Sim... não... *estava* adormecido... e agora... agora... *estou morto*.

Nenhuma das pessoas presentes nem mesmo afetou negar ou tentou reprimir o indizível e calafriante horror que essas poucas palavras, assim pronunciadas, bem naturalmente provocavam. O Sr. L***l (o estudante) desmaiou. Os enfermeiros abandonaram imediatamente o quarto e negaram-se a voltar. Não pretenderei tornar inteligíveis ao leitor as minhas próprias impressões. Durante quase uma hora ocupamo-nos, calados, sem dizer uma só palavra, em procurar fazer o Sr. L***l voltar a si. E, quando isto se deu, dirigimo-nos de novo a examinar o estado do Sr. Valdemar.

Continuava, a todos os respeitos, como o descrevera antes, com exceção de que o espelho não mais revelava respiração. Uma tentativa de tirar sangue do braço fracassou. Devo mencionar também que este membro não mais se mostrou obediente à minha vontade. Tentei em vão fazê-lo acompanhar a direção de minha mão. A única e real demonstração da influência magnética achava-se, então, de fato, no movimento vibratório da língua quando eu dirigia uma pergunta ao Sr. Valdemar. Ele parecia estar fazendo um esforço para responder, mas não possuía mais a volição suficiente. Às perguntas que lhe eram feitas por qualquer outra pessoa além de mim parecia totalmente insensível, embora eu tentasse colocar cada membro do grupo em *relação* magnética com ele. Creio que relatei agora tudo quanto é necessário para uma compreensão do estado do magnetizado naquele momento. Foram procurados outros enfermeiros, e às dez horas deixei a casa em companhia dos dois médicos e do Sr. L***l.

À tarde fomos todos chamados de novo para ver o paciente. Seu estado permanecia precisamente o mesmo. Tivemos então uma discussão a respeito da oportunidade e possibilidade de despertá-lo, mas pouca dificuldade tivemos em concordar em que não havia nenhuma utilidade em fazê-lo. Era evidente que, até ali, a morte (ou o que se chama usualmente morte) tinha sido detida pela ação magnética. Parecia claro a nós todos que despertar o Sr. Valdemar seria simplesmente assegurar sua morte atual ou, pelos menos, apressar-lhe a decomposição.

Desde aquele dia até o fim da última semana — *intervalo de quase sete meses* — continuamos a fazer visitas diárias à casa do Sr. Valdemar, acompanhados de vez em quando por médicos e outros amigos. Durante esse tempo, o magnetizado permanecia *exatamente* como já deixei descrito. Os cuidados dos enfermeiros eram contínuos.

Foi na sexta-feira passada que resolvemos, finalmente, fazer a experiência de despertá-lo, ou de tentar despertá-lo; e foi talvez o infeliz resultado desta última experiência que deu origem a tantas discussões em círculos privados e a muito daquilo que não posso deixar de julgar uma credulidade popular injustificável.

Com o fim de libertar o Sr. Valdemar da ação magnética, fiz uso dos passes habituais. Durante algum tempo foram eles ineficazes. A primeira indicação de revivescência foi revelada por uma descida parcial da íris. Observou-se, como especialmente notável, que este abaixamento da pupila era acompanhado pela profusa ejaculação de um licor amarelento (de sob as pálpebras), com um odor acre e altamente repugnante.

Sugeriu-se então que eu deveria tentar influenciar o braço do paciente, como fizera antes. Tentei, mas inutilmente. O Dr. F*** expressou então o desejo de que eu fizesse uma pergunta. Assim fiz, como segue:

— Sr. Valdemar... pode explicar-me quais são seus sentimentos ou desejos agora?

Houve imediata volta dos círculos héticos sobre as faces; a língua vibrou, ou antes, rolou violentamente na boca (embora os maxilares e os lábios permanecessem rijos como antes) e por fim a mesma voz horrenda que eu já descrevi ejaculou:

— Pelo amor de Deus!... Depressa... depressa... faça-me dormir... ou então, depressa... acorde-me... depressa!... *Afirmo que estou morto!*

Eu estava completamente enervado e por um instante fiquei indeciso sobre o que fazer. A princípio fiz uma tentativa de acalmar o paciente; mas fracassando, pela total suspensão da vontade, fiz o contrário e lutei energicamente para despertá-lo. Nessa tentativa, vi logo que teria êxito, ou, pelo menos, logo imaginei que meu êxito seria completo. E estou certo de que todos no quarto se achavam preparados para ver o paciente despertar.

Para o que realmente ocorreu, porém, é completamente impossível que qualquer ser humano pudesse estar preparado.

Enquanto eu fazia rapidamente os passes magnéticos, entre ejaculações de "Morto!", "Morto!", *irrompendo* inteiramente da língua e não dos lábios do paciente, todo seu corpo, de pronto, no espaço de um único minuto, ou mesmo menos, contraiu-se... desintegrou-se, absolutamente *podre*, sob minhas mãos. Sobre a cama, diante de toda aquela gente, jazia uma quase líquida massa de nojenta e detestável putrescência.

O BARRIL DE AMONTILLADO[1]

Suportara eu, enquanto possível, as mil ofensas de Fortunato. Mas quando se aventurou ele a insultar-me, jurei vingar-me. Vós, que tão bem conheceis a natureza de minha alma, não havereis de supor, porém, que proferi alguma ameaça. *Afinal*, deveria vingar-me. Isto era um ponto definitivamente assentado, mas essa resolução definitiva excluía a ideia de risco. Eu devia não só punir, mas punir com impunidade. Não se desagrava uma injúria quando o castigo recai sobre o desagravante. O mesmo acontece quando o vingador deixa de fazer sentir sua qualidade de vingador a quem o injuriou.

Fica logo entendido que nem por palavras nem por fatos dera causa a Fortunato de duvidar de minha boa vontade. Continuei, como de costume, a fazer-lhe cara alegre, e ele não percebia que meu sorriso *agora* se originava da ideia de sua imolação.

O Fortunato tinha o seu lado fraco, embora a outros respeitos fosse um homem acatado e até temido. Orgulhava-se de ser conhecedor de vinhos. Poucos italianos têm o verdadeiro espírito do "conhecedor". Na maior parte, seu entusiasmo adapta-se às circunstâncias do momento e da oportunidade, para ludibriar milionários ingleses e austríacos. Em matéria de pintura e ourivesaria era Fortunato, a igual de seus patrícios, um impostor; mas em assunto de vinhos velhos era sincero. A este respeito éramos da mesma força. Considerava-me muito entendido em vinhos italianos e, sempre que podia, comprava-os em larga escala.

Foi ao escurecer duma tarde, durante o supremo delírio carnavalesco, que encontrei meu amigo. Abordou-me com excessivo ardor, pois já estava bastante bebido. Estava fantasiado com um traje apertado e listado, trazendo na cabeça uma carapuça cônica cheia de guizos. Tão contente fiquei ao vê-lo, que quase não largava de apertar-lhe a mão. E disse-lhe:

— Meu caro Fortunato, foi uma felicidade encontrá-lo! Como está você bem disposto hoje! Mas recebi uma pipa dum vinho, dado como amontillado, e tenho minhas dúvidas.

— Como? — disse ele. — Amontillado? Uma pipa? Impossível. E no meio do carnaval!

— Tenho minhas dúvidas — repliquei —, mas fui bastante tolo para pagar o preço total do amontillado sem antes consultar você. Não consegui encontrá-lo e tinha receio de perder uma pechincha.

— Amontillado!

— Tenho minhas dúvidas.

— Amontillado!

— E preciso desfazê-las.

— Amontillado!

— Se você não estivesse ocupado... Estou indo à casa de Luchesi. Se há alguém que entenda disso, é ele. Haverá de dizer-me...

— Luchesi não sabe diferençar um amontillado dum xerez.

1 Publicado pela primeira vez no *Godey's Lady's Book*, novembro de 1846. Título original: THE CASK OF AMONTILLADO.

— No entanto, há uns bobos que dizem por aí que, em matéria de vinhos, vocês se equiparam.

— Pois então vamos.

— Para onde?

— Para sua adega.

— Não, meu amigo. Não quero abusar de sua boa vontade. Vejo que você está ocupado. Luchesi...

— Não estou ocupado, coisa nenhuma... Vamos.

— Não, meu amigo. Não é por isso, mas é que vejo que você está fortemente resfriado. A adega está duma umidade intolerável. Suas paredes estão incrustadas de salitre.

— Não tem importância, vamos. Um resfriado à toa. Amontillado! Acho que você foi enganado. Quanto a Luchesi, é incapaz de distinguir um xerez dum amontillado.

Assim falando, Fortunato agarrou meu braço. Pondo no rosto uma máscara de seda e enrolando-me num rocló, deixei-me levar por ele, às pressas, na direção do meu palácio.

Todos os criados haviam saído para brincar no carnaval. Dissera-lhes que só voltaria de madrugada e dera-lhes explícitas ordens para não se afastarem de casa. Foi, porém, o bastante, bem o sabia, para que se sumissem logo que virei as costas.

Peguei dois archotes, um dos quais entreguei a Fortunato, e conduzi-o através de várias salas até a passagem abobadada que levava à adega. Desci à frente dele uma longa e tortuosa escada, aconselhando-o a ter cuidado. Chegamos por fim ao sopé e ficamos juntos no chão úmido das catacumbas dos Montresor.

Meu amigo cambaleava e os guizos de sua carapuça tilintavam a cada passo que dava.

— Onde está a pipa? — perguntou ele.

— Mais para o fundo — respondi —, mas repare nas teias cristalinas que brilham nas paredes desta caverna.

Ele voltou-se para mim e fitou-me bem nos olhos com aqueles seus dois glóbulos vítreos que destilavam a reuma da bebedice.

— Salitre? — perguntou ele, por fim.

— É, sim — respondi. — Há quanto tempo está você com essa tosse?

— Eh! Eh! Eh! Eh! Eh! Eh! — pôs-se ele a tossir, e durante muitos minutos não conseguiu meu pobre amigo dizer uma palavra.

— Não é nada — disse ele, afinal.

— Venha — disse eu, decidido. — Vamos voltar. Sua saúde é preciosa. Você é rico, respeitado, admirado, amado. Você é feliz como eu era outrora. Você é um homem que faz falta. Quanto a mim, não. Voltaremos. Você pode piorar e não quero ser responsável por isso. Além do quê, posso recorrer a Luchesi...

— Basta! — disse ele. — Essa tosse não vale nada. Não me há de matar. Não é de tosse que hei de morrer.

— Isto é verdade... isto é verdade — respondi — e, de fato, não era minha intenção alarmá-lo sem motivo. Mas acho que você deveria tomar toda a precaução. Um gole deste Médoc nos defenderá da umidade.

Então fiz saltar o gargalo duma garrafa que retirei duma longa fileira empilhada no chão.

— Beba — disse eu, apresentando-lhe o vinho.

Levou a garrafa aos lábios, com um olhar malicioso. Calou-se um instante e me cumprimentou com familiaridade, fazendo tilintar os guizos.

— Bebo pelos defuntos que repousam em torno de nós — disse ele.

— E eu para que você viva muito.

Pegou-me de novo no braço e prosseguimos.

— Estas adegas são enormes — disse ele.

— Os Montresor eram uma família rica e numerosa — respondi.

— Não me lembro quais são suas armas.

— Um enorme pé humano dourado em campo blau; o pé esmaga uma serpente rastejante cujos colmilhos se lhe cravam no calcanhar.

— E qual é a divisa?

— *Nemo me impune lacessit.*[2]

— Bonito! — disse ele.

O vinho faiscava-lhe nos olhos e os guizos tilintavam. Minha própria imaginação se aquecia com o Médoc. Havíamos passado diante de paredes de ossos empilhados, entre barris e pipotes, até os recessos extremos das catacumbas. Parei de novo e desta vez atrevi-me a pegar Fortunato por um braço acima do cotovelo.

— O salitre! Veja, está aumentado. Parece musgo agarrado às paredes. Estamos embaixo do leito do rio. As gotas de umidade filtram-se entre os ossos. Venha, vamos antes que seja demasiado tarde. Sua tosse...

— Não é nada — disse ele. — Continuemos. Mas antes, dê-me outro gole de Médoc.

Quebrei o gargalo duma garrafa de De Grave e entreguei-lha. Esvaziou-a dum trago. Seus olhos cintilavam, ardentes. Riu e jogou a garrafa para cima, com um gesto que eu não compreendi.

Olhei surpreso para ele. Repetiu o grotesco movimento.

— Não compreende? — perguntou.

— Não.

— Então não pertence à irmandade?

— Que irmandade?

— Você não é maçom?

— Sim, sim! — respondi. — Sim, sim!

— Você, maçom? Não é possível!

— Sou maçom, sim — repliquei.

— Mostre o sinal — disse ele.

— É este — respondi, retirando de sob as dobras de meu rocló uma colher de pedreiro.

— Você está brincando — exclamou ele, dando uns passos para trás. — Mas vamos ver o amontillado.

— Pois vamos — disse eu, recolocando a colher debaixo do capote e oferecendo-lhe, de novo, meu braço, sobre o qual se apoiou ele pesadamente. Continuamos o caminho em busca do amontillado. Passamos por uma série de baixas arcadas, demos voltas, seguimos para a frente, descemos de novo e chegamos a uma profunda cripta,

2 Ninguém me ofende impunemente. (N. T.)

onde a impureza do ar reduzia a chama de nossos archotes a brasas avermelhadas.

No recanto mais remoto da cripta, outra se descobria menos espaçosa. Nas suas paredes alinhavam-se restos humanos empilhados até o alto da abóbada, à maneira das grandes catacumbas de Paris. Três lados dessa cripta interior estavam assim ornamentados. Do quarto, haviam sido afastados os ossos, que jaziam misturados no chão, formando em certo ponto um montículo de avultado tamanho. Na parede assim desguarnecida dos ossos, percebemos um outro nicho, com cerca de um metro e vinte de profundidade, noventa centímetros de largura e um metro e oitenta ou dois metros e dez de altura. Não parecia ter sido escavado para um uso especial, mas formado simplesmente pelo intervalo entre dois dos colossais pilares do teto das catacumbas, e tinha como fundo uma das paredes, de sólido granito, que os circunscreviam.

Foi em vão que Fortunato, erguendo a tocha mortiça, tentou espreitar a profundeza do recesso. A fraca luz não nos permitia ver-lhe o fim.

— Vamos — disse eu —, aqui está o amontillado. Quanto a Luchesi...

— É um ignorantaço! — interrompeu meu amigo, enquanto caminhava, vacilante, para diante e eu o acompanhava rente aos calcanhares. Sem demora, alcançou ele a extremidade do nicho e, não podendo mais prosseguir, por causa da rocha, ficou estupidamente apatetado. Um momento mais e ei-lo acorrentado por mim ao granito. Na sua superfície havia dois anéis de ferro, distando um do outro cerca de sessenta centímetros, horizontalmente. De um deles pendia curta cadeia e do outro um cadeado. Passar-lhe a corrente em torno da cintura e prendê-lo, bem seguro, foi obra de minutos. Estava por demais atônito para resistir. Tirando a chave, saí do nicho.

— Passe sua mão — disse eu — por sobre a parede. Não poderá deixar de sentir o salitre. É de fato *bastante* úmido. Mais uma vez permita-me *implorar-lhe* que volte. Não? Então devo positivamente deixá-lo. Mas é preciso primeiro prestar-lhe todas as pequeninas atenções que puder.

— O amontillado! — vociferou meu amigo, ainda não recobrado do espanto.

— É verdade — repliquei —, o amontillado.

Ao dizer estas palavras, pus-me a procurar as pilhas de ossos a que me referi antes. Jogando-os para um lado, logo descobri grande quantidade de tijolos e argamassa. Com estes materiais e com o auxílio de minha colher de pedreiro comecei com vigor a emparedar a entrada do nicho.

Mal havia eu começado a acamar a primeira fila de tijolos, descobri que a embriaguez de Fortunato tinha-se dissipado em grande parte. O primeiro indício disto que tive foi um surdo lamento, lá do fundo do nicho.

Não era o choro de um homem embriagado. Seguiu-se então um longo e obstinado silêncio. Deitei a segunda camada, a terceira e a quarta; e depois ouvi as furiosas vibrações da corrente. O barulho durou vários minutos, durante os quais, para gozá-lo com maior satisfação, interrompi meu trabalho e me sentei em cima dos ossos. Quando afinal o tilintar cessou, tornei a pegar na colher e acabei sem interrupção a quinta, a sexta e a sétima camadas. A parede estava agora quase ao nível de meu peito. Parei de novo e, levantando o archote por cima dela, lancei uns poucos e fracos raios sobre o rosto dentro do nicho.

Uma explosão de berros fortes e agudos, provindos da garganta do vulto acorrentado, fez-me recuar com violência. Durante um breve momento hesitei. Tremia.

Desembainhando minha espada, comecei a apalpar com ela em torno do nicho, mas uns instantes de reflexão me tranquilizaram. Coloquei a mão sobre a alvenaria sólida das catacumbas e senti-me satisfeito. Reaproximei-me da parede. Respondi aos urros do homem. Servi-lhe de eco... ajudei-o a gritar... ultrapassei-o em volume e em força. Fui fazendo assim e por fim cessou o clamor.

Era agora meia-noite e meu serviço chegara a cabo. Completara a oitava, a nona e a décima camadas. Tinha acabado uma porção desta última e a décima primeira. Faltava apenas uma pedra a ser colocada e argamassada. Carreguei-a com dificuldade por causa do peso. Coloquei-a, em parte, na posição devida. Mas então irrompeu de dentro do nicho uma enorme gargalhada que me fez eriçar os cabelos. Seguiu-se-lhe uma voz lamentosa, que tive dificuldade em reconhecer como a do nobre Fortunato. A voz dizia:

— Ah, ah, ah!... Eh, eh, eh! Uma troça bem boa de fato... uma excelente pilhéria! Haveremos de rir a bandeiras despregadas lá no palácio... eh, eh, eh!... a respeito desse vinho... eh, eh, eh!

— O amontillado! — exclamei eu.

— Eh, eh, eh!... Eh, eh, ehl... Sim... o amontillado! Mas... já não será tarde? Já não estarão esperando por nós no palácio... minha mulher e os outros? Vamos embora!

— Sim — disse eu. — Vamos embora.

— *Pelo amor de Deus, Montresor!*

— Sim — disse eu. — Pelo amor de Deus!

Aguardei debalde uma resposta a estas palavras. Impacientei-me. Chamei em voz alta:

— Fortunato!

Nenhuma resposta. Chamei de novo:

— Fortunato!

Nenhuma resposta ainda. Lancei uma tocha através da abertura remanescente e deixei-a cair lá dentro. Como resposta ouvi apenas o tinir dos guizos. Senti um aperto no coração... devido talvez à umidade das catacumbas. Apressei-me em terminar meu trabalho. Empurrei a última pedra em sua posição. Argamassei-a. Contra a nova parede reergui a velha muralha de ossos. Já faz meio século que mortal algum os remexeu. *In pace requiescat!*

Hop-Frog[1]

Jamais conheci alguém que fosse tão vivamente dado a brincadeiras como o rei. Parecia viver apenas para troças. Contar uma boa história de gênero jocoso, e contá-la bem, era o caminho mais seguro para ganhar-lhe as boas graças. Por isso acontecia que seus sete ministros eram todos notáveis por sua perícia na arte da pilhéria. Todos se pareciam com o rei, também, por serem grandes, corpulentos e gordos, bem como inimitáveis farsistas. Se é a brincadeira que faz engordar ou se há algo na própria gordura que predispõe à pilhéria, nunca fui capaz de determiná-lo totalmente, mas o certo é que um trocista magro é uma *rara avis in terris*.

Quanto às sutilezas — ou, como ele as chamava, o "espectro" do talento —, pouco se incomodava o rei com elas. Tinha admiração especial pela *largura* numa pilhéria e a digeria em *comprimento* por amor a ela. As coisas demasiado delicadas o aborreciam. Teria dado preferência ao *Gargantua* de Rabelais, em lugar do *Zadig* de Voltaire, e, sobretudo, as piadas de ação satisfaziam-lhe muito melhor o gosto que as verbais.

Na data de minha narrativa os bobos profissionais não estavam totalmente fora de moda na corte. Muitas das grandes "potências" continentais mantinham ainda seus "bobos" que usavam traje de palhaço com carapuças de guizos e cuja obrigação era estarem sempre prontos, com agudos chistes, a qualquer instante, em troca das migalhas caídas da mesa real.

Nosso rei, como é natural, mantinha seu "bobo". O fato é que ele *sentia a necessidade* de algo, no gênero da loucura, sem falar de si mesmo, que contrabalançasse a pesada sabedoria dos sete sábios, seus ministros.

Seu "bobo", ou jogral profissional, não era, porém, apenas um bobo. Seu valor triplicava-se, aos olhos do rei, pelo fato de ser também anão e coxo. Os anões eram, naquele tempo, tão comuns nas cortes como os bobos, e vários monarcas teriam achado difícil passar o tempo (o tempo é muito mais lento de passar nas cortes que em qualquer outra parte) sem um truão que os fizesse rir e sem um anão de quem rissem. Mas, como já observei, 99% dos truões são gordos, redondos e pesadões, de sorte que o nosso rei muito se orgulhava de possuir um Hop-Frog (tal era o nome do "bobo"), tríplice tesouro numa só pessoa.

Acredito que o nome de Hop-Frog[2] *não* fosse o que lhe deram seus padrinhos de batismo, mas lhe fora conferido, pelo unânime consenso dos sete sábios, por causa de sua impossibilidade de caminhar como os outros homens. De fato, Hop-Frog podia mover-se apenas por meio duma espécie de passo interjectivo — algo entre um pulo e uma contorção —, um movimento que provocava ilimitada diversão e, sem dúvida, consolo ao rei, pois (não obstante a protuberância de sua pança e o inchaço estrutural da cabeça) o rei era tido por toda a sua corte como um sujeito bonito.

Mas embora Hop-Frog, em consequência da distorção de suas pernas, só se pudesse mover com grande esforço e dificuldade por uma estrada ou pavimento, a

---

1 Publicado pela primeira vez em *The Flag of Our Union*, 17 de março de 1849. Título original: HOP-FROG OR THE EIGHT CHAINED ORANG-OUTANGS.

2 *Hop*, salto; *frog*, rã. (N. T.)

prodigiosa força muscular de que a natureza parecia ter dotado seus braços, a título de compensação, pela deficiência das pernas curtas, capacitava-o a executar muitas proezas de maravilhosa destreza, quando se tratava de árvores ou cordas, ou qualquer coisa onde se pudesse trepar. Em tais exercícios parecia-se certamente muito mais com um esquilo ou com um macaquinho do que com uma rã.

Não sou capaz de dizer, com precisão, de que país era originário Hop-Frog. Era de alguma região bárbara, porém, de que ninguém jamais ouvira falar, a vasta distância da corte do nosso rei. Hop-Frog e uma mocinha, pouco menos anã do que ele (embora de corpo bem proporcionado e maravilhosa dançarina), tinham sido arrancados, à força, de seus respectivos lares, em províncias limítrofes, e enviados como presentes ao rei por algum de seus sempre vitoriosos generais.

Em tais circunstâncias, não é de admirar que estreita intimidade surgisse entre os dois pequenos cativos. De fato, em breve se tornaram amigos jurados. Hop-Frog, que, embora não se poupasse nas suas artes de jogral, não gozava de popularidade alguma, poucos serviços podia prestar a Tripetta. Ela, porém, por causa de sua graça e estranha beleza (embora anã), era por todos admirada e mimada, de modo que possuía bastante prestígio e nunca deixava de usá-lo, quando podia, em benefício de Hop-Frog.

Em certa ocasião de imponente solenidade — não me recordo qual — resolveu o rei dar um baile de máscaras. E, quando um baile de máscaras ou qualquer outra festa dessa natureza ocorria na nossa corte, então, tanto os talentos de Hop-Frog como os de Tripetta eram seguramente solicitados. Especialmente Hop-Frog era tão imaginoso em matéria de organizar cortejos, sugerir novas fantasias e arranjar trajes para bailes de máscaras, que nada se podia fazer, ao que parece, sem seu auxílio.

Chegara a noite marcada para a festa. Um magnífico salão fora adaptado, sob a direção de Tripetta, com todas as espécies de adorno que pudessem dar brilho à mascarada. Toda a corte se aditava em febril expectativa. Quanto aos trajes e papéis, era de supor-se que cada qual havia feito sua escolha em tal assunto. Muitos já haviam determinado os *papéis* que desempenhariam com uma semana, ou mesmo um mês, de antecedência e, de fato, não havia a menor indecisão da parte de ninguém... exceto quanto ao rei e seus sete ministros. O motivo dessa hesitação jamais saberia eu dizê-lo, a não ser que assim fizessem por brincadeira. O mais provável é que achassem difícil, por serem tão gordos, arranjar uma ideia aproveitável. Seja como for, o tempo corria e, como último recurso, mandaram chamar Tripetta e Hop-Frog.

Quando os dois amiguinhos obedeceram às ordens do rei, acharam-no sentado, a tomar vinho, em companhia dos sete membros de seu gabinete de conselho; mas o monarca mostrava estar com bastante mau humor. Sabia que Hop-Frog não gostava de vinho, pois excitava o pobre coxo quase até a loucura, e a loucura não é um sentimento muito confortável. Mas o rei gostava de suas pilhérias efetivas e divertia-se em obrigar Hop-Frog a beber e, como dizia o rei, "a ficar alegre".

— Venha cá, Hop-Frog — disse ele, quando o jogral e sua amiga entraram na sala. — Beba este copázio à saúde de seus amigos ausentes... (aqui Hop-Frog suspirou) e depois nos favoreça com os benefícios de sua imaginativa. Precisamos de tipos... de *tipos*, homem... Algo de novo, fora do comum... algo raro. Estamos cansados dessa eterna mesmice. Vamos, beba! O vinho lhe esclarecerá as ideias.

Hop-Frog tentou, como de costume, lançar uma pilhéria em resposta às propostas do rei, mas o esforço foi demasiado. Acontecia ser aquele o dia do aniversário do pobre anão e a ordem de beber "à saúde de seus amigos ausentes" enchera-lhe os olhos de lágrimas. Grandes e amargas gotas de pranto caíram na taça, quando a tomou, humildemente, da mão do tirano.

— Ah, ah, ah, ah! — berrou o rei, ao ver o anão esvaziar o copo, com repugnância. — Veja o que pode fazer um bom copo de vinho! Ora, seus olhos já estão brilhando!

Pobre coitado! Seus grandes olhos *chispavam* mais do que brilhavam, pois o efeito do vinho sobre seu cérebro excitável era tão poderoso quanto instantâneo. Colocou a taça nervosamente sobre a mesa e olhou em redor para todos os presentes, com um olhar semilouco. Todos pareciam altamente divertidos com o êxito da *pilhéria* do rei.

— E agora vamos ao que serve — disse o primeiro-ministro, um sujeito gordíssimo.

— Sim — disse o rei. — Vamos, Hop-Frog, ajude-nos. Tipos, meu belo rapaz! Estamos precisando de fantasias típicas, todos nós... Ah, ah, ah!

E como isto pretendesse seriamente ser uma pilhéria, sua risada foi repetida em coro pelos sete.

Hop-Frog também riu, embora fracamente e de maneira um tanto distraída.

— Vamos, vamos! — disse o rei, com impaciência. — Não tem nada a sugerir?

— Estou procurando pensar em algo de *novo* — respondeu o anão, com ar abstrato, pois estava completamente transtornado pelo vinho.

— Procurando! — gritou o tirano ferozmente. — Que quer você dizer com isso? Ah! Percebo. Você está de mau humor e quer mais vinho. Aqui está, beba este!

Encheu outra taça e ofereceu-a ao coxo que a olhou e se pôs a ansiar, sem fôlego.

— Beba, estou-lhe dizendo — urrou o monstro —, ou então, pelos diabos que...

O anão hesitava. O rei ficou rubro de raiva. Os cortesãos sorriam afetadamente. Tripetta, pálida como um cadáver, adiantou-se até a cadeira do monarca e, caindo de joelhos diante dele, implorou-lhe que poupasse seu amigo.

O tirano olhou-a alguns instantes, com evidente espanto, diante de sua audácia. Parecia totalmente sem saber o que fazer ou dizer... nem como exprimir sua indignação da maneira mais adequada. Por fim, sem dizer uma palavra, empurrou-a violentamente para longe de si, e jogou-lhe o conteúdo da taça cheia no rosto.

A pobre moça levantou-se como pôde e, sem mesmo ousar suspirar, retomou sua posição ao pé da mesa.

Por meio minuto reinou um silêncio mortal durante o qual a queda duma folha ou duma pena poderia ter sido ouvida. Foi interrompido por um som baixo porém áspero e irritantemente prolongado que parecia provir de todos os cantos da sala.

— Por que... por que... por que você está fazendo esse barulho? — perguntou o rei, voltando-se furioso para o anão.

Este parecia ter dominado, em grande parte, sua embriaguez, e, olhando fixa mas sossegadamente o rosto do tirano, disse simplesmente:

— Eu, eu? Como poderia ter sido eu?

— O som me pareceu vir de fora — observou um dos cortesãos. — Creio que foi o papagaio na janela, afiando o bico nas varetas da gaiola.

— É verdade — disse o monarca, como se esta sugestão o houvesse aliviado bastante. — Mas, pela honra de um cavalheiro, poderia ter jurado que era o ranger dos dentes desse vagabundo.

Nisto o anão riu (o rei era um farsista chapado para que se agastasse com a risada de alguém) exibindo uma fileira de dentes grandes, fortes e bastante repulsivos. Além disso, declarou estar completamente disposto a beber tanto vinho quanto se quisesse. O monarca acalmou-se e, tendo engolido outro copázio, com não muito perceptível mau efeito, Hop-Frog começou logo, e com vivacidade, a expor seus planos para a mascarada.

— Não sei explicar por que associação de ideias — observou ele, bem tranquilo, e como se nunca houvesse provado vinho em sua vida —, mas *justamente* depois que Vossa Majestade empurrou a moça e lançou-lhe o vinho na cara, *justamente depois* que Vossa Majestade fez isto, e enquanto o papagaio fazia aquele estranho barulho lá fora, na janela, veio-me ao espírito a ideia duma extraordinária diversão, uma das brincadeiras de minha própria terra, muitas vezes executada entre nós nas nossas mascaradas, mas que aqui será inteiramente nova. Infelizmente, porém, requer um grupo de oito pessoas, e...

— Aqui *estamos!* — gritou o rei, rindo de sua sutil descoberta da coincidência — oito, justinho: eu e meus sete ministros! Vamos! Qual é a diversão?

— Nós a chamamos — respondeu o coxo — os "Oito Orangotangos Acorrentados", e é, realmente, uma excelente brincadeira, quando bem representada.

— *Nós* a representaremos — observou o rei, levantando-se e baixando as pálpebras.

— A beleza da troça — continuou Hop-Frog — está no medo que causa às mulheres.

— Excelente! — berraram, em coro, o monarca e seu ministério.

— Eu vos fantasiarei de orangotangos — continuou o anão. — Deixai tudo por minha conta. A semelhança será tão completa, que os mascarados tomar-vos-ão por verdadeiros animais e, sem dúvida, ficarão tão aterrorizados quanto espantados.

— Oh, isso é extraordinário! — exclamou o rei. — Hop-Frog, farei de você um homem!

— As correntes são para o fim de aumentar a confusão com seu entrechocar-se. Supõe-se que vos escapastes, *en masse*, das mãos dos guardas. Vossa Majestade não pode imaginar o efeito produzido, num baile de máscaras, por oito orangotangos acorrentados, que a maior parte dos convivas julgará serem verdadeiros, a correr, dando gritos selvagens, em meio da multidão de homens e mulheres, refinada e esplendidamente trajados. O *contraste* não tem igual.

— E *não terá* mesmo! — disse o rei, e o conselho foi suspenso apressadamente (pois já se fazia tarde) para pôr em execução o plano de Hop-Frog.

Sua maneira de arranjar o grupo como orangotangos foi muito simples, mas bastante eficiente, para os fins que tinha em vista. Os animais em questão tinham, na época de minha história, sido mui raramente vistos em qualquer parte do mundo civilizado, e, como as imitações feitas pelo anão eram suficientemente parecidas com animais e mais do que suficientemente horrendas, sua semelhança com o original julgava-se estar assim assegurada.

O rei e seus ministros foram, primeiramente, metidos em camisas e ceroulas de elástico bem apertadas. Depois foram bem lambuzados com breu. Neste ponto da operação, alguém do grupo sugeriu o emprego de penas; mas a sugestão foi imediatamente rejeitada pelo anão, que logo convenceu os oito, com demonstração ocular, que o cabelo dum animal, como o orangotango, era muito mais eficientemente representado pelo linho. Em consequência, foi estendida espessa camada dele sobre a camada de breu. Procurou-se depois comprida corrente. Primeiro, passaram-na em redor da cintura do rei, *prendendo-o*; depois em redor de outro membro do grupo, também preso; e por fim, em redor de todos, sucessivamente, do mesmo modo. Quando todo esse arranjo da cadeia foi terminado e cada um do grupo ficava o mais afastado possível do outro, formaram eles um círculo, e, para fazer todas as coisas parecerem naturais, Hop-Frog passou as pontas da corrente através do círculo, em dois diâmetros, em ângulos retos, de acordo com o método adotado nos dias que correm pelos que caçam chimpanzés ou outros grandes símios em Bornéu.

O enorme salão em que se realizaria o baile de máscaras era um aposento circular, muito elevado, recebendo a luz do sol somente por uma janela no teto. À noite (ocasião para a qual o aposento fora especialmente destinado) era ele iluminado principalmente por um enorme candelabro pendente de uma corrente no centro da claraboia, e abaixado ou levantado, por meio de um contrapeso, como de costume; mas (a fim de não parecer destoante) este último passava por fora da cúpula e sobre o forro.

A decoração do aposento fora deixada a cargo de Tripetta; mas em alguns pormenores, parece, fora ela orientada pela opinião mais serena de seu amigo o anão. Fora por sugestão deste que, dessa vez, se removera o candelabro. Seus respingos de cera (que em tempo tão cálido era impossível evitar) teriam sido seriamente danosos para as ricas vestes dos convidados, que, na previsão de achar-se o salão apinhado, não poderiam evitar-lhe o centro, isto é, sair de debaixo do candelabro. Novos castiçais foram colocados em várias partes do salão fora do espaço destinado às pessoas, e um archote emitindo suave odor foi posto na mão direita de cada uma das cariátides que se fixavam à parede, ao todo cerca de cinquenta ou sessenta.

Os oito orangotangos, seguindo o conselho de Hop-Frog, esperaram pacientemente até a meia-noite (quando o salão estava completamente repleto de mascarados) para apresentar-se. Nem bem cessara o relógio de bater, porém, irromperam eles — ou melhor, rolaram todos juntos para dentro da sala, pois as correntes, dificultando-lhes os movimentos, fizeram com que muitos do grupo caíssem e todos entrassem aos tropeções.

A agitação entre os mascarados foi prodigiosa e encheu de prazer o coração do rei. Como fora previsto, não poucos dos convivas supuseram serem aquelas criaturas, de feroz catadura, animais de *alguma* espécie, na realidade, senão precisamente orangotangos.

Muitas das mulheres desmaiaram de terror, e não houvesse tido o rei a precaução de proibir armas no salão, seu grupo logo teria expiado com sangue aquela pilhéria. Assim, houve uma correria geral em direção das portas; mas o rei ordenara que elas fossem aferrolhadas logo depois de sua entrada, e, por sugestão do anão, as chaves ficaram em mão deste.

Quando o tumulto estava no auge e cada mascarado só atentava para a própria salvação (pois havia, de fato, um perigo muito real no aperto da multidão excitada), a corrente da qual pendia comumente o candelabro e que fora puxada ao ser aquele removido poderia ter sido vista a descer até que sua ponta em gancho chegasse a quase um metro do assoalho.

Logo depois disso, o rei e seus sete amigos, que haviam rodado pelo salão em todas as direções, encontraram-se, afinal, no centro do aposento e, naturalmente, em estreito contato com a corrente. Enquanto assim estavam, o anão, que lhes marchava, silenciosamente, nos calcanhares, incitando-os a manterem a agitação, agarrou as correntes que os prendiam na interseção das duas partes que cruzavam o círculo diametralmente e em ângulos retos. Nesse ponto, com a rapidez do pensamento, inseriu o gancho do qual costumava pender o candelabro; e num momento, como que por um meio invisível, a corrente do candelabro foi subida o bastante para que o gancho ficasse fora do alcance e, como inevitável consequência, arrastou os orangotangos juntos, uns encostados nos outros e face a face.

Os mascarados, a esse tempo, haviam-se recobrado de algum modo de seu alarma e, começando a encarar todo o caso como uma pilhéria bem arquitetada, desataram em gargalhadas ante a situação dos macacos.

— Deixem-nos por *minha* conta! — berrou então Hop-Frog, cuja voz penetrante se ouvia dominando o tumulto. — Deixem-nos por *minha* conta! Creio que os conheço! Se puder dar-lhes uma boa olhadela, *poderei* dizer logo quem são!

Então, subindo sobre as cabeças dos convivas, conseguiu alcançar a parede; aí, arrancando um archote de uma das cariátides, voltou, como fora, para o centro do salão, saltou com a agilidade de um mono para cima da cabeça do rei, daí subiu uns poucos pés pela corrente, segurando a tocha, para examinar o grupo de orangotangos e berrando ainda:

— Descobrirei logo quem são eles!

E então, enquanto todos os presentes (incluídos os macacos) se contorciam de riso, o jogral, de súbito, emitiu um assovio agudo e a corrente subiu violentamente, a cerca de nove metros, carregando consigo os aterrorizados orangotangos, a debaterem-se, e deixando-os suspensos no meio do espaço, entre o forro e a claraboia. Hop-Frog, agarrando-se à corrente quando esta subia, mantinha ainda sua posição em relação aos oito mascarados e ainda (como se nada tivesse acontecido) continuava a passear o archote por baixo deles, tentando descobrir quem eram.

Tão completamente atônitos ficaram todos ante aquela ascensão, que se fez um silêncio mortal de cerca de um minuto. Quebrou-o um som rouco, surdo, *irritante*, igual ao que antes atraíra a atenção do rei e de seus conselheiros quando aquele atirara o vinho à face de Tripetta. Mas, naquela ocasião não podia haver dúvida sobre de *onde* o som partia. Vinha dos dentes, em forma de presas, do anão, que os rangia furiosamente, com a boca a espumejar, ao mesmo tempo que fitava, com expressão de louca ira, as faces erguidas do rei e de seus sete companheiros.

— Ah, ah, ah! — disse; por fim, o furioso bufão. — Ah, ah, ah! Começo agora a ver quem *é* esta gente!

E aí, fingindo examinar o rei mais de perto, encostou o archote ao vestuário de linho que o envolvia e que imediatamente se tornou num lençol de vivas chamas. Em menos de meio minuto todos os oitos orangotangos ardiam furiosamente, entre os gritos da multidão, que os contemplava de baixo, horrorizada e sem poder prestar--lhes o mais leve socorro.

Por fim as chamas, crescendo subitamente de violência, forçaram o truão a subir mais alto pela corrente, a fim de colocar-se fora do alcance delas; e, ao fazer tal movimento, de novo, todos, por um breve instante, mergulharam no silêncio. O anão aproveitou essa oportunidade e mais uma vez falou:

— Agora vejo *distintamente* — disse ele — que espécie de gente são estes mascarados. São eles um grande rei e seus sete conselheiros particulares. Um rei que não tem escrúpulos em espancar uma moça indefesa, e seus sete conselheiros, que lhe encorajam as violências. Quanto a mim, sou simplesmente Hop-Frog, o truão... e esta *é a minha última truanice*.

Em consequência da alta combustibilidade tanto do linho como do breu a ele aderido, nem bem o anão findara seu breve discurso e já a obra da vingança estava terminada. Os oito cadáveres balançavam-se nas correntes, massa fétida, enegrecida, horripilante, indistinguível. O coxo atirou-lhes o archote, subiu sem empecilhos para o teto e desapareceu pela claraboia.

Supõe-se que Tripetta, ficando no forro do salão, tenha sido a cúmplice de seu amigo em sua incendiária vingança e que, juntos, tenham fugido para sua terra, pois nenhum deles jamais foi visto de novo.

FIM
DE "HOP-FROG"
E DE "CONTOS DE TERROR, DE MISTÉRIO E DE MORTE"

CONTOS FILOSÓFICOS

Nota preliminar

A inteligência especulativa de Poe sempre o levou a refletir sobre temas de fundo filosófico, e, se não compôs contos filosóficos à maneira de certos pensadores e moralistas, pelo menos contam-se em sua obra alguns poucos trabalhos que não são, a rigor, contos, mas sob forma de ficção e alguns mesmo dialogados, visões ou meditações sobre mistérios da psicologia humana, do fim do mundo, da sobrevivência dos espíritos. Assim é que em "Sombra", que ele denomina de "parábola", conta-nos a história de uns jovens devassos que se reúnem num palácio para fugir à peste e são visitados por uma sombra, que não é de homem ou de Deus, mas cuja voz reúne as vozes de todos aqueles amigos dos jovens que já haviam falecido. Em "Silêncio", que ele denomina de "fábula", mostra como o homem que resiste aos aspectos da desolação e da ruína não resiste à mudez das coisas. Em "A Palestra de Eiros e Charmion", imagina o diálogo de dois espíritos, um dos quais, Eiros, narra como se deu a sua morte na ocasião em que a terra também foi reduzida a nada, ao contato e influência de um astro vermelho. E uma visão cósmica do fim do mundo.

Em "O homem das multidões" focaliza a figura do homem só no meio das multidões, no seu isolamento trágico, vagando pelas ruas repletas de gente de uma cidade, torturado talvez pelo terror ou pelo remorso. Outro diálogo é o "Colóquio entre Monos e Una". Aqui, dois seres ressuscitados recordam seus amores terrestres. Poe faz o personagem Monos contar à sua amada, Una, como foi sua morte e o que ele sentiu, como espírito, quando seu corpo começou a ser destruído pelo "verme vencedor". Retoma um tema seu, preferido, o de que a alma não se separa imediatamente do corpo quando este morre, mas continua nele, tendo consciência de tudo quanto se passa, até que do corpo nada mais reste e "o pó volte a ser pó".

Finalmente, em "O poder das palavras", também apresenta um diálogo entre dois seres desencarnados por ocasião da destruição do mundo, os quais são porta-vozes de uma ideia do poeta Poe: a de que todo movimento, seja qual for, dado o caso de ser criador, poderá criar uma potência material. Ora, sendo a palavra um movimento que se cria no ar, possui também poder material, e então imagina o poeta que até mesmo estrelas rutilantes possam ser criações das palavras que os homens soltam no ar. Trata-se, como se vê, de uma fantasia puramente poética.

O. M.

Sombra[1]
Parábola

Na verdade, embora eu caminhe através do vale
da Sombra...

Davi, *Salmos*

Vós que me ledes por certo estais ainda entre os vivos; mas eu que escrevo terei partido há muito para a região das sombras. Porque de fato estranhas coisas acontecerão, e coisas secretas serão conhecidas, e muitos séculos passarão antes que estas memórias caiam sob vistas humanas. E, ao serem lidas, alguém haverá que nelas não acredite, alguém que delas duvide e, contudo, uns poucos encontrarão muito motivo de reflexão nos caracteres aqui gravados com estilete de ferro.

O ano tinha sido um ano de terror e de sentimentos mais intensos que o terror, para os quais não existe nome na Terra. Pois muitos prodígios e sinais se haviam produzido, e por toda a parte, sobre a terra e sobre o mar, as negras asas da Peste se estendiam. Para aqueles, todavia, conhecedores dos astros, não era desconhecido que os céus apresentavam um aspecto de desgraça, e para mim, o grego Oinos, entre outros, era evidente que então sobreviera a alteração daquele ano 794, em que, à entrada do Carneiro, o planeta Júpiter entra em conjunção com o anel vermelho do terrível Saturno. O espírito característico do firmamento, se muito não me engano, manifestava-se não somente no orbe físico da Terra, mas nas almas, imaginações e meditações da Humanidade.

Éramos sete, certa noite, em torno de algumas garrafas de rubro vinho de Quios, entre as paredes de nobre salão, na sombria cidade de Ptolemais. Para a sala em que nos achávamos a única entrada que havia era uma alta porta de bronze, de feitio raro e trabalhada pelo artista Corinos, aferrolhada por dentro. Negras cortinas, adequadas ao sombrio aposento, privavam-nos da visão da lua, das lúgubres estrelas e das ruas despovoadas; mas o pressentimento e a lembrança do flagelo não podiam ser assim excluídos.

Havia em torno de nós e dentro de nós coisas das quais não me é possível dar precisa conta, coisas materiais e espirituais: atmosfera pesada, sensação de sufocamento, ansiedade, e, sobretudo, aquele terrível estado de existência que as pessoas nervosas experimentam quando os sentidos estão vivos e despertos, e as faculdades do pensamento jazem adormecidas. Um peso mortal nos acabrunhava. Oprimia nossos ombros, os móveis da sala, os copos em que bebíamos. E todas as coisas se sentiam opressas e prostradas, todas as coisas exceto as chamas das sete lâmpadas de ferro que iluminavam nossa orgia. Elevando-se em filetes finos de luz, assim permaneciam, ardendo, pálidas e imotas. E no espelho que seu fulgor formava sobre a redonda mesa de ébano a que estávamos sentados, cada um de nós, ali reunidos, contemplava o palor de seu próprio rosto e o brilho inquieto nos olhos abatidos de seus companheiros.

1 Publicado pela primeira vez no *Southern Literary Messenger*, setembro de 1835. Título original: SHADOW. A FABLE.

Não obstante, ríamos e estávamos alegres, a nosso modo — que era histérico —, e cantávamos as canções de Anacreonte que são doidas —, e bebíamos intensamente, embora o vinho purpurino nos lembrasse a cor do sangue. Pois ali havia ainda outra pessoa em nossa sala, o jovem Zoilo. Morto, estendido a fio comprido, amortalhado, era como o gênio e o demônio da cena. Mas ah! Não tomava ele parte em nossa alegria! Seu rosto, convulsionado pela doença, e seus olhos, em que a Morte havia apenas extinguido metade do fogo da peste, pareciam interessar-se pela nossa alegria, na medida em que, talvez, possam os mortos interessar-se pela alegria dos que têm de morrer. Mas, embora eu, Oinos, sentisse os olhos do morto cravados sobre mim, ainda assim obrigava-me a não perceber a amargura de sua expressão.

E mergulhando fundamente a vista nas profundezas do espelho de ébano, cantava em voz alta e sonorosa as canções do filho de Teios. Mas, pouco a pouco, minhas canções cessaram e seus ecos, ressoando ao longe, entre os reposteiros negros do aposento, tornavam-se fracos e indistintos, esvanecendo-se.

E eis que dentre aqueles negros reposteiros, onde ia morrer o rumor das canções, se destacou uma sombra negra e imprecisa, uma sombra tal como a da lua quando baixa no céu, e se assemelha ao vulto dum homem: mas não era a sombra de um homem, nem a sombra de um deus, nem a de qualquer outro ente conhecido. E, tremendo um instante entre os reposteiros do aposento, mostrou-se afinal plenamente sobre a superfície da porta de ébano. Mas a sombra era vaga, informe, imprecisa, e não era sombra nem de homem, nem de deus, de deus da Grécia, de deus da Caldeia, de deus egípcio. E a sombra permanecia sobre a porta de bronze, por baixo da cornija arqueada, e não se movia, nem dizia palavra alguma, mas ali ficava parada e imutável. Os pés do jovem Zoilo, amortalhado, encontravam-se, se bem me lembro, na porta sobre a qual a sombra repousava. Nós, porém, os sete ali reunidos, tendo avistado a sombra no momento em que se destacava dentre os reposteiros, não ousávamos olhá-la fixamente, mas baixávamos os olhos e fixávamos sem desvio as profundezas do espelho de ébano. E afinal, eu, Oinos, pronunciando algumas palavras em voz baixa, indaguei da sombra seu nome e seu lugar de nascimento, a sombra respondeu: “Eu sou a SOMBRA e minha morada está perto das Catacumbas de Ptolemais, junto daquelas sombrias planícies infernais que orlam o sujo canal de Caronte.”

E então, todos sete, erguemo-nos, cheios de horror, de nossos assentos, trêmulos, enregelados, espavoridos, porque o tom da voz da sombra não era o de um só ser, mas de uma multidão de seres e, variando nas suas inflexões, de sílaba para sílaba, vibrava aos nossos ouvidos confusamente, como se fossem as entonações familiares e bem relembradas dos muitos milhares de amigos que a morte ceifara.

Silêncio[1]
Fábula

O cimo da montanha dormita; vales, rochedos
e grutas emudecem.

Alcman [60 (10), 646]

— Escuta — disse o Demônio, pondo a mão sobre minha cabeça.

— A região de que falo é uma lúgubre região da Líbia, às margens do Rio Zaire. Ali não há repouso nem silêncio.

As águas do rio são amarelas e insalubres e não correm para o mar, mas palpitam eternamente sob o rubro olhar do sol, em movimentos tumultuosos e convulsivos. Por muitas milhas, de cada lado do leito lamacento do rio, estende-se um pálido deserto de gigantescos nenúfares, que suspiram, um para o outro, naquela solidão e erguem para o céu os longos colos lívidos, meneando as frontes imortais. E dentre eles se evola um murmúrio indistinto, semelhante ao rolar de uma torrente subterrânea. E um para o outro eles suspiram.

Mas há um limite para seu reino, o limite da floresta escura, horrenda, enorme. Ali, como as ondas em torno das Hébridas, os arbustos rasteiros agitam-se sem cessar. No céu, porém, não sopra vento algum. E as altas árvores primitivas oscilam, eternamente, para lá e para cá, com um rumor poderoso e estalidante. E dos seus altos cimos caem, uma a uma, as gotas de um sempiterno orvalho. E a seus pés, estranhas flores venenosas jazem, estorcendo-se em agitado sono. E nas alturas, zunem fortemente as nuvens plúmbeas, que correm continuamente para o oeste, até rolarem, em cataratas por cima da muralha ardente do horizonte. E às margens do Rio Zaire não há repouso nem silêncio.

Era noite e a chuva caía, e ao cair era chuva, mas ao chegar ao chão era sangue. E de pé, no paul, entre os altos nenúfares, eu estava, enquanto a chuva caía sobre mim. E os nenúfares suspiravam um para o outro na solenidade de sua desolação.

E, de repente, através do fino e lívido nevoeiro, surgiu a lua, toda carmesim. E meu olhar caiu sobre um rochedo enorme e escuro que se erguia à margem do rio, iluminado pela luz da lua. E o rochedo era enorme e de um cinzento pálido. Pálido e cinzento. Letras estavam gravadas na superfície da pedra; caminhei através do paul de nenúfares até a margem, para poder ler as letras gravadas na pedra. Mas não pude decifrá-las. E ia regressar ao paul, quando a lua brilhou ainda mais vermelha. Voltei-me e olhei de novo para o rochedo, para as letras, que formavam a palavra DESOLAÇÃO.

Ergui a vista e descobri um homem, de pé, no cume do rochedo; ocultei-me entre os nenúfares, a fim de poder ver os movimentos do homem. Ele era alto, de porte imponente, e envolvia-se, dos ombros aos pés, numa toga romana. Os traços de seu rosto eram indistintos, mas suas feições eram as de uma divindade, pois luziam mesmo através do manto da noite, da névoa, da lua e do sereno. Erguia o

1 Publicado pela primeira vez em *The Baltimore Book and New Year's Present*, Baltimore, 1837. Título original: SIOPE. A FABLE.

cenho, pensativamente, e seu olhar ardia de preocupação; e nas poucas rugas que lhe sulcavam as faces, eu lia as legendas de tristeza, de fadiga e de desgosto pela humanidade, e o amor ansioso da solidão.

E o homem sentou-se sobre o rochedo, pousou a cabeça na mão e contemplou meditativamente a soledade. Mergulhou a vista nos arbustos rasteiros e inquietos e elevou-a às altas árvores primitivas e, mais alto ainda, até ao céu rumorejante e à lua avermelhada. E escondido em meio aos nenúfares, seguia eu os movimentos do homem. E o homem tremia na solidão; mas a noite avançava e ele permanecia sentado no rochedo.

E o homem desviou depois sua atenção do céu e baixou a vista sobre o lúgubre Rio Zaire, sobre suas águas lívidas e amarelas e sobre as legiões lúridas de nenúfares. E o homem escutava os suspiros dos nenúfares e o murmúrio que deles se evolava. E, bem oculto, espreitava eu as ações do homem. E o homem tremia na solidão; mas a noite avançava e ele permanecia sentado no rochedo.

Depois desci para os recessos do paul, patinhando nas brenhas de nenúfares e gritei pelos hipopótamos que habitavam nos lameiros mais fundos do pântano. E os hipopótamos ouviram os meus gritos e vieram, com os behemoth,[2] colocar-se no sopé do rochedo, e à luz da lua rugiram forte e pavorosamente. E, bem oculto, espreitava eu as ações do homem. E o homem tremia na solidão; mas a noite avançava e ele permanecia sentado no rochedo.

Depois apostrofei os elementos, com maldições tumultuosas, e uma terrível tempestade formou-se no céu, onde antes não havia vento. E lívido se tornou o céu com a violência da tempestade. E a chuva golpeava a cabeça do homem; e a água do rio corria escachoante, a espumejar de dor; e os nenúfares gemiam nos seus leitos; e a floresta se despedaçava ao sopro do vento; e o trovão ribombava; e os raios caíam; e o rochedo se abalava até a base. E, bem oculto, espreitava eu as ações do homem. E o homem tremia na solidão; mas a noite avançava e ele permanecia sentado no rochedo.

Encolerizei-me, então, e amaldiçoei, com a maldição do *silêncio*, o rio e os nenúfares, e o vento, e a floresta, e o céu, e o trovão, e os gemidos dos nenúfares. E, amaldiçoados, emudeceram. E a lua deixou de vaguear pela estrada celeste. E o trovão morreu ao longe. O raio não mais fulgurou. E as nuvens penderam imóveis. E as águas voltaram ao seu nível e sossegaram. E as árvores cessaram de oscilar. E os nenúfares não mais suspiraram. E não mais se ouviu o murmúrio que deles se evolava, ou qualquer sombra de som por toda a vastidão ilimitada do deserto. E ao contemplar as letras gravadas no rochedo, vi que haviam mudado; lia-se agora a palavra SILÊNCIO.

E de novo volvi o olhar para o rosto do homem e seu rosto estava lívido de terror. De repente, ergueu a cabeça e pôs-se de pé no rochedo, à escuta. Mas nenhuma voz havia por toda a vastidão ilimitada do deserto. E as letras gravadas no rochedo diziam: SILÊNCIO. E o homem estremeceu, voltou o rosto e pôs-se em fuga, precipitadamente; e nunca mais o tornei a ver.

*

2 Animal considerado como o hipopótamo do Nilo, e descrito no *Livro de Jó* (XL-24). (N. T.)

Ora, lindas histórias se encontram nos volumes dos Magos, nos melancólicos volumes com fechos de ferro. Neles, afirmo, há esplêndidas histórias do Céu e da Terra, e do mar poderoso, e dos Gênios que governam o mar, e a terra, e os altos céus. Há também muita ciência nas palavras proferidas pelas Sibilas; e coisas sagradas se ouviam outrora junto às folhas sombrias que tremiam em torno de Dodona. Mas considero, tão certo como vive Alá, essa fábula que o Demônio me contou, sentado ao meu lado, à sombra do túmulo, como a mais maravilhosa de todas. E ao terminar o Demônio sua história, caiu dentro da cavidade do sepulcro, às gargalhadas. E, como eu não pudesse rir com o Demônio, ele me amaldiçoou. E o lince, que vive eternamente no sepulcro, saiu do seu fojo e deitou-se aos pés do Demônio, encarando-o fixamente.

A palestra de Eiros e Charmion[1]

Trar-te-ei o fogo.

Eurípedes, *Andrômaca*

EIROS – Por que me chamas Eiros?

CHARMION – Assim serás chamado de agora por diante. Deves também esquecer meu nome terrestre e chamar-me Charmion.

EIROS – Não será isto um sonho?

CHARMION – Não há mais sonhos conosco; mas veremos depois esses mistérios. Regozijo-me por ver-te com a aparência de vida e de razão. O véu de sombra já se afastou de teus olhos. Anima-te e nada temas. Expiraram os dias de teu quinhão de torpor e amanhã eu mesma te introduzirei nas plenas maravilhas e alegrias de tua nova existência.

EIROS – Na verdade, não sinto, em absoluto, qualquer torpor. O estranho desfalecimento e as trevas terríveis me deixaram e não mais ouço aquele ruído louco, precipitado, horrível, como a "voz de muitas águas". Meus sentidos, contudo, Charmion, se desnorteiam com a agudeza de sua percepção do novo.

CHARMION – Com poucos dias tudo isso passará, mas compreendo-te inteiramente e sei o que sentes. Faz agora dez anos terrestres que experimentei o que experimentas e, entretanto, a lembrança disso ainda está comigo. Estás sofrendo agora, porém, toda a dor que terás de sofrer no Paraíso.

EIROS – No Paraíso?

CHARMION – No Paraíso.

EIROS – Oh, meu Deus! Charmion, tem piedade de mim! Oprime-me a majestade de todas as coisas... do desconhecido agora conhecido... do Futuro imaginado, que se fundiu no augusto e certo Presente.

CHARMION – Não te deixes tomar agora por esses pensamentos. Amanhã falaremos disso. Teu espírito vacila e sua agitação encontrará alívio ao evocar simples recordações. Não olhes em derredor, nem para a frente, mas para baixo. Consome-me a ansiedade de ouvir os pormenores do extraordinário acontecimento que te lançou entre nós. Fala-me dele. Conversemos de coisas familiares na velha linguagem familiar do mundo que pereceu tão espantosamente.

EIROS – Espantosamente, sim! E isto não é, em verdade, um sonho.

CHARMION – Não há mais sonhos. Prantearam muito a minha morte, Eiros?

EIROS – Se prantearam, Charmion? Oh, profundamente! Até a hora final de todos pesou sobre teu lar uma nuvem de intensa melancolia e ardente saudade.

CHARMION – E essa hora final... Fala-me dela. Lembra-te de que, além do simples fato da catástrofe, nada mais sei. Quando, saindo de entre a humanidade, penetrei na Noite através do Túmulo, nesse período, se bem me lembro, a calamidade

---

1 Publicado pela primeira vez no *Burton's Gentleman's Magazine*, dezembro de 1839. Em 1843 publicou-se com o título: *The destruction of the world*. Título original: THE CONVERSATION OF EIROS AND CHARMION.

que te empolgou era completamente imprevista. Na verdade, porém, eu pouco sabia da filosofia indagativa da época.

EIROS – A catástrofe propriamente dita, como falaste, era por completo imprevista; mas desgraças análogas foram, por longo tempo, objeto de discussão entre os astrônomos. Mal necessito dizer-te, minha amiga, que, mesmo quando nos deixaste, os homens tinham concordado em interpretar aquelas passagens das sagradas escrituras que falam da destruição final de todas as coisas pelo fogo como referindo-se apenas ao orbe terrestre. Em relação, porém, ao agente imediato desse exício, a indagação andava em falso desde a época em que os conhecimentos astronômicos despiam os cometas dos terrores do fogo. Fixava-se bem a moderadíssima densidade desses corpos. Tinham eles sido observados passando entre os satélites de Júpiter, sem produzir qualquer alteração sensível quer nas massas, quer nas órbitas desses planetas secundários. Por muito tempo encaramos esses vagabundos do espaço como criações vaporosas, de inconcebível tenuidade, inteiramente incapazes de causar qualquer prejuízo a nosso globo compacto, mesmo no caso de tocá-lo. Tal contato, porém, não era de modo algum temido, porque os elementos de todos os cometas eram minuciosamente conhecidos. Por muitos anos considerara-se inadmissível a ideia de que entre *eles* pudéssemos procurar o agente da profetizada destruição pelo fogo. Mas as fantasias do estranho, do maravilhoso, ultimamente superabundavam entre a humanidade, e embora um temor real só dominasse poucos ignorantes, ao ser anunciado pelos astrônomos um *novo* cometa, tal anúncio foi recebido geralmente com um não sei quê de agitação e desconfiança.

Os elementos do estranho orbe foram imediatamente calculados e logo reconheceram todos os observadores que seu caminho, no periélio, o traria para muito perto da Terra. Dois ou três astrônomos houve, de renome secundário, que asseveraram, resolutamente, ser inevitável um contato. Não posso muito bem descrever-te o efeito dessa informação sobre o povo. Durante alguns dias ninguém queria crer numa asserção que o intelecto humano, tanto tempo dedicado às cogitações mundanas, não podia apreender. Mas a verdade de um fato vitalmente importante logo penetra na compreensão até dos mais broncos. Por fim, todos os homens notaram que a ciência astronômica não mentia e aguardaram o cometa. Sua aproximação não foi, a princípio, aparentemente rápida, nem seu aspecto era de natureza muito incomum. Ele era de uma cor vermelho-escura e tinha cauda apenas perceptível. Durante sete ou oito dias não vimos aumento ponderável em seu diâmetro aparente, só notando uma alteração parcial em seu colorido. Entretanto, os negócios habituais dos homens foram abandonados e todos os interesses se absorviam numa crescente discussão travada entre os filósofos acerca da natureza do cometa. Mesmo os mais ignorantes elevaram suas tardas mentalidades a tais considerações. Os sabedores, *então*, dedicaram a inteligência, a alma, não a questões tais como a da diminuição do temor ou à manutenção da amada teoria, mas a buscar, a suspirar pelos verdadeiros caminhos. Clamaram pelo conhecimento perfeito. E a *verdade* se ergueu, na pureza de sua força e inexcedível majestade, e os sábios se curvaram, adorando-a.

A opinião de que um prejuízo material resultasse, para nosso globo ou seus habitantes, do temido contato, hora a hora, perdia terreno entre os sábios, e podiam então os sábios livremente governar a razão e as imaginações do povo. Demonstrou-se que a densidade do núcleo do cometa era muito menor que a do nosso gás mais tênue; e a inofensiva passagem de semelhante visitante por entre os satélites de Júpiter era um ponto fortemente salientado e que muito servia para minorar o terror. Os teólogos, com o fervor que o medo animava, fixavam-se nas profecias bíblicas, que expunham ao povo com clareza e simplicidade, de que não se conhecia exemplo anterior. Insistia-se em que a destruição final da Terra deveria ser causada por meio de fogo, com uma energia que obrigava à convicção, em toda a parte. E o fato de não serem os cometas de natureza ígnea (o que nem todos sabiam) foi uma verdade que aliviou a todos, em alto grau, do temor da grande catástrofe prevista. É digno de nota que as superstições populares e os erros vulgares, com relação a pestes e guerras — erros que de hábito predominavam a cada aparecimento de um cometa —, dessa vez não se conhecessem completamente. Como se devido a algum súbito e convulsivo esforço, a razão, imediatamente, expulsara do trono a superstição. Do excesso de interesse, as mais débeis inteligências haviam extraído vigor.

Assunto de trabalhosas discussões foram os males menos importantes que podiam derivar do contato. Os eruditos falaram de leves perturbações geológicas, de provável alteração no clima e, consequentemente, na vegetação, de possíveis influências elétricas e magnéticas. Muitos asseguravam que não se produziria, de modo algum, qualquer consequência visível ou perceptível. Enquanto prosseguiam tais discussões, seu alvo ia-se aproximando gradualmente, aumentando no diâmetro aparente e no fulgor do brilho. Diante disso, a humanidade empalideceu. Suspenderam-se todas as atividades humanas. O auge, no curso do sentimento geral, foi quando o cometa atingiu, por fim, um tamanho que ultrapassava qualquer aparição anterior de que havia memória. O povo, então, abandonando a esperança vacilante de que os astrônomos poderiam ter-se enganado, sentiu toda a certeza da desgraça. Desaparecera o aspecto quimérico de seu terror. Os corações dos mais robustos de nossa espécie bateram violentamente dentro dos peitos. Muito poucos dias, de fato, bastaram para fundir tais pensamentos em sentimentos mais insuportáveis. Já não podíamos aplicar ao orbe estranho quaisquer noções *habituais*. Seus atributos *históricos* desapareceram. Ele nos oprimia com uma espantosa *novidade* de emoção. Não o víamos como um fenômeno astronômico nos céus, mas como um íncubo sobre nosso coração e como uma sombra sobre o nosso cérebro. Com incrível rapidez, ele tomara o aspecto de um manto gigantesco de chamas singulares que se estendiam de um lado a outro do horizonte.

Passou um dia, e os homens respiraram com maior liberdade. Era claro que já nos achávamos sob a influência do cometa; contudo, vivíamos. Sentíamos, mesmo, incomum elasticidade de corpo e vivacidade de espírito. A excessiva tenuidade do objeto de nossos temores era evidente, pois facilmente se viam através dele todos os corpos celestes. Entretanto, nossa vegetação alterara-se de modo sensível, e por essa circunstância, que fora prevista, recuperamos a fé na clarividência dos sábios. Selvagem exuberância de folhagem, completamente desconhecida até então, irrompia de todos os vegetais.

Mais um dia passou, e absolutamente o mal não pairava sobre nós. Era então evidente que o primeiro a alcançar-nos seria o núcleo do cometa. Estranha mudança sobreveio a todos os homens e a primeira sensação de *dor* foi o alarma brutal para as lamentações e o horror de todos. Essa primeira sensação de dor consistia numa forte constrição do peito e dos pulmões e numa insuportável sequidão da pele. Não se podia negar que nossa atmosfera estivesse radicalmente afetada; a constituição dessa atmosfera e as possíveis modificações a que podia ser sujeita passaram a ser os assuntos de discussão. E o resultado de tal investigação produziu um choque elétrico, do mais intenso terror, no coração de todos os homens.

Desde muito se sabia que o ar que nos circundava era um composto de oxigênio e azoto, na proporção de vinte e uma partes de oxigênio e setenta e nove de azoto, em cada cem partes da atmosfera. O oxigênio — princípio da combustão e veículo do calor — era completamente necessário à manutenção da vida animal e constituía o mais poderoso e enérgico agente da natureza. O azoto, ao contrário, era incapaz de manter a vida animal ou a combustão. Um excesso anormal de oxigênio teria como consequência, tinha-se a certeza, uma elevação da energia animal, tal como a que experimentávamos ultimamente. Foi a ampliação, a extensão dessa ideia que engendrou o terror. Qual não seria o resultado de *uma extração total do azoto*? Seria uma combustão irresistível, devoradora de tudo, dominando tudo, rápida. Seria a completa realização, em todos os seus minuciosos e terríveis pormenores, das flamejantes e horripilantes previsões das profecias do Livro Santo.

Precisarei pintar-te, Charmion, a angústia desencadeada então na humanidade? Aquela tenuidade do cometa que previamente nos enchera de esperança passou a ser a fonte amarga do desespero. Em sua impalpável natureza gasosa, claramente percebíamos a consumação dos Fados. E mais um dia passou de novo, arrastando consigo a última sombra de esperança. Ofegávamos com a rápida modificação do ar. O sangue rubro saltava, tumultuosamente, através das veias contraídas. Furioso delírio se apossava de todos os humanos e, com os braços rigidamente estendidos para os céus ameaçadores, todos tremiam e bradavam clamorosamente.

O núcleo de nosso destruidor, porém, chegou sobre nossas cabeças; mesmo aqui, no Paraíso, estremeço ao contá-lo. Serei breve... rápido como a catástrofe que sobreveio. Durante um momento, uma estranha e lívida luz, somente, envolvia e penetrava todas as coisas. Depois — inclinei-me, Charmion, ante a imensa majestade do grande Deus! —, depois, veio um som trovejante e dominador, como se ELE o tivesse proferido, enquanto toda a massa de éter que nos envolvia e em que vivíamos se incendiou imediatamente, numa espécie de intensa chama, para cujo fulgor inexcedível e para cujo calor fervente mesmo os anjos, que habitam o alto céu do puro conhecimento, não têm nome. E assim tudo se acabou.

O HOMEM DAS MULTIDÕES[1]

Ce grand malheur, de ne pouvoir être seul.[2]

La Bruyère

Já se disse, judiciosamente, de certo livro alemão que *er lässt sich nicht lesen* — não se deixa ler. Há alguns segredos que não consentem em ser ditos. Homens morrem, à noite, em suas camas, torcendo as mãos de confessores espectrais e fitando-lhes lastimosamente os olhos; morrem com desespero no coração e convulsões na garganta por causa da hediondez de mistérios que *não toleram* ser revelados. De vez em quando, ai!, a consciência do homem suporta uma carga tão pesada de horror, que só pode ser descarregada na sepultura. E dessa forma a essência de todos os crimes fica irrevelada.

Não faz muito tempo, quase ao findar duma noite de outono, estava eu sentado diante da grande janela da sacada do Café D*** em Londres. Durante alguns meses estivera mal de saúde, mas me achava agora convalescente e, voltando-me as forças, encontrava-me em uma daquelas felizes disposições que são tão precisamente o contrário do *tédio*; disposições da mais viva apetência, quando a membrana da visão mental se parte — *o achlus os prin epaeen* (grego) — e o intelecto eletrizado ultrapassa tão prodigiosamente sua condição cotidiana como a vívida embora cândida razão de Leibnitz a retórica louca e frívola de Górgias. O simples respirar era um prazer e extraía positiva satisfação, até mesmo de muitas e legítimas fontes de pesar. Sentia um calmo porém indagador interesse por todas as coisas. Com um cigarro na boca e um jornal no colo, estivera a distrair-me na maior parte da tarde, ora esquadrinhando os anúncios, ora observando a promíscua companhia que havia no salão, e ora espreitando a rua pelas enfumaçadas vidraças.

Esta rua é uma das principais vias públicas da cidade, e estivera bastante cheia de gente durante o dia inteiro. Mas, ao escurecer, a multidão, de momento a momento, aumentava, e, ao tempo em que as luzes foram acesas, duas densas e contínuas marés de povo passavam apressadas diante da porta. Nunca me encontrara antes em semelhante situação naquele momento particular da noite, e aquele tumultuoso mar de cabeças humanas enchia-me, por conseguinte, duma emoção deliciosamente nova. Deixei por fim de prestar atenção às coisas do hotel e absorvi-me na contemplação da cena lá de fora.

A princípio minhas observações tomaram um jeito abstrato e generalizador. Olhava os passantes em massa e neles pensava em função de suas relações gregárias. Em breve, porém, desci a pormenores e examinei com minudente interesse as inúmeras variedades de figura, roupa, ar, andar, rosto e expressão fisionômica.

Em alto grau, o maior número daqueles que passavam tinha um porte convencido de gente atarefada, e parecia estar pensando apenas em abrir caminho pela multidão. Franziam as sobrancelhas e seus olhos rolavam com vivacidade. Quando encontroados por outros passantes, não davam sinal de impaciência, mas conser-

1 Publicado pela primeira vez no *Burton's Gentleman's Magazine*, dezembro de 1840. Título original: THE MAN OF THE CROWD.

2 É uma grande desgraça não poder estar só. (N. T.)

tavam a roupa e se apressavam. Outros, classe ainda numerosa, mostravam-se inquietos em seus movimentos, tinham rostos avermelhados e falavam e gesticulavam consigo mesmos como se se sentissem em solidão por causa da enormidade da densa turba em seu redor. Quando detidas no caminho, tais pessoas cessavam imediatamente de murmurar, mas redobravam sua gesticulação e esperavam, com um sorriso vago e exagerado, a passagem dos que lhes serviam de obstáculo. Se recebiam um encontrão, curvavam-se profundamente para os empurradores, e pareciam aniquilados de confusão. Nada havia de muito peculiar nessas duas grandes classes além do que observei. Suas roupas incluíam-se na categoria que exatamente se define como: decente. Eram, sem dúvida, nobres, mercadores, advogados, lojistas, agiotas; os eupátridas e o lugar-comum da sociedade; homens de lazer e homens ativamente empenhados em negócios sob sua exclusiva responsabilidade. Não me excitaram grandemente a atenção.

A tribo dos escreventes era inconfundível, e nela eu distinguia duas notáveis divisões. Havia os pequenos escreventes das casas baratas: jovens cavalheiros de roupas justas, sapatos brilhantes, cabelos bem brilhantinados e lábios insolentes. Pondo de lado certa atividade de maneiras que pode ser denominada "escrivaninhismo", na falta de melhor palavra, o jeito desses indivíduos parecia-me ser um fac-símile exato do que havia sido a perfeição do *bon ton*, doze ou dezoito meses antes. Usavam os restos da classe alta — e isso, acredito, envolve a melhor definição de sua classe.

A divisão dos escreventes principais das firmas sólidas, ou dos "sujeitos de confiança", não era passível de confusão. Eles eram conhecidos pelos paletós e calças pretos ou marrons, feitos de modo a poderem sentar-se confortavelmente; tinham gravatas brancas e coletes, sapatos largos de aparência duradoura, e meias espessas ou polainas. Tinham, todos, a cabeça levemente calva, e a orelha direita, longamente acostumada a sustentar a caneta, contraíra um bizarro costume de acabanar-se. Observei que eles sempre tiravam ou punham o chapéu com as duas mãos e usavam relógio com curtas correntes de ouro de modelo grosso e antigo. Tinham a afetação da responsabilidade, se em verdade pode haver tão honrosa afetação.

Havia muitos indivíduos de aparência vivaz, que facilmente reconheci como pertencentes à raça dos elegantes batedores de carteira, de que todas as grandes cidades andam infestadas. Vigiei tal destacada espécie social com grande atenção e achei difícil imaginar como podiam ser tomados por pessoas de trato pelas próprias pessoas distintas. A enormidade dos punhos de suas camisas, com um aspecto de franqueza excessiva, devia traí-los imediatamente.

Os jogadores profissionais — que descobri em quantidade não pequena — eram ainda mais facilmente identificáveis. Usavam roupa de todas as espécies, desde a vestimenta berrante e audaciosa do casquilho, com colete de veludo, fantasiosa gravata, correntes folheadas a ouro e botões filigranados, até as vestes do clérigo escrupulosamente desadornado, de modo que nada houvesse capaz de despertar suspeitas. Eram todos, contudo, facilmente distinguidos em vista de certa coloração amorenada e oleosa, de um vaporoso escurecimento dos olhos, do palor e da compressão dos lábios. Dois outros traços havia, além disso, pelos quais eu podia sempre adivinhá-los: uma grave e medida tonalidade da voz na conversação e uma extensão, além do comum, do polegar, formando quase ângulo reto com os demais dedos. Muitas vezes, em companhia desses trapaceiros, observei uma espécie de homens algo diferentes, porém ainda pássaros da mesma plumagem. Podem ser definidos como cavalheiros que vivem de sua habilidade. Parece que rapinam o público em dois batalhões: o dos casquilhos e o do gênero militar. Na primeira classe, as feições principais são longas melenas e sorrisos; na segunda, são casacos de alamares e carrancas.

Descendo a escala do que se chama a "gentilidade", encontrei temas de meditação mais negros e mais profundos. Vi revendedores judeus, com olhos de gavião, cintilando em fisionomias das quais todas as outras feições mostravam apenas uma expressão de abjeta humildade; atrevidos mendigos de rua, profissionais, fechando a cara para mendigos de melhor estampa, a quem somente o desespero havia impelido a implorar a caridade, nas trevas da noite; fracos e lívidos inválidos, sobre os quais a morte pusera uma mão firme, e que andavam de viés e cambaleavam por entre a multidão, fitando a todos, suplicantemente, bem no rosto, como se em busca duma esperança de consolação, alguma esperança perdida; mocinhas humildes, de volta dum trabalho longo e tardio, para um lar sem alegria, e encolhendo-se, mais chorosas do que indignadas, diante das olhadelas dos rufiões, de cujo contato direto nem mesmo conseguiam esquivar-se; prostitutas de todas as espécies e de todas as idades, com a incontestável beleza, na primavera de sua feminilidade, fazendo lembrar a estátua de Luciano, com a superfície de mármore de Paros e o interior cheio de imundícies; a repugnante e esfarrapada leprosa, totalmente decaída; a bruxa enrugada, cheia de joias e sarapintada, num último apego à mocidade; a simples criança de formas imaturas, mas, graças a uma longa camaradagem, versada nas espantosas galantarias de seu comércio, ardendo de raivosa ambição de alcançar posto igual ao das veteranas do vício; ébrios inumeráveis e indescritíveis, alguns esmolambados e remendados, cambaleando, desarticulados, com rostos cheios de equimoses e olhos aquosos; uns tantos, com as roupas inteiras, porém sujas, com uma bazófia um tanto vacilante, grossos lábios sensuais e rostos rubicundos e cordiais; outros, vestidos com panos, outrora de boa qualidade e que mesmo agora eram escrupulosamente escovados, homens que caminhavam com um passo mais firme e mais lesto do que o natural, mas cujas fisionomias estavam terrivelmente pálidas e cujos olhos se mostravam horrendamente vermelhos e ferozes, e que agarravam com dedos trêmulos, ao andarem a largos passos em meio à multidão, todos os objetos a seu alcance; além destes, vendedores de empadas, carregadores, carvoeiros, limpadores de chaminés, tocadores de realejo, exibidores de macacos, vendedores de modinhas, os que vendiam com os que cantavam, artífices esfarrapados e operários exaustos de toda a casta, e todos cheios de uma vivacidade desordenada e barulhenta, que atormentava os ouvidos e levava aos olhos uma sensação dolorosa.

À proporção que a noite se adensava, mais profundo se tornava para mim o interesse da cena, pois não somente o caráter geral da multidão materialmente se alterara (apagando-se suas feições mais nobres, com a gradativa retirada da parte mais ordeira do povo, e pondo-se em maior relevo os mais grosseiros, quando a hora mais avançada retirava todas as espécies de infâmia de seu antro), mas os raios dos lampiões a gás, fracos a princípio, na sua luta com o dia moribundo, tinham agora tomado ascendente, por fim, e lançavam sobre todas as coisas um clarão espasmódico e lustroso. Tudo era negro, mas esplêndido — como aquele ébano com que foi comparado o estilo de Tertuliano.

Os estranhos efeitos da luz obrigaram-me a um exame das faces individuais, e, embora a rapidez com que aquela profusão de luz fugia diante da janela me impedisse de vislumbrar mais de um rosto, parecia-me que, no meu particular estado mental de então, podia frequentemente ler, mesmo naquele breve intervalo de um olhar, a história de longos anos.

Com a fronte colada à vidraça, achava-me assim ocupado em perscrutar a multidão quando, de súbito, surgiu-me à vista uma fisionomia (de um velho decrépito, de uns sessenta e cinco ou setenta anos de idade), uma fisionomia que imediatamente deteve e absorveu toda a minha atenção, por causa da absoluta peculiaridade de sua expressão. Jamais eu vira qualquer coisa de semelhante a essa expressão, mesmo remotamente. Lembro-me bem que minha primeira ideia, ao avistá-la, foi que Retzsch, se a houvesse contemplado, tê-la-ia preferido, especialmente, para suas encarnações pictóricas do diabo. Como tentasse, durante o breve minuto do primeiro relance de vista, formar uma análise qualquer de seu significado oculto, despertaram-se-me, confusa e paradoxalmente, no cérebro as ideias de vasto poder mental, de cautela, de sordidez, de avareza, de frieza, de malícia, de sede de sangue, de triunfo, de alegria, de excessivo terror, de intenso e supremo desespero. Senti-me singularmente despertado, empolgado, fascinado. "Que estranha história não estará escrita naquele peito!" — disse comigo mesmo. Veio-me então o desejo ardente de não perder o homem de vista e conhecer mais a respeito dele. Vestindo às pressas um sobretudo e agarrando meu chapéu e minha bengala, encaminhei-me para a rua e fui abrindo caminho por entre a multidão, na direção que eu o vira tomar, pois ele já havia desaparecido. Com alguma dificuldade cheguei afinal a avistá-lo. Aproximei-me e segui-o bem de perto, embora com cautela, para não lhe atrair a atenção.

Tinha agora boa oportunidade de examinar-lhe a pessoa. Era de baixa estatura, muito magro e, ao que parecia, muito fraco. Suas roupas em geral estavam sujas e rotas; mas, ao passar ele, de vez em quando, sob o forte clarão de uma lâmpada, percebia que sua camisa, embora suja, era de um belo tecido; e, ou os olhos me enganaram, ou pude, através de um rasgão da *roquelaure*,[3] bem abotoada e evidentemente de segunda mão, que o envolvia, entrever o brilho de um diamante e de um punhal. Estas observações avolumaram minha curiosidade e resolvi acompanhar o estranho para onde quer que ele fosse.

A noite caíra por completo e um nevoeiro espesso e úmido pairava sobre a cidade, acabando por desfazer-se em pesada e contínua chuva. Essa mudança de tempo teve um estranho efeito sobre a multidão, toda a qual, imediatamente, agitou-se de novo, ocultando-se sob enorme quantidade de guarda-chuvas. A ondulação, o acotovelamento, o burburinho aumentaram dez vezes mais. De minha parte, não me incomodei muito com a chuva, pois o resto de uma velha febre, no meu organismo, tornava a umidade algo bem perigosamente agradável. Amarrando um lenço em torno da boca, continuei. Durante meia hora, o velho manteve sua marcha

3 Embora tanto na edição inglesa como na americana figure aqui (sem dúvida, por errata "respeitada") *roquelaire*, julgo que deve empregar-se *roquelaure* com mais propriedade, dado tratar-se do nome com que se designa uma espécie de capote ajustado ao pescoço, usado em outro tempo. Provém essa denominação do título do Duque de Roquelaure, general francês (1614-1683), que adquiriu tanta fama pelas suas façanhas militares como pela sua mordacidade e fealdade. (N. T.)

com dificuldade ao longo da grande avenida, e aí eu caminhava bem nos seus calcanhares com medo de perdê-lo de vista. Não voltando uma vez sequer a cabeça para olhar para trás, não me podia ele notar. Pouco depois enveredou por uma travessa que, embora cheia de densa multidão, não estava tão apinhada como a rua principal que ele tinha deixado. Aqui tornou-se evidente uma mudança no seu andar. Caminhava mais devagar e com menos decisão do que antes, de maneira mais hesitante. Atravessou e reatravessou a rua, repetidamente, sem objetivo visível; e o aperto era ainda tão forte, que a cada movimento destes era eu obrigado a acompanhá-lo de muito perto. A rua era estreita e comprida e o homem andou por ela quase uma hora, durante a qual os transeuntes tinham gradualmente diminuído, chegando quase ao número que se vê comumente, à tarde, na Broadway, perto do parque (tão enorme é a diferença que há entre uma multidão em Londres e a da mais frequentada cidade americana). Uma segunda volta trouxe-nos a um largo brilhantemente iluminado e transbordante de vida. A antiga atitude do desconhecido reapareceu. O queixo caiu-lhe sobre o peito, enquanto os olhos rolavam, alucinados, sob as sobrancelhas contraídas, em todas as direções e sobre todos os que o cercavam. Apressava o passo com firmeza e perseverança. Fiquei surpreso, porém, por descobrir, depois que deu a volta do largo, que ele voltava a refazer o mesmo caminho. Fiquei ainda mais atônito por vê-lo repetir o mesmo passeio muitas vezes, tendo-me uma vez quase descoberto, ao se voltar num súbito movimento.

Nesse exercício gastou ele outra hora, ao fim da qual achamo-nos, com bem menos interrupção de transeuntes que a princípio. A chuva caía copiosa; o ar esfriava, e o povo se retirava para suas casas. Com um gesto de impaciência, o vagabundo passou para uma viela, relativamente deserta. Precipitou-se, descendo por ela, que tinha um comprimento de cerca de um quarto de milha, com uma agilidade que eu jamais teria imaginado ver em homem tão idoso e que me trouxe dificuldade para acompanhá-lo. Em poucos minutos desembocamos num vasto e rumoroso mercado, cujos compartimentos o desconhecido mostrava conhecer muito bem e onde sua primitiva atitude de novo se evidenciou, ao abrir caminho de um lado para outro, sem alvo, entre a multidão de compradores e vendedores.

Durante a hora e meia, mais ou menos, que passamos naquele lugar, foi necessária muita cautela de minha parte para mantê-lo ao alcance sem atrair-lhe a atenção. Felizmente, usava eu um par de galochas e podia andar em perfeito silêncio. Em momento algum percebeu ele que eu o observava. Entrou em loja após loja, sem nada apreçar, não dizendo uma palavra, olhando para todos os objetos com um olhar vazio e estranho. Achava-me então extremamente atônito diante de sua conduta e tomei a firme decisão de não nos separarmos sem que satisfizesse, de certo modo, minha curiosidade a seu respeito.

Um relógio de timbre elevado deu as onze horas e o povo apressou-se em abandonar o mercado. Um lojista, ao fechar um postigo, acotovelou o velho; no mesmo instante vi que um violento calafrio lhe percorria todo o corpo. Precipitou-se na rua. Olhou ansioso em torno de si, por um instante, e depois correu, com incrível ligeireza, por entre muitas vielas tortuosas e despovoadas, até desembocarmos, uma vez mais, na grande artéria de onde havíamos partido, a rua do Hotel D***. Esta, porém, não tinha mais o mesmo aspecto. Estava ainda toda iluminada; mas a chuva caía com violência e apenas raras pessoas eram vistas. O desconhecido empalideceu. Deu sotur-

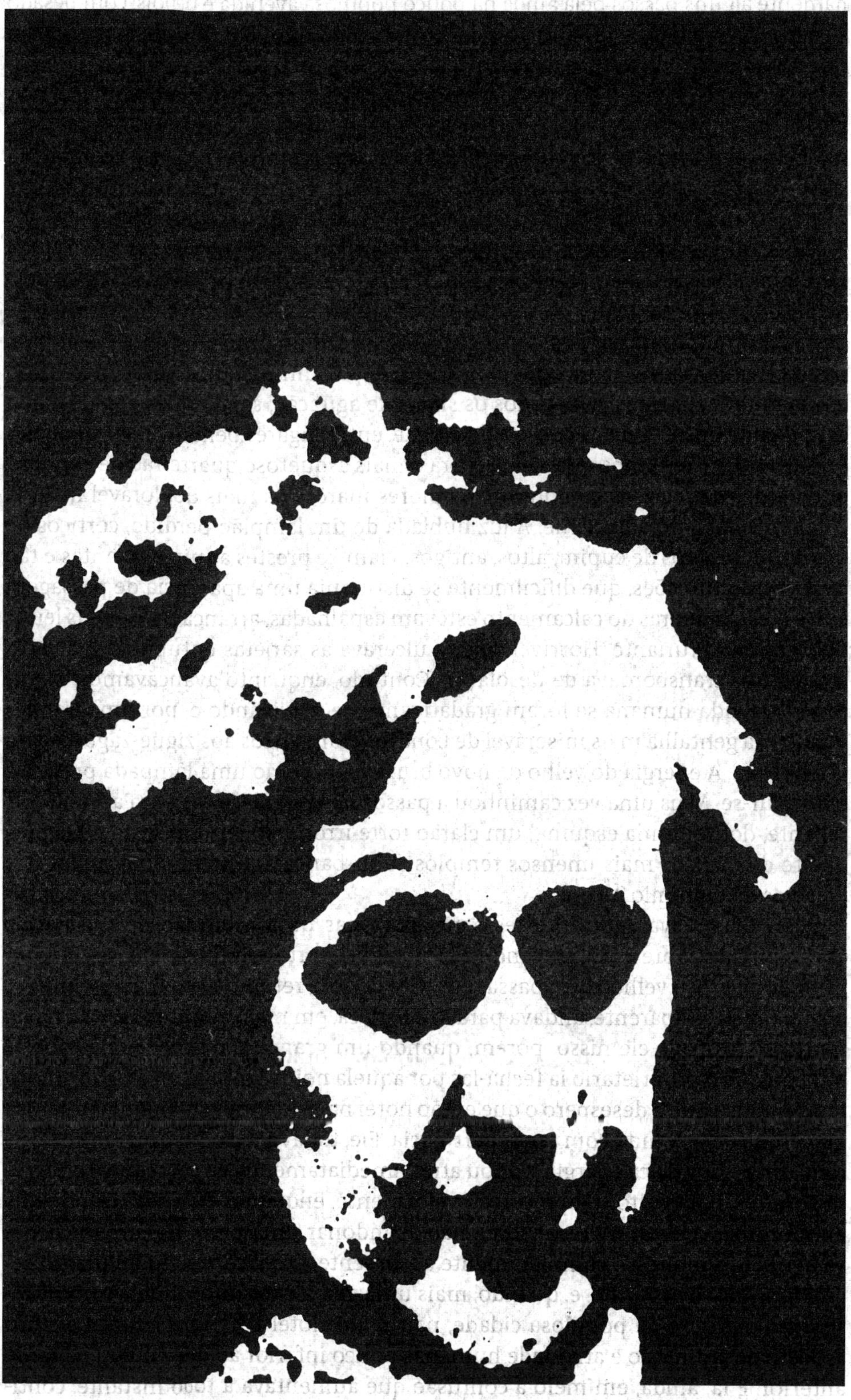

namente alguns passos pela ainda há pouco populosa avenida e depois, com pesado suspiro, enveredou na direção do rio, mergulhando num labirinto de atalhos, para sair, afinal, em frente de um dos principais teatros. Iam fechá-lo e o público se escoava pelas portas. Vi o velho resfolegar, enquanto se lançava em meio à multidão, mas pensei que a intensa angústia de sua fisionomia se tivesse de certo modo abrandado. A cabeça caíra-lhe de novo sobre o peito. Mostrava-se como eu o vira a princípio. Observei que ele agora seguia o caminho pelo qual enveredava a maior parte do público, mas, sobretudo, eu não achava jeito de compreender o capricho de seus atos.

Enquanto caminhava, os grupos se tornavam mais esparsos e sua primitiva inquietação e hesitação reapareceram. Durante algum tempo, acompanhou ele de perto um grupo de dez ou doze sujeitos bulhentos; mas, um a um, o grupo se desfez, ficando juntas apenas umas três pessoas, numa ruela estreita e sombria, pouco frequentada. O desconhecido parou e, por um instante, pareceu perdido em meditação. Depois, com todos os sinais de agitação, seguiu com rapidez uma estrada que nos levou aos confins da cidade, entre lugares bem diversos daqueles que até então tínhamos atravessado. Era o mais asqueroso quarteirão de Londres, onde todas as coisas apresentavam as piores marcas da mais deplorável miséria e do mais desenfreado crime. À luz nublada de um lampião perdido, cortiços de madeira, comidos de cupim, altos, antigos, viam-se prestes a ruir, em tantas e tão caprichosas direções, que dificilmente se distinguia uma aparência de passagem entre eles. As pedras do calçamento estavam espalhadas, arrancadas de seus leitos pelo capim luxuriante. Horrível sujeira ulcerava as sarjetas entupidas. A atmosfera inteira transbordava de desolação. Contudo, enquanto avançávamos, os rumores da vida humana se foram gradativamente reavivando e, por fim, grandes bandos da gentalha mais miserável de Londres eram vistos aos zigue-zagues, para lá e para cá. A energia do velho de novo bruxuleou, como uma lâmpada prestes a extinguir-se. Mais uma vez caminhou a passos largos e elásticos para a frente. De repente, dobrou uma esquina; um clarão forte irrompeu à nossa vista e ficamos diante de um dos mais imensos templos suburbanos da Intemperança, um dos palácios do demônio Álcool.

O dia estava agora prestes a romper, mas uma multidão de miseráveis ébrios ainda se apressava, entrando e saindo pela porta ostentosa. Quase com um grito de alegria o velho abriu passagem para dentro, retomou seu porte primitivo e, sem objetivo aparente, andava para lá e para cá, em meio à multidão. Não havia muito se ocupava ele nisso, porém, quando um grande movimento nas portas indicou que o proprietário ia fechá-las por aquela noite. Foi algo mesmo de muito mais intenso que o desespero o que então notei na fisionomia da singular criatura que vinha observando com tanta pertinácia. Ele, todavia, não hesitou em sua carreira, mas, com louca energia, voltou atrás, imediatamente, ao coração da poderosa Londres. Por muito tempo correu velozmente, enquanto eu o seguia, no mais extraordinário espanto, resolvido a não abandonar uma pesquisa em que achava agora um interesse completamente absorvente. O sol se ergueu enquanto seguíamos nosso caminho, e, quando, mais uma vez, alcançamos aquele tumultuosíssimo mercado da populosa cidade, na rua do Hotel D***, apresentava ele um aspecto de animação e atividade humanas pouco inferior ao que eu vira na tarde anterior. E lá, ainda, em meio à confusão que aumentava a todo instante, continuei minha perseguição do desconhecido. Mas, como sempre, ele andava para lá e para cá, e durante o dia não saiu do turbilhão daquela rua. E, como as sombras da segunda noite caíssem, senti-me fatigado de morte e, parando bem defronte do vagabundo, encarei-o fixamente. Ele não me deu atenção, mas continuou seu solene passeio, enquanto eu, cessando de acompanhá-lo, permanecia absorto em contemplação.

— Este velho — disse eu por fim — é o tipo e o gênio do crime profundo. Recusa estar só. *É o homem das multidões.* Seria vão segui-lo, pois nada mais saberei dele, nem de seus atos. O pior coração do mundo é um livro mais espesso do que o *Hortulus Animae*,[4] e talvez seja apenas uma das grandes misericórdias de Deus o fato de que *er lässt sich nicht lesen*.

4 O *Hortulus Animae cum Oratiumculis Aliquibus Superadditis*, de Grünninger.

Colóquio entre Monos e Una[1]

Estas coisas estão no futuro próximo.
Sófocles, *Antígona*

UNA – Ressuscitado?

MONOS – Sim, ó muito bela e muito amada Una, "ressuscitado". São estas as palavras em cujo místico sentido tanto meditei, rejeitando as explicações do clero, até que a própria Morte resolvesse para mim o segredo.

UNA – Morte!

MONOS – De que modo estranho, ó meiga Una, repetes minhas palavras! Noto tambéss os prazeres!

UNA – Ah, a Morte, o espectro que se sentava em todos os festins! Quantas vezes, Monos, nos perdemos em lucubrações sobre sua natureza! Quão misteriosamente agia ela como um freio à felicidade, dizendo-lhe: "Até ali e não mais além!" Este ardente amor recíproco, meu caro Monos, que ardia em nossos peitos, como vãmente nos lisonjeamos, sentindo-nos felizes logo que ele brotou, de que nossa felicidade se fortaleceria com sua força! Ai de mim!

Ele cresceu, e em nossos corações cresceu também o medo daquela hora fatal que corria precipitosa para nos separar para sempre! Assim, com o tempo, o amar tornou-se coisa dolorosa. Para nós teria sido então o ódio uma misericórdia.

MONOS – Não fales aqui dessas tristezas, querida Una, minha, minha de agora para todo o sempre!

UNA – Mas a memória do pesar passado não é a alegria do presente? Teria ainda muito que falar das coisas que se foram. Acima de tudo, ardo por saber os incidentes de tua viagem através do negro Vale e da Sombra.

MONOS – Quando foi que a radiante Una pediu alguma coisa em vão ao seu Monos? Serei minucioso em narrar tudo... Mas, em que ponto deverá começar a narrativa sobrenatural?

UNA – Em que ponto?

MONOS – Sim, isso mesmo.

UNA – Monos, eu te compreendo. A Morte revelou a nós ambos a tendência humana para definir o indefinível. Não direi, pois, que começa pelo momento da cessação da vida, mas começa por aquele triste, por aquele triste instante em que, tendo-te a febre abandonado, mergulhaste num torpor desalentado e imoto e eu premi tuas pálpebras exangues com os dedos apaixonados de amor.

MONOS – Uma palavra, primeiro, Una, a respeito da condição geral do homem nesta época. Hás de lembrar-te que um ou dois sábios entre nossos antepassados — sábios de verdade, embora assim não os considerasse o mundo — haviam-se atrevido a duvidar da propriedade do termo *progresso* aplicado à marcha de nossa civilização. Houve períodos, em cada cinco ou seis séculos que precederam imedia-

1 Publicado pela primeira vez no *Graham's Lady's and Gentleman's Magazine*, agosto de 1841. Título original: THE COLLOQUY OF MONOS AND UNA.

tamente nossa morte, em que se erguia alguma inteligência poderosa, bravamente lutando em prol daqueles princípios cuja verdade agora surge tão perfeitamente evidente à nossa razão sem lei, princípios que deveriam ter ensinado nossa raça a deixar-se guiar pelas leis naturais, em vez de querer impor-lhes um freio. A longos intervalos, certos espíritos superiores apareceram, considerando cada avanço da ciência prática como um retrocesso da verdadeira utilidade. Por vezes, o espírito poético — aquele espírito que agora sentimos ter sido o mais sublime de todos, uma vez que aquelas verdades que para nós eram da mais permanente importância só podiam ser alcançadas por aquela *analogia* que fala em tom peremptório apenas à imaginação e que não agrava a razão desamparada —, por vezes este espírito poético dá um passo adiante na evolução da vaga ideia do filosófico e encontra na mística parábola que fala da árvore da ciência e do seu fruto proibido e mortífero uma clara advertência de que a ciência não era conveniente para o homem cuja alma se encontrasse em estada infantil. E, esses homens, os poetas, vivendo e morrendo entre o escárnio dos "utilitaristas" — grosseiros pedantes que se arrogam um título que só se poderia propriamente aplicar aos escarnecidos —, esses homens, os poetas, meditaram frouxamente, embora não sem prudência, nos antigos tempos em que nossas necessidades eram tão simples quanto penetrantes os nossos gozos, tempos em que a palavra *alegria* era desconhecida, tão solene e profundo era o tom da felicidade; sagrados, augustos e abençoados tempos, em que rios azuis corriam livremente entre colinas intatas até bem dentro das solidões da floresta primeva, odorosa e inexplorada.

No entanto, essas nobres exceções do absurdo geral serviam apenas para fortalecê-lo pela oposição. Ai de mim! havíamos caído nos piores de todos os nossos maus dias. O grande "movimento" — era o termo da gíria — continuava: comoção mórbida, moral e física. A Arte, as Artes erguiam-se supremas, e, uma vez entronizadas, lançavam cadeias sobre a inteligência que as havia elevado ao poder. O homem, por não poder reconhecer a majestade da Natureza, deixou-se cair numa infantil exaltação diante do domínio adquirido e sempre crescente sobre os elementos dela. Mesmo quando se pavoneava como um deus em sua própria imaginação, abatia-se sobre ele uma pueril imbecilidade. Como era de prever-se desde a origem de sua doença, foi crescendo infetado de sistemas e de abstrações. Enrolou-se em generalidades. Entre outras ideias estranhas, ganhou terreno a da igualdade universal; e em face da analogia e de Deus — a despeito da voz alta e admoestadora das leis de *gradação* que penetram tão visivelmente todas as coisas da Terra e do Céu — tentativas insensatas foram feitas para estabelecer uma Democracia universal. No entanto, esse mal surgiu necessariamente do mal principal: a Ciência. O homem não podia ao mesmo tempo conhecer e submeter-se. Entrementes, imensas cidades fumegantes se erguiam, inumeráveis. Folhas verdes se encarquilharam ao bafo quente das fornalhas. A bela face da Natureza foi deformada pelas devastações de alguma doença repugnante. E parece-me, meiga Una, que mesmo nosso sentimento adormecido do forçado e do rebuscado deveria ter-nos detido aqui. Mas agora parece que forjamos a nossa própria ruína pela perversão de nosso gosto, ou antes, pela cega negligência em cultivá-lo em nossas escolas. Pois, na verdade, era nesta crise que o gosto apenas — aquela faculdade que, ocupando uma posição média entre o puro intelecto e o senso moral, jamais poderia ter sido negligenciada impunemente —, era então que o gosto apenas nos poderia ter reconduzido suavemente à Beleza, à Natureza, à Vida. Mas ai do puro espírito contemplativo e da majestosa intuição de Platão! Ai da Mousikê[2] que ele justamente encarava como uma educação inteiramente suficiente para a alma! Ai dele, ai dela, visto que de ambos mais desesperadamente necessitamos, quando mais completamente os esquecemos ou desprezamos!

Pascal, um filósofo que ambos amamos, disse, e com que verdade!, *que tout notre raisonnement se réduit à céder au sentiment*,[3] e não é impossível que o sentimento do natural, se o tempo o tivesse permitido, tivesse recuperado sua velha ascendência sobre a rude razão matemática das escolas. Mas assim não devia ser. Trazida prematuramente pela intemperança do conhecimento, a senectude do mundo se aproximava. A massa da humanidade não a via, ou, vivendo vigorosamente, embora infelizmente, fingia não a ver. Mas, para mim, os anais da Terra me ensinaram a prever as mais vastas ruínas como o preço da mais alta civilização. Eu bebera a presciência de nosso Destino na comparação da China, simples e resistente, com a Assíria arquitetural, com o Egito astrólogo, com a Núbia, mais astuta que qualquer, a turbulenta mãe de todas as Artes. Na história[4] dessas regiões deparei com um raio de luz no Futuro. Os artifícios particulares dos três últimos eram enfermidades locais da Terra e em suas ruínas individuais vimos remédios locais aplicados; mas para o mundo afetado vastamente, eu não podia prever regeneração, a não ser na morte. Para que o homem, como raça, não se extinguisse, eu via que ele deveria *nascer de novo*.

E então sucedeu, minha belíssima e queridíssima, que envolvíamos cotidianamente nossos espíritos em sonhos. Era então que, no crepúsculo, discorríamos sobre os dias vindouros, quando a superfície da Terra, cicatrizada pela Arte, tendo experimentado aquela purificação[5] que ela, somente, poderia apagar-lhes as torpezas retangulares, se revestiria, de novo, da verdura das encostas montanhosas e das águas sorridentes de um Paraíso e se tornaria afinal uma digna habitação para o homem purgado pela Morte, para o homem cuja sublimada inteligência de então não mais acharia veneno no conhecimento... para o homem redimido, regenerado, abençoado, e agora imortal, mas ainda *material*.

UNA – Bem me recordo dessas conversações, caro Monos; mas a época da destruição pelo fogo não estava tão perto de nós como críamos e como a corrupção que indicas certamente nos faria acreditar. Os homens viviam e morriam individualmente. Tu mesmo adoeceste e passaste ao túmulo e aí tua constante Una, rapidamente, te acompanhou. E apesar do século que desde então decorreu, e cuja conclusão nos juntou assim uma vez mais, não nos ter torturado os sentidos adormecidos com a impaciência de sua duração, era um século, contudo, meu Monos.

MONOS – Dize, antes, um ponto no vago infinito. Inquestionavelmente, foi na decrepitude da Terra que morri. De coração cansado, com ansiedades que se originavam da confusão e da decadência gerais, sucumbi à febre violenta. Depois de uns poucos dias de dor e muitos de sonhador delírio, repleto de êxtases, cujas

2 A música, entre os atenienses, tinha uma significação bem mais ampla do que entre nós. Incluía não só as harmonias de tempo e tom, mas a dicção, o sentimento e a criação poéticos, todos no seu mais vasto sentido. O estudo da música era entre eles, de fato, o cultivo geral do gosto, daquele que reconhece o belo em contradistinção da razão, que só tem a ver com o verdadeiro.

3 Que todo o nosso raciocínio se reduz a ceder ao sentimento. (N. T.)

4 "História", do grego *istorein*, contemplar.

5 A palavra "purificação" parece estar aqui usada com referência à sua raiz grega *pur*, fogo. (N. T.)

manifestações erradamente tomava por dor, enquanto eu ansiava, sem poder fazê-lo, por desenganar-te, depois de alguns dias sobreveio-me, como disseste, um torpor imóvel e sem respiração, e isso foi chamado *Morte* por aqueles que me rodeavam.

As palavras são coisas indecisas. Minha situação não me privava da sensibilidade. Parecia-me ela não muito dissemelhante da quietação extrema de quem, tendo dormido longa e profundamente, estando imóvel e completamente prostrado num meio-dia estival, começa a regressar devagarinho ao estado de consciência, pelo meio simples e suficiente de seu sono, e sem ser despertado por perturbações exteriores.

Eu não respirava mais. O pulso estava silencioso. O coração cessara de bater. A volição não fugira, mas era impotente. Os sentidos eram anormalmente ativos, embora excentricamente, assumindo muitas vezes cada um as funções do outro, ao acaso. O paladar e o olfato se confundiam inextrincavelmente e se tornavam num só sentimento, anormal e intenso. A água de rosas com que tua ternura me umedecera os lábios na hora final impressionava-me com doces ideias de flores, flores fantásticas, muito mais admiráveis do que qualquer flor da velha Terra, e cujos modelos temos aqui florescendo em volta de nós. As pálpebras, transparentes e sem sangue, não ofereciam obstáculo completo à visão. Como a vontade estava suspensa, os globos não podiam rolar nas órbitas, mas todos os objetos dentro do alcance do hemisfério visual, eram vistos com mais ou menos nitidez; os raios que caíam sobre a retina externa ou dentro do canto do olho produziam efeito mais vivo de que aqueles que batiam na superfície da frente ou anterior. No primeiro caso, contudo, esse efeito era tão enormemente anômalo, que eu só o apreciava como *som,* som suave ou discordante, conforme fossem iluminados ou escuros no vulto, curvos ou angulosos no contorno os objetos que se apresentavam a meu lado. O ouvido, ao mesmo tempo, embora excitado em graduação, não era irregular na ação, apreciando os sons reais com extravagância de precisão, não menos que de sensibilidade. O tato experimentara alteração mais particular. Suas impressões eram recebidas tardiamente, mas se mantinham com pertinácia e sempre resultavam no mais alto prazer físico. Assim, a pressão de teus doces dedos sobre minhas pálpebras, a princípio só reconhecida através da visão, por fim, longo tempo depois que os retiraste, encheu todo o meu ser de um gozo sensitivo imensurável. Digo de um gozo sensitivo. *Todas* as minhas percepções eram puramente sensitivas. Os materiais fornecidos ao cérebro passivo pelos sentidos não eram, no mínimo grau, afeiçoados em forma pela compreensão, morta. De dor, havia muito pouco; de prazer, havia muito; mas de dor ou prazer moral, nada, absolutamente. Assim, teus desesperados soluços flutuavam em meu ouvido com todas as suas variações de tom melancólico; mas eram suaves sons musicais e nada mais do que isso; não transmitiam à razão extinta indícios das tristezas que lhes davam origem; enquanto as grandes e constantes lágrimas que caíam sobre a minha face, falando aos que ali se achavam, de um coração despedaçado, faziam estremecer unicamente de êxtase todas as fibras de meu ser. E esta era, na verdade, a Morte de que aqueles que ali se achavam falavam reverentemente, em baixos sussurros, e tu, minha doce Una, convulsivamente, com altos brados.

Ataviaram-me para o esquife três ou quatro vultos negros que voejavam atarefadamente para lá e para cá. Quando atravessavam a linha direta de minha visão, impressionavam-me como *formas*; mas, ao passarem a meu lado, suas imagens me inspiravam a ideia de gritos, grunhidos e outras fúnebres expressões de terror, de horror ou de desgraça. Só tu, vestida de branco, passavas em todas as direções, musicalmente, em volta de mim.

O dia desmaiava e, como sua luz se fanasse, tornei-me possuído de vago mal-estar, de uma ansiedade tal como sente quem dorme quando tristonhos sons reais caem continuamente em seus ouvidos, baixos e distantes sons de sinos solenes, a longos mas iguais intervalos, misturando-se a sonhos melancólicos. A noite chegou, e com suas sombras veio um pesado desconforto. Oprimia meus membros com a pressão de algum peso compacto e era palpável. Havia também um som lamentoso, não dissemelhante da repercussão distante da ressaca, mas mais contínuo, que começara com o primeiro declínio da luz e crescera de força com a treva. Subitamente acenderam-se luzes no quarto e essa repercussão tornou-se daí por diante interrompida, em explosões frequentes e desiguais do mesmo som, porém menos sombrio e menos distinto. A pesada pressão foi aliviada em grande medida, e, saindo da chama de cada lâmpada (pois havia muitas), flutuava ininterruptamente em meus ouvidos uma corrente de monótona melodia. E quando, então, querida Una, aproximando-te da cama sobre que eu jazia rígido, te sentaste gentilmente a meu lado, exalando o perfume de teus doces lábios e comprimindo-os sobre minha fronte, então ergueu-se tremulamente dentro de meu peito, misturando-se com as simples sensações físicas que as circunstâncias produziam, algo semelhante ao próprio sentimento, um sentimento que semiavaliava e semicorrespondia a teu intenso amor e a tua tristeza; mas esse sentimento não tinha raízes no coração, que não pulsava, e, na verdade, antes parecia uma sombra do que uma realidade; rapidamente se desvaneceu, primeiro na extrema quietação e depois num gozo puramente, sensitivo, como antes.

E então, do aniquilamento e do caos dos sentidos normais pareceu ter-se erguido dentro de mim um sexto sentido, inteiramente perfeito. Em seu exercício encontrei estranho deleite, embora deleite ainda físico, porquanto a compreensão dele não participava. O movimento na estrutura animal cessara por completo. Nenhum músculo se agitava; nenhum nervo estremecia; nenhuma artéria pulsava. Mas parecia ter irrompido no cérebro *aquilo* de que nenhuma palavra pode dar a inteligência simplesmente humana, mesmo uma concepção indistinta. Deixa-me denominá-la uma pulsação mental pendular. Era a corporificação moral da ideia abstrata que o homem tem do *Tempo*. Em absoluta consonância com esse movimento — ou coisa equivalente — é que os ciclos dos próprios orbes celestes foram ajustados. Por meio dele medi as irregularidades do relógio sobre a prateleira da lareira, bem como dos relógios dos presentes. Seus tique-taques chegavam-me sonoramente aos ouvidos. O mais leve desvio da proporção verdadeira (e esses desvios dominavam em todos) afetava-me tal como as violações da verdade abstrata são capazes, na Terra, de afetar o senso moral. Embora não houvesse dois relógios no quarto que batessem os respectivos segundos exatamente juntos, eu não tive dificuldade em manter na mente, com firmeza, os sons e os respectivos erros de momento de cada um. E isso, esse agudo, perfeito, autoexistente sentimento de *duração*, esse sentimento que existia (como o homem não podia possivelmente ter concebido que existisse), sem dependência de qualquer sucessão de acontecimentos, essa ideia, esse sexto sentido, jorrando das cinzas do resto, era o primeiro passo, evidente e certo, da alma no limiar da Eternidade temporal.

Era meia-noite e ainda estavas sentada a meu lado. Todos os outros haviam partido da câmara da Morte. Haviam-me depositado no caixão. As lâmpadas ardiam tremulamente; verifiquei-o pelo tremor das correntes monótonas de melodia. Mas, de súbito, essas correntes diminuíram de nitidez e volume. Cessaram por fim. O perfume em minhas narinas se desvaneceu. As formas não mais me impressionaram a visão. A opressão da Treva ergueu-se de sobre meu peito. Um choque pesado, como de eletricidade, atravessou meu corpo e foi seguido pela perda total da ideia de contato. Tudo o que o homem denominara sentido mergulhava somente na consciência da entidade e somente no sentimento permanente da duração. O corpo mortal fora afinal batido pela mão da mortal *Destruição*.

Contudo, nem toda a sensibilidade partira, pois a consciência e o sentimento permaneciam suprindo algumas de suas funções por meio de uma intuição letárgica. Verifiquei a terrível mudança que então se operava sobre a carne e, como quem sonhando às vezes se torna ciente da presença de alguém que se inclina sobre ele, assim, doce Una, eu ainda sentia obscuramente que te sentavas a meu lado. Assim, também, quando o meio do segundo dia chegou, não fiquei inconsciente àqueles movimentos que te retiraram de ao pé de mim, que me encerraram no caixão, que me depositaram no carro mortuário, que me levaram ao sepulcro, que me baixaram para dentro dele, que amontoaram pesadamente a terra sobre mim, e que assim me entregaram, na treva e na decomposição, aos tristes e solenes sonos com o verme.

E ali, no calabouço que tem poucos segredos a revelar, fluíram dias, e semanas, e meses; e a alma vigiava escrupulosamente cada segundo que fugia e sem esforço anotava seu voo, sem esforço e sem objetivo.

Passou-se um ano. A consciência do ser se tornara, hora a hora, mais indistinta e a da simples *localidade*, em grande medida, usurpara sua posição. A ideia de entidade imergia-se na de *lugar*. O estreito espaço que circundava imediatamente o que fora o corpo ia-se agora tornando o próprio corpo. Afinal, como muitas vezes sucede a quem dorme (só no sono e em seu mundo a Morte se reflete), afinal, como muitas vezes ocorre na Terra a quem dorme profundamente, quando alguma luz rápida o faz estremecer meio acordado e, contudo, o deixa meio envolto em sonhos, assim, para mim, no apertado abraço da *Sombra*, chegou *aquela* luz que, ela somente, poderia ter o poder de agitar-me: a luz do *Amor* perene. Homens trabalharam no túmulo em que eu jazia entre as trevas. Retiraram a terra úmida. Sobre meus ossos desfeitos desceu o esquife de Una.

E então, de novo, tudo foi o vácuo. A luz nebulosa se extinguiu. Aquele fraco estremecimento vibrara para a quietação. Muitos lustros sobrevieram. O pó voltara ao pó. O verme não mais tinha alimento. O senso do ser afinal desaparecera inteiramente e lá reinavam, em seu lugar, em vez de todas as coisas, dominantes e perpétuos, os tiranos *Lugar* e *Tempo*. Para *aquilo* que não tinha pensamento, para aquilo que não tinha sensibilidade, para aquilo que não tinha alma, mas de que a matéria não formava parte, para todo aquele nada e, contudo, para toda aquela imortalidade, o túmulo era ainda um lar e as horas corrosivas uma companhia.

O poder das palavras[1]

OINOS – Perdoa, Agathos, a fraqueza de um espírito que a imortalidade só há pouco revestiu.

AGATHOS – Nada disseste que necessite de perdão, Oinos. Nem mesmo aqui o conhecimento é produto da intuição. Pede sabedoria aos anjos, livremente, e ela te será dada.

OINOS – Mas eu sonhei que nesta existência ficaria imediatamente conhecedor de todas as coisas e tornar-me-ia, assim, imediatamente feliz, por conhecer tudo.

AGATHOS – Ah, a felicidade não está no conhecimento, mas na aquisição do conhecimento! Sabendo para sempre, seremos para sempre venturosos; saber tudo, porém, seria diabólica maldição.

OINOS – O Altíssimo, contudo, não conhece todas as coisas?

AGATHOS – *E isso* (visto como ele é o Sumamente Feliz) deve ser, todavia, a *única* coisa que mesmo *Ele* desconhece.

OINOS – Desde, porém, que a cada hora aumentamos o saber, não deverão *afinal* ser conhecidas todas as coisas?

AGATHOS – Contempla as distâncias do abismo! Tenta forçar o olhar pela multidão dos panoramas das estrelas, enquanto vagarosamente atravessamos por entre elas... sempre e sempre! Não é a própria visão espiritual completamente detida pelas intermináveis muralhas de ouro do Universo, por essas muralhas de miríades de corpos cintilantes de que só o número parece fundir-se na unidade?

OINOS – Claramente percebo que o infinito da matéria não é um sonho.

AGATHOS – Não há sonhos no Éden, mas aqui se murmura que o único objeto desse infinito de Matéria é produzir fontes infinitas nas quais a alma possa saciar a sede de *conhecer*, que é nela, para sempre, insaciável, uma vez que saciá-la seria extinguir a própria alma. Faze-me, pois, perguntas, meu Oinos, franca e destemidamente. Vamos! Deixaremos à esquerda a elevada harmonia das Plêiades e desceremos rapidamente do trono para as campinas estreladas além de Órion, onde, em vez de amores-perfeitos, violetas e goivos silvestres, estão os canteiros dos sóis tríplices e tricolores.

OINOS – E agora, Agathos, enquanto continuamos, instrui-me! Fala-me na linguagem familiar da Terra. Não compreendi até agora o que me deste a entender a respeito dos modos ou dos processos daquilo que, quando mortais, estávamos acostumados a chamar Criação. Queres dizer que o Criador não é Deus?

AGATHOS – Quero dizer que a Divindade não cria coisa alguma.

OINOS – Explica-te.

AGATHOS – *Somente* no começo é que a Divindade criou. As criaturas aparentes que se vêm formando perpetuamente por todo o Universo podem ser consideradas apenas como os resultados mediatos ou indiretos, e não os diretos ou imediatos, do poder criador da Divindade.

OINOS – Esta ideia, meu Agathos, seria considerada extremamente herética entre os homens.

---

1 Publicado pela primeira vez no *United States Magazine and Democratic Review*, junho de 1845. Título original: THE POWER OF WORDS.

AGATHOS – Entre os anjos, meu Oinos, é vista como uma verdade simples.

OINOS – Posso compreender até aqui que certas operações do que chamamos natureza ou leis naturais podem, sob certas condições, dar origem àquilo que tem toda a *aparência* de criação. Pouco antes da destruição final da Terra realizaram-se, lembro-me bem, com pleno sucesso, muitas experiências daquilo que certos filósofos foram bastante fracos para denominar a criação do animálculo.

AGATHOS – Os casos a que te referes eram, de fato, exemplos da criação secundária, a *única* espécie de criação que jamais houve desde que o verbo falou dando existência à primeira lei.

OINOS – Não são os mundos estrelados que a cada instante irrompem nos céus, vindos dos abismos do Nada, não são essas estrelas, Agathos, a obra imediata do Rei?

AGATHOS – Tentarei, meu Oinos, guiar-te, passo a passo, até a concepção que objetivo. Estás bem certo de que, da mesma forma que nenhum pensamento pode perecer, assim também nenhum ato existe sem resultados infinitos. Movíamos, por exemplo, nossas mãos, quando vivíamos na Terra, e, ao fazê-lo, imprimíamos vibrações à atmosfera circundante. Essa vibração estendia-se indefinidamente até dar impulso a cada partícula do ar terrestre, que daí por diante, e *para sempre*, era agitado pelo simples movimento da mão. Os matemáticos de nosso globo bem conheciam tal fato. Fizeram, da verdade, dos efeitos peculiares produzidos nos fluidos pelos impulsos especiais, um objeto de cálculo exato, de modo que se tornou fácil determinar em que período exato um impulso de determinada extensão circularia o orbe e influenciaria (para sempre) cada átomo da atmosfera circum-ambiente. Retrocedendo, não encontraram dificuldade em determinar, por um efeito dado, sob determinadas condições, o valor do impulso original. Ora, os matemáticos, que viram serem os resultados de qualquer impulso conhecido inteiramente sem fim; que viram ser possível rastrear cuidadosamente uma parte dessas consequências por meio da análise algébrica; que igualmente viram a facilidade do cálculo retrocessivo; esses homens viram, ao mesmo tempo, que tal espécie de análise continha em si mesma a capacidade de infinitos progressos, que não havia limites concebíveis para seu avanço e sua aplicabilidade, exceto os do intelecto de quem a conduzia ou aplicava. Nesse ponto, porém, nossos matemáticos pararam.

OINOS – E por que, Agathos, iriam continuar?

AGATHOS – Porque além disso havia diversas considerações de profundo interesse. Do que sabiam deduzia-se que um ser de infinita inteligência, alguém a quem a *perfeição* da análise algébrica não apresenta mistérios, não teria dificuldade em seguir qualquer impulso dado ao ar, e dado ao éter pelo ar, até às mais remotas consequências, mesmo em qualquer época do tempo, infinitamente remota. É, com efeito, demonstrável que cada impulso semelhante, *dado ao ar*, deve, *no fim*, influenciar cada ente individual que exista *dentro do universo*; e o ser de infinita inteligência, o ser que imaginamos, poderia acompanhar as ondulações remotas do impulso, segui-las mais além em suas influências sobre todas as partículas de toda a matéria, e mais além, eternamente, em suas modificações das velhas formas; ou, em outras palavras, *em suas criações do que é novo*... até que as encontrasse refletidas, e ineficientes afinal, depois de irem de encontro ao trono da Divindade. E não somente um ser assim poderia fazer isso, mas em qualquer época, fosse-lhe fornecida uma consequência qualquer (fosse, por exemplo, apresentado ao seu exame um desses inúmeros cometas), ele não teria dificuldade em determinar, pela retrogradação analítica, a que impulso original devia o cometa sua existência. Tal poder de retrocessão, em sua absoluta perfeição e plenitude, tal faculdade de coordenar, em *todas* as épocas, todos os efeitos e *todas* as causas, é, naturalmente, prerrogativa apenas da Divindade. Mas, em todas as variações de grau inferior à perfeição absoluta, é esse mesmo poder exercido pelo exército inteiro das inteligências angélicas.

OINOS – Mas falas simplesmente dos impulsos dados ao ar.

AGATHOS – Ao falar do ar reporto-me apenas à Terra, mas a proposição geral refere-se a impulsos sobre o éter, que, visto como enche, e enche sozinho, todo o espaço, é por isso o grande meio de *criação*.

OINOS – Então todo movimento, de qualquer natureza, cria?

AGATHOS – Deve ser; mas uma verdadeira filosofia há muito ensinou que a fonte de todo movimento é o pensamento e que a fonte de todo pensamento é...

OINOS – Deus.

AGATHOS – Tenho-te falado, Oinos, como a um filho da bela Terra que recentemente pereceu, de impulsos sobre a atmosfera da Terra.

OINOS – Sim, é verdade.

AGATHOS – E enquanto assim falava, não te atravessou a mente alguma ideia a respeito do *poder físico das palavras*? Não é cada palavra um impulso sobre o ar?

OINOS – Mas, por que, Agathos, choras? E por que, oh!, por que as tuas asas desfalecem ao pairarmos sobre esta bela estrela, que é a mais verde e, contudo, a mais terrível de todas as que temos encontrado em nosso voo? Suas brilhantes flores parecem um sonho de fada... mas seus potentes vulcões lembram as paixões de um coração turbulento.

AGATHOS – Não só parecem, *são*; são sonhos e paixões! Essa estranha estrela... faz agora três séculos que, com as mãos entrelaçadas e os olhos rasos de água, aos pés de minha amada, eu mesmo a criei proferindo palavras apaixonadas. Suas brilhantes flores *são* os mais amados de todos os sonhos irrealizados e seus coléricos vulcões são as paixões do mais turbulento e do mais profanado dos corações!

FIM
DE "O PODER DAS PALAVRAS"
E DE "CONTOS FILOSÓFICOS"

CONTOS HUMORÍSTICOS

Nota preliminar

Apesar de sua sensibilidade mórbida, de sua inteligência voltada para temas sérios e profundos, de seus sofrimentos, de sua vida dolorosa e trágica, uma faceta havia na personalidade complexa de Poe, tão essencial quanto a séria, a dramática, a da angústia e do terror: a faceta do humor e da ironia, do sarcasmo e da pilhéria, a que ele deu realce escrevendo quase mais contos desse gênero do que do gênero trágico. Esse aspecto da personalidade de Poe parece ter escapado ou não ter agradado a Baudelaire, pois ao verter-lhe a obra para o francês não se dignou traduzir a quase totalidade das suas histórias grotescas. No entanto, dava-lhe Poe suma importância, pois certa vez em que publicaram uma coletânea de contos seus queixou-se de não ter o editor dado guarida na sua edição aos contos humorísticos. Disse ele: "Também não dá o volume nenhuma ideia de qualidade do meu espírito: escrevendo meus contos uns após outros, muitas vezes a longos intervalos, mantive constantemente diante dos olhos a ideia de sua continuidade e da unidade de minha obra. E penso que se se publicasse uma edição completa, seus traços característicos seriam sobretudo a 'diversidade' e a 'variedade'."

Nesses contos dava ele vazão ao seu espírito pilhérico, sarcástico, irônico, à sua tendência para a mistificação, para a representação, para o disfarce, herança decerto da "teatralidade" de seus pais. Mas como havia nele, como já notamos, uma personalidade dicotômica, o espírito de ordem, de equilíbrio, de cálculo frio e raciocinante, e o espírito de desordem, de desequilíbrio, de imaginação desorbitante e fantástica, os seus contos de humor não se mostram como finas peças de espírito ático, carecem da sutileza e da ironia venenosa de um Voltaire. São excessivos, raiando muitas vezes pelo absurdo, pelo ridículo, pelo grotesco mais extremado. No seu livro O humor americano, Constance Rourke, ao tratar de Poe, observa que "sua risada apresentava uma só modalidade: inumana e mesclada à histeria. Visava triunfar dos caprichos e imbecilidades populares, o velho objetivo da comédia popular. Para atingir esse fim, em suas peças burlescas e extravagantes, deturpava incrivelmente traços e linhas humanos, empregando aquela grotesquerie que fica entre o cômico e o terrível: com Poe, o terrível sempre se achava à vista". Efetivamente não recuava ele diante do grotesco mais absurdo, mais exagerado, levando o "humor negro" a excessos de mau gosto e de mais completa absurdez, como nos contos "Perda de Fôlego", "o homem que foi desmanchado".

Muitas vezes é a mera extravagância que lhe movimenta o espírito ou o simples burlesco, como em "Os óculos". Vale-se do recurso de pôr em cena o diabo, não um diabo impressionante, apavorante, mas um diabo meio ridículo, um diabo de teatro cômico, cuja famigerada sutileza deixa muito a desejar, um diabo que gosta mais de fazer pilhérias de mau gosto do que de pôr almas a perder, como nos contos "Bon-Bon", "O Duque de l'Omelette", "O Diabo no Campanário", "Nunca aposte sua cabeça com o diabo". Suas críticas voltam-se especialmente contra os "nobres" ("Por que o francesinho está com a mão na tipoia"), contra os negociantes ("O homem de negócios"), os trapaceiros ("A trapaçaria"), os literatos. Estes, principalmente. Há uma série de contos a eles dedicada. Desde "Leonizando" até as imitações ridículas *da maneira literária de certos autores e de certas revistas: "Vida literária de Fulano--de-Tal", "Como escrever um artigo à moda* Blackwood*", "Uma trapalhada". O seu humor aí é feroz e deve ter ferido profundamente a vaidade de muito literato contemporâneo seu. Decerto os leitores desses contos conseguiam identificar as figuras neles ridicularizadas, caricaturadas.*

A maioria desses contos humorísticos de Poe revela sua crítica, sua aversão, sua condenação a certos aspectos e modalidades do ambiente em que vivia. Suas tendências, suas predileções, suas repulsas e suas antipatias neles encontram caminho para desabafo, como em "Pequena conversa com uma múmia", em que, ressuscitado um egípcio há milhares de anos mumificado, se faz ele porta-voz das críticas de Poe aos exageros das ciências, do progresso e da democracia, como domínio da massa sobre o indivíduo.

O abuso do absurdo, do trocadilho, do fantástico, do grotesco prejudica muitos dos contos humorísticos de Poe, que teria alcançado no gênero muito maior êxito se houvesse escrito mais coisas no estilo de "O sistema do Dr. Abreu e do Prof. Pena", conto em que parece ter-se inspirado o nosso Machado de Assis para o seu famoso "O alienista". Por mais desiguais em valor literário e bom gosto que possam ser esses contos humorísticos de Poe, representam, no entanto, uma contribuição importante para o estudo de sua personalidade literária tão complexa e tão contrastante.

O. M.

A ESFINGE[1]

Durante o terrível reinado da cólera em Nova York aceitei o convite de um parente para passar uma quinzena com ele no retiro de sua *cottage ornée*,[2] às margens do Hudson. Tínhamos em torno de nós todos os costumeiros meios de diversão estival; e, com o vagar pelos bosques, fazer desenhos, andar de bote, pescar, tomar banho, fazer música e ler, teríamos passado o tempo bastante agradavelmente, não fossem as horríveis notícias que nos chegavam, cada manhã, da populosa cidade. Nem um dia sequer se passava sem que tivéssemos conhecimento da morte de algum conhecido. Depois, quando a calamidade aumentou, acostumamo-nos a esperar, diariamente, a perda de algum amigo. Por fim, tremíamos à simples aproximação de qualquer mensageiro. Todo o ar que vinha do sul parecia-nos recender de morte. Esse paralisante pensamento, na verdade, tomou inteira posse de minha alma. Eu não podia falar, pensar nem sonhar em qualquer outra coisa. Meu amigo era de temperamento menos excitável e, embora de espírito grandemente deprimido, procurava sustentar o meu. Sua inteligência, ricamente filosófica, jamais fora afetada pelas coisas irreais. Mostrava-se suficientemente alertado diante do terror essencial, mas perante suas sombras não se mostrava apreensivo.

Suas tentativas para despertar-me do estado de anormal melancolia em que eu mergulhara foram frustradas, em grande parte, por certos volumes que eu descobrira em sua biblioteca. Eram de caráter a provocar a germinação de quaisquer sementes de superstição hereditária que existissem no meu íntimo. Eu estivera lendo aqueles livros sem que ele soubesse. E por isso, muitas vezes, ficava ele perplexo para explicar as violentas impressões que haviam atuado em minha fantasia.

Uma das minhas ideias favoritas era a crença popular em agouros, crença que, naquela época de minha vida, eu estava quase que seriamente disposto a defender. A esse respeito, tínhamos longas e animadas discussões; ele, mantendo a absoluta falta de fundamento e de fé em tais assuntos, eu, replicando que um sentimento popular que surge com inteira espontaneidade, isto é, sem traços aparentes de sugestão, tinha em si mesmo elementos inconfundíveis de verdade e merecia todo o respeito.

O fato é que, logo depois de minha chegada à casa de campo, ali me ocorrera um incidente tão inteiramente inexplicável e de caráter tão prodigioso, que eu bem podia ter sido desculpado por encará-lo como um agouro. De tal modo ele me espantou e, ao mesmo tempo, confundiu e perturbou, que muitos dias se passaram antes que eu pudesse recompor minhas ideias para comunicar as circunstâncias a meu amigo.

Quase ao findar de um dia excessivamente quente, achava-me eu sentado, de livro na mão, diante de uma janela aberta, dominando, através de vasta perspectiva das margens do rio, o panorama de uma colina distante cuja face mais próxima de minha posição tinha sido despida por um desmoronamento de terra da principal quantidade de suas árvores. Durante longo tempo, meus pemamentos vaguearam

1 Publicado pela primeira vez no *Arthur's Lady's Magazine*, novembro de 1846. Título original: THE SPHINX.

2 Casinha de campo decorada e dotada de todas as comodidades. (N. T.)

do livro à minha frente para a tristeza e desolação da vizinha cidade. Erguendo os olhos da página, caíram eles sobre a face desnuda da colina e sobre um objeto, sobre um monstro vivo, de horrenda conformação, que, bem rapidamente, desceu do cume ao sopé, desaparecendo, afinal, na densa floresta ali embaixo. Logo que avistei aquela criatura, duvidei de minha próría razão ou, pelo menos, da evidência de meus próprios olhos. E muitos minutos se passaram antes que eu conseguisse convencer-me de que não estava louco ou a sonhar. Contudo, quando eu descrever o monstro (que vi distinta e calmamente, observei durante todo o tempo em que ele se moveu), receio que meus leitores sentirão mais dificuldades em se convencerem desses pontos do que eu mesmo.

Avaliando o tamanho do animal, em comparação com o diâmetro das grandes árvores perto das quais ele passou, os poucos gigantes da floresta que tinham escapado à fúria do desmoronamento, concluí que ele era muito maior do que qualquer navio de linha existente. Digo navio de linha porque a forma do monstro sugeria essa ideia: o casco de um de nossos barcos de 74 peças poderia dar uma concepção tolerável de seu contorno geral. A boca do animal estava situada na extremidade de uma tromba de 18 ou 21 metros de comprimento, quase tão espessa como o corpo de um elefante comum. Perto da base dessa tromba havia uma imensa quantidade de cabelos negros e hirsutos, mais do que poderia fornecer o pelo de uma vintena de búfalos. E projetando-se daqueles cabelos para baixo e para os lados apontavam duas brilhantes presas, não diversas das do javali, mas de dimensões infinitamente maiores. Estendendo-se para a frente, paralelamente à tromba, e de cada lado desta, havia uma espécie de gigantesco bastão, de noventa centímetros ou um metro e vinte de comprimento, formado, ao que parecia, de puro cristal, entalhado como um perfeito prisma, que refletia, da maneira mais deslumbrante, os raios do sol poente. O tronco tinha a forma de uma cunha com o ápice para baixo; dele se esgalhavam dois pares de asas, cada uma com quase cem jardas de comprimento, sendo um par colocado por cima do outro e todos espessamente cobertos de escamas metálicas. Cada escama tinha, aparentemente, uns três ou três metros e sessenta de diâmetro. Observei que os renques superiores e inferiores de asas estavam ligados por uma forte corrente. Mas a particularidade principal daquele horrível ser era o desenho de uma "caveira", que cobria quase toda a superfície de seu peito e estava tão cuidadosamente traçada em um branco brilhante, sobre o campo escuro do corpo, como se ali houvesse sido acuradamente desenhada por um artista. Enquanto eu olhava o terrífico animal, e mais especialmente a figura no seu peito, com uma sensação de horror e de espanto, com um pressentimento de desgraça futura que eu achava impossível dominar com qualquer esforço da razão, vi que as imensas mandíbulas, na extremidade da tromba, se abriam subitamente e delas saiu um som tão alto e tão expressivo de dor, que me abalou os nervos como um dobre de sinos; e, quando o monstro desapareceu no sopé da colina, caí imediatamente desmaiado no chão.

Ao recobrar os sentidos, meu primeiro impulso, sem dúvida, foi informar meu amigo do que eu tinha visto e ouvido e mal posso explicar que sentimento de repugnância foi o que afinal me impediu de fazê-lo.

Por fim, uma tarde, três ou quatro dias depois do ocorrido, estávamos sentados, juntos, na sala em que eu tinha visto a aparição. Ocupava eu o mesmo assento, diante da mesma janela, e ele se achava estendido num sofá, ali perto. A associação de lugar e tempo impeliu-me a fazer-lhe uma narrativa do fenômeno. Ele me escutou até o fim. A princípio riu cordialmente, mas depois assumiu uma atitude excessivamente grave, como se a minha demência fosse uma coisa fora de suspeita. Nesse instante, revi novamente o monstro, para o qual, com um grito de absoluto terror, chamei a atenção dele. Ele olhou com sofreguidão, mas sustentou que nada via, embora eu apontasse minuciosamente o caminho que o monstro percorria descendo a face desnuda da colina.

Senti-me então desmedidamente alarmado, pois considerava a visão ou como um augúrio de minha morte, ou, pior ainda, como sintoma de um ataque de loucura. Recuei, cheio de desespero na cadeira e, por alguns instantes, mergulhei o rosto nas mãos. Quando descobri os olhos, a aparição já havia desaparecido.

Meu amigo, porém, até certo ponto, havia readquirido a calma de sua atitude e interrogou-me bem rigorosamente a respeito da conformação do visionário ser. Depois que de todo o satisfiz, suspirou profundamente, como se aliviado de algum fardo insuportável, e continuou a conversar, com o que pensei ser uma calma cruel, a respeito de vários pontos de filosofia especulativa que tinham até então constituído assunto de discussão entre nós. Lembro-me de que ele insistiu, mui especialmente (entre outras coisas), na ideia de que a principal fonte de erro, em todas as pesquisas humanas, jaz no perigo de o entendimento desestimar ou exagerar a importância de um objeto, através de simples medidas erradas de sua proximidade.

— Para avaliar propriamente, por exemplo — disse ele —, a influência a exercer-se sobre a humanidade, em geral, pela completa difusão da Democracia, a distância da época, a que tal difusão possa provavelmente ser realizada, não deixará de formar um parágrafo na estimativa. Contudo, pode você citar-me um escritor que verse o assunto de governo e haja, alguma vez, considerado esse ramo particular da questão digno, de qualquer modo, de discussão?

Aqui fez ele uma pausa por um momento, dirigiu-se a uma estante e dela retirou um dos resumos comuns de História Natural. Pedindo-me, então, para mudar de cadeira com ele, para que pudesse melhor distinguir as linhas estampadas do livro, sentou-se na minha poltrona, diante da janela, e, abrindo o livro, reatou sua explanação, bem no tom anterior.

— Não fosse sua excessiva minudência — disse ele — em descrever o monstro, eu nunca teria podido demonstrar a você o que ele era. Em primeiro lugar, deixe-me ler-lhe uma descrição, para menino de escola, do gênero *Sphinx*, da família *Crepusculária*, da ordem *Lepidóptera*, da classe dos *Insecta*, ou insetos. A descrição é a seguinte:

> Quatro asas membranosas cobertas de pequenas escamas coloridas, de aparência metálica; boca formando uma tromba enrolada, produzida por um alongamento das mandíbulas, sobre cujos lados encontram-se os embriões de mandíbulas e felpudas antenas; as asas inferiores ligam-se às superiores por um duro cabelo; antenas em forma de alongada clava, prismática; abdome pontudo, a Esfinge-de-Caveira tem ocasionado muito pavor entre o vulgo, às vezes, por uma espécie de choro melancólico que ela emite e a insígnia de morte que usa no tórax.

Fechou aqui o livro e curvou-se para a frente na cadeira, colocando-se, cuidadosamente, na posição que eu havia ocupado, no momento em que avistara "o monstro".

— Ah, aqui está! — exclamou ele, no mesmo instante. — Sobe de novo a ladeira da colina, e admito que é, na verdade, uma criatura notabilíssima. Contudo, não é de modo algum tão grande nem está tão distante como você o imaginava; porque o fato é que, quando ele se movia, caminhando acima deste fio, que alguma aranha teceu ao longo do caixilho da janela, descobri que ele estava quase na décima sexta parte duma polegada, em extremo comprimento, e também cerca da décima sexta parte de uma polegada, distante da pupila de meu olho.

MISTIFICAÇÃO[1]

Diabo! Se estes são teus "passos" e teus "montantes",
nada quero saber deles.
Ned Knowlfs

O Barão Ritzner von Jung pertencia a uma nobre família húngara, da qual todos os membros (pelo menos no passado até onde levam certas recordações) se faziam mais ou menos notar por um talento de certa natureza — a maioria por aquela espécie de *grotesquerie* de concepção de que Tieck, rebento da casa, tinha dado um vívido, embora de modo algum, o mais vívido exemplo.

Meu conhecimento com Ritzner começou no magnífico Castelo Jung, a que uma série de engraçadas aventuras que não podem vir a público me levou durante os meses de verão do ano de 18... Aí foi que obtive um lugar na sua estima e aí, com um pouco mais de dificuldade, um parcial conhecimento de sua conformação mental. Nos últimos dias, esse conhecimento se tornou mais lúcido, quando a intimidade que, a princípio, o possibilitara veio a ficar mais estreita; e quando, três anos após nossa separação, encontramo-nos em G***n, conhecia eu tudo quanto era necessário conhecer do caráter do Barão Ritzner von Jung.

Lembro-me do murmúrio de curiosidade que sua chegada excitou no recinto do colégio na noite de 25 de julho. Lembro-me ainda mais distintamente que, enquanto era ele considerado por todos os sujeitos, à primeira vista, "o mais notável homem do mundo", ninguém fez qualquer tentativa de explicar sua opinião. Tão inegável parecia ser ele *único* que se julgava impertinência indagar em que consistia essa unicidade. Mas, deixando passar por agora essa questão, observarei simplesmente que desde o primeiro instante em que pôs pé dentro dos limites da universidade começou ele a exercer sobre os hábitos, costumes, pessoas, bolsas e tendências de toda a comunidade que o cercava a mais extensa e despótica influência, ao mesmo tempo, porém, a mais indefinida e totalmente inexplicável. De modo que seu breve período de residência na universidade forma uma era em seus anais, e é caracterizada por todas as classes de pessoas que a ela pertenciam ou dela dependiam como "aquela extraordinaríssima época do domínio do Barão Ritzner von Jung".

Logo que chegou a G***n, procurou-me em meus aposentos. Não apresentava então idade particular, querendo eu dizer com isso que era impossível conjeturar a respeito de sua idade por qualquer sinal pessoal que apresentasse. Podia ter quinze ou cinquenta anos, e *realmente* tinha vinte e um e sete meses. Não era de modo algum um belo homem... talvez fosse o contrário. O contorno de seu rosto era um tanto angular e desagradável. Sua fronte, elevada e bem clara. O nariz chato, os olhos grandes, pesados, vítreos e inexpressivos. Em torno da boca havia coisas mais dignas de nota. Os lábios eram levemente salientes e repousavam um sobre o outro, de tal maneira que é impossível conceber qualquer outra, mesmo a mais complexa, combinação de feições, produzindo tão completamente e tão individualmente a ideia de gravidade severa, de solenidade e de repouso.

1 Publicado pela primeira vez no *American Monthly Magazine*, junho de 1837. Título original: VON JUNG, THE MYSTIC.

Percebe-se sem dúvida, do que já tenho dito, que o barão era uma daquelas anomalias humanas que de vez em quando se encontram e que fazem da ciência da *mistificação* o estudo e a ocupação de suas vidas. Para esta ciência uma peculiar modalidade de pensamento dava-lhe instintivamente a deixa, enquanto seu aspecto físico proporcionava-lhe incomuns facilidades de levar a efeito seus projetos. Acredito firmemente que nenhum estudante de G***n, durante aquela famosa época, tão originalmente denominada de "dominação do Barão Ritzner von Jung", jamais penetrou exatamente o mistério que lhe obscurecia o caráter. Penso, com toda a verdade, que ninguém da universidade, com exceção de mim mesmo, jamais suspeitou que ele fosse capaz de uma brincadeira, verbal ou efetiva: o velho buldogue que guardava o portão do jardim seria mais depressa acusado disso, ou o fantasma de Heráclito, ou a cabeleira postiça do Emérito Professor de Teologia. Isto, também, quando era evidente que as mais notáveis e mais imperdoáveis de todas as concebíveis peças, singularidades e zombarias eram postas em execução, se não diretamente por ele, pelo menos, plenamente, por meio de sua intervenção ou conivência. A beleza, se assim a posso chamar, dessa arte *mistificadora* se encontrava naquela consumada habilidade (resultante de um conhecimento quase intuitivo da natureza humana e do mais maravilhoso sangue-frio), por meio da qual ele nunca deixava de fazer parecer que as chocarrices com cuja realização se ocupava originavam-se, parcialmente a despeito e parcialmente em consequência, dos louváveis esforços que estava fazendo para preveni-las e para conservar a boa ordem e dignidade da *Alma Mater*. A profunda, pungente e opressiva mortificação que, a cada fracasso de suas louváveis tentativas, se espalhava por todas as linhas de seu rosto não deixava o mínimo lugar a dúvidas sobre a sua sinceridade no íntimo até mesmo dos mais céticos de seus companheiros. Não menos digna de observação, também, a habilidade com que conseguira ele remover o senso do grotesco do criador para a coisa criada, de sua própria pessoa para os absurdos a que dera origem. Em nenhuma ocasião antes desta de que falo soubera eu que o mistificador habitual escapasse à natural consequência de suas manobras, uma união do ridículo com o seu próprio caráter e pessoal. Criado continuamente numa atmosfera de extravagâncias, meu amigo parecia viver somente para as severidades da sociedade, e nem mesmo seu próprio criado de quarto teria associado outras ideias que não as da rigidez e da majestade à memória do Barão Ritzner von Jung.

Durante o tempo de sua residência em G***n, parecia realmente que o demônio do *dolce far niente*[2] jazia como um íncubo sobre a universidade. Nada, pelo menos, se fazia a não ser comer, beber e folgar. Os aposentos dos estudantes eram convertidos em outras tantas cervejarias, e não havia outra cervejaria mais famosa, ou mais frequentada, do que a do barão. Nossas bebedeiras aqui eram muitas, barulhentas, prolongadas e jamais estéreis de acontecimentos.

Certa ocasião, prolongamos nossa reunião até quase o amanhecer, e incomum quantidade de vinho fora bebida. A companhia compunha-se de sete ou oito pessoas, além do barão e de mim mesmo. A maior parte eram rapazes ricos, de alta roda, de grandes famílias orgulhosas, todos vibrantes de exagerado senso da honra. Abundavam nas mais extremadas opiniões germânicas a respeito do *duelo*. Àquelas

2 Doce ociosidade. Expressão empregada para exprimir o ideal dos ociosos. (N. T.)

quixotescas noções algumas recentes publicações parisienses, apoiadas por três ou quatro desesperados e fatais encontros em G***n, tinham dado novo vigor e impulso; e assim a conversa, durante a maior parte da noite, versara ferozmente sobre o monopolizador assunto do momento. O barão, que se conservara insolitamente silencioso e abstrato na primeira parte da noite, afinal pareceu despertar de sua apatia, tomando a direção da conversa e discorrendo a respeito dos benefícios e, mais especialmente, das belezas do aceito código da etiqueta, em encontros de armas, com um ardor, uma eloquência, uma impressividade e um carinho de maneiras que obtiveram gradualmente o mais ardente entusiasmo de seus ouvintes em geral, e até mesmo a mim abalou totalmente, a mim que bem sabia ser ele, de coração, um ridicularizador de todos aqueles temas pelos quais argumentava e, especialmente, de manter toda a *fanfarronada* da cerimônia do duelo no soberano desprezo que ela merece.

Olhando em torno de mim durante uma pausa do discurso do barão (do qual meus leitores podem colher uma fraca ideia, quando eu digo que se assemelhava à fervente, cantante, monótona, e contudo musical, maneira sermonal de Coleridge), notei sintomas de maior interesse que o geral no aspecto de um dos componentes da reunião. Esse cavalheiro, a quem chamarei Hermann, era um original, em todos os sentidos — exceto, talvez, no simples particular de ser um grandissíssimo maluco. Conseguiu, porém, manter, entre certo grupo da universidade, a reputação de possuir profundo pensamento metafísico, em consequência, creio eu, de algum talento lógico. Como duelista adquirira grande renome, mesmo em G***n. Não me recordo do preciso número de vítimas que haviam tombado às suas mãos, mas sei que eram muitas. Era indubitavelmente um homem de coragem. Mas era a respeito de seu minucioso conhecimento das cerimônias do *duelo* e da *escrupulosidade* de seu senso da honra que ele mais especialmente se orgulhava. Aquelas coisas eram para ele uma mania que levaria até a morte. Para Ritzner, sempre na tocaia do grotesco, aquelas singularidades dele já vinham por muito tempo fornecendo alimento para mistificações. Disto, porém, não estava eu ciente, embora, no momento, visse claramente que algo de esquisito havia em jogo com meu amigo e que Hermann era esse objeto especial.

À medida que aquele prosseguia na sua conversa, ou melhor, no seu monólogo, percebi que aumentava, a cada instante, a excitação deste. Afinal falou, opondo alguma objeção a um ponto sobre o qual insistira R*** e dando pormenorizadamente suas razões. A estas replicou o barão, em seguida (mantendo ainda seu exagerado tom de sentimento), e concluindo, o que achei de muito mau gosto, com um sarcasmo e riso de galhofa. A mania de Hermann tomara então o freio nos dentes. Isso pude eu discernir pela estudada e especiosa farragem de sua réplica. Lembro-me distintamente de suas últimas palavras.

— Suas opiniões, permita-me que o diga, Barão von Jung, embora no seu todo corretas, são, em muitos pontos delicados, desabonadoras para o senhor mesmo e para a universidade de que é membro. A alguns respeitos, são mesmo indignas de refutação séria. Direi mais ainda, senhor, não fosse o receio de ofendê-lo (e aqui sorriu ele blandiciosamente), diria que suas opiniões não são as opiniões que se poderiam esperar dum cavalheiro.

Ao terminar Hermann essa equívoca sentença, todos os olhos estavam voltados para o barão. Este tornou-se pálido e depois excessivamente vermelho; depois, tendo deixado cair seu lenço, curvou-se para apanhá-lo e então surpreendi um relance de sua fisionomia que não podia ser visto por ninguém mais dos que se achavam à mesa. Seu rosto estava radiante, com a expressão escarninha que era seu caráter natural, mas que eu nunca o vira assumir, exceto quando nos achávamos os dois, a sós, e quando ele se punha à vontade. No instante imediato, ergueu-se ereto, enfrentando Hermann, e tão absoluta alteração fisionômica, em tão curto período, certamente jamais vira eu antes. Por um instante imaginei mesmo que o havia conceituado mal e que ele estava levando a coisa mesmo a sério. Parecia estar sufocado pela cólera e seu rosto mostrava-se cadavericamente branco. Durante breve tempo, permaneceu silencioso, parecendo lutar por conter sua emoção. Tendo afinal aparentemente conseguido isso, agarrou uma garrafa que estava perto de si, dizendo ao apertá-la firmemente na mão.

— A linguagem que achou própria para empregar, Sr. Hermann, ao se dirigir a mim é sob tantos aspectos objetável que não tenho gênio nem tempo para especificá-los. Que, porém, minhas opiniões não sejam as opiniões que se poderiam esperar dum cavalheiro é uma observação tão diretamente ofensiva que só me permite uma linha de conduta. Alguma cortesia, no entanto, se deve à presença destes cavalheiros e ao senhor mesmo, neste momento, como meu hóspede. O senhor me perdoará, portanto, se, levando isso em consideração, me desviar levemente do uso geral entre cavalheiros, em semelhantes circunstâncias de ofensa pessoal. Desculpar-me-á o moderado preço que exigirei da imaginação do senhor e fará o possível para considerar, por um instante, o reflexo de sua pessoa naquele espelho ali, como o próprio Sr. Hermann vivo. Isto feito não haverá dificuldade nenhuma. Eu jogarei esta garrafa de vinho na sua imagem, naquele espelho, e assim executarei todo o espírito, se não a exata letra, de desprazer pelo seu insulto, enquanto que a necessidade de violência física contra sua pessoa verdadeira será evitada.

Com estas palavras, atirou a garrafa, cheia de vinho, contra o espelho dependurado precisamente do lado oposto a Hermann, batendo-lhe, com grande justeza, na imagem refletida e reduzindo, sem dúvida, o espelho a cacos. Todos imediatamente se levantaram e, com exceção de mim mesmo e de Ritzner, se retiraram. Quando Hermann se foi, o barão cochichou-me que eu o seguisse e lhe oferecesse meus serviços. Concordei com isso, não sabendo precisamente o que fazer com tão ridículo negócio.

O duelista aceitou minha proposta, com seu ar teso e *ultra recherché*, e, tomando meu braço, levou-me até seus aposentos. Dificilmente continha o riso em sua presença enquanto ele continuava a discutir, com a mais profunda gravidade, o que chamava ele "a característica refinadamente peculiar" do insulto que recebera. Depois duma fatigante arenga, no seu estilo habitual, retirou das estantes numerosos volumes bolorentos a respeito do duelo e me reteve durante muito tempo com a leitura de seu conteúdo, lendo em voz alta e comentando, gravemente, enquanto lia. Recordo-me ainda dos títulos de algumas das obras. Eram a *Ordenação de Filipe*, o *Belo*, *Sobre o combate singular*, o *Teatro da honra*, de Favyn, e um tratado *Sobre a permissão de duelos*, de Andiguier. Exibiu também, com grande pomposidade, as *Memórias de duelos*, de Brantome, publicadas em Colônia, em 1666, em tipos de Elzevir, precioso e único volume em papel velino, com linda margem e encadernado por Derome. Mas chamou-me particularmente a atenção, com um ar de misteriosa sagacidade, para um espesso oitavo, escrito em latim bárbaro, por um tal Hedelin, francês, com o curioso título, *Duelli lex scripta, et non; aliterque*. Deste me leu um dos mais divertidos capítulos do mundo, relativo à *Injuriae per applicationem, per constructionem, et per se*, metade do qual, assegurou-me ele, era estritamente aplicável ao seu próprio caso "refinadamente peculiar", embora nem uma sílaba desta vida pudesse eu entender de tudo aquilo. Tendo acabado o capítulo, fechou o livro e perguntou o que eu achava ser necessário fazer. Respondi que tinha inteira confiança na sua superior delicadeza de sentimentos e concordaria com o que ele propusesse. Pareceu lisonjeado com esta resposta e sentou-se para escrever uma carta ao barão, dizendo assim:

> Senhor:
>
> Meu amigo, Sr. P***, lhe entregará esta carta. Achei que me incumbia solicitar, de acordo com sua melhor conveniência, uma explicação dos acontecimentos ocorridos esta noite nos seus aposentos. Na eventualidade de não atender o senhor a esta solicitação, o Sr. P*** terá o prazer de arranjar, com o auxílio de algum amigo, que o senhor queira apontar os passos preliminares para um encontro.
>
> Com os sentimentos de perfeito respeito,
> Seu mais humilde servo
>
> João Hermann
>
> Ao Barão Ritzner von Jung,
> 18 de agosto de 18...

Não sabendo o que melhor fazer, fui ter com Ritzner, levando-lhe essa epístola. Ele curvou-se, quando lhe entreguei. Depois, com grave aspecto, convidou-me a sentar. Tendo lido a carta de desafio, escreveu a seguinte resposta, que levei a Hermann:

> Senhor:
>
> Por intermédio de nosso comum amigo, Sr. P***, recebi sua nota desta noite. Depois de devida reflexão, admito francamente a propriedade da explicação que o senhor sugere. Admitido isto, encontro ainda grande dificuldade (devida à natureza *refinadamente peculiar* de nossa desinteligência e da afronta pessoal apresentada de minha parte) em assim exprimir aquilo que tenho de dizer a título de desculpa, como em reunir todas as minuciosas exigências e todas as variáveis nuanças do caso. Tenho grande confiança, porém, naquela extrema delicadeza de discriminação em assuntos referentes às regras da etiqueta, pela qual o senhor tem sido há tanto tempo e tão proeminentemente conhecido. Na plena certeza, portanto, de ser compreendido, peço permissão para, em lugar de apresentar minha própria maneira de sentir, remetê-lo às opiniões do Senhor de Hedelin, expostas no nono parágrafo das *Injuriae per applicationem, per constructionem, et per se*, no seu *Duelli lex scripta, et non; aliterque*. A finura de seu discernimento em todos os assuntos ali tratados será suficiente, estou certo, para convencê-lo de que a *simples circunstância de remetê-lo eu* àquela admirável passagem deve satisfazer, como homens de honra, seu pedido de explicação.
>
> Com os sentimentos de profundo respeito,
> Seu mais obediente servo,
>
> Von Jung.
>
> Ao Senhor João Hermann,
> 18 de agosto de 18...

Hermann começou a leitura desta carta carrancudo, mas converteu a carranca num sorriso da mais cômica autocomplacência ao chegar à algaravia relativa às *Injuriae per applicationem, per constructionem, et per se*. Tendo acabado de lê-la, pediu-me, com o mais blandicioso de todos os sorrisos possíveis, que me sentasse, enquanto consultaria o tratado em questão. Recorrendo à passagem especificada, leu-a com grande cuidado para si, depois fechou o livro, e desejou que, na minha qualidade de amigo confidencial, expressasse ao Barão von Jung seu exaltado senso de sua cavalheiresca conduta e, em segundo lugar, lhe assegurasse que a explicação oferecida era da mais completa, da natureza mais honrosa e mais inequivocamente satisfatória.

Um tanto espantado diante de tudo isso, voltei a ter com o barão. Ele pareceu receber o cordial recado de Hermann como uma coisa natural, e depois de umas poucas palavras de conversa geral foi a um quarto interior e de lá trouxe o interminável tratado *Duelli lex scripta, et non; aliterque*. Entregou-me o volume e pediu-me que examinasse qualquer trecho dele. Assim fiz, mas quase sem proveito, não sendo capaz de apreender o menor significado do que lia. Então ele mesmo pegou do livro e leu-me um capítulo em voz alta.

Com surpresa minha verifiquei que o que ele lia era nada menos que a narrativa, mais absurdamente horrível, de um duelo entre dois monos. Ele então explicou o mistério, mostrando que o livro, como aparecia a *prima facie*, estava escrito de acordo com o plano dos versos disparatados de Du Bartas, isto é, a linguagem era engenhosamente traçada de modo a apresentar ao ouvido todos os sinais aparentes de inteligibilidade e mesmo de profundeza, enquanto, na realidade, nem uma sombra de significação existia. A chave de tudo se achava em omitir cada segunda e terceira palavras, alternativamente, quando então aparecia uma série de ridículas chalaças a respeito do combate singular, quando praticado nos tempos modernos.

O barão em seguida informou-me que havia propositadamente chamado a atenção de Hermann para o tratado duas ou três semanas antes da aventura, e ficou satisfeito, pelo teor geral da conversa dele, ao ver que ele o havia estudado com a mais profunda atenção e acreditava firmemente que fosse uma obra de mérito invulgar. Baseado nessa ideia foi que ele agiu. Hermann teria preferido morrer mil mortes a dar a conhecer sua inabilidade em compreender qualquer e toda coisa do universo jamais escrita a respeito do duelo.

A trapaçaria[1] Considerada como ciência exata

Hey, diddle diddle,
The cat and the fiddle.[2]

Desde o começo do mundo houve dois Jeremias. Um escreveu uma jeremiada a respeito da usura e se chamava Jeremias Bentham. Tem sido muito admirado pelo Sr. John Neal,[3] e foi um grande homem em pequena escala. O outro deu nome à mais importante das Ciências Exatas e foi um grande homem em *grande escala*, e posso afirmá-lo, realmente, na maior das escalas.

A trapaçaria — ou a ideia abstrata transmitida pelo verbo trapacear — é suficientemente bem compreendida. Contudo, o fato, a ação, a coisa *trapaçaria* é um tanto difícil de definir. Podemos ter, porém, um conceito toleravelmente distinto do assunto em questão, definindo não a coisa trapaçaria em si mesma, mas o homem como um animal que trapaceia. Houvesse Platão dado com isso e ter-se-ia poupado a afronta do frango depenado.

Mui pertinentemente foi perguntado a Platão por que um frango depenado, que era claramente "um bípede sem penas", não era, de acordo com sua própria definição, um homem. Mas não tenho por que ser aborrecido com semelhante dúvida. O homem é um animal que trapaceia, e *nenhum* animal há que trapaceie, a *não ser* o homem. Servir-me-ei duma capoeira inteira de frangos depenados para provar isto.

O que constitui a essência, a lebre, o princípio da trapaçaria é, de fato, peculiar à classe de criaturas que usa paletós e calças. Um corvo furta; uma raposa engana; uma doninha astucia; um homem trapaceia. Trapacear é seu destino. "O homem foi feito para chorar", diz o poeta. Mas não é isso: ele foi feito para trapacear. Este é o seu escopo, seu objetivo, seu *fim*. E por isso, quando um homem trapaceou, nós dizemos que ele está *feito*.

A trapaçaria, retamente considerada, é um composto cujos ingredientes são minuciosidade, interesse, perseverança, engenhosidade, audácia, displicência, originalidade, impertinência e desfaçatez.

MINUCIOSIDADE – Vosso trapaceiro é minucioso. Suas operações são em pequena escala. Seu negócio é o retalho, de pronto pagamento, ou de documento legal à vista. Se alguma vez se vir tentado a especulações de alto porte, perderá então, imediatamente, suas feições características e tornar-se-á o que se chama um "financista". Esta última palavra convém à ideia da trapaçaria, a todos os respeitos, menos no que se refere à magnitude. Um trapaceiro pode ser assim olhado como um banqueiro *in petto*, e uma "operação financeira" como uma trapaça em Brobdingnag.[4]

---

1 Publicado pela primeira vez no *Saturday Courier*, outubro de 1843. Título original: RAISING THE WIND; OR, DIDDLING CONSIDERED AS ONE OF THE EXACT SCIENCES.

2 Ei trapaça, trapaça, / O gato e a rabeca. (N. T.)

3 John Neal (1793-1876), romancista e jornalista americano. (N. T.)

4 Região imaginária das *Viagens de Gulliver*, de Swift, em que todas as coisas tinham tamanho desmedido. (N. T.)

Um está para o outro como Homero para "Flaccus", como um mastodonte para um camundongo, como a cauda dum cometa para a de um porco.

INTERESSE – Vosso trapaceiro é guiado pelo interesse próprio. Despreza trapacear pelo simples *prazer* da trapaça. Tem um objetivo em vista: seu bolso e o vosso. Encara sempre a principal oportunidade. Cuida do Número Um. Vós sois o Número Dois e deveis cuidar de vós mesmos.

PERSEVERANÇA – Vosso trapaceiro persevera. Nunca se desencoraja rapidamente. Mesmo que o banco quebre, não se incomoda com isso. Prontamente persegue seu fim e, *ut canis a corio nunquam absterrebitur uncto*, assim também ele nunca deixa escapar o seu jogo.

ENGENHOSIDADE – Vosso trapaceiro é engenhoso. Tem vastas aptidões. É entendido em planos. Inventa e enreda. Não fosse Alexandre e seria Diógenes. Não fosse um trapaceiro, seria um fabricante de ratoeiras patenteadas, ou um pescador de trutas.

AUDÁCIA – Vosso trapaceiro é audacioso. É um homem arrojado. Leva a guerra à África. Tudo conquista de assalto. Não o amedrontariam os punhais de Frey Herren.[5] Com um pouco mais de prudência, Dick Turpin[6] teria sido um bom trapaceiro; com um pouco menos de lisonja, Daniel O'Connell;[7] com uma libra ou duas mais de miolos, Carlos XII.[8]

DISPLICÊNCIA – Vosso trapaceiro é displicente. Não é absolutamente nervoso. Nunca se deixa levar pela comoção. Nunca fica fora de si... a não ser fora das portas. É frio. Frio como um pepino. É calmo. "Calmo como um sorriso de Lady Bury." É complacente. Complacente como uma luva velha ou como as donzelas da antiga Baía.[9]

ORIGINALIDADE – Vosso trapaceiro é original, conscienciosamente original. Seus pensamentos são dele mesmo. Despreza utilizar os dos outros. Um truque velho causa-lhe aversão. Devolveria uma bolsa, estou certo disso, se descobrisse que a obtivera por meio duma trapaça não original.

IMPERTINÊNCIA – Vosso trapaceiro é impertinente. Fanfarreia. Põe as mãos nos quadris. Mete as mãos nos bolsos das calças. Escarnece diante de vossa cara. Pisa nos vossos calos. Come vosso jantar, bebe vosso vinho, pede emprestado vosso dinheiro, puxa vosso nariz, dá pontapés no vosso cão-d'água e beija vossa mulher.

DESFAÇATEZ – Vosso *verdadeiro* trapaceiro remata tudo com um riso de escárnio. Mas isto ninguém vê senão ele mesmo. Ri escarninhamente quando seu trabalho diário está concluído, quando seus serviços distribuídos estão realizados, de noite no seu próprio aposento e totalmente para sua diversão íntima. Vai para casa. Fecha sua porta. Tira suas roupas. Apaga sua vela. Sobe para a cama. Pousa a cabeça em cima do travesseiro. Tudo isto feito, vosso trapaceiro ri. Não é uma hipótese. É coisa provada. Raciocina *a priori*, e um trapaceiro *não* seria trapaceiro sem um riso, de escárnio.

---

5 Tipo de criminoso célebre. (N. T.)

6 Dick Turpin (1706-1739), famoso ladrão e salteador de estradas. (N. T.)

7 Daniel O'Connell (1775-1847), agitador político e orador irlandês. (N. T.)

8 Carlos XII (1682-1718), rei da Suécia. (N. T.)

9 Baía ou Baiae, vila situada a oeste de Nápoles, na Itália. Na Antiguidade, foi magnífica cidade dos romanos e muito procurada no verão. (N. T.)

A origem da trapaçaria se reporta à infância da Raça Humana. Talvez o primeiro trapaceiro tivesse sido Adão. Em todo o caso, podemos seguir retrospectivamente os traços da ciência, até remotíssimo período da Antiguidade. Os modernos, porém, têm-na levado a uma perfeição jamais sonhada por nossos estúpidos progenitores. Sem nos determos a falar de "velhas histórias", portanto, contentar-me-ei com uma resumida narrativa de alguns dos mais "modernos modelos".

Ótima trapaça é a seguinte: uma dona de casa, necessitada dum sofá, por exemplo, é vista entrando e saindo de muitas casas de móveis. Afinal chega ela a uma que oferece excelente variedade. É abordada e convidada a entrar por um indivíduo delicado e obsequioso que se encontra à porta. Acha um sofá bem de acordo com seus desejos e, ao indagar do preço, é surpreendida e deliciada ao ouvir uma soma vinte por cento mais baixa do que esperava. Apressa-se em fazer a compra, recebe a fatura com um recibo, deixa seu endereço, pedindo que o artigo seja enviado à sua casa o mais breve possível, e se retira em meio de profusos cumprimentos do lojista. Chega a noite e nada de sofá. Manda uma criada perguntar a causa da demora. O negócio é totalmente negado. Nenhum sofá foi vendido, nenhum dinheiro recebido, exceto pelo trapaceiro que desempenhou o papel de lojista daquela vez.

Nossas casas de móveis ficam inteiramente abandonadas e isso proporciona a maior facilidade para um embuste dessa natureza. Visitantes entram, examinam um móvel e partem sem serem vistos e atendidos. Queira alguém comprar ou indagar do preço de um artigo, há uma sineta à mão, e isso é considerado amplamente suficiente.

Outra respeitabilíssima trapaça é a seguinte: um indivíduo bem trajado entra numa loja. Faz uma compra no valor dum dólar; descobre, com bastante vexame, que deixou sua carteira no bolso dum outro paletó; e assim diz ao lojista:

— Meu caro senhor, perdoe-me, mas quer fazer-me o obséquio de mandar entregar o pacote em minha casa? Mas espere! Creio, realmente, que mesmo em casa só tenho uma nota de cinco dólares. Porém, o senhor pode mandar quatro dólares de troco com o pacote, sim?

— Muito bem, meu senhor — replica o lojista, que imediatamente forma elevada opinião da nobreza de seu freguês. "Conheço as pessoas — diz ele consigo —, as tais que põem justamente as compras debaixo do braço e saem com a promessa de vir pagar o dólar ao voltarem à tarde."

Um menino é enviado com o pacote e o troco. No caminho, de modo completamente acidental, é encontrado pelo comprador, que exclama:

— Ah! esse é meu pacote, pelo que vejo. Pensei que já o tivesse levado lá em casa há muito tempo. Pois bem, vamos! Minha mulher, a Sra. Trotter, lhe dará os cinco dólares. Dei instruções a ela a esse respeito. O troco você poderia muito bem entregar-mo. Vou precisar de dinheiro miúdo para o correio. Muito bem! Um, dois... é boa essa moeda de vinte e cinco centavos? Três, quatro... certinho! Diga à Sra. Trotter que me encontrou e agora pode ir e não se demore no caminho.

O menino não demora absolutamente... mas leva muito tempo a voltar de seu recado, pois nenhuma mulher com aquele nome de Sra. Trotter foi encontrada. Consola-se, porém, por não ter sido tão tolo a ponto de deixar as mercadorias sem o dinheiro, e volta à loja com um ar de autossatisfação, mas se sente dolorosamente chocado e indignado quando seu patrão lhe pergunta o que fora feito do troco.

Outra trapaça verdadeiramente muito simples é a seguinte: o capitão de um navio que está a ponto de partir é abordado por um funcionário de boa aparência, com uma notificação de taxas da cidade, insolitamente moderada. Satisfeito por se ver livre tão facilmente e atrapalhado por centenas de obrigações urgentes, ele atende à reclamação sem demora. Cerca de quinze minutos depois, outra menos razoável notificação é-lhe apresentada por alguém que logo torna patente que o primeiro coletor era um trapaceiro e a notificação, uma trapaça.

E eis aqui outra um tanto semelhante: um vapor está largando amarras do cais. Um viajante, de capa na mão, vem correndo para o cais, a toda a velocidade. De repente, para e apanha do chão alguma coisa, de maneira agitada. É uma carteira.

Pergunta em voz alta:

— Perdeu alguém uma carteira?

Ninguém pode afirmar exatamente que perdeu uma carteira; mas se segue grande excitação quando se descobre que o tesouro é de grande valor. O navio, porém, não pode esperar.

— Tempo e maré não esperam por ninguém — diz o capitão.

— Pelo amor de Deus, espere apenas uns poucos minutos — diz o tal que encontrara a carteira —, o verdadeiro dono aparecerá agora mesmo.

— Não posso esperar — replica o homem, com autoridade —, largue isso aí, está ouvindo?

— Que hei de fazer? — pergunta o tal, grandemente atribulado. — Estou prestes a deixar esta terra por alguns anos e não posso, em consciência, reter tão elevada quantia em minha posse. Peço-lhe perdão, senhor (e aqui dirige-se ele a um dos cavalheiros que se acham na praia), acho que tem o aspecto dum homem honesto. Quer fazer-me o favor de ficar com esta carteira? Sei que posso confiar no senhor e anunciar que a achou? As notas, como vê, montam a grande quantia. Seu dono haverá por certo de insistir em recompensá-lo pelo trabalho que tomar...

— *Eu?* — não, o *senhor!* Foi o senhor quem achou a carteira!

— Bem, se faz questão disso... Receberei uma pequena recompensa... o bastante para satisfazer seus escrúpulos. Vejamos... ora, benza-me Deus!, as notas são todas de cem. Tirar cem é demais... estou certo de que cinquenta bastariam...

— Vamos com isso! — grita o capitão.

— Mas o caso é que não tenho troco para uma de cem... Em suma, quem sabe se o senhor...

— Vamos com isso! — grita o capitão.

— Não se importe! — grita o cavalheiro, que está no cais e estivera a examinar, no último instante, sua própria carteira. — Não se incomode! Posso trocar. Aqui está uma nota de cinquenta do Banco da América do Norte. Jogue-me a carteira!

E o tal superconsciencioso achador da carteira, com marcada relutância, recebe a nota de cinquenta e entrega a carteira ao cavalheiro, como este desejara, enquanto o vapor fumaça e apita, já a caminho. Cerca de meia hora depois de sua partida, a "grande quantia" não passa de "uma bemfeita falsificação" e tudo não fora mais do que uma notável trapaça.

Uma trapaça atrevida é a seguinte: um campo para reuniões religiosas ao ar livre ou coisa semelhante está para alugar-se em certo lugar só acessível por meio duma ponte de franca passagem. Um trapaceiro estaciona sobre a ponte informando respeitosamente aos passantes a respeito da nova lei municipal que estabelece uma taxa de um centavo para os pedestres, de dois para os cavalos e burros, e assim por diante. Alguns resmungam, mas todos se submetem, e o trapaceiro vai para casa rico de cinquenta ou sessenta dólares bem ganhos. Cobrar uma taxa duma multidão de gente é uma coisa excessivamente penosa.

Uma trapaça limpa é a seguinte: um amigo entrega ao trapaceiro uma promissória que este enche e assina, na forma devida, no papel habitual impresso com tinta vermelha. O trapaceiro compra uma ou duas dúzias dos tais papéis e todos os dias mergulha um deles em sua sopa, faz com que seu cachorro pule para alcançá-lo e finalmente lho dá como um *bom bocado*. Chegado o dia de vencimento da nota, o trapaceiro, acompanhado de seu cachorro, vai à casa do amigo e o assunto da conversa é a promissória a pagar. O amigo retira-a de sua escrivaninha e no ato de entregá-la ao trapaceiro, salta o cachorro e devora-a imediatamente. O trapaceiro mostra-se não somente surpreso, mas vexado e exasperado com a absurda conduta de seu cão, e expressa seu instante desejo de pagar a dívida a qualquer momento em que a prova da mesma for exibida.

Bem mesquinha trapaça é a seguinte: uma senhora é insultada na rua por uma cúmplice do trapaceiro. O próprio trapaceiro corre em socorro dela e, assestando no companheiro um confortável trompaço, insiste em acompanhar a senhora até a porta de sua residência. Inclina-se, com a mão sobre o coração e o mais respeitosamente apresenta suas despedidas. Ela convida-o, como seu salvador, a entrar e ser apresentado a seu irmão mais velho e a seu papai. Com um suspiro, declina ele dessa honra.

— Não haverá um meio, então, senhor — murmura ela —, de que me seja permitido testemunhar-lhe minha gratidão?

— Ora, por que não, minha senhora, há. Quererá ter a bondade de emprestar-me um par de xelins?

Na primeira excitação do momento, a senhora decidirá desmaiar. Mas seu segundo pensamento a fará abrir sua bolsinha de dinheiro e entregar o pedido. Ora, essa, como disse, é uma trapaça mesquinha, pois a metade da soma obtida tem de ser paga ao sujeito que teve o trabalho de praticar o insulto e ficar de pé silencioso, levando um trompaço ainda por cima.

Um tanto pequena, mas ainda assim científica, é a seguinte trapaça: o trapaceiro aproxima-se do balcão duma taverna e pede um par de rolos de fumo. São-lhe estes entregues, quando, tendo-os levemente examinado, diz:

— Não gosto muito deste fumo. Olhe, fique com ele e me dê em seu lugar um copo de cachaça e água.

A cachaça e a água são bebidas e o trapaceiro vai-se dirigindo para a porta. Mas a voz do taverneiro o detém.

— Creio que o senhor se esqueceu de pagar a cachaça e a água.

— Pagar a cachaça e a água! Não lhe dei em troca de ambas o fumo? Que mais quer?

— Mas, senhor... por favor, não me lembrava de que me houvesse pago o fumo.

— Que quer você dizer com isso, seu velhaco? Não lhe restituí eu seu fumo? Não é o seu fumo que está aí? Quer então que eu lhe pague aquilo que não levo?

— Mas, senhor... — diz o taverneiro, agora um tanto sem saber o que dizer —, mas, senhor...

— Não tem mas nem meio mas — interrompe o trapaceiro, aparentando elevado grau de ressentimento e batendo com força a porta, ao sair. — Não me venha com "mas" e com suas velhacadas com os viajantes!

Eis outra inteligente trapaça da qual não é menor recomendação a sua simplicidade: uma bolsa ou carteira tendo sido perdida realmente, seu dono insere *num* dos diários de uma grande cidade um aviso, com descrição completa.

Em consequência disso, nosso trapaceiro copia os *fatos* desse aviso, com uma mudança de cabeçalho, da fraseologia geral e do *endereço*. O original, por exemplo, é longo, verboso e intitulado: "Uma Carteira Perdida!", e solicita que, quando encontrado, seja o tesouro levado ao nº 1 da Rua Tom. A cópia é breve e tendo o título "Perdida" apenas, indica o nº 2 da Rua Dick ou o nº 3 da Rua Harry, bem como o lugar onde o proprietário possa ser encontrado. Além disso, é inserto pelo menos em cinco ou seis dos jornais do dia, e, quanto ao tempo, aparece apenas poucas horas depois do original. Caso venha a ser lido pelo que perdeu a carteira, dificilmente suspeitará que tenha ele qualquer relação com seu próprio infortúnio. Mas, sem dúvida, as possibilidades são de cinco ou seis para uma de que quem achou a carteira repare no endereço dado pelo trapaceiro, em vez de fazê-lo para o endereço dado pelo verdadeiro proprietário. Aquele paga a gratificação, embolsa a carteira e azula.

Quase igual a esta é a seguinte: uma senhora de *tom* perdeu, em alguma parte na rua, um anel de brilhante, de valor fora do comum. Para reavê-lo, oferece uns quarenta ou cinquenta dólares de gratificação, dando, no seu anúncio, bem minuciosa descrição da joia e do seu engaste e declarando que, ao ser restituída no número assim e assim, de tal e tal avenida, a gratificação será paga *instantaneamente*, sem que indagação alguma seja feita. Durante a ausência da senhora de casa, um ou dois dias depois, ouve-se a campainha da porta do número assim e assim, em tal e tal avenida; aparece uma criada; perguntam pela dona da casa e a resposta é que está fora. Diante desta aterradora resposta, o visitante exprime o mais pungente pesar. O assunto que ali o leva é de importância e se refere à própria dona da casa. Efetivamente, tivera a boa sorte de achar-lhe o anel de brilhante. Mas talvez fosse melhor que ele voltasse de novo... "De modo algum!" — diz a criada; e "De modo algum!" — dizem a irmã da dona e a cunhada da dona, que são chamadas imediatamente. O anel é identificado de modo ruidoso, a gratificação é paga e o achador quase jogado de porta afora. A dona da casa volta e exprime não pequeno descontentamento à sua irmã e à sua cunhada por terem elas pago quarenta ou cinquenta dólares de gratificação por um fac-símile de seu anel de brilhante, um fac-símile feito de autêntico pechisbeque e inquestionável massa.

Mas como não há realmente fim para a trapaça, assim também não haveria para este ensaio, se fosse eu enumerar a metade pelo menos das variações, inflexões, de que é suscetível essa ciência. Devo forçosamente dar uma conclusão a este artigo, e isto não o posso fazer melhor do que dando uma sumária notícia duma muito decente porém um tanto complicada trapaça, da qual foi teatro a nossa própria cidade, não faz muito tempo, e que foi subsequentemente repetida, com êxito, em outra ainda mais inexperiente cidade da União.

Um cavalheiro de meia-idade chega à cidade, vindo não se sabe de que partes. É notavelmente preciso, cauteloso, sério e ponderado na sua conduta. Sua roupa está escrupulosamente limpa, mas é simples, sem ostentação. Usa gravata branca, amplo colete, feito com o objetivo único do conforto; sapatos de solas grossas, cômodos; e calças com presilhas. Tem toda a aparência, de fato, do abastado, sóbrio, exato e respeitável "homem de negócios, *par excellence*", dessa espécie de gente austera e extremamente severa, mas no íntimo mansa, que vemos nas excelentes altas comédias, indivíduos cujas palavras são outras tantas promissórias, e que são apontadas como gastadores de guinéus, por caridade, com uma mão, enquanto, a modo de simples troca, contam a mais estrita fração de real com a outra.

Deu-se muito trabalho até encontrar uma pensão que lhe conviesse. Não gosta de crianças. Está acostumado à quietude. Seus hábitos são metódicos e por isso preferiria morar com uma reservada e respeitável pequena família, de tendências piedosas. Não discute condições. Deve ele apenas insistir em pagar sua conta no primeiro de cada mês (agora é o dia 2) e pede à sua proprietária, quando afinal encontra uma de seu gosto, que de modo algum esqueça suas instruções sobre esses pontos, mas para mandar a conta e o recibo, precisamente, às dez horas do primeiro dia de cada mês, e em circunstância alguma adiá-lo para o dia 2.

Feitos estes preparativos, nosso homem de negócios aluga um escritório num bairro mais reputado que elegante. Nada há que ele mais despreze do que a ostentação. "Onde muito se mostra — diz ele — raramente há qualquer coisa de bem sólido por trás", observação que impressiona tão profundamente a imaginação da proprietária que toma nota dela imediatamente, a lápis, na sua grande Bíblia de família, na larga margem dos Provérbios de Salomão.

A medida que se segue é pôr anúncio, depois de umas tantas expressões como esta, na principal "casa dos dois mil-réis" da cidade — as "casas dos dois mil--réis" são evitadas por não serem *chiques* e por exigirem pagamento adiantado para qualquer anúncio. Nosso homem de negócios tem como ponto de fé que o trabalho nunca deverá ser pago antes de ter sido feito.

O anúncio diz aproximadamente:

> PRECISA-SE — Os anunciantes, estando prestes a iniciar intensas operações comerciais nesta cidade, precisarão dos serviços de três ou quatro empregados de escritório, inteligentes e competentes, que receberão salário compensador. Exigem-se as melhores recomendações, não só referentes à capacidade quanto à honestidade. De fato, como os deveres a cumprir envolvem altas responsabilidades e grandes somas de dinheiro terão de necessariamente passar pelas mãos dos que forem contratados, julga-se prudente exigir um depósito de cinquenta dólares de cada empregado. É dispensado de comparecer quem quer que não esteja em condições de deixar essa quantia de posse dos anunciantes e não possa fornecer os mais satisfatórios testemunhos de moralidade. Dá-se preferência a moços de boa família e de caráter piedoso. Os candidatos serão atendidos das dez às onze da manhã e das quatro às cinco da tarde, pelos senhores.
>
> BOGS, HOGS, LOGS, FROGS & Cia.
> Rua do Cachorro, nº 110

Lá pelo trigésimo primeiro dia do mês, esse anúncio terá levado ao escritório dos Srs. Bogs, Hogs, Logs, Frogs & Cia. uns quinze ou vinte jovens, de tendências piedosas. Mas nosso homem de negócios não tem pressa de concluir um contrato com qualquer deles — nenhum homem de negócios jamais se apressa — e só depois de feito o mais severo questionário a respeito das inclinações piedosas de cada rapaz é que seus serviços são contratados e os cinquenta dólares recebidos, por mera precaução, da parte da respeitável firma de Bogs, Hogs, Logs, Frogs & Cia. Na manhã do primeiro dia do mês seguinte a dona da pensão não apresenta sua conta, ao contrário do combinado; pequena negligência pela qual o respeitável chefe da casa terminada em *ogs* não deixaria, sem dúvida, de repreendê-la severamente, se se tivesse ele decidido a permanecer na cidade um dia ou dois com este fim.

O que aconteceu é que os policiais tiveram uma trabalheira, correndo para lá e para cá, e tudo quanto podem fazer é declarar, da maneira mais categórica, que o homem de negócios era *hen knee high*,[10] pelo que algumas pessoas imaginam que eles queriam dizer de fato: "n. e. i.", compreendendo-se assim dessa maneira a classicíssima frase *non est inventus*. Entrementes, os rapazes, todos e cada um, estão um tanto menos inclinados à piedade do que antes, enquanto a dona da pensão compra uma borracha de tostão e mui cuidadosamente raspa a nota a lápis, que algum maluco escreveu na sua grande Bíblia de família, na larga margem dos Provérbios de Salomão.

10 Frase esta mais ou menos equivalente à expressão da gíria "um águia", e empregada pelo autor, num trocadilho intraduzível, por ser a pronúncia inglesa das letras "n. e. i.", abreviatura de *non est inventus* (não foi encontrado), expressão com que a polícia informa não haver achado o criminoso que procurava. (N. T.)

Xizando um artigo[1]

Sendo bem sabido que "os sábios" vêm "do leste",[2] e como o Sr. Suinicrânio Maldessorte veio do leste, infere-se daí que o Sr. Suinicrânio era um sábio. Se alguma prova suplementar disso for necessária, aqui a temos: o Sr. Maldessorte era editor de jornais. A irascibilidade era seu único fraco, pois, de fato, a teimosia de que o acusavam não era em absoluto seu fraco, desde que ele a considerava, com justiça, como o seu *forte*. Era o seu ponto de força, sua virtude, e seria mister toda a lógica de um Brownson para convencê-lo de que era "alguma coisa mais".

Demonstrei que Suinicrânio Maldessorte era um sábio; a única ocasião em que ele não demonstrou infalibilidade foi quando, abandonando aquele lar legítimo de todos os sábios, o leste, emigrou para a cidade de Alexandremagnonópolis, ou qualquer lugar de título semelhante, no oeste.

Devo fazer-lhe a justiça de dizer, contudo, que, quando se resolveu finalmente a estabelecer-se naquela cidade, foi sob a impressão de que nenhum jornal, e consequentemente nenhum editor, existia naquela particular região do país. Ao fundar o *Bule de Chá*, esperava ter o campo livre para ele só. Creio que nunca teria sonhado em fixar sua residência em Alexandremagnonópolis se tivesse certeza de que em Alexandremagnonópolis vivia um cavalheiro chamado João Smith (se me lembro bem), que, durante longos anos, ali calmamente engordara redigindo e publicando a *Gazeta de Alexandremagnonópolis*. Foi só, porém, por ter sido mal informado que o Sr. Suinicrânio se encontrou em Alex***, suponhamos que, para abreviar, a chamaremos Nópolis. Mas, como se *encontrou* ali, decidiu sustentar a decisão teimosa, e firmemente permanecer. Assim, permaneceu, e fez mais: desencaixotou sua máquina de impressão, tipos etc.; alugou um salão, exatamente defronte do da *Gazeta*, e, na terceira manhã depois de sua chegada, apareceu o primeiro número do *Bule de Chá de Alexan****, isto é, "*de Nópolis*". Tanto quanto me posso recordar, aproximadamente, esse era o nome do novo jornal.

O artigo de fundo, devo admitir, era brilhante, para não dizer severo. Era especialmente amargo, com relação às coisas em geral; e quanto ao editor da *Gazeta*, reduzia-o a pedacinhos, em particular. Algumas das observações de Suinicrânio eram realmente tão incendiárias que eu, sempre, desde essa ocasião, fui obrigado a considerar João Smith, que ainda está vivo, como uma salamandra. Não pretendo citar todos os tópicos do *Bule de Chá verbatim*, mas um deles dizia assim:

> Oh, sim! Oh, compreendemos! Oh, não há dúvida! O editor em foco é um gênio... Oh, Senhor! Oh, Deus bondoso! Aonde irá ter o mundo? *Oh, tempora! Oh, moses!*

Tal filípica, tão cáustica e tão clássica ao mesmo tempo, caiu como uma bomba entre os até então pacíficos cidadãos de Nópolis. Grupos de indivíduos excitados reuniram-se nas esquinas das ruas. Todos esperavam, com profunda ansiedade, a réplica do honrado Smith. Na manhã seguinte, ela apareceu, assim:

---

1 Publicado pela primeira vez no *The Flag of Our Union*, 4 de maio de 1849. Título original: X-ING A PARAGRAB.
Advertimos ao leitor que, para alcançar os efeitos objetivados por Edgar A. Poe neste conto, tornou-se necessário ao tradutor, em certas partes deste conto, adaptar em vez de traduzir. (N. T.)

2 *The wise men*, os Reis Magos. Literalmente: "os sábios". (N. T.)

Citamos do *Bule de Chá*, de ontem, o parágrafo abaixo: "*Oh*, sim! *Oh*, compreendemos! *Oh*, não há dúvida! *Oh*, Senhor! *Oh*, Deus bondoso! *Oh*, *tempora! Oh*, *moses!*" Ora, esse sujeito é todo em "O"! Isso explica seu raciocínio em círculo e dá a razão de não haver princípio nem fim nele nem nas coisas que ele diz. Realmente, não acreditamos que o vagabundo possa escrever uma palavra que não tenha um "O". Será de admirar se pagar contas com o (zero) é um hábito dele? Ora, ele veio do baixo-leste muito às pressas. Será de admirar se ele "O"-usou tanto lá como fez aqui? Oh, é lastimável!

A indignação do Sr. Suinicrânio diante dessas escandalosas insinuações é coisa que não tentarei descrever. De acordo, contudo, com o princípio esfolativo, ele não parecia estar tão irritado com o ataque à sua integridade como se poderia ter imaginado. A chacota com seu *estilo* é que o levava à exasperação. E essa! *Ele*, Suinicrânio Maldessorte, não ser capaz de escrever uma palavra que não tivesse um "O"! Mostraria logo ao mequetrefe que este estava enganado! Sim, mostrar-lhe-ia o *quanto* estava enganado, aquele cachorro! Ele, Suinicrânio Maldessorte, natural de Randobrejo, levaria o Sr. João Smith a perceber que ele, Suinicrânio, podia redigir, se lhe agradasse, um parágrafo inteiro — sim, um artigo inteiro! — no qual aquela desprezível vogal nem *uma* vez, nem mesmo *uma* só vez, aparecesse. Mas, não! Isso seria deixar o dito João Smith lavrar um tento. *Ele*, Suinicrânio, *não* iria fazer alterações em seu estilo, só para servir aos caprichos de qualquer Sr. Smith que existisse no mundo. Tão vil pensamento desaparecesse! Viva o "O"! Persistiria no "O". Seria tão "O"-usado como fosse possível.

Inflamado com a bravura dessa resolução, o grande Suinicrânio, no seguinte *Bule de Chá*, saiu-se apenas com este simples, mas decidido tópico, em relação à infeliz questão:

O editor do *Bule de Chá* tem a honra de avisar ao editor da *Gazeta* que o *Bule de Chá* terá, no jornal de amanhã, a oportunidade de convencer a *Gazeta* de que ele (*O Bule de Chá*) tanto pode como quer ser *seu único mestre* no que se refere ao estilo; pretende ele (*O Bule de Chá*) mostrar-lhe (à *Gazeta*) o supremo e verdadeiramente o fulminante desprezo que sua crítica (da *Gazeta*) inspira ao ânimo independente dele (do *Bule de Chá*), compondo, para especial agrado (?) seu (da Gazeta), um artigo de fundo, de certa extensão, em que a bela vogal, o símbolo da Eternidade, embora tão ofensiva à hiperquinta-essência da susceptibilidade sua (da *Gazeta*), não poderia *ser evitada* certamente pelo seu (da *Gazeta*) mais obediente e humilde criado, o *Bule de Chá*. Avante, por Buckingham!

Em cumprimento da espantosa ameaça, mais obscuramente insinuada dessa forma do que decididamente enunciada, o grande Suinicrânio, fazendo ouvidos moucos a todos os pedidos de "original" e solicitando simplesmente ao seu chefe de oficina que "fosse para o inferno", quando ele (o chefe de oficina) assegurou-lhe (ao *Bule de Chá*) que era mais do que tempo de "entrar na impressão", fazendo ouvidos moucos a tudo, repito, o grande Suinicrânio sentou-se até o raiar do dia, consumindo o óleo noturno, absorvido na composição do artigo, realmente inigualável, que se segue:

Fora, João! Como não? Você achou gostoso cortar o pelo dos outros, porém foi bobo, caindo no logro. Falou acaso ao vovô quando abandonou o primitivo domicílio? Não! Oh, não! Volte, pois, ao local donde proveio, agora, logo, João! Volte ao odioso mato do velho burgo de Concórdia! Volte ao mato, mocho torto! Corra! Como? Não volta? Ora, bolas, bolas, João! Não ouse o contrário! Você não pode tomar outra resolução. Corra, pois, logo, não demore, porque no nosso meio não pode continuar. Oh, João, João! Ou você foge ou não o consideraremos *homo*, não! Você tornar-se-á conhecido como pato, ou mocho; como boi ou porco; como boneco desengonçado ou bonzo tolo; como pobre-diabo velhote, bobo, gotoso, cachorro, sujo, ou sapo jogado fora do lodo concordiano! Tome modos agora, tome modos! Tome compostura, doido! Não ouse rosnar, cão sórdido! Não nos mostre topete, não! Não proteste, ou chore, ou engrole, ou gorgoleje! Bom Jeová! João, como você ficou possesso! Cortei-lhe o pelo, tosquiei-o, porém não comece com outro engrolamento nos gorgomilos como "louro" velho por motivo disso; contudo pode correr buscando consolo, porque tanto desespero só afogado no copo cheio!

Esgotado, muito naturalmente, por esforço tão estupendo, o grande Suinicrânio nada mais podia fazer naquela noite. Entretanto, firmemente, solenemente, com um ar de consciente força, entregou seu manuscrito ao tipógrafo que o esperava e depois, caminhando vagarosamente para casa, recolheu-se ao leito, com indizível dignidade.

Entrementes, o tipógrafo a quem o original fora confiado subiu correndo a escada, até as caixas de tipos, com indescritível pressa, e logo deu começo à composição do manuscrito.

Em primeiro lugar, naturalmente, pois a palavra inicial era "Fora", deu ele um mergulho na caixa do "F" maiúsculo e voltou em triunfo com um "F" maiúsculo. Envaidecido por este sucesso, imediatamente atirou-se sobre a caixa de "o" minúsculo, com cega impetuosidade. Quem, porém, descreverá seu terror quando seus dedos regressaram sem trazer presa a desejada letra? Quem poderá pintar sua cólera e seu espanto ao perceber, enquanto esfregava as pontas dos dedos, que somente as batera, em vão, de encontro ao fundo de uma caixa *vazia?* Nem um só "o" minúsculo havia no compartimento dos "os" minúsculos; e, olhando amedrontado para a caixa alta, em busca do "O" maiúsculo, verificou, com extremo pavor, que a situação ali era a mesma. Atônito, seu primeiro impulso foi correr para o chefe de oficina.

— Chefe! — disse ele, ofegante. — Eu não posso compor coisa alguma sem "o".

— Que é que você quer dizer com isso? — rosnou o chefe de oficina, que estava muito mal-humorado por ter sido detido até tão tarde.

— Ora, chefe, não *tem* um "o" na oficina... nem um grande nem um pequeno!

— Que... que diabo aconteceu com todos os que estavam na caixa?

— Não sei, não, senhor — disse o rapaz. — Mas um daqueles sujeitos da maldita *Gazeta* teve rondando por aqui a noite toda e eu acho que ele foi e *carregou eles* todos.

— Raios o partam! Não tenho dúvida nenhuma disso! — replicou o chefe de oficina, vermelho de raiva. — Mas eu vou dizer-lhe o que você deve fazer, Bob. Você é um rapaz esperto. Na primeira ocasião que tiver, você vá lá e carregue todos os "is" e (diabos os levem!) os "zês" também.

— Perfeitamente! — assentiu Bob, com um piscar de olhos e um franzir de testa. — Irei lá e mostrarei a eles com quantos paus se faz uma canoa; mas, e aquele maldito artigo? Ele tem de sair hoje, senão vai ser o diabo no dia do pagamento, o senhor sabe, e...

— Não há nem um *pouco* de piche quente para fazer a tinta — interrompeu o chefe de oficina, com profundo suspiro e com ênfase no "pouco". — É um artigo *muito* longo, Bob?

— Não posso dizer que é *muito* comprido — respondeu Bob.

— Ah, então está bem! Faça com ele o melhor que puder! Temos de fazer a impressão — disse o chefe, que estava com a cabeça e os ouvidos por conta do trabalho. — Você coloque qualquer outra letra em lugar do "o". Ninguém vai ler mesmo a conversa-fiada do sujeito.

— Muito bem — respondeu Bob. — Então, lá vai!

E saiu às pressas para a caixa, murmurando, no caminho: "Tavam muito bem, aquelas malditas pragas, principalmente prum homem que não deve xingar! Então eu tenho de 'bater' todos os 'is' deles e os diabos dos 'zês' deles também, hein? Tá certo! Aqui o 'degas' é que é o indicado pra fazer isso."

Na verdade, embora Bob apenas tivesse doze anos e um metro e vinte de altura, era, de certo modo, capaz de fazer um bom barulho.

A falta de tipos aqui descrita não é, de modo algum, ocorrência rara nas tipografias; não sei como explicá-lo, mas o fato indiscutível é que, quando tal falta se verifica, quase sempre sucede que o *x* é o substituto adotado para a letra deficiente. A verdadeira razão disso, talvez, é que o *x* é a letra mais abundante nas caixas, ou pelo menos o era antigamente, permitindo que a substituição em apreço se tornasse coisa de hábito entre os tipógrafos. Quanto a Bob, ele consideraria heresia empregar qualquer letra, num caso dessa espécie, que não fosse o *x*, a que estava acostumado.

— Tenho de *xizar* esse maldito artigo — falou ele consigo mesmo, ao lê-lo, espantado. — Mas é o mais danado dos artigos *o-zados* que eu já vi!

E *x-ou-o*, resolutamente. E *x-ado* foi ele para a impressão.

Na manhã imediata, a população de Nópolis espantou-se ao ler, no *Bule de Chá*, o seguinte e extraordinário artigo de fundo:

> Fxra, Jxãx! Cxmx nãx? Vxcê achxu gxstxsx cxrtar x pelx dxs xutrxs, pxrém fxi bxbx, caindx nx lxgrx. Falxu acasx ax vxvx quandx abandxnxu x primitivx dxmicílix? Nãx! Xh, nãx! Vxlte, pxis, ax lxcal dxnde prxveix, agxra, Ixgx, Jxãx! Vxlte ax xdixsx matx dx velhx burgx de Cxncxrdia! Vxlte ax matx, mxchx txrtx!
>
> Cxrra! Cxmx? Nãx vxlta? Xra, bxlas, bxlas, Jxãx! Nãx xuse x cxntrárix! Vxcê nãx pxde txmar xutra resxluçãx. Cxrra, pxis, lxgx, nãx demxre, pxrque nx nxssx meix nãx pxde cxntinuar. Xh, Jxãx, Jxãx! Xu vxcê fxge xu nãx x cxnsideraremxs *hxmx*, nãx! Vxcê txrnar-se-á cxnhecidx cxmx patx, xu mxchx; cxmx bxi xu pxrcx; cxmx bxnecx desengxnçadx xu bxnzx txlx; cxmx pxbre-diabx velhxte, bxbx, gxtxsx, cachxrrx, sujx, xu sapx jxgadx fxra dx Lxdx cxncxrdianx! Txme mxdxs agxra, txme mxdxs! Txme cxmpxstura, dxidx! Nãx xuse rxsnar, cãx sxrdidx! Nãx nxs mxstre txpete, nãx! Nãx prxteste, xu chxre, xu engrxle, xu gxrgxleje! Bxm Jexvá! Jxãx, cxmx vxcê ficxu pxssessx! Cxrtei-lhe x pelx, txsquiei-x, pxrém nãx cxmece cxm xutrx engrxlamentx nxs gxrgxmilxs cxmx "lxurx" velhx pxr mxtivx dissx; cxntudx pxde cxrrer buscandx cxnsxlx, pxrque tantx desesperx sx afxgadx nx cxpx cheix!

O rumor ocasionado por esse místico e cabalístico artigo não se pode imaginar. A primeira ideia definida que o populacho entreteve foi a de que alguma traição diabólica estava escondida naqueles hieróglifos; houve uma corrida geral para a casa de Suinicrânio, a fim de expulsá-lo pelo trem. Mas em parte alguma foi encontrado esse cavalheiro. Evaporara-se, ninguém sabia dizer como, e desde então nem mesmo o fantasma dele jamais foi visto.

Incapaz de alcançar seu verdadeiro alvo, a fúria popular acalmou-se por fim, deixando após si, à guisa de sedimento, toda uma miscelânea de opiniões acerca dessa infeliz questão.

Um cavalheiro pensou que todo o artigo fosse uma X-tosa brincadeira.

Outro disse que, na verdade, Suinicrânio tinha dado mostras de X-pas de talento.

Um terceiro discordou, achando o artigo mero pe-X-beque.

Para um quarto tratava-se apenas de um modo frou-X-simo, pelo qual o nortista demonstrara estar ro-X-simo de cólera.

— Não o ta-X assim — sugeriu um quinto —, pois a posteridade, fazendo justiça, o terá como um de seus feti-X.

Era claro para todos que Suinicrânio fora levado a abandonar as pra-X da educação; e, visto como não fora possível encontrar *aquele* editor, falou-se um tanto acerca de linchar o outro.

A mais comum conclusão, contudo, era de que se tratava de algo misterioso e intraduzível, como as orações dos dervi-X. Mesmo o matemático da cidade confessou que nada podia fazer com relação a tão obscuro problema. X, todos o sabem, é uma quantidade desconhecida; mas, naquele caso (como ele muito adequadamente observou), havia uma quantidade desconhecida de X.

A opinião de Bob, o tipógrafo (que manteve segredo acerca de haver "X-ado o artigo"), não despertou tanta atenção como creio que merecia, embora fosse muito aberta e destemerosamente exposta. Disse ele que, de seu lado, não tinha absolutamente dúvidas a respeito da questão, sendo um fato claro que o Sr. Suinicrânio "nunca pôde ser convencido a beber, como o resto da gente, mas tava sempre virando goles daquela maldita cerveja de XXX centavos e, como natural consequência, isso o tornou colérico e levou-o a pedir X (a cruz) *in Xtremis*".

Leonizando[1]

... all people went.
Upont their ten toes in wild wonderment.[2]
Bispo Hall, *Sátiras*

Eu sou, isto é, eu *era* um grande homem, embora não seja o autor das *Cartas de Junius*[3] nem o Homem da Máscara de Ferro, pois meu nome, creio, é Roberto Jones e nasci nalguma parte da cidade de Palra-Chia.

A primeira ação de minha vida foi agarrar o nariz com ambas as mãos. Minha mãe viu-o e chamou-me um gênio. Meu pai chorou de contentamento e presenteou-me com um tratado de Nasologia. Dominei o assunto antes de vestir calções.

Começo então a abrir caminho na ciência e logo chego a compreender que, desde que um homem tenha um nariz suficientemente notável, pode, simplesmente com o segui-lo, chegar a uma "Leonidade". Minha atenção, porém, não se limitava só às teorias. Todas as manhãs eu dava à minha tromba um par de puxões e tomava uma meia dúzia de goles.

Quando entrei na maioridade, meu pai me convidou um dia a entrar em seu escritório.

— Meu filho — disse ele, logo que nos sentamos —, qual é o principal objetivo de sua existência?

— Meu pai — respondi —, é o estudo da Nasologia.

— E que é Nasologia, Roberto? — inquiriu ele.

— Senhor — disse eu —, é o estudo dos narizes.

Aproximei-me do artista e virei para o ar o nariz.

— Oh, belo! — suspirou Sua Graça.

— Oh, céus! — tartamudeou o marquês.

— Oh, horrível! — resmungou o conde.

— Oh, abominável! — grunhiu Sua Real Alteza.

— Que quer receber por isso? — perguntou o artista.

— Pelo seu nariz! — gritou Sua Graça.

— Mil libras! — disse eu, sentando-me.

— Mil libras? — perguntou o artista, pensativo

— Mil libras — disse eu.

— Lindo! — disse ele, extasiado.

— Mil libras — disse eu.

— O senhor o afiança? — indagou ele, voltando o nariz para a luz.

— Afianço — repliquei, assoando-o bem.

— É inteiramente original? — inquiriu ele, tocando-o com reverência.

— Hummm! — disse eu, torcendo-o para um lado.

---

1 Publicado pela primeira vez no *Southern Literary Messenger*, maio de 1835. Título original: LEONIZING.

2 ... e o povo se espichava sobre as pontas dos pés, em vibrante entusiasmo. (N. T.)

3 *Cartas políticas*, publicadas em 1769 a 1772, no jornal inglês *The Public Advertiser*, e atribuídas a Sir Philip Francis. (N. T.)

— Nenhuma cópia dele foi tirada? — perguntou ele, inspecionando-o através de um microscópio.

— Nenhuma — disse eu, virando-o para cima.

— Admirável! — ejaculou ele, inteiramente tomado de surpresa pela beleza da manobra.

— Mil libras — disse eu.

— Mil libras? — disse ele.

— Precisamente — disse eu.

— Mil libras? — disse ele.

— Justamente — disse eu.

— O senhor as terá — disse ele. — Que peça de bom gosto! Então encheu imediatamente um cheque e tirou um esboço de meu nariz.

Aluguei aposentos na Rua Jermyn e enviei à Sua Majestade a nonagésima nona edição da Nasologia, com um retrato da tromba.

Aquele pobre libertinozinho, o Príncipe de Gales, convidou-me para jantar. Éramos todos "leões" e *rebuscados*.

Lá estava um moderno platônico. Citou Porfírio, Iâmblico, Plotino, Proclo, Hiérocles, Máximo Tírio e Siriano.

Lá estava um partidário da "perfectibilidade humana". Citou Turgot, Price, Priestley, Condorcet, De Staël e o *Ambitious student in ill-health* (O Estudante Ambicioso com Má Saúde).

Lá estava o cavalheiro Positivo Paradoxo. Observou que todos os loucos eram filósofos e que todos os filósofos eram loucos.

— E você pode dizer-me qual é o significado de um nariz? — perguntou.

— Um nariz, meu pai — respondi, grandemente enternecido —, tem sido variadamente definido por cerca de mil autores diferentes. (Aí puxei o relógio.) Agora é meio-dia ou quase. Teremos tempo bastante para andar através de todas elas até antes da meia-noite. Então, para começar: o nariz, de conformidade com Bartholinus, é aquela protuberância, aquela gibosidade aquela excrescência, essa...

— Chega, Roberto — interrompeu o bom velho. — Estou siderizado com a extensão de seus conhecimentos. Positivamente estou, por minha vida! (E aí fechou os olhos e pôs a mão sobre o peito.) Venha cá! (E aí me agarrou pelo braço.) Sua educação pode agora ser tida como terminada... Já é tempo de você lutar por si mesmo. E você não pode fazer melhor do que simplesmente seguir seu nariz. Assim... assim... assim... (Aí me atirou com um pontapé pelas escadas, para fora da porta.) Assim, saia para fora de minha casa e Deus o abençoe!

Quando senti dentro de mim o *sopro* divino, considerei esse incidente mais afortunado do que outra coisa. Resolvi guiar-me pelo conselho paterno. Decidi seguir meu nariz. Dei-lhe sem demora um puxão ou dois e escrevi imediatamente uma monografia sobre Nasologia.

Toda Palra-Chia se alvoroçou.

— Maravilhoso gênio! — disse o *Quarterly*.

— Soberbo fisiologista! — disse o *Westminster*.

— Homem arguto! — disse o *Foreign*.

— Admirável escritor! — disse o *Edinburgh*.

— Profundo pensador! — disse o *Dublin*.

— Grande homem! — disse o *Bentley*.

— Alma divina! — disse o *Fraser*.

— Um dos nossos! — disse o *Blackwood*.

— Quem será ele? — perguntou o Sr. Bas-Bleu.

— Quem será ele? — disse a Sra. Bas-Bleu.

— Que será ele? — disse a maior das Srtas. Bas-Bleu.

— Onde estará ele? — disse a menor das Srtas. Bas-Bleu.

Mas eu não dei a essa gente a menor atenção. Entrei precisamente no estúdio de um artista.

A Duquesa de Valha-me-Deus posava para um retrato. O Marquês de Assim--Assado segurava o cãozito da duquesa; o Conde de Isso-e-Aquilo namorava-lhe as graças; e Sua Real Alteza de Não-me-Toques se apoiava sobre as costas da cadeira dela.

Lá estava D. Estético Ético. Falou do fogo, da unidade e dos átomos; da alma bipartida e preexistente; da afinidade e da discórdia; da primitiva inteligência e da homomeria.

Lá estava D. Teólogo Teologia. Falou de Eusébio e de Ariano; de heresia e do Concílio de Niceia; do puseismo e do consubstancialismo; sobre Homousios e Homouioisios.

Lá estava Fricassée del Rocher de Cancale. Mencionou o *muriton* de língua vermelha; couve-flor com molho *velouté*; vitela *à la* St. Menehoult; escabeche *à la* St. Florentin; e geleia de laranja *en mosaïques*.

Lá estava Bibulus O' Copazio. Referiu-se ao Latour e Markbrünnen; ao Mousseux e Chambertin; ao Richbourg e St. George; ao Haubrion, Léonville e Médoc; ao Barac e Preignac; ao Grave, ao Sauterne, ao Lafitte e ao St. Péray. Meneou a cabeça ao Clos de Vougeôt e estabeleceu, de olhos fechados, a diferença entre o Sherry e o Amontillado.

Lá estava o *Signor* Tintontintino, de Florença. Discorreu sobre Cimabue, Arpino, Carpaccio e Argostino; sobre a tristeza de Caravaggio, a amenidade de Albano, as cores de Ticiano, as donzelas de Rubens e as chocarrices de Jan Steen.

Lá estava o reitor da Universidade de Palra-Chia. Era de opinião que a lua se chamava Bendis, na Trácia; Bubastis, no Egito; Diana, em Roma; e Ártemis, na Grécia.

Lá estava um Grão-Turco de Istambul. Não podia deixar de pensar que os anjos eram cavalos, galos e touros; que alguém no sexto céu tinha setenta mil cabeças, e que a terra era sustentada por uma vaca azul-celeste, com incalculável número de chifres verdes.

Lá estava Delfino Poliglota. Contou-nos o que tinha acontecido às 83 tragédias perdidas de Ésquilo; às 54 orações de Iseus; aos 391 discursos de Lísias; aos 180 tratados de Teofrasto; ao oitavo livro das seções cônicas de Apolônio; aos hinos e ditirambos de Píndaro, e às 45 tragédias de Homero Júnior.

Lá estava Ferdinando Fitz Fóssil Feldspato. Informou-nos completamente a respeito dos fogos internos e das formações terciárias; a respeito de aeriformes, fluidiformes e solidiformes; a respeito de quartzo e greda; de xisto e de turmalina negra; de gipso e de rocha vulcânica; sobre talcos e calcários; blenda e hornblenda; mica e silicatos; cianite e lepidolito; hematita e tremolita; antimônio e calcedônio; manganês e o que quer que você queira.

Lá estava eu mesmo. Falei de mim. De mim, de mim, de mim. De Nasologia, de minha monografia e de mim mesmo. Virei o nariz para cima e falei de mim mesmo.

— Que homem maravilhosamente inteligente! — disse o príncipe.

— Soberbo! — disseram seus hóspedes.

E, na manhã seguinte, Sua Graça, a Duquesa de Valha-me-Deus, me fez uma visita.

— Irá você ao salão de baile de Almack, linda criatura? — perguntou ela, dando-me uma tapinha debaixo do queixo.

— Palavra de honra! — disse eu.

— Nariz e tudo? — perguntou ela.

— Sem falta! — repliquei.

— Aqui está um convite, minha vida. Posso contar com sua presença?

— Querida duquesa, com todo o meu coração.

— Ora essa! Não! Mas com todo o seu nariz?

— Sem faltar nem um pedaço, meu amor — disse eu. Dei uma ou duas torcidelas no nariz e achei-me no Almack. Os salões estavam repletos, de sufocar.

— Ele está chegando! — disse alguém no pé da escada.

— Ele está chegando! — disse alguém mais em cima.

— Ele está chegando! — disse alguém ainda mais em cima.

— Ele chegou! — exclamou a duquesa. — O amorzinho chegou! E, agarrando com força minhas duas mãos, deu-me três beijos no nariz.

Seguiu-se imediatamente uma característica sensação.

— *Diavolo!* — gritou o Conde de Capricornutti.

— *Dios guarde!* — resmungou Don Estilete.

— *Mille tonnerres!* — ejaculou o Príncipe de Grenouille.

— *Tousand Teufel!* — grunhiu o eleitor de Bluddennuff.

Aquilo era insuportável. Enchi-me de cólera. Voltei-me bruscamente para Bluddennuff.

— Senhor — disse-lhe eu —, o senhor é um macaco!

— Senhor — replicou ele, depois de uma pausa —, *Donner und Blitzen!*

Era tudo o que se podia desejar. Trocamos nossos cartões. Em Chalk-Farm, no dia seguinte, atirei-lhe no nariz... e depois procurei meus amigos.

— *Bête!* — disse o primeiro.

— Louco! — disse o segundo.

— Pateta! — disse o terceiro.

— Asno! — disso o quarto.

— Idiota! — disse o quinto.

— Bestalhão! — disse o sexto.

— Rua! — disse o sétimo.

Diante de tudo isso, senti-me mortificado e fui ter com meu pai.

— Meu pai — perguntei —, qual é o principal objetivo de minha existência?

— Meu filho — replicou ele —, é ainda o estudo da Nasologia. Mas, ferindo o eleitor no nariz, você foi além dos limites. Você tem um lindo nariz, é verdade; mas agora Bluddennuff não tem nenhum. Você está condenado e ele se tornou o herói do dia. Garanto-lhe que em Palra-Chia a grandeza de um "leão" está na proporção do tamanho de sua tromba. Mas, oh céus!, não se pode competir com um "leão" que não tem tromba nenhuma.

Bon-Bon[1]

Quand un bon vin meuble mon estomac
Je suis plus savant que Balzac,
Plus sage que Pibrac;
Mon bras seul faisant l'attaque
De la nation Cossaque
La mettroit au sac;
De Charon je passarois le lac
En dormant dans son bac:
J'irois au fier Eac,
Sans que mon coeur fit tic ni tac,
Présenter du tabac.

Modinha francesa

Que Pierre Bon-Bon era um *restaurateur* de qualidades invulgares ninguém que, durante o reinado de..., frequentasse o pequeno café, na viela Le Fèbre, em Ruão, teria, suponho eu, a liberdade de discutir. Que Pierre Bon-Bon fosse, no mesmo grau, perito na filosofia daquele período é, presumo eu, ainda mais especialmente inegável. Seus *patés de foies* eram, fora de qualquer dúvida, impecáveis; mas que pena pode fazer justiça aos seus ensaios *sur la Nature*, a seus pensamentos *sur l'âme*, às suas observações *sur l'esprit*? Se suas *omelettes*, se seus *fricandeaux* eram inestimáveis, que *littérateur* daqueles dias não daria duas vezes mais por uma *idée de Bon-Bon* do que por todo o refugo de todas as *idées* de todo o resto dos *savants*? Bon-Bon tinha esquadrinhado bibliotecas que nenhum outro homem jamais esquadrinhara; lera mais do que qualquer outro que tenha abrigado uma noção de leitura; tinha compreendido mais do que qualquer outro que tenha concebido a possibilidade de compreender; e, embora, enquanto ele floresceu, não houvesse falta de alguns autores em Ruão para afirmar "que seus *dicta* não revelassem nem a pureza da Academia, nem a profundeza do Liceu", embora, prestai-me bem atenção, suas doutrinas não fossem de nenhum modo mui geralmente compreendidas, não se segue que eram de difícil compreensão. Por causa, creio eu, de sua própria evidência é que muitas pessoas eram levadas a considerá-las abstrusas. É a Bon-Bon — mas não passo isso adiante —, é a Bon-Bon que o próprio Kant deve grande parte de sua metafísica. Aquele não era, de fato, um platônico nem, estritamente falando, um aristotélico; nem gastava, como o moderno Leibnitz, aquelas preciosas horas que poderiam ser empregadas na invenção dum *fricassée*, ou, *facili gradu*, na análise duma sensação, em frívolas tentativas de reconciliar os obstinados azeites e águas da discussão ética. Absolutamente não. Bon-Bon era jônico. Bon-Bon era igualmente itálico. Raciocinava *a priori*. Raciocinava *a posteriori*. Suas ideias eram inatas... ou coisa que o valha. Acreditava em Jorge de Trebizonda. Acreditava em Bossarion. Bon-Bon era categoricamente um... bon-bonista.

Falei do filósofo na sua capacidade de *restaurateur*. Não desejaria, porém, que qualquer amigo meu imaginasse que, ao cumprir seus hereditários deveres,

1 Publicado pela primeira vez no *Saturday Courier*, 1º de dezembro de 1832. Título original: THE BARGAIN LOST.

naquele setor, nosso herói carecesse de estimação própria da dignidade deles e de sua importância. Longe disso! Era impossível dizer de qual ramo de sua profissão se sentia ele mais orgulhoso. Na sua opinião os poderes da inteligência tinham íntima conexão com as capacidades do estômago. Não tenho, de fato, certeza se ele discordava grandemente dos chineses, que afirmam jazer a alma no abdome. Em todo o caso, estavam certos os gregos, pensava ele, quando empregavam as mesmas palavras para o pensamento e o diafragma.[2] Com isto não pretendo insinuar uma acusação de glutonaria, ou realmente qualquer outra acusação séria, em prejuízo do metafísico. Se Pierre Bon-Bon tinha suas falhas — e que grande homem não tem milhares delas? —, se Pierre Bon-Bon, como eu ia dizendo, tinha suas falhas, eram falhas de mínima importância, falhas que, na verdade, em outros temperamentos, têm sido encaradas mais como virtudes. No que concerne a uma dessas fraquezas, não a teria eu mencionado nesta história não fosse a notável proeminência, o extremo *alto relievo* com que se projetava fora do palco de sua disposição geral. Não perdia ele uma oportunidade de fazer uma pechincha.

Não que ele fosse avarento, isso não. Não era de modo algum necessário, para a satisfação do filósofo, que a pechincha se realizasse para vantagem sua. Desde que um negócio pudesse ser efetuado, um negócio de qualquer espécie, em quaisquer termos e sob quaisquer circunstâncias, um sorriso triunfante se via, durante muitos dias depois, iluminando-lhe a fisionomia e um piscar astucioso de olhos a dar provas de sua sagacidade.

Em qualquer época, não seria muito de admirar se um humor tão característico como o que acabo de mencionar atraísse atenção e reparo. Que, na época de nossa narrativa, *não* tivesse essa peculiaridade atraído observações seria muito de admirar. Logo se divulgou que em todas as ocasiões daquela espécie o sorriso de Bon-Bon diferia largamente do esgar inequívoco com que ria de suas próprias piadas ou acolhia um conhecido. Lançaram-se sugestões de natureza excitante; contaram-se histórias de perigosas pechinchas, feitas às pressas e lastimadas devagar, e exemplos eram aduzidos de incríveis capacidades, de vagos anseios e de inclinações antinaturais implantados pelo autor de todo o mal para sábios objetivos próprios.

O filósofo tinha outras fraquezas, mas são elas pouco dignas de nosso exame sério. Por exemplo, poucos são os homens de extraordinária profundeza que não demonstrem certa inclinação pela garrafa. Se essa inclinação é uma causa excitante, ou antes, uma prova valiosa de tal profundeza, é uma linda coisa a afirmar-se. Bon-Bon, tanto quanto posso saber, não julgava o assunto próprio de uma investigação minuciosa, nem eu tampouco. Contudo, na complacência para com uma propensão tão autenticamente clássica, não é de supor-se que o *restaurateur* perdesse de vista aquela discriminação intuitiva que costumava caracterizar a um e mesmo tempo seus *essais* e suas *omelettes*. Nos seus momentos de reclusão, o vinho de Borgonha tinha sua hora própria e havia apropriados instantes para o Margens do Ródano. Para ele, o Sauternes estava para o Médoc como Catulo para Homero. Divertia-se com um silogismo beberricando Saint Péray, mas desenredava um argumento sobre o Clos de Vougeôt e compunha uma teoria em meio de uma torrente de Chambertin. Bem seria se o mesmo vivo senso de conveniência o tivesse acompanhado na propensão

2 *Phrenes*.

a mascatear, a que ainda há pouco aludi, mas não era esse absolutamente o caso. Realmente, para falar a verdade, aquela feição mental do filosófico Bon-Bon começou por fim a assumir caráter de estranha intensidade e misticismo e se mostrou intensamente colorida com a *diablerie* de seus estudos alemães favoritos.

Entrar no pequeno café da viela Le Fèbre era, no período de nossa narrativa, entrar no *sanctum* de um homem de gênio. Bon-Bon era um homem de gênio. Não havia um *souscuisinier* em Ruão que não pudesse dizer-vos que Bon-Bon era um homem de gênio. Até seu gato o sabia e evitava mover a cauda em presença do homem de gênio. Seu gordo cão-d'água conhecia o fato e, ao aproximar-se de seu dono, revelava seu senso de inferioridade por uma humildade de atitude, um rebaixamento das orelhas e uma descaída da mandíbula inferior, não absolutamente indignos de um cachorro. É, porém, verdade que muito desse habitual respeito podia ser atribuído à aparência pessoal do metafísico. Um exterior distinto, sou obrigado a dizê-lo, tem sempre influência, mesmo sobre um animal; e chego a admitir que muito da aparência externa do *restaurateur* era calculada para impressionar a imaginação do quadrúpede. Há uma característica majestade em torno da atmosfera dos pequenos grandes — se me é permitido usar tão equívoca expressão — que a simples grandeza física sozinha será sempre ineficiente para criar. Se, pois, Bon-Bon tinha apenas noventa centímetros de altura e sua cabeça era excessivamente pequena, contudo era impossível contemplar a rotundidade do seu estômago sem um senso da magnitude, limitando quase com o sublime. No seu tamanho, homens e cães deviam ter visto um símbolo dos seus conhecimentos, e na sua imensidão, uma morada adequada à sua alma imortal.

Eu poderia, aqui, se me aprouvesse, estender-rne sobre a questão do traje e outras simples circunstâncias do exterior do metafísico. Poderia sugerir que o cabelo de nosso herói era cortado rente, penteado bem liso sobre a fronte e encimado por um boné de forma cônica e de flanela branca com borlas; que seu gibão verde-ervilha não estava de acordo com a moda usada pela classe comum dos *restaurateurs* daqueles tempos; que as mangas eram um tanto mais cheias do que o costume reinante permitia; que os punhos eram revirados, não como o usual naquele período bárbaro, com pano da mesma qualidade e da mesma cor que a roupa, mas guarnecidos de modo mais fantasista, de veludo genovês de várias cores; que suas chinelas eram de um purpurino brilhante, curiosamente filigranadas e talvez tivessem sido feitas no Japão não fosse o esquisito apontar dos dedos, bem como as gritantes cores dos debruns e bordados; que seus calções eram de um pano amarelo acetinado chamado *aimable*; que seu capote azul-celeste, que se assemelhava pelo formato a um manto e era ricamente guarnecido, por completo, de aplicações vermelhas, ondulava cavalheirescamente sobre seus ombros como uma névoa da manhã; e que seu *tout-ensemble* dava causa às notáveis palavras de Benevenuta, a Repentista de Florença, "que era difícil dizer se Pierre Bon-Bon era de fato uma ave do paraíso, ou antes um verdadeiro paraíso de perfeição". Eu poderia, digo, prolongar-me sobre todos esses pontos se quisesse, mas não o faço. Simples minúcias pessoais podem ser deixadas aos autores de romances históricos, pois estão eles sob o jugo da dignidade moral do que é real.

Já disse que "entrar no café da viela Le Fèbre era entrar no *sanctum* de um homem de gênio"; mas então era somente o homem de gênio que podia devidamente apreciar os méritos do *sanctum*. Uma tabuleta, com o formato de um vasto fólio, dependurava-se à entrada; de um lado do volume estava pintada uma garrafa; no verso, um *pâté*. Atrás, lia-se, em grandes letras: *Oeuvres de Bon-Bon*. Era, assim, delicadamente representada a dupla ocupação do proprietário.

Ao pisar-se o limiar, todo o interior do aposento apresentava-se à vista. Um salão comprido e baixo, de construção antiga, era, na verdade, toda a acomodação que o café proporcionava. A um canto do apartamento erguia-se a cama do metafísico. Uma guarnição do cortinas juntamente com um dossel *à la grecque* dava-lhe um ar ao mesmo tempo clássico e confortável. No canto diagonalmente oposto apareciam, em direta comunhão familiar, os utensílios de cozinha e a biblioteca. Um prato de polêmicas achava-se sossegadamente sobre o armário. Aqui jazia uma fornada das éticas mais recentes; ali, uma chaleira de *mélanges em duodécimo*. Volumes de moralidade alemã eram unha e carne com a grelha, e uma torradeira podia ser descoberta ao lado do Eusebius; Platão reclinava-se à vontade na frigideira, e manuscritos contemporâneos enfileiravam-se sobre o espeto.

Sob outros aspectos, o *Café de Bon-Bon* pode-se dizer que diferia pouco dos habituais *restaurants* da época. Uma lareira abria-se do outro lado em frente à porta. À direita da lareira, um armário aberto exibia uma formidável fileira de garrafas rotuladas.

Foi ali, por volta das doze horas de uma noite, durante o severo inverno de..., que Pierre Bon-Bon, depois de ter escutado por algum tempo os comentários de seus vizinhos a respeito de sua singular tendência, que Pierre Bon-Bon, como eu disse, tendo posto todos para fora de sua casa, fechou-lhes a porta às costas com uma praga e entregou-se, de maneira não muito pacífica, ao conforto de uma poltrona de couro e de um fogo de lenha em brasa.

Era uma daquelas terríficas noites que só se encontram uma ou duas vezes durante um século. Nevava fortemente e a casa estremecia até os alicerces com as rajadas de vento, que, irrompendo pelas fendas da parede e mergulhando, impetuosas, pela chaminé, agitavam de modo terrível as cortinas da cama do filósofo e desorganizavam a ordem das suas panelas e papéis. A imensa tabuleta, em forma de livro, que pendia lá fora, exposta à fúria da tempestade, estalava de maneira agourenta e emitia um som gemente de suas escoras de sólido carvalho.

Não foi, como eu disse, com plácida disposição que o metafísico levou sua poltrona ao seu lugar habitual junto da lareira. Várias circunstâncias, de natureza embaraçosa, tinham ocorrido durante o dia, perturbando a serenidade de suas meditações. Tentando preparar *des oeufs à la Princesse*, tinha, infelizmente, preparado uma *omelette à la Reine*; a descoberta de um princípio de ética tinha sido frustrada pela mexida de um guisado e, por último — e não menos importante —, fora impedido de realizar uma daquelas admiráveis pechinchas que todas as vezes tinha tão especial deleite em conduzir a bom termo. Mas, na irritação de seu pensamento, diante dessas indizíveis vicissitudes, não deixava de estar misturado certo grau daquela nervosa ansiedade que a fúria de uma noite tempestuosa não pode deixar de produzir.

Assobiando para que viesse colocar-se a seu lado o grande e negro cão-d'água a que já me referi e sentando-se inquieto em sua cadeira, não podia deixar de lançar um olhar circunspecto e intranquilo para os distantes recessos do aposento cujas inexoráveis sombras nem mesmo a própria luz vermelha do fogo podia dominar, a não ser parcialmente. Tendo terminado uma investigação cujo objetivo exato talvez fosse ininteligível a si mesmo, puxou para junto de sua cadeira uma mesinha coberta de livros e papéis e dentro em pouco absorveu-se na tarefa de retocar um volumoso manuscrito que tencionava publicar no dia seguinte.

Esteve assim ocupado por alguns minutos.

— Não tenho pressa, Monsieur Bon-Bon — murmurou, de repente, uma voz escarninha no aposento.

— Diabos! — exclamou nosso herói, pulando da cadeira, derrubando a mesa a seu lado e olhando em torno de si com espanto.

— É bem verdade! — replicou calmamente a voz.

— É bem verdade!... que é que é bem verdade? Como entrou aqui? — vociferava o metafísico, ao dar com a vista em alguma coisa que se achava estendida completamente sobre a cama.

— Eu estava dizendo — falou o intruso, sem responder às perguntas —, eu estava dizendo que não estou premido pelo tempo, que o negócio a respeito do qual tomo a liberdade de visitá-lo não é de importância urgente... em suma, que eu posso muito bem esperar até que o senhor tenha acabado a sua exposição.

— Minha exposição! Essa agora! Como sabe? Como chegou a compreender que eu estava escrevendo uma exposição? Meu bom Deus!

— Psiu! — replicou o vulto, num tom chiante; e, erguendo-se rapidamente da cama, deu um único passo para o nosso herói, enquanto uma lâmpada de ferro que pendia do teto dançava convulsivamente fugindo-lhe à aproximação.

O espanto do filósofo não o impediu de uma acurada investigação das roupas e da aparência do estranho. Os contornos do seu corpo, excessivamente magro, mas muito acima da altura comum, tornavam-se bem distintos graças a um desbotado fato de pano preto que lhe aderia à pele, mas era, por outro lado, talhado bem no estilo de há um século. Aqueles trajes tinham sido evidentemente feitos para uma pessoa mais baixa do que seu atual proprietário. Seus tornozelos e seus punhos estavam de fora várias polegadas. Nos seus sapatos, porém, um par de brilhantíssimas fivelas desmentia a extrema pobreza que as outras partes de sua roupa denotavam. Sua cabeça estava descoberta e inteiramente calva, com exceção de uma parte traseira da qual pendia um rabicho de considerável comprimento. Um par de óculos verdes, com vidros laterais, protegia-lhe os olhos do efeito da luz e impedia, ao mesmo tempo, que nosso herói lhes verificasse a cor e o formato. Em todo ele não havia nem sinal de camisa, mas uma gravata branca e suja estava amarrada, com extrema precisão, em torno do pescoço e as pontas, pendendo formalmente lado a lado, davam (embora eu nao ouse dizë-lo intencionalmente) a ideia de um eclesiástico. Realmente, muitos outros sinais, em seu aspecto e maneiras, poderiam muito bem apoiar uma concepçao dessa especie. Sobre a sua orelha esquerda carregava ele, de acordo com o costume de um escrivão moderno, um instrumento semelhante ao *stylus* dos antigos. No bolso superior de seu paletó aparecia visivelmente um pequeno volume negro amarrado com fivelas de aço. Este livro, acidentalmente ou não, estava tão salientemente destacado da pessoa, que se poderiam ler as palavras *Rituel Catholique* em letras brancas, no dorso.

Toda a sua fisionomia apresentava curioso aspecto saturnino e estava mesmo cadavericamente pálida. A fronte era elevada e sulcada de fundas rugas de meditação. Os cantos da boca baixavam-se, numa expressão da mais submissa humildade. Notavam-se também um esfregar de mãos, quando ele se encaminhou para o nosso herói, um profundo suspiro e, ao mesmo tempo, um olhar, de tão extrema beatitude, que não podia deixar de ser inequivocamente simpático. Qualquer sombra de cólera desapareceu do rosto do metafísico quando, tendo completado um exame satisfatório da pessoa de seu visitante, apertou-lhe cordialmente a mão e conduziu-o a uma cadeira.

Seria, porém, erro radical atribuir esta instantânea mudança de sentimento no filósofo a qualquer uma daquelas causas que se poderia naturalmente supor tivesse alguma influência. Realmente, Pierre Bon-Bon, pelo que sou capaz de compreender de seu gênio, era, de todos os homens, o menos suscetível de deixar-se impor por uma plausibilidade de aparência externa. Era impossível que tão atento observador de homens e coisas deixasse de descobrir, imediatamente, o verdadeiro caráter do personagem que se introduzira, daquela forma, na sua casa. Para não dizer mais, a conformação dos pés de seu visitante era bastante estranha; mantinha sem motivo, sobre a cabeça, um chapéu desmedidamente alto; havia uma trêmula protuberância na parte traseira de seus calções e a vibração da aba de seu paletó era um fato palpável. Imaginai, pois, com que sentimentos de satisfação nosso herói se encontrou lançado, assim de pronto, na companhia de uma pessoa, por quem entretivera, em todas as épocas, o mais inqualificável respeito. Era, contudo, demasiado diplomata, para deixar escapar qualquer indício de suas suspeitas a respeito da verdadeira situação dos negócios. Não era seu propósito parecer absolutamente cônscio da alta honra de que tão inesperadamente gozava, mas, provocando uma conversa com seu hóspede, deduzir algumas importantes ideias éticas, que poderiam, inseridas na sua planejada publicação, iluminar a raça humana e ao mesmo tempo imortalizar a si mesmo, ideias que, terei que acrescentar, a elevada idade de seu visitante e sua bem conhecida proficiência na ciência moral muito bem capacitavam a expender.

Influenciado por tão esclarecedoras vistas, nosso herói convidou o cavalheiro a sentar-se, enquanto ele próprio aproveitava a oportunidade para lançar alguma acha de lenha no fogo e colocar em cima da mesa, agora já reposta em sua posição, algumas garrafas de Mousseux. Tendo realizado rapidamente essas operações, puxou sua cadeira para defronte de seu companheiro e esperou que este desse início à conversa. Mas mesmo os planos mais habilmente amadurecidos são muitas vezes frustrados no início de sua realização, e o *restaurateur* viu-se logo embaraçado às primeiras palavras de seu visitante.

— Vejo que me conhece, Bon-Bon — disse ele. — Ah, ah, ah! Eh, eh, eh! Ih, ih, ih! Oh, oh, oh! Uh, uh, uh!

E o Diabo, deixando cair imediatamente o candor de sua atitude, escancarou completamente a boca, de orelha a orelha, exibindo uma fileira de dentes irregulares e aguçados e, lançando a cabeça para trás, riu longa, alta, perversa e barulhentamente, enquanto o cachorro preto, deitado sobre os quadris, juntou-se com vigor ao coro, e o gato malhado, saltando numa tangente, ficava ereto e tremia no mais extremo canto do aposento.

Não assim o filósofo; era demasiado homem do mundo para rir como o cachorro ou revelar com tremores a mesma trepidação indecorosa do gato. Deve confessar-se que sentiu certo espanto ao ver as letras brancas que formavam as palavras *Rituel Catholique* no livro que seu hóspede trazia no bolso subitamente mudarem de cor e de significação e, em poucos segundos, em lugar do título original, as palavras *Registre des Condamnés* esbraseavam em caracteres vermelhos. Essa assustadora circunstância, quando Bon-Bon respondeu à observação de seu visitante, comunicou a seus modos um ar de embaraço que, provavelmente, não deixaria de ser observado.

— Ora, senhor — disse o filósofo. — Ora, senhor... para falar sinceramente... creio que o senhor é... dou-lhe minha palavra... o d... dest... isto é, penso que... imagino... tenho uma vaga... uma vaguíssima ideia da insigne honra que...

— Oh, ah! Sim! Muito bem! — interrompeu Sua Majestade. — Não diga mais nada! Vejo como é!

E, nisto, tirando seus óculos verdes, limpou os vidros cuidadosamente com a manga do paletó e colocou-os no bolso.

Se Bon-Bon ficara atônito com o incidente do livro, seu espanto aumentara agora muito mais diante do espetáculo que se exibia a seus olhos. Erguendo a vista, com forte espírito de curiosidade, para certificar-se da cor dos olhos do seu hóspede, não os achou de modo algum negros, como previra; nem cinzentos, como poderia ter imaginado; nem mesmo cor de avelã ou azuis, nem ainda amarelos ou vermelhos, nem roxos, nem brancos, nem verdes... nem de qualquer outra cor: acima, no céu; ou abaixo, na terra; ou nas águas, sob a terra. Em suma, Pierre Bon-Bon não só viu plenamente que Sua Majestade não tinha olhos de espécie alguma como também não podia descobrir indícios de terem eles existido em qualquer período anterior, pois o espaço em que estão os olhos naturalmente colocados, sou forçado a dizê-lo, era apenas uma inerte superfície de carne.

Não estava na natureza do metafísico privar-se de fazer alguma indagação a respeito das origens de tão estranho fenômeno, e a resposta de Sua Majestade foi imediatamente pronta, honrosa e satisfatória.

— Olhos! Meu caro Bon-Bon... olhos! diz você? Oh! Ah! Percebo! As ridículas gravuras, eh, em circulação, deram-lhe uma falsa ideia de minha aparência pessoal? Olhos! Deveras! Os olhos, Pierre Bon-Bon, estão muito bem no seu lugar próprio... que é, como diria você, a cabeça? Justamente... a cabeça de um verme. Para você, também, esses aparelhos de óptica são indispensáveis... Contudo, convencê-lo-ei de que minha visão é mais penetrante do que a sua. Vejo uma gata ali no canto... uma linda gata... olhe para ela... observe-a bem. Ora, Bon-Bon, vê você os pensamentos... os pensamentos, digo eu... as ideias... as reflexões que estão sendo engendradas no pericrânio dela? Lá estão... e você não vê! Ela está pensando que admiramos o comprimento de sua cauda e a profundeza de seu pensamento. Acabou de concluir que sou o mais distinto dos sacerdotes e você o mais superficial dos metafísicos. De modo que, como vê você, não sou totalmente cego! Mas para alguém de minha profissão os olhos de que você fala seriam simplesmente um entrave, sujeitos a qualquer momento a ser arrancados por um espeto ou por um forcado. Para você, concordo, esses aparelhos ópticos são indispensáveis. Trate, Bon-Bon, de bem utilizá-los; minha visão é a alma.

Nisto, o hóspede serviu-se do vinho que estava sobre a mesa, encheu um copo para Bon-Bon, solicitou-lhe que bebesse sem escrúpulos e se pôs perfeitamente à vontade.

— Um livro inteligente esse seu, Pierre — continuou Sua Majestade, batendo intencionalmente no ombro de nosso amigo quando este depôs sobre a mesa o copo, depois de haver concordado plenamente com o pedido de seu visitante. — Um livro inteligente esse seu, palavra de honra. É um trabalho que me agrada fortemente. A organização da matéria, penso eu, porém, poderia ser melhorada e muitas de suas noções lembram Aristóteles. Este filósofo foi um de meus mais íntimos conhecidos. Gostava dele, tanto pelo seu terrível mau gênio, quanto pela sua feliz habilidade em cometer um disparate. Há apenas uma sólida verdade em tudo quanto escreveu, e por isso ajudei-o por pura compaixão de seu absurdo. Suponho, Pierre Bon-Bon, que você sabe muito bem a que divina verdade moral estou aludindo?

— Não posso dizer que eu...

— Deveras? Ora, fui eu quem disse a Aristóteles que, espirrando, os homens expelem as ideias supérfluas através da tromba.

— O que é... (soluço) ... indubitavelmente o caso — disse o metafísico, enquanto se servia doutro copo cheio de Mousseux e oferecia sua caixa de rapé aos dedos de sua visita.

— Por Platão também — continuou Sua Majestade modestamente declinando da caixa de rapé e do cumprimento que ela implicava —, por Platão também senti, outrora, todo o afeto dum amigo. Conheceu você Platão, Bon-Bon? Ah, não! Peço-lhe mil perdões. Ele me conheceu em Atenas, um dia no Partenão, e me contou que estava em dificuldades por causa duma ideia. Ordenei-lhe que escrevesse, sob esta forma, o *nous estin aulos*. Ele disse que assim o faria e foi para casa, enquanto eu seguia em direção das pirâmides. Mas minha consciência me increpou por haver exprimido uma verdade, mesmo para ajudar um amigo, e apressei-me a voltar para Atenas, onde cheguei por trás da cadeira do filósofo quando estava ele escrevendo a palavra *aulos*. Dando um piparote no "l", com o dedo, virei-o às avessas. De modo que a frase agora lê-se: *o nous estin augos*, e é, como você percebe, a doutrina fundamental de sua metafísica.

— Esteve alguma vez em Roma? — perguntou o *restaurateur*, ao terminar sua segunda garrafa de Mousseux e tirou do quartinho um vasto suprimento de Chambertin.

— Sim, outrora, Monsieur Bon-Bon, outrora. Foi num tempo em que — disse o Diabo, como se recitasse algum trecho dum livro —, foi num tempo em que ocorreu uma anarquia de cinco anos, durante a qual a república, despojada de todos os seus oficiais, não tinha magistratura além dos tribunos do povo, e estes não estavam investidos legalmente de qualquer grau de poder executivo. Foi nesse tempo, Monsieur Bon-Bon... foi só nesse tempo que estive em Roma... e não tive conhecimento mundano, por consequência, com nenhum de seus filósofos.[3]

— Que pensa de... que pensa de... (soluço)... Epicuro?

— Que penso de *quem*? — perguntou o Diabo, com espanto. — Decerto não quer você dizer que encontra qualquer falta em Epicuro! Que penso eu de Epicuro? Refere-se a mim, senhor? Eu sou Epicuro! Eu sou o mesmo filósofo que escreveu todos os trezentos tratados celebrados por Diógenes Laertes.

— Isso é mentira! — disse o metafísico, pois o vinho tinha-lhe subido um tanto à cabeça.

— Muito bem! Muito bem, senhor! Muito bem, de fato, senhor! — disse Sua Majestade, aparentemente muito lisonjeado.

3 Eles escreviam a respeito da Filosofia (Cícero, Lucrécio, Sêneca), mas era a Filosofia Grega (Condercet.)

— Isso é mentira! — repetiu o *restaurateur*, dogmaticamente — isso é... (soluço) ... mentira!

— Bem, bem, venceu! — disse o Diabo tranquilamente, e Bon-Bon, tendo batido Sua Majestade num argumento, pensou que era seu dever concluir uma segunda garrafa de Chambertin.

— Como eu estava dizendo — continuou o visitante —, como estava eu observando ainda há pouquinho, há muitas noções bem *outrées* nesse seu livro, Monsieur Bon-Bon. Por exemplo, que quer você dizer com toda essa embustice a respeito da alma? Por favor, senhor, que é a alma?

— A... (soluço) ... alma — respondeu o metafísico, reportando-se a seu manuscrito — é indubitavelmente...

— Não, senhor!

— Inquestionavelmente...

— Não, senhor!

— Indisputavelmente...

— Não, senhor!

— Evidentemente...

— Não, senhor!

— Incontrovertivelmente...

— Não, senhor!

— ... (soluço) ...

— Não, senhor!

— E, fora de toda questão, uma...

— Não, senhor, a alma não é tal coisa!

(Aqui, o filósofo, relanceando olhares furiosos, teve a oportunidade de dar fim, imediatamente, à terceira garrafa de Chambertin.)

— Então... (soluço) ... por obséquio, senhor: que é... que é que ela é?

— O que não está aqui nem ali, Monsieur Bon-Bon — replicou Sua Majestade, contemplativamente. — Já provei, isto é, conheci, algumas almas bem más, e algumas, também... algumas bem boas.

E estalou a língua. Depois, deixando inconscientemente a mão cair sobre o volume que estava no bolso, foi tomado de violento acesso de espirros. Continuou:

— Havia a alma de Cratino... passável; Aristóteles... picante; Platão... exótica... não o *seu* Platão, mas Platão, o poeta cômico; o seu Platão teria engulhado o estômago de Cérbero... Nada disso! Depois, vejamos... havia Névio, Andrônico, Plauto e Terêncio. Depois houve Lucílio, Catulo, Nasão e Quinto Flaco... Querido Quintinho! Era como eu o chamava, quando cantou um *seculare* para divertir-me enquanto o assava, com todo o bom humor, ao espeto. Mas não têm *condimentos*, esses romanos. Um grego gordo é melhor que uma dúzia deles, e além disso *conserva-se*, o que não se pode dizer de um *quirite*. Provemos o seu Sauternes.

Bon-Bon, a essa altura, decidira-se a *nil admirari* e tentava apanhar as garrafas em questão. Tinha, contudo, consciência de um estranho som no quarto, semelhante ao ondular de uma cauda. O filósofo não deu importância a isso, embora fosse extremamente indecente da parte de Sua Majestade; limitou-se a dar um pontapé no cachorro, falando-lhe para ficar quieto. O visitante continuou:

— Descobri que Horácio tinha um sabor muito parecido com o de Aristóteles... e você sabe que eu gosto de variedade. Não pude distinguir Terêncio de Menandro. Nasão, com espanto meu, era Nicandro disfarçado. Vergílio tinha uma estranha consonância com Teócrito. Marcial lembrou-me muito Arquíloco... e Tito Lívio era, positivamente, Políbio e ninguém mais.

Um soluço foi a resposta de Bon-Bon e Sua Majestade prosseguiu:

— Mas, *se eu tenho uma inclinação*, Monsieur Bon-Bon... se eu tenho uma inclinação, é por um filósofo. Contudo, permita-me dizê-lo, não é todo dem... quero dizer, não é todo cavalheiro que sabe como *escolher* um filósofo. Os compridos não são bons, e os melhores, não sendo cuidadosamente descascados, são capazes de ficar um pouco azedos por causa do fel.

— Descascados!

— Quero dizer: tirados fora da carcaça.

— E que pensa de um... (soluço) ... um médico?

— Não fale neles! Ufa, ufa! (Aqui Sua Majestade quase vomitou violentamente.) Só provei um deles... aquele safado Hipócrates... cheiro de assa-fétida!... Ufa, ufa, ufa! Apanhei um miserável resfriado ao lavá-lo no Stige... e ainda por cima ele me passou a cólera-morbos.

— Que... (soluço) ... miserável! — bradou Bon-Bon. — Que... (soluço) ... absorção de uma caixa de pílulas!

E o filósofo deixou cair uma lágrima.

— No fim de contas — continuou o visitante —, no fim de contas, se um dem... se um cavalheiro deseja *viver*, precisa ter mais do que um ou dois talentos. E, entre nós, uma face gorda é uma prova de diplomacia.

— Como?

— Ora, às vezes somos excessivamente ávidos de provisões. O senhor deve saber que, num clima tão abrasador como aquele em que vivo, frequentemente é impossível conservar um espírito com vida por mais de duas ou três horas; e, depois de morto, se não for imediatamente posto em salmoura (e um espírito em salmoura *não* é gostoso), ele então... o cheiro... o senhor compreende, hein? Sempre se deve temer a putrefação quando as almas nos são remetidas pelas vias usuais.

— (Um soluço. Outro.) E como se arranjam, bom Deus!

Então a lâmpada de ferro começou a balançar, com redobrada violência, e o Diabo levantou-se a meio da cadeira; com um leve suspiro, contudo, recuperou a compostura, limitando-se a dizer a nosso herói em baixa voz:

— Digo-lhe que, Pierre Bon-Bon, não *devemos* fazer mais juramentos!

O hospedeiro tragou outro copázio, de modo a demonstrar completa compreensão e aquiescência e o visitante continuou:

— Ora, há *vários* meios de arranjar-se. A maioria de nós morre de fome; alguns contentam-se com as conservas; quanto a mim, procuro meus espíritos *vivente corpore*, caso em que acho que se conservam muito bem.

— Mas, e o corpo... (soluço) ... o corpo?

— O corpo, o corpo! bem, que é que tem o corpo? Oh, ah, compreendo! Ora, meu senhor, o corpo não é *absolutamente* afetado pela transação. Fiz inúmeros negócios dessa espécie em minha vida e os negociados nunca experimentaram qualquer inconveniente. Houve Caim, Nemrod, Nero, Calígula, Dionísio, Pisístrato e... milhares de outros que nunca souberam o que era ter alma na última parte de sua existência.

Contudo, esses homens adornavam a sociedade. Por que não existe aqui A***, agora, que o senhor conhece tão bem quanto eu? Não está *ele* na posse de suas faculdades mentais e corpóreas? Quem escreve mais agudos epigramas? Quem raciocina com maior agudeza? Quem?... Mas, ora! Tenho o consentimento dele no meu livro de bolso.

Assim falando, puxou de uma pasta de couro vermelho e tirou dela vários papéis.

Sobre alguns deles Bon-Bon deitou uma olhadela percebendo as letras *Maqui... Maza... Robesp...* com as palavras *Calígula, Jorge, Isabel*. Sua Majestade separou uma estreita tira de pergaminho e leu alto as seguintes palavras:

Em consideração a certos dotes mentais que é desnecessário especificar e considerando ainda mais um milhar de luíses de ouro, eu, com a idade de um ano e um mês, pela presente cedo ao portador deste consentimento todos os meus direitos, títulos e propriedades sobre a sombra chamada minha alma. (assinado) A***.[4]

(Aqui Sua Majestade repetiu um nome que não me sinto justificado a indicar mais inequivocamente.)

— Um sujeito bem esperto — prosseguiu —, mas, como o senhor, Monsieur Bon-Bon, ele estava enganado a respeito da alma. Uma sombra... a alma! Só faltava essa! Uma sombra... a alma! Ah, ah, ah! Eh, eh, eh! Uh, uh, uh! Pense só numa sombra em *fricassée*!

— Pensar só... (soluço)... numa sombra em *fricassée*! — exclamou nosso herói, cujas faculdades iam-se esclarecendo muito com a profundeza das expressões de Sua Majestade.

— Pense só numa... (soluço)... sombra em *fricassée*!!! Agora, diabos!... (soluço)... hhhhm! Se eu tivesse sido um tal... (soluço)... pateta! *Minha* alma, senhor... hhhhmm!

— *Sua* alma, senhor Bon-Bon?

— Sim, senhor?... (soluço)... *minha* alma é...

— É o quê?

— Não é sombra, diabos!

— O senhor quer dizer?...

— Sim, senhor! Minha alma é... (soluço)... hhhmmm! sim, senhor!

— O senhor não pretende afirmar?...

— Minha alma é... (soluço)... peculiarmente própria para... (soluço)... para um...

— O quê, senhor?

— Guisado.

— Ah!

— *Soufflée*.

— Eh!

— *Fricassée*.

— Deveras?

— *Ragout* e *fricandeau*... E olhe aqui, camarada! Deixarei que você a leve... (soluço)... uma pechincha.

E aí o filósofo deu uma palmadinha nas costas de Sua Majestade.

— Não poderia pensar em coisa semelhante — disse o último, calmamente, ao mesmo tempo em que se erguia da cadeira.

---

4 *Quere-Aroue?*

O metafísico estava pasmado.

— Tenho suprimentos atualmente — disse Sua Majestade.

— Eh! (soluço).

— Não tenho recursos à mão.

— O quê?

— Além disso, seria muito indigno de mim...

— Senhor!

— ... tirar vantagem de...

— (soluço).

— ... de sua presente, desagradável e descavalheiresca situação.

Aí, o visitante curvou-se e saiu — de que maneira não pôde ser precisamente verificada. Mas, num bem-sucedido esforço para atirar uma garrafa no "vilão", foi partida a delgada corrente que pendia do teto e o metafísico ficou prostrado pela queda da lâmpada.

Perda de fôlego[1]
Um conto nem dentro nem fora dos moldes do *Blackwood*

Oh! não respires...
Moore, *Melodias*

O mais notório infortúnio deve afinal ceder à infatigável coragem da filosofia, como a mais inexpugnável cidade à vigilância incessante de um inimigo. Salmanazar, como está nas sagradas escrituras, ficou três anos diante de Samaria; contudo esta caiu. Sardanapalo, veja-se Deodoro, manteve-se sete anos em Nínive; mas sem resultado. Troia expirou ao fim do segundo lustro; e Azoth, como declara Aristeu, sob sua palavra de honra de cavalheiro, abriu afinal suas portas a Psamético, após tê-las trancadas durante a quinta parte de um século...

— Desgraçada! Víbora! Serpente! — disse eu à minha mulher no dia seguinte ao nosso casamento. — Bruxa! Monstrengo! Presumida! Sentina de iniquidade! Quinta-essência feroz de tudo quanto é abominável! Você... você!...

Aqui, ficando nas pontas dos pés, agarrando-a pela garganta e colocando a boca perto de sua orelha, preparava-me para arremessar novo e mais decidido epíteto oprobrioso, que não deixaria, se emitido, de convencê-la de sua insignificância, quando, para espanto e extremo horror meu, descobri que *tinha perdido o fôlego*.

As frases "Estou sem fôlego", "Perdi o fôlego" etc. são mui frequentemente repetidas em conversação comum. Mas nunca me ocorreu que o terrível acidente de que falo pudesse *bona fide* e no momento acontecer! Imaginem — se são imaginosos —, imaginem, digo eu, meu espanto... minha consternação... meu desespero!

Há um bom gênio, porém, que jamais me abandonou de todo. Nos meus momentos mais incontroláveis, ainda retenho um senso da propriedade *et le chemin des passions me conduit* — como Lorde Eduardo, na *Júlia*, diz que lhe acontecia — *à la philosophie véritable*.

Embora não pudesse, a princípio, certificar-me precisamente até que ponto a ocorrência me havia afetado, decidi, de qualquer modo, ocultar o caso de minha mulher, até que experiência ulterior me revelasse a extensão desta minha inaudita calamidade. Alterando minha fisionomia, portanto, no mesmo instante, de seu aspecto congestionado e contorcido para uma expressão de benignidade astuta e galanteadora, dei uma pancadinha numa bochecha de minha mulher e um beijo na outra e, sem dizer uma sílaba (oh, Fúria! Eu não podia!), deixei-a atônita diante de minha chocarrice, ao sair, piruetando, do quarto, num *pas de zéphyr*.

Ocultando-me a salvo no meu *boudoir* privado, contemplei-me como um terrível exemplo das más consequências que aguardam a irascibilidade: vivo, com os sintomas do morto; morto, com as tendências de vivo; uma anomalia na face da Terra; estando muito calmo, porém sem fôlego.

---

1 Publicado pela primeira vez no *Saturday Courier*, 10 de dezembro de 1832. Título original: LOSS OF BREATH.

Sim, sem fôlego. Afirmo com toda a seriedade que o meu fôlego se havia ido inteiramente embora. Com ele eu não conseguiria levantar nem uma pena, se disso dependesse a minha vida, ou empanar até mesmo o polido de um espelho. Duro fado! Contudo, houve algum alívio para o primeiro empolgante paroxismo de minha tristeza. Descobri, por experiência, que as forças da elocução, que, graças à minha impossibilidade de prosseguir na conversa com a minha mulher, concluíra eu terem sido totalmente destruídas, estavam apenas, de fato, parcialmente entravadas; e descobri que, se eu tivesse, naquela interessante crise, baixado minha voz a um gutural singularmente profundo, poderia continuar ainda a comunicar à minha mulher os meus sentimentos; este declínio de voz, o gutural, descobri eu que dependia não da corrente do fôlego, mas de certa ação espasmódica dos músculos da garganta.

Lançando-me sobre uma cadeira, permaneci por algum tempo absorto em meditação. Minhas reflexões, decerto, não eram de uma espécie consoladora. Mil vagas e lacrimosas imaginações se apossaram de minha alma e até mesmo a ideia do suicídio cruzou-me o cérebro. Mas é um sinal da perversidade da natureza humana rejeitar o evidente e o atual pelo distante e equívoco. Dessa forma, dei de ombros ao suicídio como a mais decidida das atrocidades, enquanto o gato malhado rosnava fortemente em cima do tapete e o próprio cãozinho resfolegava apressadamente embaixo da mesa, cada um deles valorizando a força de seus pulmões, no propósito evidente de zombar de minha incapacidade pulmonar.

Oprimido por um tumulto de vagas esperanças e temores, ouvi por fim os passos de minha mulher que descia a escada. Estando agora certo de sua ausência, voltei de coração palpitante para o cenário de meu desastre. Fechando cuidadosamente a porta por dentro, comecei vigorosa busca. Era possível, pensei eu, que, oculto em algum canto escuro, ou emboscado em algum esconderijo ou gaveta, pudesse ser encontrado o perdido objeto da minha procura. Poderia ser um vapor, poderia ter mesmo uma forma tangível. A maior parte dos filósofos, em muitos pontos da filosofia, são ainda muito infilosóficos. William Godwin, porém, diz, no seu *Mandeville*, que "as coisas invisíveis são as únicas realidades", e isto, todos concordarão, é um caso decidido. Espero que o judicioso leitor se detenha, antes de acusar tais assertivas como uma indevida quantidade de absurdo. Anaxágoras, pode ser lembrado, sustentava que a neve é preta, e isto descobri eu depois que era verdade.

Demorada e cuidadosamente continuei a investigação, mas a desprezível recompensa de minha diligência e perseverança não passou de uma dentadura postiça, um par de anquinhas, um olho e numerosos *billet-doux* do Sr. Ardemais para minha mulher. Eu podia muito bem observar aqui que esta confirmação da inclinação de minha mulher pelo Sr. Ardemais me causou pouca inquietação. Que a Sra. Faltadar admirasse qualquer outra coisa bem diversa de mim mesmo era um mal natural e necessário. Tenho, como é bem sabido, um aspecto robusto e corpulento e, ao mesmo tempo, sou um tanto quanto pequeno de estatura. Que de admirar, portanto, que a finura de ripa de meu conhecido e sua altura proverbial gozassem de toda a devida estima aos olhos da Sra. Faltadar? Mas, voltemos ao caso.

Meus esforços, como já disse antes, resultaram inúteis. Esconderijo após esconderijo, gaveta após gaveta, canto após canto foram cascavilhados, sem nenhum resultado. Em certo momento, porém, julguei-me recompensado, ao ter, esquadrinhando um toucador, derrubado por acaso um vidro de óleo dos Arcanjos de Grandjeaw, que, como perfume agradável, tomo aqui a liberdade de recomendar.

De coração pesado, voltei para meu *boudoir*, para ali refletir sobre algum método de iludir a perspicácia de minha mulher, até que pudesse previamente arranjar-me para deixar o país, pois já me decidira a fazer isto. Num clima estrangeiro, não sendo conhecido, poderia, com alguma probabilidade de êxito, tentar ocultar minha infeliz calamidade, uma calamidade adequada, mais até do que a indigência, a alienar os bons sentimentos da multidão e a lançar sobre o desgraçado a bem merecida indignação dos virtuosos e dos felizes. Não hesitei por muito tempo. Sendo naturalmente esperto, guardara de memória toda a tragédia de *Metâmora*.[2] Tive a boa fortuna de recordar que, na pronúncia desse drama, ou pelo menos da parte que cabe ao herói, os tons de voz em que me achei deficiente eram desnecessários e via-se reinar, por todo ele, monotonamente, o profundo gutural.

Pratiquei-o por algum tempo junto às margens de um bem frequentado pântano; não havendo aqui, contudo, relação com um procedimento similar de Demóstenes, mas com uma decisão peculiar e conscientemente minha. Assim, completamente preparado, resolvi levar minha mulher a crer que eu fora subitamente atingido por uma paixão pelo palco. Nisto tive miraculoso sucesso; e cada pergunta ou sugestão encontrou-me em liberdade para replicar, em meus mais sepulcrais e coaxantes tons, com alguns excertos da tragédia, certa parte da qual, como depressa tive o grande prazer de observar, poderia aplicar-se igualmente bem a qualquer assunto. Não se deve supor, porém, que na enunciação de tais passagens fosse eu de todo deficiente no olhar de soslaio, no mostrar os dentes, no mover os joelhos, no arrastar os pés, ou em qualquer uma dessas não mencionáveis graças, que são agora, justamente, consideradas as características de um ator popular. Certamente, falaram em encerrar-me numa camisa de força; mas, bom Deus!, nunca suspeitaram de ter eu perdido o fôlego.

Tendo, afinal, posto meus negócios em ordem, tomei assento, numa manhã bem cedo, na diligência para..., dando a entender a meus conhecidos que negócios de extrema importância exigiam minha imediata presença pessoal naquela cidade.

A diligência estava superlotada, mas, à luz incerta da manhã, não se podiam distinguir as feições de meus companheiros. Sem fazer nenhuma resistência eficiente, resignei-me a ser colocado entre dois cavalheiros de dimensões colossais, enquanto um terceiro, de maior tamanho, pedindo perdão pela liberdade que estava prestes a tomar, lançou-se sobre meu corpo com todo o peso e adormeceu no mesmo instante, afogando todas as minhas ejaculações guturais de alívio num ronco que faria enrubescer os bufidos do touro de Falaris. Felizmente, o estado de minhas faculdades tornou a sufocação um acidente inteiramente fora de questão.

Como, porém, o dia clareasse mais distintamente, ao aproximar-nos dos subúrbios da cidade, meu atormentador, levantando-se e ajustando o colarinho da camisa, agradeceu-me de maneira muito cordial a minha urbanidade. Vendo que eu permanecia sem movimento (todos os meus membros estavam deslocados e minha cabeça torcida para um lado), suas apreensões começaram a excitar-se; e, despertando os restantes passageiros, comunicou-lhes, de maneira bem decidida, sua opinião de que um cadáver tinha sido colocado entre eles, durante a noite, em lugar de um companheiro de viagem, vivo e responsável. E nisto me deu um piparote no olho direito, a fim de demonstrar a verdade de sua sugestão.

2 *Metâmora, ou o último dos Wampanoags*, tragédia de J. A. Stone. (N. T.)

Imediatamente, todos, um após outro (eram nove ao todo), acharam de seu dever puxar-me pela orelha. Um jovem médico, também, tendo aplicado um espelho de bolso à minha boca, e achando-me sem fôlego, completou a verdadeira prova da afirmativa de meu acusador. E todos exprimiram a decisão de não suportar mansamente tais imposições para o futuro e não continuar mais com tais carcaças no presente.

De acordo com isso, fui lançado fora do carro, diante da tabuleta do "Corvo" (por cuja taverna aconteceu que o carro passava), sem qualquer outro acidente, a não ser ter quebrado ambos os braços, sob a roda traseira esquerda do veículo. Devo além disso fazer ao postilhão a justiça de comprovar que ele não se esqueceu de lançar em cima de mim a maior de minhas malas, que, caindo, infelizmente, na minha cabeça, fraturou-me o crânio, duma maneira ao mesmo tempo interessante e extraordinária. O proprietário do "Corvo", que é um homem hospitaleiro, achando que minha mala continha o suficiente para indenizá-lo de qualquer complicação que pudesse ter por minha causa, mandou chamar imediatamente um cirurgião seu conhecido e entregou-me a seus cuidados, com uma conta e recibo de dez dólares.

O comprador levou-me para seus aposentos e começou a operar imediatamente. Tendo-me cortado as orelhas, descobriu, porém, sinais de vida. Tocou então a campainha e mandou chamar um boticário vizinho para consultá-lo naquela emergência. Enquanto suas suspeitas, relativas à minha existência, não chegavam a se confirmar, fez ele, entretempo, uma incisão no meu estômago, e removeu dele muitas de minhas vísceras para uma dissecação particular.

O boticário tinha ideia de que eu estava realmente morto. Tentei refutar essa ideia, esperneando e dando pontapés, com todas as minhas forças, e fazendo as mais furiosas contorções, pois as operações do cirurgião me tinham, até certo ponto, restaurado na posse de minhas faculdades. Tudo, porém, era atribuído aos efeitos duma nova bateria galvânica, com a qual o boticário, na realidade homem bem informado, executou várias experiências curiosas, nas quais, em virtude de minha colaboração pessoal na sua realização, não podia eu deixar de sentir-me intensamente interessado. Foi, não obstante, para mim, uma série de mortificações o fato de, embora fazer muitas tentativas para conversar, estarem minhas faculdades verbais tão inteiramente suspensas, que nem ao menos abrir a boca eu podia. Muito menos, pois, replicar a algumas engenhosas, mas fantasiosas teorias das quais, em outras circunstâncias, meu minucioso conhecimento da patologia de Hipócrates me teria permitido uma pronta refutação.

Incapazes de chegar a uma conclusão, os dois práticos me deixaram para ulterior exame. Levaram-me para um sótão e, tendo-me acomodado a mulher do cirurgião entre ceroulas e meias, o próprio cirurgião amarrou-me as mãos, bem como o queixo, com um lenço, depois aferrolhou a porta que dava para fora, ao correr para jantar, deixando-me sozinho, a meditar no silêncio.

Descobri então, com extremo deleite, que eu poderia ter falado se não tivesse sido minha boca amarrada com o lenço. Consolando-me com esta reflexão, fui mentalmente repetindo algumas passagens da *Onipresença de Deus*, como é meu costume, antes de entregar-me ao sono, quando dois gatos, de maneira voraz e censurável, entraram por um buraco na parede, pularam para cima, com um floreio *à la Catalani*, e, colocando-se um diante do outro sobre o meu rosto, entregaram-se a indecorosa porfia, com miserável consideração pelo meu nariz.

Mas, assim como a perda de suas orelhas serviu de meios de subir ao trono de

Ciro ao Mago ou Mige-Gush da Pérsia, e assim como o corte do nariz deu a Zopiro posse de Babilônia, assim também a perda de algumas onças de minha fisionomia serviu de salvação a meu corpo. Despertado pela dor e ardendo de indignação, rebentei, com um único esforço, os amarrilhos e a atadura. Dando uns passos pelo quarto, lancei um olhar de desprezo para os beligerantes, e, para extremo horror e desapontamento deles, escancarando os postigos, precipitei-me, com grande destreza, pela janela.

O salteador de malas de correio W***, com quem me pareço estranhamente, passava, naquele momento, da cadeia da cidade para o cadafalso, ereto para sua execução, nos subúrbios. Sua extrema enfermidade e sua prolongada má saúde lhe haviam proporcionado o privilégio de ficar sem algemas e, metido nos seus trajes de prisão — bastante semelhantes aos meus —, jazia estendido no fundo da carroça do carrasco (a qual por acaso estava sob as janelas da casa do cirurgião quando eu saltei por elas), sem mais guardas do que o condutor do veículo, que dormia, e dois recrutas do Sexto de Infantaria, que estavam bêbados.

Como por ordem dos maus fados, meus pés caíram dentro do veículo. W***, que era um sujeito esperto, percebeu sua oportunidade. Saltando imediatamente, disparou para trás e, virando a avenida, pôs-se fora de vista, num piscar de olhos. Os recrutas, despertados pelo ruído, não puderam exatamente compreender as vantagens do negócio. Vendo, contudo, um homem, retrato perfeito do vilão, de pé na carroça, ante seus olhos, foram da opinião de que o velhaco (isto é, W***) estava tentando fugir (assim se exprimiram) e, tendo comunicado esta opinião um ao outro, cada um emborcou um trago e depois derrubaram-me com a coronha de seus mosquetes.

Não demorou muito que chegássemos ao nosso local de destino. Nada, sem dúvida, podia ser dito em minha defesa. Meu fado inevitável era o enforcamento. Resignei-me a isso com pensamentos entre estúpidos e acrimoniosos. Sendo um tanto cínico, eu possuía todos os sentimentos de um cão. O carrasco, entretanto, ajustava a corda em volta de meu pescoço. E o alçapão abriu-se sob meus pés.

Abstenho-me de descrever minhas sensações sobre a forca, embora aqui, sem dúvida, eu pudesse falar de cadeira e esse é um assunto sobre o qual nada de bom já se disse. Efetivamente, para escrever sobre tal tema é necessário ter sido enforcado. Todos os autores devem limitar-se às questões de sua experiência. Foi assim que Marco Antônio compôs um tratado sobre a embriaguez.

Posso, contudo, mencionar que não morri. Eu não tinha fôlego para *ser* enforcado, embora meu corpo o *fosse*. E ouso dizer que teria experimentado pouquíssimo incômodo, não fora o nó da corda por baixo de minha orelha (que dava a sensação de um estoque militar). Quanto à sacudidela dada a meu pescoço ao abrir-se o alçapão, isso nada mais foi que um corretivo ao torcimento que me produzira o homem gordo da diligência.

Por boas razões, porém, fiz o melhor que pude, para dar à multidão o prêmio de seus incômodos. Minhas convulsões foram declaradas extraordinárias. Seria difícil vencer meus espasmos. O populacho *pediu bis*! Diversos cavalheiros desfaleceram e uma multidão de senhoras foi levada para casa com ataques histéricos. Por um esboço feito ali mesmo, o próprio Pinxit aproveitou-se da oportunidade para retocar sua admirável pintura de *Marsyas esfolado vivo*.

Quando eu fornecera suficiente diversão, julgou-se conveniente remover meu corpo da força, isto mais especialmente porque o verdadeiro tinha sido, entrementes,

preso de novo e identificado, fato que eu tinha a infelicidade de não saber.

Muita simpatia, sem dúvida, demonstrada para comigo, e, como ninguém reclamasse meu cadáver, ordenou-se que eu fosse enterrado numa sepultura pública.

Ali, depois do devido intervalo, fui depositado. O coveiro partiu e eu fiquei só. Um verso do *Descontente*, de Marston:

> Morte, boa pessoa, de portas sempre abertas...

ocorreu-me, naquele momento, como uma mentira palpável.

Arrebentei, porém, a tampa de meu caixão e saí dele. O lugar era terrivelmente sombrio e úmido e senti-me perturbado pelo *ennui*. À guisa de diversão, abri caminho por entre os numerosos caixões, enfileirados em torno. Fui depositando-os, um a um, no chão, mergulhado em especulações a respeito dos mortos que eles continham.

— Este — monologuei eu, tropeçando sobre uma carcaça inchada, tumefata e rotunda —, este foi, sem dúvida, em todos os sentidos da palavra, um homem infeliz, um homem infortunado. Sua terrível sorte foi não a de caminhar, mas a de bambolear-se, atravessando a vida não como uma criatura humana, mas como um elefante; não como um homem, mas como um rinoceronte.

— Suas tentativas de progredir foram simples abortos e seus progressos circungiratórios um fracasso palpável. Dando um passo para diante, era sua desgraça dar dois para a direita e três para a esquerda. Seus estudos se limitaram à poesia de Crabbe.[3] Não podia ter ideia da maravilha de uma pirueta. Para ele, o *pas de papillon* fora uma concepção abstrata. Nunca ascendera ao alto, ao cume duma colina. Nunca descortinara de qualquer torre as maravilhas de uma metrópole. O calor fora o seu mortal inimigo. Os dias de canícula foram para ele, efetivamente, dias de cachorro. Neles, sonhava com chamas e sufocação, com montanhas sobre montanhas, com o Pelion sobre o Ossa. Tinha o fôlego curto, para dizer tudo numa palavra, sentia o fôlego curto. Achava extravagante tocar instrumento de sopro. Era inventor dos leques automáticos, das velas do moinho e ventiladores. Protegeu Du Pont, o fabricante de foles, e morreu miseravelmente ao tentar fumar um cigarro. Foi um caso pelo qual senti profundo interesse, uma sorte com a qual sinceramente simpatizo.

— Mas aqui — disse eu depois —, aqui... — e arrastei rancorosamente de seu receptáculo uma forma lívida, esguia e de aparência singular, cujo aspecto notável me deu a impressão de intimidade indesejável — aqui está um desgraçado indigno de qualquer comiseração terrestre.

Assim dizendo e a fim de melhor contemplar aquele tipo, apliquei meu polegar e o indicador a seu nariz e, forçando-o a tomar a posição de quem está sentado sobre o chão, mantive-o assim preso à extremidade de meu braço, enquanto continuava meu solilóquio.

— Indigno de qualquer comiseração terrestre — repeti. — Quem realmente pensaria em compadecer-se de uma senhora? Além disso, não gozou ele do pleno quinhão das bênçãos da mortalidade? Foi o autor dos monumentos elevados, das torres de tiro, dos para-raios e dos álamos lombardos. Seu tratado *sombras e trevas* imortalizou-o. Publicou, com notável habilidade, a última edição do *vento sul sobre os ossos*. Frequentou cedo o colégio, onde estudou pneumática. Voltou depois para casa, falou eternamente

3 George Crabbe (1754-1832), poeta inglês de cujo nome o autor se vale para fazer um trocadilho em *crab*, caranguejo. (N. T.)

e tocou trombone. Fomentou as gaitas de foles. O Capitão Barclay, que enfrentava qualquer tempestade, não o enfrentaria. Seus escritores favoritos eram Windham e Allbreath; seu artista predileto, Phiz.[4] Morreu gloriosamente quando inalava gás; *levique flatu corrupitur*, como a *fama pudicitiae*, em *Hieronymus*.[5] Ele era indubitavelmente um...

— Como o senhor ousa... como... ousa... o senhor? — interompeu o objeto de minha animadversão, querendo tomar fôlego e arrancando, com desesperado esforço, a atadura em torno do queixo. — Como ousa, Sr. Faltadar, ser tão infernalmente cruel, a ponto de beliscar-me dessa maneira o nariz? Não vê como eles me amarraram a boca? E deve saber — se é que o senhor sabe alguma coisa — quão grande é o excesso de ar de que disponho! Se não sabe, porém, sente-se e verá. Na minha situação é realmente grande alívio ser capaz de abrir a boca, ser capaz de discursar, ser capaz de comunicar-me com uma pessoa, como o senhor, que não se julgará na obrigação de interromper, a cada período, o curso da oratória de um cavalheiro. As interrupções são incômodas e deveriam ser indubitavelmente abolidas, não acha? Não responda, peço-lhe! Basta que uma pessoa fale de cada vez. Eu hei de parar a tempo e então o senhor poderá começar. Como diabo pôde o senhor penetrar neste lugar? Nem uma palavra, rogo-lhe! Eu mesmo já estou aqui há algum tempo... terrível acidente! Ouviu falar dele, sem dúvida? Terrível calamidade! Andando por baixo de suas janelas, há pouco tempo... na ocasião em que o senhor estava ansioso por ser ator... horrível ocorrência!... Já ouviu falar em "tomar o fôlego de alguém"? Refreie a língua, digo-lhe! Pois... eu tomei o fôlego de alguém! Sempre tinha fôlego demais, meu mesmo... Encontrei Blab, na esquina da rua... Não tive oportunidade de dizer uma palavra... porém não pude emitir nem uma sílaba... Atacado consequentemente de epilepsia... Blab fugiu... Diabos o levem! Tomaram-me como morto e puseram-me neste lugar... Bonita coisa fizeram eles! Escutei tudo quanto o senhor disse a meu respeito... e cada palavra é uma mentira... Horrível!... Espantoso?... Ultrajante!... Repugnante!... Incompreensível! etc. ... etc. ... etc. ... etc. ...

É impossível conceber meu espanto diante de tão inesperado discurso, nem a alegria com que me fui, pouco a pouco, convencendo de que o fôlego, tão felizmente tomado pelo cavalheiro (a quem logo reconheci como meu vizinho Ardemais), era de fato a mesma expiração perdida por mim na conversa com minha mulher. Tempo, lugar e circunstâncias tornavam isso uma questão resolvida. Não larguei, porém, imediatamente, meu aperto da tromba do Sr. Ardemais, nem pelo menos durante o longo período em que o inventor dos álamos lombardos continuou a honrar-me com suas explicações.

A esse respeito, deixei-me influenciar por aquela costumeira prudência que sempre foi o traço predominante de meu caráter. Refleti que muitas dificuldades podiam ainda achar-se nos caminhos de minha preservação, e que somente um extremo esforço de minha parte seria capaz de sobrepujar. Muitas pessoas, imaginei, são propensas a apreciar as comodidades que possuem, embora desvaliosas para seu proprietário atual, embora incômodas ou penosas, em razão direta com as vantagens que outros possam obter de sua aquisição, ou eles próprios de seu abandono. Não seria este o caso do Sr. Ardemais? Mostrando ansiedade pelo fôlego, do qual ele agora estava tão desejoso de libertar-se, não iria eu abrir as exigências de sua avareza?

---

4 Além de Allbreath (tudo sopro), o autor faz trocadilhos com os nomes de Windham (derivado de *wind*, vento), estadista e orador inglês, e Phiz (cara), pseudônimo de Hablot Knight Browne, caricaturista e ilustrador de Dickens. (N. T.)

5 *Tenera res in feminis fama pudicitiae, et quasi fios pulcherrimus, cito ad levem auram, levique flatu corrupitur, maxime etc.* (*Hieronymus ad Salviniam*).

Há patifes neste mundo, lembrei-me com um suspiro, que não têm escrúpulos de aproveitar desleais oportunidades, mesmo com um vizinho próximo, e (esta observação é de Epicteto) é precisamente na ocasião em que os homens estão mais ansiosos por se desfazerem da carga de suas próprias calamidades que eles se sentem menos desejosos de aliviá-la nos outros.

Foi de acordo com considerações semelhantes a estas e mantendo ainda o Sr. Ardemais preso pelo nariz, que achei conveniente modelar minha resposta:

— Monstro! — comecei eu, num tom da mais intensa indignação. — Monstro e idiota de duplo fôlego! Ousas *tu*, a quem, por tuas iniquidades, prouve aos céus amaldiçoar com a dupla respiração, ousas tu, digo eu, dirigir-te a mim na linguagem familiar de um velho conhecido? "Eu minto", sem dúvida! "Retenho a língua", decerto! Linda conversa, de fato, para um cavalheiro de um só fôlego! E tudo isto quando está em meu poder fazer desaparecer a calamidade sob a qual tão justamente deves sofrer, e cortar os excessos de tua infeliz respiração!

Como Brutus, parei por causa de uma réplica, com a qual, como um tornado, o Sr. Ardemais imediatamente me dominou. Protestos se seguiam a protestos e desculpas a desculpas. Não havia termos com que ele não quisesse concordar e nenhum deles havia de que não aproveitasse eu a mais plena vantagem.

Tendo sido arranjados os preliminares, por fim, meu conhecido entregou-me minha respiração; e, tendo-a cuidadosamente examinado, passei-lhe então um recibo.

Estou certo de que serei censurado por muitos, por falar de maneira tão apressada sobre uma transação tão impalpável. Pensar-se-á que eu deveria ser mais minudente nos pormenores duma ocorrência pela qual — e isso é bem verdade — bastante nova luz poderia ser lançada sobre um ramo altamente interessante da filosofia médica.

Lamento não poder responder a tudo isso. Uma sugestão é a única resposta que me é dado dar. Havia *circunstâncias* — mas acho muito mais seguro no caso dizer o menos possível, a respeito de coisa *tão delicada* — tão delicada repito, que envolviam ao mesmo tempo os interesses dum terceiro, em cujo sulfuroso ressentimento não tinha eu o mínimo desejo de incorrer no momento.

Depois desse necessário arranjo, não demoramos em efetuar nossa fuga das masmorras sepulcrais. A força unida de nossas vozes ressuscitadas tornou-se, em breve, suficientemente clara. Tesoura, o jornalista do partido liberal, republicou um tratado sobre "a natureza e origem dos ruídos subterrâneos". Uma réplica, resposta, confutação e justificação se seguiu nas colunas dum jornal democrático. Só com a abertura do túmulo ficou decidida a controvérsia e o aparecimento do Sr. Ardemais e de mim mesmo provou que ambas as partes estavam decididamente erradas.

Não posso concluir estes pormenores de passagens verdadeiramente um tanto singulares de uma vida, em todos os tempos suficientemente cheia de acontecimentos, sem de novo chamar a atenção do leitor para os méritos daquela confusa filosofia que é um seguro e pronto escudo contra os dardos de calamidade que não podem ser vistos, sentidos, nem plenamente compreendidos. Foi no espírito desta sabedoria que, entre os antigos hebreus, acreditava-se que as portas do céu seriam inevitavelmente abertas àquele pecador ou santo que, com bons pulmões e implícita confiança, vociferasse a palavra *Amém!* Foi no espírito desta sabedoria que, quando uma grande peste assolou Atenas e todos os meios tinham sido baldadamente feitos para combatê-la, Epimênides, como o relata Laércio, no seu segundo livro deste filósofo, deliberou a ereção dum relicário e templo "ao deus adequado".

O Duque de L'Omelette[1]

E logo entrou num mais gelado clima.
Cowper

Keats faleceu por causa de uma crítica. Quem foi que morreu vitimado por *Andrômaca*?[2] Almas ignóbeis! De L'Omelette pereceu em consequência de um verdelhão. *L'histoire en est brève*. Auxilia-me, espírito de Apício![3]

Uma gaiola dourada conduziu o alado vagabundo, enamorado enternecido, indolente, à *Chaussée d'Antin*, de seu longínquo lar no Peru. Para ir de sua régia dona, La Bellíssima, até o Duque de L'Omelette, o feliz pássaro passou pelas mãos de seis pares do Império.

Naquela noite o duque ia cear sozinho. No recolhimento de seu gabinete reclinou-se languidamente naquela otomana pela qual sacrificara sua lealdade ao cobrir o preço oferecido por seu rei... a famosa otomana de Cadêt.

Mergulhou a face na almofada. O relógio bateu. Incapaz de dominar seus sentimentos, Sua Graça engoliu uma azeitona. Nesse momento a porta se abriu bem de leve ao som de suave música, e eis que o mais delicado dos pássaros está em frente do mais enamorado dos homens. Que inexprimível espanto, porém, ensombrece agora a fisionomia do duque? *Horreur! Chien! Baptiste! — L'oiseau! Ah, bon Dieu! Cet oiseau modeste que tu as dés habillé des ses plumes, et que tu as servi seus papier!*[4]

É supérfluo dizer mais. O duque expirou num paroxismo de desgosto.

*

— Ah, ah, ah! — disse Sua Graça, no terceiro dia, após seu falecimento.

— Eh, eh, eh! — replicou fracamente o diabo, levantando-se com um ar de *majestade*.

— Ora, certamente o senhor não está falando sério — retorquiu de L'Omelette. — Pequei, é *verdade*, mas, meu bom senhor, reflita... O senhor não tem... a real intenção de pôr em execução tão... tão... bárbaras ameaças.

— Não tenho o quê? — disse Sua Majestade. — Ande, cavalheiro, dispa-se!

— Despir-me? Com efeito, muito bonito, palavra! Não, meu senhor, eu não me despirei! Quem é o senhor, pergunto, para fazer com que eu, o Duque de L'Omelette, Príncipe de Foie-Gras, entrado na maturidade, autor da *Mazurquíada* e membro da Academia, me desnude, por sua ordem, das mais suaves das calças jamais feitas por

1 Publicado pela primeira vez no *Saturday Courier*, 3 de março de 1832. Título original: THE DUC DE L'OMELETTE.

2 Montfleury (1600-1667), comediante francês. O autor do *Parnaso reformado* fá-lo declarar no Hades: "O homem que quiser, pois, saber de que morri não indague se foi de febre ou de gota, ou de outra coisa, mas saiba que foi da Andrômaca".

3 Marco Gabio Apício (14-37), epicurista romano. (N. T.)

4 Horror! — Cão! — Batista! — O pássaro! Ah, bom Deus! Esse pobre pássaro que despiste de suas plumas e serviste sem piar! (N. T.)

Bourdon, do mais delicado dos *robe-de-chambre* que Rombert algum dia produziu, para não falar em tirar de meu cabelo os papelotes, para não mencionar o incômodo que teria em descalçar as luvas?

— Quem sou eu? Ah, é verdade! Sou Baal-Zebub, o Príncipe das Moscas. Arranquei-te, agora mesmo, de um caixão de pau-rosa, com incrustações de marfim. Estavas curiosamente perfumado e enfaixado como uma encomenda. Belial farejou-te; é meu inspetor de cemitérios. As calças, que disseste terem sido feitas por Bourdon, são um excelente par de ceroulas de linho, e teu *robe-de-chambre* é uma mortalha de dimensões nada pequenas.

— Senhor! — replicou o duque —, a mim não se insulta impunemente! Senhor! Aproveitar-te-ei da primeiríssima oportunidade para me vingar desse insulto! O senhor ouvirá falar a meu respeito! Até lá... *au revoir!*

E o duque, numa curvatura, ia-se pondo fora da satânica presença, quando foi interrompido e arrastado para trás por um cavalheiro que o esperava. Então Sua Graça esfregou os olhos, bocejou, encolheu os ombros, refletiu. Ficando satisfeito por comprovar sua identidade, lançou um relance de vista sobre as cercanias.

O aposento era soberbo. Mesmo de L'Omelette o classificou *bien comme il faut*. Não se tratava de seu comprimento, nem de sua largura, mas de sua altura... ah, esta era terrível! Não havia teto, certamente não... Apenas uma densa massa encaracolada de nuvens coloridas de fogo. O cérebro de Sua Graça vacilou ao olhar o duque para cima. Pendia do alto uma corrente de desconhecido metal rubro-sanguíneo. Sua extremidade superior perdia-se, como a cidade de Boston, *parmi les nues*. Em sua extremidade inferior balouçava-se um enorme farol. O duque reconheceu que era um rubi. Dele, porém, irrompia uma luz tão intensa, tão contínua e terrível, como igual nunca a Pérsia adorou; como igual Gheber[5] nunca imaginou; como nunca sonhou igual o muçulmano quando, embriagado de ópio, cambaleava sobre um leito de papoulas, com as costas para as flores e a face para o deus Apolo. O duque murmurou uma desdenhosa praga, decididamente aprovatória.

Os cantos do aposento se arredondavam em nichos. Três destes estavam cheios de estátuas de proporções gigantescas. Sua beleza era grega, sua deformidade era egípcia, seu *tout ensemble* era francês. No quarto nicho havia uma estátua velada; não era colossal. Mas, deixava-se ver um tornozelo cônico, um pé calçado de sandália. De L'Omelette comprimiu a mão sobre o coração, fechou os olhos, ergueu-os e surpreendeu Sua Satânica Majestade... enrubescendo...

Mas que pinturas! Kupris! Astarté! Astoreth! Um milhar e as mesmas! E Rafael as tinha contemplado! Sim, Rafael estivera aqui: Pois não pintou ele a...? E não foi, em consequência, condenado? Que pinturas! Que pinturas! Oh luxúria, oh amor! Quem, após contemplar aquelas beldades proibidas, teria olhos para o delicado espetáculo das molduras douradas que irradiavam como estrelas sobre as paredes de jacinto e de pórfiro?

Mas, no íntimo, o coração do duque desmaia. Ele não está, contudo, como supondes, aturdido pela magnificência, nem embriagado com o olor extasiante daqueles inumeráveis turíbulos. *C'est vrai que de toutes ces choses il a pensé beaucoup*

5 Um dos adoradores zoroastrianos do fogo. Sua seita permaneceu após a ocupação muçulmana. (N. T.)

— *mais...*[6] O Duque de L'Omelette está apavorado porque, através do lúrido espetáculo que uma única janela sem cortinas lhe desvenda, eis que fulgura a mais horrenda de todas as chamas!

Le pauvre duc! Ele não podia deixar de imaginar que as triunfais, voluptuosas, imorredouras melodias que enchiam aquele salão, ao passarem filtradas e transmudadas pela alquimia das vidraças encantadas, eram os lamentos e os rugidos dos desesperados e dos condenados!

E ali, sim! Ali, sobre a otomana! Quem poderia ser? É ele, o *petit-maître*... não a divindade... que parecia esculpida em mármore, *et qui sourit*, com seu pálido semblante, *si amèrement!*

Mais il faut agir... isto é, um francês jamais desanima completamente. Além disso, Sua Graça odiava as cenas. De L'Omelette torna-se de novo senhor de si. Sobre uma mesa havia alguns floretes; alguns estoques também. O duque estudara esgrima com B***; *il avait tué ses six hommes*. Agora, pois, *il peout s'echapper.*[7] Mede dois estoques e, com graça inimitável, oferece à Sua Majestade a escolha. *Horreur*! Sua Majestade não sabe esgrimir!

Mais joue! Que feliz ideia! Sua Graça, aliás, sempre tivera excelente memória. Aprofundara-se no *Le Diable*, do Padre Gualtier. Lá se achava dito que *Le Diable n'ose pas refuser un jeu d'écarté.*[8]

Mas, os riscos, os riscos! Em verdade, desesperados; pouco mais desesperados, porém, do que o próprio duque. Além disso, não conhecia o segredo do jogo? Não folheara a obra do P. Le Brun? Não era um membro do Clube Vinte e Um? *Se je perds* — disse ele — *je serai deux fois perdu*... estarei duplamente condenado... *voilà tout!* (E aqui Sua Graça encolheu os ombros.) *Si je gagne, je reviendrai à mes ortolans... que les cartes saient préparées!*[9]

Sua Graça tornou-se todo cuidados, todo atenção; Sua Majestade, todo confiança. Um espectador teria pensado em Francisco e Carlos. Sua Graça refletiu sobre o jogo; Sua Majestade nem pensava. Baralhou. O duque cortou.

Dão-se as cartas. Vira-se o trunfo. É... é... o rei! Não... era a rainha! Sua Majestade amaldiçoou-lhe os trajes masculinos. De L'Omelette colocou a mão sobre o coração.

Jogam. O duque conta os pontos. Saída pela mão. Sua Majestade conta, pesadamente, sorri e toma vinho. O duque empalma uma carta.

C'est à vous à faire! — disse Sua Majestade, cortando. Sua Graça inclinou-se, deu as cartas e ergueu-se da mesa, *en presentant le Roi.*[10]

Sua Majestade parecia amofinado.

Não tivesse Alexandre sido Alexandre e teria querido ser Diógenes; e o duque assegurou ao seu antagonista, ao despedir-se, *que s' il n'eût été de L'Omelette il n'aurait point d'objection d'être le Diable.*[11]

---

6 É verdade que ele pensou muito em todas estas coisas, mas... (N. T.)

7 Matara os seus seis homens... pode escapar. (N. T.)

8 Ele joga, porém... O Diabo não ousa recusar um jogo de *écarté*. (N. T.)

9 Se perder... estarei duas vezes perdido, estarei duplamente condenado, eis tudo!... Se ganhar, voltarei a meus verdelhões. Sejam embaralhadas as cartas! (N. T.)

10 Apresentando o Rei. (N. T.)

11 Que se não fosse de L'Omelette não faria a menor objeção em ser o Diabo. (N. T.)

Quatro animais num só[1]

Chacun a ses vertus.[2]
Crébillon, *Xerxes*

Antíoco Epifânio é, em geral, considerado como o Gog do profeta Ezequiel. Essa honra, contudo, mais propriamente se atribui a Cambises, o filho de Ciro. E, na verdade, o caráter do monarca sírio de modo algum necessita de qualquer ornamento adventício. Sua ascensão ao trono, ou antes, sua usurpação da realeza, 171 anos antes do advento de Cristo; sua tentativa de saquear o templo de Diana, em Éfeso; sua implacável hostilidade para com os judeus; sua profanação do Santo dos Santos; e sua miserável morte, em Taba, depois de um tumultuoso reinado de onze anos, são circunstâncias mais assinaladas e, por consequência, mais geralmente citadas pelos historiadores de seu tempo do que as façanhas ímpias, covardes, cruéis, loucas e caprichosas, que formam o total conjunto de sua vida privada e reputação.

*

Suponhamos, gentil leitor, que estamos no ano 3830 a da criação e, por alguns minutos, imaginemo-nos naquela mais grotesca das habitações humanas, a notável cidade de Antioquia. Certamente havia, na Síria e em outros países, dezesseis cidades desse nome, além dessa a que mais particularmente aludo. Mas a *nossa* é a que possuía o nome de Antioquia Epidafne, por causa de sua proximidade da pequena aldeia de Dafne, onde se erguia um templo dessa divindade. Foi construída (embora a tal respeito haja alguma discussão) por Seleuco Nicanor, o primeiro rei do país, depois de Alexandre Magno, em memória de seu pai, Antíoco, e tornou-se imediatamente a capital da monarquia síria. Nos florescentes tempos do Império Romano, era a sede comum do prefeito das províncias orientais; e muitos dos imperadores da cidade-rainha (entre os quais podem ser especialmente mencionados Vero e Valente) ali passaram a maior parte de seu tempo. Mas noto que chegamos à própria cidade. Subamos a esta seteira e lancemos um olhar sobre a cidade e a região circunvizinha.

— Que largo e rápido rio é aquele que abre seu caminho, com inúmeras quedas, através do montanhoso labirinto e, por fim, entre o dédalo de edificações?

É o Orontes, e é a única água que se vê, com exceção do Mediterrâneo, que se estende, como um vasto espelho, a cerca de doze milhas para o sudoeste. Todos viram o Mediterrâneo, mas, deixe que lhe diga, poucos deram uma olhadela a Antioquia. Poucos, quero dizer, os poucos que, como você e eu, tiveram as vantagens

1 Publicado pela primeira vez no *Southern Literary Messenger*, março de 1836. Título original: EPIMANES.

2 Cada um tem suas virtudes. (N. T.)

de uma educação moderna. Deixe, portanto, de contemplar aquele mar e dê toda a sua atenção às massas de casas que se estendem abaixo de nós. Lembre-se de que estamos no ano 3830 da criação. Se fosse mais tarde, se fosse, por exemplo, o ano 1845 de Nosso Senhor, estaríamos privados deste extraordinário espetáculo. No século XIX, Antioquia está, quero dizer, Antioquia *estará* em lamentável estado de decadência. Terá sido, até aquele tempo, totalmente destruída, em três períodos diferentes, por três sucessivos terremotos. Realmente, para dizer a verdade, o pouco de que da primitiva cidade então restará será encontrado em estado tão ruinoso e desolado, que o patriarca terá removido sua residência para Damasco. Está bem. Vejo que você aproveita meu conselho e ocupa a maior parte do tempo em inspecionar os prédios, em

> ...satisfazer os olhos
> com os monumentos, as famosas coisas
> que tal renome dão a esta cidade...

Peço perdão. Esqueci que Shakespeare só fulgurará após os 1750 anos vindouros. Mas a aparência de Epidafne não me dá razão de chamá-la *grotesca*?

— Está bem fortificada e, a este respeito, deve tanto à natureza quanto à arte.

— Verdadeiramente.

— Há um prodigioso número de importantes palácios.

— Há.

— E os numerosos templos, suntuosos e magníficos, bem podem ser comparados com os mais louvados da Antiguidade.

— Reconheço tudo isso. Contudo, há uma infinidade de choupanas de barro e de abomináveis choças. Não podemos deixar de notar a abundância de imundície em todas as sarjetas e, se não fosse a predominância dos fumos de incenso idólatra, não tenho dúvida de que sentiríamos o mais intolerável fedor. Você já viu ruas tão insuportavelmente estreitas ou casas tão miraculosamente altas? Que melancolia não lançam sobre o chão as suas sombras! Não é em vão que as lâmpadas balouçantes daquelas intermináveis colunatas se conservam ardendo o dia inteiro; de outro modo, teríamos aqui as trevas do Egito nos dias de sua desolação.

— É, deveras, um estranho lugar! Que edifício é aquele acolá? Olhe! Ele se alteia sobre todos os outros e está a leste do que julgo ser o palácio real!

— Aquilo é o novo templo do Sol, que é adorado na Síria sob o nome de Elah Gabalah. Futuramente, um celebérrimo imperador romano instituirá esse culto em Roma e dele extrairá um cognome, Heliogábalo. Ouso dizer que você gostaria de dar uma vista de olhos à divindade daquele templo. Não precisa olhar para o céu: sua Solaridade não se encontra lá, pelo menos não a Solaridade adorada pelos sírios. Essa divindade encontra-se no interior do edifício, lá adiante. É adorada sob a figura de uma vasta coluna de pedra que termina, no alto, por um cone ou pirâmide, com o que se significa o Fogo.

— Ouça! Olhe! Quem serão aqueles ridículos, seminus, de faces pintadas, que gritam e gesticulam para a ralé?

— Alguns poucos são saltimbancos. Outros, mais particularmente, pertencem à espécie dos filósofos. A maior parte, contudo — especialmente aqueles que desancam o populacho a bastonadas —, são os principais cortesãos do palácio, que executam, em respeitoso salto, alguma louvável farsa de autoria do rei.

— Mas que coisa é aquela? Céus! A cidade enxameia de animais ferozes! Que espetáculo terrível! Que espetáculo terrível... que perigosa originalidade!

— Terrível, se quiser; não, porém, perigosa no mais alto grau. Todos os animais, se você se der ao trabalho de observar, estão andando muito calmamente, sob a vigilância dos donos. Poucos, sem dúvida, são levados com uma corda em volta do pescoço, mas esses são especialmente os menores ou as espécies tímidas. O leão, o tigre e o leopardo não sofrem qualquer constrangimento. Foram adestrados sem dificuldade para a sua profissão presente e acompanham os respectivos proprietários na qualidade de lacaios. Há, em verdade, ocasiões em que a Natureza reafirma seu domínio violado; mas, nesse caso, a devoração de um soldado ou o estrangulamento de um touro sagrado são circunstâncias de pequeníssima importância para serem mais do que mencionadas em Epidafne.

— Mas que extraordinário tumulto estou ouvindo! É um rumor muito alto, certamente, mesmo para Antioquia! Sugere alguma agitação de incomum interesse.

— Sim, sem dúvida. O rei ordenou algum novo espetáculo: alguma exibição de gladiadores no hipódromo, ou talvez o massacre de prisioneiros citas, ou o incêndio de seu novo palácio, ou a demolição de algum formoso templo... ou, finalmente, uma fogueira de alguns judeus. O rumor aumenta. Berros e risos sobem aos céus. O ar se enche da dissonância dos instrumentos de sopro, do horrível clamor de um milhão de gargantas. Desçamos, por amor à folia, e vejamos o que se passa! Por aqui... tome cuidado! Cá estamos na rua principal, que se chama a Rua de Timarco. O mar de povo vem por este lado e teremos dificuldade em atravessar a maré. Eles se lançam pela Alameda de Heráclides, que leva diretamente ao palácio... Portanto, o rei se encontra muito provavelmente entre os foliões. Sim, escuto os berros do arauto, que proclama sua aproximação na pomposa fraseologia do Oriente! Demos uma vista de olhos à sua pessoa quando ele passar junto ao templo de Ashimah. Abriguemo-nos no vestíbulo do santuário; ele estará aqui em breve. Entretanto, observemos esta imagem. Que é? Oh, é o deus Ashimah em pessoa! Note você, contudo, que ele não é um cordeiro, nem uma cabra, nem um sátiro; não tem, também, muita semelhança com o Pã dos árcades. Todas essas semelhanças, contudo, têm sido *atribuídas*... perdão: serão atribuídas pelos eruditos das eras futuras ao Ashimah dos sírios. Ponha os óculos e diga-me que é aquilo. Que é?

— Valha-me Deus! É um bugio!

— Um macaco, na verdade. Mas nem por isso deixa de ser uma divindade. Seu nome deriva do grego *Simia*... Que loucos rematados são os antiquários! Mas, olhe... olhe! Lá adiante vai correndo um rapazola esfarrapado! Onde vai ele? Que está apregoando? Que diz? Oh! Diz que o rei está vindo em triunfo, que está vestido com pompa, que acabou neste instante de matar, com sua própria mão, mil prisioneiros israelitas acorrentados! Por essa façanha o esfarrapado biltre o está pondo nas alturas de louvores! Ouça! Lá vem uma corja de idêntico aspecto! Fizeram um hino latino sobre o valor do rei e o estão cantando, enquanto caminham:

Mille, mille, mille,
mille, mille, mille,

decollavimus, unus homo!
mille, mille, mille decollavimus!
Mille, mille, mille,
Vivat qui mille mille occidit!
Tantum vini habet nemo
quantum sanguinis effudit![3]

Podemos parafraseá-lo assim:

Mil, mil, mil,
mil, mil, mil,
matamos nós com um homem só!
Mil, mil, mil,
cantai de novo mil!
Olé, cantai! Erguei
um viva ao nosso rei
porque fez mil virarem pó!
Mil vivas triunfais
pois ele nos deu mais
galões de sangue vermelhinho
do que nos dá a Síria em vinho!

— Está ouvindo aquele prelúdio de trombetas?

— Sim! É o rei que vem! Olhe! O povo está estupefato de admiração e ergue reverente os olhos para o céu! Lá vem ele... está chegando... chegou!

— Quem? Onde? O rei? Não o vejo... não posso dizer que o vejo!

— Então você deve estar cego!

— É muito possível. Contudo, nada vejo além de um grupo tumultuoso de idiotas e malucos que se ocupam em prosternar-se diante de uma gigantesca girafa e tentam dar um beijo nos cascos do animal. Olhe! O bicho acaba justamente de dar um coice num dos da ralé... e noutro... e noutro! Na verdade, não posso deixar de admirar o animal pelo excelente uso que está fazendo das patas!

— Ralé? Ora essa! Estes são os nobres e livres cidadãos de Epidafne! Bicho, disse você? Tome cuidado para que não o escutem. Não percebe que o animal tem o rosto de homem? Sim, meu caro senhor, aquela girafa não é mais nem menos do que Antíoco Epifânio, Antíoco, o Ilustríssimo, Rei da Síria, o mais poderoso de todos os autócratas do Oriente! É verdade que ele, às vezes, é alcunhado Antíoco Epímano... Antíoco, o Louco... mas isso é porque nem toda gente tem capacidade para apreciar-lhe os méritos. É também certo que ele agora se oculta sob a aparência de um bicho, e faz o melhor que pode para representar o papel de girafa. Isto, porém, é feito para melhor sustentar sua dignidade como rei. Além disso, o monarca é de gigantesca estatura e, contudo, o vestuário não é indecoroso nem muito grande. Daí podemos presumir que ele não o adotaria a não ser para alguma oportunidade de especial brilho. Esta, você compreende, é o massacre de mil judeus. Com que superior dignidade o monarca perambula sobre quatro patas! Sua cauda, você vê, levanta-se, sustentada por suas duas principais concubinas, Eline e Argelais. E toda

3 Flávio Vóspico diz que o hino aqui apresentado foi cantado pela ralé, em louvor de Aureliano, por ocasião da guerra dos sármatas, por haver aquele matado, com suas próprias mãos, 950 inimigos.

a sua aparência seria infinitamente impressionante se não fossem a protuberância de seus olhos, que, por certo, saltarão fora da cara, e a estranha cor de sua face, que se tornou indescritível, dada a quantidade de vinho que ele engoliu. Sigamo-lo ao hipódromo, para onde ele vai, e ouçamos o canto de triunfo que ele está principiando:

Quem é o rei? Só Epifânio!
Não o sabeis? Dizei!
Quem é o rei? Só Epifânio!
Um bravo, um viva ao rei!
Não há ninguém como Epifânio!
Não há ninguém, oh, não!
Lançai portanto o templo ao chão
e o sol se apague então!

— Otimamente, vigorosamente cantado! O populacho o está aclamando como "Príncipe dos poetas", "Glória do Oriente", "Deleite do universo" e, finalmente, como "A mais notável das girafas". Fizeram coro a seu derramado entusiasmo e... está ouvindo? Ele canta de novo! Quando chegar ao hipódromo será coroado com a grinalda poética, em antecipação à sua vitória nas próximas Olimpíadas.

— Mas, bom Júpiter! Que está acontecendo na multidão por trás de nós?

— Por trás de nós, foi o que você disse? Oh, ah... percebo! Meu amigo, ainda bem que você falou a tempo. Procuremos um abrigo o mais depressa possível! Ali! Escondamo-nos no arco daquele aqueduto e então eu o informarei a respeito da origem de tal tumulto. A coisa virou pelo avesso, como eu estivera prevendo. O singular aparecimento da girafa com a cabeça de homem, parece, ofendeu as noções de propriedade, mantidas em geral pelos animais selvagens, domesticados na cidade. O resultado foi um motim; e, como acontece em tais ocasiões, todos os esforços humanos seriam inúteis para refrear o populacho. Muitos sírios já foram devorados, mas os patriotas quadrúpedes, em geral, parecem querer devorar a girafa. O "Príncipe dos poetas", entretanto, firmou-se nas patas traseiras, correndo para salvar a vida. Os cortesãos lhe voltaram as costas e as concubinas seguiram tão excelente exemplo. "Deleite do universo", estás em triste situação! "Glória do Oriente", corres perigo de ser mastigado! Não olhes, contudo, tão lastimosamente para tua cauda; ela se arrastará, sem dúvida, na lama, e não há jeito de impedi-lo. Não olhes, entretanto, para trás, para essa inevitável degradação; toma coragem, porém, esforça-te nas pernas com vigor e abala para o hipódromo! Lembra-te de que és Antíoco Epifânio, Antíoco, o Ilustríssimo! E também o "Príncipe dos poetas", a "Glória do Oriente" e "A mais notável das girafas"! Céus! Que poder de velocidade desenvolves! Que capacidade tens para dar sebo às canelas! Corre, Príncipe! Bravo! Epifânio! Excelente, Girafa! Glorioso Antíoco! Corre... salta... voa! Aproxima-se do hipódromo como uma seta lançada de uma catapulta! Pula... berra... lá está! Ainda bem, porque se tu, "Glória do Oriente", demorasses mais meio segundo a alcançar as portas do anfiteatro, não haveria um filhote de urso em Epidafne que não desse sua dentada em tua carcaça. Saiamos! Vamos partir! Consideramos nossos delicados ouvidos modernos incapazes de suportar a vasta gritaria que está a ponto de principiar na celebração da fuga do rei! Escute! Já começou! Veja! Toda a cidade de cabeça para baixo!

— Esta é, na verdade, a mais populosa cidade do Oriente! Que confusão de gente! Que mistura de todas as classes e idades! Que multiplicidade de seitas e nações! Que variedade de costumes! Que babel de línguas! Que berraria de bichos! Que tinir de instrumentos! Que parcela de filósofos!

— Vamo-nos embora!

— Espere um momento! Ouço uma enorme algazarra no hipódromo. Diga-me que quer dizer aquilo...

— Aquilo? Oh, não é nada! Os nobres e livres cidadãos de Epidafne, estando, como declaram, satisfeitíssimos com a fé, o valor, a sabedoria e a divindade de seu rei, e tendo sido, ainda por cima, testemunhas oculares de sua última prova de sobre-humana agilidade, acham que nada mais fazem do que seu dever ao ornar-lhe o crânio (em adição à coroa poética) com a grinalda da vitória na corrida a pé, uma grinalda que ele evidentemente deve obter na celebração da próxima Olimpíada e que, por conseguinte, agora lhe dão por adiantamento.

Uma história de Jerusalém[1]

Intensos rigidam in frontem ascendere canos
Passus erat...
Lucano, *De Catone*
... hirsuto javali.
Tradução

— Corramos para os muros — disse Abel-Phittim a Buzi-Ben-Levi e a Simeão, o Fariseu, no décimo dia do mês de Thammuz, no ano da Criação 3941. — Corramos para os baluartes, perto da Porta de Benjamim, situada na cidade de Davi, e observemos o acampamento dos incircuncisos; porque é a derradeira hora da quarta vigília, sendo nascente o sol; e os idólatras, no cumprimento da promessa de Pompeu, estariam a esperar-nos com os cordeiros para os sacrifícios.

Simeão, Abel-Phittim e Buzi-Ben-Levi eram os gizbarim ou subcoletores das oferendas na cidade santa de Jerusalém.

— Efetivamente — replicou o fariseu. — Apressemo-nos, porque essa generosidade entre os gentios é rara, e a volubilidade sempre foi um atributo dos adoradores de Baal.

— Que eles sejam volúveis e traidores é tão verdadeiro como o Pentateuco — disse Buzi-Ben-Levi —, mas isto é só para com o povo de Adonai. Quando já se soube que os Amonitas se revelassem descuidados de seus próprios interesses? Parece-me que não é grande exagero de generosidade o concederem-nos cordeiros para o altar do Senhor recebendo em troca disso trinta siclos de prata por cabeça!

— Tu te esqueces, contudo, Ben-Levi — replicou Abel-Phittim —, que o romano Pompeu, que agora impiamente está sitiando a cidade do Altíssimo, não tem certeza de que não empreguemos os cordeiros, assim adquiridos para o altar, como sustento do corpo em vez do espírito.

— Agora, pelas cinco pontas de minha barba! — gritou o fariseu, que pertencia à seita dos chamados Sapateadores (aquele pequeno núcleo de santos, cuja maneira de *sapatear* e ferir os pés contra o assoalho era um espinho e uma censura para os devotos menos zelosos, um tropeço para os menos dotados peregrinos) —, pelas cinco pontas desta barba que, como sacerdote, estou proibido de raspar! Temos então vivido para ver o dia em que um aventureiro, blasfemador e idólatra de Roma, nos acusará de apropriar-nos, para os apetites da carne, dos mais santos e consagrados elementos? Temos então vivido para ver o dia em que...

— Não discutamos os motivos do filisteu — interrompeu Abel-Phittim —, porque hoje nos aproveitamos, pela primeira vez, de sua avareza ou de sua generosidade; mas antes corramos até as muralhas, a fim de que não faltem ofertas àquele altar cujo fogo as chuvas do céu não podem extinguir e cujas colunas de fumo nenhuma tempestade pode desviar.

Aquela parte da cidade para a qual nossos dignos gizbarim se dirigiam apressadamente e que tinha o nome de seu arquiteto, o rei Davi, era tida como o distrito

1 Publicado pela primeira vez no *Saturday Courier*, 9 de junho de 1832. Título original: A TALE OF JERUSALEM.

mais poderosamente tonificado de Jerusalém, situado sobre a escarpada e elevada Colina de Sião. Ali, um fosso largo, profundo e circundante, talhado na sólida rocha, era defendido por uma muralha de grande resistência, ereta na sua borda interior. Esta muralha estava ornada, a intervalos regulares, de largos torreões de mármore branco, tendo o mais baixo sessenta, e o mais alto, cento e vinte cúbitos de altura. Mas na vizinhança da porta de Benjamim a muralha não se erguia, absolutamente, na margem do fosso. Pelo contrário, entre o nível da vala e a base da muralha salientava-se um penhasco perpendicular de duzentos e cinquenta cúbitos fazendo parte do íngreme Monte Moriah. De modo que, quando Simeão e seus companheiros chegaram ao cume do torreão chamado Adoni-Bezek — a mais alta das torres que cercavam Jerusalém e lugar habitual de conferência com o exército sitiante —, olharam para o campo do inimigo de uma altura que excedia de muitos pés a da pirâmide de Quéops, e muito mais a do templo de Belus.

— Verdadeiramente — suspirou o fariseu, ao olhar, aturdido, por cima do precipício —, os incircuncisos são como as areias das praias... como os gafanhotos no deserto! O vale do Rei tornou-se o vale de Adommin.

— E, contudo — acrescentou Ben-Levi —, tu não me podes apontar um filisteu... Não, nenhum, desde o Aleph até o Tau, desde o deserto até as ameias, que pareça um pouco maior do que a letra Iod.[2]

— Abaixai o cesto com os siclos de prata! — gritou então um soldado romano, com voz rouca e áspera, que parecia brotar das regiões de Plutão. — Abaixai o cesto com a maldita moeda cuja pronúncia quebra o queixo de um nobre romano! É dessa forma que vós demonstrais vossa gratidão ao nosso chefe Pompeu, que, condescendentemente, se tem mostrado disposto a escutar vossas impertinências idólatras? O deus Febo, que é um deus de verdade, já andou no seu carro uma hora, e não havíeis combinado estar nas muralhas ao nascer do sol? Com a breca! Pensais que nós, os conquistadores do mundo, não temos coisa melhor a fazer do que ficar esperando junto às muralhas de todos os canis para traficar com os cães da terra? Abaixai isso, digo eu... e vede bem que vossa moedinha seja de cor brilhante e peso justo!

— El Elohim! — ejaculou o fariseu, quando as vozes discordantes do centurião ribombaram pelos despenhadeiros do precipício e foram morrer de encontro ao templo. — El Elohim! Quem é o deus Febo? A quem invoca esse blasfemador? Tu, Buzi-Ben-Levi, que és lido nas leis dos gentios, e permaneceste entre aqueles que chafurdam com os teraphim![3] É de Nergal[4] que o idólatra fala? Ou de Ashimah?[5] De Nibhaz ou de Tartak?[6] De Adramalech ou de Aramalech?[7] De Succoth-Benith...[8] de Dagon...[9] de Belial...[10] de Baal-Perith...[11] de Baal-Peor...[12] ou de Baal-Zebub?[13]

2 Iod é a menor letra do alfabeto hebraico que começa no Aleph e termina no Tau. (N. T.)

3 Nome hebraico dos deuses-lares que os romanos cultuavam.

4 Deus da religião babilônica, o sol, no seu aspecto destruidor, senhor do mundo dos mortos.

5 Divindade dos hamatitas, que habitavam a região onde hoje fica Hama, cidade do norte da Síria.

6 Divindades adoradas pelos avitos, em Samaria.

7 Deuses babilônicos dos sefarvitas, que se estabeleceram como colonos em Samaria.

8 Divindade também cultuada pelos colonos babilônicos de Samaria.

9 A principal divindade dos filisteus, cujo culto se estendeu depois aos fenícios.

10 Nome com que os hebreus designavam a potência do mal, identificando-a com Satanás.

11 Deus de Siquém.

12 Divindade adorada na montanha de Peor, em Moab.

13 Deus fenício, cujo nome, em hebraico, significava o "senhor das moscas". (N. T.)

— Na verdade, não é nenhum deles... mas repara como deixas a corda correr demasiado rapidamente entre teus dedos, porque o cesto de vime poderia por acaso pendurar-se na ponta daquele despenhadeiro e seria uma perda desastrosa das coisas sagradas do santuário.

Com o auxílio de um maquinismo, um tanto rudemente construído, a pesada carga do cesto foi então cuidadosamente arriada em meio da multidão; e, do vertiginoso pináculo, os romanos eram vistos reunindo-se confusamente em torno dele; mas devido à imensa altura e a um persistente nevoeiro, não se podia ter uma visão nítida do que eles faziam.

Meia hora já havia decorrido.

— Teremos chegado demasiado tarde! — suspirou o fariseu, quando, passado aquele tempo, lançou a vista para o abismo. — Teremos chegado demasiado tarde! Seremos despedidos do emprego pelos katholim!

— Não mais — respondeu Abel-Phittim —, não mais nos banquetearemos sobre a opulenta terra! Não mais nossas barbas reacenderão a incenso nem nossos lombos se cingirão com os belos linhos do Templo!

— Raça![14] — praguejou Ben-Levi. — Raça! Quererão eles defraudar-nos do dinheiro da compra? Ou, santo Moisés!... estarão eles pesando os siclos do tabernáculo?

— Deram o sinal, por fim! — gritou o fariseu. — Deram o sinal por fim! Suspende, Abel-Phittim... e tu, Buzi-Ben-Levi, suspende! Porque verdadeiramente os filisteus ou ainda estão agarrados ao cesto ou o Senhor abrandou-lhes o coração para que colocassem dentro do cesto um animal de bom peso!

E os gizbarim iam suspendendo o cesto enquanto sua carga oscilava pesadamente ao subir através do nevoeiro sempre crescente.

*

— Maldito seja! Maldito seja! — foi a exclamação que brotou dos lábios de Ben-Levi quando, passada uma hora, se tornou indistintamente visível um objeto na extremidade da corda.

— Maldito seja! Que vergonha! É um carneiro das matas de Engedi... e tão hirsuto como o vale de Josafá!

— É um primogênito do rebanho — disse Abel-Phittim. — Conheço-o pelo balido de seus beiços e pelo inocente dobrar de suas pernas. Seus olhos são mais belos do que as joias do Peitoral e sua carne é como o mel do Hebron.

— É uma gorda vitela dos pastos de Bashan — disse o fariseu. — Os gentios agiram maravilhosamente para conosco! Ergamos nossas vozes num salmo! Demos graças no oboé e no saltério, na harpa e no berimbau, na cítara e no sacabuxa!

Somente quando o cesto chegou a poucos pés de distância dos gizbarim foi que um grosso grunhido revelou-lhes à percepção um porco de tamanho incomum.

— Agora, El Emanu! — lentamente e de olhos revirados, ejaculou o trio, quando, largando a corda, o porco libertado, caiu de cabeça para baixo entre os filisteus. — El Emanu! Deus esteja conosco!... *É a carne inexprimível!*

---

14 Termo insultuoso usado pelos judeus do tempo de Cristo. Veja-se o Evangelho de São Mateus C. V, v. 22. (N. T.)

Como escrever um artigo à moda *Blackwood*[1]

"In the name of the Prophet - figs!"[2]

Grito do vendedor de figos turco

Suponho que toda gente já ouviu falar em mim. Meu nome é a Signora Psique Zenóbia. Tenho certeza disso. Ninguém, a não ser meus inimigos, jamais me chama Suky Snobbs. Garantiram-me que Suky é apenas uma corruptela vulgar de Psique, que é grego do bom e significa "a alma" (sou eu, eu sou toda alma) e, às vezes, uma "borboleta", aludindo, indubitavelmente, este último significado ao meu aspecto, quando uso meu vestido novo de cetim vermelho, com a mantilha árabe azul-celeste, enfeitada de broches verdes e as sete franjas de *aurículas* alaranjadas. Quanto a Snobbs, qualquer pessoa que olhar para mim instantaneamente se certificará de que meu nome não é Snobbs. A Srta. Tabitha Nabo andou espalhando esse boato por simples inveja. Tabitha Nabo, com efeito! Oh, a desgraçada! Mas que podemos nós esperar de um nabo? É de admirar se ela se lembrar do velho adágio, acerca de "tirar sangue de um nabo" etc. (Nota: lembrar-lhe isso na primeira oportunidade.) (Outra nota: puxar o nariz dela.) Onde estava eu? Ah! Asseguraram-me que Snobbs é simples corruptela de Zenóbia e que Zenóbia foi uma rainha (eu também. O Dr. Moneypenny sempre me chama a Rainha dos Corações); que Zenóbia, tão bem como Psique, é grego do bom, e que meu pai um grego, e que consequentemente tenho direito ao nosso patronímico, que é Zenóbia, e de modo algum Snobbs. Ninguém a não ser Tabitha Nabo me chama Suky Snobbs. Eu sou a Signora Psique Zenóbia.

Como eu disse antes, toda a gente tem ouvido falar a meu respeito. Sou eu aquela autêntica Signora tão justamente celebrada como secretária correspondente da Sociedade Ornamental Literária Total Experimental Industrial Regular Ortodoxa Normal Artística Sentimental Psíquica Astrológica Para As Filadelfinas Incrementarem Nobres Aspirações Sociais. O Dr. Moneypenny fez o título para nós e disse que o escolhera porque soava tanto como um tonel de rum vazio. (Um homem vulgar, às vezes, mas em geral profundo.) Nós todas assinamos as iniciais da sociedade depois dos nossos nomes, à maneira da R.S.A. (Real Sociedade de Artes), da S.P.A.C.T.O. (Sociedade Protetora e Ampliadora de Conhecimentos e Trabalhos Originais) etc., etc. O Dr. Moneypenny diz que o S. corresponde a "sediço", e que P.A.C.T.O. lembra pato (mas não é), e que S.P.A.C.T.O. representa Sediço Pato e não a Sociedade de Lorde Brougham. Mas, contudo, o Dr. Moneypenny é um homem tão estranho, que nunca estou certa de quando está ele dizendo a verdade. De qualquer forma, nós sempre acrescentamos aos nossos nomes as iniciais S.O.L.T.E.I.R.O.N.A.S. P.A.P.A.F.I.N.A.S., isto é: Sociedade Ornamental Literária Total Experimental Industrial Regular Ortodoxa

1 Publicado pela primeira vez no *American Museum of Science, Literature and the Arts*, novembro de 1838. Título original: PSYCHE ZENOBIA.

2 Em nome do Profeta — figos! (N. T.)

Normal Artística Sentimental Psíquica Astrológica Para As Filadelfinas Incrementarem Nobres Aspirações Sociais. Uma letra para cada palavra, o que é decididamente um progresso sobre Lorde Brougham. O Dr. Moneypenny sustenta que nossas iniciais definem nosso verdadeiro caráter, mas palavra que não consigo perceber o que ele quer dizer com isso.

Não obstante os bons ofícios do doutor e os estrênuos esforços da associação para se dar a conhecer, não obteve muito grande êxito senão quando para ela entrei. A verdade é que os seus membros se compraziam em discussões demasiado impertinentes. Os trabalhos lidos todos os sábados, à noite, caracterizavam-se menos pela profundeza que pela chocarrice. Eram todos um verdadeiro xarope. Não havia investigações a respeito da primeira causa, dos primeiros princípios. Não havia investigação de coisa nenhuma. Não se prestava atenção alguma àquele grande assunto: "a conveniência das coisas". Em resumo, não havia belos trabalhos escritos como este. Era tudo chato, deveras! Nem profundeza, nem estudo, nem metafísica, nada daquilo que os sábios chamam espiritualidade e que os ignaros gostam de estigmatizar como "ostentação".

Quando entrei para a sociedade era minha intenção nela introduzir melhor estilo de pensar e de escrever. E toda gente sabe quão bem-sucedida fui. Apresentamos agora tão bons trabalhos na S.O.L.T.E.I.R.O.N.A.S.P.A.P.A.F.I.N.A.S. quanto quaisquer que possam ser encontrados, mesmo no *Blackwood*. Cito o *Blackwood* porque me garantiram que os mais belos escritos, sobre qualquer assunto, podem ser encontrados nas páginas daquele justamente celebrado magazine. Nós agora o tomamos para nosso modelo em todos os assuntos e, consequentemente, estamos criando rápida popularidade. E, afinal de contas, não é coisa tão difícil compor um artigo à genuína moda do *Blackwood*, se a gente se dispuser propriamente a isso. Não falo, sem dúvida, dos artigos políticos. Toda gente sabe como são eles arranjados desde que o Dr. Moneypenny o explicou. O Sr. Blackwood tem um par de tesourões de alfaiate e três aprendizes que ficam a seu lado aguardando ordens. Um lhe entrega o *Times*, o outro o *Examiner* e um terceiro o *Novo Compêndio de Gíria*, de Gulley. O Sr. Blackwood apenas corta e intercala. E está pronto. É apenas *Examiner, Gíria* e *Times* — depois *Times, Gíria* e *Examiner* — e afinal *Times, Examiner* e *Gíria*.

Mas o principal mérito do magazine reside nos seus artigos diversos. E o melhor deles aparece sob o título daquilo que o Dr. Moneypenny chama as *Bizarrices* (ou lá o que seja) e o que toda gente sempre chama as *sensações*. É uma espécie de escrito que há muito me acostumei a apreciar, embora somente depois de minha última visita ao Sr. Blackwood (enviada pela sociedade) é que me tornei conhecedora do exato método de composição. Este método é muito simples, mas não tanto quanto o dos artigos políticos. Na minha visita ao Sr. Blackwood, ao dar-lhe parte dos desejos da sociedade, recebeu-me ele com grande polidez, introduziu-me no seu gabinete e deu-me uma clara explicação de todo o processo.

— Minha cara *madman*[3] — disse ele evidentemente impressionado com o meu aspecto majestoso, pois eu estava vestida de cetim vermelho, com os broches verdes e as *aurículas* alaranjadas —, *minha cara* madame, queira sentar-se. O negócio é assim; em primeiro lugar, o escritor de sensações deve ter tinta muito negra

3 *Madman*, homem louco, é um trocadilho com *Madam*, senhora, feito pelo autor. (N. T.)

e uma pena muito grande com uma ponta bem rombuda. E, preste bem atenção, Srta. Psique Zenóbia! — continuou ele depois de uma pausa, com a mais expressiva energia e a maior solenidade de maneiras —, preste bem atenção! *Esta pena nunca deve ser afiada!* É aqui, madame, que jaz o segredo, a alma da sensação. Tendo a responsabilidade de afirmar que nenhum indivíduo, por maior gênio que fosse, jamais escreveu com uma boa pena, compreenda-me bem, um bom artigo. Pode ficar certa de que quando um manuscrito pode ser lido nunca é digno de leitura. Isto é um princípio capital em nossa fé, com o qual se a senhora não puder prontamente concordar nossa conferência está terminada.

Fez uma pausa. Mas, sem dúvida, como não tinha eu desejo de dar por finda a entrevista, concordei com uma proposição tão evidente e de cuja verdade também eu, desde muito, estava bastantemente convencida. Ele pareceu ficar satisfeito e continuou suas instruções.

— Pode parecer odioso de minha parte, Srta. Psique Zenóbia, citar-lhe um artigo ou uma série de artigos a título de modelo ou estudo; contudo, talvez possa muito bem chamar sua atenção para alguns casos. Vejamos. Havia "O morto-vivo", uma coisa excepcional: o cúmulo das sensações de um cavalheiro quando sepultado antes de haver exalado o derradeiro suspiro; eis aí um tema cheio de sabor, de terror, de sentimento, de metafísica e de erudição! A senhora juraria que o escritor tinha nascido e sido educado num caixão. Tínhamos depois as "Confissões de um fumador de ópio". Lindo, lindíssimo! Esplendorosa imaginação, filosofia profunda, especulação aguda, cheio de fogo e violência, e um bom tempero de coisas decididamente ininteligíveis! Tudo isso formava um bom-bocado de manjar branco e desceu deliciosamente pelas gargantas do povo. Pensaram que Coleridge escrevera o artigo, mas não foi tal. Foi escrito pelo meu macaco favorito, Zimbro, depois de uma taça de genebra holandesa com água, "esquentada, sem açúcar". (Dificilmente teria eu acreditado nisso, se não fosse o próprio Sr. Blackwood que mo garantisse.) Depois houve o "Experimentador involuntário", que contava a história de um cavalheiro que foi cozinhado num forno e saiu dele vivo e muito bem disposto, embora um tanto zonzo, certamente. E depois houve o "Diário de um médico falecido", em que o mérito reside em uma linguagem bombástica e num grego medíocre, ambas as coisas agradáveis ao público. E em seguida houve "O homem no sino", um artigo oportuno, Srta. Zenóbia, que eu não me cansarei de recomendar à sua atenção. É a história de um rapaz que vai dormir debaixo do badalo do sino de uma igreja e é despertado por um dobre. O som o enlouquece, e, consequentemente, tirando do bolso as tiras de papel, tratou de reproduzir o auge de suas sensações. Afinal são grandes coisas as sensações. Se a senhora, alguma vez, for afogada ou enforcada, trate de tomar nota de suas sensações, pois lhe poderão dar uns dez guinéus por folha. Se a senhora deseja escrever com veemência, Srta. Zenóbia, preste toda atenção às suas sensações.

— Eu o farei, com toda a certeza, Sr. Blackwood — disse eu.

— Muito bem! — replicou ele. — Vejo que a senhora é uma aluna que me dá no goto. Mas é meu dever pô-la ao corrente dos pormenores necessários na composição daquilo que pode ser denominado um genuíno artigo à *Blackwood*, de caráter sensacional, espécie que, como a senhora bem compreenderá, considero a melhor para todos os efeitos.

A primeira coisa que se requer é pôr-se o indivíduo em dificuldade tal como antes ainda não houve. O forno, por exemplo... aquilo foi um tiro no alvo. Mas se a senhora não tiver nenhum forno ou grande sino à mão, e se não puder convenientemente cair de um balão ou ser tragada num terremoto, ou asfixiar-se numa chaminé, terá de contentar-se com simplesmente imaginar qualquer desventura semelhante. Eu preferiria, contudo, que a senhora tivesse a experiência do fato real. Nada ajuda tanto a imaginação como o conhecimento experimental do assunto em questão. "A verdade é estranha", como a senhora sabe, "mais estranha do que a ficção", além, de ser de mais efeito.

Aqui eu lhe garanti que tinha um excelente par de ligas, e que iria pendurar-me delas.

— Muito bem! — replicou ele. — Faça isso, embora enforcar-se já esteja um tanto batido. Talvez a senhora pudesse fazer coisa melhor. Tome uma dose de pílulas de Brandreth e depois nos transmita suas sensações. Contudo, minhas instruções se aplicam igualmente bem a qualquer variedade de desgraça e, ao voltar para casa, a senhora pode facilmente levar um golpe na cabeça, ser atropelada por um ônibus, mordida por um cachorro danado ou afogada numa sarjeta. Mas ponha mãos à obra.

— Depois de ter escolhido seu assunto, deve em seguida considerar o tom ou maneira de sua narração. Há o tom didático, o tom entusiástico, o tom natural... todos bastante comuns. Mas há também o tom lacônico ou curto, que ultimamente está em grande voga. Consiste em períodos curtos. Uma coisa assim: não deixe de ser demasiado breve. Não deixe de ser demasiado mordaz. Sempre um ponto-final. E nunca um parágrafo.

— Depois há o tom elevado, difusivo e interjetivo. Alguns de nossos melhores novelistas são senhores deste tom. As palavras devem estar todas num torvelinho, como um corrupio, e fazer um barulho muito semelhante, que soa admiravelmente bem embora nada signifique. É o melhor de todos os estilos possíveis, quando o escritor está muito apressado para poder pensar.

— O tom metafísico é também muito bom. Se a senhora conhece algumas palavras difíceis é uma sorte. Fale das escolas jônica e eleática, de Archytas, Górgias e Alcmene. Diga alguma coisa a respeito de objetividade e subjetividade. Trate de abusar de um homem chamado Locke. Torça o nariz a coisas comuns e, quando escorregar em algo um tanto absurdo, não necessita preocupar-se em riscá-lo; mas acrescente, justamente, uma nota ao pé da página e diga que colheu a profunda observação acima, na *Kritik der reinen Vernunft* ou na *Metaphysische Anfangsgründe der Naturwissenchaft*. Isto parecerá erudito e... sincero.

— Há outros vários tons de igual celebridade, mas mencionarei apenas dois mais: o tom transcendental e o tom heterogêneo. Naquele, o mérito consiste em distinguir, dentro da natureza dos negócios, muito mais coisas do que qualquer outra pessoa. Esta dupla visão é muito eficiente quando devidamente orientada. Um pouco de leitura do *Dial* ser-lhe-á de grande proveito. Escolha, neste caso, palavras difíceis; decore-as o menos possível e escreva-as às avessas. Passe os olhos pelos poemas de Channing e cite o que ele diz acerca de "um homenzinho gordo com ilusórias mostras de Ciência". Diga alguma coisa a respeito da Superna Unicidade. Não diga uma sílaba, sequer, a respeito da Infernal Duplicidade. Acima de tudo, insinuações profundas. Sugira tudo e não afirme nada. Se tiver vontade de fazer "pão com manteiga", não o faça de modo algum diretamente. Poderá dizer qualquer coisa e todas as coisas que se aproximem de pão com manteiga. Pode sugerir um bolo de trigo mourisco, ou poderá mesmo ir ao ponto de insinuar sopa de aveia, mas se o que deseja dizer é, realmente, pão com manteiga, tenha cuidado, minha querida Srta. Psique: de modo algum diga "pão com manteiga"!

Garanti-lhe que jamais o diria enquanto vivesse. Ele me beijou e continuou:

— Quanto ao tom heterogêneo, é simplesmente uma discreta mistura, em iguais proporções, de todos os outros tons do mundo, e, consequentemente, é formada de tudo quanto é profundo, grande, estranho, picante, pertinente e lindo. Suponhamos agora que a senhora já escolheu os seus acidentes e o tom. A parte mais importante — efetivamente, a alma de tudo — ainda está para vir: refiro-me ao *enchimento*. Não se deve supor que uma senhora, ou um cavalheiro, tenha levado a vida de uma traça. E contudo, acima de tudo, é necessário que o seu artigo tenha um ar de erudição, ou, pelo menos, evidencie uma extensa leitura geral. Agora, vou ensinar-lhe como realizar este ponto. Olhe aqui! (E tirou da estante uns três ou quatro livros de aparência ordinária e abriu-os ao acaso.) Ao lançar a vista sobre qualquer página de qualquer livro do mundo a senhora será capaz de perceber imediatamente um ror de pequenos fragmentos de saber, ou de belo espírito, que são o verdadeiro tempero de um artigo do *Blackwood*. A senhora poderá bem anotar alguns, enquanto lhos leio. Farei duas divisões: primeiro, "Fatos picantes para a composição de modelos", e segundo, "Expressões picantes a serem introduzidas no momento azado". Agora, escreva!

E eu escrevi o que ele ditava:

FATOS PICANTES PARA MODELOS

Havia primitivamente apenas três musas: Melete, Mneme e Aoede — meditação, memória e canto.

— A senhora poderá aproveitar muita coisa desse pequeno fato, se o explorar devidamente. Bem vê que não é geralmente conhecido e parece *rebuscado*. Deve ter cuidado e apresentar a coisa com um ar de inequívoco improviso. Continue:

O rio Alfeu passava por baixo do mar e emergia, sem prejuízo para a pureza de suas águas.

— Um tanto sediço, decerto, mas, adequadamente vestido e preparado, parecerá tão novo como nunca. Temos ainda aqui coisa melhor:

A Íris Persa parecia, para certas pessoas, possuir um doce e intensíssimo perfume, ao passo que, para outras, é perfeitamente inodora.

— Lindo isto e muito delicado! Revire-o um pouco e operará maravilhas! Teremos alguma coisa também no campo da Botânica. Nada há que melhor se ostente, de modo especial com o auxílio dum pouco de latim. Escreva:

O *epidendrum flos aeris*, de Java, desabrocha uma belíssima flor e pode viver ainda mesmo com as raízes arrancadas. Os nativos suspendem-no do telhado por uma corda e gozam de seu perfume durante anos.

— Isto é sesquipedal! Isto servirá para modelo. Agora vejamos as Expressões Picantes.

EXPRESSÕES PICANTES
A veneranda novela chinesa Ju-Kiao-Li.

— Muito bem! Introduzindo essas poucas palavras, com habilidade, revelará a senhora seu conhecimento íntimo da literatura e da língua dos chineses. Com coisas assim poderá a senhora ir longe, fazendo o mesmo com o árabe, o sânscrito e o chickasaw. Não há, contudo, exibição perfeita sem espanhol, italiano, alemão, latim e grego. Irei mostrar-lhe um exemplar de cada um. Qualquer fragmento convirá, porque depende de sua engenhosidade torná-lo adequado a seu artigo. Agora escreva:

Aussi tendre que Zaire.

— Tão tenro ou tão terno como Zaíra. É francês. Alude à frequente repetição da frase *la tendre Zaire*, na tragédia francesa desse nome. Devidamente introduzido, mostrará não só seu conhecimento da língua, mas sua cultura geral e seu talento. A senhorita pode dizer, por exemplo, que o frango que está comendo (escreva um artigo contando que esteve à morte, engasgada com um osso de frango) não era absolutamente *aussi tendre que Zaire*. Escreva:

Ven, muerte, tan escondida,
Que no te sienta venir,
Porque el plazer del morir,
No me torne a dar la vida.[4]

— Isto é espanhol, de Miguel de Cervantes. Isto a senhorita pode intercalar, muito *à propos*, quando estiver lutando, na derradeira agonia, com o osso de frango. Escreva:

Il pover uomo che non se n'era accorto,
Andava combattendo ed era morto.

— Isto é italiano, como vê, de Ariosto. Significa que um grande herói, no calor do combate, não tendo percebido que havia sido belamente morto, continuou a lutar valentemente, morto como estava. A aplicação disto a seu próprio caso é evidente, porque acredito, Srta. Psique, que não deixará de espernear, pelo menos uma hora e meia, depois de se ter engasgado mortalmente com o osso de frango. Tenha a bondade de escrever:

Und sterb'ich doch, so sterb'ich denn
Durch sie — durch sie!

4 Os versos citados não são de Cervantes, mas fazem parte do famoso rondel de Santa Teresa de Jesus, por ela repetidos na hora da sua morte. (N. T.)

— Isto é alemão, de Schiller. "E se eu morrer, pelo menos morro por ti — por ti!" Aqui, está claro que a senhorita irá apostrofando a causa de seu desastre: o frango. De fato, que cavalheiro (ou que dama) de sentimento não *desejaria* morrer, gostaria eu de saber, vítima dum capão bem gordo, de verdadeira raça das Molucas, recheado de alcaparras e cogumelos, e servido numa saladeira com geleia de laranja *en mosaïques*. Escreva! (A senhorita poderá arranjar um prato desses no Tortoni.) Escreva, tenha a bondade!

— Eis aqui uma linda frasezinha latina e rara também (não se pode ser demasiado *rebuscado* ou breve, no seu latim, pois se tornou tão comum...):

Ignoratio elenchi.

— Ele cometeu uma *ignoratio elenchi*, isto é, compreendeu as palavras de sua frase, mas não a ideia. O sujeito era um *maluco*, como vê; algum pobre camarada a quem a senhorita se dirigiu, enquanto se engasgava com o tal osso de frango, e que, por essa razão, não compreendeu precisamente a respeito de que estava a senhorita falando. Lance a *ignoratio elenchi* nos dentes dele e imediatamente tê-lo-á aniquilado. Se ele ousar replicar, pode dizer-lhe de Lucano (aqui está) que os discursos são meras *anemonae verborum*, palavras anêmonas. A anêmona, apesar de seu grande brilho, não tem cheiro. Ou então, se ele começar a roncar, pode jogar-lhe em cima a *insomnia Jovis*, devaneios de Júpiter, frase que Silius Italicus (veja só!) aplica aos pensamentos pomposos e inchados. Isso é infalível, corta-lhe até o coração. Ele nada pode fazer senão rolar no chão e morrer. Quer ter a bondade de escrever?

Em grego, devemos ter algo de lindo, de Demóstenes, por exemplo:

Anero pheugon kai palin makesetai.

— Há uma tradução suportavelmente boa disso, em Hudibras:

Pois o que voa pode de novo combater,
Matar, porém, é que nunca poderá.

— Num artigo *Blackwood*, nada melhor se exibe que o seu grego. As próprias letras parecem ter um ar de profundeza. Observe só, minha senhora, o astuto olhar daquele ípsilon! Aquele phy... deve ser certamente um bispo! Houve jamais camarada mais elegante do que aquele *ômicron?* Repare bem naquele tau! Em suma, nada como o grego para um artigo genuinamente sensacional. No caso presente, sua aplicação é a coisa mais evidente do mundo. Enuncie vivamente a frase com uma imensa blasfêmia e, a modo de *ultimatum*, ao vilão estúpido e imprestável que não podia compreender o seu inglês claro a respeito do osso de frango. Ele compreenderá e dará o fora, fique certa disto.

Estas foram todas as instruções que o Sr. Blackwood podia prestar-me a respeito do assunto em questão, mas achei que seriam suficientes. Sentia-me capaz, afinal, de escrever um autêntico artigo à *Blackwood*, e decidi-me a fazê-lo, imediatamente. Ao despedir-se de mim fez-me o Sr. Blackwood a proposta de comprar o artigo, depois de escrito; mas como ele só pôde oferecer-me cinquenta guinéus por folha pensei que seria melhor dá-lo à nossa sociedade que sacrificá-lo por soma tão mesquinha. Não obstante, porém, esse espírito de mesquinharia, o cavalheiro demonstrou sua consideração por mim, a todos os outros respeitos, e, na verdade, tratou-me com a maior polidez. Suas palavras de despedida causaram profunda impressão em meu coração e espero recordá-las sempre com gratidão.

— Minha cara senhorita Zenóbia — disse ele, com os olhos ainda cheios de água —, haverá ainda alguma coisa que eu possa fazer para promover o êxito de sua louvável empresa? Deixe-me refletir! É bem possível que não seja capaz, tão depressa quanto seria conveniente, de... de... de morrer afogada, ou... engasgar-se com um osso de frango, ou... ou enforcar-se... ou ser mordida por?... Mas basta! Lembro-me agora que há lá, no pátio, um casal de excelentes buldogues... ótimos tipos, posso garantir-lhe, selvagens e tudo mais... Na verdade, justamente a coisa para seu dinheiro... Eles a devorarão, com *aurículas* e tudo, em menos de cinco minutos... (Aqui está meu relógio!) E depois é só pensar nas sensações! Pronto! Direi: Tom! Peter! Dick! Seu vilão! Largue isso!...

Mas como estava eu realmente com grande pressa e não tinha mais um minuto a perder, vi-me, a contragosto, levada a apressar minha saída e, por consequência, despedi-me *imediatamente*, de modo um tanto mais abrupto, admito, que o permitido pela mais estrita cortesia.

Foi meu primeiro objetivo, ao deixar o Sr. Blackwood, arranjar alguma imediata dificuldade, de acordo com seu conselho, e, tendo isso em vista, gastei a maior parte do dia em vagar por Edimburgo à busca de desesperadas aventuras... aventuras adequadas à intensidade de meus sentimentos e adaptadas ao vasto caráter do artigo que eu tencionava escrever. Nessa excursão fui auxiliada por um escravo negro, Pompeu, e meu cãozinho de colo, Diana, que eu trouxera comigo de Filadélfia. Só foi, porém, mais tarde, depois do meio-dia, que logrei plenamente ser bem-sucedida na minha árdua tarefa. Um importante acontecimento então sucedeu, do qual o artigo à *Blackwood* que se segue (no tom heterogêneo) é a substância e o resultado.

Uma trapalhada[1]
Continuação do relato precedente

Que acaso, boa senhora, a desolou assim?
Comus

Era uma tarde calma e silenciosa aquela em que eu vagueava pela formosa cidade de Edina.[2] A confusão e o alvoroto nas ruas eram terríveis. Homens falavam. Mulheres esganiçavam-se. Crianças se engasgavam. Porcos assobiavam. Rolavam carroças. Mugiam os bois. Respondiam as vacas. Cavalos rinchavam. Gatos miavam. Cachorros dançavam. *Dançavam*! Então era isso possível? *Dançavam*! Ai de mim, pensei eu, *meus* dias de dança já se foram! É sempre assim. Que exército de melancólicas recordações, amiúde, não se desperta no espírito do gênio, e que contemplação imaginativa, especialmente de um gênio sentenciado ao imperecível, ao eterno, ao contínuo e, como se pode dizer, *continuado*... sim, o *continuado* e *continuante*, amargo, terrível, perturbador e, se nos é permitida a expressão, a *verdadeiramente* perturbadora influência do sereno, divino, celestial, exaltador, elevado e purificador efeito do que pode ser com justiça denominado a mais invejável, a mais *verdadeiramente* invejável, e, ainda mais!, a mais benignamente bela, a mais deliciosamente etérea e, como o é, a mais *linda* (se posso usar tão ousada expressão) *coisa* deste mundo! Perdoai-me, gentil leitor, mas eu sou sempre arrebatada por meus sentimentos! Em *tal* estado de espírito, repito, que exército de recordações é suscitado por uma ninharia! Os cães dançavam! Eu... eu não *podia*! Cabriolavam... eu chorava! Revoluteavam... eu soluçava alto! Tocantes e comovedoras circunstâncias que não podiam deixar de trazer à memória do leitor dos clássicos aquela estranha passagem relativa à adequação das coisas que se encontra no início do terceiro volume daquela admirável e venerável novela chinesa *Jo-Gueia-Li*.

Em meu passeio solitário através da cidade tinha dois humildes, porém fiéis companheiros. Diana, meu cãozinho de colo, a mais doce das criaturas... Tinha ela bastos pelos sobre seu único olho e, em volta do pescoço, enlaçava-se, de acordo com a moda, uma fita azul. Diana não tinha mais de cinco polegadas de comprimento, mas sua cabeça era algo maior do que o corpo, e sua cauda, tendo sido cortada cerce demais, dava ar de ofendida inocência ao interessante animal, tornando-o favorito de todos.

E Pompeu, meu criado negro. Querido Pompeu! Como poderei esquecer-te? Eu ia de braço dado com Pompeu. Ele tinha noventa centímetros de altura (gosto de ser minuciosa) e cerca de setenta, ou talvez oitenta, anos de idade. Tinha pernas arqueadas e era corpulento. Sua boca não poderia ser chamada pequena nem suas orelhas curtas. Contudo, eram seus dentes como pérolas e seus olhos grandes, enormes, eram deliciosamente brancos. A natureza não o dotara de nariz e lhe colocara os tornozelos (como

1 Publicado pela primeira vez no *American Museum of Science, Literature and the Arts*, dezembro de 1838. Título original: THE SCYTHE OF TIME.

2 Nome poético de Edimburgo. (N. T.)

de costume naquela raça) no meio da parte superior dos pés. Estava vestido com uma chocante simplicidade. Seus únicos trajes eram uma gravata de nove polegadas de comprimento e um capote castanho quase novo, que, anteriormente, estivera a serviço do alto, imponente e ilustre Dr. Moneypenny. Era um bom capote. Bem talhado. E bem-feito. O capote estava quase novo. Pompeu tirara-o do lixo com ambas as mãos.

Havia três pessoas em nosso grupo e duas delas já foram assunto de observações. Havia uma terceira... e essa pessoa era eu mesma. Eu sou a Signora Psique Zenóbia. Eu não sou Suky Snobbs. Meu aspecto é imponente. Na memorável ocasião de que falo, trajava eu um vestido de cetim vermelho, com um xale árabe azul-celeste. E o vestido tinha franjas com broches verdes e sete graciosos babados de *aurículas* cor de laranja. Formava eu, pois, a terceira pessoa do grupo. Havia o cãozinho. Havia Pompeu. Havia eu mesma. Nós éramos três. Por isso se diz que havia originalmente *três* Fúrias: Omelete, Meneio, Aéreo; Meditação, Memória, Pranto.

Apoiada ao braço do galante Pompeu, e seguida, a respeitável distância, por Diana, continuei a andar por uma das movimentadas e agradabilíssimas ruas da agora deserta Edina. De súbito surgiu à vista uma igreja. Uma catedral gótica. Vasta, venerável, com um alto campanário que se arrojava para o céu. Que loucura agora se apossou de mim? Por que corri eu para a minha sorte? Tomou-me um incontrolável desejo de subir o vertiginoso pináculo e dali descortinar toda a imensa extensão da cidade. A porta da catedral estava convidativamente aberta. O meu destino dominou tudo. Penetrei pelo pórtico fatal. Onde estava então o meu anjo da guarda, se na realidade tais anjos existem? *Se*! Aflitivo monossílabo! Que mundo de mistério, de significação e de dúvida, de incerteza, se contém nas tuas duas letras! Penetrei no sombrio pórtico! Entrei e, sem nenhum dano para minhas aurículas alaranjadas, passei por baixo do portal e ingressei no vestíbulo, assim como o imenso Rio Alfred passa, incólume e seco, por baixo do mar.

Pensei que a escadaria não tivesse mais fim. *Circular!* Sim, os degraus subiam circularmente, circularmente subiam, até que não pude deixar de conjeturar, com o sagaz Pompeu, sobre cujo braço sustentador eu me apoiava com toda a confiança de uma velha afeição... sim, não *podia* deixar de conjeturar que a extremidade da contínua escada em espiral tivesse sido, acidentalmente ou talvez propositadamente, removida. Paramos para respirar; e, entrementes, ocorreu um acidente de natureza por demais momentosa, do ponto de vista moral e também metafísico, para que o deixemos de mencionar. A mim me pareceu... na verdade eu estava completamente certa do fato... não podia me enganar, não! Eu tinha, durante alguns momentos, cuidadosa e ansiosamente observado os movimentos de minha Diana... digo, pois, que não podia ter-me enganado... Diana farejava um rato! Imediatamente, chamei a atenção de Pompeu para o caso e ele... ele concordou comigo. Não havia, pois, mais nenhum motivo razoável de dúvida. O rato tinha sido farejado... e por Diana. Céus! Poderei eu jamais esquecer a intensa excitação daquele instante? O rato... estava ali... isto é, estava em alguma parte! Diana farejou o rato! Eu... eu não podia! Por isso se diz que a Íris da Prússia tem para algumas pessoas um doce e intensíssimo perfume, enquanto para outros é perfeitamente inodora.

A escadaria tinha sido galgada e agora havia apenas três ou quatro degraus para cima entre nós e o ápice. Subimos ainda e agora havia apenas um degrau. Um degrau, pequenino degrau! De tão pequeno degrau, na grande escadaria da vida humana, quão vasta soma de humana felicidade ou de miséria não depende! Pensei em mim mesma. Depois, em Pompeu. E, por fim, no misterioso e inexplicável destino que nos cercava. Pensei em Pompeu... ai de mim, pensei em amor! Pensei nos numerosos degraus em falso que eu tenho subido e poderei ainda subir. Resolvi ser mais cautelosa, mais prudente. Larguei o braço de Pompeu e, sem seu auxílio, galguei o único degrau restante e alcancei a câmara do campanário. Fui seguida logo depois pelo meu cãozinho. Somente Pompeu ficou atrás. De pé, à beira da escada, encorajei-o a subir. Ele estendeu-me a mão e, infelizmente, ao fazê-lo, foi forçado a largar o capote que mantinha firmemente enrolado no corpo. Jamais cessariam os deuses sua perseguição? O capote caiu e Pompeu pisou, com um dos pés, a longa cauda do capote. Escorregou e caiu... Esta consequência era inevitável: caiu para a frente e com sua maldita cabeça, batendo-me em cheio... no peito, precipitou-me ao chão, juntamente com ele, sobre o duro, imundo e detestável assoalho do campanário. Mas minha vingança foi certa, súbita e completa. Agarrando-o com ambas as mãos pela carapinha, arranquei vasta quantidade de material negro, crespo, enroscado, largando-o, porém, com todo o manifesto desdém. Os cabelos arrancados caíram entre as cordas do campanário e ali ficaram. Pompeu levantou-se e não disse uma palavra. Mas me olhava lastimavelmente com seus grandes olhos e... suspirou. Oh, deuses... que suspiro! Mergulhou até o fundo do meu coração! E o cabelo... a carapinha! Pudesse eu reaver aquela carapinha e tê-la-ia banhado com minhas lágrimas, como prova de pesar. Mas, ai!, estava ela agora fora do meu alcance. Ao vê-la flutuar entre o cordame do sino, imaginei-a viva. Imaginei-a, erguendo-se indignada, assim como a *espirrenta Flos Aeris* de Java, que, como é sabido, ostenta uma bela flor que viverá mesmo quando arrancada pelas raízes. Os nativos suspendem-na do teto por uma corda e gozam de seu perfume durante anos.

Nossa questão terminara, porém, e olhávamos em redor do recinto à busca duma abertura por onde pudéssemos contemplar toda a cidade de Edina. Não havia janela alguma. A única luz que penetrava na sombria câmara provinha duma abertura quadrada de cerca de trinta centímetros de tamanho, a uma altura de quase dois metros e dez do assoalho. Contudo, que é que a energia do verdadeiro gênio não realiza? Resolvi trepar até aquele buraco. Grande quantidade de rodas, engrenagens e outros maquinismos, de aspecto cabalístico, erguia-se diante do buraco, perto dele; e através do buraco passava uma roda de ferro do maquinismo. Entre as rodas e a parede em que se achava o buraco, apenas havia espaço para meu corpo; contudo eu estava desesperada e decidi prosseguir. Chamei Pompeu para junto de mim.

— Está vendo aquela abertura, Pompeu? Desejo ver por ela. Você ficará aqui bem por baixo do buraco... assim. Agora, estenda uma de suas mãos, Pompeu, e deixe que eu ponha o pé nela... assim. Agora, a outra mão, Pompeu, e com seu auxílio treparei para seus ombros.

Fez ele tudo quanto eu desejava e vi que, subindo assim, podia facilmente passar minha cabeça e meu pescoço através da abertura. O panorama que se contemplava era sublime. Não podia ser tão magnífico. Parei só um instante para ordenar a Diana que se contivesse e assegurar a Pompeu que seria prudente e pesaria, o mais levemente possível, sobre seus ombros. Disse-lhe que procuraria ser terna para eles... *ossí tendre que biftec*. Tendo feito assim justiça ao meu fiel amigo, entreguei-me com grande ardor e entusiasmo ao gozo do espetáculo que tão cortesmente se espraiava diante de meus olhos.

A este respeito, porém, não me permitirei estender-me. Não descreverei a cidade de Edimburgo. Todos já estiveram em Edimburgo, a clássica Edina. Limitar-me-ei aos momentosos pormenores de minha própria e lamentável aventura. Tendo, de algum modo, satisfeito minha curiosidade em relação à extensão, situação e aspecto geral da cidade, achei-me com lazer para contemplar a igreja em que me encontrava e a delicada arquitetura da torre. Observei que a abertura através da qual metera a cabeça era um buraco no mostrador dum gigantesco relógio e devia parecer, da rua, como um enorme buraco de chave, como o que vemos no rosto dos relógios franceses. Sem dúvida, seu verdadeiro fim era deixar passar o braço de um criado para ajustar, quando necessário, de dentro, os ponteiros do relógio. Observei também, com surpresa, o imenso tamanho daqueles ponteiros, o mais longo dos quais não tinha menos de três metros de comprimento e, onde se alargavam, oito ou nove polegadas de largura. Pareciam feitos de sólido aço e suas extremidades eram agudas. Tendo notado essas particularidades e algumas outras, voltei de novo os olhos para a maravilhosa paisagem, lá de baixo e logo fiquei absorvida em contemplação.

Fui despertada desta, uns minutos depois, pela voz de Pompeu, que declarou não poder aguentar mais e me solicitou a bondade de descer. Aquilo não tinha propósito e assim lho disse, numa falação de certa prolixidade. Ele replicou, mas com evidente incompreensão de minhas ideias a respeito do assunto. Consequentemente, fiquei encolerizada e disse-lhe, com toda a franqueza, que ele era um maluco, que havia cometido um *ignoramus a lente*, que suas noções eram simples *insumário Bovis* e suas palavras pouco melhor do que um *anêmico verboso*. Pareceu ficar satisfeito com isto e eu continuei as minhas contemplações.

Meia hora talvez depois dessa altercação, quando estava eu profundamente absorta no cenário celestial que abaixo de mim se descortinava, fui abalada por algo muito frio que apertava levemente a minha nuca. Não é preciso dizer que me senti inexprimivelmente alarmada. Sabia que Pompeu estava embaixo de meus pés e que Diana estava sentada, de acordo com minhas explícitas ordens, sobre as patas traseiras, na mais distante extremidade do recinto. Que poderia ser? Ai de mim! Em breve o descobri. Voltando a cabeça, devagar, para um lado, percebi, com extremo horror, que o imenso, o cintilante ponteiro dos minutos, semelhante a uma cimitarra, havia, no curso de sua revolução horária, *descido sobre meu pescoço*. Não havia, sabia eu, um minuto sequer a perder. Recuei imediatamente... mas era demasiado tarde. Não havia probabilidade de forçar a passagem de minha cabeça pela boca daquela terrível armadilha na qual fora tão plenamente colhida e que se tornava cada vez mais estreita, com uma rapidez demasiado horrível de conceber-se. Não pode ser imaginada a agonia daqueles momentos. Estendi as mãos e tentei, com toda a minha força, fazer retroceder para cima a pesada barra de ferro. Era o mesmo que se eu quisesse levantar a própria catedral. Para baixo, para baixo, descia o ponteiro, cada vez mais perto, cada vez mais perto. Gritei por socorro a Pompeu, mas ele disse que eu o havia magoado, chamando-o de "ignorante excelente". Gritei por Diana, mas só tive um "au-au-au" como resposta, e além disso tinha-lhe

eu dito "que de forma alguma saísse do seu canto". Dessa forma, nenhum socorro podia eu esperar dos meus associados.

Entrementes, a pesada e terrífica *Foice do Tempo* (só agora descobria eu a significação literal daquela frase clássica) não tinha parado, nem parecia querer parar na sua andadura. Baixava, cada vez baixava mais. Vinha chegando. Havia já mergulhado sua afiada lâmina uma polegada inteira na minha carne, e minhas sensações se tornavam indistintas e confusas. A um tempo, imaginei-me em Filadélfia, com o imponente Dr. Moneypenny, para depois ver-me no gabinete do Sr. Blackwood, recebendo suas inapreciáveis instruções. E depois, de novo, a doce recordação de antigos e melhores tempos me invadiu e pensei naquele feliz período, em que o mundo não era um deserto absoluto e Pompeu não era igualmente tão cruel.

O tique-taque do maquinismo divertia-me. *Divertia-me*, digo eu, porque minhas sensações agora confinavam com a perfeita felicidade e as mais insignificantes circunstâncias me causavam prazer. O eterno tique-taque, tique-taque, tique-taque do relógio era aos meus ouvidos a mais melodiosa música e acontecia mesmo que me fazia lembrar as graciosas arengas exortativas do Dr. Ollapod. Havia em seguida os grandes números sobre o mostrador... Quão inteligentes, quão intelectuais pareciam eles! E eis que passam a dançar a mazurca e achei que era o número V que melhor dançava, segundo o meu gosto. Era evidentemente uma dama educada. Nada dos vossos fanfarrões e nada absolutamente de indelicado nos seus movimentos. Fazia a pirueta admiravelmente, girando em torno de seu tope. Tentei oferecer-lhe uma cadeira, pois vi que ela dava sinais de cansaço pelos esforços feitos... e só então é que plenamente percebi minha lamentável situação! A lâmina tinha-se enterrado duas polegadas em meu pescoço. Despertei com uma sensação de estranha dor. Implorei a morte e, na agonia do momento, não podia deixar de repetir aqueles esquisitos versos do poeta Miguel de Cervantes:

Vem moer-te tan escondida
que noite assenta venir
porco eu pela cerda morir
nome, entorne, andar, la vida.

Mas agora novo horror se apresentava e suficiente, na verdade, para abalar os mais sólidos nervos. Meus olhos, por causa da cruel pressão da máquina, estavam prestes a saltar das órbitas. Enquanto imaginava como poderia arranjar-me sem eles, um realmente arremessou-se de minha cabeça e, rolando pelo declive, ao lado da torre, alojou-se na calha da chuva que corria ao longo das goteiras do telhado do edifício principal. A perda do olho nada era em comparação com o insolente ar de independência e de desprezo com que ele olhava para mim depois de se achar livre. Jazia na calha, bem embaixo do meu nariz, e os ares que se dava teriam sido ridículos, se não fossem repugnantes. Tais pestanejos e piscaduras jamais foram vistos. Esse modo de proceder de meu olho, na calha, era não só irritante, por causa de sua manifesta insolência e vergonhosa ingratidão, mas era também excessivamente inconveniente por causa da simpatia que sempre existiu entre dois olhos da mesma cabeça, embora separados. Fui forçada, de certo modo, a pestanejar e a piscar, quer quisesse ou não, em harmônico concerto com aquela coisa infame que jazia justamente ali, embaixo de meu nariz. Senti-me, contudo, logo depois, aliviada com a queda do segundo olho. Ao cair, tomou a mesma direção (possivelmente de plano combinado) de seu companheiro. Ambos rolaram juntos para fora da calha e, na verdade, sentia-me satisfeitíssima por me ver livre deles.

A lâmina estava agora quatro polegadas e meia mergulhada no meu pescoço e só faltava um pedacinho de pele para ser cortado. Minhas sensações eram de absoluta felicidade, pois eu sentia que, dentro de poucos minutos, no máximo, seria libertada de minha desagradável posição. E nesta expectativa não fui de todo desiludida. Vinte e cinco minutos depois das cinco da tarde, precisamente, o imenso ponteiro de minutos tinha prosseguido suficientemente longe, na sua terrível revolução, a ponto de cortar o pequeno remanescente de meu pescoço. Não fiquei triste por ver a cabeça, que me tinha ocasionado tantos embaraços, afinal separada totalmente de meu corpo. Rolou a princípio pelo lado da torre, depois alojou-se, durante poucos segundos, na calha, mas, em seguida, arremessou-se, num mergulho, no meio da rua.

Confessarei candidamente que minhas sensações eram agora as mais singulares; quero dizer: do caráter mais misterioso, mais estupefaciente e mais incompreensível. Meus sentidos achavam-se aqui e ali num e mesmo tempo. Com minha cabeça imaginava, duma vez, que eu, a cabeça, era a real Signora Psique Zenóbia; e doutra, sentia-me convencida de que eu mesma, o corpo, era a própria identidade. Para aclarar minhas ideias a esse respeito procurei no meu bolso minha caixa de rapé, mas, ao agarrá-la e tentar aplicar uma pitada de seu agradável conteúdo, na maneira usual, certifiquei-me imediatamente de minha peculiar deficiência e atirei, sem demora, a caixa na minha cabeça. Ela tomou uma pitada com grande satisfação e, em troca, sorriu-me, agradecida. Pouco depois dirigiu-me um discurso que eu mal pude ouvir, estando sem orelhas. Apanhei, porém, o bastante, para saber que ela estava atônita, diante do meu desejo de continuar viva, em tais circunstâncias. Nas frases finais, citou as nobres palavras de Ariosto:

Il pobre homo que non serra corto
andava combatendo e dera em morto,

comparando-me assim ao herói que, no ardor do combate, não percebendo que estava morto, continuou a pelejar com inextinguível valor. Nada havia agora que me impedisse de pular abaixo da altura onde estava, e foi o que fiz. Que foi que Pompeu viu de tão característico no meu aspecto, não fui ainda capaz de descobrir. O camarada abriu a boca, de orelha a orelha, e fechou os dois olhos como se estivesse tentando quebrar nozes entre as pálpebras. Afinal, atirando seu capote, deu um salto para a escada e desapareceu. Gritei, no encalço do canalha, aquelas veementes palavras de Demóstenes:

Anel no phogo kal Paulinho Marques sentai

e depois voltei-me para a querida de meu coração, para a caolha, para a peluda Diana. Ai de mim! que horrível visão afrontava meus olhos? Era um rato que eu via escondendo-se no buraco? Eram aqueles os ossos pontiagudos do anjinho que havia sido cruelmente devorado pelo monstro? Ó deuses! E o que contemplei... era aquilo o espírito liberto, a sombra, o fantasma da minha amada cachorrinha que eu percebi, sentada com graça tão melancólica a um canto? Escutai! Porque ela fala e, ó céus... fala no alemão de Schiller:

> *Onde Ester bicho doi, so Ester bicho tem,*
> *duche-se, duche-se.*

Ai de mim! E não são as suas palavras demasiado verdadeiras?

> *E se eu morrer, pelo menos morro*
> *Por ti... por ti...*

Doce criatura! Ela *também* se tinha sacrificado por mim! Sem cachorra, sem negro, sem cabeça, que restava agora à infeliz Signora Psique Zenóbia? Ai de mim!... *nada!* Acabei.

O diabo no campanário[1]

Que horas são?
Velho ditado

Toda a gente sabe, de modo geral, que o mais belo lugar do mundo é — ou, ai!, *era* — o burgo holandês de Vondervotteimittiss.[2] Contudo, como se encontre a alguma distância de qualquer das principais estradas, estando, de certo modo, fora de mão, talvez poucos de meus leitores o tenham alguma vez visitado. Em benefício daqueles que *não* o hajam visitado, portanto, acho acertado dar alguns informes a seu respeito. E isto é, de fato, tanto mais necessário quanto, na esperança de conquistar a simpatia pública para seus habitantes, me proponho aqui relatar a história dos acontecimentos calamitosos que recentemente ocorreram dentro de seus limites. Ninguém que me conheça duvidará de que o dever assim imposto a mim mesmo será cumprido, com o melhor da minha habilidade, com toda aquela severa imparcialidade, todo aquele exame cauteloso dos fatos e diligente citação de autoridades que sempre distinguiram aquele que aspira ao título de historiador.

Graças ao auxílio reunido de medalhas, manuscritos e inscrições, estou capacitado a afirmar, positivamente, que o burgo de Vondervotteimittis sempre existiu, desde suas origens, precisamente nas mesmas condições em que se conserva em nossos dias. A respeito da data de sua origem, porém, lamento só poder falar com aquela espécie de precisão indefinida a que são forçados, às vezes, os matemáticos a sujeitar-se, em certas fórmulas algébricas. A data, posso assim exprimir-me, em relação à sua remota antiguidade, não pode ser menor que qualquer quantidade determinável.

No que se refere à etimologia da palavra Vondervotteimittiss, confesso-me com pesar igualmente em falta. Em meio duma multidão de opiniões sobre este delicado ponto, algumas argutas, algumas eruditas, outras suficientemente o contrário, nada posso escolher que deva ser considerado satisfatório. Talvez a opinião de Grogswigg — quase coincidente com a de Kroutaplenttey — deva ser prudentemente preferida. É a seguinte: *Vondervotteimittiss Vonder, loge Donder — Vottemittiss, quasi und Bleitziz — Bleitziz obsol: pro Blitzen*. Esta derivação, para falar a verdade, é ainda sustentada por alguns restos do fluido elétrico evidentes no alto do campanário da casa do Conselho Municipal. Não pretendo, contudo, comprometer-me em sustentar uma tese de tal importância, e devo endereçar o leitor, desejoso de informação, ao livro *Oratiunculae de Febus Praeter-Veteris*, de Dundergutz. Veja, também, Blunderbuzzard, *De Derivationibus*, pp. 27 a 5 010, in-fólio, edição gótica, caracteres vermelhos e negros, com chamadas e sem monograma. Consulte também as notas marginais no autógrafo de Stuffundpuff e os subcomentários de Gruntundguzzell.

---

1 Publicado pela primeira vez no *Saturday Chronicle and Mirror of the Times*, 18 de maio de 1839. Título original: THE DEVIL IN THE BELFRY.

2 Adulteração da expressão *Wonder what time it is* (Que horas serão?), como a pronunciavam os holandeses. (N. T.)

Não obstante a obscuridade que envolve dessa forma a data da fundação de Vondervotteimittiss e a etimologia de seu nome, não pode haver dúvida, como disse antes, que ele sempre existiu tal como o vemos na época atual. O mais velho homem do burgo não pôde recordar-se da mais leve diferença na aparência de qualquer porção dele e, de fato, a simples sugestão de tal possibilidade é considerada um insulto. A aldeia está situada num vale perfeitamente circular, com cerca dum quarto de milha de circunferência e inteiramente cercada de leves colinas cujos cumes ninguém de lá se aventurou ainda a passar. Seus habitantes dão como boa razão disto não acreditarem que haja absolutamente alguma coisa do outro lado.

Em torno das ourelas do vale (que é completamente plano e todo pavimentado de tijolos lisos) estende-se uma fila contínua de sessenta casinhas. Estas, dando os fundos para as colinas, olham, sem dúvida, para o centro da planura que fica justamente a sessenta jardas da porta da frente de cada habitação. Cada casa tem um pequeno jardim à frente, com um caminho circular, um relógio de sol e 24 couves. As próprias construções são tão precisamente idênticas, que não se pode distinguir, de maneira alguma, uma da outra. Devido à sua extrema antiguidade, o estilo arquitetônico é um tanto esquisito, mas nem por isso deixa de ser notavelmente pitoresco. As casas são feitas de pequenos tijolos bem cozidos, vermelhos, com cantos pretos, de modo que as paredes parecem um tabuleiro de xadrez de grandes proporções. Os torreões estão voltados para a frente e há cornijas tão grandes como todo o resto da casa, sobre os beirais e as portas principais. As janelas são estreitas e profundas, com pequeninas vidraças e grande quantidade de caixilhos. Nos telhados, numerosas são as telhas com longas pontas arrebitadas. O madeiramento, por toda parte, apresenta uma cor escura, muito lavrado, mas com pouca variedade de desenhos, pois desde tempo imemorial os entalhadores de Vondervotteimittis nunca foram capazes de entalhar mais do que dois objetos: um relógio de mesa e uma couve. Mas estes faziam-nos demasiadamente bem e os entremeavam, com singular habilidade, por toda parte onde encontrassem lugar para o cinzel.

As habitações se parecem, tanto interna como externamente, e o mobiliário obedece todo a um só modelo. O chão é de tijolos quadrados, as cadeiras e mesas de madeira preta, com pernas delgadas e recurvas, e pés de cachorrinho. As chaminés são largas e altas e não têm somente relógios e couves insculpidos na frontaria, mas um verdadeiro relógio que emite um prodigioso tique-taque, bem no meio e no alto, com um jarro de flores em cada extremidade, contendo uma couve como se fosse um batedor. Entre cada couve e o relógio há ainda um homenzinho de porcelana com uma grande barriga, onde se abre um buraco redondo através do qual se vê o mostrador dum relógio.

São as lareiras largas e profundas, com cães de chaminé grosseiros e retorcidos. Constante fogo se alteia com uma imensa marmita sobre ele cheia de *sauerkraut*[3] e carne de porco, sempre vigiada pela boa dona da casa. É uma velhinha gorducha, de olhos azuis e rosto vermelho, usando uma enorme touca, semelhante a um pão de açúcar, ornado de fitas vermelhas e amarelas. Seu vestido é de droguete, cor de laranja, muito amplo atrás e muito curto na cintura e, na verdade, sob outros aspectos, curtíssimo, não passando do meio das pernas. Estas e os tornozelos

---

3 Chucrute, couve azeda e fermentada e prato popular na Alemanha. (N. T.)

são grossos, mas cobertos por um lindo par de meias verdes. Seus sapatos, de couro cor-de-rosa, são amarrados por laço de fitas amarelas, pregueados em forma de couve. Na mão esquerda usa ela um pesado reloginho holandês; na direita empunha um colherão para o chucrute e a carne de porco. A seu lado aninha-se um gordo gato malhado, tendo amarrado à cauda, pelos "meninos", por pilhéria, um dourado relógio de repetição, de brinquedo.

Quanto aos meninos da casa, estão todos três cuidando do porco no jardim. Tem cada um sessenta centímetros de altura. Usam chapéus de três pontas, coletes encarnados que lhes caem até as coxas, calções de couro de gamo, meias de lã vermelha, sapatões com grandes fivelas de prata e longos gabões com grandes botões de madrepérola. Cada um tem também um cachimbo na boca e um pequeno relógio barrigudo na mão direita. Solta uma baforada e dá uma olhadela para o relógio. Outra baforada e outra olhadela. O porco — que é corpulento e preguiçoso — está ocupado ora em fuçar as folhas esparsas caídas dos pés de couve, ora a dar um pontapé para trás no dourado relógio de repetição que os garotos amarraram-lhe à cauda a fim de torná-lo tão belo quanto o gato.

Bem defronte da porta, numa cadeira de braços de alto espaldar e fundo de couro, de pernas torneadas e pés de cachorrinho como as mesas, está sentado o próprio dono da casa. É um velhinho, excessivamente gorducho, com grandes olhos redondos e uma imensa papada. Seu traje se assemelha ao dos meninos; portanto, não preciso dizer nada mais a seu respeito. Toda a diferença está em que seu cachimbo é um tanto maior do que o deles e ele pode dar uma baforada maior. Como eles, tem um relógio, mas leva-o no bolso. Para falar a verdade, tem algo de mais importante a atender e o que isso seja passarei a explicar. Ele se senta com a perna direita sobre o joelho esquerdo, mostra uma fisionomia grave e conserva sempre um dos olhos, pelo menos, resolutamente fixo sobre certo objeto notável, no centro do largo.

Esse objeto está situado no campanário da casa do Conselho Municipal. Os conselheiros municipais são todos homens pequeninos, redondos, gorduchos e inteligentes, com grandes olhos de boi e gordas papadas, e têm os gabões muito mais compridos e as fivelas dos sapatos muito maiores do que os habitantes comuns de Vondervotteimittiss.

Desde minha estada no burgo, tiveram eles várias reuniões especiais e adotaram estas três importantes resoluções:

> Não está direito alterar o bom e velho curso das coisas.
> Nada existe de tolerável fora de Vondervotteimittiss.
> Juramos fidelidade aos nossos relógios e couves.

Acima da sala de sessões do Conselho acha-se a torre e na torre o campanário, onde existe e tem existido, desde tempos imemoriais, o orgulho e maravilha da aldeia: o grande relógio do burgo de Vondervotteimittiss. E é para este objeto que se volvem os olhos dos velhos que se assentam nas cadeiras de braços de fundo de couro.

O grande relógio tem sete faces, uma para cada um dos sete lados da torre, de modo que pode ser prontamente visto de todos os quarteirões. Seus mostradores são largos e brancos e seus ponteiros grossos e negros. Há um sineiro cuja única obrigação é cuidar do campanário, obrigação esta que é a mais perfeita das sinecuras, pois o relógio de Vondervotteimittiss nunca, que se saiba, precisou de conserto. Até recentemente, a mera suposição de tal coisa era considerada herética. Desde a mais remota antiguidade a que se referem os arquivos, as horas têm sido regularmente batidas pelo grande sino. E, na verdade, a mesma coisa acontecia com todos os outros relógios de parede e de bolso do burgo. Jamais houve um lugar onde se marcasse tão bem a hora certa. Quando o grande badalo achava conveniente dizer: "Doze horas!", todos os seus obedientes servidores abriam suas gargantas, simultaneamente, e respondiam, como um verdadeiro eco. Em suma: os bons burgueses eram loucos pelo seu chucrute, mas orgulhavam-se também dos seus relógios.

Todas as pessoas que exercem sinecuras são tratadas com mais ou menos respeito, e, como o sineiro de Vondervotteimittiss tivesse a mais perfeita das sinecuras, era o mais perfeitamente respeitado de todos os homens do mundo. É o principal dignitário do burgo e até os porcos olham para ele com sentimento de reverência. A aba de seu gabão é bem mais comprida; seu cachimbo, as fivelas de seus sapatos, seus olhos e seu estômago, bem maiores do que os de qualquer outro velho da aldeia. E quanto à sua papada, é não somente dupla, mas tripla.

Acabo de descrever a feliz situação de Vondervotteimittiss. Que pena que tão lindo quadro tivesse algum dia de apresentar um reverso!

Um velho ditado corria, há muito, entre os mais sábios habitantes segundo o qual, "nada de bom pode vir de além das colinas". E, realmente, parece que as palavras contêm algo do espírito profético. Faltavam cinco para meio-dia, antes de ontem, quando apareceu um objeto, bastante esquisito, no cume da crista de leste. Tal fato, por certo, atraiu a atenção geral, e cada velhinho que estava sentado numa cadeira de braços, de fundo de couro, voltou um dos olhos, com um olhar de consternação, para o fenômeno, conservando ainda o outro olho sobre o relógio da torre.

Faltavam três minutos apenas para o meio-dia quando se verificou que o estranho objeto em questão era um rapazinho, bem pequeno e de aparência estrangeira. Desceu as colinas a toda carreira, de modo que todos, em breve, puderam vê-lo bem. Era, na realidade, a criaturinha mais esquisita que jamais fora vista em Vondervotteimittiss. Seu rosto era de um negro cor de rapé e tinha um longo nariz adunco, olhos miúdos, uma boca larga e uma admirável dentadura que ele parecia ter gosto de exibir escancarando a boca de orelha a orelha. Além de bigodes e suíças, nada mais havia a ver no resto de seu rosto. Estava com a cabeça descoberta e seu cabelo fora cuidadosamente arranjado com papelotes. Seu traje era uma casaca preta, bem apertada, terminando em cauda de andorinha (de um de cujos bolsos pendia um enorme lenço branco), calções de casimira preta, meias pretas e escarpins de entrada baixa, tendo, como laços, enormes molhos de fita de cetim preto. Sob um braço levava um desmedido claque e debaixo do outro uma rabeca quase cinco vezes tão grande quanto ele próprio. Na mão esquerda trazia uma tabaqueira de ouro da qual, enquanto cabriolava colinas abaixo dando os passos mais fantásticos, ia tomando incessantes pitadas com um ar da maior satisfação possível. Valha-me Deus! Que espetáculo para os honestos burgueses de Vondervotteimittiss!

Para falar claramente: o sujeito tinha, a despeito de seu sorriso, uma espécie de cara audaciosa e sinistra e, enquanto galopava diretamente rumo à aldeia, o aspecto acalcanhado de seus escarpins excitou não poucas suspeitas. E mais de um burguês que o contemplou naquele dia teria dado qualquer coisa por uma olhadela sob o lenço de cambraia branca que pendia tão impertinentemente do bolso de sua casaca de rabo de andorinha. Mas o que causou principalmente justa indignação foi que o velhaco peralvilho, enquanto dançava um fandango aqui e dava uma pirueta ali, não parecia ter a mais remota ideia disso que se chama *marcar compasso* na dança.

O bom povo do burgo, contudo, mal tivera ocasião de abrir completamente os olhos quando, precisamente meio minuto antes do meio-dia, o patife saltou, como eu disse, bem no meio deles, deu um *chassez* aqui, um *balancez* ali e, em seguida, depois de uma pirueta e um *pas de zéphyr*, subiu, em voo de pombo, para o campanário da casa do Conselho Municipal, onde o aterrorizado sineiro se achava sentado, fumando, num estado de dignidade e pavor. Mas o sujeitinho agarrou-o imediatamente pelo nariz, deu-lhe um piparote e um puxão, bateu-lhe com o grande claque na cabeça, enfiando-lho até os olhos e a boca, e depois, levantando o rabecão, bateu com ele no homem por tanto tempo e tão estrepitosamente que, pelo fato de ser o sineiro tão gordo e a rabeca tão oca, a gente teria jurado que havia um regimento de tocadores de bombos batendo todos os tantãs do diabo no campanário da torre de Vondervotteimittiss.

Não se sabe a que ato desesperado de vingança podia esse ataque revoltante ter levado os habitantes não fosse o importante fato de que faltava agora apenas meio segundo para o meio-dia. O sino estava quase a bater e era questão de absoluta e premente necessidade que todos olhassem bem para o seu relógio. Era evidente, porém, que justamente nesse momento o sujeito, lá na torre, estava fazendo algo que não deveria com o relógio. Mas como este estivesse agora a bater, ninguém tinha tempo de prestar atenção às manobras do tal, pois tinham todos de contar as pancadas do sino, à proporção que soavam.

— Uma! — disse o relógio.

— Una! — respondeu em eco cada um dos velhotes, em cada uma das cadeiras de braço de fundo de couro, em Vondervotteimittiss. — Una! — disse também o relógio de bolso deles. — Una! — disse o relógio de sua *frau*. — Una! — disseram os relógios dos meninos e os relogiozinhos de repetição nas caudas do gato e do porco.

— Duas! — continuou o grande sino.

— Tuas! — repetiram todos os repetidores.

— Três! Quatro! Cinco! Seis! Sete! Oito! Nove! Dez! — disse o sino.

— Drês! Guadro! Zingo! Zeis! Zete! Oito! Nofe! Tez! — responderam os outros.

— Onze! — disse o sino grande.

— Once! — concordaram os pequenos.

— Doze! — disse o sino.

— Toce! — replicaram, perfeitamente satisfeitos, ritmando as vozes.

— E zong toce horras! — disseram todos os velhinhos, tornando a guardar seus relógios. Mas o sino grande não dera a coisa por terminada.

— TREZE! — disse ele.

— *Der Teufel!* — disseram ofegantes os velhotes, empalidecendo, deixando cair os cachimbos e as pernas direitas de cima dos joelhos esquerdos.

— *Der Teufel!* — gemeram eles. Drece! Drece! *Mein Gott!* Zong drece horras!

Por que tentar descrever a terrível cena que se seguiu? Toda Vondervotteimittiss precipitou-se imediatamente em lamentável tumulto.

— Gue fai agondezer ao meu parriga? — berravam todos os rapazes. — Estar gom uma horra te vome!

— Gue fai agondezer ao meu coufe? — guinchavam todas as mulheres. — Estar firando mingau teste uma horra!

— Gue fai agontezer ao meu gajimba? — praguejavam todos os velhotes. — Raias e Drovongs! Teve estar abacata teste una horra! — e os encheram de novo com grande raiva e, encostando-se nas suas cadeiras de braço, davam baforadas tão rápidas e tão violentas, que todo o vale imediatamente ficou cheio de impenetrável fumaça.

Entrementes, todas as couves ficaram bastante vermelhas e parecia que o próprio diabo velho tomara posse de tudo quanto tinha forma de relógio. Os relógios esculpidos sobre os móveis começaram a dançar como se estivessem enfeitiçados, enquanto os que se achavam sobre as chaminés mal podiam conter-se de furor e tão continuamente batiam as treze horas, com tais pulos e balanços de seus pêndulos, que era coisa realmente horrível de ver-se. Mas o pior de tudo é que nem os gatos nem os porcos podiam suportar por mais tempo a conduta dos reloginhos de repetição amarrados às suas caudas, e vingavam-se disso, abalando todos precipitadamente para o largo, arranhando, empurrando, grunhindo e guinchando, miando e berrando, voando de encontro às caras, correndo para baixo das saias das mulheres e provocando a mais completa, a mais abominável, a mais barulhenta confusão que é possível uma pessoa de juízo conceber. E para tornar as coisas ainda mais angustiosas, o velhaquinho mandrião, lá na torre, estava evidentemente se excedendo. De vez em quando podia-se vislumbrar o patife através da fumaça. Achava-se sentado ainda no campanário em cima do sineiro, que jazia completamente espichado de costas. Nos dentes, o infame conservava a corda do sino que agitava em torno com a cabeça, fazendo tal barulheira que meus ouvidos ainda retinem, só de pensar nisso. Em seus joelhos repousava a enorme rabeca, cujas cordas ele tangia fora de qualquer compasso ou toada, com ambas as mãos, procurando exibir-se, o palhaço, a tocar as canções *Judy Ó Flannagan and Paddy Rafferty*.

Estando assim as coisas neste miserável estado, abandonei o lugar cheio de desgosto e agora faço um apelo a todos os amantes da hora certa e do bom chucrute. Vamos todos incorporados ao burgo e restauremos a antiga ordem de coisas em Vondervotteimittiss, jogando aquele sujeitinho de cima da torre.

O homem que foi desmanchado[1]
História da recente campanha Bugabu e Kickapu

Pleurez, pleurez, mes yeux, et fondez-vous en eau!
La moitié de ma vie a mis l'autre au tombeau.
Corneille

Não posso lembrar-me, com certeza, quando ou onde travei, pela primeira vez, conhecimento com aquele camarada verdadeiramente elegante, o Brigadeiro-General João A. B. C. Smith. Estou certo de que alguém me apresentou ao cavalheiro em alguma reunião pública, lembro-me muito bem, realizada a respeito de algo de grande importância, sem dúvida, nesse ou naquele lugar, tenho plena convicção, cujo nome inacreditavelmente esqueci. A verdade é que a apresentação foi acompanhada, de minha parte, por certo grau de ansioso embaraço que me impossibilitou de ter impressões nítidas de tempo e de lugar. Sou constitucionalmente nervoso. Isso, em mim, é defeito de família e não tenho jeito a dar. Especialmente, a menor aparência de mistério, de qualquer coisa que eu não possa exatamente compreender, coloca-me imediatamente num lastimável estado de agitação.

Havia algo de notável — sim, de *notável*, embora seja este um termo bem fraco para exprimir todo o meu pensamento — em torno da completa individualidade do personagem em questão. Tinha ele, talvez, um metro e oitenta de altura e aspecto singularmente dominante. Havia em todo aquele homem um *air distingué* que falava de elevada educação e sugeria alta linhagem. A este respeito — a respeito da aparência pessoal de Smith — tenho uma espécie de melancólica satisfação em ser minucioso. Sua cabeleira teria feito honra a um Bruto; nada poderia ser mais viçoso, ou possuir mais brilhante lustro. Era dum negro de azeviche, a mesma cor — ou, mais propriamente, a não cor — de suas inimagináveis suíças. Vocês percebem logo que não posso falar destas últimas sem entusiasmo; não basta dizer que eram o mais belo par de suíças sob o sol. De qualquer modo, cercavam, e às vezes parcialmente sombreavam, uma boca inteiramente inigualável. Nela se viam os mais completamente uniformes e os mais brilhantemente brancos de todos os dentes concebíveis. Dentre eles, em todas as ocasiões devidas, saía uma voz de extrema clareza, melodia e vigor. A respeito de olhos, também, o meu conhecido era proeminentemente bem dotado. Qualquer deles era equivalente a um par dos órgãos oculares comuns. Eram de intensa cor de avelã, excessivamente grandes e luzentes; e percebia-se neles, amiúde, aquela justa quantidade de obliquidade interessante que fecunda a expressão.

O busto do general era inquestionavelmente o mais belo busto que eu jamais vira. Vocês podiam jurar que não achariam um defeito sequer nas suas maravilhosas proporções. Essa rara característica projetava, com grande vantagem, um

1 Publicado pela primeira vez no *Burton's Gentleman's Magazine*, agosto de 1839. Título original: THE MAN THAT WAS USED-UP.

par de ombros que teria feito enrubescer de consciente inferioridade o rosto do marmóreo Apolo. Sou louco por ombros bonitos e posso afirmar que jamais os encontrara tão perfeitos. Os braços, também, eram admiravelmente modelados. Nem menos soberbos eram os membros inferiores. Eram, na verdade, o *ne plus ultra* das boas pernas. Qualquer conhecedor de tais assuntos admitiria que aquelas pernas eram boas mesmo. Não havia carne demais nem de menos; nem rusticidade nem fragilidade. Não posso imaginar curva mais graciosa que a do *os femoris*, e havia justamente aquela devida saliência suave no dorso do *fíbula*, que condizia com a conformação dum bezerro bem proporcionado. Faço votos a Deus para que o meu jovem e talentoso amigo, o escultor Chiponchipino, não deixe de ver as pernas do Brigadeiro-General João A. B. C. Smith.

Mas embora homens tão absolutamente elegantes não sejam tão abundantes como razões ou amoras silvestres, não podia eu ainda ser levado a acreditar que o algo de *notável* a que ainda há pouco aludi, o estranho ar de *je ne sais quoi* que cercava meu novo conhecido, fosse devido inteiramente, ou na verdade de certo modo, à suprema excelência de seus dotes corporais. Talvez fosse atribuível à *maneira*, contudo, ainda aqui não poderia pretender ser positivo. Havia uma afetação, para não dizer rigidez, no seu porte, certo grau de medida e, se assim me posso exprimir, de precisão retangular, acompanhando-lhe todos os movimentos, que, observada num tipo mais mesquinho, teria tido, pelo menos, o pequeno sabor de afetação, pomposidade ou constrangimento, mas que, observada num cavalheiro de suas indubitáveis dimensões, era prontamente lançada à conta de reserva, *hauteur*, de recomendável senso; em suma: do que é devido à dignidade da proporção colossal.

O bondoso amigo que me apresentou ao General Smith sussurrou-me no ouvido algumas poucas palavras de comentário a respeito do homem. Era um homem *notável*, um homem *notabilíssimo*; na verdade, um dos homens mais *notáveis* da época. Era também um favorito especial das mulheres, principalmente por sua alta reputação de coragem.

— Neste ponto ele não tem rival. É, na verdade, um perfeito bandido e, com toda a certeza, um chapado desordeiro — disse meu amigo, baixando aqui a voz ao extremo, e fazendo-me estremecer com o mistério de seu tom.

— Um desordeiro completo, não tenha dúvida. Mostrou que o era, direi, com alguma intenção, na última e tremenda batalha brejal no extremo sul, com os índios Bugabu e Kickapu. (Aqui meu amigo arregalou os olhos até certo ponto.) Bendita a minha alma! Sangue e trovão... e tudo mais! *Prodígios* de valor! Ouviu falar dele sem dúvida? Sabe que ele é homem...

— Homem vivo! Como vai? Ora, como está? Muito prazer em vê-lo, na verdade! — interrompeu aqui o próprio general, pegando a mão de meu companheiro ao aproximar-se e curvando-se rígida mas profundamente quando eu fui apresentado. Eu então pensei (e ainda penso) que jamais ouvi uma voz mais clara, nem mais forte, nem nunca vi mais bela fileira de dentes. Mas devo dizer que lamento a interrupção justamente naquele instante quando, por causa dos cochichos e insinuações supramencionados, meu interesse tinha sido grandemente excitado pelo herói da campanha Bugabu e Kickapu.

Contudo, a conversa deliciosamente brilhante do Brigadeiro-General João A. B. C. Smith em breve dissipou por completo esse pesar. Tendo-nos meu amigo deixado imediatamente, tivemos um completo *tête-à-tête* e senti-me não só satisfeito mas realmente instruído. Jamais ouvi mais fluente conversador, ou homem de maior informação geral. Com apropriada modéstia evitava ele, não obstante, tocar no tema que eu tinha então mais a peito, quero dizer, as misteriosas circunstâncias referentes à guerra Bugabu, e, da minha própria parte, o que eu considerava ser um nobre senso de delicadeza me proibia de mencionar o assunto, embora, na verdade, estivesse excessivamente tentado a fazê-lo. Percebi, também, que o galante soldado preferia tópicos de interesse filosófico e que se deliciava especialmente em comentar a rápida marcha das invenções mecânicas. De fato, levá-lo aonde eu desejava era um ponto donde invariavelmente eu voltava.

— Não há nada absolutamente como isso — dizia ele. — Somos um povo maravilhoso e vivemos numa época maravilhosa. Para-quedas e estradas de ferro, casas de jogo e espingardas de mola! Nossos navios a vapor estão em todos os mares e o balão a vapor Nassau está prestes a fazer viagens regulares (passagem de ida e volta apenas vinte libras esterlinas) entre Londres e Tombuctu. E quem poderá calcular a imensa influência na vida social, nas artes, no comércio, na literatura, como resultado imediato dos grandes princípios da eletromagnética! E isso ainda não é tudo, permita que lho afirme! Não há realmente fim para a marcha da invenção. As mais maravilhosas, as mais engenhosas... e deixe-me acrescentar, senhor... Sr. Thompson, creio que é esse o seu nome, deixe-me acrescentar, quero dizer, que as mais úteis, as mais verdadeiramente *úteis* invenções mecânicas... estão diariamente repontando como cogumelos, se assim me posso exprimir, ou, de modo mais figurado, como... ah! como gafanhotos... como gafanhotos, Sr. Thompson... em torno de nós e... ah, ah, ah!... em torno de nós!

Para falar a verdade, meu nome não é Thompson. Mas é inútil dizer que deixei o General Smith altamente interessado pelo homem, com uma exaltada opinião a respeito de sua poderosa conversação e com um profundo senso dos valiosos privilégios de que gozamos vivendo nesta era de invenções mecânicas. Minha curiosidade, porém, não havia ficado de todo satisfeita, e resolvi prosseguir numa imediata indagação entre meus conhecidos a respeito do próprio brigadeiro-general e, particularmente, no que concernia aos tremendos acontecimentos *quorum pars magna fuit* durante a campanha Bugabu e Kickapu.

A primeira oportunidade que se apresentou e que (*horresco referens*) eu não tive o menor escrúpulo em aproveitar ocorreu na igreja do Reverendo Dr. Drummummupp, onde me achei aboletado, um domingo, justamente na hora do sermão, não só no banco reservado, mas ao lado daquela digna e comunicativa amiguinha minha, a Srta. Tabitha T. Assim sentado, felicitei-me, e com muita razão, pelo lisonjeador estado dos negócios. Se alguém conhecesse alguma coisa a respeito do Brigadeiro-General João A. B. C. Smith, essa pessoa, era bem claro para mim, só podia ser a Srta. Tabitha T. Fizemo-nos alguns sinais telegráficos e depois começamos, *sotto voce*, um vivo *tête-à-tête*.

— Smith? — disse ela, em resposta à minha fervorosíssima pergunta. — Smith! ora, não é o General A. B. C.? Benza-me Deus, pensei que você *conhecesse* tudo a respeito *dele*! Esta é uma época maravilhosamente inventiva! Horrendo negócio aquele! Sanguinária quadrilha de miseráveis aqueles Kickapus! Ele brigou como um herói... prodígios de valor... renome imortal. Smith! Brigadeiro-General João A. B. C. Smith! Ora, você sabe que ele é, mais do que outro ente humano...

— O ente humano — nisto interrompeu o Dr. Drummummupp com voz estridente, e com um soco que quase fez vibrar o púlpito aos nossos ouvidos —, o ente humano que nasceu duma mulher tem apenas pouco tempo para viver; ele se levanta e é cortado como uma flor!

Saltei para a extremidade do banco e percebi, pelos animados olhares do teólogo, que a cólera, que quase se mostrara fatal ao púlpito, fora excitada pelos cochichos meus e da dona. Não podia deixar de ter sido por isso, de modo que me submeti, de boa vontade, e escutei, com todo o martírio dum silêncio digno, até o fim, aquele importantíssimo discurso.

À noite seguinte encontrou-me como visitante, um tanto retardado, do Teatro Rantipole, onde estava eu certo de satisfazer minha curiosidade imediatamente dirigindo-me simplesmente ao camarote daqueles delicados espécimes de afabilidade e onisciência que eram as Srtas. Arabela e Miranda Cognoscenti. Aquele magnífico trágico, Clímax, estava representando algo para uma casa repleta, e tive certa dificuldade em tornar inteligíveis meus desejos, especialmente por se achar nosso camarote perto dos bastidores e completamente dominando o palco.

— Smith! — disse a Srta. Arabela, quando, afinal, compreendeu o sentido de minha indagação. — Smith?... Ora, não será o General João A. B. C.?

— Smith! — perguntou Miranda, meditativamente. — Benza-me Deus! Já viu alguma vez figura mais bela?

— Nunca, senhorita, mas queira dizer-me...

— Ou uma graça tão inimitável?

— Nunca, dou-lhe minha palavra! Mas rogo-lhe, informe-me...

— Ou tão justa apreciação do efeito teatral?

— Senhorita!

— Ou mais delicado senso das verdadeiras belezas de Shakespeare? Tenha a bondade de olhar para aquela perna!

— É o diabo! — e voltei-me de novo para a irmã dela.

— Smith! — disse ela. — Ora, não será o General João A. B. C.? Horrendo negócio aquele. Não foi? Grandes miseráveis aqueles Bugabus... selvagens... e etc.!... Mas vivemos numa época maravilhosamente inventiva... Smith!, oh, sim, um grande homem! Perfeito bandido! Renome imortal! Prodígios de valor! Jamais se ouviu! (Isto foi dito quase gritando.) Benza-me Deus! Ora, ele é, mais do que outro ente human...

> ...mandrágora
> nem do mundo inteiro as drogas soporíferas,
> jamais te curarão daquele doce sono,
> em que ontem mergulhaste!

berrou justamente aqui, aos meus ouvidos, o nosso Clímax, agitando o punho, durante todo o tempo, diante do meu rosto, de um modo que eu não *podia* suportar e não suportei. Deixei imediatamente as Srtas. Cognoscenti, fui direto aos bastidores e dei no miserável patife tamanha sova que, acredito, dela se lembrará até o dia de sua morte.

No sarau da linda viúva, Sra. Catarina O'Trump, tinha eu a esperança de que não sofreria o mesmo desaponto. Com efeito, logo que me sentei à mesa de jogo, tendo à minha frente a formosa dona da casa, fiz aquelas perguntas cuja solução se havia tornado uma questão tão essencial para meu sossego.

— Smith! — disse minha parceira. — Ora, não será o General João A. B. C.? Horrendo negócio aquele! Não foi? Ouros, quer você dizer? Terríveis miseráveis aqueles Kickapus! Estamos jogando *whist*, por obséquio, Sr. Tattle... Porém, esta é a época da invenção, ou mais certamente, a Era, pode-se dizer... Era *par excellence*... fala francês? Oh, um herói completo! Perfeito bandido! Copas, não, Sr. Tattle? Não o creio! Renome imortal e tudo mais! Prodígios de valor! *Jamais se ouviu!* Ora, benza-me Deus! Ele, mais do que outro ente human...

— O Mann? O Capitão Mann? — esganiçou aí certa intrometidazinha feminina do mais afastado canto do aposento. — Estão falando acerca do Capitão Mann e do duelo? Oh, eu *preciso* ouvir! Fale... continue, Sra. O'Trump... por favor, continue agora!

E a Sra. O'Trump continuou a falar tudo acerca de certo Capitão Mann que tinha levado um tiro, ou sido enforcado, ou ao mesmo tempo podia ter sido alvejado e enforcado. Sim! A Sra. O'Trump prosseguiu e eu... eu desisti. Não havia jeito de ouvir qualquer coisa mais, naquela tarde, com relação ao Brigadeiro-General João A. B. C. Smith.

Consolei-me, contudo, com a reflexão de que a onda de má sorte nem sempre correria contra mim e assim decidi-me a fazer ousado ataque, em busca de informação, à turba alvoroçada que cercava aquele enfeitiçador anjinho, a graciosa Sra. Pirouette.

— Smith! — disse a Sra. Pirouette enquanto girávamos juntos num *pas de zéphyr*. — Smith! Ora, será o General João A. B. C. Smith? Questão pavorosa aquela dos Bugabus! Hein? Criaturas terríveis, aqueles índios! Não ponha a ponta do pé para fora! Palavra que você como dançarino me faz vergonha! Homem de grande coragem, o coitado... Mas esta é uma época admirável para as invenções... Valha-me Deus, estou perdendo o fôlego! Perfeito bandido! Prodígios de valor! *Jamais se ouviu!* Nem se pode acreditar! Vamos sentar-nos e eu o esclarecerei! Smith! Ora, ele é, mais do que outro ente human...

— Man-*Fredo!* — berrou aí a Srta. Bas-Bleu, no momento em que eu levava a Sra. Pirouette para sentar-se. — Onde já se ouviu coisa semelhante? É Man-*fredo*, digo eu, e não, de maneira alguma, Man-*cebo!*

Aqui a Srta. Bas-Bleu acenou para mim, de uma maneira bastante peremptória, e eu fui obrigado, quisesse ou não, a largar a Sra. Pirouette, com o fim de decidir uma questão relativa ao título de certo drama poético de Lorde Byron. Embora eu afirmasse, com grande presteza, que o verdadeiro título era Man*cebo*, e de modo algum Man*fredo*, quando voltei a procurar a Sra. Pirouette não consegui encontrá-la, e retirei-me da casa num estado de espírito bem amargo e inamistoso contra toda a raça das Bas-Bleu.

A questão tinha assumido agora um aspecto realmente sério e resolvi visitar imediatamente o meu particular amigo, Sr. Teodoro Sinivate, pois sabia que ali, pelo menos, poderia obter algo de semelhante a uma informação definitiva.

— Smith! — disse ele, com o seu bem conhecido modo característico de arrastar as sílabas. — Smith! Ora, será o General João A. B. C. Smith? Selvagem história aquela com os Kickapuuuuuus, não foi? Diga, não pensa da mesma forma? Perfeito bandiiiiiido! Que pena, palavra de honra! Maravilhosa época inventiva! Prodíiiiiiigios de valor! A propósito, já ouviu falar a respeito do Capitão Maaaann?

— Que se dane o Capitão Mann! — disse eu. — Tenha a bondade de prosseguir com sua história.

— Hein? Oh, sim! É bem *la même cho-o-ose*, como dizemos na França. Smith, não é? Brigadeiro-General João A. B. C.? Digo-lhe... (Aqui o Sr. Sinivate achou adequado colocar o dedo ao lado do seu nariz.) Você não pretende insinuar agora, real, verdadeira e conscientemente, que nada conhece a respeito desse caso do Smith como eu conheço, não é? Smith? João A. B. C.? Ora, benza-me Deus! Ele é, mais do que outro ente humano...

— Sr. Sinivate! — disse eu, implorativamente. — Será ele o homem da máscara?

— Nããããão! — falou ele, sisudo. — Nem tampouco o homem da luuuua!

Considerei esta resposta um insulto intencional e positivo e por isso deixei a casa, imediatamente, com grande ressentimento e com a firme resolução de exigir de meu amigo, Sr. Sinivate, prontas satisfações pela sua conduta nada cavalheiresca e mal-educada.

Entrementes, porém, verifiquei que não lograra obter a informação que desejava. Mas ainda me restava um recurso. Iria à própria fonte principal. Visitaria imediatamente o próprio general e pediria, em termos explícitos, uma solução para esse abominável mistério. Ali, pelo menos, não haveria possibilidade de equívoco. Seria franco, positivo, peremptório; tão sintético como um pastel folhado; tão conciso como Tácito ou Montesquieu.

Era ainda cedo quando cheguei, e o general estava se vestindo. Mas aleguei negócio urgente e fui imediatamente introduzido na sua alcova por um velho criado negro que permaneceu de guarda durante minha visita.

Quando entrei no quarto, olhei em redor, sem dúvida, à procura de seu ocupante, mas não o percebi imediatamente. Havia uma trouxa grande e excessivamente estranha de algo, que jazia perto de meus pés, no assoalho. E como não me achasse eu de muito bom humor, dei-lhe um pontapé para afastá-la do caminho.

— Eh! Eh! um pouco mais de educação, digo-lhe eu! — exclamou a trouxa, numa vozinha de nada e muitíssimo divertida, entre guincho e assobio, que eu jamais ouvira em toda a minha vida. — Eh! chamo-lhe a atenção para isso! Seja um pouco mais educado!

Dei um franco berro de terror e, tangenciando, corri para o canto mais afastado da sala.

— Valha-me Deus, meu caro rapaz! — assobiou de novo a trouxa. — Que... que... que é que há? Acredito realmente que você não me conhece!

Que *poderia* eu dizer a tudo aquilo? Que poderia eu dizer? Deixei-me cair, cambaleando, numa cadeira de braços, de olhos arregalados e boca aberta, e aguardei a solução do fenômeno.

— É estranho que você não me tivesse conhecido, não é? — tornou a guinchar aquela coisa estrambótica que então percebi estar executando, sobre o assoalho, certo movimento inexplicável, bastante semelhante ao de calçar uma meia. Contudo, aparecia apenas uma perna. — É estranho que você não me conheça, não é? Pompeu, traga-me aquela perna!

Aí Pompeu entregou à trouxa uma perna de cortiça muito grande, já vestida, que a coisa atarraxou num instante, ficando, depois, de pé diante de meus olhos.

— E foi uma ação sangrenta — continuou a coisa, como se estivesse monologando. — Mas o certo é que ninguém pode lutar com os Bugabus e Kickapus e pensar em voltar de lá com uma simples arranhadura. Pompeu, ficar-lhe-ei grato se me trouxer agora aquele braço. Tomás (disse, voltando-se para mim) é decididamente o melhor fabricante de pernas de cortiça. Mas se algum dia você desejar um braço, meu caro rapaz, recomendo-lhe com interesse o Bishop.

Aí Pompeu atarraxou-lhe um braço.

— Você pode mesmo dizer que nós tivemos lá um tempo quente. Agora, seu cachorro, passe-me os ombros e o peito. Pettit fabrica os melhores ombros, mas, para um peito, não há outro como o Ducrow!

— Peito! — exclamei.

— Pompeu, será que você nunca tem pronta a minha cabeleira?

Afinal de contas, o escalpe é um processo rude, mas depois pode-se adquirir um excelente chinó com o De L'Orme.

— Chinó!

— Agora, seu negro, meus dentes! Para uma boa dentadura o melhor é ir imediatamente ao Parmly; preço elevado, mas trabalho excelente. Engoli alguns dos dentes principais, porém, quando o grande Bugabu deu comigo no chão com a coronha de seu rifle.

— Coronha! Derrubado! Que veem os meus olhos?

— Oh! Sim, a propósito... meus olhos! Vamos, Pompeu, seu patife, atarraxe-me os olhos! Aqueles Kickapus não são lá muito vagarosos no arrancar. Mas o tal Dr. Williams é mesmo um homem caluniado. Você não pode calcular como enxergo bem com os olhos que ele me fez.

Comecei então bem claramente a perceber que o objeto que tinha diante de mim era nada menos que o meu novo conhecido, o Brigadeiro-General João A. B. C. Smith. As manipulações de Pompeu tinham feito, devo confessá-lo, uma diferença bastante chocante na aparência pessoal do homem. A voz, porém, ainda me embaraçava um pouco. Mas até mesmo esse aparente mistério me foi rapidamente esclarecido.

— Pompeu, negro sem-vergonha — guinchou o general —, será que você me quer deixar sem minha abóbada palatina?

Logo o negro, resmungando uma desculpa, aproximou-se de seu patrão, abriu-lhe a boca, com o ar seguro dum jóquei, e ajustou-lhe uma espécie de máquina singular, com tamanha destreza, que não pude absolutamente compreender. A alteração, porém, em toda a expressão da fisionomia do general foi instantânea e surpreendente. Quando ele falou de novo, sua voz tinha toda aquela rica melodia e vigor que eu notara no nosso primeiro encontro.

— Danem-se os vagabundos! — exclamou ele, num tom de tal modo claro que eu dei um pulo diante da positiva mudança. — Danem-se os vagabundos! Não somente me rebentaram o céu da boca, mas deram-se ao trabalho de cortar-me pelo menos uns sete oitavos de minha língua. Não há, porém, quem iguale a Bonfanti, na América, para fabricar artigos dessa espécie, realmente bons. Posso recomendar-lho com toda a confiança — (aqui o general se curvou) — e asseguro-lhe que tenho o maior prazer em fazê-lo.

Agradeci-lhe a bondade da melhor maneira e despedi-me dele imediatamente, com uma perfeita compreensão do verdadeiro estado das coisas, com uma plena compreensão do mistério que me perturbara por tanto tempo. Era evidente. Era um caso bem claro. O Brigadeiro-General João A. B. C. Smith era o ente humano... *era o homem desmanchado*.

O HOMEM DE NEGÓCIOS[1]

O método é a alma do negócio.

Velho ditado

Sou um homem de negócios. Sou um homem metódico. O método é *tudo* afinal. Não há gente que eu mais cordialmente deteste do que esses malucos excêntricos que tagarelam a respeito de método, sem compreendê-lo, presos estritamente à sua letra, mas violando-lhe o espírito. Esses camaradas estão sempre praticando as coisas mais inconcebíveis, de acordo com o que eles chamam de método regular. Julgo haver nisso um evidente paradoxo. O verdadeiro método pertence apenas às coisas comuns e evidentes e não pode ser aplicado ao que é exagerado. Que ideia definida pode uma pessoa ligar a expressões tais como "um casquilho metódico", ou "um fogo-fátuo sistemático"?

Minhas ideias sobre esse assunto não poderiam ter sido tão claras como são, não fosse o afortunado acidente que me ocorreu quando eu era ainda menino. Uma velha criada irlandesa, de bom coração (de quem nunca me esquecerei em meu testamento), agarrou-me um dia pelos calcanhares, quando eu estava fazendo mais barulho do que era necessário, e fazendo-me girar duas ou três vezes, "para mostrar a um diabinho como se grita de verdade", deu com minha cabeça de encontro à coluna da cama, com toda a força. Foi isto que decidiu de minha sorte e fez minha fortuna. Um calombo subiu logo no alto de minha cabeça e veio a ser um tão lindo órgão de *ordem* como jamais se verá outro igual. Daí esse positivo apetite pelo sistema e pela regularidade que me tem feito o notável homem de negócios que sou.

Se há alguma coisa na terra que eu odeie é o gênio. Os vossos "gênios" são todos asnos chapados; quanto maior o gênio tanto maior a asnice; e para esta regra não existe exceção de espécie alguma. De modo especial, não se pode de um gênio extrair um homem de negócios, do mesmo modo que não se arranca dinheiro dum judeu ou as melhores nozes-moscadas de bolotas de pinheiro. As criaturas estão sempre fugindo pela tangente em alguma ocupação fantástica ou especulação ridícula, inteiramente em desacordo com "a ordem natural das coisas" e onde não há negócio que possa ser considerado como tal. Assim, podeis definir esses caracteres, imediatamente, pela natureza de suas ocupações. Se alguma vez notardes um homem estabelecer-se como varejista ou industrial, ou entrar no comércio de algodão, ou fumo, ou qualquer dessas excêntricas mercadorias; ou tornar-se vendedor de tecidos, fabricante de sabão, ou qualquer coisa dessa espécie; ou pretender ser um advogado, um ferreiro ou um médico... qualquer coisa fora do comum... podeis imediatamente classificá-lo como um "gênio", e daí, de acordo com a regra de três, como um asno.

Ora, eu não sou de modo algum um gênio, mas um normal homem de negócios. Meu *Diário* e meu *Razão* demonstrá-lo-ão num minuto. São bem feitos, embora

---

1 Publicado pela primeira vez no *Burton's Gentleman's Magazine*, fevereiro de 1840. Título original: PETER PENDULUM, THE BUSINESS MAN. Os nomes das estranhas "profissões" do "homem de negócios" são, no original, adulterações dos nomes ingleses de respeitáveis ramos de comércio, formando trocadilhos intraduzíveis. (N. T.)

eu mesmo o diga; e, nos meus hábitos gerais de precisão e pontualidade, não há relógio que me vença. Além disso, minhas ocupações sempre se orientaram para sincronizar com os hábitos comuns de meus semelhantes. Não que eu me sinta, no mínimo grau, devedor, por este motivo, a meus pais, altamente fracos de espírito, que sem dúvida teriam feito de mim um gênio consumado, no fim de contas, se meu anjo da guarda não viesse, a tempo, salvar-me. Na biografia a verdade é tudo e especialmente o é na autobiografia, embora eu mal espere ser crido quando afirmo, ainda que solenemente, que meu pobre pai me colocou, quando eu tinha perto de quinze anos de idade, no escritório de quem ele chamava "um respeitável comerciante de ferragens e consignações que fazia magníficos negócios". Magníficas bolas, isso sim! Entretanto, a consequência dessa loucura foi que, em dois ou três dias, fui devolvido para casa de minha desmiolada família, com febre alta e a mais violenta e perigosa dor no sincipúcio, bem em volta do meu órgão de ordem. Quase vou desta para melhor (e assim passei mal cerca de seis semanas), enquanto os médicos me desenganavam e tudo o mais. Porém, embora sofresse muito, era um rapaz grato quanto ao que importava. Fora salvo de tornar-me um "respeitável comerciante de ferragens e consignações que fazia excelentes negócios", e senti-me reconhecido à protuberância que fora o meu meio de salvação, bem como ao bondoso coração feminino que pusera tal meio ao meu alcance.

A maioria dos meninos foge de casa aos dez ou doze anos de idade, mas eu esperei completar os dezesseis. Não sei se mesmo então teria fugido, se não me acontecesse ouvir minha mãe falar acerca de estabelecer-me, por minha própria conta, no ramo de mantimentos. O ramo de *mantimentos*! Basta pensar nisso! Resolvi escapulir logo e tentar estabelecer-me em alguma ocupação *decente*, sem prestar atenção mais tempo aos caprichos daqueles velhos excêntricos, correndo o risco de, no fim, tornar-me um gênio.

Triunfei admiravelmente nesse projeto, ao primeiro esforço, e, quando completei dezoito anos, achei-me realizando amplos e proveitosos negócios no ramo de Anúncios Ambulantes de Alfaiates.

Estava apto a desempenhar-me dos pesados deveres dessa profissão, graças apenas à rígida adesão ao sistema que formava o traço predominante de meu espírito. Um *método* escrupuloso caracterizava minhas ações, bem como minhas contas. No meu caso, foi o método, e não o dinheiro, que fez o homem — pelo menos tudo quanto não foi feito pelo alfaiate para quem eu trabalhava. Às nove horas de todas as manhãs, eu procurava esse indivíduo para vestir a roupa do dia. Às dez horas, achava-me em algum logradouro concorrido ou em outro lugar de diversão pública. A regularidade exata com que eu girava meu corpo elegante, de modo a deixar ver todas as partes da veste que trajava, era a admiração de todos os homens conhecedores do comércio. Não se passava o meio-dia sem que eu trouxesse um freguês à casa de meus patrões, os Srs. Talha & Volta. Digo-o com orgulho, mas com lágrimas nos olhos, pois os membros da firma demonstraram ser o cúmulo dos ingratos. A pequena conta, sobre que discutimos e pela qual afinal nos separamos, não pode, em item algum, ser considerada como exagerada, por qualquer cavalheiro realmente conhecedor da natureza do negócio. Neste ponto, contudo, sinto um grau de altiva satisfação, ao permitir que o leitor julgue por si mesmo. Minha conta era a seguinte:

SENHORES TALHA & VOLTA, ALFAIATES, DEBEN
A PEDRO LUCRA, ANUNCIANTE AMBULANTE

		Cents.
Julho 10	– *Passeio como de costume e freguês trazido à casa*	*$.25*
Julho 11	– *Idem, idem, idem.*	*$.25*
Julho 12	– *Uma mentira de segunda classe: casaca preta estragada vendida como verde invisível.*	*$.25*
Julho 13	– *Uma mentira de primeira classe: qualidade e tamanho especiais, cetineta lustrada vendida como seda especial*	*$.75*
Julho 20	– *Compra de uma gola engomada de papel, inteiramente nova, ou peito postiço, para realçar uma ratina cinza.*	*$.02*
Agosto 15	– *Por usar uma casa de abas duplas (106 graus de termômetro à sombra)*	*$.25*
Agosto 16	– *Por ficar sobre um pé só três horas, para mostrar um novo estilo de calças apertadas, a 12 ½ por perna e por hora*	*$.37.5*
Agosto 17	– *Passeio, como de costume, e grande freguês trazido (gordo).*	*$.50*
Agosto 18	– *Idem, idem, idem (tamanho médio).*	*$.25*
Agosto 19	– *Idem, idem, idem (homem pequeno e mau pagador)*	*$.06*
	Total.	*$.295,5*

O item principalmente discutido nessa nota foi a parcela muito modesta de dois centavos por um peito postiço. Palavra de honra, *não era* um preço exagerado para aquele peito postiço. Era um dos mais limpos e lindos peitos postiços que eu já vi; e tenho boas razões para crer que ele promoveria a venda de três trajes de ratina. O sócio mais velho da firma, porém, só me quis dar um centavo da conta e tomou a seu cargo mostrar de que modo quatro dos mesmíssimos objetos podiam ser tirados de uma folha de papel almaço. Mas é necessário dizer que eu me mantive sobre o *princípio* da questão. Negócio é negócio e deve ser feito em moldes de negócio. Não havia *sistema* nenhum em surripiar-me um centavo — furto claro de cinquenta por cento — nem *método* qualquer. Deixei imediatamente o emprego em casa dos Srs. Talha & Volta e estabeleci-me no ramo de Fere-a-Vista, por minha própria conta, que é um dos mais lucrativos, respeitáveis e independentes, dentre os afazeres comuns.

Minha estrita integridade, minha economia e meus hábitos de exatidão em negócios de novo aqui entraram em ação. Encontrei-me na direção de próspero comércio e logo me tornei um homem notável na praça. A verdade é que nunca me enfiei em negócios pomposos e efêmeros, mas prossegui na velha rotina sóbria da profissão, profissão em que eu sem dúvida teria permanecido até a hora presente, se um pequeno acidente não me acontecesse no decorrer de uma das costumeiras operações de negócios desse ramo.

Onde um velho rico e avarento, um herdeiro pródigo ou uma companhia em bancarrota se resolve a edificar um palácio não há coisa melhor no mundo do que deter a construção; qualquer pessoa inteligente sabe disso. O fato em apreço é, na verdade, a base do negócio de Fere-a-Vista. Logo, portanto, que um projeto de edificação está completamente assentado, por uma das partes citadas, nós, comerciantes, apoderamo-nos de uma bela esquina do lote em vista, ou de uma excelente nesga de terra, bem junto, ou mesmo em frente. Feito isso, esperamos até que o palácio esteja semiconstruído e então pagamos a algum arquiteto de bom gosto para construir-nos um telheiro de taipa enfeitado, bem em frente do edifício: um pagode do Baixo Oriente ou da Holanda, ou um chiqueiro, ou qualquer gênero de construção imaginosa, seja em estilo esquimó, kickapu ou hotentote. Naturalmente, não podemos consentir em derrubar essa construção sem uma bonificação de quinhentos por cento sobre o custo original do nosso lote e do estuque. *Poderíamos?* Estou perguntando. Pergunto aos homens de negócios. Seria irracional supor que o pudéssemos. E contudo houve uma companhia de ladrões que me pediu para fazer isso, justamente isso! Não respondi, é lógico, à sua absurda proposta. Mas achei de meu dever ir, naquela mesma noite, sujar de fuligem todo o seu palácio. Por causa disso, os desarrazoados velhacos me puseram na cadeia; e os cavalheiros do ramo de Fere-a-Vista não puderam deixar de cortar minhas relações com o negócio, quando eu saí.

O negócio de Assalto-e-Golpe, no qual então fui forçado a aventurar-me para ganhar a vida, era algo mal adaptado à delicada natureza de minha constituição física; mas passei a trabalhar nele, com toda a vontade, e tive lucro aí, como antes, dados aqueles severos hábitos de metódica exatidão que me haviam sido introduzidos a pancada por aquela amável velha ama; na verdade, eu seria o mais baixo dos homens se a esquecesse em meu testamento. Observando, como disse, o mais estrito sistema em todas as minhas transações e conservando uma bem-feita coleção de livros comerciais, eu estava habilitado a passar sobre as mais sérias dificuldades e, no fim, a estabelecer-me muito decentemente na profissão. A verdade é que poucos indivíduos, em qualquer ramo, fizeram mais confortável negociozinho do que eu. Passarei a copiar uma página, ou mais, de meu Diário e assim livrar-me-ei da necessidade de soprar minha própria trombeta da fama, prática desprezível, da qual não deve ser culpado nenhum homem de espírito elevado. Ora, o Diário é uma coisa que não mente.

1º de janeiro — Dia de Ano-Novo. Encontrei Dentada na rua, tonto. Nota: Fará negócio. Pouco depois encontrei Boçal, completamente bêbado. Nota: Fará também. Anoto os dois sujeitos no meu Razão e abro uma conta-corrente com cada um.

2º de janeiro — Vi Dentada na Bolsa. Subi e pisei-lhe o pé. Ergueu o punho e atirou-me ao chão. Bom! Ergo-me. Pequena dificuldade para entender-me com Saco, meu advogado. Eu avaliava os danos em mil, mas ele diz que por um soco tão simples não podemos levar mais de quinhentos. Nota: É preciso livrar-se de Saco; ele não tem sistema nenhum.

3º de janeiro — Fui ao teatro procurar Boçal. Vi-o sentado num camarote de lado, na segunda fileira, entre uma senhora gorda e outra magra. Fitei o grupo com um binóculo até que vi a mulher gorda enrubescer e cochichar para Boçal. Rondei, então, o camarote e pus meu nariz ao alcance da mão dele. Inútil... Não quis torcê-lo. Funguei e tentei de novo... inútil. Sentei-me então e pisquei para a senhora magra; assim, tive a alta satisfação de vê-lo agarrar-me pela nuca e arremessar-me sobre a plateia. Pescoço deslocado e perna direita completamente despedaçada. Voltei à casa contentíssimo, bebi uma garrafa de champanha e debitei ao rapaz cinco mil. Saco diz que ele pagará.

15 de fevereiro — Acordo no caso do Sr. Dentada. Soma entrada no Borrador: cinquenta centavos. Confira-se.

16 de fevereiro — Expulso por aquele velhaco do Boçal, que me fez um presente de cinco dólares. Custas do processo, quatro dólares e 25 centavos. Lucro líquido (veja-se o Borrador): 75 centavos.

Ora, aí está um lucro evidente, em período muito breve, de não menos que um dólar e 25 centavos, isto nos simples casos de Dentada e Boçal; e solenemente asseguro ao leitor que esses trechos foram extraídos ao acaso de meu Diário.

É um velho ditado, e bem verdadeiro, contudo, aquele que diz que o dinheiro nada é em comparação com a saúde. Verifiquei que as exigências da profissão eram algo excessivas para meu delicado estado físico; e, descobrindo, afinal, que estava sendo desfigurado pelas pancadas, de modo a não saber muito bem o que fazer do negócio e a ponto de meus amigos, quando me encontravam na rua, não poderem dizer em absoluto que eu era Pedro Lucra, ocorreu-me que o melhor expediente, que eu podia adotar, era mudar de ramo de negócio. Voltei, pois, minha atenção para o ramo de Chafurda Lama e nele continuei durante vários anos.

O pior dessa ocupação é que gente demais tem inclinação por ela e, em consequência, a concorrência é excessiva. Qualquer camarada ignorante que não tenha cérebro para tornar-se um anunciante ambulante, ou um fere-a-vista esperto, ou um homem do assalto-e-golpe, pensa, naturalmente, que se sairá muito bem como chafurdador de lama. Mas nunca houve ideia tão errônea como a de que não se requer cérebro para o chafurda-lama. Especialmente, nada se pode fazer nesse ramo, sem *método*. Tive só um negócio a varejo, mas meus velhos hábitos de *sistema* me levaram longe, às braçadas. Escolhi uma rua transversal, em primeiro lugar, com grande resolução e nunca exibi uma escova, em qualquer parte da cidade, que *não fosse aquela*; tomei também o cuidado de ter um delicado e pequenino charco pertinho, que eu podia alcançar em um minuto. Por meios tais consegui ser bem conhecido como um homem em quem se podia confiar; e isso, deixai-me dizer, é metade da batalha em negócios. Ninguém jamais deixou de atirar-me uma moeda de cobre, pois ninguém atravessava minha rua com um par de calças limpas. E, como meus hábitos de negócio, a esse respeito, eram suficientemente compreendidos, nunca deparei com qualquer tentativa de impostura. Eu não o suportaria, se houvesse. Como eu nunca mistificava ninguém, não me resignaria a que alguém se fizesse de esperto comigo. Naturalmente, não pude evitar as fraudes dos bancos. Sua paralisação trouxe-me ruinosos contratempos. Os bancos, porém, não são indivíduos mas corporações, e as corporações, como bem sabeis, não têm corpos para receber pontapés nem almas para irem para o inferno.

Estava fazendo dinheiro nesse negócio quando, num mau momento, fui induzido a atirar-me no ramo de Cão-Salpica, profissão algo análoga, mas de modo algum tão respeitável. Minha localização, certamente, era excelente, sendo central, e eu tinha uma coleção de graxa e escovas. Meu cãozinho, também, andava inteiramente engordurado e não se deixava enganar de modo algum. Já estivera longo tempo no negócio e posso dizer que o compreendia. Nossa rotina geral era esta: Pompeu, depois de haver rolado bem na lama, sentava-se sobre as patas traseiras, na porta de uma loja, até ver que vinha um casquilho com botinas brilhantes. Partia então a encontrá-lo e esfregava o pelo, uma ou duas vezes, nas botas. O casquilho então praguejava bastante e procurava um engraxate. Lá estava eu, bem à sua vista, com graxa e escovas. Era só um minuto de trabalho e lá vinham seis tostões. Isso correu moderadamente bem, por algum tempo; de fato, eu não era avarento, mas meu cão era. Eu lhe dava um terço dos lucros, mas ele insistia em metade. Com isto eu não podia concordar; assim, brigamos e separamo-nos.

Depois disso meti mãos ao Toque-de-Realejo, durante algum tempo, e posso dizer que me saí muito bem. É um negócio fácil e honesto e não requer habilidades especiais. A gente pega um realejo duma só música e para arranjá-lo basta abrir-lhe o maquinismo e dar-lhe três ou quatro espertas marteladinhas. Melhora a melodia da coisa — para fins comerciais — mais do que se pode imaginar. Feito isto, a gente só tem de sair pela rua, com o realejo nas costas até encontrar cascas de frutas na rua e uma aldraba enrolada em pele de gamo. Então a gente para e sorri, parecendo querer ficar parado e sorrindo até o dia do juízo final. Logo se abre uma janela e alguém atira uma moeda de cobre, pedindo para "parar com aquilo e dar o fora" etc. Sei que alguns tocadores de realejo têm realmente consentido em "dar o fora", por esse preço; mas pela minha parte, achei ser necessário o desembolso do capital bem maior, de um xelim, para consentir em "dar o fora".

Ganhei muito com essa ocupação, mas, de certo modo, não estava lá muito satisfeito e por isso finalmente a abandonei. A verdade é que eu trabalhava com a desvantagem de não possuir macaco, e as ruas americanas são tão lamacentas, a plebe democrática tão atrapalhante e tão cheia de meninos danadamente perversos...

Estive então sem emprego durante alguns meses, mas afinal consegui, à força de grande empenho, arranjar um emprego no Correio Falso. As obrigações ali são simples e não de todo sem proveito. Por exemplo: de manhã muito cedo, eu tinha de preparar meu pacote de cartas falsas. Dentro de cada uma delas rabiscava umas poucas linhas sobre qualquer assunto que me ocorresse e que parecesse suficientemente misterioso, assinando todas com o nome de "Tomás Dobson", "Bobby Tompkins" ou qualquer outro dessa espécie. Dobradas e fechadas todas e seladas em selos falsos, de Nova Orleans, Bengala, Botany Bay, ou qualquer outro lugar bem distante, partia eu, imediatamente; pelo meu caminho diário, como se estivesse com grande pressa. Parava sempre diante das grandes casas, para entregar as cartas e receber o porte. Ninguém hesitava em pagar por uma carta, e especialmente por uma carta grossa. As pessoas são tão tolas! E não havia dificuldade em dobrar uma esquina antes que houvesse tempo de serem abertas as cartas. O pior desta profissão era que eu tinha de andar muito e muito depressa e também frequentemente variar de percurso. Além disso, tinha sérios escrúpulos de consciência. Não podia suportar ver pessoas inocentes maltratadas, e a maneira pela qual toda a cidade se pusera a rogar pragas a Tomás Dobson e a Bobby Tompkins era realmente terrível de ouvir-se. Desgostoso, lavei minhas mãos daquele negócio.

Minha oitava e última especulação tem sido a da Criação de Gatos. Achei esse negócio muito agradável e lucrativo e, na verdade, sem nenhuma complicação. O país, como se sabe, tornou-se infestado de gatos e de tal forma ultimamente que uma petição para se verem livres deles, assinada por numerosos e respeitabilíssimos cidadãos, foi levada perante a Assembleia Legislativa, em sua última e memorável sessão. Naquela época, achava-se a Assembleia insolitamente bem informada e, tendo aprovado muitas outras leis sábias e benéficas, coroou tudo com a Lei Gatal. Na sua forma original, esta lei oferecia um prêmio por *cabeças* de gato (quatro *pence* por peça); mas o Senado conseguiu emendar a cláusula principal, substituindo a palavra "cabeças", pela palavra "caudas". Esta emenda era tão evidentemente apropriada, que a Casa a votou por unanimidade.

Logo que o Governador assinou o decreto, inverti todos os meus bens na compra de Mimis e Ronrons. A princípio, podia apenas alimentá-los com ratos (que são baratos), mas eles satisfizeram a injunção escritural de modo tão maravilhoso que eu, por fim, considerei de melhor política ser liberal e passei a dar-lhes ostras e tartarugas. Suas caudas, a preço legislativo, fornecem-me agora renda bem lucrativa, pois descobri um meio pelo qual, graças ao óleo de Mamassar, posso cortar três caudas por ano. Agrada-me também descobrir que os animais logo se acostumam com a coisa e preferem mesmo ter os apêndices cortados. Considero-me, por conseguinte, um homem estabelecido e estou esperando comprar uma casa de campo às margens do Hudson.

Por que o francesinho está com a mão na tipoia[1]

É bem certo que estão nos meus cartões de visita, daqueles que são de papel de linho cor-de-rosa, e qualquer cavalheiro que o quiser pode contemplar, as interessantes palavras "Sir Pathrick O'Grandison, Baronete, Avenida Southampton 39, Praça Russell, Paróquia de Bloomsbury". E, se ele quisesse descobrir quem é o supertipo da polidez e o chefe do bom-tom em toda a cidade de Londres... pois sou eu mesmo. E palavra que isso não é de estranhar, de maneira nenhuma (assim, pois, deixem de franzir o nariz, por favor), pois a cada polegada das seis semanas em que venho sendo um cavalheiro, e tirei o pé da lama para juntar-me à Baronia, eu, Pathrick, tenho vivido como um santo imperador e tenho recebido educação e boas maneiras. Oh! E como seria uma bendita coisa para seus espíritos se vocês pudessem pôr seus dois olhos justamente sobre a pessoa de Sir Pathrick O'Grandison, Baronete, quando ele está todo pronto, vestido para a ópera ou subindo ao carro para o corso no Hyde Park! Mas é por causa de minha elegante e imponente figura que, e essa é a razão, todas as senhoras se apaixonam por mim. Não é então a minha própria figura, que mede um metro e oitenta e mais três polegadas por cima das meias, o que é, em todo o corpo, extremamente bem proporcional? E o tal francesinho que vive justamente defronte, terá ele, na verdade, mais que um metro e oitenta e um pouquinho? E não fica olhando o dia inteiro (diabos o levem!) para a bonita viúva Sra. Tracle, que é minha vizinha de paredes-meias (Deus a abençoe!) e muito minha conhecida e amiga íntima? Vejam, o pequeno tratante anda de mau humor e com a mão na tipoia e a boa razão disso vou-lhes contar, com sua licença.

A verdade de tudo é justamente bastante simples; pois, no primeiro dia em que vim de Connaught e mostrei minha bela pessoa na rua à viúva, que olhava da janela, foi uma coisa completamente liquidada o coração da linda Sra. Tracle. Percebi isto, como veem, imediatamente, e não houve engano, juro por Deus. Antes de tudo, ela levantou a janela, num instante, e depois escancarou seus dois olhos, o máximo que pôde, e depois foi um pequeno monóculo de ouro o que ela pespegou a um deles, e o diabo me queime se ele não falou, tão claramente como um olho pode falar, e disse através do monóculo: "Oh! Muitíssimo bom dia para o senhor, Sir Pathrick O'Grandison, Baronete, meu querido! O senhor é um alinhado cavalheiro, de verdade, e eu mesma e minha fortuna estaremos a seu serviço, meu caro, a todas as horas e minutos do dia que o senhor desejar." E não sou eu que me deixo bater em polidez; assim, fiz uma reverência que só de ver lhe teria quebrado inteiramente o coração, e depois tirei o chapéu com um floreio, piscando fortemente com os dois olhos, como se dissesse: "O mesmo para a senhora, ó doce criaturinha, Sra. Tracle, minha querida, e quero ser afogado e morto num pântano se não for eu mesmo Sir Pathrick O'Grandison, Baronete, quem dedicará toda uma grinalda de amor a Vossa Senhoria, no piscar de olhos de uma batatinha-inglesa". E foi seguramente no dia seguinte, justamente quando estava ponderando se não seria coisa delicada

1 Publicado pela primeira vez numa edição de 1840: *Tales of the grotesque and arabesque*. Título original: WHY THE LITTLE FRENCHMAN WEARS HIS HAND IN A SLING.

mandar umas linhas à viúva, em forma de cartinha de amor, quando veio o moço de recados, com um elegante cartão, e me disse que o nome neste (pois nunca consegui ler a impressão em relevo porque sou canhoto) referia-se todo a Monsieur o Conde Já-Que-Espichou, Maître de Danse, e que todo aquele palavrório dos infernos era o nome, danadamente comprido, do tal sujeitinho francês, que morava defronte.

E justamente então entrou o vilãozinho, em pessoa, e depois me fez um salamaleque, e depois disse que havia tomado apenas a liberdade de me dar a honra de fazer-me uma visita e então continuou parolando muito e não compreendi patavina do que ele queria dizer, de jeito nenhum, excetuando quando repetia: *palivu* e *vulivu*, e me contava, entre um ramalhete de mentiras (diabos o levem!), que estava doido de amor pela minha viúva, Sra. Tracle, e que a minha viúva, Sra. Tracle, tinha xodó por *ele*.

Ouvindo isso, podem jurar, fiquei doido como um gafanhoto, mas lembrei-me de que era Sir Pathrick O'Grandison, Baronete, e que não era propriamente cavalheiresco deixar a ira vencer a polidez e assim tratei a coisa de leve e disfarcei e fiquei todo amável com o sujeitinho e depois de algum tempo não é que ele me pediu para acompanhá-lo à casa da viúva, dizendo que me faria a apresentação de praxe à Sua Senhoria?

"Estamos aí — disse então a mim mesmo — e não há dúvida, Pathrick, que você é o mais afortunado dos mortais deste mundo. Veremos agora, em breve, se é pela sua própria bela pessoa ou pelo pequeno Mr. Maître de Danse que a Sra. Tracle está apaixonada."

E com isso saímos para a casa da viúva, na porta imediata, e pode-se bem dizer que era um lugar elegante, pois era mesmo. Havia um tapete cobrindo todo o assoalho e, num canto, havia um piano-forte, um berimbau e o diabo sabe o que mais, e num outro canto havia um sofá, a mais bonita coisa em toda a natureza, e sentada no sofá, por certo, estava o doce anjinho, a Sra. Tracle.

— Muitíssimo bom dia, Sra. Tracle, para a senhora — disse eu e então fiz uma reverência tão elegante, que teria maravilhado completamente o cérebro de vocês.

— *Vulivu, palivu, comanvu portevu* — diz o francesinho. — Bem certo, Sra. Tracle — disse ele, e fez isso mesmo —, que é este cavalheiro aqui, precisamente, o Reverendo Sir Pathrick O'Grandison, Baronete, e que é ele absoluta e completamente o amigo e conhecido mais íntimo que tenho em todo o mundo.

E com isso a viúva se levantou do sofá e fez a mais linda mesura jamais vista; e em seguida ela senta-se como um anjo e então, por Deus!, foi que esse tratantezinho de Mr. Maître de Danse jogou-se à direita dela. Oh! Esperei que meus dois olhos fossem sair da cara, tão fora de mim me achava. Porém disse a mim mesmo, depois de algum tempo: "Quem pode comigo? Estamos aí, Mr. Maître de Danse!" E assim, joguei-me à esquerda da senhora, para estar de par com o vilão. Deveras! Teria feito bem a vocês verem a elegante dupla piscadela que lancei à viúva, justamente então, uma piscadela, em plena cara, e com os dois olhos.

Mas o tal francesinho nem começou a desconfiar de mim, de maneira nenhuma, e namorou a senhora desesperadamente. *Vulivu* — disse. — *Palivu* — disse. — *Comanvu portevu* — disse.

— Isso não adianta, Sr. Sapo, meu bem — pensei eu, e falei tanto e tão depressa como pude, todo o tempo, e palavra que era eu mesmo quem divertia Sua Senhoria, completa e inteiramente, em consequência da conversação elegante que mantive com ela a respeito dos caros pântanos de Connaught. E pouco a pouco, ela me concedeu um sorriso, de um canto a outro da boca, que me tornou tão ousado como um porco, e peguei precisamente na pontinha de seu dedinho, da maneira mais delicadíssima do mundo, olhando para ela, todo o tempo, com os brancos de meus olhos.

E só então percebi a esperteza do anjinho, pois, apenas tinha observado que eu almejava apertar sua patinha, levantou-a num instante e colocou-a atrás das costas, justamente como se quisesse dizer: "Aqui está, Sir Pathrick O'Grandison, sua pequena oportunidade, queridinho, pois não seria precisamente coisa correta querer apertar minha patinha, bem à vista desse francesinho, desse Mr. Maître de Danse".

Com isto, dei-lhe uma grande piscadela, justamente para dizer: "Deixe esses truques por conta de Sir Pathrick". E depois pus-me a agir, à vontade, e vocês teriam morrido, divertidos, por ver como deslizei habilmente meu braço direito entre as costas do sofá e as costas de Sua Senhoria e lá, garanto, achei uma macia patinha, bem à espera, como dizendo: "Muitíssimo bom dia para o senhor, Sir Pathrick O'Grandison, Baronete". E não é que fui eu mesmo, com toda a certeza, que justamente lhe dei o mais leve apertozinho do mundo, só para começar e para não ser muito rude com Sua Senhoria? E, oh!, deveras! não era o mais gentil e mais delicado de todos os apertozinhos o que recebi de volta? "Com mil raios, Sir Pathrick, querido — pensei mesmo comigo —, palavra, é justamente o filho de sua mãe, e ninguém mais, de maneira nenhuma, o mais bonito e mais afortunado irlandesinho que jamais saiu de Connaught!"

E nisso apertei fortemente a patinha, e grande aperto foi, por Deus, o que Sua Senhoria me devolveu. Mas vocês teriam explodido de rir justamente então, de repente, diante da conduta satisfeita do Mr. Maître de Danse. Nunca antes, no mundo, foi ouvida tal algaravia e visto tal sorriso afetado, e uma *palivuzice* como a que ele começou, com Sua Senhoria! E diabos me levem se não foram os meus próprios dois olhos que o apanharam a piscar um olho para ela. Oh! Se não fui eu mesmo, então, quem ficou fulo de raiva, gostaria que me dissessem quem foi!

— Permita-me que o informe, Mr. Maître de Danse — disse eu, cortês como jamais vocês viram —, que não é coisa correta, de modo algum, e de qualquer maneira não para gente como o senhor, deitar olhadelas à Sua Senhoria de tal maneira.

E justamente com isso, apertei a patinha mais uma vez, tudo desse modo para dizer: "Não é agora, minha joia, que Sir Pathrick poderá protegê-la, querida?"

E então recebi um outro aperto, justamente como resposta: "Isso mesmo, Sir Pathrick" — disse, tão claramente como nunca um aperto falou no mundo. "Isso mesmo, Sir Pathrick, meu querido, e, na verdade, um cavalheiro alinhado é o que o senhor é. E isso é a santa verdade." E com isso abriu seus dois belos olhos, até que eu pensei que sairiam de sua cara, completa e inteiramente, e olhou raivosa, como um gato, para o Sr. Sapo e depois, sorridente, como toda fora de si, para mim.

— Então — disse ele, o vilão. — Oh! *Vulivu, palivu.*

E a isso sungou os ombros, até que não se viu mais nem um tico de sua cabeça e depois baixou os cantos da bocarra e nem um tiquinho mais de satisfação pude receber do tratante.

Acredite, minha joia, foi então Sir Pathrick quem perdeu a cabeça, e tanto mais quanto o francês continuou com as piscadelas para a viúva e a viúva continuou a apertar minha pata, como se dissesse: "A ele, de novo, Sir Pathrick O'Grandison, meu querido". De modo que lancei uma grande praga e disse:

— Seu sapo tratante, grandíssimo filho de um diabo!

Justamente então, que pensam vocês que a senhora fez? Palavra que ela pulou do sofá, como se tivesse sido mordida e saiu de porta afora, enquanto eu voltava a cabeça para segui-la, em completa perturbação e contrariedade, acompanhando-a com meus dois olhos. Vocês percebem que eu tinha uma razão, toda minha, para saber que ela não podia descer as escadas, inteira e completamente, pois eu sabia muito bem que tinha sua mão na minha, e nem por coisa nenhuma a deixaria. E digo eu:

— Não é o menor errozinho do mundo o que está praticando, minha senhora? Volte, seja boazinha, e devolverei sua patinha. Ela, porém, foi embora, escadas abaixo, como um tiro, e então voltei-me para o francesinho. Oh! Se não era a sua mão velhaca que eu tinha na minha... ora, então... então não era... é só.

E quem sabe se não fui eu mesmo quem então morreu de rir vendo o sujeitinho, quando descobriu que não era da viúva, de maneira alguma, a mão em que ele havia pegado todo o tempo, mas apenas a de Sir Pathrick O'Grandison! O próprio diabo nunca viu cara igual à que ele mostrou! Quanto a Sir Pathrick O'Grandison, Baronete, não era para gente de seu feitio ocupar-se em ponderar um errozinho qualquer. Todavia, pode-se dizer (pois é a santa verdade) que antes de soltar a pata do tratante (o que não se deu antes de o lacaio da senhora nos ter lançado a pontapés, pela escada abaixo) dei-lhe tal apertozinho que a reduzi a geleia de framboesa.

— *Vulivu* — disse ele. — *Palivu* — disse ele. — *Danivu*.

E essa, então, é precisamente a verdadeira razão pela qual ele está com a mão esquerda na tipoia.

Nunca aposte sua cabeça com o diabo[1]
Conto moral

— *Con tal que las costumbres de un autor* — diz D. Tomás de las Torres, no prefácio de seus *Poemas amorosos* —, *sean puras y castas, importa muy poco que no sean igualmente severas sus obras*, querendo dizer, em puro inglês, que, contanto que seja pessoalmente pura a moral de um autor, nada significa a moral de seus livros. Achamos que D. Tomás se encontra agora no Purgatório, por causa dessa afirmativa. Seria também coisa inteligente, no que concerne à justiça poética, conservá-lo ali, até que seus *Poemas amorosos* saiam do prelo ou sejam definitivamente abandonados nas estantes por falta de leitores. Toda obra de ficção *deveria* ter uma moral; e, o que vem mais a propósito, os críticos já descobriram que toda ficção a *tem*. Filipe Melanchton escreveu, há algum tempo, um comentário sobre a *Batraquiomiomaquia* e provou que o objetivo do poeta era suscitar o desgosto pela sedição. Pierre La Seine, dando um passo mais adiante, mostra que a intenção era recomendar aos jovens a temperança no comer e no beber. Da mesma forma, também, Jacobus Hugo se convenceu de que, com Euenis, queria Homero insinuar a figura de João Calvino; com Antinous, a de Martinho Lutero; com os Lotófagos, os protestantes, em geral, e com as Harpias, os holandeses. Nossos mais modernos escoliastas são igualmente agudos. Esses sujeitos demonstram a existência de um significado oculto em *Os antediluvianos*, de uma parábola em *Powhatan*, de novas intenções em *O pintarroxo* e de transcendentalismo em *O Pequeno Polegar*. Em resumo, ficou demonstrado que nenhum homem pode sentar-se a escrever sem uma profundíssima intenção. Dessa forma, poupa-se em geral muita perturbação aos autores. Um romancista, por exemplo, não precisa ter cuidado com a sua moral. Ela está ali, isto é, está em alguma parte, e a moral e os críticos podem tomar conta de si mesmos. Chegado o tempo próprio, tudo o que o cavalheiro tencionava, e tudo o que ele não tencionava, será trazido à luz no *Dial* ou no *Down Easter*, juntamente com tudo o que ele devia ter tencionado e o resto que ele claramente pretendia tencionar; de modo que tudo dará certo no fim.

Não há razão, por consequência, para o ataque contra mim lançado por certos ignorantes, por eu nunca ter escrito um conto moral ou, em termos mais precisos, um conto com uma moral. Não são eles os críticos predestinados a me pôr em cena ou a desenvolver a minha moral; este é o segredo. A propósito, o *North American Quarterly Hundrum* fá-los-á envergonharem-se de sua estupidez. Entrementes, a fim de protelar a execução, a fim de mitigar as acusações contra mim, ofereço a triste história junta, uma história acerca de cuja evidente moral não poderá haver discussão alguma, desde que aquele que a procura possa lê-la nas letras garrafais que formam o título do conto. Eu mereceria aplausos por esse arranjo, bem mais inteligente que o de La Fontaine e de outros, que transferem o conceito até o último instante e assim o levam disfarçadamente até o cansativo fim de suas fábulas.

Defuncti injuria ne officiantur era uma lei das doze tábuas e *De mortuis nil nisi bonum* é uma excelente injunção, mesmo que o morto em questão não passe de um

1 Publicado pela primeira vez no *Graham's Lady's and Gentleman's Magazine*, setembro de 1841. Título original: NEVER BET YOUR HEAD. A MORAL TALE.

defunto joão-ninguém. Não é minha intenção, porém, vituperar meu falecido amigo Toby Dammit. Era um pobre-diabo que vivia como um cão, é verdade, e foi de uma morte de cão que morreu; mas não era digno de censura por causa de seus vícios. Procederam duma deficiência natural da mãe dele. Ela fez o que pôde para castigá-lo, enquanto ainda pequeno, porque os deveres para sua bem ordenada mente eram sempre prazeres, e as crianças, como as postas de carne dura ou as modernas oliveiras gregas, são as melhores de se bater. Porém, pobre mulher!, tinha a desgraça de ser canhota e uma criança surrada canhotamente o mais que podia ficar era canhotamente impune. O mundo gira da direita para a esquerda. Não se deverá, pois, açoitar uma criança da esquerda para a direita. Se cada golpe, na direção própria, lança fora uma má propensão, segue-se que cada pancada, numa direção oposta, soca para dentro sua parte de maldade. Estive muitas vezes presente aos castigos de Toby e, mesmo pelo modo com que era escoiceado, podia perceber que ele se estava tornando cada vez pior, dia a dia. Afinal vi, com lágrimas nos olhos, que não havia mais esperança alguma a respeito do velhaco, e um dia, quando fora ele surrado até ficar de cara tão preta que poderia ser tomado como um africaninho e nenhum efeito se produzira, a não ser o de fazê-lo retorcer-se até desmaiar, não pude mais conter-me e, caindo de joelhos imediatamente, ergui a voz para profetizar a sua ruína.

O fato é que a sua precocidade no vício era espantosa. Aos cinco meses de idade costumava enfurecer-se de tal sorte que ficava incapaz de gritar. Aos seis meses surpreendi-o mordendo um baralho de cartas. Aos sete meses tinha o hábito de agarrar e beijar os bebês fêmeas. Aos oito meses recusou-se peremptoriamente a pôr sua assinatura num compromisso de Temperança. Assim continuou a crescer em iniquidade, mês após mês, até que, ao termo de seu primeiro ano, não somente teimou em usar bigodes, mas contraíra uma tendência a praguejar e blasfemar e a apoiar suas afirmativas por meio de apostas.

Foi em consequência desta última prática, nada cavalheiresca, que a ruína que eu havia predito a Toby Dammit alcançou-o afinal. O costume tinha "crescido com o seu crescimento e se fortificado com sua força", de modo que, quando se fez homem, dificilmente podia enunciar uma frase sem intercalá-la com uma proposta de jogo a dinheiro. Não que ele realmente *fizesse* apostas, não. Farei ao meu amigo a justiça de dizer que seria para ele mais fácil botar ovos. Com ele aquilo era uma simples fórmula, nada mais. Suas expressões neste particular não tinham significação alguma apropriada. Eram simples — se não mesmo inocentes expletivos —, frases imaginativas com que arredondar um período. Quando ele dizia: "Aposto com você isso e aquilo", ninguém jamais pensava em tomar a palavra ao pé da letra; contudo não podia eu deixar de pensar que era meu dever reprimi-lo. Aquele hábito era imoral e isso mesmo lhe disse. Era uma coisa muito vulgar, pedi-lhe eu que acreditasse. Era desaprovado pela sociedade... e aqui não disse senão a verdade. Era proibido por um decreto do Congresso... não tinha eu aqui a mínima intenção de dizer uma mentira. Admoestei-o... mas tudo em vão. Provei... mas inutilmente. Roguei... ele sorriu. Implorei... ele riu. Preguei... ele escarneceu. Ameacei... ele descompôs. Bati-lhe... chamou a polícia. Quebrei-lhe o nariz... assoou-se e apostou sua cabeça com o diabo que eu não ousaria tentar de novo a experiência.

A pobreza era outro vício que a típica deficiência física da mãe de Dammit tinha imposto a seu filho. Ele era detestavelmente pobre, e essa era, sem dúvida, a razão de tomarem suas expressões expletivas de apostas, raramente, o aspecto pecuniário. Não tenho dificuldade em afirmar que jamais o ouvi empregar uma linguagem como esta: "Apostarei um dólar com você". Dizia habitualmente: "Apostarei o que você quiser", ou "Apostarei o que você tiver coragem", ou "Apostarei com você uma bagatela", ou mesmo, mais significativamente ainda, "*Apostarei minha cabeça com o diabo*".

Esta última fórmula parecia agradar-lhe mais, talvez porque envolvesse menos risco, pois Dammit se havia tornado excessivamente parcimonioso. Tivesse-o alguém pegado pela palavra, como sua cabeça era pequena, sua perda seria também pequena. Mas estas são reflexões minhas e não posso absolutamente garantir que esteja certo no atribuí-las a ele. Em todo o caso, a frase em questão aumentava diariamente de predileção, não obstante a grande impropriedade de apostar um homem seus miolos como se fossem notas de banco, mas este era um ponto que a perversidade de ânimo de meu amigo não lhe permitia compreender. Por fim, abandonou ele todas as outras formas de aposta e entregou-se inteiramente à *Apostarei minha cabeça com o diabo*", com uma pertinácia e exclusividade de devoção que me desagradava não menos do que me surpreendia. Sempre me desagradam as circunstâncias com que não posso contar. Os mistérios obrigam a gente a pensar e dessa forma fazem mal à saúde. A verdade é que havia qualquer coisa *no ar* com que o Sr. Dammit costumava exprimir sua ofensiva frase, algo na sua *maneira* de enunciá-la que, a princípio, me interessou, mas depois me deixava muito mal à vontade; algo que, à falta dum termo mais preciso no momento, deve ser permitido chamar de *esquisito* — mas que o Sr. Coleridge teria chamado de místico, o Sr. Kant panteístico, o Sr. Carlyle evasivo e o Sr. Emerson hiperexcêntrico. Comecei por não gostar daquilo absolutamente. A alma do Sr. Dammit achava-se em perigosíssimo estado. Resolvi pôr em jogo toda a minha eloquência para salvá-la. Fiz votos de servi-lo, como S. Patrício, na crônica irlandesa, diz-se que servira o sapo, isto é, "despertou-o para o sentido de sua situação". Pus mão à tarefa imediatamente. Mais uma vez entreguei-me à admoestação. Depois coligi minhas energias para uma tentativa final de censura amigável.

Terminada minha preleção, o Sr. Dammit entregou-se a um procedimento um tanto equívoco. Por alguns instantes permaneceu em silêncio, olhando-me simplesmente, de modo indagador, para o rosto. Mas depois lançou a cabeça para um lado e elevou as sobrancelhas o mais que pôde. Em seguida espalmou as mãos e encolheu os ombros. Depois piscou o olho direito. Depois repetiu a operação com o esquerdo. Depois fechou bem os dois. Depois arregalou-os ambos, de tal maneira que comecei a ficar seriamente alarmado com as consequências. Depois, aplicando o polegar ao nariz, achou por bem fazer um indescritível movimento com o resto dos dedos. Finalmente, pondo as mãos nos quadris, condescendeu em responder.

Posso lembrar-me apenas dos pontos principais do que ele disse. Ficar-me-ia agradecido se eu contivesse minha língua. Não queria saber de conselhos meus. Rejeitava todas as minhas insinuações. Tinha bastante idade para cuidar de si mesmo. Pensava eu que ele era ainda o bebê Dammit? Era intenção minha dizer qualquer coisa contra seu caráter? Pretendia insultá-lo? Era eu um maluco? Seria minha mãe conhecedora, em suma, de minha ausência do domicílio? Fazia-me esta última pergunta como a um homem de verdade, e se obrigaria a voltar para casa de acordo com a minha resposta. Mais uma vez perguntava, explicitamente, se minha mãe sabia que eu estava fora. Minha confusão — disse ele — me traía, e apostaria sua cabeça com o diabo que ela não sabia.

O Sr. Dammit não parou para que eu replicasse. Dando volta nos calcanhares, saiu de minha presença, com indigna precipitação. Foi bem que assim fizesse. Meus sentimentos tinham sido magoados. Até mesmo minha cólera havia despertado. Por uma vez sequer teria tomado a sério sua insultante aposta. Teria ganho para o Arqui-inimigo a pequena cabeça do Sr. Dammit, pois minha mãe *estava* bem ciente de minha ausência, simplesmente temporária, de casa.

Mas *Khoda shefa midêhed* — "o céu dá remédio" — como dizem os muçulmanos quando a gente lhes pisa nos pés. Fora no prosseguimento do meu dever que havia sido insultado e suportei o insulto como um homem. Parecia-me, agora, porém, que eu havia feito tudo quanto se podia exigir de mim no caso daquele miserável indivíduo e resolvi não mais incomodá-lo com meus conselhos, mas deixá-lo entregue a si mesmo e à sua consciência. Mas embora me abstivesse de intrometer meus conselhos, não lograva desligar-me totalmente de sua companhia. Fui ao ponto de acomodar-me a algumas de suas menos repreensíveis tendências e vezes houve em que me achei elogiando seus perversos gracejos (como fazem os epicuristas com a mostarda, com lágrimas nos olhos), tão profundamente me afligia ouvir sua conversa depravada.

Um belo dia, tendo saído a passear juntos, de braços dados, nosso caminho nos levou à direção de um rio. Havia uma ponte e resolvemos atravessá-la. A ponte estava coberta, protegida contra as intempéries, e a passagem abobadada, com poucas janelas, era por isso incomodamente escura. Ao penetrarmos na passagem, o contraste entre o brilho exterior e a escuridão interna chocou-se pesadamente contra meu espírito. O mesmo não aconteceu ao infeliz Dammit, que se prestara a apostar com o diabo a cabeça, que eu havia desancado. Mostrava-se ele dum bom humor incomum. Estava excessivamente animado, tanto que passei a considerar que havia um não sei quê de incômoda suspeita. Não era impossível que estivesse ele afetado por algo de transcendental. Não sou bastantemente versado, porém, no diagnóstico dessa doença, para falar com segurança a respeito do assunto. E infelizmente não se achava ali presente nenhum de meus amigos do *Dial*. Sugiro a ideia, não obstante, por causa de certas espécies de austera bufonaria que pareciam dominar meu pobre amigo, forçando-o a portar-se como um palhaço de si mesmo. Nada o satisfazia senão mover-se e saltar em redor, acima e abaixo de tudo quanto encontrava em seu caminho, ora gritando, ora ciciando toda casta de estranhas palavras, grandes e pequenas, conservando, no entanto, todo o tempo o rosto mais grave do mundo. Na realidade, não sabia se deveria dar-lhe pontapés ou ter piedade dele. Afinal, tendo quase atravessado a ponte, aproximávamo-nos do termo do caminho para pedestres, quando fomos barrados por um torniquete de certa altura. Passei por ele sossegadamente, fazendo-o girar como de costume. Mas essa volta não servia ao Sr. Dammit. Teimou em pular o torniquete e disse que poderia saltar por cima dele, de pés juntos no ar.

Ora, isso, conscientemente falando, não achava eu que ele pudesse fazer. O melhor saltador de pés juntos, em todos os estilos, era meu amigo o Sr. Carlyle, e como eu sabia que ele não podia fazê-lo, não acreditava que Toby Dammit o fizesse. Por isso lhe disse, em breves palavras, que ele era um fanfarrão e não podia fazer o que dizia. Razão tive depois de me entristecer disso, porque ele imediatamente se ofereceu a *apostar sua cabeça com o diabo* como o faria.

Estava a ponto de replicar, não obstante minhas anteriores resoluções, com certa rispidez, contra sua impiedade, quando ouvi, bem perto de meu cotovelo, uma leve tosse que soou bem parecida com a pronúncia da interjeição "ei!". Dei um pulo e olhei em torno de mim com surpresa. Meu olhar caiu afinal sobre um canto da armação da ponte e sobre a figura de um velhinho coxo, de venerável aspecto. Nada poderia ser mais reverenda que toda a sua aparência, pois não somente usava um terno preto, mas sua camisa era irrepreensivelmente limpa e o colarinho caía-lhe bem polido sobre uma gravata branca. O cabelo tinha-o repartido ao meio, como o de uma moça. Suas mãos estavam entrelaçadas reflexivamente sobre o estômago e os olhos cuidadosamente erguidos para o alto.

Observando-o mais atentamente, notei que usava um avental de seda preta sobre os calções, coisa que achei bastante estranha. Antes, porém, que tivesse tempo de fazer qualquer reparo a respeito de tão singular circunstância, ele me interrompeu, com um segundo "ei!".

Eu não estava imediatamente preparado para replicar a essa segunda observação. O fato é que advertências de tão lacônica natureza são quase irrespondíveis. Sei de uma revista trimestral que foi *emudecida* com a palavra "Palavrório!". Não me envergonho de dizer, portanto, que me voltei para o Sr. Dammit a pedir auxílio.

— Dammit — falei —, que é que você fez? Não ouve o cavalheiro dizer "ei!"?

Olhei desabridamente para meu amigo, enquanto assim me dirigia a ele; porque, para falar verdade, eu me sentia particularmente perplexo, e quando um homem está particularmente perplexo deve franzir as sobrancelhas e parecer selvagem; de outro modo, pode estar perfeitamente certo de que parecerá um louco.

— Dammit! — continuei (isso soava, entretanto, mais como uma praga, coisa que estava mais longe do que tudo do meu pensamento).[2] Dammit — acrescentei —, este cavalheiro está dizendo "ei!".

Não tento defender minha observação com relação à sua profundeza; nem eu mesmo a considerei profunda; mas notei que o efeito de nossas palavras nem sempre é proporcional à sua importância a nossos próprios olhos. Se eu tivesse lançado ao Sr. Dammit, de modo completo, uma bomba de Paixhans,[3] ou se lhe tivesse atirado à cabeça o *Poetas e poesia da América*,[4] ele mal poderia ter ficado mais desconcertado do que quando me dirigi a ele, com estas simples palavras: "Dammit! Que é que você faz? Não ouve o cavalheiro dizer 'ei'?"

— Que é que voce diz? — arquejou ele, afinal, depois de mudar mais de cores do que o faria um pirata, uma depois da outra, quando perseguido por um navio de guerra. — Voce tem absoluta certeza de que ele disse "isso"? Bem, afinal de contas eu estou metido nisso agora e muito bem podemos enfrentar o caso a frio. Lá vai, então... "ei"!

Aí o velho sujeitinho parecia satisfeito, só Deus sabe por quê. Deixou seu lugar no canto da ponte, coxeou para a frente com gracioso ademane, pegou da

2 Trocadilho com a expressão *damn it*, "dane-se" ou "vá para o inferno" (N. T.)

3 General francês, inventor de vários engenhos bélicos. (N. T.)

4 Antologia de autoria de Rufus Wilmot Griswold, pastor protestante que se desaveio, certa vez, com Edgar A. Poe. (N. T.)

mão de Dammit e sacudiu-a cordialmente, olhando-o todo o tempo, fixamente, no rosto, com o aspecto da mais inalterada benignidade que é possível ao espírito do homem imaginar.

— Estou completamente certo de que você ganhará, Dammit — disse ele, com o mais franco de todos os sorrisos —, mas somos obrigados a fazer uma experiência, você sabe, por simples formalidade.

— Ei! — replicou meu amigo, tirando o paletó, com profundo suspiro, amarrando um lenço em torno da cintura e produzindo uma indizível alteração no seu aspecto, com fazer-se zarolho e abaixar os cantos da boca. — Ei! e ei! — disse ele de novo, depois de uma pausa, e nenhuma outra palavra além de "ei!", ouvi-o eu dizer mais depois disso.

— Ah! — pensei eu, sem exprimir-me em voz alta. — Este silêncio é completamente extraordinário da parte de Toby Dammit, e não é mais do que consequência de sua verbosidade em ocasião anterior. Um extremo induz a outro. Ter-se-ia ele esquecido das numerosas perguntas irrespondíveis que me propôs tão fluentemente no dia em que lhe fiz a minha última preleção? Afinal de contas, está ele curado de seu transcendentalismo.

— Ei! — aqui replicou Toby, justamente como se tivesse estado lendo meus pensamentos e parecendo um velho carneiro a devanear.

O velhote agarrou-o então pelo braço e levou-o mais para dentro da escuridão da ponte, poucos passos além do torniquete.

— Meu bom amigo — disse ele —, faço questão de lhe dar distância. Espere aqui, até que eu tome lugar junto ao torniquete, de modo que possa ver se você pula por cima dele, bela e transcendentalmente, e não omite nenhum dos floreios do pulo de pés juntos. Simples formalidade, como você sabe. Eu direi — um, dois, três e... "larga!". Preste atenção! Corra quando ouvir a palavra "larga!".

Então tomou posição junto do torniquete, parou um instante como se estivesse em profunda reflexão, depois olhou para cima e, pensei eu, sorriu mui de leve; em seguida, agarrou os cordéis do avental, lançou depois um longo olhar para Dammit e, finalmente, pronunciou as palavras combinadas:

One... two... three... and... away![5]

Pontualmente, ao ouvir a palavra "larga!", o meu pobre amigo lançou-se em impetuoso galope. O estilo do salto não foi muito alto como o do Sr. Lord,[6] nem também muito baixo como o dos críticos do Sr. Lord; mas, no conjunto, posso assegurar que ele se sairia bem. E que sucederia se ele não o fizesse? Ah, essa era a questão! Que sucederia?

— Que direito — disse eu — tinha o velhote de obrigar qualquer outro cavalheiro a pular? Aquele velho manquitola! Quem era *ele*? Se *me* pedisse para pular, eu não o faria, está claro, e não me importava *que diabo fosse ele*.

A ponte, como eu disse, era abobadada e coberta de maneira muito ridícula, tendo sempre um eco muito incômodo, um eco que eu nunca antes observara tão particularmente como quando pronunciei as quatro últimas palavras de minha observação.

5 Um... dois... três... e... larga! (N. T.)

6 Poeta contemporâneo de Poe, de escassa notoriedade. (N. T.)

Mas o que eu disse, ou o que eu pensei, ou o que eu ouvi, ocupou apenas um instante. Em menos de cinco segundos, após sua partida, o meu pobre Toby tinha dado o pulo. Eu o vi correndo agilmente, alçando-se grandiosamente do assoalho da ponte, traçando os mais espantosos floreios com as pernas, enquanto subia. Vi-o alto no ar, pulando admiravelmente, de pés juntos, por cima do torniquete, e, sem dúvida, pensei que era uma coisa insolitamente singular que ele não *continuasse* o pulo. Mas o pulo inteiro fora questão de momento. E antes que tivesse tempo de fazer qualquer profunda reflexão, o Sr. Dammit recuou para baixo, completamente de costas, no mesmo lado do torniquete, de onde havia partido. No mesmo instante, vi o velhote coxeando, no auge da velocidade, apanhar e enrolar no seu avental algo que caiu pesadamente nele, da escuridão do arco, justamente por cima do torniquete. Fiquei bastante atônito, diante de tudo isso; mas não tive tempo de pensar, porque Dammit se conservava particularmente silencioso, concluindo eu que ele deveria estar muito magoado e necessitava de meu auxílio. Corri para o seu lado e descobri que ele havia recebido o que pode ser chamado uma séria injúria. A verdade é que ele tinha sido privado de sua cabeça, a qual, depois de acurada procura, não pude encontrar em parte alguma. De modo que me decidi a levá-lo para casa e chamar os homeopatas.

Entrementes, um pensamento me abalou e eu escancarei uma janela da ponte, quando a triste verdade imediatamente cruzou-me o espírito. Cerca de metro e meio, justamente acima da extremidade do torniquete e cruzando o arco do passeio, como que formando um gancho, estendia-se uma lisa barra de ferro, colocada horizontalmente e que era de uma série de barras que serviam para reforçar a estrutura, em toda a sua extensão. Com a extremidade desse gancho é que pareceu evidente ter-se posto o pescoço de meu infortunado amigo precisamente em contato.

Não sobreviveu ele muito tempo à sua terrível perda. Os homeopatas não lhe deram suficientes dosezinhas de remédio e o pouco que deram ele hesitou em tomar. De modo que, no fim, piorou e veio a morrer, dando assim uma lição a todos os viventes desregrados. Orvalhei-lhe o túmulo com minhas lágrimas, esculpi uma barra *sinistra* no escudo da família e, quanto às despesas gerais do enterro, enviei minha muito moderada conta aos transcendentalistas. Os velhacos recusaram-se a pagá-la, de modo que tive de desenterrar imediatamente o Sr. Dammit e vendê-lo para comida de cachorro.

Três domingos numa semana[1]

"Seu cabeça-dura, seu estúpido, seu teimoso, bronco, casquento, mofento e bolorento, seu velho selvagem!" — dizia eu (imaginariamente) uma tarde a meu tio-avô Rumgudgeon, agitando o punho contra ele (em imaginação).

Somente em imaginação. O fato é que alguma trivial discordância existia justamente, naquela época, entre o que eu dizia e o que eu não tinha coragem de dizer, entre o que eu fazia e entre a metade do que eu pensava fazer.

Quando abri a porta do salão, avistei o velho porco-marinho sentado, com os pés em cima da prateleira do fogão, com um copázio de vinho do Porto na pata, fazendo esforços tenazes para realizar o que diz a canção:

Remplis ton verre vide!
Vide ton verre plein![2]

— Meu *querido* tio — disse eu, fechando a porta amavelmente e aproximando-me dele com o mais doce dos sorrisos —, o senhor sempre foi *tão* bondoso e atencioso, demonstrando sua benevolência por tantos, *tantos* modos, que... que acho que basta apenas sugerir-lhe, uma vez mais, este pequeno ponto, para ter certeza de seu pleno assentimento.

— Hein! — disse ele. — Prossiga, meu bom rapaz!

— Estou certo, meu queridíssimo tio (seu maldito velhaco), de que o senhor não tenciona realmente, seriamente, opor-se a meu casamento com Catarina. Isto não passa de uma brincadeira sua, eu sei... Ah, ah, ah! Como o senhor é *engraçadíssimo*, às vezes!

— Ah, ah, ah! — disse o velho. — Diabos te levem... sim!

— Decerto, sem dúvida! Eu *sabia* que o senhor estava brincando! Ora, meu tio, tudo quanto Catarina e eu desejamos agora é que o senhor nos faça o obséquio de nos dar uma opinião... a respeito do tempo... o senhor sabe, meu tio... em resumo, quando seria mais conveniente para o senhor que o casamento... se... se... se realizasse, não é?

— Dê o fora, seu maroto! Que quer você dizer com isso? O melhor da festa é esperar por ela!

— Ah, ah, ah! Eh, eh, eh! Ih, ih, ih! Oh, oh, oh! Uh, uh, uh! Oh! essa é muito boa! É excelente! É fina. Mas tudo quanto desejamos, justamente agora, é que o senhor indique precisamente a data.

— Ah! Precisamente?

— Sim, meu tio. Isto é, a data que mais agradasse ao senhor.

— Não haveria resposta se eu tivesse de deixar isso à vontade, não é, Bobby? Uma data qualquer dentro de um ano, por exemplo? Mas eu *tenho* que marcar precisamente?

— Se quiser ter a bondade, meu tio, a data certa.

---

1 Publicado pela primeira vez no *Saturday Evening Post*, 27 de novembro de 1841. Título original: A SUCCESSION OF SUNDAYS.

2 Enche teu copo vazio! / Esvazia o copo cheio! (N. T.)

— Pois então, Bobby, meu rapaz... Você é um bom sujeito, não é? Desde que você quer a data certa, eu... eu vou-lhe fazer logo esse favor.

— Querido tio!

— Psiu! — fez ele, afogando-me a voz. — Vou fazer-lhe logo esse favor. Você terá meu consentimento... e a *bolada*,[3] não podemos esquecer a bolada... Vejamos! Quando será? Hoje é domingo, não é? Bem, então... vocês se casarão precisamente — *precisamente*, veja bem! — *quando se juntarem três domingos em uma semana*. Está me ouvindo, moço? Por que está aí de boca aberta? Estou dizendo que você terá Catarina e a *bolada* dela quando se juntarem três domingos numa semana. Mas, enquanto não acontecer isso — meu jovem mandrião —, *enquanto* não acontecer isso, você não terá nada, nem que eu morra! Você me conhece. *Sou um homem de palavra*. E agora... rua!

E aí tragou seu copázio de vinho do Porto, enquanto eu saía correndo, desesperado, da sala.

Um "completo e distinto velho nobre inglês" era meu tio-avô Rumgudgeon, mas, diferentemente do da canção, tinha ele seus pontos fracos. Era um sujeito pequeno, obeso, aparatoso, ranzinzamente teimoso, de nariz vermelho, cérebro espesso, bolsa recheada e um forte sentimento de sua própria importância. Com o melhor coração do mundo procurava, por meio de uma predominante mania de *contradição*, assumir, entre aqueles que apenas o conheciam superficialmente, o caráter de pessoa tacanha. Como muitas criaturas excelentes, parecia possuído do espírito de *tantalização*, que podia facilmente, a uma observação fortuita, ser tomado como malevolência. A todo pedido, um positivo "Não!" era sua imediata resposta. Mas, no fim, no longo e demorado fim, excessivamente poucos pedidos havia que ele recusasse. Contra todos os ataques à sua bolsa fazia ele a mais vigorosa defesa, mas a quantia extorquida, afinal, estava, geralmente, na razão direta da demora do cerco e da teimosia da resistência. Para coisas de caridade, ninguém dava com melhor liberalidade e pior boa vontade.

Quanto às belas-artes e especialmente às belas-letras, mantinha para com elas profundo desprezo. Nisto tinha sido inspirado por Casimir-Périer,[4] cuja impertinente perguntinha, *A quoi un poète est-il bon?*,[5] tinha ele o costume de citar em todos os casos com uma ridiculíssima pronúncia, como se aquilo fosse o *nec plus ultra* da finura lógica. Por isso, minha própria inclinação pelas musas havia provocado sua completa desaprovação. Assegurou-me um dia, quando lhe pedi um novo exemplar de Horácio, que a tradução de *poeta nascitur non fit* era: "Poeta asnático não fito", observação que me causava profundo ressentimento. Sua repugnância pelas "humanidades" tinha também aumentado muito ultimamente, em consequência de acidental desvio em favor do que ele supunha ser ciência natural. Alguém abordara-o na rua, confundindo-o com uma pessoa que não era menos que o Dr. Dubble L. Dee, professor de física empírica. Isso o afastou do caminho que vinha seguindo até então; e justamente na época desta história (porque afinal se está transformando em história) meu tio-avô Rumgudgeon só era acessível e pacífico em certos pontos que se harmonizassem com as cabriolas da mania que ele cavalgava. Quanto ao resto,

---

3 Poe usa o termo *plum*, que na Inglaterra designava popularmente a soma de cem mil libras esterlinas. (N. T.)

4 Político e financista francês (1777-1832). (N. T.)

5 Para que serve um poeta? (N. T.)

pouco se lhe dava, e sua política era obstinada e facilmente compreensível. Pensava, com Horsley,[6] que "o povo nada tem que ver com as leis, senão obedecer-lhes".

Eu tinha vivido com o velho toda a minha vida. Meus pais, ao morrer, tinham-me deixado a ele como uma rica herança. Acredito que o velho patife gostava de mim como se fosse seu próprio filho, quase tanto quanto gostava de Catarina. Mas, de qualquer modo, era uma vida de cachorro a que ele me dava. Desde um ano de idade até os cinco, mimoseou-me com surras bem regulares. Dos cinco aos quinze anos, ameaçava-me, a cada hora, com a casa de correção. Dos quinze aos vinte, não se passava um só dia sem que ele me prometesse deixar-me sem nem um vintém. Eu não era boa bisca, é verdade, mas então isso era parte de minha natureza, um ponto de fé. Em Catarina, porém, tinha um amigo fiel e bem sabia disso. Ela era uma boa moça e dizia-me, mui docemente, que eu poderia tê-la (com *bolada* e tudo), quando pudesse arrancar do meu tio-avô Rumgudgeon o necessário consentimento. Pobre moça! Tinha apenas quinze anos e, sem esse consentimento, o que ela possuía em dinheiro não bastaria para esperar que cinco imensos verões tivessem "fluído lenta e longamente". Que fazer então? Aos quinze anos, ou mesmo aos 21 (porque eu acabara de completar minha quinta olimpíada), cinco anos em perspectiva era bem o mesmo que quinhentos. Em vão assediávamos o velho com importunidades. Havia uma *pièce de résistance*[7] (como diriam Messieurs Ude e Carne) que se adaptava à sua perversa fantasia com perfeita exatidão. Teria suscitado a indignação do próprio Jó ver de que modo ele procedia, como um velho gato rateiro, contra nós dois, pobres e infelizes camundongos. No íntimo, nada mais ardentemente desejava ele do que a nossa união. Havia muito tempo que metera isso na cabeça. De fato, teria dado dez mil libras de seu próprio bolso (a *bolada* de Catarina era *dela mesmo*) se pudesse ter inventado qualquer coisa como uma desculpa para concordar com os nossos naturalíssimos desejos. Mas fôramos bastante imprudentes, mencionando a questão *nós mesmos*. Acredito sinceramente que estava acima de suas forças deixar de opor-se a isso, em tais circunstâncias.

Já disse que ele tinha seus pontos fracos. Mas, falando deles, não se deve entender que eu me refira à sua obstinação: esta era um dos seus pontos fortes *assurément ce n'était pas son faible*.[8] Quando menciono sua fraqueza, aludo a uma esquisita superstição mulheril que o dominava. Ele era especialista em sonhos, agouros *et id genus omne* de algaravias. Era também excessivamente exigente em pequenos pontos de honra e, a seu jeito, um homem de palavra, sem dúvida alguma. Esta era, de fato, uma de suas manias. O *espírito* de suas promessas não tinha ele escrúpulo em desprezar, mas a *letra* era um laço inviolável.

Ora, foi desta última particularidade de seu gênio que a habilidade de Catarina se valeu para permitir que, um belo dia, não muito depois de nossa entrevista no salão, tirássemos inesperada vantagem. E tendo assim, à maneira de todos os modernos bardos e oradores, esgotado em *prolegómena* todo o tempo às minhas ordens e quase todo o espaço à minha disposição, resumirei, em poucas palavras, o que constitui o essencial da história.

---

6 Samuel Horsley (1733-1806), prelado e escritor britânico, autor de várias obras eruditas. (N. T.)

7 Peça de resistência. (N. T.)

8 Certamente não era o seu fraco. (N. T.)

Aconteceu — pois assim quiseram os fados — que entre os conhecidos de minha noiva, na Marinha, havia dois cavalheiros que acabavam justamente de desembarcar na Inglaterra depois de um ano de ausência cada um, em viagem pelo estrangeiro. Em companhia desses cavalheiros, minha prima e eu combinamos, antecipadamente, fazer uma visita ao tio Rumgudgeon, na tarde de domingo, dez de outubro, justamente três semanas depois da memorável decisão que tinha tão cruelmente destruído nossas esperanças. Durante cerca de meia hora, a conversa travou-se em torno de assuntos comuns. Mas afinal conseguimos, bastante naturalmente, fazê-la enveredar pelo seguinte caminho:

CAPITÃO PRATT – Ora, faz justamente um ano que estive ausente. Justamente um ano, hoje, se não me falha a memória... Vejamos! Sim, hoje é dez de outubro! Lembra-se, Sr. Rumgudgeon, de que escolhi este dia do ano para despedir-me do senhor? E a propósito parece-me que há uma coincidência, não é?, no fato de que nosso amigo aqui, o Capitão Smitherton, esteve também exatamente ausente um ano justo, um ano que se cumpre hoje!

SMITHERTON – Sim, justamente um ano completo. O senhor deve lembrar-se, Sr. Rumgudgeon, que, com o Capitão Pratt, eu escolhi este mesmo dia, há um ano, para apresentar minhas despedidas.

TIO – Sim, sim... sim. Lembro-me muito bem... E é, na verdade, muito estranho! Ambos vocês partiram justamente há um ano... Estranhíssima coincidência, de fato. Justamente, o que o Dr. Dubble L. Dee denominaria uma extraordinária concorrência de acontecimentos. O Dr. Dub...

CATARINA – (*Interrompendo.*) Decerto, papai, é algo estranho! Mas depois o Capitão Pratt e o Capitão Smitherton não seguiram juntos o mesmo caminho e isto faz diferença, o senhor sabe.

TIO – Não sei nada disso, sua atrevida! Como haveria de saber? Sei só que isso apenas torna a questão mais notável! O Dr. Dubble L. Dee...

CATARINA – Ora, papai, o Capitão Pratt rodeou o Cabo Horn e o Capitão Smitherton dobrou o Cabo da Boa Esperança.

TIO – Precisamente! Um seguiu para leste e o outro para oeste, sua intrometida, e ambos deram uma volta inteira ao mundo. A propósito, o Dr. Dubble L. Dee...

EU – (*Apressadamente.*) Capitão Pratt, o senhor deve vir passar a tarde conosco amanhã... o senhor e Smitherton. Poderão contar-nos tudo a respeito de suas viagens, jogaremos uma partida de *whist* e...

PRATT – *Whist*, meu caro rapaz? Você se esquece de que amanhã será domingo? Em qualquer outra tarde...

CATARINA – Oh, não, ora essa! Roberto não é tão ímpio assim! *Hoje* é que é domingo, capitão.

TIO – Decerto, decerto.

PRATT – Peço desculpa aos dois, mas não posso estar tão enganado. Sei que amanhã é domingo, porque...

SMITHERTON – (*Muito surpreso.*) Onde é que estão vocês todos com a cabeça? Só queria saber se domingo não foi *ontem!*

TODOS – Ontem? Com efeito, o senhor está enganado.

TIO – Hoje é que é domingo, digo eu! Então eu não sei?

PRATT – Oh, não! Domingo é amanhã!

SMITHERTON – Vocês todos estão malucos! Nenhum escapa! Tenho tanta certeza de que ontem foi domingo como a de estar sentado aqui nesta cadeira!

CATARINA – (*Andando um salto, ansiosamente.*) Compreendo... compreendo tudo! Isto é uma decisão contra o senhor, a respeito de... a respeito daquilo que o senhor sabe. Deixe-me falar e explicarei tudo num minuto. É uma coisa muito simples, na verdade. O Capitão Smitherton diz que ontem foi domingo, e está certo; ele tem razão. O primo Bobby, o tio e eu dizemos que domingo é hoje; é isso mesmo, estamos certos. O Capitão Pratt sustenta que amanhã é que será domingo; será mesmo, ele também está certo. E o fato é que nós todos estamos certos e, dessa forma, *três domingos se juntaram numa semana.*

SMITHERTON – (*Depois de uma pausa.*) A propósito, Pratt, a Catarina descobriu a coisa completamente. Que idiotas somos nós dois! Sr. Rumgudgeon, o negócio é este: a Terra, como o senhor sabe, tem 24 mil milhas de circunferência. Ora, esse globo terrestre gira em torno de seu próprio eixo... dá voltas... roda essas 24 mil milhas de extensão, indo do oeste para leste no espaço precisamente de 24 horas. Está compreendendo, Sr. Rumgudgeon?

TIO – Decerto... decerto... O Dr. Dub...

SMITHERTON – (*Afogando-lhe a voz.*) Pois bem: isso é feito à razão de mil milhas por hora. Ora, suponhamos que eu navegue desta posição a mil milhas a leste. Sem dúvida, antecipar-me-ei ao nascer do sol, aqui em Londres, justamente uma hora. Verei o sol levantar-se uma hora antes que o senhor o veja. Continuando na mesma direção ainda outras mil milhas, antecipar-me-ei duas horas ao nascer do sol; outras mil, e antecipar-me-ei três horas, e assim par diante, até dar uma volta completa em torno do globo e estar de volta a este mesmo ponto, quando, tendo percorrido 24 mil milhas para leste, antecipar-me-ei ao nascer do sol, em Londres, nada menos de 24 horas; isto é, acho-me um dia *adiantado* ao tempo do senhor. Compreendeu, não é?

TIO – Mas Dubble L. Dee...

SMITHERTON – (*Falando muito alto.*) O Capitão Pratt, pelo contrário, depois de ter navegado mil milhas para oeste desta posição, estava atrasado uma hora, e, depois de ter navegado 24 mil milhas para oeste, estava 24 horas ou um dia em atraso ao tempo de Londres. De modo que, para mim, ontem foi domingo. De modo que, para o senhor, hoje é domingo. De modo que, para Pratt, amanhã será domingo. E o que é mais, Sr. Rumgudgeon, positivamente claro é que *todos nós estamos certos*, porque não pode haver raciocínio filosófico que especifique qual das ideias de cada um de nós deveria prevalecer sobre a dos outros.

TIO – E essa, hein! Bem, Catarina... Bem, Bobby! Isto é mesmo uma decisão contra mim, como vocês disseram. Mas eu sou um homem de palavra... *veja bem isto*! Você casará com ela, rapaz (com *bolada* e tudo), quando quiser! Com efeito! Três domingos e todos enfileirados! Vou saber a opinião do Dr. Dubble L. Dee a respeito *disto*!

Os óculos[1]

Há muitos anos, era moda ridicularizar a ideia do "amor à primeira vista"; mas aqueles que pensam, não menos que aqueles que sentem profundamente, sempre advogaram sua existência. Realmente, as modernas descobertas, naquilo que poderemos chamar magnetismo ético ou magneto-estética, tornam provável que as mais naturais e, consequentemente, as mais verdadeiras e as mais intensas das afeições humanas são as que brotam no coração como por uma simpatia elétrica; em uma palavra: que as mais brilhantes e as mais resistentes cadeias psíquicas são as forjadas por um olhar. A confissão que vou fazer acrescentará mais um aos já quase inumeráveis exemplos da verdade do asserto.

Minha história requer que eu seja um tanto minucioso. Sou ainda moço. Não tenho ainda 22 anos de idade. Meu nome, atualmente, é muito usual e um tanto plebeu: Simpson. Digo "atualmente" porque só há pouco venho sendo assim chamado, tendo legalmente adotado esse sobrenome no último ano a fim de receber uma gorda herança que me foi deixada por um distante parente masculino, o Sr. Adolfo Simpson. O legado estava condicionado à adoção do nome de testador, o nome de família e não o de batismo. Meu nome de batismo é Napoleão Bonaparte, ou, mais propriamente, são estes meu primeiro e meu nome do meio.

Adotei o nome Simpson com alguma relutância, pois sentia um perdoabilíssimo orgulho com o meu verdadeiro patronímico, Froissart, acreditando que poderia traçar uma linhagem desde o imortal autor das *crônicas*. A propósito do assunto de nomes, posso mencionar uma singular coincidência de som relativamente aos nomes de alguns de meus imediatos predecessores. Meu pai era um Sr. Froissart, de Paris. Sua mulher, minha mãe, que com ele se casou aos quinze anos, era uma Srta. Croissart, filha mais velha do banqueiro Croissart, cuja esposa, tendo apenas dezesseis anos quando casou, era também a filha mais velha de um Vítor Voissart. O Sr. Voissart, bastante estranhamente, tinha-se casado com uma senhora de nome parecido, uma Srta. Moissart. Ela também era quase uma criança quando casou; e sua mãe, também, a Sra. Moissart, tinha apenas catorze anos quando foi levada ao altar. Esses casamentos precoces são usuais na França. Aqui, pois, estão Moissart, Voissart, Croissart e Froissart, todos em linha direta de descendência. Meu próprio nome, contudo, como disse, tornou-se Simpson, por um ato legislativo, e com tamanha repugnância de minha parte que, em certo período, cheguei a hesitar em receber o legado com aquela inútil e vexatória cláusula.

Quanto aos dotes pessoais, de modo algum me faltam eles. Pelo contrário, acredito que sou bem-feito e possuo o que nove décimos do mundo chamariam de rosto bonito. Tenho um metro e setenta de altura. Meu cabelo é preto e cacheado. Meu nariz, suficientemente regular. Meus olhos, grandes e cinzentos; e embora, efetivamente, fracos a um grau bem inconveniente, pelo seu aspecto não se pode inferir que sejam defeituosos. Sua fraqueza, porém, sempre me incomodou e recorri a toda casta de remédios, exceto usar óculos. Sendo jovem e de boa aparência, naturalmente não poderia gostar deles e tenho resolutamente recusado utilizá-los. Nada conheço, na verdade,

1 Publicado pela primeira vez no *Dollar Newspaper*, 27 de maio de 1844. Título original: THE SPECTACLES.

que tanto desfigure o aspecto dum jovem, ou tanto imprima em cada feição um ar de gravidade, se não ao mesmo tempo de hipocrisia e de velhice. Por outro lado, um monóculo dá um ar de chapado janotismo e afetação. Tenho conseguido até agora, mais ou menos bem, passar sem um e outros. Somente algo mais desses pormenores meramente pessoais, que, afinal, são de pequena importância. Contentar-me-ei com dizer, em acréscimo, que meu temperamento é sanguíneo, arrojado, ardente, entusiasta e que, durante toda a minha vida, tenho sido admirador devotado das mulheres.

Uma noite do passado inverno, entrei num camarote do Teatro P***, em companhia dum amigo, o Sr. Talbot. Encenava-se uma ópera e os cartazes eram verdadeiramente atraentes, de modo que a casa estava excessivamente cheia. Chegamos a tempo, porém, de conseguir as cadeiras da frente, que tinham sido reservadas para nós e para as quais, com não pouca dificuldade, logramos abrir caminho, às cotoveladas. Durante duas horas, meu companheiro, que era um melomaníaco, prestou indivisa atenção ao palco. E neste entretempo, divertia-me eu observando a assistência, que consistia, na maior parte, do verdadeiro escol da cidade. Tendo-me dado por satisfeito a esse respeito, ia voltar a vista para a *prima donna*, quando meus olhos foram detidos e fixos por uma pessoa que havia escapado à minha observação, num dos camarotes privados.

Se viver mil anos, jamais poderei esquecer a intensa emoção com que contemplei aquela figura. Era a de uma mulher, a mais estranha que eu jamais vislumbrara. O rosto estava de tal modo voltado para o palco que, durante alguns minutos, não me foi possível vê-lo de todo, mas as formas eram *divinas*. Nenhuma palavra pode suficientemente exprimir suas magníficas proporções e até mesmo o termo "divinas" me parece ridiculamente fraco, ao escrevê-lo.

A magia de um corpo amável de mulher, o feitiço da graça feminina sempre foram para mim uma força a que não me era possível resistir. Mas ali estava a graça personificada, encarnada, o *beau ideal* das minhas mais ardentes e mais entusiásticas visões. O porte, quase tudo quanto dele a construção do camarote deixava ser visto, era um tanto acima da estatura média e se aproximava quase, sem positivamente atingi-la, da majestade. A plenitude das formas e contornos era deliciosa. A cabeça, da qual somente a nuca era visível, rivalizava em contorno com a da grega Psiquê, e mais se mostrava que ocultava, com um elegante gorro de *gaze aérienne* que me trazia à memória o *ventum textilem* de Apuleio. O braço direito pendia sobre a balaustrada do camarote e fazia estremecer todos os nervos de meu corpo com a sua primorosa simetria. Sua parte superior estava envolvida numa dessas mangas soltas, agora em moda, e que se estendem somente um pouco abaixo do cotovelo. Por baixo delas havia uma outra, dum pano um tanto leve, bem apertado e terminando por um punho de rica renda, que caía graciosamente sobre o alto da mão, mostrando apenas os delicados dedos, sobre um dos quais cintilava um anel de brilhantes, que imediatamente vi ser de extraordinário valor. A admirável redondez do pulso estava adequadamente ornada por um bracelete que o cercava e que também estava adornado e afivelado por uma magnífica *aigrette* de joias, revelando, em palavras que não poderiam ser mal-entendidas, ao mesmo tempo a riqueza e o requintado gosto de sua possuidora.

Fiquei a contemplar aquela régia aparição pelo menos uma meia hora, como se tivesse sido subitamente convertido em pedra. E, durante esse tempo, senti a plena força e a verdade de tudo quanto tem sido dito ou cantado a respeito do "amor à primeira vista". Meus sentimentos eram totalmente diversos de quaisquer outros que até então havia experimentado, mesmo na presença dos mais famosos espécimes da beleza feminina. Uma indizível, e aquilo que sou obrigado a considerar uma *magnética* simpatia de alma para alma, parecia fixar não somente a minha vista, mas todas as potências de meu pensamento e de meu sentimento, sobre o admirável objeto à minha frente. Eu via... eu sentia... eu sabia que estava profunda, louca, irrevogavelmente apaixonado... e isso antes mesmo de ver o rosto da pessoa amada. Tão intensa, na verdade, era a paixão que me consumia, que realmente acreditava não se daria ela por abalada se as feições ainda não vistas não fossem tão belas, tendo apenas caráter comum; tão anômala é a natureza do autêntico amor — do amor à primeira vista —, e tão pouco depende ele, realmente, das condições exteriores, que parecem apenas criá-lo e controlá-lo.

Enquanto estava eu assim extasiado de admiração por aquela bela visão, súbito rumor no auditório fê-la voltar parcialmente a cabeça para mim, de modo que pude ver o completo perfil do rosto. Sua beleza excedia mesmo a minha expectativa, e contudo havia nela algo que me desapontou, sem que eu fosse capaz de dizer exatamente o que era. Disse "desapontou", mas não é este absolutamente o termo. Meus sentimentos mostravam-se, ao mesmo tempo, quietos e exaltados. Participavam menos do arrebatamento e mais do calmo entusiasmo... do repouso entusiasta. Esse estado de ânimo fora suscitado, talvez, pelo aspecto grave e madonal do rosto. E, contudo, imediatamente compreendi que não teria podido originar-se somente disso. Havia alguma coisa também, algum mistério que eu não podia decifrar, alguma expressão na fisionomia que me perturbava ligeiramente ao mesmo tempo que excitava em alto grau meu interesse. De fato, encontrava-me eu precisamente naquela disposição de ânimo que prepara um homem moço e suscetível a qualquer ato extravagante. Estivesse a mulher sozinha, teria eu, sem dúvida, penetrado no camarote e a ela me dirigido, correndo todos os riscos; mas, infelizmente, estava acompanhada por duas pessoas: um cavalheiro e uma mulher chocantemente bela, segundo toda evidência alguns anos mais moça do que a companheira.

Revolvi na minha mente milhares de planos por meio dos quais poderia obter, de futuro, uma apresentação à mulher mais velha, ou, no momento, sucedesse o que sucedesse, uma visão mais completa de sua beleza. Teria podido mudar de lugar para mais perto do dela, mas isso não era possível por causa da multidão que enchia o teatro, e os duros decretos da moda tinham, recentemente, imperativamente proibido o uso dos binóculos, em casos como aquele, caso tivesse eu um comigo... Mas não tinha... E por isso não havia esperança.

Afinal, pensei em perguntar a meu companheiro.

— Talbot — disse eu —, você tem um binóculo. Empreste-mo.

— Binóculo? Não! Que pensa você que eu iria fazer com um binóculo? — respondeu, e voltou-se impacientemente para o palco.

— Mas, Talbot — continuei eu, puxando-o pelo ombro —, queira ouvir-me, sim? Repare aquele camarote... Ali... não, o outro! Já viu alguma vez mulher mais bela?

— É belíssima, não há dúvida — disse ele.

— Quem poderá ser, hein?

— Ora, em nome de tudo quanto é angélico, não sabe você quem ela é? "Não conhecê-la mostra que tu mesmo és desconhecido." É a famosa Sra. Lalande, a beleza do dia *par excellence* e o assunto de conversa da cidade inteira. Imensamente rica, também... viúva, e um ótimo partido... Acaba de chegar de Paris.

— Você a conhece?

— Sim, tenho essa honra.

— Quer apresentar-me?

— Decerto... com o maior prazer. Quando quer?

— Amanhã, à uma hora. Encontrar-me-ei com você na casa de B***.

— Muito bem. E agora refreie a língua, se puder.

A esse respeito fui obrigado a seguir o conselho de Talbot, pois ele permaneceu obstinadamente surdo a todas as ulteriores perguntas e sugestões, e ocupou-se exclusivamente, durante o resto da noite, com o que se estava representando no palco.

Entrementes, conservava eu os olhos fixos na Sra. Lalande, e afinal tive a boa sorte de ver, bem de frente, o seu rosto. Era primorosamente belo. Isto, sem dúvida, meu coração já me dissera antes, não tivesse mesmo Talbot satisfeito minha curiosidade a respeito; mas ainda assim aquele algo de ininteligível me perturbava. Finalmente concluí que meus sentimentos estavam impressionados por certo ar de gravidade, de tristeza ou, mais propriamente ainda, de cansaço, que tirava um tanto da mocidade e do frescor da fisionomia, apenas para dotá-la duma ternura seráfica e de majestade, e isso, sem dúvida, decuplicava o interesse para meu temperamento entusiasta e romântico.

Enquanto eu assim banqueteava meus olhos, notei, afinal, com grande excitação, graças a um quase imperceptível sobressalto, por parte da mulher, que ela se apercebera subitamente da intensidade do meu olhar. Contudo, eu estava absolutamente fascinado, e não podia desviar minha vista, nem mesmo por um instante. Ela voltou o rosto e de novo vi apenas o contorno e cinzelado da nuca. Depois de alguns minutos, como se compelida pela curiosidade de ver se eu ainda estava olhando, voltou pouco a pouco, novamente, o rosto e de novo encontrou meu olhar abrasador. Baixaram-se instantaneamente seus grandes olhos negros e intenso rubor espalhou-se pelas faces. Mas qual não foi o meu espanto ao perceber que ela não somente não desviou outra vez a cabeça, mas tirou da cintura um binóculo, ergueu-o, ajustou-o e depois olhou para mim, através dele, atenta e deliberadamente, pelo espaço de vários minutos.

Tivesse um raio caído a meus pés e não me mostraria eu tão totalmente aturdido. Aturdido *somente*... não, ofendido ou desgostado, no mínimo grau, embora um gesto tão atrevido em qualquer outra mulher fosse próprio para ofender ou desgostar. Mas tudo era feito com tanta tranquilidade, com tanta *nonchalance*, com tanto repouso, com, em suma, um ar tão evidente da mais alta educação, que nada da mais simples desfaçatez se poderia perceber e todos os meus sentimentos eram de admiração e de surpresa.

Notei que, depois de sua primeira elevação do binóculo, parecera ela satisfeita com a momentânea inspeção de minha pessoa e já ia retirando o instrumento, quando, como se tocada por um segundo pensamento, o retomou e assim continuou a olhar para mim, com atenção fixa por vários minutos... uns cinco minutos, pelo menos, estou certo disso.

Esse gesto, tão de notar-se num teatro americano, atraiu a geral atenção e deu azo a um indefinível movimento, ou burburinho, no auditório, enchendo-me por momentos de confusão, mas que não produziu efeito visível na atitude da Sra. Lalande.

Satisfeita sua curiosidade — se era mesmo isso —, baixou o binóculo e tranquilamente voltou sua atenção para o palco. Seu perfil agora estava voltado para mim, como dantes. Continuei a observá-la com insistência, embora plenamente cônscio de minha descortesia ao fazê-lo. Logo depois vi a cabeça mudar vagarosa e levemente de posição e então me convenci de que a dama, enquanto fingia olhar para o palco, estava atentamente olhando para mim. É desnecessário dizer o efeito que semelhante proceder da parte de tão fascinadora mulher produziu na minha mente excitável.

Tendo-me examinado atentamente dessa forma, durante talvez um quarto de hora, o lindo objeto de minha paixão dirigiu-se ao cavalheiro que a acompanhava, e, enquanto ela falava, vi distintamente, pelos olhares de ambos, que a conversa versava sobre mim.

Em seguida, a Sra. Lalande voltou novamente para o palco e durante uns poucos minutos pareceu absorvida na representação. Ao fim desse período, porém, vi-me lançado na mais extrema agitação, ao notar que ela, pela segunda vez, pegava o binóculo, que pendia a seu lado, e o assestava plenamente sobre mim, como antes e, desprezando o renovado murmurinho do auditório, me examinou, da cabeça aos pés, com a mesma miraculosa compostura que anteriormente tanto deleitara e perturbara minha alma.

Essa extraordinária conduta, com lançar-me numa verdadeira excitação febril, num absoluto delírio amoroso, serviu mais para encorajar-me que para desconcertar-me. Na louca intensidade de minha devoção, esqueci tudo, exceto a presença e a majestática beleza da visão que encarava meu olhar. Aproveitando uma oportunidade, quando achei que o auditório estava plenamente absorvido pela ópera, eu afinal colhi o olhar da Sra. Lalande e, no mesmo instante, fiz um ligeiro mas inconfundível cumprimento.

Ela ruborizou-se intensamente... depois desviou os olhos... depois vagarosa e prudentemente olhou em redor, ao que parecia para ver se minha ousada ação tinha sido notada... depois inclinou-se para o cavalheiro que estava sentado a seu lado.

Tive então a ardente sensação da indelicadeza que havia cometido e aguardei nada menos que um imediato escândalo, enquanto uma visão de pistolas, para a manhã seguinte, flutuava rápida e incomodamente no meu cérebro. Fiquei logo bastante aliviado, porém, quando vi a dama entregar simplesmente um programa ao cavalheiro, sem dizer coisa alguma. Mas o leitor pode ter uma fraca ideia do meu espanto... do meu *profundo* maravilhamento... do meu delirante alvoroto de coração e de alma, quando, logo depois, tendo de novo olhado, furtivamente, em redor, deixou que seus brilhantes olhos pousassem plena e firmemente sobre os meus, e depois, com um leve sorriso, entremostrando a fileira luzente de seus dentes de pérola, fez duas distintas, diretas e inequívocas inclinações afirmativas de cabeça.

É inútil, sem dúvida, insistir a respeito de minha alegria, do meu arrebatamento, do ilimitado êxtase do meu coração. Se jamais algum homem enlouqueceu por excesso de felicidade, fui eu esse homem, naquele instante. Eu amava. Era aquele o meu *primeiro* amor... assim eu o sentia. Era o amor supremo, indescritível. Era "amor à primeira vista", e à primeira vista, também, tinha sido apreciado e *retribuído*.

Sim, retribuído. Como e por que haveria eu de duvidar um instante sequer? Que outra interpretação poderia eu possivelmente dar de tal conduta por parte duma mulher tão bela, tão rica, evidentemente tão prendada, de tão elevada educação, de tão subida posição na sociedade, a todos os títulos tão inteiramente respeitável, como estava eu certo que era a Sra. Lalande? Sim, ela me amava... ela retribuía o entusiasmo de meu amor, com um entusiasmo tão cego, tão incondicional, tão desinteressado, tão desprendido e tão ilimitado, como o meu próprio!

Essas deliciosas fantasias e reflexões, porém, foram então interrompidas pela descida do pano. O auditório levantou-se e sobreveio imediatamente o costumeiro tumulto. Deixando subitamente Talbot, fiz todos os esforços para abrir caminho até ficar mais perto da Sra. Lalande. Não o tendo conseguido por causa da multidão, desisti por fim da tentativa e dirigi meus passos de volta para casa, consolando-me pelo meu desapontamento em não ter sido capaz de tocar ao menos a fímbria de seu vestido, ao refletir que seria apresentado a ela, por Talbot, em devida forma, na manhã seguinte.

Chegou afinal esse dia, isto é, um dia raiou após uma longa e fatigante noite de impaciência. E as horas que seguiram até "uma" foram a passo de caracol, monótonas, infindáveis. Mas até mesmo Istambul, como se diz, tem um fim, e ao fim chegou aquela interminável espera. O relógio bateu. Ao cessar o último eco, caminhei para a casa de B*** e perguntei por Talbot.

— Saiu — disse o criado, o próprio criado de Talbot.

— Saiu? — repliquei, recuando, a cambalear, uma meia dúzia de passos. — Permita-me que lhe diga, meu belo rapaz, que isso é absolutamente impossível e impraticável. O Sr. Talbot *não saiu*. Que quer você dizer?

— Nada, senhor. Somente que o Sr. Talbot não está e é só. Viajou para S*** imediatamente depois do pequeno almoço e deixou dito que estaria ausente da cidade, durante uma semana.

Fiquei petrificado de horror e de raiva. Tentei replicar, mas minha língua recusou-se a falar. Por fim, rodei nos calcanhares, lívido de cólera, e interiormente consignando toda a raça dos Talbot às mais profundas regiões do Érebo. Era evidente que o meu atencioso amigo, o *melômano*, tinha completamente esquecido o trato comigo, esquecera-o tão logo o fizera. Nunca fora ele muito escrupuloso no cumprimento de sua palavra. Não havia jeito a dar. De modo que, sufocando minha contrariedade o melhor que podia, fui andando vagarosa e tristemente pela rua, fazendo fúteis indagações a respeito da Sra. Lalande junto a conhecidos meus, que encontrava. Segundo se dizia, descobri que ela era conhecida de todos, de muitos de vista, mas se achava na cidade havia apenas poucas semanas e por isso poucos eram os que podiam dizer conhecê-la pessoalmente. Esses poucos, sendo ainda relativamente estranhos, não podiam ou não deviam tomar a liberdade de apresentar-me, com a etiqueta duma visita matinal. Enquanto permanecia eu assim sem esperança, conversando com um trio de amigos, a respeito do todo absorvente objeto de meu coração, aconteceu que o próprio objeto passou por ali.

— Pela minha vida que é ela! — gritou um.

— Surpreendentemente bela! — exclamou um segundo.

— Um anjo sobre a Terra! — emitiu o terceiro.

Olhei. Num carro aberto, que se aproximava de nós, passando devagar pela rua, estava sentada a encantadora visão da ópera, acompanhada pela dama mais jovem que havia ocupado seu camarote.

— Sua companheira também se apresenta notavelmente bem — disse aquele do meu trio que havia falado em primeiro lugar.

— Estupendo! — disse o segundo. — Que brilhante aspecto ainda tem! Mas a arte opera maravilhas. Palavra de honra, ela tem melhor aspecto do que em Paris, há cinco anos. Uma linda mulher ainda, não acha você, Froissart, quero dizer, Simpson?

— *Ainda!* — disse eu — E por que não seria? Mas comparada com sua amiga e uma estrela da tarde, diante duma luz de vela, Antares diante dum vaga-lume.

— Ah, ah, ah! Ora, Simpson, tem você um estupendo tato para fazer descobertas... descobertas originais, quero dizer.

E aqui nos separamos, enquanto um dos do trio começou a trautear um alegre *vaudeville*, do qual colhi apenas estes versos:

Ninon, Ninon, Ninon à bas
À bas Ninon de L'Enclos![2]

Durante esta pequena cena, porém, uma coisa servira grandemente de consolo para mim, embora alimentasse a paixão que consumia. Quando a carruagem da Sra. Lalande passou pelo nosso grupo, observara eu que ela me havia reconhecido; e, mais do que isso, me lançara a bênção do mais seráfico de todos os sorrisos imagináveis, com inequívoca demonstração do reconhecimento.

Quanto a uma apresentação, fui obrigado a abandonar toda esperança, até que Talbot achasse conveniente regressar do interior. Entrementes, frequentava com perseverança todos os pontos reputados de diversão pública e, afinal, no teatro, onde a vira pela primeira vez, tive a suprema graça de encontrá-la e de com ela trocar novamente olhares. Isto não ocorrera, porém, antes de haver passado uma quinzena. Todos os dias, nesse ínterim, havia perguntado por Talbot, no seu hotel, e todos os dias era precipitado, num espasmo de cólera, ao ouvir o eterno "Ainda não voltou" de seu criado.

Na noite em questão, por conseguinte, achava-me num estado bem perto da loucura. A Sra. Lalande, haviam-me dito, era parisiense, tinha chegado recentemente de Paris. E não poderia voltar subitamente? Voltar antes do regresso de Talbot, perdendo-a eu assim para sempre? Esse pensamento era demasiado terrível para que eu o pudesse suportar. Desde que minha felicidade futura estava em jogo, resolvi agir com varonil decisão. Numa palavra: logo após o término do espetáculo, acompanhei a dama até sua residência, tomei nota do endereço, e no dia seguinte enviei-lhe uma longa e esmerada carta, na qual derramei todo o meu coração.

Falei ousada e francamente; numa palavra: falei-lhe com paixão. Nada ocultei, nada, nem mesmo a minha fraqueza. Aludi às circunstâncias românticas de nosso primeiro encontro... até mesmo aos olhares que havíamos trocado. Fui tão longe, a ponto de dizer que me sentia certo de seu amor; ao mesmo tempo lhe dava essa certeza e a intensidade de minha devoção, como duas desculpas para a minha, doutro modo, imperdoável conduta. Em terceiro lugar, falei-lhe do temor de poder ela deixar a cidade, antes que me fosse dada a oportunidade duma apresentação formal. Concluí a carta mais ardentemente entusiástica até então escrita, revelando com franqueza a minha situação mundana, a minha fortuna, e fazendo um ofereci-

2 Ninon de L'Enclos (1615-1705), famosa mulher do século XVII, cognonominada a Aspásia de seu tempo. Bela, rica, espirituosa, incrédula, celebrizou-se por ter sabido conservar todos os seus encantos até uma idade avançada. (N. T.)

mento de meu coração e de minha mão.

Numa expectativa agoniante esperei a resposta. Depois do que me pareceu período de um século, chegou.

Sim, *chegou afinal*. Por mais romântico que tudo isso possa parecer, recebi uma carta da Sra. Lalande, da bela, da rica, da idolatrada Sra. Lalande. Seus olhos, seus magníficos olhos, não haviam enganado seu nobre coração. Como verdadeira francesa que era, obedecera aos francos ditames de sua razão, aos generosos impulsos de sua natureza, desprezando os pudores convencionais do mundo. Não *desprezara* as minhas propostas. *Não* se recolhera ao silêncio. *Não* devolvera minha carta sem abri-la. Havia mesmo me enviado, em resposta, uma carta escrita pelos seus próprios e primorosos dedos. Dizia assim:

> Monsieur Simpson me pardonará por não composer o belo língua de seu pays tam bem como devia. Faz pouco tempo que fiquei chegada aqui e non ainda tive tido oportunitate de estudiar ele.
>
> Com essa desculpacion deste maniere agora vou dizer que, *hélas!*, Monsieur Simpson tiver suposito toda la verdade... Precisa eu parlar mais? *Hélas!* Non estou eu parlando mais muito?
>
> EUGÉNIE LALANDE

Este bilhete de tão nobre espírito, beijei-o eu um milhão de vezes e cometi, sem dúvida, por sua causa, mil outras extravagâncias que me escapam agora à memória. E, no entanto, Talbot *não* queria voltar. Ah! Pudesse ele formar mesmo a mais vaga ideia do sofrimento que a sua ausência causou a seu amigo e não o teria a sua simpatizante natureza levado a vir imediatamente para aliviar-me? E, contudo, não veio. Escrevi. Ele respondeu. Estava detido, por urgente negócio, mas voltaria dentro em breve. Pediu-me que não ficasse impaciente, que moderasse meus transportes, que lesse livros repousantes, que não bebesse nada mais forte do que vinho do Reno e invocasse o consolo da filosofia em meu auxílio. Idiota! Se não podia ele mesmo voltar, por que, em nome de tudo quanto é racional, não poderia ter metido no envelope uma carta de apresentação? Escrevi-lhe de novo, pedindo-lhe que enviasse uma imediatamente. Minha carta foi devolvida por *aquele* criado com o escrito abaixo nas costas, a lápis. O patife havia seguido para o interior onde se achava seu patrão:

> Patrão deixou S*** para destino desconhecido ontem. Não disse para onde ia nem quando voltaria, por isso achei melhor devolver a carta, conhecendo sua letra, e com pressa, como o senhor está sempre, mais ou menos. Seu, sinceramente,
>
> STUBBS

Depois disso é desnecessário dizer que dediquei às divindades infernais tanto o patrão quanto o criado. Mas de pouco valia encolerizar-me e nenhum consolo em lamentar-me havia.

Mas ainda me restava um recurso, na minha audácia temperamental. Até aqui, tinha-me servido bem, e então resolvi utilizá-la até o fim. Além disso, depois da correspondência que se havia trocado entre nós, que ato de simples sem-cerimônia podia eu cometer, dentro de limites que pudesse ser olhado como inconveniente pela Sra. Lalande? Desde o caso da carta, habituara-me eu a vigiar-lhe a casa e assim descobri que, à hora do crepúsculo, tinha ela o costume de passear, acompanhada apenas por um negro de libré, numa praça pública, para que davam as janelas de sua casa. Ali, entre as luxuriantes e sombrias alamedas, à luz cinzenta de uma doce tarde estival, vali-me da oportunidade e abordei-a.

Para melhor despistar o criado que a acompanhava, fiz isto com o ar decidido de um velho e familiar conhecimento. Com uma presença de espírito verdadeiramente parisiense, ela pegou a deixa sem demora e, para cumprimentar-me, estendeu a mim a mais feiticeira das mãozinhas. O criado imediatamente afastou-se para trás e, então, com os corações a transbordar, conversamos longamente, e sem nenhuma reserva, a respeito de nosso amor.

Como a Sra. Lalande falasse o inglês muito menos fluentemente do que o escrevia, nossa conversa foi necessariamente em francês. Nesta doce língua, tão adaptada ao amor, dei liberdade ao impetuoso entusiasmo de minha natureza e, com toda a eloquência que podia despertar, roguei-lhe que consentisse num imediato casamento.

Ela sorriu diante dessa impaciência. Apresentou a velha história do decoro — esse fantasma que impede tanta gente de ser feliz, até que a oportunidade de ser feliz se tenha ido para sempre. Eu tinha demonstrado, com bastante imprudência, entre meus amigos — observou ela —, meu desejo de conhecê-la, o que revelava não sermos conhecidos; por conseguinte, não havia possibilidade de ocultar a data do nosso primeiro encontro. E depois se referiu, com algum rubor, ao fato de ser essa data tão recente. Casar-se tão às pressas seria impróprio, seria inconveniente... seria *outré*. Tudo isso disse com um ar encantador de *naiveté* que me arrebatou ao mesmo tempo que me afligia e convencia. Ela prosseguiu nesse tom, chegando ao ponto de acusar-me, rindo, de precipitação, de imprudência. Disse-me que me lembrasse de que, realmente, nem mesmo sabia quem ela era, quais eram sua situação, suas relações, sua posição na sociedade. Rogou-me, porém, com um suspiro, que reconsiderasse minha proposta e chamou o meu amor de paixão louca, de fogo de palha, de devaneio ou fantasia do momento, de criação sem base e instável, mais da imaginação que do coração. Disse ela essas coisas, enquanto as sombras do suave crepúsculo se adensavam, cada vez mais escuras, em torno de nós. E depois, com um aperto de suas mãos de fada, pôs abaixo, num simples e doce instante, toda a montanha de argumentos que havia erguido.

Respondi o melhor que pude... como só um verdadeiro amante pode fazê-lo. Falei-lhe, por fim e persistentemente, do meu devotamento, da minha paixão, da sua excepcional beleza e de minha própria e entusiástica admiração. Em resumo, insisti, com convincente energia, sobre os perigos que atravessam o curso do amor, esse curso do verdadeiro amor que nunca deve desdobrar-se mansamente... e dessa forma deduzi o manifesto perigo de tornar esse curso desnecessariamente longo.

Este último argumento pareceu, afinal, abrandar o rigor de sua determinação. Ela enterneceu-se; mas havia ainda um obstáculo, disse, que, estava certa, eu ainda não havia devidamente considerado. Era um ponto delicado, especialmente para uma mulher tratar dele. Ao mencioná-lo, via ela que devia fazer um sacrifício de seus sentimentos; contudo, para mim, faria todos os sacrifícios. Queria referir-se à questão da *idade*. Sabia eu, estava eu plenamente certo da diferença que havia entre nós? Que a idade do marido ultrapassasse de alguns anos, mesmo de quinze ou vinte, a idade da mulher era olhado pelo mundo como admissível e, realmente, até mesmo como conveniente; mas ela sempre acreditara que os anos da mulher jamais devessem exceder em número aos do marido. Uma diferença dessa espécie, tão contrária à natureza, dava origem, mui frequentemente, a uma vida de infelicidade. Ora, estava ela certa de que minha idade não passava de 22 anos; e eu, pelo contrário, talvez não estivesse certo de que os anos de minha Eugénie passassem mui consideravelmente além daquela soma.

Em torno de tudo isso havia uma nobreza de alma, uma candura digna, que me deliciava, que me encantava, que para todo o sempre forjava as minhas cadeias. Mal podia conter o excessivo arroubo que se apoderou de mim.

— Minha dulcíssima Eugénie — exclamei —, por que está dizendo todas essas coisas? A sua idade ultrapassa de certo modo a minha. Mas que tem isso? Os costumes do mundo não passam de loucuras convencionais. Para aqueles que se amam como nós, que diferença há entre um ano e uma hora? Tenho 22 anos, diz você; obrigado. Na verdade, você poderia muito bem dizer logo que eu tenho 23; quanto a você, queridíssima Eugénie, não pode ter mais do que... não pode ter mais do que... não mais do que... do que... do que... do que...

Aqui parei por um instante, na expectativa de que a Sra. Lalande me interromperia, dizendo-me a sua verdadeira idade. Mas uma francesa é raramente precisa e tem sempre, à moda de resposta a uma pergunta embaraçosa, alguma réplica um tanto engenhosa e pessoal. Na presente conjuntura, Eugénie, que, durante alguns momentos após, parecera procurar alguma coisa no seio, deixou cair afinal sobre a relva uma miniatura, que imediatamente apanhei e lhe entreguei.

— Fique com ela! — disse, com um de seus mais encantadores sorrisos. — Guarde-a por minha causa, por causa daquela a quem essa miniatura representa demasiado lisonjeiramente. Além disso, nas costas desse berloque pode você descobrir, talvez, a verdadeira informação que parece desejar. Agora, sem dúvida, está-se tornando um pouco escuro, mas poderá examiná-lo com vagar de manhã. Enquanto isso, deverá acompanhar-me até em casa esta noite. Meus amigos estão querendo fazer uma pequena *levée* musical. Posso prometer-lhe também alguns bons números de canto. Nós, franceses, não somos quase tão exigentes como vocês, americanos, e não terei dificuldade em contrabandear você, no caráter de velho conhecido.

Com isto, ela tomou-me do braço e acompanhei-a até a casa. Era uma lindíssima residência e, acredito, mobiliada com muito bom gosto. A este respeito, porém, mal tenho qualidades para julgar, pois estava bastante escuro quando chegamos e nas casas americanas da melhor qualidade, durante o calor do verão, as luzes raramente aparecem neste mais agradável período do dia. Cerca de uma hora depois de minha chegada, precisamente, foi acesa uma única lâmpada velada, no salão principal; e este aposento, pude eu assim ver, estava arranjado com insólito bom gosto e até mesmo com fausto; mas as duas outras salas que se seguiam e nas quais os convidados se haviam principalmente reunido permaneceram, durante toda a noite, numa agradabilíssima sombra. Este era um costume bem imaginado, dando aos convivas, pelo menos, a escolha de luz ou de sombra, costume que nossos amigos de ultramar coisa melhor não fariam do que imediatamente adotar.

A noite assim passada foi, inquestionavelmente, a mais deliciosa de minha vida. A Sra. Lalande não exagerara as habilidades musicais de seus amigos; e os números de canto que ali ouvi, jamais os ouvira, excedidos, em qualquer reunião particular, fora de Viena. Os executantes dos instrumentos eram muitos e de superior talento. Os cantores eram principalmente mulheres e todos cantavam bem. Afinal, a uma peremptória aclamação da Sra. Lalande, ela se ergueu imediatamente, sem afetação ou vacilação, da *chaise-longue* onde se achava, a meu lado, e, acompanhada por um ou dois cavalheiros e sua amiga da ópera, dirigiu-se para o piano, no salão principal. Eu mesmo a teria acompanhado, mas achei que devido às circunstâncias de minha entrada na casa seria melhor permanecer despercebido onde estava. Fui assim privado do prazer de vê-la, embora não do de ouvi-la cantar.

A impressão que ela produziu sobre os convivas parecia elétrica, mas o efeito sobre mim mesmo era algo de muito mais. Não sei como descrevê-lo devidamente. Era suscitado em parte, sem dúvida, pelo sentimento amoroso de que estava eu imbuído, mas, principalmente, pela convicção da extrema sensibilidade da cantora. Está fora do alcance da arte dotar qualquer ária ou recitativo de mais apaixonada expressão que a dela. Sua maneira de cantar a romança de Otelo, o tom que deu às palavras *Sul mio sasso*, do drama dos Capuletti, ainda está cantando na minha memória. Suas notas graves eram absolutamente miraculosas. Sua voz abrangia três oitavas completas, indo do *ré* do contralto ao *ré* de soprano agudíssimo; e, embora suficientemente poderosa para encher o São Carlos, executava, com a mais minuciosa precisão, todas as dificuldades da composição vocal, subindo e descendo escalas, cadências ou *fiorituri*. No final da *Sonâmbula*, ela produziu o mais notável efeito, ao cantar as palavras:

> *Ah!, non giunge uman pensiero*
> *Al contento ond'io son piena.*

Aqui, imitando a Malibran, modificou a frase original de Bellini, para permitir que sua voz descesse ao *sol* tenor quando, por meio de rápida transição, deu a nota *sol* acima da pauta de tiple, saltando um intervalo de duas oitavas.

Ao erguer-se do piano, depois daqueles milagres de execução vocal, retomou seu lugar a meu lado e então exprimi-lhe, em termos do mais intenso entusiasmo, a delícia que senti com a sua execução. Da minha surpresa nada disse, e contudo estava eu excessivamente surpreso, pois certa fraqueza, ou antes, certa indecisão de voz, na conversação comum, tinha-me preparado para prever que, ao cantar, ela não sobressairia com qualquer habilidade digna de nota.

Nossa conversa foi então longa, fervorosa, ininterrupta e totalmente sem reservas. Ela me fez contar-lhe muitas das antigas passagens de minha vida, escutando, com ávida atenção, todas as palavras da narrativa. Nada ocultei, achava que não tinha direito de ocultar coisa alguma, à sua confidente atenção. Encorajado pela sua candura a respeito do delicado ponto de sua idade, entrei, com perfeita franqueza, não somente nos pormenores dos meus muitos vícios menores, mas fiz plena confissão daqueles males morais e até mesmo dos físicos, confissão essa que, por demandar muito mais alto grau de coragem, é tanto maior e mais segura prova de amor. Toquei nas minhas imprudências de colégio, nas minhas extravagâncias, nas minhas farras, nas minhas dívidas, nos meus namoros. Fui mesmo mais além, a ponto de falar numa leve tosse héctica que uma vez me atacou, num reumatismo crônico, numa dor de gota hereditária e, para concluir, na desagradável e inconveniente, mas até aqui cuidadosamente oculta, fraqueza de meus olhos.

— Sobre este último ponto — disse-me a Sra. Lalande, rindo — você não andou certamente com senso em confessá-lo; pois, sem a confissão, garanto que ninguém o acusaria de crime: a propósito, lembra-se você — e aqui imaginei que um rubor, mesmo através da penumbra do aposento, se tornava perfeitamente visível nas suas faces —, lembra-se, *mon cher ami*, deste pequeno ajudante ocular que agora está pendurado em meu pescoço?

Ao falar, fazia girar nos dedos o mesmo binóculo que tanto me enchera de confusão na ópera.

— Muito bem, oh! se me lembro! — exclamei eu, apertando apaixonadamente a delicada mão que apresentava o binóculo ao meu exame. Formava ele um complexo e magnífico brinquedo, ricamente gravado e filigranado e cintilante de joias que, mesmo à escassa luz, não podia deixar de notar que era de alto valor.

— *Eh bien, mon ami!* — continuou ela, com certo *empressement* de maneiras, que me surpreendeu um tanto. — *Eh bien, mon ami!*, você sinceramente exigiu de mim um favor, que teve a bondade de chamar sem preço. Pediu minha mão para amanhã. Se eu satisfizesse seus rogos, e posso acrescentar que correspondem aos anseios de meu próprio peito... não teria o direito de pedir de você um pequenino, bem pequenino favor em troca?

— Diga qual é! — exclamei eu, com tal energia que quase atraiu sobre nós a atenção dos convivas; e só contido pela presença destes é que não me lancei impetuosamente aos pés dela. — Diga qual é, minha querida, minha Eugénie! Diga qual é! Mas, ah!, já está concedido antes de ser dito.

— Você deve dominar então, *mon ami* — disse ela —, por amor dessa Eugénie a quem você ama, essa pequena debilidade que você afinal confessou; essa debilidade mais moral do que física, e que, permita que lho afirme, é tão inadequada à nobreza de sua natureza verdadeira, tão incomportável com a candura de seu caráter habitual, e que, deixada sem controle, seguramente o envolverá mais cedo ou mais tarde em alguma desagradabilíssima complicação. Você deverá dominar, por minha causa, essa vaidade que o leva, como você mesmo reconhece, à tácita ou implícita negação de sua fraqueza de vista. Porque você virtualmente nega essa enfermidade, recusando-se a empregar os costumeiros meios de saná-la. Você, pois, há de compreender que eu desejo que você use óculos. Ah! Psiu!, você já consentiu em usá-los *por minha causa*. Deverá aceitar esta ninharia que tenho agora nas mãos e que, embora admirável como auxiliar da visão, não tem realmente imenso valor como joia. Há de perceber que, por uma simples modificação assim... ou assim... pode ser adaptado aos olhos, na forma de óculos, ou usado no bolso do colete como binóculo. Será na primeira forma, porém, e habitualmente, que você já consentiu em usá-lo, *por minha causa!*

Este pedido — devo confessá-lo? — confundiu-me em não menor grau. Mas a condição com que foi acompanhado tornava a hesitação, sem dúvida, assunto completamente fora de questão.

— Está concedido! — exclamei eu, com todo o entusiasmo que era capaz de mostrar na ocasião. Está concedido... consinto o mais prazerosamente possível! Sacrifico qualquer sentimento, por sua causa. Hoje à noite usarei este querido binóculo, como um binóculo... e sobre o meu coração; mas, ao romper da aurora deste dia que me dá o prazer de chamá-la minha mulher, colocá-lo-ei sobre o meu... sobre o meu nariz... e ali o usarei de agora por diante, na menos romântica e menos elegante, mas certamente na mais útil forma que você deseja.

Nossa conversa voltou-se depois para os pormenores de nossos preparativos para o dia seguinte. Soube, pela minha noiva, que Talbot acabava justamente de chegar à cidade. Tinha de vê-lo, imediatamente, e procurar uma carruagem; a *soirée* dificilmente se encerraria antes das duas horas e a essa hora o veículo deveria estar à porta; na confusão causada pela partida dos convidados, a Sra. Lalande poderia facilmente entrar no carro, sem ser vista. Em seguida, iríamos bater à casa de um sacerdote, que estaria à espera; ali nos casaríamos, deixaríamos Talbot e iniciaríamos uma curta viagem pelo leste, deixando o mundo elegante à vontade para fazer os comentários que quisesse, e como melhor pudesse, a respeito do assunto.

Tendo planejado tudo isto, imediatamente me despedi e saí à procura de Talbot, mas, em caminho, não pude impedir-me de parar num hotel, com o fim de examinar a miniatura; e isso o fiz com o poderoso auxílio das lentes. O retrato era inexcedivelmente belo! Que grandes e luminosos olhos! que altivo nariz grego! que negros e luxuriantes cachos!...

— Ah! — disse eu, exultando, a mim mesmo. — É esta na verdade a imagem viva da minha amada!

Virei o retrato e descobri no verso as palavras: "Eugénie Lalande, na idade de vinte e sete anos e sete meses".

Achei Talbot em casa e tratei imediatamente de participar-lhe a minha boa sorte. Ele manifestou excessivo espanto, sem dúvida, mas congratulou-se comigo o mais cordialmente possível e ofereceu todo o auxílio que estivesse ao seu alcance. Numa palavra: cumprimos ao pé da letra o combinado e às duas da manhã, justamente dez minutos depois da cerimônia, achava-me eu numa carruagem fechada com a Sra. Lalande... com a Sra. Simpson, deverei dizer, viajando a grande velocidade para fora da cidade, na direção nordeste.

Talbot havia resolvido por nós que, como tivéssemos de estar despertos toda a noite, faríamos nossa primeira parada em C***, aldeia a cerca de vinte milhas da cidade, e ali tomaríamos uma refeição matinal e repousaríamos um pouco, antes de continuar nossa viagem. Às quatro horas, precisamente, por conseguinte, o carro parou à porta da principal hospedaria. Conduzi minha adorada mulher e ordenei um pequeno almoço, imediatamente. Neste ínterim, fomos introduzidos numa saleta e nos sentamos.

Já era agora quase, senão totalmente, dia; e como eu contemplasse arrebatado o anjo a meu lado, veio-me imediatamente à cabeça a ideia de que era aquele realmente o primeiro momento, desde meu conhecimento com a celebrada beleza da Sra. Lalande, em que eu podia gozar, num exame mais próximo, aquela beleza, à completa luz do dia.

— E agora, *mon ami* — disse ela, tomando minha mão e interrompendo assim aquela série de reflexões —, e agora, *mon cher ami*, desde que estamos indissoluvelmente unidos, desde que eu consenti nos seus apaixonados rogos, e cumpri a minha parte do nosso acordo... presumo que não se tenha esquecido de que tem também um pequeno favor a conceder-me, uma pequena promessa, que é intenção sua cumprir. Ah, vejamos! Deixe que eu lembre! Sim, com bastante facilidade posso recordar as palavras precisas da querida promessa que você fez à sua Eugénie, na noite passada. Escute! Você falou assim:

> Está concedido... consinto o mais prazerosamente possível! Sacrifico qualquer sentimento por sua causa. Hoje à noite usarei este querido binóculo, como binóculo... e sobre

meu coração; mas, ao romper da aurora deste dia que me dá o privilégio de chamá-la minha mulher, colocá-lo-ei sobre o... sobre o meu nariz, e ali o usarei de agora por diante, na menos romântica e menos elegante, mas certamente na mais útil forma que você deseja.

— Foram estas as palavras exatas, meu querido marido, não foram?

— Foram, sim — disse eu. — Você tem uma excelente memória. E garanto-lhe, minha bela Eugénie, não há desejo de minha parte de fugir ao cumprimento da simples promessa em que elas implicam. Veja! Contemple! Estão assentando bem... ou não estão?

E aí, tendo arranjado as lentes, na forma costumeira de óculos, apliquei-as, cautelosamente, na posição adequada, enquanto a Sra. Simpson, ajustando o chapéu e cruzando os braços, se sentava, espigada, na cadeira, numa posição um tanto tesa e afetada, e, na verdade, algo inconveniente.

— Valha-me Deus! — exclamei eu, quase no mesmo instante em que o arco dos óculos se tinha ajustado ao meu nariz. — Valha-me Deus! que é que há com estas lentes?

E, retirando-as precipitadamente, limpei-as com cuidado, com um lenço de seda, e pu-las no nariz de novo.

Mas se na primeira vez havia ocorrido algo que me ocasionou surpresa, da segunda esta surpresa elevou-se até ao espanto e este espanto era profundo, era extremo, posso dizer mesmo que era horrífico. Que, em nome de tudo o que é hediondo, significava aquilo? Poderia eu acreditar nos meus olhos? *Poderia?* Esta era a questão. Aquilo era... aquilo era... aquilo era ruge? E era aquilo... e era aquilo... era aquilo *rugas*, no rosto de Eugénie Lalande? E... oh, Júpiter e todos os deuses e deusas, grandes e pequenos! Que... que... que... que fim tinham levado os seus dentes?

Deixei cair os óculos violentamente no chão. E, levantando-me, fiquei ereto, no meio do quarto, em frente da Sra. Simpson, com as mãos nos quadris, rangindo os dentes e espumando, mas, ao mesmo tempo completamente emudecido de terror e de raiva.

Ora, eu já tinha dito que a Sra. Eugénie Lalande, isto é, Simpson, falava o inglês muito pouco melhor do que o escrevia e por esta razão, muito convenientemente, nunca tentava falá-lo, nas ocasiões comuns. Mas a raiva pode levar uma dama a qualquer extremo. E, no presente caso, levou a Sra. Simpson ao extraordinário extremo de tentar manter uma conversa, numa língua que ela não compreendia totalmente.

— Bem, *monsieur* — disse ela, depois de me olhar, aparentemente com grande assombro, durante, alguns momentos. — Bem, *monsieur*! Que coisa foi? Que é que é? É o dança de San Guido que você tem? Se non gosta de mim, por que foi comprar gato por lebre?

— Sua desgraçada! — disse eu, contendo o fôlego. — Você... você... você... sua velhaca... sua bruxa!

— Buxa? Velhaca? Eu non tam veia, afinal dos contos! Eu nem um dia mais do que 82 anos!

— Oitenta e dois anos! — exclamei eu, recuando até a parede. — Oitenta e dois milhões de macacos! A miniatura diz vinte e sete e sete meses.

— Decerto! Ser isso mesmo! Muito verrdadeirro! Mas o retrato foi tirrada já faz 55 anos. Quando eu foi casar com meu segonde marrido, Monsieur Lalande; naquele tempo tinha o retrato tirrada para minha filha pelo meu primeirro marrido, Monsieur Moissart.

— Moissart! — disse eu.

— Sim, Moissart! — disse ela, imitando minha pronúncia, que, para falar verdade, não era das melhores. — E com isso? Que saber você de Monsieur Moissart?

— Nada, sua assombração! Não sei nada, absolutamente, a respeito dele. Só sei que tenho um antepassado com este nome e isso há muito tempo!

— Essa nome! E que é que você tem para dizer contra essa nome? É um nome muito boa. E também Voissart; este é também um nome muito boa. Minha filha, Mademoiselle Moissart, ela casou com Monsieur Voissart; e essa nome é também muito respeitável!

— Moissart? — exclamei. — E Voissart? Que é mesmo que você quer dizer?

— Que querro dizer? Querro dizer Moissart e Voissart, e por causa disso eu querro dizer Croissart e Froissart também, se eu querrer também dizer. A filha de minha filha, Mademoiselle Voissart, ela casou com Monsieur Croissart e outra vez de novo a neta de minha filha, Mademoiselle Croissart, casou com Monsieur Froissart. E eu achar que você diz que este non é uma nome respeitável!

— Froissart! — disse eu, começando a desmaiar. — Ora, certamente não está dizendo Moissart e Voissart e Croissart e Froissart?

— Sim — replicou ela, encostando-se completamente na cadeira e espichando bem as pernas. — Sim, Moissart e Voissart e Croissart e Froissart. Mas, Monsieur Froissart, ele erra um muito grande o que vocês chamam doido, ele erra um muito grande estúpido como você... porque deixou la belle France parra vir parra este estúpido Américca... e quando ele chegou aqui, ele foi e teve um muito estúpido, um muito, muito estúpido filho... como ouvi dizer, embora não tever ainda o prazer de encontrar ele... nem eu nem minha companheirra, a Madame Estefânia Lalande. O nome dele é Napoleão Bonaparte Froissart... e acho que você vai dizer que este também non é uma muito respeitável nome!

A extensão, ou a natureza, desse discurso teve o efeito de excitar a Sra. Simpson a um furor verdadeiramente extraordinário, de fato; e quando o deu por findo, com grande esforço, pulou de sua cadeira, como alguém enfeitiçado, deixando, ao pular, cair sobre o assoalho um mundo inteiro de barulho. Uma vez de pé, fez ranger as gengivas, agitou os braços, arregaçou as mangas, agitou o punho diante de meu rosto e concluiu a exibição tirando o chapeuzinho da cabeça e com ele uma imensa cabeleira do mais apreciável e do mais belo cabelo negro, atirando tudo sobre o chão, com um grito feroz, e calcando-o e dançando sobre ele um fandango, numa absoluta excitação e agonia de raiva.

Nesse ínterim havia eu mergulhado, cheio de horror, na cadeira que ela deixara vaga.

— Moissart e Voissart! — repetia eu, pensativamente, enquanto ela desfazia um dos caracóis do penteado! Croissart e Froissart! — quando ela acabou com o outro. — Moissart e Voissart e Croissart... e Napoleão Bonaparte Froissart! Fique sabendo, sua velha serpente... Sou eu! Sou *eu* o tal! Está ouvindo? *Sou eu!...* — e aqui berrei, a todo o peito: *Sou eu-u-u! Eu* é que sou Napoleão Bonaparte Froissart e danado seja eu eternamente se é que não me casei com a minha tataravó!

A Sra. Eugénie Lalande, *quase* Simpson, antigamente Moissart, era, em poucas palavras, minha tataravó. Na mocidade fora bela e, mesmo aos 82, conservava a altura majestática, o contorno escultural da cabeça, os lindos olhos e o nariz grego de sua adolescência. Com a ajuda deles, de branco de pérola, de ruge, de cabelo postiço, de dentes postiços e de falsos chumaços, bem como das mais hábeis modistas de Paris, conseguia manter respeitável situação entre as belezas *un peu passées* da metrópole francesa. A este respeito, na verdade, poderia ter sido olhada não pouco menos quanto a igual da famosa Ninon de L'Enclos.

Era imensamente rica e tendo ficado, pela segunda vez, viúva sem filhos, lembrou-se de minha existência na América e, com o objetivo de fazer de mim seu herdeiro, fez uma visita aos Estados Unidos, na companhia de uma distante e excessivamente linda parenta de seu segundo marido, a Sra. Estefânia Lalande.

Na ópera, a atenção de minha tataravó fora detida ao ver-me; e, ao observar-me, através do binóculo, foi abalada por certa semelhança familiar consigo mesma. Desta forma interessada, e sabendo que o herdeiro que procurava se achava na cidade no momento, fizera, pela sua parte, indagações a meu respeito. O cavalheiro que a acompanhava me conhecia e lhe disse quem eu era. A informação assim obtida induziu-a a renovar sua investigação e foi essa investigação que me encorajou a proceder da absurda maneira já descrita. Ela retribuiu meu cumprimento, porém, sob a impressão de que, graças a algum estranho acidente, havia eu descoberto sua identidade. Quando, enganado pela fraqueza de minha visão, e pelas artes do toucador, a respeito da idade e dos encantos da estranha dama, perguntei tão entusiasticamente a Talbot quem ela era, concluiu ele que eu me referia naturalmente à mais moça das duas belas, e assim informou-me, com perfeita verdade, que ela era "a famosa viúva Lalande".

Na rua, no dia seguinte, minha tataravó encontrara Talbot, velho conhecido seu de Paris, e a conversa, mui naturalmente, recaiu sobre mim mesmo. Minha deficiência de vista foi então explicada, pois era notória, embora estivesse eu inteiramente ignorante de sua notoriedade. E minha boa e velha parenta descobriu, com grande pesar seu, que se enganara ao supor que eu a reconhecera e que eu estivera simplesmente fazendo papel de louco, ao apaixonar-me, num teatro, por uma velha desconhecida. Para punir-me desta imprudência, combinou com Talbot um plano. Propositadamente conservou-se ele ausente, para evitar apresentar-me. Minhas indagações de rua, a respeito "da bela viúva Lalande", eram tidas como referentes à dama mais moça, sem dúvida; e dessa forma a conversa com os três cavalheiros, a quem encontrara pouco depois de haver saído do hotel de Talbot, facilmente se explicava, bem como a alusão deles a Ninon de L'Enclos. Não tive oportunidade de ver a Sra. Lalande de perto, durante a luz do dia, e, na sua *soirée* musical, minha estúpida recusa, ao auxílio dos óculos, efetivamente, impediu-me de fazer a descoberta de sua idade. Quando a "Sra. Lalande" foi convidada a cantar, entendia-se a coisa com a dama mais moça. E fora ela quem se levantara para obedecer ao convite. Minha avó, para facilitar a confusão, levantou-se ao mesmo tempo e acompanhou-a ao piano, no salão principal. Tivesse eu decidido acompanhá-la até lá, era sua intenção sugerir a conveniência de ficar eu onde me achava. Mas minhas próprias vistas prudentes tornaram isso desnecessário. As canções que eu tanto admirara, e que assim confirmavam minha impressão da mocidade de minha amada, foram cantadas pela Sra.

Estefânia Lalande. O binóculo foi-me presenteado, a fim de acrescentar uma nova prova à balela — um aguilhão ao epigrama da decepção. O presente proporcionou uma oportunidade para a lição, a respeito do vaidoso fingimento, com a qual fiquei tão especialmente edificado. É quase supérfluo acrescentar que as lentes do instrumento, usadas pela velha, tinham sido mudadas por um par, melhor adaptado aos meus olhos. Essas me convinham, de fato, cabalmente.

O pastor, que apenas fingiu atar o fatal nó, era um alegre companheiro de Talbot e não um sacerdote. Era um excelente "trocista", porém, e, tendo retirado sua batina, para vestir em lugar dela um grosso capote, conduziu o carro que transportou para fora da cidade o "feliz casal". Talbot se sentara a seu lado. Os dois velhacos estavam, pois, a ponto de rebentar, e, através duma janela semiaberta da saleta de trás da hospedaria, divertiam-se em gargalhar do *dénouement* do drama. Achei que me veria forçado a tocar a todos dois para fora.

Não obstante, *não sou* o marido de minha tataravó e essa é uma reflexão que me causa alívio infinito. Mas sou o marido da Sra. Lalande... da Sra. Estefânia Lalande, com quem minha boa parenta velha, além de me fazer seu único herdeiro quando morrer (se é que morrerá algum dia) deu-se ao trabalho de ligar-me, como companheira. Em conclusão: desisti para sempre dos *billets doux* e nunca mais fui visto sem ÓCULOS.

O ANJO DA EXCENTRICIDADE[1]
EXTRAVAGÂNCIA[2]

Era uma fria tarde de novembro. Acabava eu justamente de saborear um jantar, incomumente cordial, de que formava parte, e não a menos importante, a dispéptica *trufa*, e achava-me sentado sozinho na sala de jantar, com os pés sobre o guarda-fogo e apoiando o cotovelo numa mesinha que arrastara para perto do fogo e sobre a qual havia umas coisinhas de sobremesa com algumas variadas garrafas de vinho, álcool e licor. Pela manhã, estivera lendo o *Leônidas*, de Glover; a *Epigoníada*, de Wilkie; a *Peregrinação*, de Lamartine; a *Columbíada*, de Barlow; a *Sicília*, de Tuckermann, e as *Curiosidades*, de Griswold. Sou forçado a confessar, contudo, que, no momento, me sentia um tanto estúpido. Fiz um esforço para despertar-me graças à ajuda dum Laffitte comum e, falhando tudo, recorri por mim mesmo, em desespero, a um jornal velho. Tendo cuidadosamente percorrido a coluna de "Casas para alugar", a coluna de "Cachorros perdidos" e depois as duas colunas de "Mulheres e aprendizes fugitivos", ataquei com grande resolução a matéria editorial e, lendo-a do começo ao fim, sem compreender uma sílaba, concebi a ideia de que aquilo poderia ser chinês, e assim li-a de novo do fim ao começo, mas sem maior resultado satisfatório. Estava a ponto de largar, cheio de desgosto,

Esse in-fólio de quatro páginas, feliz obra
Que nem dos poetas críticas merece,

quando senti minha atenção um tanto despertada pelo parágrafo que se segue:

> As avenidas da morte são numerosas e estranhas. Um jornal de Londres menciona o falecimento duma pessoa devido a uma causa singular. Estava jogando "sopra a flecha", que se faz com uma longa agulha enfiada em alguma lã e lançada a um alvo através dum canudo de estanho. Colocou a agulha do lado contrário do canudo e tomando o fôlego, fortemente, para soprar depois a flecha, com força, para diante, atraiu a agulha para sua garganta, fazendo-a penetrar nos pulmões e, em consequência, veio a falecer poucos dias depois.

Depois de ter lido isso, sobreveio-me uma grande raiva, sem que soubesse exatamente por quê.

— Isso — exclamei eu — é uma falsidade desprezível, uma miserável burla, a borra da invenção de algum lastimável foliculário, de algum desgraçado cozinhador de acidentes na Cocanha! Esses camaradas, conhecendo a extravagante credulidade da época, põem a cachimônia a imaginar improváveis possibilidades de acidentes excêntricos, como costumam denominá-los; mas para um intelecto reflexivo ("como o meu" acrescento eu, entre parênteses, pondo o indicador inconscientemente num lado do nariz), para uma compreensão contemplativa como eu mesmo possuo, logo

1 Publicado pela primeira vez no *Columban Lady's and Gentleman's Magazine*, outubro de 1844. Título original: THE ANGEL OF THE ODD – AN EXTRAVAGANCE.

2 Composição literária de caráter fantástico ou extravagante. (N. T.)

se evidencia que o maravilhoso aumento recente desses "excêntricos acidentes" é, em alto grau, o mais excêntrico acidente de todos. Pela parte que me toca, pretendo não acreditar em nada, de ora em diante, que apresente algo de "singular".

— *Mein Gott*, entong que maluca focê é porr issto! — replicou uma das mais notáveis vozes por mim jamais ouvidas.

A princípio tomei-a como um murmúrio em meus ouvidos (como o que muitas vezes se experimenta quando se vai ficando bastante bêbado), mas, pensando melhor, considerei que aquele som se aproximava muito mais do som que provém dum barril vazio batido com uma grossa vara; e, de fato, assim teria eu concluído não fossem a articulação das sílabas e as palavras. Não sou de modo algum de natural nervoso e os bem poucos copos de Laffitte que eu havia beberricado serviram para encorajar-me um pouco, de modo que não sentisse trepidação alguma, mas ergui simplesmente os olhos, num movimento descansado, e olhei cuidadosamente em roda da sala, procurando o intruso. Não pude, porém, descobrir absolutamente ninguém.

— Zafal — continuou a voz, enquanto persistia eu na busca. — Focê defe estarr tong pêpado como ung porque, pois nong me fê zentado aqui a zeu lado!

Em consequência, pensei logo em olhar para diante do meu nariz, e ali, com toda a certeza, defrontando-me, estava sentada à mesa uma personagem estrambótica, embora não de todo indescritível. Seu corpo era uma pipa de vinho, ou um pipote de aguardente, ou algo dessa espécie, e tinha um ar verdadeiramente falstafiano. Nas suas extremidades inferiores inseriam-se dois barrilotes que pareciam corresponder ao que se chama pernas. Como braços, pendiam da parte superior da carcaça duas garrafas toleravelmente longas com os gargalos estendidos, à moda de mãos. Como cabeça, ostentava aquele monstro uma dessas canecas de Hesse que se assemelham a uma grande caixa de rapé, com um buraco no meio da tampa. Essa caneca (com um funil no alto, como um elmo inclinado sobre os olhos) estava colocada na beira do pipote com a boca voltada para mim; e através dessa abertura, que parecia enrugada como a boca duma bem autêntica solteirona, a criatura emitia certo murmúrio e barulhos resmungados que tomava, evidentemente, como conversa inteligível.

— Eu tigo — dizia ele — que você tefe estarr pêpado como ung porque, pois está zentado aí e nong me fé zentado aqui; eu tigo, tampém, que focê teve zer ung maluca mais grrande to que o ganzo, porr nong acrretitarr o que está imprrimito no jorrnal. É fertate tudo... todas as palafras tisso.

— Por favor, quem é o senhor? — perguntei eu, com bastante dignidade, embora um tanto embaraçado. — Como entrou aqui e a respeito de que está falando?

— A rassão de minha finda aqui — replicou o sujeito — nong é te zua conta; e a resspeito do que estou falando, estou falando a resspeito do que acho confeniente; e quanto quem zou, foi porr isso mesmo que eu fim aqui parra focê fer porr focê mesma.

— Você não passa dum vagabundo embriagado — disse eu. — Vou tocar a campainha e ordenar a meu criado que o lance a pontapés na rua.

— Eh, eh, eh! — disse o camarada. — Uh, uh, uh! Izto focê nong bode fasserr.

— Não posso fazer?! — disse eu. — Que quer você dizer? Não posso fazer o quê?

— Tocarr o campaingue — respondeu ele, tentando fazer um sorriso com sua boquinha asquerosa.

Nisto fiz um esforço para erguer-me, a fim de executar minha ameaça; mas o rufião estendeu-se deliberadamente sobre a mesa e, dando-me um tapa na fronte com o gargalo de uma de suas longas garrafas, jogou-me para trás na poltrona donde me havia eu soerguido. Fiquei extremamente atônito e, por um instante, sem saber de todo o que fazer. Entretempos, continuou ele a conversa.

— Focê fê — disse ele —, ficar sentata é a melhor. E acorra focê fai saper quem ser eu. Olhe parra mim! Fexa! Eu serr o *Anxo to Excentricitate.*

— E bastante excêntrico, por sinal — aventurei-me a replicar. — Mas eu sempre tive a impressão de que um anjo possuísse asas.

— Aças! — gritou ele, altamente lisonjeado. — Que facerr eu com aças? *Mein Gott!* Focê toma eu porr um calinha?

— Não, oh, não! — repliquei, muito assustado. — Você não é nenhuma galinha, certamente não!

— Pem, entong fique sentata quieta e comportata, ou entong eu tar um tapa te nofo parra socecar focê. É o calinha que teng aças, e o corruxa que teng aças, e o tiapo que teng aças e o chefe-*teufel* que teng aças. O anxo nong terr aças e eu serr o *Anxo to Excentricitate*.

— E seu negócio comigo atualmente é... é?...

— Minha necócia! — respondeu a coisa. — Como filong, felhaca focê teve serr parra percuntar a ung cafalheirra e ung anxo porr suas necócias!

Essa linguagem estava passando do que eu podia suportar, mesmo de um anjo; assim, recobrando a coragem, apanhei um saleiro que estava a meu alcance e atirei-o à cabeça do intruso. Ele esquivou-se, contudo, ou minha pontaria foi imperfeita, porque a única coisa que consegui foi destruir o vidro que protegia o mostrador do relógio sobre a prateleira da lareira. Quanto ao Anjo, demonstrou estar consciente de meu ataque, ao dar-me dois ou três golpes consecutivos na testa, como antes. Isso me reduziu imediatamente à submissão e fico quase envergonhado ao confessar que, pela dor ou pelo vexame, algumas lágrimas me vieram aos olhos.

— *Mein Gott!* — disse o Anjo da Excentricidade, aparentemente muito abrandado com a minha mágoa. — *Mein Gott!* O homeng estar muito pêpada ou muito trriste. Focê nong tefe peper coiça forte assing... tefe porr água no finho. Olha, pepe isto... como ung pong suxeita, e nong xorra mais, nong!

Aí, o Anjo da Excentricidade tornou a encher meu copo (que estava por um terço, com vinho do Porto) com um líquido incolor que extraiu de uma garrafa de suas mãos. Observei que essas garrafas tinham etiquetas em volta do gargalo, e que nessas etiquetas se lia "Kirschwasser".

A atenciosa bondade do Anjo pacificou-me não pouco e, ajudado pela água com que ele diluíra meu vinho do Porto mais de uma vez, readquiri afinal suficiente ânimo para ouvir sua realmente extraordinária palestra. Não posso pretender relatar tudo o que ele me falou, mas do que me disse deduzi que era ele o gênio que presidia aos *contratempos* da humanidade, e seu ofício era produzir os *excêntricos acidentes* que continuamente espantam os céticos. Uma ou duas vezes, tendo-me eu aventurado a expressar minha total incredulidade a respeito de suas pretensões, ele ficou deveras encolerizado, de modo que afinal considerei que a mais sábia política estava em não dizer absolutamente nada, deixando-o falar à vontade. Ele falou, por conseguinte, prolongadamente, enquanto eu apenas me recostava na cadeira, com os olhos fechados, e me divertia a comer passas e atirar os talos pelo quarto, a piparotes. Mas, ao fim de contas, o Anjo subitamente achou que esse meu procedimento era ofensivo. Ergueu-se, em terrível cólera, jogou o funil por cima dos olhos, soltou uma vasta praga, ejaculou uma ameaça de certo caráter que não compreendi precisamente, e afinal fez-me uma longa curvatura e partiu, desejando-me, na linguagem do arcebispo do *Gil Blas, beaucoup de bonheur et un peu plus de bon sens.*[3]

Sua partida aliviou-me. Os *muito* poucos copos de Laffitte que eu emborcara tiveram o efeito de tornar-me sonolento e senti-me inclinado a tirar uma soneca de quinze ou vinte minutos, como de meu hábito, após o jantar. Às seis, eu tinha um encontro marcado, de modo que era inteiramente indispensável que estivesse são. A apólice de seguro de minha casa de morada tinha expirado na véspera e, tendo surgido certa discussão, combinou-se que, às seis, eu iria ao escritório dos diretores da companhia, a fim de assentar os termos de um novo contrato. Relanceando a vista para o relógio sobre a prateleira da lareira (pois sentia-me sonolento demais para tirar o relógio de bolso), tive o prazer de verificar que ainda podia despender 25 minutos. Eram cinco horas e meia; facilmente eu podia caminhar até a companhia de seguros em cinco minutos; e como minhas sestas usuais nunca haviam passado de 25 minutos, senti-me, em consequência, bastante livre e arranjei-me imediatamente para o sono.

Tendo-o completado de modo satisfatório, de novo olhei para o relógio e fiquei meio inclinado a acreditar nas possibilidades de acidentes excêntricos, ao verificar que, em vez de meus costumeiros quinze ou vinte minutos, só dormira três, pois ainda faltavam 27 minutos para a hora marcada. De novo tirei outra soneca e por fim, acordando segunda vez, com extremo espanto, verifiquei que *ainda* faltavam 27 minutos para as seis. Pulei até ao relógio para examiná-lo e certifiquei-me de que havia cessado de andar. Meu relógio de bolso informou-me que eram sete e meia; assim, naturalmente, eu dormira duas horas. Era tarde demais para o meu encontro.

— Isso não fará diferença — disse eu. — Posso ir ao escritório amanhã e desculpar-me. Entretanto, que pode ter havido com esse relógio?

Depois de examiná-lo descobri que um dos talos de passa que andara distribuindo pelo quarto, a piparotes, enquanto o Anjo da Excentricidade falava, se infiltrara através do vidro quebrado e se alojara — bem singularmente — no buraco da chave, com uma ponta projetada para fora, tendo assim detido a rotação do ponteiro dos minutos.

— Ah! — falei eu. — Vejo agora como foi. Isso se explica por si. Um acidente natural, como sempre acontece!

Não dei ao assunto maior importância e, à hora do costume, fui para a cama. Ali, tendo colocado uma vela sobre uma estante de leitura à cabeceira do leito, e tendo tentado folhear algumas páginas da *Onipresença da divindade*, infortunadamente caí no sono, em menos de vinte segundos, deixando a luz acesa.

Meus sonhos foram terrivelmente perturbados por visões do Anjo da Excentricidade. Pareceu-me que ele estava de pé, à beira da cama, abrira o cortinado e, nos tons detestáveis e ocos de um tonel, ameaçava-me com a mais amarga das

3 Muita felicidade e um pouco mais de bom senso. (N. T.)

vinganças por causa do desprezo com que eu o tratara. Concluiu sua longa arenga tirando o chapéu de funil, inserindo o tubo em minha garganta e ensopando-me num oceano de Kirschwasser, que deixava cair, em torrente contínua, de uma das garrafas de longo gargalo que lhe serviam de braços. Minha agonia, por fim, era insuportável, e despertei bem a tempo de perceber que um rato carregara a vela acesa da estante, mas não a tempo de impedi-lo de fugir com ela por um buraco. Logo, um cheiro forte e sufocante me chegou às narinas; a casa, notei-o claramente, estava-se incendiando. Em poucos minutos, o fogo irrompeu com violência e, em prazo incrivelmente breve, todo o edifício estava envolto em chamas. Qualquer saída de meu quarto, a não ser através de uma janela, achava-se cortada. A multidão, contudo, rapidamente conseguiu erguer uma escada comprida. Graças a esta, eu descia com rapidez e aparentemente a salvo, quando um enorme porco (em cujo rotundo estômago e, na verdade, em todo o seu aspecto e fisionomia havia algo que me recordava o Anjo da Excentricidade), quando esse porco, repito, que até então estivera calmamente dormindo na lama, teve de súbito a ideia de que seu ombro esquerdo necessitava de ser coçado e não podia encontrar mais conveniente posto de fricção do que o pé da escada. Num instante fui precipitado do alto e tive a desgraça de fraturar um braço.

Tal acidente, com a perda do seguro e com a perda mais séria de meu cabelo, que foi todo chamuscado pelo fogo, predispôs-me a pensamentos graves, de modo que, finalmente, decidi-me a tomar esposa. Havia uma rica viúva, desconsolada pela perda de seu sétimo marido, e a seu ferido espírito ofertei o bálsamo de minhas juras. Ela deu relutante consentimento a meus rogos. Ajoelhei-me a seus pés, cheio de gratidão e adoração. Ela corou e deixou suas opulentas tranças baixarem em estreito contato com as madeixas de que Grandjean temporariamente me suprira. Não sei como se realizou o emaranhamento, mas o fato é que se realizou. Eu me ergui com um crânio brilhante, sem chinó; ela, cheia de desdém e cólera, meio envolta nos cabelos alheios. Isso deu fim a minhas esperanças para com a viúva por um acidente que não podia ter sido previsto, mas que se produzira pela sequência natural dos acontecimentos.

Sem desesperar, porém, empreendi o assédio de um coração menos implacável. Os fados foram de novo propícios, por breve período; mas novamente um incidente trivial interferiu. Encontrando minha bem-amada numa avenida frequentada pela *élite* da cidade, apressei-me em saudá-la com um dos meus mais atenciosos cumprimentos, quando uma pequena partícula de certa matéria estranha se alojou no canto de meu olho, tornando-me, naquele instante, completamente cego. Antes que eu pudesse recuperar a vista, a dama de meu amor desaparecera, irreparavelmente ofendida com o que ela achou de considerar minha premeditada rudeza em passar por ela sem cumprimentá-la. Enquanto eu permanecia atônito com a subitaneidade desse acidente (que, não obstante, poderia ter acontecido a qualquer um sobre a Terra) e enquanto eu ainda continuava incapaz de ver, fui abordado pelo Anjo da Excentricidade, que me ofereceu seu auxílio com uma cortesia que eu não tinha razão para esperar. Examinou meu olho ofendido com muita gentileza e cuidado, informou-me que eu tinha uma gota nele e — fosse lá que "gota" fosse — retirou-a, dando-me alívio.

Julguei, então, que era tempo de morrer, já que a fortuna tinha decidido perseguir-me tanto, e, em consequência, rumei para o rio mais próximo. Ali, tirando as roupas (pois não havia motivo para que eu não pudesse morrer como havia nascido), atirei-me de cabeça na torrente; a única testemunha de meu destino foi um corvo solitário que fora seduzido a comer cevada saturada de aguardente e assim se afastara cambaleando de seus companheiros. Nem bem eu entrara na água quando aquela ave resolveu sair voando com a mais indispensável parte de minha roupa. Adiando, em consequência e pelo momento, meu desígnio suicida, enfiei as extremidades inferiores nas mangas de meu casaco e atirei-me em perseguição do vilão, com toda a agilidade que o caso requeria e suas circunstâncias podiam admitir. Meu mau destino, porém, ainda me aguardava. Ao correr em plena velocidade, com o nariz erguido para a atmosfera, preocupado só com o ladrão de minha propriedade, verifiquei, de súbito, que meus pés não mais pousavam sobre *terra firme*; de fato: eu me atirara num precipício e teria sido inevitavelmente despedaçado se, por minha boa sorte, não tivesse agarrado a ponta de uma longa corda que pendia de um balão que passava.

Logo que recobrei suficientemente os sentidos para compreender a terrífica situação em que me achava (ou antes, em que me dependurava), empreguei todo o poder de meus pulmões para tornar tal situação conhecida do aeronauta lá em cima. Mas, por longo tempo, empreguei-me em vão. Ou o maluco não podia, ou o vilão não queria notar-me. Entretanto, a máquina rapidamente se elevou, enquanto minhas forças ainda mais rapidamente decaíam. Logo decidi resignar-me a meu fado e cair quietamente no mar, quando meu ânimo despertou subitamente ao ouvir, vinda do alto, uma voz oca que parecia estar preguiçosamente a cantarolar uma ária de ópera. Olhando para cima, percebi o Anjo da Excentricidade. Ele estava com os braços cruzados sobre a amurada da barquinha. Tinha um cachimbo à boca, de que tirava aprazíveis fumaçadas, parecendo estar em excelentes relações consigo mesmo e com todo o mundo. Eu me achava exausto demais para falar, de modo que simplesmente o fitei com ar implorante.

Durante vários minutos, embora me contemplasse bem no rosto, ele nada disse. Afinal, removendo cuidadosamente seu cachimbo do canto direito para o esquerdo da boca, condescendeu em falar.

— Quem serr focê? — perguntou ele. — E que *der Teufel*[4] focê estar facento aí?

A essa demonstração de impudência, crueldade e afetação, eu só pude replicar proferindo o trissílabo: "Socorro!".

— Zocorro! — repetiu o rufião. — Eu nong! Aí estar a carrafa... Zocorra focê mesmo, e o tiapo te lefe!

Com essas palavras, deixou cair pesada garrafa de Kirschwasser, a qual, tombando precisamente sobre o cume de minha cabeça, levou-me a imaginar que meu cérebro fora inteiramente aniquilado. Impressionado com essa ideia eu estava a ponto de largar a corda e soltar meu fantasma do corpo com toda a elegância, quando fui detido pelo grito do Anjo que me mandou continuar a agarrar-me.

— Fique acarrato! — disse ele. — Nong se prrecipite, nong! Querr tomar a outra carrafa... ou esta xá pong e feio no seu sentito?

Apressei-me, aí, a acenar com a cabeça duas vezes: uma, na forma negativa, significando com isso que eu preferiria não apanhar naquela hora a outra garrafa; e outra, na forma afirmativa, pretendendo assim explicar que eu estava de juízo

4 O diabo. (N. T.)

perfeito e positivamente recuperara os sentidos. Dessa forma tornei o Anjo mais manso um pouco.

— E focê acrretita acorra — perguntou ele — afinal? Acrretita acorra no possipilitate to excentricitate?

De novo balancei a cabeça assentindo.

— E focê acrretita em mim, o Anxo to Excentricitate?

De novo abanei a cabeça.

— E focê comprreente que focê ser o ceco pêpato e toito?

Mais uma vez abanei a cabeça.

— Ponha zua mong tirreita to poiso te traz to mang esquerta eng zinal te zua plena submissong ao Anxo to Excentricitate.

Isto, por motivos muito óbvios, considerei completamente impossível fazer. Em primeiro lugar meu braço esquerdo se quebrara em minha queda da escada e, por conseguinte, se eu deixasse de me agarrar com a mão direita, estaria solto de todo. Em segundo lugar, eu não podia ter bolso traseiro, enquanto não apanhasse o corvo. Fui, portanto, obrigado, com grande pesar, a sacudir a cabeça na forma negativa, pretendendo assim fazer o Anjo compreender que eu julgava inconveniente, logo naquele momento, cumprir com sua bem razoável exigência. Mal, porém, eu cessara de sacudir a cabeça e o Anjo da Excentricidade rugiu:

— Entong, fai parra *der Teufel!*

Ao pronunciar estas palavras, passou uma aguda faca pela corda da qual eu pendia e, como então sucedesse que eu estava precisamente sobre minha própria casa (a qual, durante minhas peregrinações, tinha sido magnificamente reconstruída), aconteceu que me afundei de cabeça pela ampla chaminé e caí sobre a lareira da sala de jantar.

Depois de recuperar os sentidos (pois a queda me desfalecera completamente), descobri que eram cerca de quatro horas da manhã. Eu jazia de fio comprido no local onde caíra do balão. Minha cabeça se rojava entre as cinzas de um fogo extinto, enquanto meus pés repousavam sobre os restos de uma mesinha destroçada e entre os fragmentos de uma ceia variada, de mistura com um jornal, vários copos quebrados e garrafas esmigalhadas e uma botija cheia de Kirschwasser de Schiedam. Assim se vingou o Anjo da Excentricidade.

Vida literária de Fulano-de-Tal[1] Ex-diretor do *Gansopapavental*

Por ele mesmo.

Sinto agora que meus anos de idade vão aumentando e, verificando que Shakespeare e o Sr. Emmons estão mortos, não é impossível que também eu venha a morrer. Ocorreu-me, por esta ou aquela razão, que posso da mesma forma retirar-me do campo das Letras e repousar sobre meus louros. Mas estou ansioso por assinalar minha abdicação do cetro literário com algum importante legado à posteridade; e, talvez, a melhor coisa será escrever para ela uma narrativa dos inícios de minha carreira. Meu nome, na verdade, tem estado por tanto tempo e tão constantemente diante do olhar público, que estou desejoso não somente de admitir como natural esse interesse por ele suscitado em toda a parte, mas pronto a satisfazer a extrema curiosidade que inspirou. De fato, não é isso mais do que um dever daquele que realizou algo de grande ao deixar atrás de si, na sua ascensão, marcos semelhantes que possam guiar outros à grandeza. Proponho-me, por conseguinte, no presente ensaio (que tenho a ideia de chamar *Memórias Para Servir à História Literária da América*), a pormenorizar aqueles importantes, embora fracos e vacilantes, primeiros passos por meio dos quais, afinal, atingi a alta estrada que leva ao pináculo do renome humano.

É supérfluo falar muito dos bem remotos antepassados de alguém. Meu pai, Tomás de Tal, permaneceu, durante muitos anos, no auge de sua profissão, que era a de comerciante e barbeiro, na cidade de Smug. Seu armazém era o ponto de reunião de todas as principais pessoas do lugar e, especialmente, do corpo editorial — corpo que suscita em torno de si veneração e temor respeitoso. Pela minha parte, olhava os seus componentes como deuses, e bebia com avidez o rico engenho e sabedoria que de suas augustas bocas continuamente manava enquanto se produzia o que se chama "espuma". Meu primeiro momento de positiva inspiração deve ser datado daquela sempre memorável época em que o brilhante diretor do *Moscardo*, nos intervalos da produção a que nos referimos há pouco, recitava em voz alta, diante dum conclave de nossos aprendizes, um inimitável poema, em honra do "Único e genuíno Óleo-de-Tal" (assim chamado do nome de seu talentoso inventor, meu pai), e por cuja efusão o editor do *Moscardo* era pago, com real liberalidade, pela firma de Tomás-de-Tal e Cia., comerciantes-barbeiros.

O gênio das estrofes do "Óleo-de-Tal" foi quem primeiro, posso afirmar, insuflou em mim o divino *afflatus*. Resolvi imediatamente tornar-me um grande homem, e comecei por fazer-me um grande poeta. Naquela mesma noite caí de joelhos aos pés de meu pai.

— Meu pai — disse eu —, perdoe-me! Mas eu tenho uma alma acima de espuma de sabão! É minha firme intenção afastar-me da loja. Serei um jornalista...

1 Publicado pela primeira vez no *Southern Literary Messenger*, dezembro de 1844. Título original: LITERARY LIFE OF THINGUM BOB, ESQ.

serei um poeta... escreverei estrofes ao "Óleo-de-Tal". Perdoe-me e ajude-me a ser grande!

— Meu querido Fulano — respondeu meu pai (eu tinha sido batizado com o nome de Fulano, em homenagem a um parente rico de mesmo nome) —, meu querido Fulano — disse ele, erguendo-me pelas orelhas —, Fulano, meu rapaz, você é um trunfo, e saiu a seu pai nisso de ter uma alma. Você tem uma cabeça enorme, também, e dentro dela deve haver grande quantidade de miolos. Há muito que percebi isso e, portanto, tinha ideia de fazer de você um advogado. O negócio, porém, tem-se tornado duro e a política não compensa. Geralmente falando, você pondera ajuizadamente; o comércio do jornalista é melhor, e se você puder ser um poeta ao mesmo tempo (como são os jornalistas, na sua maior parte, entre parênteses), ora, com uma pedrada só matará dois pássaros. Para encorajá-lo no começo das coisas vou dar-lhe um sótão, pena, tinta e papel, um dicionário de rimas e um número do *Moscardo*. Suponho que dificilmente terá você mais alguma coisa a pedir.

— Seria um ingrato vilão se o fizesse — repliquei eu, com entusiasmo. — Sua generosidade é sem limites. Retribuí-la-ei, fazendo do senhor o pai de um gênio.

Assim terminou minha entrevista com o melhor dos homens e imediatamente após entreguei-me com zelo a meus trabalhos poéticos, pois sobre estes, principalmente, baseava eu minhas esperanças de ulterior elevação à cátedra editorial.

Nas minhas primeiras tentativas de composição descobri que as estrofes do "Óleo-de-Tal" eram para mim mais desvantajosas que outra coisa. Seu esplendor mais me deslumbrava que esclarecia. A contemplação de sua excelência tendia, naturalmente, a desencorajar-me pela comparação com meus próprios abortos; de modo que, durante muito tempo, trabalhei em vão. Por fim, surgiu-me na cabeça uma daquelas ideias esquisitamente originais que, de vez em quando, penetram o cérebro de um homem de gênio. Foi a seguinte — ou melhor, foi assim que foi posta em execução. Do refugo de um velho quiosque de livros, num extremo bem remoto da cidade, ajuntei alguns antigos e totalmente desconhecidos ou esquecidos volumes. O livreiro vendeu-mos por uma bagatela. Dum deles que pretendia ser uma tradução do *Inferno* de um tal Dante, copiei com notável esmero um longo trecho a respeito dum homem chamado Ugolino, que tinha um bocado de fedelhos. De outro, que continha boa quantidade de velhas peças de teatro, de alguém cujo nome não me lembro, extraí, da mesma maneira, e com o mesmo cuidado, grande número de versos a respeito de "anjos", de "ministros dizendo graças" e "duendes danados", e mais outras coisas desse jaez. Dum terceiro, que era obra dum cego, ou coisa que o valha, não sei se grego ou choctaw (não posso dar-me ao trabalho de relembrar cada pormenor exatamente), tirei cerca de cinquenta versos começando com a "cólera de Aquiles", "gordura" e alguma coisa mais. Dum quarto, que, lembro-me, era também obra dum cego, escolhi uma página ou duas referentes a "granizo" e "luz sagrada" e, embora não tenha um cego que escrever a respeito de luz, os versos eram, a seu modo, suficientemente bons.

Tendo feito lindas cópias desses poemas, assinei-os "Opodeldoque" (lindo e sonoro nome) e, metendo cada um delicadamente em envelopes separados, remeti-os a cada um dos quatro principais magazines, com um pedido de pronta publicação e imediata paga. O resultado desse bem concebido plano, porém (cujo êxito me teria poupado muita complicação em minha vida posterior), serviu para convencer-me de que alguns editores não podem ser enganados, e assestou o *coup de grâce* (como se diz na França) às minhas nascentes esperanças (como se diz na cidade dos transcendentalistas).[2]

O fato é que todos os magazines em questão deram ao Sr. "Opodeldoque" uma completa descalçadela, nas "Notícias mensais aos correspondentes". O *Idiota* passou-lhe um sabão nestes termos:

> "Opodeldoque" (quem quer que seja) enviou-nos uma longa "tirada" a respeito dum maluco a quem chama ele de "Ugolino", pai de numerosas crianças que foram surradas e mandadas para a cama sem ceia. A história toda é excessivamente insípida, para não dizer *chata*. "Opodeldoque" (quem quer que ele seja) carece inteiramente de imaginação. E imaginação, no nosso humilde modo de ver, é não apenas a alma da POESIA, mas também seu próprio coração. "Opodeldoque" (quem quer que seja) tem a audácia de pedir-nos, pelo seu disparate, uma "pronta publicação e imediata paga". Nós nem publicamos nem compramos um "troço" dessa laia. Não pode haver dúvida, porém, de que encontrará ele pronta venda para todos os despautérios que puder escrevinhar, na redação do *Tumulto*, do *Caramelo* ou do *Gansopapavental*.

Tudo isso, deve reconhecer-se, era demasiado severo contra "Opodeldoque", mas o golpe mais impiedoso foi apresentar a palavra POESIA em versaletes. Nestas seis preeminentes letras que mundo de amargura não está encerrado!

Mas "Opodeldoque" foi punido com igual severidade no *Tumulto*, que assim dizia:

> Recebemos uma comunicação, bastante singular e insolente, de uma pessoa (quem quer que seja), que se assina "Opodeldoque", profanando assim a grandeza do ilustre imperador romano do mesmo nome. Acompanhando a carta de "Opodeldoque" (quem quer que ele seja), encontramos vários versos do mais repugnante e ininteligível bombástico a respeito de "anjos" e "ministros da graça", bombástico tal que nenhum maluco, a não ser Nat Lee[3] ou um "Opodeldoque" seria capaz de perpetrar. E por esse refugo dos refugos somos modestamente solicitados a "pagar prontamente". Não, senhor, não! Nada pagamos por coisas dessa laia. Dirija-se ao *Idiota*, ao *Caramelo* ou ao *Gansopapavental*. Esses *periódicos* aceitarão sem dúvida qualquer "varredura" literária que lhes possa enviar, como também sem dúvida prometerão dar-lhe dinheiro por ela.

Isto foi mais amargo ainda para o pobre "Opodeldoque", mas, no caso, o peso da sátira caiu sobre o *Idiota*, sobre o *Caramelo* e sobre o *Gansopapavental*, que são acremente chamados de "periódicos" (em itálico, ainda por cima), coisa que lhes deve ter retalhado o coração.

Pouco menos selvagem foi o *Caramelo*, que assim discorreu:

> Certo *indivíduo*, que se enfeita com o nome de "Opodeldoque" (em que baixos usos são tantas vezes empregados os nomes dos mortos ilustres!), endereçou-nos uns cinquenta ou sessenta *versos* que começam desta forma:
>
> *A ira de Aquiles, fonte para os gregos*
> *de desgraças inúmeras etc., etc., etc.*

---

2 "Transcendentais", escola filosófica cuja primeira figura era Emerson. (N. T.)

3 Nathaniel Lee (1653-1692), poeta e dramaturgo inglês. (N. T.)

"Opodeldoque" (quem quer que ele seja) é respeitosamente informado de que não existe um diabo de tipógrafo, em nossa oficina, que não tenha o hábito cotidiano de compor melhores linhas. As de "Opodeldoque" são de pé quebrado. "Opodeldoque" deve aprender a *contar*. Mas por que teria ele concebido a ideia de que *nós* (*nós*, entre todos os outros!) desgraçaríamos nossas páginas com o seu inefável disparate, isso está muito acima de nossa compreensão. Ora, o absurdo despautério dificilmente prestará para o *Idiota*, o *Tumulto*, e o *Gansopapavental*, coisas que têm o costume de publicar as "Modinhas da mamãe pata" como originais versos líricos. E "Opodeldoque" (quem quer que ele seja) tem até a petulância de exigir *pagamento* por essa baboseira. Será "Opodeldoque" (seja quem for) capaz de reconhecer que não podemos nem aceitar pagamento para publicar isso?

Ao ler isto senti-me diminuir cada vez mais e quando cheguei ao ponto em que o editor escarnece do poema, chamando-o de versos, de mim só restava pouco mais de trinta gramas. Quanto a "Opodeldoque", comecei a sentir compaixão pelo pobre rapaz. Mas o *Gansopapavental* mostrou, se possível, menos misericórdia que o *Caramelo*. Assim escrevia o *Gansopapavental*:

Um mísero poetastro que se assina "Opodeldoque" é bastante estúpido para imaginar que *nós* publicaremos e *pagaremos* uma mixórdia bombástica, incoerente e sem gramática, que ele nos enviou e que começa com o seguinte e *ininteligibilíssimo* verso:

Ave, Sagrada Luz! Primogênito fruto do Céu!

Afirmamos: *ininteligibilíssimo*. "Opodeldoque" (quem quer que ele seja) poderá ter a bondade de dizer-nos, talvez, como o granizo pode ser "sagrada luz".[4] Sempre consideramos chuva solidificada. Poderá ele também informar-nos como "ave" pode ser, a um e mesmo tempo, "sagrada luz" (ou que quer que seja) e "primogênito fruto"? Este adjetivo, se compreendemos alguma coisa da língua, só é empregado com propriedade com referência a bebês de seis semanas de idade. Mas é absurdo comentar tais tolices, embora "Opodeldoque" (quem quer que seja) tenha a inigualável desfaçatez de supor que não somente "publicaríamos" seus néscios delírios, mas (absolutamente!) os *pagaríamos*.

Ora, esta é boa! É formidável! E estamos quase com vontade de punir esse jovem escriba pela sua vaidade, publicando realmente sua verborreia, *verbatim et literatim*, como ele a escreveu. Não lhe poderíamos infligir castigo mais severo, e infligi-lo-íamos, não fosse a maçada que causaríamos aos nossos leitores, assim fazendo.

Deixemos "Opodeldoque" (quem quer que seja) enviar qualquer futura composição dessa natureza para o *Idiota*, o *Caramelo* ou o *Tumulto*. Eles a publicarão. Eles publicam todos os meses coisas dessa laia. Mande-a para eles. NÓS não podemos ser insultados impunemente.

Isto me liquidou. Quanto ao *Idiota*, ao *Tumulto* e ao *Caramelo*, nunca pude compreender como conseguiram sobreviver a isso. Escrever a palavra "eles", no menor possível *tipo 6* (aí é que está o busílis, insinuando com isso a pequenez deles, sua baixeza), enquanto NÓS, o NÓS permanecia de pé, olhando do alto sobre eles, em gigantescas maiúsculas... oh, foi por demais amargo! Era jiló, era fel! Pertencesse eu a qualquer daqueles periódicos e não teria poupado trabalho para processar o *Gansopapavental*. Poderia ter sido invocada a lei de proteção aos animais contra a crueldade. Quanto a "Opodeldoque" (quem quer que ele seja), tinha eu a esse tempo perdido já toda a paciência com o rapaz e não simpatizava já com ele. Era fora de

---

4 *Hail*, granizo, e, também, salve (sentido em que é usado este termo por Milton neste verso). (N. T.)

qualquer dúvida um maluco (quem quer que ele fosse) e não levara um pontapé a mais do que merecera.

O resultado de minha experiência com os velhos livros convenceu-me, em primeiro lugar, de que "a honestidade é a melhor política" e, em segundo lugar, de que, se eu não podia escrever melhor do que o Sr. Dante, os dois cegos e o resto da velharia, seria, pelo menos, coisa muito difícil escrever pior. Fiz questão, por conseguinte, determinadamente, de objetivar o "inteiramente original" (como dizem nas capas dos magazines), a qualquer custo de estudos e trabalho. De novo coloquei diante de meus olhos, como modelo, as brilhantes estrofes, sobre o "Óleo-de-Tal", escritas pelo redator do *Moscardo*, e resolvi compor uma ode sobre o mesmo tema sublime, para rivalizar com o que já fora feito.

Com o meu primeiro verso não tive dificuldade material. Saiu assim:

> Para uma ode compor sobre o "Óleo-de-Tal"...

Tendo cuidadosamente procurado, entretanto, todas as rimas adequadas para "tal", verifiquei que era impossível prosseguir. Nesse dilema, recorri à ajuda paterna e, depois de várias horas de maduras cogitações, eu e meu pai assim construímos o poema:

> Para uma ode compor sobre o "Óleo-de-Tal"...
> O trabalho é piramidal.
> ZEBRAL

Para falar a verdade, essa composição não era lá muito extensa. Mas eu "tinha ainda de aprender", como dizem eles, na *Revista de Edimburgo*, que a simples extensão de uma obra literária nada tem que ver com seu mérito. Quanto à gíria da *Revista Trimestral* a respeito do "esforço contínuo", é impossível entender-lhe o sentido. Em conjunto, contudo, fiquei satisfeito com o êxito de minha virginal tentativa e agora a única questão em causa dizia respeito ao destino que lhe daria. Meu pai sugeriu que eu a enviasse ao *Moscardo*, mas duas razões houve que me impediram de assim fazer. Temia eu a inveja do editor e tinha certeza de que ele não pagaria colaborações originais. Por isso, depois da devida deliberação, enderecei o artigo às páginas muito mais dignas do *Caramelo* e aguardei os acontecimentos com ansiedade, mas resignado.

Logo no outro número publicado tive a satisfação envaidecedora de ver impresso, afinal, o meu poema como o artigo principal, com as seguintes e significativas palavras, em itálico e entre colchetes:

> *[Chamamos a atenção de nossos leitores para as admiráveis estrofes a respeito do Óleo-de-Tal, abaixo publicadas. Não temos necessidade de dizer nada a respeito da sublimidade delas, ou do seu sentimento: é impossível lê-las sem chorar. Os que foram nauseados com uma deplorável dose a respeito do mesmo augusto tema, devido à pena de pato do editor do* Moscardo, *farão bem em comparar as duas composições.*
>
> *P. S. — Aflige-nos a ansiedade de descobrir o mistério que encerra o evidente pseudônimo "Zebral". Poderemos ter a esperança de uma entrevista pessoal?]*

Tudo isso era pouco mais do que justiça, mas foi, confesso, um tanto mais do que eu tinha esperado; observe-se que confesso isso para eterna desgraça de meu país e da humanidade. Não perdi tempo, porém, em visitar o editor do *Caramelo* e tive a boa sorte de encontrar esse cavalheiro em casa. Saudou-me ele, com um ar de profundo respeito, misturado de paternal e protetora admiração, nele despertada, sem dúvida, pela minha aparência de extrema mocidade e inexperiência. Mandando-me sentar, entrou imediatamente no assunto de meu poema... mas a modéstia me impedirá sempre de repetir os mil cumprimentos com que ele me mimoseou. Os elogios do Sr. Crustáceo (tal era o nome do editor) não eram, contudo, de modo algum, servilmente indiscriminados. Analisou minha composição com muita liberdade e grande habilidade, não hesitando em apontar alguns defeitos triviais, circunstância que o elevou consideravelmente na minha estima. O *Moscardo*, sem dúvida, veio à baila e espero nunca me ver submetido a uma crítica tão penetrante ou a censuras tão fulminantes como as lançadas pelo Sr. Crustáceo contra aquela miserável verborreia. Acostumara-me a olhar o editor do *Moscardo* como algo de sobre-humano, mas o Sr. Crustáceo logo me desenganou de tal ideia, e pôs o caráter pessoal, bem como o literário do Mosca (assim o Sr. Crustáceo, satiricamente, designou o editor rival), sob a sua verdadeira luz. Ele, o Mosca, era pouco melhor do que parecia. Havia escrito coisas infames. Era um foliculário e um histrião. Era um sujeito vil. Compusera uma tragédia que fizera rir o país inteiro, e uma farsa que alagou o universo de lágrimas. Além de tudo isso, tinha a impudência de escrever o que ele julgava ser um libelo contra ele (Sr. Crustáceo) e a temeridade de chamá-lo "um jumento". Quisesse eu, em qualquer tempo, exprimir minha opinião a respeito do Sr. Mosca, estariam, assegurava-me o Sr. Crustáceo, as páginas do *Caramelo* à minha ilimitada disposição. Entrementes, como seria certíssimo um ataque contra mim, no *Moscardo*, por causa de minha tentativa de compor um poema rival sobre "O Óleo-de-Tal", ele (o Sr. Crustáceo) tomaria a seu cargo cuidar, explicitamente, dos meus interesses privados e pessoais. Se eu não me tornasse um homem feito imediatamente, a culpa não seria dele (Sr. Crustáceo).

Tendo então parado no seu discurso (cuja última porção achei impossível compreender), aventurei-me a sugerir ao Sr. Crustáceo algo a respeito da remuneração que eu esperava merecer pelo meu poema, em vista de um anúncio na capa do *Caramelo* declarando que ele (o *Caramelo*) "insistia no fato de poder pagar preços exorbitantes por todas as colaborações aceitas, gastando frequentemente mais dinheiro por um único e curto poema do que todo o custo anual do *Idiota*, do *Tumulto* e do *Gansopapavental* combinados".

Ao mencionar eu a palavra "remuneração", o Sr. Crustáceo, a princípio abriu os olhos e depois a boca, a um tamanho digno de nota, fazendo com que seu aspecto se assemelhasse ao de um agitado pato velho no ato de grasnar; e nesse estado permaneceu (comprimindo amiúde a testa entre as mãos, como numa situação de desespero atônito), até quase chegar eu ao fim do que tinha a dizer.

Logo que terminei, encostou-se ele na cadeira, como que acabrunhado, deixando os braços caírem inertes ao lado, mas conservando ainda a boca rigorosamente aberta à maneira do pato. Enquanto eu permanecia num espanto mudo diante de conduta tão alarmante, ele, de repente, deu um pulo e correu até o cordão da campainha. Mas, justamente ao alcançá-lo, pareceu ter mudado de intenção, qualquer que ela fosse, pois mergulhou debaixo de uma mesa e, imediatamente, reapareceu com um bastão. Estava ele a pique de erguê-lo (com que intenção não posso absolutamente imaginar), quando, imediatamente, surgiu um benigno sorriso no seu rosto e ele se recostou, placidamente, na sua cadeira.

— Sr. De-Tal — disse ele (pois eu tinha enviado meu cartão, antes de eu mesmo subir). — Sr. De-Tal, o senhor é um rapaz, quero crer... *bem* moço.

Concordei, acrescentando que ainda não tinha completado meu terceiro lustro.

— Ah! — replicou ele. — Muito bem! Já vejo o que é... Não diga mais uma palavra! Tocando nesse assunto de remuneração, o que o senhor observa é bastante justo. É de fato excessivamente justo! Mas... ah!... a *primeira* colaboração... a *primeira*... digo eu, nunca é o magazine que costuma pagá-la. O senhor compreende, não é? A verdade é que usualmente somos nós que *recebemos*, em tal caso. (O Sr. Crustáceo sorriu brandamente, ao acentuar a palavra "recebemos".) Na maior parte dos casos somos *pagos* pela publicação de uma estreia... especialmente em verso. Em segundo lugar, Sr. De-Tal, a regra do magazine é nunca desembolsar o que chamamos, em França, o *argent comptant*... Não tenho dúvida de que o senhor compreende. Num trimestre ou num semestre depois da publicação do artigo... ou num ano ou dois... não fazemos objeção em fornecer-lhe um vale, a nove meses de prazo; contanto, sempre, que possamos arranjar nossos negócios de modo a estar inteiramente certos de uma "falência" dentro do prazo de seis meses. Espero realmente, Sr. De-Tal, que considerará esta explicação como satisfatória.

E aqui o Sr. Crustáceo concluiu com os olhos marejados de lágrimas.

Aflito até o íntimo da alma, por ter sido, se bem que involuntariamente, a causa do pesar de tão eminente quão sensível homem, apressei-me em pedir desculpa e tranquilizá-lo, exprimindo-lhe minha perfeita concordância com seus pontos de vista, bem como minha inteira apreciação no que se referia à delicadeza de sua posição. Tendo feito tudo isto com palavras esmeradas, despedi-me.

Um belo dia, pouco depois, "acordei e me encontrei famoso".[5] A extensão de meu renome será melhor estimada referindo as opiniões editoriais do dia. Estas opiniões, como se verá, foram englobadas nas notícias críticas do número do *Caramelo* que trazia meu poema, e são perfeitamente satisfatórias, conclusivas e claras, com exceção talvez das notas hieroglíficas *15 de set. — 1 p.*, apenas a cada uma das críticas.

O *Mocho*, jornal de profunda sagacidade, e bem conhecido pela decidida gravidade de suas decisões literárias, o *Mocho*, como dizia, falou assim:

> O *Caramelo*! O número de outubro deste magazine sobrepuja seus antecessores e desafia qualquer competição. Na beleza de sua impressão e de seu papel, no número e excelência de seus clichês, bem como no mérito literário de suas colaborações, o *Caramelo* compara-se com seus rivais tardígrados, como Hyperion com Sátiro. O *Idiota*, o *Tumulto* e o *Gansopapaventa*l excelem, é verdade, na fanfarronice, mas em todos os outros pontos a vitória é do *Caramelo*! Como possa esse celebrado jornal sustentar suas evidentemente tremendas despesas está acima de nossa compreensão. Para falar a verdade, tem ele uma circulação de 100 000 exemplares, e sua lista de assinantes subiu de uma quarta parte no último mês; mas, por outro lado, as somas que ele desembolsa, constantemente, para pagar colaborações são inconcebíveis. Conta-se que o Sr. Asnossagaz recebeu não menos de 37,5 cêntimos pelo seu inimitável ensaio sobre "Porcos". Tendo o Sr. Crustáceo como editor,

5 Lorde Byron. (N. T.)

e nomes tais como "Zebral" e Asnossagaz na sua lista de colaboradores, não se fez para o *Caramelo* a palavra "fracasso". Trate de assiná-lo! *15 de set. — 1 p.*

Devo dizer que fui honrado, com notícias de tão elevado tom, por um jornal tão respeitável como o *Mocho*. A precedência dada ao meu nome — isto é, ao meu *nom de guerre* — sobre o do grande Asnossagaz foi um cumprimento tão feliz quão merecido.

Minha atenção foi, em seguida, atraída por estas linhas do *Sapo*, jornal altamente distinguido pela sua integridade e independência, por causa de sua ausência de bajulação e subserviência aos que costumam dar jantares:

> O *Caramelo* de outubro está bem adiante de seus colegas e infinitamente os ultrapassa, sem dúvida, no esplendor de seus adornos, bem como na riqueza de seu conteúdo. O *Idiota*, o *Tumulto* e o *Gansopapavental* excelem, nós o admitimos, na fanfarronice, mas em todos os outros pontos a vitória é do *Caramelo*! Como possa esse celebrado jornal sustentar suas evidentemente tremendas despesas está acima de nossa compreesão. Para falar a verdade, tem ele uma circulação de 200 000 exemplares, e sua lista de assinantes aumentou de uma terça parte durante a última quinzena; mas, por outro lado, as somas que ele desembolsa, mensalmente, para pagar colaborações são verdadeiramente enormes. Sabemos que o Sr. Chupadedo recebeu não menos de cinquenta cêntimos pela sua recente "Elegia de UMA POÇA DE LAMA".
>
> Entre os novos colaboradores do presente número, notamos (além do eminente editor, Sr. Crustáceo), homens como "Zebral", Asnossagaz e Chupadedo. Fora da matéria editorial, o mais valioso trabalho, contudo, é, a nosso ver, uma gema poética de "Zebral", sobre o "Óleo-de-Tal"; mas não devem os nossos leitores supor, pelo título desse incomparável *bijou*, que tenha ele qualquer semelhança com certo disparate sobre o mesmo assunto, de um indivíduo desprezível, cujo nome não deve ser pronunciado diante de ouvidos delicados. O presente poema sobre o "Óleo-de-Tal" tem suscitado universal ansiedade e curiosidade a respeito do dono do evidente pseudônimo, "Zebral" curiosidade que, felizmente, está em nosso poder satisfazer. "Zebral" é o *nom de plume*, do Sr. Fulano-de-Tal, desta cidade, parente do grande Sr. Fulano (de onde lhe vem o nome), e além disso aparentado com as mais ilustres famílias do Estado. Seu pai, Tomás-de-Tal, é abastado comerciante em Smug. *15 de set. — 1 p.*

Este generoso aplauso tocou-me até o imo do coração, de modo mais especial por emanar duma fonte tão declaradamente... tão proverbialmente pura como o *Sapo*. A palavra "disparate", aplicada ao "Óleo-de-Tal" do Mosca, considero-a singularmente contundente e apropriada. As palavras "gema" e "*bijou*", porém, utilizadas em referência à minha composição, chocaram-me, por achá-las, até certo grau, fracas. Pareceram-me deficientes no vigor. Não estavam suficientemente *prononcés* (como dizemos na França).

Mal acabava eu de ler o *Sapo*, quando um amigo colocou em minhas mãos um exemplar da *Toupeira*, diário que goza de alta reputação pela agudeza de sua percepção dos assuntos em geral e pelo estilo franco, honesto e elevado de seus editoriais. A *Toupeira* escrevia o seguinte a respeito do *Caramelo*:

> Acabamos de receber o *Caramelo* de outubro e *devemos* dizer que nunca antes lemos um único número de qualquer periódico que nos proporcionasse felicidade tão suprema. Falamos deliberadamente. O *Idiota*, o *Tumulto* e o *Gansopapavental* devem velar bem pelos seus louros. Estes jornais, sem dúvida, ultrapassam a todos no berrante da pretensão, mas em todos os outros pontos a vitória é do *Caramelo*! Como possa esse celebrado jornal sustentar

suas evidentemente tremendas despesas está acima de nossa compreensão. Para falar a verdade, tem ele uma circulação de 300 000 exemplares, e sua lista de assinantes aumentou da metade dentro da última semana; mas, por outro lado, as somas que ele desembolsa, mensalmente, para pagar colaborações são espantosamente enormes. Temos informação, de pessoa bastante autorizada, de que o Sr. Charlata Gordo recebeu não menos de 62,5 cêntimos pela sua última novelazinha doméstica "o pano de limpar pratos".

Os colaboradores do número que temos à vista são os Srs. Crustáceo (o eminente editor), "Zebral", Chupadedo, Charlata Gordo e outros; mas, depois das inimitáveis composições do próprio editor, preferimos a revelação diamantina da pena dum poeta nascente que escreve sob a assinatura "Zebral", *nom de guerre* que, podemos predizê-lo, extinguirá algum dia a irradiação de "Boz".[6] Sabemos que "Zebral" é o Sr. Fulano-de-Tal, único herdeiro dum rico comerciante desta cidade, Tomás-de-Tal, e parente próximo do distinto Sr. Fulano. O título do admirável poema do Sr. De-Tal é "Óleo-de-Tal", nome um tanto infeliz (entre parênteses), pois certo vagabundo desprezível ligado à imprensa barata já repugnou a cidade com grande quantidade de baboseiras sobre o mesmo assunto. Não haverá perigo, porém, de confundir os dois trabalhos. *15 de set. — 1 p.*

O generoso aplauso de um jornal tão clarividente como a *Toupeira* encheu minha alma de deleite. A única objeção que me ocorreu foi que os termos "vagabundo desprezível" teriam sido melhormente substituídos por "*odioso* e desprezível *miserável, vilão* e vagabundo". Teriam soado mais graciosamente, penso eu. "Diamantina", também, pode-se perfeitamente admitir, carece de certa intensidade, suficiente para exprimir o que a *Toupeira* evidentemente *pensava* do brilho do "Óleo-de-Tal".

Na mesma tarde em que vi essas notícias no *Mocho*, no *Sapo* e na *Toupeira*, aconteceu que dei com um exemplar de *Papai Pernilongo*, periódico proverbial pelo extremo alcance de sua compreensão. E foi assim que se exprimiu o *Papai Pernilongo*:

O *Caramelo*! Este magnífico magazine está já diante do público em seu número de outubro. A questão da preeminência está para sempre posta de lado, e daqui por diante será excessivamente inoportuno para o *Idiota*, para o *Tumulto* e para o *Gansopapavental* fazerem quaisquer tentativas espasmódicas futuras para competir com ele. Estes jornais podem sobrepujar o *Caramelo* no alarido, mas em qualquer outro ponto a vitória é do *Caramelo!* Como possa esse celebrado magazine sustentar suas evidentemente tremendas despesas está acima de nossa compreensão. Para falar a verdade, tem ele uma circulação de, precisamente, meio milhão de exemplares, e sua lista de assinantes aumentou de 75%, dentro dos últimos dois dias; mas, por outro lado, as somas que ele desembolsa, mensalmente, para pagar colaborações são dificilmente acreditáveis. Estamos cientes do fato de ter a Srta. Furtaumpouco recebido não menos de oitenta e sete cêntimos e meio por seu recente e valioso conto revolucionário intitulado "o bem-te-vi de Yorktown e o bem-não-vi-te de Bunker-Hill".

Os artigos melhores do presente número são, sem dúvida, os do próprio editor (o eminente Sr. Crustáceo), mas há numerosas e magníficas contribuições de nomes tais como os de "Zebral", Srta. Furtaumpouco, Asnossagaz, Srta. Menteumpouco, Chupadedo e Sra. Pasquinada, e por último, mas não o menor, Charlata Gordo. O mundo pode bem ser desafiado a produzir tão rica via láctea de gênios.

O poema assinado "Zebral" é, a nosso ver, digno de atrair universal louvor, e somos forçados a dizer que merece, se possível, mesmo mais aplauso do que tem recebido. O "Óleo-de-Tal" é o título dessa obra-prima de eloquência e de arte. Um ou dois de nossos leitores *podem* ter uma vaga embora suficientemente desgostosa lembrança de um poema (?) de mesmo título, perpetração dum miserável foliculário, mendigante e vilão, ligado — pela sua capacidade de vilania —, acreditamos, a um dos indecentes pasquins das suburras

6 Pseudônimo de Dickens. (N. T.)

da cidade. Rogamo-lhes, pelo amor de Deus!, que não confundam as duas composições. O autor do "Óleo-de-Tal" é, segundo nos informaram, Fulano-de-Tal, cavalheiro de alto gênio e homem erudito. "Zebral" é simplesmente um *nom de guerre. 15 de set. — 1 p.*

Mal pude refrear minha indignação enquanto lia os trechos finais dessa diatribe. Era claro para mim que a maneira "sim ou não" (para não dizer a brandura, a positiva indulgência) com que o *Papai Pernilongo* falava daquele porco do editor do *Moscardo*, era evidente para mim, repito, que essa brandura no falar não passava senão de uma parcialidade pelo *Moscardo*, sendo clara a intenção do *Papai Pernilongo* de elevar-lhe a reputação à minha custa. Qualquer pessoa, na verdade, podia perceber, com meio olho mesmo, que, se tivesse sido a verdadeira intenção do *Papai* a que ele desejava mostrar, poderia ele (o *Papai*) ter-se expressado em termos mais diretos, mais pungentes e totalmente mais de acordo com o fim em vista. As palavras "foliculário", "mendigante", "vilania" e "vilão" foram epítetos tão intencionalmente inexpressivos e equívocos que se mostram piores do que nada, quando aplicados ao autor das piores estrofes jamais escritas por alguém da humana grei. Nós todos sabemos o que significa "prejudicar com fingido louvor", e, por outro lado, quem poderia deixar de ver através do velado propósito do *Papai*... o de glorificar com fraco engano?

O que o *Papai* achou de dizer do *Moscardo* não é, porém, da minha conta. O que disse de mim, isso sim. Depois da nobre maneira pela qual e a respeito de minha habilidade se exprimiram o *Mocho*, o *Sapo* e a *Toupeira*, foi bastante frio a ela referir-se, como o fez o *Papai Pernilongo*, chamando-me simplesmente de "cavalheiro de alto gênio e homem erudito". Cavalheiro, de fato! Pensei imediatamente em exigir uma desculpa, por escrito, do *Papai Pernilongo* ou desafiá-lo para um duelo.

Firme neste propósito, procurei descobrir um amigo a quem pudesse confiar uma mensagem ao *Papai*, e como o editor do *Caramelo* me tinha dado mostras evidentes de estima, resolvi por fim solicitar-lhe auxílio na presente emergência.

Não consegui até hoje dar-me conta, de maneira satisfatória a meu próprio ver, do bem característico aspecto e procedimento com que o Sr. Crustáceo me ouviu quando lhe revelei minha intenção. Reproduziu aquela cena do cordão da campainha e do bastão sem omitir o pato. Em dado momento pensei que ele queria mesmo grasnar. Seu acesso, não obstante, passou afinal, como da outra vez, e ele começou a agir e a falar de modo racional. Declinou de levar o cartel de desafio, porém, e de fato dissuadiu-me de enviá-lo de qualquer forma. Mas foi bastante cândido para admitir que o *Papai Pernilongo* se mostrara desgraciosamente errado — mais especialmente no que se referia aos epítetos "cavalheiro e homem erudito".

Lá para o fim desta entrevista com o Sr. Crustáceo, que pareceu realmente tomar paternal interesse por mim, sugeriu ele que eu poderia ganhar dinheiro honestamente e ao mesmo tempo aumentar minha reputação, fazendo as vezes de Francisco Teador para o *Caramelo*.

Solicitei ao Sr. Crustáceo que me informasse quem era o Sr. Francisco Teador e como esperava que eu pudesse fazer as vezes dele.

Então o Sr. Crustáceo de novo "fez grandes olhos" (como dizemos na Alemanha), mas afinal, voltando a si de um profundo acesso de espanto, assegurou-me que empregava as palavras "Francisco Teador" para evitar o vulgar apelido Chico, que era chulo; na verdade, porém, tratava-se de Chico Teador, ou "chicoteador"; e com aquilo de "fazer as vezes de chicoteador", ele queria referir-se a zurzir, desancar e outros meios de aniquilar a ralé dos pobres-diabos dos autores.

Assegurei ao meu protetor que, se era assim, eu me conformava perfeitamente com a tarefa de fazer as vezes de Francisco Teador. Logo o Sr. Crustáceo quis que eu aniquilasse o editor do *Moscardo*, incontinente, no mais violento estilo, dentro do alcance de minhas habilidades e como uma amostra de meus poderes. Fi-lo, ali mesmo, numa análise do primitivo "Óleo-de-Tal", que ocupou 36 páginas do *Caramelo*. Na verdade, achei que fazer as vezes de Francisco Teador era ocupação menos pesada que poetar; pois adotei inteiramente o *método* e dessa forma era fácil fazer a coisa completamente bem. Meu processo era este. Eu comprava nos leilões (barato) exemplares dos *Discursos* de Lorde Brougham, das *Obras completas* de Cobbett, do *Novo epítome da gíria*, da *Arte completa de depreciar*, da *Introdução ao aprendizado de anúncios* (edição in-fólio) e do *Manual de linguagem*, de Lewis G. Clarke. Cortava completamente essas obras com uma raspadeira de cavalos e depois, colocando os fragmentos numa peneira, investigava cuidadosamente tudo quanto pudesse ser pensamento decente (simples ninharia), separando as frases ásperas, que atirava numa grande galheteira de lata para pimenta, com buracos longitudinais, de modo que uma sentença inteira podia sair através deles sem prejuízo material. A mistura estava então pronta para ser usada. Quando chamado a fazer o papel de Francisco Teador, eu untava uma folha de papel almaço com a clara de um ovo de ganso; depois, retalhando a coisa a ser criticada, como previamente retalhara os livros (apenas com mais cuidado, de modo a tomar cada palavra separadamente), atirava os últimos fragmentos junto dos primeiros, atarraxava a tampa da galheteira, dava nesta uma sacudidela e depois pulverizava a mistura sobre a folha de papel almaço, untada de clara de ovo; ali ela se prendia. O efeito era belo de ver-se. Era cativante. Na verdade, as críticas que consegui fazer com esse simples expediente nunca foram igualadas e eram a admiração do mundo. A princípio, por causa da timidez, resultado da inexperiência, fui um tanto incomodado por certa inconsciência, certo ar de *bizarrerie* (como dizemos na França), mostrado pela composição em conjunto. Nem todas as frases estavam adaptadas (como dizemos entre os anglo-saxões). Muitas estavam completamente tortas. Algumas, mesmo, de cabeça para baixo; e não havia nenhuma delas que não estivesse de algum modo prejudicada, em relação ao efeito, por essa última espécie de acidente — quando ele ocorria —, com exceção dos parágrafos do Sr. Lewis Clarke, que eram tão vigorosos e inteiramente robustos que não pareciam desconcertados, particularmente, por qualquer extravagância de posição, mas se mostravam igualmente felizes e satisfatórios: fosse nas cabeças, fosse nos calcanhares.

O que houve com o editor do *Moscardo* depois da publicação de minha crítica sobre seu "Óleo-de-Tal" é algo difícil de determinar. A conclusão mais racional é que ele chorou até morrer. Para todos os efeitos, ele desapareceu imediatamente da face da Terra e nenhum homem desde então lhe viu sequer o fantasma.

Terminada condignamente essa questão e apaziguadas as Fúrias, eu logo aumentei muito no conceito do Sr. Crustáceo. Ele me fez seu confidente, deu-me um emprego permanente, como Francisco Teador do *Caramelo*, e como, no momento, não me podia pagar salário, permitiu-me lucrar, à vontade, com seus conselhos.

— Meu caro Fulano — disse-me ele um dia; depois do jantar. Respeito suas habilidades e amo-o como a um filho. Você será herdeiro. Quando eu morrer, quero legar-lhe o *Caramelo*. Até lá, farei um homem de você. Farei, contanto que você siga sempre meus conselhos. A primeira coisa a fazer é livrar-se do velho e maçante varão.

— Varão? — disse eu inquisitivamente. — Porco, é? *Aper?* (como dizemos em latim). Quem? Onde?

— Seu pai.

— Precisamente — repliquei. — Porco.

— Você tem uma fortuna a fazer, Fulano — prosseguiu o Sr. Crustáceo. — E esse seu tutor é uma corda no seu pescoço. Precisamos cortá-la. (Aí puxei de minha faca.) Precisamos cortá-la — continuou o Sr. Crustáceo — decididamente e para sempre. Ele não pode continuar, não pode. Pensando mais maduramente, o melhor que você tem a fazer é dar-lhe um pontapé, uma bengalada ou qualquer coisa dessa espécie.

— Quer o senhor dizer — sugeri modestamente — que, em primeiro lugar, eu lhe dê um pontapé, depois lhe meta a bengala e termine puxando-lhe o nariz?

O Sr. Crustáceo olhou-me pensativamente por alguns momentos e depois respondeu:

— Penso, Sr. De-Tal, que o que propõe calha suficientemente bem... na verdade, notavelmente bem! Isto é, contanto que se realize... mas os barbeiros são difíceis de lidar... Penso em suma que, concluídas as operações que você sugere, sobre Tomás-de-Tal, seria aconselhável pisar-lhe ambos os olhos com seus punhos, muito cuidadosa e inteiramente, para impedi-lo de vê-lo de novo em passeios elegantes. Depois de fazer isso, realmente, não me ocorre o que você poderá fazer mais. Contudo... pode ser bom também rolá-lo, uma ou duas vezes, na sarjeta e depois entregá-lo à polícia. A qualquer hora da manhã seguinte você poderá chamar o posto de vigilância e afirmar que foi vítima de um assalto.

Fiquei muito sensibilizado pela bondade de sentimentos que, para comigo pessoalmente, se demonstrava nesse excelente conselho do Sr. Crustáceo e não deixei de aproveitá-lo o mais depressa possível. O resultado foi que me livrei do velho maçante e comecei a sentir-me algo independente e fidalgo. A falta de dinheiro, contudo, foi, em algumas semanas, uma fonte de certo desconforto; mas, afinal, utilizando-me carinhosamente dos dois olhos e observando todas as questões que se achavam bem em frente a meu nariz, verifiquei como devia ser conduzida a coisa. Digo "coisa" — note-se — porque me falaram que isso em latim é *rem*. E a propósito, falando de latim, pode alguém dizer-me a significação de *quocunque* ou que quer dizer *modo*?

Meu plano era excessivamente simples. Comprei, por uma bagatela, a décima sexta parte da *Tartaruga Mordaz*. E foi só. O negócio se realizou e meti o dinheiro na carteira. Para falar a verdade, havia uns arranjos triviais a fazer depois, mas não constituíam parte do plano. Eram uma consequência, um resultado. Por exemplo, comprei pena, tinta e papel e os botei em furiosa atividade. Tendo assim terminado um artigo de magazine, dei-lhe por título "Fol lol", *pelo autor de* "Óleo-de-Tal", e enderecei-o ao *Gansopapavental*. Tendo, porém, este jornal denominado o artigo de "disparate", nas "Notícias mensais para os correspondentes", reintitulei o artigo "Eia! trota, trota!", por Fulano-de-Tal, autor da ode ao "Óleo-de-Tal" e editor da *Tartaruga Mordaz*. Com essa emenda, tornei a pô-lo num envelope e mandei-o ao *Gansopapavental*, e, enquanto esperava a resposta, publicava diariamente, na *Tartaruga Mordaz*, seis colunas de tudo quanto se pode chamar de investigação filosófica e analítica dos méritos literários do *Gansopapavental*, bem como do caráter pessoal do editor do *Gansopapavental*. No fim duma semana, o *Gansopapavental* descobriu, em virtude de algum estranho engano, que tinha sido confundido um estúpido artigo intitulado "Eia! trota, trota!" e composto por algum desconhecido ignorante, com uma joia de resplandecente lustre, de igual título, obra de Fulano-de-Tal, o celebrado autor de "O Óleo-de-Tal". O *Gansopapavental* profundamente "lamentava esse incidente bastante natural" e prometia, além disso, publicar o autêntico "Eia! Trota, Trota!", logo no número imediato do magazine.

O fato é que eu pensei, ou *realmente* pensei, eu pensei na ocasião, pensei *depois* e não tenho razão para pensar diferentemente *agora*, que o *Gansopapavental* cometeu mesmo um engano. Com as melhores intenções do mundo, jamais conheci quem mais estranhos enganos cometesse do que o *Gansopapavental*. Desde aquele dia passei a sentir simpatia pelo *Gansopapavental*, e o resultado foi que não tardei a descobrir as verdadeiras profundezas de seus méritos literários e não deixei de discorrer a respeito deles na *Tartaruga Mordaz*, sempre que ocorria uma adequada oportunidade. E deve notar-se, como coincidência muito característica, como uma dessas coincidências positivamente *notáveis* que levam um homem a pensar muito a sério, que justamente tão completa mudança de opinião, tão absoluto *bouleversement* (como dizemos na França), tão inteira cambalhotagem (se me é permitido usar um termo tão enérgico da língua dos choctaws) como a que aconteceu, *pro* e *con*, entre mim mesmo de um lado e o *Gansopapavental* do outro, tenha presentemente acontecido de novo, dentro de curto prazo e em circunstâncias precisamente semelhantes, no caso de mim mesmo e do *Tumulto*, e no caso de mim mesmo e do *Idiota*.

Dessa forma foi que, por golpe de mestre genial, eu por fim consumei meus triunfos "pondo dinheiro na minha carteira" e dessa forma, pode dizer-se franca e realmente, foi que começou aquela brilhante carreira cheia de acontecimentos que me tornou ilustre e que agora me capacita a dizer com Chateaubriand: "Fiz a história" (*J'ai fait l'histoire*).

Eu tinha de fato "feito a história". Desde aquela brilhante época que agora recordo, minhas ações, meus trabalhos são patrimônio da humanidade. São familiares ao mundo. É-me, pois, desnecessário pormenorizar como, remontando rapidamente, tornei-me herdeiro do *Caramelo*, como fundi este jornal com o *Idiota*, como depois comprei o *Tumulto, reunindo assim os três periódicos*, como recentemente efetuei a compra do único rival remanescente e uni toda a literatura do país num magnífico magazine, conhecido em toda a parte com o nome de

TUMULTO, CARAMELO, IDIOTA
e
GANSOPAPAVENTAL

Sim. Eu fiz a história. Minha fama é universal. Estende-se aos mais remotos confins da Terra. Não podeis abrir um jornal qualquer sem que vejais alguma alusão ao imortal Fulano-de-Tal. E o Sr. Fulano-de-Tal falou assim, e o Sr. Fulano-de-Tal escreveu isto e o Sr. Fulano-de-Tal fez aquilo. Mas sou humilde e expiro com o coração humilde. Afinal, que é isso... essa indescritível alguma coisa que os homens persistirão em chamar "gênio"? Concordo com Buffon e com Hogarth: é apenas o *esforço*, afinal.

Olhai para *mim*! Quanto trabalhei, quanto mourejei, quanto escrevi!

Vós, deuses, dizei se *não* escrevi! Não conheci jamais a palavra "facilidade". De dia, pregava-me à escrivaninha e de noite, pálido estudante, consumia o óleo da meia-noite. Vós devíeis ter-me visto, devíeis sim. Inclinava-me para a direita. Inclinava-me para a esquerda. Sentava-me para a frente. Sentava-me para trás. Sentava-me *tête baissée* (como se diz na língua kickapu), curvando minha cabeça até bem perto da página alabastrina. E, em meio de tudo, eu... *escrevia*. Em meio da tristeza e em meio da alegria, eu... *escrevia*. Em meio da fome e em meio da sede, eu... *escrevia*. Em meio à boa fama e em meio à má fama, eu... escrevia. Sob a luz do Sol e sob a luz da Lua, eu... *escrevia*. *O que* eu escrevia é desnecessário dizer. O *estilo*... era isso! Tomei-o de Charlata Gordo... fiau, fiau!... e estou-vos dando uma amostra dele agora.

A milésima segunda história de Xerazade[1]

A verdade é mais estranha do que a ficção.

Velho ditado

Tendo tido ocasião, recentemente, no curso de algumas investigações sobre o Oriente, de consultar o *Tellmenow Isitsöornot*[2] obra que — como *Zohar*, de Simeão Jochaides – é de algum modo pouco conhecida, mesmo na Europa, e que nunca foi citada, que eu saiba, por qualquer americano (se excetuarmos, talvez, o autor das *Curiosidades da Literatura Americana*); tendo tido ocasião, como dizia, de folhear algumas páginas da primeira mencionada e notabilíssima obra, não foi pequeno o meu espanto ao descobrir que o mundo literário tinha, até então, permanecido estranhamente em erro a respeito da sorte da filha do vizir, Xerazade, tal como é descrita nas *Mil e uma noites*, e que o desenlace ali dado, não totalmente inexato, até certo ponto, merece pelo menos censura, por não ter ido muito mais além.

Para plena informação a respeito desse interessante tópico devo remeter o leitor indagador ao próprio *Isitsöornot*; mas, entrementes, me perdoarão por dar um resumo do que ali descobri.

Devemos relembrar que, na versão usual da história, certo monarca, tendo bons motivos para sentir ciúmes de sua rainha, não somente mandou matá-la, mas fez um voto — por sua barba e pela do Profeta — de esposar todas as noites a mais bela donzela de seus domínios e no dia seguinte entregá-la às mãos do carrasco.

Tendo cumprido este voto durante muitos anos, ao pé da letra e com religiosa pontualidade e método que lhe conferia grande mérito como homem de sentimentos pios e de excelente juízo, foi interrompido uma tarde (sem dúvida quando se achava rezando) por uma visita de seu grão-vizir, a cuja filha, parece, havia ocorrido uma ideia.

Seu nome era Xerazade, e sua ideia era que, ou ela redimiria o país do imposto despovoador que impendia sobre suas belas, ou pereceria, de acordo com a conhecida maneira das heroínas, na sua tentativa.

De acordo com essa resolução, e embora não tenhamos descoberto se o ano era bissexto (o que torna o sacrifício mais meritório), enviou seu pai, o grão-vizir, para oferecer a mão dela ao rei. O rei aceitou avidamente essa mão (de qualquer forma, tencionava ele tomá-la, e se fora adiando sempre o negócio era com receio do vizir), mas aceitando-a agora deu a entender a todas as partes, bem distintamente, que, grão-vizir ou não grão-vizir, não tinha ele a menor intenção de desistir, um jota que fosse, de seu voto ou de seus privilégios. Quando, por conseguinte, a linda Xerazade insistiu em casar-se com o rei, e realmente se casou a despeito do excelente aviso de seu pai para que não fizesse tal coisa, quando quis e se casou com ele, como disse, queira eu ou não, foi com seus belos olhos negros tão completamente abertos como a natureza do caso o permitia.

---

1 Publicado pela primeira vez no *Godey's Lady's Book*, fevereiro de 1845. Título original: THE THOUSAND-AND-SECOND TALE OF SCHEHERAZADE.

2 Diga-me: É assim ou não? (N. T.)

Parece, porém, que aquela donzela política (estivera, sem dúvida alguma, lendo Maquiavel) tinha em mente um engenhosíssimo pequeno plano. Na noite das núpcias conseguiu, não me recordo sob que especioso pretexto, que sua irmã ocupasse um leito suficientemente próximo do do real casal, para permitir uma conversação fácil, de cama para cama. Pouco antes do cantar do galo, teve o cuidado de acordar o bom monarca, seu marido (que não lhe negaria qualquer desejo, pois tencionava torcer-lhe o pescoço no dia seguinte), conseguiu despertá-lo, como disse (embora dormisse ele profundamente, graças a uma consciência excelente e a uma fácil digestão), suscitando-lhe profundo interesse por uma história (a respeito dum rato e dum gato preto, penso eu) que ela estava contando (tudo à meia voz, entende-se) à sua irmã. Quando o dia raiou, aconteceu que a história ainda não estava totalmente acabada e que Xerazade, em virtude da natureza das coisas, não poderia acabá-la justamente a tempo, pois já era hora para ela de levantar-se e ser estrangulada — coisa um pouco mais agradável que ser enforcada, apenas um pouco mais gentil.

A curiosidade do rei, porém, prevaleceu, sinto dizê-lo, mesmo sobre seus profundos sentimentos religiosos e induziu-o a adiar desta vez o cumprimento de seu voto até o dia seguinte, com a intenção e a esperança de ouvir naquela noite o que aconteceu afinal com o gato preto (penso que era um gato preto) e com o rato.

Tendo chegado a noite, porém, a Sra. Xerazade não somente pôs ponto-final à história do gato preto e do rato (o rato era azul), mas, antes que se desse conta do que fazia, achou-se emaranhada nas complicações doutra história relativa (se não estou totalmente enganado) a um cavalo cor-de-rosa (com asas verdes) que andava, de maneira violenta, graças a um mecanismo de relógio, cuja corda era dada com uma chave azul. O rei mostrou-se mesmo muito mais interessado por esta história do que pela outra, e, como o dia raiasse antes de sua conclusão (não obstante todos os esforços da rainha para dar-lhe fim a tempo de poder ser estrangulada), não houve outro recurso senão adiar aquela cerimônia, como se fizera antes, por 24 horas. Na noite seguinte, aconteceu idêntico acidente, com idêntico resultado; e depois na outra noite, e a mesma coisa na noite seguinte... de modo que, no fim, o bom monarca, tendo sido inegavelmente impossibilitado de qualquer oportunidade de cumprir seu voto durante um período de não menos de *mil e uma noites*, ou esqueceu-o totalmente ao termo daquele tempo, ou se absolveu dele, na forma regular, ou — o que é mais provável — quebrou-o abertamente, como fizera com a cabeça de seu padre confessor. Em todo o caso, Xerazade, que, descendendo diretamente de Eva, herdou, talvez, todos os sete cestos de conversa que aquela senhora, como todos sabemos, tirou de sob as árvores do jardim do Éden, Xerazade, como ia eu dizendo, finalmente triunfou e a taxa sobre as belas foi revogada.

Ora, esta conclusão (que é a da história tal como no-la relatam) é, sem dúvida, excessivamente mais própria e mais agradável, mas, infelizmente!, como a maior parte das coisas agradáveis, é mais agradável do que verdadeira. Devo inteiramente ao *isitsöornot* os meios de corrigir o erro. *Le mieux* — diz um provérbio francês — *est l'ennemi du bien*,[3] e ao mencionar que Xerazade havia herdado os sete cestos de conversa, deveria ter acrescentado que ela os pôs a juros compostos até montarem a 77.

---

3 O melhor é o inimigo do bom. (N. T.)

— Minha querida irmã — disse ela na milésima segunda noite (cito a linguagem do *Isitsöornot* neste ponto, *literalmente*) —, minha querida irmã — disse ela —, agora que toda essa pequena dificuldade a respeito do estrangulamento passou, e que aquela odiosa taxa foi tão felizmente revogada, sinto que tenho sido culpada de grande indiscrição não revelando a você e ao rei (que, lamento em dizê-lo, ronca, coisa que nenhum cavalheiro faria) a conclusão total da história de Simbá, o marinheiro. Esta personagem meteu-se em numerosas outras e mais interessantes aventuras do que as que relatei; mas, a verdade é que me senti sonolenta, justamente na noite de sua narração e por isso fui levada a concluí-la às pressas. Incontestável e grave mau procedimento de que espero Alá me concederá perdão! Mas, mesmo assim, ainda não é demasiado tarde para remediar minha grande negligência e, logo que eu tiver dado uns dois beliscões no rei, para acordá-lo, evitando assim que continue a fazer aquele horrível barulho, imediatamente começarei a entretê-la (e a ele, se quiser) com a continuação dessa notabilíssima história.

Nesse ponto, a irmã de Xerazade, como nos conta o *Isitsöornot*, não demonstrou lá muita gratidão; mas o rei, tendo sido suficientemente beliscado, cessou por fim de roncar e acabou dizendo "Hum!" e depois "Oooh!"; então a rainha, tendo compreendido que aquelas palavras (que eram, sem dúvida, árabes) significavam que ele era todo atenção e faria o que pudesse para não roncar mais, a rainha, como eu ia dizendo, tendo arranjado satisfatoriamente aquelas questões, reiniciou imediatamente a história de Simbá, o marinheiro.

— Afinal, na minha velhice (estas são as palavras do próprio Simbá, citadas por Xerazade), afinal, na minha velhice, e depois de ter gozado vários anos de tranquilidade em casa, senti-me, mais uma vez, possuído do desejo de visitar regiões estrangeiras; e um dia, sem que ninguém de minha família tivesse conhecimento de meu desígnio, empacotei certas mercadorias de muito valor e de pouco volume e dando-as a um carregador para levá-las, desci com ele à praia para aguardar a chegada de qualquer navio que por acaso aportasse e pudesse levar-me do reino a alguma região que eu ainda não tivesse explorado.

Tendo depositado as bagagens em cima da areia, sentamo-nos debaixo de algumas árvores e começamos a olhar para o oceano, na esperança de avistar um navio, mas, durante muitas horas, coisa alguma percebemos. Por fim, acreditei estar a ouvir um zumbido singular ou sussurro, e o carregador, depois de ter escutado algum tempo, declarou que também podia distingui-lo. Logo se tornou ele mais alto, cada vez mais alto, de modo que não podíamos ter dúvida de que o objeto que o causava estava-se aproximando de nós. Por fim, na fímbria do horizonte, descobrimos uma mancha negra que, rapidamente, cresceu de tamanho até que reconhecemos tratar-se de um enorme monstro, nadando com grande parte do corpo por cima da superfície do mar. Aproximou-se de nós, com inconcebível rapidez, lançando para cima imensas ondas de espuma em torno de seu peito e iluminando todo o trecho do oceano por onde passava com um longo rastro de fogo que se estendia a perder-se de vista.

Quando aquela coisa chegou mais perto, nós a distinguimos perfeitamente. Seu comprimento era igual ao de três das mais altas árvores que existem e era tão largo como o grande salão de audiências de vosso palácio, oh, o mais sublime e munificente dos califas! Seu corpo, diferente do dos peixes comuns, era tão sólido como um rochedo e de um negror gelatinoso em toda a parte que flutuava acima da água, com exceção de uma estreita lista, cor de sangue, que o circundava completamente. A barriga que flutuava abaixo da superfície, e a qual só podíamos vislumbrar, de vez em quando, ao erguer-se e cair o monstro, ao sabor das ondas, estava inteiramente coberta de escamas metálicas, de uma cor semelhante à da Lua em tempo nebuloso. As costas eram chatas e quase brancas, e delas se erguiam mais de seis espinhos com cerca de metade do comprimento de todo o corpo.

Aquela horrível criatura que nós vimos não tinha boca; mas, como se para suprir essa deficiência, estava provida de pelo menos quatro fileiras de olhos que se esbugalhavam como os da libélula verde e estavam arranjados em redor do corpo em duas filas, uma por cima da outra e paralelas à lista cor de sangue que parecia corresponder a uma sobrancelha. Dois ou três daqueles terríveis olhos eram muito maiores do que os outros e tinham a aparência de ouro sólido.

Embora aquele animal se aproximasse de nós, como disse antes, com a maior rapidez, devia estar-se movendo inteiramente por meio de mágica, pois não tinha nem barbatanas como um peixe, nem pés membranosos como um pato, nem as valvas de uma ostra que se alonga à maneira de navio, nem tampouco se retorcia para diante, como fazem as enguias. Sua cabeça e sua cauda tinham precisamente a mesma forma, com a diferença de que não longe da última havia dois pequenos buracos que serviam de narinas e através das quais o monstro expelia seu espesso bafio com prodigiosa violência, e com um barulho desagradável e arrepiante.

Nosso terror, ao perceber aquela hedionda coisa, era enorme, mas foi ultrapassado por nosso espanto quando, olhando-a mais de perto, percebemos, sobre o dorso da criatura, numerosos animais, quase do tamanho e do formato de homens, e inteiramente parecidos com estes, exceto que não usavam roupas (como fazem os homens), sendo supridos (pela natureza, sem dúvida) com uma cobertura feia e desconfortável, bem parecida com roupa, mas tão aderida à pele, que tornava os pobres desgraçados ridiculamente desajeitados e devia causar-lhes aparentemente severo incômodo. Bem no alto de suas cabeças havia certas caixas quadradas que, à primeira vista, eu pensei que correspondessem a turbantes, mas logo descobri que eram excessivamente pesadas e sólidas e daí concluí que eram aparelhos destinados, pelo seu grande peso, a conservar as cabeças dos animais, eretas e livres, em cima dos ombros. Em torno do pescoço das criaturas estavam amarradas coleiras negras (gargalheiras, sem dúvida) iguais às que amarramos em nossos cachorros, apenas mais largas e infinitamente mais duras, de modo que era quase completamente impossível àquelas pobres vítimas mover a cabeça, em qualquer direção, sem mover o corpo ao mesmo tempo; e dessa forma eram obrigados à perpétua contemplação de seu nariz, espetáculo rombo e chato em grau, se não maravilhoso, porém positivamente terrível.

Quando o monstro tinha quase chegado à praia em que nos encontrávamos, de repente atirou um de seus olhos a grande distância e lançou dele um terrível clarão de fogo acompanhado por uma densa nuvem de fumaça e um barulho que posso comparar apenas ao do trovão. Quando a fumaça se dissipou, vimos um dos estranhos animais-humanos de pé, perto da cabeça do grande animal, com uma trombeta na mão, através da qual (pondo-a à boca) ele então se dirigiu a nós, com acentos altos, roucos e desagradáveis, que talvez teríamos erradamente tomado por linguagem, não tivessem eles vindo totalmente através do nariz.

Tendo sido assim com toda a evidência interpelado, eu não sabia como replicar, pois de maneira alguma podia compreender o que fora dito; nesta dificuldade, voltei-me para o carregador, que estava ali junto, desfalecendo de terror, e perguntei-lhe a opinião a respeito daquela espécie de monstro, do que ele desejava e de que espécie de criaturas eram aquelas que enxameavam no seu dorso. A isso respondeu o carregador, tão bem como lhe permitia a tremedeira, que já antes ouvira falar desse monstro marinho; que era um cruel demônio, com entranhas de enxofre e sangue de fogo; criado pelos gênios do mal com o fim de infligir desgraças à humanidade; que as coisas em cima de seu dorso eram parasitas semelhantes aos que, às vezes, infetam cachorros e gatos, apenas um pouco maiores e mais selvagens; e que aqueles parasitas tinham seus costumes, embora maus, pois, por meio das torturas que causavam ao monstro com suas mordidelas e ferroadas, era ele impelido àquele grau de cólera necessário a fazê-lo berrar e cometer desatinos, realizando assim os vingativos e maliciosos desígnios dos gênios do mal.

Essa narrativa levou-me a dar sebo às canelas e, sem uma vez sequer olhar para trás, corri, a toda velocidade, para o alto das colinas, enquanto o carregador corria igualmente ligeiro, embora quase que em direção oposta, de modo que, dessa forma, acabou ele por fugir com meus pacotes, dos quais não tenho dúvida de que tomaria excelente cuidado, embora seja este um ponto que não posso determinar, pois não me recordo de que jamais lhe tenha deitado a mão novamente.

Quanto a mim, fui tão encarniçadamente perseguido por um enxame dos homens-parasitas (que tinham chegado à praia em botes), que não tardei a ser alcançado, amarrado de pés e mãos e levado para o animal, que imediatamente nadou de novo para o meio do mar.

Arrependi-me então amargamente de minha loucura em deixar uma casa confortável para fazer perigar minha vida em aventuras como aquelas; mas, sendo inútil o arrependimento tratei de tirar o melhor partido de minha situação e decidi-me a assegurar-me a boa vontade do animal-humano dono da trombeta, que parecia exercer autoridade sobre seus companheiros. Fui tão bem-sucedido nessa tentativa, que dentro de poucos dias a criatura me concedeu vários sinais de seu favor e, por fim, chegou mesmo a dar-se ao trabalho de ensinar-me os rudimentos do que era bastante vão chamar de sua linguagem; de modo que, por fim, fui capaz de conversar com ele com facilidade e fiz-lhe compreender o ardente desejo que eu tinha de ver o mundo.

— *Washish squashish squeak, Sindbad, hey-diddle diddle, grunt unt* grumble, *hiss, fiss, whiss* — disse-me ele um dia, depois do jantar. Mas peço mil perdões; esquecia-me de que vossa majestade não compreende o dialeto dos *Cock-neights*[4] (assim eram chamados os animais humanos, presumo que por sua língua formar o elo entre a do cavalo e a do galo). Com sua permissão, vou traduzir: *Washish squashih: squeak* etc. quer dizer: "Sou feliz por verificar, meu caro Simbá, que você é realmente um excelente camarada; estamos a ponto de fazer uma coisa que se chama circum-navegação do globo; e desde que você está tão desejoso de ver o mundo, vou fazer uma exceção e dar-lhe passagem livre no dorso do animal".

4 *Cock-neighs* (rinchos de galo) em vez de *cockney*, que designa o londrino, cuja pronúncia o autor quis ridicularizar dando uma série de palavras sem sentido, e ao acaso, como constituindo sua palestra. (N. T.)

Quando D. Xerazade tinha assim prosseguido, relata o *Isitöornot*, o rei virou-se do lado esquerdo para o direito e disse:

— É de fato por demais surpreendente, minha querida rainha, que tenhais omitido até aqui estas últimas aventuras de Simbá. Sabeis que as acho excessivamente interessantes e estranhas?

Tendo-se exprimido dessa forma o rei, segundo nos contam, a linda Xerazade retomou sua história com as seguintes palavras:

— Agradeci ao homem-animal sua bondade — continuou Simbá — e dentro em pouco achava-me muito à vontade no monstro, que nadava com prodigiosa velocidade através do oceano, embora a superfície deste seja, nesta parte do mundo, de modo algum chata, mas redonda como uma romã, de modo que seguíamos, por assim dizer, durante todo o tempo, ora acima, ora abaixo.

— Isto, penso eu, era bastante singular — interrompeu o rei.

— Não obstante é inteiramente verdadeiro — replicou Xerazade.

— Tenho minhas dúvidas — retorquiu o rei —, mas, por favor, tende a bondade de prosseguir com a história.

— Pois não — disse a rainha. — O animal — continuou Simbá — nadava (como já relatei) ora acima, ora abaixo, até que afinal chegamos a uma ilha de muitas centenas de milhas de circunferência, mas que apesar disso tinha sido erguida no meio do oceano por uma colônia de pequeninos seres semelhantes a larvas.[5]

— Hum! — disse o rei.

— Deixando aquela ilha — disse Simbá (pois Xerazade, deve compreender-se, não deu atenção à incivil interrupção de seu marido) —, deixando aquela ilha chegamos a outra onde as florestas eram de sólidas pedras e tão duras, que reduziam a pedaços os machados mais bem temperados, com que tentávamos derrubá-las.[6]

— Hum! — disse o rei, de novo; mas Xerazade, não lhe dando atenção, continuou na linguagem de Simbá.

— Ultrapassando esta última ilha atingimos uma região onde havia uma caverna que se estendia numa distância de trinta ou quarenta milhas dentro das entranhas da Terra e que continha um maior número de palácios, muito mais espaçosos e mais magnificentes do que os que se encontram em toda Damasco e em

---

5 As coralitas.

6 "Uma das mais notáveis curiosidades do Texas é uma floresta petrificada, perto das cabeceiras do Rio Pasigno. Consiste de várias centenas de árvores, em posição ereta, todas transformadas em pedra. Algumas árvores, agora crescendo, são parcialmente petrificadas. Este é um fato espantoso para os filósofos da natureza e deve levá-los a modificar a teoria existente da petrificação" (KENNEDY).

Este relato, a princípio desacreditado, veio a ser depois corroborado pela descoberta de uma floresta, completamente petrificada, perto das cabeceiras do Cheyenne, ou rio Chienne, que tem sua nascente nas Montanhas Negras da Cadeia Rochosa. Talvez haja poucos espetáculos, na superfície da Terra, mais extraordinários, quer do ponto de vista geológico, quer do pitoresco do que o apresentado pela floresta petrificada, perto do Cairo. Tendo o viajante ultrapassado os túmulos dos califas, justamente além das portas da cidade, continua para o sul, quase em ângulos retos com a estrada, através do deserto, até Suez. E, depois de ter andado umas dez milhas, sobre um vale baixo e estéril, coberto de areia, cascalho e conchas marinhas, frescas como se a maré se houvesse retirado apenas no dia anterior, atravessa uma fileira pouco elevada de dunas, que durante algum tempo correu paralela com seu caminho. A cena que se apresenta agora a ele é, fora de qualquer concepção, estranha e desolada. Uma massa de fragmentos de árvores, convertidas todas em pedra, a ressoar como ferro forjado, quando feridas pelas patas de seu cavalo, estende-se, durante milhas e milhas, em torno dele, em forma de uma floresta apodrecida e tombada. A madeira é de uma tonalidade castanho-escura, mas conserva sua forma em perfeito estado, tendo as árvores de trinta centímetros a quatro metros e meio de comprimento, e de quinze centímetros a quarenta centímetros de espessura, semeadas tão estreitamente, até onde a vista pode alcançar, que um jumento egípcio muito mal pode abrir caminho através delas, e tão naturalmente que, se fosse na Escócia ou na Irlanda, poderia passar, sem destaque, por alguma turfeira drenada, na qual as árvores exumadas apodrecessem ao sol. As raízes e os rudimentos de ramos estão, em muitos casos, quase perfeitos e, em alguns, os buracos cavados pelos vermes, sob a casca, são prontamente reconhecíveis. Os mais delicados vasos lenhosos e todas as mais finas partes do centro da madeira estão perfeitamente inteiros e podem ser examinados com as mais fortes lentes. O todo está tão inteiramente silicificado, a ponto de riscar o vidro, e é capaz de receber o maior polimento. (*Magazine Asiático*.)

Bagdá. Dos tetos daqueles palácios pendiam miríades de gemas, como diamantes, porém maiores do que homens; e no meio das ruas de torres e pirâmides e templos fluíam imensos rios, tão negros como ébano, onde nadavam peixes sem olhos.[7]

— Hum! — disse o rei.

— Nós então nadamos para uma região do mar onde descobrimos uma elevada montanha, por cujos flancos rolavam torrentes de metal derretido, algumas das quais tinham doze milhas de largura e sessenta milhas de comprido;[8] enquanto que dum abismo, no cume, jorrava tão vasta quantidade de cinzas que o sol estava convictamente obumbrado nos céus, e ficou tudo mais escuro do que a mais negra meia-noite; de modo que quando estávamos, mesmo à distância de 150 milhas da montanha, era impossível divisar o mais branco objeto, por mais próximo que o tivéssemos dos olhos.[9]

— Hum! — disse o rei.

— Depois de deixar aquela costa, o animal continuou sua viagem, até darmos com uma terra em que a natureza das coisas parecia revertida, pois ali vimos um grande lago em cujo fundo, a mais de trinta metros abaixo da superfície da água, floria viçosamente uma floresta de altas e luxuriantes árvores.[10]

— Ooh! — exclamou o rei.

— Umas cem milhas mais além levaram-nos a uma região em que a atmosfera era tão densa, que sustentava ferro ou aço, justamente como a nossa sustenta a pena.[11]

— Prosseguindo ainda na mesma direção, chegamos, em seguida, à região mais magnificente de todo o mundo. Através dela serpeava soberbo rio de muitas milhas de extensão. Esse rio, de indizível profundidade, era de transparência maior do que a do âmbar. Tinha de três a seis milhas de largura e suas margens, que se erguiam de cada lado, perpendicularmente, a uma altura de 360 metros, estavam coroadas de árvores sempre floridas e de de perpétuas flores olorosas, que transformavam o território inteiro num mirífico jardim. Mas essa luxuriante região se chamava o Reino do Horror e penetrar nela era morte inevitável.[12]

— Safa! — exclamou o rei.

— Deixamos esse reino precipitadamente e, depois de alguns dias, chegamos a outro onde ficamos atônitos ao perceber miríades de monstruosos animais com chifres semelhantes a foices. Esses horríveis bichos cavavam para si mesmos vastas cavernas no solo, em forma de funil, e orlavam seus lados com rochedos, dispostos de tal maneira, uns sobre os outros, que caíam, instantaneamente, quando calcados por outros animais, precipitando-se assim nas furnas dos monstros,

---

7 A caverna do Mamute, em Kentucky.

8 Na Islândia, em 1783.

9 Durante a erupção do Hecla, em 1766, nuvens dessa espécie produziram tal grau de escuridão, que em Glaumba, a mais de cinquenta léguas da montanha, só se podia achar o caminho às apalpadelas. Durante a erupção do Vesúvio, em 1794, em Caserta, a quatro léguas de distância, só se podia andar à luz de tochas. A 1º de maio de 1812, uma nuvem de cinzas e areia vulcânicas, vinda de um vulcão na Ilha de São Vicente, cobriu todas as ilhas de Barbados, espalhando sobre elas tão profunda escuridão que, ao meio-dia, ao ar livre, não se podiam perceber as árvores ou outros objetos próximos, ou mesmo um lenço branco, colocado à distância de seis polegadas dos olhos (MURRAY, p. 215, *Phil. edit.*)

10 No ano de 1790, em Caracas, durante um terremoto, afundou uma porção do solo de granito e deixou um lago de oitocentas jardas de diâmetro e de 24 a 30 metros de profundidade. Fora uma parte da floresta de Aripão que afundou, e as árvores permaneceram verdes, por baixo da água, durante vários meses (MURRAY, p. 221).

11 O aço mais duro que já se fabricou pode, sob a ação de um maçarico, ser reduzido a um pó impalpável, que flutuará no ar atmosférico.

12 A região do Níger. (Ver o *Magazine Colonial* de SIMMONDS.)

onde seu sangue era imediatamente sugado, e suas carcaças depois arremessadas desdenhosamente, a imensa distância das "cavernas da morte".[13]

— Basta! — exclamou o rei.

— Continuando nosso caminho, encontramos um lugar com vegetais que não cresciam no solo, mas no ar.[14] Outros havia que brotavam da substância de outros vegetais;[15] outros que tiravam sua seiva dos corpos de animais vivos,[16] uns havia que ardiam como intensas fogueiras,[17] e outros ainda havia que mudavam de um lugar para outro, à vontade,[18] e, o que foi mais maravilhoso ainda, descobrimos flores que viviam, respiravam e moviam seus membros facilmente, e tinham, além disso, a detestável paixão humana de escravizar outras criaturas, confinando-as em hórridas e solitárias prisões até que realizassem determinadas tarefas.[19]

— Ora essa! — exclamou o rei.

— Deixando aquela terra, logo chegamos a outra na qual as abelhas e os pássaros eram matemáticos de tal gênio e erudição, que davam diariamente instruções de ciência geométrica aos homens sábios do império. Tendo o rei do lugar oferecido uma recompensa pela solução de dois dificílimos problemas, foram resolvidos imediatamente: um, pelas abelhas e o outro, pelos pássaros; mas o rei, conservando oculta a solução, somente depois das mais profundas pesquisas e labores e de ter sido escrita uma infinidade de grossos volumes durante longa série de anos é que os matemáticos afinal chegaram a idênticas soluções dadas imediatamente outrora pelas abelhas e pelos pássaros.[20]

---

13 *Myrmeleon*, formiga-leão. O termo "monstro" é igualmente aplicável às coisas anormais, grandes e pequenas, ao passo que epítetos, como vasto, são simplesmente comparativos. A caverna do mirmeleão é "vasta" em comparação com o buraco da comum formiga vermelha. Um grão de sílex é também uma "rocha".

14 A *Epidendron*, *Flos Aeris*, da família das *Orchideae*, cresce tendo simplesmente a superfície de suas raízes ligada a uma árvore ou outro objeto, dos quais não extrai nutrição, vivendo exclusivamente do ar.

15 As parasitas, tais como a maravilhosa *Rafflesia Arnoldii*.

16 Schouw defende a existência de uma classe de plantas, que cresce sobre animais vivos, as *Plantae Epizoae*. São dessa espécie os Fuci e as Algae.

O Sr. J. B. Williams, de Salem, Massachusetts, presenteou o Instituto Nacional com um inseto da Nova Zelândia, descrevendo-o da seguinte forma: "O *Hotte*, uma evidente lagarta, ou verme, cresce ao pé da árvore chamada *Rata*, com uma planta brotando em sua cabeça. Esse característico e extraordinaríssimo inseto sobe tanto na árvore *Rata* como na *Perriri* e, penetrando no tope, rói seu caminho, perfurando o tronco da árvore até atingir a raiz; sai então da raiz e morre, ou permanece adormecido e a planta brota fora de sua cabeça; o corpo permanece perfeito e inteiro, de uma substância mais dura do que quando vivo. Os nativos extraem desse inseto uma cor para tatuagem."

17 Nas minas e cavernas naturais, encontramos uma espécie de *Fungus*, criptógamo que emite intensa fosforescência.

18 As flores *Orchis*, *Scabius* e *Valisneria*.

19 A corola desta flor, *Aristolochia Clematitis*, que é tubular, mas termina em cima num limbo ligulado, amplia-se na base numa figura globular. A parte tubular é internamente provida de pelos duros, apontando para baixo. A parte globular contém o pistilo, que consiste simplesmente em um germe e um estigma, juntamente com os estames circundantes. Mas os estames, sendo mais curtos mesmo do que o germe, nao podem descarregar o pólen, de modo a lançá-lo sobre o estigma, porquanto a flor permanece sempre ereta, até depois da impregnação. E daí, sem qualquer ajuda adicional e peculiar, o pólen deve necessariamente cair no fundo da flor. Ora, a ajuda que a natureza forneceu, neste caso, é a de um pequeno inseto, *Tiputa Pennicornis*, que, entrando no tubo da corola, em busca de mel, desce até o fundo e se agita em redor, até ficar completamente coberto de pólen; mas, não sendo capaz de abrir caminho para fora, de novo, devido à posição descendente dos pelos, que convergem para um ponto, como os arames de uma ratoeira, e mostrando-se um tanto impaciente pelo seu aprisionamento, esfrega-se o inseto para a frente e para trás, experimentando cada canto, até que, depois de atravessar repetidas vezes o estigma, cobre-o suficientemente de pólen para sua impregnação, em consequência do que a flor, em breve, começa a murchar e os pelos a dobrar-se para o lado do tubo, formando fácil passagem para a fuga do inseto (REV. P. KEITH, *Sistema de Botânica Fisiológica*).

20 As abelhas — desde que existem — têm construído suas células com precisamente tais lados, em tão preciso número, e tão apropriadas inclinações, que (como tem sido demonstrado num problema que envolve os mais profundos princípios matemáticos) são os mesmos lados, no mesmo número, e os mesmos ângulos que permitirão às criaturas o maior espaço, que é compatível com a maior estabilidade.

Durante a última parte do último século, surgiu entre os matemáticos a questão de "determinar a melhor forma a ser dada às aspas de um moinho de vento, de acordo com suas variáveis distâncias dos cata-ventos giratórios e, igualmente, dos centros da revolução". É este um problema excessivamente complexo, pois significa, em outras palavras, encontrar a melhor posição possível, para uma infinidade de distâncias variadas e para uma infinidade de pontos sobre a haste. Houve mil tentativas fúteis de responder à questão, por parte dos mais ilustres matemáticos; quando, afinal, foi descoberta uma solução inegável, verificaram os homens que as asas de um pássaro a tinham dado, com absoluta precisão, desde que o primeiro pássaro atravessara os ares.

— Não diga! — exclamou o rei.

— Mal tínhamos perdido de vista aquele império, quando nos achamos perto dum outro, de cujas praias voava sobre nossas cabeças um bando de aves, com uma milha de largura e 240 de comprido; de modo que, embora voassem uma milha por minuto, eram necessárias nada menos de quatro horas para que todo o bando passasse sobre nós e nele havia muitos milhões de milhões de aves.[21]

— Oh! que vergonha! — exclamou o rei.

— Tão logo nos livramos dessas aves, que nos causaram grande aborrecimento, ficamos aterrorizados com a aparição duma ave doutra espécie e infinitamente maior do que o pássaro *roca* que eu encontrara em minhas anteriores viagens, pois era maior do que o maior dos zimbórios de vosso serralho, oh, o mais munificente dos califas! Aquela terrível ave não tinha cabeça que pudéssemos perceber, mas era constituída inteiramente de barriga de prodigiosa gordura e rotundidade, duma substância mole, lisa, brilhante e raiada de várias cores. Nas garras carregava o monstro (para seu ninho, nos céus) uma casa da qual havia arrancado o teto e em cujo interior víamos distintamente seres humanos que, sem dúvida, se achavam num estado de terrífico desespero diante da horrível sorte que os aguardava. Gritamos o mais que pudemos, na esperança de amedrontar a ave para que abandonasse a presa; mas lançou ela apenas um bufo ou sopro, como que de raiva, e depois deixou cair sobre nossas cabeças um pesado saco que se verificou estar cheio de areia.

— Asneira! — disse o rei.

— Foi justamente depois dessa aventura que encontramos um continente de imensa extensão e prodigiosa solidez, mas que, não obstante, se apoiava inteiramente no dorso duma vaca azul-celeste que tinha nada menos de quatrocentos chifres.[22]

— *Isto*, agora, eu acredito — disse o rei —, porque já li antes algo dessa espécie num livro.

— Passamos imediatamente por baixo daquele continente, nadando entre as pernas da vaca e, depois de algumas horas, achamo-nos numa maravilhosa região que, de fato, como fui informado pelo animal-humano, era sua própria terra natal, habitada por criaturas de sua espécie. Isto elevou bastante o animal-humano na minha estima e, de fato, agora começava eu a ter vergonha da desdenhosa familiaridade com que o tratara, pois descobri que os animais-humanos, em geral, eram uma nação dos mais poderosos mágicos que vivem com vermes no cérebro,[23] os quais, sem dúvida, servem para estimá-los, por meio de suas contorções e coleios, aos mais miraculosos esforços de imaginação.

— Tolice! — exclamou o rei.

— Entre os mágicos eram domesticados muitos animais de singularíssimas espécies. Havia, por exemplo, um imenso cavalo cujos ossos eram de ferro e cujo sangue era água fervente. Em lugar de milho tinha como comida habitual pedras pretas; e contudo, a despeito de tão dura dieta, era tão forte e ligeiro que podia

21 Observou um bando de pombos, passando entre Frankfort e o território de Indiana, de uma milha pelo menos de largura; levaram quatro horas a passar, o que, à velocidade de uma milha por minuto, dá um comprimento de 240 milhas e, supondo-se três pombos em cada jarda quadrada, têm-se 2 230 272 000 de pombos (TENENTE F. HALL, *Viagens no Canadá e nos Estados Unidos*).

22 A terra é sustentada por uma vaca de cor azul, tendo chifres em número de quatrocentos (*Alcorão*).

23 Os *Entozoa*, ou vermes intestinais, têm sido repetidamente observados nos músculos e massa cerebral dos homens. (Ver *Fisiologia*, de WYATT, p. 143.)

arrastar uma carga mais pesada do que o maior templo desta cidade, a uma velocidade que ultrapassa a do voo da maior parte dos pássaros.[24]

— Conversa-fiada! — exclamou o rei.

— Vi, também, entre aquele povo uma galinha sem penas, porém maior do que um camelo; em vez de carne e osso tinha ferro e tijolo; seu sangue, como o do cavalo (com quem, de fato, estava quase aparentada), era água fervente, e, como ele, alimentava-se ela de nada mais do que lenha ou pedras negras. Aquela galinha punha, com frequência, centenas de pintos por dia; e depois de nascidos faziam, durante várias semanas, do estômago de sua mãe moradia.[25]

— Patacoada! — exclamou o rei.

— Alguém daquela nação de poderosos feiticeiros criou um homem de bronze, madeira e couro, e dotou-o de tal engenhosidade, que teria batido no jogo de xadrez todas as raças da humanidade, com exceção do grande califa Harun Al-Rachid.[26] Outro daqueles mágicos construiu (com o mesmo material) uma criatura que envergonharia mesmo o gênio daquele que o fez, pois tão grandes eram seus poderes de raciocinar, que num segundo executava cálculos de tão vasta extensão que teriam requerido o labor unificado de cinquenta mil homens de carne, durante um ano.[27] Mas um feiticeiro ainda mais maravilhoso plasmou para si mesmo um poderoso ser que não era nem homem nem animal, mas tinha miolos de chumbo entremeados duma substância tão negra como piche e dedos utilizados com tão incrível rapidez e destreza, que não teria dificuldade em escrever vinte mil cópias do Alcorão numa hora: e isto com tão esquisita precisão, que em todas as cópias não se encontrara uma que se diferençasse da outra nem mesmo na largura do mais fino cabelo. Essa coisa era de tão prodigiosa força, que podia erguer ou derrubar os mais poderosos impérios com um sopro; mas seus poderes eram exercidos tanto para o bem como para o mal.

— Ridículo! — exclamou o rei.

— Naquela nação de nigromantes havia também um em cujas veias corria sangue de salamandra, pois não tinha escrúpulos de sentar-se, para fumar seu cachimbo, num fogão aquecido ao rubro, até que seu jantar estivesse completamente assado em cima do assoalho.[28] Outro tinha a faculdade de converter os metais comuns em ouro sem mesmo olhar para eles durante o processo.[29] Outro possuía tal delicadeza de toque, que fazia um arame tão fino que era quase invisível.[30] Outro tinha tal rapidez de percepção, que contava todos os movimentos separados de um corpo elástico enquanto saltava para trás e para a frente a uma velocidade de novecentos milhões de vezes num segundo.[31]

— Absurdo! — exclamou o rei.

---

24 Na grande ferrovia do noroeste, entre Londres e Exeter, conseguiu-se uma velocidade de 71 milhas por hora. Um trem que pesava noventa toneladas correu de Paddington a Didcot (53 milhas) em 51 minutos. (N. T.)

25 O *Eccalobeion* (chocadeira).

26 O jogador automático de xadrez, de Maelzel.

27 A máquina de calcular, de Babbage.

28 Chabert, e depois dele, centenas de outros.

29 O eletrotipo.

30 Wollaston fez de platina, para o campo de vistas, num telescópio, um arame de espessura da milésima octingentésima parte (1/18 000) duma polegada. Podia ser visto apenas ao microscópio.

31 Newton demonstrou que a retina, sob a influência do raio violeta do espectro solar, vibrava 900 000 000 de vezes num segundo.

— Outro daqueles mágicos, por meio dum fluido que ninguém jamais vira, podia fazer com que os cadáveres de seus amigos agitassem os braços, dessem pontapés, lutassem, ou mesmo se levantassem e dançassem à vontade.[32] Outro tinha cultivado sua voz a tão grande extensão, que poderia fazer-se ele próprio ouvir duma extremidade a outra do mundo.[33] Outro tinha um braço tão comprido, que podia sentar-se em Damasco e redigir uma carta em Bagdá, ou, realmente, a qualquer distância que fosse.[34] Outro ordenou ao raio que descesse dos céus até ele e o raio veio a seu chamado para servir-lhe de diversão. Outro pegou dois sons altos e deles fez um silêncio. Outro formou profunda escuridão de duas luzes brilhantes.[35] Outro fabricou gelo num forno aquecido ao vivo.[36] Outro ordenou ao Sol que pintasse seu retrato e o Sol assim fez.[37] Outro pegou esse astro, e mais a Lua e os planetas, e, tendo-os, primeiro, pesado com acurado escrúpulo, sondou-os até o fundo de suas profundezas e descobriu a solidez da substância de que eram feitos. Mas toda a nação é, na verdade, de tão surpreendente habilidade nigromântica que nem mesmo suas crianças nem seus mais comuns gatos e cachorros têm qualquer dificuldade em ver objetos que não existem absolutamente, ou que durante vinte milhões de anos antes do nascimento da própria nação tinham sido riscados da face da criação.[38]

— Absurdo! — exclamou o rei.

— As mulheres e filhas daqueles incomparavelmente grandes e sábios mágicos — continuou Xerazade, sem ser de qualquer modo perturbada por aquelas frequentes e indelicadíssimas interrupções por parte de seu marido —, as mulheres e filhas daqueles eminentes feiticeiros são o que há de mais perfeito e refinado, e seriam o que há de mais interessante e belo, não fosse uma infeliz fatalidade que as cerca e de que nem mesmo os miraculosos poderes de seus maridos e de seus pais têm, até aqui, conseguido salvá-las. Algumas fatalidades aparecem de certa forma, e algumas de outra; mas essa de que estou falando apareceu na forma de uma excentricidade.

---

32 A pilha voltaica.

33 O aparelho de imprimir eletrotelegráfico.

34 O telégrafo elétrico transmite informações, instantaneamente, pelo menos tão depressa quanto diz respeito a qualquer distância sobre a Terra.

35 Experiências comuns em filosofia natural. Se dois raios vermelhos, de dois pontos luminosos, penetram em um quarto escuro, de modo a cair sobre uma superfície branca e diferem em seu comprimento de 0,0000258 de uma polegada, sua intensidade é duplicada. O mesmo se dá se a diferença em comprimento for qualquer múltiplo inteiro daquela fração. Um múltiplo de 2 ¼ , 3 ¼ etc., dá uma intensidade igual a um raio isolado; mas um múltiplo de 2 ½ , 3 ½ etc. dá o resultado de escuridão total. Em raios violetas, semelhantes efeitos surgem quando a diferença de comprimento é de 0,000157 de uma polegada. E com todos os outros raios os resultados são os mesmos, variando a diferença com um aumento uniforme do violeta para o vermelho. Experiências análogas a respeito do som produzem resultados análogos.

36 Coloque-se um cadinho de platina sobre uma lâmpada de álcool e conserve-se aí até ficar incandescente, que, embora o mais volátil dos corpos, em temperatura comum, virá a tornar-se completamente fixado num cadinho aquecido e nem uma gota se evaporará (estando cercado por uma atmosfera de si mesmo, de fato, não toca os lados). Poucas gotas de água sejam, então, introduzidas; e o ácido, pondo-se imediatamente em contato com os lados aquecidos do cadinho, evola-se num vapor de ácido sulfuroso e tão rápido é seu avanço, que o calórico da água desaparece com ele, deixando cair um bocado de gelo no fundo; aproveitando-se o momento, antes que se processe de novo a mistura, pode-se retirar um bocado de gelo de uma vasilha aquecida ao rubro.

37 O daguerreótipo, aparelho primitivo de fotografia, inventado por Daguerre (1787-1851).

38 Embora a luz viaje 167 000 milhas por segundo, a distância de 61 do Cisne (a única estrela cuja distância está verificada) é tão inconcebivelmente grande, que seus raios precisariam mais de dez anos para alcançar-nos. Para estrelas além destas, vinte ou mesmo mil anos seriam uma estimativa moderada. Além disso, se tivessem sido destruídas há vinte ou mil anos passados, nós ainda poderíamos hoje vê-las, pela luz que partiu de suas superfícies, há vinte ou mil anos. Que muitas das que vemos diariamente estão, na realidade, extintas não é impossível, nem mesmo improvável. O mais velho dos Herschel sustenta que a luz da mais fraca nebulosa, vista através de seu grande telescópio, devia ter levado três milhões de anos para alcançar a Terra. Algumas, tornadas visíveis pelo instrumento de Lorde Rosse, deviam, pois, ter necessitado, pelo menos, de vinte milhões de anos.

— Uma o quê? — perguntou o rei.

— Uma excentricidade — disse Xerazade. — Um dos gênios do mal, desses que estão sempre de tocaia para causar mal, pôs essa excentricidade na cabeça daquelas perfeitas senhoras, que a coisa que descrevemos como beleza pessoal consiste, inteiramente, na protuberância da região que jaz não muito distante e abaixo da parte estreita das costas. A perfeição da beleza, dizem elas, está na razão direta da extensão desse inchaço. Tendo ficado longo tempo possuídas dessa ideia e tendo barateado os travesseiros naquela região, há muito se passaram os dias em que era possível distinguir uma mulher dum dromedário...

— Pare! — disse o rei. — Não posso suportar isso e não o suporto! Você já me provocou terrível dor de cabeça com suas mentiras. O dia também, pelo que vejo, está começando a raiar. Há quanto tempo temos estado casados? Minha consciência está ficando perturbada de novo. E, depois, essa última história do dromedário... Pensa que sou maluco? Em resumo, você pode muito bem levantar-se e ser estrangulada.

Estas palavras, como soube pelo *Isitsöornot* afligiram e ao mesmo tempo assombraram Xerazade; mas, como soubesse ela que o rei era homem de escrupulosa integridade e completamente incapaz de faltar à sua palavra, submeteu-se à sua sorte de boa vontade. Recebeu, contudo, grande consolação (enquanto apertavam o fio de seda estrangulador) ao refletir que a maior parte da história permanecia ainda inacabada, e que a petulância do bruto de seu marido tinha ceifado para ele uma mais justa recompensa, privando-o de muitas aventuras inconcebíveis.

Pequena conversa com uma múmia[1]

O banquete da noite precedente me abalara um tanto os nervos. Estava com uma terrível dor de cabeça e sentia-me desesperadamente sonolento. Em vez de sair, portanto, para passar a noite fora, como tencionava, ocorreu-me que coisa mais avisada não poderia fazer senão comer uma ceiazinha e meter-me imediatamente na cama.

Uma ceia *leve*, sem dúvida. Sou doido por queijo derretido com cerveja e torrada quente. Mais de uma libra de uma vez, porém, pode nem sempre ser aconselhável. Todavia, não pode haver objeção material a duas. E realmente entre duas e três há apenas uma unidade de diferença. Aventurei-me, talvez, a quatro. Minha mulher afirma que foram cinco; mas, decerto, confundiu ela duas coisas bem distintas. O número abstrato, cinco, estou disposto a admiti-lo; mas, concretamente, refere-se a garrafas de cerveja preta, sem as quais, a modo de tempero, aquele acepipe deve ser evitado.

Tendo dessa forma concluído uma refeição frugal e metido na cabeça meu barrete de dormir, com a serena esperança de gozar dele, até o meio-dia seguinte, repousei a cabeça no travesseiro e, graças a uma excelente consciência, mergulhei sem demora no mais profundo sono.

Mas quando teve a humanidade satisfeitas as suas esperanças? Não completara ainda meu terceiro ronco, quando a campainha da porta da rua começou a tocar furiosamente e, depois, impacientes pancadas, com a aldrava, me despertaram incontinenti. Um minuto depois, e enquanto ainda esfregava os olhos, meteu-me minha mulher diante do nariz um bilhete de meu velho amigo, o Dr. Ponnonner.

> Largue positivamente tudo, meu caro e bom amigo, logo que receber este. Venha participar de nossa alegria. Afinal, depois de longa e perseverante diplomacia, obtive o consentimento dos diretores do Museu da Cidade para examinar a múmia. (Você sabe a que múmia me refiro.) Tenho permissão de desenfaixá-la e de abri-la, se for preciso. Estarão presentes apenas poucos amigos... e você é um deles, sem dúvida. A múmia acha-se agora em minha casa e começaremos a desenrolá-la às onze horas da noite.
>
> Sempre seu
>
> PONNONNER.

Ao chegar à assinatura de Ponnonner, notei que já me achava tão desperto quanto um homem necessita estar. Pulei da cama, num estado de êxtase, derrubando tudo quanto se encontrava em meu caminho; vesti-me com uma rapidez verdadeiramente maravilhosa, e dirigi-me, a toda a pressa, para a casa do doutor.

Ali encontrei reunida uma companhia bem ansiosa. Aguardavam minha chegada, com grande impaciência. A múmia estava estendida sobre a mesa de jantar, e logo que entrei o exame dela foi começado.

Era uma das duas múmias trazidas, muitos anos antes, pelo Capitão Artur Sabretash, primo de Ponnonner, de um túmulo perto de Eleithias, nas montanhas da Líbia, a considerável distância além de Tebas, às margens do Nilo. As grutas nesse lugar, embora menos magníficas que os sepulcros de Tebas, são de mais elevado interesse, pelo fato de oferecerem mais numerosas ilustrações sobre a vida priva-

1 Publicado pela primeira vez na *American Review*, abril de 1845. Título original: SOME WORDS WITH A MUMMY.

da dos egípcios. A sala donde fora retirado o nosso exemplar era, dizia-se, riquíssima de tais ilustrações, estando as paredes completamente recobertas de pinturas a fresco e de baixos-relevos, enquanto estátuas, vasos e mosaicos de ricos desenhos indicavam a vasta fortuna dos mortos.

A preciosidade fora depositada no museu, precisamente nas mesmas condições em que o Capitão Sabretash a havia descoberto, isto é, o sarcófago estava intato. Durante oito anos, assim permanecera, sujeito apenas, externamente, à curiosidade pública. Tínhamos, pois, agora a múmia completa à nossa disposição; e para aqueles que sabem quão raramente chegam incólumes às nossas praias as antiguidades torna-se evidente, de pronto, que tínhamos razões de sobra para congratular-nos por nossa boa sorte.

Aproximando-me da mesa, vi sobre ela uma grande caixa, ou estojo de quase dois metros e dez de comprimento e talvez com noventa centímetros de largura, por 75 centímetros de profundidade. Era oblonga, mas sem forma de ataúde. Supusemos a princípio que o material empregado fora a madeira do sicômoro (*platanus*), mas ao cortá-lo verificamos que era papelão ou, mais propriamente, papel comprimido feito de papiro. Estava densamente ornamentada de pinturas representando cenas funerárias e outros assuntos fúnebres, entre os quais serpeavam, nas mais variadas posições, numerosas séries de caracteres hieroglíficos, significando, sem dúvida, o nome do falecido. Por felicidade fazia parte do nosso grupo o Sr. Gliddon, que não teve dificuldade em traduzir os caracteres simplesmente fonéticos e representando a palavra *Allamistakeo*.[2]

Não foi sem esforço que conseguimos abrir a caixa sem danificá-la; mas, tendo afinal levado a cabo a tarefa, chegamos a uma segunda, em forma de ataúde, e de tamanho consideravelmente menor que o da de fora, mas semelhante a ela, exatamente, sob todos os aspectos. O intervalo entre as duas estava preenchido de resina, que havia, até certo ponto, apagado as cores da caixa interna.

Ao abrir esta última (coisa que fizemos com bastante felicidade), demos com uma terceira caixa, também em forma de ataúde, e não se diferençando da segunda em nada de particular, a não ser no material de que era feita, de cedro, e ainda exalava o odor característico e altamente aromático dessa madeira. Entre a segunda e a terceira caixas não havia intervalo, estando uma encerrada ajustadamente dentro da outra.

Removendo a terceira caixa, descobrimos o próprio corpo, que retiramos para fora. Esperávamos encontrá-lo, como de costume, enrolado em numerosas faixas, ou ligaduras de linho; mas, em lugar destas, encontramos uma espécie de bainha, feita de papiro e revestida duma camada de gesso, densamente dourada e pintada. As pinturas representavam assuntos relativos a vários supostos deveres da alma e sua apresentação a diferentes divindades, com numerosas figuras humanas idênticas, intentando representar, bem provavelmente, retratos das pessoas embalsamadas. Estendendo-se da cabeça aos pés, havia uma inscrição colunar ou perpendicular, em hieróglifos fonéticos, dando de novo seu nome e títulos de seus parentes.

Em torno do pescoço, assim desembainhado, havia um colar de grãos de vidro cilíndricos, diversamente coloridos e arranjados de modo a formar imagens de

2 Allamistakeo é apenas a expressão *all a mistake* (tudo uma burla) com o acréscimo de um "o". (N. T.)

divindades, do escaravelho etc., com o globo alado. Na parte mais delgada da cintura havia um colar semelhante ou cinturão.

Retirando o papiro, encontramos a carne em excelente estado de preservação, sem nenhum odor perceptível. A cor era avermelhada. A pele rija, macia e lustrosa. Os dentes e os cabelos achavam-se em boas condições. Os olhos (parecia) tinham sido arrancados e substituídos por outros de vidro, muito bonitos e imitando maravilhosamente os naturais, com exceção da fixidez do olhar, um tanto demasiado acentuada. Os dedos e as unhas estavam brilhantemente dourados.

O Sr. Gliddon foi de opinião, pela vermelhidão da epiderme, que o embalsamamento se efetuara, totalmente, por meio de asfalto; mas tendo raspado a superfície com um instrumento de aço e lançado ao fogo um pouco do pó assim obtido, o cheiro de cânfora e de outras gomas aromáticas se tornou sensível.

Rebuscamos bem atentamente o cadáver, para encontrar as aberturas usuais pelas quais são extraídas as entranhas, mas, com surpresa nossa, nenhuma descobrimos. Nenhum dos presentes, nessa ocasião, sabia ainda que não são raras de encontrar múmias inteiras ou não cortadas. O cérebro era habitualmente retirado pelo nariz; os intestinos, por uma incisão ao lado; o corpo era, em seguida, raspado, lavado e salgado; depois deixavam-no assim durante várias semanas, quando começavam a operação de embalsamamento propriamente dita.

Como não fosse possível encontrar nenhum sinal de abertura, preparava o Dr. Ponnonner seus instrumentos para a dissecação, quando observei, então, que já passava das duas horas. Em consequência, concordou-se em deixar para depois o exame interno até a noite seguinte e já nos dispúnhamos a separar-nos, quando alguém sugeriu uma ou duas experiências com a pilha de Volta.

A aplicação da eletricidade a uma múmia, velha de três ou quatro mil anos pelo menos, era uma ideia, se não bastante sensata, contudo suficientemente original e todos a acolhemos sem detença. Com quase um décimo de seriedade e nove décimos de troça, dispusemos uma bateria no gabinete do doutor e para lá levamos o egípcio.

Só depois de muito trabalho foi que conseguimos pôr a nu algumas partes do músculo temporal, que se mostrou com menos rigidez pétrea do que outras partes do corpo, mas que, como sem dúvida previramos, não dava indício de suscetibilidade galvânica quando em contato com o fio. Esta primeira experiência, de fato, pareceu decisiva e, com uma cordial risada ao nosso próprio absurdo, estávamos dando boa noite uns aos outros, quando, acontecendo meus olhos caírem sobre os da múmia, ficaram neles pregados de espanto. Meu breve olhar, de fato, bastara para assegurar-me de que os glóbulos que todos nós supúnhamos de vidro e que, primitivamente, se distinguiam por certa fixidez estranha estavam agora tão bem recobertos pelas pálpebras que só uma pequena parte da *túnica albugínea* permanecia visível.

Com um grito chamei a atenção para o fato, que se tornou logo patente a todos.

Não posso dizer que fiquei *alarmado* diante do fenômeno porque, no meu caso, "alarmado" não é bem o termo. É possível, porém, que, sem as cervejas pretas, talvez me tivesse sentido um pouco nervoso. Quanto a meus companheiros, não tentaram ocultar o terror inequívoco que deles se apossara. O Dr. Ponnonner fazia lástima. O Sr. Gliddon, graças a não sei que processo peculiar, tornara-se invisível. Presumo que o Sr. Silk Buckingham não terá por certo a coragem de negar que se arrastou de quatro pés para baixo da mesa.

Depois do primeiro choque de espanto, porém, resolvemos, como coisa natural, tentar, de imediato, nova experiência. Nossas operações se dirigiram agora para o dedo grande do pé direito. Fizemos uma incisão por cima da parte exterior do *os sesamoideum pollicis pedis*, e assim chegamos à raiz do músculo *abductor*. Reajustando a bateria, aplicamos então o fluido aos nervos expostos, quando, com um movimento de excessiva vivacidade, a múmia primeiro levantou o joelho direito, a ponto de pô-lo quase em contato com o abdome, e depois, endireitando a perna com inconcebível força, assestou um pontapé no Dr. Ponnonner, tendo como efeito lançar este cavalheiro, como o dardo duma catapulta, pela janela, lá embaixo na rua. Precipitamo-nos, *en masse*, para ir buscar os restos despedaçados da vítima, mas tivemos a felicidade de encontrá-la na escada, subindo numa pressa inacreditável, repleto da mais ardente filosofia e mais do que nunca convencido da necessidade de prosseguir nossa experiência com vigor e com zelo.

Foi a conselho seu, portanto, que fizemos, sem demora, uma profunda incisão, na ponta do nariz do paciente, enquanto o próprio doutor, deitando violentas mãos sobre ele, punha-o em vibrante contato com o fio. Moral e fisicamente, figurativa e literalmente, o efeito foi elétrico. Em primeiro lugar, o cadáver abriu os olhos, e piscou com bastante rapidez, durante alguns minutos, como faz o Sr. Barnus, na pantomina; em segundo lugar, espirrou; em terceiro, sentou-se; em quarto, agitou o punho diante do rosto do Dr. Ponnonner; em quinto, voltando-se para os Srs. Gliddon e Buckingham, dirigiu-se-lhes, no mais puro egípcio, da seguinte maneira:

— Devo dizer-vos, cavalheiros, que estou tão surpreso quanto mortificado pela vossa conduta. Do Dr. Ponnonner nada de melhor se poderia esperar. É um pobre toleirão que nada sabe de nada. Tenho pena dele e perdoo-lhe. Mas vós, Sr. Gliddon... e vós, Silk... que viajastes pelo Egito e lá residistes, a ponto de se poder crer que lá houvésseis estado desde o berço... Vós, digo eu, que tanto vivestes entre nós, a ponto de falardes o egípcio tão bem, penso, como escreveis vossa língua materna... Vós, a quem sempre fui levado a olhar, como o amigo fiel das múmias... realmente, esperava de vós uma conduta mais cavalheiresca! Que devo pensar de vossa atitude tranquila vendo-me assim tão estupidamente tratado? Que devo supor de vós consentindo que Fulano, Sicrano e Beltrano me arranquem dos meus caixões, tirem-me as roupas, neste clima miseravelmente frio? Sob que aspecto (para acabar com isto) devo encarar o fato de estardes a ajudar e incitar esse miserável velhaco do Dr. Ponnonner a puxar-me o nariz?

Há de supor-se, sem dúvida, que ao ouvir tal discurso, naquelas circunstâncias, todos nós corremos para a porta, ou caímos em violentos ataques histéricos, ou mesmo desmaiamos todos. Uma destas três coisas, digo eu, era de esperar. De fato, cada uma dessas três maneiras de proceder poderia ter sido seguida. E, palavra de honra, não posso compreender como ou por que foi que não fizemos nem uma coisa nem outra. Mas, talvez, a verdadeira razão esteja no espírito deste tempo que procede totalmente de acordo com a regra dos contrários e é agora usualmente admitida como solução de todos os paradoxos e impossibilidades. Ou talvez, afinal, foi somente o ar excessivamente natural e familiar da múmia, que despojava suas palavras de seu aspecto terrível. Seja o que for, os fatos são claros, e nenhum dos presentes demonstrou qualquer medo particular, ou pareceu acreditar que se houvesse passado qualquer coisa de especialmente irregular.

Quanto a mim, achava-me convencido de que tudo aquilo estava direito e simplesmente me pus de lado, fora do alcance do punho da múmia. O Dr. Ponnonner meteu as mãos nos bolsos das calças, fitou duramente a múmia e ficou excessivamente vermelho. O Sr. Gliddon cofiava suas suíças e ajeitava o colarinho da camisa. O Sr. Buckingham baixou a cabeça e meteu o polegar direito no canto esquerdo da boca.

O egípcio olhou-o com fisionomia severa durante alguns minutos e disse, por fim, com, escárnio:

— Por que não fala, Sr. Buckingham? Ouviu ou não o que lhe perguntei? Tire o polegar da boca!

O Sr. Buckingham, em consequência, teve um leve sobressalto, tirou o polegar direito do canto esquerdo da boca e, a título de indenização, inseriu o polegar esquerdo, no canto direito da abertura acima mencionada.

Não tendo conseguido arrancar uma resposta do Sr. Buckingham, a múmia se voltou, de mau humor, para o Sr. Gliddon e, em tom peremptório, perguntou, em termos gerais, o que todos nós queríamos.

O Sr. Gliddon, depois de grande demora, respondeu em termos *fonéticos*; e, não fosse a deficiência de caracteres hieroglíficos nas tipografias americanas, grande prazer me seria dado com transcrever aqui, no original, todo seu excelente discurso.

Aproveito a ocasião para observar que toda a conversação subsequente em que a múmia tomou parte foi travada em egípcio primitivo, por intermédio (pelo menos no que se refere a mim e aos outros membros não viajados do grupo), por intermédio dos Srs. Gliddon e Buckingham como intérpretes. Estes cavalheiros falavam a língua materna da múmia com inimitáveis fluência e graça; mas não posso deixar de observar que (devido, sem dúvida, à introdução de imagens inteiramente modernas e, como é natural, inteiramente novas para o estranho) os dois exploradores foram, por vezes, forçados ao emprego de formas visíveis para traduzir algum significado especial. Em dado momento, por exemplo, o Sr. Gliddon não pôde fazer o egípcio compreender a palavra "política" enquanto não esboçou sobre a parede, com um pedaço de carvão, um homenzinho de nariz cônico, cotovelos esburacados, de pé sobre um cepo, com a perna esquerda lançada para trás, o braço direito atirado para a frente, o punho fechado, os olhos girando pelo céu e a boca aberta num ângulo de noventa graus. De modo bem igual, o Sr. Buckingham não conseguiria explicar a ideia absolutamente moderna de *whig*[3] sem que (a uma sugestão do Dr. Ponnonner), empalidecendo, tirasse o chinó.

Facilmente se compreenderia que o discurso do Sr. Gliddon versou principalmente sobre os vastos benefícios, extraídos para a ciência, do desempacotamento e do escavamento das múmias, desculpando-se, desse modo, por qualquer incomodo que pudesse ter-*lhe* sido causado, pessoalmente, à múmia chamada Allamistakeo; e concluindo com uma simples insinuação (pois mal podia ser considerada mais do que isso) de que, explicados agora esses pormenores, muito bem se poderia continuar a investigação pretendida.

Nesse ponto o Dr. Ponnonner aprontou seus instrumentos.

3 Membro conservador do Partido Liberal. O autor faz aqui um trocadilho, intraduzível, com a palavra "chinó", que em inglês é *whig*, ou mais corretamente *wig*. (N. T.)

Relativamente às últimas sugestões do orador, parece que Allamistakeo teve certos escrúpulos de consciência, sobre cuja natureza não fui precisamente informado; manifestou-se, porém, satisfeito com as desculpas apresentadas e, descendo da mesa, fez volta ao grupo, apertando a mão de todos.

Quando terminou esta cerimônia, ocupamo-nos, imediatamente, em reparar os danos infligidos ao sujeito, pelo escalpelo. Costuramos o ferimento de sua têmpora, pusemos-lhe uma atadura no pé e aplicamos uma polegada quadrada de emplastro preto na ponta do nariz.

Observou-se então que o conde (era esse, parece, o título de Allamistakeo) teve um leve tremor, sem dúvida, de frio. O doutor imediatamente encaminhou-se para o seu armário e logo voltou com uma casaca preta, pelo melhor figurino de Jennings; um par de calças de xadrez, azul-celeste, com alças, uma camisa de gingão cor-de-rosa, um colete de brocado com abas, um sobretudo branco, uma bengala de passeio com gancho, um chapéu sem aba, botinas de verniz, luvas de pele de cabrito, cor de palha, um monóculo, um par de suíças e uma gravata-cascata. Devido à disparidade de tamanho entre o conde e o doutor (sendo a proporção de dois para um), houve certa dificuldade em ajustar esses trajes à pessoa do egípcio; mas, quando tudo se arranjou, podia-se dizer que ele estava bem vestido. O Sr. Gliddon lhe deu, portanto, o braço e levou-o a uma confortável cadeira, junto ao fogo, enquanto o doutor tocava imediatamente a campainha e ordenava que fossem trazidos mais charutos e vinho.

A conversa em breve se animou. Muita curiosidade, sem dúvida, foi expressa, a respeito do fato, seu tanto quanto notável, de estar Allamistakeo ainda vivo.

— Eu teria pensado — disse o Sr. Buckingham — que já faz muito tempo que o senhor está morto.

— Ora! — replicou o conde, bastante espantado. — Tenho pouco mais de setecentos anos de idade! Meu pai viveu mil e não se achava de modo algum caduco quando morreu.

Seguiu-se então uma rápida série de perguntas e cálculos, por meio dos quais se tornou evidente que a antiguidade da múmia fora erroneamente estimada. Já se haviam passado cinco mil e cinquenta anos e alguns meses, desde que fora ela depositada nas catacumbas de Eleithias.

— Mas, minha observação — continuou o Sr. Buckingham —, não se refere à sua idade, por ocasião do enterro (quero crer, de fato, que o senhor é ainda um homem moço), e minha alusão foi à imensidade de tempo durante o qual, segundo sua própria explicação, o senhor tem estado empacotado em asfalto.

— Em quê? — perguntou o conde.

— Em asfalto — repetiu o Sr. Buckingham.

— Ah, sim! Tenho uma fraca noção do que o senhor quer dizer! Decerto, isso poderia dar resultado, mas no meu tempo empregava-se raramente outra coisa que não fosse o bicloreto de mercúrio.

— Mas o que especialmente não achamos jeito de compreender — disse o Dr. Ponnonner — é como acontece que, tendo morrido e sido enterrado no Egito há cinco mil anos, esteja o senhor hoje aqui vivinho e parecendo tão magnificamente bem.

— Se eu estivesse *morto*, como o senhor diz — replicou o conde —, é mais que provável que morto ainda estaria, pois percebo que os senhores estão ainda na infância do galvanismo e não podem realizar com ele o que era coisa comum entre nós, antigamente. Mas o fato é que sofri um ataque de catalepsia e meus melhores amigos acharam que eu estava morto ou deveria estar. De acordo com isso, embalsamaram-me imediatamente. Suponho que os senhores têm conhecimento do princípio mestre do processo de embalsamamento.

— Bem, não totalmente!

— Ah, percebo! deplorável estado de ignorância! Muito bem, não posso entrar em pormenores neste momento, mas é necessário explicar que embalsamar (propriamente falando), no Egito, era paralisar indefinidamente *todas* as funções animais sujeitas a esse processo. Uso a palavra "animais", no seu sentido mais lato, como incluindo não só o ser físico como o ser moral e *vital*. Repito que o primeiro princípio do embalsamamento consistia, entre nós, na paralisação imediata e na manutenção perpétua em *suspenso* de todas as funções animais sujeitas ao processo. Para ser breve, em qualquer estado em que se encontrasse o indivíduo no período de embalsamamento nele permaneceria. Ora, como tenho a felicidade de ser do sangue do Escaravelho, fui embalsamado *vivo*, como os senhores me veem agora.

— O sangue do Escaravelho! — exclamou o Dr. Ponnonner.

— Sim. O Escaravelho era o emblema, ou as "armas", duma distintíssima e pouco numerosa família patrícia. Ser "do sangue do Escaravelho" é apenas ser um dos membros daquela família de que o Escaravelho é o *emblema*. Estou falando figurativamente.

— Mas que tem isso com o fato de estar vivo o senhor?

— Ora, é costume geral no Egito, antes de embalsamar um cadáver, extrair-lhe os intestinos e os miolos; só a raça dos Escaravelhos não se conformava com esse costume. Portanto, não tivesse eu sido um Escaravelho, e me haveriam extraído intestinos e miolos; e sem uns e outros é inconveniente viver.

— Entendo — disse o Sr. Buckingham —, e suponho que todas as múmias *intatas* que nos têm chegado às mãos são da raça dos Escaravelhos.

— Sem dúvida alguma.

— Eu pensava — disse o Sr. Gliddon, bastante tímido — que o Escaravelho era um dos deuses egípcios.

— Um dos egípcios *quê?* — perguntou a múmia, dando um salto.

— Deuses! — repetiu o viajante.

— Sr. Gliddon, estou realmente atônito por ouvi-lo falar neste estilo — disse o conde, tornando a sentar-se. — Nenhuma nação sobre a face da Terra jamais conheceu senão um único *Deus*. O Escaravelho, o Íbis etc. eram entre nós (o que outros seres têm sido para outras nações) os símbolos ou *intermediários* através dos quais prestávamos culto ao Criador, demasiado augusto para que dele nos aproximássemos de mais perto.

Houve aqui uma pausa. Por fim, reatou-se a conversa pelo Dr. Ponnonner.

— Não é improvável, então, pelo que o senhor acaba de explicar — disse ele —, que entre as catacumbas, perto do Nilo, possam existir outras múmias da tribo do Escaravelho em condições de vitalidade.

— Não pode haver dúvida alguma a respeito — respondeu o conde. — Todos os Escaravelhos embalsamados, acidentalmente, quando ainda vivos, estão vivos. Mesmo alguns, dos que foram *propositadamente* assim embalsamados, podem ter sido esquecidos pelos seus executores testamentários e ainda permanecem nos túmulos.

— Quer ter a bondade de explicar — perguntei eu — o que quer o senhor dizer com "propositadamente assim embalsamados"?

— Com grande prazer — respondeu a múmia, depois de me haver examinado à vontade através de seu monóculo, pois era a primeira vez que eu me aventurara a fazer uma pergunta direta.

— Com grande prazer — repetiu. — A duração habitual da vida de um homem, no meu tempo, era de quase oitocentos anos. Poucos homens morriam, a não ser em virtude do mais extraordinário acidente, antes dos seiscentos anos; poucos viviam mais do que uma década de séculos; mas oitocentos anos eram considerados o termo natural. Depois da descoberta do princípio do embalsamamento, como já descrevi aos senhores, ocorreu a nossos filósofos que se poderia satisfazer uma louvável curiosidade e, ao mesmo tempo, fazer avançar os interesses da ciência, vivendo-se esse termo natural a prestações. Relativamente à ciência histórica, de fato, a experiência demonstrava que algo dessa natureza era indispensável. Tendo, por exemplo, um historiador atingido a idade de quinhentos anos, escrevia um livro, com grande trabalho, e depois fazia-se embalsamar, com todo o cuidado, deixando instruções a seus executores testamentários *pro tempore*, para que o fizessem reviver, depois de certo lapso de tempo — digamos quinhentos ou seiscentos anos. Voltando à vida, ao expirar aquele prazo, encontraria invariavelmente sua grande obra convertida numa espécie de caderno de notas à toa, isto é, numa espécie de arena literária, para as conjeturas antagônicas, enigmas e rixas pessoais de rebanhos inteiros de comentaristas exasperados. Essas conjeturas, etc., que passavam sob o nome de anotações ou emendas, verificavam-se haver tão completamente envolvido, torturado e sufocado o texto que o autor era obrigado a sair de lanterna na mão à busca de seu próprio livro. Ao descobri-lo, nunca merecia a trabalheira da busca. Depois de reescrevê-lo totalmente, cabia ainda como dever obrigatório do historiador pôr-se a trabalhar, imediatamente, em corrigir, de acordo com seu saber individual e sua experiência, as tradições do dia concernentes à época em que ele havia originalmente vivido. Ora, este processo de recomposição e retificação pessoal, levado a efeito por diferentes sábios, de tempos em tempos, tinha como resultado evitar que nossa história degenerasse em fábula completa.

— Peço-lhe perdão — disse o Dr. Ponnonner, neste ponto, pousando delicadamente sua mão sobre o braço do egípcio —, peço-lhe perdão, senhor, mas... posso ter a liberdade de interrompê-lo um instante?

— Perfeitamente, senhor — respondeu o conde, afastando-se um pouco.

— Desejava fazer-lhe simplesmente uma pergunta — disse o doutor. — O senhor se referiu à correção pessoal do historiador nas *tradições* relativas à sua própria época. Rogo-lhe que me diga: qual a proporção, em média, de verdade misturada a essa Cabala?

— A Cabala, como o senhor muito bem definiu, gozava em geral da fama de estar justamente a par dos fatos relatados nas próprias histórias não reescritas, isto é, jamais se viu, em circunstância alguma, um simples jota de qualquer deles, que não estivesse absoluta e radicalmente errado.

— Mas já que está perfeitamente claro — continuou o doutor — que pelo menos cinco mil anos se passaram desde que o senhor foi enterrado, tenho como certo que vossos anais daquele período, senão vossas tradições, eram suficientemente explícitos a respeito daquele tópico de interesse universal, que é a Criação, a qual se realizou, como suponho que é de seu conhecimento, havia apenas dez séculos antes.

— Senhor! — disse o Conde Allamistakeo.

O doutor repetiu suas observações, mas somente depois de muita explicação adicional foi que o estrangeiro pôde chegar a compreendê-las. Por fim, respondeu, hesitantemente:

— As ideias que o senhor me apresentou são, confesso, extremamente novas para mim. No meu tempo, jamais conheci alguém que entretivesse fantasia tão singular como essa de que o universo (ou este mundo, se acha melhor) tivesse tido alguma vez começo. Lembro-me de que uma vez, uma vez somente, ouvi algo de remotamente vago, de um homem de muito saber, a respeito da origem da raça humana, e esse homem empregava essa mesma palavra *Adão* ou (Terra Vermelha) de que o senhor fez uso. Empregava-a, porém, em sentido genérico, com referência à germinação espontânea do limo da terra (da mesma maneira por que são gerados milhares de criaturas dos mais baixos *genera*), a geração espontânea, digo eu, de cinco vastas hordas de homens simultaneamente brotando em cinco distintas e quase iguais divisões do globo.

Aqui, todos os presentes encolheram os ombros e um ou dois de nós tocou na fronte, com ar bastante significativo. O Sr. Silk Buckingham, depois de lançar ligeiro olhar para o occipúcio e depois para o sincipúcio de Allamistakeo, disse o seguinte:

— A longa duração da vida humana no seu tempo, juntamente com a prática ocasional de passá-la, como o senhor explicou, a prestações, deve ter contribuído, na verdade, bastante poderosamente, para o desenvolvimento geral e acumulação do saber. Suponho, por consequência, que devemos atribuir a acentuada inferioridade dos velhos egípcios em todos os ramos da ciência, quando comparados com os modernos, e mais especialmente com os ianques, inteiramente à solidez mais considerável do crânio egípcio.

— Confesso novamente — respondeu o conde, com bastante mansidão — que estou um tanto em dificuldade para compreendê-lo; por obséquio, a que ramos de ciência alude o senhor?

Aqui, toda a companhia, unindo as vozes, pormenorizou, prolixamente, as aquisições da frenologia e as maravilhas do magnetismo animal.

Tendo-nos ouvido até o fim, o conde começou a contar algumas anedotas que demonstraram terem florescido e fenecido no Egito, há tanto tempo, a ponto de terem sido quase esquecidos, tipos de Galle Spurzheim, e que os processos de Mesmer não passavam realmente de desprezíveis artifícios, quando comparados com os positivos milagres dos sábios tebanos, que criavam piolhos e muitos outros seres dessa espécie.

Nisto perguntei ao conde se o seu povo era capaz de calcular eclipses. Ele sorriu, com certo desdém, e disse que era.

Isto me perturbou um pouco, mas comecei a fazer outras perguntas a respeito de seu saber astronômico, quando um membro da companhia, que ainda não abrira a boca, cochichou a meu ouvido que, para informação a respeito do assunto, melhor seria que eu consultasse Ptolomeu (quem será esse tal de Ptolomeu?), bem como um tal Plutarco na sua obra *De facie lunae*.

Interroguei depois a múmia a respeito de lentes convexas e doutra espécie, e, em geral, acerca da manufatura do vidro. Mas ainda não terminara eu minha pergunta e já o companheiro silencioso de novo me tocava de mansinho o cotovelo e pedia-me, pelo amor de Deus, que desse uma olhadela em Diodoro Sículo. Quanto ao conde, perguntou-me simplesmente, a modo de réplica, se nós, modernos, possuíamos microscópios que nos permitissem gravar camafeus no estilo dos egípcios. Enquanto pensava na maneira de responder a esta pergunta, o miúdo Dr. Ponnonner se pôs a falar de maneira verdadeiramente extraordinária.

— Veja a nossa arquitetura! — exclamou ele, com grande indignação dos dois viajantes, que o beliscavam, até fazer-lhe ronchas, mas sem resultado.

— Veja — gritou ele, com entusiasmo — a Fonte do Jogo de Bola de Nova York! Ou, se o espetáculo é por demais imponente, contemple por um instante o Capitólio, em Washington, D.C.!

E o bom do doutorzinho se pôs a pormenorizar, com toda a prolixidade, as proporções do edifício a que se referia. Explicou que só o pórtico estava adornado de não menos de 24 colunas, de um metro e meio de diâmetro e três metros de distância umas das outras.

O conde disse que lamentava não poder lembrar-se, justamente naquele momento, das dimensões precisas de qualquer dos principais edifícios da cidade de Aznac, cuja fundação se perdia na noite do tempo, mas cujas ruínas estavam ainda de pé na época de seu sepultamento, numa vasta planície arenosa a oeste de Tebas. Lembrava-se, porém (a propósito de pórticos), que um havia, pertencente a um palácio inferior, numa espécie de subúrbio chamado Carnac, e formado de 144 colunas de onze metros e dez de circunferência, e distantes umas das outras sete metros e meio. Chegava-se do Nilo a esse pórtico através duma avenida de duas milhas de extensão, formada de esfinges, estátuas e obeliscos, de seis, de dezoito, e de trinta metros de altura. O próprio palácio (pelo que se podia lembrar) tinha, só numa direção, duas milhas de comprimento e ao todo poderia ter cerca de sete de circuito. Suas paredes estavam todas ricamente pintadas, por dentro e por fora, de hieróglifos. Não pretendia *afirmar* que mesmo cinquenta ou sessenta dos Capitólios do doutor pudessem ter sido construídos dentro daquelas paredes, mas de nenhum modo achava impossível que duzentos ou trezentos deles pudessem ser lá dentro comprimidos, sem muita dificuldade. Aquele palácio de Carnac não passava, afinal, duma insignificância. Ele (o conde), porém, não podia, em consciência, recusar-se a admitir a engenhosidade, a magnificência e a superioridade da Fonte do Jogo da Bola, tal como foi descrita pelo doutor. Nada de semelhante, era forçado a convir, fora jamais visto no Egito, nem alhures.

Perguntei então ao conde qual sua opinião a respeito de nossas estradas de ferro.

— Nada de particular — respondeu ele.

Eram um tanto fracas, um tanto mal projetadas e toscamente construídas. Não podiam ser comparadas, por certo, com as estradas vastas, planas, retas e raiadas de ferro, sobre as quais os egípcios transportavam templos inteiros e sólidos obeliscos, de 45 metros de altura.

Falei de nossas gigantescas forças mecânicas.

Concordou que alguma coisa conhecíamos nesse particular, mas indagou quanto teria eu de trabalhar para levantar as cornijas sobre os dintéis, mesmo do pequeno palácio de Carnac.

Resolvi não dar por ouvida esta pergunta e perguntei se ele tinha alguma ideia de poços artesianos, mas ergueu simplesmente as sobrancelhas, enquanto o

Sr. Gliddon piscava fortemente para mim e dizia, em voz baixa, que fora descoberto um, recentemente, por engenheiros encarregados de canalizar água para o Grande Oásis. Mencionei depois nosso aço, mas o estrangeiro levantou o nariz e perguntou-me se nosso aço podia ter executado o duro trabalho de insculpir os obeliscos, realizado totalmente com instrumentos cortantes de cobre.

Isto nos desconcertou tanto, que achamos prudente mudar nosso ataque para a metafísica. Mandamos buscar um exemplar do livro chamado *O relógio de sol*, e lemos um capítulo ou dois a respeito dum assunto não bastante claro, mas que os bostonianos chamam de Grande Movimento do Progresso.

O conde disse simplesmente que Grandes Movimentos eram coisas excessivamente comuns no seu tempo, e quanto ao Progresso, foi, em certo tempo, uma completa calamidade, mas jamais progredira.

Falamos então da grande beleza e da importância da democracia e muito nos esforçamos para fazer bem compreender ao conde as vantagens de que gozávamos em viver num país onde havia sufrágio *ad libitum* e não havia rei.

Ele escutou com marcado interesse e, de fato, mostrou-se não pouco divertido. Quando acabamos, disse ele que, há muitíssimo tempo, ocorrera algo de bem semelhante. Treze províncias egípcias resolveram tornar-se imediatamente livres e dar assim um magnífico exemplo ao resto da humanidade. Reuniram-se seus sábios e cozinharam a mais engenhosa constituição que é possível conceber-se. Durante algum tempo, as coisas correram admiravelmente bem, somente que seu costume de jactar-se era prodigioso. A coisa acabou, porém, com a consolidação dos treze estados, com mais quinze ou vinte outros, no mais odioso e insuportável despotismo de que jamais se ouviu falar na superfície da Terra.

Perguntei o nome do tirano usurpador.

Tanto quanto podia lembrar-se, era *Populaça*.

Não sabendo que dizer a isso, ergui a voz e deplorei que os egípcios não conhecessem o vapor.

O conde olhou para mim com bastante espanto, mas não deu resposta. O cavalheiro silencioso, porém, deu-me uma violenta cotovelada nas costelas, dizendo-me que eu já me havia suficientemente comprometido duma vez, e perguntou se eu era tão maluco, realmente, para não saber que a moderna máquina a vapor deriva da invenção de Hero, através de Salomão de Caus.

Estávamos agora em iminente perigo de ser derrotados, mas nossa boa sorte fez que o Sr. Ponnonner, tendo-se reanimado, voltasse em nosso socorro e perguntasse se o povo do Egito pretendia seriamente rivalizar com os modernos em todas as importantíssimas particularidades do traje.

Ouvindo isto, o conde baixou a vista sobre as alças de suas calças e, depois, pegando a ponta de uma das abas de sua casaca, levou-a até bem perto dos olhos, examinando-a durante alguns minutos. Deixando-a cair, por fim, sua boca escancarou-se gradualmente, duma orelha à outra, mas não me recordo se ele disse qualquer coisa à guisa de resposta.

Neste momento, recuperamos nossas energias e o doutor, aproximando-se da múmia, com grande dignidade, rogou-lhe que lhe dissesse, com toda a franqueza e sob sua honra de cavalheiro, se os egípcios tinham compreendido, em *alguma* época, a fabricação quer das pastilhas de Ponnonner, quer das pílulas de Bandreth.

Aguardávamos com profunda ansiedade uma resposta, mas foi em vão. A resposta não chegava. O egípcio enrubesceu e baixou a cabeça. Jamais houve triunfo mais consumado; jamais derrota alguma foi suportada de tão má vontade. De fato, não podia tolerar o espetáculo da mortificação da pobre múmia. Peguei do chapéu, cumprimentei-a tesamente e despedi-me.

Ao chegar em casa, já passava das quatro horas e fui imediatamente para a cama. São agora dez horas da manhã. Estou de pé desde as sete, escrevendo estas notas, em benefício de minha família e da humanidade. Quanto à primeira, não mais a verei. Minha mulher é uma víbora. A verdade é que estou nauseado, até o mais íntimo, desta vida e do século XIX em geral. Estou convencido de que tudo vai indo de pernas viradas. Além disso, estou ansioso por saber quem será o presidente, em 2045. Portanto, logo que acabar de barbear-me e de tomar uma xícara de café, irei até a casa de Ponnonner fazer-me embalsamar por uns duzentos anos.

O sistema do Dr. Abreu e do Prof. Pena[1]

Durante o outono de 18..., enquanto dava um giro pelas províncias do extremo sul da França, levou-me a estrada que eu seguia a poucas milhas de certa casa de saúde ou hospício particular, acerca do qual muito me haviam falado em Paris alguns médicos, meus amigos. Como nunca houvesse visitado um lugar dessa natureza, julguei excelente a oportunidade para poder perdê-la; e, assim, propus a meu companheiro de viagem (um cavalheiro que conhecera casualmente poucos dias antes) que nos desviássemos, uma hora ou mais, para percorrer o estabelecimento. Recusou-se ele a isto, alegando pressa, em primeiro lugar, e, em segundo, o horror que habitualmente provoca a vista de um alienado. Rogou-me, porém, que não sacrificasse a uma simples cortesia para com ele a satisfação de minha curiosidade e disse que continuaria a viagem, vagarosamente, de modo que eu pudesse alcançá-lo durante o dia ou, em qualquer caso, no dia seguinte.

Ao despedir-se de mim ocorreu-me que poderia haver alguma dificuldade em obter entrada no edifício e mencionei meus receios a esse respeito. Ele respondeu que, de fato, a menos que eu tivesse conhecimento pessoal com o diretor, Sr. Maillard, ou alguma credencial em forma de carta, alguma dificuldade poderia haver, uma vez que os regulamentos desses hospícios particulares eram mais severos do que as normas dos hospícios públicos. Quanto a ele, acrescentou, ficara conhecendo, havia alguns anos, o Sr. Maillard e, portanto, me acompanharia até a porta, para apresentar-me, embora seus sentimentos, relativamente à loucura, não lhe permitissem entrar na casa.

Agradeci-lhe e, desviando-nos da estrada principal, entramos por um atalho relvoso que, dentro de meia hora, quase se perdia numa densa floresta que cobria a base de uma montanha. Por entre esse bosque úmido e sombrio, cavalgamos umas duas milhas, até que a casa de saúde foi avistada. Era um fantástico castelo, bastante deteriorado e realmente pouco habitável, pela sua aparência de velhice e desleixo. Seu aspecto encheu-me de verdadeiro terror e, detendo o meu cavalo, já estava meio resolvido a voltar. Logo, porém, envergonhei-me de minha fraqueza e continuei.

Ao nos dirigirmos para o portão de entrada notei que ele estava semiaberto e que um homem espreitava pela abertura. Logo depois esse homem adiantou-se, abordou meu companheiro, chamando-o pelo nome, apertou-lhe cordialmente a mão e convidou-o a apear-se. Era o próprio Sr. Maillard. Era ele um cavalheiro do velho estilo, de imponente e bela aparência, de maneiras polidas e certo ar de gravidade, dignidade e autoridade que impressionava bastante.

Depois de apresentar-me, meu amigo mencionou meu desejo de visitar o estabelecimento e recebeu do Sr. Maillard a segurança de que me prestaria todas as atenções; depois despediu-se e não mais o vi.

---

1 Publicado pela primeira vez no *Graham's Lady's and Gentleman's Magazine*, novembro de 1845. Título original: THE SYSTEM OF DR. TARR AND PROF. FETHER.

O título original deste famoso conto de Poe é "The System of Dr. Tarr and Prof. Fether", nomes evidentemente burlescos e intraduzíveis, pois *tar* significa em inglês "alcatrão", "breu", "betume", e fether é vocábulo puramente fantástico. O "sistema" do "Dr. Tarr & Prof. Fether", que serve de base a este conto, é uma conhecida forma de punição, existente outrora nos Estados Unidos, e que consistia em besuntar a breu e cobrir de penas os condenados, fato que se designava pela expressão *to tar and feather somebody*. (N. T.)

Depois que ele se foi, o diretor conduziu-me a uma saleta pequena e muito bem cuidada, contendo, entre outros indícios de refinado gosto, muitos livros, quadros, vasos de flores e instrumentos musicais. Vivo fogo ardia na lareira. Ao piano, cantando uma ária de Bellini, estava sentada uma mulher jovem e belíssima, que, à minha entrada, parou sua canção e acolheu-me com graciosa cortesia. Sua voz era grave e todas as suas maneiras reservadas. Julguei, também, notar sinais de tristeza em seu semblante, que era excessivamente pálido, embora não fosse isso desagradável para meu gosto. Trajava de luto fechado e provocou em meu coração um sentimento misto de respeito, admiração e interesse.

Eu ouvira falar, em Paris, que o instituto do Sr. Maillard era conduzido de acordo com o que vulgarmente se chama *sistema da brandura*; que todas as punições eram proscritas, que mesmo a reclusão só era empregada raramente, que os pacientes, embora secretamente vigiados, eram deixados, em aparente liberdade, e que a muitos deles se permitia andar pela casa e pelos jardins vestidos com os trajes comuns das pessoas de juízo perfeito.

Tendo em vista tais impressões, tornei-me cuidadoso com o que pudesse dizer diante da jovem senhora, pois nada me assegurava que ela estivesse no gozo da razão; e, de fato, certo brilho inquieto que havia em seus olhos levou-me quase a imaginar que não estava. Limitei, pois, minhas observações a temas gerais e àqueles que pensei não desagradarem nem excitarem um alienado. Ela respondeu, de modo perfeitamente racional, a tudo quanto eu disse; e mesmo suas observações pessoais eram assinaladas pelo mais profundo bom senso; mas um longo conhecimento da metafísica da demência me ensinara a não depositar fé em tais demonstrações de sanidade mental, e continuei a usar, durante toda a palestra, da precaução com que a iniciara.

Em seguida, um elegante criado de libré trouxe uma bandeja com frutas, vinho e outros refrescos, de que me servi; a senhora, logo depois, deixou o aposento. Depois que partiu, voltei os olhos, de modo interrogativo, para o dono da casa.

— Não — disse ele. — Oh, não! É uma pessoa de minha família... Minha sobrinha, uma senhora muito prendada.

— Peço mil perdões pela suspeita — repliquei —, mas naturalmente o senhor sabe como desculpar-me. A excelente administração de seu estabelecimento é muito bem compreendida em Paris e eu pensei que seria bem possível, o senhor sabe...

— Sim, sim... Não diga mais... Ou antes, eu é que lhe deveria agradecer pela recomendável prudência de que o senhor usou. Raramente achamos tamanha previsão entre os jovens, e mais de uma vez vários contratempos lastimáveis ocorreram em consequência de imprevidência da parte de nossos visitantes. Quando meu primitivo sistema estava sendo empregado e era dado aos meus pacientes o privilégio de andarem para um lado e para outro, à vontade, muitas vezes eram eles levados a perigosas crises, por pessoas irrefletidas que eram convidadas a visitar a casa. Fui então obrigado a impor um rígido sistema de seleção e só obtêm acesso ao edifício aqueles com cuja discrição posso contar.

— Quando seu *primitivo* sistema estava sendo empregado! — disse eu, repetindo-lhe as palavras. — Quer dizer, então, que o "sistema da brandura", de que tanto ouvi falar, não é mais usado?

— Faz já — replicou ele — diversas semanas que decidimos renunciar a ele para sempre.

— Deveras? O senhor me deixa atônito!

— Achamos que era, meu senhor — falou ele, com profundo suspiro —, inteiramente necessário voltar aos antigos processos. O *perigo* do sistema da brandura era a todos os momentos aterrador, e suas vantagens foram avaliadas com excesso. Creio, meu senhor, que nesta casa foi feita uma experiência leal entre as que mais o foram. Fizemos tudo quanto a razão humana podia sugerir. Lastimo que o senhor não nos tenha podido fazer uma visita antes, para poder ter julgado por si mesmo. Mas presumo que conhece o sistema da brandura... e seus pormenores.

— Não completamente. O que dele ouvi foi de terceira ou quarta mão.

— Posso definir o sistema, então, em termos gerais, como um sistema em que os pacientes eram dirigidos pela satisfação de seus desejos. *Não* contrariávamos as fantasias que entravam no cérebro do louco. Ao contrário, não só as permitíamos como as estimulávamos; e muitas de nossas curas permanentes foram efetuadas assim. Não há argumento que tanto atinja a razão fraca do alienado do que o da *reductio ad absurdum*. Tivemos, por exemplo, homens que se consideravam pintos. A cura consistia em insistir sobre isso como um fato, em acusar o paciente de estupidez por não perceber, suficientemente, que isso era um fato, e, desse modo, em recusar-lhe, durante uma semana, outro regime alimentar que não o próprio de um pinto. Desse modo, um pouco de grão e de areia chegava a obter maravilhas.

— Mas essa espécie de aquiescência era tudo?

— De modo algum. Depositávamos muita fé nas diversões de espécie simples, tais como música, danças, exercícios ginásticos em geral, jogos de baralho, certas espécies de livros etc. Fingíamos tratar cada indivíduo como se sofresse de alguma moléstia física comum; e a palavra "loucura" nunca era empregada. Um dos pontos importantes estava em encarregar cada alienado de vigiar as ações de todos os demais. Depositar confiança na compreensão ou na discrição de um louco é ganhá-lo de corpo e alma. Desse modo podíamos dispensar um corpo de guardas, tão dispendioso.

— E não havia punições de espécie alguma?

— Nenhuma.

— E o senhor nunca encarcerou seus pacientes?

— Muito raramente. De vez em quando, a doença de alguma pessoa se transformava numa crise ou tomava um súbito aspecto de fúria; levávamo-lo, então, para uma cela secreta a fim de que sua agitação não contagiasse os demais, e ali o conservávamos até poder devolvê-lo a seus amigos, pois nada fazemos com os loucos furiosos. Habitualmente são eles removidos para os hospícios públicos.

— E o senhor agora mudou tudo isso... Pensa que foi para melhor?

— Perfeitamente. O sistema tinha suas desvantagens, seus perigos mesmo. Felizmente, está ele agora proscrito de todas as casas de saúde da França.

— Fico muito surpreendido com o que o senhor me diz — falei. — Estava certo de que, neste momento, nenhum outro método para tratamento da loucura existisse em qualquer parte do país.

— O senhor é jovem ainda, meu amigo — replicou o dono da casa. — Mas chegará o tempo em que aprenderá a julgar por si mesmo do que se passa no mundo, sem confiar nas tagarelices alheias. Não acredite nada do que ouve e só a metade do que vê. Ora, acerca de nossa casa de saúde, é certo que algum ignorante o enganou. Depois do jantar, porém, quando o senhor estiver suficientemente descansado da fadiga de sua viagem a cavalo, sentir-me-ei feliz por mostrar-lhe um sistema que, na minha opinião e na de todos que testemunharam sua aplicação, é, incomparavelmente, o mais eficiente de quantos já se imaginaram.

— É seu? — interroguei. — É algum de sua própria invenção?

— Tenho orgulho em reconhecer que é — replicou ele. — Pelo menos, em certa parte.

Desse modo, conversei com o Sr. Maillard uma ou duas horas, durante as quais ele me mostrou os jardins e as estufas do lugar.

— Não posso deixá-lo ver neste momento os meus pacientes — falou ele. — Para um espírito sensível há sempre, mais ou menos, alguma coisa de chocante em tais exibições e não desejo privá-lo do apetite de jantar. Vamos jantar juntos. Poderei oferecer-lhe vitela *à la Saint Menehoult*, couves-flores *en veloutée sauce*. Depois de um copo de *Clos de Vougeôt*, seus nervos, então, estarão suficientemente firmes.

Às seis horas foi anunciado o jantar, e meu anfitrião conduziu-me a uma grande *salle à manger*, onde se reunia uma companhia bastante numerosa: 25 ou 30 ao todo. Eram, aparentemente, gente fina, certamente de elevada educação, embora suas vestes fossem extravagantemente ricas, participando algo demais do apuro ostentoso da *vieille cour*.[2] Verifiquei que, pelo menos, dois terços dos convivas eram mulheres e várias delas, de modo algum, se trajavam de acordo com o que um parisiense consideraria bom gosto nos dias que correm. Várias senhoras, por exemplo, cuja idade não podia ser menos de setenta anos, ornamentavam-se com uma profusão de joias, como anéis, braceletes, brincos, e traziam o peito e os braços vergonhosamente nus. Observei, também, que muito poucos dos vestidos eram bem-feitos ou, pelo menos, que muito poucos condiziam com quem os usava. Olhando em torno descobri a interessante moça a quem o Sr. Maillard me apresentara na saleta; mas grande foi minha surpresa ao vê-la usando um vestido de anquinhas, com sapatos de salto alto e uma touca suja de ponto de Bruxelas, demasiado grande para ela e que lhe dava à face uma expressão ridícula de diminuição. Quando primeiro a vira ela trajava, deve ser lembrado, luto fechado.

Havia um ar de extravagância, em suma, em todas as roupas de todos os convivas, que me trazia ao pensamento a ideia primitiva do "sistema de brandura" e fazia-me imaginar que o Sr. Maillard pretendera iludir-me, até depois do jantar, para que eu não experimentasse sentimentos desagradáveis durante a refeição, ao encontrar-me jantando com doidos. Mas lembrei-me de ter sido informado em Paris de que os provincianos do sul são um povo particularmente excêntrico, com vasto número de ideias antiquadas; e, depois de conversar com diversos membros da companhia, minhas apreensões foram imediata e completamente dissipadas.

A própria sala de jantar, embora talvez suficientemente confortável e de boas dimensões, nada tinha de muito elegante. Por exemplo, no assoalho não havia tapetes; na França, contudo, o tapete é dispensado frequentemente. As janelas, também, estavam sem cortinas; os postigos, quando fechados, eram seguros por barras de ferro solidamente aplicadas em diagonal, à maneira dos de nossas lojas. O aposento, ob-

2 Velha corte, referindo-se ao Império ou à Restauração. Pode também traduzir-se por "sabor velho". (N. T.)

servei, formava, sozinho, uma ala do castelo e assim as janelas estavam em três lados do paralelogramo, ficando a porta do outro. Não havia menos de dez janelas ao todo.

A mesa estava soberbamente servida. Sobrecarregada de baixela de prata e mais do que sobrecarregada de iguarias. A profusão era inteiramente bárbara. Havia manjares bastantes para saciar os enaquim.[3] Nunca, em toda a minha vida, havia eu testemunhado tão pródigo e tão ruinoso gasto das boas coisas da vida. Parecia, porém, haver muito pouco bom gosto nos arranjos e meus olhos, acostumados a luzes suaves, sentiam-se doloridamente feridos pelo maravilhoso clarão duma quantidade enorme de velas que, em candelabros de prata, estavam colocadas sobre a mesa e por toda a sala, em qualquer parte onde fosse possível achar um lugar. Havia numerosos criados diligentes em servir e, sobre uma larga mesa, na extremidade do aposento, achavam-se sentadas sete ou oito pessoas com rabecas, flautas, trombones e um tambor. Esses camaradas me aborreceram bastante, a intervalos, durante a refeição, com uma infinita variedade de barulhos que pretendiam ser música e que pareciam proporcionar bastante prazer a todos os presentes, com exceção de mim mesmo.

Sobretudo, não podia eu deixar de pensar que havia muito de *esquisito* em tudo quanto via... Mas, afinal, o mundo é composto de toda a casta de pessoas com todos os modos de pensar e toda a espécie de costumes convencionais. Havia viajado também bastante para ser adepto completo do *nil admirari*; de modo que tomei assento, com toda a calma, à direita do diretor e, estando com excelente apetite, fiz justiça aos bons petiscos postos à minha frente.

Entretempo, a conversação se animara e generalizara. As senhoras, como de costume, falavam torrencialmente. Logo verifiquei que quase todos os presentes eram bem-educados e o diretor era ele só um mundo de anedotas divertidas. Mostrava-se completamente satisfeito em falar de sua posição como diretor de uma "casa de saúde" e, de fato, com grande surpresa minha, o tema da loucura era o preferido por todos os presentes. Histórias engraçadíssimas eram contadas, com referências às *manias* dos pacientes.

— Tínhamos outrora aqui um camarada — disse um homenzinho gordo que estava sentado à minha direita —, um camarada que se julgava bule de chá. E, a propósito, não é caracteristicamente singular que essa mania típica seja tão frequente na cabeça dos loucos? Poucos são os hospícios de alienados da França que não possam apresentar um bule humano. O nosso camarada era um bule de porcelana inglesa e mostrava-se cuidadoso em polir-se todas as manhãs com pele de gamo e cré.

— E depois — disse um homem alto, justamente em frente a nós — tivemos aqui, não faz muito, uma pessoa que metera na cabeça a ideia de que era um jumento, e que, alegoricamente falando, o senhor dirá ser perfeitamente exato. Era um doente incômodo e tínhamos uma trabalheira para impedir que se excedesse. Durante muito tempo não queria comer outra coisa que não fosse cardo. Mas logo o curamos desta ideia insistindo para que ele só comesse isso mesmo. Depois ocupava-se continuamente a escoicear... assim... assim...

— Oh! Sr. De Kock! Ficar-lhe-ia muito grata se o senhor se contivesse! — interrompeu-o aqui uma velha sentada ao lado dele. — Guarde, por obséquio, seus

3 Tribo de gigantes que, segundo fala o Antigo Testamento, habitavam as montanhas de Canaã: Josué; XI, 21. (N. T.)

pés para si mesmo! O senhor estragou meu vestido de brocado! Será necessário, pergunto, ilustrar uma observação num estilo tão realista? Nosso amigo aqui presente pode decerto compreendê-lo sem necessidade disso. Palavra de honra, o senhor é quase tão grande jumento como se imaginava aquele pobre-coitado. Tão certo como vivo, sua maneira de agir é bastante natural.

— *Mille pardons, Ma'm'selle!* — respondeu o Sr. De Kock, assim interpelado. — Mil perdões! Não tinha a intenção de ofender. *Ma'm'selle* Laplace, o Sr. De Kock concederá a si mesmo a honra de beber vinho em sua companhia.

Aqui o Sr. De Kock curvou-se bem baixo, beijou sua própria mão, com bastante cerimônia, e tomou vinho com *Ma'm'selle* Laplace.

— Permita-me, *mon ami* — disse agora o Sr. Maillard dirigindo-se a mim —, permita-me enviar-lhe um pedaço desta vitela *à la Saint Menehoult*. O senhor vai achá-la particularmente delicada.

Neste momento, três robustos criados tinham acabado de conseguir depositar a salvo, sobre a mesa, um pratarraz, ou travessa, contendo o que eu supunha ser o *monstrum horrendum, informe, ingens, cui lumen ademptum*.[4] Um exame mais detido assegurou-me, porém, que era apenas um pequeno vitelo assado inteiro, apoiado sobre os joelhos, com uma maçã na boca, segundo a maneira inglesa de servir uma lebre.

— Não, obrigado — respondi. — Para falar a verdade, não sou particularmente amante da vitela *à la Saint*... como disse o senhor?, pois acho que não me sabe lá muito bem. Mudarei de prato, porém, e comerei um pouco de coelho.

Havia na mesa vários pratos laterais contendo o que parecia ser o comum coelho francês, um *morceau*[5] verdadeiramente delicioso que posso recomendar.

— Pedro! — gritou o diretor. — Mude o prato deste cavalheiro e sirva-lhe um pedaço desse coelho *au-chat*.[6]

— Desse quê? — perguntei.

— Desse coelho *au-chat*.

— Bem! Obrigado... pensando bem, agradeço. Vou-me servir dum pouco de presunto.

"Não se sabe o que se come — pensava eu comigo mesmo — nessas mesas de gente da província. Não quero provar nada do tal coelho *au-chat* e, pelo mesmo motivo, nem tampouco de seu *chat-au-rabbit* (gato ao estilo de coelho)."

— E depois — disse um sujeito de aspecto cadavérico, perto da extremidade da mesa, retomando o fio da conversa, onde fora partido —, e depois, entre outras estranhezas, tivemos um doente, em certa época, que, com bastante teimosia, sustentava que era queijo de Córdova, e andava com uma faca na mão solicitando aos amigos que provassem uma pequena fatia do meio de sua perna.

— Está fora de dúvida que era um grande maluco — interpôs alguém —, mas não se compara com certo indivíduo que nós todos conhecemos, com exceção desse estranho. Refiro-me ao homem que acreditava ser garrafa de champanha e que sempre disparava com um estalo e um assobio, assim...

4 Monstro horrendo, informe, enorme e privado da luz. (N. T.)

5 Bocado, pedaço. (N. T.)

6 Estilo gato. (N. T.)

E aqui o orador, a meu ver, com bastante rudeza, meteu o polegar direito na bochecha esquerda, retirou-o com força produzindo um som semelhante ao espocar duma rolha de garrafa, e depois, com destro movimento da língua sobre os dentes, provocou um assobio agudo que durou alguns instantes, imitando o espumejar da champanha. Este procedimento, digo-o com franqueza, não foi muito do agrado do Sr. Maillard, mas este cavalheiro nada disse, e a conversa foi reatada por um homenzinho bastante chupado com um grande chinó.

— Havia também aqui um imbecil — disse ele — que se tomava por uma rã, com quem, a propósito, parecia mesmo e não pouco. Gostaria que o senhor o tivesse visto, cavalheiro — e aqui o orador se dirigiu a mim —, ter-lhe-ia feito bem ao coração ver o jeito natural com que ele se apresentava. Cavalheiro, se aquele homem *não* era uma rã, posso apenas observar que é pena que o não fosse. Seu coaxar era assim: O-o-o-o-gh... o-o-o-o-gh... era a nota mais bela do mundo... si bemol! E quando ele punha os cotovelos em cima da mesa, assim... depois de ter tomado um copo ou dois de vinho... e escancarado a boca, assim... e revirado os olhos assim... piscando-os com excessiva rapidez, assim... oh, então, cavalheiro, faço questão de afirmar, da maneira mais categórica, que o senhor teria ficado extasiado diante do gênio do homem!

— Não ponho absolutamente em dúvida — disse eu.

— E depois — disse outra pessoa —, depois havia um tal Petit Gaillard, que julgava ser uma pitada de rapé, e se sentia verdadeiramente aflito por não poder agarrar a si mesmo entre o polegar e o indicador.

— E havia também Jules Desoulières, que era um gênio bem singular, de fato, e ficou doido com a ideia de que era uma abóbora. Andava perseguindo o cozinheiro, para que o metesse num pastel, coisa que o cozinheiro, indignado, recusou-se a fazer. Pela minha parte não afirmarei que um pastel de abóbora *à la Desoulières* não tivesse sido de fato um delicioso acepipe.

— O senhor me espanta! — disse eu, olhando, interrogativamente, para o Sr. Maillard.

— Ah, ah, ah! — riu este cavalheiro. Eh, eh, eh! Ih, ih, ih! Oh, oh, oh! Uh, uh, uh! Muito bom, deveras! O senhor não deve ficar espantado, *mon ami*. Nosso amigo aí é um brincalhão... um *drôle*. Não deve tomar ao pé da letra o que ele diz.

— E depois — disse outra pessoa do grupo —, depois havia Bouffon Le Grand, outra extraordinária personagem no seu gênero. O amor atrapalhou-lhe a cabeça e ele se imaginava possuidor de duas. Uma, sustentava ele, que era a cabeça de Cícero; a outra, imaginava-a composta, sendo de Demóstenes do alto da fronte até a boca, e de Lorde Brougham, da boca até o queixo. Impossível não era que estivesse enganado, mas teria convencido o senhor de que estava certo, pois era homem de grande eloquência. Tinha absoluta paixão pela oratória e não se podia coibir de exibi-la. Costumava, por exemplo, pular sobre a mesa de jantar assim... e assim... e assim...

Aí um amigo, ao lado do orador, pôs-lhe uma mão sobre o ombro e cochichou-lhe algumas palavras ao ouvido, cessando ele, logo após, de pular e deixando-se cair sentado em sua cadeira.

— Havia ainda — disse o amigo que havia cochichado — um tal Boullard, o pião. Chamo-o pião porque, de fato, metera-se-lhe na cabeça a mania engraçada, mas não de todo irracional, de que fora transformado num pião. O senhor rebentaria de riso se o visse rodopiando. Girava num só calcanhar uma hora inteira, desta forma... assim...

Então, o amigo a quem ele havia interrompido há pouco com um cochicho fez a mesma coisa com ele.

— Mas então — gritou uma velha, de voz esganiçada — o seu Boullard era um doido, e um doido muito estúpido, pelo menos, pois quem já ouviu falar, permita que lho pergunte, em pião humano? A coisa é absurda. A Sra. Joyeuse era uma criatura muito mais sensata, como o senhor sabe. Tinha uma mania, mas inspirada pelo senso comum, e dava prazer a todos que tinham a honra de conhecê-la. Descobriu, depois de madura reflexão, que, em virtude de qualquer acidente, tinha-se transformado em galo novo. Mas, como tal, portava-se normalmente. Batia asas com prodigioso resultado, assim... assim... assim... E quanto a seu canto, era delicioso! Co... o... o... co ...ricóóó! Co... o... o... co... ricóóó! Co... o... o... Co ...riii ...cóóó! ...

— Madame Joyeuse, agradecer-lhe-ei se se comportar — interrompeu aí, com cólera, o nossa hospedeiro. — Ou a senhora se conduz como uma dama... ou pode deixar a mesa imediatamente! Escolha!

A senhora (que muito me espantara ouvir chamar Madame Joyeuse, depois da descrição da mesma Madame Joyeuse que ela dera) enrubesceu até as sobrancelhas e pareceu profundamente envergonhada com a censura. Abaixou a cabeça e não disse uma sílaba em resposta. Mas, outra senhora, mais jovem, retomou o tema. Era a minha bela moça da saleta.

— Oh, Madame Joyeuse *era* uma doida! — exclamou ela. — Mas havia realmente muito bom senso, afinal de contas, nas ideias de Eugênia Salsafette. Ela era uma jovem dama muito bela e extremamente modesta, que considerava indecentes as modas comuns do vestuário e que sempre queria vestir-se colocando-se por fora em vez de ficar por dentro de suas roupas. É uma coisa que, no fim de contas, se faz muito facilmente. Basta fazer assim... e depois assim... assim... assim... e depois...

— *Mon Dieu! Ma'm'selle* Salsafette! — gritou então uma dúzia de vozes, imediatamente. — Que está fazendo? Pare com isso! Chega! Vemos muito claramente como se pode fazer isso! É bastante! Pare com isso!

E diversas pessoas já saltavam das cadeiras para impedir que *Ma'm'selle* Salsafette se colocasse em pé de igualdade com a Vênus de Médicis, quando a questão foi muito eficaz e subitamente resolvida por uma série de gritos altos ou berros vindos de certa parte da ala principal do castelo.

Meus nervos estavam muitíssimo abalados, na verdade, por esses gritos, mas tive realmente compaixão do resto dos convivas. Nunca vi nenhum agrupamento de pessoas de juízo tão completamente assombradas, em toda a minha vida. Todos empalideceram como outros tantos cadáveres e, encolhendo-se nas cadeiras, tremiam e falavam coisas desconexas, de terror, prestando atenção a que o som se repetisse. Ele veio de novo, mais alto e mais próximo, e repetiu-se terceira vez *muito* alto e a quarta vez com vigor evidentemente diminuído. A esse aparente morrer do ruído, todos imediatamente recuperaram o ânimo e tudo se tornou, como dantes, vida e anedota. Aventurei-me, então, a inquirir da causa da perturbação.

— Mera bagatela — disse o Sr. Maillard. — Estamos acostumados a essas coisas e realmente muito pouco nos incomodamos com elas. Os loucos, de vez em quando, se põem a berrar em conjunto; um excitando o outro, como sucede às vezes, à noite, com um bando de cães. Ocasionalmente sucede porém que o *concerto* de berros é seguido por simultâneos esforços de escapula, e então, naturalmente, deve-se temer algum perigo.

— E quantos doidos estão a seus cuidados?

— Atualmente, não temos mais de dez, ao todo.

— Principalmente mulheres, presumo?

— Oh, não! Posso dizer-lhe que são todos eles homens, e sujeitos corpulentos.

— Sim, senhor! Sempre ouvi dizer que a maioria dos loucos era do sexo fraco.

— Geralmente assim é, mas nem sempre. Há algum tempo havia aqui 27 pacientes e desse número nada menos de dezoito eram mulheres; mas ultimamente as coisas mudaram muito, como vê.

— Sim... mudaram muito, como vê — interrompeu aí o cavalheiro que quebrara quase as canelas da *Ma'm'selle* Laplace.

— Sim... mudaram muito, como vê! — carrilhonou em coro o grupo todo.

— Contenham a língua todos vocês! — disse meu hospedeiro, com grande fúria.

Daí por diante, os convivas mantiveram um silêncio mortal cerca de um minuto. Certa senhora, mesmo, obedeceu ao Sr. Maillard ao pé da letra, e pondo para fora a língua, que era excessivamente comprida, segurou-a com ambas as mãos até o fim do festim.

— E aquela senhora — disse eu ao Sr. Maillard, inclinando-me para ele e falando num cochicho —, aquela boa senhora, que falava há pouco e que nos apresentou o cocoricóóóó... ela, presumo, é inofensiva, inteiramente inofensiva?

— Inofensiva! — falou ele, com surpresa não fingida. — Ora... ora, que quer o senhor dizer?

— Só levemente doente? — respondi, tocando na cabeça. — Acho que ela não está particularmente... nem seriamente enferma, hein?

— *Mon Dieu!* Que está o senhor imaginando? Essa senhora, minha particular e velha amiga, Sra. Joyeuse, é completamente tão sã como eu. Tem lá suas pequenas excentricidades, é certo... porém, o senhor sabe, todas as senhoras de idade... todas as senhoras bastante idosas... são mais ou menos extravagantes.

— É certo — disse eu. — É certo... mas então, esses outros senhores e senhoras...

— São meus amigos e meus guardas — interrompeu o Sr. Maillard, levantando-se com *hauteur* —, muito bons amigos meus e meus assistentes.

— Como! Todos eles? As mulheres e tudo?

— Certamente — disse ele. — Nada poderíamos fazer sem as mulheres: elas são as melhores enfermeiras do mundo para alienados. Têm um jeito todo seu, o senhor sabe; o brilho de seus olhos produz efeito maravilhoso... algo como a fascinação das serpentes, o senhor sabe?

— E certo — falei —, é certo... Mas comportam-se um tanto estranhamente, hein? São um tanto *extravagantes*... não é? Não pensa assim?

— Estranhas! extravagantes! O senhor realmente acha? Ora, não somos muito afetados aqui no sul e fazemos o que nos agrada muito ao nosso bel-prazer... Gozamos a vida, e isso tudo que o senhor sabe.

— É certo — falei. — É certo!

— E depois, talvez, esse *Clos de Vougeôt* suba um tanto à cabeça, o senhor sabe? ... Um pouquinho *forte*... o senhor compreende, não é?

— É certo — falei —, é certo! A propósito, meu caro senhor, ouvi-o dizer que o sistema que adotou, em lugar do famoso "método da brandura", era o da mais rigorosa severidade.

— De modo algum. A reclusão é necessariamente estrita; mas o tratamento... o tratamento médico, quero dizer, é mais agradável aos pacientes do que dantes.

— E o novo sistema é de sua própria invenção?

— Não, no todo. Algumas partes dele devem ser atribuídas ao Prof. Abreu, de quem o senhor, por certo, já ouviu falar; e, além disso, há modificações no meu plano que me sinto feliz em reconhecer pertencerem de direito ao célebre Pena, o qual, se não me engano, o senhor tem a honra de conhecer intimamente.

— Sinto-me completamente envergonhado ao confessar — repliquei — que nunca ouvi antes o nome de qualquer desses cavalheiros.

— Deus do céu! — exclamou meu anfitrião, puxando a cadeira abruptamente para trás e erguendo as mãos. — Certamente não ouvi bem! O senhor não quer dizer, não é?, que *nunca ouviu* falar no erudito Dr. Abreu ou no célebre Prof. Pena?

— Sou forçado a confessar minha ignorância — respondi —, mas a verdade deve ser mantida intata acima de todas as coisas. Não obstante, sinto-me humilhado ao extremo por não conhecer as obras desses homens, sem dúvida, extraordinários. Irei procurar seus escritos, para examiná-los com acurado cuidado. Sr. Maillard, o senhor realmente — devo confessá-lo —, o senhor, *realmente*, fez com que eu me envergonhasse de mim mesmo!

E essa era a verdade.

— Não diga mais nada, meu jovem amigo — disse ele bondosamente, apertando-me a mão. — Acompanhe-me agora numa taça de Sauternes.

Bebemos. Os demais seguiram nosso exemplo sem restrição. Tagarelavam, divertiam-se, riam, cometiam mil extravagâncias; e as rabecas guinchavam, o tambor matraqueava, os trombones urravam, como outros tantos touros brônzeos de Falaris... tornando-se o espetáculo cada vez pior, à medida que o vinho dominava, para afinal transformar-se numa espécie de pandemônio *in petto*. Entrementes, o Sr. Maillard e eu, com algumas garrafas de Sauternes e Vougeôt entre nós, continuamos nossa conversação esganiçadamente. Uma palavra proferida no tom comum não tinha mais probabilidade de ser ouvida do que a voz de um peixe saindo do fundo da catarata do Niágara.

— Meu senhor — disse eu, berrando-lhe na orelha —, o senhor mencionou algo, antes do jantar, acerca do perigo existente no antigo sistema da brandura. Como é isso?

— Sim — replicou ele —, por vezes havia, em verdade, muito grande perigo. Não se pode confiar nos caprichos dos alienados. E, na minha opinião, assim como na do Dr. Abreu e do Prof. Pena, *nunca* se deve permitir que eles andem livremente e sem vigilância. Um doido pode ser "abrandado", como se diz, por algum tempo, mas, no fim, ele é muito capaz de tornar-se turbulento. Sua malícia, aliás, é grande e proverbial. Se ele tem um projeto em vista, oculta seu desígnio com maravilhosa sabedoria; e a destreza com que finge estar de juízo perfeito apresenta ao psicólogo um dos mais singulares problemas no estudo da mente. Quando um doido parece *completamente* são, na verdade, é tempo de pô-lo em camisa de força.

— Mas o *perigo*, meu caro senhor, do qual o senhor falava — na sua própria experiência, durante sua gestão nesta casa —, teve o senhor motivos práticos para pensar que a liberdade é inconveniente no caso de um louco?

— Aqui? Por minha própria experiência? Ora, posso dizer que sim. Por exemplo: não faz muito tempo, uma singular ocorrência deu-se nesta própria casa. O sistema de brandura, como o senhor sabe, estava então sendo empregado e os pacientes andavam em liberdade. Comportavam-se notavelmente bem... maravilhosamente bem... e qualquer homem de juízo poderia ter sabido que algum projeto diabólico estivesse sendo tramado, só por aquele fato particular de que os sujeitos se comportassem tão *notavelmente* bem. E, bem certo, um belo dia os guardas acharam-se amarrados de pés e mãos e jogados nas celas, onde eram tratados, como se eles é que fossem os doidos, pelos próprios doidos, que haviam usurpado as funções dos guardas.

— Não me diga isto! Jamais ouvi coisa tão absurda na minha vida!

— É fato. Tudo veio a realizar-se por intermédio dum camarada estúpido... um doido, que, duma maneira ou de outra, metera na cabeça a ideia de haver inventado um sistema de governo melhor que qualquer outro de que já se ouvira falar antes, quero dizer, de governo de doidos. Desejava pôr à prova, suponho eu, sua invenção, de modo que persuadiu o resto dos pacientes a se juntar a ele numa conspiração para derrubar os poderes reinantes.

— E conseguiu isso, realmente?

— Sem dúvida alguma. Os guardas e os guardados tiveram em breve de trocar de lugares, com a diferença, porém, que os doidos ficaram livres, mas os guardas foram lançados, imediatamente, em celas e tratados, sinto ter de dizê-lo, de maneira bem cavalar.

— Mas presumo que uma contrarrevolução se efetuou prontamente. Esse estado de coisas não se podia ter prolongado. Os camponeses da vizinhança, os visitantes que vinham ver o estabelecimento deram por certo o alarme.

— Aqui é que o senhor se engana. O chefe dos rebeldes era demasiado astuto para que tal acontecesse. Não admitiu daí por diante mais nenhum visitante, com exceção, um dia, de um jovem cavalheiro de ar bem idiota, do qual não havia motivo de receio. Deixou que visitasse a casa, justamente para variar um pouco, para se divertir um pouco à custa dele. Tão logo zombou do moço, o suficiente, deixou-o sair para que fosse tratar de seus negócios.

— E quanto tempo então durou o reinado dos doidos?

— Oh, muito tempo! Deveras, certamente um mês... ou muito mais do que isso; não posso afirmar com certeza. Entrementes os doidos, como o senhor poderia jurar, trataram de aproveitar esplendidamente a oportunidade. Tiraram suas roupas esfarrapadas e forragearam, à vontade, no guarda-roupa e nas joias da família. As adegas do castelo estavam bem providas de vinho e aqueles danados doidos são gente que sabe como bebê-lo. Posso assegurar-lhe que passaram à tripa forra.

— E o tratamento... Qual era a espécie particular de tratamento que o chefe dos rebeldes pôs em execução?

— Ora, quanto a isto, um louco não é necessariamente um maluco, como já tenho observado; e é minha honesta opinião que o tratamento dele era muito melhor do que o anterior. Era um sistema verdadeiramente excelente, de fato... simples... asseado... sem complicações ... delicioso deveras... Era...

Aqui as observações do meu interlocutor foram cortadas cerce por outra série de berros da mesma espécie daqueles que antes nos haviam desconcertado. Desta vez, porém, pareciam provir de pessoas que se aproximavam rapidamente.

— Deus do céu! — exclamei. — Os malucos se escaparam, sem dúvida alguma!...

— Receio bastante que assim seja — replicou o Sr. Maillard, tornando-se agora excessivamente pálido. Mal acabara ele de falar, quando altos clamores e imprecações se ouviram por baixo das janelas e, imediatamente depois, tornou-se evidente que algumas pessoas lá fora estavam tentando forçar a entrada na sala. Batiam na porta com algo que parecia um malho e os postigos eram arrebentados e abalados com prodigiosa violência.

Seguiu-se um espetáculo da mais terrível confusão. Com grande espanto meu, o Sr. Maillard lançou-se para baixo do aparador. Havia esperado de sua parte mais decisão. Os membros da orquestra, que durante os últimos quinze minutos pareciam demasiado bêbados para executar a sua tarefa, ergueram-se todos imediatamente, pegando dos instrumentos, e, trepando em cima de sua mesa, atacaram, num só tom, o *Yankee Doodle*, que cantaram, senão com justeza, pelo menos com uma energia sobre-humana, durante todo o tempo do tumulto.

Entretanto, para cima da principal mesa de jantar, entre as garrafas e copos, pulou o homem que com tanta dificuldade fora impedido de pular para cima dela antes. Logo que se instalou comodamente, começou um discurso que, sem dúvida, teria sido achado excelente, se pudesse ter sido ouvido. No mesmo instante, o homem que tinha predileção pelos piões se pôs a girar pela sala, com imensa energia, e com os braços estendidos em ângulo reto com o corpo, de modo que tinha o ar completo dum verdadeiro pião, derrubando qualquer corpo que acontecia encontrar em seu caminho. E então, ouvindo também um inacreditável estouro e espumejar de champanha, descobri, afinal, que provinham da pessoa que, durante o jantar, desempenhara o papel de garrafa de tão delicada bebida. E depois, novamente, o homem-rã coaxava, como se a salvação de sua alma dependesse de cada nota que emitia. E, no meio de tudo isto, o contínuo zurrar dum jumento a tudo dominava. Quanto à minha velha amiga, Madame Joyeuse, era de fazer chorar o seu aspecto de terrível perplexidade. Tudo quanto fazia era ficar a um canto, junto da lareira, e cantar sem cessar, esganiçadamente. "Co... o... o...ri cóóóó!"

Por fim sobreveio a crise suprema, a catástrofe do drama. Como nenhuma resistência, além da algazarra, dos berros e dos cocoricós, era oferecida aos esforços dos assaltantes, as dez janelas foram de pronto e quase simultaneamente arrombadas. Jamais esquecerei as sensações de espanto e de horror, quando vi, pulando pelas janelas e caindo entre nós de roldão, lutando, pisando, esfolando e uivando, um perfeito exército do que tomei por chimpanzés, orangotangos ou aqueles grandes e pretos bugios do cabo da Boa Esperança.

Recebi terrível pancada depois da qual rolei para baixo de um sofá e ali fiquei quieto. Depois de ter ficado ali uns quinze minutos, durante cujo tempo ouvi, com todos os meus ouvidos, o que estava sucedendo na sala, cheguei por fim a um desenlace satisfatório dessa tragédia. Pelo que parece, o Sr. Maillard, ao narrar-me a história do doido que excitara seus companheiros à rebelião, estivera apenas a relatar suas próprias proezas. Esse cavalheiro tinha sido de fato, dois ou três anos antes, o diretor do estabelecimento, mas veio a ficar doido também e se tornou assim um dos pacientes. Este fato não era do conhecimento do meu companheiro de viagem que me apresentou. Os guardas, em número de dez, tendo sido subitamente dominados, foram primeiro besuntados de breu e, em seguida, cuidadosamente cobertos de penas, e por fim lançados nas celas subterrâneas. Tinham estado assim presos mais de um mês, durante cujo período o Sr. Maillard lhes havia generosamente concedido não somente breu e penas (que constituíam seu "sistema"), mas também um pouco de pão e água em abundância. Esta era-lhes dada diariamente em forma de duchas... Por fim, tendo-se um escapado por um esgoto, deu liberdade aos demais.

O "sistema de brandura" — com importantes modificações — foi restaurado no castelo, mas não posso impedir-me de concordar com o Sr. Maillard, que seu próprio "tratamento" era, no seu gênero, excelente. Como havia ele justamente observado, era "simples... asseado... e sem complicação de espécie alguma".

Tenho apenas a acrescentar que, embora haja procurado em todas as livrarias da Europa as obras do Dr. Abreu e do Prof. Pena, não consegui ainda, até hoje, apesar de meus esforços, arranjar um só exemplar.

FIM
DE "O SISTEMA DO DR. ABREU E DO PROF. PENA",
DE "CONTOS HUMORÍSTICOS"
E DE "CONTOS"

Impressões, viagens e aventuras

Impressões paisagísticas

Viagens fantásticas

Aventuras fabulosas

Impressões paisagísticas

Nota preliminar

Dotado de uma sensibilidade extrema e exacerbada, não podia Poe ficar indiferente aos aspectos da natureza. Ele mesmo confessa essa sua predileção pela contemplação das belezas da paisagem, ao referir-se "à felicidade experimentada na contemplação dos cenários naturais". É assim que descreve em alguns trabalhos, que são verdadeiros devaneios poéticos, cheios de imaginação e colorido, aspectos naturais que lhe tocaram a sensibilidade e lhe causaram prazer estético. "A ilha da fada", "Manhã no Wissahiccon", "O Domínio de Arnheim ou o jardim-paisagem" e "A casa de campo de Landor" são amostras desse seu gosto pelos cenários naturais, sem falar nas numerosas descrições da natureza que se encontram em seus contos e na sua poesia.

Mas, estranhamente, a paisagem que ele adora contemplar não é a paisagem rumorejante de vida, é a paisagem silenciosa que se estende como um quadro, como uma tela. Diz ele: "Para mim, pelo menos, a presença, não apenas de vida humana, mas de vida em qualquer outra forma, que não a das coisas verdes, que crescem sobre o solo e não têm voz, é uma mancha na paisagem, está em conflito com o espírito da cena". É, pois, uma paisagem morta, silenciosa, que vive pelo seu colorido, pela sua disposição. E esta mesma deve ser modificada pelo homem.

Baudelaire e mais tarde Oscar Wilde irão revelar-se favoráveis a esses "jardins-paisagens", a esses aspectos naturais habilmente modificados pela mão humana. Serão paraísos artificiais, em que plantas, árvores, flores, águas, rochedos e caminhos serão arrumados, construídos, dispostos pelo seu criador, de acordo com suas predileções e efeitos que quer produzir. E naturalmente sofrendo a influência do estado anímico de seu organizador, de seu criador. Neste particular, as paisagens descritas por Poe trazem a característica de seu espírito sombrio, de sua angústia e de seu medo. São por vezes paisagens de morte. Daí o silêncio que delas exige.

Se descreve aspectos vivos, coloridos, não se esquece de contrastá-los com outros, por exemplo, em "A ilha da fada", quando diz: "A extremidade oriental estava submersa na mais pesada treva. Uma negra, porém bela e tranquila melancolia, inundava, ali, todas as coisas. Eram as árvores de cor escura, lúgubres de forma e atitude, retorcendo-se em contornos tristes, solenes, espectrais, que sugeriam ideias de mortal amargura e prematura morte." E prossegue mostrando a languidez das hastes de relva pendidas para o chão, a sombra das árvores mergulhando na água e nela sepultando-se e dando-lhe um tom sombrio de túmulo escuro. Apesar, porém, desse toque subjetivo com que Poe informa suas paisagens, são elas bem descritas, revelando no seu conjunto e em cada pormenor o artista da palavra que ele sempre foi.

O. M.

A ILHA DA FADA[1]

Nullus enim locus sine genio est.
Servius

La musique — diz Marmontel naqueles *Contes moraux*,[2] que em todas as nossas traduções temos insistido em chamar *Contos morais*, como a zombar-lhes do espírito —, *La musique est le seul des talents qui jouisse de lui même; tous les autres veulent des témoins.*[3] Ele aqui confunde o prazer derivado dos sons agradáveis com a capacidade de criá-los. O da música não é mais suscetível de completa fruição do que qualquer outro *talento*, onde não haja um auditório para apreciar-lhe a execução. E é somente em comum com outros *talentos* que ela produz *efeitos* que podem ser plenamente gozados na solidão. A ideia que o narrador não conseguiu considerar claramente, ou cuja expressão sacrificou ao amor nacional pela *síntese*, é, sem dúvida, a bastante defensável de que a mais elevada qualidade de música é mais completamente apreciada quando estamos rigorosamente sozinhos. A proposição, nesta forma, será imediatamente admitida pelos que amam a lira por si mesma e pelos seus usos espirituais. Mas há ainda um prazer dentro do alcance dos decaídos mortais, e talvez só um, que mesmo mais do que a música está ligado ao sentimento acessório do isolamento. Quero referir-me à felicidade experimentada na contemplação dos cenários naturais. Na verdade, o homem que bem apreende a glória de Deus sobre a Terra deve contemplar essa glória na solidão. Para mim, pelo menos, a presença, não apenas de vida humana, mas de vida em qualquer outra forma que não a das coisas verdes que crescem sobre o solo e não têm voz, é uma mancha na paisagem, está em conflito com o espírito da cena. Gosto, efetivamente, de contemplar os negros vales, os cinzentos rochedos, as águas que silenciosamente sorriem, as florestas que suspiram em agitado sono, e as soberbas e vigilantes montanhas que tudo olham com superioridade; gosto de contemplá-las, não como coisas isoladas, mas como membros colossais de um conjunto vasto, animado e sensível, um conjunto cuja forma (a da esfera) é a mais perfeita e abrangente de todas; conjunto cujo caminho se abre entre sistemas planetários; cuja escrava submissa é a Lua, cujo régulo é o Sol, cuja vida é a eternidade, cujo pensamento é o de um deus, cujo prazer é o conhecimento; cujos destinos se perdem na imensidade, cuja percepção de nós mesmos é afim da nossa própria percepção dos *animalculae* que infestam o cérebro; um ser que nós, em consequência, olhamos como puramente inanimado e material, do mesmo modo que aqueles *animalculae* devem olhar-nos.

Nossos telescópios e nossas investigações matemáticas asseguram-nos geralmente — não obstante a hipocrisia dos mais ignorantes clérigos — que o espaço e, consequentemente, essa massa têm importante valor aos olhos do

---

1 Publicado pela primeira vez no *Graham's Lady's and Gentleman's Magazine*, junho de 1841. Título original: THE ISLAND OF THE FAY.

2 *Moraux* é, aqui, derivado de *moeurs* e significa "à moda"; ou mais estritamente, "de maneiras, costumes".

3 A música é o único dos talentos que encerra prazer em si mesmo; todos os outros precisam de testemunhas. (N. T.)

Todo-Poderoso. As órbitas em que se movem as estrelas são as mais adaptadas à evolução, sem colisão, do maior número possível de corpos. As formas desses corpos são cuidadosamente tais, que podem, dentro de dada superfície, incluir a maior quantidade cabível de matéria, enquanto que as próprias superfícies são dispostas de maneira a acomodar uma população mais densa do que a que poderia ser acomodada nas mesmas superfícies, se dispostas de modo diverso. Dizer que o próprio espaço é infinito não constitui argumento contra o dizer-se que a massa forme um todo com Deus, porque pode haver uma infinidade de matéria para enchê-lo. E desde que vemos claramente que a vitalidade de que é dotada a matéria é um princípio — na realidade, tanto quanto alcançam nossos juízos, o princípio *condutor* nas operações da Divindade —, é pouco lógico imaginá-lo confinado às regiões das coisas limitadas em que diariamente o circunscrevemos e não estendê-lo às das coisas ilimitadas. Da mesma forma que encontramos um círculo dentro de um círculo até o infinito, embora tudo gire em torno de um bem distante centro, que é a cabeça de Deus, não poderemos, analogicamente, supor, da mesma forma, a vida dentro da vida, o menor dentro do maior e tudo dentro do Espírito Divino? Em resumo, erramos loucamente, em consequência do amor-próprio, ao crer que o homem, no seu destino, quer temporal, quer futuro, seja de mais importância no universo do que aquela vasta "terra do vale" que ele lavra e despreza, e à qual nega uma alma por uma razão não mais profunda do que a de não a ver em ação.[4]

Essas fantasias e outras que tais sempre deram às minhas meditações, entre as montanhas e as florestas, junto aos rios e ao oceano, um sabor daquilo a que o mundo cotidiano não deixa de chamar fantástico. Minhas vagueações entre tais cenas têm sido muitas, bem curiosas e muitas vezes solitárias; e o interesse com que me tenho desgarrado por entre muito vale profundo e sombrio, ou contemplado o céu, refletido em muito lago esplendente, tem sido um interesse grandemente aprofundado pelo pensamento de que me tenho desgarrado e contemplado *sozinho*. Que petulante francês[5] foi o que disse, aludindo ao bem conhecido trabalho de Zimmermann[6] que *la solitude est une belle chose; mais il faut quelqu'un pour vaus dire que la solitude est une belle chose*?[7] O epigrama não pode ser contraditado, mas a necessidade é uma coisa que não existe.

Foi durante uma de minhas solitárias jornadas, numa bem longínqua região de montanhas encerradas dentro de outras montanhas, e de tristes rios e melancólicas lagoas, retorcendo-me e dormindo dentro de tudo, que, por acaso, cheguei a certo riacho e a uma ilha. Ali cheguei, repentinamente, no folhoso mês de junho e me lancei sobre a gleba, por baixo dos ramos de um arbusto desconhecido e odorífero, para poder dormitar, enquanto contemplava a cena. Senti que somente dessa forma poderia eu contemplá-la, tal era o caráter fantástico de que ela se revestia.

Por todos os lados, menos a oeste, onde o Sol estava quase a se pôr, erguiam-se as viridentes paredes da floresta. O riacho, cujo curso se voltava agudamente e por isso logo se perdia de vista, parecia não poder sair de sua prisão, mas ser

4 Falando das marés, Pompônio Mela, em seu tratado *De situ orbis*, diz: "Ou o mundo é um grande animal, ou..." etc.

5 Balzac, em substância. Não me lembro das palavras.

6 Jean-Georges von Zimmermann (1728-1795), filósofo e físico suíço. Foi médico de Frederico II, o Grande. (N. T.)

7 A solidão é uma bela coisa; mas é preciso alguém para dizer-nos que a solidão é uma bela coisa? (N. T.)

absorvido pela folhagem intensamente verde das árvores a leste, enquanto na região oposta (assim me pareceu, quando me achava estendido e olhava para cima) jorrava silenciosa e continuamente, no vale, uma cachoeira de águas douradas e vermelhas, das fontes crepusculares do céu.

Ao meio do caminho desse pequeno panorama que meu olhar sonolento abrangia, uma ilhazinha circular, profusamente arborizada, repousava no seio da corrente.

> Tanto se confundia a margem com a sombra,
> que era como se no ar estivessem suspensas,

tão parecida com um espelho era a água cristalina, que eu mal podia dizer em que ponto da rampa da gleba esmeraldina começava seu domínio de cristal.

Minha posição possibilitava-me abranger num só olhar as extremidades de leste e de oeste da ilha e notei uma diferença singularmente assinalável entre seus aspectos. A de oeste era todo um radiante harém de belezas florais. Resplandecia e se avermelhava, sob o olhar da oblíqua luz do Sol, e suas flores eram como risos claros. A relva era curta, elástica, de perfume suave e semeada de abróteas. As árvores eram flexíveis, alegres, eretas, brilhantes, esbeltas e graciosas, de tipo e de folhagem orientais, com a casca macia, lustrosa e semicolorida. Parecia haver em torno de tudo um profundo toque de vida e de alegria, e, embora brisas não soprassem dos céus, contudo, todas as coisas se moviam através dos suaves revoluteios de inúmeras borboletas que poderiam confundir-se com tulipas aladas.[8]

A extremidade oriental estava submersa na mais pesada treva. Uma negra, porém bela e tranquila melancolia, inundava ali todas as coisas. Eram as árvores de cor escura, lúgubres de forma e atitude, retorcendo-se em contornos tristes, solenes, espectrais, que sugeriam ideias de mortal amargura e prematura morte. A relva se revestia de pesado matiz dos ciprestes e as pontas de suas lâminas pendiam, lânguidas, mostrando aqui e ali montículos disformes, baixos e estreitos, e não muito compridos, que tinham o aspecto de túmulos, embora não o fossem; não obstante, por todos os lados, em torno deles, a arruda e o rosmaninho grimpavam. A sombra das árvores caía pesadamente sobre a água e parecia enterrar-se dentro dela, impregnando de treva as profundezas do elemento líquido. Imaginei que cada sombra, à medida que o sol descesse cada vez mais, se separasse, tacituma, do tronco que a produzira, para ser absorvida pela corrente, enquanto outras sombras, saídas momentaneamente das árvores, tomavam o lugar de suas predecessoras, assim sepultas.

Esta ideia, uma vez senhora de minha fantasia, excitou-a grandemente e eu me perdi logo em devaneios. "Se alguma ilha fosse encantada — disse comigo mesmo —, seria esta. Ela é a guarida das poucas fadas gentis que ainda restam do naufrágio da raça. Serão delas esses túmulos verdes? Ou abandonam elas suas doces vidas, como a humanidade a sua? Ao morrer, não definham elas melancolicamente, entregando a Deus, pouco a pouco, sua vida, como aquelas árvores vão lançando, de si, sombra, exaurindo sua substância até a dissolução? O que a árvore definhante é para a água que absorve sua sombra, tornando-se assim mais negra com o que devora, não pode ser o mesmo a vida da Fada para a morte em que se abisma?"

---

8 *Florem putares nare per liquidum aethera* (P. COMMIRE).

Quando eu assim cismava, de olhos semicerrados, enquanto o Sol se punha rapidamente para descansar e correntes remoinhantes moviam-se, apressadas, em torno da ilha, levando sobre o seio grandes, deslumbrantes e brancas lascas da casca do sicômoro, fragmentos que, por suas multiformes posições em cima da água, uma imaginação viva poderia converter em qualquer coisa que lhe agradasse; enquanto eu assim cismava, pareceu-me que o vulto de uma daquelas verdadeiras fadas, a respeito das quais estivera refletindo, caminhava vagarosamente para a sombra vinda da luz do lado ocidental da ilha. Permanecia de pé numa canoa singularmente frágil e a impelia com o simples fantasma de um remo. Enquanto se achava dentro da influência dos lentos raios solares, sua atitude parecia indicar alegria, mas a tristeza a deformou logo que entrou na sombra. Deslizou vagarosamente e, afinal, contornou a ilhota e tornou a entrar na região luminosa. "O giro que acaba de ser dado pela Fada — continuei eu, a cismar — é o ciclo do breve ano de sua vida. Vogou através de seu inverno e de seu verão. Achava-se um ano mais próxima de sua morte; porque não deixei de observar que, ao penetrar na região escura, sua sombra se desprendeu dela, e foi tragada pela negra água, tornando ainda mais negro o seu negror."

E de novo apareceu o bote com a Fada; mas, na atitude desta se viam mais cautela, mais incerteza e menos elástica alegria. Vogou de novo do meio da luz para dentro da treva (que se adensou momentaneamente), e mais uma vez sua sombra se desprendeu de seu corpo e caiu dentro da água cor de ébano, sendo absorvida pelo seu negror. E outra e outra vez deu ela volta à ilha (enquanto o Sol se lançava a seu repouso), e a cada saída da luz havia mais tristeza em seu aspecto, que se tornava mais fraco, mais abatido, mais indistinto; e a cada passagem para a treva dela se desprendia uma sombra mais escura, que se submergia numa caligem mais negra. Mas afinal, quando o Sol totalmente desapareceu, a Fada, agora mero fantasma de sua forma primitiva, seguiu desconsoladamente, com seu bote, para a região da maré de ébano. Se ela conseguiu de lá sair, de alguma forma, não sei dizê-lo, porque a escuridão afogou todas as coisas e não mais lhe avistei a mágica figura.

Manhã no Wissahiccon[1]

O cenário natural da América do Norte tem sido muitas vezes posto em contraste, tanto nos seus aspectos gerais como em pormenores, com a paisagem do Velho Mundo — mais especialmente da Europa — e não mais intenso tem sido o entusiasmo do que vasta a dissensão dos que apoiam cada uma das regiões. A discussão não parece dar mostras de ser tão cedo encerrada porque, embora muito tenha sido dito de ambos os lados, uma palavra mais ainda resta a ser dita.

O mais conspícuo dos turistas ingleses que tentou uma comparação parece olhar nosso litoral do norte e de leste, relativamente falando, como todo o da América do Norte — pelo menos, como todo o dos Estados Unidos —, digno de consideração. Pouco falam, porque menos viram do grandioso cenário interior de alguns dos nossos distritos de oeste e do sul — do vasto vale da Luisiana, por exemplo —, concretização dos mais silvestres sonhos de paraíso. Pela maior parte, esses viajantes contentam-se com uma apressada inspeção das naturais *curiosidades* da Terra: o Hudson, o Niágara, os Catskills, Harper's Ferry, os lagos de Nova York, o Ohio, as pradarias e o Mississípi. São essas, na verdade, coisas dignas de serem contempladas, mesmo por aquele que acaba, justamente, de subir o Reno, semeado de castelos, ou de vaguear

> Pela azul correnteza do caudaloso Ródano.

Mas isto não é *tudo* de que nos podemos orgulhar e, na verdade, não seria ousado afirmar que há recantos sossegados, obscuros e pouco explorados, dentro dos limites dos Estados Unidos, que seriam preferidos pelo verdadeiro artista ou por um culto amante das grandiosas e belas obras de Deus, a cada uma e a *todas* aquelas cenas registradas e mais afamadas a que me referi.

De fato, os verdadeiros Édens da Terra jazem bem distantes da rota dos nossos mais circunspectos turistas, e quão mais ainda fora do alcance do estrangeiro que, tendo feito com o seu editor, em casa, acordo para certa quantidade de comentários sobre a América do Norte a ser entregue em estipulado prazo, espera realizar seu contrato viajando, de canhenho na mão, através apenas das mais batidas vias públicas da região!

Mencionei justamente acima o vale da Luisiana. Talvez seja a mais encantadora de todas as extensas áreas de encanto natural. Nenhuma ficção dela se aproximou. A mais brilhante imaginação poderia deduzir sugestões de sua exuberante beleza. E seu único caráter é justamente a *beleza*. Tem pouco ou quase nada de sublime. Suaves ondulações do solo se intercalam de fantásticas torrentes cristalinas margeadas de floridas rampas, tendo ao fundo uma vegetação florestal, gigantesca, brilhante, multicolorida, rutilante de alegres pássaros e carregada de perfumes: tais características compõem, no vale da Luisiana, o mais voluptuoso cenário natural da Terra.

Mas, mesmo nesta deliciosa região, as partes mais deliciosas são atingidas ape-

---

1 Publicado pela primeira vez em *The Opal: A Pure Gift for the Holy Days*, Nova York, 1844. Título original: MORNING ON THE WISSAHICCON.

nas pelas veredas. Realmente, na América, o viajante que desejasse contemplar as mais belas paisagens deveria buscá-las, não por estrada de ferro, por navio a vapor, por diligência, ou por seu carro particular, e nem mesmo ainda a cavalo, mas a pé. Deveria *andar*, pular ravinas, arriscar o pescoço entre precipícios, ou então deixaria de ver os mais verdadeiros, os mais ricos e os mais indizíveis esplendores da Terra.

Ora, na maior parte da Europa tal necessidade não existe. Na Inglaterra não existe absolutamente. O mais simples turista casquilho pode visitar ali todos os recantos dignos de serem vistos, sem prejuízo para suas meias de seda. De modo que são totalmente conhecidos todos os pontos interessantes e muito bem organizados todos os meios de chegar até eles. Nunca foi dada a devida importância a esta consideração quando se compararam os cenários naturais do Velho e do Novo Mundo. A completa beleza daqueles está relacionada apenas com os mais notáveis, e de nenhum modo com os trechos mais eminentes, na beleza geral destes últimos.

O cenário fluvial tem, inquestionavelmente, dentro de si mesmo todos os essenciais elementos de beleza e, desde tempos imemoriais, tem sido o tema favorito do poeta. Mas a maior parte desta fama é atribuível à predominância das viagens fluviais sobre as que se realizam nas regiões montanhosas. Da mesma forma os grandes rios, porque são usualmente as vias principais, absorveram, em todos os países, uma indevida parte da admiração. São mais observados e, consequentemente, se tornam mais vezes assunto de palestra do que os cursos de água menos importantes, porém mais interessantes muitas vezes.

Singular ilustração de minhas observações a respeito deste assunto pode ser encontrada no Wissahiccon, um regato (mal se pode chamá-lo mais do que isso) que deságua no Schuylkill, a cerca de seis milhas a oeste de Filadélfia. Ora, o Wissahiccon é de tão notável beleza que, se fluísse na Inglaterra, seria tema de todo bardo e assunto predileto de toda conversa, se, na verdade, suas margens não fossem retalhadas em lotes de preço exorbitante para construção de vilas de gente opulenta. No entanto, faz apenas poucos anos que alguém tenha ouvido, mais ou menos, falar do Wissahiccon, enquanto que o curso de água mais largo e mais navegável, para onde ele aflui, tem sido longamente celebrado como um dos mais belos espécimes da paisagem fluvial americana. O Schuylkill, cujas belezas têm sido tão exageradas e cujas margens, pelo menos na vizinhança de Filadélfia, são pantanosas como as do Delaware, não é absolutamente comparável, como objeto de interesse pinturesco, com o mais humilde e menos notório riachinho de que falamos.

Foi somente quando Fanny Kemble, no seu gracioso livro, a respeito dos Estados Unidos, apontou aos filadelfenses a rara beleza dum rio que corria às suas próprias portas, que essa beleza se tornou mais do que pressentida por uns poucos pedestres aventureiros da vizinhança. Mas tendo o *Diário* aberto todos os olhos, o Wissahiccon, até certo ponto, se precipitou imediatamente na notoriedade. Digo "até certo ponto" porque, de fato, a verdadeira beleza do rio está bem acima da estrada dos filadelfenses, caçadores de pitoresco, os quais raramente avançam além duma milha ou duas da barra do riachinho... pela excelentíssima razão de que ali para a estrada de rodagem. Aconselharia ao aventureiro que quisesse contemplar os mais belos trechos a tomar a Estrada do Espinhaço, que corre para oeste da cidade, e, tendo chegado à segunda azinhaga, além do marco da sexta milha, a seguir por essa azinhaga até o fim. Ele assim descobre o Wissahiccon num dos seus melhores trechos, e, num caíque, ou trepando ao longo das margens, pode subir ou descer o rio, como melhor lhe convier à fantasia, e em qualquer direção encontrará sua recompensa.

Já disse, ou deveria ter dito, que o riacho é estreito. Suas margens são geralmente, na realidade, quase que totalmente íngremes, e consistem em altas colinas, revestidas de grandes arbustos perto da água, e coroadas, em maiores elevações, de algumas das mais imponentes árvores florestais da América, entre as quais ocupa proeminente lugar o *Liriodendron Tulipifera*. As bordas, porém, são de granito, agudamente destacadas ou cobertas de musgo, contra as quais a cristalina água se recosta, na sua suave maré, como as ondas azuis do Mediterrâneo sobre os degraus de seus palácios de mármore. Casualmente, em frente dos rochedos, estende-se um pequeno platô, de terra fartamente relvosa, proporcionando a mais pitoresca posição para uma casinha e jardim que a mais rica imaginação pudesse conceber. Os meandros da corrente são numerosos e bruscos, como é usualmente o caso onde as margens são íngremes, e dessa forma a impressão transmitida ao olhar do viajante, ao prosseguir, é a de uma infindável sucessão de pequenos lagos, infinitamente variados, ou, mais propriamente falando, de lagoas entre montanhas. O Wissahiccon, porém, deveria ser visitado, não como "linda Melrosa", à luz da lua, ou mesmo em tempo nublado, mas em meio ao mais brilhante esplendor de um sol meridiano, porque a estreiteza da garganta através da qual ele flui, a altura das colinas de cada lado e a densidade da folhagem conspiram para produzir uma melancolia, se não um efeito de absoluta tristeza, que, a menos de ser atenuado por uma brilhante luz geral, diminui a simples beleza da cena.

Não faz muito tempo visitei a corrente, pela estrada descrita, e passei a maior parte dum dia sufocante a vogar num caíque, no seu leito. O calor pouco a pouco me venceu, e, cedendo à influência das cenas e do tempo e do suave movimento da correnteza, mergulhei numa madorna, durante a qual minha imaginação divertiu-se com as visões do Wissahiccon dos antigos dias, dos "bons velhos tempos" em que o Demônio da Máquina não existia, em que não se sonhava com piqueniques, em que "privilégios de água" não eram nem comprados nem vendidos, e quando o homem vermelho caminhava sozinho, com o alce, pelo espinhaço que agora se altanava lá em cima. E, enquanto, gradativamente, esses conceitos tomavam posse de minha mente, o preguiçoso riacho tinha-me levado, polegada a polegada, para um promontório, a plena vista de outro que confinava a perspectiva à distância de quarenta ou cinquenta jardas. Era um escarpado penhasco rochoso, entestando muito adentro da corrente e apresentando muito mais do caráter de Salvator Rosa que qualquer outra porção da praia até então passada. O que vi em cima daquele penhasco, embora coisa de extraordinaríssima natureza, considerados o lugar e a estação, a princípio nem me abalou nem me assombrou — tão completamente e apropriadamente se harmonizava ela com as fantasias semimodorrentas que me envolviam. Vi, ou sonhei que via, de pé, na extrema orla do precipício, com o pescoço estendido, as orelhas eretas, e toda a atitude indicativa de profunda e melancólica curiosidade, um dos mais velhos e dos mais ousados daqueles mesmos alces que tinham sido emparelhados com os homens vermelhos de minha visão.

Disse que, durante poucos instantes, aquela aparição nem me abalou nem me assombrou. Durante aquele intervalo toda a minha alma estava confinada numa intensa simpatia solitária. Imaginei o alce descontente, não menos que admirado, diante das manifestas alterações para pior, realizadas sobre o rio e suas vizinhanças, pela dura mão do utilitarista. Mas um leve movimento da cabeça do animal imediatamente dissipou a fantasia que me sitiava e despertou-me para a plena sensação de novidade da aventura. Ergui-me sobre um joelho dentro do caíque e, enquanto hesitava em parar minha carreira ou deixar-me levar para mais perto do objeto de minha admiração, ouvi as palavras "psiu! psiu!", lançadas rápida, mas cautelosamente, do bosquete lá do alto. Num momento depois, um negro emergiu da mata, afastando as moitas com cuidado e caminhando furtivamente. Levava numa mão um pouco de sal e, estendendo-o para o lado do alce, vagarosa, mas constantemente, se aproximou. O belo animal, embora um pouco alvoroçado, não fez tentativa de escapar. O negro adiantou-se, ofereceu o sal e pronunciou umas poucas palavras de encorajamento ou conciliação. Então o alce inclinou-se e bateu com os pés e depois ficou quieto e foi seguro por um cabresto.

Assim terminou meu romance do alce. Era um bicho "domesticado", de muita idade e de hábitos bem caseiros, pertencente a uma família inglesa que ocupava uma vila na vizinhança.

O domínio de Arnheim ou o jardim-paisagem[1]

Foi traçado o jardim qual uma bela
Mulher que jaz, como num sono extático,
De olhos fechados para os céus abertos.
As campinas azuis do céu se uniam
Num halo ornado de luzentes flores.
Os lírios e as cintilações do orvalho
Nas folhas azuladas pareciam
Estrelas a luzir na noite azul.

Giles Fletcher

Do berço ao túmulo uma rajada de prosperidade sempre sustentou meu amigo Ellison. Não uso a palavra prosperidade no seu simples significado universal. Emprego-a como sinônimo de felicidade. A pessoa de quem falo parecia nascida para obscurecer as doutrinas de Turgot, Price, Priestley e Condorcet, exemplificando, individualmente, o que tem sido considerado como a quimera dos perfeccionistas. Na curta existência de Ellison creio ter visto refutado o dogma de que na verdadeira natureza do homem jaz algum princípio oculto, antagonista da felicidade. Um ansioso exame de sua carreira deu-me a entender que, em geral, da violação de umas poucas leis simples de humanidade provém a desgraça da espécie humana, que, como espécie, temos em nossa posse os como que ainda informes elementos de contentamento, e que, mesmo agora, na presente escuridão e loucura de todo pensamento, a respeito da grande questão da condição social, não é impossível ao homem, ao indivíduo, ser feliz sob certas condições insólitas e altamente fortuitas.

De opiniões tais como estas estava também meu jovem amigo imbuído plenamente e assim é digno de observação que o ininterrupto prazer que distinguiu sua vida fosse, em grande parte, resultado dum acordo prévio. É de fato evidente que, com menos da filosofia instintiva que de vez em quando se situa tão bem em lugar da experiência, o Sr. Ellison ter-se-ia visto precipitado, pelos bem extraordinários êxitos de sua vida, no vórtice comum da infelicidade que se escancara para aqueles que possuem dotes proeminentes. Mas de modo algum é meu objeto escrever um ensaio sobre a felicidade. As ideias de meu amigo podem ser sumariadas em poucas palavras. Ele admitia apenas quatro princípios elementares ou, mais estritamente, quatro condições de felicidade. A que ele considerava principal era (é bem estranho dizer-se!) a felicidade simples e puramente física do pleno exercício ao ar livre. "A saúde — dizia ele — obtida por outros meios é dificilmente digna deste nome." Citava os exemplos dos êxtases do caçador de raposas, apontava os lavradores da terra, o único povo que, como classe, pode livremente considerar-se mais feliz do que os outros. Sua segunda condição era o amor da mulher. A terceira, e de mais difícil realização, era o desprezo da ambição.

1 Publicado pela primeira vez no *Columbian Lady's and Gentleman's Magazine*, março de 1847. Título original: THE DOMAIN OF ARNHEIM.

A quarta era objeto de incessante empenho; e sustentava que, outras coisas sendo semelhantes, a extensão da felicidade atingível estava em proporção com a espiritualidade desse objetivo.

Ellison se destacava pela contínua profusão de boas dádivas que sobre ele prodigalizava a fortuna. Excedia a todos os homens em graça pessoal e em beleza. Sua inteligência era daquelas para as quais a aquisição do saber é menos um trabalho que uma intuição e uma necessidade. Sua família era uma das mais ilustres do império. Sua esposa, a mais bela e a mais devotada das mulheres. Suas posses sempre tinham sido amplas; mas, ao atingir a maioridade, descobriu-se que um daqueles extraordinários caprichos da sorte havia agido em seu favor, caprichos desses que abalam todo o mundo social em meio do qual ocorrem, e raramente deixam de alterar, de modo radical, a constituição moral daqueles que são deles objeto.

Foi o caso que, cerca de cem anos antes de atingir o Sr. Ellison a sua maioridade, havia morrido, numa remota província, um tal Seabright Ellison. Este cavalheiro havia acumulado principesca fortuna e, não tendo parentes próximos, concebeu o capricho de tolerar que sua fortuna se acumulasse durante cem anos após sua morte. Minudente e sagazmente dirigindo os vários meios de inversão do dinheiro, deixou em testamento o montante junto ao parente mais próximo que usasse o nome de Ellison e estivesse vivo, ao fim dos cem anos. Muitas tentativas foram feitas para revogar esse legado singular; o caráter *ex post facto* dessas tentativas fadou-as ao desastre; mas a atenção dum governo invejoso foi despertada, e um ato legislativo estabeleceu afinal a proibição de semelhantes acumulações. Este ato, porém, não impediu o jovem Ellison de entrar na posse, aos 21 anos, como o herdeiro de seu antepassado Seabright, de uma fortuna de *450 milhões de dólares*.[2]

Quando se tornou conhecido que tal era a enorme fortuna herdada, houve, sem dúvida, muitas especulações a respeito do modo pelo qual seria ela utilizada. A magnitude e a imediata utilização da soma transtornavam a todos quantos pensavam no assunto. O possuidor de tão *apreciável* quantia de dinheiro poderia, como se imaginava, realizar qualquer uma de milhares de coisas. Com riquezas que ultrapassavam a de qualquer cidadão teria sido fácil supor que ele se entregasse ao supremo excesso, nas extravagâncias da moda de seu tempo, ou se ocupasse com intrigas políticas, ou almejasse o poder ministerial, ou buscasse aumento de nobreza, ou colecionasse vastos museus de antiguidades, ou desempenhasse o papel de munificente mecenas das letras, da ciência e da arte, ou doasse e desse seu nome a imensas instituições de caridade. Mas para a inconcebível riqueza na posse atual do herdeiro, esses objetivos e os demais objetivos comuns ofereciam, como era evidente, campo demasiado limitado. Tinha-se de recorrer aos números e estes eram suficientes para transtornar. Verificou-se que, mesmo a três por cento, a renda anual da herança ascendia a nada menos de treze milhões e quinhentos mil dólares, o que dava 1125 000 por mês, ou 36 986 por dia, ou mil e quinhentos e quarenta e um por hora, ou 26 dólares por minuto que decorresse. Assim, o método usual de suposições foi

---

2 Um incidente semelhante em plano geral ao aqui imaginado ocorreu, não faz muito, na Inglaterra. Chamava-se Thelluson o afortunado herdeiro. Vi pela primeira vez uma narrativa desse caso na *Viagem* do Príncipe Pückler Muskau, que dá como "noventa milhões de libras" a quantia herdada e observa justamente que, "ao contemplarem-se tão vasta soma e os serviços a que poderia ser aplicada, há mesmo alguma coisa de sublime". Para satisfazer os propósitos deste artigo acompanhei o relato do príncipe, embora excessivamente exagerado. O germe e, de fato, o começo do presente ensaio foram publicados há muitos anos, antes do aparecimento do primeiro tomo do admirável *Judeu errante*, de Sue, que lhe teria sido provavelmente sugerido pela narrativa de Muskau.

inteiramente abandonado. Não se sabia o que imaginar. Houve mesmo os que supuseram que o Sr. Ellison abriria mão de pelo menos metade de sua fortuna, como opulência mais do que supérflua, enriquecendo grupos inteiros de parentes, graças à divisão de sua superabundância. Aos mais próximos, de fato, deixou ele os bens, bastante avultados, que possuía antes da herança.

Não me surpreendeu, contudo, verificar que ele estava bem decidido a respeito de um assunto que ocasionara muita discussão entre seus amigos. Nem me espantei demais ante a natureza dessa decisão. Em relação à caridade individual, ele satisfizera sua consciência. Pequena era sua fé (contrista-me confessá-la) na possibilidade de qualquer melhoria, propriamente dita, a ser feita nas condições humanas pelo próprio homem. Em suma, feliz ou infelizmente, ele, em alto grau, se ensimesmara.

Era um poeta, no sentido mais amplo e nobre. Compreendia, além disso, o verdadeiro caráter, a finalidade augusta, a suprema dignidade e majestade do sentimento poético. Sentia instintivamente que a mais completa, senão a única, satisfação própria desse sentimento estava na criação de novas formas de beleza. Algumas particularidades de sua antiga educação, ou da natureza de seu intelecto, haviam matizado, com o que se chama materialismo, todas as suas especulações éticas; e foi, talvez, essa inclinação que o levou a crer que, pelo menos, o mais vantajoso, senão o único legítimo, dos campos do exercício poético jazia na criação de novos modos de encanto puramente *físico*. Assim, sucedeu que não se tornou músico, nem poeta, se empregarmos este último termo em sua cotidiana acepção. Ou pode ter sido que negligenciasse tornar-se um ou outro, simplesmente por fidelidade à sua ideia de que a restrição da ambição é um dos princípios essenciais da felicidade na Terra. Na verdade, não é possível que, se uma alta classe de gênios é necessariamente ambiciosa, os mais altos estejam acima do que se chama ambição? E, desse modo, não pode suceder que muitos, maiores do que Milton, tenham satisfeitamente permanecidos "mudos e sem glória"? Creio que o mundo nunca viu e que — a não ser através de algumas séries de acidentes, que incitem a mais nobre classe de espírito a desagradáveis esforços — o mundo nunca verá a ampla extensão de triunfantes realizações, nos mais ricos domínios da arte, de que a natureza humana é perfeitamente capaz.

Ellison não se fez músico nem poeta; contudo, nenhum homem viveu mais profundamente enamorado da música e da poesia. Em circunstâncias diversas das que lhe sobrevieram não seria impossível que se tivesse tornado pintor. A escultura, embora, por natureza, rigorosamente poética, era demasiado limitada em extensão e consequência para, a qualquer tempo, ocupar-lhe muito a atenção. E aqui mencionei todas as províncias pelas quais a compreensão comum do sentimento poético o considera capaz de se expandir. Ellison, porém, mantinha que a mais rica, a mais verdadeira, a mais natural, senão inteiramente a mais ampla dessas províncias tinha sido estranhamente posta de lado. Jamais se definira o jardineiro-paisagista como poeta; parecia, porém, a meu amigo que a criação de um jardim imitando paisagem oferecia à própria musa a mais magnífica das oportunidades. Aí, na verdade, estava o mais indelimitado dos campos para o desenvolvimento da imaginação, em combinações infindáveis de formas novas de beleza; pois os elementos a serem combinados eram, com enorme superioridade, os mais soberbos que a terra pode fornecer. Na multiformidade e no multicolorido das flores e das árvores reconhecia ele os mais diretos e enérgicos esforços da Natureza pelo encanto físico. E na direção ou concentração desse esforço — ou, mais propriamente, em sua adaptação aos olhos que o deviam contemplar na terra — notava ele que podiam ser empregados os melhores meios, trabalhando com maiores vantagens, para a realização não só do próprio destino como poeta, mas dos augustos fins para os quais a Divindade implantara no coração do homem o sentimento poético.

"Sua adaptação aos olhos que o deviam contemplar na terra." Ao explanar essa fraseologia, o Sr. Ellison fez muito para solver o que sempre me parecera um enigma: refiro-me ao fato (que apenas os ignorantes contestam) de que não existe na natureza qualquer combinação de cenário igual à que o pintor de gênio pode produzir. Não se encontram, em realidade, paraísos como os que esplendem nas telas de Claude. Na mais encantadora das paisagens naturais sempre se encontrará um defeito ou um excesso... muitos excessos e defeitos. Embora as partes componentes possam desafiar, individualmente, a maior perícia do artista, o arranjo dessas partes será sempre suscetível de melhoria. Em resumo: nenhuma posição se encontra, na vasta superfície da Terra *natural*, na qual um olho artístico, examinando atentamente, não encontre matéria de ofensa ao que se denomina a "composição" de paisagem. E, contudo, como isto é ininteligível! Em todos os outros assuntos, fomos precisamente ensinados a considerar a natureza como suprema. Ante seus pormenores, retiramo-nos da competição. Quem presumirá imitar as cores da tulipa, ou aperfeiçoar as proporções do lírio dos vales? A crítica que diz que na escultura ou no retrato a natureza antes deve ser sublimada ou idealizada do que imitada é um erro. Nenhuma combinação pictórica ou escultural de pontos de encantamento humano faz mais do que aproximar-se da viva e respirante beleza. Só na paisagem é verdadeiro aquele princípio de crítica; e, tendo sentido sua verdade ali, foi só o temerário espírito de generalização que a levou a declará-lo verdadeiro em todos os domínios da arte. Tendo, disse, *sentido* sua verdade ali, porque o sentimento não é afetação nem quimera. A matemática não dá demonstrações mais absolutas do que as fornecidas ao artista pelos sentimentos de sua arte. Ele não só acredita, mas positivamente sabe, que tais e quais arranjos aparentemente arbitrários do assunto constituem, e só eles constituem, a verdadeira beleza. Suas razões, contudo, não se amadureceram ainda em expressões. Investigá-las e exprimi-las inteiramente, isso fica para análise mais profunda que a já vista pelo mundo. Não obstante, ele é confirmado, em suas opiniões instintivas, pelas vozes de todos os seus confrades. Deixe-se uma "composição" defeituosa; seja feita uma emenda no simples arranjo de sua forma; seja esta emenda submetida a cada artista do mundo; cada um admitirá sua necessidade. E ainda mais: para consertar a composição defeituosa cada membro insulado da classe teria sugerido emenda idêntica.

Repito que só nos arranjos paisagísticos é a natureza suscetível de superação e, em consequência, sua suscetibilidade de aperfeiçoamento nesse único ponto era um mistério que eu fora incapaz de decifrar. Meus pensamentos próprios a respeito descansavam na ideia de que a primitiva intenção da natureza teria arranjado a superfície da Terra de modo a preencher todos os pontos do senso de perfeição do homem no belo, no sublime ou no pitoresco; mas que essa primitiva intenção tinha sido frustrada pelas conhecidas perturbações geológicas, perturbações de forma e de matizes, na correção ou suavização das quais jaz a alma da arte. O poder dessa ideia foi, porém, demasiado enfraquecido pela necessidade que implica de considerar as perturbações anormais e inadaptadas a qualquer fim. Foi Ellison quem sugeriu que elas eram prognósticos de *morte*. Assim explicava: "Admite-se que a imortalidade terrestre do homem tenha sido a primeira intenção. Temos então o primitivo arranjo da superfície da Terra adaptado a essa condição feliz, como não existente, mas projetada. As perturbações foram os preparativos para sua subsequentemente concebida condição mortal."

"Ora — dizia meu amigo —, o que olhamos como uma exaltação da paisagem pode ser realmente tal no que diz respeito apenas ao ponto de vista moral ou humano. Cada alteração do cenário natural pode provavelmente produzir uma mancha no quadro, se pudermos supor esse quadro visto em geral, em massa, de algum ponto distante da superfície da Terra, embora não além dos limites de sua atmosfera. Compreende-se facilmente que aquilo que pode melhorar um pormenor examinado bem de perto pode ao mesmo tempo prejudicar um efeito geral, ou mais distintamente observado. Talvez haja uma classe de seres, outrora humanos, mas agora invisíveis à humanidade, para quem, de longe, nossa desordem possa parecer ordem, e pitoresco o que não é pitoresco; em uma palavra: os anjos terrestres, para cuja pesquisa mais especialmente que para a nossa, e para cuja apreciação supermortal da beleza, talvez tenham sido postos em ordem por Deus os vastos jardins paisagísticos dos hemisférios."

No correr da discussão, meu amigo citou algumas passagens dum escritor a respeito de ajardinamento-paisagístico, cuja contribuição, no estudo do tema, era tida como valiosa:

"Há propriamente apenas dois estilos de ajardinamento-paisagístico: o natural e o artificial. Um procura relembrar a beleza original da região adaptando seus recursos ao cenário circundante, cultivando árvores em harmonia com as colinas, ou planícies da terra vizinha, revelando e valorizando aquelas finas relações de tamanho, proporção e cor que, ocultas ao observador comum, são reveladas por toda parte ao experimentado estudioso da natureza. O resultado do estilo natural de jardinagem vê-se mais na ausência de todos os defeitos e incongruências, na prevalência duma saudável harmonia e de ordem, do que na criação de quaisquer maravilhas especiais ou milagres. O estilo artificial tem tantas variedades quantos são os gostos diferentes a satisfazer. Tem certa relação geral com os vários estilos de construção. Há as avenidas majestosas e os retiros de Versalhes, os terraços italianos e uma variada mistura de velho estilo inglês, que tem alguma relação com o gótico doméstico ou arquitetura elisabetana inglesa. Diga-se o que se disser contra os abusos da jardinagem-paisagística artificial, o certo é que uma mistura de pura arte, no cenário do jardim, acrescenta-lhe grande beleza. Isto é em parte agradável ao olhar pela exibição da ordem e do desenho, e, em parte, moral. Um terraço com uma velha balaustrada coberta de musgo evoca imediatamente à vista as belas formas que por ali passaram nos dias de antanho. A menor exibição de arte é uma prova de cuidado e de humano interesse."

"Do que eu já tenho observado — disse Ellison —, compreenderá você que rejeito a ideia, aqui expressa, de relembrar a beleza original da região. A beleza original nunca é tão grande como a que pode ser introduzida. Sem dúvida, cada coisa depende da escolha de um lugar com capacidades. O que se diz a respeito de revelar e valorizar finas relações de tamanho, proporção e cor não passa de mera vaguidão de palavras, que serve para encobrir a inexatidão do pensamento. A frase citada pode significar qualquer coisa, ou nada, e não leva a ponto algum. Afirmar que o verdadeiro resultado do estilo natural de ajardinamento esteja antes na ausência de todos os defeitos e incongruências que na criação de quaisquer especiais maravilhas ou milagres é uma proposição mais digna da compreensão rasteira da ralé do que dos ardentes sonhos do homem de gênio. O mérito negativo sugerido pertence àquela crítica manquitola que, nas letras, elevaria Addison à apoteose. Na verdade, ao passo que a virtude, que apenas consiste em evitar o vício, se impõe diretamente à compreensão e pode assim ser circunscrita num *preceito*, a mais excelsa virtude, que flameja na criação, só pode ser apreendida em seus resultados. O preceito unicamente se aplica aos méritos da negativa, às excelências que refreia. Além disso, a crítica de arte nada mais pode do que sugerir. Podemos ser ensinados a realizar um *Catão*, mas debalde nos dirão *como* conceber um *Partenon*, ou um *Inferno*. Feita a coisa, porém, realizada a maravilha, a capacidade de compreensão torna-se universal. Os sofistas da escola negativa que, pela inabilidade para criar, escarneciam da criação acham-se, então, entre os que mais aplaudem. Aquilo que, no estado de crisálida como princípio, lhes afrontava a razão duvidosa nunca deixa, na maturidade do ato realizado, de extrair admiração do instinto de beleza que eles têm."

"As observações do autor sobre o estilo artificial — continuou Ellison — são menos retorquíveis. A mistura de pura arte, numa cena de jardim, acrescenta-lhe grande beleza. Isto é justo, como também o é a referência ao senso do interesse humano. O princípio expresso é incontrovertível, mas *pode* haver algo além disso. Pode haver um objeto que se cinja ao princípio, um objeto inatingível pelos meios ordinários que os indivíduos possuem e que, contudo, se atingido, trará ao jardim-paisagístico um encanto que de muito supere o que um senso de humano interesse apenas poderia conferir. Um poeta que tivesse recursos pecuniários bastante incomuns poderia, se mantivesse as necessárias ideias de arte e cultura, ou, como diz nosso autor, de interesse, saturar tanto seus esboços, a um só tempo, da extensão e da novidade da beleza, que transmitiria o sentimento de interferência espiritual. Vê-se bem que, alcançando tal resultado, ele asseguraria todas as vantagens de interesse ou *intenção*, embora libertando sua obra da austeridade ou do tecnicismo da *arte* mundana. Na mais inculta das solidões, na mais selvagem das cenas da natureza pura, existe, aparente, a *arte* de um criador. Tal arte, entretanto, só é aparente à reflexão; de modo algum tem a força óbvia de um sentimento. Suponhamos agora que esse senso da intenção do Onipotente *seja diminuído de um passo*, seja introduzido entre algo como a harmonia ou a consistência e o senso humano de arte forme um intermédio entre os dois; imaginemos, por exemplo, uma paisagem onde a amplidão e a definitividade combinadas, a beleza, a magnificência e a *estranheza* unidas proporcionem a ideia de cuidado, ou cultura, ou superintendência da parte de entes superiores, embora semelhantes à humanidade; o sentimento de *interesse* está preservado, se a arte, que se entrelaça, assumir o aspecto de uma natureza intermediária ou secundária, natureza que não é Deus nem uma emanação de Deus, mas que entretanto é natureza, no sentido do trabalho dos anjos, que se alçam entre o homem e Deus."

Foi dedicando sua enorme riqueza à concretização de uma visão semelhante num pleno exercício ao ar livre, assegurado pela superintendência pessoal de seus planos; no incessante objeto que esses planos permitiam; na alta espiritualidade do objeto; na restrição da ambição que o habilitava a verdadeiramente sentir; nas perenes fontes com que era agraciada, sem possibilidade de saciar-se, a única paixão dominante de sua alma, a sede de beleza; e, acima de tudo, foi no amor de uma mulher, num amor verdadeiramente de mulher, cuja amabilidade e cujo carinho lhe envolveram a existência com a purpurina atmosfera do Paraíso, foi em tudo isso que Ellison pensou encontrar, e *encontrou*, libertação dos cuidados ordinários da humanidade, com acúmulo muito maior de positiva felicidade do que o que jamais cintilou nos arrebatados devaneios de Mme. de Staël.

Desisto de fornecer ao leitor qualquer concepção distinta das maravilhas que meu amigo realmente efetuou. Desejaria descrevê-las, mas sou desencorajado pela dificuldade da descrição e hesito entre o pormenor e a generalidade. Talvez o melhor caminho esteja em unir a ambos por seus extremos.

O primeiro passo do Sr. Ellison, sem dúvida, foi a escolha de um lugar; e mal começara a pensar nesse assunto, quando a luxuriante natureza das ilhas do Pacífico lhe atraiu a atenção. De fato, resolveu-se a empreender uma viagem aos Mares do Sul, quando a reflexão de uma noite o impeliu a abandonar a ideia. "Se eu fosse um misantropo — disse ele —, esse *local* me conviria. Seu completo insulamento e reclusão e a dificuldade de chegar e sair seriam, em tal caso, o encanto dos encantos; mas não sou Tímon. Quero a tranquilidade, mas não a depressão do ermo. Deve permanecer comigo certo domínio sobre a extensão e a duração de meu repouso. Frequentes horas haverá, também, em que necessitarei da simpatia dos poetas para o que fizer. Procuremos, então, um sítio não longe de uma cidade populosa, cuja vizinhança, de outra parte, melhor me habilite a executar meus planos."

Na procura de um lugar conveniente, assim situado, Ellison viajou vários anos e permitiu que eu o acompanhasse. Mil sítios que me arrebataram foram por ele rejeitados sem hesitação, devido a razões que, finalmente, me demonstravam estar ele certo. Chegamos afinal a um elevado planalto de admirável fertilidade e beleza, que proporcionava uma visão panorâmica pouco menos ampla que a do Etna e, na opinião de Ellison, bem como na minha, ultrapassava a tão famosa vista daquela montanha em todos os elementos verdadeiros do pitoresco.

"Estou certo — disse o viajante, enquanto eu suspirava de fundo prazer depois de contemplar aquele panorama, enlevado, durante quase uma hora —, estou certo de que aqui, em minha situação, nove décimos dos mais exigentes dos homens repousariam contentes. Este panorama é, na verdade, esplêndido e eu me alegraria com ele, não fosse o excesso do seu esplendor. O gosto de todos os arquitetos que já conheci leva-os a construírem, por causa do 'panorama', edifícios no cume das colinas. O erro é evidente. A grandeza, em todos os seus aspectos, mas especialmente no da vastidão, anima, excita, e depois fatiga, deprime. Para uma vista momentânea, nada melhor; para uma constante, nada pior. E quando a vista é constante, a mais censurável fase da grandeza é a da extensão, a pior fase da extensão a da distância. Luta com o sentimento e com o senso de *retiro*, senso e sentimento que procuramos satisfazer ao 'retirar-nos no campo'. Ao olhar do alto de um monte não podemos deixar de sentir-nos *estrangeiros* no mundo. O coração enfermo evita as paisagens longínquas como uma peste."

Só no fim do quarto ano de nossa procura descobrimos uma localidade com que Ellison se confessou satisfeito. É, sem dúvida, desnecessário dizer *onde* se achava o lugar. A recente morte de meu amigo, permitindo que seu domínio se abrisse a certas classes de visitantes, deu a Arnheim uma espécie de celebridade secreta e dominante, senão solene, similar em espécie, embora infinitamente superior em grau, à que tanto distinguiu Fonthill.

Chegava-se habitualmente a Arnheim pelo rio. O visitante deixava a cidade de manhã cedo. Até o meio-dia passava por entre margens de beleza tranquila e caseira, em que pastavam inúmeros carneiros com os flocos brancos salpicando o verde vivo dos prados ondulantes. Gradualmente a ideia do cultivo cedia lugar à da tarefa simplesmente pastoral. E esta vagarosamente se ia imergindo num sentido de retiro, e este numa consciência de solidão. Ao se aproximar a tarde tornava-se o canal mais estreito; as margens eram cada vez mais alcantiladas, e vestiam-se da mais rica, mais profusa e mais sombria folhagem. Aumentava a transparência da água. A corrente dava mil voltas, de modo que em momento algum podia ser vista sua superfície cintilante em distância maior de duzentos metros. A cada instante o barco parecia aprisionado num círculo encantado, de paredes de folhagem insuperáveis e impenetráveis, teto de cetim azul-marinho e nenhum chão, pois a quilha se balançava, com admirável graça, sobre o de um barco fantasma que, tendo-se virado nalgum acidente, flutuava em companhia constante do barco real, para o fim de sustentá-lo. O canal depois tornava-se uma *garganta*, embora o termo seja um tanto inaplicável e eu só o empregue porque a linguagem não possui palavra que melhor represente o mais impressionante, embora não o mais característico, dos traços da paisagem. O caráter da garganta era mantido só pela altura e paralelismo das margens e não existia absolutamente nos outros traços. As encostas da ravina (entre as quais a água clara ainda defluía tranquilamente) erguiam-se a uma altura de cem e, por vezes, de 150 pés, inclinando-se tanto uma em direção à outra que, em grande medida, impedia a entrada da luz solar; e os longos musgos, como plumas que densamente pendiam dos bosquezinhos, entrelaçados lá em cima, davam a todo o abismo um aspecto de funérea melancolia. Os volteios se tornavam mais frequentes e intrincados, parecendo, às vezes, voltar sobre si mesmos, de modo que o viajante já de há muito perdera qualquer ideia da direção. Além do mais, envolvia-o esquisita sensação de estranheza. O pensamento da natureza permanecia ainda, mas seu caráter parecia ter sofrido modificação; havia uma simetria sobrenatural, uma uniformidade excitante, uma propriedade mágica nessas obras naturais. Nem um ramo seco, nem uma folha morta, nem um seixo perdido, nem uma nesga de terra parda eram visíveis em qualquer parte. A água de cristal jorrava de encontro ao puro granito ou ao musgo sem mancha com uma precisão de contornos que tanto deliciava quanto maravilhava o olhar.

Depois de atravessados os labirintos desse canal, durante horas, com a obscuridade a adensar-se a cada instante, súbita e inesperada volta do barco conduzia-o de repente, como se caído do céu, a uma bacia circular, de amplidão bem considerável, se comparada com a largura da garganta. Era de cerca de duzentas jardas de diâmetro e circundada em todos os pontos, exceto um, o que ficava imediatamente defronte do barco que entrava por colinas de altura em geral igual à das paredes do despenhadeiro, embora de caráter completamente diferente. Suas encostas desciam até a beira da água num ângulo de cerca de 45 graus e se cobriam, da base ao cume — sem que escapasse um só ponto perceptível —, de um vestuário das mais brilhantes flores de pomar; raramente uma folha verde era visível entre o mar oloroso de cores flutuantes. Essa bacia era de grande profundidade, mas a água era tão transparente que o fundo, que parecia consistir de uma espessa massa de pequenos seixos redondos de alabastro, era distintamente perceptível, a espaços, isto é, onde o olhar *não* se podia permitir a visão, bem para dentro do invertido céu, de florescência duplicada das colinas. Nestas últimas não havia árvores nem mesmo arbustos de qualquer tamanho. As impressões que deixavam ao observador eram as de riqueza, tepidez, colorido, quietude, uniformidade, brandura, delicadeza, sutileza, prazer e um miraculoso cúmulo de cultura que sugeria sonhos de uma nova raça de fadas, trabalhadoras, experientes, magnificentes e difíceis de contentar; mas, quando o olhar percorria, subindo, o declive multicolorido, desde sua nítida junção com a água até sua vaga terminação entre as dobras das nuvens pendentes no alto, tornava-se, deveras, difícil deixar de imaginar uma catarata panorâmica de rubis, safiras, opalas e ágatas douradas, rolando silenciosamente do firmamento.

O visitante, ao penetrar de súbito nessa baía, saído da obscuridade, deleitava-se, atônito também, com o globo pleno do Sol cadente que ele já supusera de há muito escondido no horizonte, mas que agora o defronta e forma o único termo de um panorama ilimitado visto através de outra abertura abissal nas colinas.

Mas aí o viajante deixa o barco que o trouxe tão longe e desce num leve bote de marfim, colorido de arabescos em vermelho vivo, por dentro e por fora. A popa e a proa desse bote erguem-se, altas, sobre a água, com pontas agudas, de modo que a forma geral é a de um crescente irregular. Dorme ele sobre a superfície da água com a altiva graça de um cisne. Em seu assoalho, revestido de arminho, apenas repousa um levíssimo remo de pau-cetim; mas nenhum remador, ou ajudante, é visto. O hóspede é convidado a entregar-se à sorte, porque os fados tomarão conta dele. O barco maior desaparece e ele é deixado só, no bote, que aparentemente jaz imóvel, no meio do lago. Enquanto imagina que curso seguirá, contudo, cientifica-se de um leve movimento no barco encantado. Ele oscila levemente em círculo até que sua proa aponta para o Sol. Avança com velocidade suave, mas gradualmente acelerada, enquanto as fracas ondulações que produz na água parecem quebrar-se de encontro aos costados de marfim com a mais divina das melodias, parecendo oferecer a única explicação possível para a música acariciante, embora melancólica, em busca de cuja invisível origem o viajor maravilhado em vão contempla em redor.

O bote rapidamente prossegue, e a porta rochosa do panorama se aproxima de modo que sua profundeza pode ser mais distintamente vista. À direita ergue-se uma cadeia de altas colinas, rude e luxuriantemente arborizadas. Observa-se, porém, que o traço de estranha *limpidez*, onde a margem mergulha dentro da água, ainda prevalece. Não há nenhum sinal da aluvião habitual dos rios. À esquerda a característica da cena é mais leve e mais evidentemente artificial. Aqui a margem ergue-se da torrente, numa ascensão bastante suave, formando um largo relvado de uma contextura bastante semelhante à do veludo e de um verde brilhante que se podia comparar ao tom da mais pura esmeralda. Esse platô varia em largura de dez a trezentas jardas, indo da margem do rio até uma muralha de cinquenta pés de altura que se estende numa infinidade de curvas, mas seguindo a direção geral do rio, até perder-se na distância, para oeste. Essa muralha é de uma rocha contínua e foi formada outrora pelo corte perpendicular do escarpado precipício da margem sul da torrente, mas nenhum sinal desse trabalho remanescia. A pedra cinzelada tem a pátina do tempo e está profusamente enguirlandada e coberta de hera, de madressilva vermelha, de eglantina e de clematite. A uniformidade das linhas do cume e da base da muralha está plenamente atenuada por esparsas árvores de altura gigantesca, crescendo solitárias, ou em pequenos grupos, ao longo do platô e na propriedade por trás da muralha, porém bem perto desta; de modo que frequentes ramos (especialmente da nogueira preta) debruçam-se e mergulham suas extremidades pendentes na água. Mas para trás, dentro da propriedade, a vista é impedida por uma teia impenetrável de folhagem.

Essas coisas são observadas durante a gradativa aproximação do bote para aquilo que eu chamei a porta do panorama. Chegando para mais perto desta, porém, seu aspecto de abismo desaparece; nova perspectiva da baía descortina-se para a esquerda, em cuja direção vê-se também a muralha mergulhar, seguindo ainda o curso geral do rio. Para dentro dessa nova abertura o olhar não pode penetrar muito longe, porque a corrente, acompanhada pela muralha, dobra ainda para a esquerda, até que ambas são tragadas pelas folhas.

O bote, não obstante, desliza magicamente por dentro do canal sinuoso, e aqui a praia oposta à parede assemelha-se à oposta à muralha no largo panorama. Altas colinas, erguendo-se vez por outra como montanhas, e cobertas de vegetação de selvagem exuberância, ainda interceptam o cenário.

Deslizando suavemente para diante, mas com uma velocidade levemente aumentada, o viajor, depois de algumas curvas pequenas, vê seu caminho na aparência barrado por um gigantesco portão ou, antes, porta de ouro polido, cuidadosamente esculpida e cinzelada, a refletir em cheio os raios do sol poente, com uma refulgência que parece envolver em chamas toda a floresta vizinha. Esse portão está inserido na muralha imponente que aqui como que cruza o rio em ângulo reto. Dentro de poucos momentos, porém, vê-se que a principal massa de água ainda flui, numa suave e extensa curva, para a esquerda, acompanhada, como antes, pela muralha, enquanto uma torrente de considerável volume, divergindo da principal, abre seu caminho, vivamente encapelada, por baixo da porta, ocultando-se assim à vista. A canoa cai dentro do canal menor e se aproxima do portão. Suas pesadas bandas escancaram-se vagarosa e musicalmente. O bote desliza entre elas e começa uma rápida descida para dentro de um vasto anfiteatro inteiramente orlado de montanhas purpurinas, cujas bases são lavadas por um rio cintilante em toda a extensão do seu circuito. Entrementes, todo o Paraíso de Arnheim irrompe à vista. Ouve-se um jorro de arrebatadora melodia; tem-se a sensação opressiva de um cheiro doce e estranho; algo de sonho se mistura à visão das altas e delgadas árvores orientais, das moitas de arbustos, dos bandos de pássaros dourados e carmesins, dos lagos orlados de lírios, das touceiras de violetas, tulipas, papoulas, jacintos e tuberosas, das longas linhas emaranhadas de riachos argentinos; e, ressaltando confusamente de tudo isso, uma mole de arquitetura semigótica e semissarracena, sustentando-se, por milagre, no meio do ar, cintilando no vermelho sol com suas centenas de sacadas, minaretes e torreões, parecendo o trabalho fantástico, ao mesmo tempo, dos silfos, das fadas, dos gênios e dos gnomos.

A casa de campo de Landor[1]
Um par para "O domínio de Arnheim"

Durante uma viagem a pé, no último verão, através de uma ou duas das comarcas ribeirinhas de Nova York, achei-me, ao declinar do dia, um tanto embaraçado a respeito da estrada por onde seguia. A região mostrava-se notavelmente ondulada e meu caminho, durante a última hora, serpeava tão confusamente, no seu esforço de conservar-se nos vales, que não mais fiquei sabendo em que direção se encontrava a amena vila de B***, onde tinha decidido pernoitar. O Sol brilhara escassamente, para bem dizer, durante o dia, que, não obstante, tinha sido desagradavelmente quente. Um nevoeiro fumegante, semelhante ao do verão indiano, envolvia todas as coisas, e sem dúvida concorria para aumentar minha incerteza. Não que o caso me preocupasse. Se eu não alcançasse a aldeia antes do pôr do sol, ou mesmo antes de anoitecer, era mais que possível que uma pequena fazenda holandesa, ou algo de semelhante, em breve apareceria, embora, de fato, a vizinhança (talvez por causa de ser mais pitoresca que fértil) fosse escassamente habitada. Em todo o caso, com a minha mochila como travesseiro e meu cão de caça como sentinela, um bivaque ao ar livre era justamente coisa que me teria divertido bastante. Vagueava, pois, completamente à vontade, com Ponto encarregado de minha arma, até que afinal, logo quando estava a considerar se as numerosas pequenas clareiras que conduziam para uma parte e outra deviam ser de qualquer modo tidas como caminhos, achei-me levado por uma delas para uma inquestionável vereda de carros. Não podia haver engano. Eram evidentes as marcas de leves rodas e, embora os altos arbustos e a vegetação exuberante se encontrassem por cima da cabeça, não havia por baixo obstrução de espécie alguma, mesmo para a passagem dum carroção de montanha da Virgínia, o mais ambicioso veículo, acho eu, de sua espécie. A estrada, porém, além do fato de ser aberta através da mata — se não é um nome demasiado pesado para semelhante reunião de leves árvores — e exceto a particularidade dos evidentes sulcos de rodas, não se assemelhava a estrada alguma que tivesse visto antes. Os sulcos de que falo eram apenas fracamente perceptíveis, tendo sido impressos sobre a firme, ainda que deliciosamente úmida, superfície daquilo que mais se assemelhava a veludo verde genovês que a qualquer outra coisa. Era grama, claramente, mas grama tal como raras vezes vemos, fora da Inglaterra, bem curta, bem espessa, bem igual e de cor bem intensa. Nem um só obstáculo na estrada de rodagem, nem mesmo um cavaco ou um graveto. As pedras que outrora obstruíam o caminho tinham sido cuidadosamente *colocadas*, e não lançadas, ao longo dos lados da vereda, como a definir seus limites até o extremo, com uma espécie de precisão semidefinida, seminegligente e totalmente pitoresca. Touceiras de flores silvestres cresciam por toda parte, luxuriantemente, nos interespaços.

O que fazer de tudo isso, não o sabia eu sem dúvida. Ali havia *arte*, indubitavelmente, o que não me surpreendia, pois todas as estradas, no sentido comum, são obras de arte; nem posso eu afirmar que havia muito que admirar no mero *excesso*

1 Publicado pela primeira vez em *The Flag of Our Union*, 9 de junho de 1849. Título original: LANDOR'S COTTAGE. A PENDANT TO "THE DOMAIN OF ARNHEIM".

de arte manifestado; parecia que tudo aquilo tinha sido feito, poderia ter sido feito *ali* — com tão naturais "possibilidades" (como ocorre nos livros de jardinagem-paisagística) — com muito pouco trabalho e despesa. Não, não era a quantidade, mas o *caráter* da arte que me fez tomar assento numa das pedras floridas e mirar abaixo e acima, durante meia hora ou mais, aquela avenida feérica, na mais perplexa admiração. Uma coisa se tornava cada vez mais evidente, à medida que se prolongava minha contemplação: um artista, e um artista com a mais escrupulosa visão da forma, tinha dirigido todos aqueles arranjos. Fora tomado o maior cuidado para conservar um devido meio-termo entre o bonito e o gracioso, de um lado, e o *pitoresco*, no verdadeiro sentido do vocábulo italiano, do outro. Havia poucas retas e nenhuma linha comprida ininterrupta. O mesmo efeito de curvatura e de cor aparecia duas vezes, geralmente, mas não com frequência, de qualquer ponto de vista. Por toda parte havia variedade na uniformidade. Era uma peça de "composição", na qual o gosto mais exigentemente crítico dificilmente encontraria uma emenda a sugerir.

Dobrei para a direita, ao entrar naquela estrada, e agora, subindo, continuei na mesma direção. A vereda era tão serpentina, que em nenhum momento podia eu reconstruir-lhe o curso, por mais de dois ou três passos à frente. Seu caráter não tolerava nenhuma mudança material.

Chegava-me, no mesmo instante, aos ouvidos o murmúrio suave da água cadente, e, poucos momentos depois, ao dobrar uma curva um tanto mais abrupta do que as outras, avistei um edifício de certa classe, que se erguia ao pé duma suave ladeira, justamente diante de mim. Nada podia distinguir com precisão, por causa do nevoeiro que enchia todo o valezinho lá embaixo. Uma leve brisa, porém, ergueu-se então, ao estar o Sol prestes a desaparecer e, enquanto eu permanecia de pé no alto da escarpa, a névoa gradualmente se dissipou em espirais, flutuando assim sobre o cenário.

Ao se tornar este plenamente visível — gradativamente, como descrevi — peça a peça, aqui uma árvore, ali um brilho de água, acolá o alto duma chaminé, a custo não deixei de imaginar que tudo aquilo fosse uma das engenhosas ilusões muitas vezes exibidas sob o nome de "pinturas evanescentes".

Logo, porém, que o nevoeiro desapareceu por completo, já o Sol havia baixado por trás das suaves colinas, e dali, como se impelido por um leve *chassez* para o sul, surgira de novo totalmente à vista, cintilando com um lustro purpurino, através duma fenda que se abria pelo vale, da banda de oeste. De súbito, porém, como que pela mão dum mágico, todo aquele vale e tudo quanto nele se achava tornaram-se brilhantemente visível.

O primeiro *coup d'oeil*, quando o Sol deslizou na posição descrita, causou-me impressão igual à que eu experimentava quando menino ao terminar uma cena de algum bem arranjado espetáculo teatral ou melodrama. Nem mesmo a monstruosidade da cor faltava, pois o clarão do sol irrompera pela fenda, tingindo tudo de laranja e púrpura, enquanto o verde vivo da grama no vale refletia-se, mais ou menos, sobre todos os objetos da cortina de vapor que ainda plainava no alto, como se pesarosa de despedir-se totalmente de cena tão encantadoramente bela.

O valezinho onde assim desci, sob aquele dossel de névoa, talvez não tivesse mais de quatrocentas jardas de comprido, variando, na largura, de 50 a 150 ou talvez 200. Era mais estreito na sua extremidade norte, alargando-se ao aproximar-se do sul, mas com não muito precisa regularidade. A porção mais, larga achava-

-se a oitenta jardas da extremidade meridional. As rampas que circundavam o vale não podiam ser chamadas, com exatidão, de colinas, pelo menos na sua face norte. Aqui um escarpado rochedo de granito se erguia a uma altura duns 27 metros e, como mencionei, o vale, naquele ponto, não tinha mais de quinze metros de largura; mas à proporção que o visitante andasse para o sul, descendo do penhasco, encontraria, à direita e à esquerda, declividades pelo menos não tão altas nem tão escarpadas e rochosas. Tudo, numa palavra, declinava e abrandava para o sul e, contudo, todo o vale estava enguirlandado de eminências mais ou menos elevadas, exceto em dois pontos. De um destes já falei. Achava-se bastante para o noroeste, e era por ali que o Sol se punha, como antes descrevi, dentro do anfiteatro, através dum perfeito corte natural, cavado na represa de granito; essa fenda podia ter umas dez jardas de largura, no seu ponto mais amplo, até onde alcançava a vista. Parecia levar para o alto, como uma calçada natural, para o recesso de montanhas e florestas inexploradas. A outra abertura achava-se diretamente na extremidade meridional do vale. Aqui, em geral, as escarpas não eram senão suaves pendentes, estendendo-se de leste para oeste, cerca de 150 jardas. No meio havia uma depressão ao nível do chão comum do vale. Quanto à vegetação, bem como a respeito de tudo mais, a cena *abrandava* e *declinava* para o sul. Para o norte, no escarpado precipício, a poucos passos da borda, erguiam-se os magníficos troncos de numerosas nogueiras, brancas e negras, e castanheiros, entremeados dum ou doutro carvalho; e os fortes galhos laterais, lançados especialmente pelas nogueiras negras, estendiam-se bem distantes, sobre a borda do penhasco. Conti-nuando para o sul, via o explorador, a princípio, a mesma espécie de árvores, mas cada vez menos elevadas e dum aspecto salvatoriano; depois avistava o mais delicado olmo, seguido pelos sassafrazes e alfarrobeiras, e estes pelas flexíveis tílias, figueiras, catalpas e bordos, por sua vez seguidos de variedades ainda mais graciosas e mais modestas. Toda a superfície da ladeira meridional estava coberta somente de arbustos silvestres, e um ou outro salgueiro prateado ou álamo branco. No fundo do próprio vale (pois deve ter-se em mente que a vegetação até aqui mencionada crescia somente nos penhascos ou ladeiras), viam-se árvores isoladas. Uma era um olmo, de belo tamanho e forma esquisita: permanecia de guarda na entrada meridional do vale. A outra, uma nogueira, muito maior que o olmo e muito mais bonita, embora fossem ambas excessivamente belas: pareciam ter a seu cargo a entrada de noroeste, elevando-se de um grupo de rochedos nas próprias fauces da ravina e lançando seu gracioso corpo, a um ângulo de quase 45 graus, bem dentro da luz solar do anfiteatro. Cerca de trinta jardas para leste dessa árvore erguia-se, porém, o orgulho do vale e, fora de qualquer dúvida, a árvore mais imponente que jamais vi, a não ser, talvez, os ciprestes do Itchiatuckanee. Era um tulipeiro de tronco tríplice, o *Liriodendron tulipiferum*, da ordem natural das magnólias. Seus três troncos separados do principal; a cerca de noventa centímetros do solo, e divergindo bem lenta e gradualmente, não estavam apartados mais de um metro e vinte centímetros do ponto em que o mais grosso tronco se metia dentro da folhagem, e que ficava a uma altura de cerca de 24 metros. Toda a altura da principal divisão era de 36 metros. Nada pode sobrepujar em beleza a forma ou o verde vivo e lustroso das folhas do tulipeiro. No exemplar em apreço, tinham elas plenamente umas oito polegadas de largura; mas seu esplendor era totalmente eclipsado pela magnificência brilhante das profusas flores. Imaginei, estreitamente unido, um milhão das maiores e das mais resplendentes tulipas! Só assim pode o leitor ter uma ideia do quadro que eu desejaria descrever. E depois, a graça augusta dos troncos colunares, lustrosos e delicadamente granulados, o mais grosso com um metro e vinte centímetros de diâmetro e a seis metros do solo. As flores inumeráveis, misturando-se com as de outras árvores pouco menos belas, embora infinitamente menos majestáticas, enchiam o vale de perfumes melhores que os árabes.

Todo o chão do anfiteatro era *grama* da mesma qualidade da que eu encontrara na estrada; se alguma diferença havia, era em ser mais deliciosamente macia, espessa, veludosa e miraculosamente verde. Difícil era conceber como fora conseguida toda aquela beleza.

Falei de duas entradas para o vale. De uma, para o noroeste saía um riacho que vinha suavemente murmurando e levemente espumando pela ravina abaixo até embater-se contra o grupo de rochedos donde espontava a isolada nogueira. Aqui, depois de circundar a árvore, passava um pouco para o nordeste, deixando o tulipeiro a uns seis metros para o sul e sem fazer definida alteração no seu curso, até chegar perto da metade do caminho, entre os limites leste e oeste do vale. Neste ponto, depois duma série de curvas, dobrava em ângulos retos e prosseguia numa direção geralmente para o sul, serpeando como ia, até perder-se num pequeno lago, de forma irregular (embora grosseiramente oval), que jazia a cintilar, perto da extremidade mais baixa do vale. Essa lagoa tinha, talvez, na sua parte mais larga umas cem jardas de diâmetro. Nenhum cristal poderia ser mais claro do que suas águas. Seu fundo, que se podia perfeitamente distinguir, consistia por completo de seixos brilhantemente brancos. Suas margens, da grama esmeraldina já descrita, *cingiam* o claro céu embaixo refletido, mais do que sobre ele se inclinavam, e tão claro era esse céu, tão perfeitamente, por vezes, refletia todos os objetos acima de si, que onde a verdadeira margem terminava e onde o céu refletido começava era coisa que com dificuldade não pequena se podia determinar. As trutas e algumas outras variedades de peixe, de que aquele lago parecia estar quase que inconvenientemente repleto, tinham todas a aparência de verdadeiros peixes-voadores. Era quase impossível acreditar que não estivessem elas totalmente suspensas no ar. Uma leve canoa de vidoeiro que jazia placidamente sobre a água refletia-se, nas suas mínimas fibras, com uma fidelidade insobrepujada, no espelho mais primorosamente polido. Uma pequena ilha, rindo belamente, com flores em pleno viço, e permitindo pouco mais espaço do que o bastante para uma pitoresca construçãozinha parecida com uma casa de galinhas, erguia-se do lago, não longe de sua praia setentrional, à qual estava ligada por meio duma ponte inconcebivelmente brilhante e, contudo, primitivíssima. Era formada duma única prancha, larga e espessa, de madeira de tulipeiro. Tinha doze metros de comprimento e alcançava o intervalo entre as duas praias com um leve, mas bem perceptível, arco, evitando qualquer oscilação. Da extremidade sul do lago saía uma continuação do riacho, que, depois de serpear, talvez, por umas trinta jardas, passava afinal através da "depressão" (já descrita), no meio da declividade meridional, e, caindo num escarpado precipício de trinta metros, abria seu caminho tortuoso e despercebido para o Hudson.

O lago era profundo — em alguns pontos com nove metros — mas o riacho raramente excedia de noventa centímetros, enquanto sua maior largura era de cerca de dois metros e quarenta centímetros. Seu leito e suas margens eram como as de um tanque: se algum defeito lhe podia ser atribuído, em ponto de pitoresco, era o de uma excessiva *limpeza.*

A extensão da gleba verde era atenuada, aqui e ali, por algum ocasional arbusto pomposo, tal como a hidranja, ou a comum bola-de-neve, ou a aromática seringueira; ou mais frequentemente por um grupo de gerânios, florindo esplendidamente em grandes variedades. Estes cresciam em jarros, cuidadosamente enterrados no solo, como dando às plantas a aparência de serem nativas. Além de tudo isso, o veludo do relvado mostrava-se primorosamente manchado pelos carneiros, um considerável rebanho que vagava pelo vale, em companhia de três gamos domesticados e vasto número de patos de penas rebrilhantes. Um enorme mastim parecia estar em vigilante cuidado daqueles animais.

Ao longo dos penhascos de leste e oeste, onde, na direção da mais alta parte do anfiteatro, os limites eram mais ou menos escarpados, crescia hera em grande profusão, de modo que só aqui e ali podia-se vislumbrar um trecho de rocha nua. O precipício do norte, da mesma maneira, estava quase completamente revestido de vinhas de rara exuberância; algumas espontavam do solo, na base do penhasco, e outras das saliências de sua superfície.

A elevaçãozinha que formava o mais baixo limite daquela pequena propriedade era coroada por uma muralha natural de pedra, de suficiente altura para evitar a fuga dos gamos. Nada que lembrasse cerca se via em qualquer outra parte, pois em nenhuma outra parte havia necessidade de tapume artificial: qualquer carneiro tresmalhado, por exemplo, que tentasse passar para fora do vale pela ravina esbarraria, depois de umas poucas jardas de avanço, diante da escarpada borda do rochedo sobre a qual desabava a cascata que me detivera a atenção quando me aproximei, a princípio, do domínio. Em resumo, a única entrada ou saída era através dum portão que ocupava uma garganta rochosa, dando para a estrada, a poucos passos abaixo do ponto em que parara para inspecionar o cenário.

Descrevi a ribeira como serpeando irregularmente por todo o seu curso. Suas duas direções gerais, como disse, eram, primeiro, de oeste para leste, e depois, de norte para sul. Na *curva*, a corrente, refluindo, fazia uma volta quase circular, de modo a formar uma península, quase mesmo uma ilha, abrangendo cerca da décima sexta parte dum acre. Nessa península, erguia-se uma casa de residência, e quando digo que essa casa, como o terraço infernal visto por Vathek, *était d'une architecture inconnue dans les annales de la terre*, quero significar, simplesmente, que seu *tout ensemble* me abalou, pelo agudíssimo senso da harmonia entre o novo e o adequado; em uma palavra: da *poesia* (pois, mais do que com as palavras há pouco empregadas, dificilmente poderei dar, da poesia em abstrato, mais rigorosa definição), e *não* quero significar que o simplesmente *outré* fosse perceptível a qualquer respeito.

De fato, nada poderia ser bem mais simples, mais extremamente despretensioso, do que aquela casa de campo. Seu maravilhoso *effect* repousava totalmente no seu artístico arranjo, *como um quadro.* Poderia ter imaginado, enquanto olhava para ela, que algum eminente pintor de paisagens a havia construído com o seu pincel.

O ponto donde vira a princípio o vale não era *totalmente*, embora fosse, quase, o melhor lugar donde se pudesse descortinar a casa. Descrevê-la-ei, portanto, como depois a vi, duma posição sobre a muralha de pedra, no extremo sul do anfiteatro.

O edifício principal tinha quase sete metros e vinte centímetros de comprido e quatro metros e oitenta centímetros de largura, certamente não mais do que isso. Sua altura total, do chão até a cumeeira, não excederia de cinco metros e quarenta centímetros. À extremidade oeste dessa construção estava ligada outra, quase um terço menor em todas as suas proporções: a linha de sua fachada estava recuada cerca de duas janelas da linha da casa maior, e a de seu telhado era, naturalmente, bem mais baixa que a do telhado vizinho. Em ângulo reto com essas construções e da mais recuada à principal, não exatamente no meio, estendia-se um terceiro compartimento, muito pequeno, no todo um terço menor do que a ala ocidental. Os telhados das duas maiores eram muito declivosos, descendo da viga da cumeeira, numa longa curva côncava, e estendendo-se pelo menos um metro e vinte centímetros além das paredes da frente, de modo a formar os telhados de dois alpendres. Estes últimos telhados não precisavam naturalmente de suportes, mas, como tinham o ar de precisar deles, pequenos pilares completamente lisos inseriam-se somente nas esquinas. O telhado da ala setentrional era apenas uma extensão de uma parte do telhado principal. Entre a construção maior e a ala ocidental elevava-se uma chaminé quadrada, alta e um tanto delgada, de fortes tijolos holandeses, alternadamente brancos e vermelhos, com uma pequena cornija de tijolos salientes no topo. Por sobre os torreões, os telhados também se projetavam bastante: no edifício principal, cerca de um metro e vinte centímetros para leste e sessenta centímetros para oeste. A porta principal não estava exatamente no edifício maior, mas um pouco para leste, enquanto as duas janelas davam para oeste. Estas não se estendiam para o chão, mas eram muito mais compridas e mais estreitas do que habitualmente. Tinham simples postigos como portas. Os vidros tinham a forma de losango, mas bastante largos. A própria porta tinha sua metade superior de vidro, também com vidraças, em forma de losango. Um postigo móvel a fechava durante a noite. A porta para a ala ocidental abria-se na própria empena e era bem simples; uma única janela deitava para o sul. Não havia porta externa para a ala setentrional e havia também uma janela para leste.

A parede vazia do torreão de leste era suavizada por degraus (com uma balaustrada) que corriam diagonalmente através dela, sendo a subida do sul. Sob a coberta das goteiras, largamente salientes, davam aqueles degraus acesso a uma porta que abria para o sótão, ou antes, palheiro, pois era iluminado apenas por uma única janela, ao norte, e parecia ter sido feito para servir de paiol.

Os alpendres do edifício principal e da ala de oeste não tinham assoalhos, como é de hábito; mas, nas portas e em cada janela, chatas e irregulares chapas de granito se encravavam na relva macia, permitindo confortável passeio, com qualquer tempo. Excelentes caminhos do mesmo material, não *delicadamente* adaptado, mas com a grama aveludada a encher os numerosos intervalos entre as pedras, levavam, serpeando, da casa a uma fonte de cristal, a cinco passos para cima, à estrada ou às duas casas externas que ficavam ao norte, além do regato, e eram completamente escondidas por algumas alfarrobeiras e catalpas.

A não mais de seis passos do edifício principal da casa de campo ficava o tronco morto de uma pereira fantástica, tão envolvido, da base ao cimo, pelas flores magníficas da bignônia, que não pequeno exame se requeria para determinar que espécie de coisa deliciosa seria. Em vários ramos dessa árvore pendiam gaiolas de várias formas. Numa, um grande cilindro de vime com uma argola no tope, divertia-se um poliglota; em outra, um crioulo; numa terceira, o impudente papa-arroz; enquanto três ou quatro mais delicadas prisões retiniam alto com canários.

Os pilares do alpendre achavam-se envolvidos em jasmins e suaves madressilvas; e do ângulo formado pelo edifício principal e sua ala ocidental, em frente, irrompia uma parreira de inaudita exuberância. Desprezando qualquer restrição, ela subia, primeiro, ao telhado mais baixo, depois ao mais alto; e ao longo da beira deste último continuava a enroscar-se, atirando rebentos à direita e à esquerda, até afinal atingir, magnificamente, a empena de leste e cair rastejando sobre as escadas.

A casa inteira, com suas alas, fora construída de anacrônicas ripas holandesas, largas e com cantos não arredondados. É uma particularidade desse material dar às casas com ele construídas a aparência de serem mais largas embaixo que em cima, à maneira da arquitetura egípcia; e, no caso presente, esse efeito altamente pitoresco era auxiliado por numerosos vasos de vistosas flores que quase circundavam a base do edifício.

As ripas eram pintadas de cinzento-escuro, e a felicidade com que essa tinta neutra se misturava ao verde vivo das folhas de tulipeiras que parcialmente ensombreciam a casa de campo pode ser facilmente concebida por um artista.

Do lugar junto ao muro de pedra já descrito os edifícios eram vistos com grande vantagem, pois o ângulo de sudoeste se lançava para a frente, de modo que o olhar abrangia imediatamente o conjunto das duas fachadas, com a pitoresca empena de leste, e ao mesmo tempo obtinha uma visão suficiente da ala norte, com parte de um belo telhado, até a casa do poço, e cerca de metade de uma leve ponte que atravessava o regato, nas circunvizinhanças do edifício principal.

Não demorei muito tempo no cume da colina, embora ficasse o suficiente para fazer completa inspeção da cena a meus pés. Era claro que eu viera extraviado da estrada para a aldeia e tinha, assim, boas desculpas de viajante para abrir o portão à minha frente e perguntar qual o caminho, sucedesse o que sucedesse; de modo que, sem mais preocupações, continuei.

A estrada, depois de passado o portão, parecia aberta sobre uma laje natural, em declive gradativo, ao longo da frente dos rochedos de nordeste. Conduziu-me à base do precipício do norte e dali até a ponte, circundando a empena de leste para a porta da frente. Andando assim, observei que não se podia obter qualquer vista das casas externas.

Ao virar a esquina da empena, o mastim saltou à minha frente, em severo silêncio, mas com o olhar e a completa aparência de um tigre. Estendi-lhe, contudo, a mão em sinal de amizade, e jamais conheci um cão que resistisse a tal apelo à sua cortesia. Ele não só fechou a boca e balançou a cauda, como realmente me ofereceu sua pata e estendeu, depois, suas gentilezas a Ponto.

Como não se notasse qualquer campainha, bati com a bengala na porta, que estava meio aberta. Imediatamente um vulto adiantou-se para o limiar, o de uma mulher jovem, de cerca de 28 anos de idade, delgada, ou antes, leve, e um tanto acima da altura média. Ao aproximar-se ela, com certa *modesta decisão* no passo, inteiramente indescritível, disse a mim mesmo: "Certamente, achei aqui a perfeição do natural em contraposição à *graça* artificial." A segunda impressão que ela me causou, e que foi a mais viva das duas, foi a de *entusiasmo*. Tão intensa expressão de *romance*, talvez possa dizer assim, ou de sobrenaturalismo como a que cintilava nos seus olhos profundos, jamais me caíra antes no mais fundo do coração. Eu não sabia como, mas essa peculiar expressão do olhar, cingindo por vezes os lábios, é a mais poderosa senão exclusivamente a *única* atração que me desperta o interesse nas mulheres. *Romance*, contanto que meus leitores plenamente compreendam o que aqui quero dizer com essa palavra, *romance* e *feminilidade* me parecem termos conversíveis; e, afinal de contas, o que o homem verdadeiramente ama na mulher é sua *condição feminil*. Os olhos de Anita (ouvi alguém, lá de dentro, chamá-la: "Anita, meu bem!") eram "espiritualmente cinzentos"; seu cabelo, de um castanho leve; e isso foi tudo o que tive tempo de observar dela.

Atendendo a um seu cortesíssimo convite, entrei, passando primeiro por um vestíbulo toleravelmente amplo. Como tinha ido principalmente para *observar*, verifiquei que, à minha direita, enquanto caminhava, estava uma janela igual às da frente da casa; à esquerda, uma porta conduzia ao aposento principal; e, em minha frente, uma porta *aberta* me deixava ver um pequeno quarto, do mesmo tamanho do vestíbulo, arranjado como escritório e com uma grande janela *arqueada* dando para o norte.

Passando para a sala de visitas, encontrei-me com o Sr. *Landor*, pois este, como depois verifiquei, era o seu nome. Ele era delicado, mesmo cordial em seus modos; mas, precisamente então, eu estava mais decidido a examinar os arranjos da habitação, que tanto me interessara, do que a observar a aparência pessoal do proprietário.

A ala norte, vi então, era um dormitório; sua porta se abria para a sala de visitas. A oeste desse dormitório havia apenas uma janela, que dava para o riacho. No lado ocidental da sala havia uma lareira, e uma porta levava à ala de oeste, uma cozinha, provavelmente.

Nada podia ser mais rigorosamente simples do que a mobília da pequena sala de visitas. No chão havia um tapete tinto, em rama, de excelente tecido, campo branco com pequenos desenhos circulares verdes. Nas janelas pendiam cortinas de nívea cassa indiana; eram um tanto amplas, e caíam *decisivamente*, de modo um tanto solene talvez, em pregas paralelas até o chão, *justamente* até o assoalho. As paredes estavam cobertas de papel francês, de grande delicadeza: campo de prata com um leve cordão verde atravessando-o em ziguezague. Toda a extensão da parede era amenizada apenas por três das primorosas litografias de Julien, *à trois crayons*, pregadas à parede, sem molduras. Um desses desenhos era uma cena de luxo oriental, ou antes, de voluptuosidade; o outro era um "trecho de carnaval", incomparavelmente vivo; o terceiro era uma cabeça de mulher grega, um rosto tão divinamente belo e, contudo, duma expressão tão provocantemente indecisa como nunca antes me detivera a atenção.

A principal mobília consistia em uma mesa redonda, algumas cadeiras (incluindo uma grande cadeira de balanço) e um sofá, ou antes, "canapé": o material era todo de bordo, pintado de creme, levemente entrelistrado de verde; o assento era de palha. As cadeiras e a mesa eram "para combinar", mas as *formas* de todas tinham sido evidentemente desenhadas pelo mesmo cérebro que planejou os "campos"; é impossível conceber qualquer coisa de mais gracioso.

Sobre a mesa viam-se alguns livros, uma grande e larga garrafa de cristal, de algum moderno perfume, uma singela lâmpada astral (e não solar) de vidro fosco, com um quebra-luz italiano, e um grande jarro de flores resplendentes. Flores, na verdade, de brilhantes cores e delicado odor formavam a única e simples decoração do aposento. A chaminé estava quase tomada por um vaso de flamantes gerânios. Sobre uma prateleira triangular, em cada ângulo da sala, erguia-se também um vaso idêntico, variando apenas na beleza do conteúdo. Um ou dois buquês menores adornavam a prateleira da chaminé e violetas recém-desabrochadas agrupavam-se em torno das janelas abertas.

Não é propósito deste trabalho fazer mais do que dar, pormenorizadamente, uma descrição da residência do Sr. Landor, *como eu a achei*.

FIM
DE "A CASA DE CAMPO DE LANDOR"
E DE "IMPRESSÕES PAISAGÍSTICAS"

VIAGENS FANTÁSTICAS

Nota preliminar

Léon Lemonnier, no seu livro Edgar Poe e os contistas franceses, *diz: "da mesma maneira que havia ele excluído do conto fantástico todo elemento que não fosse tomado de empréstimo à psicopatologia, da mesma maneira que renovara o romance judiciário nele introduzindo as matemáticas, criou igualmente o romance científico fazendo intervir a física no romance de viagens". De modo que é Poe também o criador do hoje chamado romance de "ciência-ficção", que Júlio Verne e mais tarde Wells explorariam em larga escala, com viagens fantásticas à Lua, a Vênus, a Marte e a outros planetas. Introduzindo a ciência positiva e as maravilhas da indústria nas suas histórias, dava-lhes Poe um tom de verossimilhança que atraía o leitor e despertava-lhe o espírito imaginativo diante da possibilidade de conquista futura dos espaços.*

Renovando o velho tema de Cirano de Bergerac, Poe nos conta a aventura sucedida a um holandês, um tal Hans Pfaall, que arma um balão e lança-se aos espaços, mas voando muito alto cai na faixa de atração da Lua e vai lá parar. Mais tarde, levado pelo seu espírito de mistificador e de ator, pregou Edgar Poe uma balela ao próprio povo de Nova York, quando, a 13 de abril de 1844, publicava o New York Sun *uma notícia sensacional, concebida nestes termos: "Espantosas notícias por expresso, via Norfolk! Atravessado o Atlântico em três dias! Assinalado triunfo da máquina voadora do Sr. Monck Mason! Chegada à Ilha de Sullivan, perto de Charleston (Carolina do Sul), dos Srs. Mason, Robert Holland, Henson, Harrison Ainsworth e quatro outros no balão dirigível* Vitória *depois de uma travessia de 75 horas de um continente a outro! Pormenores completos da viagem!"*

Durante 48 horas só se comenta em Nova York a sensacional notícia seguida da narrativa da viagem, com trechos do diário de bordo e minuciosas informações sobre todo o material e peças do balão, o que dava ao conjunto um aspecto de realidade e de verossimilhança total. Somente mais tarde, com a chegada do correio de Charleston, é que se verificou que tudo não passava duma pilhéria, duma balela. O mais interessante é que 83 anos depois, em 1927, verificava-se a travessia do Atlântico, pelo norte-americano Charles Lindbergh, num pequeno avião, chamado Spirit of Saint-Louis. *Mais uma vez o poeta, o vate, predizia um acontecimento.*

Seu terceiro trabalho no gênero Viagens Fantásticas é "Mellonta tauta", *também a narrativa duma viagem em balão, mas agora em tom mais humorístico, satírico mesmo, embora continuem as descrições minuciosas das peças e aparelhos que se acham a bordo do balão* A Cotovia. *(Notar aqui o nome de uma ave dado ao balão. O do nosso Bartolomeu de Gusmão tinha forma de pássaro e se chamava* Passarola.*) Essas viagens fantásticas, todas tendo como meio de locomoção balões dirigíveis, mostram não só o interesse de Poe pelas novas descobertas mecânicas, mas sua intuição de que, mais dia, menos dia, o homem estaria senhor dos ares e fazendo mesmo viagens a outros planetas. E sua intuição parece estar a ponto de concretizar-se.*

O. M.

A aventura sem-par de um certo Hans Pfaall[1]

Possuindo um coração de loucas fantasias,
A que comando,
Com uma lança de fogo e um *cavalo dos ares*
Pelas imensidades irei vagueando.
Canção de Tom O'Bedlam's

Segundo as últimas notícias de Roterdã, aquela cidade parece achar-se em elevado estado de agitação filosófica. Na verdade, ocorreram ali fenômenos de natureza tão completamente inesperada, tão inteiramente novos, tão extremamente contraditórios com as opiniões preconcebidas, que não me deixam na mente dúvida de que, antes de muito pouco tempo, toda esta Europa estará em tumulto, toda a física em fermentação e toda a lógica e a astronomia arrepelando-se mutuamente.

Parece que no dia ... de ... (não tenho certeza da data) enorme multidão, com finalidades não especificamente mencionadas, reunia-se no grande Largo da Bolsa da confortável cidade de Roterdã. O dia era quente, insolitamente quente para a estação, e um zéfiro mal perpassava. E a multidão não se sentia de mau humor ao ser, de vez em quando, aspergida por amigáveis aguaceiros de efêmera duração, que caíam de grandes massas brancas de nuvens, profusamente distribuídas pela abóbada azul do firmamento. Não obstante, por volta do meio-dia, leve porém perceptível agitação surgiu na assembleia! Sucedeu-se o barulhar de dez mil línguas; e, um instante depois, dez mil faces viraram-se para os céus, dez mil cachimbos desceram simultaneamente dos cantos de dez mil bocas e um grito, que a nada mais se poderia comparar além da catarata do Niágara, ressoou longa, alta e furiosamente por toda a cidade e por todas as cercanias de Roterdã.

A origem dessa barulheira logo se tornou suficientemente evidente. De trás da massa enorme de um daqueles já mencionados e nitidamente delineados volumes de nuvens, viu-se emergir, vagarosamente, para dentro de uma clareira do espaço azul, um corpo estranho, heterogêneo, porém de aparência sólida, tão extravagante na forma, tão fantasticamente construído, que de modo algum poderia ser definido e jamais seria o bastante admirado pela legião de burgueses corpulentos que se boquiabria por baixo dele. Que poderia ser? Em nome de todos os diabos de Roterdã, que poderia aquilo prognosticar? Ninguém sabia; ninguém podia imaginar; ninguém... nem mesmo o Burgomestre Mynheer Superbus von Underduk... tinha a mais ligeira chave com a qual pudesse decifrar o mistério. Assim, como nada mais de lógico se podia fazer, todos os homens recolocaram o cachimbo, cuidadosamente, no canto da boca e, mantendo um olho fito no fenômeno, tiravam uma baforada, pausavam, bamboleavam-se, grunhiam significativamente; depois de novo se bamboleavam, grunhiam, pausavam e, finalmente... lançavam outra baforada.

Entrementes, porém, descia cada vez mais baixo, para a aprazível cidade, o objeto de tanta curiosidade e a causa de tanta fumaça. Em poucos minutos, chegou

1 Publicado pela primeira vez no *Southern Literary Messenger*, junho de 1835. Título original: HANS PFAALL – A TALE.

suficientemente perto para poder ser distinguido. Pareceu ser... sim, *era* indubitavelmente uma espécie de balão! Mas, decerto, jamais balão *semelhante* fora antes visto em Roterdã. Pois quem, permitam-me perguntar, já ouviu falar de um balão construído inteiramente de jornais sujos? Ninguém na Holanda, por certo; e, contudo, ali, sob os próprios narizes do povo, ou antes, a alguma distância *acima* de seus narizes, aparecia a coisa em questão e composta — afirmo-o, baseado nas melhores autoridades — daquele mesmo material que ninguém jamais antes conhecera como utilizável para aquele fim. Era um egrégio insulto ao bom senso dos burgueses de Roterdã.

Quanto à forma do fenômeno, era até mesmo mais repreensível, sendo nada mais, nada menos, que um boné de doido, virado para baixo. E essa semelhança de modo algum diminuiu quando, a um exame mais atento, a multidão viu uma grande borla pendente do seu tope e, em torno da borda superior ou base do cone, um círculo de pequenos instrumentos, semelhantes a cincerros de carneiros, tintinabulando, sem parar, a toada de *Betty Martin*. Mas havia coisa pior ainda. Suspensa por fitas azuis, na extremidade daquela máquina fantástica, pendiam, à maneira de barquinha, um enorme chapéu castanho de castor, com abas superlativamente largas, e uma copa hemisférica, com uma fita preta e uma fivela de prata. Coisa um tanto notável, todavia, era jurarem muitos cidadãos de Roterdã terem visto o mesmo chapéu repetidas vezes antes. E, de fato, a multidão inteira parecia olhá-lo como coisa familiar, enquanto que a Sra. Grettel Pfaall, à vista dele, lançou uma exclamação de alegre surpresa e declarou ser o mesmo chapéu de seu próprio querido marido. Ora, era uma circunstância tanto mais importante de notar quando Pfaall, com três companheiros, tinha de fato desaparecido de Roterdã, cerca de cinco anos antes, duma maneira verdadeiramente súbita e inexplicável e, até a data desta narrativa, todas as tentativas de obter informações a respeito deles haviam fracassado. É certo que alguns ossos, que se supunham humanos, misturados a um acervo de escombros de estranha aparência, tinham sido recentemente descobertos num sítio retirado, da parte leste da cidade. E pessoas houve que chegaram ao ponto de imaginar que naquele lugar fora cometido um hediondo crime e que as vítimas eram, com toda a probabilidade, Hans Pfaall e seus companheiros. Mas voltemos à narrativa.

O balão (pois era decerto um) tinha agora baixado a trinta metros da terra, permitindo à multidão, embaixo, uma vista suficientemente distinta da pessoa do seu ocupante. Este era, na verdade, um indivíduo bem singular. Não teria mais do que sessenta centímetros de altura. Mas esta estatura, pequena como era, teria bastado para destruir seu *equilibrium* e fazê-lo tombar por cima da borda de sua pequenina barquinha, não fosse a interposição duma orla circular que atingia a altura do peito e se ligava às cordas do balão. O corpo do homenzinho era dum volume desproporcionado, dando-lhe a toda a figura uma rotundidade altamente absurda. Seus pés, decerto, não podiam ser vistos de modo algum. Suas mãos eram enormemente grandes. Seus cabelos, cinzentos e reunidos atrás, numa espécie de cauda. Seu nariz salientava-se prodigiosamente comprido, curvo e intumescido; seus olhos, rasgados, brilhantes e agudos; seu queixo e suas faces, embora enrugados pela idade, eram largos, inchados e duplos. Mas não se encontrava coisa alguma que semelhasse orelhas, em qualquer parte de sua cabeça. Esse estranho homenzinho trajava um sobretudo folgado de cetim azul-celeste, com apertados calções da mesma cor, amarrados aos joelhos com fivelas de prata. Seu colete era dum pano amarelo e brilhante; um boné de tafetá branco pousava-se, airosamente, a um lado de sua cabeça e, para completar esse vestuário, um lenço de seda cor de sangue envolvia-lhe o pescoço e caía duma maneira elegante sobre seu peito, num fantástico laço corrediço de dimensões supereminentes.

Tendo descido, como disse antes, a cerca de trinta metros da superfície da Terra, o velhote foi, subitamente, tomado dum acesso de trepidação e pareceu pouco inclinado a aproximar-se da *terra firme*. Despejando, em consequência, certa quantidade de areia dum saco de lona que levantou com grande dificuldade, fez o balão ficar estacionado num instante. Começou depois, de maneira agitada e apressada, a retirar dum bolso lateral de seu sobretudo uma grande carteira de marroquim. Sopesou-a suspeitosamente na mão, depois mirou-a com ar de extrema surpresa, mostrando-se evidentemente espantado com seu peso. Por fim abriu-a e, retirando dela uma enorme carta fechada com lacre vermelho e cuidadosamente atada com fita vermelha, deixou-a cair precisamente aos pés do Burgomestre Superbus von Underduk. Sua Excelência curvou-se para apanhá-la. Mas o aeronauta, ainda bastante agitado e parecendo nenhum negócio ter em Roterdã que o detivesse, começou, no mesmo instante, a fazer afanosos preparativos de partida e, sendo necessário descarregar certa porção de lastro, para possibilitar sua reascensão, uma meia dúzia de sacos, que ele lançou fora, um após outro, sem tomar o cuidado de esvaziar-lhes o conteúdo, caíram, um a um, da maneira mais desastrada, sobre as costas do burgomestre, fazendo-o rolar no chão precisamente meia dúzia de vezes, à vista de todos os cidadãos de Roterdã. Não se deve supor, porém, que o grande Underduk tivesse deixado passar impune essa impertinência da parte do velhote. Conta-se, pelo contrário, que durante cada uma de sua meia dúzia de circunvoluções soprou ele nada menos de meia dúzia de distintas e furiosas baforadas de seu cachimbo, que mantivera firmemente e com toda a força, durante todo o tempo, e que pretendia manter assim (se Deus quisesse) até o dia de sua morte.

Entretanto, o balão subia como uma cotovia e, planando bem distante, acima da cidade, por fim desapareceu tranquilamente por trás duma nuvem igual àquela donde havia de modo tão estranho emergido e assim se perdeu para sempre da vista maravilhosa dos bons cidadãos de Roterdã. Toda a atenção estava agora dirigida para a carta, cuja descida e consequências por ela ocasionadas tinham-se mostrado tão fatalmente subversivas quer à pessoa, quer à dignidade pessoal de Sua Excelência Von Underduk. Este funcionário, porém, não deixara, durante seus movimentos circungiratórios, de pensar no importante objetivo de garantir a segurança da carta, que, como se viu, ao ser examinada, tinha caído nas mãos mais apropriadas, pois estava realmente endereçada a ele mesmo e ao Prof. Rubadub, nas suas qualidades respectivas de Presidente e Vice-Presidente do Colégio Astronômico de Roterdã. Foi, pois, aberta imediatamente por aqueles dignitários e verificou-se que continha a seguinte extraordinária comunicação, na realidade bastante séria:

A Suas Excelências Von Underduk e Rubadub, Presidente e Vice-Presidente do Colégio Nacional de Astrônomos da cidade de Roterdã.

"Vossas Excelências talvez possam recordar-se dum humilde operário chamado Hans Pfaall, de ofício consertador de foles, que, com três outros, desapareceu de Roterdã, há cerca de cinco anos, de maneira que deve ter sido considerada inexplicável.

Se apraz a Vossas Excelências, sou eu, autor desta comunicação, o próprio Hans Pfaall. É bem conhecido da maior parte de meus concidadãos que durante o período de quarenta anos ocupei continuamente a pequena casa de tijolos quadrada à entrada do beco chamado Sauerkraut e na qual residia ao tempo de meu desaparecimento. Meus antepassados residiram também ali desde tempos imemoriais, e eles, bem como eu mesmo, exerceram a respeitável e realmente lucrativa profissão de consertadores de foles, pois, para falar a verdade, até os últimos anos, em que todas as cabeças da população se alvoroçaram com a política, nenhum negócio melhor do que o meu podia desejar ou merecer qualquer honesto cidadão de Roterdã. O crédito era bom, ocupação nunca faltava e não havia carência nem de dinheiro nem de boa vontade. Mas, como estava dizendo, em breve começamos a sentir os efeitos da liberdade e dos discursos compridos, do radicalismo e de toda a casta de coisas. As pessoas que até então tinham sido os melhores fregueses do mundo agora não pensavam um momento sequer em nós. Todo o tempo de que dispunham empregavam-no na leitura de coisas de revoluções e em manter-se a par da marcha da inteligência e das ideias da época. Se precisavam abanar um fogo, faziam-no prontamente com um jornal, e, à medida que o governo se tornava mais fraco, não tinha eu dúvida de que o couro e o ferro adquiririam maior durabilidade, pois, dentro de pouco tempo, não havia um par de foles em toda Roterdã que tivesse necessidade de um remendo ou requeresse a assistência de um martelo. Era esse um estado de coisas insuportável. Logo fiquei pobre como um rato e, tendo mulher e filhos para tratar, minhas aflições afinal se tornaram intoleráveis e levei horas e horas a refletir sobre o meio mais conveniente de dar fim à minha vida. Os credores, entretanto, pouco lazer me deixavam para a meditação. Minha casa era literalmente assediada, da manhã à noite. Havia três sujeitos, especialmente, que me aborreciam além do suportável, ficando continuamente de sentinela à minha porta e ameaçando-me com a lei. Jurei tirar desses três a mais amarga vingança, se algum dia fosse feliz, a ponto de tê-los em minhas garras; e creio que nada no mundo, além do prazer dessa previsão, me impediu de pôr em execução meu plano de suicídio imediatamente, fazendo o cérebro saltar com um tiro de bacamarte. Julguei melhor, porém, dissimular minha ira e tratá-los com promessas e belas palavras, até que, por alguma boa viravolta do destino, me fosse concedida uma oportunidade de desforra.

"Um dia, tendo escapulido deles e sentindo-me mais desanimado do que de costume, continuei por longo tempo a vaguear, entre as ruas mais obscuras, sem objetivo, até que por fim aconteceu-me tropeçar numa loja de livreiro. Vendo uma cadeira junto, para uso dos fregueses, atirei-me nervosamente nela e, mal sabendo por que, abri as páginas do primeiro volume que me caiu nas mãos. Era ele uma pequena monografia sobre a Astronomia Especulativa, escrita pelo Prof. Encke, de Berlim, ou por um francês de nome um tanto parecido. Tenho algumas tinturas de conhecimento sobre assuntos dessa natureza e logo fiquei cada vez mais absorvido pelo conteúdo do livro, lendo-o realmente todo duas vezes, antes que despertasse para a lembrança do que se passava em meu redor. A essa hora, começava a escurecer e dirigi-me para casa. Mas o tratado (em conjunção com uma descoberta pneumática que me foi ultimamente comunicada como um importante segredo por um primo de Nantes) produzira indelével impressão em meu espírito e, enquanto vagueava pelas ruas crepusculares, revolvia cuidadosamente na memória os

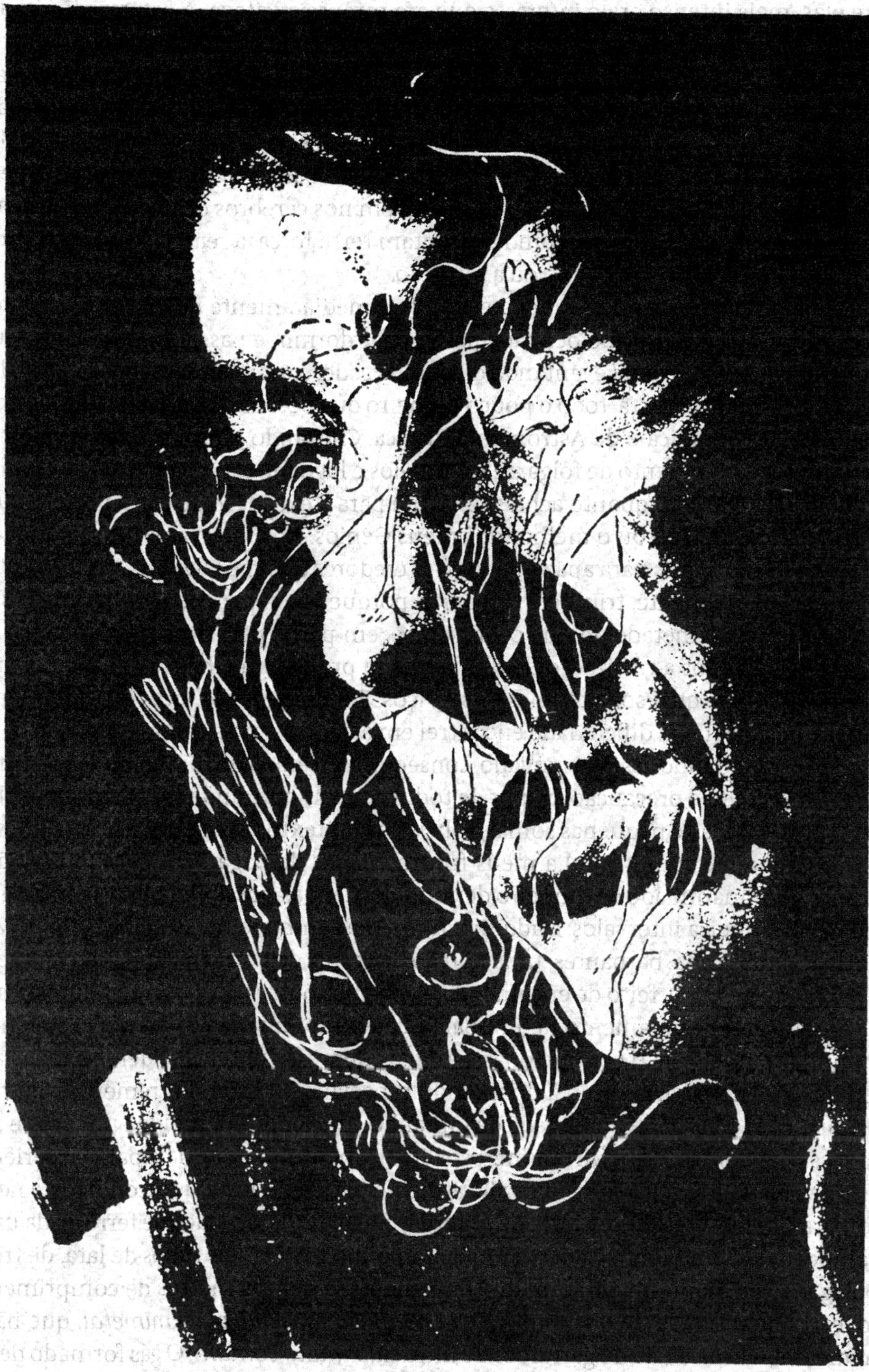

fantásticos e, às vezes, ininteligíveis raciocínios do autor. Certas passagens especiais afetaram-me a imaginação de modo extraordinário. Quanto mais eu meditava sobre elas, mais intenso era o interesse que em mim se excitava. A natureza limitada de minha educação, em geral, e mais especialmente minha ignorância dos assuntos ligados à filosofia natural, longe de me fazerem desconfiar de minha própria capacidade para compreender o que lera, ou de me levarem a duvidar das muitas e vagas noções que se haviam erguido em consequência, só serviram como maior estímulo para a imaginação; e eu era bastante tolo, ou talvez bastante ajuizado, para suspeitar de que essas ideias indigestas que se erguem nos cérebros desregulados muitas vezes não têm efetivamente, como aparentam ter, a força, a realidade e outras propriedades inerentes ao instinto ou à intuição.

"Era tarde quando cheguei à casa e fui imediatamente deitar-me. A mente, contudo, estava demasiado ocupada para poder dormir, e passei a noite inteira sepultado em meditações. Levantando de manhã cedo, corri ansiosamente à loja do livreiro e despendi, à vista, todo o pouco dinheiro que possuía na aquisição de alguns volumes de Mecânica e de Astronomia Prática. Chegando à casa, a salvo com eles, dediquei cada momento de folga a examiná-los e logo me tornei tão proficiente em estudos dessa ordem quanto achei suficiente para a execução de certo projeto que me inspirara o Diabo ou o melhor dos meus Gênios. Nos intervalos desse período, fiz todas as tentativas para apaziguar os três credores que me haviam causado tanto incômodo. Finalmente, triunfei... Em parte, porque vendi peças da mobília da casa, para satisfazer a metade do que cobravam, e, em parte, pela promessa de pagar o restante logo após a realização de um pequeno projeto que lhes falei ter em vista e para auxiliar o qual solicitei-lhes os serviços. Por esses meios (pois eram homens ignorantes) pequena dificuldade encontrei em atraí-los para a minha intenção.

"Estando tudo assim arranjado, consegui, com ajuda de minha mulher e com o maior segredo e precaução, dispor de todos os bens que ainda me restavam e obter empréstimos de pequenas somas, sob vários pretextos, sem dar atenção alguma (envergonha-me confessá-lo) a meus futuros meios de pagamento, juntando não desprezível quantidade de dinheiro de contado. Com as possibilidades assim acrescidas, continuei, a intervalos, a adquirir finíssima cambraia musselinada, em peças de doze jardas cada; barbantes; uma porção de verniz de borracha; um cesto grande e profundo de vime, feito de encomenda; e diversos outros artigos necessários para a construção e equipamento de um balão de extraordinárias dimensões. Ordenei à minha mulher que o confeccionasse o mais depressa possível e dei-lhe todas as explicações necessárias acerca do método especial de o fazer. Entrementes, eu fabricara, com o barbante, uma rede de tamanho suficiente, adaptei-lhe um arco e as necessárias cordas, e adquiri numerosos instrumentos e materiais para experiências nas mais altas regiões da mais alta atmosfera. Depois, levei, às escondidas, à noite, para um local retirado, a leste de Roterdã, cinco barris cintados de ferro, cada um comportando cinquenta galões, e um de tamanho maior; seis tubos de lata, de três polegadas de diâmetro, de formato conveniente, e de três metros de comprimento; certa quantidade de *uma substância metálica especial, ou semimetal*, que não nomearei, e uma dúzia de garrafões de um *ácido muito comum*. O gás formado destes últimos materiais é um gás jamais produzido ainda por qualquer outra pessoa, a não ser eu, ou, pelo menos, nunca foi aplicado a propósito semelhante. Só me posso aventurar aqui a dizer que se trata de um *integrante do azoto*, durante tanto tempo considerado irredutível, e que sua densidade é 37,4 vezes *menor do que a do hidrogênio*. É insípido, porém não inodoro; arde, quando puro, com uma chama esverdeada, e é instantaneamente fatal para a vida animal. Eu não teria dificuldade em revelar meu segredo completo, mas ele pertence de direito (como já antes disse) a um cidadão de Nantes, na França, que mo comunicou sob reserva. A mesma pessoa submeteu à minha apreciação, sem absolutamente saber de minhas intenções, um processo de construir balões com a membrana de certo animal, substância através da qual é inteiramente impossível qualquer gás escapar. Achei, contudo, que isso era excessivamente dispendioso e, além do mais, não podia dizer que a cambraia musselinada, com uma capa de goma de borracha, não fosse igualmente boa. Menciono esta circunstância porque creio provável que, qualquer dia, o indivíduo em questão tente uma ascensão aeronáutica com o novo gás e o material de que falei e não quero privá-lo da honra de tão singular invento.

"Em cada um dos lugares que eu desejava fossem ocupados pelos barris menores, enquanto o balão estivesse a encher-se, cavei, escondido, pequenos buracos; tais buracos formavam, dessa maneira, um círculo de sete metros e meio de diâmetro. No centro desse círculo, onde estava o ponto marcado para o barril grande, cavei também um buraco de maior profundidade. Em cada um dos cinco buracos menores depositei uma lata contendo cinquenta libras de pólvora de canhão, e, no maior, um barrilote contendo 150 libras. Liguei-os, o barrilote e as latas, de maneira apropriada, com rastilhos, e, tendo deixado dentro de uma das latas a ponta, de cerca de um metro e vinte centímetros, de pavio, cobri o buraco e coloquei o barril grande sobre ele, deixando a outra ponta do pavio projetar-se, cerca de uma polegada para fora, de modo mal visível. Enchi, então, os buracos que restavam e coloquei os barris sobre eles, no lugar designado.

"Além dos artigos acima enumerados, levei para o *depósito*, onde o escondi, um dos aparelhos aperfeiçoados do Sr. Grimm, para condensação do ar atmosférico. Achei, porém, que essa máquina necessitava de considerável alteração antes de poder ser adaptada aos fins a que tencionava eu aplicá-la. Mas graças a um trabalho afincado e a uma perseverança incansável, consegui obter resultados completos em todos os meus preparativos. Meu balão estava dentro em pouco pronto. Poderia conter mais de doze mil metros cúbicos de gás. Podia facilmente transportar-me, calculei eu, com todos os meus utensílios, e, se o dirigisse direito, com 175 libras de lastro de quebra. Recebera três camadas de verniz e verifiquei que a cambraia substituía perfeitamente a própria seda, sendo tão forte quanto ela e muito mais barata.

"Estando agora tudo pronto, exigi de minha mulher um juramento de segredo em relação a todas as minhas ações desde o dia de minha primeira visita à casa do livreiro e, prometendo, de minha parte, voltar tão logo as circunstâncias o permitissem, dei-lhe o pouco de dinheiro que ainda me restava e despedi-me dela. Na verdade, não tinha preocupações a seu respeito. Ela era o que o povo chama uma mulher notável e podia muito bem tratar de seus negócios sem minha assistência. Acredito, para falar a verdade, que ela sempre me considerou um sujeito preguiçoso, um simples contrapeso, que não prestava para outra coisa senão construir castelos no ar, e se sentia um tanto alegre por se ver livre de mim. Era uma noite escura aquela em que lhe disse adeus e, levando comigo, como ajudantes de campo, os três credores que tanta preocupação me haviam causado, transportamos o balão, com a barquinha e todos os acessórios, por caminho travesso, até o local onde se achavam depositados os outros apetrechos. Encontramo-los ali, todos intatos, e me pus imediatamente a trabalhar.

"Era o dia 1º de abril. A noite, como disse antes, estava escura. Não se via uma estrela no céu, e uma chuvinha miúda, que caía a intervalos, nos incomodava bastante. Mas minha principal ansiedade concernia ao balão que, a despeito do verniz com que estava defendido, começou a tornar-se um tanto pesado com a umidade; a pólvora também estava sujeita a estragar-se. Em consequência, mantive meus três credores em trabalho ativo e diligente, reduzindo gelo a pó em torno da barrica central e agitando o ácido nas outras. Eles não cessavam, porém, de importunar-me com perguntas para saber o que eu tencionava fazer com todo aquele maquinismo e manifestavam-se bastante mal satisfeitos com o tremendo trabalho a que eu os submetia. Não podiam perceber (assim diziam) o que de bom poderia resultar de ficarem molhados até os ossos, para simplesmente tomar parte em tão horríveis encantamentos. Comecei a ficar inquieto e trabalhava com todas as minhas forças, pois, na verdade, acreditava que aqueles idiotas supunham ter eu feito um pacto com o Diabo e que, em suma, o que eu estava agora fazendo não era nada tranquilizador. Estava, portanto, com grande receio de que eles me abandonassem inteiramente. Esforcei-me todavia, por tranquilizá-los com promessas de pagamento integral tão logo levasse a termo o atual negócio. Estas belas palavras interpretavam-nas eles, por certo, a seu modo, imaginando, sem dúvida, que, de qualquer forma, entraria eu na posse de copiosa quantidade de dinheiro de contado; e contanto que lhes pagasse tudo quanto lhes devia e um pouco mais, em consideração de seus serviços, ouso dizer que muito pouco lhes importava o que viesse a acontecer à minha alma ou à minha carcaça.

"Ao fim de quatro horas e meia, achei que o balão estava suficientemente cheio. Amarrei a barquinha, portanto, e pus dentro dela todas as minhas bagagens: um telescópio, um barômetro com algumas modificações importantes; um termômetro, um eletrômetro, um compasso, uma agulha magnética, um relógio de segundos; um sino, um porta-voz etc. etc. etc. e também um globo de vidro, do qual fora extraído o ar e estava cuidadosamente fechado com uma rolha, não tendo esquecido o aparelho de condensação; um pouco de cal viva, um pau de lacre, copiosa provisão de água e grande quantidade de mantimentos, tais como bolo de carne, no qual muita matéria nutritiva está contida, em volume relativamente pequeno. Prendi também na barquinha um casal de pombos e uma gata.

"Estava prestes a amanhecer e pensei que já era tempo de partir. Deixando cair no chão um cigarro aceso, como por acaso, aproveitei a oportunidade, ao curvar-me para apanhá-lo, de acender sorrateiramente a mecha, cuja ponta, como disse antes, salientava-se um pouco da borda inferior de um dos barris menores. Esta manobra passou totalmente despercebida aos olhos dos três credores e, pulando para dentro da barquinha, imediatamente cortei a única corda que me prendia à terra e fiquei satisfeito ao descobrir que era arrebatado para o alto, com inconcebível rapidez, carregando com toda facilidade 175 libras de lastro de chumbo e capaz de carregar ainda muito mais. Quando deixei a terra, o barômetro marcava trinta polegadas e o termômetro centígrado dezenove graus.

"Mal, porém, tinha eu atingido a altura de cinquenta jardas, quando, rugindo e roncando atrás de mim, da maneira mais tumultuosa e mais terrível, sobreveio tão denso furacão de fogo e de cascalho, de madeira inflamada, de metal abrasado, de mistura com membros humanos, que meu coração desfaleceu e eu caí no fundo da barquinha, tremendo de terror. De fato, eu agora percebia que havia inteiramente exagerado a coisa e tinha ainda de sofrer as principais consequências do abalo. Com efeito, em menos dum segundo, senti todo o sangue de meu corpo correr-me para as têmporas e, imediatamente depois, uma comoção violenta, de que jamais me esquecerei, explodiu, abruptamente, através das trevas e pareceu rasgar todo o firmamento em pedaços. Quando depois tive tempo de refletir, não deixei de atribuir a extrema violência da explosão, no que dizia respeito a mim, à sua verdadeira causa, minha posição diretamente acima dela e na linha de sua maior potência. Mas na ocasião, pensei somente em preservar minha vida. O balão a princípio descaiu, depois dilatou-se espantosamente, depois pôs-se a girar como doido, com uma velocidade vertiginosa, e afinal, cambaleando e vacilando como um homem bêbado, lançou-me por cima da borda da barquinha e me deixou pendente, a uma altura aterrorizadora, de cabeça para baixo e rosto para fora, preso a um pedaço de corda fina, de cerca de noventa centímetros de comprimento, que estava por acaso dependurada, através de uma fenda, perto do fundo do cesto de vime, e na qual, quando eu caí, meu pé esquerdo se enganchou providencialmente. É impossível formar qualquer ideia adequada do horror de minha situação. Abria convulsivamente a boca, na ânsia de respirar, um tremor semelhante a um acesso de febre intermitente sacudia todos os nervos e músculos de meu corpo, sentia os olhos pular-me das órbitas, uma horrível náusea me invadiu e por fim perdi toda a consciência, desmaiando.

"Não posso dizer quanto tempo permaneci nesse estado. Deve, porém, ter sido um tempo bem considerável, pois quando recuperei em parte meus sentidos encontrei o dia raiando, o balão, à prodigiosa altura, sobre a imensidão do oceano, e nem um sinal de terra se avistava, em qualquer parte, dentro dos limites do vasto horizonte. Minhas sensações, porém, depois que assim recobrei os sentidos não eram de modo algum tão repletas de angústia como se pudera imaginar anteriormente. De fato, havia muito de loucura no calmo exame que comecei a fazer de minha situação. Ergui minhas duas mãos à altura de meus olhos, uma após a outra, e perguntei a mim mesmo, com espanto, que fato poderia ter dado origem à inchação das veias e à horrível pretidão de minhas unhas. Em seguida, examinei cuidadosamente minha cabeça, mexendo-a repetidas vezes, e palpando com minudente atenção, até lograr a certeza satisfatória de que ela não era, assim como havia um tanto suspeitado, maior do que meu balão. Depois, com o hábito do homem que sabe onde tem suas coisas, procurei nos bolsos de meus calções e, percebendo que havia perdido uma série de tabuinhas e um estojo de palito de dentes, tentei dar-me conta de seu desaparecimento, e, não sendo capaz de fazê-lo, senti-me inexprimivelmente pesaroso. Ocorreu-me então sentir uma viva dor na junta do meu tornozelo esquerdo e uma vaga consciência de minha situação começou a luzir-me no pensamento. Mas, é estranho dizê-lo, eu não estava nem atônito nem horrorizado. Se alguma emoção sentia afinal, era uma espécie de acariciante satisfação diante da habilidade que me seria preciso desdobrar para me tirar daquele dilema. E nunca, nem por um instante, pus em dúvida a possibilidade de minha salvação final. Durante poucos minutos permaneci mergulhado na mais profunda reflexão. Lembro-me distintamente de ter comprimido frequentes vezes os lábios, de ter aplicado meu dedo indicador ao lado de meu nariz e feito uso de outros gestos e caretas comuns aos homens que, à vontade em suas poltronas, meditam em assuntos intrincados ou de importância. Tendo, como pensava, suficientemente coligido minhas ideias, botei, com grande cautela e decisão, minhas mãos atrás das costas e desatei a grande fivela de ferro, que pertencia aos cós de minhas calças. Essa fivela tinha três dentes que, estando um tanto enferrujados, giravam com grande dificuldade nos seus eixos. Consegui, porém, depois de algum esforço, colocá-los em ângulo reto com o corpo da fivela, e fiquei satisfeito ao verificar que eles se mantinham firmes nessa posição. Conservando entre os dentes o instrumento assim obtido, comecei então a desatar o nó de minha gravata. Vi-me forçado a descansar muitas vezes antes que pudesse levar a efeito essa manobra, mas afinal consegui-o. A uma extremidade da gravata amarrei então a fivela, e a outra ponta atei-a, para maior segurança, fortemente, em torno de meu punho. Erguendo em seguida meu corpo com prodigioso gasto de força muscular, consegui, logo à primeira tentativa, lançar a fivela por cima da barquinha e enganchá-la, como previra, no rebordo circular do traçado de vime.

"Meu corpo formava agora com o lado da barquinha um ângulo de cerca de 45 graus, mas não se deve entender que eu estivesse, por isso, apenas a 45 graus abaixo da perpendicular. Longe disso, jazia eu ainda quase ao nível do plano do horizonte, pois a mudança de posição que eu operara forçara de modo considerável o fundo da barquinha, pondo-me em consequência numa posição eminentemente perigosa. Em primeiro lugar deve ser lembrado, porém, que, quando eu caí da barquinha, se o houvesse feito com o rosto voltado na direção do balão, em vez de voltado em sentido contrário ao dele, como se dava no momento, ou se, em segundo lugar, a corda pela qual estava eu suspenso tivesse pendido, por acaso, sobre o rebordo superior em vez de através duma fenda perto do fundo da barquinha, pode-se facilmente conceber que em qualquer desses dois supostos casos teria eu sido incapaz de realizar o que acabo de realizar, e as presentes revelações estariam inteiramente perdidas para a posteridade. Tinha, pois, todos os motivos de abençoar o acaso, embora, na realidade, me sentisse ainda de tal modo estupefato, que nada atinava fazer, e fiquei pendurado, talvez um quarto de hora, daquela extraordinária maneira, sem fazer o mais leve esforço de novo, e num estado singularmente tranquilo de beatitude idiota. Mas esta sensação não tardou a extinguir-se, sucedendo-lhe o horror, a consternação e o sentimento da extrema desesperança e da ruína. De fato, o sangue, tão longamente acumulado nos vasos de minha cabeça e de minha garganta e que até então fazia meu espírito boiar numa espécie de delírio, tinha agora começado a retirar-se para dentro de seus próprios canais, e a clarividência que assim se acrescentava à minha percepção de perigo servia simplesmente para privar-me do sangue-frio e da coragem necessários para enfrentá-lo. Mas esta fraqueza, felizmente para mim, foi de pouca duração. Muito a tempo, veio em meu socorro o espírito do desespero e, com frenéticos gritos e esforços, joguei-me convulsivamente para cima, até que por fim, agarrando-me como um torno ao rebordo tão cobiçado, retorci o corpo por cima dele e caí, de cabeça para baixo e tremendo, dentro da barquinha.

"Somente algum tempo depois é que recuperei suficientemente os sentidos para me ocupar com o balão. Então examinei-o com atenção e, com grande alívio, verifiquei que não apresentava dano algum. Todos os meus instrumentos estavam intatos e, felizmente, não tinha perdido eu nem lastro nem provisões. De fato, eu os havia tão bem ligado a seus lugares, que tal acidente era coisa totalmente improvável. Olhando o relógio, vi que eram seis horas. Estava subindo ainda com rapidez, e o barômetro dava, no momento, a altitude de três milhas e três quartos. Logo abaixo de mim, no oceano, via-se um pequeno objeto negro, de forma ligeiramente oblonga, parecendo ter quase o tamanho de um dominó e se assemelhando, sob todos os aspectos, a um desses brinquedos. Assestando meu telescópio na direção dele, vi claramente que se tratava dum navio inglês, de 94 peças de fogo, andando à bolina e rasgando pesadamente o mar, de proa para a direção oés-sudoeste. A não ser esse navio, nada via senão o oceano e o firmamento, e o Sol que de há muito se erguera.

"Já é agora tempo de explicar a Vossas Excelências o objetivo de minha viagem. Vossas Excelências hão de lembrar-se que circunstâncias lamentáveis em Roterdã me tinham por fim arrastado à resolução de suicidar-me. Não que eu estivesse, porém, propriamente desgostoso da minha vida, mas é que me sentia fatigado, além de qualquer medida, pelas misérias adventícias relativas à minha situação. Nesse estado de espírito, desejando viver, embora cansado da vida, o tratado que li na loja do livreiro, apoiado pela oportuna descoberta de meu primo de Nantes, desvendou um recurso à minha imaginação. Tomei então por fim uma resolução. Decidi partir, embora vivo — abandonar o mundo, embora continuasse a existir; em resumo, para deixar de enigmas, resolvi, sem cogitar do que se seguiria, abrir caminho, se pudesse, *até a Lua*. Ora, para que não me julguem mais louco do que realmente sou, exporei, o mais minudentemente que me for possível, as considerações que me levaram a acreditar que uma realização dessa natureza, embora sem dúvida difícil e cheia de perigo, não estava absolutamente fora dos limites do possível para um espírito ousado.

"A real distância da Terra à Lua era a primeira coisa a considerar. Ora, a distância média ou aproximada entre os *centros* desses dois planetas é de 59,9643 do raio equatorial da Terra, ou apenas cerca de 237 mil milhas. Digo a média ou distância aproximada, mas deve-se ter em mente que, sendo a forma da órbita da Lua uma elipse de excentricidade que monta a nada menos que 0,05484 do semieixo maior da própria elipse, e estando o centro da Terra situado no seu foco, se eu pudesse, de qualquer maneira, conseguir encontrar a Lua no seu perigeu, a distância acima mencionada estaria sensivelmente diminuída. Mas, deixando de parte essa possibilidade, era bem certo que, em todo o caso, das 237 mil milhas teria eu de deduzir o raio da Terra, isto é, 4 mil, e o *raio* da Lua, isto é, 1080, ao todo 5080, deixando a ser atravessada uma distância real, em média, de 231920 milhas. Ora, isto, refleti eu, não era uma distância muito extraordinária. Em terra, tem-se repetidamente viajado a uma velocidade de sessenta milhas por hora e, na verdade, pode prever-se uma velocidade muito maior no futuro. Mas mesmo a esta velocidade, ser-me-iam precisos nada menos de 161 dias para atingir a superfície da Lua. Havia, no entanto, muitas particularidades que me induziam a acreditar que minha velocidade média de viagem poderia exceder de muito a de sessenta milhas por hora, e, como essas considerações não deixassem de causar profunda impressão na minha mente, explicá-las-ei mais amplamente para diante.

"O ponto seguinte a ser examinado era da mais alta importância. Pelas indicações que o barômetro fornece, verificamos que nas ascensões da superfície da Terra, à altura de trezentos metros, já deixamos sob nós cerca de um trigésimo da massa total de ar atmosférico; a 3180, subimos através de cerca de um terço; e a 5400, que não está longe da altura do Cotopaxi, achamo-nos sobre a metade do material ou, de qualquer modo, a metade do *ponderável* corpo de ar que pesa sobre nosso globo. Também se calcula que, a uma altura não superior à centésima parte do diâmetro da Terra — isto é, não superior a oitenta milhas —, a rarefação será tão excessiva, que a vida animal de maneira alguma poderá ser mantida e, além disso, que os mais delicados meios que possuímos de verificar a presença da atmosfera são inadequados para assegurar-nos de sua existência. Mas eu não deixei de perceber que esses últimos cálculos são baseados completamente em nossos conhecimentos experimentais das propriedades do ar e das leis mecânicas que lhe regulam a dilatação e compressão naquilo que pode ser chamado, comparativamente falando, a *vizinhança imediata* da Terra; e, ao mesmo tempo, toma-se como certo que a vida animal é e deve ser essencialmente *incapaz de modificação* em qualquer distância inatingível da superfície. Ora, todas essas razões e todos esses dados devem, sem dúvida, ser simplesmente analógicos. A maior altura já alcançada pelo homem foi a de 7500 metros, atingida na expedição aeronáutica dos Srs. Gay-Lussac e Biot. Isto é uma altitude moderada em comparação com as oitenta milhas em apreço; e eu não podia deixar de pensar que o assunto admitia espaço para a dúvida e dava ampla margem à especulação.

"Mas, de fato, sendo a ascensão feita a uma altitude dada, a quantidade ponderável de ar ultrapassada, em qualquer ascensão *ulterior*, de modo algum está em proporção com o peso adicional atravessado (como claramente se vê do que aqui já foi estabelecido), mas numa *ratio* constantemente decrescente. Em consequência, é evidente que, subindo tão alto quanto possamos, não podemos, literalmente falando, chegar a um limite além do qual não se encontre qualquer atmosfera. Ela *deve existir*, concluía eu, embora *possa* existir num estado de infinita rarefação.

"De outro lado, eu bem sabia que não se necessitam argumentos para provar a existência de um limite real e definido para a atmosfera além do qual absolutamente não há ar, em parte alguma. Mas uma circunstância que foi posta de parte por aqueles que opinam por tais limites me parecia, embora não uma refutação positiva de seu credo, pelo menos um ponto digno de muito séria investigação. Comparando os intervalos entre as sucessivas entradas do Cometa de Encke no seu periélio, depois de calcular, do modo mais exato, todas as perturbações devidas à atração dos planetas, verifica-se que tais períodos gradualmente diminuem; isto é, o eixo maior da elipse do cometa se torna cada vez mais curto, num decréscimo pequeno, porém perfeitamente regular. Ora, deveria suceder precisamente assim se supuséssemos que o cometa experimentasse a resistência de um meio *extremamente etéreo e rarefeito* invadindo as regiões de sua órbita. Pois é evidente que tal meio deve, retardando a velocidade do cometa, aumentar-lhe a força centrípeta, enfraquecendo a centrífuga. Em outras palavras, a atração do Sol constantemente atingiria maior poder e o cometa seria arrastado cada vez mais para perto, a cada rotação. Na verdade, não há outro meio de explicar a variação em apreço. Mas, vejamos ainda: observa-se que o diâmetro real da nebulosidade do mesmo cometa se contrai, rapidamente, ao se aproximar ele do Sol e se dilata, com igual rapidez, quando parte para o seu afélio. Não tinha eu razão de supor, com o Sr. Valz, que essa condensação aparente de volume tem sua origem na compressão do mesmo meio etéreo de que falei e que se adensa na proporção de sua vizinhança do Sol? O fenômeno da forma lenticular, e que também se chama a luz zodiacal, era assunto digno de atenção. Esse brilho que tanto se vê nos trópicos e que não pode ser tomado por qualquer clarão meteórico estende-se do horizonte, obliquamente, para cima e segue, em geral, a direção do equador do Sol. Parece-me isso provir, evidentemente, de uma atmosfera rarefeita que se estende para além do Sol, pelo menos para além da órbita de Vênus, e, creio, indefinidamente mais longe.[2] Na verdade, não posso supor que esse meio se confine ao caminho da elipse do cometa ou às cercanias imediatas do Sol. É fácil, ao contrário, imaginá-lo penetrando todas as regiões de nosso sistema planetário, condensado nos próprios planetas, naquilo que chamamos atmosfera, e talvez, em alguns deles, modificado por circunstâncias puramente geológicas; isto é, modificado ou alterado em suas proporções (ou natureza absoluta) por matérias volatilizadas pelos respectivos orbes.

"Tendo adotado essa opinião a respeito, pouca hesitação me restou. Dado que em minha passagem eu pudesse encontrar uma atmosfera *essencialmente* a mesma da superfície da Terra, imaginei que, por meio do muito engenhoso aparelho do Sr. Grimm, facilmente seria capaz de condensá-la em quantidade suficiente para a respiração. Isso removeria o principal obstáculo numa viagem à Lua. Eu de fato gastara muito dinheiro e grande trabalho no adaptar o aparelho à finalidade projetada e confiantemente esperava em sua aplicação vitoriosa, se pudesse chegar a concluir a viagem dentro de algum período razoável. Isso me trouxe à *velocidade* com que seria possível viajar.

"É verdade que os balões, na primeira etapa de sua ascensão da terra, elevam-se, como se sabe, com velocidade comparativamente moderada. Ora, o poder de elevação reside completamente na gravidade superior da atmosfera comparada com o gás do balão; e, à primeira vista, não parece provável que, ao adquirir o balão altitude e ao chegar, consequentemente, ao *strata* de densidades, que rapidamente diminuem, não parece, digo, absolutamente razoável que, neste seu caminho para o alto, a velocidade original possa ser acelerada. De outro lado, eu não estava certo de que, em qualquer ascensão lembrada, fosse certo aparecer uma *diminuição* na velocidade absoluta da subida, embora isso pudesse suceder, se nada mais interviesse, por causa da fuga de gás através de balões mal construídos e envernizados com matéria não melhor do que o verniz ordinário. Parecia, contudo, que o efeito dessa fuga era só suficiente para contrabalançar o efeito da aceleração atingida pelo decréscimo da distância do balão do centro de gravitação. Considerei então que, contanto que em minha passagem eu encontrasse o *meio* que imaginara, contanto que ele fosse *essencialmente* o que chamamos atmosfera, pequena diferença podia fazer, comparativamente, qualquer estado extremo de rarefação em que eu o pudesse encontrar, isto é, em relação a meu poder ascensional, pois o gás no balão não

2 A luz zodiacal é provavelmente o que os antigos chamam Trabes. *Emicant Trabes quos docos vocant* (Plínio, Lib. 2, p. 26).

somente seria submetido à rarefação semelhante (relativamente ao fato de que eu podia experimentar uma fuga de tanto quanto necessitasse, para evitar a explosão), como, *sendo o que era*, continuaria, em qualquer caso, especificamente mais leve do que qualquer composto de simples azoto e oxigênio. Assim havia uma probabilidade — havia de fato uma forte probabilidade — de que *em época alguma de minha ascensão eu alcançasse um ponto em que o peso unido de meu balão imenso — do gás inconcebivelmente rarefeito que ele continha, da barquinha e de seu conteúdo — fosse igual ao peso da massa deslocada da atmosfera circundante;* e isto será facilmente compreendido como a única condição, baseada na qual meu voo ascendente seria detido. Mas, se este ponto fosse mesmo atingido, eu podia dispensar, com o lastro e outros pesos, o montante de quase trezentas libras. Entrementes, a força de gravitação iria constantemente diminuindo na proporção dos quadrados das distâncias e assim, com uma velocidade prodigiosamente acelerada, chegaria por fim àquelas distantes regiões em que a força de atração da Terra seria superada pela da Lua.

"Havia outra dificuldade, porém, que me causou um pouco de inquietação. Tem sido observado que, em ascensões de balões a considerável altura, além da respiração dolorosa, experimenta-se grande incômodo na cabeça e no corpo, acompanhado muitas vezes de sangria de nariz e outros sintomas de espécie alarmante, tornando-se cada vez mais inconveniente, na proporção da altitude atingida.[3] Era essa uma reflexão de natureza um tanto inquietante. Não seria provável que esses sintomas fossem aumentando até terminar pela própria morte? Pensei por fim que não. Sua origem devia ser encarada como a remoção progressiva da pressão atmosférica *habitual* sobre a superfície do corpo e a consequente distensão dos vasos sanguíneos superficiais e não como qualquer desorganização positiva do sistema animal, como no caso de dificuldade em respirar, em que a densidade atmosférica é *quimicamente* insuficiente para a devida renovação do sangue em um ventrículo do coração. A não ser que houvesse falta dessa renovação, não podia eu ver motivo, em consequência, pelo qual não pudesse a vida ser mantida mesmo em um *vacuum*, pois a expansão e compressão do peito, comumente chamada respiração, é ação puramente muscular e a *causa*, não o *efeito*, da respiração. Numa palavra: eu concebia que, como o corpo se tornaria habituado à falta de pressão atmosférica, as sensações de dor iriam gradualmente diminuindo, e para suportá-las, enquanto continuassem, confiava eu na têmpera de ferro de minha constituição.

"Creio que Vossas Excelências poderão convir em que acabo de expor minuciosamente, embora não de todo, as considerações que me levaram a formar o projeto de uma viagem lunar. Continuarei agora a expor a Vossas Excelências o resultado de uma tentativa de concepção aparentemente tão audaciosa, e em todo caso tão extremamente inigualada nos anais da humanidade.

"Tendo atingido a altitude antes mencionada, isto é, de três milhas e três quartos, joguei fora da barquinha certa quantidade de penas e verifiquei que ainda subia com suficiente rapidez. Não havia, portanto, necessidade de descarregar qualquer lastro. Isto me alegrou, pois eu desejava reter comigo tanto peso quanto

3 Desde a publicação original de "Hans Pfaall" descobri que o Sr. Green, do célebre balão *Nassau*, e outros recentes aeronautas, negam as asserções de Humboldt a este respeito e falam de um decrescente mal-estar precisamente de acordo com a teoria aqui apresentada.

pudesse carregar, pela razão óbvia de que não tinha informações positivas da gravidade ou da densidade atmosférica da Lua. Eu não sofria até então mal-estar físico, respirando com grande liberdade e sem sentir dor alguma na cabeça. A gata jazia séria sobre meu paletó, que eu tinha tirado, e olhava para os pombos com um ar de *nonchalance*. Estes últimos, amarrados pela perna para não fugirem, ocupavam-se em bicar alguns grãos de arroz espalhados para eles no fundo da barquinha.

"Às seis e vinte, o barômetro acusou uma elevação de 7920 metros, ou cinco milhas justas. A perspectiva parecia ilimitada. De fato, calcula-se facilmente, por meio da geometria, quão grande extensão da área terrestre eu avistava. A superfície convexa de qualquer segundo da esfera está para a superfície total da própria esfera como o seno reverso do segmento para o diâmetro da esfera. Ora, no meu caso, o seno reverso — isto é, a *espessura* do segmento abaixo de mim — era quase igual à minha elevação, ou à elevação do ponto de vista acima da superfície. A área da Terra vista por mim podia ser expressa pela proporção de cinco milhas para oito mil. Noutras palavras: eu avistava um total de 1/1600 da superfície da Terra. O mar aparecia liso como um espelho, embora, por meio do telescópio, eu pudesse avistá-lo em estado de violenta agitação. O navio não era mais visível, tendo desaparecido, aparentemente, na direção de leste. Começava agora a experimentar, a intervalos, severa dor de cabeça, especialmente em torno dos ouvidos. Continuava, porém, a respirar com sofrível liberdade. A gata e os pombos não davam demonstração alguma de sofrer qualquer mal-estar.

"Faltando vinte minutos para as sete, o balão penetrou numa longa série de nuvens densas que me causaram grande perturbação, pois danificaram meu aparelho de condensação e me umedeceram até os ossos. Este era, sem dúvida, um encontro singular, pois não tinha acreditado ser possível que uma nuvem dessa natureza se sustentasse a tão grande altura. Achei melhor, porém, jogar fora dois fardos de cinco libras de lastro, reservando ainda um peso de 165 libras. Logo que assim fiz, superei a dificuldade e percebi imediatamente que havia obtido grande aumento na minha escala de ascensão. Poucos segundos depois de ter deixado a nuvem, um clarão de luz vivíssima irrompeu de uma extremidade dela a outra, e fez que ela se incendiasse, em toda a sua vasta extensão, como uma massa de carvão inflamável. Não se deve esquecer que isso se deu em plena luz do dia. Nenhuma imaginação pode descrever a sublimidade do espetáculo de semelhante fenômeno, caso se realizasse entre as trevas da noite. Só a imagem do inferno seria adequada. Mesmo assim, meus cabelos se eriçaram, enquanto eu contemplava, lá embaixo, o abismo hiante, deixando a imaginação descer e vagar pelos estranhos salões abobadados e pelos vórtices vermelhos, pelas rubras fendas espantosas do fogo horrendo e insondável. Na verdade, escapara por um triz. Tivesse o balão permanecido um pouco mais dentro da nuvem, isto é, não me tivesse o inconveniente de umedecer-me, decidido a descarregar o lastro, a consequência poderia ter sido, e provavelmente seria, a minha destruição. Tais perigos, embora pouco levados em consideração, talvez sejam os maiores que se encontrem em balões. A esse tempo já havia eu, porém, atingido uma altura demasiado grande, para me preocupar ainda com isso.

"Erguia-me agora rapidamente e, às sete horas, o barômetro indicava uma altitude de nada menos de nove milhas e meia. Comecei a encontrar grande dificuldade em respirar. Minha cabeça também estava excessivamente dolorida, e, tendo sentido, durante algum tempo, certa umidade nas faces, descobri por fim que era sangue, que exsudava bem depressa dos tímpanos de meus ouvidos. Meus olhos também me davam grande motivo de inquietação. Ao passar a mão sobre eles, pareciam ter saltado das órbitas a um grau bastante considerável, e todos os objetos da barquinha e até mesmo do próprio balão se apresentavam deformados à minha visão. Esses sintomas excediam a minha expectativa e me causavam algum alarme. Nesta conjuntura, bastante imprudentemente e sem nenhuma ponderação, atirei fora da barquinha três fardos de cinco libras de lastro. A velocidade acelerada da ascensão assim obtida carregou-me demasiado rapidamente, e sem suficiente gradação, até uma camada atmosférica, altamente rarefeita, e o resultado quase foi fatal à minha expedição e a mim mesmo. Fui, de súbito, tomado dum espasmo que durou mais de cinco minutos, e, mesmo quando este, de certo modo, cessou, só conseguia respirar a longos intervalos e resfolegando, enquanto sangrava copiosamente pelo nariz e pelos ouvidos e até mesmo um pouco pelos olhos. Os pombos pareciam presa de extrema angústia e forcejavam por escapar, ao passo que a gata miava lastimosamente e, com a língua pendente da boca, andava cambaleando para lá e para cá na barquinha, como se estivesse sob a ação de algum veneno. Só agora demasiado tarde descobria eu a grande leviandade de que me tornara culpado descarregando o lastro, e minha agitação tornou-se excessiva. Previa nada menos que a morte dentro de poucos minutos. O sofrimento físico que me atormentava contribuía também para tornar-me quase incapaz de fazer qualquer esforço a fim de preservar minha vida. Restava-me, na verdade, pouca força de reflexão e a violência da dor de cabeça parecia ir aumentando enormemente. Verifiquei então que meus sentidos em breve se extinguiriam por completo e já havia agarrado uma das cordas de escape, tendo em vista tentar uma descida, quando a lembrança da peça que eu havia pregado aos três credores e as possíveis consequências que disso me adviriam, caso eu regressasse, forçaram-me a deter-me, no momento. Deixei-me cair no fundo da barquinha e procurei dominar-me. Consegui-o de tal modo, que me veio a ideia de tentar uma sangria. Não tendo, porém, lanceta, vi-me obrigado a executar a operação da melhor maneira que me era possível e, finalmente, logrei abrir uma veia, no meu braço esquerdo, com a lâmina do meu canivete. Mal começara o sangue a manar, senti sensível alívio, e, quando já havia perdido cerca de meia tigelinha, a maior parte dos piores sintomas havia desaparecido de todo. Não obstante, não achei conveniente tentar levantar-me imediatamente, mas, tendo atado o braço o melhor que pude, conservei-me deitado cerca dum quarto de hora. Ao fim deste tempo ergui-me e achei-me mais livre de dores de qualquer natureza do que estivera durante o último quarto de hora de minha ascensão. A dificuldade de respirar, porém, diminuíra somente um pouquinho e achei que seria em breve necessário fazer uso do meu condensador. Entretanto, olhando para a gata, que estava, de novo, comodamente instalada em cima de meu paletó, descobri, com infinita surpresa, que ela aproveitara a oportunidade de minha indisposição para dar à luz uma ninhada de três gatinhos. Isso era um aumento do número de passageiros, totalmente inesperado, de minha parte; mas a ocorrência me divertiu. Proporcionou-me a oportunidade de submeter a uma espécie de experiência a verdade de uma hipótese que, mais do que qualquer outra, tinha influído em mim ao tentar aquela ascensão. Tinha imaginado que a tolerância *habituada* da pressão atmosférica na superfície da Terra era a causa, ou quase isso, da dor que atingia a existência animal a uma certa distância acima da superfície. Se os gatinhos mostrassem mal-estar *no mesmo grau que sua mãe*, devia eu considerar minha teoria falsa, mas se tal não se desse eu consideraria o caso como uma forte confirmação de minha ideia.

"Pelas oito horas, tinha eu já atingido uma altitude de dezessete milhas acima da superfície da Terra. Assim, pareceu-me evidente que minha velocidade ascensional não só estava em aumento como que a progressão teria sido notada em leve grau, mesmo que eu não tivesse descarregado lastro como fiz. As dores de cabeça e dos ouvidos voltaram a intervalos, com violência, e continuei ainda a sangrar, de vez em quando, pelo nariz; mas em conjunto, eu sofria muito menos do que poderia esperar. Respirava, porém, a cada momento, com maior dificuldade e cada inalação era acompanhada de uma perturbadora ação espasmódica do peito. Desembrulhei então o aparelho de condensação e mantive-o pronto para uso imediato.

"O espetáculo da Terra, neste período de minha ascensão, era realmente belo. Para oeste, para o norte e para o sul, tão longe quanto eu podia alcançar, estendia-se um lençol ilimitado de oceano, aparentemente liso, o qual a cada instante apresentava uma tonalidade azul cada vez mais escura. A grande distância para leste, embora perfeitamente discernível, estendiam-se as ilhas da Grã-Bretanha, todas as costas atlânticas da França e da Espanha, com uma pequena porção da parte norte do continente africano. Nem um sinal se podia descobrir de edifícios e as mais orgulhosas metrópoles da humanidade tinham desaparecido por completo da face da Terra.

"O que mais me espantava no aspecto das coisas, lá embaixo, era a aparente concavidade da superfície do globo. Esperara, bastante impensadamente, ver sua real *convexidade* evidenciar-se à proporção que eu subisse. Mas uma pequeníssima reflexão bastou para explicar a discrepância. Uma linha baixada da minha posição, perpendicularmente à terra, teria formado a perpendicular de um triângulo retângulo, cuja base se estendia do ângulo reto até o horizonte, e a hipotenusa do horizonte até minha posição. Mas minha altura era pouca, ou nenhuma, em comparação com a perspectiva que eu desvendava. Por outras palavras: a base e a hipotenusa do suposto triângulo teriam sido, no meu caso, tão longas, quando comparadas com a perpendicular, que ambas poderiam parecer quase paralelas. Desta maneira, o horizonte do aeronauta aparenta estar sempre no mesmo nível da barquinha. Mas como o ponto imediatamente abaixo dele parece, e está, a grande distância embaixo, sem dúvida, também, parece a grande distância, abaixo do horizonte. Daí a impressão de concavidade. E esta impressão deve permanecer até que a altitude aumente de tal modo a proporção para a perspectiva, que o aparente paralelismo da base e da hipotenusa desapareça.

"Por esse tempo, como mostrassem os pombos estar sofrendo demais, resolvi pô-los em liberdade. Primeiramente desamarrei um deles, um lindo pombo pintalgado de cinzento, e coloquei-o sobre o rebordo do entrançado de vime. Ele pareceu extremamente inquieto, olhando ansioso em torno de si, batendo as asas e arrulhando alto, mas não dava mostras de confiança em saltar da barquinha. Agarrei-o por fim e lancei-o a quase meia dúzia de jardas do balão. Ele, porém, não fez tentativas de descer, como eu tinha esperado, mas lutou com grande veemência para voltar, lançando ao mesmo tempo gritos muito agudos e penetrantes. Por fim, conseguiu voltar à sua antiga posição sobre a borda, porém, mal assim fizera, quando sua cabeça pendeu sobre o peito e caiu morto dentro da barquinha. O outro não se mostrou tão infeliz. Para evitar que ele seguisse o exemplo do seu companheiro e realizasse um regresso, joguei-o para baixo com toda a minha força e fiquei satisfeito por ver que ele continuava sua descida, com grande velocidade, fazendo uso de suas asas à vontade e de maneira perfeitamente natural. Em tempo bem curto perdi-o de vista e não tenho dúvida de que ele tivesse voltado ao pombal, a salvo. Puss, que dava mostras de ter melhorado bastante de sua doença, regalava-se agora com o pássaro morto e depois foi dormir, com satisfação bem visível. Seus gatinhos estavam bem vivos e até então não demonstravam o menor sinal de qualquer mal-estar.

"Às oito e um quarto, não me sendo mais possível respirar sem sofrer a mais intolerável dor, pus-me imediatamente a ajustar, em torno da barquinha, a máquina pertencente ao condensador. Esta máquina merece uma pequena explicação, e Vossas Excelências terão a bondade de recordar que meu objetivo, em primeiro lugar, era cercar a mim mesmo e à barquinha, inteiramente, com uma barricada, contra a atmosfera altamente rarefeita na qual estava vivendo, na intenção de introduzir dentro desta barricada, por meio de meu condensador, uma quantidade desta mesma atmosfera, suficientemente condensada, para os fins da respiração. Com esse objetivo em vista, tinha eu preparado um saco de borracha muito forte, perfeitamente impermeável ao ar, mas flexível. Neste saco, que era de dimensões suficientes, toda a barquinha estava de certa maneira colocada. Isto é, o saco estendia-se sobre todo o fundo da barquinha, subia pelas paredes laterais e assim por diante, ao longo das cordas, até o rebordo superior ou arco onde está presa a rede. Tendo levantado o saco desta maneira, e fechado completamente todos os lados, inclusive o fundo, era agora necessário amarrar seu tope ou boca, passando-o sobre o arco da rede, ou, por outras palavras, entre a rede e o arco. Mas se a rede estivesse separada do arco para permitir esta passagem, que haveria de sustentar a barquinha durante esse tempo? Ora, a rede não estava permanentemente amarrada ao arco, mas ligada por uma série de alças corrediças ou nós. Em consequência, desatei apenas algumas dessas alças de uma vez, deixando a barquinha suspensa pelas restantes. Tendo assim inserido certa porção da parte superior do saco, tornei a amarrar as alças, não ao arco, porque isto teria sido impossível dado o obstáculo do envoltório, mas a uma série de grandes botões fixados ao próprio envoltório, cerca de noventa centímetros abaixo da boca do saco; os intervalos entre os botões eram correspondentes aos intervalos entre as alças. Feito isto, mais algumas alças foram desamarradas da borda, uma outra porção do envoltório foi introduzida e as alças soltas depois ligadas a seus próprios botões. Desta forma foi possível inserir toda a parte superior do saco entre a rede e o arco. É evidente que o arco então caía dentro da barquinha, enquanto todo o peso da própria barquinha e seu conteúdo se achava simplesmente sustentado pela força dos botões. Isto, à primeira vista, parecia de garantia insuficiente, mas tal, de modo algum, se dava, pois os botões eram, não somente bastante fortes, mas tão próximos uns dos outros, que uma mínima porção de todo o peso era suportada por qualquer um deles. De fato, fossem a barquinha e seu conteúdo três vezes mais pesados do que eram, de modo algum isso me inquietaria. Levantei, em seguida, o arco dentro da cobertura de borracha e impeli-o até quase sua primitiva altura por meio de três leves estacas, preparadas para isso. Isto foi feito, sem dúvida, para conservar o saco distendido no alto e manter a parte mais baixa da rede na sua devida posição. O que agora restava a fazer era amarrar a boca do envoltório. Isso foi prontamente realizado juntando as dobras da borracha e torcendo-as no alto, bem apertadamente, na parte interna, por meio de uma espécie de torniquete fixo.

"Aos lados da cobertura, assim ajustada, em torno da barquinha, tinham sido adaptadas três janelinhas circulares de vidro espesso, porém claro, através das quais eu podia ver, sem dificuldade, em torno de mim, em qualquer direção horizontal. Naquela porção do envoltório, formando o fundo, havia igualmente uma quarta janela da mesma espécie, correspondendo a uma pequena abertura no assoalho da própria barquinha. Isso me facultava olhar perpendicularmente para baixo, mas, não tendo achado possível colocar um semelhante dispositivo acima de minha cabeça por causa da maneira característica de fechar a abertura ali e das consequentes pregas no envoltório, não podia eu ter esperanças de ver objetos situados diretamente no meu zênite. Isto, sem dúvida, era uma questão de pequena consequência, pois mesmo que eu tivesse podido colocar uma janela no alto o próprio balão ter-me-ia impedido de fazer uso dela.

"Cerca de trinta centímetros abaixo de uma das janelas laterais havia uma abertura circular, de três polegadas de diâmetro, provida de uma orla de bronze, adaptada, na parte interna, às voltas de um parafuso. Neste rebordo estava parafusado o grande tubo do condensador, achando-se por certo o corpo da máquina dentro da câmara de borracha. Através desse tubo, uma quantidade da rarefeita atmosfera circunjacente era atraída por meio de um vácuo criado no corpo da máquina, e dali descarregada, em estado de condensação, para misturar-se com o ar rarefeito já existente dentro do compartimento. Sendo repetida várias vezes essa operação, afinal o aposento se enchia de atmosfera própria, para todos os fins da respiração; mas, em tão limitado espaço, ela necessariamente se tornaria viciada em curto tempo, e imprópria para o uso, pelo frequente contato com os pulmões. Era depois expelida por uma pequena válvula, para o fundo da barquinha, mergulhando prontamente o ar denso na atmosfera mais rala, embaixo. Para evitar o inconveniente de fazer um vácuo total, a qualquer instante, dentro do compartimento, essa purificação nunca era realizada de uma vez, mas gradativamente, sendo a válvula aberta apenas durante alguns segundos, depois fechada de novo, até que um ou dois puxões da bomba do condensador tivessem suprido o lugar da atmosfera expelida. Para fins de experiência eu tinha colocado a gata e os gatinhos em um pequeno cesto, e suspendi-o, por fora da barquinha, a um botão do assoalho, perto da válvula, através da qual eu podia alimentá-los a qualquer momento, quando preciso. Fiz isso, correndo algum pequeno risco e antes de fechar a boca do compartimento, alcançando a barquinha por baixo, com uma das estacas já mencionadas, a que tinha sido adaptado um gancho. Logo que o ar denso foi introduzido no compartimento, o arco e as estacas se tornaram desnecessários; a expansão do ar encerrado distendia fortemente a borracha.

"Ao tempo em que eu tinha completado todos esses preparativos e enchido o compartimento, como expliquei, faltavam apenas dez minutos para as nove horas. Durante todo o período em que estivera assim ocupado sofri o mais terrível incômodo, com a dificuldade de respiração, e amargamente me arrependia da negligência, ou antes, da loucura de que me tornara culpado, ao deixar para o último instante uma questão de tamanha importância. Mas tendo afinal completado tudo, logo comecei a colher o benefício de minha invenção. Respirei de novo com perfeita liberdade e facilidade — e, de fato, por que não o faria? Fiquei também agradavelmente surpreendido ao achar-me, em grande parte, aliviado das violentas dores que até então me tinham atormentado. Uma leve dor de cabeça, acompanhada duma sensação de plenitude ou distensão nos punhos, nos tornozelos e na garganta, era quase tudo de que me podia agora queixar. De modo que parecia indubitável que uma grande parte do mal-estar proveniente da desaparição da pressão atmosférica tinha no momento *desaparecido*, como eu esperava, e que muitas das dores que eu suportara nas últimas duas horas deveriam ser atribuídas de todo aos efeitos duma respiração deficiente.

"Faltando vinte minutos para as nove horas, isto é, pouco tempo antes de haver eu fechado a boca do compartimento, o mercúrio atingira seu limite, ou caíra, no barômetro, que, como mencionei antes, era de construção avantajada. Acusava então uma altitude de 39 mil metros ou 25 milhas e, em consequência, abrangia meu olhar, naquele momento, uma extensão da área da Terra que atingia a nada menos que a tricentésima vigésima parte da superfície total do globo. Às nove horas, tinha eu perdido de novo de vista a terra, para leste, mas não antes de haver percebido que o balão estava voando, rapidamente, para nor-noroeste. Abaixo de mim, o oceano mantinha ainda sua aparente concavidade, embora minha visão fosse muitas vezes interrompida por massas de nuvens que flutuavam para cá e para lá.

"Às nove e meia tentei a experiência de lançar um punhado de penas pela válvula. Não flutuaram, como eu esperava, mas caíram perpendicularmente, *en masse*, como uma bala e com a maior velocidade, ficando fora de vista em muito poucos segundos. A princípio não sabia o que pensar desse extraordinário fenômeno, não sendo capaz de acreditar que minha velocidade ascensional tivesse, de súbito, tido tão prodigiosa aceleração. Mas logo me ocorreu que a atmosfera era agora por demais rarefeita para sustentar até mesmo as penas, que estas caíam agora, como me havia parecido, com grande rapidez e que ficara surpreendido pelas velocidades unidas da descida delas e de minha própria elevação.

"Às dez horas achei que havia muito pouca coisa a ocupar minha imediata atenção. As coisas corriam bem e eu acreditava que o balão subia, com uma ligeireza incessantemente crescente, embora não tivesse mais nenhum meio de verificar a progressão do aumento. Não sofria dores ou mal-estar de qualquer natureza e gozava de melhores energias do que em qualquer outro período, desde minha partida de Roterdã, ocupando-me ora em examinar o estado de meus vários aparelhos e ora em renovar a atmosfera dentro do compartimento. Decidi atender a isto, a intervalos regulares de quarenta minutos, mais por causa da preservação de minha saúde do que se fosse absolutamente necessária uma frequente renovação. Entrementes, não podia deixar de fazer previsões. Minha fantasia divertia-se nas regiões estranhas e oníricas da Lua. A imaginação, sentindo-se uma vez solta, vagueava à vontade entre as maravilhas sempre mutáveis duma terra sombria e mutável. Ora eram florestas anciãs e veneráveis, e precipícios rochosos e cachoeiras tombando com enorme estrondo em abismos sem fundo. Ora eu chegava de súbito às solidões ainda antes do meio-dia, onde jamais se introduzia vento do céu, e onde vastas campinas de papoulas e flores delicadas e parecidas com lírios espalhavam-se a incômoda distância, todas silenciosas e imotas para sempre. Depois, de novo viajei bastante para outro país, que era todo um lago sombrio e vago, com uma linha fronteiriça de nuvens. Mas fantasias como essas não eram as únicas a dominarem-me o cérebro. Horrores de natureza mais severa e mais espantosa frequentes vezes se introduziam em minha mente e abalavam as profundezas mais íntimas de minha alma, com a simples hipótese de sua possibilidade. Contudo, não podia eu permitir a meu pensamento que, por muito tempo, demorasse sobre essas últimas especulações, julgando retamente os perigos reais e palpáveis da viagem, suficientes para reter toda minha atenção indivisa.

"Às cinco horas da tarde, estando ocupado em renovar a atmosfera do compartimento, aproveitei a oportunidade para observar a gata e os gatinhos através da válvula. A gata parecia sofrer, de novo, bastante, e não hesitei em atribuir seu mal-estar principalmente à dificuldade em respirar; mas minha experiência com os gatinhos tivera um resultado bastante estranho. Esperara, decerto, vê-los manifestar uma sensação de dor, embora em menor grau que sua mãe, e isto teria sido suficiente para confirmar minha opinião a respeito da tolerância habitual da pressão atmosférica. Mas não estava preparado para encontrá-los, em exame atento, gozando evidentemente alto grau de saúde, respirando com a maior facilidade e perfeita regularidade, sem demonstrar o mais leve sinal de mal-estar. Só podia dar-me conta de tudo isso alargando minha teoria e supondo que a atmosfera altamente rarefeita de em torno pudesse talvez não ser, como eu supusera antes, quimicamente insuficiente para as funções vitais, e que uma pessoa nascida em tal meio podia, provavelmente, não se aperceber de qualquer incômodo relativo à sua respiração, ao passo que, removida para as camadas mais densas, perto da terra, poderia suportar torturas de natureza igual àquelas que eu havia ainda há pouco experimentado. Tem sido desde então para mim motivo de profundo pesar que um desgraçado acidente ocasionasse a perda de minha pequena família de gatos e me privasse do conhecimento profundo dessa questão que uma experiência continuada me poderia ter proporcionado. Passando minha mão pela válvula, com uma tigela de água para a velha bichana, a manga de minha camisa se enganchou na alça que sustentava o cesto e, dessa forma, num instante, desprendeu-o do fundo. Ainda mesmo que tudo realmente se houvesse evaporado no ar, não poderia ter desaparecido de minha vista de maneira mais abrupta e instantânea. Positivamente, não podia ter-se passado a décima parte dum segundo entre o momento em que o cesto se despregou e seu completo desaparecimento com tudo quanto continha. Meus melhores votos acompanharam-no até a terra, mas sem dúvida não tinha esperança de que nem a gata nem os gatinhos jamais vivessem para contar a história de seu infortúnio.

"Às seis horas, avistei grande porção da área visível da terra, para leste, envolta em espessa sombra, que continuou a avançar com grande rapidez; até que, aos cinco minutos antes das sete, toda a superfície em vista estava mergulhada na escuridão da noite. Não foi, todavia, senão muitos instantes mais tarde que os raios do sol poente cessaram de iluminar o balão, e esta circunstância, embora sem dúvida por mim aguardada, não deixou de causar-me infinita quantidade de prazer. Era evidente que pela manhã contemplaria o astro ascendente muitas horas antes, pelo menos, que os cidadãos de Roterdã, a despeito de sua posição muito mais para leste, e assim, dia a dia, na proporção da altura atingida, gozaria eu da luz do dia durante um período cada vez maior. Resolvi então redigir um diário de minha viagem, contando os dias de vinte e quatro horas consecutivas, sem levar em consideração os intervalos de escuridão.

"Às dez horas, sentindo-me com sono, resolvi deitar-me para o descanso noturno. Mas aqui apresentou-se uma dificuldade que, evidente como parecia ser, escapara à minha atenção até o momento de que agora estou falando. Se fosse dormir como tencionava, como poderia, nesse intervalo, ser renovada a atmosfera do compartimento? Respirá-la por mais de uma hora, no máximo, seria coisa absolutamente impossível, ou, mesmo se esse prazo pudesse prolongar-se a uma hora e um quarto, poderiam seguir-se as mais desastrosas consequências. A consideração deste dilema não me causou grande inquietação e mal se acreditará que, depois dos perigos que eu tinha passado, tomasse as coisas tão a sério que abandonara qualquer esperança de realizar meu desígnio e que finalmente me resignasse à necessidade duma descida. Mas essa hesitação foi apenas momentânea. Refleti que o homem é o mais autêntico escravo do hábito e que muitos pontos na rotina de sua existência são considerados *essencialmente* importantes e que só assim o são *exclusivamente* por se terem tornado habituais. Era bem certo que eu não podia deixar de dormir, mas podia facilmente acostumar-me a não sentir inconveniência em acordar, a intervalos de uma hora, durante todo o período de meu repouso. Bastavam apenas cinco minutos, no máximo, para renovar a atmosfera por completo, e a única e real dificuldade era inventar um meio de despertar a mim mesmo no momento devido de fazê-lo. Mas esta era uma questão que, quero confessá-lo, não deixava de me causar certo embaraço. Para falar a verdade, sabia do caso do estudante que, para impedir-se de cair a dormir sobre seus livros, segurava numa das mãos uma bola de cobre, cuja queda, retinindo numa bacia do mesmo metal, colocada no chão, ao lado da sua cadeira, servia efetivamente para conservá-lo desperto, se, a qualquer instante, se deixasse dominar pelo entorpecimento. Meu próprio caso, porém, era bastante diferente, por certo, e não dava lugar para uma ideia similar, pois eu não desejava conservar-me acordado, mas ser despertado do sono a intervalos. Por fim, encontrei o seguinte expediente, que, simples como possa ser, foi aclamado por mim, no momento da descoberta, como uma invenção plenamente igual à do telescópio, da máquina a vapor ou da própria arte de imprimir.

"E preciso explicar que o balão, na altitude agora atingida, continuava seu curso, numa ascensão persistente e indesviável, e a barquinha, consequentemente, o seguia com uma estabilidade tão completa, que teria sido impossível perceber nela a mais leve oscilação. Esta circunstância favoreceu-me grandemente no projeto que resolvera então adotar. Minha provisão de água fora colocada a bordo em barris, contendo cinco galões cada um, e enfileirados, bem seguros, em torno do interior da barquinha. Desamarrei um deles, e pegando duas cordas amarrei-as firmemente no rebordo do trançado de vime, dum lado para outro, colocando-as cerca de um pé de distância e paralelas, de modo a formar uma espécie de estante, sobre a qual coloquei o barril, e liguei-o em posição horizontal. Cerca de oito polegadas imediatamente abaixo daquelas cordas e a um metro e vinte centímetros do fundo da barquinha, amarrei outra estante, mas feita de uma tábua fina, única peça de madeira dessa espécie que eu tinha. Sobre esta última estante, e exatamente por baixo duma das bordas do barril, um pequeno jarro de barro foi depositado. Furei então um buraco no fundo do barril, sobre o jarro, e aí fixei uma rolha de madeira leve, talhada em ponta, ou em forma cônica. Enfiei e retirei essa rolha mais ou menos até que, depois de algumas experiências, chegou àquele exato grau de impermeabilidade em que a água, filtrando-se do buraco e caindo dentro do jarro embaixo, encheria este último até a borda no período de sessenta minutos. Isto foi, sem dúvida, coisa breve e facilmente verificada com observar até que ponto se enchia o jarro em um tempo dado. Tudo isso devidamente arranjado, o resto do plano se torna bem claro. Minha cama estava disposta de tal maneira sobre o fundo da barquinha, que minha cabeça, quando eu estava deitado, ficava imediatamente por baixo da boca do jarro. Era evidente que, passada uma hora, enchendo-se o jarro; forçosamente transbordaria, e transbordaria pelo gargalo que estava um tanto mais baixo do que o rebordo. Era também evidente que a água, caindo assim, de uma altura de mais de um metro e vinte centímetros, não deixaria de bater-me no rosto e as consequências infalíveis disso seriam despertar-me instantaneamente, mesmo do mais profundo sono.

"Eram onze horas em ponto quando completei esses preparativos e logo tratei de meter-me na cama, com plena confiança na eficiência de minha invenção. E nem nisto vi desfeitas minhas esperanças. Pontualmente, a cada sessenta minutos, era eu despertado pelo meu seguro cronômetro; esvaziava o jarro dentro do batoque do barril e, tendo feito funcionar o condensador, voltava de novo para a cama. Essas interrupções regulares de meu sono causaram-me mesmo menos incômodo do que esperara, e, quando, finalmente, despertei pela manhã, já eram sete horas e o Sol havia atingido muitos graus acima da linha do meu horizonte.

"*Abril, 3.* Descobri que o balão se achava realmente a uma imensa altura e a convexidade da Terra se havia tornado agora notavelmente evidente. Abaixo de mim, no oceano se mostrava um grupo de manchas negras, que eram sem dúvida ilhas. Por cima de minha cabeça, o firmamento era dum negro de azeviche e as estrelas estavam brilhantes e visíveis; na realidade, tinham-me aparecido constantemente assim desde o primeiro dia da ascensão. Bem distante, para o norte, avistei uma linha ou raia delgada, branca e excessivamente brilhante, na fímbria do horizonte, e não hesitei em supor que fosse o disco meridional dos gelos do Mar Polar. Excitou-se grandemente minha curiosidade, pois eu tinha esperança de avançar muito mais para o norte, podendo, provavelmente, em determinado instante, achar-me colocado bem sobre o próprio polo. Lamentei então que a grande altitude em que me encontrava no momento não me permitisse examinar cuidadosamente tudo, como era meu desejo. Todavia, muita coisa poderia ser averiguada.

"Aliás, nada de extraordinário me ocorreu durante o dia. Meu aparelho funcionava continuamente em boa ordem; e o balão subia ainda, sem nenhuma oscilação aparente. O frio era intenso e obrigou-me a enrolar-me bem num sobretudo. Quando a escuridão baixou sobre a Terra, meti-me no leito, embora devesse estar durante várias horas ainda em plena luz do dia. O relógio da água cumpriu pontualmente suas funções e dormi num sono profundo até o dia seguinte, com exceção das interrupções periódicas.

"*Abril, 4.* Levantei-me de boa saúde e bom humor e fiquei atônito diante da singular mudança que se operara no aspecto do mar. Havia perdido, em grande parte, a profunda tonalidade azul que apresentava até então, mostrando-se agora dum branco acinzentado e dum brilho ofuscante à vista. A convexidade do oceano se tornara tão patente, que a inteira massa da água distante parecia despenhar-se no abismo do horizonte e surpreendi-me escutando os ecos da poderosa catarata. As ilhas não estavam mais à vista, não sei dizer se por terem elas passado para trás do horizonte, na direção de suleste, ou por havê-las minha elevação crescente colocado fora do alcance de meus olhos. Inclinei-me, porém, por esta última opinião. A orla de gelo para o norte estava-se tornando cada vez mais visível. O frio já não era mais tão intenso. Nada de importante ocorreu e passei o dia lendo, pois havia tido o cuidado de suprir-me de alguns livros.

"*Abril, 5.* Contemplei o singular fenômeno do Sol levante, enquanto quase toda a superfície visível da Terra continuava envolta em trevas. A tempo, porém, a luz difundiu-se sobre tudo, e de novo avistei a linha de gelo para o norte. Percebia-se agora distintamente e mostrava-se duma tonalidade muito mais negra do que as águas do oceano. Aproximava-me evidentemente dela e a grande velocidade. Imaginei distinguir uma faixa de terra para leste e outra para oeste, mas não podia certificar-me. Temperatura moderada. Nada de importância aconteceu durante o dia. Fui cedo para a cama.

"*Abril, 6.* Fiquei surpreso ao descobrir a orla de gelo a uma distância bem curta e um imenso campo de gelo estendendo-se até o horizonte, para o norte. Era evidente que se o balão mantivesse sua carreira atual em breve estaria por cima do Oceano Glacial, e agora tinha eu muita esperança de avistar o polo. Durante o dia inteiro continuei a aproximar-me dos gelos. Lá para a noite, os limites de meu horizonte foram súbita e sensivelmente aumentados, devido, sem dúvida, ao fato de ser a forma da Terra dum esferoide achatado e de ter eu chegado acima das regiões aplainadas, nas vizinhanças do círculo ártico. Quando a escuridão por fim me envolveu, fui para a cama, cheio de ansiedade, receando passar por cima do objeto de tanta curiosidade, quando não tivesse oportunidade de observá-lo.

"*Abril, 7.* Levantei-me cedo, e com grande alegria avistei por fim aquilo que não poderia hesitar em supor que fosse o próprio polo norte. Ali estava ele, sem dúvida alguma, logo abaixo de meus pés; mas, ai!, havia eu subido agora a tamanha altitude, que nada podia ser distinguido com nitidez. De fato, a julgar pela progressão dos números que indicavam minhas várias altitudes, respectivamente, em diferentes períodos, entre as seis horas da manhã de 2 de abril e as nove horas menos vinte minutos da mesma manhã (momento em que o barômetro caiu), poder-se-ia facilmente inferir que o balão tinha agora, às quatro horas da manhã de 7 de abril, atingido uma altura de *não menos*, certamente, de 7 524 milhas acima da superfície do mar. Esta elevação pode parecer imensa, mas a estimativa sobre que se baseava dava, com toda a probabilidade, um resultado bastante inferior à verdade. Em todo caso, abrangia eu, sem dúvida, a totalidade do maior diâmetro da Terra; todo o hemisfério setentrional jazia abaixo de mim como um mapa em projeção ortográfica: o grande círculo do próprio equador formava a linha limítrofe do meu horizonte. Podem Vossas Excelências, todavia, facilmente conceber que as regiões até agora inexploradas e confinadas dentro dos limites do círculo ártico, embora situadas diretamente abaixo de mim e consequentemente vistas sem nenhum aspecto de encurtamento, eram, ainda assim, relativamente bem diminutas e se achavam a distância demasiado longa do ponto de observação para permitir exame mais acurado. Não obstante, o que se podia ver era por natureza singular e excitante. Ao norte daquela imensa orla antes mencionada, e que, com pequena restrição, pode ser chamada o limite das descobertas humanas naquelas regiões, um lençol de gelo continuava a estender-se sem interrupção, ou quase sem interrupção. Desde seu começo, a superfície desses gelos é bem sensivelmente achatada, mais adiante deprime-se até mostrar-se plena e, finalmente, tornando-se *acentuadamente côncava*, termina no próprio polo, num centro circular fortemente recortado, cujo diâmetro aparente subentendia, relativamente ao balão, um ângulo de 65 e cinco segundos e cuja tonalidade sombria, variando de intensidade, era sempre mais escura do que qualquer outra mancha sobre o hemisfério visível, e algumas vezes se intensificava na mais absoluta negridão. Além disso, pouca coisa podia ser verificada. Lá para as doze horas, o centro circular havia evidentemente diminuído de circunferência, e às sete horas da noite perdi-o de todo de vista, passando o balão por cima da fímbria ocidental do gelo e flutuando rapidamente na direção do equador.

"*Abril, 8.* Encontrei sensível diminuição do diâmetro aparente da Terra, além de patente alteração na sua cor geral e aspecto. Toda a área visível apresentava, em diferentes graus, uma tonalidade amarelo-pálida e, em algumas partes, havia adquirido um brilho que até doía nos olhos. A vista lá de baixo fora também consideravelmente impedida, por estar a densa atmosfera, na vizinhança da superfície, carregada de nuvens, entre cujas massas eu podia apenas, de vez em quando, lograr um relance da própria Terra. Esta dificuldade de visão direta perturbara-me, mais ou menos, durante as últimas 48 horas, mas minha elevação, presentemente enorme, amontoava ainda mais as massas flutuantes de vapor e este inconveniente se tornou por certo cada vez mais palpável à medida de minha ascensão. Não obstante, eu podia facilmente notar que o balão pairava acima da fila de grandes lagos no continente norte-americano e estava tomando um curso, rumo ao sul, que dentro em breve me levaria aos trópicos. Esta circunstância não deixou de causar-me a mais cordial satisfação e aclamei-a como um feliz prenúncio de êxito definitivo. De fato, a direção que até então tinha tomado enchera-me de inquietação, pois era evidente que, se houvesse continuado nela por mais tempo, não teria havido possibilidade alguma de minha chegada à Lua, cuja órbita está inclinada para a eclíptica apenas num pequeno ângulo de cinco graus, oito minutos e 48 segundos. Por mais estranho que possa parecer, foi somente neste último período que eu comecei a compreender o grande erro que tinha cometido em não partir da Terra em algum *ponto do plano da elipse lunar*.

"*Abril, 9.* Hoje, o diâmetro da Terra estava grandemente diminuído, e a cor da superfície mostrava, a cada hora, uma tonalidade amarela mais intensa. O balão mantinha-se firmemente no seu rumo para o sul e chegou, às nove horas da noite, sobre a extremidade norte do Golfo do México.

"*Abril, 10.* Fui subitamente despertado de meu sono, cerca das cinco horas desta manhã, por um rumor alto, estralejante e terrífico que eu não podia de modo algum explicar. Foi de brevíssima duração; porém, enquanto durou, em nada se assemelhava a qualquer coisa que eu já conhecesse. É inútil dizer que fiquei excessivamente alarmado, tendo, em primeiro lugar, atribuído o barulho ao incêndio do balão. Examinei todos os meus aparelhos, mas, com grande satisfação, nada pude encontrar fora de ordem. Gastei grande parte do dia meditando em ocorrência tão extraordinária, mas não pude encontrar meio algum de explicá-la. Fui para a cama descontente e em estado de grande ansiedade e agitação.

"*Abril, 11.* Descobri impressionante diminuição no diâmetro aparente da Terra e considerável aumento, agora observável pela primeinra vez, no da própria Lua, que daí a poucos dias seria cheia. Exigia agora excessivo e continuado labor condensar dentro do compartimento o suficiente ar atmosférico para a manutenção da vida.

"*Abril, 12.* Singular alteração efetuou-se no que concerne à direção do balão e, embora plenamente esperada, causou-me o mais inequívoco prazer. Tendo atingido, em seu curso primitivo, quase o vigésimo paralelo de latitude sul, virou subitamente, em ângulo agudo, para leste, e assim continuou durante o dia, conservando-se quase, senão inteiramente, no *plano exato da elipse lunar*. E, o que era digno de nota, uma bem perceptível oscilação da barquinha foi consequência dessa mudança de rota, oscilação que prevaleceu, em grau maior ou menor, durante um período de muitas horas.

"*Abril, 13.* Fiquei de novo bastante alarmado com a repetição do barulho forte e estralejante que me aterrorizou no dia dez. Meditei longamente sobre o assunto, mas fui incapaz de chegar a qualquer conclusão satisfatória. Grande diminuição no diâmetro aparente da Terra, que agora subtendia relativamente ao balão um ângulo de pouco mais de 25 graus. A Lua não podia ser vista de modo algum, estando quase no meu zênite. Continuava ainda no plano da elipse, mas progredi pouco para leste.

"*Abril, 14.* Diminuição extremamente rápida do diâmetro da Terra. Hoje fiquei bastante impressionado com a ideia de que o balão estava agora correndo sobre a linha absidal, a subir para o ponto do perigeu; em outras palavras: mantendo o rumo direto que o conduziria à Lua imediatamente, naquela parte de sua órbita mais próxima da Terra. A própria Lua achava-se diretamente sobre minha cabeça e, consequentemente, oculta à minha vista. Grande e persistente trabalho necessário para a condensação da atmosfera.

"*Abril, 15.* Nem mesmo os contornos de continentes e mares podiam ser agora seguidos sobre a Terra, com nitidez. Cerca das doze horas percebi, pela terceira vez, aquele apavorante rumor que me havia espantado tanto antes. Agora, porém, continuou durante alguns momentos e aumentou de intensidade à medida que continuava. Por fim, enquanto estupefato e apavorado permanecia eu na expectativa de não sabia que horrível destruição, a barquinha vibrou com excessiva violência e uma massa gigantesca e flamejante de uma matéria que eu não podia distinguir passou perto do balão, ribombando e estrondando com um rumor de mil trovões. Quando se acalmaram um pouco meus temores e meu espanto, pouca dificuldade tive em supor tratar-se de algum enorme fragmento vulcânico expelido daquele mundo do qual eu tão rapidamente me aproximava; com toda a probabilidade era uma daquelas espécies singulares de substâncias ocasionalmente recolhidas sobre a terra e chamadas pedras meteóricas, por falta de melhor denominação.

"*Abril, 16.* Hoje, olhando para cima o melhor que podia, através de cada uma das janelas laterais, alternativamente, avistei, com grande prazer, diminuta porção do disco lunar que se adiantava, por assim dizer, por todos os lados, além da imensa circunferência do balão. Minha agitação foi extrema, pois não tinha agora dúvida alguma de alcançar, em breve, o fim de minha perigosa viagem. De fato, o trabalho agora exigido pelo condensador tinha aumentado a um grau por demais opressivo e me permitia pouco tempo de folga. Dormir era coisa quase fora de questão. Adoeci por completo e meu corpo tremia de exaustão. Era impossível poder a natureza humana suportar aquele estado de intenso sofrimento por mais tempo. Durante o agora breve intervalo de escuridão, uma pedra meteórica de novo passou na minha vizinhança e a frequência destes fenômenos começou a causar-me bastante apreensão.

"*Abril, 17*. Esta manhã assinalou-se especialmente na minha viagem. Lembrarei que, no dia treze, a Terra subtendia uma abertura angular de 25 graus; no dia catorze, tinha ela grandemente diminuído; no dia quinze, uma diminuição ainda mais notável foi observada e, ao deitar-me, na noite do dia dezesseis, verificara um ângulo de apenas cerca de sete graus e quinze minutos. Qual, portanto, não deve ter sido o meu espanto, ao despertar de um curto e perturbado sono na manhã deste dia dezessete e descobrir a superfície abaixo de mim tão súbita e impressionantemente *aumentada* de volume que subtendia não menos de 39 graus, no diâmetro angular aparente! Fiquei siderado! Palavra alguma pode dar uma ideia adequada do extremo e absoluto horror e espanto que de mim se apoderou e totalmente me acabrunhou. Meus joelhos tremiam, meus dentes matraqueavam, meus cabelos se eriçaram. O balão então realmente se queimou! Foram estas as primeiras ideias tumultuosas que me irromperam no cérebro: o balão tinha-se positivamente queimado! Eu estava caindo, caindo na mais impetuosa e na mais inigualada velocidade! A julgar pela imensa distância já tão velozmente percorrida, bastariam apenas uns dez minutos no máximo para que eu alcançasse a superfície da Terra e ficasse reduzido a nada! Mas, por fim, a reflexão veio aliviar-me. Fiquei quieto; meditei e comecei a duvidar. O caso era impossível. Não podia eu, de modo algum, ter tão rapidamente descido. Além disso, embora eu me estivesse aproximando evidentemente da superfície abaixo de mim, fazia-o com uma velocidade de modo algum comparável à velocidade que eu a princípio imaginara. Esta consideração serviu para acalmar a perturbação de meu espírito e por fim consegui encarar o fenômeno no seu próprio ponto de vista. De fato, o espanto deve ter-me francamente privado dos sentidos para que eu não pudesse ver a enorme diferença existente entre a superfície abaixo de mim e a superfície de minha Mãe-Terra. Esta se achava, na realidade, por cima de minha cabeça e completamente oculta pelo balão, ao passo que a Lua, a própria Lua, em todo o seu esplendor, jazia abaixo de mim, a meus pés.

"O estupor e a surpresa produzidos em meu espírito por esta extraordinária mudança na posição das coisas eram, talvez, afinal de contas, aquela parte da aventura menos suscetível de explicação, pois o *bouleversement* em si mesmo não era apenas natural e inevitável, mas tinha sido, desde muito, realmente previsto como uma circunstância esperada em qualquer tempo em que eu chegasse àquele ponto exato de minha viagem, em que a atração do planeta fosse sobrepujada pela atração do satélite — ou, mais precisamente, em que a gravidade do balão, em relação à Terra, fosse menos poderosa do que sua gravidade em relação à Lua. Para falar a verdade, despertei de um profundo sono, com todos os meus sentidos em confusão, para contemplar um fenômeno verdadeiramente extraordinário, fenômeno que, embora esperada, ocorria inesperadamente. A própria revolução deve, sem dúvida, ter-se operado de maneira mais fácil e mais gradual, e de modo algum se evidencia que, mesmo que eu estivesse acordado ao tempo da ocorrência, a tivesse percebido por qualquer *prova* interna de uma inversão, isto é, por qualquer inconveniência ou desarranjo, quer em minha pessoa, quer nos meus aparelhos.

"É quase desnecessário dizer que, ao ter a devida noção de minha situação e ao emergir do terror que tinha absorvido todas as faculdades de minha alma, minha atenção foi, em primeiro lugar, inteiramente atraída para a contemplação do aspecto geral físico da Lua. Ela se estendia abaixo de mim como um mapa e, embora a julgasse ainda a uma distância bastante considerável, as rugosidades de sua superfície recortavam-se à minha vista com a mais impressionante e completamente, inexplicável nitidez. A inteira ausência de oceano ou mar e, por certo, de qualquer lago ou rio, ou qualquer massa de água, causou-me espanto à primeira vista, como a mais extraordinária feição da sua condição geológica. Contudo, é estranho dizê-lo, avistei imensas regiões planas, de caráter decididamente aluvial, embora, em alto grau, a maior parte do hemisfério em vista estivesse coberta de inumeráveis montanhas vulcânicas de forma cônica e tendo mais o aspecto de protuberância artificial do que natural. As mais altas dentre elas não excediam de três milhas e três quartos, em elevação perpendicular; um mapa, porém, dos distritos vulcânicos dos *Campi Phlegraei* proporcionaria a Vossas Excelências melhor ideia de sua superfície geral do que qualquer descrição insuficiente que eu achasse conveniente tentar. A maior parte delas achava-se em estado de evidente erupção e dava-me terrivelmente a compreender sua fúria e sua potência, com as repetidas explosões das erroneamente chamadas pedras meteóricas que agora passavam por cima do balão, com uma frequência cada vez mais apavorante.

"*Abril, 18.* Hoje, achei enorme aumento no vulto visível da Lua e a velocidade patentemente acelerada de minha descida começou a alarmar-me. É de lembrar-se que, no primitivo período de minhas reflexões sobre a possibilidade de uma passagem para a Lua, a existência, em sua vizinhança, de uma atmosfera de densidade proporcional ao vulto do planeta entrara largamente nos meus cálculos; isto também, a despeito de muitas teorias contrárias e, pode-se acrescentar, a despeito da descrença geral na existência de qualquer atmosfera lunar. Mas, em acréscimo ao que já aduzi a respeito do Cometa de Encke e da luz zodiacal, tinha sido revigorado em minha opinião por certas observações do Sr. Schroeter, de Lilienthal. Ele observara a Lua, no segundo dia e meio do quarto crescente, à noite, logo depois do pôr do Sol, antes que a parte escura fosse visível, e continuou a observá-la até tornar-se visível. As duas pontas pareciam adelgaçar-se, num prolongamento fraco e muito agudo, exibindo cada uma sua extremidade debilmente iluminada pelos raios solares, antes que qualquer parte do hemisfério escuro fosse visível. Logo depois, todo o limbo negro tornou-se iluminado. Este prolongamento das pontas além do semicírculo, pensava eu, devia ter sido originado da refração dos raios do Sol pela atmosfera da Lua. Calculei também a altura da atmosfera (que podia refratar luz bastante, no seu negro hemisfério, para produzir um crepúsculo mais luminoso que a luz refletida da Terra quando a Lua está cerca de 32 graus de sua conjunção com o Sol) como sendo de quatrocentos metros e oitenta centímetros. Diante disto, suponho que a maior altura, capaz de refratar o raio solar, é a de 1 612 metros e oitenta centímetros. Minhas ideias a este respeito tinham também recebido confirmação numa passagem dos oitenta e dois volumes dos *Anais filosóficos*, no qual se estabelece que, por ocasião de um eclipse dos satélites de Júpiter, o terceiro desapareceu depois de ter estado indistinto durante um ou dois segundos, e o quarto tornou--se indistinguível perto do limbo.[4]

"Da resistência, ou, mais propriamente, do apoio de uma atmosfera que existisse no estado de densidade imaginado, eu, sem dúvida, dependia inteiramente, para realizar a salvo a descida final. Verifica-se então, depois de tudo, que estava enganado, e nada melhor podia esperar como um termo à minha aventura do que despedaçar-me em átomos contra a áspera superfície do satélite. E, de fato, tinha eu agora toda a razão de estar aterrorizado. A distância a que me achava da Lua era relativamente insignificante, ao passo que o trabalho exigido pelo condensador não havia diminuído de modo algum, e não podia eu descobrir qualquer sinal de decrescente rarefação do ar.

"*Abril, 19*. Esta manhã, com grande alegria, cerca das nove horas, estando a superfície da Lua terrivelmente perto, e minhas apreensões excitadas ao extremo, a bomba de meu condensador deu afinal evidentes sinais de alteração na atmosfera. Às dez, tive razão de acreditar que a sua densidade aumentara consideravelmente. Às onze horas, pouco trabalho exigia o aparelho, e às doze, com alguma hesitação, aventurei--me a desparafusar o torniquete e, não achando inconveniência em assim fazer, finalmente abri o compartimento de borracha e desamarrei-o da barquinha. Como era de esperar, espasmos e violenta dor de cabeça foram as imediatas consequências de uma experiência tão precipitada e cheia de perigos. Mas não sendo estas e outras dificuldades, referentes à respiração, de modo algum tão grandes a ponto de pôr em perigo minha vida, resolvi suportá-las o melhor que pudesse, ao considerar que iria deixá-las para trás, momentaneamente, ao aproximar-me das camadas mais densas, perto da Lua. Essa aproximação, contudo, era ainda em extremo impetuosa; e logo se tornou alarmantemente certo que, embora eu talvez não me houvesse enganado, na expectativa de uma atmosfera densa, na proporção da massa do satélite, contudo enganara--me em supor esta densidade, mesmo na superfície, de todo adequada a suportar o grande peso contido na barquinha de meu balão. Todavia, este *deveria* ter sido o caso e em grau idêntico ao da superfície da Terra, supondo-se estar a real gravidade dos corpos em qualquer dos planetas, na razão da condensação atmosférica. Que não era *esse* o caso, porém, testemunhava-o bastante a minha precipitada queda; *por que* não o era, só pode ser explicado tendo-se em conta aquelas possíveis perturbações geológicas a que aludi anteriormente. Em todo caso, achava-me agora bem perto do planeta e caindo com a mais terrível impetuosidade. Em consequência, não perdi um momento em atirar fora primeiramente meu lastro, depois as barricas de água, em seguida o aparelho de condensação e o envoltório de borracha, e, por fim, todas as coisas que se achavam na barquinha. Mas tudo isso de nada valeu. Como último recurso, entretanto, depois de me haver livrado do paletó, do chapéu e das botinas, desprendi do balão, cortando-a, a própria barquinha, que era de peso não desprezível, e assim, agarrando-me com ambas as mãos à rede, mal tive tempo para observar

4 Hevelius escreve que várias vezes descobriu, em firmamentos perfeitamente claros, quando até mesmo estrelas de sexta e sétima grandezas eram distintas, que, na mesma altitude da Lua, na mesma prolongação da Terra e com o mesmo excelente telescópio, a Lua e suas manchas não apareciam igualmente lúcidas todas as vezes. Pelas circunstâncias da observação é evidente que a causa desse fenômeno não está nem em nosso ar, nem no telescópio, nem na Lua e nem mesmo no olho do espectador, mas deve ser encarado como algo (uma atmosfera?) existente em volta da Lua.

Cassini, frequentemente, observou que Saturno, Júpiter e as estrelas fixas, quando prestes a serem ocultos pela Lua, tinham sua forma circular transformada em oval; e em outros eclipses não verificou, absolutamente, mudança de forma. Donde se pode supor que em certas vezes, e não em outras, há uma densa Hevelius matéria envolvendo a Lua, na qual os raios das estrelas se refrangem.

que toda a região, tão longe quanto o olhar podia atingir, era densamente crivada de diminutas habitações, antes de cair de cabeça no próprio coração de uma cidade, de aparência fantástica, e no meio de uma enorme multidão de gente, pequenina e disforme. Nenhum deles pronunciou a menor sílaba, nem se deu o mínimo trabalho para prestar-me socorro, mas ficaram todos, como um bando de idiotas, careteando de modo ridículo e olhando-me, e ao meu balão, de soslaio, com as mãos nos quadris. Afastei-me deles com desdém e, ao olhar para o alto, para a terra deixada havia tão pouco tempo e talvez deixada para sempre, avistei-a como um vasto e opaco escudo de cobre, de cerca de dois graus de diâmetro, fixo e imoto, no alto do céu, ornado, numa de suas margens, com uma borda em forma de crescente, do mais cintilante ouro. Nenhum traço de terra ou de água podia ser descoberto, e tudo se matizava de manchas variadas, cingido pelas zonas tropicais e equatoriais.

"Assim, se a Vossas Excelências apraz, depois de uma série de grandes aflições, perigos inauditos e salvando-me por um triz de modo inigualado, eu, afinal, no 19º dia de minha partida de Roterdã, cheguei a salvo ao termo de uma viagem, sem dúvida, a mais extraordinária e a mais importante já realizada, empreendida ou concebida por qualquer cidadão da Terra. Mas minhas aventuras ainda não estão relatadas. E, na verdade, Vossas Excelências podem bem imaginar que, depois de uma residência de cinco anos num planeta não só profundamente interessante por seu próprio e particular caráter, mas também, e duplamente, por sua íntima conexão, na qualidade de satélite, com o mundo habitado pelos homens, eu possa trocar correspondência, secretamente, com o Colégio de Astrônomos do Estado, correspondência de bem maior importância do que os pormenores, embora maravilhosos, da simples viagem que tão felizmente concluí. Assim, de fato, acontece. Tenho muito, muitíssimo, que para mim seria grande prazer comunicar. Tenho muita coisa a dizer sobre o clima deste planeta; sobre suas maravilhosas alternativas de calor e de frio; sobre o ardor implacável da luz do Sol, durante uma quinzena, e a frigidez mais do que polar, durante a outra; sobre uma constante transferência da umidade por meio de uma destilação, como *in vacuo*, do ponto abaixo do Sol para o mais distante dele; sobre uma zona variável de água corrente; sobre os próprios habitantes; seus usos, costumes e instituições políticas; sua particular constituição física; sua disformidade; sua falta de ouvidos, apêndices esses inúteis numa atmosfera tão singularmente modificada; sua ignorância consequente do uso e das propriedades da elocução; a substituição desta por um método peculiar de intercomunicação; a incompreensível conexão entre cada indivíduo isolado na Lua com algum indivíduo isolado na Terra, relação análoga à dos orbes do planeta e do satélite e dependente dela, graças à qual as vidas e os destinos dos habitantes de um são entrelaçados com as vidas e os destinos dos habitantes do outro; e, acima de tudo, se aprouver a Vossas Excelências, acima de tudo, sobre os tenebrosos e horrendos mistérios que jazem nas regiões do outro lado da Lua, regiões que, devido à quase miraculosa sincronia da rotação do satélite sobre seu próprio eixo com sua revolução sideral em volta da Terra, nunca se voltaram e, por bondade de Deus, jamais se voltarão para serem examinadas pelos telescópios humanos. Tudo isso e ainda mais, muito mais, eu de boa vontade pormenorizaria. Mas, para ser breve, devo ter minha recompensa. Anseio por voltar à minha família e a meu lar; e, como preço de qualquer ulterior comunicação de minha parte, em consideração à luz que posso lançar sobre muitos e importantíssimos ramos das ciências físicas e metafísicas, solicito, por intermédio de vossa honorável pessoa, um perdão para o crime, de que sou culpado, da morte dos credores, em minha partida de Roterdã. Tal é pois o objetivo da mensagem presente. Seu portador, um habitante da Lua, que persuadi a ser meu mensageiro, instruindo-o convenientemente, aguardará até aí, ao bel-prazer de Vossas Excelências, e voltará a mim com o perdão em apreço, se ele puder de algum modo ser obtido.

"Tenho a honra de ser etc., de Vossas Excelências, muito humilde servo,

HANS PFAALL"

Depois de acabar de percorrer tão extraordinário documento, o Prof. Rubadub, como se conta, na extremidade de sua surpresa, deixou o cachimbo cair ao chão e Mynheer Superbus von Underduk, tendo tirado os óculos, que enxugou e depositou no bolso, tanto esqueceu a si mesmo e à sua dignidade, que rodou três vezes sobre os calcanhares, na quinta-essência do assombro e da admiração. Não havia dúvida acerca do assunto: o perdão devia ser obtido. Jurou-o, pelo menos, com uma praga completa, o Prof. Rubadub, e assim por fim pensou o ilustríssimo Von Underduk ao tomar o traço de seu irmão de ciência, e, sem dizer uma palavra, começaram a seguir diretos para casa, a fim de deliberar sobre as medidas que seriam adotadas. Tendo, porém, chegado à porta da residência do burgomestre, o professor aventurou-se a sugerir que, havendo o mensageiro achado melhor desaparecer — sem dúvida aterrorizado mortalmente ante a aparência selvagem dos burgueses de Roterdã —, o perdão seria de pouca utilidade, pois ninguém, a não ser um homem da Lua, empreenderia uma viagem a tão enorme distância. O burgomestre concordou com a verdade dessa observação e o assunto foi assim encerrado. Não se encerraram, porém, os boatos e mexericos. A carta, publicada, deu origem a várias opiniões e murmúrios. Alguns dos ultrassábios até se tornaram ridículos ao descrever o negócio todo como nada mais que uma balela. Mas, balela, para tal espécie de gente, é, creio, um termo geral aplicável a todas as questões acima de sua compreensão. De minha parte, não posso conceber sobre que dados baseavam eles tal acusação. Vejamos o que diziam.

Primeiro: Que certos farsistas de Roterdã têm certa antipatia especial contra certos astrônomos e burgomestres.

Segundo: Que um anãozinho esquisito, ajudante de escamoteador, cujas duas orelhas, por algum malfeito, tinham sido cortadas, junto à cabeça, desaparecera, desde alguns dias, da cidade vizinha de Bruges.

Terceiro: Que os jornais que estavam colados sobre todo o balãozinho eram jornais da Holanda e portanto não podiam ter sido feitos na Lua. Eram jornais sujos, muito sujos, e Gluck, o impressor, juraria pela sua Bíblia que haviam sido impressos em Roterdã.

Quarto: Que o próprio Hans Pfaall, o bêbado vilão, e os três malandríssimos cavalheiros, citados como seus credores, haviam sido vistos, não fazia mais do que dois ou três dias, numa taverna dos subúrbios, quando acabavam de voltar, com dinheiro nos bolsos, de uma viagem ao ultramar.

Finalmente: Que é uma opinião muito geralmente aceita, ou que devia ser geralmente aceita, que o Colégio de Astrônomos da cidade de Roterdã assim como todos os outros colégios, em todas as outras partes do mundo — para não mencionar os colégios e os astrônomos em geral —, não são, para dizer o mínimo, nem um pingo melhores, maiores ou mais sábios do que deviam ser.

NOTA — Estritamente falando, há apenas pouca semelhança entre o gracejo esboçado acima e a célebre *História lunar* do Sr. Locke; mas, como ambas têm o caráter de *balelas* (embora uma em tom de farsa e a outra no da seriedade positiva) e como ambas as balelas têm o mesmo objeto: a Lua (e, mais ainda, como ambas tentam oferecer plausibilidade, por meio de pormenores científicos), o autor de *Hans Pfaall* julga necessário dizer, em autodefesa, que seu próprio *jeu d'esprit* foi publicado no *Southern Literary Messenger* cerca de três semanas antes que começasse o do Sr. Locke, no *New York Sun*. Imaginando uma semelhança que talvez não exista, alguns dos jornais de Nova York copiaram Hans Pfaall e compararam-no com a *Balela lunar*, a fim de descobrir o autor de uma no autor de outra.

Como muitas pessoas foram realmente iludidas pela *Balela lunar* mais do que o fato permitiria reconhecer, torna-se possível ministrar aqui alguns pequenos passatempos para mostrar por que ninguém deveria ter-se enganado para apontar aquelas peculiaridades da história que seriam suficientes para estabelecer seu caráter real. Na verdade, embora seja rica a imaginação despendida nessa engenhosa ficção, falta-lhe muito da força que lhe poderia ter sido dada, por mais escrupulosa atenção aos fatos e à analogia em geral. Que o público tenha sido enganado, mesmo por um instante, isso só demonstra a grande ignorância, normalmente tão predominante, em assuntos de natureza astronômica.

A distância da Lua à Terra é, em números redondos, de 240 mil milhas.

Se desejarmos verificar quão perto, na aparência, uma lente fará aproximar-se o satélite (ou qualquer objeto distante), nós, sem dúvida, temos apenas que dividir a distância pela ampliação, ou, mais estritamente, pelo poder da lente de penetrar o espaço. O Sr. Locke dá à sua lente um poder de 42 mil vezes. Dividamos por isso 240 mil (a distância real da Lua) e teremos cinco milhas e cinco sétimos como a distância aparente. Nenhum animal, absolutamente, pode, de tão longe, ser visto; muito menos as coisas miúdas, particularizadas na história. O Sr. Locke fala acerca de Sir John Herschel, percebendo flores (a *Papaver rheas* etc.) e mesmo descobrindo a cor e a forma dos olhos dos pequenos pássaros. Pouco antes, aliás, ele mesmo observara que a lente não tornava perceptíveis objetos de menos de dezoito polegadas de diâmetro; mas mesmo isso, como eu disse, seria dar à lente, a todos os respeitos, um poder excessivamente grande. Observe-se, de passagem, que se diz haver sido essa prodigiosa lente construída na casa de vidros dos Srs. Hartley e Grant, de Dumbarton; mas o estabelecimento dos Srs. Hartley e Grant cessou os negócios muitos anos antes da publicação da balela.

À página 13 da edição em folheto, falando dum "véu de cabelos" sobre os olhos duma espécie de bisonte, diz o autor: "Ao atilado espírito do Dr. Herschel logo ocorreu que isto era uma maneira providencial de proteger os olhos do animal do grande excesso de luz e de escuridão a que todos os habitantes do nosso lado da Lua estão periodicamente sujeitos". Mas isto não pode ser tido como uma observação bem "atilada" do doutor. Os habitantes do nosso lado da Lua não têm, evidentemente, escuridão alguma, de modo que não se podem admitir aqueles "excessos" citados. Na ausência do Sol têm eles uma luz da Terra igual à de treze luas cheias, sem nuvens.

A topografia inteira, mesmo quando ensinada de acordo com a *Carta lunar* de Blunt, está totalmente em desacordo com esta ou qualquer outra carta lunar, e mesmo em grosseira discordância consigo mesma. Também os pontos de circunferência estão em inextricável confusão, parecendo ignorar o escritor que, num mapa lunar, aqueles não estão em concordância com os pontos terrestres, ficando o leste à esquerda etc.

Enganado, talvez, pelos vagos títulos, *Mare Nubium, Mare Tranquillitatis, Mare Foecunditatis* etc., dados às manchas negras pelos antigos astrônomos, o Sr. Locke entrou em pormenores concernentes aos oceanos e outras grandes massas de água da Lua, quando, de fato, não há ponto astronômico mais positivamente verificado do que o da não existência de tais massas líquidas ali. Examinando-se os limites entre luz e treva (na Lua crescente ou convexa), onde os mesmos cruzam quaisquer dos lugares escuros, a linha de divisão se apresenta toda rugosa e irregular; mas se fossem líquidas, essas regiões escuras mostrar-se-iam evidentemente lisas.

A descrição das asas do homem-morcego, à página 21, é apenas uma cópia literal da descrição de Peter Wilkins das asas de seus insulares voadores. É de supor-se que este simples fato deveria suscitar suspeitas.

Na página 23 lemos o seguinte: "Que prodigiosa influência deve ter nosso globo, treze vezes maior, exercido sobre esse satélite, quando em embrião no ventre do tempo, o passivo vassalo da afinidade química!" Isto é muito bonito, mas observar-se-ia que nenhum astrônomo teria feito semelhante reparo, especialmente para qualquer jornal científico, pois a Terra, no sentido ali expresso, não é tão somente treze, mas 49 vezes *maior* do que a Lua. Objeção da mesma natureza se aplica ao total das páginas derradeiras, onde, à guisa de introdução a algumas descobertas feitas em Saturno, o correspondente filósofo mergulha numa minuciosa narrativa, de menino de escola, a respeito daquele planeta: e isto para o *Edinburgh Journal of Science*!

Mas há um ponto, em particular, que deveria ter denunciado a ficção. Imaginemos a possibilidade atual de avistarem-se animais na superfície da Lua: Que, em *primeiro lugar,* prenderia a atenção de um observador aqui da Terra? Certamente, nem a forma deles, nem o tamanho, nem qualquer outra peculiaridade semelhante, mas imediatamente a sua *posição* extraordinária. Pareceriam estar andando com os calcanhares para cima e a cabeça para baixo, à maneira das moscas, num forro de telhado. O observador *real* lançaria instantânea exclamação de surpresa (embora preparado por conhecimento prévio) diante da singularidade da posição deles; o observador *fictício* nem mesmo mencionou o fato, mas afirma ter visto os corpos inteiros de tais criaturas, quando se prova que ele podia ter visto apenas o diâmetro de suas cabeças!

Poderia também ser observado, em conclusão, que o tamanho e, particularmente, a força dos homens-morcegos (por exemplo, sua habilidade em voar, numa atmosfera tão rarefeita — se realmente a Lua tem uma), como a maior parte das outras fantasias concernentes à vida animal e vegetal, estão em desacordo, geralmente, com todos os raciocínios analógicos sobre estes temas, e esta analogia aqui muitas vezes avultará como demonstração conclusiva. Talvez não seja mui necessário acrescentar que todas as sugestões atribuídas a Brewster e Herschel, no começo do artigo, a respeito de "uma transfusão de luz artificial através do objeto focal da visão" etc. etc., pertencem àquela espécie de escritos simbólicos que caem mais propriamente sob a denominação de algaravia.

Há um limite real e bem definido à descoberta óptica entre as estrelas-limite cuja natureza necessita apenas ser exposta para ser compreendida. Se, de fato, o alcance de grossas lentes fosse tudo a exigir, a habilidade humana mostrar-se-ia por fim à altura da tarefa e nós poderíamos tê-las de qualquer tamanho desejado. Mas, infelizmente, em proporção ao aumento de tamanho das lentes e, consequentemente, do poder de penetrar os espaços, está a diminuição da luz do objeto, pela difusão de seus raios. E para este inconveniente não há remédios dentro da engenhosidade humana, pois um objeto só é visto por meio daquela luz que procede de si mesmo, quer direta, quer refletida. Por isso, a única luz *artificial* que o Sr. Locke poderia utilizar seria alguma luz artificial que ele pudesse lançar não sobre o "objeto focal da visão", mas sobre o objeto real a ser visto — a saber: *sobre a Lua*. Tem sido facilmente calculado que, quando a luz proveniente de uma estrela se torna tão difusa a ponto de ficar tão fraca como a luz natural proveniente do conjunto das estrelas, em uma noite clara e sem lua, então a estrela não é mais visível para quaisquer fins práticos.

O telescópio do Conde de Ross, ultimamente construído na Inglaterra, tem um *speculum* com a superfície de reflexão de 0,4071 polegada quadrada, tendo o telescópio de Herschel um de apenas 0,1811. O metal do telescópio do Conde de Ross tem um metro e oitenta centímetros de diâmetro, com 5,5 polegadas de espessura nas extremidades e cinco no centro. O peso é de três toneladas. A extensão focal é de quinze metros.

Li ultimamente um livrinho singular e um tanto engenhoso, cujo título é o seguinte: *L'Homme dans la lune, ou le Voyage Chimérique fait au monde de la lune, nouvellement decouvert par Dominique Gonzales, advanturier espagnol, autrement dit le courrier volant. Mis en notre langue par J.B.D.A. Paris, chez Francois Piot, près la Fontaine de Saint Benoist et chez J. Guignard, au premier pillier de la grand'salle du Palais, proche les Consultations, MDCXLVII.* p. 176.

O autor confessa ter traduzido sua obra do inglês de um tal Sr. D'Avisson (Davidson?), embora haja terrível ambiguidade na declaração. Diz ele: *J'en ai eu l'original de Monsieur d'Avisson, medecin des mieux versez qui soient aujourd'huy dans la conaissance des Belles Lettres, et sur tout de la Philosophie Naturelle. Je lui ai cette obligation entre les autres, de m'avoir non seulement mis en main ce Livre en Anglais, mais encore le Manuscrit du Sieur Thomas D'Anan, gentilhomme Éccossais, recommandable pour sa vertu, sur la version duquel j'advoue que j'ai tiré le plan de la mienne.*[5]

Depois de algumas aventuras sem importância, muito na maneira de Gil Blas, e que ocupam as trinta primeiras páginas, o autor relata que, estando doente, durante uma viagem marítima, a tripulação abandonou-o, juntamente com um criado negro, na Ilha de Santa Helena. Para aumentar as possibilidades de obter comida,

5 Tive em mãos o original do Sr. D'Avisson, médico dos mais versados que existem hoje no conhecimento das Belas-Letras e, sobretudo, da Filosofia Natural. Devo-lhe esta obrigação, entre as outras, de me ter não somente posto em mão este livro em inglês, mas ainda o manuscrito do Sr. Thomas D'Anan, fidalgo escocês, recomendável por sua virtude, sobre a versão do qual confesso que formei o plano da minha. (N. T.)

os dois se separaram e viveram tão distantes como possível. Isto ocasionou o treinamento de pássaros, que servissem como de pombos-correios entre eles. Pouco a pouco, foram ensinados a carregar pacotes de certo peso, peso esse gradualmente aumentado. Por fim é forjada a ideia de unir a força de grande número de aves, com o objetivo de carregar o próprio autor. Um aparelho é planejado com esse fim e temos dele minuciosa descrição, ilustrada por uma gravura de aço. E ali vemos o Sr. Gonzales, com punhos bordados e uma imensa cabeleira postiça, escarranchado em cima de algo muito semelhante a um cabo de vassoura e levado pelos ares por uma multidão de cisnes selvagens (*ganzas*)[6] com as caudas amarradas à máquina por meio de barbantes.

O principal acontecimento relatado na narrativa do Signor baseia-se sobre um fato importantíssimo, mantido oculto ao leitor até quase o fim do livro. Os *ganzas* com que ele se familiarizara tanto não eram realmente habitantes de Santa Helena, mas da Lua. Habituaram-se, desde tempos imemoriais, a emigrar de lá anualmente para alguma parte da Terra. Na estação própria, sem dúvida, deveriam voltar para a Lua; e aconteceu que um dia, tendo o autor utilizado o serviço deles para uma curta viagem, foi inesperadamente carregado para cima e, dentro de curto prazo, chega ao satélite. Ali descobre, entre outras coisas estranhas, que o povo goza de extrema felicidade, que não há *leis*, que se morre sem dor, que seus habitantes têm de três a nove metros de altura, que vivem cinco mil anos, que têm um imperador chamado Irdonozur e que podem pular até dezoito metros de altura e então, estando fora da influência da gravidade, voam de um lado para outro, por meio de leques.

Não posso deixar de dar uma amostra da *filosofia* geral do volume.

"Devo agora explicar-lhes — diz o Sr. Gonzales — a natureza do lugar em que me encontrei. Todas as nuvens estavam sob meus pés ou, se vos apraz, espalhadas entre mim e a Terra. Quanto às estrelas, *desde que não havia noite onde eu estava, tinham elas sempre o mesmo aspecto: não brilhantes, como de costume, mas pálidas e quase iguais à lua de manhã*. Poucas, porém, eram visíveis e dez vezes maiores (pelo que eu podia avaliar) do que parecem aos habitantes da Terra. A lua, a que faltavam dois dias para ficar cheia, era de uma grandeza terrível.

"Não devo esquecer aqui que as estrelas apareciam somente naquele lado do globo voltado para a Lua, e quanto mais perto estavam dela tanto maiores pareciam. Devo também informar-vos de que, quer fizesse tempo calmo ou tempestuoso, encontrei-me *sempre imediatamente entre a Lua e a Terra*. Fiquei convencido disto por duas razões: porque minhas aves sempre voavam em linha reta, e porque, quando nós tentávamos descansar, *éramos arrastados insensivelmente em torno do globo terrestre*. Porque eu admito a opinião de Copérnico, que sustenta que a Terra nunca deixa de girar do *leste para oeste*, não sobre os polos da Equinocial, comumente chamados os polos da Terra, mas sobre os do Zodíaco, questão a respeito da qual me proponho a falar mais adiante quando tiver lazeres para reavivar a memória a respeito da astrologia que aprendi em Salamanca, quando jovem, e de que desde então me esqueci."

Não obstante os disparates em itálico, o livro não deixa de chamar a atenção, pois proporciona uma amostra ingênua das correntes noções astronômicas daquele

6 No original: "*... wild swans (ganzas)*".

tempo. Uma destas afirma que a "força de gravidade" se estende apenas a curta distância da superfície da Terra e, em consequência, vemos nosso viajante "arrastado insensivelmente em torno do globo" etc.

Tem havido outras "viagens à Lua", mas nenhuma de mais elevado mérito do que a que acabamos de mencionar. A de Bergerac é extremamente insignificante. No terceiro volume da *American Quarterly Review* poderá encontrar-se uma crítica primorosa de certa "Viagem", da espécie em questão, crítica na qual é difícil dizer se o crítico expõe mais a estupidez do livro ou sua própria e absurda ignorância de astronomia. Não me lembro do título da obra, mas os *meios* de viagem são muito mais deploravelmente mal concebidos do que mesmo os *ganzas* do nosso amigo, o Signor Gonzales. Cavando a terra, aconteceu que o aventureiro descobriu um metal especial pelo qual a Lua tem forte atração e, sem perda de tempo, construiu com ele uma caixa que, quando desprendida de suas amarras terrestres, voa com ele imediatamente ao satélite. O *Voo de Thomas O'Rourke* é um *jeu d'esprit* não de todo desprezível e foi traduzido para o alemão. Thomas, o herói, era de fato o couteiro de um par da Irlanda cujas excentricidades deram origem à história. O "voo" é feito nas costas de uma águia, de Hungry Hill, alta montanha no fundo da baía de Bantry.

Nestas variadas brochuras o objetivo é sempre satírico, sendo o tema uma descrição dos costumes seleníticos em comparação com os nossos. Em nenhuma existe qualquer esforço de *plausibilidade* dos pormenores da própria viagem. Os escritores parecem, a cada momento, extremamente desconhecedores do que se relaciona com a astronomia. Em *Hans Pfaall*, o plano é original no que concerne a uma tentativa de *verossimilhança*, na aplicação de princípios científicos (tanto quanto a natureza fantástica do assunto o permitia) à real travessia entre a Terra e a Lua.

A BALELA DO BALÃO[1]

[Espantosas notícias por expresso, via Norfolk! Atravessado o Atlântico em três dias! Assinalado triunfo da máquina voadora do Sr. Monck Mason! Chegada à Ilha de Sullivan, perto de Charleston (Carolina do Sul), dos Srs. Mason, Robert Holland, Henson, Harrison Ainsworth e quatro outros no balão dirigível *Vitória*, depois de uma travessia de 75 horas de um continente a outro! Pormenores completos da viagem!][2]

O grande problema está afinal resolvido! O ar, assim como a terra e o oceano, foi dominado pela ciência e tornou-se uma estrada comum e conveniente para a humanidade! O *Atlântico foi realmente atravessado num balão*! E isto, aliás, sem dificuldade, sem qualquer maior perigo aparente, com inteiro controle do aparelho, e no período inconcebivelmente curto de 75 horas de um lado a outro! Pela operosidade de um correspondente em Charleston, Carolina do Sul, estamos habilitados a ser os primeiros a fornecer ao público uma narrativa pormenorizada dessa extraordinaríssima viagem, realizada entre sábado, seis do corrente, às onze horas da manhã, e terça-feira, nove, às duas horas da tarde, por Sir Everard Bringhurst, Sr. Osborne, sobrinho de Lorde Bentinck; Srs. Monck Mason e Robert Holland, célebres aeronautas; Sr. Harrison Ainsworth, autor de *Jack Sheppard* etc.; Sr. Henson, que projetou a última e malograda máquina voadora, além de dois marinheiros de Woolwich; ao todo, oito pessoas. Os detalhes fornecidos abaixo podem ser cridos como autênticos e exatos em todos os pontos, pois, com leve exceção, são copiados, ao pé da letra, dos diários reunidos dos Srs. Monck Mason e Harrison Ainsworth, a cuja delicadeza nosso correspondente se sente penhorado por muitas informações verbais relativas ao próprio balão, sua construção e outros assuntos de interesse. A única alteração no manuscrito recebido foi feita com o fim de dar ao apressado relato de nosso correspondente, Sr. Forsyth, uma forma concatenada e inteligível.

O BALÃO

"Dois recentes e bem notórios fracassos — os do Sr. Henson e de Sir George Cayley — haviam enfraquecido muito o interesse popular em torno da navegação aérea. O projeto do Sr. Henson (que a princípio era considerado muito praticável, mesmo por cientistas) baseava-se no princípio de um plano inclinado, lançado de uma elevação por uma força extrínseca aplicada e continuada pela revolução de cata-ventos fixos, semelhantes em forma e número aos de um moinho de vento. Mas, em todas as experiências feitas com modelos na Galeria Adelaide, verificou-se que a ação

1 Publicado pela primeira vez no *New York Sun*, 13 de abril de 1844. Título original: THE BALLOON HOAX.

2 O *jeu d'esprit*, com o título acima, em majestosas maiúsculas, bem salpicado de pontos de exclamação, foi publicado originalmente, como fato real, no *New York Sun*, jornal diário, e serviu perfeitamente para os fins de criar um alimento indigerível para os bisbilhoteiros durante as poucas horas que medeiam entre dois correios de Charleston. A procura do "único jornal que trazia as notícias" foi algo além de prodigioso, e, de fato, se (como alguns asseveram) o *Vitória* em absoluto não realizou a viagem em apreço, seria difícil apontar um motivo pelo qual ele não poderia tê-la realizado.

dessas aspas não só não impelia a máquina como lhe impedia realmente o voo. A única força de impulsão que ela chegou a mostrar foi o simples ímpeto adquirido pela descida no plano inclinado, e esse ímpeto levava o aparelho mais longe quando as aspas estavam em repouso do que quando elas se achavam em movimento, fato que demonstrou, suficientemente, sua inutilidade. E, na ausência de uma força propulsora, que era também *sustentadora*, todo o mecanismo necessariamente desceria. Essa consideração levou Sir George Cayley a pensar em só adaptar um propulsor a uma máquina que tivesse em si mesma um poder de sustentação independente: em uma palavra, a um balão; tal ideia de Sir George só era nova, ou original, porém, no que concerne ao modo de sua aplicação prática. Ele exibiu um modelo de sua invenção no Instituto Politécnico. A força, ou princípio de propulsão, era, ainda aí, aplicada a superfícies descontínuas ou cata-ventos postos em rotação. Essas aspas eram em número de quatro, mas verificou-se serem inteiramente ineficientes para mover o balão ou ajudá-lo em sua força ascensional. O projeto inteiro tornou-se então um malogro completo.

"Foi nessa conjuntura que o Sr. Monck Mason (cuja viagem de Dover a Weilburg, no balão *Nassau*, tanta sensação causou em 1837) teve a ideia de aplicar o princípio do parafuso de Arquimedes para os fins da propulsão através do ar, atribuindo com razão o fracasso do projeto do Sr. Henson e do de Sir George Cayley à interrupção da superfície nas aspas independentes. Fez sua primeira experiência pública no Salão Willis, mas logo removeu seu modelo para a Galeria Adelaide.

"Como o de Sir George Cayley, o seu balão era de forma elipsoidal. Tinha o comprimento de três metros e noventa centímetros, e a altura de um metro e oitenta centímetros. Continha cerca de 96 metros cúbicos de gás, que, se hidrogênio puro, sustentaria 21 libras em sua primeira inflação, antes que o gás tivesse tempo de deteriorar-se ou escapar. O peso de todo o aparelho e maquinismo era de dezessete libras, deixando cerca de quatro libras de economia. Por baixo do centro do balão havia uma armação de madeira leve, de cerca de dois metros e setenta centímetros de comprimento, e adaptada ao próprio balão por uma rede da forma habitual. Dessa armação suspendia-se um cesto de vime, ou barquinha.

"O parafuso consiste num eixo, feito de um tubo oco de bronze, de dezoito polegadas de comprimento, através do qual, sobre uma semiespiral inclinada a quinze graus, passa uma série de raios de fios de aço, de sessenta centímetros de extensão, projetando-se assim trinta centímetros para cada lado. Esses raios são ligados, nas extremidades externas, por duas folhas de fio achatado, formando tudo, dessa forma, a armação do parafuso, que se completa com uma cobertura de seda oleada, cortada em triângulos e esticada de modo a apresentar uma superfície toleravelmente uniforme. Em cada ponta de seu eixo esse parafuso é sustentado por pilares de canos ocos de bronze, descendo do arco. Na extremidade inferior desses canos há buracos em que os piões do eixo giram. Da ponta do eixo que está perto da barquinha sai uma haste de metal, ligando o parafuso com a roda dentada de uma peça de maquinismo de mola fixado na barquinha. Pela ação desta mola o parafuso é movimentado com grande rapidez, comunicando progressivo movimento ao todo. Por meio do leme, a máquina era prontamente voltada em qualquer direção. A mola era de grande força, comparada com suas dimensões, sendo capaz de erguer 45 libras sobre um cilindro de quatro polegadas de diâmetro, depois da primeira volta, e gradualmente aumentando, à medida que funcionava. Pesava ao todo oito libras e um grama e 66. O leme era uma leve armação de cana, coberta de seda, tendo o formato semelhante ao duma raqueta, e tinha cerca de noventa centímetros de comprimento e trinta centímetros de largura. Pesava cerca de duas libras. Podia girar sobre si, dirigir-se de alto a baixo, tanto para a direita como para a esquerda, capacitando assim o aeronauta a transferir a resistência do ar, que numa posição inclinada devia provocar à sua passagem para qualquer lado sobre que desejasse agir e determinando uma direção oposta para o balão.

"Este modelo (que, por falta de tempo, descrevemos forçosamente de maneira incompleta) foi posto em andamento na Galeria Adelaide, onde realizou uma velocidade de cinco milhas por hora, embora, e é estranho dizê-lo, provocasse pouquíssimo interesse em comparação com a complicada máquina anterior do Sr. Henson, tão decidido vive o mundo a desprezar qualquer coisa que traz consigo um ar de simplicidade. Para perfazer o grande desiderato da navegação aérea, supunha-se, geralmente, que se deveria fazer a aplicação, um tanto excessivamente complicada, de algum princípio insolitamente profundo de dinâmica.

"De tal modo satisfeito, porém, estava o Sr. Mason com o recente êxito de sua invenção, que decidiu construir imediatamente, se possível, um balão de suficiente capacidade para pôr à prova o problema, por meio de uma viagem de certa extensão, sendo seu objetivo primitivo atravessar o Canal da Mancha, como antes fizera, no balão *Nassau*. Para levar a cabo suas intenções, solicitou e obteve o patrocínio de Sir Everard Bringhurst e do Sr. Osborne, dois cavalheiros bem conhecidos por suas luzes científicas e especialmente pelo interesse que demonstraram pelo progresso da aviação. O projeto, de acordo com o desejo do Sr. Osborne, foi conservado em profundo segredo para o público, sendo as únicas pessoas cientes do mesmo as realmente engajadas na construção da máquina, que foi realizada (sob a direção do Sr. Mason, do Sr. Holland, de Sir Everard Bringhurst e do Sr. Osborne) na habitação deste último cavalheiro, perto de Penstruthal, no País de Gales. O Sr. Henson, acompanhado de seu amigo, o Sr. Ainsworth, teve permissão de examinar previamente o balão, no último sábado, quando os dois cavalheiros fizeram os preparativos finais para serem incluídos na aventura. Não sabemos por qual razão os dois marinheiros fizeram também parte da expedição, mas no correr dum dia ou dois poremos nossos leitores ao corrente das mais pormenorizadas particularidades relativas a esta extraordinária viagem.

"O balão está confeccionado de seda, envernizada de borracha. É de vastas dimensões, contendo mais de doze mil metros cúbicos de gás. Como, porém, o gás de carvão foi empregado em lugar do hidrogênio, mais caro e mais inconveniente, a potência do aparelho, quando plenamente cheio e imediatamente depois da inflação, não passa de cerca de 2500 libras. O gás de carvão não é apenas muito menos caro, mas é facilmente encontrado e manobrado.

"Quanto à introdução desse gás no uso comum para fins de aerostação, devemo-la ao Sr. Charles Green. Antes de sua descoberta, o processo de inflação era não só excessivamente caro, mas incerto. Perderam-se frequentes vezes dois ou três dias em fúteis tentativas de arranjar o hidrogênio suficiente para encher um balão, do qual tem ele grande tendência a escapar-se devido à sua extrema sutileza e à sua afinidade com a atmosfera ambiente. Num balão suficientemente perfeito para reter seu conteúdo de carvão inalterado, em qualidade e quantidade, durante seis meses, igual quantidade de hidrogênio não se poderia manter com igual pureza durante seis semanas.

"Sendo estimada em 2500 libras a força ascensional, e os pesos reunidos dos cinco indivíduos somando somente cerca de 1200, restava um excedente de 1300, das quais também 1200, eram tomadas pelo lastro, arranjado em fardos de diferentes tamanhos, levando a marca dos respectivos pesos pelo cordame, barômetros, telescópios, barris contendo provisões para uma quinzena, pipas de água, capas, sacos de lona, e várias outras coisas indispensáveis, inclusive uma cafeteira para ferver café por meio de cal caldeada, de modo a dispensar completamente o fogo, se fosse considerado prudente fazê-lo. Todos esses artigos, com exceção do lastro e de outras poucas bagatelas, pendiam do arco ao alto. A barquinha era muito menor e menos pesada, em proporção, do que a ligada ao modelo. Era feita de vime mais leve e maravilhosamente sólida para um aparelho de aparência tão frágil. Tem cerca de um metro e vinte centímetros de altura. O leme é também muito maior, em proporção, do que o do modelo, e o parafuso é consideravelmente menor. O balão, além disso, dispõe de uma ancorazinha e de uma "corda-guia", sendo esta última da mais indispensável importância. Algumas palavras de explicação serão aqui necessárias para aqueles de nossos leitores não versados nos pormenores da aerostática.

"Logo que um balão deixa a terra, é sujeito à influência de muitas circunstâncias tendentes a criar uma diferença em seu peso, aumentando-lhe ou diminuindo-lhe a força ascensional. Pode haver, por exemplo, um depósito de orvalho sobre a seda, que chegue mesmo a várias centenas de libras; então, o lastro tem que ser atirado fora, para que a máquina não desça. Descarregado esse lastro e evaporando-se o orvalho pela ação da clara luz solar, ao mesmo tempo que o gás que a seda envolve se expande em consequência do calor, o balão de novo subirá rapidamente. Para moderar essa ascensão, o único recurso é (ou *era*, antes, até a invenção da corda-guia pelo Sr. Green) fazer com que o gás se escape pela válvula; a perda do gás, porém, redunda em proporcional e geral perda da força ascensional, de modo que, em período comparativamente breve, os balões mais bem construídos devem, necessariamente, esgotar todos os seus recursos e descer à terra. Esse era o grande obstáculo às viagens extensas.

"A corda-guia remedeia a dificuldade da maneira mais simples de se conceber. Consiste, meramente, numa corda muito grande que se deixa arrastar da barquinha e cujo efeito está em impedir que o balão mude de nível, em qualquer grau sensível. Se, por exemplo, houver um depósito de umidade sobre o invólucro de seda e a máquina começar a descer em consequência, não haverá necessidade de descarregar lastro para remediar o acréscimo de peso, pois este é remediado, ou contrabalançado, em proporção bem exata, por deixar cair no solo tanta quantidade da extremidade da corda quanto necessário. Se, de outro lado, qualquer circunstância causar uma leveza indevida e a consequente ascensão, essa leveza é imediatamente neutralizada pelo peso adicional da corda erguida do chão. Assim, o balão não pode subir ou descer, a não ser dentro de estreitos limites, e seus recursos, tanto em gás quanto em lastro, permanecem comparativamente intatos. Quando se atravessa uma extensão de água, torna-se mister empregar barriletes de cobre ou madeira, cheios de um lastro líquido, de natureza mais leve do que a água. Eles flutuam e preenchem todos os fins de uma simples corda na terra. Outra importantíssima finalidade da corda-guia é *apontar a direção* do balão. A corda *arrasta-se*, seja sobre a terra ou sobre o mar, enquanto o balão permanece livre; este último, em consequência, vai sempre à frente, quando qualquer avanço é feito; portanto, uma comparação, por meio da bússola, da posição relativa dos dois objetos indicará sempre seu *rumo*. Da mesma forma, o ângulo formado pela corda com o eixo vertical da máquina indica a *velocidade*. Quando *não há* ângulo, ou, em outras palavras, quando a corda pende perpendicularmente, todo o aparelho está estacionário; mas, quanto maior for o ângulo, isto é, quanto mais o balão se afastar da extremidade da corda, tanto maior será a velocidade, e vice-versa.

"Como o projeto original era atravessar o Canal da Mancha e descer tão perto de Paris quanto possível, os viajantes tomaram a precaução de munir-se de passaportes dirigidos a todas as partes do continente, especificando a natureza da expedição, como no caso da viagem do *Nassau*, e habilitando os aventureiros a se eximirem das formalidades usuais da burocracia; acontecimentos inesperados, porém, tornaram tais passaportes supérfluos.

"O balão começou a encher-se muito calmamente, ao alvorecer da manhã de sábado, 6 do fluente, no grande pátio da Mansão Wheal-Vor, residência do Sr. Osborne, a cerca de uma milha de Penstruthal, Gales do Norte; e, às onze horas e sete minutos, estando tudo pronto para a partida, foi a aeronave solta e ergueu-se, suave mas firmemente, em direção aproximada do sul. Durante a primeira meia hora, nenhum uso foi feito do parafuso ou do leme."

Continuamos, agora, com o diário, tal como o transcreveu o Sr. Forsyth dos apontamentos conjuntos dos Srs. Monck Mason e Ainsworth. A parte principal é escrita pelo Sr. Mason, sendo um pós-escrito diariamente acrescentado pelo Sr. Ainsworth, que prepara, e brevemente dará à publicidade, um relato mais minucioso e, sem dúvida, excitantemente interessante da viagem.

O diário

"*Sábado, 6 de abril*. Terminados, esta noite, todos os preparativos que nos poderiam embaraçar, começamos a encher o balão, no alvorecer desta manhã; mas, devido a uma densa névoa que acumulava umidade nas dobras do invólucro de seda e o tornava pouco flexível, só o conseguimos encher por volta das onze horas. Soltamos as amarras, então, bem-humorados, e erguemo-nos, leve mas firmemente, tendo pelo norte leve brisa que nos levou na direção do Canal da Mancha. Verificamos que a força ascensional era maior do que havíamos esperado e, como nos eleváramos bastante alto para dominar os penhascos, estando ainda sob a ação dos raios solares, nossa ascensão tornou-se muito rápida. Não quisemos, contudo, perder gás em tão curto período da aventura e, assim, resolvemos continuar subindo. Logo puxamos do chão a corda-guia, mas mesmo quando ela se ergueu por inteiro da terra continuamos a subir, com muita rapidez. O balão estava incomumente firme e tinha bela aparência. Cerca de dez minutos depois da partida o barômetro acusava uma altitude de 4500 metros. O tempo era notavelmente bom e a vista das regiões circunjacentes — das mais românticas ainda que avistadas de qualquer ponto — era então especialmente sublime. As gargantas numerosas e profundas apresentavam a aparência de lagos, devido aos densos vapores que as enchiam, e os cimos e rochedos para o lado do sudoeste, amontoados em emaranhada confusão, a nada se pareciam tanto quanto às cidades gigantescas das lendas orientais. Rapidamente nos aproximávamos das montanhas do sul, mas nossa elevação era mais do que suficiente para habilitar-nos a transpô-las a salvo. Em poucos minutos pairamos sobre elas em belo estilo; tanto o Sr. Ainsworth como os marinheiros ficaram surpreendidos com sua aparente falta de altitude, quando avistadas da barquinha, pois a tendência da grande elevação de um balão é reduzir as desigualdades da superfície lá embaixo até quase ao mesmo nível. Às sete e meia, continuando ainda em direção quase sul, tivemos a primeira vista do Canal da Mancha; e quinze minutos depois a linha de recifes da costa apareceu, precisamente abaixo de nós, e nos fizemos magnificamente sobre o mar. Resolvemos então lançar fora gás bastante para levar a corda-guia, com as boias anexas, à água. Isso foi feito de imediato e começamos pouco a pouco a descer. Em cerca de vinte minutos nossa primeira boia atingiu a água e, ao toque da segunda, logo depois, ficamos estacionários, quanto à elevação. Estávamos, então, todos ansiosos por experimentar a eficiência do leme e do parafuso, e logo os colocamos em funcionamento com o fim de alterar nossa direção mais para leste, no rumo de Paris. Por meio do leme, efetuamos, instantaneamente, a necessária mudança de direção, e nosso rumo foi colocado quase em ângulo reto com o do vento; então, colocamos em movimento a mola do parafuso e regozijamo-nos por verificar que ela nos impelia facilmente, como almejáramos. De todo coração saudamos o fato com uns nove vivas e atiramos ao mar uma garrafa contendo um pedaço de pergaminho com um breve relato do princípio da invenção. Mal, porém, havíamos terminado nossas manifestações de regozijo, quando ocorreu um imprevisto acidente que nos desencorajou em grau não pequeno. A viga de aço que ligava a mola com o propulsor foi subitamente atirada fora de seu lugar, no fundo da barquinha (por um balanço da barquinha em consequência de movimento de um dos dois marinheiros que havíamos trazido a bordo), e num instante pendeu a balouçar-se, fora de nosso alcance, do pino do eixo do parafuso. Enquanto tentávamos apanhá-la de novo, com a atenção completamente absorvida nisso, vimo-nos envolvidos numa forte corrente de vento vinda de leste, a qual nos arrastou, com força rapidamente aumentada, para o Atlântico. Vimo-nos logo empurrados para o mar a uma velocidade de, por certo, nada menos de cinquenta ou sessenta milhas por hora, de modo que deixamos o Cabo Clear a quarenta milhas para o nosso norte, antes que tivéssemos apanhado a viga e nos sobrasse tempo para pensar no que acontecia. Foi então que o Sr. Ainsworth fez uma proposta extraordinária, mas, a meu ver, de modo algum desarrazoada ou quimérica, na qual foi imediatamente apoiado pelo Sr. Holland, a saber: a de que poderíamos tirar vantagem da forte tempestade que nos carregava e, em vez de lutar para voltar a Paris, tentar chegar à costa da América do Norte. Depois de leve reflexão, dei prazeroso assentimento a essa ousada proposta que (é estranho dizer) só encontrou oposição da parte dos dois marinheiros. Contudo, como a parte mais forte, sobrepujamos seus temores e conservamos resolutamente nosso rumo. Firmamo-nos em direção a oeste; mas, como o arrastar das boias materialmente impedia nosso avanço, e como dominávamos completamente o balão para descer ou para subir, atiramos fora, primeiramente, cinquenta libras de lastro e, depois, içamos (por meio de manivela) um pedaço da corda, o bastante para deixá-la toda fora do mar. Verificamos o efeito dessa manobra, de imediato, na velocidade de avanço, rapidamente aumentada; e, como se intensificasse a rajada, voamos com uma rapidez quase inconcebível. A corda-guia voejava atrás da barquinha como a esteira de um navio. É desnecessário dizer que bastou curtíssimo tempo para que perdêssemos o litoral de vista. Passamos sobre inúmeras embarcações de todas as espécies, poucas das quais tentavam lutar com o vento, estando a maioria com as velas ferradas. Causamos a bordo de todas a maior agitação, uma agitação grandemente saboreada, especialmente pelos dois marinheiros que, agora sob a influência de uns copos de genebra, pareciam resolvidos a mandar às urtigas os temores e escrúpulos. Muitos dos navios deram tiros de sinal; em todos fomos saudados com altos vivas (que ouvimos com surpreendente nitidez) e com o ondular de chapéus e de lenços. Conservamos o rumo desse modo, por todo o dia, sem qualquer incidente material e, ao se fecharem em torno de nós as sombras da noite, fizemos um tosco cálculo da distância percorrida. Não podia ter sido de menos de quinhentas milhas e provavelmente seria de muito mais. O propulsor continuava em constante funcionamento e, sem dúvida, auxiliava nosso avanço eficientemente. Ao pôr do sol, a borrasca intensificou-se num verdadeiro furacão e o oceano, abaixo de nós, tornou-se claramente visível, por causa de sua fosforescência. Durante toda a noite, o vento vinha do leste e dava-nos os mais brilhantes prenúncios de vitória. Sofremos bastante com o frio, e a umidade da atmosfera era das mais desagradáveis, mas o amplo espaço da barquinha permitia-nos ficar deitados e, graças a capotes e a algumas cobertas, passamos suficientemente bem.

"P. S. [Pelo Sr. Ainsworth.] — As últimas nove horas foram inquestionavelmente as mais excitantes de minha vida. Nada posso conceber de mais sublime do que o estranho perigo e a novidade de uma aventura como esta. Permita Deus que sejamos bem-sucedidos! Não peço o triunfo somente para salvação de minha insignificante pessoa, mas por causa do conhecimento humano e pela amplitude da vitória. E este fato é, contudo, tão evidentemente viável, que só admira tivessem os homens hesitado em tentá-lo antes. Uma simples borrasca, como a que agora nos favorece, uma tempestade semelhante impila para diante um balão por quatro ou cinco dias (tais tormentas duram às vezes mais tempo) e o viajante será facilmente conduzido, nesse período, de um continente a outro. Perante tal tempestade, o amplo Atlântico tornou-se um simples lago. Espanta-me mais, neste momento, o silêncio supremo que reina no mar, abaixo de nós, apesar de sua agitação, do que qualquer outro fenômeno que se apresente. As águas não alteiam a voz aos céus. O imenso oceano flamejante retorce-se e é torturado sem uma queixa. As ondas montanhosas sugerem a ideia de inúmeros demônios, gigantescos e mudos, a lutarem numa agonia impotente. Numa noite, tal como esta é para mim, o homem vive, vive um século inteiro de vida comum; e eu não trocaria este prazer enlevante pelo de um século inteiro de existência vulgar.

"*Domingo, 7* [Diário do Sr. Mason.] Esta manhã, a tempestade, por volta das dez horas, abrandara numa brisa de oito ou nove nós (para um navio no mar) e levava-nos, talvez, a trinta milhas por hora, ou mais. Virou-se, contudo, muito para o norte; e agora, ao sol-posto, mantemos nosso rumo para oeste, graças principalmente ao parafuso e ao leme, que cumprem de modo admirável suas tarefas. Encaro o projeto como inteiramente vitorioso e a fácil navegação do ar, em qualquer direção (não, de fato, contra uma tempestade), já não é mais problemática. Não poderíamos ter enfrentado o forte vento de ontem; mas, subindo, poderíamos ter saído fora de sua influência, se fosse necessário. Contra uma boa brisa forte, estou convencido, poderíamos abrir caminho, graças ao propulsor. Ao meio-dia de hoje, subimos a uma altitude de cerca de 7500 metros, descarregando lastro. Fizemo-lo para procurar uma corrente de ar mais direta, mas nenhuma encontramos tão favorável como a que agora nos leva. Temos abundância de gás para atravessar esse pequeno lago, ainda que a viagem dure três semanas. Não tenho o menor receio pelo resultado. As dificuldades têm sido estranhamente exageradas e mal compreendidas. Posso escolher minha corrente de ar e, se achasse todas contra mim, poderia abrir caminho regularmente contra elas, graças ao propulsor. Não tivemos incidentes dignos de menção. A noite promete ser bela.

"P. S. [Pelo Sr. Ainsworth.] — Tenho pouco a relatar, a não ser o fato (para mim inteiramente surpreendente) de que, numa elevação igual à de Cotopaxi, não experimentei frio muito intenso, nem dor de cabeça, nem dificuldade de respirar. Nem eu, nem, creio, o Sr. Mason, ou o Sr. Holland, ou Sir Everard. O Sr. Osborne queixou-se de contração do peito, mas isso logo passou. Voamos a grande velocidade, durante o dia, e devemos ter atravessado mais de metade do Atlântico. Passamos sobre vinte ou trinta navios, de várias espécies, e todos pareciam estar agradavelmente admirados. Afinal de contas, atravessar o oceano num balão não é façanha tão difícil. *Omne ignotum pro magnifico*.

> NOTA: à altitude de 7500 metros o céu aparece quase preto e as estrelas são nitidamente visíveis; ao passo que o mar não parece convexo (como alguém poderia supor), mas completa e bem inequivocamente *côncavo*.[3]

"*Segunda-feira, 8* [Diário do Sr. Mason.] Esta manhã tivemos de novo algumas pequenas dificuldades com a viga do propulsor, que deve ser inteiramente remodelada para evitar sérios acidentes. Refiro-me à viga de aço, não aos cata-ventos. Estes últimos não podiam ser mais perfeitos. O vento esteve soprando, constante e forte do nordeste, o dia inteiro; e a fortuna parece amplamente inclinada a favorecer-nos. Logo antes de amanhecer estivemos todos um tanto alarmados com alguns ruídos estranhos e golpes no balão, acompanhados de aparente e rápida paralisação de todo o aparelho. Tais fenômenos eram ocasionados pela expansão do gás, devido ao acréscimo de calor na atmosfera e pelo consequente fracionamento das miúdas partículas de gelo que na rede se incrustaram durante a noite. Atiramos diversas garrafas para os navios lá embaixo. Vimos uma delas recolhida por um grande barco, possivelmente um dos paquetes da linha de Nova York. Tentamos verificar-lhe o nome, mas não podemos ter certeza dele. O binóculo do Sr. Osborne possibilitou ler algo como *Atalanta*. São agora doze horas da noite e prosseguimos ainda mais

---

3 O Sr. Ainsworth não tentou explicar esse fenômeno que, contudo, é inteiramente suscetível de explicação. Uma linha tirada de uma elevação de 7500 metros perpendicularmente à superfície da Terra (ou do mar), formará a perpendicular de um triângulo retângulo, cuja base se estende do ângulo reto até o horizonte e cuja hipotenusa vem do horizonte ao balão. Mas 7500 metros de altitude nada ou quase nada são em comparação com a amplitude da perspectiva. Em outras palavras, a base e a hipotenusa do suposto triângulo serão tão prolongadas, quando comparadas à perpendicular, que ambas podem ser consideradas como quase paralelas. Desse modo o horizonte do aeronauta parecerá estar nivelado com o da barquinha. Mas como o ponto imediatamente por baixo dele parece, e está, a grande distância por baixo dele, aparece, sem dúvida, como também a grande distância abaixo do horizonte. Daí a impressão de concavidade; e essa impressão permanecerá até que a altitude tome proporção tão grande para com a amplidão da perspectiva, que o aparente paralelismo da base e da hipotenusa desapareça. Surgirá então a convexidade real da Terra.

ou menos para oeste, em marcha veloz. O mar está particularmente fosforescente.

"P. S. [Pelo Sr. Ainsworth.] — São agora duas horas da madrugada e há quase calmaria, tanto quanto posso julgar, mas é muito difícil averiguar essa questão, dado que nos movemos tão perfeitamente *como* o ar. Não dormi desde que deixamos Wheal-Vor, mas não posso aguentar mais tempo e devo tirar uma soneca. Não podemos estar longe da costa americana.

"*Terça-Feira, 9* [Pelo Sr. Ainsworth.] *Uma hora da tarde. Estamos à plena vista da costa baixa da Carolina do Sul!* Resolveu-se o grande problema! Atravessamos o Atlântico... atravessamo-lo, esplêndida e facilmente, num balão! Deus seja louvado! Quem poderá dizer que doravante qualquer coisa será impossível?"

O Diário encerra-se aí. Alguns pormenores da descida foram comunicados pelo Sr. Ainsworth ao Sr. Forsyth. Fazia calmaria quase completa quando os viajantes chegaram, logo à vista da costa, que foi de pronto reconhecida pelos dois marinheiros e pelo Sr. Osborne. Tendo este último cavalheiro conhecidos em Fort Moultrie, decidiu-se imediatamente descer nas suas vizinhanças. O balão foi levado para a praia (sendo maré baixa e a areia compacta, plana, e admiravelmente adaptada para uma descida) e soltou-se a ancorazinha, que logo se prendeu com firmeza. Os habitantes da ilha e os do forte precipitaram-se, sem dúvida, para ver o balão; mas era com a maior dificuldade que alguém podia ser levado a crer na viagem real: *a travessia do Atlântico*. A ancorazinha prendeu-se às duas horas da tarde, precisamente, e, assim, a viagem inteira foi efetuada em 75 horas, ou antes, em menos, contando de continente a continente. Nenhum acidente sério ocorreu. Nenhum perigo real foi temido a qualquer tempo. O balão foi esvaziado e amarrado, sem dificuldade; e quando o manuscrito, do qual esta narrativa é compilada, foi enviado de Charleston, os viajantes ainda se achavam em Fort Moultrie. Suas intenções futuras não são conhecidas, mas podemos com segurança prometer a nossos leitores alguma informação adicional, seja na segunda-feira, ou no decorrer do dia seguinte, o mais tardar.

Este é, inquestionavelmente, o mais estupendo, o mais interessante e o mais importante empreendimento jamais realizado ou mesmo tentado pelo homem. Seria inútil pensar agora em precisar que magníficos acontecimentos se poderão seguir daí.

Mellonta tauta[1]

Ao diretor do *Lady's Book*:

Tenho a honra de enviar-lhe para sua revista um artigo que espero seja capaz de compreender mais claramente do que eu. É uma tradução feita pelo meu amigo Martin Van Buren Navis (chamado "O Feiticeiro de Poughkeepsie") de um manuscrito de estranha aparência que encontrei, faz aproximadamente um ano, dentro de uma garrafa tapada flutuando no *Mare Tenebrarum* — mar bem descrito pelo geógrafo núbio, porém rara vez visitado em nossos dias, exceto pelos transcendentalistas e os caçadores (buscadores) de extravagâncias.

Seu

Edgar A. Poe

A bordo do balão Cotovia, 1º de abril de 2848

Agora, meu caro amigo, agora, por conta de seus pecados, vai você suportar o castigo de uma longa carta, cheia de tagarelices. Digo-lhe claramente que vou puni-lo de todas as suas impertinências, fazendo-me o mais possível aborrecido, prolixo, incoerente e pouco satisfatório. Além disso, encontro-me aqui, engaiolado num sujo balão, com uns cem ou duzentos da *canaille*, todos reunidos numa *aprazível* excursão (que engraçada ideia faz certa gente do prazer!), e não tenho perspectiva de tocar *terra firme*, por um mês, pelo menos. Ninguém com quem conversar. Nada para fazer. Quando não se tem nada para fazer, é que chegou a hora de escrever aos amigos. Você percebe, pois, o motivo de escrever-lhe eu esta carta: é por conta do meu *ennui* e de seus pecados.

Apronte seus óculos e prepare o espírito para ser importunado. Pretendo escrever-lhe, diariamente, enquanto durar esta odiosa viagem.

Ai, meu Deus! Quando será que qualquer *invenção* visitará o pericrânio humano? Estaremos condenados para sempre às mil inconveniências do balão? *Ninguém* inventará um meio mais expediente de locomoção? O meio-trote, a meu ver, é pouco menos do que uma tortura autêntica. Dou-lhe minha palavra que não andamos mais de cem milhas por hora, desde que saímos de casa. Os próprios pássaros nos batem, pelo menos alguns deles. Garanto-lhe que não estou absolutamente exagerando. Nosso movimento, sem dúvida, parece mais vagaroso do que realmente é por não termos objeto algum, em torno de nós, pelo qual possamos calcular nossa velocidade e pelo fato de estarmos sendo levados pelo vento. Para ser exato, quando acontece encontrarmos um balão, temos oportunidade de perceber nossa marcha, e então, admito, as coisas não aparecem assim tão más. Acostumado, como estou, a esse meio de locomoção, não posso, entretanto, vencer uma espécie de ver-

1 Publicado pela primeira vez no *Godey's Lady's Book*, fevereiro de 1849. Título original: *MELLONTA TAUTA*. *Mellonta tauta* são duas palavras gregas que significam: "coisas do futuro". (N. T.)

tigem quando um balão passa por nós, numa corrente de ar, justamente sobre nossas cabeças. Sempre me dá ele a impressão de uma imensa ave de rapina, prestes a lançar-se sobre nós e arrebatar-nos nas suas garras. Um passou por cima de nós, esta manhã, ao nascer do sol, e tão perto que sua corda de ancorar roçou mesmo a rede que sustenta nossa barquinha, causando-nos seríssima apreensão. Nosso capitão disse que, se o material do saco fosse a "seda" ordinária e envernizada de quinhentos ou mil anos atrás, teríamos sido inevitavelmente danificados. Esta seda, como me explicou ele, era um produto das entranhas de uma espécie de verme, cuidadosamente alimentado em amoreiras, espécie de fruta semelhante a uma melancia. Quando suficientemente gordo, o verme era moído num moinho. A pasta assim obtida era chamada *papyrus* no seu primitivo estado e, submetida a vários processos, tornava-se finalmente "seda". E, coisa bem estranha, era outrora muito admirada como artigo de *traje feminino*. Os balões eram também, comumente, construídos com ela. Uma espécie melhor de material, parece, foi depois descoberta, na penugem que cercava o pericarpo de uma planta geralmente chamada *euphorbium* e, naquele tempo, botanicamente denominada serralha. Esta última espécie de seda era designada como seda *buckingham*[2] por causa de sua superior durabilidade, e era habitualmente preparada mergulhando-se numa solução de goma de caucho, substância que, a muitos respeitos, se assemelha à *guta-percha*, agora de uso comum. Esse caucho era, às vezes, chamado borracha da Índia ou *rubber of whist*[3] e era, sem dúvida, um dos numerosos *fungi*. Nunca mais me diga que não sou, no fundo, um antiquário.

A respeito de cordas de ancorar, a nossa, ao que parece, acaba de lançar ao mar um homem de um dos pequenos barcos de hélice magnética que enxameiam no oceano, abaixo de nós, barco de cerca de seis mil toneladas e, com toda certeza, vergonhosamente abarrotado de gente. Essas diminutas embarcações deveriam ser proibidas de transportar mais do que determinado número de passageiros. Não consentiram, sem dúvida, que o homem voltasse para bordo e, dentro em pouco, perdia-se ele de vista, com seu salva-vidas. Rejubilo-me, meu querido amigo, por vivermos num tempo tão esclarecido, em que nenhuma importância se dá à vida de coisa tal como um indivíduo. É da massa que a verdadeira humanidade cuida. A propósito, falando de Humanidade, sabe você que nosso imortal Wiggins não é tão original nas suas opiniões sobre a Questão Social e outras que tais, como seus contemporâneos estão inclinados a supor? Pundit garante-me que as mesmas ideias eram expostas, quase da mesma maneira, há cerca de mil anos, por um filósofo irlandês, chamado Furrier, por ser ele proprietário de um armazém retalhista de couros de gato e outras peles.[4] Você bem sabe que Pundit *entende* disso; não pode, pois, haver engano. Quão maravilhosamente vemos confirmada cada dia a profunda observação do hindu Aries Tottle (segundo a citação de Pundit): "De modo que devemos dizer que nem uma ou duas vezes, nem poucas vezes, mas com quase infinitas repetições, as mesmas opiniões voltam a circular entre os homens".

---

2 Trocadilho intraduzível, como tantos outros empregados por Poe, e que traduzidos tiram o original sabor ao relato. Alude-se aqui a James Silk Buckingham (1786-1855), parlamentar inglês que visitou os Estados Unidos e escreveu um livro de imprecisões. *Silk* significa também seda. O nome deste jornalista e escritor apareceu em "Pequena conversa com uma múmia". (N. T.)

3 *Rubber*, borracha, significa também uma mão no jogo de *whist*, ou em outros jogos de baralho.

4 Adulterando propositadamente o nome do socialista Fourier, o autor faz um trocadilho, intraduzível, com a palavra *fur*, que significa "pele". Outra alteração é feita, a seguir, com o nome de Aristóteles, que é grafado Aries Tottle e dado como hindu, para efeitos humorísticos. (N. T.)

Abril, 2. Falei hoje com o bote magnético, encarregado da seção central dos fios telegráficos flutuantes. Soube que, quando esta espécie de telégrafo foi, a princípio, utilizada por Horse, considerava-se inteiramente impossível transportar os fios sobre o mar, mas agora estamos perplexos para compreender onde estava essa dificuldade. Assim vai o mundo. *Tempora mutantur* – desculpe-me por citar etrusco. Que faríamos sem o telégrafo atlântico? (Pundit diz que atlântico era o adjetivo antigo.) Ficamos alguns minutos a fazer perguntas ao bote e soubemos, entre outras gloriosas notícias, que a guerra civil estava lavrando na África, enquanto a peste estava fazendo um belo trabalho tanto na Yuropa como na Ayesher. Não é verdadeiramente notável que, antes que a magnífica luz fosse lançada sobre a filosofia pela Humanidade, o mundo estivesse acostumado a encarar a Guerra e a Peste como calamidades? Sabe que orações eram realmente feitas, nos antigos templos, para que aqueles *males* (!) não recaíssem sobre a humanidade? Não é realmente difícil de compreender baseados em que princípio de interesse nossos antepassados agiam? Eram tão cebos, que não percebiam que a destruição de miríades de indivíduos é apenas uma positiva vantagem para a massa![5]

Abril, 3. É realmente um lindo divertimento subir pela escada de corda que leva ao alto do balão e dali contemplar o mundo circundante. Da barquinha embaixo, você sabe, a vista não é tão abrangente; pouco se pode ver em sentido vertical. Mas sentado aqui (onde escrevo isto), na praça luxuosamente acolchoada do alto, a gente pode ver tudo o que se passa em todas as direções. Justamente agora, vê-se uma enorme multidão de balões, de animada aparência, enquanto o ar ressoa do zumbido de tantos milhões de vozes humanas. Ouvi dizer, com certeza, que quando Amarelo ou (Pundit deve saber isso) Violeta,[6] que se supõe tenha sido o primeiro aeronauta, afirmou a praticabilidade de atravessar-se a atmosfera em todas as direções, simplesmente subindo ou descendo, até alcançar uma corrente de ar favorável, mal lhe deram ouvidos os seus contemporâneos, que o consideravam simplesmente como uma espécie de engenhoso maluco, porque os filósofos (!) do dia declaravam a coisa impossível. Na verdade, agora parece-me de todo inacreditável como uma coisa tão claramente praticável podia ter escapado à sagacidade dos antigos sábios. Mas, em todas as épocas, os grandes obstáculos ao progresso da Arte foram opostos pelos chamados homens de ciência. Sem dúvida, *nossos* homens de ciência não são tão intolerantes de todo como os de outrora: oh, tenho algo de tão estranho para contar-lhe a esse respeito! Sabe você que não faz mais de mil anos que os metafísicos consentiram em libertar o povo da singular fantasia de que existiam apenas *dois possíveis caminhos para atingir a verdade*? Acredite se puder! Parece que, há muito, muito tempo, na noite dos Tempos, viveu um filósofo turco (ou possivelmente hindu) chamado Aries Tottle. Este sujeito introduziu ou, em todo caso, propagou o que foi chamado método de investigação dedutivo, ou *a priori*. Ele partiu do que afirmava ser *axiomas* ou "verdades evidentes por si mesmas", e daí continuou "logicamente", até as conclusões. Seus maiores discípulos foram um tal de Neuclid e um tal de Cant. Pois bem, Aries Tottle esteve supremamente em voga até o advento de um tal Hog, alcunhado o "Pastor de

5 O autor continua a alterar os nomes próprios, como Morse, Europa e Ásia, escrevendo Horse, Yuropa e Ayesher; estas duas últimas, aliás, representam a pronúncia inglesa daqueles nomes. É curioso notar sua previsão sobre a filosofia da preponderância da massa e do desprezo pelo indivíduo tão atual. (N. T.)

6 Mais provavelmente "Verde", ou seja, Charles Green, a quem Poe cita outra vez em "A balela do balão". (N. T.)

Ettrick",[7] que pregava um sistema inteiramente diferente, por ele chamado *a posteriori* ou indutivo. Seu método reportava-se totalmente à sensação. Ele procedia pela observação, pela análise e classificação dos fatos — *instantiae naturae*, como eram afetadamente chamados — dentro de leis gerais. Numa palavra: o método de Aries Tottle baseava-se nos *noumena*; o de Hog nos *phenomena*. Pois bem, tão grande foi a admiração suscitada por este último sistema, que logo ao seu aparecimento Aries Tottle perdeu a fama; mas, afinal, recuperou terreno, e permitiu-se que dividisse o reino da verdade com seu rival mais moderno. Os *sábios* sustentaram, então, que os caminhos aristotélicos e *baconianos* eram as únicas e possíveis avenidas que levavam ao conhecimento. *Baconiano*, você deve saber, foi um adjetivo inventado como equivalente de *Hog-iano*, e mais eufônico e decente.

Agora, meu caro amigo, garanto-lhe da maneira mais positiva que exponho este assunto claramente, baseado na mais segura autoridade; e você pode facilmente compreender como uma noção tão absurda, em todos os seus aspectos, deve ter agido para retardar o progresso de todo o verdadeiro conhecimento, cujos avanços se fazem quase que de modo invariável, graças a saltos intuitivos. A antiga ideia limitou suas investigações ao *rastejar*; e durante centenas de anos tão grande foi a paixão, especialmente em torno de Hog, que se deu virtualmente fim a qualquer pensamento, propriamente chamado. Nenhum homem ousava enunciar uma verdade cuja origem só fosse por ele atribuída à sua *alma*. Não importava mesmo que a verdade fosse uma verdade *demonstrável*, porque os *sábios* "cabeças de porco" daquele tempo olhavam apenas o *caminho* pelo qual tinha ele atingido a verdade. Nem mesmo um *olhar* lançavam ao fim. "Vejamos os meios — gritavam eles —, os meios." Se, baseados nas investigações a respeito dos meios, descobria-se que aquela verdade não se achava nem na categoria de Aries (isto é, Carneiro) nem na categoria Hog, então os sábios não iam mais além e declaravam que o "teorista" era um doido e nada tinham a fazer com ele e com a sua verdade.

Ora, não se pode mesmo sustentar que, pelo sistema de rastejo, a maior quantidade de verdade pudesse ser alcançada em longa série de idades, porque a repressão da *imaginação* era um mal, não compensado por qualquer *certeza* superior, nos antigos sistemas de investigação. O erro daqueles Jurmains, daqueles Vrinch, daqueles Inglitch e daqueles Amriccans[8] (estes, a propósito, foram nossos imediatos progenitores) era um erro completamente análogo ao do tolo que imagina que deve necessariamente ver melhor um objeto quanto mais perto o aproxime de seus olhos. Aquela gente cegava a si mesma com os pormenores. Quando agiam hoguianamente, seus "fatos" não eram, de modo algum, sempre fatos; não fora questão de pouca consequência presumir que *eram* fatos e deviam ser fatos porque pareciam ser tais. Quando eles caminhavam pelo caminho do Carneiro, seu curso raramente era tão retilíneo como o chifre de um carneiro, porque *nunca tinham* um axioma que fosse, de algum modo, um axioma. Devem ter sido muito cegos para não verem isto, mesmo nos seus dias, porque mesmo nos seus dias muitos dos axiomas longamente

---

7 Além das confusões e absurdos filosóficos evidentes, o autor, propositadamente, altera os nomes próprios para fazer trocadilhos, como Aries Tottle (carneiro cambaleante), Neuclid (em lugar de Euclides), Cant (Kant) e Hog, em lugar do filósofo Hobbes, confundindo-o com o poeta James Hogg (1770-1835), chamado o "Pastor de Ettrick". *Hog* significa "porco" e o autor se vale disso para, mais adiante, apresentar, em substituição ao adjetivo "hog-iano", o "baconiano" (de *bacon*, toucinho), que também se confunde com o nome do filósofo inglês Bacon. (N. T.)

8 Adulterações, segundo a pronúncia inglesa, dos nomes: germanos, franceses, ingleses e americanos. (N. T.)

"estabilizados" tinham sido rejeitados. Por exemplo: *ex nihilo nihil fit*; "um corpo não pode agir onde não está"; "não pode haver antípodas"; "da luz não pode sair a treva". Todas estas e uma dúzia de outras proposições semelhantes, antigamente admitidas sem hesitação como axiomas, eram vistas como insustentáveis, mesmo naquele período de que estou falando. Que coisa absurda, então, que aquela gente persistisse em pôr a fé em "axiomas", como bases imitáveis de verdade! Mas mesmo fora das bocas de seus mais profundos raciocinadores, é fácil demonstrar a futilidade, a impalpabilidade de seus axiomas, em geral. Quem foi o mais profundo de seus lógicos? Vejamos! Vou perguntar a Pundit e estarei de volta num minuto...

... Ah, já sei! Aqui está um livro escrito há quase mil anos, e traduzido recentemente do Inglitch, que, a propósito, parece ter sido a origem do idioma Amriccan. Diz Pundit que é decididamente a mais inteligente das obras antigas no ramo da lógica. O autor (de quem muito se falava no seu tempo) era um tal Miller ou Mill; e dele se lembra, como ponto de suma importância, que tinha um cavalo de moinho chamado Bentham. Mas demos uma vista ao tratado![9]

Ah! — "A habilidade ou a inabilidade de formar ideias — diz com muita propriedade o Sr. Mill — não está no caso de ser recebida como um critério de verdade axiomática." Que homem *moderno*, em plena posse de suas faculdades, jamais pensaria em discutir esse truísmo? A única coisa que nos maravilha é como chegou o Sr. Mill a pensar ser necessário aludir a uma coisa tão evidente. Até aqui, tudo bem. Mas, passemos a outra página. Que temos aqui? — "As contradições não podem ser ao mesmo tempo verdadeiras, isto é, não podem coexistir na natureza." Aqui o Sr. Mill quer dizer, por exemplo, que uma árvore deve ser uma árvore ou uma não árvore, que não pode ser ao mesmo tempo árvore e não árvore. Muito bem. Mas eu pergunto a ele *por quê*? Sua resposta é esta e nunca pretende ser qualquer outra coisa senão isto: "Porque é impossível conceber que as contradições possam ser verdade ao mesmo tempo". Mas isso não é resposta em absoluto, como se vê, totalmente sem base, inútil e inteiramente fantástica que "a habilidade ou a inabilidade de formar ideias *não está no caso* de ser recebida como um critério de verdade axiomática"?

Não censuro agora aqueles antigos tanto porque sua lógica é, como se vê, pois não acabou ele de admitir, como um truísmo, como por causa de sua pomposa e imbecil proscrição de todos os outros caminhos da verdade, de todos os *outros* meios de atingi-la, além dos dois absurdos caminhos — o tal de arrastar-se e o tal de rastejar — a que ousavam confinar a alma, que nada ama tanto como *elevar-se às alturas*.

A propósito, meu caro amigo, não pensa você que seria motivo de confusão para aqueles antigos dogmáticos ter de determinar por qual de suas duas estradas era que de fato se atingiria a mais importante e mais sublime de *todas* as suas verdades? Quero dizer a verdade da gravidade. Newton deveu-a a Kepler. Kepler admitia que suas três leis eram *conjeturais*: essas três leis, por excelência, que levaram o grande matemático Inglitch a seu princípio, base de todo princípio físico, e em cujo rasto penetramos no Reino da Metafísica. Kepler conjeturou, isto é, *imaginou*. Era essencialmente um "teorista", palavra agora tão venerada, mas que antigamente era um epíteto de desprezo. Não teria também confundido aquelas velhas toupeiras o

9 O autor aproveita o nome do filósofo Stuart Mill, que chama Miller (moleiro) ou Mill (moinho), para dar ao filósofo Bentham o nome de "Cavalo de Moinho", e criticar o seu "giro" em torno das ideias de Mill. (N. T.)

explicar por qual das duas "estradas" um criptógrafo decifra um criptograma de chave mais complicada, ou por qual das duas estradas Champollion conduziu a humanidade àquelas verdades permanentes e quase incontáveis que resultaram de sua decifração dos hieróglifos?

Uma palavra mais a este respeito e deixarei de aborrecê-lo. Não é perfeitamente estranho que, com suas eternas tagarelices acerca de estradas para a verdade, essas intolerantes criaturas não descobrissem aquilo que nós agora tão claramente percebemos como sendo a grande estrada real — a da consistência? Não parece singular que tenham eles deixado de deduzir das obras de Deus o fato vital de que uma perfeita consistência deve ser uma verdade absoluta? Quão evidente tem sido nosso progresso desde o último enunciado desta proposição! A pesquisa foi arrebatada das mãos das toupeiras e dada como tarefa aos verdadeiros, aos unicamente verdadeiros pensadores, isto é, os homens de ardente imaginação. Estes *teorizam*. Imagine você o brado de desprezo com que estas minhas palavras seriam recebidas por nossos progenitores se lhes fosse possível estarem agora a olhar por cima de meu ombro... Esses homens, afirmo, *teorizam*; e suas teorias são simplesmente corrigidas, reduzidas, sistematizadas, clarificadas pouco a pouco de suas impurezas de inconsistência, até que, finalmente, uma perfeita consistência se torna aparente, mostrando-se mesmo aos olhos do mais estúpido, porque é uma consistência, uma absoluta e inquestionável *verdade*.

Abril, 4. O novo gás vai fazendo maravilhas, em conjunção com o novo aperfeiçoamento da guta-percha. Quão seguros, cômodos, manejáveis e, a todos os respeitos, convenientes são os nossos modernos balões! Eis que se aproxima de nós um, imenso, numa velocidade de pelo menos 150 milhas por hora. Parece estar cheio de gente, talvez leve trezentos ou quatrocentos passageiros. E, contudo, paira a uma altura de quase uma milha, baixando a vista sobre os pobres de nós, com soberano desprezo. Afinal, viajar a cem ou mesmo duzentas milhas por hora é ir devagar. Lembra-se você de nossa velocíssima excursão, em trem de ferro, através do continente do Canadá? Umas completas trezentas milhas por hora... *Isso* é que era viajar. Nada que ver, nada que fazer, a não ser namorar, comer regaladamente e dançar em suntuosos salões. Lembra-se da estranha sensação que experimentávamos quando, por acaso, vislumbrávamos os objetos exteriores, enquanto os carros corriam a toda velocidade? Tudo parecia unido, formando uma só massa. De minha parte, só posso dizer que prefiro viajar pelo vagaroso trem de cem milhas por hora. Neste, podia-se ter janelas de vidro e mesmo conservá-las abertas, e podia-se como que gozar uma vista bem nítida da região...

Pundit diz que *a estrada* para a grande ferrovia do Canadá deve ter sido, de algum modo, traçada há cerca de novecentos anos ! De fato, ele vai ao ponto de afirmar que os vestígios reais de uma estrada são ainda discerníveis, vestígios referentes a um período tão remoto como o mencionado. A via, pelo que se vê, era apenas *dupla*; a nossa, como você sabe, tem doze linhas e três ou quatro novas estão em preparo. Os antigos trilhos eram muito estreitos e colocados tão perto uns dos outros que, de acordo com as modernas noções, parecem completamente inúteis, senão perigosos ao extremo. A presente largura da via — quinze metros — é considerada ainda bastante pouco segura. Pela minha parte, não ponho dúvida em que uma via da mesma espécie deve ter existido em tempos remotíssimos, como assevera Pundit; porque nada pode parecer mais claro ao meu espírito do que, em certo período, seguramente nada menos de sete séculos passados, estarem os continentes do Canadá norte e sul unidos. Os canadenses, pois, teriam sido levados pela necessidade a construir uma grande estrada de ferro através do continente.

Abril, 5. Estou quase devorado pelo *ennui*. Pundit é a única pessoa com quem se pode conversar a bordo. E ele, pobre alma, só pode falar de coisas antigas. Esteve o dia inteiro ocupado em tentar convencer-me de que os antigos americanos *governavam-se a si mesmos*! Já se ouviu jamais semelhante absurdo? Sustenta que viviam numa espécie de confederação de cada-um-por-si, à moda dos "esquilos dos prados" de que nos fala a fábula. Diz que eles partiram da ideia mais estranhamente concebível, isto é, a de que todos os homens nasceram livres e iguais; isso nas próprias barbas das leis de *gradação*, tão visivelmente impressas em todas as coisas, quer no universo moral, quer no físico. Todos os homens "votavam", como diziam eles, o que quer dizer que se intrometiam nos negócios públicos, até que afinal se descobriu que o que é negócio de toda a gente não é negócio de ninguém e que a "República" (era assim que se chamava a absurda coisa) estava sem governo nenhum. Conta-se, porém, que a primeira circunstância que perturbou de modo mui particular a autocomplacência dos filósofos que construíram essa "República" foi a descoberta assustadora de que o sufrágio universal dava oportunidade a arranjos fraudulentos, por meio dos quais um desejado número de votos podia ser, em qualquer tempo, obtido, sem possibilidade de prevenção ou mesmo de detenção, por qualquer partido que fosse suficientemente vil para não se envergonhar da fraude. Pequena reflexão a respeito desta descoberta basta para tornar evidente a consequência de que a ladroeira *devia* predominar; numa palavra: que um governo republicano jamais podia ser coisa diversa de um governo velhaco. Enquanto os filósofos, contudo, se ocupavam em corar de sua estupidez por não terem previsto esses males inevitáveis e se esforçavam por inventar novas teorias, a questão foi levada a uma solução brusca por um sujeito chamado Plebe, que tomou em suas mãos e estabeleceu um regime despótico em comparação com o qual os dos fabulosos Zeros e Helofagabaluses eram respeitáveis e deleitosos. Desse Plebe (um estrangeiro, entre parênteses) diz-se que foi o mais odiento de todos os homens que jamais atravancaram a Terra. Era de estatura gigantesca, insolente, rapace, corrompido; tinha um fel de boi castrado, um coração de hiena e cérebro de pavão. Morreu, afinal, em consequência de suas próprias energias, que o esgotaram. Não obstante, teve sua utilidade, como todas as coisas têm, embora vil, e deu à humanidade uma lição que até hoje não corre perigo de ser esquecida: a de nunca correr diretamente de encontro às analogias naturais. Quanto ao republicanismo, nenhuma analogia poderia ser encontrada com ele na face da Terra, a não ser o caso dos "esquilos dos prados", exceção que parece demonstrar, se é que o faz, que a democracia é uma admirabilíssima forma de governo... para esquilos.

Abril, 6. Na noite passada tive uma linda visão de Alpha Lyrae, cujo disco, através do binóculo de nosso capitão, abrange um ângulo de meio grau, parecendo muito semelhante ao nosso Sol, visto a olho nu, num dia de nevoeiro. Alpha Lyrae, embora muitíssimo maior do que o nosso Sol, parece-se extremamente com ele no que concerne às suas manchas, sua atmosfera e a muitas outras particularidades. Foi apenas no último século, conta-me Pundit, que a relação binária existente entre aqueles dois orbes começou a ser suspeitada. O evidente movimento de nosso sistema nos céus (é estranho dizê-lo) ligava-se a uma órbita em torno de uma prodigiosa estrela, no centro da Via Láctea. Em torno desta estrela ou, em todo caso, em torno de um centro de gravidade comum a todos os globos da Via Láctea, e supostamente próximo de Alcíone, nas Plêiades, cada um daqueles globos, como se dizia, fazia sua revolução, sendo que o nosso perfazia o circuito num período de 117 milhões de anos! *Nós*, com nossos presentes conhecimentos, nossos vastos telescópios aperfeiçoados e assim por diante, achamos difícil, sem dúvida, ainda, compreender a base de uma ideia como esta. Seu primeiro propagandista foi um tal Mudler.[10] Ele foi levado, como podemos presumir, a essa grosseira hipótese por simples analogia, em primeiro lugar. Mas, sendo este o caso, ele pelo menos deveria ter aderido à analogia no seu desenvolvimento. Sugeria-se, de fato, a existência de um grande astro central; até aí Mudler tinha em que se estribar. Esse astro central, porém, dinamicamente, deveria ser maior do que todos os astros circundantes tomados em conjunto. Poderia então ter sido feita a pergunta: "Por que não o vemos?" *Nós*, especialmente, que ocupamos a região central do grupo, no verdadeiro local perto do qual, pelo menos, deve estar situado esse inconcebível Sol central. O astrônomo, talvez neste ponto, refugiou-se na sugestão da não luminosidade. E aqui a analogia subitamente desapareceu. Mesmo, porém, admitindo o astro central não luminoso, como fazia ele para explicar o não poder tal astro ser tornado visível pela incalculável multidão de gloriosos sóis cintilando em seu redor em todas as direções? Sem dúvida, o que ele finalmente sustentava era simplesmente a existência de um centro de gravidade comum a todos os astros giratórios, mas aqui de novo a analogia deve ter sido abandonada. Nosso sistema gira, é verdade, em torno de um centro comum de gravidade, mas faz isto em conexão com e em consequência de um sol material cuja massa mais do que contrabalança o resto do sistema. O círculo matemático é uma curva composta de uma infinidade de linhas retas; mas essa ideia do círculo — essa ideia que, em relação a toda geometria terrena, consideramos como simplesmente matemática, em contraposição à ideia prática — é, em suma, a única concepção *prática* que nós temos o direito de sustentar a respeito daqueles círculos titânicos com que devemos lidar, ao menos na imaginação, quando supomos nosso sistema, com seus companheiros, girando em torno de um ponto no centro da Via Láctea. Deixemos as mais vigorosas imaginações humanas tentarem dar um simples passo para a compreensão de uma órbita tão inacreditável! Seria pouco paradoxal dizer que um clarão da própria luz, viajando *eternamente* pela circunferência desse inconcebível círculo, estaria eternamente caminhando em linha reta. Dizer que o curso de nosso Sol ao longo de tal circunferência, que a direção de nosso sistema em tal órbita se desviasse no menor grau, para qualquer humana percepção, da linha reta, mesmo em um milhão de anos, não é afirmativa que possa ser sustentada; e, contudo, aqueles antigos astrônomos estavam absolutamente seduzidos, pelo que parece, em acreditar que uma decisiva curvatura tinha-se tornado aparente durante o breve período de sua história astronômica, durante o simples ponto, durante a extrema nulidade de dois ou três mil anos! É incompreensível que considerações como estas não indicassem, imediatamente, a eles a verdadeira posição da questão: a da binária revolução de nosso Sol e de Alpha Lyrae em torno de um centro comum de gravidade!

10 Alusão a Johann Heinrich von Mädler, astrônomo alemão. (N. T.)

Abril, 7. Continuei na noite passada nossas diversões astronômicas. Tive uma linda vista dos cinco asteroides netunianos e observei, com o maior interesse, a ereção de uma imensa cornija, sobre um par de vergas, no novo templo de Daphnis, na Lua. Era divertido pensar que criaturas tão pequenas como os lunáticos, tão pouco semelhantes a criaturas humanas, demonstrassem, contudo, uma engenhosidade mecânica bastante superior à nossa. A gente acha difícil, também, conceber que os pesos imensos que aquele povo carrega com tanta facilidade sejam tão leves como nossa própria razão nos diz que realmente são.

Abril, 8. Eureka! Pundit está em plena exaltação. Um balão do Canadá falou-nos hoje e lançou-nos a bordo vários jornais atrasados que continham algumas informações, excessivamente curiosas, referentes às antiguidades canadianas, ou melhor, americanas. Presumo que você deve saber que operários estiveram ocupados, durante alguns meses, em preparar o terreno para uma nova fonte em Paraíso, o principal jardim de recreio do imperador. Paraíso, parece, foi, *literalmente* falando, uma ilha em tempos imemoriais, isto é, seu limite setentrional foi sempre (até onde chega qualquer recordação) um riacho, ou antes, um estreitíssimo braço de mar. Este braço foi gradualmente se alargando até atingir sua atual largura de uma milha. A extensão total da ilha é de nove milhas; a largura varia materialmente. A área inteira (assim afirma Pundit) estava, há cerca de oitocentos anos passados, densamente atestada de casas, algumas das quais com vinte andares de altura, sendo o terreno (por alguma razão inexplicável) considerado como especialmente precioso bem naquela vizinhança. Contudo, o desastroso terremoto do ano 2050 tão totalmente desarraigou e soterrou a cidade (pois era quase grande demais para ser chamada vila), que os mais infatigáveis de nossos arqueólogos ainda não foram capazes de obter qualquer informação suficiente do local (na forma de moedas, medalhas ou inscrições) com as quais erguessem até mesmo uma sombra de teoria referente aos usos, costumes etc. etc. etc., dos primitivos habitantes. Quase tudo que até agora temos sabido deles é que eram uma parte dos Knickerbocker, tribo de selvagens que infestavam o continente por ocasião de sua primeira descoberta pelo Tabelião Riker,[11] cavalheiro do Tosão de Ouro. Eles não eram, de modo algum, desprovidos de civilização, mas cultivavam várias artes e até mesmo ciências, segundo uma moda própria. Conta-se deles que eram, a muitos respeitos, perspicazes, mas estranhamente atribulados pela monomania de construir o que, no antigo Amriccano, se denominava "igrejas", espécie de pagode instituído para o culto de dois ídolos, cujos nomes eram Riqueza e Moda. Por fim, diz-se, nove décimos da ilha se transformaram em igrejas. As mulheres, também, pelo que parece, eram estranhamente deformadas por uma natural protuberância da região justamente abaixo da parte estreita das costas, embora, coisa ainda mais inexplicável, essa deformidade fosse inteiramente considerada como motivo de beleza. Dois ou três retratos dessas singulares mulheres foram, de fato, milagrosamente conservados. Parecem muito esquisitos, muito... digamos, parecidos com algo entre um peru e um dromedário.

---

11 Provável adulteração do nome de Eric, o Vermelho, pai de Leif Ericson, tidos ambos como os primeiros descobridores da América do Norte. *Knickerbocker* é o nome que se dá aos nova-iorquinos, a que o autor se refere nesse trecho; a denominação vem de Diedrich Knickerbocker, pretenso autor da *História de Nova York*, de Irving (*The Knickerbocker History*), tomado como o protótipo dos holandeses, que fundaram Nova York. (N. T.)

Bem, esses poucos pormenores são quase tudo quanto chegou até nós a respeito dos antigos Knickerbockers. Parece, porém, que, enquanto se faziam escavações no centro do jardim do imperador (que, como você sabe, cobre toda a ilha), alguns dos operários desenterraram um bloco de granito, de forma cúbica, e evidentemente cinzelado, pesando muitas centenas de libras. Achava-se em bom estado de conservação, tendo recebido, aparentemente, poucos estragos da convulsão que o sepultara. Numa de suas faces havia uma placa de mármore com (imagine só!) *uma inscrição... uma inscrição legível.* Pundit está em pleno êxtase. Destacada a placa apareceu uma cavidade contendo uma caixa de chumbo cheia de moedas variadas, uma comprida lista de nomes, muitos documentos que parecem jornais e outros negócios de imenso interesse para os arqueólogos! Não pode haver dúvida que são todas autênticas relíquias Amriccanas pertencentes à tribo dos Knickerbockers. Os jornais lançados a bordo de nosso balão estão cheios de fac-símiles das moedas, manuscritos, impressos etc., etc. Copio para sua diversão a inscrição knickerbockeriana da placa de mármore:

Esta Pedra angular de um monumento à
memória de
JORGE WASHINGTON
foi assentada com apropriadas cerimônias no dia
19 DE OUTUBRO DE 1847
aniversário da rendição de
Lorde Cornwallis
ao General Washington em Yorktown
A. D. 1781
sob os auspícios da
Sociedade Pró-Monumento a Washington
da cidade de Nova York

Isto é a tradução literal feita pelo próprio Pundit, de modo que não pode haver engano a respeito. Das poucas palavras assim conservadas, respigamos muitas informações elucidativas, das quais uma de grande interesse é a de que, há mil anos passados, os *verdadeiros* monumentos haviam caído em desuso — o que era muito direito —, contentando-se as pessoas, como fazemos agora, com uma simples indicação do projeto de erigir um monumento em alguma época futura; valendo uma pedra angular, cuidadosamente assentada, "solitária e sozinha" (desculpe-me citar-lhe o grande poeta americano Benton!), como uma garantia da magnânima *intenção.* Averiguamos, também, mui claramente, por meio dessa admirável inscrição, o *como*, o *onde* e o *quê* da grande rendição em apreço. Quanto ao *onde*, foi em Yorktown (que era, seja onde for), e, quanto ao *quê*, foi o General Cornwallis (sem dúvida, algum rico comerciante de cereais).[12] *Ele* se rendeu. A inscrição comemora a rendição de quê? Ora, de "Lorde Cornwallis". A única questão é saber o que desejavam os selvagens com a rendição dele. Mas quando nos lembramos de que aqueles selvagens eram indubitavelmente canibais, somos levados a concluir que eles

12 Série de intraduzíveis trocadilhos, com o nome do General Cornwallis, feita pelo autor, empregando as palavras *corn*, *cereal*, e *corner-stone*, pedra angular. (N. T.)

tencionavam transformá-lo em salsicha. Quanto ao *como* da rendição, nenhuma linguagem pode ser mais explícita. Lorde Cornwallis se rendeu (para salsicha) "sob os auspícios da Sociedade Pró-Monumento a Washington", sem dúvida uma instituição de caridade para a colocação de pedras angulares.

... Mas, valha-me Deus!, que foi que houve? Ah, já sei: o balão está esvaziando e vamos cair dentro do mar! Tenho, por conseguinte, apenas o tempo bastante para acrescentar que, após uma apressada inspeção dos fac-símiles dos jornais etc. etc., descobri que os grandes homens daquele tempo, entre os Amriccanos, eram um tal João, forjador, e um certo Zacarias, alfaiate.[13]

Adeus, até outra vista. Se você receber esta carta ou não, é coisa de pouca importância, porque escrevo apenas para minha própria diversão. Arrolharei o manuscrito dentro de uma garrafa, porém, e lançá-la-ei ao mar.

Seu, eternamente,

PUNDITA

FIM
DE "*MELLONTA TAUTA*"
E DE "VIAGENS FANTÁSTICAS"

---

13 Alfaiate (*taylor*, em inglês) e forjador (*smith*) são empregados pelo autor para uma referência a Zacarias Taylor, 12º presidente dos Estados Unidos, ao lado do nome de João Smith, que é o mais comum dos nomes próprios nos países de língua inglesa. (N. T.)

AVENTURAS FABULOSAS

Nota preliminar

Três de suas histórias curtas consagrou Poe a viagens fantásticas em balão. São igualmente três as histórias de viagens marítimas fabulosas. A primeira, publicada em 1833: "Manuscrito encontrado numa garrafa", conta a história de um passageiro de um navio que partira de Java para uma viagem de recreio pelas ilhas do Arquipélago. O navio naufraga e ele vai parar num outro navio misterioso que surgiu no oceano, navio onde tudo é de formato antigo e os homens da tripulação gente velha. Como o navio veleja a todo o pano para o polo, o náufrago resolve escrever um relato do que vai acontecendo no navio fantasma e lança-o ao mar, dentro duma garrafa, antes que o navio seja tragado por um turbilhão de águas tempestuosas.

Esta narrativa será retomada e aumentada desmedidamente em 1838, quando Poe se põe a contar as fabulosas aventuras de Arthur Gordon Pym, também vítima de um naufrágio final nas vizinhanças do polo antártico. As aventuras que ocorrem a Gordon Pym quando se encontrava escondido dentro do navio são tremendas, dum exagero inacreditável. Depois sobrevém uma tempestade infindável e as desgraças vão se acumulando em torno dele e dos demais tripulantes do navio que conseguiram escapar. Seguem-se mais incríveis aventuras em terra firme, até que afinal Gordon Pym, seu companheiro de fuga e o nativo Nu-Nu encontram "uma figura humana amortalhada, bem maior de proporções que qualquer habitante da Terra. E a cor da pele desse vulto tinha a perfeita brancura da neve...". E então interrompe-se a narrativa, ficando-se sem saber o destino dos tripulantes do bote.

Parece que Edgar Poe, que nunca demonstrou predileção pelas narrativas longas, tenha chegado ele próprio a certo ponto de saturação da história que estava contando e resolvesse interrompê-la. Como prova de que sua força criadora estava na narrativa curta, condensada, nenhum melhor exemplo do que a outra aventura marítima fabulosa por ele contada, a "Descida no Maelström", em que consegue transmitir ao leitor toda a angústia e pavor de um pescador norueguês cujo barco é apanhado no vórtice do famoso remoinho conhecido pelo nome de Maelström. Poe aproveita a ocasião para mostrar seus conhecimentos de física, pois, de acordo com as leis da gravidade, pôde o pescador salvar-se, descendo ao fundo do abismo sugante, mas conseguindo tornar a subir à tona.

Nessas aventuras marítimas imaginadas por Edgar Poe, o que chama a atenção é a segurança e facilidade com que ele descreve os aspectos da vida marítima e os pormenores referentes a barcos. Dir-se-ia que leu numerosos livros sobre viagens marítimas para informar-se e tenha tido também informações diretas de capitães de navios e marinheiros. Em tudo, o que se admira é a versatilidade de espírito de Poe e a habilidade com que se movimenta em temas que não parecem muito afins com a espécie de vida que levava. O certo é que suas histórias marítimas podem enfileirar-se ao lado das melhores que se escreveram no gênero.

O. M.

Manuscrito encontrado numa garrafa[1]

Qui n'a plus qu'un moment à vivre
N'a plus rien a dissimuler.[2]
Quinault, *Atys*

De minha terra e de minha família tenho pouco a dizer. Crueldades e anos decorridos afastaram-me de uma e me tornaram indiferente à outra. O cabedal herdado proporcionou-me uma educação fora do comum e certa tendência contemplativa de meu espírito tornou-me apto a metodizar as aquisições que em estudo precoce mui assiduamente armazenara. Acima de tudo, as obras dos moralistas alemães me causavam grande deleite, não de qualquer mal-avisada admiração pela eloquente loucura deles, mas da facilidade com que meus hábitos de análise rigorosa me capacitavam a descobrir-lhes as falsidades. Fora muitas vezes censurado pela aridez de meu gênio; imputaram-me como um crime certa deficiência de imaginação, e o pirronismo de minhas opiniões tem-me tornado conhecido a todo tempo. De fato, uma forte apetência pela filosofia física tem, como receio, impregnado meu espírito dum erro muito comum desta época, quero dizer, o hábito de relacionar fatos, mesmo os menos suscetíveis de tal relação, com os princípios daquela ciência. Sobretudo, ninguém podia ser menos exposto que eu a ser conduzido para fora dos limites severos da verdade, por meio do *ignes fatui* da superstição. Julguei conveniente explicar-me tanto assim, no receio de que a incrível história que tenho de contar possa ser considerada mais como o delírio duma imaginação imperfeita que a experiência positiva dum espírito para o qual os devaneios da fantasia têm sido letra morta e nulidade.

Depois de muitos anos passados, numa viagem ao estrangeiro, parti no ano de 18... do porto de Batávia, na rica e populosa ilha de Java, em viagem às ilhas do Arquipélago. Ia como passageiro, não tendo outro incentivo senão uma espécie de inquietação nervosa que me perseguia como um demônio.

Nosso barco era um belo navio, de cerca de quatrocentas toneladas, forrado de cobre e construído em Bombaim de teca do Malabar. Estava carregado de algodão em rama e óleo das Ilhas Laquedivas. Tínhamos também a bordo fibra de coqueiro, açúcar de palmeira, óleo, cocos e algumas caixas de ópio. A arrumação da estiva fora malfeita e o navio, por causa disso, adernava.

Pusemo-nos a caminho com uma simples aragem e, durante muitos dias, permanecemos ao longo da costa leste de Java, sem qualquer outro incidente para divertir a monotonia de nossa viagem a não ser o encontro ocasional com alguns dos pequenos caranguejos do Arquipélago a que estávamos presos.

Certa noite, notei, inclinado sobre o corrimão de popa, uma nuvem isolada e bastante singular a noroeste. Fazia-se notar tanto por sua cor como por ser a primeira

1 Publicado pela primeira vez no *Baltimore Saturday Visiter*, 19 de outubro de 1833, o que discorda da declaração do autor no final deste trabalho. Título original: MS. FOUND IN A BOTTLE.

2 A quem resta apenas um instante de vida / Nada mais há a esconder.

que víramos desde nossa partida da Batávia. Observei-a atentamente até o pôr do sol, quando se disseminou de repente, em toda a extensão de leste a oeste, cingindo o horizonte com uma estreita faixa de vapor e parecendo uma longa linha de praia, baixa. Minha atenção foi logo depois atraída pelo aspecto vermelho-escuro da Lua e pela característica aparência do mar. Este último parecia estar sofrendo uma rápida mudança e a água mostrava-se mais transparente do que de costume. Embora pudesse eu distintamente ver o fundo do oceano, contudo, deitando a sonda, descobri que o navio estava a quinze toesas. O ar tornou-se então intoleravelmente quente e pesado de exalações espiraladas, semelhantes às que se erguem do ferro aquecido. Ao cair da noite, desaparecera qualquer sopro de vento, e calmaria mais completa é impossível conceber-se. A chama de uma vela queimava sobre a popa sem o menor movimento perceptível e um cabelo comprido, preso entre o indicador e o polegar, pendia sem possibilidade de mostrar qualquer vibração. Contudo, como o capitão dissera que não percebia nenhuma indicação de perigo e como estivéssemos descaindo realmente na direção da praia, ordenou ele que as velas fossem ferradas e largada a âncora. Nenhum vigia foi colocado e a tripulação, que consistia principalmente de malaios, estendeu-se, à vontade, sobre o tombadilho. Desci, não sem um pleno pressentimento de desgraça. Na verdade, todas as aparências me faziam recear um furacão. Comuniquei meus temores ao capitão, mas ele não prestou atenção ao que eu dizia e deixou-me, sem se dignar a dar-me uma resposta. Minha inquietação, porém, impediu-me de adormecer e, cerca da meia-noite, subi ao tombadilho. Ao colocar o pé sobre o último degrau da escada do tombadilho, assustou-me um rumor alto e sussurrante, como o produzido pela rápida rotação de uma mó de moinho, e, antes que pudesse verificar seu significado, notei que o navio tremia no centro. No instante seguinte, uma onda imensa arremessou-nos ao chão e, correndo sobre nós, de uma ponta a outra, varreu completamente o tombadilho, de proa a popa.

A extrema fúria do vendaval demonstrou ser, em grande parte, a salvação do navio. Embora completamente inundado, contudo, como seus mastros tivessem caído ao mar, ele ergueu-se, depois de um minuto, pesadamente, do oceano e, cambaleando por um instante sob a imensa pressão da tempestade, aprumou-se por fim.

Por que milagre escapei à morte é impossível dizer. Aturdido pelo choque da água, achei-me, ao voltar a mim, apertado entre o cadaste e o timão. Com grande dificuldade, consegui pôr-me em pé, e, olhando em torno de mim, presa da vertigem, pensei imediatamente que tínhamos chocado contra os recifes, tão apavorante, além da mais extrema imaginação, era o turbilhão do oceano de vagalhões espumantes dentro do qual estávamos engolfados. Instantes depois ouvi a voz de um velho sueco que havia embarcado conosco no momento da partida. Gritei para ele, com toda a minha força, e logo ele veio, cambaleando, para a popa. Depressa descobrimos que éramos os únicos sobreviventes do desastre. Todos os que se achavam no tombadilho, com exceção de nós dois, tinham sido atirados ao mar; o capitão e os pilotos deviam ter perecido, enquanto dormiam, pois os camarotes tinham sido inundados pela água. Sem auxílio, pouco podíamos esperar fazer pela segurança do navio, e nossos esforços foram a princípio paralisados pela momentânea expectativa de ir ao fundo. O nosso cabo tinha-se, sem dúvida, partido, como um cordel, ao primeiro sopro do furacão, do contrário teríamos sido instantaneamente submergidos. Corríamos com terrível velocidade, de mar em popa, e a água se abria em enormes brechas. A armação de nossa popa estava excessivamente rachada e pode-se dizer que os danos recebidos eram consideráveis; mas, com enorme alegria, descobrimos que as bombas estavam intatas e que não havíamos perdido grande parte de nosso lastro. A principal fúria do vento amainara e pouco perigo nos podia advir de sua violência; mas encarávamos com terror sua cessação total, bem crentes de que, nas condições precárias em que nos encontrávamos, pereceríamos inevitavelmente na tremenda ressaca que viria depois. Mas esta bem justa apreensão não parecia, de modo algum, muito próxima de se verificar. Durante cinco dias inteiros e cinco noites, nos quais nossa única alimentação era uma pequena quantidade de açúcar, tirada com grande dificuldade do castelo de proa, o velho navio deslizou, com velocidade incalculável, à frente de rajadas de vento que se sucediam rapidamente e que, sem igualar a violência do primeiro furacão, eram ainda mais terríveis do que qualquer tempestade a que eu até então assistira. Nosso rumo, nos primeiros quatro dias, foi, salvo pequenas variantes, S.E. e S., parecendo-nos estar descendo a costa da Nova Holanda. No quinto dia, o frio tornou-se extremo, embora o vento se tivesse transportado um ponto mais para o norte. O Sol ergueu-se com um brilho doentiamente amarelo e subiu uns poucos graus acima do horizonte, sem lançar luz completa. Não se viam nuvens, embora o vento estivesse em aumento e soprasse com uma fúria espasmódica e incerta. Cerca do meio-dia, tanto quanto podíamos calcular, nossa atenção foi de novo detida pela aparência do Sol. Não lançava luz propriamente dita, mas um clarão baço e lúgubre, sem reflexos, como se todos os seus raios estivessem polarizados. Justamente antes de mergulhar no túrgido oceano, seu clarão central subitamente se extinguiu, como se precipitadamente apagado por alguma força inexplicada. Era apenas uma roda fusca e prateada, quando se afogou no insondável oceano.

Esperamos em vão a chegada do sexto dia, este dia que para mim ainda não chegou e que para o sueco jamais chegará. Daí por diante, fomos amortalhados em uma treva cerrada, a ponto de não podermos distinguir um objeto a vinte passos do navio. A eterna noite continuou a envolver-nos, nem mesmo mitigada pela fosfórica resplandescência do oceano a que estávamos acostumados nos trópicos. Observamos também que, embora a tempestade continuasse a raivar com violência indomável, não se descobria mais o habitual aspecto de ressaca ou de espuma que até então havíamos presenciado. Tudo em redor era horror e treva espessa, e negro deserto sufocante de ébano. Um terror supersticioso subiu gradativamente ao espírito do velho sueco e a minha própria alma estava envolta num espanto silente. Abandonamos todo o cuidado com o navio, como coisa mais do que inútil, e, amarrando-nos tão bem como podíamos ao toco do mastro de mezena, contemplávamos amargamente a imensidão do oceano. Não tínhamos meios de calcular o tempo, nem podíamos formar ideia alguma de nossa situação. Estávamos, porém, bem certos de termo-nos adiantado para o sul mais do que quaisquer outros navegantes, e grande era o nosso espanto ao não encontrarmos os habituais obstáculos de gelo. Entrementes, cada momento ameaçava ser o nosso último instante, cada vaga enorme corria a submergir-nos. A ressaca ultrapassava qualquer coisa que eu havia imaginado possível e era um milagre não sermos instantaneamente tragados. Meu companheiro falava da leveza de nossa carga e me lembrava as excelentes qualidades de nosso navio; mas eu não podia deixar de sentir o extremo desespero da própria esperança e preparava-me tristemente para aquela morte que eu julgava nada poderia diferir além de uma hora, porquanto a cada nó do caminho que o navio fazia a elevação das ondas estupendas e negras tornava-se mais funestamente aterradora. Vezes havia em que ofegávamos numa altura que ultrapassava a alcançada pelo albatroz e muitas vezes sofríamos vertigens com a velocidade de nossa descida para algum inferno aquoso, onde o ar se estagnava e nenhum som perturbava o sono dos monstros marinhos.

Achávamo-nos no fundo de um daqueles abismos, quando um rápido grito de meu companheiro ergueu-se, apavorante, dentro da noite. "Olhe! Veja! — bradou-me aos ouvidos. — Deus Todo-Poderoso! Olhe! Olhe!" E ao assim falar, avistei um clarão baço e lúgubre de luz vermelha que inundava os lados do vasto abismo em que jazíamos e lançava um brilho vacilante sobre nosso tombadilho. Erguendo os olhos, percebi uma cena que enregelou meu sangue nas veias. A uma terrífica altura, diretamente acima de nós, e bem no alto da precipitosa descida, pairava um gigantesco navio, de talvez quatro mil toneladas. Embora grimpado no cimo de uma vaga mais de cem vezes maior do que sua própria altura, seu tamanho aparente excedia ainda qualquer navio da linha ou da Companhia das Índias Orientais existente. Seu imenso casco era de um negro intenso de azeviche, não mitigado por nenhum desses habituais ornatos de um navio. Uma única fileira de canhões de bronze salientava-se de suas canhoneiras abertas e refletia nas superfícies polidas os fogos de inúmeras lanternas de combate que oscilavam para lá e para cá, em torno de seu cordame. Mas o que principalmente nos encheu de horror e espanto é que ele velejava a todo pano; apesar daquele mar sobrenatural e daquele furacão desenfreado. Quando o avistamos, a princípio, só se lhe via a proa, ao erguer-se devagar do sombrio e horrível vórtice que atrás de si deixava. Durante um momento de intenso terror, imobilizou-se sobre o vertiginoso cume, como se contemplasse a própria sublimidade; depois, tremeu, vacilou e precipitou-se na voragem.

Naquele instante não sei que súbito autodomínio se assenhoreou de meu espírito. Recuando quanto podia para a popa, esperei sem temor a ruína que nos ia engolfar. Nosso próprio navio havia cessado afinal sua luta e afundava a proa na água. O choque da massa descendente feriu-o, consequentemente, naquela parte de seu arcabouço que estava quase debaixo da água e o resultado inevitável foi atirar-me, com irresistível violência, sobre o cordame do estranho navio.

Quando eu caí, o navio girou nos estais, virando de bordo. À confusão que se seguiu atribuo eu ter escapado à atenção da equipagem. Com alguma dificuldade, abri caminho, sem ser percebido, para a principal escotilha, que estava parcialmente aberta, e logo achei uma oportunidade de me ocultar no porão. Por que fiz isso mal posso dizer. Um indefinido senso de medo que logo ao ver os navegantes da embarcação se apoderara de meu espírito foi talvez o motivo que me levou a ocultar-me. Eu não desejava confiar-me a uma gente que apresentava, ao olhar de relance que lhe lançara, tantos sinais de indefinida novidade, dúvida e apreensão. Por conseguinte, achei mais conveniente arranjar um esconderijo no porão. E o fiz, afastando uma pequena parte do assoalho de tábuas, de maneira a permitir-me um conveniente refúgio entre os enormes arcos do navio.

Mal havia acabado meu serviço, quando um rumor de passos no porão obrigou-me a utilizar o abrigo. Um homem passou perto de meu esconderijo a passos vacilantes e incertos. Não pude ver-lhe o rosto, mas tive oportunidade de observar-lhe o aspecto geral. Revelava ser bastante velho e enfermo. Seus joelhos vacilavam sob a carga dos anos, e todo o seu corpo tremia. Murmurava consigo mesmo, em tom baixo e entrecortado, algumas palavras numa língua que eu não podia entender, e foi andando, às apalpadelas, para um canto, entre uma pilha de instrumentos de aspecto estranho e cartas de navegação estragadas. Suas maneiras eram uma mistura selvagem de rabugice da segunda infância e da solene dignidade de um deus. Depois de algum tempo, subiu ao tombadilho e não mais o vi.

*

Um sentimento para o qual não encontro denominação apoderou-se de minha alma — uma sensação que não admitirá análise, para a qual são inadequadas as lições do tempo passado e para a qual receio que o próprio futuro não me oferecerá chave. Para um espírito constituído como o meu, esta última consideração é um mal. Jamais poderei — sei que jamais poderei — ficar satisfeito a respeito da natureza de minhas concepções. Contudo não é de admirar que essas concepções sejam indefinidas, uma vez que têm sua origem em fontes tão extremamente novas. Um novo sentimento — uma nova entidade é acrescentada à minha alma.

*

Já faz muito tempo desde que pisei pela primeira vez o tombadilho deste terrível navio e os raios de meu destino estão-se reunindo, penso eu, em um foco. Homens incompreensíveis! Mergulhados em meditações duma espécie que não posso adivinhar, passam por mim sem me ver. Ocultar-me é pura loucura de minha parte, pois esta gente *não me quer ver*. Justamente agora passei diante dos olhos do piloto; ainda não faz muito que me aventurei a penetrar no camarote particular do capitão e de lá tirei o material com que escrevo e tenho escrito. Continuarei, de tempos em tempos, este diário. É verdade que não posso descobrir uma oportunidade de transmiti-lo ao mundo, mas nem por isso deixarei de fazer a tentativa. No derradeiro momento, encerrarei o manuscrito numa garrafa, e lançá-la-ei ao mar.

*

Ocorreu um incidente que me tem dado novos motivos de reflexão. São semelhantes coisas a ação dum acaso indisciplinado? Aventurara-me a subir ao tombadilho e me deitara, sem atrair a atenção de ninguém, entre uma pilha de panos de enfrechaduras e velas antigas, no fundo do escaler. Enquanto meditava na singularidade de minha sorte, ia impensadamente pintando, com uma brocha de alcatrão, as pontas de uma bem dobrada varredoira que estava posta perto de mim num barril. A varredoira está agora estendida sobre o navio e os toques irrefletidos da brocha formaram a palavra DESCOBERTA.

Fiz recentemente várias observações sobre a estrutura do navio. Embora bem armado, não é, penso eu, um vaso de guerra. Seu cordame, sua estrutura e equipamento geral, tudo rejeita uma suposição desta natureza. O que ele *não* é pode-se facilmente perceber; o que ele é, temo ser impossível dizê-lo. Não sei como é, mas observando seu modelo estranho e a forma singular de mastros, seu imenso tamanho e prodigiosa coleção de velas, sua proa severamente simples e a popa antiquada, parece-me, por vezes, que a sensação de objetos que me são familiares atravessa meu espírito, como um relâmpago, e sempre se mistura a estas sombras indistintas da memória uma inexplicável recordação de velhas lendas estrangeiras e de séculos muito antigos.

*

Tenho estado a observar o arcabouço do navio. Está construído com material que não conheço. Tem a madeira um caráter peculiar que me choca, tornando-a inadequada ao uso a que foi destinada. Quero dizer, sua extrema *porosidade*, considerada independentemente dos estragos causados pelos vermes, consequência da navegação naqueles mares e da podridão que resulta da velhice. Parecerá talvez uma observação um tanto demasiado sutil, mas teria aquela madeira todas as características do carvalho espanhol, se o carvalho espanhol pudesse ser dilatado por meios artificiais.

Lendo a frase acima, curioso apotegma de velho e bronzeado marujo holandês voltou-me à memória: "É tão certo — costumava ele dizer quando se punha em dúvida a veracidade do que dizia — como é certo que existe um mar onde o próprio navio cresce em tamanho como o corpo vivo do marinheiro".

*

Há cerca de uma hora, atrevi-me a me meter entre um grupo de homens da tripulação. Atenção de espécie alguma me prestaram e, embora permanecesse bem no meio deles, pareciam extremamente inconscientes de minha presença. Como aquele que eu vira pela primeira vez no porão, todos eles ostentavam sinais de encanecida velhice. Os joelhos tremiam de fraqueza; os ombros estavam curvados pela decrepitude; a pele enrugada e a voz era baixa e trêmula e entrecortada; os olhos brilhavam com a reuma dos anos e seus cabelos grisalhos espalhavam-se terrivelmente pela fúria da tempestade. Em torno deles, em cada parte do tombadilho, jaziam, esparsos, instrumentos matemáticos do feitio mais fantástico e mais obsoleto.

*

Falei já um tanto para trás da colocação de uma varredoira. Desde que isso se fez, sendo o navio impelido pelo vento contrário, continuou sua direção terrível, rumo ao sul, com toda a espécie de velas soltas, desde a borla do mastro até aos mais baixos botalós das varredoiras e atirando a todo o momento as pontas de verga do joanete no mais assombroso inferno de água que a mente do homem é capaz de imaginar. Eu acabara de deixar o tombadilho, onde considerei impossível continuar a equilibrar-me em pé, embora a tripulação parecesse experimentar pouco desconforto. Creio ser o milagre dos milagres o fato de que o nosso imenso casco não tenha sido tragado de uma vez e para sempre. Estamos, sem dúvida, condenados a pairar sobre a orla da eternidade, sem jamais dar o mergulho final no abismo. Sobre vagas mil vezes mais estupendas do que as que até então vira, deslizamos com a facilidade de velocíssima gaivota. E as águas colossais erguem a cabeça sobre nós, não como demônios das profundezas, mas como demônios que se limitam à simples ameaça, incapazes de destruir. Sou levado a atribuir essas frequentes fugas do naufrágio à única causa natural que pode explicar tal efeito. Suponho que o navio está dentro da influência de certa forte corrente ou ressaca impetuosa.

*

Vi o capitão, frente a frente, e em seu próprio camarote, mas, como esperei, ele não me prestou atenção. Embora em sua aparência nada houvesse, para o observador fortuito, que pudesse classificá-lo como superior ou inferior a um ente humano, um sentimento de reverência irreprimível, contudo, e de espanto misturava-se com a sensação de maravilhamento com que eu o contemplei. Sua altura era quase igual à minha, isto é, tinha cerca de um metro e meio. Tinha o corpo bem talhado e sólido, nem robusto, nem notavelmente franzino. Mas é a singularidade da expressão que domina em sua face, é a intensa, maravilhosa, dominante evidência de velhice, tão extrema e avançada que excita em meu espírito uma sensação, um sentimento indizível. Sua fronte, embora pouco enrugada, parece conduzir gravada a estampa de miríades de anos. Seus cabelos grisalhos são recordações do passado e seus olhos cinzentos são sílabas do futuro. O chão do camarote estava compactamente atulhado de estranhos in-fólios, encadernados com fechos de ferro, arcaicos instrumentos científicos e mapas obsoletos, de há muito olvidados. Sua cabeça mergulhava nas mãos e ele contemplava, com olhar inquieto e flamejante, um papel que julguei ser uma nomeação e que, de qualquer modo, levava a assinatura de um monarca. Murmurava para consigo mesmo, como o fizera o primeiro marinheiro que vi no porão, certas sílabas sussurradas e impacientes, em língua estranha; e embora, ao falar, estivesse encostado a mim, sua voz parecia alcançar-me os ouvidos vinda da distância de uma milha.

*

O navio e tudo o que ele encerra estão imbuídos do espírito do Passado. Os tripulantes deslizam para lá e para cá como fantasmas de séculos sepultos; seus olhos têm uma expressão ávida e inquieta; e quando, em meu caminho, seus dedos caem no clarão fantástico das lanternas de combate, sinto o que nunca antes senti, embora tenha sido toda a vida um negociante de antiguidades e me tenha banhado nas sombras das colunas tombadas de Balbec, Tadmor, Persépolis, até que minha própria alma se tornasse uma ruína.

*

Quando olho em torno de mim, sinto-me envergonhado pelos meus temores primitivos. Se tremi diante da tempestade que até agora nos acompanhou, não deveria estar lívido ante essa guerra do vento e do mar, para dar ideia da qual as palavras "tornado" e "simum" são triviais e ineficazes? Tudo na vizinhança imediata do navio é a treva da eterna noite e o caos da água sem espuma. Mas, a cerca de uma légua para cada lado, podem ser vistos, indistintamente e a intervalos, prodigiosos montes de gelo alçando-se para o céu desolado e assemelhando-se às muralhas do universo.

*

Como eu imaginara, o navio mostra estar numa corrente — se nome pode ser dado, com propriedade, a uma corrente que vai, rugindo e ululando, passar junto ao gelo branco, trovejando para o sul com uma velocidade igual à queda vertical de uma catarata.

*

Conceber o horror de minhas sensações é, presumo, inteiramente impossível; contudo, a curiosidade de penetrar o mistério dessas regiões espantosas chega a dominar meu desespero e me consola dos mais hediondos aspectos da morte. É evidente que estamos a precipitar-nos para alguma estonteante descoberta, para algum segredo irrevelável para sempre, cujo alcance significa destruição. Talvez essa corrente nos conduza ao próprio Polo Sul. Deve-se confessar que uma suposição aparentemente tão fantástica tem todas as probabilidades a seu favor.

A tripulação percorre o tombadilho com passos trêmulos e hesitantes; mas em sua fisionomia e em sua expressão há mais avidez de esperança que apatia de desespero.

Entrementes, o vento ainda sopra na popa do navio e, ao içarmos numerosas velas, a embarcação, por vezes, se projeta completamente fora da água! Oh, horror sobre horror! O gelo se abre de súbito para a direita e para a esquerda e rodamos vertiginosamente em imensos círculos concêntricos, espiralando em volta das margens de um gigantesco anfiteatro cujas paredes perdem o cimo nas trevas e na distância. Pouco tempo, porém, me será deixado para meditar sobre meu destino! Os círculos rapidamente se apequenam. Estamos loucamente mergulhando para as garras do turbilhão... e entre rugidos, clamores e trovões do oceano e da tempestade, o navio está oscilando... oh, meu Deus! ... oscilando e afundando-se![3]

3 O "Manuscrito encontrado numa garrafa" foi publicado, originalmente, em 1831, e só muitos anos depois tornei-me conhecedor dos mapas de Mercetor em que o oceano é representado como a correr por quatro bocas para o abismo do golfo polar, sendo absorvido nas entranhas da Terra. O próprio polo é ali figurado como uma rocha negra que se eleva a prodigiosa altura.

Narrativa de Arthur Gordon Pym[1]

Nota introdutória

Quando regressei aos Estados Unidos, faz alguns meses, depois de extraordinária série de aventuras nos mares do sul e outros lugares, do que se dá um relato nas páginas seguintes, introduziu-me o acaso na companhia de vários cavalheiros de Richmond (Virgínia), que se sentiram profundamente interessados por todos os assuntos relativos às regiões que visitei e constantemente me instavam a publicar minha narrativa, dizendo ser um dever. Numerosas razões tinha eu, contudo, para declinar de fazê-lo, muitas das quais eram de natureza inteiramente particular e só a mim diziam respeito; outras, não tanto. Uma das considerações que me dissuadiam era a de que, não havendo feito anotação durante a maior parte do tempo em que estive ausente, temia não ser capaz de escrever, valendo-me só da memória, uma narração bastante minuciosa e concatenada como para ter a *aparência* daquela verdade que realmente possuía, excetuados apenas os naturais e inevitáveis exageros a que todos nos inclinamos quando pormenorizamos acontecimentos cuja poderosa influência excita as faculdades imaginativas. Outra razão estava em que os incidentes a narrar eram de natureza tão positivamente maravilhosa, que minhas asserções, sem o apoio que deveriam necessariamente ter (a não ser o testemunho de um só indivíduo, e esse mesmo mestiço de índio), só me davam direito a esperar crédito entre minha família e aqueles meus amigos que, através da vida, haviam tido motivo para confiar em minha veracidade. O mais provável era que o público, em geral, encarasse o que eu lhe expusesse como tão só impudente e engenhosa ficção. Na desconfiança de minhas próprias habilidades como escritor residia, além disso, uma das principais causas que me impediam de aceder às sugestões de meus conselheiros.

Entre esses cavalheiros, em Virgínia, que expressaram o maior interesse pela minha narrativa, mais particularmente com referência à parte que se relacionava com o oceano Antártico, achava-se o Sr. Poe, ultimamente diretor do *Southern Literary Messenger*, magazine mensal publicado pelo Sr. Tomas W. White, na cidade de Richmond. Ele vivamente me aconselhou, entre outras coisas, a preparar logo um relato completo do que vira e experimentara, confiando na sagacidade e no senso comum do público. E insistia, com grande plausibilidade, em que, por mais toscamente que, no referente a simples autoria, meu livro devesse estar adornado, sua verdadeira singularidade, caso a houvesse, dar-lhe-ia a melhor oportunidade de ser recebido como verídico.

Não obstante tal explicação, não me encorajei a fazer o que me sugeria. Mais tarde, ele me propôs (achando que eu não trataria do assunto) que lhe fosse permitido extrair uma narrativa, com suas próprias palavras, da primeira parte de minhas aventuras, com fatos que eu mesmo forneceria, a fim de publicá-la no *Southern*

1 Publicado pela primeira vez, em parte, no *Southern Literary Messenger*, em janeiro-fevereiro de 1837; e, em forma de livro, em 1838. Título original: NARRATIVE OF A. GORDON PYM.

Messenger "sob o aspecto de ficção". Não tendo que objetar, consenti, estipulando apenas que meu nome real se mantivesse oculto. Em consequência, dois capítulos da suposta ficção apareceram no *Messenger* — janeiro e fevereiro de 1837 —, e, para que pudessem ser, sem dúvida, encarados como ficção, o nome do Sr. Poe acompanhava esses artigos no índice do magazine.

A maneira pela qual o *artifício* foi recebido induziu-me, por fim, a empreender uma compilação regular das aventuras referidas, publicando-a; pois achei que, a despeito do aspecto de fábula que tão engenhosamente cercava a parte de minha narrativa, estampada no *Messenger* (sem alterar ou torcer um só fato), o público, em absoluto, não se achava disposto a recebê-la como fábula, e muitas cartas foram endereçadas ao Sr. Poe expressando precisamente a convicção do contrário. Concluí, assim, que os fatos de minha narração eram de molde a levar consigo suficiente evidência de sua própria autenticidade; por conseguinte, pouco havia a temer com respeito à incredulidade popular.

Isto exposto, ver-se-á logo que reivindico muito do que se segue como de minha própria autoria; e verificar-se-á também que nenhum fato foi falseado nas poucas primeiras páginas escritas pelo Sr. Poe. Mesmo para aqueles leitores que não viram o *Messenger* será desnecessário apontar onde termina a parte feita por ele e onde a minha começa; a diferença de estilo será percebida prontamente.

A. G. PYM

Capítulo primeiro

Meu nome é Arthur Gordon Pym. Meu pai era respeitável comerciante dum dos armazéns da marinha em Nantucket, onde nasci. Meu avô materno era advogado de muita prática. Tinha sorte em tudo e especulara, com grandes resultados, em ações do Edgarton New Bank, como o chamavam outrora. Por esses e outros meios conseguira juntar ponderável soma de dinheiro. Gostava mais de mim do que de qualquer outra pessoa no mundo, creio, e eu esperava herdar a maior parte do que ele possuía, por sua morte. Mandou-me, com seis anos de idade, à escola do velho Sr. Ricketts, cavalheiro que só tinha um braço, e de modos excêntricos. É muito conhecido de quase todas as pessoas que já visitaram Nova Bedford. Permaneci em sua escola até completar dezesseis anos, quando passei para a academia do Sr. E. Ronald, na colina. Ali, fiz intimidade com o filho do Sr. Barnard, capitão que geralmente viajava nos navios de Lloyd & Vredenburgh. O Sr. Barnard é também muito conhecido em Nova Bedford e tem muitos parentes, estou certo, em Edgarton. Seu filho chamava-se Augusto e era cerca de dois anos mais velho do que eu. Estivera numa viagem de pesca de baleia com seu pai no *John Donaldson,* e sempre me falava de suas aventuras no sul do Oceano Pacífico. Acostumei-me a ir frequentemente com ele à sua casa e lá passar todo o dia, por vezes toda a noite. Ocupávamos a mesma cama e ele queria ter a certeza de que eu ficaria acordado até quase clarear, ouvindo-lhe as histórias dos nativos da Ilha de Tinian e outros lugares que visitara em suas viagens. Por fim, não pude deixar de interessar-me pelo que ele dizia e, gradualmente, senti o maior desejo de fazer-me ao mar. Eu possuía um barco a vela denominado *Ariel*, que valia cerca de 65 dólares. Tinha uma meia ponte ou camarote de proa, e era armado em chalupa. Esqueci-lhe a tonelagem, mas poderia conduzir dez pessoas sem muito aperto. Nesse barco tínhamos o costume de atirar-nos em extravagâncias das mais loucas deste mundo; e quando agora penso nelas, parece-me que o estar vivo hoje se deve a um milhar de prodígios.

Relatarei uma dessas aventuras como meio de introdução a uma maior e mais momentosa narrativa. Certa noite havia uma festa em casa do Sr. Barnard e tanto Augusto como eu estávamos não pouco embriagados lá para o fim dela. Como de costume em casos tais, partilhei de sua cama em lugar de ir para casa. Ele adormeceu, como pensei, muito calmamente (era quase uma hora quando a festa terminou) e sem dizer uma palavra acerca de seu assunto favorito. Podia haver decorrido meia hora desde que nos deitáramos e eu estava justamente a cochilar quando ele, de súbito, se ergueu e jurou, com terrível praga, que não iria dormir por causa de qualquer Arthur Pym que houvesse na Cristandade quando havia tão magnífica brisa de sudoeste. Nunca eu estivera tão atônito em minha vida, sem saber que pretendia ele, a pensar que os vinhos e licores que ingerira o haviam posto inteiramente fora de si. Ele continuou a falar muito serenamente, contudo, dizendo saber que eu o supunha embriagado, mas que nunca estivera tão lúcido em sua existência. Estava apenas aborrecido, acrescentou, por ficar na cama, como um cão, em noite tão bela e decidira-se a levantar-se e vestir-se para sair com o barco a divertir-se. Não posso dizer bem o que me dominou, mas mal acabara ele de falar tais coisas senti-me estremecer, na maior excitação e prazer, e considerei sua louca ideia como a mais deleitosa e razoável coisa do mundo. Ventava quase em tempestade e o tempo estava muito frio, achando-se já outubro adiantado. Saltei da cama, entretanto, numa espécie de êxtase, e disse-lhe que era tão corajoso quanto ele, estando igualmente aborrecido por ficar na cama, como um cão, e inteiramente pronto para qualquer diversão ou maluquice como qualquer Augusto Barnard de Nantucket.

Não perdemos tempo em vestir as roupas e precipitamo-nos para o barco. Este repousava no velho ancoradouro fora de uso, junto ao estaleiro de construção Pankey & Co., e quase batia de lado contra os ásperos barrotes. Augusto entrou no barco e esvaziou-o, pois se achava pouco cheio de água. Isto feito, alçamos a bujarrona e a vela-mestra, que logo se fizeram pandas, e partimos audaciosamente mar afora.

O vento, como já disse, soprava fresco do sudoeste. A noite era muito clara e fria. Augusto tomara o leme e eu fiquei junto ao mastro, no tombadilho do castelo de proa. Corríamos em grande velocidade e nenhum de nós dissera uma palavra desde que tínhamos deixado o ancoradouro. Perguntei então a meu companheiro que rumo pretendia tomar e em quanto tempo achava provável que estaríamos de regresso. Ele assobiou, durante alguns minutos, e depois disse, com impertinência: "Eu vou mar afora. *Você* pode ir para casa, se achar melhor." Voltando os olhos para ele, percebi logo, a despeito de sua propositada *nonchalance*, que estava altamente agitado. Podia vê-lo distintamente à luz da lua. Sua face estava mais pálida que mármore e sua mão estremecia tanto, que mal podia manter firme o timão. Achei que algo não ia bem e fiquei seriamente alarmado. Naquele tempo eu pouco sabia acerca da direção de um barco e dependia inteiramente da habilidade náutica de meu amigo. O vento, também, subitamente aumentara de força, e estávamos quase perdendo a terra de vista. Eu ainda me envergonhava de demonstrar qualquer temor e, durante cerca de meia hora, mantive resoluto silêncio. Não podia, contudo, conservá-lo mais tempo e falei a Augusto acerca da conveniência de voltar. Como da vez anterior, ele levou perto de um minuto para responder ou dar a entender que ouvira minha sugestão. "Não há pressa — respondeu por fim. — Há tempo de sobra. Não há pressa de ir para casa." Eu esperava resposta, mas havia algo no tom dessas palavras que me encheu de indescritível sensação de medo. De novo olhei para o interlocutor, com atenção. Seus lábios estavam inteiramente lívidos e seus joelhos se agitavam tão violentamente, que mal pareciam capazes de sustentar-se. "Deus do céu, Augusto! — gritei, já completamente apavorado. — Que é que você tem? Está sentindo alguma coisa? Que é que está fazendo?" "Sentindo? — gaguejou ele, na mais aparente das surpresas, e caindo para a frente no fundo do barco. — Sentindo? Ora, não sinto nada... estou indo... para casa... você nã... nã... não... não... vê?" A verdade completa então me siderou. Corri para ele e levantei-o. Estava embriagado, bestialmente embriagado, não podia mais pôr-se de pé, falar ou mesmo ver. Tinha os olhos completamente embaçados; e como eu o soltasse, no auge de meu desespero, rolou como um simples cepo na água do fundo de onde eu o erguera. Era evidente que, durante a noite, havia bebido mais do que eu suspeitara e sua conduta, na cama, tinha sido a consequência de um estado altamente concentrado de embriaguez — um estado que, como a loucura, frequentemente habilita sua vítima a imitar os modos exteriores de alguém, na posse perfeita dos sentidos. A frialdade do ar noturno, entretanto, exercera seu efeito habitual. A energia mental começara a ceder sob sua influência, e a confusa percepção que ele, sem dúvida, então tivera de sua perigosa situação contribuíra para apressar a catástrofe. Ele agora estava inteiramente insensível e não havia probabilidade de que recuperasse os sentidos durante muitas horas.

É pouco possível conceber a intensidade de meu terror. A tontura do vinho recentemente ingerido se evaporara, deixando-me duplamente tímido e irresoluto. Sabia que era inteiramente incapaz de dirigir o barco e que a violência do vento e a força dos vagalhões nos arrastavam à destruição. Era evidente que se armava uma tempestade por trás de nós. Não tínhamos bússola nem provisões. E tornava-se claro que, se mantivéssemos o rumo que levávamos, perderíamos a terra de vista, antes do amanhecer. Tais pensamentos, com uma multidão de outros igualmente atemorizantes, relampejavam-me na mente com selvagem rapidez, e por momentos me impediram qualquer possibilidade de esforço. O barco varava a água de modo terrível, velas infladas de vento — sem rizes a mestra e a bujarrona —, correndo com a proa completamente coberta pela espuma. Era mil vezes um milagre que ele não estivesse fazendo água. Augusto soltara o timão, como já disse, e eu estava agitado demais para pensar em segurá-lo. Felizmente, contudo, o barco manteve-se firme e pouco a pouco recobrei algum grau de presença de espírito. Ainda o vento se avolumava amedrontadoramente; e quando nos erguíamos de um mergulho à frente, o mar caía por trás, rolando as ondas sobre nossa amurada e inundando-nos. Eu me achava tão extremamente entorpecido, em todos os membros, que quase não tinha consciência das sensações. Afinal, encorajei-me, numa resolução desesperada, e, correndo à vela-mestra, virei-a contra o vento. Como se podia esperar, ela voou sobre a proa e, ensopando-se de água, arrastou o mastro curto para fora de bordo. Só esse último acidente me salvou de uma instantânea destruição. Tendo apenas a bujarrona, eu agora seguia violentamente, com vento em popa, navegando às vezes por ondas pesadas, mas liberto do terror da morte imediata. Segurei o leme e respirei mais livremente, achando que ainda nos restava uma última oportunidade de salvação. Augusto ainda jazia insensível no fundo do barco; e como era iminente o perigo de que se afogasse (pois já havia água da altura de trinta centímetros precisamente no lugar onde ele caíra), esforcei-me para levantá-lo parcialmente, colocando-o em posição de sentar-se e passando-lhe em torno da cintura um cabo que amarrei numa cavilha de argola no tombadilho da escuna. Tendo, assim, arranjado tudo o melhor que podia em minha agitada e perturbada situação, recomendei-me a Deus e elevei o espírito, para enfrentar o que viesse a suceder com a possível fortaleza de ânimo.

Dificilmente chegara a esta resolução, e eis que, de súbito, alto e longo, um grito ou berro, como saído das gargantas de mil demônios, pareceu invadir toda a atmosfera em volta e acima do barco. Jamais, enquanto viver, esquecerei a intensa agonia de terror que experimentei naquele momento. Meus cabelos se puseram de pé, senti que o sangue se congelava nas veias, meu coração quase cessou de bater e, sem erguer sequer os olhos para conhecer a fonte de meu alarme, mergulhei, com a cabeça entre as mãos, paralisado sobre o corpo caído de meu companheiro.

Encontrei-me, voltando à vida, no camarote de um grande navio baleeiro (o *Penguim*) sendo levado para Nantucket. Diversas pessoas se achavam junto de mim, e Augusto, mais pálido do que a morte, se atarefava vivamente em esfregar-me as mãos. Ao ver-me abrir os olhos, suas exclamações de gratidão e alegria provocaram risos e lágrimas alternados nas pessoas de aspecto rude que ali se achavam. O mistério de nossa volta à existência foi explicado. Estivéramos correndo em direção ao navio baleeiro que se achava rizado, abrindo caminho para Nantucket, com as poucas velas que se podia arriscar a soltar e, consequentemente, correndo quase em ângulo reto para nosso próprio rumo. Vários homens se encontravam na vigia de frente, mas só perceberam nosso barco quando era impossível evitar o abalroamento. Seus gritos de advertência, depois que nos viram, eis o que tão terrivelmente me alarmara. O enorme navio, contaram-me, passou imediatamente sobre nós, com facilidade igual à com que nosso barquinho passaria sobre uma pena, e sem o menor empecilho perceptível à sua marcha. Nem um grito se levantou do tombadilho do barco vitimado; foi ouvido um som débil e áspero, misturado ao rugido do vento e das águas, quando o frágil barco que se abismava roçou a quilha de seu destruidor. Mas foi tudo. Julgando que nosso barco (que se achava desmastreado, como lembrei) fosse apenas algum casco, deixado a flutuar como inútil, o capitão (Capitão E. T. V. Block, de Nova Londres) decidiu prosseguir a viagem sem mais se incomodar com o assunto. Felizmente, houve dois dos vigilantes que juraram positivamente ter visto algumas pessoas em nosso leme e figuraram a possibilidade de ainda salvá-las. Seguiu-se uma discussão em que Block se encolerizou e, depois de algum tempo, declarou que "não lhe competia ficar eternamente cuidando de cascas de ovo; que o navio não podia ser obrigado a tais tolices; e que se havia algum homem no mar, a culpa era dele e de mais ninguém; podia afogar-se e ir para o inferno", ou linguagem semelhante. Henderson, o primeiro-piloto, tomou a questão a seu cargo, justamente indignado, como aliás toda a tripulação, por essas palavras, evidenciadoras de tal grau de atrocidade, sem coração. Falou simplesmente, vendo-se apoiado pelos marinheiros, e disse ao capitão que o considerava um sujeito digno da forca e que desobedeceria a suas ordens, ainda que por isso fosse enforcado quando pusesse pé em terra. Dirigiu-se para trás a passos largos, empurrando Block (que ficou palidíssimo e não deu qualquer resposta) para um lado e, tomando o leme, deu a ordem, com voz firme: "Depressa a sota-vento!" Os homens voaram a seus postos e o navio, destramente, virou de bordo. Em tudo isso se gastaram mais ou menos cinco minutos e supunha-se dificilmente estar nos limites do possível que alguma pessoa pudesse ser salva, caso houvesse alguma a bordo do barco. Porém, como o leitor viu, Augusto e eu fomos ambos salvos; e nossa salvação parecia ter-se consumado graças a duas dessas inconcebíveis manifestações de boa sorte que os sábios e piedosos atribuem a uma interferência especial da Providência.

Enquanto o navio ainda se achava com os estais largados, o piloto fez descer o escaler e embarcou nele com os mesmos dois homens, creio, que haviam dito ter-me visto ao leme. Mal acabavam eles de abandonar o sota-vento do barco (a lua ainda cintilava, brilhante), quando este deu longa e pesada guinada na direção do vento e Henderson, no mesmo instante, pulando de seu banco, gritou para a tripulação que recuasse. Nada mais dizia, repetindo impacientemente seu grito de "recuar!". Os marinheiros retrocederam tão rapidamente quanto possível; a esse tempo, o navio fizera uma reviravolta e se lançara inteiramente fora de alcance, embora todos os homens a bordo fizessem grandes tentativas para colher as velas. A despeito do perigo da tentativa, o piloto agarrou-se às correntes de escota logo que as pôde atingir. Outro grande desvio fez com que o navio se levantasse da água, nitidamente, a ponto de mostrar a quilha, quando a causa da ansiedade de Henderson se tornou bastante óbvia. O corpo de um homem foi visto agarrado do modo mais singular ao fundo brilhante e polido (o *Penguim* era coberto e cavilhado de cobre), chocando-se violentamente contra ele, a cada movimento do casco. Depois de diversos esforços inócuos feitos durante as elevações do navio, e com iminente risco de se afundar o bote, fui finalmente tirado de minha perigosa situação e levado a bordo — pois aquele corpo era o meu. Parece que uma das cavilhas de madeira se deslocara e abrira uma passagem através do cobre, detendo-me quando eu passava sob o navio e prendendo-me de modo tão extraordinário a seu fundo. A ponta da cavilha se introduzira entre a gola da jaqueta de baeta verde que eu vestia e a parte posterior de meu pescoço, comprimindo-se entre dois tendões, até mesmo debaixo da orelha direita. Fui imediatamente colocado numa cama, embora a vida, em mim, parecesse estar completamente extinta. Não havia médico a bordo. O capitão, contudo, tratou-me com todas as atenções, para desculpar-se, presumo, aos olhos da tripulação, pelo seu atroz comportamento na parte primeira desta aventura.

Por esse tempo, Henderson de novo deixara o navio, embora o vento soprasse então quase como um furacão. Não fazia muito que saíra, quando deu com vários fragmentos de nosso barco e logo depois um dos marinheiros que se achavam com ele assegurou que pudera distinguir gritos de socorro, a intervalos, em meio ao rugir da tempestade. Isto induziu os persistentes marinheiros a perseverarem na busca por mais meia hora, embora o Capitão Block lhes fizesse repetidos sinais para voltarem e apesar de que cada momento passado no mar, em tão frágil escaler, fosse para eles repleto do mais iminente e mortal perigo. Na verdade, é quase impossível conceber como o barquinho em que se achavam pôde escapar um só instante à destruição. Fora construído, contudo, para serviço baleeiro e se achava provido, como tive razões para crer, com caixas de ar, à maneira de alguns barcos salva-vidas usados na costa de Gales.

Depois de procurar em vão durante o período supramencionado, determinaram regressar ao navio. Mal o haviam resolvido, porém, um fraco grito se ergueu de um escuro objeto que flutuava rapidamente nas proximidades. Eles prosseguiram e logo o descobriram. Era o tombadilho inteiro do *Ariel*. Augusto se debatia junto dele, aparentemente na última das agonias. Depois de recolhê-lo, viram que ele se achava ligado por uma corda às tábuas flutuantes. Essa corda, como se lembrarão, fora eu quem a atara em volta de sua cintura, prendendo-a a uma argola, a fim de conservá-lo numa posição erguida, e parece que, ao fazer isso, ultimara eu o meio de lhe preservar a vida. O *Ariel* era de fraca construção e, ao afundar, sua estrutura naturalmente se despedaçou. O tombadilho da escuna, como se podia esperar, foi inteiramente libertado das vigas pela força da água que se arremessava contra ele e flutuou (com outros fragmentos, sem dúvida) na superfície. Augusto o teve como boia e assim escapou a uma terrível morte.

Mais de uma hora se passou desde que fora levado a bordo do *Penguim*, até que ele pudesse fazer um relato ou dar a entender a natureza do acidente em que sucumbira nosso barco. Afinal, ele se tornou completamente senhor de si e falou muito de suas sensações enquanto se achava dentro da água. Depois de haver alcançado algum grau de consciência, achara-se sob a superfície, revoluteando e regirando com inconcebível rapidez e com uma corda enrolada apertadamente, em três ou quatro laços, em volta de seu pescoço. Um instante depois, sentiu-se rapidamente levado para o alto, até que, batendo com violência a cabeça contra uma substância dura, de novo recaiu na insensibilidade. Revivendo uma vez mais, achou-se na mais completa posse do raciocínio; este se achava, contudo, confuso e nublado. Então, viu que se dera um acidente e que se achava dentro da água, embora sua boca se encontrasse à superfície e pudesse respirar com certa liberdade. Possivelmente nesse período o tombadilho era impelido com velocidade pelo vento e arrastava-o empós de si, a flutuar de costas. Naturalmente, enquanto pudesse manter tal posição, seria quase impossível que se afogasse. Depois, uma onda o atirou, diretamente, de través no tombadilho e nessa posição tentou manter gritando a intervalos por socorro. Justamente antes que fosse descoberto pelo Sr. Henderson fora obrigado a relaxar os músculos com que se agarrava, pela exaustão, e, caindo ao mar, dera-se por perdido. Durante todo o período de tempo em que se debatera, não tivera a menor lembrança do *Ariel* nem de qualquer assunto correlato com a origem do desastre. Um vago sentimento de terror e desespero tomara inteira posse de todas as suas faculdades. Quando, afinal, foi recolhido, falhou-lhe todo o poder do espírito. E, como disse antes, foi necessária quase uma hora, depois que o levaram para bordo do *Penguim*, para que ele ficasse consciente de sua situação.

Em relação a mim, eu ressuscitara de um estado limítrofe da morte (e depois que todos os outros meios haviam sido tentados em vão, durante três horas e meia), graças a vigorosas fricções com flanelas banhadas em azeite quente, processo sugerido por Augusto. O aperto em meu pescoço, apesar de sua feia aparência, não tivera consequências reais e eu logo me recobrei de seus efeitos.

O *Penguim* entrou no porto, cerca das nove horas da manhã, depois de haver encontrado uma das mais severas tempestades já experimentadas ao largo de

Nantucket. Tanto Augusto como eu nos esforçamos para aparecer ao Sr. Barnard a tempo para o almoço, que felizmente foi algo tarde, em vista da festa da véspera. Suponho que todos à mesa se achavam por demais fatigados para notar nossa aparência maltratada; sem dúvida, não nos teria sido poupada uma inquirição muito severa. Os estudantes, contudo, podem realizar maravilhas de dissimulação e acredito piamente que nenhum de nossos amigos de Nantucket teve a mais leve suspeita de que a terrível história narrada por alguns marinheiros que se achavam na cidade de que haviam passado sobre um barco no mar e afogado alguns trinta ou quarenta pobres-diabos tivesse relação com *Ariel*, meu companheiro ou mesmo comigo. Ambos, depois disso, falamos frequentes vezes do assunto, mas nunca sem um estremecimento de horror. Numa de nossas conversações, Augusto francamente confessou-me que, em toda a sua vida, jamais experimentara tão cruciante sensação de desmaio como quando, a bordo de nosso pequeno barco, descobriu, pela primeira vez, a extensão de sua embriaguez e se sentiu abismar-se sob sua influência.

Capítulo II

Em nenhuma questão de simples preconceito pró ou contra, deduziremos inferências com inteira certeza, ainda que dos mais simples dados. Poder-se-ia supor que uma catástrofe tal como a que acabo de relatar efetivamente esfriasse minha incipiente paixão pelo mar. Pelo contrário; nunca experimentei mais ardentes anseios pelas ásperas aventuras que se prendem à vida dos navegantes do que uma semana depois de nossa miraculosa salvação. Esse curto período mostrou-se bastante prolongado para apagar de minha memória as sombras e fazer surgirem, a uma luz viva, todos os pontos de cor agradavelmente excitantes, todo o pitoresco do último e perigoso acidente. Minhas conversações com Augusto cada dia se tornavam mais frequentes e mais intensamente cheias de interesse. Ele tinha um modo de relatar suas histórias do oceano (mais de metade das quais suspeito agora terem sido puras invenções), bem adaptado a equilibrar-se com meu entusiástico temperamento, bastante sombrio, apesar do brilho da imaginação. É estranho que ele mais fortemente me aliciava os sentimentos em favor da vida de marujo quando me descrevia seus mais terríveis momentos de sofrimento e desespero. Pelo fato fulgurante da pintura eu tinha limitada simpatia. Minhas visões eram de naufrágio e fome, de morte ou cativeiro, entre hordas bárbaras, de uma vida arrastada entre lágrimas e tristezas sobre qualquer rocha cinzenta e desolada, num oceano inatingível e incógnito. Tais visões ou desejos — pois se acumulavam em desejos — são comuns, como estou certo, a toda a numerosa linhagem dos melancólicos, e, no tempo de que falo, eu as encarava como proféticas perspectivas de um destino que me sentia de algum modo impelido a realizar. Augusto penetrava inteiramente em meu estado de espírito. É deveras provável que nossa íntima comunhão tenha resultado em parcial câmbio de caráter.

Dezoito meses após a ocasião do desastre do *Ariel*, a firma Lloyd & Vredenburgh (casa ligada de algum modo, creio, com os Srs. Enderby, de Liverpool) se encarregou de reparar e preparar o brigue *Grampus* para uma viagem de pesca de baleia. Era um velho batelão que mal podia navegar, embora se lhe fizesse tudo quanto podia ser feito. Mal sei por que foi escolhido, de preferência a outros bons barcos, que pertenciam aos mesmos donos — mas o fato é que foi. O Sr. Barnard foi indicado para comandá-lo e Augusto iria com ele. Enquanto se aprontava o brigue, ele frequentemente instava comigo acerca da excelente oportunidade que se oferecia para satisfazer meu desejo de viajar. De modo algum achou em mim um ouvinte de má vontade, embora o negócio não pudesse ser tão facilmente arranjado. Meu pai não fez oposição direta, mas minha mãe dava chiliques à mera menção de tal intento; e, mais do que tudo, meu avô, de quem eu muito esperava, ameaçou deixar-me sem um vintém se eu lhe expusesse de novo o assunto. Essas dificuldades, contudo, em vez de me abaterem o desejo, só acrescentavam combustível à chama. Decidi partir, apesar dos pesares; e, tendo feito Augusto conhecedor de minha intenção, conviemos em forjar um plano graças ao qual ela se pudesse realizar. Entrementes, evitei falar a qualquer dos meus parentes acerca da viagem e, como me ocupasse ostensivamente com os estudos usuais, supôs-se que eu abandonara o desígnio. Mui frequentemente examinei minha conduta nessa ocasião com sentimentos de desgosto, bem como de surpresa. A intensa hipocrisia de que usei para apoiar meu projeto — uma hipocrisia que preenchia todas as palavras e ações de minha vida, em tão longo período de tempo — só me poderia ter sido tolerável em vista da ardente e selvagem expectativa com que olhava para a futura concretização de minhas longamente acariciadas visões de viagens.

Na prossecução de meus planos dissimulatórios, era eu obrigado necessariamente a deixar muito dos arranjos a Augusto, que se atarefava a maior parte do dia a bordo do *Grampus*, preparando as acomodações de seu pai no camarote e arrumando o porão. À noite, contudo, era certo que tivéssemos uma conferência e falássemos sobre nossas esperanças. Depois que cerca de um mês decorrera desse modo, sem acertar com qualquer plano que julgássemos capaz de ter êxito, ele me falou, afinal, que tinha decidido tudo quanto era necessário. Eu tinha um parente que morava em Nova Bedford, um tal Sr. Ross, em cuja casa me acostumara a passar, ocasionalmente, três ou quatro semanas. O brigue devia partir pelos meados de junho (junho de 1827) e fora combinado que, um dia ou dois antes de seu lançamento ao mar, meu pai receberia uma carta, como de costume, do Sr. Ross, convidando-me para passar uma quinzena com Roberto e Emmet (filhos dele). Augusto encarregou-se de escrever essa carta e enviá-la. Ora, tendo eu viajado, por suposto, para Nova Bedford, tinha então de apresentar-me a meu companheiro, que me obteria um esconderijo no *Grampus*. Esse esconderijo — assegurou-me ele — seria preparado, de forma bastante confortável, para uma estada de vários dias, durante os quais eu não devia aparecer. Quando o brigue se encontrasse já tão longe, em sua viagem, que qualquer retrocesso se tornasse fora de discussão, eu poderia ser então, disse ele, solenemente, com todo o conforto, instalado num camarote; e, quanto a seu pai, ele apenas riria, de bom grado, com a peça. Bastantes navios poderiam ser encontrados e por eles mandaria uma carta para casa, explicando a aventura a meus pais.

Os meados de junho, afinal, chegaram e tudo tinha sido maduramente feito. A carta fora escrita e entregue e, numa manhã de domingo, deixei minha casa, seguindo, como se supunha, para a embarcação de Nova Bedford. Contudo, fui ter com Augusto diretamente; ele me esperava numa esquina. Nosso plano original consistia em que eu ficasse fora até o escurecer, introduzindo-me então no brigue;

mas, como houvesse então a nosso favor espessa névoa, concordamos em não perder tempo para esconder-me. Augusto caminhou para o cais e eu o segui, a curta distância, envolto numa grossa capa de marinheiro que ele trouxera consigo, de modo a que minha pessoa não pudesse ser facilmente reconhecida. Justamente quando havíamos virado a segunda esquina, depois de passar pelo chafariz do Sr. Edmundo, apareceu, olhando-me cara a cara, parando à minha frente, ninguém menos do que o velho Sr. Peterson, meu avô. "Ora, valha-me Deus, Gordon! — disse ele, depois de longa pausa —, ora, ora, *de quem* é essa capa suja com que você está?" "Senhor! — respondi, assumindo o melhor que podia na exigência do momento um aspecto de ofendida surpresa e falando no mais grosseiro dos tons imagináveis. — Senhor, está muito enganada! Minha nome, em primeira lugar, não ser absolutamente como Goddin, e espero que olhe melhor, sua cega, antes de chamar de suja minha capote nova!" Palavra que eu mal podia refrear as gargalhadas ao ver a maneira estranha pela qual o velho recebeu essa hábil repulsa. Recuou dois ou três passos, ficou primeiramente pálido e depois excessivamente vermelho, levantou os óculos, tornou a baixá-los, correu para mim, com o guarda-chuva erguido. Parou logo, contudo, na carreira, como ferido por súbita lembrança; e após, voltando-se, desceu a rua mancando, a sacudir-se todo de raiva e a murmurar entre dentes: "Veja só... óculos novos... pensar que fosse Gordon... diabos afoguem a porcaria do Long Tom."

Depois de escapar por um triz, prosseguimos com maior cuidado e chegamos a nosso ponto de destino a salvo. Só um ou dois dos marinheiros se achavam a bordo e mesmos esses ocupados adiante, fazendo qualquer coisa, no teto do castelo de proa. O Capitão Barnard, como bem sabíamos, se achava na firma Lloyd & Vredenburgh e lá ficaria pelo menos até o amanhecer, de modo que pouco tínhamos a temer da parte dele. Augusto subiu primeiro, pelo lado do navio, e eu logo o segui, sem ser notado pelos homens que trabalhavam. Dirigimo-nos imediatamente para o camarote e não encontramos ninguém lá. Estava mobiliado no mais confortável estilo, coisa sobremodo rara em navios baleeiros. Havia quatro muito excelentes cabines, com leitos vastos e confortáveis. Havia também uma grande estufa, como notei, e um tapete notavelmente espesso e valioso que cobria o assoalho, tanto do camarote como das cabines. O forro se achava a dois metros e dez centímetros de altura e, em suma, tudo parecia de um aspecto mais caseiro e agradável do que eu havia previsto. Augusto, contudo, apenas me concedeu pouco tempo para observações, insistindo sobre a necessidade de ocultar-me tão depressa quanto possível. Entrou em seu próprio camarote, que se achava do lado de estibordo do brigue, próximo dos tabiques. Depois de entrar, fechou a porta à chave. Julguei nunca haver visto um quarto mais lindo do que aquele em que então me achava. Tinha um comprimento de mais ou menos três metros e só uma cama, que, como disse antes, era larga e confortável. Na parte do aposento mais perto dos tabiques havia um espaço de um metro e vinte centímetros quadrados, contendo uma mesa, uma cadeira e um grupo de estantes penduradas, cheias de livros, principalmente livros de excursões e viagens. Havia muitas outras coisas confortáveis no quarto, entre as quais não devo esquecer uma espécie de guarda-comida ou refrigerador, pelo qual Augusto me apareceu como um anfitrião, de lauta mesa, no que toca à escolha de alimentos e bebidas.

Ele depois, com os nós dos dedos, fez pressão sobre certo lugar do tapete, num canto do espaço acima mencionado, fazendo-me ver que uma parte do assoalho, cerca de dezesseis polegadas quadradas, tinha sido nitidamente cortada e ajustada de novo. Sob sua pressão, essa parte levantou-se a um ponto suficiente para permitir a passagem de seu dedo por baixo. Desse modo levantou ele a tampa do alçapão, ao qual o tapete ainda se achava pregado por tachas, e vi que ele levava ao porão de popa. Augusto então acendeu uma velinha com um pau de fósforo e, colocando a luz numa escura lanterna, desceu com ela pela abertura, ordenando-me que o seguisse. Assim o fiz, e ele então colocou a tampa sobre o buraco por meio de um prego enfiado no lado inferior. O tapete, naturalmente, voltou à sua posição natural no assoalho do camarote e todos os traços da abertura ficaram ocultos.

A vela fornecia um raio de luz tão fraco, que foi com a maior dificuldade que pude apalpar caminho através das massas de trastes entre as quais então me encontrava. Gradualmente, contudo, meus olhos se foram acostumando à luz e prossegui com menos incômodo, agarrando-me às abas do paletó de meu amigo. Ele me conduziu, afinal, depois de serpear e arrastar-se por numerosos corredores apertados, a um caixote com ferros, como esses às vezes usados para conter finas louças. Tinha o caixote cerca de um metro e vinte centímetros de altura e um metro e oitenta centímetros de comprimento, mas era muito estreito. Dois garrafões de óleo vazios estavam no alto e, sobre eles, novamente, vasta quantidade de esteiras de palha empilhadas até o teto da cabine. Em todas as outras direções em torno, amontoava-se, tão apertadamente quanto possível, às vezes mesmo até o teto, um verdadeiro caos de quase todas as espécies de coisas de navio, bem como uma mistura heterogênea de cestos, canastras, barris e fardos, de modo que parecia simplesmente miraculoso termos afinal descoberto qualquer passagem para o caixote. Achei depois que Augusto, propositadamente, arranjara o depósito naquele porão, de modo a permitir-me um esconderijo perfeito, tendo apenas a auxiliá-lo no serviço um homem que não viajava no brigue.

Meu companheiro mostrou-me depois que um dos lados do caixote podia ser removido à vontade. Fê-lo correr para um lado e exibiu o interior, o que muito me agradou. Um colchão de uma das camas da cabine cobria por inteiro o fundo do caixote em que se continham quase todos os artigos de simples conforto que podiam ser amontoados em tão pequeno recinto, fornecendo-me, ao mesmo tempo, espaço suficiente para acomodar-me, tanto sentado como deitado de comprido. Entre outras coisas, havia alguns livros, penas, tinta, papel, três cobertores, uma grande bilha cheia de água, um barrilzinho de biscoitos de água e sal, três ou quatro imensas salsichas bolonhesas, um enorme presunto, um pernil frio de carneiro assado, e meia dúzia de garrafas de licores e remédios. Imediatamente tomei posse de meu pequeno apartamento, com tais sentimentos de satisfação que, acredito, nenhum monarca experimentou maiores ao entrar num palácio novo. Augusto então ensinou-me a maneira de afastar o lado aberto do caixote e depois, levantando a vela até perto do forro, mostrou-me um pedaço de corda trançada e escura estendendo-se nele. Ela — disse — prolongava-se do meu esconderijo através de todas as necessárias voltas por entre os trastes até um prego cravado no forro do porão, mesmo por baixo do alçapão que levava ao camarote dele. Por meio dessa corda, eu poderia facilmente sair dali, sem que ele me guiasse, no caso de que qualquer inesperado acidente tornasse tal passo necessário. Despediu-se, em seguida, deixando-me a lanterna, bem como suficiente provisão de velas e fósforos, e prometendo visitar-me logo que o pudesse fazer sem ser observado. Era o dia dezessete de junho.

Três dias e três noites (como podia aproximadamente conjeturar) permaneci em meu esconderijo, sem absolutamente sair dele, a não ser duas vezes, com o fim de espichar os membros, ficando de pé, entre dois cestos, mesmo do lado oposto à abertura. Durante todo esse tempo, nada soube de Augusto; isso, porém, pouco incômodo me causava, pois eu sabia que o brigue devia fazer-se ao largo a qualquer momento e, na consequente confusão, ele não encontraria facilmente oportunidades para descer, a fim de ver-me. Afinal, ouvi o alçapão abrir-se e fechar-se, depois ele chamou em voz baixa, perguntando se tudo ia bem e se eu desejava alguma coisa. "Nada — respondi. — Estou tão confortavelmente como é possível; quando o brigue começará a navegar?" "Levantaremos ferros dentro de meia hora — respondeu ele. — Vim para dizer-lhe isso e para que você não ficasse incomodado com a minha ausência. Não terei ocasião de descer de novo por algum tempo — talvez por três ou quatro dias mais. Lá em cima vai tudo bem. Depois que eu subir e fechar o alçapão, arraste-se, junto à corda, até onde está enterrado o prego. Você achará lá meu relógio. Pode ser-lhe útil, pois você não tem a luz do dia para calcular o tempo. Suponho que não sabe dizer quanto tempo esteve escondido aí. Foram três dias. Hoje é vinte. Eu ia levar o relógio ao seu caixote, mas tive medo de perder-me." Dito isto, subiu.

Cerca de uma hora depois que ele saíra senti distintamente o movimento do brigue, e congratulei-me comigo mesmo por ter, afinal, começado belamente uma viagem. Satisfeito com essa ideia, decidi animar-me quanto possível e esperar o decurso dos acontecimentos até que me fosse permitido trocar o caixote por mais espaçosas, embora dificilmente mais confortáveis, acomodações no camarote. Meu primeiro cuidado foi apanhar o relógio. Deixando a vela acesa, rastejei pela escuridão, seguindo a corda, entre inumeráveis volteios, em alguns dos quais descobri que, depois de palmilhar longa distância, voltara para cerca de trinta ou sessenta centímetros do primitivo ponto de partida. Afinal, alcancei o prego e, segurando o objetivo dessa excursão, com ele regressei a salvo. Procurei então os livros de que tão previdentemente fora provido e escolhi o da expedição de Lewis e Clark à foz do Colúmbia. Com ele me diverti por algum tempo e por fim, tornando-me sonolento, apaguei a luz com grande cuidado e logo caí num sono profundo. Depois de despertar, senti-me estranhamente confuso de espírito e algum tempo decorreu até que me pudesse recordar de todas as várias circunstâncias de minha situação. Gradualmente, porém, lembrei-me de tudo. Riscando um fósforo, olhei para o relógio; ele, contudo, estava sem corda e consequentemente não havia meio de determinar quanto tempo eu dormira. Meus membros estavam muito dormentes e eu era forçado a aliviá-los ficando de pé entre os cestos. Senti depois um apetite quase canino e pensei no pernil frio de carneiro, de que comera um pedaço antes de dormir, achando-o excelente. Qual não foi meu espanto ao descobrir que ele se achava em completo estado de putrefação! Esse fato provocou-me grande inquietude, pois, relacionando-o com a confusão de espírito que experimentara depois de acordar, comecei a supor que devia ter dormido durante um tempo insolitamente longo. A atmosfera fechada do porão devia ter algo a ver com isso e podia, afinal de contas, causar os mais desastrosos resultados. Minha cabeça doía excessivamente; imaginei que respirava com crescente dificuldade. Em suma, fiquei oprimido por uma multidão de melancólicas ideias. Não podia, ainda, aventurar-me a causar qualquer perturbação, abrindo o alçapão ou fazendo qualquer outra coisa, e assim, tendo dado corda ao relógio, resignei-me como era possível.

Durante todas as tediosas 24 horas seguintes ninguém apareceu para me aliviar e eu não podia deixar de acusar Augusto da maior desatenção. O que principalmente me alarmava era que a água de minha bilha estava reduzida a cerca de meio quartilho e eu sofria muita sede, pois comera à vontade as salsichas, depois de haver perdido o carneiro. Tornei-me muito aflito, não podendo mais interessar-me, de qualquer modo, pelos livros. Dominava-me, ainda, o desejo de dormir, mas eu tremia ao pensar em submeter-me a ele, temendo a existência de qualquer influência perniciosa, como a do carvão de madeira queimado na limitada atmosfera do porão. Entrementes, o jogar do navio me dizia que estávamos longe, no mar alto, e um denso som sussurrante que me vinha aos ouvidos, como de imensa distância, convenceu-me de que estava soprando uma borrasca fora do comum. Não podia imaginar um motivo para a ausência de Augusto. Por certo havíamos avançado, em nossa viagem, mais do que o bastante para permitir-me subir. Devia ter sucedido algum acidente a ele, mas eu nada podia imaginar que explicasse o deixar-me Augusto tanto tempo como um prisioneiro, a menos, na verdade, que ele houvesse morrido subitamente, ou caído ao mar, mas eu não podia demorar nesta ideia sem a maior impaciência. Era possível que tivéssemos sido desviados por ventos pela proa e ainda estivéssemos nas proximidades de Nantucket. Era forçado, contudo, a abandonar esta hipótese; pois, se fosse esse o caso, o brigue teria frequentemente virado de bordo; e eu verificava perfeitamente, por sua contínua inclinação para bombordo, que ele navegava a velas pandas, com uma firme brisa do lado de estibordo. Contudo, admitindo que ainda nos achássemos nas vizinhanças da ilha, por que não viera Augusto visitar-me e informar-me dessa circunstância? Refletindo desse modo sobre as dificuldades de minha situação solitária e melancólica, resolvi esperar ainda outras 24 horas; então, se nenhum auxílio obtivesse, iria até o alçapão e tentaria ter uma palestra com meu amigo, ou, pelo menos, arejar o porão através da abertura e obter no camarote outro suprimento de água. Entretanto, enquanto me ocupava com esse pensamento, caí, a despeito de todos os esforços em contrário, num estado de profundo sono, ou melhor, de sopor. Meus sonhos foram dos mais terríficos. Todas as espécies de calamidade e horror me sobrevinham. Entre outras misérias, era eu sufocado até a morte, entre enormes travesseiros, por demônios do mais espantoso e feroz aspecto. Imensas serpentes me comprimiam com seu abraço e me olhavam fixamente no rosto com seus olhos temivelmente brilhantes. Depois desertos ilimitados e da mais erma e atemorizante configuração estendiam--se diante de mim. Troncos de árvores, imensamente altos, desfolhados e cinzentos, erguiam-se em sucessão infindável até onde o olhar podia alcançar. Suas raízes se ocultavam em vastos pantanais, cujas águas sombrias dormiam intensamente negras, silenciosas e contudo terríveis. E as estranhas árvores pareciam dotadas de humana vitalidade e ondulavam, para lá e para cá, seus braços esqueléticos, clamando misericórdia às águas silentes, em lastimosos e pungentes acentos da mais aguda agonia e desespero. A cena mudou: agora eu me odiava, despido e só, entre as ardentes planícies arenosas do Saara. Agachava-se a meus pés um feroz leão dos trópicos. Subitamente, seus olhos selvagens se abriram e caíram sobre mim. Com um salto convulsivo, espichou-se nos pés e exibiu os horríveis dentes. Em um instante, irrompeu de sua garganta vermelha um rugido semelhante aos trovões do firmamento, e eu caí impetuosamente por terra. Sufocado, em paroxismo de terror, achei-me por fim semidesperto. Então meu sonho não era absolutamente um sonho... Estava, pelo menos, na posse dos meus sentidos. E as patas de algum monstro enorme e autêntico pesadamente comprimiam meu peito. Seu hálito quente me tocava o ouvido. E suas garras brancas e espantosas cintilavam sobre mim através da penumbra.

Ainda que mil vidas dependessem do movimento de um membro ou da pronúncia de uma sílaba, eu não podia mexer-me nem falar. O animal, fosse o que fosse, conservava-se em sua posição, sem tentar qualquer imediata violência, enquanto eu permanecia no extremo desespero e, assim julgava, a morrer por baixo dele. Meu cérebro teve uma vertigem, senti-me mortalmente enfermo, falhou-me a vista, mesmo as cintilantes pupilas da fera sobre mim se obscureceram. Fazendo um último e convulsivo esforço, gemi afinal uma fraca jaculatória a Deus e resignei-me a morrer. O som de minha voz como que despertou toda a fúria latente do animal, que lançou todo o seu peso sobre meu corpo. Qual não foi, porém, meu espanto, quando, com prolongado e baixo queixume, ele começou a lamber-me a face e as mãos, dando as mais extravagantes demonstrações de afeição e alegria! Eu estava atônito, extremamente perdido de espanto, mas não podia esquecer o queixume peculiar de meu cão terra-nova, Tigre, nem o jeito estranho de suas carícias, a que estava acostumado. Era ele. Experimentei súbito afluxo de sangue às têmporas; um vertiginoso e dominante sentimento de liberdade e reanimação. Ergui-me apressadamente do colchão sobre que estava e, atirando-me ao pescoço de meu fiel seguidor e amigo, aliviei a longa opressão de meu peito numa onda das mais apaixonadas lágrimas.

Como na ocasião precedente, meus pensamentos eram grandemente indistintos e confusos logo ao deixar o colchão. Durante longo tempo, achei quase impossível coordenar ideias. Mas, em graus muito lentos, minhas faculdades de raciocínio voltaram e de novo recordei os diversos incidentes de minha situação. Tentei em vão explicar a presença de Tigre. E depois de perder-me em mil conjeturas diferentes a seu respeito, fui forçado a contentar-me com o fato de que ele se achava comigo para partilhar minha sombria solidão e dar-me conforto com seus carinhos. Muita gente gosta de seus cães, mas por Tigre tinha eu uma afeição mais ardente do que o comum; e nunca, por certo, criatura alguma o mereceu mais. Durante sete anos fora meu companheiro inseparável e numa multidão de oportunidades dera provas de todas as nobres qualidades pelas quais avaliamos um animal. Eu o libertara, quando filhote, das garras de um malvado vilãozinho de Nantucket que o levava para a água com uma corda amarrada ao pescoço, e o cão, crescendo, retribuiu o favor, cerca de três anos mais tarde, salvando-me das cacetadas de um ladrão de rua.

Apanhando, então, o relógio, descobri, depois de levá-lo ao ouvido, que de novo se acabara a corda; isto, porém, não me surpreendeu de modo algum, pois eu me convencera, pelo estado particular de meus sentimentos, de que dormira, como antes, por um período prolongado de tempo; quanto, sem dúvida, era impossível dizer. Eu ardia em febre e minha sede era quase intolerável. Tateei o caixote em busca de meu pequeno suprimento restante de água, pois não tinha luz, em vista de se haver queimado a vela até o pé do castiçal e de não achar à mão a caixa de fósforos. Depois de encontrar a bilha, contudo, descobri que estava vazia. Sem dúvida, Tigre tentara beber, assim como devorara o resto do carneiro cujo osso se achava bem limpo junto à abertura do caixote. Eu bem podia passar sem o alimento estragado, mas meu coração se oprimia ao pensar na água. Sentia-me extremamente fraco, tanto que estremecia todo ao mais fraco movimento ou esforço, como com febre. Para aumento de minhas aflições, o brigue jogava e oscilava, com grande violência, e os barris de óleo que se encontravam sobre o caixote estavam em momentâneo perigo de cair, bloqueando-me o único caminho de ingresso ou saída. Eu sofria também terrivelmente de enjoo. Tais considerações me levaram a abrir caminho, de qualquer maneira, até o alçapão e obter imediato socorro, antes que ficasse completamente incapaz de fazê-lo. Tendo assim decidido, procurei de novo, tateando, os fósforos e as velas. Com alguma dificuldade achei os primeiros; mas, não descobrindo as velas tão depressa quanto esperava (pois me lembrava de estar muito próximo o local onde as colocara), abandonei por então a busca e mandando Tigre ficar quieto, comecei logo a caminhada para o alçapão.

Nessa tentativa, minha grande fraqueza tornou-se mais do que nunca aparente. Era com a maior dificuldade que eu, afinal, me podia arrastar para diante, e mui frequentemente meus membros se vergavam de súbito por baixo de mim; então, caindo prostrado sobre o rosto, permanecia por alguns minutos num estado que tangenciava o da insensibilidade. Forcejava, contudo, para diante, em lentas etapas, temendo a cada momento poder desfalecer em meio às estreitas e intrincadas voltas do caminho entre os trastes, caso em que o resultado seria simplesmente a morte. Afinal, depois de dar um impulso para a frente, com toda a energia que pude reunir, bati com a testa violentamente contra o ângulo agudo de uma grande caixa fechada com ferro. O acidente só me atordoou por poucos momentos, mas verifiquei, para meu indizível pesar, que o veloz e violento oscilar do navio atirara a caixa, completamente, em meio a meu caminho, bloqueando de modo efetivo a passagem. Nem com os máximos esforços poderia eu movê-la uma só polegada de sua posição, pois se achava apertadamente comprimida entre os caixões circundantes e os trastes do navio. Tornava-se necessário, contudo, que, enfraquecido como estava, eu deixasse a corda que me guiava e procurasse outra passagem, ou trepasse pelo obstáculo e recomeçasse o caminho do outro lado. A primeira alternativa apresentava excessivas dificuldades e perigos para que pudesse encará-la sem estremecer. No meu presente estado de fraqueza, tanto de corpo como de espírito, infalivelmente perderia o caminho se o tentasse e pereceria miseravelmente entre os terríveis e desagradáveis labirintos do porão. Continuei, em consequência, sem hesitar, a reunir todas as minhas forças e energias restantes para tentar, o melhor que pudesse, escalar a caixa. Depois de erguer-me, com esse alvo em vista, achei a empresa uma tarefa ainda mais séria do que meus temores me haviam levado a imaginar. De cada lado da estreita passagem erguia-se uma muralha inteira de objetos de variado peso, que o menor engano de minha parte poderia fazer cair sobre minha cabeça; ou, se tal acidente não ocorresse, o caminho poderia de fato ser bloqueado, impedindo minha volta pelas massas que desciam, como se via em frente, junto àquele obstáculo. A própria caixa era comprida e pesada e sobre ela nenhum apoio o pé podia obter. Em vão tentei, por todos os meios em meu poder, alcançar-lhe o alto, com a esperança de assim conseguir galgá-la. Tivesse eu obtido êxito em tal tentativa e é certo que minhas forças se teriam demonstrado completamente inadequadas para a tarefa de prosseguir; foi, pois, melhor em todos os sentidos o ter falhado. Por fim, num desesperado esforço para empurrar a caixa de seu lugar, senti forte vibração no lado próximo de mim. Introduzi avidamente a mão na beira das tábuas e verifiquei que uma, muito grande, se soltara. Com o canivete de bolso, que felizmente estava comigo, consegui, depois de grande trabalho, retirá-la inteiramente, e, enfiando-me pela abertura, descobri, com imensa alegria, que não havia tábuas do outro lado. Noutras palavras: faltava o alto e fora pelo fundo que eu abrira caminho. Daí por diante não deparei dificuldades importantes para prosseguir pela corda afora até finalmente encontrar o prego. Com o coração a bater, fiquei de pé e, com um leve toque, fiz pressão contra a tampa do alçapão. Ela não se ergueu depressa, como eu esperava, e fiz pressão mais resolutamente, embora temendo que pessoa diversa de Augusto pudesse estar no seu camarote. Contudo, a porta permaneceu firme, com espanto meu, e tornei-me algo aflito, pois sabia que outrora apenas pouco ou nenhum esforço fora preciso para removê-la. Empurrei-a com força; não obstante, ficou firme. Com toda a minha força; e ainda assim não deu passagem. Com raiva, com fúria, com desespero; e ela desafiou meus extremos esforços. Era evidente, dada a natureza invencível da resistência, que, ou o buraco tinha sido descoberto e a tampa completamente pregada, ou tinha sido colocado sobre ele algum imenso peso, que era inútil pensar em remover.

Minhas sensações foram as de extremo horror e desânimo. Em vão tentei raciocinar sobre a provável causa de estar assim sepulto. Não podia provocar qualquer encadeamento conexo de reflexão e, caindo ao solo, dei razão, irresistivelmente, às mais melancólicas imaginações, entre as quais as pavorosas mortes por sede, fome, asfixia e enterramento prematuro se acumulavam sobre mim como os principais desastres a encarar. Afinal, voltou-me certa porção de presença de espírito. Ergui-me e tentei com os dedos, em busca das frinchas ou sinais da abertura. Encontrando-os, examinei-os bem de perto para verificar se emitiam alguma luz vinda do camarote, mas nenhuma era visível. Forcei entre eles a lâmina de meu canivete, até que encontrei certo obstáculo duro. Raspando nele, verifiquei que era uma sólida massa de ferro, concluindo que se tratava de uma corrente, pela peculiar ondulação sentida ao passar por ela a lâmina. O único recurso que me restava era refazer o caminho até o caixote e ali submeter-me a meu triste destino, ou tentar tranquilizar o espírito, ao ponto de admitir que pudesse organizar algum plano de fuga. Imediatamente, comecei a fazê-lo e, depois de inúmeras dificuldades, consegui regressar. Ao cair, completamente exausto, sobre o colchão, Tigre estendeu-se de comprido a meu lado, parecendo desejoso de, por seus agrados, consolar-me em minhas aflições e insistir para que eu as suportasse com fortaleza.

A singularidade de sua conduta atraiu por fim, forçadamente, minha atenção. Depois de me lamber a face e as mãos, examinei-as uma por uma, não achando todavia sinais de qualquer ferimento. Imaginei então que se achasse faminto e dei-lhe um enorme pedaço de presunto, que ele devorou com avidez. Repetiu depois, entretanto, suas estranhas manobras. Julguei a seguir que ele se achasse sofrendo, como eu, os tormentos da sede e quase adotava esta conclusão como única verdadeira, quando me ocorreu a ideia de que só lhe havia examinado as patas e possivelmente haveria um ferimento em qualquer parte de sua cabeça ou de seu corpo. Tateei aquela cuidadosamente, porém nada encontrei. Ao passar, contudo, a mão sobre suas costas, percebi uma leve ereção do pelo, que as cruzava completamente. Apalpando aquilo com os dedos, descobri um cordel e, acompanhando-o pelo tato, verifiquei que rodeava todo o corpo. Com um exame mais acurado, cheguei até um pequeno pedaço de algo que dava a sensação de papel de cartas, através do qual o cordel fora amarrado de modo a mantê-lo, precisamente, por baixo da espádua esquerda do animal.

Capítulo III

Ocorreu-me instantaneamente o pensamento de que o papel era um bilhete de Augusto e que algum inexplicável acidente sobreviera, impedindo-o de libertar-me de minha prisão. Ele então adotara aquele método de informar-me do verdadeiro estado das coisas. Tremendo de impaciência, dei então início a outra busca, a dos fósforos e velas. Tinha uma confusa lembrança de havê-los colocado, cuidadosamente, de lado, antes de cair adormecido; e, na verdade, antes de minha última caminhada até o alçapão fora capaz de recordar o lugar exato onde os depositara. Naquele instante, porém, em vão tentava despertar a memória e levei toda uma hora em infrutífera e incômoda procura dos objetos perdidos; nunca, certamente, houve mais tantalizante estado de ansiedade e incerteza. Por fim, quando apalpava em redor, com a cabeça junto do lastro, perto da abertura do caixote, do lado de fora dele, notei uma fraca cintilação de luz, na direção da antecâmara. Grandemente surpreendido, tentei caminhar para lá, pois me parecia estar apenas a poucos pés do meu lugar. Mal me movera com essa intenção, quando perdi o brilho de vista, completamente, e, antes que pudesse lobrigá-lo de novo, tive de ir tateando, junto à caixa, até que voltei exatamente à posição original. Então, movendo a cabeça com precaução para um lado e para outro, descobri que, se andasse vagarosamente, com grande cuidado, em direção oposta àquela pela qual partira a princípio, seria capaz de chegar perto da luz, conservando-a em vista. Assim fui diretamente para ela (tendo aberto caminho através de inúmeros volteios estreitos) e verifiquei que procedia de alguns fragmentos de meus fósforos, que se achavam sobre um barril vazio, virado de lado. Admirava-me como haviam chegado a tal lugar, quando minha mão caiu sobre dois ou três pedaços de cera de vela que evidentemente haviam sido mastigados pelo cão. Concluí logo que ele devorara todo o meu suprimento de velas e fiquei sem esperança de jamais ser capaz de ler o bilhete de Augusto. Os pequenos restos de cera estavam tão amassados entre outros refugos no barril, que desisti de servir-me deles para qualquer coisa e deixei-os como se achavam. Os fósforos, de que só havia um palito ou dois, reuni-os como pude e voltei com eles, após muita dificuldade, ao meu caixote, onde Tigre ficara o tempo todo.

Que fazer em seguida, não podia eu dizer. Era tão intensamente escuro o porão, que eu não podia ver minha mão, embora a encostasse junto à face. O pedaço branco de papel mal podia ser distinguido, nem mesmo quando olhava diretamente para ele. Voltando para o papel a parte exterior da retina, isto é, observando-o ligeiramente de esguelha, notei que se tornava de algum modo perceptível. Assim, a tristeza de minha prisão pode ser imaginada. E o bilhete de meu amigo — se em verdade era um bilhete dele — somente parecia arrojar-me a maiores inquietações, afligindo sem qualquer resultado meu já fraco e agitado espírito. Em vão revolvi no cérebro uma multidão de absurdos expedientes para obter luz. Expedientes tais, precisamente, como um homem, no perturbado sono ocasionado pelo ópio, escolheria como os melhores para empreender semelhante tentativa, todos e cada um deles apareciam ao sonhador, alternadamente, como a mais razoável e a mais absurda das concepções, quando, alternadamente, lampejavam, uma sobre outra, as faculdades imaginativas ou as do raciocínio. Finalmente ocorreu-me uma ideia que me pareceu racional e me deu motivo para admirar-me de não a haver tentado antes. Coloquei o pedaço de papel nas costas de um livro e, coligindo os fragmentos dos palitos de fósforos que trouxera do barril, coloquei-os juntos sobre o papel. Então, com a palma da mão, esfreguei o conjunto rapidamente e com força. Uma clara luz se expandiu, imediatamente, por toda a superfície. E se houvesse sobre ela algum escrito, estou certo de que não teria experimentado a menor dificuldade em lê-lo. Nem uma sílaba, contudo, lá se achava. Nada além de um terrível e insatisfatório espaço em branco. A iluminação morreu, em poucos segundos, e meu coração desmaiou dentro de mim, quando ela se foi.

Já antes expus, mais de uma vez, que meu intelecto, durante certo período anterior a este, estivera em situação muito próxima da idiotia. Havia, certamente, momentâneos intervalos de perfeita sanidade e mesmo de energia, de vez em quando; estes eram poucos, porém. Deve-se recordar que certamente por muitos dias estivera eu respirando a atmosfera quase pestilencial de um porão, fechado num navio baleeiro, e por largo tempo mal fora suprido de água. Durante as últimas catorze ou quinze horas não tivera nenhuma... nem dormia durante esse tempo. Provisões salgadas, da mais excitante espécie, tinham sido minhas principais e, na verdade, desde a perda do carneiro, minhas únicas reservas de alimento, com exceção dos biscoitos de água e sal; e estes últimos eram completamente inúteis, por estarem muito secos e duros para ser engolidos nas condições de inchamento e secura de minha garganta. Achava-me, então, com febre elevada e, em todos os sentidos, extremamente doente. Isso serve de explicação para o fato de que muitas horas miseráveis de desânimo decorreram, depois de minha última aventura com os fósforos, antes que me ocorresse o pensamento de que só havia examinado um lado do papel. Não tentarei descrever meus sentimentos de cólera (embora creia que era mais amargura do que qualquer outra coisa), quando o imenso erro que eu cometera relampejou subitamente em minha consciência. O equívoco em si não teria sido de maior importância se eu, em minha insânia e impetuosidade, não o tivesse piorado. Em meu desaponto, por não haver encontrado palavra alguma no pedaço de papel, infantilmente o rasguei em pedaços e atirei-o fora, sendo impossível dizer onde.

Da pior parte desse problema fui aliviado pela sagacidade de Tigre. Tendo apanhado, depois de longa procura, um pequeno pedaço do bilhete, coloquei-o no nariz do cão e tentei fazê-lo compreender que deveria trazer-me o resto dele. Para meu espanto, pois não lhe ensinara nenhuma das habilidades costumeiras pelas quais sua raça é famosa, pareceu ele entender logo meu pensamento e, farejando em torno, por alguns instantes, logo encontrou outra considerável parte. Trazendo-me isso, fez uma pausa momentânea e, esfregando o nariz em minha mão, como que esperou minha aprovação pelo que fizera. Dei-lhe uma pancadinha na cabeça e ele imediatamente saiu de novo. Passaram-se alguns minutos antes que voltasse; quando, porém, regressou, trouxe consigo um grande pedaço, que demonstrava ser todo o papel perdido. Parece que fora rasgado só em três partes. Felizmente não tive dificuldade em encontrar os poucos fragmentos de fósforos que tinham sido deixados de lado, sendo guiado pela luminosidade indistinta que uma ou duas das partículas ainda emitia. Minhas atribulações me haviam ensinado a necessidade de precaução e assim levei tempo a refletir sobre o que ia fazer. Era muito provável, pensei, que algumas palavras estivessem escritas sobre o lado do papel que não tinha sido examinado, mas qual era ele? Ajustar os pedaços de papel não era solução para isso, embora me assegurasse que as palavras (se houvesse algumas) seriam todas encontradas de um lado só e ligadas de maneira própria, como na escrita. Havia a maior necessidade de determinar o ponto em questão, fora de qualquer dúvida, pois os fósforos restantes seriam inteiramente insuficientes para uma terceira tentativa, caso eu falhasse na que estava prestes a realizar. Coloquei o papel sobre um livro, como antes, e sentei-me por alguns minutos pensativamente, revolvendo o assunto no pensamento. Afinal, pensei ser meramente possível que o lado escrito tivesse na sua superfície alguma saliência, que um delicado sentido do tato me capacitaria a notar. Resolvi fazer a experiência e passei os dedos, muito cuidadosamente, sobre o lado que primeiro se apresentou. Nada, contudo, era perceptível, e virei o papel, ajustando-o ao livro. De novo, então deslizei por ele o indicador, cautelosamente, e notei um tenuíssimo porém ainda perceptível calor, que acompanhava o dedo. Compreendi que esse calor devia vir de algumas miúdas partículas de fósforos, com que eu cobrira o papel, na tentativa precedente. O outro lado, ou o inverso, assim, era o que trazia o escrito, se afinal se revelasse existir algum. De novo virei o bilhete e comecei a agir, como da primeira vez. Tendo esfregado os fósforos, seguiu-se um clarão como antes; desta vez, porém, várias linhas manuscritas, em grandes caracteres e, ao que parece, em tinta vermelha, tornaram-se distintamente visíveis. A luz, contudo, embora suficientemente brilhante, foi apenas momentânea. Se, todavia, eu não estivesse altamente excitado, teria havido tempo bastante amplo, para que examinasse todas as três sentenças em minha frente, pois vi que eram três. Na ansiedade, porém, de ler tudo imediatamente, só consegui ler as sete últimas palavras, que eram assim: *sangue... sua vida depende de ficar encerrado*.

Tivesse eu sido capaz de apreender o inteiro conteúdo do bilhete, a completa significação da advertência que meu amigo assim tentara enviar, e tal advertência, ainda mesmo que revelasse a história do mais indizível desastre, não poderia, estou firmemente convencido, ter-me imbuído o espírito de um décimo de dilacerante e todavia indefinível horror que me inspirou o fragmentário aviso, assim recebido. E aquela palavra das palavras, *sangue*, tão comumente ligada sempre ao mistério, ao sofrimento e ao terror, como também me aparecia agora triplicadamente cheia de importância, como caíam gélida e pesadamente suas vagas sílabas (separada, como se achava, de qualquer vocábulo acompanhante, para torná-la distinta ou explicá-la), em meio à profunda tristeza de minha prisão, nos mais recônditos recessos de minha alma!

Augusto, sem dúvida, tivera boas razões para desejar que eu permanecesse escondido, e formei mil hipóteses sobre quais deveriam ser elas; mas em nada podia pensar que conduzisse a uma solução satisfatória do mistério. Precisamente depois de voltar de minha derradeira caminhada ao alçapão e antes que minha atenção tivesse sido dirigida para outro lado, pela singular conduta de Tigre, chegara à resolução de fazer-me ouvido, a qualquer preço, pelos que se encontravam a bordo, ou, se não obtivesse êxito nesse sentido, em tentar romper caminho através do tombadilho da ponte do porão. A semicerteza que sentia de ser capaz de cumprir uma das duas empresas, na última emergência, dera-me coragem (que de outra forma eu não teria) para suportar as desgraças de minha situação. Entretanto, as poucas palavras que eu fora capaz de ler me haviam arrebatado esses recursos finais. Então, pela primeira vez, senti toda a miséria de meu destino. Num paroxismo de desespero, atirei-me de novo sobre o colchão, onde fiquei por cerca de um dia e uma noite, numa espécie de estupor, só aliviado por instantâneos intervalos de raciocínio e recordação.

Afinal, ergui-me uma vez mais e fiquei a refletir sobre os horrores que me sitiavam. Só remotamente era possível que eu pudesse viver sem água outras 24 horas, pois não podia suportar muito mais tempo. Durante a primeira parte de minha prisão fizera livre uso das bebidas de que Augusto me suprira, mas elas só serviram para excitar a febre, sem me aliviar a sede no mínimo grau. Só me restava agora um quarto de quartilho e assim mesmo de uma espécie de forte licor de pêssego que me nauseava o estômago. As salsichas tinham sido consumidas inteiramente. Do presunto nada mais restava, além de um pedacinho de pele. E todos os biscoitos, exceto poucos farelos de um, tinham sido comidos por Tigre. Para aumento de minhas aflições, verifiquei que minha dor de cabeça se intensificava momentaneamente e, com ela, a espécie de delírio que me perturbava, mais ou menos, desde que caíra a dormir pela primeira vez. Nas últimas horas, tinha sido com a maior dificuldade que eu conseguia respirar um pouco e agora cada tentativa de fazê-lo provocava a mais depressiva ação espasmódica do peito. Mas havia ainda outra e muito diferente fonte de inquietação: uma, na verdade, cujos devastadores terrores tinham sido o meio principal de me levantar com esforço de meu torpor, no colchão. Vinha ela da conduta do cão.

Observei primeiramente uma alteração em seu proceder, enquanto esfregava os fósforos no papel, em minha última tentativa. Ao esfregar, ele erguera o nariz contra minha mão, com um leve grunhido. Mas eu estava muito excitado naquela ocasião, para dar maior atenção a esta circunstância. Logo depois, como se hão de recordar, atirei-me no colchão e caí numa espécie de letargia. Agora, tornava-me ciente de um singular som silvante junto de meus ouvidos e descobri que ele procedia de Tigre, que arquejava e ofegava no estado da mais aparente excitação com as pupilas flamejando, ferozmente, através da treva. Falei-lhe, ao que ele replicou com um rosnido baixo, ficando quieto depois. Recaí em seguida no meu estupor, de que fui despertado, de novo, por forma semelhante. Isto se repetiu três ou quatro vezes, até que por fim sua conduta me inspirou tão grande medo, que fiquei completamente de pé. Ele agora estava encostado à entrada do caixote, rosnando temerosamente, embora numa espécie de subtom, e rangendo os dentes como em forte convulsão. Não duvidava mais de que a falta de água ou a confinada atmosfera do porão o haviam tornado doido, e me achava perplexo com o caminho a seguir. Não podia suportar o pensamento de matá-lo, embora isso parecesse absolutamente necessário para minha própria salvação. Distintamente podia perceber-lhe os olhos fixos em mim com uma expressão da mais mortal animosidade e esperava, a cada instante, que ele me atacasse. Afinal, não pude aturar mais minha terrível situação e decidi sair do caixote a todo custo e matá-lo, se sua oposição tornasse necessário que eu o fizesse. Para sair tinha de passar diretamente sobre o corpo dele e já o cão parecia antecipar-se a meu desígnio erguendo-se sobre as patas dianteiras (como notei pela posição modificada de seus olhos) e arreganhando o conjunto de suas presas brancas, que eram facilmente discerníveis. Apanhei o resto da pele de presunto e a garrafa que continha o licor, e segurei-as junto de mim, bem como um grande facão que Augusto me deixara, e depois, segurando minha capa em volta de mim tão apertadamente quanto possível, fiz um movimento para a entrada do caixote. Mal o fiz, o cão atirou-se, com um alto rugido, para a minha garganta. Todo o peso de seu corpo bateu-me no ombro direito e caí violentamente para a esquerda, enquanto o animal raivoso passava completamente sobre mim. Eu caíra sobre os joelhos, com a cabeça mergulhada entre os cobertores e isso me protegeu de um segundo e furioso ataque, durante o qual senti os agudos dentes fazendo vigorosa pressão sobre o pano de lã que me envolvia o pescoço, sem contudo, felizmente, ser capaz de penetrar-lhe todas as dobras. Achava-me, então, por baixo do cão e, em poucos momentos, ficaria completamente em seu poder. O desespero me deu forças e eu levantei-me ousadamente, sacudindo-o de mim, com toda a força, e arrastando comigo os cobertores do colchão. Atirei-os depois sobre ele e, antes que se pudesse desvencilhar, saíra eu pela porta e fechara-a completamente, impedindo-o de prosseguir. Nessa luta, porém, fora obrigado a deixar cair o pedaço de pele de presunto e assim minha inteira reserva de provisões achou-se reduzida a um quartilho de licor. Quando um tal pensamento me cruzou o espírito, senti-me dominado por um daqueles acessos de perversidade que bem se pode imaginar influenciarem um menino privado de tudo em semelhantes circunstâncias e, erguendo a garrafa aos lábios, sorvi até a última gota e atirei-a furiosamente de encontro ao assoalho.

Mal se extinguira o eco de seu espatifamento, ouvi meu nome pronunciado por uma voz ávida, mas abafada, que saía da direção da antecâmara de proa. Tão inesperada era qualquer coisa dessa espécie e tão intensa foi a emoção que o som me provocou que em vão tentei responder. Minha capacidade de falar falhou totalmente e, numa agonia de terror, temendo que meu amigo me pudesse considerar morto e voltasse, sem tentar procurar-me, ergui-me entre os cestos, junto da porta, tremendo convulsivamente, ofegando e lutando por uma palavra. Dependessem mil vocábulos de uma sílaba e eu não teria podido enunciá-la.

Havia um fraco movimento, agora audível, entre a trastaria um tanto adiante de minha posição. O som tornou-se depois menos distinto, e de novo menos, e menos ainda. Poderei jamais esquecer o que senti naquele momento? Ele se ia embora, meu amigo, meu companheiro, de quem eu tinha o direito de esperar tanto, ele se ia embora, abandonava-me, já se fora! Deixar-me-ia perecer miseravelmente, no mais horrível e desgraçado dos cativeiros. E uma palavra, uma simples sílaba me teria salvo! Contudo, eu não podia proferir essa simples sílaba!!

Estou certo de que senti, mais de dez mil vezes, as agonias da própria morte. Meu cérebro desmaiou e caí, mortalmente exausto, de encontro ao caixote.

Ao cair, o facão foi sacudido para fora do cinto de minhas calças e tombou no assoalho, com um som estridente. Jamais qualquer sonoridade de mais rica melodia tão docemente me veio aos ouvidos! Pus-me à escuta, com a mais intensa ansiedade, para verificar o efeito do ruído sobre Augusto, pois eu sabia que a pessoa que me chamara só podia ser ele. Tudo ficou silente por alguns instantes. Afinal, ouvi de novo a palavra "Arthur", repetida em tom baixo, cheio de hesitação. Minha capacidade de falar felizmente reviveu logo da perda e eu berrei, no ápice da voz: "Augusto! Augusto!" "Psiu! Pelo amor de Deus, fique calado! — repetiu ele, numa voz trêmula de agitação. — Estarei com você imediatamente... logo que possa abrir caminho pelo porão."

Durante longo tempo ouvi-o a mover-se por entre a trastaria e cada momento me parecia um século. Afinal, senti-lhe a mão sobre meu ombro e ele me fez chegar aos lábios, no mesmo instante, uma botija de água. Só aqueles que subitamente foram salvos das fauces do túmulo ou que conheceram os insuportáveis tormentos da sede em circunstâncias tão agravadas como as que me assediaram em minha pavorosa prisão podem formar qualquer ideia dos indizíveis transportes de alegria que produziu aquele longo trago da mais estupenda de todas as satisfações físicas.

Depois que, de algum modo, satisfiz minha sede, Augusto tirou do bolso três ou quatro batatas cozidas que devorei com a maior avidez. Ele trouxera consigo uma vela, numa lanterna surda, e os agradáveis raios não me deram menor conforto do que o alimento e a bebida. Mas eu estava impaciente por saber a causa de sua prolongada ausência e ele passou a narrar o que sucedera a bordo durante meu encarceramento.

Capítulo IV

O navio fez-se ao mar, como eu havia suposto, cerca de uma hora depois que ele me deixara o relógio. Isto fora a vinte de junho. Devem lembrar-se que eu estive então no porão, durante três dias; e, no decorrer desse lapso, foi tão constante o trabalho a bordo e tantas eram as correrias para um lado e para outro, especialmente na cabine e nos camarotes, que ele não tivera oportunidade de visitar-me, sem que se descobrisse o segredo do alçapão. Quando veio, por fim, eu lhe assegurara que estava passando tão bem quanto possível e, por conseguinte, nos dois dias subsequentes, ele pouco incômodo sentiu a meu respeito, embora, contudo, vigiasse uma oportunidade de descer. *Até o quarto dia* não achou nenhuma. Várias vezes, durante esse intervalo, ele preparara o espírito para falar a seu pai acerca de nossa aventura e fazer-me subir imediatamente; ainda nos achávamos, porém, a pequena distância de Nantucket e, dadas algumas expressões escapadas ao Capitão Barnard, era de duvidar se ele não regressaria imediatamente, caso descobrisse minha estada a bordo. Além disso, depois de refletir mais sobre o caso, Augusto — assim mo disse — não podia imaginar que me faltasse algo ou que eu hesitasse, se isso se desse, em fazer-me ouvir no alçapão. Então, tendo pesado bem as coisas, decidiu deixar-me ficar até que pudesse encontrar uma oportunidade de visitar-me sem ser observado. Isto, como já disse, não ocorreu antes do quarto dia, depois que ele me trouxera o relógio, o sétimo desde que eu entrara, pela primeira vez, no porão. Ele desceu, então, sem trazer consigo água nem quaisquer provisões, pretendendo simplesmente, em primeiro lugar, chamar-me a atenção e levar-me do caixote ao alçapão. Dali subiria ao camarote e então me passaria um suprimento. Quando desceu para esse fim, descobriu que eu dormia, pois parece que eu ressonava muito alto. Segundo todos os cálculos que posso fazer a respeito, esse deve ter sido o sono em que caí, logo depois de voltar do alçapão com o relógio e que, consequentemente, deve ter-se prolongado *por mais de três dias e noites inteiros* em toda sua extensão. Ultimamente, eu tivera razão, tanto por minha própria experiência como pelas afirmativas de outros, para concluir dos fortes efeitos soporíferos do fétido que se exala do óleo de peixe velho quando num aposento pequeno; e quando penso nas condições do porão em que estivera encerrado e no longo período em que o brigue fora usado como navio baleeiro, sou mais inclinado a me admirar por haver afinal acordado depois de uma vez ter caído adormecido do que de haver dormido ininterruptamente durante o tempo acima especificado.

Augusto chamara-me primeiramente em voz baixa, sem fechar o alçapão, mas eu não lhe dera resposta. Fechou então o alçapão e falou-me, em tom mais alto, e, por fim, num tom elevadíssimo; continuei, porém, ressonando. Ele ficou, então, sem saber o que fazer. Levaria algum tempo a caminhar, por entre a trastaria, até o meu caixote e, entrementes, sua ausência seria notada pelo Capitão Barnard, que necessitava de seus serviços a cada minuto para arranjar e copiar papéis relacionados com os negócios da viagem. Resolveu, por conseguinte, depois de refletir, subir e esperar outra oportunidade para me visitar. Foi muito facilmente induzido a tal resolução, pois meu sono parecia ser de natureza tranquilíssima e ele não podia supor que eu sofresse qualquer inconveniente derivado de meu encerramento. Mal tivera pensado tais coisas, quando sua atenção foi atraída por um tumulto anormal, cujo ruído vinha aparentemente da cabine. Enfiou-se pelo alçapão tão depressa quanto possível, fechou-o e abriu a porta de seu camarote. Nem bem pusera o pé no limiar e uma pistola relampejou-lhe no rosto, enquanto ele era abatido, no mesmo instante, por uma pancada de espeque.

Uma forte mão o arrastou pelo solo da cabine, com o punho cerrado sobre sua garganta; contudo, ele era capaz de ver o que se passava a seu redor. Seu pai estava amarrado de pés e mãos e jazia sobre os degraus da escada do tombadilho, com a cabeça pendida e um profundo ferimento na testa, de onde fluía sangue em jorro contínuo. Não pronunciava uma palavra e aparentemente estava à morte. Acima dele, em pé, achava-se o primeiro-piloto, olhando-o com expressão de escarnecedora inimizade, e dando-lhe uma resoluta busca nos bolsos, de onde depois extraiu uma grande bolsa e um cronômetro. Sete homens da equipagem (entre os quais o cozinheiro, um negro) revolviam os camarotes a bombordo em procura de armas e logo se armaram de mosquetes e munição. Além de Augusto e do Capitão Barnard havia nove homens ainda na cabine, entre os piores brutos da equipagem do brigue. Os rufiões, então, subiram ao tombadilho, levando consigo meu amigo, depois de lhe haverem amarrado os braços atrás das costas. Dirigiram-se logo para o castelo da proa, que se encontrava embaixo. Dois dos amotinados estavam junto dele, com machados, e outros dois se achavam na principal coberta da escotilha. O piloto gritou em alta voz: "Estão ouvindo aí embaixo? Deem o fora, um a um — agora, atenção! —, e nada de resmungos!" Passaram-se alguns minutos antes que qualquer aparecesse. Por fim, um inglês, que embarcara como aprendiz, subiu, chorando lastimosamente e suplicando ao piloto, com os modos mais humildes, que lhe poupasse a vida. A única resposta foi uma pancada na testa, com o machado. O pobre sujeito espichou-se no tombadilho, sem um gemido, e o cozinheiro negro ergueu-o nos braços, como se fosse uma criança, e atirou-o cuidadosamente ao mar. Ao ouvir o golpe e o mergulho do corpo, os homens lá embaixo não podiam mais ser induzidos a aventurar-se no tombadilho, nem por promessas, nem por ameaças, até que foi feita a proposta de asfixiá-los com fumaça. Seguiu-se, então, uma correria geral e por um momento pareceu possível que se pudesse retomar o navio. Os amotinados, contudo, conseguiram por fim fechar completamente o castelo de proa, antes que mais de seis de seus adversários pudessem subir. Estes seis, achando-se tão grandemente dominados pelo número e sem armas, submeteram-se depois de breve luta. O piloto dirigiu-lhes então belas palavras, sem dúvida, com o alvo de induzir os de baixo a render-se, pois eles não tinham dificuldades em ouvir tudo o que se dizia no tombadilho. O resultado foi uma prova de sua sagacidade, não menos que de sua diabólica vilania. Todos no castelo de proa, então, manifestaram sua intenção de entregar-se e, subindo um a um, foram amarrados com os braços por trás das costas, juntamente com os seis primeiros. Havia, entre todos os da equipagem que não estavam implicados no motim, 27.

Seguiu-se então uma cena de horribilíssima carnificina. Os marinheiros amarrados foram arrastados ao passadiço. Ali se achava o cozinheiro, com um machado, ferindo cada vítima na cabeça, à medida que era cada uma empurrada contra a amurada pelos outros amotinados. Desse modo pereceram 22. Augusto dava-se por perdido, esperando a cada instante sua própria vez de ser a próxima vítima. Mas parece que os vilões se acharam depois cansados, ou de algum modo enojados com sua tarefa sanguinolenta, pois os quatro prisioneiros restantes, bem como meu amigo, que haviam sido arrastados ao tombadilho com os outros, foram poupados. Em seguida, o piloto mandou buscar rum embaixo e toda a quadrilha assassina entregou-se a uma orgia de bebidas que durou até o pôr do sol. Começaram após a discutir sobre o destino dos sobreviventes, que se achavam a apenas quatro passos de distância e podiam distinguir todas as palavras que eram ditas. Em algum dos amotinados, a bebida como que produzira um efeito abrandante, pois várias vozes se ouviram em favor da completa libertação dos cativos, com a condição de que se juntassem ao motim e partilhassem de seus proveitos. O cozinheiro preto, entretanto (que sob todos os aspectos era um perfeito demônio e parecia exercer tanta influência como o próprio piloto, senão mais), não queria ouvir qualquer proposta dessa espécie e levantou-se repetidamente para o fim de reassumir sua tarefa no passadiço. Afortunadamente, estava tão dominado pela bebedeira, que foi facilmente impedido pelos menos sanguissedentos da quadrilha, entre os quais um comissário que atendia pelo nome de Dirk Peters. Esse homem era filho de uma índia da tribo dos Upsarokas que habita entre os fortes das Colinas Negras, perto da fonte do Missouri. Seu pai era um negociante de peles, creio eu, ou pelo menos tinha quaisquer ligações com os postos de comércio dos índios no Rio Lewis. O próprio Peters era um dos homens de aspecto mais feroz que já vi. De baixa estatura, não mais do que um metro e quarenta centímetros, tinha os membros de formato hercúleo. As mãos, especialmente, eram tão enormemente largas e grossas, que mal possuíam aparência de humanas. Os braços, assim como as pernas, se arqueavam do modo mais singular, parecendo não possuir qualquer flexibilidade. Tinha a cabeça igualmente deformada, de imenso volume, com uma ondulação na parte mais alta (como a de muitos negros) e inteiramente calva. Para ocultar essa última deficiência, que não provinha da idade avançada, ele usava habitualmente uma peruca de qualquer material semelhante a cabelo que se lhe apresentasse, ocasionalmente a pele de um cão espanhol ou de um urso-cinzento da América. No tempo a que nos referimos, tinha ele uma porção dessas peles de urso. E isso trazia não pequeno acréscimo à natural ferocidade de seu semblante, que refletia os caracteres dos Upsarokas. A boca estendia-se quase de uma orelha à outra; os lábios eram estreitos e pareciam, como outras partes de sua figura, ser privados da natural plasticidade, de modo que sua expressão normal nunca variava sob a influência de qualquer espécie de emoção. Essa expressão normal pode ser concebida quando se considera que os dentes eram excessivamente compridos e projetados para a frente e jamais cobertos, sequer parcialmente, pelos lábios. Ao dar a esse homem uma olhadela casual, alguém poderia imaginar que ele estava convulsionado de risos; mas um segundo olhar induziria a um arrepiante reconhecimento de que, se tal expressão era indicativa de alegria, tal alegria só devia ser a de um demônio. Sobre esse singular sujeito muitas anedotas corriam entre os marujos de Nantucket. Tais anedotas discorriam sobre sua prodigiosa força, quando provocado, e algumas delas tinham dado motivos a que se duvidasse de sua sanidade mental. Mas a bordo do *Grampus*, parece, era ele considerado, ao tempo do motim, com sentimentos mais de escárnio do que de qualquer outra coisa. Fui tão pormenorizado, ao falar de Dirk Peters, porque, por mais feroz que parecesse, foi ele o principal instrumento para a preservação da vida de Augusto e porque terei frequentes ocasiões de mencioná-lo daqui por diante, no decorrer de minha narrativa, narrativa esta, deixem-me dizê-lo logo, que, em suas últimas partes, será levada a incluir incidentes de natureza tão inteiramente fora da ordem da experiência humana e, por esse motivo, tão além dos limites da credibilidade humana, que prossigo na mais extrema desesperança de obter crédito para tudo quanto irei dizer, embora confidentemente creia no tempo e nos progressos da ciência para verificar algumas das mais importantes e mais improváveis de minhas narrativas.

Depois de muita indecisão e de duas ou três violentas disputas, foi determinado afinal que todos os prisioneiros (com exceção de Augusto, que Peters insistia em conservar, de modo muito jovial, como seu secretário) seriam lançados a flutuar num dos menores botes baleeiros. O piloto desceu à cabine para ver se o Capitão Barnard ainda estava vivo, pois, como se recordam, ele fora deixado embaixo quando os amotinados subiram. Depois, ambos apareceram, o capitão pálido como a morte, mas algo recobrado dos efeitos de seu ferimento. Falou aos homens, numa voz dificilmente articulada, advertiu-os a não o porem no bote, mas a voltarem a seus deveres, prometendo desembarcá-los onde escolhessem e não dar quaisquer passos para entregá-los à justiça. Do mesmo modo podia ele falar ao vento. Dois dos malvados o agarraram pelos braços e o atiraram pela amurada do navio para dentro do bote que havia sido baixado enquanto o piloto descera. Os quatro homens que jaziam no tombadilho foram também desamarrados e ordenaram-lhes que seguissem o capitão, o que fizeram sem qualquer resistência. Augusto, contudo, foi deixado na sua posição dolorosa, embora lutasse e suplicasse que lhe dessem, ao menos, a pequena satisfação de ser-lhe permitido dar adeus a seu pai. Um cesto de biscoitos de água e sal e uma bilha de água foram depois descidos; mas não foram dados mastro, vela, remos nem bússola. O bote foi sirgado à ré por alguns instantes, durante os quais os amotinados se consultaram novamente. Afinal, cortaram-lhe as amarras, deixando-o a flutuar. Entrementes, a noite descera. Não se viam estrelas nem a lua. Um mar feio e picado ondulava, embora não houvesse muito vento. Instantaneamente, o bote foi perdido de vista e pouca esperança se podia ter pelas infortunadas vítimas que nele estavam. Esse fato sucedeu, contudo, aos 35° 30' de latitude norte e 61° 20' de longitude oeste; consequentemente, a não muito grande distância das Ilhas Bermudas. Augusto, assim, tentava consolar-se com a ideia de que ou o bote poderia alcançar terra ou chegar suficientemente perto para ser descoberto por navios ao largo da costa.

Todas as velas foram, após, largadas no brigue, e ele continuou o caminho primitivo para o sudoeste, pois os amotinados estavam dispostos a empreender alguma expedição de pirataria, na qual, segundo o que fora possível depreender, devia ser interceptado um navio, em sua rota das ilhas de Cabo Verde a Porto Rico. Nenhuma atenção se deu a Augusto, que foi desamarrado, permitindo-se-lhe que fosse para qualquer lugar, além da cabine do passadiço. Dirk Peters tratava-o com algum grau de bondade e salvara-o uma vez da brutalidade do cozinheiro. Sua situação era ainda das mais precárias, pois os marinheiros estavam continuamente embriagados e não se podia confiar em seu permanente bom humor ou desdém com relação a ele. Sua ansiedade a meu respeito era contudo para ele o mais angustioso resultado de sua situação; e, na verdade, eu nunca tive razão de duvidar da sinceridade de sua amizade. Mais de uma vez se resolvera a dar a conhecer aos amotinados o segredo de minha estada a bordo, mas era impedido de fazê-lo em parte pela lembrança das atrocidades a que já assistira e em parte pela esperança de ser capaz de levar-me socorro. Vivia constantemente à espera de conseguir este último objetivo, mas, a despeito da mais constante vigilância, três dias decorreram depois que o bote fora posto a flutuar, sem que qualquer oportunidade surgisse. Afinal, na noite do terceiro dia, veio do leste uma pesada borrasca e todos os marujos foram chamados a ocupar-se nas manobras de navegação. Durante a confusão que se seguiu, ele saiu, sem ser observado, e penetrou no camarote. Qual não foi seu pesar, seu horror, ao descobrir que o aposento tinha sido convertido num lugar de depósito de provisões e de material do navio e que diversas braças de uma velha corrente de ferro, que se estendia por baixo da escada do tombadilho, foram conduzidas para ali a fim de dar lugar a um cofre e agora se achavam mesmo em cima do alçapão! Removê-las sem ser descoberto era impossível, e ele voltou ao tombadilho tão depressa quanto pôde. Ao subir, o piloto agarrou-o pela garganta e perguntou-lhe o que estivera fazendo no camarote. Estava a ponto de arremessá-lo pelo baluarte de bombordo, quando sua vida foi de novo salva pela intervenção de Dirk Peters. Augusto foi então posto em algemas (de que havia a bordo vários pares) e seus pés foram amarrados juntos, apertadamente. Foi então levado à antecâmara de proa e enfiado num beliche inferior, perto do tabique do castelo de proa, com a afirmativa de que não poria mais os pés no tombadilho "enquanto o brigue fosse um brigue". Essa fora a expressão do cozinheiro que o atirara ao beliche. Dificilmente será possível dizer qual o sentido preciso que dava a tal frase. Todo o caso, contudo, redundou nos meios finais de socorrer-me, como agora se verá.

Capítulo V

Por alguns minutos depois que o cozinheiro deixara o castelo de proa, Augusto abandonou-se ao desespero, não crendo que jamais pudesse sair com vida do beliche. Tomou após a resolução de informar o primeiro homem que ali descesse de minha situação, pensando que seria melhor deixar-me ter uma oportunidade com os amotinados do que perecer de sede no porão — pois já havia dez dias desde que eu fora encerrado, e minha bilha de água não comportava um suprimento que bastasse mesmo para quatro dias. Enquanto pensava sobre o assunto, veio-lhe de súbito a ideia de que lhe seria possível comunicar-se comigo pela escotilha do porão. Em outras circunstâncias, a dificuldade e os riscos do empreendimento o teriam impedido de tentá-lo; agora, porém, tinha pouca esperança de vida, de qualquer forma, e, por conseguinte, pouca coisa a perder. Decidiu-se, portanto, a realizar a empresa.

Nas suas algemas estava o primeiro problema. A princípio, não viu meio de removê-las e temia por isso falhar logo no começo. Mas, depois de mais acurado exame, descobriu que os ferros podiam escorregar para fora à vontade, com pequeníssimo esforço e incômodo, bastando forçar as mãos por entre eles. Essa espécie de algemas era, de fato, ineficaz para prender pessoas jovens, em quem os ossos menores prontamente cediam à pressão. Desamarrou depois os pés e, deixando a corda de modo a poder ser facilmente recolocada, no caso de que qualquer pessoa descesse ali, passou a examinar o tabique a que se achava pregado o beliche. A parede era ali de macias tábuas de pinho, de uma polegada de espessura, e ele notou que pouquíssimo trabalho teria em cortar nelas um caminho. Ouviu-se depois uma voz na escada do castelo de proa, e ele só teve tempo de enfiar a mão direita na algema (a esquerda não tinha sido retirada) e conseguir amarrar um nó corrediço em volta do tornozelo. Dirk Peters desceu, seguido por Tigre, que imediatamente pulou no beliche e deitou-se. O cão tinha sido trazido a bordo por Augusto, que sabia de minha afeição pelo animal, e pensava que me daria prazer tê-lo comigo durante a viagem. Fora buscá-lo em nossa casa imediatamente depois que, pela primeira vez, me introduzira no porão, mas não pensara em mencionar o fato quando ali fora levar o relógio. Depois do motim, Augusto não o vira até seu aparecimento com Dirk Peters, e dera-o como perdido, supondo que havia sido lançado ao mar por algum dos malvados bandidos que integravam a quadrilha do piloto. Parece, contudo, que ele se insinuara num buraco, por baixo de um bote baleeiro, e não se pôde desvencilhar por falta de espaço para voltar-se. Peters por fim o libertara e, com uma espécie de bom sentimento que meu amigo bem sabia como apreciar, o trouxera para servir-lhe de companhia no castelo de proa, levando-lhe ao mesmo tempo algumas conservas salgadas e batatas, bem como uma caneca de água. Voltou então ao tombadilho, prometendo regressar no dia seguinte com algo mais para comer.

Quando ele se foi, Augusto libertou ambas as mãos das algemas e desamarrou os pés. Levantou a seguir o colchão em que se achava deitado e, com o canivete (pois os rufiões não o haviam considerado útil enquanto o revistavam), começou a cortar vigorosamente, através de uma das tábuas do beliche, tão junto quanto possível do assoalho. Escolheu para cortar aquela parte porque, se fosse subitamente interrompido, seria possível esconder o que fizera, simplesmente deixando o colchão erguido cair em sua antiga posição. Durante o resto do dia, contudo, nenhuma perturbação surgiu e, à noite, tinha ele cortado completamente a prancha. Deve-se observar aqui que ninguém da tripulação ocupava o castelo de proa como dormitório, vivendo todos no camarote, desde o motim, bebendo os vinhos, banqueteando-se com as provisões do Capitão Barnard e não tomando preocupações maiores do que as estritamente necessárias à navegação do brigue. Tais circunstâncias foram afortunadas, para mim como para Augusto; porque, se as coisas corressem diversamente, ter-lhe-ia sido impossível procurar-me. Assim sendo, prosseguiu ele com confiança em seu desígnio. Já era, contudo, quase o alvorecer do dia quando completou o segundo corte na tábua (cerca de trinta centímetros acima do primeiro), fazendo assim uma abertura bastante larga para permitir-lhe, com facilidade, passar por ela até a principal ponte do porão. Chegado ali, abriu caminho, quase sem dificuldades, até a escotilha maior embaixo, embora ao fazê-lo tivesse de trepar sobre fileiras de barris de óleo empilhados quase até a altura do forro, mal lhe deixando espaço suficiente para o corpo. Depois de alcançar a escotilha, descobriu que Tigre o seguira ali, insinuando-se por entre duas fileiras de barris. Era já, contudo, tarde demais para tentar alcançar-me antes que o dia rompesse, pois a principal dificuldade residia em passar pelo atulhado armazém para o porão inferior. Resolveu, portanto, voltar e esperar até a noite seguinte. Com essa intenção passou a alargar a escotilha, a fim de ter o mínimo de obstáculo possível quando pudesse vir de novo. Nem bem a alargara, quando Tigre saltou ansiosamente para a pequena abertura produzida, farejou por um instante e soltou depois um longo gemido, arranhando ao mesmo tempo como se ávido de remover a cobertura com as patas. Não podia haver dúvida, dada sua conduta, de que se cientificara de minha presença no porão e Augusto julgou possível que o cão fosse capaz de me encontrar, se ele o fizesse descer. Adotou então o expediente de enviar-me o bilhete, pois era particularmente desejável que eu não fizesse qualquer tentativa de forçar caminho para sair, pelo menos sob as circunstâncias vigentes, e ele não podia ter certeza de encontrar-se comigo no dia seguinte, como pretendia. Os fatos subsequentes demonstraram quão feliz fora a ideia que lhe ocorrera, porque, não fosse a recepção do bilhete, sem dúvida teria eu empreendido qualquer plano, embora desesperado, para chamar a atenção da tripulação, e, em consequência, ambas as nossas vidas teriam sido sacrificadas.

Tendo-se decidido a escrever, a dificuldade residia agora em encontrar material para fazê-lo. Um palito velho foi logo transformado em pena, e isto somente pelo tato, pois o espaço entre os pavimentos estava escuro como breu. Bastante papel foi obtido das costas de uma carta, uma duplicata da carta que forjáramos, atribuindo-a ao Sr. Ross. Fora o rascunho original; mas a caligrafia não parecera suficientemente bem imitada e Augusto escrevera outra, enfiando a primeira, por boa fortuna, no bolso do paletó, onde agora era oportunissimamente descoberta. Assim, apenas a tinta faltava, e um substituto foi logo encontrado por meio de uma leve incisão feita com o canivete na ponta de um dedo, mesmo por cima da unha. Seguiu-se copioso jorro de sangue, como sucede com os ferimentos em tal região. Foi então escrito o bilhete, o melhor que podia ser, na escuridão e em tais circunstâncias. Resumidamente, explicava-se nele que irrompera um motim; que o Capitão Barnard tinha sido abandonado num bote, em pleno mar, e que eu podia esperar imediato auxílio, tão logo se obtivessem as provisões, mas não devia aventurar-me a provocar qualquer alarme.

O bilhete concluía com estas palavras: *"escrevi isto com sangue; sua vida depende de ficar encerrado"*.

O pedaço de papel fora amarrado sobre o cão, introduzido pela escotilha, e Augusto tratou de regressar às pressas para o castelo de proa, onde não achou motivos para crer que qualquer pessoa da tripulação tivesse estado em sua ausência. Para esconder o buraco no tabique, fincou o canivete bem por cima dele e ali pendurou uma jaqueta que encontrara no beliche. Recolocou depois as algemas, bem como a corda, em volta dos tornozelos.

Mal tais arranjos tinham sido terminados, Dirk Peters desceu, muito embriagado, mas de excelente humor, trazendo consigo a ração de provisões do dia para meu amigo. Consistia ela de doze grandes batatas irlandesas assadas e um cântaro de água. Sentou-se, por algum tempo, numa arca junto do beliche e falou livremente acerca do piloto e dos assuntos do brigue em geral. Sua conduta era demasiado esquisita e mesmo grotesca. A princípio, Augusto ficou muito alarmado com esse estranho procedimento. Por fim, contudo, ele subiu ao tombadilho, resmoneando a promessa de trazer a seu prisioneiro um bom jantar, no dia seguinte. Durante o dia, dois homens da tripulação (arpoadores) desceram, acompanhados pelo cozinheiro, todos três quase no mais elevado grau de bebedeira. Como Peters, não tiveram escrúpulos em falar, sem reservas, sobre seus planos. Parece que estavam muito divididos entre si por causa de sua rota ulterior, não concordando em ponto algum, a não ser no ataque ao navio que vinha das ilhas de Cabo Verde e que esperavam encontrar a todo instante. Tanto quanto se podia depreender, o motim não rebentara somente por causa do saque; uma desavença particular entre o primeiro-piloto e o Capitão Barnard tinha sido o motivo principal. Agora parecia haver duas facções principais entre a tripulação: uma chefiada pelo piloto e a outra pelo cozinheiro. O primeiro partido opinava pelo apresamento do primeiro navio conveniente que se apresentasse, equipando-o em alguma ilha das Índias Ocidentais para um cruzeiro de pirataria. A outra parte, contudo, que era a mais forte, e incluía Dirk Peters entre seus partidários, inclinava-se pelo prosseguimento da rota originariamente traçada para o navio até o Pacífico Sul e, uma vez ali, pescar-se-iam baleias ou far-se-ia qualquer outra coisa que as circunstâncias pudessem sugerir. Os argumentos de Peters, que frequentemente visitara aquelas regiões, tinham grande peso, na aparência, entre os amotinados, dado o fato de oscilarem entre semiconcebidas noções de lucro e de diversão. Ele insistia no mundo de aventura e prazer que se encontraria entre as inúmeras ilhas do Pacífico, no gozo de perfeita segurança e liberdade sem qualquer restrição e, mais particularmente, na delícia do clima, nos abundantes meios de viver à farta e na voluptuosa beleza das mulheres. Nada fora ainda decidido, contudo; mas as descrições do híbrido comissário tomavam força nas ardentes imaginações dos marujos e havia todas as probabilidades de que suas intenções fossem finalmente levadas a efeito.

Os três homens subiram, cerca de uma hora depois, e ninguém mais entrou no castelo de proa o dia inteiro. Augusto ficou quieto até a noite. Libertou-se então das cordas e dos ferros e preparou-se para sua tentativa. Em um dos beliches encontrou uma bilha que encheu com água do cântaro deixado por Peters, provendo os bolsos, ao mesmo tempo, de batatas frias. Com grande alegria conseguiu também encontrar uma lanterna com um pedacinho de vela de sebo. Poderia acendê-la a qualquer momento, pois possuía uma caixa de fósforos. Quando ficou completamente escuro, enfiou-se pelo buraco do tabique, tendo tomado a precaução de arrumar as roupas de cama no beliche, de modo a darem a impressão de uma pessoa coberta. Atravessada a abertura, pendurou como antes a jaqueta no canivete, para esconder o buraco. Isso foi facilmente feito, pois ele não tinha de reajustar o pedaço de madeira cortado enquanto não voltasse. Estava então na escotilha da ponte do porão e passou a caminhar, como antes, entre o ferro e os barris de óleo, para a escotilha principal. Tendo-a alcançado, acendeu o pedaço de vela e desceu, escorregando, com extrema dificuldade, entre a compacta trastaria do porão. Em poucos momentos ficou alarmado, em face do insuportável mau cheiro e do abafamento da atmosfera. Não podia considerar possível que eu tivesse sobrevivido a meu encerramento por período tão longo, respirando um ar tão opressivo. Chamou-me pelo nome repetidamente, mas não lhe dei resposta e suas apreensões pareceram assim ser confirmadas. O brigue jogava violentamente e, em consequência, havia muito barulho, o que tornava inútil tentar ouvir qualquer som fraco, como os de respirar ou ressonar. Abriu a lanterna e conservou-a tão alta quanto possível, a fim de que, em qualquer oportunidade, eu pudesse, se ainda vivo, pela observação da luz, saber que o socorro se aproximava. Nada, entretanto, ouviu de mim e a suposição de minha morte passou a assumir o caráter de certeza. Decidiu-se, não obstante, a forçar a passagem até o caixote, se possível, ou pelo menos a certificar-se, sem sombra de dúvida, da verdade de suas hipóteses. Esforçou-se para diante por algum tempo, no mais lastimável estado de ansiedade, até que por fim encontrou o caminho completamente bloqueado, não havendo mais possibilidade de prosseguir mais para a frente pelo caminho em que se enfiara. Subjugado por seus sentimentos, atirou-se então, desesperado, entre a trastaria, chorando como uma criança.

Foi nessa ocasião que ouviu o ruído ocasionado pela garrafa que eu atirara fora. Afortunado em verdade foi esse incidente, pois dele, por mais trivial que pareça, dependeu o fio de meu destino. Muitos anos, todavia, defluíram sem que eu soubesse de tal fato. Uma natural vergonha e o pesar por sua fraqueza e indecisão impediram Augusto de me confidenciar, naquele tempo, o que só depois a intimidade mais profunda e sem reservas o induziu a revelar-me. Depois de verificar que seus futuros avanços pelo porão eram impedidos por obstáculos que não podia superar, resolveu abandonar sua tentativa de procurar-me e voltar logo para o castelo de proa. Antes de condená-lo completamente por essa resolução, as angustiosas circunstâncias que o enredavam devem ser consideradas. A noite se ia escoando e sua ausência do castelo de proa podia ser descoberta; e, na verdade, tal coisa sucederia fatalmente se ele deixasse de regressar ao beliche antes do raiar do dia. Sua vela morria no castiçal, e só com a maior dificuldade poderia reencontrar o caminho nas trevas. Deve-se também convir em que ele tinha todas as melhores razões para me considerar morto; caso em que nenhum benefício lhe adviria de procurar-me no caixote e um mundo de perigos haveria para ele, sem nenhuma vantagem. Chamara repetidamente e eu não respondera. Fazia agora onze dias e onze noites que eu não possuía mais água do que a contida na bilha que ele me deixara, suprimento que não era, em absoluto, provável haver eu poupado ao início de meu encerramento, visto como tinha todas as razões para esperar rápida libertação. A atmosfera do porão, também, devia ter-lhe aparecido, pois vinha do ar de certo modo livre da antecâmara, de natureza completamente venenosa e muito mais intolerável do que me parecera ao tomar pela primeira vez lugar no caixote, pois naquele tempo e durante os meses anteriores a escotilha tinha sido mantida constantemente aberta. Ajuntem-se a essas considerações as cenas de sangueira e terror tão recentemente testemunhadas por meu amigo; seu aprisionamento, suas privações, suas escapadas da morte por um triz, bem como a frágil e equívoca possibilidade de vida, circunstâncias estas todas muito bem calculadas para prostrarem todas as energias do espírito, e o leitor será facilmente levado, como eu, a considerar sua aparente falta de amizade e de lealdade antes com sentimentos de tristeza que de cólera.

O espatifar-se da garrafa fora distintamente ouvido; Augusto, porém, não estava certo de que procedesse do porão. Só a dúvida, entretanto, era suficiente estímulo para que perseverasse. Trepou até perto do assoalho da ponte no porão, valendo-se dos trastes, e depois, aguardando uma pausa nos pinchos do barco, chamou-me no tom mais alto que lhe foi possível, sem, na ocasião, cuidar de que o ouvissem os da equipagem. Recorde-se que nessa ocasião a voz dele chegou a mim, mas estava tão completamente subjugado por violenta excitação, que fui incapaz de responder. Crendo, agora, que suas piores apreensões eram bem fundamentadas, ele desceu, a fim de regressar ao castelo de proa, sem perda de tempo. Na sua pressa, caíram algumas caixinhas, barulho que eu ouvi, como se recordam. Já avançara ele muito, no seu regresso, quando a queda do facão de novo o levou a hesitar. Voltou sobre seus passos imediatamente e, trepando pela trastaria pela segunda vez, chamou-me pelo nome, alto como dantes, depois de esperar por uma pausa. Desta vez, encontrei voz para responder. No auge do contentamento por descobrir-me ainda com vida, resolveu então afrontar todas as dificuldades e perigos para procurar-me. Desvencilhando-se rapidamente como foi possível do labirinto de trastes que o cercavam, deu afinal com uma abertura que lhe pareceu melhor e, finalmente, depois de uma série de lutas, chegou ao caixote num estado de extrema exaustão.

Capítulo VI

Os principais pormenores dessa narrativa foram os que Augusto me comunicou, enquanto permanecíamos perto do caixote. Só mais tarde entrou ele completamente em todos os detalhes. Estava apreensivo, temendo perder-se, e eu ardia de impaciência por deixar o detestado lugar de minha prisão. Resolvemos seguir imediatamente até o buraco no tabique, perto do qual eu ficaria por enquanto, saindo ele para fazer um reconhecimento. Deixar Tigre no caixote era coisa em que nenhum dos dois podia sequer pensar; contudo, a questão estava em como retirá-lo sem perigo. Ele parecia, então, estar perfeitamente calmo, e nem mesmo pudemos perceber o som de sua respiração ao aplicar os ouvidos bem junto do caixote. Eu me convencera de que ele estava morto e resolvi abrir a porta. Encontramo-lo deitado de comprido, aparentemente em profundo torpor, mas vivo ainda. Não havia tempo a perder, embora não me resignasse a abandonar um animal que, por duas vezes, tinha sido o instrumento de salvação de minha vida, sem qualquer tentativa de salvá-lo. Por conseguinte, arrastamo-lo conosco o melhor que pudemos, apesar de imensas dificuldades e fadigas. Durante parte do tempo, Augusto foi forçado a subir sobre os obstáculos de nosso caminho, com o enorme cão nos braços, façanha para a qual me tornava totalmente inadequado a fragilidade de meu estado. Afinal, conseguimos alcançar a abertura; Augusto introduziu-se nela e Tigre foi depois empurrado por ali. Tudo se completara a salvo e não nos esquecemos de render sinceras graças a Deus pela nossa libertação do iminente perigo de que havíamos escapado. Provisoriamente, concordamos em que eu deveria permanecer perto da abertura, através da qual meu companheiro facilmente me podia suprir com uma parte de sua provisão diária e onde eu poderia ter a vantagem de respirar uma atmosfera relativamente pura.

Na explanação de algumas partes desta narrativa, tenho falado da trastaria armazenada no brigue, o que pode parecer ambíguo a muitos de meus leitores que poderiam imaginar uma armazenagem bem-feita ou regular. Devo frisar aqui que a maneira pela qual esse importantíssimo dever se efetuara a bordo do *Grampus* deu mostras da mais vergonhosa negligência por parte do Capitão Barnard, que de modo algum era marinheiro tão cuidadoso ou experimentado como necessariamente o requeria a perigosa natureza do serviço em que se empregava. Uma armazenagem bem-feita não podia ser efetuada de modo descuidado, e muitos dos mais desastrosos acidentes, mesmo dentro dos limites de minha própria experiência, se originam da negligência ou da ignorância nesse particular. Navios costeiros, na frequente confusão e correria, à espera de carga e de descarga, são os mais expostos a desastres pela falta da atenção requerida pela armazenagem. O ponto principal consiste em não dar à carga ou lastro qualquer possibilidade de mudar de posição, mesmo com as mais violentas oscilações do navio. Para esse fim, deve-se prestar a maior atenção não só à massa dos volumes recebidos, mas à natureza desses volumes, e ao fato de ser a carga total ou somente parcial. Em muitas espécies de frete o armazenamento se efetua por meio de compressão. Assim, num carregamento de fumo ou farinha de trigo, tudo se comprime tão apertadamente no porão do barco, que os fardos ou tonéis, depois da descarga, se acham completamente achatados e levam tempo a recuperar a forma original. Essa compressão, contudo, destina-se principalmente a obter mais espaço no porão, porque numa carga *completa* de quaisquer produtos, como farinha de trigo ou fumo, não pode haver perigo de mudança de lugar ou, pelo menos, de que inconvenientes resultem daí. Têm havido oportunidades, todavia, em que esse método de compressão redundou nas mais lamentáveis consequências, originadas de causa completamente diversa do perigo que reside na alteração da posição da carga. Um carregamento de algodão, por exemplo, apertadamente comprimido pode em certas condições, como se sabe, pela expansão de seu volume, pôr um barco a pique. Não pode haver também dúvida de que mesmo resultado se obteria, no caso do fumo, sob seu processo usual de fermentação, caso não houvesse os interstícios consequentes da rotundidade dos tonéis.

É quando se toma um carregamento parcial que o perigo de alteração de posição se torna maior e todas as providências se devem tomar para evitar semelhante infortúnio. Só os que encontraram uma violenta borrasca de vento ou os que já experimentaram a oscilação de um navio na súbita calma após a tempestade podem formar ideia da tremenda força com que o barco joga e do ímpeto terrível consequentemente dado a todos os objetos soltos que nele se encontram. É então que a necessidade de um armazenamento cuidadoso, quando a carga é parcial, se torna óbvia. Quanto à vela (especialmente com uma pequena vela de proa), um navio que não seja modelado com propriedade na proa é frequentemente arremessado sobre a popa; isso ocorre mesmo de quinze a vinte minutos depois de uma avaria, embora sem que daí resultem sérias consequências, *desde que haja uma armazenagem bem-feita*. Se, contudo, não se cuidou da mesma estritamente, no primeiro desses fortes pinchos toda a carga tomba sobre o lado do navio que se acha mergulhado e, impedido assim de recobrar seu equilíbrio como deveria necessariamente fazer, o barco faz água, por certo, em poucos instantes e soçobra. Não é demais dizer que pelo menos em metade das vezes em que se afundaram navios em fortes tempestades no mar pode a causa ser atribuída à mudança de lugar da carga ou do lastro.

Quando uma carga parcial de qualquer espécie se toma a bordo, o conjunto, depois de armazenado o mais compactamente possível, deve ser coberto com uma camada de grossas tábuas corredias, estendendo-se completamente através do navio. Sobre essas tábuas, fortes pontaletes provisórios devem ser levantados, de modo a alcançarem os vigamentos ao alto, mantendo assim tudo em seu lugar. Nas cargas que consistem de grãos, ou de outro material semelhante, precauções adicionais são requeridas. Um porão completamente cheio de grãos ao deixar o porto estará apenas cheio até três quartas partes de sua capacidade ao alcançar o porto de destino; e isso embora o carregamento, quando medido quartilho a quartilho pelo consignatário, ultrapasse grandemente (dado o intumescimento dos grãos) a quantidade consignada. Esse resultado decorre do *assentamento* verificado durante a viagem, e mais se torna perceptível em relação à maior aspereza do tempo encontrado. Se, pois, o grão posto solto num navio não for segurado por pranchas e pontaletes, certamente corre perigo de mudar tanto de posição, numa longa travessia, que produzirá as mais terríveis calamidades. A fim de evitá-lo, todos os métodos de *assentar* a carga o máximo possível devem ser empregados antes de sair do porto; e para isso há muitos processos, entre os quais pode ser mencionado o de introduzir cunhas entre o grão. Mesmo depois que tudo isso se fez e cuidados inusitados se tomaram para assegurar as pranchas, nenhum marinheiro que entenda do riscado se sentirá completamente seguro com uma carga de grão a bordo e, menos ainda, com uma carga parcial. Há, contudo, centenas de nossos navios de cabotagem e, semelhantemente, muitos mais da linha transatlântica que todos os dias viajam com cargas parciais, mesmo das mais perigosas espécies, sem qualquer precaução especial. É de admirar que não ocorram mais acidentes do que os de costume. Uma lamentável prova dessa negligência ocorreu, como sei, no caso do Capitão Joel Rice, da escuna *Firefly*, que viajava de Richmond, na Virgínia, para a Madeira, com uma carga de cereais, no ano de 1825. O capitão fizera diversas viagens sem sérios acidentes, embora não tivesse o hábito de dar a menor atenção ao armazenamento, além de segurá-lo como de costume. Nunca navegara antes com uma carga de grão e nessa ocasião tomara os cereais soltos a bordo, não enchendo mais que metade da capacidade do navio. Na primeira parte de sua viagem encontrou apenas leves brisas; mas, quando estava a um dia de viagem da Madeira, veio-lhe de nor-nordeste forte tormenta que o forçou a soltar uma vela só. Atirou a escuna contra o vento, com apenas uma vela do traquete em duplos rizes, correndo ela tão bem como se poderia esperar de qualquer navio, sem receber uma só gota de água. Para a noite, a tormenta se abrandou um pouco e a escuna jogou com mais insegurança do que antes, mas ainda se portou muito bem, até que um forte pincho a atirou sobre a popa, a estibordo. Ouviu-se então que os cereais mudavam completamente de posição, e a força do movimento arrebentou a escotilha maior, abrindo-a. O navio afundou-se com a rapidez de um relâmpago. Isso aconteceu à vista de uma pequena chalupa da Madeira, que recolheu um dos da tripulação (o único que se salvou) e que saiu da tempestade em perfeita segurança, como até um escaler poderia ter feito, se perfeitamente dirigido.

A armazenagem a bordo do *Grampus* fora feita à matroca, se é que se pode chamar armazenagem ao que pouco mais era do que uma promíscua mistura de barris de óleo[2] e trastaria de bordo. Já falei das condições da mercadoria no porão. Na ponte do porão havia espaço suficiente para meu corpo (como já disse) entre os barris de óleo e o forro; deixara-se um espaço vago em torno da escotilha principal; e diversos outros espaços se encontravam entre o armazenamento. Perto da abertura feita por Augusto no tabique, havia lugar suficiente para um tonel inteiro e nesse espaço achei-me confortavelmente instalado por então.

Nesse tempo, meu amigo se introduzira a salvo no beliche e recolocara as algemas e a corda; já alvorecera o dia. Escapáramos, na verdade, por um triz, pois mal se havia ele arrumado desceu o piloto, com Dirk Peters e o cozinheiro. Falaram por algum tempo acerca do navio que vinha de Cabo Verde, mostrando-se ansiosos por seu aparecimento. Afinal, o cozinheiro foi até o beliche em que Augusto estava deitado e sentou-se nele, junto à cabeceira. De meu esconderijo eu podia ver e ouvir tudo, pois o pedaço cortado não fora recolocado e a cada momento eu esperava que o negro caísse sobre a jaqueta que pendia encobrindo a abertura; nesse caso, tudo teria sido descoberto e nossas vidas, sem dúvida, seriam imediatamente sacrificadas. Prevaleceu, contudo, nossa boa estrela; e embora ele frequentemente tocasse a jaqueta, enquanto o navio jogava, não chegou a fazer contra ela pressão suficiente para levá-lo a uma descoberta. O forro da jaqueta tinha sido cuidadosamente espichado sobre o tabique, de modo que o buraco não podia ser visto quando ela balançava para um lado. Durante esse tempo, Tigre permanecia deitado aos pés do beliche e parecia ter de algum modo recuperado suas faculdades, pois pude vê-lo, às vezes, abrir os olhos e exalar um sopro prolongado.

Poucos minutos depois o piloto e o cozinheiro subiram, deixando embaixo Dirk Peters, que, logo à saída deles, sentou-se no lugar que até então o piloto ocupara. Começou a falar muito cordialmente com Augusto e pudemos então verificar que a maior parte de sua embriaguez, patente enquanto os outros estavam com ele, era fingida. Respondeu, com inteira liberdade, a todas as perguntas de meu companheiro; falou-lhe que não havia dúvida que seu pai tinha sido salvo, pois nada menos de cinco navios estavam à vista mesmo antes do findar do dia em que ele fora posto a flutuar num bote; e usou outras palavras de índole consoladora que me causaram não menos surpresa do que prazer. Na verdade, comecei a entreter a esperança de que poderíamos, por meio de Peters, chegar a retomar posse do brigue. Mencionei essa ideia a Augusto logo que encontrei uma oportunidade. Ele achou a coisa possível, mas insistiu sobre a necessidade da máxima cautela ao fazermos tal tentativa, pois a conduta do mestiço parecia ser apenas instigada pelo mais arbitrário dos caprichos; e,

2 Os navios baleeiros são usualmente providos de tanques de óleo; por que o *Grampus* não os tinha jamais pude verificar.

em realidade, era difícil dizer-se, em algum momento, se ele se achava bom da cabeça. Peters subiu ao tombadilho uma hora depois e só voltou a descer ao meio-dia, quando trouxe a Augusto um suprimento completo de carne-seca e pudim. Partilhei deles, com todo o coração, quando ficamos sós, sem voltar pelo buraco. Ninguém mais desceu ao castelo de proa durante o dia, e à noite enfiei-me no beliche de Augusto, onde dormi profunda e docemente até quase ao vir da aurora, quando ele me despertou, por ouvir ruído sobre o tombadilho, e regressei a meu esconderijo o mais depressa possível. Quando o dia já avançava, verificamos que Tigre recuperara quase inteiramente suas forças e não dava sinais de hidrofobia, bebendo com evidente avidez um pouco de água que lhe oferecemos. Durante o decurso do dia recuperou seu antigo vigor e apetite. Sua estranha conduta se originara, sem dúvida, do ar deletério que se respirava no porão e não tinha relações com a raiva canina. Eu não podia alegrar-me quanto bastasse por tê-lo trazido comigo do caixote. Estávamos no dia trinta de junho, o décimo terceiro desde que o *Grampus* zarpara de Nantucket.

A dois de julho o piloto desceu, bêbado como de costume, e excessivamente bem-humorado. Foi ao beliche de Augusto e perguntou-lhe, dando-lhe um tapinha nas costas, se pensava que se podia comportar, caso o deixassem solto, e se prometia não ir à cabine de novo. Naturalmente, meu amigo respondeu a isso pela afirmativa e, então, o rufião o pôs em liberdade, depois de fazer com que ele bebesse de um frasco de rum que tirou do bolso do paletó. Ambos foram, então, ao tombadilho e não vi Augusto durante três horas. Depois, ele desceu, com a boa-nova de que lhe fora dada permissão para andar por onde quisesse pelo brigue, do mastro principal para a frente, e que lhe mandaram que dormisse, como de costume, no castelo de proa. Trouxe-me, também, um bom jantar e um suprimento completo de água. O brigue ainda cruzava à procura do navio vindo de Cabo Verde e havia à vista uma vela que se julgava ser o barco. Como os acontecimentos dos seguintes oito dias foram de pequena importância e não influíram diretamente sobre os principais incidentes de minha narrativa, narrá-los-ei aqui em forma de diário, pois não desejo omiti-los completamente.

Julho, 3. Augusto forneceu-me três cobertores, com os quais arranjei uma cama confortável em meu esconderijo. Ninguém desceu, exceto meu companheiro, durante o dia. Tigre colocou-se junto ao beliche, mesmo ao lado da abertura, e dormiu pesadamente, como se ainda não se tivesse recobrado de todos os efeitos de sua enfermidade. Para a noite, um pé de vento bateu contra o navio, antes que pudessem capar as velas, e quase que o fez soçobrar. A rajada, contudo, morreu imediatamente e não causou prejuízo maior do que despedaçar a mezena de proa. Dirk Peters tratou Augusto, durante todo esse dia, com grande bondade, e entreteve longa conversação com ele a respeito do Oceano Pacífico e das ilhas que visitara naquela região. Perguntou-lhe se não gostaria de seguir com os amotinados numa espécie de viagem de exploração e recreio por aqueles recantos, e disse que os marinheiros se iam gradualmente convertendo às ideias do piloto. Augusto julgou melhor responder a isso que se sentiria satisfeito em participar de tal aventura, desde que não se podia fazer coisa melhor, e que tudo era preferível a uma vida de pirataria.

Julho, 4. Verificou-se que o navio à vista era um pequeno brigue vindo de Liverpool e deixaram-no passar sem ser molestado. Augusto passou a maior parte do tempo no tombadilho, a fim de obter todas as informações possíveis acerca das intenções dos amotinados. Tinham frequentes e violentas brigas entre si, em uma das quais um arpoador, Jim Bonner, fora atirado ao mar. O partido do piloto ganhava terreno. Jim Bonner pertencia ao grupo do cozinheiro, de que Peters era partidário.

Julho, 5. Ao amanhecer, uma brisa forte veio do oeste, intensificando-se ao meio-dia numa tormenta, de modo que o brigue apenas podia levar as velas de baixel e de traquete. Ao colher o topete do traquete, Simms, um dos marujos que também pertencia ao grupo do cozinheiro, caiu ao mar, pois estava muito embriagado, e afogou-se, sem que se fizesse qualquer tentativa para salvá-lo. O número total das pessoas a bordo era agora de treze, a saber: Dirk Peters, Seymour (o cozinheiro negro), Jones, Greely, Hartman Rogers e William Allen, todos do bando do cozinheiro; o piloto — cujo nome nunca soube —, Absalão Hicks, Wilson, João Hunt e Ricardo Parker, do partido do piloto, além de Augusto e de mim.

Julho, 6. A tormenta durou todo este dia, soprando em pesados pés de vento acompanhados de chuva. O brigue tomou boa quantidade de água por entre as suturas e uma das bombas foi conservada continuamente em serviço, sendo Augusto forçado a fazer seu turno. Ao crepúsculo, um grande navio passou perto de nós, só tendo sido descoberto quando já dentro de alcance. Supôs-se que o navio fosse aquele que os amotinados esperavam. O piloto falou-lhe, mas a resposta se afogou no rugir da tempestade. Às onze horas, bateu de encontro ao meio do navio uma onda que arrancou a maior parte da amurada de bombordo e produziu outras pequenas avarias. Para o amanhecer, o tempo moderou-se, e ao nascer do sol havia pouco vento.

Julho, 7. Singrando enormes ondas, durante todo o dia, o brigue, muito leve, jogava excessivamente, e muitos artigos soltos se despedaçaram no porão, como eu podia claramente ouvir de meu esconderijo. Sofri bastante de enjoo. Peters teve uma grande conversa com Augusto e falou-lhe que dois do bando, Greely e Allen, tinham-se virado para o do piloto e resolvido tornar-se piratas. Fez diversas perguntas a Augusto, que este, no momento, não compreendeu perfeitamente. Durante uma parte da tarde aumentou o rombo no navio; pouco se podia fazer para remediá-lo, pois fora ocasionado pelos esforços do brigue e pela água introduzida através das suturas. Desfiou-se uma vela, que foi colocada sob a proa, o que nos ajudou de algum modo, pois então começamos a vencer o rombo.

Julho, 8. Uma leve brisa ergueu-se, ao nascer do sol, do leste, e o piloto dirigiu o brigue para sudoeste, com a intenção de atingir alguma ilha das Índias Ocidentais para efetuar seus desígnios de pirataria. Nenhuma oposição foi feita por Peters ou pelo cozinheiro, pelo menos nenhuma que chegasse aos ouvidos de Augusto. Toda ideia de assaltar o navio vindo de Cabo Verde fora abandonada. O rombo era agora facilmente dominado com o serviço de uma bomba trabalhando de três em três quartos de hora. Retirou-se a vela de sob a proa. Falamos durante o dia a duas pequenas escunas.

Julho, 9. Belo tempo. Todos os homens empregados em reparar as amuradas. Peters teve, de novo, longa conversação com Augusto e falou mais explicitamente do que havia feito até então. Disse que nada poderia induzi-lo a aderir à opinião do piloto e demonstrou mesmo a intenção de arrancar-lhe o brigue das mãos. Perguntou a meu amigo se podia contar com sua ajuda, em tal caso, ao que Augusto, sem hesitar, respondeu afirmativamente. Peters disse então que iria sondar os outros de seu bando sobre o assunto e subiu. Durante o resto do dia, Augusto não teve oportunidade de falar-lhe em particular.

Capítulo VII

Dez de julho. Falamos a um brigue que vinha do Rio com rumo a Norfolk. Tempo nebuloso, com leve brisa soprando do leste. Hoje, Hartman Rogers morreu, pois desde o dia oito vinha sendo vítima de espasmos, depois de beber um copo de aguardente. Era ele do partido do cozinheiro e um dos que mereciam a principal confiança de Peters. Este disse a Augusto que acreditava ter sido o homem envenenado pelo piloto, acreditando que, se não ficasse de sobreaviso, sua vez chegaria depressa. Só ele agora, Jones e o cozinheiro pertenciam ao grupo deste; do outro lado, eram cinco. Peters falara a Jones acerca de arrebatar o comando do piloto; mas, como o projeto fora muito friamente recebido, ele evitou levar o assunto mais longe, bem como dizer qualquer coisa ao cozinheiro. E, de fato, andou bem em mostrar-se tão prudente, pois, na tarde seguinte, o cozinheiro expressou sua resolução de bandear-se para o piloto, ingressando efetivamente no partido daquele; de outro lado, Jones aproveitou uma oportunidade de brigar com Peters e ameaçou fazer o piloto ciente do plano em elaboração. Não havia mais, evidentemente, tempo a perder. Peters manifestou sua decisão de tentar tomar o navio, custasse o que custasse, contanto que Augusto fosse em sua ajuda. Meu amigo imediatamente garantiu-lhe sua resolução de participar de qualquer plano para esse fim e, julgando a oportunidade favorável, revelou-lhe o fato de estar eu a bordo. Com isso, o mestiço ficou tão surpreendido como deleitado, pois não tinha qualquer confiança em Jones, que já considerava como pertencendo ao partido do piloto. Desceram imediatamente, Augusto chamou-me pelo nome e logo travamos conhecimento eu e Peters. Combinamos que tentaríamos tomar o navio na primeira oportunidade, deixando Jones completamente fora de nossas confabulações. Em caso de vencermos, conduziríamos o brigue ao primeiro porto que aparecesse e o deixaríamos. A deserção dos de seu partido frustrara os desejos de Peters de ir ao Pacífico, aventura que não podia ser realizada sem tripulação. Ele confiava em ser libertado num processo, sob alegação de insanidade mental (a qual afirmou solenemente tê-lo levado a auxiliar o motim), ou em ser perdoado, se o considerassem culpado, em vista das representações em seu favor feitas por mim e Augusto. Nossas deliberações foram então interrompidas pelos gritos de "Todos ferrem as velas", e Peters e Augusto subiram ao tombadilho.

Como de hábito, quase toda a tripulação estava embriagada; e, antes que as velas pudessem ser convenientemente ferradas, violento vagalhão levantou o brigue de popa. Conservando-se para a frente, porém, o barco reergueu-se, tendo feito boa quantidade de água. Mal fora arranjado, outro vagalhão arrebatou o navio, e mais outro, sem danos, porém. Havia todas as aparências de uma tempestade de vento, que, na verdade, caiu rapidamente, com enorme fúria, vinda do norte e do oeste. Tudo foi acomodado como possível, e ferramos as velas como de costume, ficando apenas com uma vela traquete inteiramente nos rizes. À medida que a noite avançava incrementava-se a violência do vento e o mar se tornava notavelmente agitado. Peters desceu depois com Augusto ao castelo de proa e recomeçamos as deliberações.

Concordamos em que nenhuma oportunidade poderia ser mais favorável do que aquela para levar a efeito nosso designio; pois uma tentativa em momento tal nunca poderia ser prevista. Como o brigue estava seguramente com as velas ferradas, não havia necessidade de manobrá-lo até que voltasse o bom tempo, ocasião em que, se bem-sucedidos em nosso projeto, poderíamos libertar um ou mesmo dois homens para ajudar-nos a conduzi-lo a um porto. A principal dificuldade estava na grande desproporção de nossas forças. Éramos apenas três e na cabine havia nove. Todas as armas a bordo também estavam em poder deles, com exceção de duas pequenas pistolas que Peters escondera consigo e a grande faca de marinheiro que ele sempre usava no cinturão de suas calças. Igualmente, e por certas indicações (por exemplo, a de não se encontrar nos lugares do costume nenhum machado ou espeque), começamos a temer que o piloto tivesse suas suspeitas, pelo menos em relação a Peters, e que não deixaria passar qualquer oportunidade de desembaraçar-se dele. Era claro, de fato, que não poderia ser feito tarde demais o que havíamos decidido fazer. Contudo, a disparidade era muito contra nós e não nos permitia agir sem a maior cautela.

Peters propôs que subiria ao tombadilho e entraria em conversação com Allen, o vigia, até que fosse capaz de atirá-lo ao mar; sem distúrbio e sem qualquer trabalho, aproveitando-se duma boa ocasião; Augusto e eu deveríamos então subir e tentar armar-nos no tombadilho com qualquer espécie de coisas que pudessem servir de armas; depois faríamos juntos uma sortida para o passadiço, a fim de dominá-lo antes que se pudesse oferecer qualquer oposição. Declarei-me contra isso, pois não podia crer que o piloto (que era um sujeito astuto em tudo quanto não se relacionava com seus preconceitos supersticiosos) se deixasse cair em tão fácil armadilha. O próprio fato de haver um vigia no tombadilho era prova suficiente de que ele estava alerta, pois não era costume, a não ser em navios onde a disciplina se mantém rigidamente, deixar um vigia no tombadilho quando o barco está de velas ferradas numa tempestade de vento. Como me dirijo, principalmente, senão inteiramente, a pessoas que nunca viram o mar, julgo de bom aviso definir a exata situação de um navio em tais circunstâncias. Ferrar as velas é uma medida adotada para vários fins e efetuada de diversas maneiras. Em tempo moderado, é ela tomada frequentemente com finalidade de apenas levar o navio a uma parada, para esperar por outro barco ou qualquer motivo similar. Se o navio que ferra as velas está com as mesmas soltas, a manobra se realiza habitualmente colhendo certa porção das velas, de modo a que o vento as tome por detrás, fazendo então o navio estacionar. Falamos, porém, de ferrar as velas numa tempestade. Isto se faz quando o vento está pela frente e é demasiado violento para permitir colher as velas sem perigo de naufragar e, às vezes, mesmo quando o vento é bom mas o mar está tão agitado que o navio não poderá afrontá-lo. Se um navio corre de vento em popa num mar muito agitado, muitos danos usualmente ocorrem pelo recebimento de água sobre a proa e, muitas vezes, pelos violentos mergulhos que dá para diante. Em tais casos, raramente se recorre àquela manobra, a não ser em caso de necessidade. Quando o navio está com um rombo, é muitas vezes posto a correr com o vento, ainda que o mar esteja agitadíssimo, pois, ferrando as velas, é quase certo que o rombo seja ampliado grandemente pelo seu violento esforço, o que não acontece tanto com vento pela popa. Muitas vezes também torna-se necessário correr com o vento ou quando a rajada é tão furiosa, que despedaçaria um navio se a enfrentasse, ou quando, pelo defeituoso modelamento da estrutura ou qualquer outra coisa, aquela simples manobra não pode ser efetuada.

Numa tempestade de vento, os navios têm velas ferradas de diferentes maneiras, de acordo com sua construção peculiar. Alguns ferram as velas ficando com a do traquete, que é, creio eu, a mais comumente empregada para tal fim. Os aparelhados com velas duplas têm velas para esse expresso fim, chamadas velas de estai de tormenta. Mas, ocasionalmente, se emprega a bujarrona, por vezes a de bujarrona e a de traquete, ou uma vela de traquete em duplos rizes, e não raro também se usam as velas de popa. As velas do topete do traquete muitas vezes servem melhor a esse propósito do que quaisquer outras. O *Grampus*, ao ferrar as velas, mantinha sempre uma vela de traquete inteiramente nos rizes.

Quando o navio ferra as velas, sua proa é levada contra o vento até quase encher a vela com que se mantém, tornando-a para trás, isto é, trazida diagonalmente através do navio. Feito isto, a proa aponta numa direção de poucos graus dentro da de onde o vento sopra e o lado de barlavento recebe naturalmente o choque das vagas. Nessa situação, um bom navio se sairá de uma pesada tempestade sem receber uma gota de água e sem que se necessite maior atenção por parte da tripulação. O leme é costumeiramente amarrado, mas isto é quase desnecessário (a não ser por causa do barulho que ele faz quando solto), pois não tem efeito quando o navio está com as velas ferradas. Na verdade, é preferível deixá-lo solto a amarrá-lo frouxamente, pois o leme pode ser despedaçado por mares agitados, se não houver espaço para o movimento do timão. Enquanto a vela suportar, um barco bem modelado manterá sua situação, atravessará qualquer mar, como se dotado de instinto, vida e razão. Se, contudo, a violência da rajada puder despedaçar a vela (fato que para efetivar-se, em circunstâncias ordinárias, requer nada menos do que um furacão), há então perigo iminente. O navio se desvia do vento e, dando o costado ao mar, fica inteiramente à sua mercê; o único recurso, neste caso, é colocá-lo calmamente a favor do vento, deixando-o correr de vento em popa, até que outra vela possa ser levantada. Alguns navios ferram todas as velas, mas não podem ser de confiança no mar.

Regressemos, porém, dessa digressão. Nunca fora costume do piloto ter vigia algum no tombadilho quando com as velas ferradas, e o fato de que então houvesse um, acrescentado à circunstância do desaparecimento de machados e espeques, plenamente nos convenceu de que a tripulação estava demasiado alerta para ser tomada de surpresa da maneira sugerida por Peters. Algo, contudo, devia ser feito, e com o mínimo atraso possível, pois não havia dúvida de que, levantada uma vez a suspeita contra Peters, ele seria sacrificado na ocasião mais próxima, e uma certamente se encontraria ou forjaria, depois de amainada a tempestade.

Augusto sugeriu que se Peters conseguisse remover, sob qualquer pretexto, o pedaço de corrente que estava sobre o alçapão no camarote, poderíamos possivelmente cair sobre eles sem que percebessem, através do porão. Mas uma pequena reflexão convenceu-nos de que o navio jogava e oscilava violentamente demais para permitir qualquer tentativa dessa natureza.

Por boa sorte, afinal, cheguei à ideia de explorar os terrores supersticiosos e a consciência criminosa do piloto. Devem-se lembrar que um dos da tripulação, Hartman Rogers, morrera pela manhã, depois de haver sofrido de espasmos durante dois dias após haver tomado alguma bebida alcoólica e água. Peters manifestara-nos sua opinião de que aquele homem tinha sido envenenado pelo piloto e tinha, para crê-lo, razões que disse inquestionáveis; mas que não nos quis explicar, recusa estranha só relacionada com outros pontos de seu caráter singular. Mas tivesse ele ou não melhores motivos do que nós para suspeitar do piloto, facilmente concordamos com sua suspeita e decidimos agir de acordo com ele.

Rogers morrera cerca das onze da manhã, entre violentas convulsões, e o cadáver apresentava, poucos minutos depois do falecimento, um dos mais horríveis e pavorosos espetáculos que jamais vi, ao que me lembro. Seu estômago inchara imensamente, como o de um homem que, afogando-se, tivesse permanecido dentro da água por várias semanas. As mãos estavam na mesma situação, ao passo que a face estava cavada, enrugada, de brancura de cal, menos onde se levantaram duas ou três intumescências reluzentes e vermelhas, como as causadas pela erisipela. Uma dessas intumescências estendia-se diagonalmente pela face, cobrindo um dos olhos, como se fosse uma faixa de veludo vermelho. Nessa repelente aparência, o corpo, ao meio-dia, fora trazido da cabine para ser atirado ao mar, quando, dando-lhe uma olhadela, o piloto (que só então o via pela primeira vez), perturbado pelo remorso de seu crime, ou tomado de terror ante tão horrível espetáculo, ordenou que os homens costurassem o corpo num saco e efetuassem os ritos costumeiros dos funerais marítimos. Depois de dar essas ordens, desceu, como para evitar qualquer ulterior olhar à sua vítima. Enquanto se faziam os preparativos para obedecer a essas determinações, caiu a tempestade, com grande fúria, e foi, por enquanto, abandonada a decisão de efetivá-las. Deixado a si mesmo, o cadáver foi arrastado pela água até as vazadouras de bombordo, onde ainda permanecia na ocasião de que falo, flutuando de um lado para outro, impelido pelo jogar violento do brigue.

Tendo combinado nosso plano, decidimos pô-lo em execução o mais rapidamente possível. Peters subiu ao tombadilho e, como previra, foi imediatamente abordado por Allen, que parecia ter sido destacado mais para vigiar o castelo de proa do que para outra coisa. O destino desse vilão, porém, foi veloz e silenciosamente decidido, pois Peters, aproximando-se dele, descuidosamente, como se fosse dirigir-lhe a palavra, agarrou-o pela garganta e, antes que o homem pudesse emitir um só grito, atirou-o pelas amuradas ao mar. Chamou-nos depois, e subimos. Nossa primeira preocupação foi procurar, em volta, alguma coisa com que pudéssemos armar-nos e, ao fazê-lo, devíamos proceder com o máximo cuidado, pois era impossível ficar de pé no tombadilho sem agarrar-nos a qualquer coisa, visto como violentas ondas batiam de encontro ao navio, a cada impulso que ele dava para a frente. Era indispensável também que fôssemos rápidos em nosso empreendimento, pois a cada minuto esperávamos que o piloto chamasse os homens para as bombas, dado que era evidente estar o brigue fazendo muita água. Depois de pesquisar em volta, por algum tempo, nada achamos de mais próprio para nosso intento do que duas bombas de mão, ficando Augusto com uma e eu com a outra. Depois de nos apossarmos delas, despimos o cadáver, e atiramos o corpo ao mar. Peters e eu descemos em seguida, deixando Augusto de vigia no tombadilho, onde ele se colocou, no mesmo lugar que Allen ocupara, de costas para a escada do camarote, de modo que se alguém da quadrilha do piloto subisse supusesse que se tratava do vigia primitivo.

Logo que desci, comecei a disfarçar-me, de modo a representar o cadáver de Rogers. A roupa que tiráramos do corpo ajudou-nos muito, pois era de formato e aparência singular, facilmente reconhecível: uma espécie de camisola que o defunto usava sobre suas outras roupas. Era um camisolão azul, com grandes listras brancas de través. Tendo-o vestido, passei a prover-me de falsa barriga, à imitação da horrível deformidade do cadáver intumescido. Isso logo se fez com um enchimento de roupas de cama. Dei após a mesma aparência às minhas mãos, calçando um par de luvas sem dedos, brancas, de lã, que enchi de toda espécie de farrapos que encontrei. Peters depois arranjou-me o rosto, esfregando nele bastante cal e manchando-o depois com sangue; que extraiu de um corte no seu dedo. A listra atravessando um dos olhos não foi esquecida e apresentava a mais terrífica aparência.

Capítulo VIII

Ao contemplar-me num fragmento de espelho que se pendurava no camarote, e à fosca luz de uma espécie de lanterna de combate, fiquei tão dominado por um sentimento de vago espanto ante meu aspecto e a recordação da terrífica realidade assim representada, que fui tomado de violento tremor e mal podia decidir-me a continuar com o meu papel. Era, contudo, necessário agir com decisão e subi com Peters ao tombadilho.

Lá, verificamos que ia tudo bem e, conservando-nos junto das amuradas, arrastamo-nos os três para a escada da cabine. Esta estava parcialmente fechada, apenas, e achas de lenha haviam sido colocadas no degrau superior de modo a impedir que fosse subitamente puxada de fora, precaução tomada contra qualquer ação exterior. Não tivemos dificuldade em ver perfeitamente o interior da cabine através das frestas dos gonzos. Provava-se agora que muito felizes fôramos em não os termos atacado de surpresa, pois evidentemente estavam alertas. Só um dormia, e estava deitado bem ao pé da escada do tombadilho com um mosquete ao lado. Os demais estavam sentados em diversos colchões que haviam sido tirados dos beliches e estendidos no assoalho. Travavam animada conversação e, embora tivessem andado bebendo, como transparecia da presença de duas botijas vazias e alguns cálices de estanho que se espalhavam aqui e ali, não estavam tão embriagados como de costume. Todos tinham facas, um ou dois pistolas, e muitos fuzis estavam, num beliche, bem à mão.

Ouvimos sua conversação por algum tempo antes que pudéssemos planejar o modo de sair, pois nada havíamos decidido ainda de determinado, a não ser o tentar paralisar sua resistência, quando os atacássemos, com a aparição do fantasma de Rogers. Discutiam seus planos de pirataria e tudo quanto pudemos ouvir distintamente foi que se uniriam com a tripulação da escuna *Hornet*, e, se possível, tomariam a própria escuna, como preliminar para uma tentativa de maior escala, cujos pormenores nenhum de nós conseguiu perceber.

Um dos homens falou de Peters e o piloto lhe replicou em voz baixa, sem que pudéssemos ouvir. Depois acrescentou, mais audivelmente, "que não podia compreender o que Peters tinha a fazer tantas vezes no castelo de proa com o fedelho do capitão e que pensava que, quanto mais cedo fossem ambos lançados ao mar, tanto melhor". Nenhuma resposta foi dada a isto, mas percebi que a sugestão foi muito bem recebida por todo o grupo, e mais particularmente por Jones. Neste momento, fiquei excessivamente agitado, tanto mais quanto podia ver que nem Peters nem Augusto sabiam o que fazer. Resolvi-me, contudo, a vender a vida o mais caro possível e a não me deixar dominar por qualquer sentimento de temor.

O tremendo ruído feito pelo mugido do vento no velame e pelas ondas que varriam o tombadilho impediu-nos de ouvir o que se dizia, exceto durante calmas momentâneas. Numa delas, distintamente, percebemos o piloto dizer a um dos homens para "subir e mandar que os malditos cães fossem para a cabine", onde ele poderia tê-los de olho, pois não queria que houvesse segredos a bordo do brigue. Foi magnífico para nós o fato de que o navio jogasse tão violentamente nesse momento que impedisse a ordem de ter imediata execução. O cozinheiro levantou-se do seu colchão para ir à nossa procura quando um golpe tremendo da vaga, que pensei fosse arrastar os mastros, atirou-o, de cabeça, contra uma das portas dos camarotes de bombordo, abrindo-a e criando bastante confusão. Felizmente, ninguém de nosso grupo fora arrancado de seu lugar, e tivemos tempo de bater em precipitada retirada para o castelo de proa e arquitetar um apressado plano de ação antes que o mensageiro aparecesse, ou melhor, antes que pusesse a cabeça fora da coberta do tombadilho, pois ele não chegou a subir até ali. Daquela posição não pôde observar a falta de Allen e, consequentemente, julgando-o lá, berrou-lhe, em repetição, as ordens do piloto. Peters respondeu em voz disfarçada: "Sim! Sim!", e o cozinheiro desceu imediatamente, sem abrigar a suspeita de que nem tudo ia bem.

Meus companheiros, então, se dirigiram ousadamente para a frente e desceram ao camarote, tendo Peters fechado a porta, ao entrar, do mesmo modo por que a encontrara. O piloto recebeu-os com fingida cordialidade e disse a Augusto que, visto como ele se havia conduzido tão bem ultimamente, poderia tomar alojamento na cabine e ser um deles, dali por diante. Encheu-lhe então pela metade, de rum, um copo, fazendo-o beber. Vi e ouvi tudo isto, pois segui meus amigos à cabine, logo que a porta se fechou, e retomei meu posto de observação anterior. Trouxera comigo as duas manivelas de bomba, uma das quais colocara junto da escada, para estar pronto a usá-la quando necessário.

Depois agucei os sentidos, tanto quanto possível, para nada perder do que se passava embaixo, ao mesmo tempo que me esforçava por enrijecer a vontade e a coragem para descer até os amotinados quando Peters me fizesse o sinal combinado previamente. Ele estava tentando desviar a conversa para os sangrentos assassinatos do motim e gradualmente levou os marujos a falarem de mil superstições, universalmente correntes entre os homens do mar. Eu não podia perceber tudo quanto era dito, mas perfeitamente via os efeitos da palestra sobre os rostos dos presentes. O piloto estava evidentemente muito agitado e logo, quando alguém mencionou o terrível aspecto do cadáver de Rogers, pensei que ele estivesse a ponto de desmaiar. Peters perguntou-lhe então se ele não achava melhor lançar ao mar o corpo, pois, disse, era coisa demasiado terrível vê-lo debater-se assim, a flutuar, entre os vazadouros. A tais palavras, o bandido respirou pesadamente e voltou os olhos com vagar para cada um dos companheiros, como a pedir que algum subisse e realizasse a tarefa. Nenhum, contudo, se mexeu, e era bem evidente que todo o grupo atingira o mais alto grau de excitação nervosa. Peters, então, fez-me o sinal combinado. Abri imediatamente a porta da escada do tombadilho e, descendo, sem uma palavra, pus-me de pé, ereto, em meio do bando.

O intenso efeito produzido por esta súbita aparição não é de todo para admirar quando se consideram as diversas circunstâncias.

Geralmente, em casos de semelhante natureza, resta no espírito dos espectadores algum resquício de dúvida acerca da realidade da visão ante seus olhos; um grau de esperança, embora fraco, de que estão sendo vítimas de uma burla e de que a aparição não é, em verdade, um visitante vindo do velho mundo das sombras. Pode-se afirmar que esses remanescentes de dúvida estão sempre juntos de quase todas essas aparições, e que o horror enregelante que elas, às vezes, produzem deve ser atribuído, mesmo nos casos mais expressivos e em que mais sofrimentos se experimentaram, antes a uma espécie de terror antecipado de que a visão *pudesse possivelmente ser real* do que mesmo a uma crença firme em sua realidade. Mas, no caso presente, ver-se-á imediatamente que nos espíritos dos amotinados não havia sequer a sombra de uma base sobre a qual assentar a dúvida de que a aparição de Rogers não fosse a ressurreição do seu cadáver nauseante, ou pelo menos de sua imagem espiritual. A situação isolada do brigue, que era inteiramente inacessível por causa da tempestade, limitava os meios possíveis de engano a tão estreitos e nítidos confins que eles se deviam ter considerado capazes de abrangê-los com um só olhar. Ora, eles haviam estado no mar vinte e 24 dias, sem manter mais do que uma comunicação verbal com outros barcos. A tripulação inteira — pelo menos toda a que eles tinham a mais remota razão para suspeitar achar-se a bordo — estava reunida no camarote, exceto Allen, o vigia; e a gigantesca estatura deste (tinha mais de dois metros de altura) era demasiado familiar a seus olhos para permitir que a ideia de que fosse ele a aparição lhes viesse por um momento à mente. Ajunte-se a estas considerações a natureza inspiradora de terror da tempestade, bem como a da conversação provocada por Peters; pense-se na profunda impressão que a repulsividade do cadáver produzira, pela manhã, nas imaginações dos homens; na excelência da imitação que eu fizera e na luz incerta e vacilante sob que eles me contemplavam, pois o clarão da lanterna do camarote, que se balançava com violência para lá e para cá, caía duvidosa e tremulamente sobre mim, e ninguém terá motivo para admirar-se de que a mistificação produzisse efeito muito mais amplo do que havíamos previsto. O piloto ergueu-se de um salto do colchão onde estava deitado e, sem pronunciar uma sílaba, caiu de costas, como uma pedra, sobre o chão do camarote, e foi atirado para o fundo, numa jogada mais violenta do navio. Dos sete que restavam, apenas três tiveram a princípio certo grau de presença de espírito. Os outros quatro sentaram-se por algum tempo, como se pregados ao assoalho, os mais lastimáveis objetos de horror e de extremo desespero que meus olhos já encontraram. A única oposição que encontramos foi do cozinheiro, João Hunt, e de Ricardo Parker; mas fizeram apenas fraca e irresoluta defesa. Os dois primeiros foram instantaneamente mortos a tiros por Peters e eu feri Parker na cabeça com um golpe da alça de bomba que trouxera comigo. Entrementes, Augusto apoderou-se de um dos fuzis que se achavam no chão e alvejou outro amotinado (Wilson) no peito. Só três agora restavam; mas, a esse tempo, haviam despertado de sua letargia e talvez começassem a compreender que haviam sido vítimas de um logro, pois lutaram com grande resolução e fúria; não fosse a imensa força muscular de Peters, teriam a melhor sobre nós. Esses três homens eram Jones, Greely e Absalão Hicks. Jones atirara Augusto ao solo e ferira-o em diversas partes do braço direito, e o teria, sem dúvida, liquidado (pois tanto Peters como eu não púderamos ainda livrar-nos logo de nossos adversários) se não viesse a oportuna ajuda de um amigo, cuja assistência, sem dúvida, não havíamos esperado. Esse amigo era simplesmente Tigre. Com um surdo rosnado saltou do camarote, no momento mais crítico para Augusto, e, atirando-se sobre Jones, pregou-o ao chão num instante. Meu amigo, porém, achava-se então muito ferido para podermos prestar mais qualquer auxílio e eu me achava tão ocupado, com a minha luta, que pouco podia fazer. O cão não deixaria de segurar a garganta de Jones. Peters, não obstante, era um adversário muito sério para os dois homens que restavam e já teria acabado com eles antes se não fosse o pequeno espaço em que se podia mover, além do jogo tremendo do navio. Agora, conseguira apanhar um pesado escabelo dos vários que se achavam pelo chão. Com ele, arrebentou a cabeça de Greely, que estava a ponto de descarregar o fuzil contra mim, e imediatamente depois que um pincho do navio o pôs em contato com Hicks agarrou-o pela garganta e, graças à sua enorme força, estrangulou-o num segundo. Assim, em tempo muito menor do que levei para narrá-lo, encontramo-nos senhores do brigue.

A única pessoa dentre os nossos quatro adversários que foi deixada viva era Ricardo Parker. Fora esse, lembrem-se, o homem que eu ferira com o braço de bomba no início do ataque. Ele agora jazia imóvel, junto à porta do camarote em desordem. Mas, como Peters o tocasse com o pé, recuperou a fala e pediu misericórdia. Sua cabeça só estava cortada de leve e ele não havia recebido outros ferimentos, tendo ficado apenas tonto com o golpe. Levantou-se, então, e, provisoriamente, amarramos-lhe as mãos por trás das costas. O cão ainda rosnava por cima de Jones, mas, depois de um exame, verificamos que este último estava inteiramente morto, escorrendo o seu sangue de uma profunda ferida na garganta, causada, sem dúvida, pelos agudos dentes do animal.

Era cerca de uma hora da madrugada e o vento ainda soprava terrivelmente. O navio lutava muito mais do que de costume e tornava-se absolutamente necessário que fizéssemos alguma coisa a fim de aliviá-lo de certo modo. Quase a cada pincho, na direção do vento, a onda varria, caindo bastante água no camarote, durante nossa luta, pois eu deixara aberta a escotilha quando descera. Uma fileira inteira de amuradas a bombordo fora arrancada, assim como a cozinha e o escaler da popa. Os rangidos e vibrações do mastro principal, além disso, indicavam que ele estava prestes a partir-se. A fim de dar mais espaço para a armazenagem no porão da frente, o pé desse mastro fora fincado entre tombadilhos (processo digno de censura a que às vezes, recorrem armadores ignorantes), de modo que ele corria grande risco de sair da base. Mas, para cúmulo de nossas dificuldades, sondamos a arca de bomba e encontramos nada menos de dois metros e sessenta centímetros de água.

Deixando os cadáveres no camarote, começamos imediatamente a trabalhar nas bombas. Parker, naturalmente, foi posto em liberdade para auxiliar-nos nesse trabalho. Fizemos, o melhor que foi possível, uma atadura para o braço de Augusto e o pobre rapaz trabalhou como pôde, isto é, quase nada. Entretanto, descobrimos que podíamos conseguir impedir que a brecha aumentasse, se mantivéssemos sempre em funcionamento uma bomba. Como apenas fôssemos quatro, era um trabalho exaustivo; mas tentamos animar-nos e esperamos ansiosamente o alvorecer, julgando que então aliviaríamos o brigue, derrubando o mastro principal.

Dessa maneira passamos uma noite de terrível ansiedade e fadiga e, quando afinal o dia rompeu, a tempestade não se abatera em nada, nem havia o menor sinal de que se abrandasse. Arrastamos então os cadáveres para o tombadilho e atiramo-los ao mar. Nosso cuidado seguinte foi livrar-nos do mastro. Feitos os necessários preparativos, Peters cortou-o, pois achara machados nos camarotes, enquanto os demais ficávamos juntos aos estais e aos cabos. Como o brigue desse um terrível salto, sob o sopro do vento, foi dado o sinal para cortar os cabos e, feito isso, a enorme massa de madeira e velame afundou-se no mar, livrando o brigue, sem causar prejuízo material. Verificamos então que o barco já não lutava tanto quanto antes, mas nossa situação era ainda imensamente precária e, a despeito dos mais enérgicos esforços, não podíamos dominar a brecha, sem o auxílio das duas bombas. A pequena assistência que Augusto nos podia prestar não era, em realidade, da menor importância. E, para mais angústia nossa, uma onda pesada, ferindo o brigue do lado do vento, atirou-o vários pontos fora da direção do sopro e, antes que pudesse recuperar a direção, outra vaga quebrou-se completamente sobre ele e o virou todo de lado. A carga então deslizou em massa para sota-vento (pois o armazenamento desde algum tempo estivera saltando inteiramente solto) e, durante alguns momentos, julgamos que nada nos salvaria de naufragar. Pelo momento, porém, aprumamos parcialmente; mas a carga ainda mantinha seu lugar a bombordo e ficamos tão inclinados, que era inútil pensar em trabalhar nas bombas; e, na verdade, não poderíamos fazer muito, pois nossas mãos estavam inteiramente ulceradas pelo excessivo trabalho a que estivéramos sujeitos e sangravam do modo mais horrível.

Contra o conselho de Parker, passamos a cortar o mastro de proa e afinal conseguimo-lo, com enorme dificuldade, devido à posição em que estávamos. Caindo ao mar, o mastro cortado carregou consigo o gurupés, deixando-nos apenas o casco.

Tivéramos oportunidade, até então, de regozijar-nos por ter podido conservar nossa chalupa, que não fora danificada por nenhum desses enormes vagalhões. Não tivemos, porém, muito tempo para felicitar-nos, porque o mastro de mezena e a mezena, que mantinham um tanto o brigue, partiram-se ao mesmo tempo e cada vaga vinha então romper-se inteiramente sobre nós; em cinco minutos o nosso tombadilho foi varrido de um extremo a outro, e o escaler e a amurada de estibordo arrancados, e até o próprio cabrestante se fez em pedaços. Na verdade, era quase impossível que ficássemos reduzidos à mais lastimável condição.

Ao meio-dia tivemos certa esperança de ver a tempestade abrandar-se, mas ficamos cruelmente desiludidos porque ela só se acalmou por alguns instantes, para depois soprar com fúria maior. Às quatro horas da tarde tomara tal intensidade, que nos era impossível ficar de pé. E, chegada a noite, eu já não conservava sequer a sombra de uma esperança. Não acreditava que o navio se pudesse sustentar até o amanhecer.

À meia-noite a água subira consideravelmente; chegara até a contracoberta. Pouco tempo antes partira-se o leme, e o vagalhão que o arrastara levantou para fora da água toda a parte da popa, de modo que, ao cair, o brigue saltou dando uma sacudidela igual à dum navio que encalha. Todos havíamos calculado que o leme se sustentaria até o fim, porque era particularmente forte e instalado de um modo como até então nunca vira e como nunca mais vi depois igual. Ao longo de sua peça principal se estendia uma série de fortes ganchos de ferro, havendo outra série idêntica ao longo do cadaste. Através desses ganchos passava uma barra de ferro forjado muito espessa, ficando assim o leme ligado ao cadaste e movendo-se em liberdade sobre a haste. A força terrível da onda que o arrancara pode ser avaliada pelo fato de que os ganchos do cadaste, os quais se estendiam, como disse, de um extremo a outro, e eram firmados do lado oposto, foram completamente arrancados da prancha de madeira, sem exceção de um só.

Mal tivemos tempo de respirar depois dessa violenta sacudidela, quando um dos mais espantosos vagalhões que eu já vi veio quebrar-se a prumo, sobre o tombadilho, carregando a escada da coberta, arrombando as escotilhas e inundando o navio com um autêntico dilúvio.

Capítulo IX

Por felicidade, pouco antes do anoitecer, estávamos todos solidamente agarrados aos destroços do leme, e assim nos deitamos sobre a coberta, tão estendidos no chão quanto possível. Essa precaução foi o que nos salvou da morte. Por enquanto, todos nos achávamos mais ou menos tontos, em vista do imenso peso de água que nos esmagara e quando, afinal, a onda se escoou, quase nos sentimos aniquilados. Logo que me foi possível respirar, chamei por meus companheiros, em voz alta. Somente Augusto me respondeu: "Que há de ser de nós? Deus, tenha piedade de nossas almas!" Ao fim de alguns instantes, os dois outros conseguiram falar e nos incitaram a ter coragem, dizendo que ainda havia alguma esperança, que era impossível que o brigue afundasse em vista de sua carga e que lá pelo amanhecer a tempestade se dissiparia. Essas palavras me restituíram à vida; porque, por mais estranho que isso possa parecer, e embora fosse evidente que um navio carregado de barris vazios não pode soçobrar, eu até então andara com o espírito tão perturbado, que tal consideração me havia escapado por completo e era precisamente o perigo de naufragar que eu desde algum tempo considerava como o mais iminente. Sentindo que a esperança renascia em mim, aproveitei todas as oportunidades de reforçar as amarras que me ligavam aos destroços do leme e logo descobri que meus companheiros, tendo a mesma ideia, faziam outro tanto. Estava a noite tão escura quanto possível e é inútil tentar descrever o rumor estonteante e o caos que nos cercavam. Nosso tombadilho estava ao nível do mar, ou antes, víamo-nos rodeados de uma crista, de uma muralha de espuma, uma parte da qual, a cada momento, passava sobre nós. Não é exagero dizer que nossas cabeças só ficavam fora da água um segundo em cada três. Embora estivéssemos deitados pertinho uns dos outros, não nos podíamos ver e igualmente não avistávamos a menor parte do brigue sobre que tão terrivelmente éramos sacudidos. De vez em quando, chamávamo-nos uns aos outros, esforçando-nos assim para reavivar a esperança e dar um pouco de consolação e de coragem àquele de nós que mais pudesse necessitar disso. O estado de fraqueza de Augusto fazia dele um motivo de inquietação para os outros; e, como tendo o braço direito partido, lhe era impossível apertar suas amarras bastante solidamente, a cada instante imaginávamos que ele ia ser carregado pelas águas; quanto a prestar-lhe socorro, era coisa completamente impossível. Seu lugar, felizmente, era mais seguro do que o de qualquer de nós, pois, estando a parte superior de seu corpo abrigada, precisamente, por um pedaço do timão quebrado, achava-se enormemente amortecida a violência dos vagalhões que caíam sobre ele. Em qualquer outra posição diversa desta (que ele não havia escolhido, tendo sido ali lançado por acaso, depois de se haver prendido a um lugar perigosíssimo), infalivelmente teria perecido, antes do amanhecer. O brigue, como já disse, adernava muito e, devido a isso, estávamos menos expostos a ser varridos pela água do que se o caso fosse diferente. O lado por onde o navio adernava era, como assinalei, o de bombordo, e metade do tombadilho, mais ou menos, estava constantemente debaixo da água. Em consequência, as ondas que se quebravam em nós, a estibordo, eram em parte amainadas pela banda do navio e, estendidos no assoalho com o rosto para baixo, só recebíamos fortes salpicos; quanto às vagas que nos vinham de bombordo, atacavam-nos pelas costas e, dada nossa posição, não tinham bastante violência para arrancar-nos de nossas amarras.

Permanecemos deitados, nessa terrível situação, até que o dia mais claramente nos veio mostrar os horrores que nos rodeavam. O brigue não era mais do que um pedaço de madeira, rolando para lá e para cá, à mercê de cada vaga; a tempestade intensificava-se sempre. Se jamais houve furacão perfeito, era aquele. E não víamos nenhuma perspectiva natural de libertação. Durante algumas horas, conservamo-nos em silêncio, tremendo, a cada instante, no temor de que nossas amarras cedessem, de que os destroços do leme caíssem ao mar ou de que um dos enormes vagalhões, que rugiam em torno de nós, ao alto, em todos os sentidos, afundasse tanto a frente da carcaça na água que nos afogássemos antes que ela pudesse voltar à superfície. A misericórdia de Deus, porém, preservou-nos desses perigos iminentes e, por volta do meio-dia, fomos favorecidos com a luz abençoada do sol. Pouco tempo depois verificamos sensível diminuição na força do vento e, pela primeira vez, desde a noite anterior, Augusto falou e perguntou a Peters, que estava deitado bem do lado oposto, se acreditava que houvesse qualquer probabilidade de salvação. Não tendo o mestiço dado qualquer resposta a esta pergunta, concluímos todos que ele havia sido afogado ali mesmo; mas logo, para grande alegria nossa, ele falou, embora com voz fraquíssima, dizendo que sofria muito, que estava quase cortado pelas amarras que lhe apertavam estreitamente o estômago e que era mister achar um meio de afrouxá-las, senão morreria, pois não poderia suportar por muito mais tempo tal tortura. Isso produziu-nos grande desgosto, pois nem se podia pensar em socorrê-lo enquanto as ondas continuassem a varrer-nos como o estavam fazendo. Exortamo-lo a suportar os sofrimentos com coragem e prometemos-lhe aproveitar a primeira ocasião que se oferecesse para aliviá-lo. Respondeu que, em breve, seria tarde demais; que seria um homem acabado antes que pudéssemos ir em seu socorro. E a seguir, depois de haver gemido durante alguns minutos, recaiu em seu mutismo e deduzimos daí que estava morto.

Ao aproximar-se a noite, o mar caiu de modo considerável; raramente, no espaço de cinco minutos, mais de uma onda vinha de barlavento quebrar-se sobre o casco. O vento também se acalmara, muito embora ainda soprasse com bastante força. Fazia várias horas que não ouvia qualquer de meus companheiros falar; chamei então Augusto. Ele me respondeu, mas tão fracamente, que não pude distinguir o que dizia. Falei então a Peters e a Parker, mas nenhum deles me deu resposta.

Pouco tempo depois, caí num estado de semi-insensibilidade, durante o qual as mais encantadoras imagens flutuaram em meu cérebro; imagens de árvores verdejantes, prados magníficos onde o trigo maduro ondulava, de fileiras de jovens, dançarinas, de tropas imponentes de cavalaria e outras coisas fantásticas. Recordo-

-me agora de que em tudo quanto desfilava perante o olhar de meu espírito a ideia predominante era a de *movimento*. Assim, eu não sonhava nunca com um objeto imóvel, tal como uma casa, uma montanha ou qualquer outro da mesma espécie; mas moinhos de vento, navios, grandes aves, balões, homens a cavalo, carruagens fugindo em velocidade furiosa e outros objetos movimentados é que se apresentavam a mim sucedendo-se interminavelmente. Quando saí desse singular estado de espírito, já fazia uma hora que o sol se erguera, tanto quanto posso presumir. Experimentei a maior dificuldade em lembrar-me das diferentes circunstâncias que se relacionavam com a minha situação e, durante algum tempo, permaneci firmemente convencido de que estava ainda no porão do brigue, perto do meu caixote, e tomava o corpo de Parker pelo de Tigre.

Quando, afinal, recuperei completamente os sentidos, verifiquei que o vento não era mais do que uma brisa muito moderada e o mar estava comparativamente calmo, de modo que só lavava o brigue de través. Meu braço esquerdo rompera suas amarras e se achava gravemente ferido no cotovelo; o direito estava de todo paralisado e a mão e o punho inchados, de maneira extraordinária, devido à pressão dos laços que apertavam da espádua até embaixo. Fazia-me sofrer também outra corda em volta do corpo, que estava apertada a um ponto intolerável. Olhando para os meus companheiros em redor vi que Peters ainda vivia, embora tivesse, em volta dos rins, uma corda apertada tão cruelmente, que estava com o aspecto de quase cortado em dois. Logo que me mexi, fez-me ele um fraco gesto com a mão, apontando a corda. Augusto não dava qualquer sintoma de vida e estava quase dobrado em dois, de través, numa lasca do leme. Parker falou-me, quando me viu a agitar-me, e perguntou-me se eu ainda tinha forças bastantes para livrá-lo de sua posição, dizendo-me que, se eu reunisse todas as minhas energias e se conseguisse desamarrá-lo, ainda poderíamos salvar nossas vidas; mas, do contrário, pereceríamos todos. Falei-lhe para ter coragem, pois trataria de libertá-lo. Tateando no bolso de minhas calças, apanhei o canivete e, depois de vários ensaios infrutíferos, consegui abri-lo. Logrei depois, com a mão esquerda, desembaraçar meu braço direito de suas amarras e cortei, em seguida, as outras cordas que me prendiam. Mas, ao tentar mudar de lugar, percebi que minhas pernas não me obedeciam absolutamente e que não me podia levantar; era-me igualmente impossível mover meu braço direito em qualquer sentido. Chamei a atenção de Parker para isso e ele me aconselhou a ficar quieto, durante alguns minutos, segurando-me ao leme com a mão esquerda, para dar ao sangue tempo de circular. Com efeito, logo começou a dormência a desaparecer, de modo que pude, primeiramente, mexer uma perna e depois a outra; e em pouco recuperei em parte o uso de meu braço direito. Deslizei então para o lado de Parker, com a maior precaução, e sem me erguer sobre as pernas cortei todos os laços que o rodeavam. Ao fim de algum tempo, como se dera comigo, ele recuperou o uso de todos os seus membros em parte. Apressamo-nos, então, a desamarrar as cordas de Peters. Elas haviam feito um profundo corte, através da cintura de suas calças de lã, bem como de duas camisas, penetrando profundamente na virilha, donde o sangue jorrou abundantemente quando retiramos a amarra. Mal, porém, tínhamos terminado, Peters começou a falar e pareceu experimentar um alívio imediato; foi mesmo capaz de mover-se muito mais facilmente do que eu e Parker, o que, sem dúvida, foi causado por essa involuntária sangria.

Augusto não dava qualquer sinal de vida e pouca esperança tínhamos de o ver voltar a si; mas, ao aproximar-nos dele, vimos que simplesmente desmaiara em consequência da perda de sangue, pois as faixas com que havíamos enrolado seu braço ferido tinham sido arrancadas pela água; nenhuma das cordas que o prendiam ao leme estava suficientemente apertada para ocasionar sua morte. Tendo-o libertado das amarras e desprendido do pedaço de madeira, colocamo-lo a barlavento, num lugar seco, com a cabeça mais baixa do que o corpo, e pusemo-nos todos três a esfregar-lhe os membros. Dentro de meia hora, mais ou menos, voltou ele a si; só, porém, na manhã seguinte deixou ver que reconhecia cada um de nós e encontrou força para falar. Enquanto nos empregáramos em desembaraçar-nos de todas as nossas amarras, a noite sobreviera e o céu começou a cobrir-se de nuvens, de modo que experimentamos um medo terrível de que o vento recomeçasse com violência, caso em que nada nos poderia salvar da morte, esgotados como nos achávamos. Felizmente, o tempo se manteve muito sossegado durante a noite e, como o mar cada vez mais se acalmava, concebemos afinal a esperança de salvar-nos. Uma brisa suave soprava sempre do noroeste, mas o tempo não era absolutamente frio. Estando fraco em demasia para sustentar-se por si mesmo, Augusto foi, cuidadosamente, ligado ao leme, para evitar que o jogo do navio o fizesse cair ao mar. Quanto a nós, não tínhamos necessidade de precauções semelhantes. Sentamo-nos, apertando-nos e apoiando-nos uns contra os outros e, com o auxílio de cordas, cortadas do leme, ficamos a conversar sobre os meios de sair de nossa horrível situação. Tomamos a precaução muito oportuna de tirar as roupas e torcemo-las, para extrair delas a água. Quando, em seguida, tornamos a vesti-las, pareceram-nos singularmente quentes e agradáveis e foram de não pequeno valor para restituir-nos a energia. Libertamos Augusto das suas e torcemo-las para ele, que experimentou o mesmo bem-estar.

Nossos principais sofrimentos eram agora a fome e a sede e, quando pensamos nos meios futuros de aliviar-nos nesse sentido, sentimos o coração desfalecer e chegamos mesmo a lastimar ter escapado aos perigos menos horríveis do oceano. Esforçamo-nos, contudo, para consolar-nos com a esperança de ser em breve recolhidos por algum navio e encorajamo-nos mutuamente a suportar com resignação todos os males, que ainda nos podiam estar reservados.

Enfim, surgiu a aurora do dia catorze e o tempo se manteve claro e suave, com uma brisa constante, porém muito leve, vinda de noroeste. O mar agora estava completamente calmo e como o brigue, por motivo que não conseguimos adivinhar, não mais adernava, o tombadilho estava relativamente seco e podíamos ir e vir por ele, com toda a liberdade. Fazia então mais de três dias e três noites que nada havíamos comido nem bebido e tornava-se absolutamente necessário fazer alguma tentativa, para obter qualquer coisa lá embaixo. Como o brigue se achava inteiramente cheio de água, entregamo-nos à tarefa, com tristeza e sem grande esperança, de conseguir qualquer coisa. Fizemos uma espécie de rede pregando alguns pregos, que arrancáramos aos destroços da escada de bordo, em dois pedaços de madeira. Amarramo-los em cruz e, prendendo-os à ponta de uma corda, atiramo-los ao camarote, passando-os para lá e para cá, com a fraca esperança de agarrar algum objeto que pudesse servir para nossa alimentação ou, pelo menos, para auxiliar a obtê-la. Passamos a maior parte da manhã nessa tarefa, sem resultado, e só pescamos algumas cobertas que os pregos prenderam sem dificuldade. Nossa invenção era, na verdade, tão grosseira que quase não podíamos contar com melhor êxito.

Recomeçamos a experiência no castelo de proa, porém sem maior resultado. E já nos entregávamos ao desespero, quando Peters imaginou amarrar uma corda em volta de sua cintura e tentar apanhar alguma coisa, mergulhando no camarote. Saudamos a proposta com toda a alegria que a esperança renascente pode inspirar. Imediatamente, ele começou a despojar-se de suas roupas, com exceção das calças; e uma forte corda foi, cuidadosamente, amarrada, em torno de sua cintura, dando uma volta por suas espáduas para impedi-la de deslizar. O empreendimento era cheio de dificuldades e perigos, porque, visto como não esperávamos encontrar grande coisa no camarote, se é que ainda havia ali qualquer provisão, seria preciso que o mergulhador, depois de o havermos descido, desse uma volta para a direita e andasse uma distância de três ou três metros e meio aproximadamente por baixo da água, através de uma passagem estreita, até a despensa, para voltar, finalmente, sem poder respirar.

Estando tudo pronto, Peters desceu na cabine, acompanhando a escada até que a água lhe deu pelo queixo. Mergulhou, então, de cabeça, voltou à direita depois de haver mergulhado, e esforçou-se para penetrar na despensa; mas a primeira tentativa fracassou completamente. Não havia meio minuto que ele desaparecera, quando sentimos a corda violentamente sacudida; era o sinal convencionado para retirá-lo da água quando ele desejasse. Puxamo-lo, pois, imediatamente, mas com tão poucas precauções que o atiramos, de modo cruel, de encontro à escada. Ele nada trouxe consigo e fora-lhe impossível ir além de um pequeníssimo espaço através do corredor, por causa dos esforços constantes que precisava fazer para não subir e flutuar de encontro ao tombadilho. Quando saiu do camarote, estava esgotadíssimo e teve de repousar, durante uns bons quinze minutos, antes de se arriscar a descer de novo.

A segunda tentativa foi ainda mais infeliz, pois ele ficou tanto tempo por baixo da água sem dar o sinal, que nos sentimos bastante inquietos por sua causa e puxamo-lo, sem esperar mais; verificou-se que ele estava a ponto de ser asfixiado. O pobre já tivera, disse, sacudido a corda mais de uma vez e nós não o havíamos sentido. Isso, sem dúvida, se devia a que uma parte da corda se prendera na balaustrada, ao pé da escada. Essa balaustrada era um obstáculo tal que resolvemos retirá-la antes de empreender nova tentativa. Como não possuíamos qualquer meio de retirá-la a não ser à força dos braços, descemos todos quatro à água, tão longe quanto foi possível, e dando uma boa sacudidela, com todas as nossas forças reunidas, conseguimos jogá-la abaixo.

A terceira tentativa não obteve maior êxito do que as duas primeiras e tornou-se evidente que nada poderíamos obter por esse meio sem o auxílio de algum peso que servisse para manter o mergulhador e firmá-lo sobre o assoalho do camarote, enquanto ele fizesse suas pesquisas. Procuramos, por muito tempo, em volta de nós, a fim de encontrar alguma coisa capaz de servir para isso; mas, finalmente, descobrimos, com grande alegria nossa, um dos porta-ovéns da mezena, a barlavento, o qual estava já tão fortemente abalado que não tivemos nenhuma dificuldade em arrancá-lo de todo. Tendo-o prendido com solidez a um dos tornozelos, procedeu Peters então à sua quarta descida ao camarote e desta vez conseguiu romper caminho até a porta da despensa. Mas, com indizível pesar, achou-a fechada e foi obrigado a voltar, sem ter podido entrar, porque, fazendo os maiores esforços, o máximo que podia ficar por baixo da água era um minuto. Nossa situação, decididamente, tomava um caráter sinistro e eu e Augusto não nos pudemos impedir de desfazer-nos em pranto ao pensar nessa multidão de dificuldades que nos assediavam e na oportunidade tão improvável de nosso salvamento. Essa fraqueza, porém, não foi de longa duração. Ajoelhamo-nos e rogamos a Deus que nos assistisse nos numerosos perigos que nos assaltavam; e depois, com esperança e energia rejuvenescidas, erguemo-nos, prontos a procurar uma vez mais e a empregar todos os meios humanos de libertação.

Capítulo X

Pouco tempo depois ocorreu um incidente que, a princípio pleno de excessiva alegria e, a seguir, de imenso horror, pareceu-me, por isso mesmo, mais emocionante e mais terrível do que quaisquer fatos acidentais que posteriormente observei no decurso de nove prolongados anos repletos de acontecimentos da mais surpreendente espécie, da mais inaudita mesmo, e da mais inimaginável, muitas vezes. Estávamos deitados sobre o tombadilho, perto da escada de bordo, e discutíamos ainda sobre a possibilidade de penetrar na despensa, quando, voltando a vista para Augusto, que estava à minha frente, percebi que ele fora imediatamente tomado de mortal palidez e que seus lábios tremiam de modo singular e incompreensível. Fortemente alarmado, falei-lhe, mas não me respondeu, e comecei a crer que fora vítima de mal súbito, quando prestei atenção a seus olhos, singularmente brilhantes e fixos sobre alguma coisa atrás de mim. Virei a cabeça e jamais esquecerei a alegria extática que penetrou todas as partes de meu ser, ao perceber que vinha, em nosso rumo, um grande brigue, o qual não estava a mais de cerca de duas milhas ao largo. Dei um salto, como se uma bala de mosquete me tivesse ferido repentinamente no coração e, estendendo os braços para a direção do navio, fiquei de pé, imóvel, incapaz de proferir uma sílaba. Peters e Parker estavam igualmente comovidos, embora de modo diverso. O primeiro dançava sobre o tombadilho como um maluco, proferindo as mais monstruosas extravagâncias, entremeadas de grunhidos e imprecações, enquanto o segundo se desfazia em lágrimas, não cessando, durante ainda alguns minutos, de chorar como uma criança.

O navio à vista era um grande brigue armado em escuna, construído à maneira holandesa, pintado de preto, com um beque vistoso e dourado. Evidentemente, experimentara regular mau tempo e supusemos que muito sofrera com a tempestade que fora causa de nosso desastre, pois perdera o mastro da gávea da mezena, assim como uma parte da amurada de estibordo. Quando o vimos pela primeira vez, estava, como já disse, a cerca de duas milhas a barlavento e vinha em nosso rumo. A brisa era muito fraca e o que mais nos espantou foi que ele não soltara outras velas, além da mezena e da maior, com uma veleta. Assim, só andava muito lentamente e nossa impaciência subia até quase ao frenesi. Também a maneira desajeitada pela qual ele se governava foi notada por todos nós, apesar de nossa grande emoção. Dava tais guinadas que, uma ou duas vezes, acreditamos que não fôramos vistos, ou que, tendo sido descoberto nosso navio, mas não se tendo percebido ninguém a bordo, iam virar de proa e retomar outro rumo. A cada uma dessas vezes, soltávamos gritos e berros, com toda a força dos pulmões, e o navio desconhecido parecia mudar, por um momento, de intenções e punha de novo a proa em nossa direção. Essa manobra singular se repetiu duas ou três vezes, de modo que, por fim, não achamos outra maneira para explicá-la senão supondo que o timoneiro estivesse bêbado.

Não percebemos ninguém a bordo até que o barco chegou a um quarto de milha de distância. Então, avistamos três marinheiros, que, pelas suas roupas, tomamos por holandeses. Dois dentre eles estavam deitados sobre velhas velas, perto do castelo de proa, enquanto o terceiro, que parecia olhar-nos com grande curiosidade, estava adiante, a estibordo, perto do gurupés. Este último era um homem alto e corpulento, de pele muito morena. Parecia, com seus gestos, encorajar-nos a ter paciência, saudando-nos alegremente com a cabeça, embora de um modo que não deixava de ser esquisito, e sorrindo constantemente, como para exibir uma fileira de dentes brancos brilhantíssimos. Como o navio se aproximasse, vimos seu chapéu de lã vermelha cair de sua cabeça na água, mas ele não se importou, continuando sempre com seus sorrisos e seus gestos estapafúrdios. Relato minuciosamente essas coisas e essas circuntâncias, e as relato, deve compreender-se, precisamente *tais como* elas nos *apareceram*.

O brigue marchava para nós lentamente, com mais precisão na sua manobra e (não posso falar com sangue-frio dessa aventura) nossos corações saltavam doidos nos peitos, e expandíamos toda a nossa alma em gritos de alegria e em ações de graças a Deus pela salvação completa, magnífica e inesperada que tão palpavelmente tínhamos ao alcance. De súbito, do misterioso navio, que agora estava bem próximo de nós, chegou-nos, através do oceano, um odor, um mau cheiro tal que não há no mundo palavras para exprimi-lo: infernal, mais do que sufocante, intolerável, inconcebível! Abri a boca para respirar e, voltando-me para meus camaradas, percebi que eles estavam mais pálidos do que o mármore. Mas não tínhamos tempo para discutir ou raciocinar. O brigue estava a quatro metros e parecia ter a intenção de encostar-se a nós pela popa, a fim de que pudéssemos abordá-lo, sem forçá-lo a lançar um escaler ao mar. Precipitamo-nos para trás, quando, imediatamente, uma forte guinada o lançou cinco ou seis pontos fora da rota que mantinha e quando passou por nossa ré, a uma distância de cerca de seis metros, vimos todo o seu tombadilho. Esquecerei jamais o tríplice horror daquele espetáculo? Vinte e cinco ou trinta corpos humanos, entre os quais algumas mulheres, jaziam, disseminados aqui e ali entre a popa e a cozinha, no derradeiro e mais repulsivo estágio de putrefação! Vimos, claramente, que não havia uma criatura viva naquele navio maldito! Entretanto, não podíamos impedir-nos de apelar por socorro àqueles mortos! Sim, na agonia do momento, prolongada e fortemente, rogamos àquelas silenciosas e repelentes imagens que se detivessem por nossa causa, que não nos deixassem tornar-nos semelhantes a elas e que lhes aprouvesse receber-nos em sua bondosa companhia! O horror e o desespero nos faziam delirar. A angústia e a decepção nos haviam tornado completamente loucos.

Quando soltamos nosso primeiro grito de terror, respondeu-lhe alguma coisa que vinha do lado do gurupés do navio desconhecido e que tão perfeitamente se assemelhava ao grito de uma garganta humana que o ouvido mais fino teria estremecido tomando-o como tal. Nesse momento, outra súbita guinada reconduziu, por alguns minutos, o castelo de proa para sob nossos olhos e, no mesmo instante, percebemos a causa do ruído. Vimos a alta e robusta figura, sempre apoiada sobre a amurada, oscilando ainda com a cabeça para um lado e outro, mas com o rosto voltado, de modo que já não o podíamos perceber. Seus braços estavam estendidos sobre a cinta do navio e as mãos caíam para fora. Seus joelhos repousavam sobre uma grande enxárcia, estendida rigidamente, e que ia do pé do gurupés a um dos aparelhos da âncora. Sobre as costas, onde uma parte da camisa fora arrancada, deixando ver o dorso nu, pousava uma enorme gaivota que deglutia ativamente o horrível manjar com o bico e as garras profundamente enterradas no corpo e a branca plumagem toda manchada de sangue. Como o brigue continuasse a voltear, como para ver-nos de mais perto, a ave retirou, penosamente, da cavidade, a cabeça ensanguentada e, depois de ter-nos contemplado um momento, estupefata, soltou-se, com indolência, do corpo sobre o qual se deliciava, voando por cima de nosso tombadilho e planando algum tempo no ar, com um pedaço de substância coagulada e quase viva no bico. Por fim, o horrível pedaço caiu, com sinistro ruído, bem aos pés de Parker. Deus queira perdoar-me! Mas então, no primeiro momento, atravessou meu espírito uma ideia — uma que não confessarei — e senti-me a dar um passo maquinal para o lugar ensanguentado. Ergui os olhos e encontrei o olhar de Augusto, carregado de uma censura tão intensa e tão enérgica, que isso me fez imediatamente dominar-me. Atirei-me vivamente e, com intenso calafrio, lancei a horrenda coisa ao mar.

O corpo de que fora arrancado aquele pedaço, repousando assim sobre aquela enxárcia, oscilava facilmente com os esforços da ave carnívora e fora esse movimento o que a princípio nos fizera crer num ser vivo. Quando a gaivota o desembaraçou de seu peso, ele cambaleou, girou e caiu a meio, de modo que pudemos ver-lhe todo o rosto. Não, nunca houve espetáculo mais cheio de espanto! Os olhos não existiam mais e todas as carnes da boca, roídas, mostravam os dentes, inteiramente a nu. Tal fora, pois, o sorriso que encorajara nossa esperança! Tal fora... Mas, detenho-me! O brigue, como disse, passou à nossa ré e continuou seu roteiro, lenta e regularmente, levado pelo vento. Com ele e com sua terrível equipagem se desvaneceram todas as nossas felizes visões de alegria e libertação. Como ele levou algum tempo a passar por trás de nós, teríamos talvez achado meios de abordá-lo, se nossa terrível decepção e a natureza espantosa de nossa descoberta não tivessem aniquilado todas as nossas faculdades físicas e mentais. Víramos e sentíramos, mas ai!, só pudéramos pensar o agir tarde demais. Poder-se-á julgar por este simples fato quanto aquele incidente enfraquecera nossas inteligências: quando o navio estava afastado, a ponto de não percebermos mais do que a metade de seu casco, debatemos seriamente a proposta de tentar alcançá-lo a nado!

Desde aquela ocasião, tenho feito todos os esforços para esclarecer a imprecisão horrível que envolvia o destino do navio desconhecido. Sua forma e sua fisionomia geral nos levavam a pensar, como já o disse, que era um vaso de comércio holandês e as vestes de sua equipagem nos confirmaram nessa opinião. Poderíamos facilmente ter lido seu nome na popa, bem como também fazer outras observações que nos teriam servido para determinar seu caráter; mas a intensa excitação do momento cegou-nos para qualquer coisa dessa espécie. Pela tonalidade de açafrão de alguns dos cadáveres que não se achavam inteiramente decompostos, concluímos que todo o grupo havia perecido de febre amarela ou de qualquer outra enfermidade virulenta da mesma horrenda qualidade. Se tal fosse o caso (e não sei que outra coisa imaginar), a morte, a julgar pelas posições dos corpos, deveria ter-lhes sobrevindo do modo horrivelmente súbito e siderizante, um modo totalmente distinto do que caracteriza em geral as pestilências mais mortais que a humanidade conhece. É possível ainda que veneno, introduzido por acaso nos seus suprimentos de víveres, tenha produzido a catástrofe, ou que isso se tenha originado de comer alguma espécie venenosa de peixe ou outro animal marinho ou ave oceânica. Mas é extremamente inútil formular conjeturas quando tudo está envolvido e, sem dúvida, assim ficará para sempre no mais espantoso e insondável mistério.

Capítulo XI

Passamos o resto do dia num estado de letárgico estupor, a contemplar o barco que se sumia até que as trevas, escondendo-o de nossas vistas, nos fizeram de algum modo recobrar a consciência. As angústias da sede e da fome voltaram então e absorveram todos os outros cuidados e preocupações. Nada, porém, podia ser feito até que amanhecesse e, prendendo-nos o melhor possível, tentamos saborear um pequeno repouso. Consegui-o além de minha expectativa, dormindo até que meus companheiros, que não haviam sido tão felizes, me levantaram, ao romper do dia, para renovar nossas tentativas de retirar provisões da despensa.

Fazia então calmaria, com o mar parado como jamais o vira; o tempo, quente e agradável. O brigue estava fora de vista. Começamos nossas operações arrancando, com algum trabalho, outra das correntes de proa e, tendo amarrado as duas aos pés de Peters, de novo ele fez uma tentativa para alcançar a porta da despensa julgando possível que fosse capaz de forçá-la, desde que chegasse até ela em tempo suficiente, o que esperava fazer, pois a carcaça estava muito mais firme do que dantes.

Rapidamente conseguiu alcançar a porta e então, soltando de seu tornozelo uma das correntes, fez todos os esforços para abrir com ela uma passagem, mas em vão, pois o madeirame do aposento era muito mais rijo de que se previra. Ele ficou inteiramente extenuado com a prolongada demora sob a água e tornou-se necessário que algum de nós tomasse seu lugar. Parker ofereceu-se logo para esse serviço; mas, depois de fazer três esforços ineficazes, verificou-se que ele nem mesmo conseguira chegar perto da porta. O estado do braço ferido de Augusto impossibilitava-o de tentar descer, pois seria incapaz de arrombar a porta, caso a alcançasse; consequentemente, coube-me esforçar-me por nossa salvação comum.

Peters deixara uma das cadeias no corredor e notei, ao mergulhar, que não tinha equilíbrio suficiente para conservar-me firme embaixo. Decidi, pois, em meu primeiro esforço, tentar apenas recuperar a outra corrente. Arrastando-me pelo assoalho do corredor, para esse fim, senti um objeto duro, que depressa agarrei, sem ter tempo de verificar o que era, pois voltei e ascendi imediatamente à tona. A presa era uma garrafa e bem se pode imaginar nossa alegria quando digo que estava cheia de vinho do Porto. Dando graças a Deus por esse oportuno e encorajador auxílio, arrancamos imediatamente a rolha com o meu canivete e, tomando cada um um gole moderado, extraímos o mais indescritível conforto e estímulo de seu calor, força e energia. Voltamos a arrolhar depois a garrafa, cuidadosamente, e penduramo-la de modo a não haver possibilidade de quebrar-se.

Tendo repousado um instante após essa afortunada descoberta, desci de novo e apanhei a corrente com a qual num instante subi. Amarrei-a a mim, então, e desci pela terceira vez. Fiquei aí plenamente convencido de que nenhum esforço, naquelas circunstâncias, me capacitaria a abrir a porta da despensa. Voltei, portanto, desesperado.

Parecia, então, não haver mais lugar para a esperança e pude notar, nas fisionomias de meus companheiros, que eles se resignavam à ideia de morrer. O vinho, evidentemente, produzira neles uma espécie de delírio, de que eu, talvez, me livrara pelo mergulho que dera logo após havê-lo ingerido. Falavam incoerentemente sobre assuntos que em nada se relacionavam com a nossa situação. Peters, repetidas vezes, fazia-me perguntas acerca de Nantucket. Também Augusto, recordo-me, aproximou-se de mim com um ar muito sério e pediu-me que lhe emprestasse um pente de bolso, pois seu cabelo estava cheio de escamas de peixe e desejava tirá-las antes de desembarcar. Parker parecia um tanto menos afetado e instava para que eu mergulhasse no camarote, ao acaso, e trouxesse qualquer coisa de que pudesse lançar mão. Consenti nisso e, na primeira tentativa, depois de mergulhar um minuto inteiro, trouxe para cima uma pequena mala de couro pertencente ao Capitão Barnard. Abrimo-la no mesmo instante, com a fraca esperança de que pudesse conter algo que se comesse ou bebesse. Nada achamos, porém, a não ser um estojo de navalha e duas camisas de linho. Desci de novo e regressei, sem resultado. Ao apontar minha cabeça à tona, ouvi um estralejar no tombadilho e, subindo, vi que meus companheiros se haviam aproveitado, ingratamente, de minha ausência para beber o resto do vinho, deixando a garrafa cair ao tentarem substituir o líquido antes que eu os visse. Censurei-os pela crueldade de tal conduta, e Augusto rompeu em pranto. Os outros dois tentaram transformar o caso em brincadeira, mas espero nunca mais ouvir risos daquela espécie: as contorções de suas fisionomias eram aterradoras. De fato, evidenciava-se que o estímulo alcoólico, dado o estado vazio de seus estômagos, tivera um efeito instantâneo e violento e todos eles estavam excessivamente embriagados. Com grande dificuldade consegui fazê-los deitar-se e logo caíram num sono profundo, acompanhado de respiração alta e estertorosa.

Achei-me, assim, sozinho no brigue, e minhas reflexões certamente eram do gênero mais terrível e sombrio. Nenhuma perspectiva se apresentava a meus olhos, além da de morrer de fome, ou, na melhor hipótese, de ser carregado na primeira tempestade que sobreviesse, pois, em nosso estado de exaustão, não podíamos esperar sobreviver a outra.

A fome angustiosa que então experimentei era quase insuportável e senti-me capaz de ir aos extremos para aplacá-la. Com a faca cortei uma pequena porção da mala de couro e tentei devorá-la, mas achei que era de todo impossível engolir um só pedaço, embora imaginasse que algum leve alívio de meu sofrimento era obtido mastigando fragmentos do couro e cuspindo-os fora. Ao anoitecer, meus companheiros despertaram, um a um, cada qual num estado indescritível de fraqueza e de horror produzido pelo vinho, cujos vapores se haviam esvaído. Tremiam como se com violenta febre e imploravam água com os gritos mais lastimáveis. Seu estado impressionou-me no mais elevado grau e, ao mesmo tempo, levou-me a regozijar-

-me pelo afortunado conjunto de circunstâncias que me havia impedido de ser tentado pelo vinho, poupando-me, assim, à partilha de suas sensações melancólicas e lancinantes. Sua conduta, porém, causava-me grande ansiedade e alarme, pois era evidente que, se não se verificasse qualquer mudança favorável, eles não me auxiliariam a lutar pela nossa salvação comum. Eu ainda não abandonara toda ideia de ser possível trazer alguma coisa de baixo; mas não podia reiniciar a tentativa enquanto algum deles não ficasse suficientemente senhor de si para ajudar-me, segurando a ponta da corda enquanto eu descia. Parker parecia estar menos embriagado do que os outros e tentei erguê-lo, por todos os meios possíveis. Julgando que um mergulho na água poderia ter efeito benéfico, consegui amarrar-lhe, em volta do corpo, a ponta de uma corda e depois, levando-o pela escadinha (enquanto ele permanecia todo o tempo inteiramente passivo), atirei-o ao mar e puxei-o, em seguida, para fora. Tive bons motivos para congratular-me comigo mesmo por haver feito tal tentativa, pois ele pareceu muito revigorado e bem-disposto e, depois de retirado, perguntou-me, de modo razoável, por que assim o tratara. Tendo-lhe explicado meu objetivo, manifestou-se grato e disse que se sentia imensamente melhor depois do mergulho, passando a conversar com sensatez sobre nossa situação. Resolvemos, então, submeter Augusto e Peters ao mesmo tratamento, o que logo fizemos, tirando eles grande benefício do choque. Essa ideia da súbita imersão fora-me sugerida pela leitura de certa obra médica sobre o bom efeito de uma ducha em casos em que o paciente sofresse de *mania a potu*.

Verificando que, então, podia confiar em meus companheiros para segurar a ponta da corda, dei de novo três ou quatro mergulhos na cabine, embora estivesse completamente escuro e ondas vagarosas, mas extensas, vindas do noroeste, tirassem um tanto a firmeza da carcaça. No decurso dessas tentativas, consegui trazer duas facas de mesa, uma botija de três galões — vazia — e um lençol; nada, porém, que nos servisse de alimento. Prossegui nos meus esforços, depois de haver encontrado esses objetos, até ficar inteiramente exausto, mas nada mais pude apanhar. Durante a noite, por turnos, Peters e Parker ocuparam-se do mesmo modo; mas, como nada lhes vinha às mãos, desesperamos dessas tentativas, concluindo que estávamos a esgotar-nos em vão.

Passamos o resto da noite num estado da mais intensa angústia mental e corporal que se possa imaginar. Raiou, por fim, a manhã do dia dezesseis e avidamente lançamos os olhos pelo horizonte à busca de um socorro, mas tudo inútil. O mar ainda estava calmo, com apenas alongadas ondulações do norte, como na véspera. Fazia, então, seis dias que não provávamos comida ou bebida, a não ser a garrafa de vinho, e era claro que não nos poderíamos aguentar muito mais, a menos que se pudesse obter alguma coisa. Nunca vi antes, nem desejo ver de novo, seres humanos tão extremamente descarnados como Peters e Augusto. Tivesse-os encontrado em terra, em sua situação atual, e não alimentaria a mais leve suspeita de havê-los visto antes. Suas fisionomias tinham mudado completamente de aspecto, de modo que eu não poderia ser levado a crer que eram na realidade os mesmos indivíduos em cuja companhia eu estivera apenas poucos dias antes. Parker, embora tristemente desfigurado e tão enfraquecido que nem podia erguer a cabeça de sobre o peito, não sofrera tanto quanto os outros dois. Suportava tudo com grande paciência, sem queixar-se e tentando animar-nos de esperanças, por todas as maneiras que podia inventar. Quanto a mim, embora no começo dessa viagem estivesse de má saúde, e sempre houvesse sido de fraca compleição, estava muito menos emagrecido e conservava minhas faculdades mentais num grau de surpreendente atividade, enquanto os demais estavam completamente abúlicos e aparentavam ter caído numa espécie de segunda infância, com expressões geralmente tolas, com sorrisos idiotas e falando as vulgaridades mais absurdas. A intervalos, porém, pareciam reviver de súbito, como se estimulados abruptamente pela consciência de sua situação, e então saltavam de pé, num relâmpago momentâneo de força, e falavam, por curto período, de nossa posição, de maneira completamente sensata, embora repleta do mais intenso desespero. É possível, porém, que meus companheiros tenham mantido sobre seu estado a mesma opinião que eu tinha sobre o meu e que eu tenha, involuntariamente, sido culpado das mesmas extravagâncias e imbecilidades em que eles caíram. Esta é uma questão que não pode ser verificada.

Por volta do meio-dia, Parker declarou que via terra do lado de bombordo e foi com a maior dificuldade que o impedi de mergulhar no mar a fim de alcançá-la a nado. Peters e Augusto pouca importância deram ao que ele dizia, estando aparentemente envoltos em taciturna meditação. Depois de olhar para a posição apontada, não pude perceber a mais fraca semelhança de costa. Na verdade, eu sabia muito bem quanto estávamos longe de qualquer terra para ceder a uma esperança dessa natureza. Muito tardou, porém, para que conseguisse convencer Parker de seu engano. Ele então irrompeu num copioso pranto, chorando como uma criança, com altos gritos e soluços, durante duas ou três horas; depois, sentindo-se extenuado, caiu a dormir.

Peters e Augusto fizeram, após, diversos esforços inúteis para engolir pedaços de couro. Aconselhei-os a mascar e cuspir fora, mas eles estavam excessivamente debilitados para serem capazes de seguir meu conselho. Continuei a mascar pedaços de couro, de vez em quando, e achei nisso algum alívio; minha principal angústia vinha da falta de água e só me contive de tomar um trago da água do mar pela lembrança das horríveis consequências que disso resultaram para outros em semelhante situação.

Passou-se o dia dessa forma quando, subitamente, descobri uma vela a leste, no lado de bombordo da proa. Parecia ser de um grande navio e vinha quase que em nossa direção, achando-se provavelmente a doze ou quinze milhas de distância. Nenhum de meus companheiros ainda a descobrira e evitei falar-lhes disso por enquanto, temendo que de novo fôssemos desiludidos de socorro. Afinal, quando o navio chegou mais perto, vi distintamente que rumava mesmo em nossa direção, com as velas leves pandas. Não pude então conter-me mais e apontei-o a meus companheiros de sofrimento. Imediatamente, eles saltaram de pé, entregando-se de novo às mais extravagantes demonstrações de alegria, chorando, rindo de maneira idiota, saltando, cabriolando no tombadilho, arrancando os cabelos, rezando e praguejando alternadamente. Fiquei tão impressionado com sua conduta, bem como pelo que agora podia considerar perspectiva certa de salvamento, que não me pude impedir de juntar-me à sua loucura e dar expansão aos impulsos de minha alegria e minha felicidade, deitando-me e rolando no tombadilho, batendo palmas, gritando e fazendo outros atos similares, até que voltei a dominar-me de súbito, atirando-me de novo aos extremos da miséria e do desespero humanos, ao verificar que o navio nos apresentava agora, em cheio, a popa, e navegava numa direção completamente oposta àquela em que eu a princípio o avistara.

Passou-se algum tempo até que eu pudesse levar meus pobres companheiros a crerem que esse triste transtorno de nossas expectativas se verificara realmente. Replicavam eles a todas as minhas asserções, com olhares fixos e gestos significativos, de que não se deixavam enganar por semelhantes embustes. Mais sensivelmente me impressionou a conduta de Augusto. A despeito de tudo quanto eu pudesse fazer ou dizer em sentido contrário, ele persistia em afirmar que o navio rapidamente se aproximava de nós e preparava-se para ir para bordo dele. Afirmava que algumas plantas marinhas, que flutuavam perto do brigue, eram os escaleres do outro navio e tentava atirar-se sobre elas, urrando e berrando de maneira a cortar o coração, quando eu o impedia, pela força, de assim lançar-se ao mar.

Acalmando-nos um pouco, continuamos a espiar o navio até que finalmente o perdemos de vista. O tempo se tornara nevoento e uma leve brisa soprava. Logo que o barco desapareceu inteiramente, Parker voltou-se, de súbito, para mim, com uma expressão fisionômica que me fez estremecer. Estava com um aspecto de domínio sobre si mesmo que até então eu não lhe notara e antes que abrisse os lábios meu coração me contou o que ele iria dizer. Propôs, em poucas palavras, que um de nós devia morrer para preservar a vida dos outros.

Capítulo XII

Algum tempo antes, eu já havia passado a refletir sobre a perspectiva de sermos reduzidos a essa última extremidade e tomara, secretamente, a resolução de suportar a morte, de qualquer forma ou sob quaisquer circunstâncias, de preferência a adotar semelhante recurso. E tal resolução não era, no menor grau, enfraquecida pela intensidade da fome que me devorava. Nem Peters, nem Augusto haviam escutado a proposta. Portanto, chamei Parker de lado e, rogando mentalmente a Deus forças para dissuadi-lo do horrível objetivo que entretinha, discuti com ele prolongadamente, da maneira mais suplicante, pedindo-lhe por tudo quanto é sagrado, e instando-o, por meio de toda espécie de argumentos que o caso extremo sugeria, para abandonar a ideia e não mencioná-la a nenhum dos outros dois.

Ele ouviu tudo o que eu disse, sem tentar responder a quaisquer dos meus argumentos e eu começava a esperar que o tivesse convencido, tal como desejava. Mas, quando terminei de falar, replicou-me que sabia muito bem ser verdade tudo quanto eu dissera; lançar mão de tal recurso era, de fato, a mais horrível alternativa que podia apresentar-se ao cérebro humano; mas ele havia suportado tudo até o ponto em que a natureza humana se podia sustentar; era desnecessário que todos perecessem desde que, pela morte de um, era possível e mesmo provável que os restantes fossem finalmente salvos. Acrescentou que eu poderia evitar-me o trabalho de tentar desviá-lo dessa intenção, pois estava completamente decidido a isso, antes mesmo do aparecimento do navio, e só o fato de haver aquele surgido à vista o impedira de mencionar antes esse propósito.

Roguei-lhe então que, se não podia ser convencido a abandonar tal designio, pelo menos o adiasse, pois algum barco ainda podia vir em nosso socorro; reiterei, de novo, todos os argumentos que pude encontrar e que julguei capazes de influenciar uma pessoa daquela natureza bruta. Ele, em resposta, disse que só falara no último momento possível, que não podia resistir mais tempo sem sustento de qualquer espécie e que, portanto, sua sugestão chegaria tarde em outro dia, pelo menos com relação à sua pessoa.

Verificando que nada do que eu lhe pudesse dizer, em tom humilde, o demoveria, assumi então procedimento diferente. Falei-lhe que ele bem devia saber que eu sofrera menos que os outros em consequência de nosso desastre e, portanto, minha saúde e minha força, naquele momento, eram bem maiores do que as dele, ou de Peters ou Augusto; em suma, estava em condição de impor minha opinião, pela força, se necessário, e se ele tentasse, de qualquer modo, comunicar aos outros sua ideia sanguinolenta e canibalesca, eu não hesitaria em atirá-lo ao mar. A isso, ele imediatamente me agarrou pela garganta e, puxando de uma faca, fez diversas tentativas, inúteis, para ferir-me no estômago, crime que só sua excessiva debilidade o impediu de consumar. Entrementes, levado a um acesso de cólera, arrastei-o para a amurada do navio, com a plena intenção de atirá-lo à água. Ele foi salvo desse destino, porém, pela interferência de Peters, que, aproximando-se, separou-nos e perguntou a causa da briga. Parker contou-lha, antes que eu pudesse encontrar qualquer meio de evitá-lo.

O efeito de suas palavras foi mesmo mais terrível do que eu previra. Tanto Augusto como Peters, que, parece, de há muito entretinham, secretamente, a mesma horrível ideia que Parker fora apenas o primeiro a expressar, apoiaram-no e insistiram para que seu desígnio fosse imediatamente levado a efeito. Eu calculara que, pelo menos, um dos dois últimos possuísse ainda bastante força de vontade para aliar-se comigo na resistência a qualquer tentativa de realizar tão medonho propósito; e, com a ajuda de qualquer deles, eu não temia ser incapaz de impedir sua consumação. Desiludido nessa expectativa, tornou-se absolutamente necessário que eu atendesse à minha própria salvação, pois uma resistência mais prolongada de minha parte poderia ser considerada, por homens naquela terrível situação, como escusa suficiente para recusar-me agir à vontade, na tragédia que rapidamente, eu o sabia, iria iniciar-se.

Falei-lhes então que estava disposto a apoiar a proposta, pedindo apenas o adiamento de uma hora, a fim de que o nevoeiro que nos circundava tivesse ocasião de dissipar-se, pois era possível que o navio que havíamos visto surgisse de novo. Depois de muita dificuldade, arranquei deles a promessa de esperar esse tempo; e, como eu previra (sobrevindo rápida brisa), o nevoeiro levantou-se antes que expirasse a hora. Nenhum barco apareceu à vista e preparamo-nos para deitar as sortes.

É com extrema relutância que me demoro sobre a cena medonha que então se seguiu; cena que, em seus mínimos pormenores, nenhum acontecimento posterior foi capaz de apagar, no menor grau, de minha memória, e cuja recordação cruel envenenará todos os momentos vindouros de minha existência. Permiti-me passar sobre essa parte de minha narrativa com a rapidez que a natureza dos fatos a serem narrados permitir. O único método que podíamos adotar para o terrível sorteio e que daria a cada um uma oportunidade era o de puxar palhinhas. Prepararam-se, para esse fim, pequenos gravetos e combinou-se que eu os seguraria. Retirei-me para uma extremidade do casco, enquanto meus pobres companheiros, silenciosamente, se colocaram na outra, com as costas voltadas para mim. A mais amarga ansiedade que sofri, durante todo o decorrer do horrível drama, sobreveio no momento em que me ocupava com o arranjo das sortes. Poucas situações há em que um homem, provavelmente, se possa encontrar e nas quais não sinta profundo interesse pela preservação de sua vida, interesse que, momento a momento, se amplia, à medida do enfraquecimento dos laços que conservam a existência. Mas, então, a natureza silente, definida e cruel da ocupação a que eu me entregava (tão diversa dos tumultuosos perigos da tempestade ou dos horrores gradualmente crescentes da fome) permitiu-me refletir nas poucas oportunidades que eu tinha de escapar à mais medonha das mortes, à morte para o mais medonho dos fins. E todas as partículas daquela energia que havia tanto me sustentava fugiram como penas ao vento, deixando-me presa desesperada do mais abjeto e lastimável dos terrores. Não pude, a princípio, nem mesmo reunir suficientes forças para cortar e afeiçoar os pedacinhos de pau, pois meus dedos se recusavam a esse trabalho, completamente, e meus joelhos batiam com violência, um contra o outro. Passaram-me, velozmente, pelo pensamento milhares de absurdos projetos para evitar tornar-me um cúmplice do pavoroso negócio. Pensei em cair de joelhos, aos pés de meus companheiros, suplicando-lhes que me permitissem escapar a essa necessidade; em lançar-me de súbito sobre eles e, matando um, tomar a decisão pela sorte desnecessária; em suma, pensei em tudo, menos em prosseguir com a tarefa que tinha em mãos. Afinal, depois de perder prolongado tempo nessa conduta imbecil, fui chamado à realidade pela voz de Peters, que me instava a aliviá-los, imediatamente, da terrível ansiedade que estavam sofrendo. Mesmo então, não pude arranjar logo os cavacos sem pensar em todas as maneiras de trapaça pelas quais poderia levar algum de meus companheiros de sofrimento a puxar a palhinha curta, pois fora combinado que quem puxasse a mais curta de quatro taliscas em minha mão devia morrer para salvação dos restantes. Antes que alguém me condene por essa aparente falta de coração, que se coloque em posição precisamente igual à minha.

Afinal não era possível retardar mais e, com o coração quase a saltar-me do peito, avancei para o lado do castelo de proa, onde meus companheiros me esperavam. Estendi a mão com as taliscas e Peters imediatamente puxou uma. Estava livre... A *dele*, pelo menos, não era a mais curta; e aí fugia outra oportunidade de que eu escapasse. Concentrei todas as energias e passei as sortes a Augusto. Também ele puxou imediatamente e também ele ficou livre; e então as possibilidades de vida ou de morte eram para mim precisamente iguais. Nesse momento, toda a ferocidade de um tigre me dominou o peito e senti, para com o meu pobre camarada Parker o mais intenso e diabólico dos ódios. Mas esse sentimento não se prolongou; e, afinal, com tremor convulsivo, fechando os olhos, estendi as duas taliscas restantes para ele. Cinco minutos inteiros decorreram, antes que ele tivesse tomado coragem para puxar e, nesse período, de coração angustiado, nem uma só vez abri os olhos. Afinal, uma das duas sortes foi puxada rapidamente de minha mão. Ninguém falou e, contudo, não ousei convencer-me, olhando para a talisca que estava em minha mão. A decisão fora tomada e eu não sabia se era a meu favor ou contra. Peters, por fim, tomou-me pela mão e forcei-me a levantar os olhos; vi, imediatamente, pela fisionomia de Parker, que eu estava salvo e fora ele o condenado. Ofegando, sem ar, caí desmaiado no tombadilho.

Recobrei-me do desmaio, a tempo de contemplar a consumação da tragédia, com a morte daquele que fora o principal instrumento de sua realização. Ele não fez qualquer resistência e foi esfaqueado nas costas por Peters, caindo instantaneamente morto. Não me demorarei sobre o pavoroso repasto que se seguiu. Tais coisas podem ser imaginadas, mas as palavras não têm poder para dar à mente a impressão do estranhíssimo horror de sua realidade. Baste-nos dizer que, tendo apaziguado de algum modo a sede destruidora que nos consumia, graças ao sangue da vítima, e tendo, de comum acordo, lançado fora as mãos, os pés e a cabeça, atirando-as com as entranhas ao mar, devoramos o resto do cadáver, pedaço a pedaço, durante os quatro memoráveis dias dezessete, dezoito, dezenove e vinte daquele mês.

No dia dezenove, caindo uma chuvinha leve, que durou vinte ou quinze minutos, conseguimos apanhar um pouco de água, por meio de um pedaço de pano que fora pescado da cabine, em nossas pesquisas, logo após a tempestade. A quantidade total que recolhemos não foi mais do que a metade de um galão; mas mesmo esta escassa provisão nos encheu de relativa energia e esperança.

No dia 21, estávamos de novo reduzidos à derradeira necessidade. O tempo permanecia ainda quente e agradável, com nevoeiros ocasionais e brisas ligeiras, mais usualmente de norte para oeste.

No dia 22, como estivéssemos sentados bem juntos uns dos outros, refletindo sombriamente em nossa lamentável condição, atravessou-me, num fulgor, o espírito uma ideia, que me inundou de esplendente clarão de esperança. Lembrei-me de que, quando o mastro de mezena tinha sido cortado, Peters, que estava nas correntes de barlavento, passou-me às mãos um dos machados, pedindo-me para colocá-lo, se possível, num lugar seguro, e de que, poucos minutos antes de se haver o derradeiro golpe pesado de mar descarregado sobre o navio, inundando-o, eu pusera o machado no castelo de proa, e deixara-o num dos beliches de bombordo. Pensei então ser possível que, apoderando-nos desse machado, abríssemos o convés, sobre o paiol de mantimentos, e assim prontamente nos supríssemos de provisões.

Quando comuniquei este projeto a meus companheiros, emitiram um fraco grito de alegria e todos seguimos para o castelo de proa. A dificuldade de descer ali era maior do que a de baixar à cabine, sendo a entrada muito menor, pois não se devem esquecer que todo o cavername em torno da escotilha da escada da cabine tinha sido removido, ao passo que a passagem para o castelo de proa, sendo uma simples escotilha de apenas noventa centímetros quadrados, permanecera intata. Não hesitei, contudo, em tentar descer; e tendo sido amarrada uma corda em torno de meu corpo, como antes, mergulhei ousadamente, os pés em primeiro lugar, abri caminho às pressas para o beliche e, à primeira tentativa, alcancei o machado. Fui saudado com a alegria e o triunfo mais extáticos e a facilidade com que aquilo foi alcançado era olhada como um presságio de nossa salvação definitiva.

Começamos então a atacar o convés, com toda a energia duma esperança reacesa. Peters e eu fazendo uso do machado por turnos, pois o braço ferido de Augusto não lhe permitia que nos prestasse auxílio de qualquer espécie. Como estivéssemos tão fracos ainda, a ponto de mal podermos ficar de pé sem apoio, e só pudéssemos, consequentemente, trabalhar um minuto ou dois, sem descansar, logo se tornou evidente que seriam necessárias muitas horas para levar a cabo nossa tarefa, isto é, abrir uma abertura suficientemente larga para permitir livre acesso ao paiol de mantimentos.

Esta consideração, contudo, não nos desencorajou; e, trabalhando a noite inteira, à luz da lua, conseguimos levar a efeito nosso propósito ao raiar do dia 23.

Peters se ofereceu então para descer e, tendo feito todos os preparativos como antes, desceu e logo voltou trazendo consigo um pequeno jarro, que, para grande alegria nossa, se achava cheio de azeitonas. Tendo-as distribuído entre nós e devorado com a maior gulodice, tratamos de fazer Peters descer de novo. Desta vez alcançou ele êxito muito além de nossas maiores expectativas, voltando logo com um grande presunto e uma garrafa de vinho da Madeira. Deste, cada um de nós bebeu apenas um moderado gole, tendo aprendido, por experiência própria, as perniciosas consequências de beber demasiado sem medida. O presunto, exceto cerca de duas libras perto do osso, não estava em condições de ser comido, tendo ficado inteiramente estragado pela água salgada. A parte sã foi dividida entre nós. Não tendo sido capazes de conter seu apetite, Peters e Augusto comeram sua parte, no mesmo instante; mas eu fui mais cauteloso e comi apenas pequena porção da minha, temendo a sede que, eu sabia, haveria de seguir-se. Descansamos então um pouco do nosso labor, que havia sido intoleravelmente rude.

Pelo meio-dia, sentindo-nos um tanto revigorados e repousados, renovamos nossa tentativa de recolher provisões, descendo, alternativamente, eu e Peters, e sempre com mais ou menos êxito, até o pôr do sol. Durante este tempo, tivemos a boa sorte de trazer, ao todo, mais quatro pequenas botijas de azeitonas, outro presunto, um garrafão contendo quase três galões de excelente vinho do Cabo da Madeira e, o que nos deu ainda maior satisfação, uma pequena tartaruga da espécie Galápagos, muitas das quais haviam siço postas a bordo pelo Capitão Barnard, quando o *Grampus* estava deixando o porto, tendo-as recebido da escuna *Mary Pitts*, que acabava de chegar duma viagem ao Pacífico, de pesca de focas.

Em parte subsequente desta narrativa terei frequentes ocasiões de mencionar esta espécie de tartaruga. Encontra-se, principalmente, como a maior parte de meus leitores pode saber, no grupo de ilhas chamadas Galápagos, que, realmente, derivam seu nome do animal, significando a palavra "Galápago" uma espécie de tartaruga de água doce. Por causa de sua forma característica e de sua maneira de agir, têm-na muitas vezes chamado de tartaruga-elefante. Encontram-se algumas de enorme tamanho. Eu mesmo tenho visto muitas que pesariam de doze a quinze mil libras, embora não me recorde de que algum navegante conte que as tenha visto pesando mais de oitocentas libras. Seu aspecto é singular e mesmo repelente. Seus passos são muito lentos, medidos e pesados, elevando-se seu corpo a cerca de trinta centímetros acima do solo. Seu pescoço é comprido e excessivamente fino, de 45 a 60 centímetros e um comprimento bem comum, e eu matei uma cuja distância do ombro à extremidade da cabeça não era de menos de um metro e quinze centímetros. A cabeça tem uma semelhança chocante com a de uma serpente. Podem viver sem comida por um período de tempo quase inacreditável, conhecendo-se exemplos em que têm sido elas lançadas no porão de um navio, ali ficando dois anos sem nutrição de qualquer espécie, tão gordas, a todos os efeitos, e em tão bom estado, ao terminar o prazo, como quando ali foram postas a princípio. Neste particular, esses extraordinários animais se assemelham ao dromedário ou camelo do deserto. Numa bolsa, na raiz do pescoço, carregam elas constante provisão de água. Em alguns casos, matando-as depois de terem estado todo um ano privadas de qualquer nutrição, têm sido encontradas nessas bolsas cerca duns três galões de água perfeitamente doce e fresca. Seus alimentos são principalmente salsa selvagem e aipo, com beldroega, barrilha e cacto, havendo grande abundância deste último, de que elas se aproveitam maravilhosamente nas encostas, perto da praia, onde o próprio animal é encontrado. São um alimento excelente e altamente nutritivo e têm servido, sem dúvida, de meio de conservação das vidas de milhares de marinheiros empregados na pesca da baleia e em outras ocupações no Pacífico.

A que tivéramos a boa sorte de trazer do paiol de mantimentos não era lá muito grande, pesando provavelmente 65 ou 70 libras. Era fêmea, em ótimas condições, extremamente gorda e tendo mais de um quarto de galão de água doce e clara no seu saco. Isto era, na verdade, um tesouro e, caindo de joelhos, todos duma vez, demos fervorosas graças a Deus por tão oportuno alívio.

Tivemos grande dificuldade em fazer passar o animal pela abertura, pois ele se debatia com furor e sua força era prodigiosa. Estava a ponto de escapar das mãos de Peters e mergulhar de novo na água, quando Augusto, lançando uma corda, com um nó corrediço em torno de seu pescoço, manteve-a desta forma, até que eu tivesse pulado para o buraco ao lado de Peters e o auxiliasse a empurrá-la para fora.

Transvasamos cuidadosamente a água do saco para o jarro, que, hão de lembrar-se, havíamos trazido antes da cabine. Feito isto, quebramos o gargalo duma garrafa, de modo a formar, com a rolha, uma espécie de copo que não chegava a conter 25 centilitros. Cada um de nós bebeu então um desses copos cheios, e resolvemos limitar-nos a essa quantidade por dia, tanto tempo quanto pudesse durar a provisão.

Durante os dois ou três últimos dias, tendo o tempo ficado seco e agradável, as cobertas que havíamos trazido da cabine, bem como nossas roupas, haviam secado inteiramente, de modo que passamos essa noite (a do dia 23) em relativo conforto, gozando um tranquilo repouso depois de havermos ceado lautamente azeitonas e presunto, com um pequeno gole de vinho. Receosos de ver algumas de nossas provisões arrebatadas pelo mar, durante a noite, no caso de levantar-se uma brisa forte, amarramo-las da melhor forma, com cordas, aos fragmentos do molinete. Nossa tartaruga, que tínhamos o maior interesse em conservar viva, tanto tempo quanto pudéssemos, viramo-la de costas e, além disso, ligamo-la cuidadosamente.

Capítulo XIII

Julho, 24. Esta manhã nos encontrou maravilhosamente restabelecidos de coragem e força física. Não obstante a situação perigosa em que ainda nos achávamos colocados, ignorando nossa posição, embora certamente a grande distância de terra, sem mais alimento do que o necessário para uma quinzena, mesmo racionado, quase inteiramente sem água e flutuando para cá e para lá, à mercê de todos os ventos e ondas, sobre o destroço mais miserável do mundo, contudo, as angústias e perigos infinitamente mais terríveis de que tínhamos sido tão recente e providencialmente libertados levavam-nos a olhar aquilo que agora suportávamos como um mal apenas um pouco maior do que o costumeiro — tão estritamente relativos são o bem e o mal.

Ao raiar do sol estávamo-nos preparando para renovar nossas tentativas de arranjar alguma coisa do paiol de mantimentos, quando, tendo sobrevindo uma forte chuvada, com alguns relâmpagos, voltamos nossa atenção para a coleta de água, por meio do pano, que tínhamos usado antes para esse fim. Não tínhamos outros meios de recolher a chuva, além do de manter o pano estendido com uma das chapas dos porta-ovéns no meio. A água assim conduzida para o centro era drenada para o nosso jarro. Já o havíamos quase enchido dessa maneira, quando uma forte rajada vinda do norte obrigou-nos a desistir, pois o casco começou, mais uma vez, a jogar tão violentamente, que não nos podíamos mais conservar de pé. Corremos então para a proa e, amarrando-nos, solidamente, aos restos do molinete, como antes, aguardamos os acontecimentos com muito mais calma do que teríamos previsto, ou de que nos teríamos imaginado capazes em tais circunstâncias. Ao meio-dia, o vento se havia avivado, mudando-se numa brisa de colher duplos rizes e, à noite, transformara-se numa borrasca violenta, acompanhada de mar tremendamente grosso. Tendo-nos ensinado, porém, a experiência o melhor método de arranjar nossas amarras, suportamos essa noite terrível com tolerável segurança, embora inteiramente inundados quase a cada instante pelo mar e em perpétuo perigo de sermos tragados. Felizmente, o tempo estava tão quente, que tornava a água mais agradável do que mesmo outra coisa.

Julho, 25. Esta manhã a borrasca diminuíra tanto, que não era mais do que uma brisa de dez nós e o mar tinha baixado tão consideravelmente, que podíamos conservar-nos a seco sobre o convés. Com grande tristeza, porém, descobrimos que dois potes de nossas azeitonas bem como todo o nosso presunto tinham sido tragados pelo mar, a despeito da cuidadosa maneira por que tinham sido amarrados. Resolvemos não matar ainda a tartaruga e contentar-nos, no momento, com um almoço de umas poucas azeitonas e um copo de água, cada um, à qual misturamos, em porções iguais, um pouco de vinho. Causou-nos grande alívio e reconforto a mistura, sem a desagradável embriaguez que se segue quando se bebe vinho do Porto. O mar estava ainda demasiado crespo para que recomeçássemos nossos esforços de recolher provisão do paiol. Muitos artigos sem importância para nós, em nossa presente situação, flutuaram através da abertura, durante o dia, e eram imediatamente tragados pelo oceano. Nós também observamos que o casco se ia inclinando, cada vez mais, de modo que não podíamos ficar de pé, um instante, sem nos amarrar. Por causa disso, passamos um dia sombrio e desagradável. Ao meio-dia, o sol parecia quase vertical sobre nós e não tivemos dúvida de haver sido levados pela longa sucessão dos ventos do norte e do noroeste quase para as proximidades do equador. Lá pela tarde vimos vários tubarões e ficamos um tanto quanto alarmados pela audaciosa maneira com que um enormemente grande se aproximou de nós. Em certo instante, como uma guinada houvesse lançado o casco muito abaixo da água, o monstro ficou realmente a nadar acima de nós, debatendo-se por alguns momentos bem sobre a escotilha da passagem, e batendo violentamente com a cauda em Peters. Uma pesada onda, afinal, jogou-o para o outro lado, com grande alívio nosso. Em tempo moderado teríamos podido capturá-lo facilmente.

Julho, 26. Esta manhã, tendo o vento grandemente tombado e não estando o mar muito crespo, resolvemos renovar nossos esforços no paiol. Depois de um trabalho bastante árduo, durante o dia inteiro, descobrimos que nada mais tínhamos a esperar naquele setor, pois os tabiques do compartimento tinham sido rebentados, durante a noite, rolando as provisões para dentro do porão. Esta descoberta, como é de supor-se, encheu-nos de desespero.

Julho, 27. Mar quase manso, com uma leve brisa, sempre de norte para oeste. Tendo-se o sol tornado bastante quente à tarde, ocupamo-nos em secar nossas roupas. Fomos muito aliviados da sede e também muito reconfortados por nos termos banhado no mar. Neste banho, porém, fomos forçados a usar de grande cautela, receosos dos tubarões, muitos dos quais foram vistos nadando em torno do brigue durante o dia.

Julho, 28. Bom tempo ainda. O brigue começou agora a inclinar-se tão alarmantemente, que receamos que ele se virasse de todo, de fundo para cima. Preparamo-nos o melhor que podíamos para essa emergência, amarrando nossa tartaruga, nosso jarro de água e os dois restantes potes de azeitonas, tão distantes quanto possível, a barlavento, colocando-os por fora do casco, abaixo dos grandes porta-ovéns. O mar, muito manso o dia todo, com pouco ou nenhum vento.

Julho, 29. Continuação do mesmo tempo. O braço ferido de Augusto começou a mostrar sintomas de gangrena. Queixava-se ele de entorpecimento e de sede excessiva, mas não de dores agudas. Nada podíamos fazer para aliviá-lo, a não ser esfregar suas feridas com um pouco do azeite das azeitonas, sem que disso parecesse resultar grande benefício. Fizemos tudo quanto estava a nosso alcance para aliviá-lo e triplicamos sua ração de água.

Julho, 30. Dia excessivamente quente, sem vento. Um enorme tubarão conservou-se junto ao casco durante toda a manhã. Fizemos várias tentativas infrutíferas para capturá-lo, por meio de um nó corrediço. Augusto muito pior e evidentemente enfraquecendo-se cada vez mais, tanto por falta de alimentação conveniente como por efeito de seus ferimentos. Suplicava a cada instante que o libertássemos de seu sofrimento, nada mais desejando senão a morte. Esta tarde, comemos nossas derradeiras azeitonas e encontramos a água, na nossa tina, tão pútrida que não podíamos engoli-la, absolutamente, sem que lhe misturássemos vinho. Resolvemos matar nossa tartaruga na manhã seguinte.

Julho, 31. Depois de uma noite de excessiva ansiedade e fadiga, devido à posição do casco, pusemo-nos a matar e a cortar em pedaços nossa tartaruga. Verificou-se que ela era muito menor do que tínhamos suposto, embora de boa qualidade. Não atingia toda a carne que dela retiramos a mais de dez libras. Tendo em vista reservar uma parte, o maior tempo possível, cortamo-la em pedaços finos e os colocamos nos nossos três potes restantes de azeitonas e na garrafa de vinho (que havíamos preciosamente conservado), derramando por cima o azeite das azeitonas. Desta maneira, guardamos cerca de três libras da tartaruga, não tencionando nelas tocar até termos consumido o restante. Resolvemos limitar-nos mais ou menos a cem gramas de comida por dia; dessa forma, todo o alimento poderia durar uns treze dias. Uma chuvarada repentina, acompanhada de fortes trovões e relâmpagos, caiu ao anoitecer, mas durou tão pouco tempo, que só conseguimos recolher cerca de 25 centilitros de água. Toda ela, por comum acordo, foi dada a Augusto, que parecia encontrar-se agora na derradeira extremidade. Bebia a água do pano, à proporção que a recolhíamos (pois mantínhamos o pano sobre ele de modo a deixá-la correr para sua boca), porque nada tínhamos agora que pudesse guardar a água, a não ser que resolvêssemos esvaziar nosso vinho do garrafão ou jogar fora a água podre do jarro. Qualquer desses expedientes teria sido tomado se a chuva durasse.

O doente pareceu tirar apenas pouco alívio da bebida. Seu braço estava completamente negro do punho até ao ombro e tinha os pés gelados. Esperávamos a cada momento vê-lo dar o último suspiro. Estava horrivelmente emagrecido, tanto que, embora pesasse 127 libras ao deixar Nantucket, não tinha agora mais do que *quarenta ou cinquenta, no máximo*. Tinha os olhos encovados, visíveis apenas, e a pele de suas bochechas pendia tão frouxa, que o impedia de mastigar qualquer alimento, ou mesmo de engolir qualquer líquido, sem grande dificuldade.

Agosto, 1. Continuação do mesmo tempo calmo, com um sol opressivamente quente. Excessiva tortura da sede, estando a água do jarro absolutamente podre e fervilhante de bichos. Conseguimos, não obstante, engolir certa porção dela misturando-a com vinho. Nossa sede, porém, apenas se acalmou um pouco. Encontramos mais alívio banhando-nos no mar, mas não podíamos valer-nos desse expediente a não ser a longos intervalos, por causa da contínua presença de tubarões. Víamos agora, claramente, que Augusto não podia ser salvo; estava evidentemente morrendo. Nada podíamos fazer para aliviar seus sofrimentos, que pareciam ser enormes. Cerca das doze horas ele expirou, entre fortes convulsões, e sem ter falado durante horas. Sua morte encheu-nos dos mais sombrios pressentimentos e tamanho efeito teve sobre nossos espíritos, que ficamos sentados, imóveis, junto ao cadáver, durante o dia inteiro, sem que jamais nos dirigíssemos um ao outro a não ser em voz baixa. Foi somente algum tempo depois do escurecer que tomamos coragem de levantar-nos e lançar o corpo pela borda. Estava então inexprimivelmente pesado e tão apodrecido que, no tentar Peters levantá-lo, uma perna inteira ficou-lhe na mão. Quando aquela massa putrefata deslizou sobre o lado do navio, para dentro da água, o clarão de luz fosfórica de que já estava cercada plenamente nos mostrou sete ou oito grandes tubarões cujo matraquear horrível dos dentes, quando sua presa foi dilacerada por eles, podia ter sido ouvido à distância de uma milha. Ouvindo esse ruído, fomos penetrados de horror, até o mais íntimo de nosso ser.

Agosto, 2. A mesma calma terrível, o mesmo calor excessivo. A madrugada encontrou-nos num estado de lastimável abatimento e de completo esgotamento físico. A água do jarro era agora completamente inutilizável, não passando de espessa massa gelatinosa, nada mais do que vermes de horrível aspecto misturados com limo. Atiramo-la fora e lavamos o jarro no mar, depois de haver derramado nele algumas gotas do azeite de nossas botijas de tartaruga picada. Mal podíamos agora suportar a sede e, em vão, tentávamos aliviá-la com o vinho, que só parecia ajuntar combustível às chamas e nos excitava a um alto grau de embriaguez. Tentamos depois aliviar nossos sofrimentos misturando o vinho com água do mar; mas isso, instantaneamente, provocou em nós as mais violentas náuseas, de modo que não mais o experimentamos. Durante todo o dia, ansiosamente, buscamos uma oportunidade para banhar-nos, mas foi inútil, pois o casco estava agora inteiramente sitiado por todos os lados pelos tubarões; sem dúvida, os mesmos monstros que tinham devorado nosso pobre companheiro na noite anterior e que se achavam em contínua expectativa de outro festim semelhante. Esta circunstância causou-nos a saudade mais amarga e encheu-nos dos mais deprimentes e melancólicos presságios. Havíamos experimentado indescritível alívio banhando-nos e estava além de nossas forças suportar o ficar privados desse recurso de maneira tão terrível. Aliás, não estávamos inteiramente livres do temor do imediato perigo, pois o mais leve deslize ou falso movimento poderia lançar-nos, imediatamente, ao alcance daqueles vorazes peixes que frequentemente se atiravam sobre nós nadando para sota-vento. Nem gritos nem esforços de nossa parte pareciam alarmá-los. Mesmo quando um dos maiores foi atingido por Peters, com uma machadada e gravemente ferido, persistiu em suas tentativas para atirar-se aonde estávamos. Uma nuvem apareceu ao escurecer, mas, para nossa extrema angústia, passou sobre nós sem desfazer-se. É inteiramente impossível conceber nossas torturas de sede nessa ocasião. Passamos uma noite em claro, quer por causa disso, quer por medo dos tubarões.

Agosto, 3. Nenhuma perspectiva de alívio e o brigue inclinava-se ainda mais e mais, de modo que agora não podíamos dar um passo sequer sobre o convés. Ocupamo-nos em pôr a salvo nosso vinho e a carne da tartaruga a fim de não os perdermos, caso o navio revirasse. Arrancamos dois fortes pregos dos porta-ovéns e, por meio do machado, pregamo-los no casco de barlavento, a uns dois pés da água, o que não ficava muito distante da quilha, pois estávamos quase de lado. A estes pregos amarramos nossas provisões, que assim pareciam estar mais a salvo do que na sua antiga posição por baixo das correntes. Torturados grandemente pela sede durante o dia inteiro — nenhuma oportunidade de banhar-nos por causa dos tubarões que não nos abandonavam um momento sequer. Impossível dormir.

Agosto, 4. Um pouco antes do raiar do dia percebemos que o navio estava girando e tratamos de evitar ser lançados ao mar por esse movimento. A princípio, a rotação era lenta e gradativa e conseguimos muito bem grimpar para barlavento, tendo tomado a precaução de deixar cordas pendentes dos pregos que havíamos fincado para as provisões. Mas não tínhamos calculado suficientemente a aceleração da força impulsiva, pois agora o movimento se tornava tão violento, que não nos permitia caminhar de par com ele; e, antes que qualquer de nós percebesse o que ia acontecer, vimo-nos jogados furiosamente no mar, debatendo-nos a muitas braças abaixo da superfície e com o enorme casco justamente sobre nós.

Ao mergulhar na água fora obrigado a largar a corda e, descobrindo que me achava completamente por baixo do navio e com as minhas forças quase exaustas, fiz apenas leve esforço para salvar a vida e resignei-me, em poucos segundos, a morrer. Mas aqui de novo eu me enganara, não tendo levado em conta a reviravolta natural do casco para barlavento. O redemoinho da água que subia, ocasionado por esse giro parcial do navio, me trouxe à superfície ainda mais violentamente do que eu tinha sido submergido. Subindo à tona, achei-me a cerca de vinte jardas do casco, tanto quanto pude julgar. Estava de quilha para cima, rolando furiosamente, de um lado para outro, enquanto o mar em todas as direções se mostrava bastante agitado e cheio de violentos torvelinhos.

Não podia avistar Peters. Uma barrica de óleo flutuava, a pouca distância de mim, e vários outros artigos do brigue estavam disseminados em torno. Meu principal terror era agora causado pelos tubarões que sabia estarem na vizinhança. A fim de evitar, se possível, que eles se aproximassem de mim, bati vigorosamente a água com pés e mãos, enquanto nadava para o casco, formando uma grande massa de espuma. Não tenho dúvida de que, a esse expediente, tão simples como era, devo a minha salvação; pois o mar em redor do brigue, justamente antes que este revirasse, estava tão coalhado desses monstros, que eu devia ter estado, e realmente estive, em verdadeiro contato com alguns deles durante o meu trajeto. Graças a uma imensa boa sorte, porém, alcancei o costado do navio a salvo, embora tão extremamente enfraquecido pelo violento esforço que empregara, que jamais teria sido capaz de subir para ele não fosse o oportuno auxílio de Peters, que, então, para minha grande alegria, apareceu (tendo trepado para a quilha pelo lado oposto do casco) e lançou-me a ponta de uma corda — uma das que eu tinha amarrado aos pregos.

Mal tínhamos escapado a esse perigo, nossa atenção foi desviada para a terrível iminência de outro: o da completa inanição. Todo o nosso sortimento de provisões tinha sido lançado ao mar, a despeito de todo o nosso cuidado em amarrá-lo; e, não vendo sequer a mais remota possibilidade de obter algum, demos largas ao nosso desespero, chorando alto como crianças, e sem que nenhum de nós tentasse oferecer consolo ao outro. Mal se pode conceber tal fraqueza e, àqueles que nunca se encontraram em tal situação, não parecerá ela coisa natural; mas deve ser lembrado que nossas inteligências se achavam tão inteiramente desordenadas pelo longo período de privações e terror a que havíamos estado sujeitos, que não podíamos ser justamente considerados, naquela ocasião, como seres racionais. Em perigos subsequentes, quase tão grandes, senão maiores, suportei com fortaleza todos os males de minha situação, e Peters, como se verá, revelou uma filosofia estoica, quase tão incrível como a sua real e infantil indiferença e imbecilidade; a diferença estava na situação mental.

A reviravolta do brigue, mesmo com a resultante perda do vinho e da tartaruga, não teria, de fato, tornado nossa situação mais deplorável do que antes, não fosse a desaparição das roupas de cama por meio das quais até então tínhamos podido recolher a água da chuva, e do jarro no qual nós a conservávamos quando apanhada, pois encontramos toda a carena, a partir de sessenta ou noventa centímetros da precinta até a quilha, e toda a própria quilha *cobertas de espessa camada de grandes moluscos que nos proporcionaram alimento excelente e altamente nutritivo*. Dessa forma, sob dois importantes aspectos, o acidente que nos atemorizara tanto demonstrou ser mais benéfico do que prejudicial. Abrira para nós um suprimento de provisões que não poderíamos esgotar, usando-o embora imoderadamente, nem mesmo em um mês, e contribuíra grandemente para aliviar nossa posição, pois estávamos muito mais à vontade e correndo infinitamente menos perigo do que antes.

A dificuldade, porém, de obter agora água fazia com que fechássemos os olhos a todos os benefícios da mudança de nossa posição. Para que pudéssemos estar prontos a aproveitar, o melhor possível, qualquer aguaceiro que sobreviesse, tiramos as camisas a fim de usá-las como havíamos anteriormente feito com os lençóis, não esperando, sem dúvida, obter desse modo, mesmo nas circunstâncias mais favoráveis, mais do que um oitavo de 25 centilitros cada vez. Nenhum sinal de nuvens apareceu durante o dia, e as torturas de nossa sede eram quase intoleráveis. À noite Peters conseguiu dormir descansado, cerca de uma hora, mas meus intensos sofrimentos não me permitiram pregar olhos um só instante.

Agosto, 5. Hoje uma brisa ligeira se ergueu levando-nos através de vasta quantidade de algas, entre as quais tivemos a sorte de encontrar onze pequenos caranguejos, que nos proporcionaram várias refeições deliciosas; sendo suas cascas completamente moles, comemo-los inteiros, e descobrimos que eles provocavam bem menos nossa sede do que os moluscos. Não vendo sinais de tubarões entre as algas, aventuramo-nos também a tomar banho e permanecemos na água durante quatro ou cinco horas, nas quais experimentamos diminuição bastante sensível de nossa sede. Refrescamo-nos bastante e passamos a noite um tanto mais confortavelmente do que antes, tendo ambos conseguido dormir um pouco.

Agosto, 6. Fomos favorecidos hoje por uma chuva forte e contínua que durou do meio-dia até depois do escurecer. Deploramos então, amargamente, a perda de nosso jarro e de nosso garrafão, pois, a despeito dos poucos meios que tínhamos de apanhar a água, poderíamos ter enchido um, senão mesmo os dois. Seja como for, conseguimos aplacar os ardores da sede deixando que nossas camisas se encharcassem e depois torcendo-as, até que o líquido salutar se vertesse em nossa boca. Nesta ocupação passamos o dia inteiro.

Agosto, 7. Justamente ao raiar do dia descobrimos ambos, ao mesmo tempo, uma vela a leste, e que *evidentemente se dirigia para nosso lado*! Saudamos a gloriosa aparição com um longo, embora fraco, grito de êxtase; e começamos, no mesmo instante, a fazer todos os sinais que podíamos, agitando as camisas no ar, pulando tão alto quanto nossa fraqueza nos podia permitir, e mesmo gritando, com toda a força de nossos pulmões, embora o navio estivesse a uma distância de quinze milhas pelo menos. No entanto, continuava ele a aproximar-se sempre de nosso casco e compreendemos que, se ele persistisse na mesma direção, deveria, com todas as probabilidades, chegar tão perto, que nos avistaria. Cerca de uma hora depois de o havermos visto pela primeira vez, pudemos claramente avistar as pessoas no convés. Era uma escuna comprida, baixa, com uma vela de mezena um tanto inclinada e uma bola preta no velacho, tendo, ao que parecia, grande tripulação. Experimentamos então grande angústia, pois não podíamos imaginar que não nos visse e receávamos que quisesse deixar-nos perecer daquela forma — ato de diabólica barbaria, que, por mais incrível que pudesse parecer, tem sido repetidamente perpetrado no mar, em circunstâncias bem semelhantes e por seres olhados como pertencentes à espécie humana.[3] Desta vez, porém, graças a Deus, estávamos destinados a enganar-nos, felizmente, pois, de súbito, percebemos uma repentina agitação no convés do navio estrangeiro, o qual, logo sem demora, içou uma bandeira inglesa e, orçando o vento, aproou diretamente sobre nós. Meia hora mais tarde achávamo-nos na sua cabine. O navio era o *Jane Guy*, de Liverpool, comandado pelo Capitão Guido, em viagem de pesca de focas e de comércio nos mares do sul e no Pacífico.

---

3 O caso do brigue *Polly*, de Boston, vem tão a propósito aqui, e sua sorte, sob muitos aspectos, se assemelha tão notavelmente à nossa, que não posso deixar de aludir a ele aqui. Esse navio, de 130 toneladas, saiu de Boston com uma carga de madeira e de víveres, para Santa Cruz, a doze de dezembro de 1811, sob o comando do Capitão Casneau. Havia oito pessoas a bordo, sem contar o capitão, o piloto, quatro marinheiros e o cozinheiro, e mais um Sr. Hunt, com uma negra de sua propriedade. No dia quinze, depois de ter passado o banco de Georges, começou a fazer água em consequência duma rajada de vento de suleste e, por fim, voltou-se de cima para baixo; mas, tendo os mastros caído ao mar, ele voltou à posição natural. Ficaram seus tripulantes nesta situação, sem fogo e com muito poucas provisões, durante o período de *191 dias* (de quinze de dezembro a vinte de junho), quando o Capitão Casneau e Samuel Badger, únicos sobreviventes, foram recolhidos do navio naufragado pelo *Fame*, de Hull, comandado pelo Capitão Featherstone, e com destino ao Rio de Janeiro. Quando os recolheram, achavam-se a 28 graus de latitude e a treze graus de longitude ocidental, *tendo derivado mais de duas mil milhas!* A nove de julho o *Fame* encontrava o brigue *Dromeo*, do Capitão Perkins, que desembarcou os dois desventurados em Kennebeck. A narrativa de que extraímos estes pormenores acaba com estas palavras:

"É muito natural perguntar agora como puderam eles flutuar a tão vasta distância, na parte mais frequentada do Atlântico, sem serem descobertos durante todo esse tempo. Mais de doze navios passaram perto deles, um dos quais chegou tão perto, que eles podiam distintamente ver as pessoas que se achavam no convés e nos cordames olhando para eles; mas com inexprimível desaponto para aqueles homens famintos e enregelados, aquelas pessoas sufocaram os ditames da compaixão, içaram velas e cruelmente os abandonaram ao seu destino."

Capítulo XIV

A *Jane Guy* era uma escuna veleira de 180 toneladas de carga. Com a proa desusadamente aguçada, tendo vento e em tempo moderado, era o mais veloz barco que já vi. Suas qualidades, porém, para navegar em mar agitado não eram tão boas, e sua tiragem de água era excessiva para o uso a que se destinava. Em caso tal, um navio maior e de tiragem proporcionalmente mais leve seria preferível; digamos, um navio de 300 a 350 toneladas. Ela deveria ser armada à capa e, em outros aspectos, ter construção diversa da dos navios comuns dos mares do sul. Era absolutamente necessário que tivesse bom armamento. Deveria possuir de dez a doze canhões de doze libras e dois ou três de doze, mais compridos, com bacamartes de bronze e caixões impermeáveis para cada cesto da gávea. Suas âncoras e cabos deveriam ser de maior resistência do que a requerida para outras espécies de comércio, e, acima de tudo, sua tripulação ser numerosa e eficiente: nada menos, para um vaso tal como o que descrevi, de cinquenta ou sessenta homens capazes e fortes. A *Jane Guy* tinha uma tripulação de 35 homens, todos hábeis marinheiros, além do capitão e do imediato, mas não estava completamente bem armada nem equipada, de outra parte, como teria desejado um navegante conhecedor das dificuldades e perigos de seu ramo.

O Capitão Guido era um cavalheiro de trato urbaníssimo e de considerável experiência do tráfico do sul, a que devotara grande parte de sua vida. Era deficiente, contudo, em energia e, em consequência, nesse espírito de iniciativa que ali tão amplamente se requer. Era em parte proprietário do navio em que viajava e se achava investido de poderes discricionários para cruzar os mares do sul em busca de qualquer carga que lhe pudesse facilmente vir às mãos. Tinha a bordo, como de hábito em tais viagens, colares, espelhos, isqueiros, machados, machadinhas, serrotes, enxós, plainas, cinzéis, escopros, verrumas, limas, cepilhos, limatões, martelos, pregos, facas, tesouras, navalhas, agulhas, linha, louças, panos de algodão, berloques e outros artigos similares.

A escuna navegara de Liverpool a 10 de julho, atravessara o Trópico de Câncer a 25, na longitude de vinte graus oeste, e alcançara Sal, uma das ilhas de Cabo Verde, a 29. Ali embarcou sal e outras coisas necessárias à viagem. A três de agosto deixou as ilhas de Cabo Verde e rumou para sudoeste, dirigindo-se para a costa do Brasil, de modo a cruzar o Equador, entre os meridianos de 28 e 30 graus longitude oeste. Esse é o curso usualmente adotado pelos navios que vêm da Europa para o Cabo da Boa Esperança, ou pela rota das Índias Orientais. Assim fazendo, evitam eles as calmarias e as fortes correntes contrárias que continuamente predominam na costa da Guiné, ao mesmo tempo que, no fim de contas, esse é o caminho mais curto, pois nunca faltam ventos de oeste para quem quer atingir o cabo. Era intenção do Capitão Guido fazer sua primeira parada na Terra de Kerguelen — mal posso imaginar por qual motivo. No dia em que fomos recolhidos a escuna estava ao largo do Cabo de São Roque, na longitude de 31 graus oeste; assim, quando encontrados, havíamos derivado provavelmente, de norte a sul, *não menos de 25 graus!*

A bordo da *Jane Guy* fomos tratados com toda a bondade que exigia nossa angustiosa situação. Em cerca de uma quinzena, durante a qual continuamos rumando para sueste com leves brisas e belo tempo, Peters e eu recobramo-nos inteiramente dos efeitos de nossas recentes privações e terríveis sofrimentos, e começamos a recordar o que se passara mais como um pesadelo de que havíamos felizmente despertado do que como acontecimentos, de fato, ocorridos na realidade nua e crua. Desde então notei que essa espécie de olvido parcial é usualmente produzida pelas transições súbitas, seja da alegria para a tristeza, seja da tristeza para a alegria, sendo o grau de esquecimento proporcional ao grau de diferença na mudança. Assim, no meu caso pessoal, sentia então ser impossível apreender a extensão completa das misérias que suportara durante os dias passados no casco. Recordam-se os incidentes, mas não os sentimentos que tais incidentes produziram no tempo de sua ocorrência. Só sei que quando ocorreram supus, *então*, que agonia maior a natureza humana não poderia suportar.

Continuamos nossa viagem por algumas semanas sem incidentes de maior porte que o encontro ocasional de navios baleeiros, e, mais frequentemente, com a baleia preta, assim chamada para distingui-la do cachalote. Estes, porém, eram encontrados, principalmente, ao sul do paralelo 25. A dezesseis de setembro, estando nas cercanias do Cabo da Boa Esperança, a escuna encontrou sua primeira borrasca de alguma violência desde a partida de Liverpool. Nessas proximidades, porém, mais frequentemente a sul e a leste do promontório (estávamos a oeste), os navegantes têm sempre de enfrentar tormentas vindas do norte que se desencadeiam furiosamente. Com elas o mar se torna sempre agitadíssimo e um de seus mais perigosos aspectos é o redemoinhar do vento, o que é quase certo ocorrer em meio à maior força da tempestade. Estará soprando um furacão autêntico do norte ou do nordeste, a dado momento, e no momento seguinte, nem um sopro de vento se sentirá daquela direção, enquanto do sudoeste a rajada virá, imediatamente, com violência quase inconcebível. Uma nesga de céu limpo no sul é o sinal da mudança e os navios podem assim tomar as precauções convenientes.

Foi por volta das seis da manhã que o furacão se desencadeou com uma chuvarada que nuvem alguma deixara prever, vindo, como de costume, do norte. Às oito, aumentara muito e tínhamos sob nós um dos mares mais tremendos que já vi. Tudo fora acomodado o melhor possível, mas a escuna lutava com dificuldade e dava mostras de suas más qualidades como navio de alto-mar, inclinando o castelo de proa a cada vaga e debatendo-se, com o maior esforço, para sair de uma onda antes de despenhar-se em outra. Justamente antes de o sol se pôr, a nesga de céu limpo pela qual estivéramos esperando apareceu a sudoeste e uma hora depois percebemos a vela pequena de frente que tínhamos, açoitando, solta, o mastro. Dois minutos após, a despeito de todos os preparativos, fomos lançados de lado, como por mágica, e uma vastidão imensa de espuma veio quebrar-se sobre nós. O furacão do sudoeste, porém, não passou felizmente de uma rajada, e tivemos a sorte de endireitar o navio sem a perda de uma verga. Poucas horas depois disso, um mar grosso e picado dava-nos o maior trabalho. Mas, ao amanhecer, encontramo-nos em situação quase tão boa como antes da tormenta. O Capitão Guido achou que escapáramos pouco menos que por milagre.

A treze de outubro, chegamos à vista da Ilha do Príncipe Eduardo, na latitude de 46° 53' S e longitude de 37° 46' E. Dois dias depois, encontramo-nos perto da Ilha da Possessão, e depois passamos pelas Ilhas de Crozet, na latitude de 42° 59' S e na longitude de 48° E. No dia dezoito chegamos à Ilha de Kerguelen, ou da Desolação, no Oceano Índico meridional, e ancoramos em Porto Natal, com quatro braças de água.

Essa ilha, ou antes, esse grupo de ilhas, fica a sueste do Cabo da Boa Esperança e dista dele cerca de oitocentas léguas. Foi descoberta, primeiramente, em 1772, pelo Barão de Kergulen, ou Kerguelen, um francês que, achando que aquela terra formava parte de um extenso continente austral, levou à sua pátria tal informação que na época produziu sensação enorme. O governo, interessando-se pelo caso, enviou o barão, no ano seguinte, para fazer um exame cuidadoso de sua nova descoberta, dando-se então pelo engano. Em 1777, o Capitão Cook veio a dar com o mesmo grupo e deu à ilha principal o nome de Ilha da Desolação, título que ela certamente merece. Ao aproximar-se da terra, porém, o navegante pode ser induzido a supor o contrário, pois as encostas de muitas das colinas, de setembro a março, revestem-se de brilhante verdura. Essa enganosa aparência é causada por uma pequena planta que se assemelha às saxífragas e que é abundante, crescendo em vastos lençóis sobre uma espécie de musgo de pedra. Além dessa planta, raros são os sinais de vegetação na ilha, se excetuarmos alguma relva dura e selvagem, nas proximidades do porto, alguns líquenes, e uma planta que se assemelhava a uma couve passada e que tinha um gosto acre e amargo.

O aspecto da região é acidentado, embora nenhuma de suas colinas possa ser considerada elevada. Seus cimos estão perpetuamente cobertos de neve. Há diversos ancoradouros, mas Porto Natal é o mais conveniente. É o primeiro que se encontra do lado nordeste da ilha, depois de passado o Cabo François, que forma a praia do norte e, por sua forma especial, serve para assinalar o porto. Sua ponta terminal finda numa rocha elevada através da qual existe grande cavidade, formando um arco natural. A entrada está na latitude 48° 40' S, longitude 69° 6' E. Passando por ali, pode-se encontrar boa ancoragem entre diversas ilhotas disseminadas que formam proteção suficiente para os ventos de leste. Passando a oriente desse ancoradouro chega-se à Baía Wasp, na entrada do porto. É uma angra completamente fechada por terras, na qual se pode entrar com quatro braças e encontrar ancoragem de dez a três, sendo o fundo de argila dura. Um navio pode ficar ali, com a melhor âncora guardada o ano inteiro, sem correr risco. A oeste, na entrada da baía Wasp, há um riacho de excelente água, facilmente encontrado.

Certas focas das espécies lisa e peluda são ainda achadas na Ilha de Kerguelen, e os elefantes-marinhos são abundantes. Grande é o número das espécies de penas. Há inúmeros pinguins, de quatro espécies diferentes. O pinguim-real, assim chamado por seu tamanho e bela plumagem, é o maior. A parte superior de seu corpo é habitualmente cinzenta e às vezes de uma tonalidade arroxeada; a parte inferior é da mais pura alvura imaginável. A cabeça é de um negro polido e brilhantíssimo, bem como os pés. A principal beleza da plumagem, porém, consiste em duas largas faixas de cor dourada, que correm da cabeça até o peito. O bico é longo e cor-de-rosa ou escarlate-vivo. Essas aves andam eretas, com imponente majestade. Trazem as cabeças levantadas, com as asas caindo, como dois braços e, como a cauda se projeta de seu corpo em linha reta com as pernas, a semelhança com uma figura humana é muito impressionante e seria capaz de enganar o espectador, a um relancear de olhos casual, ou no lusco-fusco. Os pinguins-reais que encontramos na Ilha de Kerguelen eram bem maiores que um ganso. As outras espécies são o pinguim "macarrão", o pinguim "abobalhado" e o pinguim "gralhador". São eles muito menores em tamanho, menos belos na plumagem e diferentes sob outros aspectos.

Além dos pinguins, muitas outras aves ali se acham, entre as quais corvos-marinhos, procelárias azuis, cercetas, patos, galinhas de Port Egmont, corvos verdes, pombos-do-cabo, gaivotas-polares, andorinhas-do-mar, esternas, gaivotas comuns, o pequeno petrel, chamado *Mother Carrey's chicken*, o grande petrel, chamado *Mother Carrey's goose*,[4] e, por fim, o albatroz.

O grande petrel é do tamanho do albatroz comum e é carnívoro. Frequentemente o chamam quebra-ossos ou águia-marinha. Não é absolutamente medroso e, quando devidamente cozido, é saboroso alimento. Ao voar, paira, às vezes, muito perto da superfície da água, com as asas estendidas, sem parecer movê-las no mínimo, nem fazer qualquer esforço com elas.

O albatroz é uma das maiores e das mais ferozes aves dos mares do sul. É da espécie das gaivotas e nunca vem à terra, a não ser para fins de procriação, apanhando sua presa nos ares. Entre essa ave e o pinguim existe a mais singular das amizades. Seus ninhos são construídos com grande uniformidade, de acordo com um plano concertado entre as duas espécies, ficando o do albatroz no centro de um pequeno quadrado, formado pelos ninhos de quatro pinguins. Os navegadores combinaram em chamar uma reunião de tais acampamentos *cortiço*. Esses cortiços têm sido muitas vezes descritos, mas como meus leitores podem não ter visto tais descrições e como eu terei, mais adiante, ocasião de falar do pinguim e do albatroz, não será ocioso dizer aqui alguma coisa sobre seu modo de nidificar e viver.

Quando chega a época da incubação, as aves se reúnem em vastos grupos e, durante alguns dias, parecem estar confabulando sobre o caminho mais próprio a tomar. Afinal, passam à ação. Escolhe-se um trecho de terreno plano, de extensão conveniente, usualmente compreendendo três ou quatro acres, e situado tão perto do mar quanto possível, mas fora do alcance das ondas. O lugar é escolhido tendo em vista a igualdade da superfície, preferindo-se o menos pedregoso. Feito isso, os pássaros passam, de comum acordo, e dirigidos aparentemente por uma só cabeça, a traçar, com correção matemática, ou um quadrado ou outro paralelogramo, tal como mais convenha à natureza do solo, e de tamanho suficientemente justo para acomodar, com facilidade, todas as aves do grupo e não mais; nesse particular, parecendo querer evitar o acesso de futuros vagabundos que não participaram dos trabalhos da construção. Um lado do lugar assim demarcado corre, paralelamente, com a orla da água e é deixado aberto para entrada e saída.

Tendo definido os limites do cortiço, a colônia começa então a limpá-lo de toda espécie de calhaus, retirando pedra por pedra e carregando-as para fora das lindes, mas junto a elas, de modo a formar uma muralha, nos três lados de terra. Precisamente dentro dessa parede formam um passeio perfeitamente plano e liso de um metro e oitenta centímetros e dois metros e quarenta centímetros de largura, que se estende em torno do acampamento, servindo assim para os fins de passear.

O processo seguinte é a repartição da área, em pequenos quadrados, exatamente iguais no tamanho. Faz-se isso formando estreitos caminhos, bem lisos, que se cruzam em ângulos retos, por toda a extensão do cortiço. Em cada interseção desses caminhos se constrói o ninho de um albatroz, ficando o ninho de um pinguim

4 *Mother Carey* (Mãe Carey) é uma anglicização, feita pelos marinheiros, da expressão latina *mater cara*, que se refere à Virgem Maria, padroeira dos homens do mar. (N. T.)

no centro de cada quadrado. Assim, cada pinguim é rodeado por quatro albatrozes e cada albatroz por um número idêntico de pinguins. O ninho dos pinguins consiste de um buraco no chão, muito raso, tendo apenas a profundidade suficiente para impedir que seu único ovo role. O albatroz é um tanto menos simples em seus arranjos, construindo um montículo de cerca de trinta centímetros de altura e noventa de diâmetro. Esse montículo é feito de terra, algas e conchas. No seu cimo o albatroz constrói seu ninho.

As aves têm cuidado especial em não deixar seus ninhos desocupados, um só instante, durante o período de incubação, ou, de fato, até que a jovem progênie seja bastante forte para cuidar de si mesma. Quando o macho está ausente no mar, à busca de alimento, a fêmea permanece de guarda, e é só depois da volta de seu companheiro que ela se aventura a sair. Os ovos de modo algum são deixados descobertos. Enquanto uma das aves sai do ninho, a outra se aninha, por seu lado, nele. Essa precaução se torna necessária, em vista das propensões de roubo, dominantes no cortiço, não tendo cada habitante escrúpulo em furtar os ovos dos outros, a cada boa oportunidade.

Embora haja alguns cortiços nos quais o pinguim e o albatroz sejam os únicos habitantes, na maioria deles, porém, ampla variedade de aves oceânicas é admitida, gozando de todos os privilégios de cidadania e espalhando seus ninhos aqui e ali, onde puderem achar espaço, sem interferir, porém, com a localização das espécies maiores. A aparência de tais acampamentos, quando vistos de longe, é extremamente singular. Toda a atmosfera, bem por cima do estabelecimento, se enegrece com o número imenso de albatrozes (misturados com as tribos menores) que continuamente pairam sobre ele indo para o oceano ou regressando para casa. Ao mesmo tempo, uma multidão de pinguins se observa, alguns passando para lá e para cá pelas aleias estreitas, alguns marchando, com o jeito militar que lhes é próprio, em volta do campo de passeio comum que circunda o cortiço. Em suma, de qualquer modo que o encaremos, nada pode ser mais admirável do que o senso de reflexão revelado por esses entes alados e nada certamente pode ser mais bem destinado a provocar a meditação em todo o intelecto humano que raciocine.

Na manhã seguinte à nossa chegada a Porto Natal, o imediato, Sr. Patterson, tomou os botes e, embora a estação estivesse começando apenas, saiu à busca de focas, deixando o capitão e um jovem parente deste numa ponta de terra nua a oeste, pois tinham alguma coisa a realizar no interior da ilha que não pude saber o que fosse. O Capitão Guido levou consigo uma garrafa, na qual estava uma carta selada, e caminhou da ponta em que se achava na praia para um dos mais altos picos do local. É provável que sua intenção fosse a de deixar a carta naquela altura, para algum navio que esperava viesse depois dele. Logo que o perdemos de vista, passamos (Peters e eu estávamos no bote do imediato) a percorrer a costa à procura de focas. Ocupamo-nos três semanas nesse negócio, examinando com grande cuidado cada recesso e cada recanto da Terra de Kerguelen, além das diversas pequenas ilhas nas vizinhanças. Nossos trabalhos, porém, não foram coroados de qualquer êxito importante. Vimos grande quantidade de focas de peles de valor, mas eram excessivamente ariscas e, com os maiores esforços, pudemos apenas arranjar 350 peles ao todo. Elefantes-marinhos eram abundantes, especialmente no lado ocidental da ilha principal, mas só matamos vinte deles, assim mesmo com a maior dificuldade. Nas ilhas menores, descobrimos muitas focas peludas, mas não as molestamos. Voltamos à escuna no dia onze, encontrando lá o Capitão Guido e seu sobrinho, que fizeram uma descrição muito ruim do interior, apresentando-o como uma das regiões mais lúgubres e extremamente estéreis do mundo. Tinham permanecido duas noites na ilha, devido a algum desentendimento, por parte do segundo piloto, relativamente ao envio de um escaler da escuna para buscá-los.

Capítulo XV

No dia doze navegamos de Porto Natal, refazendo nossa rota para oeste e deixando a bombordo a Ilha de Marion, uma do grupo de Crozet. Passamos depois pela Ilha do Príncipe Eduardo, deixando-a também à nossa esquerda. Depois, rumando mais para o norte, alcançamos, em quinze dias, as Ilhas de Tristão da Cunha, a 37° 8' latitude S e 12° 8' longitude oeste.

Esse grupo, agora tão bem conhecido e que consiste de três ilhas circulares, foi primeiramente descoberto pelos portugueses e visitado depois pelos holandeses, em 1643, e pelos franceses, em 1767. As três ilhas juntas formam um triângulo e distam entre si dez milhas cada uma, mais ou menos. O terreno é em todas elas muito elevado, especialmente na propriamente chamada Tristão da Cunha. Esta é a maior do grupo, tendo quinze milhas de circunferência e sendo tão alta, que pode ser vista, em tempo claro, de uma distância de oitenta ou noventa milhas. Uma parte de terreno para o norte ergue-se, perpendicularmente, a mais de trezentos metros do mar. Um planalto estende-se nessa elevação até quase o centro da ilha e desse planalto se levanta um cone alto como o de Tenerife. A metade inferior desse cone é revestida de árvores de bom tamanho, mas a região superior é de rocha estéril, habitualmente oculta entre as nuvens e coberta de neve durante a maior parte do ano. Não há bancos de areia nem outros perigos em torno da ilha; as praias são notavelmente seguras e as águas profundas. Na costa do noroeste há uma baía, com uma praia de areia preta, onde um desembarque com botes pode ser facilmente efetuado contanto que haja vento do sul. Água excelente e abundante pode ser ali prontamente encontrada; também bacalhaus e outros peixes podem ser apanhados com linha ou arpão.

A ilha que se segue em tamanho, a mais ocidental do grupo, é a chamada Inacessível. Está situada precisamente a 37° 17' de latitude sul e a 12° 24' de longitude oeste. Tem sete ou oito milhas de circunferência e apresenta, por todos os lados, um aspecto proibitivo de despenhadeiros. Seu cume é perfeitamente chato e toda a região é estéril, nada crescendo ali à exceção de poucos arbustos definhados.

A Ilha do Rouxinol, a menor e a mais meridional, está a 37° 26' de latitude sul e a 12° 12' de longitude oeste. Para além de sua extremidade meridional há um alta cadeia de ilhotas rochosas; também algumas de aparência semelhante são vistas para nordeste. O terreno é irregular e estéril, parcialmente separado por um vale profundo.

As praias dessas ilhas abundam, na estação propícia, de leões-marinhos, elefantes-marinhos, focas nuas e peludas, bem como grande variedade de pássaros oceânicos. Também baleias são abundantes em suas vizinhanças. Graças à facilidade com que tão variados animais ali eram antigamente encontrados, o grupo foi muito visitado desde sua descoberta. Holandeses e franceses frequentaram-no no primeiro período. Em 1790, o Capitão Patten, do navio *Industry*, de Filadélfia, foi a Tristão da Cunha, onde permaneceu sete meses (de agosto de 1790 a abril de 1791) a fim de reunir peles de foca. Nesse tempo juntou nada menos de 5600 e disse que não teria dificuldade em carregar de peles um grande navio em três semanas. Depois de sua chegada não encontrou quadrúpedes, a não ser poucas cabras selvagens; na ilha, agora, abundam todos os nossos mais valiosos animais domésticos, que ali foram introduzidos pelos navegantes subsequentes.

Creio não ter sido muito depois da visita do Capitão Patten que o Capitão Colquhoun, do brigue americano *Betsey*, tocou na maior das ilhas para fim de descanso. Plantou cebolas, batatas, couves e muitos outros vegetais, que agora se encontram em grande quantidade.

Em 1811, um tal Capitão Haywood, no *Nereus*, visitou Tristão. Encontrou lá três americanos que residiam na ilha para preparar peles de foca e óleo. Um desses homens chamava-se Jonathan Lambert e proclamava-se o soberano da região. Lavrara e cultivara cerca de sessenta jeiras de terra e devotava sua atenção à lavoura de café e cana-de-açúcar, de que recebera mudas pelo ministro americano no Rio de Janeiro. Esse estabelecimento, contudo, foi afinal abandonado e, em 1817, o governo britânico tomou posse das ilhas, tendo enviado para esse fim um destacamento do Cabo da Boa Esperança. Não foram contudo retidas muito tempo; mas, depois da evacuação das ilhas como possessão britânica, duas ou três famílias inglesas fixaram ali residência, independentemente do Governo. A 25 de março de 1824, o *Berwick*, comandado pelo Capitão Jeffrey, indo de Londres à Terra de Van Diemen, chegou ao local, onde encontrou um inglês de nome Glass, outrora cabo da artilharia britânica. Ele pretendia ser o governador supremo das ilhas e tinha sob seu controle 21 homens e três mulheres. Falou muito favoravelmente sobre a salubridade do clima e a uberdade do solo. A população se ocupava principalmente em reunir peles de foca e óleo de elefante-marinho que negociava com o Cabo da Boa Esperança, pois Glass possuía uma pequena escuna. No período de nossa chegada, o governador era ainda esse residente, mas sua pequena comunidade se multiplicara, havendo 56 pessoas em Tristão, além de um estabelecimento menor de sete pessoas na Ilha do Rouxinol. Não tivemos dificuldade em encontrar quase todas as espécies de reabastecimentos de que necessitávamos: carneiros, porcos, bezerros, coelhos, aves, cabras, peixes em grande variedade e vegetais eram abundantes. Tendo lançado âncora junto à ilha maior, com dezoito braças de profundidade, tomamos a bordo tudo o de que precisávamos, muito convenientemente. O Capitão Guido também adquiriu de Glass quinhentas peles de foca e algum marfim. Permanecemos ali uma semana, durante a qual os ventos dominantes eram de norte e oeste e o tempo estava algo nebuloso. A quinze de novembro, navegamos para o sul e para oeste, com a intenção de realizar completa pesquisa sobre um grupo de ilhas chamadas Auroras, a respeito de cuja existência havia grande diversidade de opiniões.

Dizia-se que essas ilhas foram descobertas, primitivamente, em 1762, pelo comandante do navio *Aurora*. Em 1790, o Capitão Manuel de Oyarvido, no navio *Princesa*, que pertencia à Real Companhia Filipina, navegou, como asseverou, diretamente entre elas. Em 1794, a corveta espanhola *Atrevida* saiu com a determinação de averiguar sua situação precisa e, num documento publicado pela Real Sociedade Hidrográfica de Madri, no ano de 1809, usa-se a seguinte linguagem, com respeito a essa expedição:

> A corveta *Atrevida* efetuou, em sua imediata vizinhança, de 21 a 27 de janeiro, todas as necessárias investigações e mediu, com o uso de cronômetros, a diferença de longitude entre essas ilhas e o porto de Soledade, em Manilha. As ilhas são três; estão muito aproximadamente no mesmo meridiano; a central é mais baixa e as outras duas podem ser vistas a nove léguas de distância.

As observações feitas a bordo da *Atrevida* davam os seguintes resultados, como a precisa situação de cada ilha: a mais setentrional estava a 52° 37' 24" de latitude sul e 47° 43' 15" de longitude oeste; a do meio, 53° 2' 40" de latitude sul e 47° 55' 15" de longitude oeste; e a mais ao sul, a 53° 15' 22" de latitude sul e 47° 57' 15" de longitude oeste.

A 27 de janeiro de 1820, o Capitão James Weddel, da Marinha inglesa, partiu da Terra de Staten, também em busca das Auroras. Narra que tendo feito as mais diligentes pesquisas e passado não só mesmo sobre os pontos indicados pelo comandante da *Atrevida*, como em todas as direções, por toda a vizinhança desses pontos, não pôde descobrir o menor sinal de terra. Esses informes divergentes induziram outros navegantes a procurar essas ilhas; e, é estranho dizer, enquanto alguns cruzaram todas as polegadas do mar no local onde se supunha que elas existissem, sem encontrá-las, não poucos foram os que positivamente declararam havê-las visto, e mesmo haver estado junto de suas praias. Era intento do Capitão Guido fazer todos os esforços a seu alcance para decidir uma questão tão estranhamente disputada.[5]

Conservamos nosso roteiro entre o sul e o oeste, com tempo variável, até o dia vinte do mês, quando nos encontramos na região discutida; estávamos a 53° 15' de latitude sul e 47° 58' de longitude oeste, isto é, muito próximos do ponto indicado como a situação da mais meridional do grupo. Não percebendo qualquer sinal de terra, continuamos para o ocidente, no paralelo de 53° sul, até o meridiano de 50° oeste. Voltamos então para o norte, até o paralelo de 52° sul, quando nos viramos para leste, e conferimos nosso paralelo por duplas altitudes, de manhã e à noite, e pelas altitudes meridianas dos planetas e da lua. Tendo ido assim para leste, até o meridiano da costa ocidental da Geórgia, conservamos aquele meridiano até estarmos na latitude de que havíamos saído. Tomamos após rumos diagonais, em todas as direções, na inteira extensão do mar circunscrito, conservando um vigia constantemente no mastro principal e repetindo nosso exame com o maior cuidado, pelo período de três semanas, durante o qual o tempo foi notavelmente agradável e belo, sem névoa de espécie alguma. Naturalmente ficamos inteiramente cientes de que, se ilhas pudessem haver existido, naquelas proximidades, em qualquer período anterior, nenhum vestígio delas restava nos dias atuais. Depois de minha volta ao lar soube que o mesmo local fora percorrido em 1822, com igual cuidado, pelo Capitão Johnson, da escuna americana *Henry*, e pelo Capitão Morrell, da escuna americana *Wasp*. Em ambos os casos, o resultado foi o mesmo que obtivemos.

---

5 Entre os navios que, em tempos vários, se disse terem-se encontrado com as Auroras podem ser mencionados o barco *San Miguel*, em 1769; o barco *Aurora*, em 1774; o brigue *Pearl*, em 1779, e o navio *Dolores*, em 1790. Todos eles concordam em dar a latitude média de 53° sul.

Capítulo XVI

Fora intenção original do Capitão Guido, depois de satisfazer-se acerca das Auroras, prosseguir pelo Estreito de Magalhães e subir ao longo da costa ocidental da Patagônia; mas uma informação recebida em Tristão da Cunha induziu-o a rumar para o sul, na esperança de dar com algumas ilhotas que se dizia encontrarem-se nas vizinhanças do paralelo de 60° sul, longitude 41° 20' oeste. No caso de não descobrir essas ilhas, resolveu caso a estação se mostrasse favorável, atirar-se na direção do polo. Em consequência, a doze de dezembro, navegamos naquela direção. A dezoito encontramo-nos perto do ponto indicado por Glass, e cruzamos por três dias naquelas cercanias, sem encontrar quaisquer sinais das ilhas que ele mencionara. A vinte e um, tornou-se o tempo anormalmente agradável, e de novo navegamos para o sul com a resolução de avançar, por aquela rota, tão longe quanto possível. Antes de entrar nesta parte de minha narrativa pareceria bem, para informação daqueles leitores que pouca atenção têm prestado aos progressos das descobertas nessa região, dar um breve relato das pouquíssimas tentativas até então feitas para alcançar o Polo Sul.

O Capitão Cook é o primeiro de quem temos qualquer narrativa precisa. Em 1772, navegou ele para o sul, no *Resolution*, acompanhado pelo Tenente Fourneaux no *Adventure*. Em dezembro encontrou-se nas distâncias do paralelo 58° de latitude sul e a 26° 57' de longitude leste. Aí, encontrou estreitos campos de gelo, de cerca de oito ou dez polegadas de espessura, que corriam nas direções norte-suleste. Esse gelo repartia-se em grandes pedaços e, normalmente, se acumulavam eles tão estreitamente que o navio tinha a maior dificuldade para forçar uma passagem. Nessa ocasião, o Capitão Cook supunha, dado o vasto número de pássaros que se viam e conforme outras indicações, que se achava muito próximo de terra. Conservou o rumo ao sul, estando o tempo excessivamente frio, até que alcançou o paralelo de 64°, na longitude de 38° 14' leste. Ali o tempo era moderado, com brisas suaves, e durante cinco dias o termômetro marcou 36 graus. Em janeiro de 1773, os navios cruzaram o círculo antártico, mas não conseguiram adiantar-se muito mais, porque, depois de alcançar a latitude de 67° 15', verificaram que todos os progressos para a frente eram impedidos por uma massa imensa de gelo que se estendia por todo o horizonte meridional até onde o olho pudesse alcançar. Era esse um gelo de extrema variedade e muitas pontas dele, por milhas de extensão, formavam uma compacta massa, que se alteava a cinco ou seis metros sobre a água. Estando a estação já adiantada e não havendo quaisquer esperanças de contornar esses obstáculos, o Capitão Cook, embora a contragosto, rumou para o norte.

No seguinte novembro renovou sua pesquisa pelo Antártico. Na latitude de 59° 40' encontrou-se com uma forte corrente dirigida para o sul. Em dezembro, quando os navios estavam na latitude de 67° 31' e na longitude de 142° 54' oeste, o frio era excessivo, com fortes tempestades e nevoeiro. Também aí os pássaros abundavam; o albatroz, o pinguim e o petrel, especialmente. Na latitude de 70° 23' várias grandes ilhas de gelo foram encontradas e pouco depois as nuvens observadas ao sul revelaram ser de brancura de neve, indicando a vizinhança do campo de gelo. Na latitude de 71° 10' e longitude de 106° 54' oeste, os exploradores foram detidos, como anteriormente, por uma imensa extensão gelada que enchia toda a área de horizonte meridional. A orla norte dessa extensão era anfractuosa e quebrada, tão firmemente cheia por inteiro de frinchas como para tornar-se completamente intransponível e estendia-se a cerca de uma milha para o sul. Por trás dela a superfície gelada era comparativamente não acidentada por alguma distância, terminando depois no plano extremo por gigantescas fileiras de montanhas de gelo, umas sobrepujando as outras. O Capitão Cook concluiu que aquele vasto campo ia até o polo, ou se ligava a um continente. O Sr. J. N. Reynolds, cujos grandes esforços e perseverança, afinal, conseguiram pôr em ponto de partida uma expedição nacional, parcialmente com o intento de explorar tais regiões, assim falou sobre a tentativa do *Resolution*:

> Não nos surpreendemos de que o Capitão Cook tenha sido incapaz de ir além dos 71° 10', mas muito nos espanta que não tenha atingido o meridiano de 106° 54' de longitude oeste. A Terra de Palmer fica ao sul das Shetland, a 64° de latitude, e dirige-se para o sul e para o oeste mais do que qualquer navegador já penetrou. Cook estava nas proximidades dessa região quando seu avanço foi impedido pelo gelo; o que, deduzimos, deve sempre ocorrer naquele ponto, sendo incipiente a estação, como a seis de janeiro. E não nos surpreenderia que uma parte das montanhas de gelo descritas fosse ligada ao corpo principal da Terra de Palmer ou a quaisquer outras porções de terra situadas mais ao sul e a oeste.

Em 1803, os Capitães Kreutzenstern e Lisiausky foram enviados por Alexandre da Rússia para o fim de circum-navegarem o globo. Tentando alcançar o sul, não foram além dos 59° de latitude, na longitude de 70° 15' oeste. Ali se encontraram com fortes correntes dirigidas para leste. As baleias eram abundantes, mas eles não viram gelo. Em relação à sua viagem, o Sr. Reynolds observa que se Kreutzenstern tivesse chegado onde chegou em estação menos adiantada, devia ter encontrado gelo. Corria o mês de março quando encontraram a latitude especificada. Os ventos dominantes que provinham do sul e do oeste haviam carregado as pontas de gelo, ajudados pelas correntes, para aquela região limitada ao norte pela Geórgia, ao leste pela Terra de Sandwich e pelas Órcadas do Sul, e a oeste pelas Ilhas Shetland do Sul.

Em 1822, o Capitão James Weddel, da marinha britânica, com dois navios muito pequenos, penetrou no sul mais avançadamente que qualquer navegador anterior, e também sem encontrar extraordinárias dificuldades. Narra ele que, embora frequentemente fosse circundado pelo gelo *antes* de alcançar o paralelo 72, nenhuma partícula de gelo descobriu, entretanto, depois de atingi-lo; e, depois de chegar à latitude de 74° 15', nenhum campo e só três ilhas de gelo foram visíveis. É algo notável que, embora vastos bandos de pássaros se vissem, bem como outras costumeiras indicações de terra, e embora costas desconhecidas tivessem sido observadas do mastro de vigia, ao sul das Shetland, estendendo-se para o sul, Weddel não apoie a ideia de existir terra nas regiões polares do sul.

A 11 de janeiro de 1823, o Capitão Benjamim Morrell, da escuna americana *Wasp*, zarpou da Terra de Kerguelen com o objetivo de penetrar o mais possível no sul. A primeiro de fevereiro encontrou-se na latitude de 64° 52' sul, longitude de 118° 27' leste. A seguinte passagem é extraída de seu diário daquela data:

> O vento logo refrescou numa brisa de onze nós, e aproveitamos essa oportunidade

para fazer-nos a oeste; contudo, convencidos de que quanto mais avançássemos para o sul, além da latitude de 64°, menos gelo seria encontrado, rumamos um pouco para o sul, até cruzar o círculo antártico, e chegamos à latitude de 69° 15'. Nessa latitude não havia campos de gelo e muito poucas ilhas de gelo se viam.

Sob a data de catorze de março, também achei esta anotação:

> O mar estava agora inteiramente livre de campos de gelo e não se avistavam mais de doze ilhas de gelo. Ao mesmo tempo a temperatura do ar e da água era pelo menos treze graus mais alta (mais tépida) do que jamais a encontráramos entre os paralelos de 60° e 62° sul. Achávamo-nos então na latitude de 70° 14' sul e a temperatura do ar era de 47 e a da água de 44 graus. Nessa situação verifiquei que a variação era de 14° 27' para o leste, por azimute.
>
> Várias vezes atravessei o círculo antártico, em diferentes meridianos, e uniformemente verifiquei que a temperatura do ar como da água se tornava mais e mais tépida à medida que avançávamos para além de 65° e que a variação decrescia na mesma proporção. Enquanto ao norte dessa latitude, quero dizer, entre 60° e 65" sul, frequentemente tínhamos grande dificuldade em conseguir passagem para o navio entre as imensas e quase incontáveis ilhas de gelo, algumas das quais tinham de uma a duas milhas de circunferência e mais de 150 metros de altura sobre a superfície da água.

Achando-se quase privado de combustível e de água e sem instrumentos adequados e como já ia adiantada a estação, o Capitão Morrell foi então obrigado a regressar sem tentar maiores avanços para o oeste, embora um mar inteiramente livre se estendesse à sua frente. Expressa ele a opinião de que, não fossem aquelas considerações predominantes que o obrigaram a retirar-se, poderia ter penetrado, senão até o próprio polo, pelo menos até o paralelo de 85°. Explanei suas ideias a respeito do assunto um tanto longamente, para que o leitor possa ter uma oportunidade de verificar como foram ultrapassados por minha experiência subsequente.

Em 1831, o Capitão Briscoe, contratado pelos Srs. Enderby, de Londres, proprietários de navios baleeiros, zarparam para os mares do sul no brigue *Lively*, acompanhados pelo cúter *Tula*. A 28 de fevereiro, estando na latitude de 66° 30' sul e na longitude de 47° 13' leste, descreveu ele ter visto terra e "descoberto claramente através da neve os picos negros de uma cadeia de montanhas que corria na direção és-sueste". Permaneceu naquelas cercanias durante todo o mês seguinte, mas não foi capaz de aproximar-se mais de dez léguas da costa, devido ao estado tempestuoso do tempo. Achando impossível fazer maior descoberta nessa estação; voltou para o norte a fim de passar o inverno na Terra de Van Diemen.

No princípio de 1832 seguiu de novo para o sul, e a quatro de fevereiro foi vista terra ao sudoeste, na latitude de 67° 15', longitude de 69° 29' oeste. Logo se verificou tratar-se de uma ilha, perto de um cabo, da região que ele primeiro descobrira. A 21 desse mês conseguiu ele desembarcar na última, e tomou posse dela no nome de Guilherme IV, chamando-a Ilha Adelaide em honra da rainha inglesa. Conhecidos tais detalhes pela Real Sociedade Geográfica de Londres, aquele instituto chegou à conclusão de que "existe uma extensão contínua de terra que se estende de 47° 30' leste a 69° 29' oeste de longitude, correndo entre os paralelos de 66° a 67° de latitude sul". A respeito dessa conclusão, o Sr. Reynolds observa:

Não apoiamos de modo algum a correção disso; mas as descobertas de Briscoe asseguram tal inferência. Foi dentro desses limites que Weddel seguiu para o sul, sobre meridiano a leste de Geórgia, Terra de Sandwich, Órcadas do Sul e Ilhas Shetland.

Minha própria experiência servirá para testificar, mais diretamente, a falsidade da conclusão a que chegou a Sociedade.

Tais são as principais tentativas que se fizeram para penetrar em mais alta latitude meridional e ver-se-á agora que restavam, antes da viagem da *Jane*, cerca de trezentos graus de longitude nos quais absolutamente não havia sido atravessado o círculo antártico. Naturalmente, um vasto campo para descobertas estava à nossa frente e foi com os sentimentos do maior interesse que ouvi o Capitão Guido expressar sua resolução de lançar-se ousadamente em direção ao sul.

Capítulo XVII

Mantivemos nosso rumo para o sul durante quatro dias, depois de desistir da busca das Ilhas de Glass, sem encontrar absolutamente qualquer espécie de gelo. Ao meio-dia de 26, estávamos na latitude de 63° 23' sul e na longitude de 41° 25' oeste. Vimos então diversas e grandes ilhas de gelo e uma ponta ou campo de gelo, não contudo de grande extensão. Os ventos sopravam geralmente do sueste ou do nordeste, mas muito fracos. Quando tínhamos um vento de oeste, o que às vezes sucedia, acompanhava-o invariavelmente um aguaceiro. Todos os dias tínhamos mais ou menos neve. O termômetro, no dia 27, permaneceu nos dois graus.

Janeiro, 1. Nesse dia encontramo-nos completamente cercados pelo gelo e nossas esperanças parecem na verdade melancólicas. Caiu forte tempestade durante toda a tarde, vinda de nordeste e conduzindo grandes massas de gelo flutuante contra o leme e o mostrador, com violência tal que todos tememos as consequências. Mais para a tarde, a tempestade ainda soprava com fúria; separou-se em frente um grande campo e fomos capazes, largando uma porção de velas, de forçar uma passagem, entre os blocos menores, para alguma água livre além deles. Ao nos aproximarmos desse espaço ferramos gradualmente as velas e, tendo afinal tido êxito, paramos com apenas uma vela de traquete nos rizes.

Janeiro, 2. Temos agora um tempo toleravelmente aprazível. Ao meio-dia achamo-nos na latitude de 69° 10' sul e na longitude de 42° 20' oeste, tendo atravessado o círculo antártico. Pouquíssimo gelo se vê para o sul, embora enormes campos gelados se estendam atrás de nós. Neste dia aparelhamos várias sondas, usando um grande pote de ferro capaz de conter vinte galões e uma linha de duzentas braças. Encontramos a corrente dirigindo-se para o norte, a cerca de um quarto de milha por hora. A temperatura do ar era então de cerca de um grau. Verificamos ser a variação de 14° 28' ao oriente, por azimute.

Janeiro, 5. Continuamos ainda para o sul, sem quaisquer maiores impedimentos. Nesta manhã, contudo, estando na latitude de 73° 15' sul, longitude de 42° 10' oeste, fomos de novo obrigados a deter-nos por uma imensa extensão de gelo firme. Vimos, não obstante, muita água livre para o sul e não tivemos dúvida de ser capazes de alcançá-la eventualmente. Contornando para o leste, ao longo da margem do campo, chegamos a uma passagem de cerca de uma milha de largura, através da qual forçamos caminho, ao pôr do sol. O mar em que depois nos achamos estava espessamente coberto de ilhas de gelo, mas não tinha campos de gelo e atiramo-nos para a frente, ousadamente, como antes. O frio não parece aumentar, embora muito frequentemente tenhamos neve e de vez em quando aguaceiros de grande violência. Imensos bandos de albatrozes voam hoje sobre a escuna, indo do sueste para o noroeste.

Janeiro, 7. O mar ainda aparece belamente livre, de modo que não temos dificuldade em prosseguir em nosso curso. Para o ocidente vimos alguns *icebergs* de incrível tamanho, e pela manhã passou muito perto um deles cujo cume não podia estar a menos de quatrocentas braças da superfície do oceano. Sua circunferência era provavelmente, na base, de três quartos de légua e diversas correntes de água desciam pelas fendas nos seus lados. Permanecemos à vista dessa ilha dois dias e só a perdemos, então, num nevoeiro.

Janeiro, 10. Nesta manhã cedo tivemos a desgraça de perder um homem a bordo. Era um americano chamado Peters Vredenburgh, natural de Nova York, e um dos mais valiosos homens a bordo da escuna. Indo sobre a proa, seu pé deslizou e ele caiu, entre dois blocos de gelo, não mais se erguendo. Ao meio-dia de hoje estávamos a 78° 30' de latitude e a 40° 15' de longitude oeste. O frio agora era excessivo e tivemos aguaceiros contínuos vindos do norte e do leste. Nessa direção, vimos também diversos e imensos *icebergs* e todo o horizonte para o leste parecia estar bloqueado de campos de gelo, elevando-se em fileiras, massa sobre massa. Troncos de árvores flutuaram ao entardecer e grande quantidade de aves voou sobre nós, entre elas gaivotas polares, petréis, albatrozes, e um grande pássaro de brilhante plumagem azul. A variação aqui, por azimute, foi menor do que a previamente tomada em nossa travessia do círculo antártico.

Janeiro, 12. Nossa passagem para o sul de novo parece duvidosa, visto que nada mais se vê na direção do polo além de um campo de gelo, aparentemente ilimitado, terminado por enormes montanhas alcantiladas de gelo, os precipícios de cada uma elevando-se carrancudamente sobre os da outra. Mantivemo-nos para o oeste até o dia catorze, na esperança de encontrar uma entrada.

Janeiro, 14. Nesta manhã alcançamos a extremidade ocidental do campo que nos servia de obstáculo e, transpondo-a, chegamos a mar livre, sem uma partícula de gelo. Depois de lançar uma sonda de duzentas braças, encontramos uma corrente dirigida para o sul, à razão de meia milha por hora. A temperatura do ar era de oito graus centígrados; a da água, um grau. Velejamos, então, para o sul, sem encontrar qualquer interrupção de momento até o dia dezesseis, quando, ao meio-dia, chegamos à latitude de 81° 21' e à longitude de 42° oeste. Lançamos a sonda aí novamente e encontramos a corrente dirigida ainda para o sul, à razão de três quartos de milha por hora. A variação por azimute diminuíra e a temperatura do ar era mais tépida e agradável, elevando-se o termômetro a 51 graus. Nesse período, nem uma partícula de gelo fora descoberta. Todos a bordo sentiam-se agora certos de atingir o polo.

Janeiro, 17. Foi este um dia cheio de incidentes. Inúmeros bandos de pássaros voaram sobre nós, vindos do sul, e do tombadilho atiramos em diversos. Um deles, uma espécie de pelicano, demonstrou ser ótimo acepipe. Perto do meio-dia, um pequeno campo de gelo foi visto do mastro de vigia, ao largo da proa, a estibordo, e sobre ele parecia estar algum enorme animal. Como o tempo estivesse bom e quase calmo, o Capitão Guido ordenou que dois botes fossem ver o que era. Dirk Peters e eu acompanhamos o piloto no bote maior. Depois de alcançar o campo de gelo verificamos que seu dono era uma criatura gigantesca da raça dos ursos árticos, porém excedendo de muito, em tamanho, o maior desses animais.

Estando bem armados, não tivemos escrúpulos em atacá-lo imediatamente. Diversos tiros foram dados, em rápida sucessão, a maioria dos quais, aparentemente, atingiu a cabeça e o corpo. Nada temeroso, contudo, o monstro atirou-se do gelo e nadou, com as mandíbulas abertas, para o bote em que eu e Peters nos achávamos. Devido à confusão que se seguiu entre nós, a essa inesperada reviravolta da aventura, ninguém se apressou imediatamente a dar segundo tiro e o urso conseguiu efetivamente lançar metade de seu vasto corpanzil sobre nossa amurada, apanhando um dos homens pelo costado antes que fossem empregados quaisquer meios eficientes para repeli-lo. Nessa extrema situação, apenas a rapidez e a agilidade de Peters nos salvaram da destruição. Saltando sobre as costas da enorme fera, ele mergulhou a lâmina de uma faca atrás do pescoço do animal, alcançando-lhe a medula espinhal num golpe. O bruto afundou-se sem vida no mar, sem um estremeção, rolando sobre Peters, que caiu. Este logo se recobrou e foi-lhe lançada uma corda, à qual amarrou a carcaça, antes de regressar ao bote. Voltamos então à escuna em triunfo, arrastando nosso troféu. Feita uma medição, verificou-se que esse urso tinha quatro metros e meio em todo o seu comprimento. O pelo era completamente branco e muito grosso, encarapinhado. Os olhos eram de um vermelho sanguíneo e maiores que os do urso ártico; também era mais redondo o focinho, mais se assemelhando ao focinho de um buldogue. A carne era tenra, mas sabendo excessivamente a ranço e a peixe, embora os marinheiros a devorassem com avidez, declarando-a um excelente manjar.

Mal tínhamos posto de lado nossa presa, o homem no mastro de vigia deu o grito alegre de *terra a estibordo*! Todos se puseram então alerta e, soprando muito oportunamente uma brisa do norte e do leste, logo demos com a costa. Era uma ilhota baixa e rochosa, de cerca de uma légua de circunferência e completamente destituída de vegetação, se excetuarmos uma espécie de pereira espinhosa. Próximo dela, para o norte, via-se um singular recife que se projetava para o mar e fortemente se assemelhava a fardos amarrados de algodão. Em redor desse recife, para o oeste, havia uma pequena baía em cujo fundo nossos botes efetuaram um desembarque conveniente.

Não nos tomou muito tempo a exploração de todas as partes da ilha, mas, com uma só exceção, nada achamos digno de ser observado. Na extremidade sul recolhemos perto da praia e semissepulto numa pilha de pedras, solto, um pedaço de madeira que parecia ter formado a proa de uma canoa. Haviam, evidentemente, feito tentativas de esculpir nele, e o Capitão Guido imaginou que ali se esboçava a figura de uma tartaruga, mas a semelhança não se me impôs fortemente. Além dessa proa, se é que o era, nenhum outro sinal encontramos de que qualquer criatura viva ali antes tivesse estado. Em torno da costa descobrimos diversos e ocasionais campinhos de gelo, porém muito poucos. A exata situação dessa ilhota (a que o Capitão Guido deu o nome de Ilha de Bennet, em honra de seu sócio na propriedade da escuna) é: 82° 50' latitude sul e 42" 20' longitude oeste.

Avançáramos, portanto, para o sul mais de oito graus além de qualquer outro navegante anterior e o mar ainda estava perfeitamente aberto ante nós. Verificamos ainda que a variação decrescia uniformemente enquanto prosseguíamos e o que ainda surpreendia mais é que a temperatura tanto do ar quanto da água se ia tornando mais tépida. O tempo podia mesmo ser chamado agradável e tínhamos uma brisa constante, mas muito leve, vinda sempre de algum ponto ao norte da bússola. O céu era habitualmente claro, com fracos aparecimentos, de vez em quando, de leves vapores no horizonte sul; isso, contudo, era invariavelmente de curta duração. Só duas dificuldades se apresentavam a nosso projeto: estávamos ficando com pouco combustível e entre diversos homens da tripulação se haviam manifestado sintomas de escorbuto. Tais considerações começaram a impressionar o Capitão Guido, com a necessidade de regressar, e ele falava disso constantemente. De minha parte, confiante como estava de que em breve chegaríamos a alguma terra de certa importância, no curso em que prosseguíamos, e tendo todos os motivos para crer, dadas as aparências presentes, que não a encontraríamos de solo estéril como as encontradas nas latitudes árticas, firmemente insisti com ele sobre a conveniência de perseverar, ao menos por mais uns poucos dias, na direção que agora mantínhamos. Tão tentadora oportunidade de resolver o grande problema relacionado com um continente antártico jamais fora concedida ao homem e confesso que me sentia arder de indignação às tímidas e importunas sugestões de nosso comandante. Creio, em verdade, que o que eu não me podia conter em dizer-lhe a esse respeito tinha o efeito de induzi-lo a avançar. E, conquanto eu só possa lastimar os mais infortunados e sangrentos acontecimentos que imediatamente se derivaram de meu conselho, é-me contudo permitido sentir certo grau de consolo por ter sido um instrumento, embora remotamente, para abrir os olhos da ciência a um dos segredos mais intensamente excitantes que jamais atraíram sua atenção.

Capítulo XVIII

Janeiro, 18. Nesta manhã[6] continuamos para o sul, com o mesmo tempo agradável de antes. O mar estava inteiramente manso, o ar toleravelmente quente, com vento do nordeste, e a temperatura da água era de 12 °C. Lançamos de novo nossa sonda, convenientemente, e com 150 braças de linha verificamos que a corrente se dirigia para o polo à razão de uma milha por hora. Essa constante tendência para o sul, tanto do vento como da corrente, causou algum grau de meditação, e mesmo de alarme, em diversos meios da escuna, e vi distintamente que produzira impressão não pequena no cérebro do Capitão Guido. Ele, contudo, era excessivamente sensível ao ridículo e, finalmente, consegui fazê-lo rir de suas apreensões. A variação era agora muito trivial. No decurso do dia vimos diversas e grandes baleias, de legítima espécie, e inúmeros bandos de albatrozes passaram sobre o navio. Também recolhemos

6 Os termos *manhã* e *tarde*, de que faço uso para evitar confusões em minha narrativa, tanto quanto possível, não devem, é claro, ser tomados em seu sentido natural. Durante longo tempo não tivemos absolutamente noite, sendo contínua a luz do dia. As datas são citadas de acordo com o tempo náutico, e as direções indicadas pela bússola. Devo anotar também, neste ponto, que não posso, na primeira parte do que aqui se escreve, pretender estrita exatidão a respeito de datas, latitudes ou longitudes, por não ter mantido um diário regular depois do período de que trata essa primeira parte. Em muitas ocasiões dependi exclusivamente da memória.

um galho, coberto de cerejas vermelhas, como as do espinheiro alvar, e a carcaça de um animal terrestre de singular aspecto. Tinha noventa centímetros de comprimento e apenas quinze de altura, com quatro pernas curtíssimas, os pés armados de longas garras de um rubro brilhante, parecendo-se, na substância, com o coral. O corpo era coberto de pelo corrido e sedoso, perfeitamente branco. O rabo terminava em ponta, como o de um rato, e tinha cerca de uns 45 centímetros de comprimento. A cabeça se assemelhava à de um gato, com exceção das orelhas, que eram dobradas como as de um cão. Os dentes eram de um escarlate tão brilhante como o das garras.

Janeiro, 19. Hoje, estando na latitude de 83° 20' e na longitude de 43° 5' oeste (o mar estava de cor extraordinariamente escura), vimos de novo terra do mastro de vigia e, depois de mais demorado exame, verificamos que se tratava de um grupo de ilhas muito grandes. A praia era anfractuosa e o interior parecia ser bem coberto de árvores, circunstância que nos causou grande alegria. Cerca de quatro horas depois de nossa primeira vista da terra, lançamos âncora com dez braças, em fundo arenoso, a uma légua da costa, visto como uma alta ressaca, com fortes encapelamentos aqui e ali, tornava de duvidosa conveniência maior aproximação. Foram aprestados os dois maiores botes e um grupo, bem armado (que Peters e eu integrávamos), seguiu em procura de uma abertura no recife que parecia circundar a ilha. Depois de pesquisar em volta dele, por algum tempo, descobrimos uma entrada, pela qual penetramos. Vimos então quatro enormes canoas saírem da praia, cheias de homens muito bem armados. Esperamos que chegassem e, como se movessem com grande rapidez, logo estiveram ao alcance da voz. O Capitão Guido amarrou então um lenço branco num remo e os estranhos detiveram-se completamente e começaram a tagarelar em voz alta, todos a um tempo, entremeando-se gritos ocasionais, entre os quais podíamos distinguir as palavras *Anamoo-moo!* e *Lama-Lama!* Continuaram assim pelo menos por meia hora, durante a qual tivemos boa oportunidade de observar-lhes a aparência.

Nas quatro canoas, que podiam ter quinze metros de comprimento e um metro e meio de largura, havia 110 selvagens ao todo. Eram mais ou menos da estatura normal dos europeus, mas de compleição mais musculosa e carnuda. Sua cor era de um negro de azeviche, com espesso e longo cabelo lanoso. Vestiam-se com peles de um desconhecido animal negro, felpudo e sedoso, e tentavam arrumar o corpo com certa habilidade, pondo o pelo para dentro, exceto onde se virava, perto do pescoço, dos punhos e dos tornozelos. Suas armas consistiam principalmente de cajados de madeira escura e aparentemente muito pesada. Algumas lanças, contudo, eram observadas entre eles, com pontas de pedra, bem como algumas fundas.

O fundo das canoas estava cheio de pedras pretas do tamanho aproximado de um ovo grande.

Quando eles concluíram sua arenga (pois era claro que julgavam ser isso sua tagarelagem), um deles, que parecia ser o chefe, ficou de pé na proa de sua canoa e fez-nos sinal para que levássemos nossos botes ao lado do dele. Fingimos não entender esse sinal, pensando ser plano mais sábio manter, se possível, a distância entre nós, pois o número deles era mais de quatro vezes maior que o nosso. Achando que nisso estivesse a questão, o chefe ordenou que três outras canoas regressassem, enquanto avançava para nós com a sua. Logo que nos alcançou, pulou a bordo do maior de nossos botes e sentou-se ao lado do Capitão Guido, apontando ao mesmo tempo para a escuna e repetindo as palavras *Anamoo-moo!* e *Lama-Lama!* Regressamos então para o navio com as quatro canoas a nos seguirem, a curta distância.

Ao chegar perto do barco, o chefe manifestou sintomas de extrema surpresa e deleite, batendo as mãos, dando palmadas nas coxas e no peito e rindo estrepitosamente. Seus acompanhantes juntaram-se a ele, em sua alegria e, durante alguns minutos, o barulho foi tanto, que quase ficamos surdos. Restabelecida por fim a calma, o Capitão Guido ordenou que os botes fossem içados, como precaução necessária, e deu a entender ao chefe (cujo nome logo descobrimos ser Too-wit) que não podia admitir mais de vinte de seus homens a bordo de uma vez. Com esse arranjo ele pareceu plenamente satisfeito e deu algumas ordens às canoas, algumas das quais se aproximaram, permanecendo o resto a cerca de cinquenta jardas de distância. Vinte dos selvagens subiram então a bordo e começaram a escarafunchar todas as partes do tombadilho, trepando entre a mastreagem, como se estivessem em sua casa, e examinando todos os objetos com grande curiosidade.

Era inteiramente evidente que jamais haviam visto qualquer pessoa de raça branca, de cuja cor, na verdade, pareciam fugir. Acreditavam que a *Jane* era uma criatura viva e como que temiam feri-la com as pontas de suas lanças, que voltavam cuidadosamente para cima. Nossa tripulação divertiu-se muito, em dado instante, com a conduta de Too-wit. O cozinheiro estava rachando lenha, perto da galé e, por acaso, bateu com o machado no tombadilho, fazendo um buraco de considerável profundidade. O chefe imediatamente correu ali e, empurrando para um lado o cozinheiro com aspereza, começou um semigemido, semigrunhido, fortemente indicativo da simpatia com que considerava os sofrimentos da escuna, dando pancadinhas na fenda, afagando-a com a mão e lavando-a com um balde de água do mar que se achava perto. Era este um grau de ignorância que não nos achávamos preparados a encontrar e, de minha parte, não pude deixar de considerá-lo afetado.

Quando os visitantes satisfizeram, o mais que puderam, sua curiosidade em olhar todos os objetos ao alto, foram introduzidos embaixo, onde seu prazer excedeu todos os limites. Seu espanto pareceu, então, ser muito profundo, para expandir-se em palavras, pois observaram tudo em silêncio, perturbado apenas por interjeições em baixo tom. As armas proporcionaram-lhes grande motivo para meditação e foi-lhes permitido segurá-las e examiná-las à vontade. Não creio que tivessem a menor suspeita de seu uso real, mas antes as tomaram por ídolos, vendo o cuidado que com elas tínhamos e a atenção com que vigiávamos seus movimentos, enquanto as seguravam. Com os grandes canhões, seu espanto foi dobrado. Aproximaram-se deles, com todos os sinais de profunda reverência e temor, mas não quiseram examiná-los pormenorizadamente. Havia dois grandes espelhos no camarote e ali seu espanto atingiu ao auge. Too-wit foi o primeiro a aproximar-se deles e colocou-se no meio do camarote, com a face para um e as costas para o outro, antes que os percebesse claramente. Ao levantar os olhos e ver-se refletido no espelho, pensei que o selvagem tivesse enlouquecido; mas depois de dar meia volta, para fazer uma retirada, encontrou-se, segunda vez, na direção oposta; julguei que expirasse naquele instante. Nenhuma persuasão teve valor para levá-lo a dar outra olhadela. Antes, atirando-se sobre o assoalho, com o rosto mergulhado nas mãos, ali permaneceu até que fomos obrigados a arrastá-lo para o tombadilho.

Todos os selvagens foram admitidos a bordo desse modo, vinte de cada vez, permitindo-se que Too-wit permanecesse, durante todo o tempo. Não vimos entre eles propensões para o roubo, nem perdemos um só objeto depois que partiram. Por todo o decorrer de sua visita demonstraram as maneiras mais amigáveis. Havia, contudo, certos pontos em sua conduta que achamos impossível compreender. Por exemplo, não podíamos levá-los a aproximar-se de diversos objetos inteiramente inofensivos da escuna, como as velas, um ovo, um livro aberto, uma vasilha com farinha de trigo. Tentamos averiguar se possuíam consigo alguns artigos que pudessem ser considerados como capazes de tráfico, mas encontramos grande dificuldade em ser compreendidos. Verificamos, não obstante, com grande espanto, que abundavam naquelas ilhas as grandes tartarugas das Galápagos, uma das quais eu vira na canoa de Too-wit. Vimos também um *biche-de-mer* nas mãos de um dos selvagens, que a devorava avidamente em estado natural. Tais anomalias — pois eram assim consideradas em relação à latitude — induziram o Capitão Guido a desejar fazer completa investigação sobre a região, na esperança de explorar proveitosamente sua descoberta. De minha parte, ansioso como estava para conhecer algo mais acerca daquelas ilhas, mais encarniçadamente me inclinava a prosseguir a viagem para o sul, sem demora. Tínhamos então um belo tempo, mas não poderíamos dizer quanto tempo ele se conservaria; e estando já no paralelo 84, com mar livre, à nossa frente, uma corrente dirigindo-se, fortemente, para o sul e um magnífico vento, eu não podia ouvir, sem impaciência, a proposta de determo-nos mais tempo do que o absolutamente necessário para a saúde da tripulação e para tomar a bordo um suprimento adequado de combustível e de provisões frescas. Fiz ver ao capitão que facilmente podíamos atingir aquele arquipélago, no regresso, e invernar ali, caso estivéssemos bloqueados pelo gelo. Ele afinal tornou-se de minha opinião (pois de algum modo, que dificilmente eu podia compreender, adquirira grande influência sobre ele) e finalmente resolveu que, mesmo no caso de encontrar *biches-de-mer*, só ficaríamos ali uma semana para refazer as forças e depois avançaríamos para o sul, quanto pudéssemos. De acordo com isso, executamos todos os preparativos necessários e levamos a salvo a *Jane*, por entre os recifes, sob a orientação de Too-wit, ancorando a cerca de uma milha da praia, numa baía excelente, completamente resguardada do vento pelas terras, na costa sueste da ilha principal, com dez braças de água, fundo de areia preta. Na ponta dessa baía havia três belas fontes (disseram-nos) de boa aguada e vimos abundantes matas nas vizinhanças. As quatro canoas seguiram-nos, conservando-se contudo a respeitosa distância. O próprio Too-wit permaneceu a bordo e, depois de lançarmos âncora, convidou-nos a acompanhá-lo à praia e a visitar sua aldeia no interior. O capitão acedeu e tendo sido deixados a bordo, como reféns, dez selvagens, um grupo nosso, de doze ao todo, aprontou-se para seguir o chefe. Tomamos o cuidado de ir bem armados, embora sem temor ou desconfiança. A escuna tinha os canhões apontados para fora, as redes de abordagem suspensas e todas as outras precauções convenientes foram tomadas para resguardá-la de surpresas. Deixaram-se ordens com o piloto-chefe para não admitir ninguém a bordo, durante nossa ausência e, no caso de não aparecermos dentro de dez horas, enviar o cúter com um canhonete à nossa procura.

A cada passo que dávamos em terra reforçava-se nossa convicção de nos acharmos numa região essencialmente diferente de qualquer outra até então visitada por homens civilizados. Nada víamos do que nos fora outrora familiar. As árvores não se assemelhavam, no crescimento, a qualquer das zonas tórrida, temperada ou frígida do norte e eram inteiramente diversas das mais baixas latitudes meridionais que já havíamos atravessado. As próprias rochas eram diferentes na massa, nas cores, na estratificação; e mesmo as torrentes, por mais inacreditável que isso pareça, tinham tão pouco de comum com as de outros climas, que tivemos escrúpulos de provar-lhes a água e, na verdade, tínhamos dificuldade em chegar a crer que suas qualidades fossem puramente as da natureza. Num pequeno ribeiro que cruzava nosso caminho (o primeiro que encontramos), Too-wit e seus companheiros pararam para beber. Dado o singular aspecto da água, recusamo-nos a prová-la, supondo-a poluída; e só algum tempo depois nos convencemos de que tal era a aparência dos rios em todo aquele grupo de ilhas. Embaraça-me dar uma ideia distinta da natureza desse líquido e não o posso fazer sem muitas palavras. Embora corresse, com rapidez, em todos os declives, como o faz a água comum, nunca, contudo, a não ser quando caía numa cascata, tinha a habitual aparência de *limpidez*. Era, não obstante, de fato, tão perfeitamente límpida como qualquer água de pedra calcária, só existindo diferença na aparência. À primeira vista, e especialmente nos casos em que o declive encontrado era pouco, ela parecia, no que se refere à consistência, uma espessa infusão de goma-arábica em água comum. Mas esta era só a menos notável de suas qualidades extraordinárias. *Não era incolor*, nem de qualquer cor uniforme, apresentando ao olhar, enquanto fluía, todos os possíveis matizes da púrpura, como nas cores de uma seda mutável. Essa variação de matiz produzia-se de um modo que provocava tão profundo espanto no espírito dos de nosso grupo como o fizera o espelho no caso de Too-wit. Depois de colher uma bacia de água, permitindo que esta sentasse completamente, verificamos que a massa inteira do líquido era feita de certo número de veios distintos, e cada qual de matiz diverso; esses veios não se misturavam; e sua coesão era perfeita em relação às próprias partículas entre si, e imperfeita em relação aos veios vizinhos. Ao passar a lâmina de uma faca pelo meio dos veios, a água fechava-se sobre ela imediatamente, e retirando-a todos os traços da passagem da lâmina ficavam imediatamente obliterados. Se, contudo, a lâmina era acuradamente passada por baixo, entre dois veios efetuava-se perfeita separação, que o poder de coesão não podia retificar imediatamente. O fenômeno dessa água formou o primeiro elo definido da cadeia imensa de aparentes milagres em que eu estava por fim destinado a ser envolvido.

Capítulo XIX

Levamos quase três horas no caminho da aldeia, que ficava a mais de nove milhas no interior, pois a estrada atravessava uma região acidentada. Enquanto a percorríamos, o grupo de Too-wit (todos os 110 selvagens das canoas) foi sendo, de instante a instante, reforçado por pequenos destacamentos de dois a seis ou sete homens, que se juntavam a nós, como por acaso, em diferentes voltas da vereda. Parecia haver muito de premeditado nisto e, não podendo deixar de desconfiar, falei ao Capitão Guido sobre minhas apreensões. Agora, porém, era tarde demais para retroceder e concluímos que nossa maior segurança estava em demonstrar perfeita confiança na boa-fé de Too-wit. Em consequência, continuamos, conservando olho vivo sobre as manobras dos selvagens, sem permitir-lhes que nos separassem em grupos, infiltrando-se em nosso meio. Deste modo, após passar através de uma ravina de precipícios, afinal alcançamos o que nos haviam dito ser a única reunião de habitantes da ilha. Ao chegarmos a avistá-la, o chefe deu um grito e, frequentemente, repetiu o vocábulo *Klock-klock*, que supusemos ser o nome da aldeia, ou o nome genérico para aldeias.

As habitações eram da mais miserável condição imaginável e, ao contrário mesmo das pertencentes às mais baixas raças selvagens que a humanidade conhece, não tinham qualquer plano uniforme. Algumas delas (e verificamos que estas pertenciam aos *Wampos* ou *Yampos*, os grandes homens da terra) consistiam de uma árvore, abatida a cerca de um metro e vinte centímetros da raiz, com uma grande pele preta atravessada sobre ela e caída, em dobras, sobre o solo. Sob essa pele, os selvagens se abrigavam. As outras eram formadas apenas por ásperos galhos de árvores, com a folhagem seca por cima, reclinados, num ângulo de 45 graus, contra um banco de argila, amontoado, sem formato regular, a uma altura de um metro e meio a um metro e oitenta centímetros. Outras, ainda, eram meros buracos cavados perpendicularmente na terra e cobertos de ramos semelhantes, que eram removidos quando o dono estava para entrar e colocados de novo depois que ele tinha entrado. Poucas eram construídas entre forquilhas das árvores, onde ficavam, pois os galhos superiores tinham sido cortados de modo a inclinarem-se sobre os mais baixos, formando, desse modo, um abrigo mais espesso contra a água. O maior número, contudo, consistia de pequenas cavernas baixas, aparentemente rasgadas na face de uma penha vertiginosa, de pedra preta que parecia cré de pisoeiro, e com a qual três lados da aldeia se limitavam. À porta de cada uma dessas primitivas cavernas havia uma pequena laje, que o dono cuidadosamente colocava em frente da entrada, depois de deixar sua residência, não posso assegurar para que fim, pois essa pedra nunca era de tamanho suficiente para fechar mais do que a terça parte da abertura.

Esta aldeia, se se lhe pode dar tal nome, jazia em um vale de alguma profundidade e só podia ser alcançada pelo lado do sul, tendo eu já falado do íngreme penhasco que impedia todo acesso de qualquer outra direção. Pelo meio do vale corria uma torrente tumultuosa da mesma água de aparência mágica que já foi descrita. Vimos diversos animais estranhos junto das habitações, parecendo todos ser inteiramente domesticados. A maior daquelas criaturas assemelhava-se ao nosso porco comum na estrutura do corpo e do focinho; o rabo, porém, era empenachado e as pernas delgadas como as do antílope. Seus movimentos eram excessivamente canhestros e indecisos e nunca os vimos tentar correr. Observamos também muitos animais, bem semelhantes na aparência, mas de um tamanho maior e cobertos de uma lã negra. Havia grande variedade de aves domésticas correndo em redor e que pareciam constituir o principal alimento dos nativos. Para espanto nosso, vimos albatrozes negros, entre aquelas aves, num estado de inteira domesticação, indo periodicamente ao mar em busca de alimento, mas voltando sempre para a aldeia, como se fosse um lar, e utilizando-se da praia meridional na vizinhança como lugar de incubação. Ali eram alcançados pelos seus amigos, os pelicanos, como de costume, mas estes últimos nunca os acompanhavam às habitações dos selvagens. Entre as outras espécies de aves domésticas havia patos, diferindo muito pouco do pato preto do nosso próprio país; sulas negros e uma grande ave não diferente do bútio na aparência, mas não carnívoro. De peixe parecia haver grande abundância. Vimos, durante nossa visita, grande quantidade de salmão seco, bacalhaus, golfinhos azuis, cavalas, salmão preto, arraias, congros, enguias, peixe-elefante, mugens, solhas, peixe-papagaio, jaquetas-de-couro, triglas, merlúcios, linguado, paracutas e inúmeras outras variedades. Verificamos também que a maior parte deles era semelhante aos peixes existentes no grupo das Ilhas de Lorde Auckland, numa latitude abaixo de 51°, ao sul. Em grande quantidade havia também tartarugas de Galápagos. Vimos poucos animais selvagens e nenhum de grande tamanho ou de alguma espécie que nos fosse familiar. Uma ou duas serpentes de formidável aspecto cruzaram nosso caminho, mas os nativos lhes davam pouca atenção e concluímos que elas não eram venenosas.

Ao nos aproximarmos da aldeia, com Too-wit e seu grupo, enorme multidão de gente correu ao nosso encontro, com altos brados, entre os quais podíamos distinguir apenas os eternos *Anamoo-moo!* e *Lama-Lama!* Ficamos bastante surpresos ao perceber que, com uma ou duas exceções, esses recém-vindos estavam inteiramente nus, sendo as peles usadas somente pelos homens das canoas. Todas as armas do país pareciam também estar de posse destes últimos, pois não se via quaisquer delas entre os habitantes da aldeia. Havia muitas mulheres e crianças, não faltando inteiramente às primeiras o que se podia chamar beleza pessoal. Eram esbeltas, altas e bem formadas, com uma graça e liberdade de maneiras não encontráveis na sociedade civilizada. Seus lábios, porém, como os dos homens, eram grossos e mal conformados, de modo que, mesmo quando riam, os dentes nunca apareciam. Seu cabelo era mais fino que o dos homens. Entre aqueles aldeões nus haveria talvez uns dez ou doze que vestiam como o grupo de Too-wit roupas de pele preta e estavam armados de lanças e pesadas clavas. Pareciam ter grande influência entre os demais e eram sempre tratados pelo nome de *Wampoo*. Eram eles também os proprietários dos palácios de couro preto. O de Too-wit estava situado no centro da aldeia, e era muito maior e um tanto mais bem construído do que os outros da mesma espécie. A árvore que formava seu suporte fora cortada a uma distância de três metros e sessenta centímetros pouco mais ou menos da raiz, e numerosos ramos foram deixados justamente abaixo do corte, servindo para suportar a coberta e, dessa forma, evitando que ela se abatesse em redor do tronco. A coberta, também, que consistia de quatro peles bastante largas amarradas com espetos de pau, estava presa nas extremidades com estacas fincadas no chão, o qual estava coberto de grande quantidade de folhas secas à moda de tapete.

Para essa cabana fomos conduzidos, com grande solenidade, e amontoaram-se nela, atrás de nós, tantos nativos quanto foi possível. Too-wit sentou-se sobre as folhas e nos fez sinais para que lhe seguíssemos o exemplo. Assim o fizemos e logo nos encontramos numa posição caracteristicamente incômoda, senão crítica. Achávamo-nos no chão, em número de doze, com os selvagens, somando quase quarenta, acocorados tão perto em redor de nós, que se qualquer distúrbio se suscitasse ter-nos-ia sido impossível fazer uso de nossas armas ou mesmo nos levantarmos. O aperto não era somente dentro da tenda mas do lado de fora, onde provavelmente se encontravam todos os indivíduos que povoavam a ilha, sendo a multidão impedida de nos calcar, até morrermos, graças apenas às incessantes ordens e vociferações de Too-wit. Nossa principal segurança jazia, porém, na presença do próprio Too-wit entre nós e resolvemos manter-nos bem juntos dele, como a melhor possibilidade de livrar-nos do dilema, sacrificando-o imediatamente à primeira amostra de intenção hostil.

Depois de alguma agitação, certo grau de tranquilidade restabeleceu-se, quando o chefe se dirigiu a nós, num discurso de grande extensão, e quase semelhante ao que foi proferido nas canoas, com a exceção de que os *Anamoo-moos!* eram agora um tanto mais vigorosamente repetidos do que os *Lama-Lamas!* Escutamos em profundo silêncio, até a conclusão dessa arenga, quando o Capitão Guido respondeu, assegurando ao chefe sua eterna camaradagem e boa vontade e concluindo o que tinha a dizer com uma oferta de muitos rosários de contas azuis e uma faca. Diante dos primeiros, o monarca, com grande surpresa nossa, torceu o nariz, com certa expressão de desprezo; mas a faca proporcionou-lhe a mais ilimitada satisfação e, imediatamente, ordenou que se servisse o jantar. Este foi trazido para a tenda, sobre as cabeças dos criados, e consistia de tripas palpitantes duma espécie de animal desconhecido, provavelmente um dos porcos de pernas finas que tínhamos observado ao nos aproximar da aldeia. Vendo que não sabíamos o que fazer, começou ele, à guisa de exemplo, a devorar jarda após jarda da tentadora comida, até que não pudemos positivamente conter-nos por mais tempo e mostramos tão manifestos sintomas de rebelião de estômago que encheram sua majestade de um grau de espanto, somente inferior ao causado pelos espelhos. Declinamos, porém, de partilhar das iguarias à nossa frente e tentamos fazer-lhe compreender que não tínhamos apetite de espécie alguma, tendo justamente acabado um opíparo almoço.

Quando o monarca terminou a sua refeição, começamos uma série de indagações, por todas as maneiras engenhosas que podíamos inventar, tendo em vista descobrir quais eram as principais produções do país e se qualquer delas podia ser transformada em lucro. Por fim ele pareceu perceber alguma ideia do que dizíamos e se ofereceu para acompanhar-nos a uma parte da costa onde nos assegurou que a *biche-de-mer* (apontando para um espécime daquele animal) seria encontrada em grande abundância. Ficamos alegres com esta rápida oportunidade de escapar da opressão da multidão e demos a entender nosso desejo veemente de nos pormos a caminho. Deixamos, então, a tenda e, acompanhados por toda a população da aldeia, seguimos o chefe até a extremidade suleste da ilha, não longe da baía onde nosso navio estava ancorado. Esperamos ali cerca de uma hora, até que as quatro canoas foram trazidas, por alguns dos selvagens, até onde nos achávamos. Tendo então todo o nosso grupo entrado em uma delas, fomos remando ao longo da orla de recifes antes mencionada e de outros ainda mais distantes, onde vimos uma bem maior quantidade de *biches-de-mer* do que jamais viram os velhos marinheiros que nos acompanhavam naqueles grupos de ilhas das mais baixas latitudes, mais afamados por este artigo de comércio. Permanecemos perto daqueles recifes somente o tempo bastante para verificar que podíamos facilmente carregar uma dúzia de navios com o animal, se necessário. Depois abordamos a escuna e nos despedimos de Too-wit, após obter dele a promessa de que nos traria, dentro de 24 horas, tantos patos pretos e tartarugas das Galápagos quantas suas canoas pudessem carregar. No correr de toda esta aventura nada vimos na conduta dos nativos que causasse suspeita, exceto a maneira sistemática pela qual seu grupo se foi reforçando durante nossa caminhada da escuna até a aldeia.

Capítulo XX

O chefe cumpriu fielmente sua palavra e, em breve, nos achamos plenamente supridos de provisões frescas. Achamos as tartarugas tão deliciosas como jamais víramos, e os patos ultrapassavam nossas melhores espécies de aves selvagens, sendo excessivamente mais tenros, suculentos e saborosos. Além destes, os selvagens nos trouxeram, depois que lhes fizemos compreender nosso desejo, grande quantidade de aipo castanho e mostarda, com uma canoa cheia de peixe fresco e algum seco. O aipo foi um regalo, na verdade, e a mostarda mostrou-se de incalculável benefício em restabelecer aqueles de nossos homens que tinham apresentado sintomas de doença. Em muito pouco tempo não tínhamos uma única pessoa na lista dos doentes. Recebemos também grande quantidade de outras espécies de provisões frescas, entre as quais pode ser mencionada uma espécie de mariscos semelhantes na forma ao mexilhão, mas com o gosto de ostra. Camarões também e lagostins eram abundantes, bem como ovos de albatrozes e outros pássaros, com cascas pretas. Recolhemos também grande sortimento de carne dos porcos que já mencionei. A maior parte dos homens achou-a de excelente paladar, mas eu achei-lhe um gosto de peixe, aliás desagradável. Em troca dessas boas coisas presenteamos os nativos com contas azuis, berloques de bronze, pregos, facas e peças de pano vermelho, ficando eles plenamente satisfeitos com a troca. Estabelecemos um regular mercado na praia, justamente sobre as peças da escuna, onde nossas barganhas eram realizadas com toda a aparência da boa-fé e num grau de ordem que a conduta deles na aldeia de Klock-klock não nos levava a esperar dos selvagens.

As coisas prosseguiram dessa forma bem amigável durante vários dias, nos quais grupos de nativos estavam frequentemente a bordo da escuna e grupos de nossos homens frequentemente na praia, fazendo longas excursões ao interior, sem serem de modo algum molestados. Verificando a facilidade com que o navio podia ser carregado de *biches-de-mer*, graças à disposição cordial dos ilhéus e a prontidão com que eles nos prestavam auxílio em apanhá-las, o Capitão Guido resolveu entrar em negociações com Too-wit, para a construção de casas apropriadas para secar o artigo e para os serviços dele próprio e da tribo de reunir tantas quantas possível. enquanto aproveitar-se-ia ele do bom tempo para continuar sua viagem para o sul. Ao mencionar esse projeto ao chefe, pareceu ele bastante desejoso de entrar em acordo. Uma barganha foi, em consequência, concluída, perfeitamente satisfatória para ambas as partes, por meio da qual ficou combinado que, depois de fazer os necessários preparativos, tais como aplainar o terreno conveniente, erguer uma porção dos prédios e fazer algum outro trabalho, em que toda a nossa tripulação seria utilizada, a escuna prosseguiria em sua rota, deixando três de seus homens na ilha, para superintender a execução do projeto e instruir os nativos no secamento das *biches-de-mer*. Quanto às obrigações, dependeriam elas dos esforços dos selvagens em nossa ausência. Deveriam receber uma quantidade estipulada de contas azuis, facas, pano vermelho e assim por diante, para cada certo número de arrobas de *biche-de-mer* que estivessem prontas à nossa volta.

Uma descrição da natureza deste importante artigo de comércio e o método de prepará-lo talvez sejam de interesse para meus leitores e não posso encontrar lugar mais adequado do que este para introduzir uma descrição dele. A seguinte e resumida notícia a respeito é tirada de uma moderna história de uma viagem aos mares do sul:

> É aquele molusco dos mares índicos, conhecido no comércio pelo nome francês de *biche-de-mer* (um delicioso manjar do mar). Se não estou muito enganado, o famoso Cuvier chama-o *Gasteropoda pulmonifera*. Encontra-se em grande abundância nas costas das ilhas do Pacífico e é especialmente apanhado para os mercados chineses, onde alcança grande preço, talvez tão alto quanto o de seus muito falados ninhos de pássaros comestíveis, que são propriamente formados da matéria gelatinosa recolhida por uma espécie de andorinha do corpo daqueles moluscos. Elas não têm concha, nem pernas, nem qualquer parte proeminente, exceto órgãos opostos de *absorção* e de *excreção*; mas, por meio de suas membranas elásticas, como lagartas ou vermes, elas se arrastam em águas pouco profundas, nas quais, quando baixas, podem ser vistas por uma espécie de andorinha, cujo agudo bico, inserido no animal mole, extrai uma substância gomosa e filamentosa, a qual, ao secar, pode entrar na composição das sólidas paredes de seus ninhos. Daí o nome de *Gasteropoda pulmonifera*.
>
> Esse molusco é oblongo e de diferentes tamanhos, de três a oito polegadas de comprido. Já vi alguns que tinham nada menos de sessenta centímetros de comprimento. Eram quase redondos, um pouco chatos do lado que jaz perto do fundo do mar. Têm de dois a vinte centímetros de espessura. Arrastam-se em água pouco profunda, em épocas particulares do ano, provavelmente no propósito de procriar, pois muitas vezes os encontramos aos pares. É quando o sol mais castiga a água, tornando-a tépida, que eles se aproximam da praia. E muitas vezes vão a lugares tão baixos que, quando a maré desce, ficam em seco, expostos ao calor do sol. Mas não se reproduzem em águas pouco profundas, pois nunca vimos quaisquer de seus filhotes, e os adultos são sempre observados saindo de águas fundas. Alimentam-se principalmente daquela espécie de zoófitos que produz o coral.
>
> A *biche-de-mer* é geralmente apanhada dentro de metro ou metro e meio de água; depois disso, é levada para a praia e aberta numa extremidade com uma faca, sendo a incisão de dois ou mais centímetros, de acordo com o tamanho do molusco. Por essa abertura as entranhas são espremidas por pressão e se parecem muito com as de qualquer outro habitante das profundezas. O artigo é então lavado e depois fervido até certo grau, que não deve ser muito alto nem muito baixo. É depois enterrada na areia durante quatro horas e em seguida fervida de novo durante curto tempo, depois do que, é secada, quer pelo fogo, quer pelo sol. As curtidas pelo Sol são as mais apreciadas, mas onde uma arroba pode ser curada dessa forma eu posso curar trinta arrobas com fogo. Quando afinal devidamente curadas, podem ser conservadas em um lugar seco durante dois ou três anos, sem qualquer risco; mas teriam de ser examinadas uma vez dentro de poucos meses, digamos, quatro vezes por ano, para verificar se qualquer umidade está a ponto de estragá-las.
>
> Os chineses, como antes afirmei, consideram a *biche-de-mer* um grandíssimo luxo, acreditando que ela revigora maravilhosamente, nutre e renova o organismo exausto pela volúpia imoderada. A de melhor qualidade alcança alto preço, em Cantão, custando noventa dólares quatro arrobas; a de segunda qualidade, 75 dólares; a de terceira qualidade, cinquenta dólares; a de quarta, trinta dólares; a de quinta, vinte dólares; a de sexta, doze dólares; a de sétima, oito dólares, e a de oitava, quatro dólares. Cargas pequenas, porém, alcançarão maior preço, muitas vezes, em Manila, Singapura e Batávia.

Tendo entrado assim em acordo, passamos imediatamente a desembarcar tudo quanto fosse necessário para preparar as construções e limpar o terreno. Um vasto espaço plano, perto da praia oriental da baía, foi escolhido, pois nele havia grande quantidade de madeira e de água, e dentro de conveniente distância dos principais recifes sobre os quais a *biche-de-mer* tinha de ser procurada. Logo nos pusemos a trabalhar, seriamente, e dentro em pouco, com grande espanto dos selvagens, tínhamos derrubado suficiente número de árvores, para o fim que tínhamos em vista, transportando-as depressa para a armação das casas, as quais em dois ou três dias estavam já tão adiantadas, que podíamos francamente confiar o resto do trabalho aos três homens que tencionávamos deixar ali. Eram eles João Carson, Alfredo Harris e um certo Peterson (todos naturais de Londres, creio eu), que se propuseram voluntariamente para isso.

Pelo fim do mês tínhamos tudo pronto para a partida. Tínhamos combinado, porém, fazer uma visita formal de despedida à aldeia, e Too-wit insistiu tão pertinazmente em que mantivéssemos nossa promessa, que não achamos prudente correr o risco de ofendê-lo com uma recusa final. Acredito que nenhum de nós tinha, naquela ocasião, a menor suspeita da boa-fé dos selvagens. Tinham uniformemente procedido com a maior decência, ajudando-nos com satisfação no nosso trabalho, oferecendo-nos suas mercadorias, frequentemente sem preço, e nunca, em momento algum, subtraindo um único artigo, embora fosse evidente o alto valor que emprestavam às mercadorias que tínhamos conosco, pelas extravagantes demonstrações de alegria que sempre manifestavam quando lhes fazíamos um presente. As mulheres, especialmente, eram mais gratas a todos os respeitos e, acima de tudo, teríamos sido as criaturas mais suspeitosas do mundo se houvéssemos entretido um único pensamento de perfídia da parte de um povo que nos tratava tão bem. Bem curto espaço de tempo bastou para provar que essa aparente bondade de disposição era apenas o resultado dum plano profundamente estabelecido de nossa destruição, e que os ilhéus, por quem mantínhamos tão imoderados sentimentos de estima, contavam-se entre os miseráveis mais bárbaros, mais sutis e mais sanguissedentos que jamais contaminaram a face do globo.

Foi no dia 1º de fevereiro que descemos à praia no propósito de visitar a aldeia. Embora, como disse antes, não entretivéssemos a menor suspeita, nenhuma precaução adequada foi esquecida. Seis homens foram deixados na escuna com instruções para não permitir que qualquer selvagem se aproximasse do navio durante nossa ausência, sob qualquer pretexto, e para permanecer constantemente no tombadilho. As redes da coberta estavam erguidas, as peças duplamente carregadas de metralha e granada, e os morteiros, de metralha de balas de mosquete. Jazia, com sua âncora a pique, a cerca de uma milha da praia e nenhuma canoa podia aproximar-se, em qualquer direção, sem ser distintamente vista e exposta ao pleno fogo, imediatamente, de nossos morteiros.

Deixados os seis homens a bordo, nosso grupo de desembarque consistia de 32 pessoas ao todo. Estávamos armados até os dentes, tendo conosco mosquetes, pistolas e cutelos. Além disso, cada um tinha uma espécie de comprida faca de marinheiro, um tanto semelhante à faca de mato, agora tão usada por toda a nossa região ocidental e meridional. Uma centena de guerreiros negros veio ao nosso encontro, quando descemos em terra, com o fim de acompanhar-nos pelo caminho. Notamos, porém, com alguma surpresa, que eles estavam agora inteiramente sem armas e, tendo perguntado a Too-wit o que significava aquela circunstância, respondeu-nos simplesmente que *Mattee non we pa pa si* — querendo dizer que não havia necessidade de armas onde todos eram irmãos. Tomamos isto de boa parte e continuamos.

Tínhamos passado a fonte e o riacho de que falei antes e estávamos agora entrando numa estreita garganta que atravessava a cadeia de colinas de greda entre as quais estava situada a aldeia. Essa garganta era muito rochosa e desigual, tanto que não pequena dificuldade tivemos em trepar por ela em nossa primeira visita a *Klock-Klock*. Toda a extensão da ravina seria de uma milha e meia, ou provavelmente duas milhas. Ela serpeava em todas as direções possíveis, entre as colinas (tendo, ao que parecia, formado, em algum período remoto, o leito duma torrente), em nenhum momento se estendendo mais de vinte jardas sem uma curva brusca. Os lados desse pequeno fosso orçariam, estou certo, por uns 21 ou 24 metros de altitude perpendicular em toda a sua extensão, e em algumas partes se erguiam a uma altura espantosa, sombreando tão completamente a passagem, que muito pouco da luz do dia podia ali penetrar. A largura geral era de cerca de doze metros e por vezes diminuía tanto, que não permitia a passagem de mais de cinco pessoas, ou seis, de frente. Em resumo, não poderia haver no mundo lugar algum mais bem adaptado para a consumação de uma emboscada e não foi mais do que natural que tivéssemos olhado cuidadosamente para nossas armas quando ali penetramos. Quando agora penso na nossa insigne loucura, o principal motivo de espanto parece ser que nos houvéssemos, alguma vez, aventurado, sob quaisquer circunstâncias, tão completamente em mãos de selvagens desconhecidos a ponto de permitir que eles marchassem tanto na frente como atrás de nós, no nosso caminho pela ravina. Contudo, tal era a disposição em que cegamente seguimos, confiando loucamente na força de nosso grupo, na situação de desarmamento de Too-wit e de seus homens, na segura eficácia de nossas armas de fogo (cujo efeito era ainda um segredo para os nativos) e, mais do que tudo, na longamente sustentada atitude de camaradagem para conosco mantida por aqueles infames bandidos. Cinco ou seis deles iam à frente, como se abrindo o caminho, ocupando-se ostensivamente em remover as pedras maiores e limpar a vereda. Em seguida, vinha o nosso próprio grupo. Caminhávamos bem unidos, tomando apenas cuidado em evitar separar-nos. Acompanhava-nos o grupo principal de selvagens, observando ordem e correção insólitas.

Dirk Peters, um homem chamado Wilson Allen e eu estávamos à direita de nossos companheiros examinando, enquanto prosseguíamos, a singular estratificação do precipício que se alteava sobre nós. Uma fenda do rochedo polido atraiu nossa atenção. Era larga quase o bastante para uma pessoa entrar sem se espremer e se ampliava para dentro da colina uns cinco metros e quarenta centímetros ou seis metros em linha reta, dobrando, depois, para a esquerda. A altura da abertura, pelo que pudemos dela ver, da principal garganta era, talvez, de 18 ou 21 metros. Havia um ou dois arbustos enfezados, brotando dentre as fendas, ostentando uma espécie de avelã que senti curiosidade em examinar e, intrometendo-me rapidamente com este fim, recolhi cinco ou seis nozes, dum golpe, retirando-me depois, apressadamente. Ao voltar, vi que Peters e Allen me haviam acompanhado. Desejei que eles voltassem, pois não havia espaço para duas pessoas passarem, dizendo que lhes daria algumas de minhas nozes. Concordaram em voltar e foram subindo de regresso, estando Allen já perto da boca da fenda, quando tive a súbita percepção dum choque completamente diverso de qualquer coisa que jamais sentira antes, e que me causou a vaga impressão, se realmente então pensei em alguma coisa, de que todos os fundamentos do globo sólido se houvessem subitamente partido em bocados, e de que o dia da dissolução universal havia chegado.

Capítulo XXI

Logo que pude dominar meus sentidos abalados, senti-me sufocado e rastejando entre uma quantidade enorme de terra desprendida, que também caía sobre mim, pesadamente, em todas as direções, ameaçando sepultar-me de todo. Horrivelmente alarmado a esta ideia, esforcei-me por levantar-me e por fim consegui-o. Então, fiquei imóvel por alguns instantes, tentando conceber o que me havia acontecido e onde me encontrava. Ouvi, no mesmo instante, um profundo gemido junto ao meu ouvido e, depois, a voz sufocada de Peters, pedindo-me socorro, em nome de Deus. Fui trepando um ou dois passos para diante, quando caí diretamente sobre a cabeça e os ombros de meu companheiro, que, logo descobri, estava enterrado até a cintura numa massa de terra solta, e lutando desesperadamente para libertar-se da pressão. Fui afastando de redor dele toda aquela terra, com o máximo de energia que podia empregar, e por fim consegui retirá-lo.

Tão logo nos recobramos de nosso susto de surpresa para podermos conversar sensatamente, chegamos ambos à conclusão de que as paredes da abertura em que nos havíamos aventurado tinham, em virtude de alguma convulsão na natureza, ou provavelmente por seu próprio peso, desmoronado e que estávamos, consequentemente, perdidos para sempre, achando-nos assim enterrados vivos. Durante muito tempo entregamo-nos inativamente à mais intensa angústia e desespero, que não pode ser devidamente imaginado pelos que nunca se acharam em situação semelhante. Acredito, firmemente, que nenhum incidente jamais ocorrido no curso dos acontecimentos humanos seja mais apto a inspirar o paroxismo da angústia mental e física do que um caso, como o nosso, de enterramento em vida. A espessidão da treva que envolve as vítimas, a terrífica opressão dos pulmões, a sufocante exalação da terra úmida uniam-se às assombrantes considerações de que nos achávamos para além dos mais remotos confins da esperança, e que tal é a sorte concedida aos *mortos*, capaz de introduzir no coração humano um grau de espantoso medo e de horror, que não se podia tolerar e nem mesmo conceber.

Por fim, Peters propôs que tentássemos certificar-nos, precisamente, da extensão de nossa calamidade e foi andando às apalpadelas pela nossa prisão; era simplesmente possível, observou ele, que alguma abertura pudesse ainda haver, para nos dar saída. Agarrei-me avidamente a esta esperança e, envidando eu mesmo esforços, tentei abrir caminho através da terra solta. Com grande trabalho havia eu avançado um passo, quando um raio de luz se tornou perceptível o bastante para convencer-me de que, de qualquer forma, não morreríamos imediatamente por falta de ar. Sentimo-nos, então, um pouco mais confortados e nos encorajamos, mutuamente, à espera de coisa melhor. Tendo galgado um montão de entulho que barrava nosso avanço na direção da luz, achamos menos dificuldade em avançar e sentimos, também, algum alívio da excessiva opressão dos pulmões que nos tinha atormentado. Agora, podíamos enxergar os objetos em redor e descobrimos que nos achávamos perto da extremidade da parte reta da abertura, onde ela fazia uma curva para a esquerda. Poucos esforços mais e atingimos a esquina, onde, com inexprimível alegria, encontramos uma longa rachadura ou fenda que se alongava para cima, a grande distância, geralmente a um ângulo de cerca de 45 graus, embora algumas vezes mais íngreme. Não podíamos ver através de toda a extensão dessa abertura, mas, como descia por ela suficiente quantidade de luz, pouca dúvida tivemos de encontrar no alto (se por algum modo pudéssemos chegar até lá) uma passagem suficiente para o ar livre.

Lembrei-me então de que éramos três os que havíamos entrado na brecha, vindo da garganta principal, e que nosso companheiro, Allen, estava ainda desaparecido; decidimos imediatamente voltar atrás e procurá-lo. Depois de longa pesquisa e muito perigo, derivado de adiantar-nos pela massa de terra pendente sobre nós, Peters afinal gritou que havia agarrado o pé de nosso companheiro e que todo o seu corpo estava tão profundamente sepultado, sob os escombros, que era impossível retirá-lo. Verifiquei logo que o que ele dizia era a completa verdade e que, sem dúvida, nosso companheiro estava morto havia muito. Portanto, com os corações contristados, deixamos o cadáver entregue a seu destino e de novo voltamos para a abertura.

A largura da frincha mal bastava para nos conter e, depois de um ou dois esforços inúteis para subir, começamos uma vez mais a desesperar. Já disse que a cadeia de colinas através das quais corria a garganta principal era composta de uma espécie de rocha mole parecida com a pedra-sabão. Os lados da abertura sobre que estávamos então tentando subir eram do mesmo material e tão excessivamente escorregadios, pois estavam úmidos, que mal podíamos firmar o pé neles, ainda mesmo nas partes menos abruptas. Em alguns lugares em que a ascensão era quase perpendicular, a dificuldade, sem dúvida, se agravava muito; e, de fato, durante algum tempo, a consideramos intransponível. Tomamos coragem, porém, do desespero; e assim, cortando degraus na pedra mole, com as nossas facas de mato e pendurando-nos, com risco de vida, a pequenos pontos salientes da espécie mais dura de rocha xistosa que aqui e ali se projetavam da massa geral, afinal alcançamos uma plataforma natural, da qual se percebia uma nesga de céu azul, na extremidade de uma ravina espessamente coberta de árvores. Olhando então para baixo, com alívio bem maior, para a passagem através da qual tínhamos chegado até ali, deduzimos claramente de sua aparência que era de formação recente e concluímos que a explosão, fosse qual fosse, que tão inesperadamente nos sepultara, também, e no mesmo momento, abrira aquele caminho de fuga. Estando inteiramente exaustos, por causa dos esforços feitos, e na realidade tão fracos que mal podíamos ficar de pé ou falar, Peters propôs então que deveríamos tentar chamar nossos companheiros em socorro, disparando as pistolas que ainda permaneciam em nossas cintas, pois os mosquetes, assim como os cutelos, tinham sido perdidos entre a terra solta, no fundo do sorvedouro. Acontecimentos subsequentes provaram que, se tivéssemos feito fogo, ter-nos-íamos tristemente arrependido; mas, felizmente, ergueu-se nesse momento em seu espírito certa suspeita de traição e evitamos fazer com que os selvagens soubessem onde estávamos.

Depois de haver repousado cerca de uma hora, subimos lentamente pela ravina e não nos adiantáramos muito, quando ouvimos uma série de tremendos berros. Afinal, alcançamos o que podia ser chamado a superfície do solo, pois nosso caminho até então, desde que saíramos da plataforma, ficara sob uma arcada de folhagens e rochas elevadas, alteando-se a grande distância. Com grande cuidado, rastejamos por uma estreita abertura, donde podíamos ter uma nítida visão da região circunvizinha; e aí todo o terrível segredo da explosão se revelou, de um só relance e num único instante.

O lugar de onde olhávamos não ficava longe do cimo do mais alto pico, na fileira de colinas de pedra-sabão. A garganta, em que o nosso grupo penetrara, corria a uns quinze metros para a nossa esquerda. Mas, pelo menos numa extensão de cem jardas, o canal ou leito dessa garganta estava inteiramente repleto de ruínas caóticas, de mais de um milhão de toneladas de terra e pedra, atiradas dentro dele propositadamente. Os meios pelos quais essas vastas massas de terra haviam sido precipitadas não eram mais simples do que evidentes, pois traços seguros da obra assassina ainda permaneciam. Em diversos pontos, ao longo do cimo do lado oriental da garganta (estávamos então no ocidental), podiam-se ver estacas de madeira fincadas no chão. Nesses pontos a terra não cedera; mas, por toda a extensão da face do precipício, da qual a massa de terra *caíra*, era claro, pelas marcas deixadas no solo e semelhantes às feitas por uma broca, que estacas semelhantes às que lhe víamos fincadas haviam sido inseridas, separando-se, a cerca de três metros, para trás da borda do abismo. Fortes cordas de cipós de videira tinham sido também ligadas, de uma estaca a outra. Já falei da singular estratificação dessas colinas de pedra-sabão; e a ideia que acabo de dar da estreita e profunda frincha, pela qual efetuamos nossa fuga do sepultamento, permitirá avaliar melhor essa natureza. Assim é que quase toda convulsão natural certamente fenderia o solo em camadas paralelas e perpendiculares; e bastaria pequeno esforço humano para produzir o mesmo resultado. Dessa estratificação serviram-se os selvagens para realizar seus traiçoeiros fins. Não pode haver dúvida de que, pela contínua linha de estacas, uma ruptura parcial do solo foi produzida, provavelmente até a profundidade de trinta ou sessenta centímetros, quando então, por meio de um violento puxão, nas pontas de cada uma das cordas (que estavam ligadas às extremidades das estacas, no alto, e se estendiam da borda do precipício para trás), obtinha-se enorme força de alavanca, capaz de precipitar toda a frente da colina, a um sinal dado, no seio do abismo, lá embaixo. Não mais foi motivo de incerteza o destino de nossos pobres companheiros. Apenas nós havíamos escapado à catástrofe daquela destruição esmagadora. Éramos os únicos homens brancos vivos naquela ilha.

Capítulo XXII

Nossa situação, como então nos aparecia, era pouco menos terrível do que quando nos havíamos julgado sepultados para sempre. Não víamos diante de nós perspectiva outra que não a de sermos assassinados pelos selvagens, ou arrastar entre eles uma vida miserável de cativeiro. Podíamos, é certo, esconder-nos, durante certo tempo, de sua observação, nos recantos das colinas e, como recurso final, no abismo de onde acabáramos de sair; mas ou deveríamos perecer no longo inverno polar, de fome e frio, ou ser por fim descobertos, em nossos esforços de salvar-nos.

Toda a região em torno de nós parecia formigar de selvagens, multidões dos quais, como percebíamos agora, tinham vindo das ilhas do sul, em barcos chatos, sem dúvida a fim de prestar ajuda na captura e saque da *Jane*. O barco ainda se achava calmamente ancorado na baía, estando os homens a bordo, ao que parece, inteiramente inconscientes de que qualquer perigo os aguardasse. Quanto ansiamos, naquele instante, por estar com eles, quer para ajudá-los a realizar sua fuga, quer a perecer com eles na tentativa duma defesa! Não víamos oportunidade de avisá-los do perigo que corriam, sem atrair imediata destruição sobre nossas próprias cabeças, com uma muito remota esperança de beneficiá-los. Um tiro de pistola seria bastante para fazer-lhes saber que ocorrera algum desastre; mas este aviso não poderia provavelmente informá-los de que sua única perspectiva de salvação se encontrava em abandonar a baía imediatamente — nem dizer-lhes que princípio algum de honra agora os obrigava a permanecer, uma vez que seus amigos não se contavam mais entre os vivos. Ouvindo a descarga, não poderiam estar mais preparados para enfrentar o inimigo, agora pronto para o ataque, do que já estavam e do que sempre estiveram. Nenhuma vantagem portanto, e infinito dano resultaria de nosso tiro e, depois de madura deliberação, pusemos a ideia de parte.

Outra ideia que nos salteou foi a de tentar correr para o navio, agarrar uma das quatro canoas amarradas à entrada da baía, e tentar forçar uma passagem para bordo. Mas a absoluta impossibilidade de obter êxito, nesta desesperada tentativa, logo se tornou evidente. A região, como já disse antes, formigava literalmente de nativos, de tocaia por trás das moitas e dos esconderijos das colinas, para não serem vistos da escuna. De modo especial bem perto de nós e bloqueando a única passagem, pela qual podíamos esperar atingir a praia, no ponto conveniente, estacionava todo o grupo dos guerreiros negros, com Too-wit à sua frente, e parecendo esperar apenas algum reforço, para começar a abordagem da *Jane*. As canoas, também, à entrada da baía, estavam tripuladas por selvagens desarmados, é verdade, mas que, sem dúvida, tinham armas a seu alcance. Fomos, portanto, forçados, embora a contragosto, a ficar no nosso esconderijo, como simples espectadores do conflito, que não tardou a começar.

Cerca de meia hora depois, vimos umas sessenta ou setenta jangadas, ou botes chatos, com flutuadores, cheias de selvagens e vindo costeando a ponta sul do porto. Pareciam não ter outras armas, exceto pequenas clavas e pedras, que jaziam no fundo das jangadas. Imediatamente depois, outro destacamento, ainda mais considerável, apareceu numa direção oposta e com idênticas armas. As quatro canoas também se encheram rapidamente de nativos, que saltaram das moitas à entrada da baía e se puseram vivamente ao largo, para alcançar os outros grupos. Assim, em menos tempo do que levei a contá-lo e como que por mágica, a *Jane* viu-se cercada por uma multidão imensa de energúmenos, evidentemente resolvidos a apoderar-se dela a todo custo.

Que pudessem ser bem-sucedidos nisso, não cabia dúvida um só instante. Os seis homens deixados no navio, por mais resolutamente que se pusessem a defender-se, eram inteiramente insuficientes para o manejo devido das peças ou para sustentar de qualquer modo um combate tão desigual. Mal podia imaginar que eles fizessem qualquer resistência, mas nisto me enganei, pois logo os vi manobrar para colocar o navio de costado a estibordo, de modo a carregar sobre as canoas, que a esse tempo estavam à distância de um tiro de pistola, ficando as jangadas quase a um quarto de milha a barlavento. Devido a alguma causa desconhecida, mas mais provavelmente à agitação de nossos pobres amigos, por se verem em tão desesperada situação, a descarga foi um completo fracasso. Nem uma canoa sequer foi atingida ou um único selvagem ferido, pois os tiros caíram antes do alvo ou ricocheteando sobre as cabeças deles. O único efeito produzido sobres eles foi o de um grande espanto, diante do inesperado estampido e da fumaça, tão excessivo que, durante alguns instantes, quase pensei que eles abandonassem por completo sua intenção e voltassem para a praia. E isto eles teriam provavelmente feito se nossos homens tivessem continuado seu ataque, com uma descarga de pequenas peças, no que, como estivessem as canoas agora bem ao alcance, não poderiam deixar de fazer certa devastação, suficiente para evitar, pelo menos, que aquele grupo se adiantasse mais, até poderem dar uma descarga também contra as jangadas. Mas, em lugar disto, deixaram o grupo das canoas recobrar-se de seu pânico e, olhando em redor de si, verificar que nenhum dano haviam sofrido, enquanto eles corriam para bombordo, a fim de enfrentar as jangadas.

A descarga de bombordo produziu o mais terrível efeito. A metralha e os tiros de palanqueta das grandes peças cortaram completamente, em pedaços, sete ou oito das jangadas, e mataram, talvez, logo trinta ou quarenta selvagens, enquanto uma centena deles, pelo menos, eram lançados à água, a maior parte mortalmente feridos. Os restantes, fora de si de pavor, começaram imediatamente uma precipitada retirada sem mesmo esperar para pescar seus companheiros mutilados, que nadavam confusamente em todas as direções, gritando e urrando por socorro. Este grande êxito, porém, veio demasiado tarde para salvar nossos devotados companheiros. O grupo das canoas já estava a bordo da escuna, em número de mais de 150, tendo a maior parte conseguido grimpar pelas correntes e por cima das redes de paveses, mesmo antes que as mechas fossem aplicadas aos canhões de bombordo. Nada agora podia conter a raiva daqueles brutos. Nossos homens foram imediatamente derrubados, abatidos, espezinhados e feitos totalmente em pedaços num instante.

Vendo isto, os selvagens das jangadas refizeram-se de seu terror, e acorreram em chusma para o saque. Em cinco minutos, a *Jane* foi a cena deplorável de indescritível estrago e tumultuosa violência. Os tombadilhos foram fendidos e rebentados; o cordame, as velas e tudo quanto era manobrável no tombadilho destruídos como por mágica; enquanto que, à força de puxar para trás, rebocando com as canoas e sirgando aos lados, aquela multidão de miseráveis, que nadavam aos milhares em torno do navio, conseguiu afinal dar com ele na praia (tendo o cabo sido largado) e entregou-o aos bons cuidados de Too-wit, que, durante todo o embate, como um hábil general, havia permanecido no seu posto de segurança e reconhecimento, entre as colinas, mas, agora que a vitória se completara, para satisfação sua, condescendeu em correr com seus guerreiros de pele preta e tornar-se participante dos despojos.

A descida de Too-wit deixou-nos em liberdade de abandonar nosso esconderijo e de fazer um reconhecimento da colina, na vizinhança da abertura. A cerca de cinquenta jardas dali vimos um pequeno salto de água, no qual saciamos a sede abrasadora que nos consumia. Não longe da fonte descobrimos várias das moitas de aveleiras que mencionei antes. Provando as nozes, achamo-las apetecíveis e quase semelhantes, no sabor, à avelã comum inglesa. Enchemos imediatamente nossos chapéus, cujo conteúdo derramamos dentro da ravina, voltando a procurar mais. Enquanto nos ocupávamos ativamente em recolhê-las, um ruído nas moitas alarmou-nos, e estávamos a ponto de retirar-nos, furtivamente, para nosso esconderijo, quando um grande pássaro negro, da espécie do alcaravão, se levantou lenta e pesadamente, dentre os arbustos. Fiquei tão surpreso, que não podia fazer nada, mas Peters teve suficiente presença de espírito para correr-lhe no encalço e agarrá-lo pelo pescoço antes que pudesse escapar-se. Seus esperneios e gritos eram tremendos e estávamos com ideia de largá-lo, com receio de que o barulho alarmasse alguns dos selvagens que ainda estivessem de tocaia na vizinhança. Um bom golpe de faca do mato derrubou-o por fim e o arrastamos para a ravina, congratulando-nos por havermos, em todo caso, obtido assim provisão bastante para uma semana.

Saímos de novo para um reconhecimento e aventuramo-nos a considerável distância, na ladeira do lado sul do morro, mas não encontramos coisa alguma mais que nos pudesse servir de alimento. Por consequência, reunimos grande quantidade de pau seco e voltamos, vendo um ou dois grandes grupos de nativos a caminho da aldeia, carregados com o saque do navio e que, estávamos apreensivos, podiam descobrir-nos, ao passar por baixo do morro.

Nosso imediato cuidado foi tornar nosso esconderijo tão seguro quanto possível e, com este objetivo, arranjamos algumas sarças sobre a abertura (de que falei antes, aquela através da qual havíamos visto a nesga de céu azul, quando, ao sair do interior do buracão, atingimos a plataforma). Deixamos apenas uma pequenina abertura, suficientemente larga para permitir que víssemos a baía sem o risco de sermos descobertos lá de baixo. Tendo assim feito, congratulamo-nos pela segurança da posição, pois estávamos agora a salvo de qualquer observação, enquanto preferíssemos ficar dentro da própria ravina sem nos aventurar até o alto da colina. Não descobríamos traço algum de que os selvagens já houvessem estado, alguma vez, dentro daquele buraco, mas, realmente, quando chegamos a refletir na possibilidade de que a fenda, através da qual havíamos ali chegado, fora justamente ocasionada pela queda do penhasco oposto e que nenhum outro caminho para atingi-lo podia ser percebido, não fomos muito levados a regozijar-nos com a ideia de estar a salvo de perseguição, no receio de que não houvesse meio algum para nós de descer. Resolvemos explorar o cume da colina completamente, quando se oferecesse uma boa oportunidade. Entrementes, observávamos os movimentos dos selvagens através de nossa seteira.

Já haviam devastado completamente o navio e estavam agora se preparando para atear-lhe fogo. Dentro em pouco, vimos a fumaça subindo em imensos rolos, de sua principal escotilha, e, pouco depois, uma densa massa de labaredas irrompeu do castelo de proa. O cordame, os mastros e o que restava das velas pegaram fogo imediatamente e o fogo espalhou-se sem demora por todos os tombadilhos. Grande número de selvagens permanecia ainda em suas posições, em torno do navio, martelando com grandes pedras, machados e balas de canhão todos os parafusos e outros objetos de cobre e de ferro. Na praia, nas canoas e jangadas havia não menos, ao todo, na imediata vizinhança da escuna, de dez mil nativos, além das chusmas dos que, carregados de pilhagem, voltavam para o interior ou para as ilhas vizinhas. Previamos agora uma catástrofe e não fomos desiludidos. Antes de tudo sobreveio um vivo choque (que sentimos tão distintamente no lugar onde estávamos, como se tivéssemos sido ligeiramente galvanizados), mas que não foi seguido por quaisquer sinais visíveis de explosão. Os selvagens ficaram evidentemente surpresos e pararam por um instante seu trabalho e seus gritos. Estavam a ponto de recomeçar, quando subitamente uma massa de fumo irrompeu dos conveses, semelhante a uma negra e pesada nuvem carregada de eletricidade; depois, como que brotando-lhe das entranhas, elevou-se uma longa torrente de vívido fogo a uma altura aparentemente de um quarto de milha; em seguida houve uma súbita expansão circular de labaredas; toda a atmosfera viu-se magicamente tomada, num único instante, dum espantoso caos de madeira, metal e membros humanos e, finalmente, produziu-se o abalo em sua plena fúria, que nos atirou violentamente ao chão, enquanto as colinas ecoavam e reecoavam o estrondo e uma densa chuva de minúsculos fragmentos dos destroços se abatia, precipitadamente, em todas as direções em torno de nós.

O estrago entre os selvagens excedeu de muito nossas extremas expectativas. Tinham eles realmente recolhido os plenos e perfeitos frutos de sua traição. Talvez uns mil pereceram com a explosão, enquanto um número igual pelo menos se achava desesperadamente mutilado. Toda a superfície da baía ficou literalmente juncada daqueles miseráveis, que se debatiam e se afogavam e, na praia, as coisas talvez fossem mesmo piores. Pareciam inteiramente terrificados pela subitaneidade e totalidade de sua derrota, e não faziam esforços para se auxiliarem uns aos outros. Por fim, notamos total mudança na conduta deles. Pareceram de repente passar do estupor absoluto ao mais alto grau de excitação e se precipitavam velozmente, indo e voltando de certo ponto da praia, com as mais estranhas expressões de raiva, de horror e de intensa curiosidade misturadas, pintadas em suas fisionomias, e gritando esgueladamente: *Tekeli-li! Tekeli-li!*

Logo vimos um grande grupo retirar-se para as colinas e de lá voltar, dentro em pouco, carregando estacas de madeira. Carregaram-nas para o lugar onde a multidão era mais densa, a qual se foi abrindo de modo a permitir-nos avistar o motivo de toda aquela excitação. Percebemos algo de branco, deitado no chão, mas não pudemos distinguir imediatamente o que fosse. Por fim, vimos que era a carcaça do estranho animal de dentes e garras vermelhas que a escuna tinha retirado do mar a dezoito de janeiro. O Capitão Guido tinha feito conservar o corpo com o fim de empalhar a pele e levá-lo para a Inglaterra. Lembro-me de que dera algumas ordens a respeito, justamente antes de tocar na ilha, e de que o haviam levado para o camarote e metido dentro de um dos caixões. A explosão havia-o atirado à praia, mas por que causara tão grande agitação, entre os selvagens, ia além de nossa compreensão. Embora se amontoassem em torno da carcaça a pequena distância, nenhum deles se mostrava desejoso de aproximar-se completamente. Pouco a pouco, os homens que traziam as estacas as fincaram em círculo em torno dela e logo que isso ficou pronto toda a enorme multidão se precipitou para o interior da ilha, aos altos brados de *Tekeli-li! Tekeli-li!*

Capítulo XXIII

Durante os seis ou sete dias que se seguiram permanecemos em nosso esconderijo na colina, saindo apenas ocasionalmente, e sempre com as maiores precauções, para buscar água e avelãs. Havíamos construído sobre a plataforma uma espécie de alpendre, dotando-o duma cama de folhas secas e de três grandes pedras chatas que nos serviam ao mesmo tempo de fogão e de mesa. Acendemos o fogo sem dificuldade, esfregando dois pedaços de pau seco, um mais mole, o outro mais duro. O pássaro que havíamos apanhado, tão a propósito, revelou-se excelente manjar, embora um tanto coriáceo. Não era uma ave marinha, mas uma espécie de alcaravão, com uma plumagem dum negro de azeviche, com manchas grisalhas, e asas pequenas em relação a seu tamanho. Vimos depois três da mesma espécie na vizinhança da ravina, parecendo andarem à procura daquele que havíamos capturado; mas, como nunca pousassem, não tínhamos oportunidade de agarrá-los.

Enquanto aquela ave durou, nada sofremos em nossa situação, mas estava agora inteiramente consumida e tornou-se absolutamente necessário que tratássemos de arranjar comida. As avelãs não podiam satisfazer as exigências da fome e nos causavam também dolorosas cólicas intestinais e, quando comidas em quantidade, violenta dor de cabeça. Tínhamos visto muitas tartarugas grandes, perto da praia, a leste da colina, e verificamos que elas poderiam ser facilmente apanhadas, se pudéssemos chegar até elas sem sermos vistos pelos nativos. Resolvemos, portanto, fazer uma tentativa de descer até lá.

Começamos por descer a ladeira do sul, que parecia oferecer menores dificuldades; mas mal havíamos caminhado uma centena de jardas, nossa marcha (como tínhamos previsto pela aparência do alto da colina) foi inteiramente detida por uma ramificação da garganta na qual nossos amigos tinham perecido. Fomos acompanhando a borda dessa ravina durante um quarto de milha, quando novamente nos deteve um precipício de imensa profundidade e, não sendo possível encontrar caminho ao longo de sua margem, vimo-nos forçados a retroceder pela ravina principal.

Metemo-nos então na direção de leste, mas sem precisamente melhor sorte. Depois de rastejar uma hora, com risco de quebrar o pescoço, descobrimos que tínhamos apenas descido para um vasto abismo de granito negro, cujo fundo estava recoberto de areia fina e donde a única saída era pelo caminho íngreme que ali nos levara.

Subimos de novo, penosamente, por essa vereda e tentamos seguir a crista do norte da colina. Aí fomos obrigados a usar da maior precaução possível nos nossos movimentos, pois a menor imprudência nos exporia a ser descobertos pelos selvagens da aldeia. Portanto, fomos rastejando sobre as mãos e os joelhos e, muitas vezes, mesmo forçados a estender-nos a fio comprido, arrastando nossos corpos por meio dos arbustos. Com esta cuidadosa maneira havíamos avançado um pouquinho quando chegamos a um abismo ainda mais profundo que qualquer outro já visto antes e que conduzia diretamente para a garganta principal. De modo que nossos temores estavam plenamente confirmados e verificamos que estávamos inteiramente impedidos de qualquer acesso ao mundo lá de baixo. Totalmente esgotados por tantos esforços, tratamos de voltar o melhor que podíamos para a plataforma e lançando-nos sobre a cama de folhas dormimos, mansa e profundamente, durante algumas horas.

Por muitos dias, depois dessa infrutífera procura, ocupamo-nos em explorar todas as partes do cume da colina, a fim de verificar quais os seus recursos verdadeiros. Descobrimos que não nos poderia fornecer alimento, com exceção das prejudiciais avelãs e de uma espécie de agrião fétido que crescia numa pequena extensão de não mais de quatro varas quadradas e que logo estaria esgotada. No dia quinze de fevereiro, tanto quanto me posso lembrar, não havia mais uma folha de sobra e as nozes estavam-se tornando raras: nossa situação, portanto, não podia ser mais lamentável.[7] No dia dezesseis rodeamos de novo as paredes de nossa prisão, na esperança de descobrir algum caminho para escapar, mas inutilmente. Descemos também o abismo no qual tínhamos sido tragados, na fraca expectativa de descobrir através daquele corredor alguma abertura para a ravina principal. Aí também ficamos desapontados, embora tivéssemos descoberto e carregado conosco um mosquete. No dia dezessete saímos com a determinação de examinar mais atentamente o abismo de granito negro aonde fôramos dar na nossa primeira busca. Lembramo-nos de que uma das fendas laterais daquele abismo tinha sido imperfeitamente observada por nós e estávamos ansiosos por explorá-la, embora sem esperança de descobrir ali qualquer abertura.

Não achamos grande dificuldade em atingir o fundo do buraco como antes; e estávamos então suficientemente calmos para examiná-lo com alguma atenção. Era, realmente, um dos lugares de mais singular aparência imagináveis e mal podíamos ser levados a crer que ele fosse inteiramente obra da natureza. O abismo media, de sua extremidade leste à extremidade oeste, cerca de quinhentas jardas de comprimento, supondo todas as suas sinuosidades estendidas a fio. A distância de leste a oeste, em linha reta (creio eu, não tendo meios de observação exata), não ia além de quarenta ou cinquenta jardas. No começo de nossa descida, isto é, durante uns cem passos, a partir do cume da colina, as paredes do abismo assemelhavam-se muito pouco umas às outras, e não pareciam ter estado unidas em tempo algum, sendo uma das superfícies de pedra-sabão e a outra de greda, granulada de certa substância metálica. A largura média ou intervalo entre os dois penhascos era, provavelmente, de cerca de dezoito metros, mas parecia não haver qualquer regularidade de formação. Descendo mais, todavia, além do limite indicado, o intervalo rapidamente se encurtava e os lados começavam a correr paralelos, embora, por alguma distância mais, fossem ainda desiguais na matéria e na forma da superfície. Chegando a quinze metros do fundo começava uma perfeita regularidade. Os lados eram agora inteiramente uniformes em substância, em cor, sendo o material, em direção lateral, de um granito bastante negro e brilhante, e a distância entre os dois lados fronteiros um ao outro, em todos os pontos, exatamente de vinte jardas. A forma precisa do abismo será mais bem compreendida por meio de um esboço que fiz no local, pois felizmente tinha um lápis e um caderno de notas que conservei com grande cuidado através de longa série de aventuras subsequentes, e ao qual sou devedor de uma multidão de notas de toda espécie que doutra forma teriam sido varridas de minha memória.

---

7 Esse dia tornou-se notável por observarmos, ao sul, vários rolos imensos de vapor cinzento a que já me referi.

Esta figura (fig. 1) dá o contorno geral do abismo, sem as cavidades menores

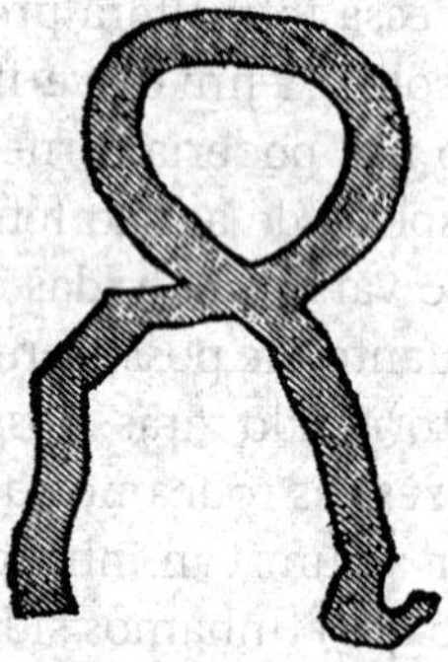

Fig. 1

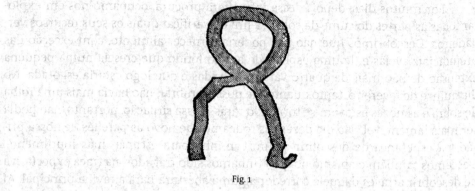

dos lados, numerosas, aliás, tendo cada cavidade uma correspondente protuberância oposta. O fundo do precipício estava coberto, até cinco ou dez centímetros de profundidade, de um pó quase impalpável, por baixo do qual encontramos um prolongamento do granito negro. À direita, na extremidade mais baixa, notar-se-á uma espécie de pequena abertura; esta é a fenda a que acima aludi e cujo exame mais minucioso fora o objeto de nossa segunda visita. Metemo-nos por ela adentro com vigor, cortando uma quantidade enorme de sarças que nos obstruíam o caminho e afastando vasto monte de calhaus agudos cuja forma se assemelhava um tanto à das pontas de flecha. Fomos encorajados a prosseguir, porém, ao notar uma débil luz que provinha da outra extremidade. Por fim, rasgamos nosso caminho durante cerca de nove metros e descobrimos que a abertura era uma arcada baixa e de forma regular, tendo um fundo da mesma poeira impalpável que cobria o abismo principal. Uma luz fortíssima irrompeu, então, sobre nós e, dobrando um curto cotovelo, achamo-nos em outra galeria elevada semelhante à que tínhamos deixado em todos os pontos, menos na forma longitudinal. Sua figura geral vai aqui reproduzida (fig. 2).

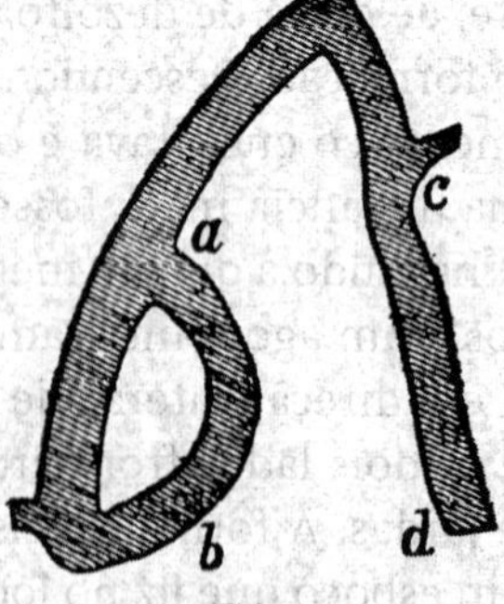

Fig. 2

A extensão total desse abismo, começando na abertura *a* e dobrando a curva *b* até a extremidade *d*, era de 550 jardas. Em *c* descobrimos uma pequena abertura semelhante àquela através da qual tínhamos saído do outro abismo e esta estava, semelhantemente, entulhada de sarças e de grande quantidade dos calhaus brancos em forma de seta. Abrimos caminho por ela, descobrindo que a cerca de doze metros de distância ela se abria para um terceiro abismo. Este, também, era precisamente igual ao primeiro, exceto na sua forma longitudinal, que era a seguinte (fig. 3):

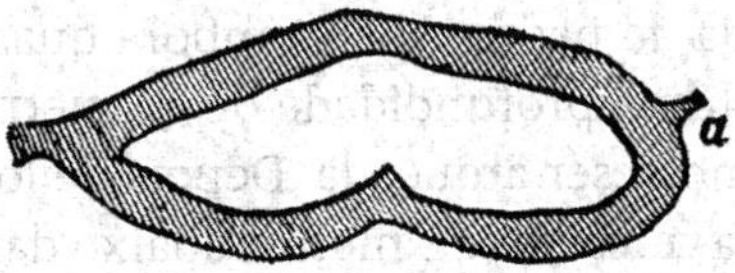

Fig. 3

Fig. 5

Verificamos que toda a extensão do terceiro abismo era de trezentas e vinte jardas. No ponto *a* havia uma abertura de cerca de um metro e oitenta centímetros de largura que avançava quinze metros dentro da rocha, terminando em um leito de greda e não havendo outro abismo além, como tínhamos esperado. Estávamos a ponto de deixar esta fenda, na qual muito pouca luz penetrava, quando Peters chamou minha atenção para uma fileira de entalhes, de aparência estranha, na superfície da greda que formava o beco sem saída. Com levíssimo esforço de imaginação, o entalhe à esquerda, ou o mais ao norte, podia ter sido tomado como a representação intencional, embora grosseira, de uma figura humana, de pé, com o braço estendido. Os restantes entalhes apresentavam certa pequena semelhança com caracteres alfabéticos, e Peters estava ansioso por adotar, fosse como fosse, essa tola opinião de que o eram realmente. Convenci-o de seu erro, finalmente, dirigindo sua atenção para o chão da abertura, onde, entre a poeira, apanhamos, pedaço a pedaço, diversos grandes fragmentos da greda, que tinha sido evidentemente partida por alguma convulsão da superfície, onde se achavam os entalhes, fragmentos que tinham pontos salientes, exatamente adaptáveis aos entalhes; provava-se, assim, terem sido estes obra da natureza. A figura 4 apresenta uma cópia fiel do conjunto.

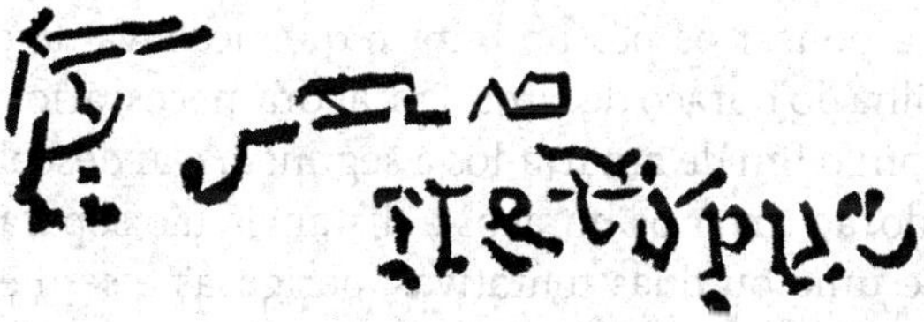

Fig. 4

Depois de nos termos bem convencido de que aquelas singulares cavernas não nos proporcionavam meios de escapar de nossa prisão, voltamos para trás, abatidos e desesperados, para o cume da colina. Nada digno de menção ocorreu durante as 24 horas seguintes, exceto que, ao examinar o chão do terceiro abismo de leste, encontramos dois buracos triangulares, de grande profundidade, e também com paredes de granito negro. Achamos que não valia a pena descer dentro daqueles buracos, pois tinham a aparência de simples poços naturais, sem saída. Tinha cada um cerca de vinte jardas de circunferência, e sua forma bem como sua posição em relação ao terceiro abismo podem ser vistas mais acima, na figura 5.

Capítulo XXIV

A vinte do mês, achando inteiramente impossível subsistir por mais tempo comendo avelãs, cujo uso nos causava as mais cruciantes dores, resolvemos fazer uma tentativa desesperada de descer a ladeira meridional da colina. A parede do precipício era, ali, da espécie mais branda de pedra-sabão, embora quase perpendicular em cerca de toda a sua extensão (uma profundidade de 45 metros, pelo menos); em muitos lugares chegava, mesmo, a ser arqueada. Depois de longa pesquisa descobrimos uma estreita saliência a cerca de seis metros abaixo da borda do precipício; Peters conseguiu descer até ela, com o auxílio que lhe pude prestar, amarrando os nossos lenços. Com dificuldade um tanto maior, também eu consegui descer. E vimos, então, a possibilidade de descer até embaixo pelo processo por que havíamos escalado o abismo quando ali estivéramos enterrados com a queda da colina, isto é, cavando degraus na superfície da pedra-sabão com nossas facas. Mal se pode conceber até que ponto essa tentativa era aventurosa; mas, como não havia outro recurso, decidimos levá-la a efeito.

Na saliência onde estávamos colocados cresciam algumas moitas de aveleiras e a uma destas amarramos, firmemente, uma extremidade da nossa corda de lenços. Tendo amarrado a outra extremidade em torno da cintura de Peters, desci-o sobre a borda do precipício, até que os lenços ficassem esticados. Ele, então, passou a cavar um profundo buraco na pedra-sabão (de uns 25 centímetros), talhando obliquamente a rocha acima, até a altura de trinta centímetros, pouco mais ou menos, de modo a permitir que se fincasse, com a coronha de uma pistola, uma cavilha suficientemente forte na superfície plana. Eu o icei, então, cerca de um metro e vinte centímetros, e aí ele fez um buraco semelhante ao de baixo, fincando uma outra cavilha e tendo, assim, um lugar de descanso para os pés e para as mãos. Desamarrei, após, os lenços da moita, atirando-lhe a ponta, que ele amarrou à cavilha, no buraco superior, deixando-se cair vagarosamente para uma posição cerca de noventa centímetros mais baixa do que a em que estivera antes, isto é, o comprimento total dos lenços. Lá, cavou ele outro buraco e fincou outra cavilha. Em seguida, içou a si próprio, de modo a pousar os pés no buraco que acabava de cavar, agarrando-se com as mãos à cavilha do buraco de cima. Era, agora, necessário desatar os lenços da cavilha superior, com o fim de amarrá-los à segunda; e aí descobriu Peters que um erro havia cometido, ao cavar os buracos a distância tão separada uns dos outros; contudo, depois de uma ou duas tentativas, perigosas e sem êxito, de alcançar o nó (tendo de agarrar-se com sua mão esquerda enquanto que a direita trabalhava em desmanchar o nó), ele, afinal, cortou a corda, deixando quinze centímetros dela fixos à cavilha. Amarrando então os lenços à segunda cavilha desceu para uma posição abaixo da terceira, tomando cuidado em não descer muito. Por esses meios (meios que eu jamais teria concebido e que devíamos, inteiramente, à habilidade e resolução de Peters) meu companheiro finalmente conseguiu, com a ajuda ocasional de saliências na rocha, atingir o sopé sem acidentes.

Só depois de algum tempo foi que pude dar-me a coragem suficiente para acompanhá-lo; mas, por fim, pus-me a fazê-lo. Peters tinha tirado a camisa, antes de descer, e esta, com a minha própria, formaram a corda necessária para a aventura. Depois de jogar embaixo o mosquete, encontrado no abismo, amarrei essa corda às moitas e deixei-me cair rapidamente, esforçando-me, pelo vigor de meus movimentos, por banir o tremor que, doutra forma, não teria conseguido dominar. Este meio foi bastante suficiente para os primeiros quatro ou cinco degraus, mas logo comecei a sentir minha imaginação terrivelmente excitada ao pensar nas vastas profundezas a serem ainda descidas e na precária natureza das cavilhas e buracos de pedra-sabão que eram meu único suporte. Foi em vão que tentei banir essas reflexões e conservar os olhos fixos sobre a muralha lisa do penhasco à minha frente. Quanto mais vivamente eu lutava para *não pensar*, tanto mais intensamente vivos se tornavam meus pensamentos e mais horrivelmente distintos. Por fim, sobreveio aquela crise de imaginação, tão temível em todos os casos dessa espécie, crise em que começamos a antecipar as sensações que nos *fazem* fatalmente cair, a descrever-nos o enjoo, a vertigem, a derradeira luta, o semidesmaio e o horror final da queda perpendicular e precipitosa. Eu via, então, que aquelas fantasias se transformavam em realidades e todos os horrores imaginados se precipitavam de fato sobre mim. Senti os joelhos entrechocarem-se violentamente, enquanto meus dedos iam, gradual mas constantemente, relaxando seu apego à corda. Senti um tumultuar de sinos nos ouvidos e disse comigo: "Isto é o meu dobre a finados!" E então senti-me tomado do desejo irresistível de olhar para baixo. Não podia mais! Não queria mais confinar meus olhares ao penhasco! E, com uma emoção violenta e indefinível, metade de horror e metade de opressão aliviada, mergulhei a minha vista bem no fundo do abismo. Durante um instante, meus dedos mantiveram-se convulsivamente agarrados, enquanto, com o movimento, a mais tênue ideia possível de salvação extrema errava, como uma sombra, pela minha mente. No instante seguinte, toda a minha alma foi invadida pelo *desejo imenso* de cair; um desejo, uma atração, uma paixão absolutamente incontroláveis. Larguei de repente a cavilha e, dando uma meia-volta contra a rocha, permaneci, por um instante, oscilando sobre sua superfície lisa. Senti então a cabeça girar. Dentro de meus ouvidos, uma voz imaginária e estridente gritava; logo abaixo de mim se levantava uma figura sombria, diabólica, nevoenta. E, suspirando, com o coração prestes a estalar, cambaleei e caí entre seus braços.

Eu desmaiara e Peters me agarrara ao cair. Observara, de seu lugar, à beira do penhasco, todos os meus gestos e, percebendo o perigo iminente em que me encontrava, tentara inspirar-me coragem por todos os meios que pudera inventar; contudo, minha confusão de espírito tinha sido tão grande, que me impediu de ouvir o que ele dizia ou de ter mesmo consciência de que ele me houvesse chegado a falar. Por fim, vendo-me cambalear, apressou-se em subir em meu auxílio e chegou, justamente, a tempo de me salvar. Se eu tivesse caído, com todo o meu peso, a corda de camisas ter-se-ia inevitavelmente rompido e eu teria sido precipitado no abismo; como tal não se deu, ele conseguiu fazer-me descer devagar, de modo a ficar suspenso sem perigo até que recobrasse os sentidos, o que ocorreu uns quinze minutos depois. Ao despertar, meu tremor tinha desaparecido por completo; senti-me um novo ser e, com um pouco mais de auxílio de meu companheiro, cheguei também ao sopé, a salvamento.

Encontramo-nos, então, não longe da ravina que havia sido o túmulo de nossos amigos e ao sul do lugar onde a colina se tinha desmoronado. O lugar era de uma estranha desolação e seu aspecto trazia-me à lembrança as descrições feitas pelos viajantes daquelas lúgubres regiões que marcavam o sítio da arruinada Babilônia. Para não falar das ruínas do penhasco desmoronado que formavam uma barreira caótica, na perspectiva do norte, a superfície do solo, em todas as outras direções, estava semeada de imensos montículos que pareciam os destroços de algumas gigantescas construções de arte, embora, em detalhe, nenhum aspecto artístico pudéssemos descobrir. As escórias eram abundantes e enormes blocos informes de granito negro entremeavam-se com outros de greda,[8] ambos granulados de metal. Não havia traços de vegetação de espécie alguma por toda a área deserta à vista. Viam-se numerosos escorpiões imensos e vários répteis que não se encontravam, aliás, em elevadas latitudes. Como o nosso mais imediato objetivo fosse o alimento, resolvemos encaminhar-nos para a praia, que não distava mais do que meia milha, pensando em agarrar tartarugas, muitas das quais tínhamos observado do nosso esconderijo na colina. Havíamos andado umas cem jardas, deslizando, cautelosamente, entre os imensos rochedos e montículos, quando, ao dobrar uma esquina, cinco selvagens pularam sobre nós, de uma pequena caverna, derrubando Peters com um golpe de clava. Quando ele caiu, todos se precipitaram para agarrar sua vítima, dando-me tempo para recobrar-me do espanto. Tinha ainda o mosquete, mas o cano tinha ficado tão estragado ao ser lançado do precipício, que o larguei para um lado, como inútil, preferindo confiar em minhas pistolas, que tinha cuidadosamente conservado e se achavam em bom estado. Com elas avancei contra os assaltantes, disparando-as, uma após outra, em rápida sucessão. Dois selvagens caíram, e um terceiro, que estava a ponto de atravessar Peters com uma lança, saltou sem executar seu desígnio. Estando assim libertado meu companheiro, não tivemos mais dificuldade. Ele também tinha suas pistolas, mas, prudentemente, evitou fazer uso delas, confiando em sua grande força pessoal que excedia extremamente a de qualquer outra pessoa que jamais conheci. Agarrando uma clava de um dos selvagens que havia caído, arrebentou o crânio dos três restantes, matando a todos, instantaneamente, com um simples golpe da arma e deixando-nos completamente senhores do campo.

Tão rapidamente ocorreram esses fatos, que mal podíamos acreditar na sua realidade, e ficamos a olhar os cadáveres, numa espécie de contemplação estupefata, quando fomos chamados à realidade por gritos que ecoavam ao longe. Era evidente que os selvagens tinham sido alarmados pelos tiros e que tínhamos muito pouca probabilidade de evitar que fôssemos descobertos. Para voltar ao penhasco seria necessário dirigir-nos rumo aos gritos, e mesmo se conseguíssemos chegar à sua base nunca seríamos capazes de subi-lo sem ser vistos. Nossa situação era do maior perigo e estávamos hesitantes sobre qual a direção em que iniciaríamos a corrida, quando um dos selvagens em quem eu tinha atirado e que tinha por morto levantou-se, rapidamente, e tentou escapulir. Agarramo-lo, porém, antes que ele tivesse dado alguns passos e estávamos a ponto de liquidá-lo, quando Peters sugeriu que poderíamos retirar algum beneficio, forçando-o a acompanhar-nos na nossa tentativa de fuga. Por conseguinte, arrastamo-lo conosco, fazendo-o compreender que lhe atiraríamos de novo se oferecesse resistência. Em poucos minutos, achava-se perfeitamente submisso e corria a nosso lado quando nos adiantamos por entre

8 A greda era também preta; na verdade, não vimos substância de cores vivas, de qualquer espécie, na ilha.

as rochas, encaminhando-nos para a praia.

Até então, as irregularidades do terreno que estivéramos a atravessar ocultavam o mar a nossas vistas, exceto a intervalos, e quando o avistamos, pela primeira vez, completamente, achava-se talvez a umas duzentas jardas de distância. Ao sairmos para o escampado da praia, vimos com grande consternação imensa multidão de nativos saindo da aldeia e de todos os pontos visíveis da ilha, dirigindo-se para nós, com gestos de extrema fúria e urrando como animais selvagens. Estávamos a ponto de arrepiar caminho e tentar garantir-nos uma retirada, nos abrigos do terreno mais acidentado, quando descobri as proas de duas canoas projetando-se detrás de um largo rochedo que se prolongava mar adentro. Para elas corremos, então, a toda pressa e, ao alcançá-las, vimos que estavam desguarnecidas e sem qualquer outro carregamento, a não ser três das grandes tartarugas de Galápagos e a habitual provisão de remos para sessenta remadores. Imediatamente tomamos posse de uma delas e, obrigando nosso cativo a embarcar, fizemo-nos ao largo, com toda a força de que podíamos dispor. Mal havíamos feito, porém, umas cinquenta jardas, quando ficamos suficientemente calmos para perceber a grande imprudência de que fôramos culpados deixando a outra canoa em poder dos selvagens, que, a esse tempo, distavam da praia apenas o dobro de nossa distância e avançavam, rapidamente, em nossa perseguição. Não havia agora tempo a perder. Nossa esperança era, quando muito, um recurso desesperado, mas não havia outro. Era bastante duvidoso que, mesmo fazendo os maiores esforcos, pudéssemos chegar a tempo de nos apoderar da canoa antes deles; havia, entretanto, uma possibilidade de fazê-lo. Poderíamos salvar-nos, se o conseguíssemos, mas, se nada fizéssemos, teríamos de resignar-nos a uma morte inevitável.

A canoa estava construída de tal maneira, que a proa e a popa eram iguais e em lugar de fazê-la girar mudamos, simplesmente, o movimento dos remos. Tão logo os selvagens perceberam isto, redobraram seus berros, bem como sua carreira, e se aproximaram com inconcebível rapidez. Remávamos, porém, com toda a energia do desespero e chegamos ao lugar disputado antes que mais de um dos nativos o atingissem. Esse homem pagou caro a sua agilidade superior, pois, ao se aproximar da praia, Peters atingiu-o na cabeça com um tiro de sua pistola. Os mais avançados do restante de seu grupo estavam provavelmente a uns vinte ou trinta passos distantes, no momento em que nos apoderamos da canoa. Tentamos a princípio arrastá-la para a água mais funda, fora do alcance dos selvagens, mas encontrando-a por demais agarrada ao solo e não havendo tempo a perder, Peters, com dois pesados golpes, com a coronha do mosquete, conseguiu arrombar um grande pedaço da proa e de um lado. Então, arrastamo-la para o largo. A este tempo, dois dos nativos já se tinham apoderado de nosso bote, recusando-se obstinadamente a largá-lo, até que nos vimos forçados a livrar-nos deles com nossas facas. Assim desembaraçados, avançamos grandemente mar em fora. O grupo principal dos selvagens, ao alcançar a canoa partida, lançou o mais tremendo berro de raiva e desaponto concebível. Na verdade, de tudo quanto eu observara entre aqueles miseráveis, pareciam eles a raça de homens mais sórdida, hipócrita, vingativa, sanguinária e totalmente diabólica que existia na superfície da Terra. É claro que não teríamos misericórdia alguma a esperar, se houvéssemos caído em suas mãos. Fizeram uma tentativa insensata de perseguir-nos na canoa furada, mas, verificando que era inútil, deram de novo vazão à sua raiva numa série de hediondas vociferações e saíram a correr para as suas colinas. Estávamos, pois, livres de qualquer perigo imediato, mas nossa situação era ainda suficientemente sombria. Sabíamos que quatro canoas iguais à que tínhamos tinham estado de posse dos selvagens, em certo momento, e ignorávamos ainda (fato que depois foi afirmado pelo nosso prisioneiro) que dois desses barcos tinham sido reduzidos a pedaços pela explosão da *Jane Guy*. Calculamos, portanto, que seríamos ainda perseguidos, tão logo nossos inimigos pudessem dar volta até a baía, distante cerca de três milhas, onde os botes eram usualmente amarrados. Temendo isso, fizemos todos os esforços para deixar a ilha atrás de nós e avançamos, rapidamente, mar em fora, forçando o prisioneiro a pegar um remo. Cerca de meia hora depois, quando já havíamos feito, provavelmente, umas cinco ou seis milhas para o sul, vimos vasta frota de canoas de fundo chato, ou jangadas, sair da baía, com o propósito evidente de perseguir-nos. Mas logo voltaram atrás, desesperando de alcançar-nos.

Capítulo XXV

Encontramo-nos, então, no imenso e deserto Oceano Antártico, numa latitude de mais de 84° e numa frágil canoa, sem outra provisão, a não ser as três tartarugas. Além disso, devíamos considerar que o longo inverno polar não estava muito distante e tornava-se necessário que refletíssemos atentamente no caminho a seguir. Havia seis ou sete ilhas à vista, pertencentes ao mesmo grupo, e distantes umas das outras cerca de cinco ou seis léguas. Mas não tínhamos intenção de aventurar-nos em nenhuma delas. Ao vir do norte, na *Jane Guy*, havíamos deixado gradualmente para trás as regiões mais rigorosamente geladas. Isso, porém, por pouco que estivesse em acordo com as noções geralmente aceitas a respeito do Antártico, era um fato experimental que não admitia negação. Tentar, portanto, voltar seria loucura, especialmente em período tão avançado da estação. Apenas um caminho parecia ainda aberto à esperança. Decidimos, pois, rumar ousadamente para o sul, onde havia pelo menos uma probabilidade de descobrir terras e mais de uma probabilidade de descobrir um clima ainda mais suave.

Até aqui tínhamos encontrado o Oceano Antártico como o Oceano Ártico, caracteristicamente livre de violentas tempestades ou de águas demasiado agitadas; mas nossa canoa era, na melhor das hipóteses, de frágil estrutura, embora grande, e nos pusemos afanosamente a trabalhar para torná-la tão segura quanto no-lo permitiam os meios limitados de que dispúnhamos. O material do bote não passava de uma cortiça — cortiça de uma árvore desconhecida. O cavername era de um junco forte, bem adequado ao uso em questão. Tínhamos, de popa a proa, um espaço de quinze metros, um metro e vinte centímetros a um metro e oitenta centímetros de largura, com uma profundidade geral de um metro e 35 centímetros. Esses barcos diferiam, assim, grandemente, na forma, dos de quaisquer outros habitantes do Oceano Austral que as nações civilizadas conhecem. Nunca acreditaríamos que fossem obra dos ilhéus ignorantes que os possuíam; e alguns dias depois disso descobrimos, interrogando nosso prisioneiro, que eles eram feitos, na verdade, pelos nativos de um grupo a sudoeste da região onde os encontramos, tendo caído, acidentalmente, nas mãos de nossos bárbaros. O que podíamos fazer pela segurança de nosso barco era, verdadeiramente, muito pouca coisa. Descobrimos algumas largas fendas, perto de ambas as extremidades, e vimo-nos forçados a tapá-las com pedaços de nossas jaquetas de lã. Com o auxílio de remos supérfluos, de que havia grande quantidade, levantamos uma espécie de latada, por cima da proa, a fim de quebrar a força de quaisquer ondas que pudessem ameaçar alagar-nos por aquele lado. Levantamos também duas pás de remo, como mastros, colocando-as em frente uma da outra, cada qual numa amurada, poupando-nos assim a necessidade de uma verga. A esses mastros amarramos uma vela feita de nossas camisas, fazendo-o com alguma dificuldade, pois não podíamos contar com auxílio algum de nosso prisioneiro, embora se mostrasse bastante desejoso de trabalhar em todas as outras operações. A vista das camisas pareceu afetá-lo de maneira bastante singular. Não houve meios de decidi-lo a tocá-las ou mesmo aproximar-se delas. Punha-se a tremer quando tentávamos obrigá-lo a isso e berrava fortemente: *Tekeli-li!*

Completados todos os nossos arranjos relativamente à segurança da canoa, pusemo-nos a navegar para o su-sueste, tendo em vista dobrar a ilha mais meridional do grupo em vista. Feito isto, voltamos a proa francamente para o sul. O tempo não podia ser considerado de modo algum desagradável. Tínhamos uma brisa bastante suave e contínua, soprando do norte, um mar manso e permanente luz diurna. Nenhum gelo se via em qualquer parte; *nem mesmo víramos jamais qualquer partícula dele, depois de deixar o paralelo da Ilhota de Bennet*. Na verdade, a temperatura da água era aqui demasiado quente para permitir a existência de qualquer quantidade de gelo. Tendo matado a maior de nossas tartarugas e obtido dela não somente comida, mas uma copiosa provisão de água, continuamos o nosso curso, sem qualquer incidente de importância, durante talvez sete ou oito dias, período em que devemos ter avançado para o sul uma vasta distância, pois o vento soprava constantemente a nosso favor e uma corrente bastante forte nos impelia, continuamente, na direção que seguíamos.

Março, 1.[9] Vários fenômenos insólitos nos indicaram, então, que estávamos penetrando numa região cheia de espantosas novidades. Alta barreira de vapor acinzentado e leve aparecia, constantemente, no horizonte meridional, onde luziam por vezes elevadas estrias, ora correndo de leste para oeste, ora de oeste para leste, e de novo apresentando um cume nivelado e uniforme; em suma, tendo todas as violentas variações da aurora boreal. A altura média desse vapor, tal como o víamos de nossa posição, era de cerca de 25°. A temperatura do mar parecia aumentar a cada instante e havia na sua cor uma alteração bastante perceptível.

Março, 2. Hoje, à força de repetidas perguntas ao nosso prisioneiro, viemos a conhecer alguns pormenores a respeito da ilha do massacre e seus habitantes e costumes; mas por que iria *agora* demorar com eles o leitor? Posso dizer, porém, que soubemos haver oito ilhas no grupo; que eram elas governadas por um rei comum chamado Tsalemon ou Psalemoun, que residia numa das menores ilhotas; que as peles pretas

9 Por motivos evidentes, não posso pretender ser estritamente preciso nessas datas. São dadas, principalmente, tendo em vista esclarecimentos à narrativa, tais como se encontram em minhas notas a lápis.

que formavam as vestes dos guerreiros vinham de um animal de enorme tamanho, encontrado somente num vale perto da corte do rei; que os habitantes do grupo não fabricavam outros barcos além das jangadas de fundo chato e que as quatro canoas eram as únicas dessa espécie que eles possuíam, havendo sido obtidas por mero acaso, de uma grande ilha, situada a sudoeste; que o nome dele era Nu-Nu; que nada sabia da Ilhota de Bennet, e que o nome da ilha que acabávamos de deixar era Tsalal. O começo das palavras Tsalemon e Tsalal era dado com um prolongado som sibilante, que achamos impossível imitar, mesmo depois de repetidas tentativas, e que era precisamente o mesmo do alcaravão negro que tínhamos comido no cume da colina.

Março, 3. O calor da água era agora verdadeiramente extraordinário e sua cor ia experimentando uma alteração rápida, não sendo mais transparente, mas de uma consistência e opacidade leitosas. Na nossa imediata vizinhança era habitualmente calma, nunca tão agitada a ponto de fazer perigar a canoa; mas, frequentemente, éramos surpreendidos percebendo, à nossa direita e à nossa esquerda, a diferentes distâncias, súbitas e extensas agitações da superfície, sempre precedidas, como por fim notamos, por violentas oscilações, na região do vapor, para o sul.

Março, 4. Hoje, com o fim de alargar nossa vela, estando a brisa de norte decaindo sensivelmente, tirei do bolso de meu paletó um lenço branco. Estando Nu-Nu sentado a meu lado e tendo o pano acidentalmente roçado sua face, foi ele tomado de violentas convulsões seguidas de prostração, de estupor e de baixos murmúrios de *Tekeli-li! Tekeli-li!*

Março, 5. O vento tinha cessado inteiramente, mas era inegável que estávamos ainda correndo para o sul, impulsionados por uma poderosa corrente. E agora, de fato, parecia razoável que experimentássemos algum alarme diante do rumo que estavam tomando os acontecimentos — mas nada sentimos. A fisionomia de Peters nada de alarme apresentava, embora mostrasse, por vezes, uma expressão cujo sentido eu não podia penetrar. Era indubitável que o inverno polar se aproximava: mas se aproximava sem seu séquito de horrores. Eu sentia um *entorpecimento* de corpo e de espírito, uma sensação de sonho, mas era tudo.

Março, 6. O vapor cinzento tinha-se agora elevado muito mais graus acima do horizonte e estava perdendo gradualmente seu tom cinzento. O calor da água era extremo; até mesmo desagradável ao toque. E sua tonalidade leitosa mais evidente do que nunca. Hoje ocorreu violenta agitação da água, bem perto da canoa. Foi, como de costume, seguida de um violento clarão do vapor no seu cume e de uma momentânea divisão em sua base. Fina poeira branca, semelhante a cinzas, mas que não o era, certamente, caiu sobre a canoa e sobre larga superfície da água, à medida que o clarão se extinguia entre o vapor, e a agitação se acalmava no mar. Nu-Nu então lançou-se de bruços, no fundo do barco, e foi impossível persuadi-lo a levantar-se.

Março, 7. Interrogamos hoje Nu-Nu dos motivos que levaram seus conterrâneos a matar nossos companheiros, mas ele parecia estar por demais dominado pelo terror para nos dar qualquer resposta razoável. Jazia ainda obstinadamente no fundo do bote e, repetidas as perguntas a respeito do motivo do morticínio, fez apenas gestos idiotas, tais como levantar com o indicador o lábio superior e exibir os dentes. Eram negros. Nunca víramos antes os dentes de um habitante de Tsalal.

Março, 8. Hoje, passou ao lado de nós um daqueles animais brancos cuja aparição na baía de Tsalal ocasionara tão violenta comoção entre os selvagens. Tive vontade de fisgá-lo, mas sobreveio-me uma súbita indiferença e esqueci-me disso. O calor da água aumentava ainda e a mão já não podia ficar muito tempo dentro dela. Peters falava pouco e eu não sabia o que pensar de sua apatia. Nu-Nu suspirava e nada mais.

Março, 9. A substância cineriforme caía agora, continuamente, em torno de nós e em vastas quantidades. A barreira de vapor para o sul tinha-se elevado prodigiosamente no horizonte e começava a assumir forma mais distinta. Posso compará-la apenas a uma catarata sem limites, rolando, silenciosamente, dentro do mar de alguma imensa e bem distante muralha no céu. A gigantesca cortina pendia ao longo de toda a extensão do horizonte meridional, mas não emitia som algum.

Março, 21. Uma espessa escuridão pairava agora sobre nós. Mas, das leitosas profundezas do oceano, erguia-se um luminoso clarão que deslizava ao longo dos costados do barco. Estávamos quase sufocados por aquela chuva branca de cinzas que se amontoavam sobre nós e sobre a canoa, mas que se misturavam na água ao cair. O cume da catarata perdia-se inteiramente na obscuridade e na distância. No entanto, nós nos aproximávamos evidentemente dela, com uma horrível velocidade. A intervalos, avistavam-se nela vastas, porém momentâneas, aberturas hiantes, e dessas aberturas, em cujo seio havia um caos de imagens flutuantes e indistintas, se precipitavam ventos velozes e potentes, mas silenciosos, despedaçando na sua carreira o oceano inflamado.

Março, 22. As trevas haviam sensivelmente aumentado, aliviadas somente pelo clarão da água refletindo da branca cortina diante de nós. Numerosas aves gigantescas e dum branco lívido voavam continuamente agora por trás do véu, e o seu grito era o sempiterno *Tekeli-li!*, ao se afastarem de nossa visão. De súbito, Nu-Nu agitou-se no fundo do bote, mas, ao tocá-lo, percebemos que a sua alma se havia evolado. E agora nós nos precipitávamos para o seio da catarata, onde se escancarava um abismo para receber-nos. Mas ergueu-se, então, em nosso caminho, uma figura humana amortalhada, bem maior de proporcões que qualquer habitante da Terra. E a cor da pele desse vulto tinha a perfeita brancura da neve.

Nota

As circunstâncias relacionadas com a recente morte tão súbita e lamentável do Sr. Pym são já bem conhecidas do público através das notícias da imprensa diária. É de recear que os poucos capítulos restantes que deveriam completar esta narrativa e que ficaram em poder dele, para revisão, enquanto os aqui publicados se achavam no prelo, estejam irremediavelmente perdidos em consequência do acidente que lhe causou a morte. Pode ser, também, que esse não seja o caso, e se, por fim, os artigos forem encontrados, serão dados a lume.

Todos os meios foram tentados para remediar essa falha. O cavalheiro cujo nome se menciona no prefácio e que, pelo que ali se diz, poderia ser julgado capaz de preencher a lacuna declinou de fazê-lo; e isso pela razão compreensível que se relaciona com a inexatidão geral dos detalhes que lhe foram fornecidos e com sua descrença no que tange à inteira verdade das últimas partes da narrativa. Peters, de quem se poderia esperar alguma informação, vive ainda, residindo no Illinois, mas não pôde ser encontrado até agora. Pode ser achado ainda, porém, e sem dúvida fornecerá material para uma conclusão do relato do Sr. Pym.

A perda dos dois ou três capítulos finais (porque eram apenas dois ou três) é ainda mais profundamente lastimável quanto, como não se pode duvidar, continham eles assunto relativo ao próprio polo, ou pelo menos às regiões na sua imediata vizinhança; e porque, ainda, as afirmativas do autor com referência a essas regiões poderiam ser em breve ratificadas ou contraditadas pela expedição que o governo agora prepara ao Oceano Antártico.

Sobre um ponto da narrativa, algumas observações devem ser aduzidas; e grande satisfação teria o autor deste apêndice se o que ele aqui anota contribuísse para dar algum crédito às estranhíssimas páginas agora publicadas. Aludimos aos abismos encontrados na Ilha de Tsalal e ao conjunto das ilustrações que figuram nas páginas 772 e 773.

O Sr. Pym apresentou as ilustrações dos abismos, sem comentários, e falou claramente de *entalhes* encontrados na extremidade do mais oriental desses abismos, achando-os de semelhança, apenas hipotética, com caracteres alfabéticos e, em suma, como *não sendo tais*, positivamente. Essa asserção é feita de modo tão simples e sustentada por uma espécie de demonstração tão conclusiva (p. ex., a adaptação das pontas dos fragmentos encontrados entre a areia aos entalhes na muralha) que somos forçados a julgar o autor de boa-fé; e nenhum leitor que pense julgaria de forma diversa. Mas como os fatos com relação a *todos* os desenhos são dos mais singulares (especialmente quando encarados em relação a afirmativas feitas no decurso da narrativa), ficaria bem dizer uma ou duas palavras referentemente a todos eles, e isso também porque os fatos em apreço, como está fora de dúvida, escaparam à atenção do Sr. Poe.

A figura 1 e, em seguida, a figura 2, a figura 3 e a figura 5, quando enfileiradas na ordem precisa em que os abismos se apresentavam, cortando-se os pequenos ramos laterais ou arcadas (que, devem lembrar-se, apenas serviam como meio de comunicação entre as galerias principais e eram de caráter totalmente diverso), formam uma raiz verbal etíope: a raiz ጸለመ, que significa ser *tenebroso*. Daí todas as inflexões de sombra ou escuridão.

Com referência ao entalhe "esquerdo, ou mais ao norte", dos apresentados na figura 4, é mais do que provável que a opinião de Peters era correta e que a aparência hieroglífica fosse realmente obra da mão do homem, pretendendo dar a forma de um vulto humano. O desenho está aos olhos do leitor e ele poderá, ou não, perceber a semelhança sugerida; mas o restante dos entalhes oferece forte confirmação à ideia de Peters. A fileira superior é, evidentemente, o radical árabe ابيض, que significa *ser branco*, e daí todas as inflexões de brilho e alvura.

A fileira inferior não é tão evidentemente compreensível. Os caracteres estão algo quebrados e desconjuntados; não obstante, não pode haver dúvida de que, em seu perfeito estado, eles formassem a palavra egípcia completa ΠΑϢΥΡΗϹ, "a região do sul". Deve-se observar que essas interpretações confirmam a opinião de Peters em relação à figura "mais ao norte". O braço está estendido para o sul.

Conclusões como estas abrem vasto campo à especulação e a conjeturas excitantes. Deveriam ser encaradas, talvez, em correlação com alguns dos incidentes mais fracamente pormenorizados da narrativa, embora a série de conexões não seja completa de qualquer modo evidente. *Tekeli-li!* era o grito dos nativos aterrorizados de Tsalal ao descobrirem a carcaça do animal *branco* retirado do mar. Foi essa, também, a exclamação temerosa do cativo tsalaliano ao dar com os objetos *brancos* de posse do Sr. Pym. Esse foi também o grito dos gigantescos pássaros *brancos*, de voo rápido, que saíam da cortina *branca* de vapores do sul. Nada de *branco* se encontrava em Tsalal, e nada que o não fosse na viagem subsequente para as regiões além da ilha. Não é impossível que "Tsalal", o nome da ilha dos abismos, venha a trair, após minucioso exame filológico, qualquer parentesco com os próprios abismos ou qualquer relação com os caracteres etíopes tão misteriosamente configurados por suas sinuosidades.

"Gravei isto nas colinas e, minha vingança, na areia dentro da rocha."

Descida no Maelström[1]

> Os caminhos de Deus na Natureza, bem como na ordem da Providência, não são os *nossos* caminhos; nem se medem de modo algum os modelos que fabricamos com a vastidão, a profundeza e a inescrutabilidade de Suas obras, que têm em si uma profundidade maior do que o poço de Demócrito.
>
> Joseph Glanville

Tínhamos agora atingido o cume do mais alto rochedo. Durante alguns minutos, o velho pareceu demasiado exausto para poder falar.

"Não há muito", disse ele, afinal, "teria eu podido guiá-lo nesta estrada tão bem como o mais moço de meus filhos; mas, há cerca de três anos, aconteceu-me uma coisa tal como nunca acontecera antes a qualquer mortal ou, pelo menos, tal que nenhum homem jamais a ela sobreviveu para contá-la; e as seis horas de mortal terror que eu então senti me abateram de corpo e alma. O senhor me considera um homem *muito* velho, mas não sou. Bastou menos de um dia para mudar estes cabelos dum negro brilhante em cabelos brancos; para enfraquecer minhas pernas e relaxar meus nervos, de modo que tremo ao menor esforço e tenho medo até de uma sombra. Sabe que mal posso olhar por sobre este pequeno penhasco sem que logo sinta vertigens?"

O "pequeno penhasco", sobre cuja crista ele se lançara para descansar tão descuidadosamente que a parte mais pesada de seu corpo pendia, somente não caindo por apoiar o cotovelo na sua borda extrema e escorregadia, esse "pequeno penhasco" erguia-se como escarpado e hiante precipício de negra rocha brilhante a cerca de 450 ou 480 metros acima do mundo de rochedos, lá embaixo. Nada me teria tentado para que ficasse a uma distância de meia dúzia de jardas de sua borda. Na verdade, tão profundamente excitado fiquei ao ver a perigosa posição de meu companheiro, que me deixei cair de comprido no chão, agarrando-me aos arbustos que me cercavam, não ousando nem mesmo levantar a vista para o céu, ao passo que lutava em vão para livrar-me da ideia de que a base da montanha corresse perigo com a fúria dos ventos. Somente muito tempo depois é que pude dar-me coragem para sentar-me e olhar para diante.

"O senhor deve dominar essas fantasias", disse o guia, "pois eu o trouxe aqui para que pudesse ter a visão mais completa possível do cenário daquele acontecimento que mencionei... e contar-lhe a história inteira tendo à vista o próprio local."

"Achamo-nos agora", continuou ele naquela maneira característica que o distinguia, "achamo-nos agora bem na costa norueguesa — no 68° de latitude — na grande província de Nordland — e no lúgubre distrito de Lofoden. A montanha em cujo tope nos sentamos é Helseggen, Monte das Nuvens. Agora, levante-se um pouquinho mais, agarre-se na grama, se se sentir tonto... Assim! Olhe para o mar, para além dessa cinta de vapor abaixo de nós."

Olhei estonteado e contemplei uma vasta extensão de oceano cujas águas tinham um matiz de tinta tão acentuado, que imediatamente me lembrou a descrição do geógrafo núbio sobre o *Mare Tenebrarum*. Nenhuma imaginação humana

---

1 Publicado pela primeira vez no *Graham's Lady's and Gentleman's Magazine*, maio de 1841. Título original: A DESCENT INTO THE MAELSTRÖM.

pode conceber um panorama mais lastimavelmente desolador. Para a esquerda e para a direita, tão longe quanto a vista podia alcançar, se estendiam, como as muralhas do mundo, linhas de rochedos horrivelmente negros e salientes, cuja atmosfera de melancolia só podia ser mais fortemente acentuada pela ressaca que atirava ao alto, de encontro a eles, sua crista branca e fantástica, trovejando em eternos clamores. Bem defronte ao promontório sobre cujo cume estávamos então colocados, e a uma distância de cerca de cinco ou seis milhas ao largo, era visível uma ilhota de aparência deserta; ou, mais propriamente, sua posição se calculava através da vastidão de ondas que a rodeavam. Cerca de duas milhas mais perto da terra erguia-se outra, de menor tamanho, terrivelmente pedregosa e estéril e circundada, a intervalos diversos, por um cinto de rochas negras.

A aparência do oceano no espaço entre a ilha mais distante e a praia tinha algo de anormal em si. Embora, nesse momento, soprasse da terra uma rajada tão forte que um brigue, bem ao largo, estando à capa, com dois rizes na carangueja, constantemente mergulhava todo o casco fora da vista, contudo, nada havia de semelhante a um vagalhão permanente, mas somente ondas picadas, curtas, rápidas, vivas, estraçalhando-se em todas as direções, tanto a favor como contra o vento. Pouco havia de espuma, exceto na vizinhança imediata das rochas.

"A ilha mais distante", continuou o velho, "é chamada Vurrgh pelos noruegueses. A outra, a meio caminho, é Moskoe. Aquela, a uma milha para o norte, é Ambaaren. Lá adiante estão Islesen, Hotholm, Keildhelm, Suarven e Buckholm. Mais longe, entre Moskoe e Vurrgh, estão Otterholm, Flimen, Sandflesen e Stockholm. Tais são os verdadeiros nomes desses lugares, mas... por que se julgou necessário, de qualquer modo, dar-lhes nomes é coisa que nem eu nem o senhor podemos compreender. Ouve alguma coisa? Vê alguma alteração na água?"

Tínhamos estado, até então, cerca de dez minutos no tope de Helseggen, a que subíramos do interior de Lofoden, de modo que não tivéramos um vislumbre do mar até que ele irrompeu à nossa vista, chegados ao alto. Enquanto o velho falava, certifiquei-me da existência de um som alto e gradualmente crescente, como o do mugir de enorme manada de búfalos numa planície americana; e, no mesmo momento, percebi que aquilo que o marinheiro denominara o aspecto *picado* do oceano, lá embaixo, rapidamente se mudava numa corrente que se dirigia para leste. Mesmo enquanto eu a contemplava, essa corrente adquiria monstruosa velocidade. Cada momento aumentava sua rapidez e a sua impetuosidade vertiginosa. Em cinco minutos todo o mar, até lá longe em Vurrgh, se estraçalhava, em desenfreada fúria; mas era entre Moskoe e a costa que se agitava o principal tumulto. Ali o vasto leito das águas repartia-se e escalavrava-se em mil canais, em luta, e irrompia subitamente em convulsões frenéticas, crescendo, fervendo, silvando, girando em vórtices gigantescos e inúmeros, voluteando e atirando-se todo para leste, com uma rapidez que a água nunca tem, a não ser quando desce precipícios.

Em mais poucos minutos, sobreveio radical alteração ao panorama. A superfície geral do mar foi-se tornando algo mais unida e os redemoinhos, um a um, desapareceram, enquanto prodigiosas faixas de espuma surgiam onde dantes nenhuma se vira. Essas faixas, afinal, espalhando-se a grande distância e misturando-se, tomaram o movimento giratório dos turbilhões dominados e pareceram formar o núcleo de outro mais vasto. Subitamente — bem de súbito —, este assumiu existência distinta e definida, num círculo de mais de uma milha de diâmetro. A borda do redemoinho era representada por um largo cinto de espuma luminosa; mas nenhuma partícula dela caía na boca do terrível vórtice, cujo interior, tão longe quanto a vista o podia sondar, era uma parede de água compacta, cintilante e negra de azeviche, inclinada para o horizonte, num ângulo de cerca de quarenta e cinco graus, girando em velocidade vertiginosa, cada vez mais, com um movimento ondulante e opressivo, e arremessando aos ventos uma voz terrificante, meio grito, meio rugido, tal como a poderosa catarata do Niágara jamais elevou aos céus, em sua agonia.

A montanha tremia até a base e a rocha vacilava. Atirei-me de face ao solo e agarrei-me à relva escassa, num excesso de agitação nervosa.

"Isso", disse por fim ao velho —, "*isso não pode* ser outra coisa além do grande turbilhão do Maelström!"

"Assim é às vezes chamado", replicou ele. "Nós, noruegueses, chamamo-lo o Moskoe-ström, por causa da Ilha de Moskoe, a meia distância."

As descrições comuns dessa voragem de modo algum me prepararam para o que vi. A de Jonas Ramus, que é talvez a mais circunstanciada de todas, não pode sugerir a mais fraca concepção, seja da magnificência, seja do horror da cena ou da estranha e impressionante sensação de *novidade* que confunde o observador. Não estou certo de que ponto de vista o escritor em questão o contemplou, nem em que ocasião; mas não pode ter sido do cume do Helseggen, nem durante uma tempestade. Há certas passagens dessa descrição, não obstante, que podem ser citadas por seus detalhes, embora seu efeito seja excessivamente fraco, para oferecer uma impressão do espetáculo.

> Entre Lofoden e Moskoe — diz ele — a profundidade da água varia de 36 a 40 braças; mas, do outro lado, para Ver (Vurrgh), essa profundidade diminui de modo a não permitir passagem conveniente para um barco sem o risco de quebrar-se nos rochedos, o que sucede mesmo com o tempo mais calmo. Quando há maré, a corrente se precipita na região entre Lofoden e Moskoe com tumultuosa rapidez; mas o rumor de seu impetuoso refluxo para o mar é mal igualado pelo da mais alta e mais terrível catarata; tal ruído é ouvido a muitas léguas de distância e os vórtices ou abismos são de tal extensão e profundidade que, se um navio cair no seu campo de atração, será inevitavelmente absorvido e carregado para o fundo, e ali se romperá em pedaços, de encontro às rochas; e, quando a água se acalma, seus fragmentos são de novo lançados para o alto. Mas esses intervalos de tranquilidade só existem, entre a maré alta e a baixa, em tempo calmo, e só duram um quarto de hora, reiniciando-se a violência da corrente, gradualmente. Quando a corrente é mais tumultuosa e sua fúria é aumentada por uma tempestade, é perigoso aproximar-se dela a uma milha norueguesa. Botes, iates e navios têm sido arrastados por não se precaverem contra ela antes de ter caído dentro de seu alcance. Igualmente sucede com frequência que baleias chegam muito próximo da corrente e são dominadas por sua violência; e então é impossível descrever seus mugidos e bramidos em suas lutas infrutíferas para libertar-se. Uma vez, um urso tentando nadar de Lofoden para Moskoe foi apanhado pela correnteza e levado ao fundo, enquanto urrava terrivelmente a ponto de ser ouvido na praia. Enormes toros de abetos e pinheiros, depois de absorvidos pela corrente, elevam-se de novo, quebrados e dilacerados em tal grau, que se diria terem neles crescido pelos. Isso simplesmente mostra que o fundo consiste de rochas pontudas entre as quais eles são rolados para lá e para cá. Essa corrente é regulada pelo fluxo e refluxo do mar, sendo a maré constantemente alta e baixa, em cada seis horas. No ano de 1645, na manhã bem cedo do Domingo da Sexagésima, ela se precipitou com tal rumor e impetuosidade, que as próprias pedras das casas, na costa, caíram ao chão.

Em relação à profundidade da água, não podia eu ver como isso teria sido de qualquer modo verificado na proximidade imediata do vórtice. As "quarenta braças" devem referir-se somente às partes do canal bem junto à praia, quer de Moskoe, quer de Lofoden. A profundidade no centro do Moskoe-ström deve ser incomensuravelmente maior; e nenhuma prova melhor desse fato se necessita do que a que se pode obter, mesmo de um olhar distante e oblíquo, no abismo do torvelinho, como o que se pode dar do mais alto rochedo de Helseggen. Olhando desse pináculo sobre o ululante Flegeton[2] lá embaixo, eu não podia deixar de sorrir da simplicidade com que o honesto Jonas Ramus relembra, como coisa difícil de acreditar, as anedotas das baleias e dos ursos, pois me parecia, de fato, uma coisa evidente por si mesma que os maiores navios existentes em curso, caindo dentro da influência daquela mortal atração, podiam resistir-lhe tão pouco, como uma pena a um furacão, e deviam desaparecer verdadeira e imediatamente.

As tentativas de explicar o fenômeno — algumas das quais, lembro-me, pareciam ser suficientemente plausíveis à leitura — agora assumiam aspecto bem diverso e insatisfatório. A ideia geralmente aceita era que este, bem como três menores vórtices entre as Ilhas Ferroe, "não têm outra coisa senão a colisão de ondas que se levantam e que caem, em fluxo e refluxo, contra um espinhaço de rochas e bancos de areia que reprimem a água de tal modo, que ela se precipita como uma catarata; e assim, quanto mais alto a torrente se ergue, tanto mais profundamente cairá. E o resultado natural de tudo é um redemoinho ou vórtice cuja prodigiosa sucção é suficientemente conhecida por exemplos menos notáveis". Assim se exprime a *Enciclopédia Britânica*. Kircher e outros imaginam que no centro do canal do Maelström há um abismo que perfura o globo e desemboca em alguma parte bem remota, sendo certa vez o Golfo de Botnia um tanto decididamente nomeado. Essa opinião, frívola em si mesma, era a única com que, enquanto eu contemplava, minha imaginação podia concordar mais prontamente; e, mencionando-a a meu guia, fui surpreendido por ouvi-lo dizer que, embora fosse esta a ideia quase universalmente entretida pelos noruegueses sobre o assunto, não era a dele, porém. Quanto à primeira noção, confessou sua incapacidade para compreendê-la; e aí estive de acordo com ele, pois, embora definitiva no papel, ela se torna completamente ininteligível e mesmo absurda em meio ao trovejar do abismo.

"O senhor agora deu uma boa olhadela ao remoinho", disse o velho, "e se o senhor quiser arrastar-se em volta do rochedo até o lado de sota-vento, para que o rugido da água se amorteça, contar-lhe-ei uma história que o convencerá de que devo saber algo acerca do Moskoe-ström."

Coloquei-me como desejava, e ele prosseguiu:

"Eu e dois irmãos possuímos certa vez uma sumaca, armada em escuna, de capacidade de cerca de setenta toneladas, com a qual tínhamos o costume de pescar entre as ilhas além de Moskoe, perto de Vurrgh. Todos os remoinhos violentos do mar dão boa pescaria, nas ocasiões próprias, se alguém tiver apenas a coragem de tentá-la. Mas entre toda a gente da costa de Lofoden éramos nós três os únicos que fazíamos negócio habitual de ir até as ilhas, como lhe falei. Os pesqueiros normais são bastante mais embaixo, para o sul. Lá pode ser encontrado peixe a

2 Rio do Inferno cuja correnteza era de chamas (mitologia grega). (N. T.)

qualquer hora, sem muito risco, e por isso tais regiões são preferidas. Os lugares escolhidos lá para cima, entre os rochedos, porém, não só fornecem a melhor variedade como a têm em abundância muito maior; de modo que apanhávamos, muitas vezes, num só dia, o que os mais tímidos no mister não podiam arrebanhar juntos numa semana. De fato, fazíamos disso um negócio de especulação desesperada, colocando o risco da vida em vez do trabalho, e a coragem substituindo o capital.

"Abrigávamos a sumaca numa enseada, a cerca de cinco milhas mais para cima, na costa, do que esta; e era nosso costume, quando o tempo estava belo, tirar vantagem dos quinze minutos de parada da maré para atravessar o principal canal do Moskoe-ström, bem por cima do remoinho, e depois lançar âncoras em alguma parte, perto de Otterholm, ou Sandflesen, onde os torvelinhos não são violentos como nos outros pontos. Ali costumávamos ficar até que de novo viesse o tempo da maré parada, quando levantávamos âncora e rumávamos para casa. Nunca nos atiramos numa travessia dessas sem um vento firme de lado para ir e voltar, um vento que nos deixasse a certeza de não falhar-nos antes do regresso, e raramente nos enganamos sobre esse ponto. Duas vezes, durante seis anos, fomos forçados a permanecer, toda a noite, sob âncora, por causa de uma calmaria, o que é coisa deveras rara, principalmente aqui por perto. E uma vez tivemos de ficar no pesqueiro cerca de uma semana, morrendo de fome, devido a uma rajada que soprou pouco depois de nossa chegada e tornou o canal demasiado tumultuoso para que se pensasse em atravessá-lo. Nessa ocasião teríamos sido arrastados mar afora, a despeito de tudo (pois os remoinhos nos atiravam em giro tão violentamente que, afinal, enredamos a âncora e a arrancamos), se não tivesse sucedido que deslizássemos numa das inúmeras correntes cruzadas, hoje aqui e amanhã ali, que nos levou para sota-vento de Flimen, onde, por boa sorte, fundeamos. Eu não poderia contar-lhe a vigésima parte das dificuldades que encontramos "no pesqueiro", que é um mau lugar para nele se estar, mesmo com bom tempo, mas sempre encontramos meios de desafiar o próprio Moskoe-ström, sem acidente, embora às vezes o coração me saltasse à boca quando acontecia estarmos uns minutos adiantados ou atrasados sobre a parada da maré. O vento, às vezes, não era tão forte como o havíamos julgado ao partir, e então íamos mais devagar do que podíamos desejar, enquanto a corrente tornava a sumaca ingovernável. Meu irmão mais velho tinha um filho de dezoito anos e eu também tinha dois robustos rapazes. Eles nos teriam sido de grande auxílio em tais ocasiões, usando os remos ou pescando à popa, mas de fato, embora nós próprios corrêssemos o risco, não tínhamos ânimo de deixar que os moços se atirassem ao perigo, pois, tudo considerado, *era* um horrível perigo, esta é a verdade.

"Vai fazer três anos dentro de poucos dias que sucedeu o que lhe vou contar. Foi a dez de julho de 18..., dia que o povo desta parte do mundo nunca esquecerá, pois nele caiu o mais terrível furacão que jamais saiu dos céus. E, contudo, na manhã inteira, e mesmo até bem tarde, pelo dia, soprava uma brisa firme e leve do sudoeste, enquanto o sol brilhava lucidamente, de modo que o mais velho marinheiro dentre nós não poderia ter previsto o que se ia seguir.

"Nós três, meus dois irmãos e eu, tínhamos atravessado para as ilhas, por volta das duas horas da tarde, e logo quase carregamos a sumaca de peixe de primeira, o qual, notamos todos, era mais abundante naquele dia do que jamais observáramos. Eram precisamente sete horas, *pelo meu relógio*, quando desancoramos e partimos de volta, de modo a atravessar a parte pior do Ström, com a maré parada, o que, como sabíamos, se daria às oito.

"Partimos com vento fresco, no quarto de estibordo, e por algum tempo corremos a grande velocidade, nem sonhando em perigo, pois de fato não víamos a mais leve razão para temê-lo. Abruptamente, fomos surpreendidos por uma brisa que vinha de Helseggen. Isso era muito anormal, algo que antes nunca nos acontecera, e comecei a sentir-me um tanto incomodado, sem saber exatamente por quê. Colocamos o barco na direção do vento, mas não pudemos avançar absolutamente, por causa dos remoinhos, e eu estava a ponto de propor voltarmos para o ancoradouro quando, olhando à popa, vimos que todo o horizonte se cobria de uma nuvem singular, cor de cobre, que se levantava com a mais espantosa velocidade.

"Entrementes, a brisa que nos dera pela frente caiu e ficamos em calmaria, flutuando em todas as direções. Esse estado de coisas, contudo, não demorou suficientemente para dar-nos tempo de pensar nele. Em menos de um minuto a tempestade estava sobre nós, e em menos de dois o céu estava inteiramente coberto; com isso, e as espumas que saltavam, ficou subitamente tão escuro, que não podíamos ver-nos uns aos outros na sumaca.

"É loucura tentar descrever um furacão tal como o que então se desencadeou. Os mais antigos marinheiros da Noruega jamais experimentaram coisa semelhante. Havíamos capado todas as velas antes que ele nos atingisse inteiramente; mas, à primeira rajada, nossos dois mastros caíram ao mar como se ceifados na base, e o mastro principal levou consigo meu irmão mais novo, que se amarrara a ele para salvar-se.

"Nosso barco parecia mais leve do que qualquer pena que jamais tivesse pousado sobre a água. Tinha um tombadilho completamente corrido, com apenas uma pequena escotilha perto da proa, escotilha que sempre fora nosso costume fechar quando atravessávamos o Ström como meio de precaução contra os mares picados. A não ser por essa circunstância teríamos afundado desde logo, pois durante alguns instantes ficamos inteiramente sepultados sob a água. Como meu irmão mais velho escapou à destruição é coisa que não posso dizer, pois nunca tive oportunidade de verificá-lo. Por minha parte, logo que capei a mezena, atirei-me de comprido no tombadilho, com os pés de encontro à estreita amurada da proa, agarrando com as mãos uma cavilha de arganéu, perto do pé do mastro dianteiro. Foi apenas o instinto que me induziu a fazer isso, que era, sem dúvida, a melhor coisa que eu podia ter feito, pois estava perturbado para pensar.

"Durante alguns momentos estivemos completamente submersos, como disse, e todo esse tempo eu contive o fôlego e agarrei-me à cavilha. Quando ja nao podia sustentar-me mais, ergui-me sobre os joelhos; agarrando-me ainda com as mãos e assim consegui manter minha cabeça fora da água. Nesse momento, nosso pequeno bote deu um estremeção, justamente como um cão que sai da água, e dessa forma ergueu-se, de certo modo, acima do oceano. Tentei então dominar o melhor que podia o estupor que me empolgara e recuperar minha presença de espírito, de modo a ver o que deveria ser feito, quando senti alguém agarrar-me pelo braço. Era meu irmão mais velho e meu coração pulou de alegria, pois estava certo que ele havia caído ao mar — mas logo em seguida essa alegria se transformou em horror —, pois ele colocou a boca bem perto do meu ouvido e vociferou a palavra: *Moskoe-ström!*

"Ninguém jamais saberá quais foram minhas sensações naquele instante. Estremeci da cabeça aos pés, como se tomado do mais violento acesso febril. Sabia muito bem o que ele queria dizer com aquela única palavra, sabia o que é que ele queria fazer-me compreender. Com o vento que então nos impelia, estávamos presos ao turbilhão do Ström... e nada poderia salvar-nos!

"O senhor deve ter compreendido bem que, ao cruzar o canal do Ström, seguíamos sempre nosso caminho acima do remoinho, mesmo no tempo mais calmo, e ainda assim tínhamos de esperar e observar cuidadosamente o remanso da maré. Mas agora estávamos correndo direto para o próprio vórtice e ainda com semelhante furacão! 'Certamente — pensava eu — chegaremos ali no momento mesmo do remanso e há nisso ainda um pouco de esperança.' Mas logo depois amaldiçoava-me por ser tão louco a ponto de sonhar ainda com esperanças, quaisquer que fossem. Sabia muito bem que estávamos condenados, nem que tivéssemos um navio com dez vezes noventa peças.

"A este tempo a primeira fúria da tempestade se extinguira, ou talvez não a sentíssemos tanto uma vez que fugíamos diante dela; mas, em todo o caso, as ondas, que a princípio tinham sido conservadas baixas pelo vento, lisas e espumosas, erguiam-se agora como verdadeiras montanhas. Singular mudança se operara também no céu. Em torno e em todas as direções estava ainda tão negro como piche, mas quase por cima de nossas cabeças abrira-se, de repente, uma fenda circular de claro céu — tão claro como jamais o vira — e dum intenso azul-brilhante, e através dela resplendia a lua cheia com um lustro que eu jamais lhe vira na face. Iluminava tudo acima de nós, com a mais perfeita nitidez; mas... oh, Deus, que cena iluminava ela!

"Fiz então uma ou duas tentativas de falar com meu irmão, mas, não sei como, o estrondo aumentara de tal forma, que eu não conseguia fazer que ele ouvisse uma só palavra, embora berrasse com todas as minhas forças ao seu ouvido. No mesmo instante, agitou a cabeça, ficando pálido como a morte, e levantou um dos dedos, como se dissesse: *Escuta!*

"A princípio, não pude perceber o que ele dava a entender, mas logo um horrendo pensamento luziu na minha mente. Tirei meu relógio da algibeira. Estava parado. Olhei o mostrador à luz da lua e depois rebentei em lágrimas, ao lançá-lo ao longe, dentro do oceano. *Tinha parado às sete horas! Tínhamos deixado passar o remanso da maré e o remoinho do Ström estava em plena fúria!*

"Quando um barco é bem construído, devidamente equipado e não está muito carregado, as ondas com forte brisa, quando ele se acha ao largo, parecem sempre deslizar sob ele — o que parece estranho a um homem de terra — e na linguagem marítima é o que se chama *vogar*.

"Pois bem, até então tínhamos galgado os vagalhões com muita habilidade; mas, naquele instante, aconteceu que uma gigantesca vaga apanhou-nos justamente por trás e levou-nos consigo, enquanto subia cada vez mais alto, como se quisesse atirar-nos até o céu. Não teria acreditado que qualquer onda pudesse subir tão alto. E depois viemos descendo, precipitadamente, deslizando, num mergulho que me nauseou e entonteceu, como se estivesse, em sonhos, caindo de alguma alcantilada montanha. Mas enquanto nos achávamos no alto, lancei um rápido olhar em torno de mim e esse único olhar foi bem suficiente. Vi, num instante, nossa exata posição. O remoinho do Moskoe-ström estava a cerca de um quarto de milha, bem à nossa frente, mas parecia tão pouco com o Moskoe-ström de todos os dias quanto o turbilhão que o senhor vê agora se parece com uma torrente de moinho. Se não soubesse onde estávamos e o que nos esperava, não teria reconhecido de modo algum o local. Tal como o vi, fechei involuntariamente os olhos de horror. Minhas pálpebras se colaram, como num espasmo.

"Mal se haviam passado dois minutos, sentimos subitamente as ondas se acalmarem e fomos envolvidos pela espuma. O barco fez uma aguda meia-volta para bombordo e depois disparou na sua nova direção, como um raio. No mesmo instante o rugir da água se perdeu completamente, numa espécie de clamor estridente, som que o senhor poderia conceber como dado pelas válvulas de muitos milhares de navios deixando todos escapar ao mesmo tempo seu vapor. Achávamo-nos agora na cinta da ressaca que cerca sempre o turbilhão e pensei, por certo, que no momento seguinte mergulharíamos no abismo, cujo fundo podíamos apenas ver indistintamente por causa da vertiginosa velocidade com que estávamos sendo atraídos. O barco não parecia de modo algum mergulhar na água, mas resvalar por sobre ela como uma bolha de ar à superfície da onda. Seu lado de estibordo estava junto do turbilhão e a bombordo se erguia o vasto oceano que havíamos deixado. Elevava-se como uma imensa parede retorcendo-se entre nós e o horizonte.

"Pode parecer estranho, mas então, quando nos achávamos nas verdadeiras fauces do abismo, senti-me com mais sangue-frio do que quando nos estávamos apenas aproximando dele. Tendo desistido de qualquer esperança, consegui dominar grande parte daquele terror que me acovardara a princípio. Suponho que era o desespero que me retesava os nervos.

"Pode parecer que me esteja gabando, mas o que lhe digo é verdade. Comecei a refletir que coisa magnificente era morrer de tal maneira e que loucura era a minha de preocupar-me com uma coisa de tão vulgar interesse como era a minha própria vida diante de tão maravilhosa manifestação do poder de Deus. Acredito que corei de vergonha quando essa ideia me cruzou o pensamento. Pouco depois fiquei possuído da mais aguçada curiosidade pelo próprio turbilhão. Sentia positivamente um *desejo* de explorar-lhe as profundezas, mesmo ao preço do sacrifício que ia fazer; e meu principal pesar era que jamais poderia contar a meus amigos, na praia, os mistérios que iria conhecer. Por certo, eram estes pensamentos mui singulares para ocupar a mente dum homem numa conjuntura daquela, e tive muitas vezes a ideia, desde então, que as evoluções do barco em torno do abismo poderiam ter-me tornado um tanto entontecido. Havia outra circunstância que tendia a restaurar a posse de mim mesmo e era ter cessado o vento, que não podia alcançar-nos na nossa posição do momento, pois, como o senhor poderá ver por si mesmo, a cintura da ressaca é consideravelmente mais baixa do que o leito geral do oceano e este então alteava-se sobre nós como um espinhaço negro e montanhoso. Se o senhor nunca esteve no mar por ocasião de uma pesada tempestade, não pode formar ideia da confusão de espírito ocasionada pelo vento e pela espuma juntamente. Cegam, ensurdecem e sufocam a gente, arrebatam qualquer poder de ação e reflexão. Mas então estávamos, em grande parte, livres desses incômodos, justamente como aos miseráveis condenados à morte se concedem, na prisão, pequenos favores que lhes eram proibidos enquanto sua condenação era ainda incerta.

"Quantas vezes demos a volta daquela cinta é impossível dizer. Corremos em redor, durante talvez uma hora, mais voando do que flutuando, aproximando-nos gradualmente, cada vez mais, do meio do vórtice e ficando, então, sempre mais perto da sua horrível borda interior. Durante todo esse tempo, não larguei de mão a cavilha do arganéu. Meu irmão estava na popa, agarrado a uma pequena barrica de água, vazia, que tinha sido solidamente amarrada, sob um engradado, na curva de ré. E era a única coisa, no tombadilho, que não tinha sido jogada ao mar, quando a tempestade nos apanhou no começo. Ao aproximar-nos da borda do poço, ele desprendeu as mãos do barril e caminhou para a cavilha, da qual, na angústia de seu terror, tentou afastar minhas mãos, porque ela não era bastante larga para permitir que ambos a agarrássemos com segurança. Nunca senti pesar mais profundo do que quando o vi tentando praticar esse ato, embora soubesse que estava louco quando assim agiu. Um louco delirante, por causa do completo terror. Não fiz, porém, questão do caso. Sabia que não podia haver diferença em que fosse eu ou ele quem ali estivesse. Por isso, deixei-lhe o arganéu e fui para a popa agarrar-me ao barril. Não houve grande dificuldade em assim fazer, pois a sumaca girava bastante firmemente e com a quilha ao nível, apenas oscilando para lá e para cá, aos imensos volteios e revoluteios do turbilhão. Mal me havia eu agarrado à minha nova posição, quando demos um tremendo salto para estibordo e nos despenhamos, a prumo, no abismo. Murmurei uma apressada oração a Deus e pensei que tudo estava acabado.

"Ao sentir o vertiginoso mergulho da descida, instintivamente agarrei-me ainda mais ao barril e fechei os olhos. Durante alguns segundos não ousei abri-los, enquanto esperava rápida destruição e imaginava por que não estava ainda a lutar mortalmente com as águas. Mas os instantes se sucediam. Eu continuava vivo. A sensação de queda cessara e o movimento do navio parecia idêntico ao anterior, quando na cinta de espuma, com a diferença de se achar agora mais em linha reta. Tomei coragem e olhei mais uma vez aquele espetáculo.

"Nunca esquecerei a sensação de espanto, horror e admiração com que olhei em torno de mim. O barco parecia estar pendurado, como por mágica, a meio do caminho para baixo, sobre a superfície interior de um funil de vasto diâmetro, de prodigiosa profundidade e cujos lados, perfeitamente lisos, podiam ter sido tomados por ébano, se não fosse a rapidez vertiginosa com que eles giravam e a cintilante e lívida irradiação que deles emanava quando os raios da lua cheia, dentre aquela abertura circular, entre as nuvens que já descrevi, espraiavam-se numa torrente de áureo esplendor ao longo das negras paredes, penetrando até o recesso mais recôndito do abismo.

"A princípio, achava-me demasiadamente confuso para observar qualquer coisa com cuidado. A explosão geral da grandiosidade terrífica era tudo quanto eu podia vislumbrar. Quando consegui dominar-me um pouco, porém, meu olhar caiu instintivamente para baixo. Nessa direção podia eu lograr uma visão livre, da maneira pela qual a sumaca se pendurava sobre a superfície inclinada do poço. Ela estava inteiramente a prumo, isto é, seu tombadilho jazia em plano paralelo com a água, mas esta última declinava a um ângulo de mais de 45 graus, de modo que parecíamos estar de lado. Não pude deixar de observar, porém, que eu tinha pouco mais dificuldade em manter-me agarrado e de pé nesta posição do que se estivéssemos sobre um plano horizontal; e isso, suponho, era devido à velocidade com que girávamos.

"Os raios da lua pareciam buscar o próprio fundo do cavado abismo; mas eu ainda nada podia perceber distintamente por causa de um espesso nevoeiro que envolvia todas as coisas e no qual se arqueava um magnífico arco-íris, semelhante àquela estreita e oscilante ponte que os muçulmanos dizem ser a única passagem entre o Tempo e a Eternidade. Esse nevoeiro, ou espuma, era, sem dúvida, ocasionado pelo choque das grandes paredes do funil, ao se juntarem todas lá no fundo: mas não tentarei descrever o bramido que se erguia para os céus de dentro daquele nevoeiro.

"Nossa primeira descida para o próprio abismo, vindo de cima da cintura de espuma, tinha-nos carregado a grande distância para baixo, no declive. Mas nossa descida posterior não foi de modo algum em proporção. Fomos descendo, a girar cada vez mais, não com um movimento uniforme, mas em volteios entontecedores e pulos que nos impeliam, às vezes, apenas a poucas centenas de jardas, e doutras quase faziam o circuito completo do turbilhão. Nosso progresso para baixo, a cada evolução, era vagaroso, mas bastante perceptível.

"Olhando em torno de mim para a vasta imensidão de ébano líquido sobre a qual éramos assim transportados, notei que nosso barco não era o único objeto envolvido no turbilhão. Acima e abaixo de nós viam-se fragmentos de navios, grandes massas de traves e troncos de árvores, com muitos objetos menores, tais como pedaços de mobílias de casas, caixotes quebrados, barris e aduelas. Já descrevi a curiosidade anormal que substituíra meus terrores primitivos. Parecia aumentar à medida que me aproximava cada vez mais de meu terrível destino. Comecei então a observar, com estranho interesse, as numerosas coisas que flutuavam em nossa companhia. Devia estar delirante, pois buscava mesmo *diversão* em adivinhar as velocidades comparadas dos seus vários movimentos de descida, na direção da espuma, lá embaixo. 'Aquele abeto — surpreendi-me uma vez a dizer — será por certo a próxima coisa que dará o horrendo mergulho e desaparecerá.' E depois fiquei desapontado ao verificar que os destroços de um navio mercante holandês ultrapassavam-no e caíam antes. Afinal, depois de fazer várias verificações desta natureza e de ter-me enganado em todas, este fato, o fato do meu invariável engano, colocou-me num curso de reflexões que fizeram minhas pernas tremerem de novo e meu coração bater pesadamente, ainda mais uma vez.

"Não era um terror novo que assim me afetava, mas o raiar de uma *esperança* mais excitante. Essa esperança brotou parcialmente da memória e parcialmente da observação do momento. Lembrei-me da grande variedade de coisas flutuantes que juncavam a costa de Lofoden, tendo sido absorvidas e depois expelidas pelo Moskoe-ström. Em grande parte, o maior número dos objetos mostravam-se estraçalhados da maneira mais extraordinária, tão arranhados e escorchados que tinham a aparência de estar eriçados de pontas; mas depois, distintamente, lembrei-me de que havia muitos deles que não se apresentavam de tal modo desfigurados. Ora, eu não podia explicar essa diferença, a não ser que supusesse que os fragmentos escorchados fossem os únicos que tinham sido *completamente* absorvidos e que os outros tinham entrado no turbilhão num período mais tardio da maré, ou, por alguma outra razão, tinham descido tão devagar, depois de entrar, que não alcançaram o fundo antes do fluxo ou do refluxo, conforme o caso. Em quaisquer deles, imaginava fosse possível que os objetos pudessem, dessa forma, girar para cima de novo, até o nível do oceano, sem sofrer a sorte dos que tinham sido arrastados mais cedo ou absorvidos mais rapidamente.

"Fiz também três importantes observações. A primeira foi que, como regra geral, quanto maiores eram os corpos, mais rápida era a descida; a segunda, que entre duas massas de igual extensão, uma esférica e a outra de *qualquer outra forma*, a superioridade na velocidade da descida estava com a esférica; a terceira, que, entre duas massas de igual tamanho, uma cilíndrica e outra de qualquer outra forma, a cilíndrica era absorvida mais devagar. Desde minha fuga, tive várias conversas a este respeito com um velho professor do distrito e foi de sua boca que aprendi o uso das palavras 'cilindro' e 'esfera'. Ele explicou-me, embora eu tivesse esquecido a explicação, como o que eu observara era, de fato, a consequência natural das formas dos fragmentos flutuantes e mostrou-me como um cilindro, girando num vórtice, oferece mais resistência à sua sucção e é tragado com muito maior dificuldade do que um corpo igualmente volumoso, de qualquer outra forma.[3]

"Havia outra circunstância impressionante que concorreu bastante para reforçar essas observações e me tornou ansioso de conhecer-lhe a razão; e era a de que, a cada revoluteio, passávamos por alguma coisa semelhante a um barril, ou mesmo uma verga ou um mastro de navio, enquanto muitas daquelas coisas que tinham estado ao nosso nível, quando abri pela primeira vez os olhos para ver as maravilhas do turbilhão, estavam agora mais altas, acima de nós, e pareciam ter-se movido apenas um pouco de sua primitiva posição.

"Não hesitei por mais tempo no que tinha a fazer. Resolvi amarrar-me fortemente ao barril de água sobre o qual me agarrava, desprendê-lo da quilha e lançar-me com ele dentro da água. Chamei a atenção de meu irmão, por sinais, apontei-lhe os barris flutuantes que chegavam perto de nós e fiz tudo quanto estava em meu poder para dar-lhe a entender o que eu estava prestes a executar. Pensei, afinal, que ele compreendera minha intenção, mas, se foi este o caso ou não, ele agitou a cabeça, desesperadamente, e recusou-se a afastar-se de sua posição, junto à cavilha do arganéu. Era impossível alcançá-lo. A emergência não admitia delongas. E assim, com amarga luta, abandonei-o à sua sorte, amarrei-me ao barril com as cordas que o seguravam à quilha e precipitei-me com ele dentro do mar, sem nem mais um momento de hesitação.

"O resultado foi precisamente o que eu havia previsto. Como sou eu mesmo quem agora lhe está contando esta história, como vê que eu escapei, e como já está o senhor de posse da maneira pela qual minha salvação se efetuou e deve portanto antever tudo quanto eu tenho ainda para dizer, vou concluir rapidamente minha narrativa. Foi mais ou menos uma hora depois de haver eu abandonado a sumaca que, tendo descido a grande distância abaixo de mim, ela deu três ou quatro giros terríveis, em rápida sucessão, e, levando consigo meu irmão querido, mergulhou verticalmente, de uma vez e para sempre, no caos espumejante lá do fundo. O barril a que eu estava preso afundara muito pouco, além da metade da distância, entre o

3 Veja-se Arquimedes: *De Incidentibus in Fluido*, lib. 2.

fundo do abismo e o lugar em que eu tinha pulado fora do navio, quando uma grande mudança se operou no aspecto do turbilhão. O declive dos lados do vasto funil tornou-se, de repente, cada vez menos precipitoso. Os giros do vórtice ficaram gradativamente menos violentos. Pouco a pouco, a névoa e o arco-íris desapareceram, e o fundo do abismo pareceu ir-se erguendo vagarosamente. O firmamento estava claro e os ventos tinham amainado e a lua cheia estava-se pondo radiosamente a oeste, quando me achei na superfície do oceano, à plena vista das praias de Lofoden e acima do lugar onde *estivera* o poço do Moskoe-ström. Era a hora do remanso. Mas o mar ainda se alteava em montanhosas ondas, em consequência dos efeitos do furacão. Fui levado violentamente para o canal do Ström e em poucos minutos vi-me precipitado na costa, dentro das pesqueiras dos pescadores. Um bote me recolheu, exausto de fadiga e (agora que o perigo estava passado) sem fala, à lembrança de seu horror. Os que me recolheram a bordo eram meus velhos camaradas e companheiros cotidianos, mas me conheceram menos do que se eu fosse um viajante do outro mundo. Meu cabelo, que fora negro como a asa do corvo no dia anterior, estava tão branco como o senhor agora vê. Eles dizem também que toda a expressão de minha fisionomia tinha mudado. Contei-lhes minha história... Eles não acreditaram. Conto-a, agora, *ao senhor*. E mal posso esperar que o senhor lhe dê mais fé do que o fizeram os alegres pescadores de Lofoden."

FIM
DE "DESCIDA NO MAELSTRÖM",
DE "AVENTURAS FABULOSAS"
E DE "IMPRESSÕES, VIAGENS E AVENTURAS"

Poesia

O Corvo

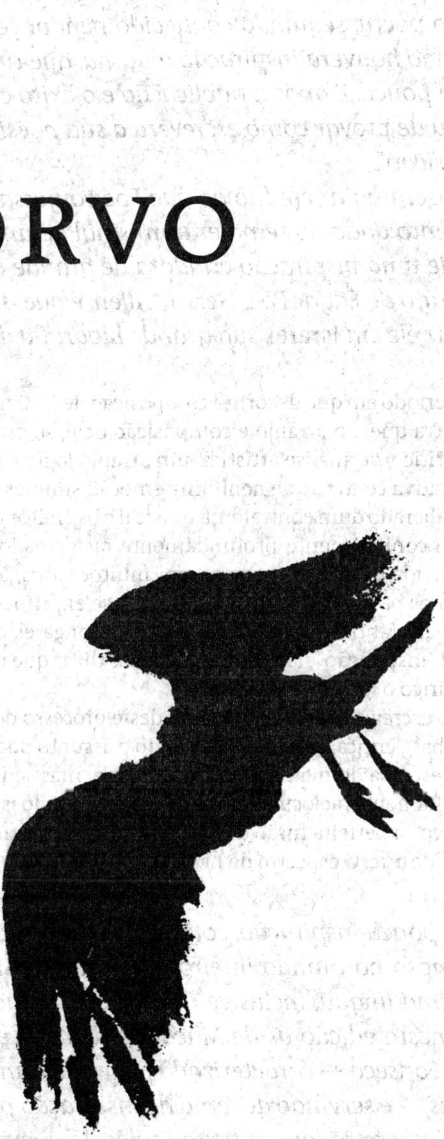

Nota preliminar

A data de 29 de janeiro de 1845 marca a entrada definitiva de Edgar Allan Poe no Panteão dos poetas imortais. Foi naquele dia que o Evening Mirror *publicou o poema "The Raven" ("O Corvo"), que ficou perenemente ligado ao nome de seu autor, como a* Divina comédia, *ao nome de Dante,* Os lusíadas, *a Camões, e* As flores do mal, *a Baudelaire. Como todos os poemas de Poe, "O Corvo" é um poema longamente trabalhado. Há provas de que levou uns quatro anos com a fatídica ave empoleirada na mente, como empoleirada estava no busto de Minerva que figura no poema.*

Quando os leitores da poesia, sob a influência do impacto emocional que ela lhes causava, perguntavam a Poe como tivera a inspiração de tema tão intenso e tão impressionante, o poeta, seguindo conhecido pendor seu de mistificador, dava logo a entender que não houvera inspiração alguma, que tudo fora trabalho lógico, desenvolvido pouco a pouco. E após a publicação e o êxito enorme obtido pelo poema, ele próprio tratou de provar como escrevera a sua poesia no seu famoso ensaio "A filosofia da composição".

Muitos não quiseram dar crédito ao que Poe confessava e achavam que a intensidade do tratamento dado ao tema era um sinal de uma forte imaginação, de uma rica inventiva, de uma inspiração criadora de grande ímpeto e vigor. A observação feita pelo biógrafo de Edgar Poe, Hervey Allen, é que parece mais cabível para explicação do caso. Diz ele em Israfel, *sua grande biografia de Poe:*

> O longo período em que decorre a composição de "O Corvo", período de quatro anos pelo menos, mostra que, no arranjo e composição dele, se processou grande quantidade de pensamento crítico, de análise artística, um arranjo lógico de efeitos e uma construção esmerada da narrativa central, que nenhuma emoção simples poderia ter proporcionado. Nele é o plano deliberado dum contratema musical e os efeitos de assonância, rima e metro que mostram um conhecimento profundamente raciocinado da arte poética. Não pode haver a menor dúvida de que as imagens, em muitos casos, engendram, aparentemente ao mesmo tempo, as palavras e os ritmos com que se exprimem. Mas afirmar que Poe era bastante artista para fabricar com êxito, durante a longa elaboração do poema, aquelas partes em que tal "inspiração" não ocorria é apenas dizer que ele era um admirável poeta. Nenhum cantor lírico o igualaria nessa tarefa.
>
> Em "Como escrevi *O Corvo*", uma parte deste processo de raciocínio é bastante acentuada sobre uma base crítica. Há valor nisto. Todo o assunto pode ser geralmente resumido, dizendo-se que a escolha do material foi involuntária, mas seu método de tratamento um processo crítico, altamente raciocinado. Acima e além de tudo isto, permanece o fato de que, no caso de "O Corvo", a perfeita fusão desses dois processos tornou-se uma unidade, que resultou numa obra de arte. O espectro do nada tinha sido dotado duma forma memorável.

Com muita ou pouca inspiração, com muita ou pouca lógica, o certo é que o poema se tornou famoso no mundo inteiro, estimulando traduções em várias línguas e várias na mesma língua, inclusive muitas em língua portuguesa, dentre as quais reproduzimos nesta edição as de Machado de Assis e Fernando Pessoa, bem como a de Gondin da Fonseca — caracterizada pela sua grande aproximação da métrica do original inglês — e servindo de tema de inspiração para pintores e desenhistas. Incluímos, também, em rodapé, o texto inglês do poema, a fim de que aqueles leitores conhecedores da língua anglo-saxônica possam verificar a impressionante beleza da composição original.

Poe gozou o prazer indizível de identificar-se com a sua própria criação. Trajando sempre roupas escuras, negras mesmo, ao aparecer nos salões onde declamava o tétrico poema, identificavam-no com a ave pressaga. Podemos imaginar quanto lhe era isso agradável.

O fato é que ele produzira um desses poemas imortais que ficam perpetuamente na memória dos homens. Soube compô-lo com habilidade extrema, dosando muito bem todos os efeitos, lançando mão de todos os artifícios que a arte poética lhe proporcionava. E é assim que, pelo ritmo, cadenciado, quase que isocronicamente; pelas rimas iterativamente espalhadas adentro do próprio poema, e, mais do que tudo, pela atmosfera criada, conseguiu ele dar visão corpórea àquelas sensações angustiadas de medo, de pavor, de presságio fúnebre, que sempre lhe atenazaram a mente e que palpitam em toda a sua obra através de toda a sua vida.

A atmosfera é quase tudo nesse poema admirável e ela é como que metida tenebrantemente em nosso espírito pelo reiterado estribilho do "Nunca mais", que soa em todo o poema como um dobre fatídico de finados. Já se demonstrou que outros poetas antes dele utilizaram o efeito impressionante desse "Nunca mais". Nenhum, porém, como Poe lhe deu aquela intensidade de pesadelo que se irradia de seus versos. União admirável de inspiração e de arte, ficou ele para todo o sempre na história literária do Ocidente como um raro momento em que emoção e pensamento se uniram para gerar essa coisa imortal que é a beleza.

O. M.

The Raven

Once upon a midnight dreary, while I pondered, weak and weary,
Over many a quaint and curious volume of forgotten lore
While I nodded, nearly napping, suddenly there came a tapping,
As of some one gently rapping, rapping at my chamber door.
"'Tis some visitor", I muttered, "tapping at my chamber door —
Only this and nothing more."

Ah, distinctly I remember it was in the bleak December,
And each separate dying ember wrought its ghost upon the floor.
Eagerly I wished the morrow; — vainly I had sought to borrow
From my book surcease of sorrow — sorrow for the lost Lenore —
For the rare and radiant maiden whom the angels name Lenore —
Nameless here for evermore.

And the silken sad uncertain rustling of each purple curtain
Thrilled me — filled me with fantastic terrors never felt before;
So that now, to still the beating of my heart, I stood repeating:
"'Tis some visitor entreating entrance at my chamber door;
This it is and nothing more."

Presently my soul grew stronger; hesitating then no longer,
"Sir", said I, "or Madam, truly your forgiveness I implore;
But the fact is I was napping, and so gently you came rapping,
And so faintly you came tapping, tapping at my chamber door,
That I scarce was cure I heard you" — here I opened wide the door: —
Darkness there and nothing more.

Depp into that darkness peering, long I stood there wondering, fearing,
Doubting, dreaming dreams no mortals ever dared to dream before;
But the silence was unbroken, and the stillness gave no token.
And the only word there spoken was the whispered word, "Lenore!"
This I whispered, and an echo murmured back the word, "Lenore!" —
Merely this and nothing more.

Back into the chamber turning, all my soul within me burning,
Soon again I heard a tapping something louder than before.
"Surely", said I, "surely that is something at my window lattice;
Let me see, then, what thereat is, and this mystery explore —
Let my heart be still a moment, and this mystery explore; —
'Tis the wind and nothing more."

O Corvo

Foi uma vez: eu refletia, à meia-noite erma e sombria,
a ler doutrinas de outro tempo em curiosíssimos manuais,
e, exausto, quase adormecido, ouvi de súbito um ruído,
tal qual se houvesse alguém batido à minha porta, devagar.
"É alguém — fiquei a murmurar — que bate à porta, devagar;
sim, é só isso e nada mais."

Ah! claramente eu o relembro! Era no gélido dezembro
e o fogo, agônico, animava o chão de sombras fantasmais.
Ansiando ver a noite finda, em vão, a ler, buscava ainda
algum remédio à amarga, infinda, atroz saudade de Lenora
— essa, mais bela do que a aurora, a quem nos céus chamam Lenora
e nome aqui já não tem mais.

A seda rubra da cortina arfava em lúgubre surdina,
arrepiando-me e evocando ignotos medos sepulcrais.
De susto, em pávida arritmia, o coração veloz batia
e a sossegá-lo eu repetia: "É um visitante e pede abrigo.
Chegando tarde, algum amigo está a bater e pede abrigo.
É apenas isso e nada mais."

Ergui-me após e, calmo enfim, sem hesitar, falei assim:
"Perdoai, senhora, ou meu senhor, se há muito aí fora me esperais;
mas é que estava adormecido e foi tão débil o batido,
que eu mal podia ter ouvido alguém chamar à minha porta,
assim de leve, em hora morta." Escancarei então a porta:
— escuridão, e nada mais.

Sondei a noite erma e tranquila, olhei-a fundo, a perquiri-la,
sonhando sonhos que ninguém, ninguém ousou sonhar iguais.
Estarrecido de ânsia e medo, ante o negror imoto e quedo,
só um nome ouvi (quase em segredo eu o dizia) e foi: "Lenora!"
E o eco, em voz evocadora, o repetiu também: "Lenora!"
Depois, silêncio e nada mais.

Com a alma em febre, eu novamente entrei no quarto e, de repente,
mais forte, o ruído recomeça e repercute nos vitrais.
"É na janela" — penso então. — "Por que agitar-me de aflição?
Conserva a calma, coração! É na janela, onde, agourento,
o vento sopra. É só do vento esse rumor surdo e agourento.
É o vento só e nada mais."

Open here I flung the shutter, when, with many a flirt and flutter,
In there stepped a stately Raven of the saintly days of yore.
Not the least obeisance made he; not a minute stopped or stayed he,
But, with mien of lord or lady, perched above my chamber door —
Perched upon a bust of Pallas just above my chamber door —
Perched, and sat, and nothing more.

Then this ebony bird beguiling my sad fancy into smiling,
By the grave and stern decorum of the countenance it wore,
"Thoug thy crest be shorn and shaven, thou", I said, "art sare no craven,
Ghastly grim and ancient Raven wandering from the Nightly shore —
Tell me what thy lordly name is on the Night's Plutonian shore!"
Quoth the Raven, "Nevermore".

Much I marvelled this ungainly fowl to hear discourse so plainly,
Though its answer little meaning — little relevancy bore;
For we cannot help agreeing that no living human being
Ever yet was blessed with seeing bird above his chamber door —
Bird or beast upon the sculptured bust above his chamber door,
With such name as "Nevermore".

But the Raven, sitting lonely on that placid bust, spoke only
That one word, as if his soul in that one word he did outpour.
Nothing farther then he uttered; not a feather then he fluttered —
Till I scarcely more than muttered: "Other friends have flown before —
On the morrow he will leave me as my Hopes have flown before."
Then the bird said, "Nevermore".

Startled at the stillness broken by reply so aptly spoken,
"Doubtless", said I, "what it utters is its only stock and store,
Caught from some unhappy master whom unmerciful Disaster
Followed fast and followed faster till his songs one burden bore —
Till the dirges of his Hope that melancholy burden bore
Of 'Never — nevermore'."

But the Raven still beguiling all my sad soul into smiling,
Straight I wheeled a cushioned seat in front of bird and bust and door;
Then, upon the velvet sinking, I betook myself to linking
Fancy unto fancy, thinking what this ominous bird of yore —
What this grim, ungainly, ghastly, gaunt, and ominous bird of yore
Meant in croaking "Nevermore".

Abro a janela e eis que, em tumulto, a esvoaçar, penetra um vulto:
— é um Corvo hierático e soberbo, egresso de eras ancestrais.
Como um fidalgo passa, augusto e, sem notar sequer meu susto,
adeja e pousa sobre o busto — uma escultura de Minerva,
bem sobre a porta; e se conserva ali, no busto de Minerva,
empoleirado e nada mais.

Ao ver da ave austera e escura a soleníssima figura,
desperta em mim um leve riso, a distrair-me de meus ais.
"Sem crista embora, ó Corvo antigo e singular" — então lhe digo —
"não tens pavor. Fala comigo, alma da noite, espectro torvo,
qual é teu nome, ó nobre Corvo, o nome teu no inferno torvo!"
E o Corvo disse: "Nunca mais."

Maravilhou-me que falasse uma ave rude dessa classe,
misteriosa esfinge negra, a retorquir-me em termos tais;
pois nunca soube de vivente algum, outrora ou no presente,
que igual surpresa experimente: a de encontrar, em sua porta,
uma ave (ou fera, pouco importa), empoleirada em sua porta
e que se chame "Nunca mais".

Diversa coisa não dizia, ali pousada, a ave sombria,
com a alma inteira a se espelhar naquelas sílabas fatais.
Murmuro, então, vendo-a serena e sem mover uma só pena,
enquanto a mágoa me envenena: "Amigos... sempre vão-se embora.
Como a esperança, ao vir a aurora, ELE também há de ir-se embora."
E disse o Corvo: "Nunca mais."

Vara o silêncio, com tal nexo, essa resposta que, perplexo,
julgo: "É só isso o que ele diz; duas palavras sempre iguais.
Soube-as de um dono a quem tortura uma implacável desventura
e a quem, repleto de amargura, apenas resta um ritornelo
de seu cantar; do morto anelo, um epitáfio: — o ritornelo
de 'Nunca, nunca, nunca mais'."

Como ainda o Corvo me mudasse em um sorriso a triste face,
girei então numa poltrona, em frente ao busto, à ave, aos umbrais
e, mergulhado no coxim, pus-me a inquirir (pois, para mim,
visava a algum secreto fim) que pretendia o antigo Corvo,
com que intenções, horrendo, torvo, esse ominoso e antigo Corvo
grasnava sempre: 'Nunca mais.'

This I sat engaged in guessing, but no syllabe expressing
To the fowl whose fiery eyes now burned into my bosom's core;
This and more I sat divining, with my head at ease reclining
On the cushion's velvet lining that the lamp-light gloated o'er,
But whose velvet violed lining with the lamp-light gloating o'er
She shall press, ah, nevermore!

Then, methought, the air grew denser, perfumed from an unseen censer
Swung by Seraphim whose foot-falls tinkled on the tufted floor.
"Wretch", I cried, "thy God hath lent thee — by these angels he hath sent thee
Respite — respite and nepenthe from thy memories of Lenore!
Quaff, oh quaff this kind nepenthe and forget this lost Lenore!"
Quoth the Raven, "Nevermore".

"Prophet!", said I, "thing of evil! — prophet still, if bird or devil! —
Whether Tempter sent, or whether tempest tossed thee here ashore,
Desolate, yet all undaunted, on this desert land enchanted —
On this home by Horror haunted — tell me truly, I implore —
Is there — is there balm in Gilead? — tell me — tell me, I implore!"
Quoth the Raven, "Nevermore".

"Prophet!", said I, "thing of evil! — prophet still, if bird or devil!
By that heaven that bends above us — by that God we both adore —
Tell this soul with sorrow laden if, within the distant Aidenn,
It shall clasp a sainted maiden whom the angels name Lenore —
Clasp a rare and radiant maiden whom the angels name Lenore."
Quoth the Raven, "Nevermore".

"Be that word our sing of parting, bird or fiend!" I shrieked, upstarting —
"Get thee back into the tempest and the Night's Plutonian shore!
Leave no black plume as a token of that lie thy soul hath spoken!
Leave my loneliness unbroken! — quit the bust above my door!
Take thy beak from out my heart, and take thy form from off my door!"
Quoth the Raven, "Nevermore".

And the Raven, never flitting, still is sitting, still is sitting
On the pallid bust of Pallas just above my chamber door;
And his eyes have all the seeming of a demon's that is dreaming,
An the lamp-light o'er him streaming throws his shadow on the floor;
And my soul from out that shadow that lies floating on the floor
Shall be lifted — nevermore!

Sentindo da ave, incandescente, o olhar queimar-me fixamente,
eu me abismava, absorto e mudo, em deduções conjeturais.
Cismava, a fronte reclinada, a descansar, sobre a almofada
dessa poltrona aveludada em que a luz cai suavemente,
dessa poltrona em que ELA, ausente, à luz que cai suavemente,
já não repousa, ah! nunca mais...

O ar pareceu-me então mais denso e perfumado, qual se incenso
ali descessem a esparzir turibulários celestiais.
"Mísero!, exclamo. Enfim teu Deus te dá, mandando os anjos seus,
esquecimento, lá dos céus, para as saudades de Lenora.
Sorve o nepentes. Sorve-o, agora! Esquece, olvida essa Lenora!"
E o Corvo disse: "Nunca mais."

"Profeta! — brado. — Ó ser do mal! Profeta sempre, ave infernal
que o Tentador lançou do abismo, ou que arrojaram temporais,
de algum naufrágio, a esta maldita e estéril terra, a esta precita
mansão de horror, que o horror habita, imploro, dize-mo, em verdade:
EXISTE um bálsamo em Galaad? Imploro! dize-mo, em verdade!"
E o Corvo disse: "Nunca mais."

"Profeta! exclamo. Ó ser do mal! Profeta sempre, ave infernal!
Pelo alto céu, por esse Deus que adoram todos os mortais,
fala se esta alma sob o guante atroz da dor, no Éden distante,
verá a deusa fulgurante a quem nos céus chamam Lenora,
essa, mais bela do que a aurora, a quem nos céus chamam Lenora!"
E o Corvo disse: "Nunca mais!"

"Seja isso a nossa despedida! — ergo-me e grito, alma incendida. —
Volta de novo à tempestade, aos negros antros infernais!
Nem leve pluma de ti reste aqui, que tal mentira ateste!
Deixa-me só neste ermo agreste! Alça teu voo dessa porta!
Retira a garra que me corta o peito e vai-te dessa porta!"
E o Corvo disse: "Nunca mais!"

E lá ficou! Hirto, sombrio, ainda hoje o vejo, horas a fio,
sobre o alvo busto de Minerva, inerte, sempre em meus umbrais.
No seu olhar medonho e enorme o anjo do mal, em sonhos, dorme,
e a luz da lâmpada, disforme, atira ao chão a sua sombra.
Nela, que ondula sobre a alfombra, está minha alma; e, presa à sombra,
não há de erguer-se, ai! nunca mais!

Outras traduções de "O Corvo"

De Machado de Assis

Em certo dia, à hora, à hora
Da meia-noite que apavora,
Eu caindo de sono e exausto de fadiga,
Ao pé de muita lauda antiga,
De uma velha doutrina, agora morta,
Ia pensando, quando ouvi à porta
Do meu quarto um soar devagarinho
E disse estas palavras tais:
"É alguém que me bate à porta de mansinho;
Há de ser isso e nada mais."

Ah! bem me lembro! bem me lembro!
Era no glacial dezembro;
Cada brasa do lar sobre o chão refletia
A sua última agonia.
Eu, ansioso pelo sol, buscava
Sacar daqueles livros que estudava
Repouso (em vão!) à dor esmagadora
Destas saudades imortais
Pela que ora nos céus anjos chamam Lenora,
E que ninguém chamará jamais.

E o rumor triste, vago, brando
Das cortinas ia acordando
Dentro em meu coração um rumor não sabido
Nunca por ele padecido.
Enfim, por aplacá-lo aqui no peito,
Levantei-me de pronto e: "Com efeito
(Disse) é visita amiga e retardada
Que bate a estas horas tais.
É visita que pede à minha porta entrada:
Há de ser isso e nada mais."

Minhalma então sentiu-se forte;
Não mais vacilo e desta sorte
Falo: "Imploro de vós — ou senhor ou senhora —
Me desculpeis tanta demora.
Mas como eu, precisado de descanso,

Já cochilava, e tão de manso e manso
Batestes, não fui logo prestemente,
Certificar-me que aí estais."
Disse: a porta escancaro, acho a noite somente,
Somente a noite, e nada mais.

Com longo olhar escruto a sombra,
Que me amedronta, que me assombra,
E sonho o que nenhum mortal há já sonhado,
Mas o silêncio amplo e calado,
Calado fica; a quietação quieta:
Só tu, palavra única e dileta,
Lenora, tu como um suspiro escasso,
Da minha triste boca sais;
E o eco, que te ouviu, murmurou-te no espaço;
Foi isso apenas, nada mais.

Entro co'a alma incendiada.
Logo depois outra pancada
Soa um pouco mais forte; eu, voltando-me a ela:
"Seguramente, há na janela
Alguma coisa que sussurra. Abramos.
Eia, fora o temor, eia, vejamos
A explicação do caso misterioso
Dessas duas pancadas tais.
Devolvamos a paz ao coração medroso.
Obra do vento e nada mais."

Abro a janela e, de repente,
Vejo tumultuosamente
Um nobre corvo entrar, digno de antigos dias.
Não despendeu em cortesias
Um minuto, um instante. Tinha o aspecto
De um lorde ou de uma *lady*. E pronto e reto
Movendo no ar as suas negras alas.
Acima voa dos portais,
Trepa, no alto da porta, em um busto de Palas;
Trepado fica, e nada mais.

Diante da ave feia e escura,
Naquela rígida postura,
Com o gesto severo — o triste pensamento
Sorriu-me ali por um momento,
E eu disse: "Ó tu que das noturnas plagas
Vens, embora a cabeça nua tragas,

Sem topete, não és ave medrosa,
Dize os teus nomes senhoriais:
Como te chamas tu na grande noite umbrosa?"
E o corvo disse: "Nunca mais."

Vendo que o pássaro entendia
A pergunta que lhe eu fazia,
Fico atônito, embora a resposta que dera
Dificilmente lha entendera.
Na verdade, jamais homem há visto
Coisa na terra semelhante a isto:
Uma ave negra, friamente posta,
Num busto, acima dos portais,
Ouvir uma pergunta e dizer em resposta
Que este é o seu nome: "Nunca mais."

No entanto, o corvo solitário
Não teve outro vocabulário,
Como se essa palavra que ali disse
Toda sua alma resumisse.
Nenhuma outra proferiu, nenhuma,
Não chegou a mexer uma só pluma,
Até que eu murmurei: "Perdi outrora
Tantos amigos tão leais!
Perderei também este em regressando a aurora."
E o corvo disse: "Nunca mais."

Estremeço. A resposta ouvida
É tão exata! é tão cabida!
"Certamente, digo eu, essa é toda a ciência
Que ele trouxe da convivência
De algum mestre infeliz e acabrunhado
Que o implacável destino há castigado
Tão tenaz, tão sem pausa, nem fadiga,
Que dos seus cantos usuais
Só lhe ficou, da amarga e última cantiga,
Esse estribilho: 'Nunca mais.'"

Segunda vez, nesse momento,
Sorriu-me o triste pensamento;
Vou sentar-me defronte ao corvo magro e rudo;
E mergulhando no veludo
Da poltrona que eu mesmo ali trouxera
Achar procuro a lúgubre quimera.
A alma, o sentido, o pávido segredo

Daquelas sílabas fatais,
Entender o que quis dizer a ave do medo
Grasnando a frase: "Nunca mais."

Assim, posto, devaneando,
Meditando, conjecturando,
Não lhe falava mais; mas se lhe não falava,
Sentia o olhar que me abrasava,
Conjecturando fui, tranquilo, a gosto,
Com a cabeça no macio encosto,
Onde os raios da lâmpada caíam,
Onde as tranças angelicais
De outra cabeça outrora ali se desparziam,
E agora não se esparzem mais.

Supus então que o ar, mais denso,
Todo se enchia de um incenso.
Obra de serafins que, pelo chão roçando
Do quarto, estavam meneando
Um ligeiro turíbulo invisível;
E eu exclamei então: "Um Deus sensível
Manda repouso à dor que te devora
Destas saudades imortais.
Eia, esquece, eia, olvida essa extinta Lenora."
E o corvo disse: "Nunca mais."

"Profeta, ou o que quer que sejas!
Ave ou demônio que negrejas!
Profeta sempre, escuta: Ou venhas tu do inferno
Onde reside o mal eterno,
Ou simplesmente náufrago escapado
Venhas do temporal que te há lançado
Nesta casa onde o Horror, o Horror profundo
Tem os seus lares triunfais,
Dize-me: Existe acaso um bálsamo no mundo?"
E o corvo disse: "Nunca mais."

"Profeta, ou o que quer que sejas!
Ave ou demônio que negrejas!
Profeta sempre, escuta, atende, escuta, atende!
Por esse céu que além se estende,
Pelo Deus que ambos adoramos, fala,
Dize a esta alma se é dado inda escutá-la
No Éden celeste a virgem que ela chora
Nestes retiros sepulcrais.

Essa que ora nos céus anjos chamam Lenora!"
E o corvo disse: "Nunca mais."

"Ave ou demônio que negrejas!
Profeta, ou o que quer que sejas!
Cessa, ai, cessa!, clamei, levantando-me, cessa!
Regressa ao temporal, regressa
À tua noite, deixa-me comigo.
Vai-te, não fique no meu casto abrigo
Pluma que lembre essa mentira tua,
Tira-me ao peito essas fatais
Garras que abrindo vão a minha dor já crua."
E o corvo disse: "Nunca mais."

E o corvo aí fica, ei-lo trepado
No branco mármore lavrado
Da antiga Palas; ei-lo imutável, ferrenho.
Parece, ao ver-lhe o duro cenho,
Um demônio sonhando. A luz caída
Do lampião sobre a ave aborrecida
No chão espraia a triste sombra; e fora
Daquelas linhas funerais
Que flutuam no chão, a minha alma que chora
Não sai mais, nunca mais!

De Fernando Pessoa

Numa meia-noite agreste, quando eu lia, lento e triste,
Vagos curiosos tomos de ciências ancestrais,
E já quase adormecia, ouvi o que parecia
O som de alguém que batia levemente a meus umbrais.
"É só isto, e nada mais."

Ah, que bem disso me lembro! Era no frio dezembro
E o fogo, morrendo negro, urdia sombras desiguais.
Pra esquecer (em vão) a amada, hoje entre hostes celestiais —
Essa cujo nome sabem as hostes celestiais,
Mas sem nome aqui jamais!

Como, a tremer frio e frouxo, cada reposteiro roxo
Me incutia, urdia estranhos terrores nunca antes tais!
Mas, a mim mesmo infundindo força, eu ia repetindo:
"É uma visita pedindo entrada aqui em meus umbrais;
Uma visita tardia pede entrada em meus umbrais.
É só isto, e nada mais."

E, mais forte num instante, já nem tardo ou hesitante,
"Senhor", eu disse, "ou senhora, de certo me desculpais;
Mas eu ia adormecendo, quando viestes batendo
Tão levemente, batendo, batendo por meus umbrais,
Que mal ouvi..." E abri largos, franqueando-os, meus umbrais.
Noite, noite e nada mais.

A treva enorme fitando, fiquei perdido receando,
Como eu qu'ria a madrugada, toda a noite aos livros dada
Dúbio e tais sonhos sonhando que os ninguém sonhou iguais.
Mas a noite era infinita, a paz profunda e maldita,
E a única palavra dita foi um nome cheio de ais —
Eu o disse, o nome dela, e o eco disse os meus ais,
Isto só e nada mais.

Para dentro então volvendo, toda a alma em mim ardendo,
Não tardou que ouvisse novo som batendo mais e mais.
"Por certo", disse eu, "aquela bulha é na minha janela.
Vamos ver o que está nela, e o que são estes sinais."
Meu coração se distraía pesquisando estes sinais.
"É o vento, e nada mais."

Abri então a vidraça, e eis que, com muita negaça,
Entrou grave e nobre um corvo dos bons tempos ancestrais.
Não fez nenhum cumprimento, não parou nem um momento,
Mas com ar sereno e lento pousou sobre os meus umbrais,
Num alvo busto de Atena que há por sobre os meus umbrais,
Foi, pousou, e nada mais.

E esta ave estranha e escura fez sorrir minha amargura
Com o solene decoro de seus ares rituais,
"Tens o aspecto tosquiado", disse eu, "mas de nobre e ousado,
Ó velho corvo emigrado lá das trevas infernais.
Dize-me qual o teu nome lá nas trevas infernais."
Disse o corvo, "Nunca mais".

Pasmei de ouvir este raro pássaro falar tão claro,
Inda que pouco sentido tivessem palavras tais.
Mas deve ser concedido que ninguém terá havido
Que uma ave tenha tido pousada nos seus umbrais,
Ave ou bicho sobre o busto que há por sobre seus umbrais,
Com o nome "Nunca mais".

Mas o corvo, sobre o busto, nada mais dissera, augusto,
Que essa frase, qual se nela a alma lhe ficasse em ais.

Nem mais voz nem movimento fez, e eu, em meu pensamento,
Perdido murmurei lento. "Amigos, sonhos — mortais
Todos — todos já se foram. Amanhã também te vais."
Disse o corvo: "Nunca mais."

A alma súbita movida por frase tão bem cabida,
"Por certo", disse eu, "são estas suas vozes usuais.
Aprendeu-as de algum dono, que a desgraça e o abandono
Seguiram até que o entono da alma se quebrou em ais,
E o bordão de desesp'rança de seu canto cheio de ais
Era este "Nunca mais".

Mas, fazendo inda a ave escura sorrir a minha amargura
Sentei-me defronte dela, do alvo busto e meus umbrais;
E, enterrado na cadeira, pensei de muita maneira
Que qu'ria esta ave agoureira dos maus tempos ancestrais
Esta ave negra e agoureira dos maus tempos ancestrais,
Com aquele "Nunca mais".

Comigo isto discorrendo, mas sem sílaba dizendo
A ave que na minha alma cravava os olhos fatais,
Isto e mais ia cismando, a cabeça reclinando
No veludo onde a luz punha vagas sombras desiguais,
Naquele onde ela, entre as sombras desiguais,
Reclinar-se-á nunca mais!

Fez-se então o ar mais denso, como cheio dum incenso
Que anjos dessem, cujos leves passos soam musicais.
"Maldito", a mim disse, "deu-te Deus, por anjos concedeu-te
O esquecimento; valeu-te. Toma-o, esquece, com teus ais,
O nome da que não esqueces, e que faz esses teus ais!"
Disse o corvo, 'Nunca mais'."

"Profeta", disse eu, "profeta — ou demônio ou ave preta —
Fosse diabo ou tempestade quem te trouxe a meus umbrais,
A este luto e este degredo, e esta noite e este segredo
A esta casa de ânsia e medo, dize a esta alma a quem atrais!
Se há um bálsamo longínquo para esta alma a quem atrais!"
Disse o corvo, "Nunca mais".

"Profeta", disse eu, "profeta — ou demônio ou ave preta —
Pelo Deus ante quem ambos somos fracos e mortais,
Dize a esta alma entristecida, se no Éden de outra vida,
Verá essa hoje perdida entre hostes celestiais.
Essa cujo nome sabem as hostes celestiais!"
Disse o corvo, "Nunca mais".

"Que esse grito nos aparte, ave ou diabo!", eu disse. "Parte!
Torna à noite e à tempestade! Torna às trevas infernais!
Não deixes pena que ateste a mentira que disseste!
Minha solidão me reste! tira-te de meus umbrais!
Tira o vulto de meu peito e a sombra de meus umbrais!"
Disse o corvo, "Nunca mais".

E o corvo, na noite infinda, está ainda, está ainda,
No alvo busto de Atena que há por sobre os meus umbrais.
Seu olhar tem a medonha dor de um demônio que sonha,
E a luz lança-lhe a tristonha sombra no chão mais e mais.
E a minh'alma dessa sombra que no chão há mais e mais,
Libertar-se-á... nunca mais!

De Gondin da Fonseca

Certa vez, quando, à meia-noite eu lia, fraco, extenuado,
um livro antigo e singular, sobre doutrinas do passado,
meio dormindo — cabeceando —, ouvi uns sons, trêmulos, tais
como se leve, bem de leve, alguém batesse à minha porta.
"É um visitante", murmurei, "que bate, leve, à minha porta.
Apenas isso e nada mais."

Bem me recordo. Era em dezembro. Um frio atroz, ventos cortantes...
Morria a chama no fogão, pondo no chão sombras errantes.
Eu nos meus livros procurava — ansiando as horas matinais —
um meio (em vão) de amortecer fundas saudades de Lenora
— bela adorada, a quem, no céu, os querubins chamam Lenora,
e aqui ninguém chamará mais.

E das cortinas cor de sangue, o arfar soturno e brando e vago
causou-me horror nunca sentido — horror fantástico e pressago.
Então, fiquei (para acalmar o coração de sustos tais)
a repetir: "É alguém que bate, alguém que bate à minha porta;
algum noturno visitante, aqui batendo à minha porta;
é isso, é isso e nada mais."

Fortalecido já por fim, brado perdendo a hesitação:
"Senhor! Senhora! quem sejais, se demorei peço perdão!
Eu dormitava, fatigado, e tão baixinho me chamais,
bateis tão manso, mansamente, assim de noite à minha porta,
que não é fácil escutar." Porém só vejo, abrindo a porta,
a escuridão e nada mais.

Perquiro a treva longamente, estarrecido, amedrontado,
sonhando sonhos que, talvez, nenhum mortal haja sonhado.
Silêncio fúnebre! Ninguém. De visitante nem sinais.
Uma palavra apenas corta a noite plácida: — "Lenora."
Digo-a em segredo, e num murmúrio, o eco repete-me Lenora.
Isto somente — e nada mais.

Para o meu quarto eu volto enfim — sentindo n'alma estranho ardor,
e novamente ouço bater, ouço bater com mais vigor,
"Vêm da janela", presumi, "estes rumores anormais.
Mas eu depressa vou saber donde procede tal mistério.
É o vento, o vento e nada mais!"

Eis, de repente, abro a janela, e esvoaça então, vindo de fora,
um corvo grande, ave ancestral, dos tempos bíblicos — doutrora!
Sem cortesias, sem parar, batendo as asas triunfais,
ele, com ar de grão-senhor, foi, sobre a porta do meu quarto,
quedar sombrio e nada mais.

Eu estava triste, mas sorri, vendo o meu hóspede noturno
tão gravemente repousado, hirto, solene e taciturno.
"Sem crista, embora" — ponderei —, "embora ancião dos teus iguais
não és medroso, ó Corvo hediondo, ó filho errante de Plutão!
Que nobre nome é acaso o teu, no escuro império de Plutão?"
E o corvo disse: "Nunca mais."

Fiquei surpreso — pois que nunca imaginei fosse possível
ouvir de um corvo tal resposta, embora incerta, incompreensível,
e creio bem, que em tempo algum, em noite alguma entre mortais
viram um pássaro adejar, voando por cima de uma porta,
e declarar (ao alto de um busto, erguido acima de uma porta)
que se chamava "Nunca mais".

Porém o Corvo, solitário, essas palavras só murmura,
como que nelas refletindo uma alma cheia de amargura.
Depois concentra-se e nem move — inerte sobre os meus umbrais —
uma só pena. Exclamo então: "Muitos amigos me fugiram...
Tu fugirás pela manhã, como os meus sonhos me fugiram..."
Responde o corvo: "Oh! Nunca mais."

Pasmo, ao varar o atroz silêncio uma resposta assim tão justa,
e digo: "Certo, ele só sabe essa expressão com que me assusta.
Ouviu-a, acaso, de algum dono, a quem desgraças infernais
hajam seguido, e perseguido, até cair nesse estribilho,
até chorar as ilusões com esse lúgubre estribilho
de — 'nunca mais! oh! nunca mais!'."

De novo, foram-se mudando as minhas mágoas num sorriso...
Então, rodei uma poltrona, olhei o Corvo, de improviso,
e nos estofos mergulhei, formando hipóteses mentais
sobre as secretas intenções que essa medonha ave agoureira
tinha, grasnando "Nunca mais".

Mil coisas pressupus... Não lhe falava, mas sentia
que me abrasava o coração o duro olhar da ave sombria.
... E assim fiquei, num devaneio, em deduções conjecturais,
minha cabeça reclinando — à luz da lâmpada fulgente
nessa almofada de veludo, em que ela, agora — à luz fulgente —,
não mais descansa — ah! nunca mais.

Subitamente o ar se adensou, qual se em meu quarto solitário,
anjos pousassem, balançando um invisível incensário.
"Ente infeliz" — eu exclamei. — "Deus apiedou-se dos teus ais!
Calma-te! calma-te e domina essas saudades de Lenora!
Bebe o nepente benfazejo! Olvida a imagem de Lenora!"
E o corvo disse: "Nunca mais."

"Profeta!" — brado. "Anjo do mal, ave ou demônio irreverente
que a tempestade, ou Satanás, aqui lançou tragicamente,
e que te vês, soberbo, e só, nestes desertos areais,
nesta mansão de eterno horror! Fala! responde ao certo! Fala!
Existe bálsamo em Galaad? Existe? Fala, ó Corvo! Fala!"
E o corvo disse: "Nunca mais."

"Profeta!" — brado. "Anjo do mal! Ave ou demônio irreverente,
dize, por Deus, que está nos céus, dize! eu te peço humildemente,
dize a esta pobre alma sem luz, se lá nos páramos astrais,
poderá ver, um dia, ainda, a bela e cândida Lenora,
amada minha, a quem, no céu, os querubins chamam Lenora!"
E o corvo disse: "Nunca mais."

"Seja essa frase o nosso adeus" — grito, de pé, com aflição.
"Vai-te! Regressa à tempestade, à noite escura de Plutão!
Não deixes pluma que recorde essas palavras funerais!
Mentiste! Sai! Deixa-me só! Sai desse busto junto à porta!
Não rasgues mais meu coração! Piedade! Sai de sobre a porta!"
E o corvo disse: "Nunca mais."

E não saiu! E não saiu! Ainda agora se conserva
pousado, trágico e fatal, no busto branco de Minerva.
Negro demônio sonhador, seus olhos são como punhais!
Por cima, a luz, jorrando, espalha a sombra dele, que flutua...
E a alma infeliz, que me tombou dentro da sombra que flutua,
não há de erguer-se, "Nunca mais".

A FILOSOFIA DA COMPOSIÇÃO[1]

Charles Dickens, numa nota que agora está à minha frente, aludindo a uma análise que fiz, certa vez, do mecanismo do *Barnaby Rudge*, diz: "De passagem, sabe que Godwin escreveu seu *Caleb Williams* de trás para diante? Envolveu primeiramente seu herói numa teia de dificuldades, que formava o segundo volume, e depois, para fazer o primeiro, ficou procurando um modo de explicar o que havia sido feito."

Não posso pensar que esse seja o modo *preciso* de proceder de Godwin, e, de fato, o que ele próprio confessa não está completamente de acordo com a ideia do Sr. Dickens. Mas o autor de *Caleb Williams* era muito bom artista para deixar de perceber a vantagem procedente de um processo pelo menos um tanto semelhante. Nada é mais claro do que deverem todas as intrigas, dignas desse nome, ser elaboradas em relação ao *epílogo* antes que se tente qualquer coisa com a pena. Só tendo o *epílogo* constantemente em vista poderemos dar a um enredo seu aspecto indispensável de consequência, ou causalidade, fazendo com que os incidentes e, especialmente, o tom da obra tendam para o desenvolvimento de sua intenção.

Há um erro radical, acho, na maneira habitual de construir-se uma ficção. Ou a história nos concede uma tese ou uma é sugerida por um incidente do dia; ou, no melhor caso, o autor senta-se para trabalhar na combinação de acontecimentos impressionantes para formar simplesmente a base da narrativa, planejando, geralmente, encher de descrições, diálogos ou comentários autorais todas as lacunas do fato ou da ação que se possam tornar aparentes, de página a página.

Eu prefiro começar com a consideração de um *efeito*. Mantendo *sempre* a originalidade em vista (pois é falso a si mesmo quem se arrisca a dispensar uma fonte de interesse tão evidente e tão facilmente alcançável), digo-me, em primeiro lugar: "Dentre os inúmeros efeitos ou impressões a que são suscetíveis o coração, a inteligência ou, mais geralmente, a alma, qual irei eu, na ocasião atual, escolher?" Tendo escolhido primeiro um assunto novelesco e depois um efeito vivo, considero se seria melhor trabalhar com os incidentes ou com o tom — com os incidentes habituais e o tom especial ou com o contrário, ou com a especialidade tanto dos incidentes quanto do tom — depois de procurar em torno de mim (ou melhor, dentro) aquelas combinações de tom e acontecimento que melhor me auxiliem na construção do efeito.

Muitas vezes pensei quão interessantemente podia ser escrita uma revista por um autor que quisesse — isto é, que pudesse — pormenorizar, passo a passo, os processos pelos quais qualquer uma de suas composições atingia seu ponto de acabamento. Por que uma publicação assim nunca foi dada ao mundo é coisa que não sei explicar, mas talvez a vaidade dos autores tenha mais responsabilidade por essa omissão do que qualquer outra causa. Muitos escritores — especialmente os poetas — preferem ter por entendido que compõem por meio de uma espécie de sutil frenesi, de intuição extática, e positivamente estremeceriam ante a ideia de deixar o público dar uma olhadela, por trás dos bastidores, para as rudezas vacilantes e trabalhosas do pensamento, para os verdadeiros propósitos só alcançados no último instante, para

1 Publicado pela primeira vez no *Graham's Lady's and Gentleman's Magazine*, abril de 1846. Título original: PHILOSOPHY OF COMPOSITION.

os inúmeros relances de ideias que não chegam à maturidade da visão completa, para as imaginações plenamente amadurecidas e repelidas em desespero, como inaproveitáveis, para as cautelosas seleções e rejeições, as dolorosas emendas e interpelações, numa palavra: para as rodas e rodinhas, os apetrechos de mudança do cenário, as escadinhas e os alçapões do palco, as penas de galo, a tinta vermelha e os disfarces postiços que, em 99% dos casos, constituem a característica do *histrião* literário.

Bem sei, de outra parte, que de modo algum é comum o caso em que um autor esteja absolutamente em condições de reconstituir os passos pelos quais suas conclusões foram atingidas. As sugestões, em geral, tendo-se erguido em tumulto, são seguidas e esquecidas de maneira semelhante.

Quanto a mim, nem simpatizo com a repugnância acima aludida nem, em qualquer tempo, tive a menor dificuldade em relembrar os passos progressivos de quaisquer de minhas composições; e, desde que o interesse de uma análise ou reconstrução, tal como a que tenho considerado um *desideratum*, é inteiramente independente de qualquer interesse real ou imaginário na coisa analisada, não se deve encarar como falta de decoro de minha parte o mostrar o *modus operandi* pelo qual uma de minhas próprias obras se completou. Escolhi *O Corvo*, como a mais geralmente conhecida. É meu desígnio tornar manifesto que nenhum ponto de sua composição se refere ao acaso ou à intuição, que o trabalho caminhou, passo a passo, até completar-se, com a precisão e a sequência rígida de um problema matemático.

Deixemos de parte, por ser sem importância para o poema *per se*, a circunstância ou, digamos, a necessidade que em primeiro lugar deu origem à intenção de compor *um* poema que, a um tempo, agradasse ao gosto do público e da crítica.

Comecemos, pois, a partir dessa intenção.

A consideração inicial foi a da extensão. Se alguma obra literária é longa demais para ser lida de uma assentada, devemos resignar-nos a dispensar o efeito imensamente importante que se deriva da unidade de impressão, pois, se se requerem duas assentadas, os negócios do mundo interferem e tudo o que se pareça com totalidade é imediatamente destruído. Mas, visto como, *ceteris paribus*, nenhum poeta pode permitir-se dispensar *qualquer coisa* que possa auxiliar seu intento, resta a ver se há, na extensão, qualquer vantagem que contrabalance a perda de unidade resultante. Digo logo que não há. O que denominamos um poema longo é, de fato, apenas a sucessão de alguns curtos, isto é, de breves efeitos poéticos. É desnecessário demonstrar que um poema só o é quando emociona, intensamente, elevando a alma; e todas as emoções intensas, por uma necessidade psíquica, são breves. Por essa razão, pelo menos metade do *Paraíso perdido* é essencialmente prosa, pois uma sucessão de emoções poéticas se intercala, *inevitavelmente*, de depressões correspondentes; e o conjunto se vê privado, por sua extrema extensão, do vastamente importante elemento artístico: a totalidade ou unidade de efeito.

Parece evidente, pois, que há um limite distinto no que se refere à extensão: para todas as obras de arte literária, o limite de uma só assentada; e que, embora em certas espécies de composição em prosa, tais como *Robinson Crusoé* (que não exige unidade), esse limite possa ser vantajosamente superado, nunca poderá ser ele ultrapassado convenientemente por um poema. Dentro desse limite a extensão de um poema deve ser calculada para conservar relação matemática com seu mérito;

noutras palavras: com a emoção ou elevação; ou ainda em outros termos: com o grau de verdadeiro efeito poético que ele é capaz de produzir. Pois é claro que a brevidade deve estar na razão direta da intensidade do efeito pretendido, e isto com uma condição: a de que certo grau de duração é exigido, absolutamente, para a produção de qualquer efeito.

Tendo em vista essas considerações, assim como aquele grau de excitação que eu não colocava acima do gosto popular nem abaixo do gosto crítico, alcancei logo o que imaginei ser a extensão conveniente para meu pretendido poema: uma *extensão* de cerca de cem versos. De fato, ele tem 108.

Meu pensamento seguinte referiu-se à escolha de uma impressão ou efeito a ser obtido; e aqui bem posso observar que, através de toda a elaboração, tive firmemente em vista o desejo de tornar a obra apreciável *por todos*. Seria levado longe demais de meu assunto imediato se fosse demonstrar um ponto sobre o qual tenho repetidamente insistido e que, entre poetas, não tem a menor necessidade de demonstração; refiro-me ao ponto de que a Beleza é a única província legítima do poema. Poucas palavras, contudo, para elucidar meu verdadeiro pensamento, que alguns de meus amigos tiveram inclinação para interpretar mal. O prazer que seja ao mesmo tempo o mais intenso, o mais enlevante e o mais puro é, creio eu, encontrado na contemplação do belo. Quando, de fato, os homens falam de Beleza querem exprimir, precisamente, não uma qualidade, como se supõe, mas um efeito; referem-se, em suma, precisamente àquela intensa e pura elevação da *alma* — e *não* da inteligência ou do coração — de que venho falando e que se experimenta em consequência da contemplação do "belo". Ora, designo a Beleza como a província do poema simplesmente porque é evidente regra de arte que os efeitos deveriam jorrar de causas diretas, que os objetivos deveriam ser alcançados pelos meios melhor adaptados para atingi-los. E ninguém houve ainda bastante tolo para negar que a elevação especial a que aludi é *mais prontamente* atingida num poema. Quanto ao objetivo Verdade, ou a satisfação do intelecto, e o objetivo Paixão, ou a excitação do coração, são eles muito mais prontamente atingíveis na prosa, embora também, até certa extensão, na poesia. A Verdade, de fato, demanda uma precisão, e a Paixão uma *familiaridade* (o verdadeiramente apaixonado me compreenderá) que são inteiramente antagônicas daquela Beleza que, asseguro, é a excitação ou a elevação agradável da alma. De modo algum se segue, de qualquer coisa aqui dita, que a paixão, e mesmo a verdade, não possam ser introduzidas, proveitosamente introduzidas até, num poema, porque elas podem servir para elucidar ou auxiliar o efeito geral, como as discordâncias em música, pelo contraste; mas o verdadeiro artista sempre se esforçará, em primeiro lugar, para harmonizá-las na submissão conveniente ao alvo predominante e, em segundo lugar, para revesti-las, tanto quanto possível, daquela Beleza que é a atmosfera e a essência do poema.

Encarando, então, a Beleza como a minha província, minha seguinte questão se referia ao *tom* de sua mais alta manifestação, e todas as experiências têm demonstrado que esse tom é o da *tristeza*. A beleza de qualquer espécie, em seu desenvolvimento supremo, invariavelmente provoca na alma sensitiva as lágrimas. A melancolia é, assim, o mais legítimo de todos os tons poéticos.

Estando assim determinados a extensão, a província e o tom, entreguei-me à indução normal, a fim de obter algum efeito artístico agudo que me pudesse servir de nota-chave na construção do poema, algum eixo sobre que toda a estrutura devesse girar. Passando cuidadosamente em revista todos os efeitos artísticos usuais — ou, mais propriamente, *situações*, no sentido teatral — não deixei de perceber de imediato que nenhum tinha sido tão universalmente empregado como o do *refrão*. A universalidade desse emprego bastou para me assegurar de seu valor intrínseco e evitou-me a necessidade de submetê-lo à análise. Considerei-o, contudo, em relação à sua suscetibilidade de aperfeiçoamento e vi logo que ainda se achava num estado primitivo. Como é comumente usado, o refrão poético ou estribilho não só se limita ao verso lírico, mas depende, para impressionar, da força da monotonia, tanto no som como na ideia. O prazer somente se extrai pelo sentido de identidade, de repetição. Resolvi fazer diversamente, e assim elevar o efeito, aderindo, em geral, à monotonia do som, porém continuamente variando na ideia; isto é, decidi produzir continuamente novos efeitos pela variação *da aplicação* do estribilho, permanecendo este, na maior parte das vezes, invariável.

Assentados tais pontos, passei a pensar sobre a natureza de meu refrão. Desde que sua aplicação deveria ser repetidamente variada, era claro que esse refrão deveria ser breve, pois haveria insuperáveis dificuldades na aplicação de qualquer sentença extensa. Em proporção à brevidade da sentença estaria, naturalmente, a facilidade da variação. Isso imediatamente me levou a uma só palavra como o melhor refrão.

Suscitou-se, então, a questão do caráter da palavra. Tendo-me inclinado por um refrão, a divisão do poema em estâncias surgia, naturalmente, como corolário, formando o refrão o fecho de cada estância. Não cabia dúvida de que tal fecho, para ter força, devia ser sonoro e suscetível de ênfase prolongada, e tais considerações inevitavelmente me levaram ao *o* prolongado, como a mais sonora vogal, em conexão com o *r*, como a consoante mais aproveitável.

Ficando assim determinado o som do refrão, tornou-se necessário escolher uma palavra que encerrasse esse som e, ao mesmo tempo, se relacionasse o mais possível com a melancolia predeterminada como o tom do poema. Em tal busca teria sido absolutamente impossível que escapasse a palavra *nevermore*.[2] De fato, foi ela a primeira que se apresentou.

O *desideratum* seguinte era um pretexto para o uso contínuo da palavra *nevermore* (nunca mais). Observando a dificuldade que já encontrara em inventar uma razão suficientemente plausível para sua contínua repetição, não deixei de perceber que essa dificuldade nascia somente da presunção de que a palavra devia ser contínua ou monotonamente pronunciada por um ser *humano*. Não deixei de perceber, em suma, que a dificuldade estava em conciliar essa monotonia com o exercício da razão por parte da criatura que repetisse a palavra. Daí, pois, ergueu-se imediatamente a ideia de uma criatura *não* racional, capaz de falar, e muito naturalmente foi sugerida, de início, a de um papagaio, que foi logo substituída pela de um corvo, como igualmente capaz de falar e infinitamente mais em relação com o *tom* pretendido.

Eu já havia chegado à ideia de um corvo, a ave do mau agouro, repetindo

2 Na tradução portuguesa para esta edição foi empregada a expressão "nunca mais", que também é capaz de produzir efeitos bem semelhantes aos desejados pelo autor. (N. T.)

monotonamente a expressão "nunca mais" na conclusão de cada estância de um poema de tom melancólico e extensão de cerca de cem linhas. Então, jamais perdendo de vista o objetivo — o *superlativo*, ou a perfeição em todos os pontos —, perguntei-me: "De todos os temas melancólicos, qual, segundo a compreensão *universal* da humanidade, é o mais melancólico?" A Morte — foi a resposta evidente. "E quando — insisti — esse mais melancólico dos temas se torna o mais poético?" Pelo que já explanei, um tanto prolongadamente, a resposta também aí era evidente: "Quando ele se alia mais de perto à *Beleza*; a morte, pois, de uma bela mulher é, inquestionavelmente, o mais poético tema do mundo e, igualmente, a boca mais capaz de desenvolver tal tema é a de um amante despojado de seu amor."

Tinha, pois, de combinar as duas ideias: a de um amante lamentando sua morta amada e a de um corvo continuamente repetindo a locução "nunca mais". E tinha de combiná-las tendo em mente meu propósito de variar, a cada vez, a *aplicação* da palavra repetida; mas a única maneira inteligível de tal combinação era a de imaginar o corvo empregando a palavra em resposta às perguntas do amante. E então aí vi, imediatamente, a oportunidade concedida para o efeito do qual eu tinha estado dependente, isto é, o efeito da *variação da aplicação*. Vi que poderia fazer da primeira pergunta apresentada pelo amante — a primeira pergunta a que o corvo deveria responder "nunca mais" —, que poderia fazer dessa primeira pergunta um lugar-comum; da segunda uma expressão menos comum; da terceira ainda menos, e assim por diante, até que o amante, arrancado de sua displicência primitiva pelo caráter melancólico da própria palavra, pela sua frequente repetição e pela consideração da sinistra reputação da ave que a pronunciava, fosse afinal excitado à superstição e loucamente fizesse perguntas de espécie muito diversa, perguntas cuja resposta lhe interessavam apaixonadamente ao coração, fazendo-as num misto de superstição e daquela espécie de desespero que se deleita na própria tortura, fazendo-as não porque propriamente acreditasse no caráter profético ou demoníaco da ave (que a razão lhe diz estar apenas repetindo uma lição aprendida rotineiramente), mas porque experimentaria um frenético prazer em organizar suas perguntas para receber do *esperado* "nunca mais" a mais deliciosa, porque a mais intolerável, das tristezas. Percebendo a oportunidade que assim se me oferecia — ou, mais estritamente, que se me impunha no desenrolar da composição —, estabeleci na mente o *clímax* ou a pergunta conclusiva: aquela pergunta de que o "nunca mais" seria, pela última vez, a resposta, aquela pergunta em resposta à qual o "nunca mais" envolveria a máxima concentração possível de tristeza e de desespero.

Aí, então, pode-se dizer que o poema teve seu começo: pelo fim, por onde devem começar todas as obras de arte; porque foi nesse ponto de minhas considerações prévias que, pela primeira vez, tomei do papel e da pena para compor a estância:

> *"Prophet!", said I, "thing of evil! prophet still, if bird or devil!*
> *By that heaven that bends above us — by that God we both adore —*
> *Tell this soul with sorrow laden if, within the distant Aidenn,*
> *It shall clasp a sainted maiden whom the angels name Lenore —*
> *Clasp a rare and radiant maiden whom the angels name Lenore."*

Quoth the Raven, "Nevermore".[3]

Compus essa estância, nesse ponto, primeiramente porque, estabelecendo o ponto culminante, melhor poderia variar e graduar, no que se refere à seriedade e importância, as perguntas precedentes do amante; e, em segundo lugar, porque poderia definitivamente assentar o ritmo, o metro, a extensão e o arranjo geral da estância, assim como graduar as estâncias que a deviam preceder, para que nenhuma delas pudesse ultrapassá-la em seu efeito rítmico. Tivesse eu sido capaz, na composição subsequente, de construir estâncias mais vigorosas, não teria hesitações em enfraquecê-las propositadamente, para que não interferissem com o efeito culminante.

E aqui bem posso dizer algumas palavras sobre versificação. Meu primeiro objetivo, como de costume, era a originalidade. A amplitude com que esta tem sido negligenciada na versificação é uma das coisas mais inexplicáveis do mundo. Admitindo-se que haja pequena possibilidade de variedade no *ritmo*, permanece claro, porém, que as variedades possíveis do metro e da estância são absolutamente infinitas; e, contudo, *durante séculos, nenhum homem, em verso, jamais fez ou jamais pareceu pensar em fazer uma coisa original*. A verdade é que a originalidade (a não ser em espíritos de força muito comum) de modo algum é uma questão, como muitos supõem, de impulso ou de intuição. Para ser encontrada, ela, em geral, tem de ser procurada trabalhosamente e, embora seja um mérito positivo da mais alta classe, seu alcance requer menos invenção que negação.

Sem dúvida, não pretendo que haja qualquer originalidade, quer no ritmo, quer no metro de *O Corvo*.[4] O primeiro é trocaico, e o segundo octâmetro acatalético, alternando-se com um heptâmetro catalético repetido no refrão do quinto verso, e terminando com um tetrâmetro catalético. Falando menos pedantescamente, o pé empregado no poema (troqueu) consiste de uma sílaba longa, seguida por uma curta; o primeiro verso da estância compõe-se de oito desses pés; o segundo, de sete e meio (de fato, dois terços); o terceiro de oito; o quarto de sete e meio; o quinto de sete e meio; o sexto de três e meio. Ora, cada um desses versos, tomado separadamente, tem sido empregado antes, mas a originalidade que *O Corvo* tem está em sua *combinação na estância*, nada já havendo sido tentado que mesmo remotamente se aproximasse dessa combinação. O efeito dessa originalidade de combinação é ajudado por outros efeitos incomuns, alguns inteiramente novos, oriundos de uma ampliação da aplicação dos princípios de rima e de aliteração.

O ponto seguinte a ser considerado era o modo de juntar o amante e o corvo, e o primeiro ramo dessa consideração era o local. Para isso, a sugestão mais natural seria a de uma floresta, ou a dos campos; mas sempre me pareceu que uma *circunscrição fechada do espaço* é absolutamente necessária para o efeito do incidente insulado e tem a força de uma moldura para um quadro. Tem indiscutível força mo-

3 "Profeta! exclamo. Ó ser do mal! Profeta sempre, ave infernal! / Pelo alto céu, por esse Deus que adoram todos os mortais, / fala se esta alma sob o guante atroz da dor, no Éden distante, / verá a deusa fulgurante a quem nos céus chamam Lenora, / essa, mais bela do que a aurora, a quem nos céus chamam Lenora!" / E o Corvo disse: "Nunca mais!"

4 A explicação da forma utilizada refere-se, é evidente, ao original inglês. Na tradução portuguesa de que nos estamos valendo, por motivos óbvios, o metro e o ritmo são outros, embora com a preocupação de se aproximarem, o máximo possível, do original. (N. T.)

ral para conservar concentrada a atenção e, naturalmente, não deve ser confundida com a mera unidade de lugar.

Determinei, então, colocar o amante em seu quarto — num quarto para ele sagrado pela recordação daquela que o frequentara. O quarto é apresentado como ricamente mobiliado, isso na simples continuação das ideias que eu já tinha explanado a respeito da Beleza como a única verdadeira tese poética.

Tendo sido assim determinado o *local*, tinha agora de introduzir a ave, e o pensamento de introduzi-la pela janela era inevitável. A ideia de fazer o amante supor, em primeiro lugar, que o tatalar das asas da ave contra o postigo é um "batido" à porta originou-se dum desejo de aumentar, pela prolongação, a curiosidade do leitor, e dum desejo de admitir o efeito casual surgindo do fato de o amante abrir a porta, achar tudo escuro e depois aceitar a semifantasia de que fora o espírito de sua amada que batera.

Fiz a noite tempestuosa, primeiro para explicar por que o corvo procurava entrar e, em segundo lugar, para efeito de contraste com a serenidade (física) que reinava dentro do quarto.

Fiz o pássaro pousar no busto de Minerva, também para efeito de contraste entre o mármore e a plumagem — sendo entendido que o busto foi absolutamente *sugerido* pelo pássaro; escolhi o busto de Minerva, primeiro, para combinar mais com a erudição do amante e, em segundo lugar, pela sonoridade da própria palavra Minerva.

Pelo meio do poema, também, aproveitei-me da força do contraste, tendo em vista aprofundar a impressão derradeira. Por exemplo, um ar do fantástico — aproximando-se o mais possível do burlesco — é dado à entrada do corvo. Ele entra "em tumulto, a esvoaçar".

Not the least obeisance made he — not a moment stoped or stayed he
But with mien of lord or lady, perched above my chamber door,
Perched upon a bust of Pallas just above my chamber door.[5]

Nas duas estrofes que se seguem, esse desígnio é ainda mais evidentemente salientado:

Then this ebony bird beguiling my sad fancy into smiling
By the grave and stern decorum of the countenance it wore,
"Though thy crest be shorn and shaven thou", I said, "art sure no craven
Ghastly grim and ancient Raven wandering from the nightly shore —
Tell me what thy lordly name is on the Night's Plutonian shore?"
Quoth the Raven "Nevermore".[6]

Much I marvelled this ungainly fowl to hear discourse so plainly
Though its answer little meaning — little relevancy bore;
For we cannot help agreeing that no living human being
Ever yet was blessed with seeing bird above his chamber door —
Bird or beast upon the aculptured bust above his chamber door,

5 Como um fidalgo passa, augusto e, sem notar sequer meu susto, / adeja e pousa sobre o busto — uma escultura de Minerva, / bem sobre a porta; e se conserva ali, no busto de Minerva.

6 Ao ver da ave austera e escura a solenissima figura, / desperta em mim um leve riso, a distrair-me de meus ais. / "Sem crista embora, ó Corvo antigo singular" — então lhe digo — / "não tens pavor. Fala comigo, alma da noite, espectro torvo, / qual é o teu nome, ó nobre Corvo, o nome teu no inferno torvo!" / E o Corvo disse: "Nunca mais!"

With such name as "Nevermore".[7]

Sendo assim assegurado o efeito do desenvolvimento, imediatamente troquei o fantástico por um tom da mais profunda seriedade, começando esse tom na estância imediatamente seguinte à última citada, com o verso:

But the Raven, sitting lonely on that placid bust spoke only etc.[8]

Daí para a frente, o amante não mais zomba, não mais vê qualquer coisa de fantástico na conduta do Corvo. Fala dele como "horrendo, torvo, ominoso e antigo", sentindo "da ave, incandescente, o olhar" queimá-lo "fixamente". Essa revolução do pensamento ou da imaginação, da parte do amante, destina-se a provocar uma semelhante da parte do leitor, levar o espírito a uma disposição própria para o *desenlace*, que é agora completado tão rápida e diretamente quanto possível.

Com o desenlace conveniente, com a resposta do corvo "Nunca mais" à pergunta final do amante sobre se ele encontraria sua amada em um outro mundo, o poema, em sua fase evidente, que é a da simples narrativa, pode ser considerado como completo. Até aí, tudo está dentro dos limites do explicável, do real. Um corvo, tendo aprendido rotineiramente a dizer apenas a palavra *Nevermore*, e tendo escapado à vigilância de seu dono, é levado à meia-noite, em meio à violência de uma tempestade, a buscar entrada numa janela pela qual se vê ainda a luz brilhar: a janela do quarto de um estudante ocupado entre folhear um volume e sonhar com uma adorada amante morta. Sendo aberta a janela, ao tumultuar das asas da ave, esta pousa no sítio mais conveniente e fora do alcance imediato do estudante que, divertido pelo incidente e pela extravagância das maneiras do visitante, pergunta-lhe, de brinquedo e sem esperar resposta, por seu nome. O corvo interrogado responde com seu costumeiro *Nevermore*, palavra que logo encontra eco no coração melancólico do estudante que, dando expressão, em voz alta, a certos pensamentos sugeridos pelo momento, é de novo surpreendido pela repetição do *Nevermore* do corvo. O estudante adivinha então a real causa do acontecimento, mas é impelido, como já explanei, pela sede humana de autotortura e, em parte, pela superstição, a propor questões tais à ave que só lhe trarão, ao amante, o máximo da volúpia da tristeza, graças à esperada palavra "Nunca mais". Levando até o extremo essa autotortura, a narração, naquilo que denominei sua fase primeira ou evidente, tem um fim natural e até aí não ultrapassou os limites do real. Mas nos assuntos assim manejados, por mais agudamente que sejam, por mais vivas riquezas de incidentes que possuam, há sempre certa dureza ou nudez que repele o olhar artístico. Duas coisas são invariavelmente requeridas: primeiramente, certa soma de complexidade ou, mais propriamente, de adaptação; e, em segundo lugar, certa soma de sugestividade, certa subcorrente, embora indefinida, de sentido. Esta última, afinal, é que dá a uma obra de arte tanto daquela *riqueza* (para tirar da conversação cotidiana um termo eficaz) que gostamos demais de confundir com o *ideal*. É o *excesso* do sentido sugerido, é torná-lo a corrente superior em vez da subcorrente do tema que transforma em prosa (e prosa da

7 Maravilhou-me que falasse uma ave rude dessa classe, / misteriosa esfinge negra, a retorquir-me em termos tais; / pois nunca soube de vivente algum, outrora ou no presente, / que igual surpresa experimente: a de encontrar, em sua porta / uma ave (ou fera, pouco importa), empoleirada em sua porta, / e que se chama "Nunca mais".

8 Diversa coisa não dizia, ali pousada, a ave sombria etc.

mais chata espécie) a assim chamada poesia dos assim chamados transcendentalistas.

Mantendo essas opiniões, ajuntei duas estâncias que concluem o poema, sendo sua sugestividade destinada a penetrar toda a narrativa que as precede. A subcorrente de significação torna-se primeiramente evidente no verso:

Take thy beak from out my heart, and take thy form from off my door!"
Quoth the Raven "Nevermore".[9]

Deve-se observar que as palavras "o peito" envolvem a primeira expressão metafórica no poema. Elas, com a resposta "nunca mais", dispõem a mente a buscar uma moral em tudo quanto foi anteriormente narrado. O leitor começa agora a encarar o corvo como simbólico; mas não é senão nos versos finais da última estância que se permite distintamente ser vista a intenção de torná-lo um emblema da *Recordação lutuosa e infindável*:

And the Raven, never flitting, still is sitting, still is sitting,
On the pallid bust of Pallas just above my chamber door;
And his eyes have all the seeming of a demon's that is dreaming,
And the lamplight o'er him streaming throws his shadow on the floor;
And my soul from out that shadow that lies floating on the floor
Shall be lifted — nevermore.[10]

FIM
DE "A FILOSOFIA DA COMPOSIÇÃO"
E DE "O CORVO"

9 Retira a garra que me corta o peito e vai-te dessa porta!" / E o Corvo disse: "Nunca mais!"

10 "E lá ficou! Hirto, sombrio, ainda hoje o vejo, horas a fio, / sobre o alvo busto de Minerva, inerte, sempre em meus umbrais. / No seu olhar medonho e enorme o anjo do mal, em sonhos, dorme, / e a luz da lâmpada, disforme, atira ao chão a sua sombra. / Nela, que ondula sobre a alfombra, está minha alma; e, presa à sombra, / não há de erguer-se, ai! nunca mais!

OUTROS POEMAS

Nota preliminar

Edgar Allan Poe começou a poetar bem cedo. Talvez pelos treze anos já ensaiasse seus primeiros versos. A adolescência lhe estimularia a inspiração, e foi byroniano, como todos os moços daqueles tempos de romantismo extremado. Aos dezoito anos resolveu enfrentar esse monstro que se chama "o público", publicando as primícias de seu talento poético. Esse seu primeiro livro foi Tamerlão e outros poemas, *publicado em Boston, em 1827. Além do poema-título, constavam do livrinho os poemas: "Sonhos", "Os espíritos dos mortos", "Vésper", "Um sonho num sonho", "Estâncias", "Um sonho", "O dia mais feliz", "O lago" e "A ...".*

Alguns desses poemas vêm já marcados por aquela melancolia e aquele amor às coisas funéreas que caracterizarão a obra de Poe. O livro pouco êxito, ou nenhum, obteve. Dois anos depois, tenta novamente atingir o público, apresentando-lhe nova coletânea de poesias. Desta vez, entusiasmado com certos estudos astronômicos que lhe chamavam então a atenção, dá um nome de estrela, que significaria o espírito da beleza, ao poema inicial do livro que se chamou Al Aaraaf, Tamerlão e poemas menores. *Era, mais ou menos, o mesmo livro anterior. Em edições posteriores, foi acrescentando novos poemas e repolindo os antigos, pois seu agudo espírito crítico não se satisfazia plenamente com a obra realizada. Não gostava tampouco, ao que parece, de desfazer-se desses primeiros versos, pois os conservou nas edições de seus poemas, embora não hesitasse em referir-se "ao barulho" dessas tentativas juvenis.*

Muitos desses poemas, graças ao trabalho de revisão que neles ia fazendo Poe, chegaram a assumir forma mais perfeita e alguns se contam entre os mais apreciáveis de sua lírica, como esse "A Helena", em que transluz o seu amor à herança grega. Certas tônicas temáticas da obra de Poe já se destacam nesses versos da juventude, como "A morta esposa criança", que iria originar aquela série de mulheres estranhas, fantasmais, as Lenoras, as Ligeias, as Ladies Madelines, as Berenices, que povoam os seus contos fantásticos.

Apesar de seu egocentrismo, não se encontram, mesmo nos poemas da juventude, aquelas exacerbações sentimentais tão próprias dos românticos, aquelas exibições exageradas dos sentimentos mais íntimos. No entanto, um poema como "Só" tem muito de autobiográfico. O homem excêntrico, o homem orgulhoso, o homem isolado, o homem diferente dos outros, confessa a sua solidão e a sua excentricidade:

> Não fui, na infância, como os outros
> E nunca vi como outros viam.

E foi esta a sua tragédia: a do homem diferente, que não se ajustava a uma sociedade em que as diferenças, a fuga à rotina, o voo a grandes alturas eram olhados como loucura, mesmo que esse louco fosse um poeta. Ou por isso mesmo.

Considerada quanto ao volume, a obra poética de Edgar Allan Poe não corresponde ao seu inegável gênio e vocação de poeta. É reduzida, tanto em comparação com a de muitos outros poetas, quanto referentemente à sua própria produção em prosa. Essa escassez de quantidade se explica, talvez, em razão das constantes vicissi-

tudes que enfrentou e que não lhe permitiram dedicar-se à poesia como seria de seu desejo, embora esta lhe pudesse propiciar uma fuga à sordidez e à miséria em que tantas vezes se viu engolfado.

O fato, entretanto, de haver no número relativamente pequeno de seus poemas vários que desafiaram o tempo e o esquecimento, sobrevivendo como expressões definitivas de poesia, dá prova irrefutável de seu direito a figurar entre os maiores poetas norte-americanos, como tal reconhecido e admirado no mundo inteiro, e embora ele mesmo dissesse, no prefácio à edição de 1845 dos Poemas,[1] *"nada haver neste volume de muito valor para o público, nem de muito crédito para mim".*

Na obra poética de Poe reflete-se, assim como em sua prosa, a misteriosa dualidade íntima de sua personalidade, ora a abismar-se em delírios e visões alucinantes, ora a desenvolver com espantosa lucidez raciocínios inflexíveis. Ele próprio o tentou explicar, não como um conflito, mas como uma síntese, em que a maestria técnica, utilizada até com precisão matemática, através de uma planificação consciente e autêntica, que abrangia e localizava os menores detalhes, servia para dar a expressão mais adequada e perfeita à inspiração poética, de modo a produzir todos os efeitos pretendidos pelo autor. É assim que ele narra a elaboração de seu mais famoso poema, "O Corvo", como uma construção deliberada, uma conjugação de essência e forma, integradas e medidas para constituírem uma unidade completa. Mesmo depois desse depoimento prestado em causa própria, contudo, há razões para imaginar que o analista minudente que, em Poe, vivia ao lado do visionário só comparecesse a posteriori *para defender como produto preconcebido da razão e da vontade o que antes irrompera, incontido, das profundezas do sentimento.*

Seja como for, sua poesia dá testemunho de ambas as coisas, porque o homem inteiro se reflete nela. Mesmo nas produções de menor valia, excluídas desta coletânea, torna-se visível a luta constante com que procurou aplacar, em cada aspecto de sua trágica divisão interior, a mesma e eterna sede de beleza.

M.A.

---

1 Estas ninharias são coligidas e publicadas de novo, principalmente a fim de redimi-las dos muitos *aperfeiçoamentos* a que foram expostas, enquanto faziam "excursões pela imprensa". Sinto-me naturalmente desejoso de que aquilo que escrevi circule tal como foi escrito, se é que deve circular. Em defesa de meu próprio gosto, contudo, cabe-me dizer que penso nada haver neste volume de muito valor para o público, nem de muito crédito para mim. Acontecimentos independentes da minha vontade impediram-me de realizar, em qualquer ocasião, um esforço sério naquilo que, sob mais felizes circunstâncias, teria sido a carreira da minha escolha. Para mim, a poesia não tem sido uma finalidade, mas uma paixão; e as paixões deveriam merecer reverência; não devem, nem podem, ser excitadas à vontade, com vista às mesquinhas compensações, ou aos louvores, ainda mais mesquinhos, da humanidade. (E.A.P.)

Soneto — À ciência

Ciência! Do velho Tempo és filha predileta!
Tudo alteras, com o olhar que tudo inquire e invade!
Por que rasgas assim o coração do poeta,
abutre, que asas tens de triste Realidade?

Poderia ele amar-te, achar sabedoria
em ti, se ousas cortar seu voo errante e ao léu
quando tenta extrair os tesouros do céu,
mesmo que a asa se eleve indômita e bravia?

Não furtaste a Diana o carro? E não forçaste
a Hamadríade do bosque a procurar, fugindo,
estrela mais feliz, que para sempre a esconda?

Não arrancaste à Ninfa as carícias da onda,
e ao Elfo a verde relva? E a mim, não me roubaste
o sonho de verão ao pé do tamarindo?

Tamerlão

Doce consolação nesta hora extrema!
Tal, Padre, agora não será meu tema...
Não direi loucamente que um poder
terreno me liberte do pecado
sobre-humano de orgulho, em mim a arder.
O tempo de sonhar é já passado:
Dizes que isso é esperança; e a desvairada
chama é só a agonia de um anseio!
Se *creio* na Esperança... Ó Deus! Bem creio...
Sua fonte é mais divina, mais sagrada...
Ancião louco eu não quero te chamar,
mas isso é coisa que não podes dar.

Conheces de um espírito o segredo,
da soberba atirado em plena lama?
Herdei, ó coração a palpitar,
teu quinhão de desprezo, com a fama,
a glória consumida, a cintilar

de meu trono entre as joias, qual coroa
infernal. Porque dor alguma o inferno
pode agora trazer, que me dê medo.
E anseias pelas flores, coração,
e pelo sol das horas de verão!

Desse tempo defunto o canto eterno,
com seu soluço intérmino, reboa,
em teu vazio, nos sons enfeitiçados
de um dobre doloroso de finados.

Do que hoje sou, já fui bem diferente.
Usurpador, obtive, conquistei
o diadema que cinge a fronte ardente.
Roma a César não deu a mesma ousada
herança, que me estava reservada?
A herança de um espírito de rei,
para lutar, espírito altaneiro,
triunfalmente, contra o mundo inteiro.

Em região montanhosa ao mundo vim.
As brumas de Toglay pulverizavam,
à noite, o seu orvalho sobre mim,
e acredito que as asas, em violentos
tumultos, e as tormentas, e os mil ventos,
em meus próprios cabelos se aninhavam.

Esse orvalho, depois, do céu tombando
(entre noites de sonhos condenados),
era um toque de inferno sobre mim,
enquanto rubras luzes, cintilando
em nuvens, que oscilavam quais pendões,
pareciam-me, aos olhos mal cerrados,
do poder régio as predestinações,
e dos trovões profundos o clarim
sobre mim se atirava, proclamando
que, em humanas batalhas, estentórea
— criança louca! — a minha voz bradava
(como minha alma se regozijava
e ante esse grito o coração saltava!)
o grito *de com*bate da Vitória!

Na fronte sem abrigo se esparzia
a chuva rude, e o vento me tornava
desatinado, cego, ensurdecido.

Era apenas um ente que lançava
louros em mim, pensava então, e a fria
fúria do ar fustigante, a meus ouvidos
cantava a evocação de destroçados
impérios, o clamor dos capturados,
o rumor dos cortejos, a canção
com que os tronos rodeia a adulação.

Minhas paixões, desde esse infausto dia,
sobre mim exerceram tirania
tamanha, que, somente com o poder,
se pôde o meu caráter conhecer.

Mas, Padre, então, ali vivia alguém...
então... na juventude... quando a chama
das paixões mais se alteia e mais se inflama
(porque paixões só a juventude tem),
alguém que soube ver, no peito de aço,
de uma fraqueza feminil o traço.

Não tenho termos... ai... para dizer
o quanto é doce o verdadeiro amor!
Nem tentarei agora descrever
dessa face lindíssima o primor,
pois seus contornos são, na minha mente,
sombras que ao vento vão, voluvelmente.
Recordo ter-me outrora debruçado
sobre folhas de ciência do Passado,
até que cada letra, tão fitada,
e cada termo se desvanecesse
e seu próprio sentido se perdesse
em fantasias e, por fim, em nada.

Ah! todo o amor bem ela merecia
e era o meu afeto qual de criança.
Razão tinham os anjos de a invejar.
Seu jovem coração era um altar
em que meus pensamentos e a esperança
eram o incenso, a oferta que subia
com pureza infantil, imaculada,
de seu jovem modelo copiada.
Por que os abandonei, pela paixão
da luz, que inflama e empolga o coração?

Crescemos... e conosco o amor crescia...

vagueando na floresta e nos desertos.
Na tormenta meu peito a protegia
e quando, amiga, a luz do sol sorria.
E se ela contemplava os céus abertos,
somente em seu olhar os céus eu via.

A primeira lição do amor nascente
está no coração, pois, sob o ardente
sol, vendo esses sorrisos sem cuidados,
rindo de seus brinquedos estouvados,
eu me lançava no seu seio arfante
e em lágrimas minha alma se expandia.
Ah! dizer mais eu não precisaria,
nem acalmar temores vãos, perante
quem ficava, sem nada perguntar,
voltando para mim o quieto olhar.

E embora merecesse *mais* que o amor,
a minha alma impaciente se exaltava
quando, num cume de montanha, a sós,
a ambição lhe falava em nova voz.
Todo o meu ser só nela consistia;
o mundo e tudo quanto ele encerrava,
na terra, no ar, nos mares, a alegria,
os quinhões pequeníssimos de dor,
que eram novo prazer, os ideais,
noturnos sonhos de vaidade impura,
e as coisas mais sombrias, porque reais
(as sombras... e uma luz bem mais obscura!)
nas asas do nevoeiro se evolavam
e assim confusamente se tornavam numa
imagem, num nome... um nome... duas
coisas, unificadas, porque tuas.

Eu era ambicioso. Já tiveste
paixões, Padre? Não! Não as conheceste!
Um trono para mim, filho do lodo,
que o mundo dominasse quase todo,
sonhei, a maldizer a minha sorte.
Mas, como todo sonho, também este,
sob o vapor do orvalho, voaria,
não viesse da beleza o brilho forte
que o cumulava, ainda que, se tanto,
por um minuto, por uma hora, um dia,
pesar-me na alma com dobrado encanto.

E passeávamos juntos, pela crista
de elevada montanha, donde a vista
caía, dos penhascos escarpados
e altivos, das florestas, nos outeiros
esparsos, de bosquetes coroados,
rumorejando com seus mil ribeiros.
Falava de poder e de vaidade,
porém misticamente, que a verdade
a ela eu não queria revelar
no que dizia; e então, em seu olhar,
talvez eu lesse, descuidadamente,
um sentimento, do meu próprio irmão.
O brilho de suas faces parecia,
para mim, transformar-se em refulgente
trono; e eu consentir não poderia
que elas brilhassem só na solidão.

De grandezas então eu me envolvia
tomando uma fantástica coroa;
e não era, contudo, a Fantasia
que seu manto viera em mim lançar.
E se entre a humanidade, a turba alvar,
é o leão da ambição, que se agrilhoa,
entregue à mão de um domador, que o mande,
não é assim no deserto; lá, o que é grande
conspira com o terrível e o sem-par
para as almas com o sopro incendiar.

Contempla Samarkand! Contempla-a agora!
Não é rainha da terra e se alcandora
sobre as cidades todas? Não lhes traz
os destinos na mão? E não desfaz,
solitária e fidalga, tudo quanto
de glória e fama neste mundo medra?
Se cair, sua mais humilde pedra
há de formar de um trono o pedestal.
Quem é seu soberano? Tamerlão.
Esse que os povos viram, com espanto,
subir, calcando aos pés cada nação,
um bandido com a coroa real!

Ó amor humano! Tu, que dás, no mundo,
o que esperamos vir do céu profundo;
que cais na alma, qual chuva abençoada
sobre a planície adusta e calcinada;

e, não podendo dar ventura, fazes
do coração deserto sem oásis;
tu, ideia que toda a vida encerra
em música de sons tão singulares
e belos, que na selva têm seus lares,
adeus! adeus! pois conquistei a Terra!

Quando a Esperança, essa águia da amplidão,
os altos cimos já não mais avista,
suas asas se curvam, de mansinho,
e o olhar se volta, doce, para o ninho.
Era o sol-pôr; e quando o sol declina
um desespero sobe ao coração
de quem ainda quisera ter à vista
o esplendor estival da luz solar.
A alma aspira a bruma vespertina,
tão cariciosa, atenta a perceber
o som da treva (ouvido sempre pelos
que sabem dar-lhe ouvido) a se arrastar,
como quem *quer*, em meio a pesadelos,
fugir de algum perigo, sem *poder*.

Que importa brilhe a lua, a lua fria
com seu fulgor mais lúcido e mais forte?
Seu sorriso e *seu* brilho são gelados,
naquelas horas de melancolia,
como um retrato feito após a morte
(vendo-o, nem respiramos, assustados).
E a juventude é como um sol de estio,
cujo poente é o mais triste, porque então
já nada mais ignora o coração
e o que guardar quisemos nos fugiu.
Pereça a vida, pois, qual flor de um dia,
com a beleza que, esplêndida, irradia.

Voltei para meu lar, não mais meu lar,
pois tudo o que o fazia assim se fora.
Penetrei no musgoso umbral e embora
fosse meu passo lento e comedido
veio uma voz da pedra do limiar,
a voz de alguém que eu conhecera outrora.
Oh! desafio o inferno a que apresente,
nos seus leitos de fogo, mais ferido
coração, ou desgraça mais pungente!

Eu creio, Padre, eu firmemente creio,
e bem *sei* — pois a morte, que me veio
da longínqua região abençoada
onde não mais existem ilusões,
vai entreabrindo os rígidos portões
e cintilam os raios da verdade,
que não vês, através da Eternidade...
Sim, eu creio que Eblis posto havia
sua armadilha, sob a humana estrada.
E, se não, por que, quando eu me perdia
no bosque santo desse ídolo, o Amor,
de asas de neve sempre perfumadas
com o incenso das ofertas mais sagradas,
no bosque iluminado intensamente
pelos raios do céu, nesse bosque onde
nenhum ser, por mais ínfimo, se esconde
a seu olhar de águia, abrasador,
por que, então, a ambição se insinuou,
sem ser vista, entre os sonhos, a crescer,
até lançar-se, a rir, ousadamente,
nas madeixas do Amor, do próprio Amor?

Um sonho

Sonhei, entre visões da noite escura,
com a alegria morta, mas meu sonho
de vida e luz me despertou, tristonho,
com o coração partido de amargura.

Ah! que não vale um sonho à luz do dia
para aquele que os olhos traz cravados
nas coisas que o rodeiam e os desvia
para tempos passados?

Aquele santo sonho, sonho santo,
enquanto o mundo repelia o pária,
deu-me o conforto, como luz de encanto
a conduzir uma alma solitária.

E embora a luz, por entre a tempestade
e a noite, assim tremesse, tão distante,
que poderia haver de mais brilhante
no claro sol da estrela da Verdade?

Hino a Aristógiton e Harmódio

I

Com grinaldas de mirto, embainho a espada
como a desses campeões de almas serenas
quando, em peito tirano mergulhada,
restituía a liberdade a Atenas.

II

Heróis! Vossa alma eterna se alcandora
nas ilhas de ventura abençoada
em que descansam os titãs de outrora
e Diomedes e Aquiles têm morada.

III

De mirto verde adornarei meu gládio,
como Harmódio, fidalgo e bom, fazia,
ao derramar, sobre a ara do Paládio,
o sangue, em libação, da Tirania.

IV

Vós livrastes Atenas de opressões,
vingastes o mal feito à liberdade
e vossa fama irá, de idade a idade,
embalsamada no eco das canções.

Romance

Ó romance, que acenas e cantas,
cabeceando, com as asas fechadas,
entre as folhas que tombam das plantas,
lá na sombra das águas paradas,
papagaio multicolorido,
a minha ave caseira tens sido.
Ensinaste-me a ler; com teus termos
balbuciei a primeira das frases,
quando, criança, já de olhos sagazes,
me afundava nos bosques mais ermos.
Hoje, o eterno Condor das idades
toda a altura dos céus faz tremer
com a tormenta do Tempo, a correr;

e, de tanto fitar tempestades,
um momento não há, de lazer.
E se uma hora, voando mais calma,
vem lançar seu frouxel em minha alma,
ó, meu canto, na lira não vibras,
pois o meu coração tem por crime
que esse efêmero instante se rime,
sem que tremam também suas fibras.

Vésper

Era em pleno verão.
Andava a noite em meio.
E as estrelas, no seu revoluteio,
luziam desbotadas, ao clarão
maior da lua fria,
que, entre a turba dos astros que a servia,
dos céus vinha lançar
seu brilho sobre o mar.

Olhei por um instante
o seu sorriso enregelante,
para mim frio, tão frio...
E lá passou, qual fúnebre atavio,
uma nuvem, que em flocos se reparte.
Voltei-me então, a olhar-te,
Vésper altiva e nobre,
de esplendor que a distância não encobre,
e mais caro teu brilho me há de ser;
pois o prazer
é o que de mais esplêndido tu trazes
para o meu coração,
nas rondas que, no céu, à noite, fazes,
e é bem maior a minha admiração
por tua chama afastada
que por aquela luz, tão perto, mas gelada.

O lago

A ...

No verdor de meus anos, meu destino
foi só habitar, de todo o vasto mundo,
uma região que amei mais do que todas,
tanto encantava a solidão de um lago
selvagem, que cercavam negras rochas
e altos pinheiros, dominando tudo.

Mas quando a Noite, em treva, amortalhava
esse recanto e o mundo, e o vento místico
chegava, murmurando melopeias,
então, ah! sempre em mim se despertava
o terror desse lago solitário.

Não era, esse, um terror, porém, de espanto,
mas um delicioso calafrio,
sentimento que as joias mais preciosas
não inspiram, nem fazem definir;
nem mesmo o amor, nem mesmo o teu amor.

Reinava a Morte na água envenenada
e seu abismo era um sepulcro digno
de quem pudesse ali achar consolo
para seus pensamentos taciturnos,
de quem a alma pudesse, desolada,
no torvo lago ter um Paraíso.

Canção

Em tua festa de núpcias eu te vi,
 ardendo de rubor.
E havia só venturas junto a ti;
 e era, a teus pés, o mundo, todo amor.

E, em teu olhar, a luz incandescente
 (ah! qualquer que ela fosse!)
era o que, para o meu olhar dolente,
 existia na terra de mais doce.

E era o rubor, o pejo purpurino
da virgem (por que não?).
Mas uma chama infrene, em desatino,
a seu brilho, ai!, nasceu no coração

de quem, na festa nupcial, te via
ao vir-te esse rubor.
E só venturas junto a ti havia;
e era, a teus pés, o mundo, todo amor...

A Marie-Louise Shew

De todos para quem tua presença é o dia;
de todos para quem é tua ausência a noite,
um eclipse total do sol no céu profundo;
de todos os que sempre, a chorar, te bendizem,
pela esperança, a vida e, sobretudo, pela
ressurreição da fé, bem fundo sepultada,
na Humanidade, na Verdade, na Virtude;
de todos que, no leito ímpio do desespero,
esperavam a morte e de pronto se ergueram
à tua voz murmurante e suave — "A luz se faça!" —
sob a voz murmurante e suave, que se espelha
no seráfico ardor de teus olhos esplêndidos;
de todos os que mais te devem e que, gratos,
rendem-te ardente culto, oh! lembra o mais sincero,
recorda-te do mais fervente e devotado
e pensa que ele traça estes versos tão frágeis
e que, ao traçá-los, treine, ante o só pensamento
de sua alma em comunhão com o espírito de um anjo!

A Helena

Tua beleza, Helena, faz pensar
nesses barcos de Nice que, por mar
perfumado, levavam, docemente,
outrora, o viajor cansado e doente
ao seu nativo lar.

Quanto oceano sulquei, desesperado!
E em teu nobre perfil, na flava coma,
no encanto pela Náiade imitado,
volto à Grécia gloriosa do passado,
ao esplendor de Roma!

Sim! No nicho fulgente da janela,
à luz de ônix, teu vulto se revela,
lâmpada à mão, uma estátua pagã.
Ó, Psique, que me vieste dessa bela
e sagrada Canaã!

"O dia mais feliz"

I

O dia mais feliz, a hora mais doce,
conheceu-os minha alma desolada.
De orgulho e poderio, a mais ousada
esperança (bem sinto) consumou-se.

II

De poderio? Assim pensei! Mas, ai,
toda esperança é já desvanecida!
Visões do florescer de minha vida,
pobres visões, mortas visões passai!

III

E tu, orgulho, que tenho ainda contigo?
Teu veneno herde uma outra fronte incalma
onde, sutil, se instile esse inimigo.
Que possa ao menos descansar minha alma!

IV

O dia mais feliz, a hora mais doce
que meus olhos já viram ou verão,
de orgulho e poderio a aspiração
mais luminosa, tudo (eu sei) finou-se.

V

Mas se a esperança fosse dada, ainda,
de orgulho e poderio, com a mesma fria
dor que outrora senti, não quereria
nunca mais reviver essa hora linda.

VI

Pois negro era o feitiço de sua asa
espalmada, a esvoaçar, donde caía
potente essência destruidora, em brasa,
por sobre a alma que bem a conhecia.

Sonhos

Fosse-me a infância um sonho prolongado!
Nem a alma despertasse, até que o brilho
da manhã viesse numa Eternidade!
Mesmo que o longo sonho fosse triste,
desesperado, bem melhor seria
que o despertar da fria realidade,
para quem, no seu peito, só tem tido
e tem, na terra deliciosa, um caos
de paixões fundas, desde o nascimento.
Mas seria — esse sonho eternamente
continuado — tal como os outros eram,
na minha infância e, se me fosse dado,
só um louco aspiraria a céu mais alto.
Tivesse eu mergulhado, à luz do sol,
num céu de estio, em sonhos de luz viva,
e de prazer, voasse o coração
a regiões imaginárias, longe
de meu lar, entre seres só pensados
por mim — que mais eu quereria ver?
Uma vez... uma só — e essa hora estranha
jamais esquecerei — certo feitiço
ou poder me empolgou; o frio vento
fustigou-me, na noite, e deixou na alma
sua impressão... e, ou foi a lua cheia
brilhando, das alturas, no meu *sono*,
tão fria... ou as *estrelas*... ou o que fosse,

tal sonho foi apenas como o vento
dessa noite... deixemo-lo passar.
Tenho sido feliz, embora em sonhos.
Tenho sido feliz, e amo dizê-lo.
Sonhos! Na sua forte cor de vida,
como nesse rumor sombrio, nevoento,
que imita a realidade, trazem, para
o delirante olhar, mais belas coisas
de Paraíso e Amor — e minhas, todas! —
do que já pôde a jovem Esperança
conhecer em suas horas de mais luz.

A Isadora

I

Sob o alpendre vestido de vinha,
        cujas sombras se espraiam à frente
        da varanda de tua casinha,
sob as folhas do lírio tremente
cujas flores purpúreas, de leve,
        fecham sempre teus dedos de neve,
vi-te, em sonhos, a noite passada,
qual rainha das ninfas, qual fada,
encantando a magia da flora,
        belíssima Isadora!

II

Quando ao sonho pedi que então fosse
        sobre tua alma, fugindo, voar,
        teu olhar violeta voltou-se
para mim, parecendo irradiar
o profundo prazer sem igual
        de um sereno, inefável amor;
de tua fronte de lírio o palor,
que recorda uma Noite Imperial
no seu trono, de estrelas ornada,
        arrastou-me até tua morada.

III

Ah! nunca eu contemplado tivesse
os teus olhos de sonho e paixão,
azuis como os céus lassos, dormentes,
de que pende a áurea franja dos poentes!
Tua imagem (é estranho!) hoje cresce
clara, e velhas lembranças, que são
despertadas, me vêm, uma a uma,
como sombras silentes na bruma,
onde o luar calmamente se abriga,
quando o vento noturno as fustiga.

IV

Como música em sonhos ouvida,
de harpa ignota uma corda tangida,
como a voz fugitiva das aves
que não voltam, a voz dos ribeiros,
murmurando entre verdes outeiros,
ouço os sons de tua voz, tão suaves,
e um Silêncio encantado caminha,
como o que nos meus lábios se aninha
quando, em sonhos, vou trêmulo expor,
só a ti, todo o meu grande amor.

V

Escutada nos vales distantes,
flutuando desta árvore àquela,
a cantiga das aves radiantes
para mim não parece tão bela
quanto as coisas mais simples que falas,
sem que um eco as divulgue, a imitá-las.
Ah! de ouvir-te a paixão me consome
pois, se suave tua voz o enuncia,
até mesmo este meu rude nome
é doce melodia.

Hino triunfal

I

Como a prece funérea será lida,
para que o canto mais solene se ouça,
num réquiem pela morta, a mais querida
das mortas, a mais moça?

II

Seus amigos a veem, cheios de espanto,
no caixão que a comporta,
e choram, desonrando, com seu pranto,
a beleza da virgem que está morta.

III

Eles a amavam só pela riqueza,
odiando o orgulho seu;
e, quando foi de enfermidades presa,
amaram-na, e por isso ela morreu.

IV

Dizem-me (enquanto falam sobre "o manto
ricamente bordado que a amortalha')
que minha voz é cada vez mais falha
e débil para o canto;

V

que essa voz deveria tão solene
erguer-se, e lastimosa,
que, ao tom da litania dolorosa,
a morta já não pene.

VI

Ela voou *para* o célico esplendor
tendo ao lado a esperança.
E eu choro, desvairado pelo amor,
a morta esposa criança.

VII

A morta que ali jaz e, com desvelo,
vieram perfumar...
Porém, se a morte dorme em seu olhar,
há vida em seu cabelo.

VIII

Bato, pois, alto, em golpe demorado,
nas tábuas do caixão.
Seja o meu canto doloroso, então,
por esse rouco som acompanhado.

IX

Morreste! E era só junho para tua alma!
Ah! não devias perecer tão linda!
Tu não podias perecer ainda,
morrendo assim tão calma!

X

Dos amigos da terra és separada,
e da vida, e do amor,
para alçares-te à glória imaculada,
ao celeste esplendor.

XI

Por isso, minha voz, hoje, sombrias
preces não erguerá,
mas em teu voo te acompanhará
ao som de Hino Triunfal de antigos dias.

Só

Não fui, na infância, como os outros
e nunca vi como outros viam.
Minhas paixões eu não podia
tirar de fonte igual à deles;
e era outra a origem da tristeza,
e era outro o canto, que acordava
o coração para a alegria.
Tudo o que amei, amei sozinho.
Assim, na minha infância, na alba
da tormentosa vida, ergueu-se,
no bem, no mal, de cada abismo,
a encadear-me, o meu mistério.
Veio dos rios, veio da fonte,
da rubra escarpa da montanha,
do sol, que todo me envolvia
em outonais clarões dourados;
e dos relâmpagos vermelhos
que o céu inteiro incendiavam;
e do trovão, da tempestade,
daquela nuvem que se alteava,
só, no amplo azul do céu puríssimo,
como um demônio, ante meus olhos.

Lenora

Ah! foi partida a taça de ouro! o espírito fugiu!
Que dobre o sino! Uma alma santa já cruza o Estígio rio!
E *tu* não choras, Guy de Vere? Venha teu pranto agora,
ou nunca mais! No rude esquife jaz teu amor, Lenora!
Leiam-se os ritos funerários e o último canto se ouça,
um hino à rainha dentre as mortas, a que morreu mais moça.
E duplamente ela morreu, porque morreu tão moça!

"Pela riqueza a amastes, míseros, o seu orgulho odiando,
e, doente, a bendissestes, quando a morte ia chegando.
E como, então, lereis o rito? Os cantos de repouso
entoareis *vós*, olhar do mal? *Vós*, o verbo aleivoso,
que o fim trouxestes à existência tão jovem da inocência?"

Peccavimus; mas não te irrites! O réquiem tão solene
e embalador ascenda aos céus, que a morta já não pene!
Para aguardar-te ela se foi, tendo ao lado a Esperança
e tu ficaste, louco e só, chorando a noiva criança,
meiga e formosa, que ali jaz, magnífica, sem par,
com a vida em seus cabelos de ouro, mas não em seu olhar,
com a vida em seus cabelos, sim, e a morte em seu olhar.

Ide! Meu coração não pesa! Sem canto funeral,
quero seguir o anjo em seu voo com um velho hino triunfal.
Não dobre mais o sino! que a alma em seu prazer sagrado
não o ouça, triste, ao ir deixando o mundo amaldiçoado.
Ela se arranca aos vis demônios da terra e sobe aos céus.
Do inferno, à altura se conduz e lá, na luz dos céus,
livre do mal, da dor, se assenta num trono, aos pés de Deus!

Hino[1]

Santa Maria! Volve o teu olhar tão belo,
de lá dos altos céus, do teu trono sagrado,
para a prece fervente e para o amor singelo
que te oferta, da terra, o filho do pecado.
Se é manhã, meio-dia, ou sombrio poente,
meu hino em teu louvor tens ouvido, Maria!
Sê, pois, comigo, ó Mãe de Deus, eternamente,
quer no bem ou no mal, na dor ou na alegria!

No tempo que passou veloz, brilhante, quando
nunca nuvem qualquer meu céu escureceu,
temeste que me fosse a inconstância empolgando
e guiaste minha alma a ti, para o que é teu.
Hoje, que o temporal do Destino ao Passado
e sobre o meu Presente espessas sombras lança,
fulgure ao menos meu Futuro, iluminado
por ti, pelo que é teu, na mais doce esperança.

1 *Em numerosas edições deste poema, também chamado "Hino católico", faltam os quatro primeiros versos, aqui traduzidos.* (N. T.)

Para Helena[2]

Vi-te uma vez, só uma, há vários anos,
já nem sei dizer *quantos*, mas *não* muitos.
Era em junho; passava a meia-noite
e a lua, em ascensão, como tua alma,
nos céus abria um rápido caminho.
O luar caía, um véu de seda e prata,
calma, tépida, embaladoramente,
em cheio, sobre as faces de mil rosas,
que floresciam num jardim de fadas,
onde até o vento andava de mansinho.
Caía o luar nas faces dessas rosas,
que morriam, sorrindo, no jardim
pela tua presença enfeitiçado.

Toda de branco, vi-te reclinada
sobre violetas; e o luar caía
sobre a face das rosas, sobre a tua,
voltada para os céus, ai! de tristeza!

Não foi o Destino, nessa meia-noite,
não foi o Destino (que é também Tristeza)
que me levou a esse jardim, detendo-me
com o incenso das rosas que dormiam?
Nenhum rumor. O mundo silenciara.
Só tu e eu (Meu Deus! como palpita
o coração, juntando estas palavras!)...
Só tu e eu... Parei... Olhei... E logo
todas as coisas se desvaneceram.
(Lembra-te: era um jardim enfeitiçado.)

Fugiu a luz de pérola da lua.
Os canteiros, os meandros sinuosos,
flores felizes, árvores aflitas,
tudo se foi; o próprio odor das rosas
morreu nos braços do ar que as adorava.

Tudo expirara... Tu ficaste... Menos
que tu: a luz divina nos teus olhos,
a alma nos *olhos* para os céus voltados.
Só isso eu vi, durante horas inteiras,
até que a lua fosse declinando.

2 Este poema foi escrito para Mrs. Sarah Helen Whitman. (N. T.)

Ah! que histórias de amor se não gravavam
nas celestes esferas cristalinas!
que mágoas! que sublimes esperanças!
que mar de orgulho, calmo e silencioso!
e que insondável aptidão de amar!

Mas, afinal, Diana se sepulta
num túmulo de nuvens tormentosas.
Tu, como um elfo, entre árvores funéreas,
deslizas. *Só teus olhos permanecem.*
Não quiseram fugir. E não fugiram.
Iluminando a estrada solitária
de meu regresso, não me abandonaram
como o fizeram minhas esperanças.

E ainda hoje me seguem, dia a dia.
São meus servos — mas eu sou seu escravo.
Seu dever é luzir em meu caminho;
meu dever é *salvar-me* por seu brilho,
purificar-me em sua flama elétrica,
santificar-me no seu fogo elísio.
Dão-me à alma Beleza (que é Esperança).
Astros do céu, ante eles me prosterno
nas noites de vigília silenciosa;
e ainda os fito, em pleno meio-dia,
duas Estrelas-d'Alva, cintilantes,
que sol algum jamais extinguirá.

O Coliseu

Padrão da antiga Roma! Ó rico relicário
de altas meditações, abandonado ao Tempo
por séculos de fausto e poderio, sepultos!
Afinal... afinal, depois de tantos dias
de peregrinação cansada e ardente sede
das fontes imortais de Ciência que em ti jazem,
eu, homem transformado e humilde, me ajoelho
nas sombras, para que a alma, avidamente, sorva
a grandeza, a tristeza e a glória que são tuas.

Que amplidão! Vetustez! E lembranças de outrora!
E que silêncio! Que ermo! E que noite profunda!
Eu agora vos sinto, em toda a vossa força,
ó sortilégios, como o monarca israelita
nunca ensinou iguais no Horto das Oliveiras,
ó encantos, como nunca os êxtases caldaicos
puderam arrancar das estrelas tranquilas!

Lá, onde o herói caiu, uma coluna tomba!
Lá, onde a águia do Império em ouro flamejava,
o morcego vigia, à fusca meia-noite.
O vento, que agitava outrora a loura coma
das romanas, só ondula os cardos e os caniços.
E onde se recostava o rei, num áureo trono,
desliza, fantasma, para seu lar marmóreo,
sob o turvo clarão de pálido crescente,
o silente e veloz lagarto das ruínas!

Mas esses muros, vede! Arcadas que a hera veste,
plintos feitos em pó, fustes enegrecidos,
derruídos capitéis, frisos desmantelados,
cornijas que se vão desfazendo... essa ruína
e as pedras cor de cinza, essas pedras, é tudo
o que de colossal e de glorioso o Tempo
corrosivo deixou para mim e o Destino?

"Não é tudo, isso! — diz-me o Eco. — Não é tudo!
Sempre e sempre, uma voz profética e alta se ergue
de nós, ou de qualquer ruína, para os sábios,
como sobem ao sol os cantos de Memnon.
Escuta-a o coração dos homens poderosos;
despótica, domina as almas gigantescas!
Não somos sem poder, nós, as pálidas pedras!
Nem toda a nossa força está perdida,
nem a magia do renome antigo,
nem toda a maravilha que nos cerca,
nem todos os mistérios que em nós jazem,
nem todas as lembranças que se prendem
a nossos flancos, como um vestuário
mais fulgurante do que a própria glória!"

A Marie-Louise Shew

Aquele que estas linhas traça, outrora,
no louco orgulho do intelectualismo,
defendia o "poder do verbo", crendo
jamais haver na mente um pensamento
que fosse intraduzível em palavras.
Mas, agora, a zombar dessa jactância,
dois dissílabos suaves, estrangeiros,
sons da Itália, só de anjos murmurados
quando sonham ao luar, que faz do orvalho
"sobre o outeiro do Hermon um rio de pérolas",
tiraram, dos abismos deste peito,
almas de pensamentos não pensados,
visões tão belas, singulares, célicas,
que nem mesmo Israel, cantor seráfico
("a mais doce das vozes já criadas")
poderia narrar. Quebrou-se o encanto!
Cai a pena, impotente, da mão trêmula.
Com teu nome por tema, embora o ordenes,
eu não posso escrever... Nem penso ou falo...
Ai! nem sinto... Pois não é sentimento
ficar assim, imóvel, à dourada
e enorme porta aberta sobre os sonhos,
contemplando, extasiado, o panorama,
trêmulo, por só ver, de cada lado
e pela longa estrada, entre impurpúreas
névoas, e na distância, onde termina
a perspectiva — *a ti unicamente*.

Ulalume

Era o céu de um cinzento funerário
        e a folhagem, fanada, morria;
        a folhagem, crispada, morria;
era noite, no outubro solitário
        de ano que já me não lembraria;
ficava ali bem perto o lago de Auber,
        na região enevoada de Weir;
bem perto, o pantanal úmido *de Auber*,
        na floresta *assombrada* de Weir.

Lá, uma vez, por um renque titânico
de ciprestes, vagueei, em desconsolo,
com minha alma, Psique, em desconsolo.
Era então o meu peito vulcânico
qual torrente de lava que no solo
salta, vinda dos cumes do Yaanek,
nas mais longínquas regiões do polo,
que ululando se atira do Yaanek
nos panoramas árticos do polo.

Tristonha e gravemente conversamos,
mas a ideia era lassa e vazia
e a memória traidora e vazia;
que o mês era o de outubro não lembramos,
nem soubemos que noite fugia.
(Ai! a noite das noites fugia!)
Não recordamos a lagoa de Auber
(e já fôramos lá, certo dia);
não pensamos no charco úmido de Auber,
nem no bosque assombrado de Weir.

Quando a noite ia já desmaiada
e as estrelas clamavam pela aurora,
pálidos astros apontando a aurora,
eis que surge, no extremo da estrada,
uma luz fluida, nebulosa; e fora
dela se ergue um crescente recurvo,
coroa adamantina, e se alcandora;
surge, claro, o crescente recurvo,
diadema de Astarté, que se alcandora.
"Menos fria que Diana é essa estrela,
digo, a girar num éter feito de ais,
sorridente, num éter feito de ais.

Viu o pranto, que a mágoa revela,
nas faces em que há vermes imortais
e, por onde o Leão se constela,
vem mostrar o caminho aos céus, letais
caminhos para a paz dos céus letais;
a despeito do Leão, vem-nos ela
iluminar, com os olhos triunfais.
Das cavernas do Leão, vem-nos ela,
cheia de amor nos olhos triunfais."

Mas diz Psique, tremendo de aflição:
"Dessa estrela, por Deus, desconfia!

Desse estranho palor desconfia!
É preciso fugir de luz tão fria!
Apressemo-nos! Voemos, então!"
E, pendidas, de tanta agonia,
suas asas se inclinavam para o chão;
soluçava e, de tanta agonia,
as plumas rastejavam pelo chão,
tristemente roçando pelo chão.

"Isso — falei — é um sonho de criança!
Oh! sigamos a luz que fascina,
mergulhemos na luz cristalina!
É um clarão de beleza e de esperança
o que vem dessa luz sibilina.
Olha-a: entre as sombras, como gira e dança!
Guie-nos, pois, essa estrela, que ilumina
nossa estrada, com toda a confiança;
que nos guie para onde se destina.
Nessa estrela tenhamos confiança,
pois nas sombras, assim, volteia e dança!"

Dou um beijo a Psique, que a conforta,
impedindo que o medo se avolume,
que a dúvida, a tristeza se avolume,
e da estrela seguimos o lume
até que nos deteve uma porta
de tumba, e uma legenda nessa porta.
"Doce irmã — perguntei —, dessa porta
que tragédia a legenda resume?"
"Ulalume! — responde-me. — Ulalume!"
"Essa é a tumba perdida de Ulalume!"

E me vi de tristezas referto,
como a folhagem seca que morria,
a folhagem fanada que morria!
E exclamei: "Era outubro, decerto,
e era esta mesma, há um ano, a noite fria
em que vim, a chorar, aqui perto,
fardo horrível trazendo, aqui perto!
Nesta noite das noites, sombria,
que demônio me arrasta aqui tão perto?
Bem reconheço agora o lago de Auber
na região enevoada de Weir;
bem vejo o pantanal úmido de Auber,
na floresta assombrada de Weir!"

Os sinos

I

Escuta: nos trenós tilintam sinos
argentinos
Ah! que mundo de alegria o som cantante prenuncia!
Como tinem, lindo, lindo,
no ar da noite fria e bela!
Vão tinindo e o céu inteiro se constela,
florescente, refulgindo
com deleites cristalinos!
Dão ao Tempo uma cadência tão constante
como um único descante
com os tintinabulares, pequeninos sons, bem finos
que nascendo vão dos sinos
sim, dos sinos, sim, dos sinos.

II

Escuta: em núpcias vão cantando os sinos,
áureos sinos!
Quantos mundos de ventura seu tanger nos prefigura!
No ar da noite, embalsamado,
como entoam seu enlevo abençoado!
Tons dourados, lentas notas,
concordantes...
E tão límpido poema aí flutua
para as rolas, que o escutam, divagantes,
vendo a lua!
Volumoso, vem das celas retumbantes
todo um jorro de eufonia que se amplia!
Que se amplia!
Que se amplia!
"O futuro é belo e bom!" — clama o som,
que arrebata, como em êxtases divinos,
no balanço repicante que lá soa,
que tão bem, tão bem ecoa,
na vibrante voz dos sinos, sinos, sinos
carrilhões e sinos, sinos,
no rimado, consonante som dos sinos!

III

Escuta: em longo alarma bradam sinos,
brônzeos sinos!
Ah! que história de agonia, turbulenta, se anuncia!
Treme a noite, com pavor,
quando os ouve em seu bramido assustador!
Tanto é o medo que, incapazes de falar
se limitam a gritar
em tons frouxos, desiguais,
clamorosos, apelando por clemência ao surdo fogo,
contendendo loucamente com o frenesi do fogo,
que se lança bem mais alto,
que em desejo audaz estua
de, no empenho resoluto de algum salto
(sim! agora ou nunca mais!),
alcançar a fronte pálida da lua!
Oh! os sinos, sinos, sinos!
De que lenda pavorosa, de alarmar,
falam tanto?
Clangorantes, ululantes, graves, finos,
quanto espanto vertem, quanto,
no fremente seio do ar!
E por eles bem a gente sabe — ouvindo
seu tinido,
seu bramido —
se o perigo é vindo ou findo.
Bem distintamente o ouvido reconhece
pela luta,
na disputa,
se o perigo morre ou cresce,
pela ampliante ou decrescente voz colérica dos sinos,
badalante voz dos sinos
sim, dos sinos, sim, dos sinos,
carrilhões e sinos, sinos,
no clamor e no clangor que vêm dos sinos!

IV

Escuta: dobram, lentamente, os sinos,
férreos sinos!
Ah! que mundo de pensares tão solenes põem nos ares!
Na silente noite fria,
quanto a alma se arrepia
à ameaça *desse canto* melancólico de espanto!

Pois em cada som saído
da garganta enferrujada
há um gemido!
E os sineiros (ah! essa gente
que, habitando o campanário
solitário,
vai dobrando, badalando a redobrada
voz monótona e envolvente...),
quão ufanos ficam eles, quando vão
tombar pedras sobre o humano coração!
Nem mulher nem homem são,
nem são feras: nada mais
do que seres fantasmais.
E é seu Rei quem assim tange,
é quem tange, e dobra, e tange.
E reboa
triunfal, do sino, a loa!
E seu peito de ventura se intumesce
com os hinos funerários lá dos sinos;
dança, ulula, e bem parece
ter o Tempo num compasso tão constante
qual de rúnico descante
pelos hinos lá dos sinos,
ah! dos sinos!
Leva o Tempo num compasso tão constante
como em rúnico descante,
pela pulsação dos sinos,
a plangente voz dos sinos,
pelo soluçar dos sinos!
Leva o Tempo num compasso tão constante
que a dobrar se sente, ovante
bem feliz com esse rúnico descante
com o reboar que vem dos sinos,
a gemente voz dos sinos
o clamor que sai dos sinos,
a alucinação dos sinos,
o angustioso,
lamentoso, longo e lento som dos sincs!

Um enigma[3]

"*S*empre é raro achar — diz Dom Salomão Zebral —
pArte de ideia, até no verso mais profundo.
At*R*avés do que é leve é fácil ver-lhe (qual
olhAndo por chapéu de Nápoles) o fundo.
Tal cHapéu será o nada? E há damas para usá-lo!
E aind*A* pesa mais que um teu poema, ó Petrarca
tolo, pe*N*ugem vã de mocho, que a um abalo
torveliNha, a esvoaçar, enquanto o olhar o abarca!"
Ninharia *A*ssim é — por certo Salomão
fez bem o ju*L*gamento — é bolha de sabão
efêmera, em g*E*ral, fugaz e transparente.
Aqui, porém, Le*W*is, querida, podes crê-lo,
opacos, imorta*I*s, são os meus versos, pelo
nome lindo que e*S*conde o poema — e está presente.

Annabel Lee

Há muitos, muitos anos, existia
num reino à beira-mar, em que vivi,
uma donzela, de alta fidalguia,
chamada ANNABEL LEE.
Amava-me, e seu sonho consistia
em ter-me sempre para si.

Eu era criança, *ela* era uma criança
no reino à beira-mar, em que vivi.
Mas tanto o nosso amor ultrapassava
o próprio amor, que até senti
os serafins celestes invejarem
a mim e a ANNABEL LEE.

Por isso mesmo, há muitos, muitos anos,
no reino à beira-mar, em que vivi,
gélido, de uma nuvem, veio um vento
matar ANNABEL LEE.
E seus nobres parentes se apressaram
em tirá-la de mim; encerrarem-na vi

3 O nome de SARAH ANNA LEWIS encontra-se neste *soneto* em acróstico, formado pela primeira letra, em versal e grifo, do primeiro verso; a segunda, também em versal e grifo, do segundo verso; a terceira, versal e grifo, do terceiro verso; e, assim por diante, até a décima quarta letra, em versal e grifo, do décimo quarto verso. (N. T.)

num sepulcro bem junto ao mar, que chora
        eternamente ali.

Foi inveja dos anjos: mais felizes
        éramos nós aqui.
Sim, foi por isso (como todos sabem
        no reino à beira-mar, em que a perdi)
que veio um vento, à noite, de uma nuvem
        matar ANNABEL LEE.

Mas nosso amor, imenso, era mais forte
        do que o tempo e que a morte,
        do que a própria esperança em que o envolvi.
E nem anjos celestes nas alturas,
        nem demônios dos mares abissais
jamais minha alma afastarão, jamais,
        da bela ANNABEL LEE.

Pois, quando surge a lua, em meus sonhos flutua,
        no luar, ANNABEL LEE.
E, quando se ergue a estrela, o seu fulgor revela
        o olhar de ANNABEL LEE.
E junto a ela eu passo, assim, a noite inteira,
junto àquela que adoro, a esposa, a companheira,
na tumba, à beira-mar, do reino em que vivi,
        junto ao mar que por ti
        soluça eternamente, ANNABEL LEE.

A minha mãe

Porque os anjos (bem sei) na celestial altura,
        quando falam de amor entre si, meigamente,
não podem encontrar uma expressão mais pura
        que a de *mãe*, nem mais linda, ungida e comovente,
eu, de há muito, te dou esse nome perfeito,
        pois tu és, para mim, mais do que mãe, por certo,
desde que a morte veio instalar-te em meu peito,
        ao tornar, de Virgínia, o espírito liberto.
A minha própria mãe, morta no albor da vida,
        foi minha mãe, tão só; mas tu és mãe daquela

que tanto amei; por isso, és muito mais querida,
    infinitamente és mais querida do que ela,
assim como minha alma achava mais preciosa
que a própria salvação — minha adorada esposa.

O PALÁCIO ASSOMBRADO

No vale mais verdejante
    que anjos bons têm por morada,
outrora, nobre e radiante
    palácio erguia a fachada.
Lá, o rei era o Pensamento,
    e jamais um serafim
as asas soltou ao vento
    sobre solar belo assim.

Bandeiras de ouro, amarelas,
    no seu teto, flamejantes,
ondulavam (foi naquelas
    eras distantes!)
e alado olor se evolava,
    quando a brisa, em horas cálidas,
por sobre as muralhas pálidas
    suavemente perpassava.

Pelas janelas de luz,
    o viajor a dançar via
espíritos que a harmonia
    de alaúde tinham por lei.
E, sobre o trono, fulgia
    (Porfirogênito!) o Rei,
com a glória, com a fidalguia
    de quem tal reino conduz.

Pela porta, cintilante
    de pérolas e rubis,
ia fluindo, a cada instante,
    multidão de ecos sutis,
vozes de imortal beleza
    cujo dever singular
era somente cantar
    do Rei a imensa grandeza.

Mas torvos, lutuosos vultos
assaltaram o solar!
(Choremos! Pois nunca o dia
sobre o ermo se há de elevar!)
E, em torno ao palácio, a glória
que fulgente florescia
é apenas obscura história
de velhos tempos sepultos!

Pelas janelas, agora
em brasa, avista o viajante
estranhas formas, que agita
uma música ululante;
e, qual rio, se precipita
pela pálida muralha
uma turba, que apavora,
que não sorri, mas gargalha
em gargalhada infinita.

O VERME VENCEDOR

Vede! é noite de gala, hoje, nestes
anos últimos e desolados!
Turbas de anjos alados, em vestes
de gaze, olhos em pranto banhados,
vêm sentar-se no teatro, onde há um drama
singular, de esperança e agonia;
e, ritmada, uma orquestra derrama
das esferas a doce harmonia.

Bem à imagem do Altíssimo feitos,
os atores, em voz baixa e amena,
murmurando, esvoaçam na cena;
são de títeres, só, seus trejeitos,
sob o império de seres informes,
dos quais cada um a cena retraça
a seu gosto, com as asas enormes
esparzindo invisível Desgraça!

Certo, o drama confuso já não
poderá ser um dia *olvidado*,
com o espectro a fugir, sempre em vão

pela turba furiosa acossado,
numa ronda sem fim, que regressa,
incessante, ao lugar da partida;
e há Loucura, e há Pecado, e é tecida
de Terror toda a intriga da peça!

Mas, olhai! No tropel dos atores
uma forma se arrasta e insinua!
Vem, sangrenta, a enroscar-se, da nua
e erma cena, junto aos bastidores...
A enroscar-se... Um a um, cai, exangue,
cada ator, que esse monstro devora.
E soluçam os anjos — que é sangue,
sangue humano, o que as fauces lhe cora!

E se apagam as luzes! Violenta,
a cortina, funérea mortalha,
sobre ,os trêmulos corpos se espalha,
ao tombar, com rugir de tormenta.
Mas os anjos, que espantos consomem,
já sem véus, a chorar, vêm depor
que esse drama, tão tétrico, é "O Homem"
e o herói da tragédia de horror
é o Verme Vencedor.

A F --- s S. O --- D

Desejas ser amada? Leva então
pelo mesmo caminho o coração.
Sê tudo o que és e nada
sejas do que não és!
Assim, terás o mundo aos pés
e, com a graça, a beleza inigualada,
serás sem fim louvada em toda parte
nada mais sendo que um dever — o amar-te.

Silêncio

Há qualidades incorpóreas, de existência
dupla, nas quais segunda vida se produz,
como a entidade dual da matéria e da luz,
de que o sólido e a sombra espelham a evidência.

Há pois, duplo silêncio: o do mar e o da praia,
do corpo e da alma; um, mora em deserta região
que erva recente cubra e onde, solene, o atraia
lastimoso saber; onde a recordação

o dispa de terror; seu nome é "nunca mais";
é o silêncio corpóreo. A esse, não temais!
Nenhum poder do mal ele tem. Mas, se uma hora

um destino precoce (oh! destinos fatais!)
vos levar às regiões soturnas, que apavora
sua sombra, elfo sem nome, ali onde humana palma

jamais pisou, a Deus recomendai vossa alma!

Eulália

Solitário eu vivia
num mundo de agonia
e minha alma era qual água estagnada,
até que fiz da suave e linda Eulália
a minha enrubescida desposada,
até que fiz da jovem, loura Eulália,
a minha sorridente desposada.

Não possuirão jamais
os astros imortais
desses olhos de criança o resplandor.
E nenhum floco de vapor
que o luar possa compor
irisando-o de pérola e de rosa
será igual à mais simples das madeixas
de Eulália, tão modesta e tão formosa,

será igual à mais pobre das madeixas
que lhe cercam a fronte luminosa.

A Dúvida, a Aflição
nunca mais voltarão,
pois sua alma os meus suspiros retribui;
e enquanto o dia flui
e Astarté, refulgente,
fulgura fortemente,
minha adorada Eulália, a contemplá-la,
ao céu envia seu olhar de esposa,
minha jovem Eulália, a contemplá-la,
o olhar violeta no alto céu repousa.

Israfel

E o anjo Israfel, em quem as fibras do coração
formam um alaúde e que tem a mais doce voz de
todas as criaturas de Deus.

Alcorão

Há no céu um espírito "em que as fibras
do coração formam um alaúde".
Canção nenhuma tem a mágica virtude
do teu canto, Israfel! Quando a voz vibras,
os astros que andam no firmamento
(contam as lendas), em desatinos,
cessam seus hinos,
emudecidos de encantamento.

Vacilante, flutua
no seu zênite a lua;
mas, se te ouve a canção,
enamorada, enrubescida de paixão,
a luz purpúrea no céu detém,
e as sete Plêiadas, ante essa voz,
cessam também
a carreira veloz.

Diz o coro estrelado, a multidão
de astros, que o ouvir-te encanta,
que deves, Israfel, a inspiração
ao alaúde de teu coração;
ele é que canta
quando, trêmulas, vibras
as suas vivas, singulares fibras.

Mas os céus, Israfel, percorreste
onde cumpre um dever quem fundamente pensa
e onde o Amor é um deus sem-par;
onde o olhar das huris se reveste
dessa beleza imensa
que só na estrela vamos adorar.

Tu não erras, portanto,
Israfel, se te esquivas
a um desapaixonado canto!
Sejam-te dados todos os louvores!
És o melhor, és o mais sábio dos cantores!
Feliz eternamente vivas!

Os êxtases do céu perfeitamente
se harmonizam com teu ritmo ardente;
teu pesar, e ventura, e ódio, e amor
de tua lira se casam ao fervor.
Bem deve cada estrela estar silente!

Sim, teu é o Céu; mas esta Terra
é um mundo de doçuras e de dores;
nossas flores nada mais são que — flores,
e o que de sombra encerra
tua perfeita ventura
é, para nós, a luz do sol mais pura.

Se eu, porém, Israfel, morasse onde viveste,
se vivesses onde eu
vivo, magicamente assim não poderias
cantar terrestres melodias;
e um hino mais audaz, talvez, do que este,
minha lira faria arrojar-se no céu.

Para Annie

Graças a Deus! A crise,
o perigo passou!
O mal languidescente,
afinal se acabou.
E essa febre chamada
vida se conquistou!

Tristemente me sinto
das forças despojado
e músculo algum posso
mover, assim deitado.
Mas que importa? Prefiro
ficar assim deitado.

E em meu leito descanso,
com tamanho conforto
que, ao ver-me, poderiam
imaginar-me morto;
talvez estremecessem,
como quem olha um morto.
Gemidos e lamentos,
suspiros e aflição
agora se acalmaram,
com a palpitação
cruel no meu peito. Horrível
essa palpitação!
O mal-estar, a náusea,
a impiedosa agonia,
tudo se foi, com a febre
que a mente enlouquecia:
febre chamada *vida*,
que em meu cérebro ardia.

De todos os tormentos,
o que mais amargura
cessou: o ardor terrível
da sede que tortura,
sede do rio naftálico
da Paixão vil e impura.
Oh! eu bebi de uma água
que toda a sede cura!

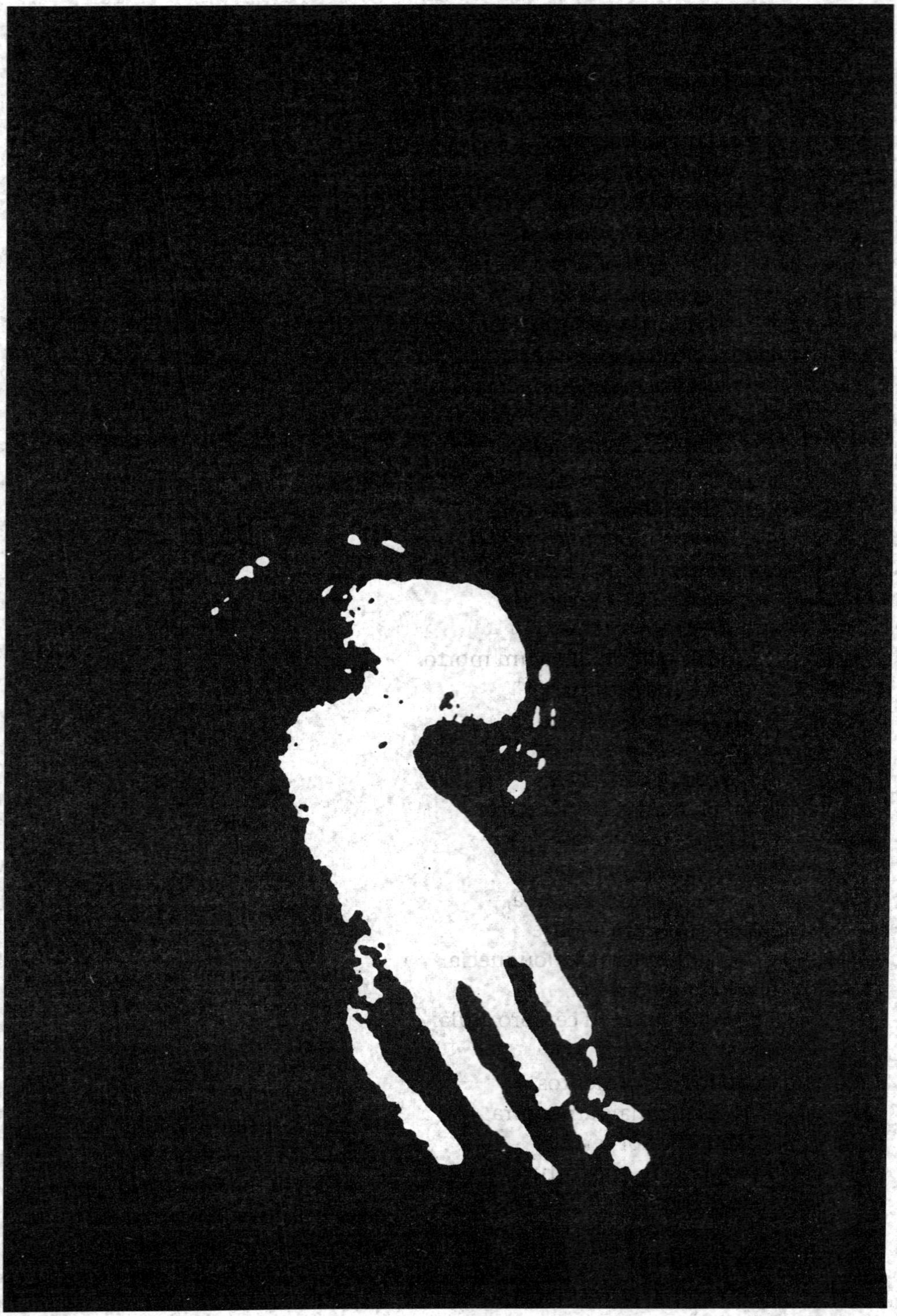

Água que flui, com um canto
que o ar de doçura inunda,
de uma fonte bem pouco
escondida e profunda,
de furna que no solo
quase não se aprofunda.

E, ah! nunca loucamente
se diga e seja aceito
que é sombrio o meu quarto
e apertado o meu leito,
pois nunca o homem descansa
em diferente leito.
Para *dormir*, deitai-vos
em semelhante leito.

Nele, a alma supliciada
dorme, sem dolorosas
recordações, não tendo
mais saudades das rosas,
das velhas inquietudes
de seus mirtos e rosas.

E, aqui jazendo, o espírito,
tão calmo e satisfeito,
crê que o cerca um mais santo
odor de amor-perfeito,
odor de rosmaninho,
misto de amor-perfeito,
de malva, do belíssimo
e puro amor-perfeito.

E assim feliz repousa,
mergulhado em perene
sonho da lealdade
e da beleza de Annie,
mergulhado nas ondas
das longas tranças de Annie.

Ela beijou-me e, terna,
acariciar-me veio.
E eu caí, docemente,
a dormir no seu seio.
Dormi profundamente
sobre o céu de seu seio.

Cobriu-me, ao apagar-se
a luz no castiçal,
e orou para que os anjos
me livrassem do mal
e a Rainha dos anjos
me afastasse do mal.

E durmo em tal conforto,
agora, no meu leito
(desse amor satisfeito)
que me acreditais morto.
E é tal o meu conforto
a repousar no leito
(seu amor no meu peito)
que me imaginais morto
e tremeis, com o trejeito
de quem contempla um morto.

Mas o meu coração
fulge mais que a perene
luz dos astros celestes,
pois fulgura por Annie
e se abrasa na chama
do amor de minha Annie,
só pensando na chama
do olhar de minha Annie.

Balada nupcial

A aliança coloco na mão,
de grinaldas a fronte ornamento;
tenho joias, cetins, em montão.
Ah! sou feliz neste momento.

Dá-me amor, afeição verdadeira,
meu senhor; mas fiquei sem alento
ao ouvir-lhe a promessa primeira,
pois sua voz tinha um som de lamento,
semelhante ao da voz derradeira
de alguém, morto ao lutar na *trincheira*,
que é bem feliz neste momento.

Porém ele acalmou-me, com um lento
        beijo, que na fronte alva senti.
E, num sonho, nas asas do vento,
para o campo dos mortos parti.
Suspirei, a pensar que ele, ali,
fosse o meu morto amor, D'Elormie:
        "Oh! sou feliz neste momento!"

E a palavra assim foi proferida
        e trocamos assim juramento.
Ah! que importa se fui fementida,
se traí, se tenho a alma ferida?
Este anel provará, a quem duvida,
        que sou feliz neste momento.

Tivesse eu, ó meu Deus, despertado!
        Porque sonho, e a sonhar me atormento,
sem que o espírito saiba, agitado,
se houve um erro e se, por ter errado,
esse morto, esse morto olvidado
        será feliz neste momento.

FIM
DE "OUTROS POEMAS"
E DE "POESIA"

Ensaios

Astória
Excertos da *Marginalia*
Filosofia do mobiliário
Criptografia

Nota preliminar

Poe, crítico literário

Uma das atividades mais intensas em certo período da vida de Edgar Poe foi, sem dúvida, a crítica literária, para a qual o seu espírito analítico, a sua intuição poética, a sua formação universitária, as suas leituras vastas e variadas o capacitavam. Em 1835, Thomas White funda o Southern Literary Messenger *e aceita nele publicar vários contos de Poe. O êxito alcançado entre os leitores leva White a convidar Poe para redator de sua publicação, encarregando-o especialmente da seção de apreciação e critica de livros. Poe dedica-se com vigor e entusiasmo à sua tarefa e realiza uma crítica que divergia bastante da que se fazia comumente nas revistas e magazines literários, uma crítica severa até as minúcias de falta de estilo e de erros ortográficos. Não poupava nem os grandes nomes da época, fazendo restrições ao famoso Longfellow.*

Essa crítica diferente, se por um lado causou pânico entre a gente literária, acostumada aos ditirambos e aos elogios encomendados, por outro lado agradou ao grande público que lia com avidez os artigos implacáveis do jovem crítico, provocando o aumento de tiragem da revista de White. Essa crítica severa iria criar uma série enorme de inimigos para Edgar Poe. Quando mais tarde, em 1846, já em Nova York, começou a publicar no Lady's Book de Godey *uma série de artigos contra os "literatos" nova-iorquinos, a reação dos atingidos pelas suas críticas e ironias, pois agora a sua crítica era eminentemente destruidora, foi terrível, havendo o que se chamou a "guerra dos literatos" contra ele.*

O ódio dos atingidos nunca perdoou a Poe sua ousadia e sua independência. Ainda hoje há nos meios intelectuais norte-americanos fortes reservas à glória universal de Poe. Ele próprio sabia o que representava de perigo e de incompreensões e ódios sua atitude. Quando se tornou noivo da Sra. Whitman, escreveu-lhe para defender-se daqueles que o acusavam perante ela:

> Tive a audácia de permanecer pobre para conservar minha independência; fui um crítico honesto para além de todos os escrúpulos e, sem dúvida, em certos casos, amargo; ataquei indistintamente aqueles que estavam mais altamente colocados tanto em poder como em influência; em literatura e na sociedade, raramente me abstive de exprimir o violento desprezo que me inspiram as pretensões da ignorância, da arrogância, da imbecilidade.

É certo que sua crítica nem sempre foi justa, tendo cometido graves erros de apreciação e distribuído elogios a escritores medíocres, especialmente a algumas bas-bleus *e poetisas sem valor, somente porque o cercavam elas de atenções e o convidavam para suas reuniões literárias. Daí, porém, a negar-lhe totalmente os méritos de crítico culto e de bom gosto, como o fez o crítico Ludwig Lewisohn, na sua* História da literatura americana, *afirmando que "como crítico ele não existe"* e que suas te*orias críticas são apenas "uma justificação, uma glorificação da falta de paixão, de humanidade, de percepção ética, de continuidade de poder, de simpatia imaginati-*

va e de conhecimento do homem e da vida humana", é mais uma demonstração daquela incompreensão e daquele ódio que têm acompanhado sempre o nome de Poe em certos meios literários norte-americanos. Se suas teorias sobre poesia mereceram o aplauso e a adesão de figuras como Baudelaire, Mallarmé e Paul Valéry, por mais que delas se possa discordar, é que tinham mérito, e mérito grande.

Mais justa e mais sensata é a opinião do crítico Morton Dauwen Zabel, na sua obra A literatura nos Estados Unidos, *ao afirmar que Poe lutou denodada e persistentemente para firmar bons padrões literários nos Estados Unidos de sua época — "essa época de mau gosto geral, de jornalismo exaltado e de política literária corruptora e oportunismo" e que ele permanece como "o primeiro genuíno crítico literário produzido pelos Estados Unidos". Ou a do grande crítico norte-americano contemporâneo, Edmund Wilson, que, no seu livro* The shock of recognition *diz: "Não existe em nossa literatura análise crítica semelhante: Poe revela muitos defeitos de gosto e um julgamento todo especial em seu trato dos autores, mas não devemos admitir essas restrições como impugnação séria à validade de sua obra crítica. Sua leitura era ampla e enorme". E acrescenta que "sua cultura derivava de um plano do mundo do pensamento e da arte" a que não conseguiam atingir nem Longfellow nem Lowell, dois famosos contemporâneos de Poe. E diz ainda Edmund Wilson, explicando a razão de certos ataques a Poe: "A verdade é que a América literária nunca perdoou a Poe a indiscutível superioridade que tão depressa o transformou numa figura internacional" e "Poe devera ser, tanto para nós quanto para os franceses, uma parcela vital de nossa bagagem intelectual".*

O filósofo

Após a morte de sua mulher, Virgínia, ocorrida a 30 de janeiro de 1847, Edgar Poe, em seguida a um período de grande depressão e acabrunhamento, é dominado por um daqueles seus ímpetos de grande atividade e põe-se a escrever uma obra em que vinha desde muito cogitando: uma cosmogonia. Durante seis meses vai redigindo "Eureka", a obra que Jacques Cabau denomina de "demência hermética", mas que Poe considerava a sua obra máxima, tanto que em carta a Maria Clemm, sua sogra e tia, diz:

> Não desejo mais viver, desde que escrevi "Eureka". Nada mais de igual poderia realizar.

E em carta que dirigiu a George W. Eveleth, em fevereiro de 1848, faz resumo de suas ideias contidas em "Eureka" e termina dizendo:

> O senhor há de reconhecer a novidade e a IMPORTÂNCIA de minhas concepções. O que aqui adianto revolucionará — a seu tempo — o mundo da Ciência Física e Metafísica. Digo isto calmamente, mas o digo.

Chegou mesmo a escrever a seu editor Putnam aconselhando-o a tirar uma edição de cinquenta mil exemplares num pequeno começo. Prudentemente, Putnam tirou apenas três mil e o livro foi recebido com a maior indiferença, o que decepcionou intensamente Poe, fazendo-o voltar a embriagar-se.

Mas que é "Eureka"? Diz ele, no subtítulo, que se trata de um "ensaio sobre o Universo Material e Espiritual", mas que é um poema em prosa e na dedicatória afirma:

> Ofereço este Livro de Verdades não pelo seu caráter de Expositor de Verdades, mas pela Beleza que floresce em sua Verdade e que o torna verdadeiro.

E mais adiante:

> É apenas como um Poema que desejo que este trabalho seja julgado, depois de minha morte.

Na verdade, trata-se de um misto de intuição poética e de ideias cosmogônicas de Newton e de Laplace, de "uma divagação inspirada pelas descobertas científicas recentes sobre a eletricidade e o magnetismo", como diz Jacques Cabau. Afirma Poe, com ênfase:

> Pretendo falar do Universo Físico, Metafísico e Matemático, do Material e do Espiritual: de sua Essência, sua Origem, sua Criação, sua Condição presente e seu Destino.

E resume sua tese ou proposição em poucas linhas:

> Na Unidade Original da Primeira Coisa está a Causa Secundária de todas as Coisas, com o germe de seu Inevitável Aniquilamento.

Desenvolve então a sua tese, valendo-se de sua poderosa imaginação poética e de dados científicos fornecidos pelas várias ciências físicas e naturais e especialmente de informações fornecidas pela Astronomia. Sua visão geral do aniquilamento final do Cosmo é algo de grandioso, fantástico, imaginoso, na linha da mais absoluta intuição poética. Imagina todos os astros unidos num só astro, formando a Unidade, e essa Unidade mergulhará no Nada, desaparecendo. E diz ele:

> Tentemos compreender que o globo dos globos afinal desaparecerá, instantaneamente, e que só Deus permanecerá, único, total.

Os filósofos sorrirão talvez diante de muitas das afirmativas e imaginações de Poe, aqui consubstanciadas, mas os espíritos poéticos vibrarão diante das elucubrações do vate que gera na sua imaginação o grandioso aniquilamento final do Cosmo. Baudelaire chegou a dizer nos seus Diários íntimos: *"De Maîstre e Edgar Poe ensinaram-me a raciocinar". E Paul Valéry, com seu fino espírito crítico e sua aguda intuição poética, nos seus* Estudos filosóficos, *dedicou um ensaio a "Eureka", referindo-se à impressão profunda que lhe causara na mocidade a leitura do livro de Poe e definindo-o como "um poema abstrato que é um dos raros exemplares modernos duma explicação total da natureza material e espiritual, uma cosmogonia".*

Poe não teve o prazer de ler tais opiniões sobre seu poema científico. Apenas o silêncio do desdém e da displicência acolheu essa sua obra em que pusera tanto de suas altas qualidades especulativas. Essa desilusão deve ter concorrido bastante para aquela desordem de pensamento e de atitudes em que seu ser físico e espiritual foi afundando até o delirium tremens *final.*

O pensamento perscrutador

Há vários escritos de Poe, de épocas diversas, em que se revelam certas predileções de seu espírito sempre em busca do insólito, do difícil, do misterioso. Tais os pensamentos íntimos e reflexões sobre arte, psicologia, filosofia, poesia, criação literária, que Poe ia redigindo e subordinara ao título de "Marginalia". Muitas dessas apreciações sobre criação literária e poesia mostram claramente a seriedade e a acuidade de seu espírito crítico, cujo valor alguns autores procuram negar ou diminuir.

Espírito lúcido e indagador, Poe sempre se mostrou atraído pelas invenções engenhosas, pelos objetos e mecanismos de confecção misteriosa. Quando apareceu em exibição nos Estados Unidos um Jogador de Xadrez, boneco mecânico inventado pelo Barão de Kempelen, em 1769, mas agora de propriedade de um tal Sr. Maelzel, que fizera alterações no aspecto geral da figura, Poe não se conteve a que não fosse para a imprensa explicar ao público maravilhado e intrigado como, segundo seu modo de raciocinar, funcionava o jogador mecânico. Também a respeito de Von Kempelen é outro trabalho, "Von Kempelen e Sua Descoberta", em que relata as descobertas desse barão, descendente de pais germânicos, mas nascido em Útica, no Estado de Nova York, espécie de alquimista que conseguira fabricar ouro.

Em "Filosofia do mobiliário", sua atenção volta-se para um assunto eminentemente mundano. Assim como apresentara ideias sobre modificações paisagísticas feitas por mãos do homem, neste seu ensaio sugere ideias para a decoração doméstica, assunto a respeito do qual, mais tarde, Oscar Wilde e outros iriam escrever ensaios e fazer conferências.

A decifração de escritas enigmáticas foi outro tema que sempre o tentou. Discutiu o assunto no Weekly Messenger, *de Filadélfia, e desafiou os leitores a lhe enviarem escritos criptográficos, quaisquer que fossem, para que ele os decifrasse. Ele mesmo confessa que choveram cartas ao jornal, cada qual apresentando as escritas mais estrambóticas, e durante meses viu-se atarefado em atender aos numerosos leitores que desafiavam a sua sagacidade. Em "O escaravelho de ouro" pôs ele em prática uma escrita criptográfica. E no trabalho que aqui inserimos debate longamente a questão. Sabe-se, por outro lado, que esse seu trabalho sobre criptografia serviu de base para a decifração de uma das mais importantes mensagens, em código secreto, enviadas pelos alemães na guerra de 1914-1918.*

O analista da criação poética

*Espírito raciocinante e investigador, não podia Edgar Poe ficar indiferente ao fenômeno da criação poética, tão misterioso e tão desafiador da inteligência humana. É assim que, desde 1831, quando ainda se achava na Academia Militar de West Point, e era autor de uns poucos poemas, em "Carta a um Sr. B***", debate problemas de criação poética, afirmando desde o início que somente os poetas podem fazer boa crítica de poetas e aproveitando a oportunidade para atacar alguns dos poetas ingleses mais em voga na época, especialmente Wordsworth. Anos mais tarde publica no* Southern Literary Messenger *um longo e elaborado artigo sobre métrica inglesa em comparação com os ritmos grego e latino, intitulado "Análise racional do verso".*

Mas é em "O princípio poético", conferência que, a partir de 1848, andou pronunciando, que expõe suas ideias sobre poesia, formando esse estudo com "A filosofia da composição", em que procura mostrar ao público como escreveu seu famoso poema "O Corvo", deliberadamente e sem o que se chama inspiração, o que se poderia chamar de "A teoria poética" de Poe.

Esses estudos tiveram, realmente mais fora da América do Norte do que nos seus meios literários, uma repercussão intensa, havendo Baudelaire, Mallarmé e Valéry adotado muitos dos postulados de Poe para justificar suas próprias ideias sobre a criação poética. Algumas das ideias mais modernas sobre composição poética originam-se das de Poe, como é fácil de verificar. Discutíveis como possam ser essas ideias, havendo mesmo quem considere as explicações sobre as origens e formação do poema "O Corvo" como mera mistificação de Poe, o certo é que elas constituem curiosas manifestações das reflexões de um poeta de valor sobre a criação poética.

Os simbolistas fizeram de muitas dessas ideias o núcleo de sua estética e frases como esta: "A música, quando combinada com uma ideia agradável, é poesia; a música sem ideia é simplesmente música; a ideia sem música é prosa pela própria exatidão" não podiam deixar de receber aplauso de poetas como Verlaine, que pediam de la musique avant toute chose. *Quando, até hoje, vêm à baila os problemas da criação poética, as referências a Poe e suas ideias demonstram a sua atualidade e a sua atuante presença.*

Na impossibilidade de reunir as centenas de artigos de crítica que Poe publicou, e na inconveniência de reproduzir muitos deles e outros de seus escritos que, embora de grande interesse para o estudioso da personalidade do autor e de suas complicadas — e quase freudianas — ideias filosóficas e estéticas, não oferecem idêntico atrativo para o leitor atual, e ainda menos não sendo ele anglo-saxão, damos nesta seção amostras da sua crítica séria e construtiva: "Astória", e de seu pensamento analítico e perscrutador: "Excertos da Marginalia", "Filosofia do mobiliário" e "Criptografia". A sua famosa "A filosofia da composição" encontra-se logo a seguir de "O Corvo".

O. M.

Astória[1]

O encontro do Sr. Irving, em Montreal, há muitos anos, com alguns dos principais sócios da grande Companhia de Peles do Noroeste foi o meio de interessá-lo profundamente nos vários negócios de laçadores, caçadores e índios e em todos os aventurosos pormenores relativos ao comércio de peles. Não muito depois de sua volta de recente viagem às planícies, entabulou conversa com seu amigo, o Sr. John Jacob Astor, de Nova York, referente a uma empresa fundada e dirigida por aquele cavalheiro, aí pelo ano de 1812, empresa que tinha como objetivo uma participação, na mais extensiva escala, no comércio de peles mantido com os índios em todas as regiões do oeste e noroeste da América do Norte. Encontrando o Sr. Irving plenamente tomado de excitante interesse por esse assunto, o Sr. Astor foi levado a exprimir o pesar de que a verdadeira natureza e extensão da empresa, juntamente com seu grande caráter nacional e importância, jamais tivessem sido por todos compreendidas e o desejo de que o Sr. Irving tomasse a seu cargo dar uma explicação disso. Ele consentiu. Todos os documentos referentes ao assunto foram submetidos à sua inspeção e os volumes agora diante de nós (dois oitavos de bom tamanho) são o resultado dela. O trabalho foi executado de maneira magistral, não dando a modéstia do título indicação da plenitude, da compreensividade e da beleza com que uma longa e emaranhada série de pormenores, coligidos necessariamente dum acervo de informações vagas e imperfeitas, foi transformada em perfeição e unidade.

Supondo nossos leitores ao corrente dos principais traços do original comércio de peles na América, não acompanharemos o Sr. Irving no seu vivo relato do primitivo mercador franco-canadense, de seus joviais estabelecimentos e subordinados, dos habilitados comerciantes, missionários, *voyageurs*[2] e *coureurs de bois*, do mercador de peles anglo-canadense, da fundação da grande Companhia do "Noroeste", sua constituição e comércio interno, sua sala de sessões parlamentares e sua sala de banquetes, seus passeios de bote, suas caçadas, seu festins e outras magníficas atividades feudais, em vasta escala. Foi a Companhia Inglesa Mackinaw, supomos (companhia estabelecida como rival da Noroeste), a *scène* cujas principais operações despertaram por primeiro a atenção de nosso governo. Sua principal fábrica estava estabelecida em Michilimackinac, e enviava suas pirogas, pela Green Bay, pelo Fox River e pelo Wisconsin, até o Mississípi, e deste para todos os seus tributários, esperando desta forma monopolizar o comércio com todas as tribos indígenas nas águas meridionais e ocidentais de nosso próprio território, como a "Noroeste" o havia monopolizado, ao longo das águas do norte. Sem dúvida, nós agora começamos a ver com olhos ciumentos e a fazer esforços para impedir a influência, a cada hora adquirida, sobre os nossos próprios indígenas, por aquelas imensas uniões de estrangeiros. Em 1792, os Estados Unidos enviaram agentes para estabelecer casas de comércio rivais sobre a fronteira, e assim, suprindo as necessidades dos índios, ligar seus interesses aos nossos e desviar o comércio, se possível, para canais nacionais.

1 "Astória ou Anedotas de uma empresa além das Montanhas Rochosas". por Washington Irving [*do Southern Literary Messenger*, para 18...].

2 Homem empregado pelas companhias de peles do Canadá para transportar homens e mercadorias pelos rios e nas terras entre os rios das regiões do noroeste. (N. T.)

A empresa foi malsucedida, tendo sido, supomos, ineficientemente dirigida e apoiada, e o plano nunca foi depois ensaiado senão pelos meios individuais e pela energia do Sr. Astor.

John Jacob Astor nasceu em Waldorf, aldeia alemã, perto de Heidelberg, às margens do Reno. Enquanto ainda moço previu que haveria de possuir grande fortuna, e, deixando sua casa, dirigiu-se, sozinho, para Londres, onde se achava ao termo da Revolução Americana. Estando um irmão seu, mais velho, nos Estados Unidos, ali foi ter com ele. Em janeiro de 1784, chegou a Hampton Roads, com algumas pequenas mercadorias ajustáveis ao mercado americano. De passagem, travara conhecimento com um conterrâneo seu, peleiro, de quem recolheu bastante informação a respeito de peles e da maneira de dirigir o comércio. Depois acompanhou esse cavalheiro a Nova York e, a conselho dele, inverteu os rendimentos de sua mercadoria em peles. Com estas, viajou para Londres e, tendo-as colocado vantajosamente, voltou no mesmo ano (1784) a Nova York, com a intenção de estabelecer-se nos Estados Unidos e continuar o negócio assim começado. Os começos do Sr. Astor nessa direção foram necessariamente pequenos, mas sua perseverança era indomável, sua integridade inatacável e sua economia da mais rígida espécie. "A isto — diz o Sr. Irving — acrescentavam-se um espírito ambicioso, que sempre olhava para o alto, e um gênio ousado, fértil e expansivo, uma sagacidade pronta a agarrar e converter todas as circunstâncias em sua vantagem, e uma singular e jamais vacilante confiança no êxito completo." Estas opiniões são mais do que repetidas por toda a multidão de numerosos conhecidos e amigos do Sr. Astor, e mais fortemente afirmadas por todos aqueles que têm o prazer de conhecê-lo melhor.

Nos Estados Unidos, o comércio de peles não estava ainda suficientemente organizado para formar uma linha regular de negócios. O Sr. Astor fazia visitas anuais a Montreal com o propósito de comprar peles e, como o tráfico direto não era permitido do Canadá a qualquer outro país, senão a Inglaterra, ele as embarcava, depois de compradas, imediatamente para Londres. Tendo sido esta dificuldade removida, porém, pelo tratado de 1795, fez um contrato de peles com a Companhia Noroeste e importou-as de Montreal até os Estados Unidos, donde embarcou uma porção para diferentes partes da Europa, bem como para o principal mercado na China.

Pelo tratado de que acabo de falar, as possessões inglesas do nosso lado dos lagos eram abandonadas e aberta uma entrada para o comerciante de peles americano, até os confins do Canadá e dentro dos territórios dos Estados Unidos. Aí o Sr. Astor, no ano de 1807, aventurou-se largamente por sua própria conta. Seu capital aumentado colocava-o agora entre os principais comerciantes americanos. A influência, porém, da Companhia Mackinaw evidenciou-se bastante e ele foi levado a considerar os meios de entrar numa bem-sucedida competição. Estava certo do desejo do governo de concentrar o comércio de peles, dentro dos seus limites, nas mãos de seus próprios cidadãos e se ofereceu então, se lhe fossem concedidas ajuda e proteção nacionais, "a desviar para canais americanos todo o comércio". Foi convidado a desenvolver seus planos, aprovados calorosamente, mas, acreditamos, pouco mais do que isso. O apoio do governo era, não obstante, de grande importância e, em 1809, conseguiu ele do Legislativo de Nova York uma carta patente, incorporando uma companhia, sob o nome de "Companhia Americana de Peles", com um capital de um milhão de dólares e o privilégio de aumentá-lo para dois. Ele próprio constituiu a companhia e forneceu o capital. O conselho de diretores era simplesmente nominal e todo o negócio era conduzido com seus próprios recursos e de acordo com sua própria vontade.

Passamos aqui sobre o lúcido, embora breve, relato do Sr. Irving a respeito do comércio de peles no Pacífico, da empresa russa e americana, na costa noroeste, e da descoberta, pelo Capitão Gray, em 1792, da boca do Rio Colúmbia. Ele continua, falando do Capitão Jonathan Carver, do exército provincial inglês. Em 1763, pouco depois da aquisição do Canadá pela Grã-Bretanha, esse cavalheiro projetou uma viagem através do continente, entre os graus 43 e 46 de latitude norte, até as praias do Pacífico. Seus objetivos eram "verificar a extensão do continente na sua parte mais larga e determinar algum lugar, nas praias do Pacífico, onde o governo pudesse estabelecer um posto para facilitar a descoberta duma passagem a noroeste ou uma comunicação entre a Baía de Hudson e o Oceano Pacífico". Foi malsucedido duas vezes em suas tentativas pessoais de realizar essa jornada. Em 1774, Richard Whitworth, membro do Parlamento, entrou em concordância com esse plano do Capitão Carver. Estes dois cavalheiros decidiram levar consigo cinquenta ou sessenta homens, operários e marinheiros, para subir um dos braços do Missouri, descobrir a nascente do Oregon (o Colúmbia) e descer o rio até sua foz. Ali um forte deveria ser erguido e construídos os navios necessários para pôr em execução suas projetadas descobertas por mar. O governo britânico sancionou o projeto, e tudo estava pronto para a empresa quando a Revolução Americana a impediu.

A expedição de Sir Alexander Mackenzie é bem conhecida. Em 1793 atravessou o continente e alcançou o Oceano Pacífico na latitude de 52°2'48". Na latitude de 52°30' desceu parcialmente um rio que fluía para o sul e que ele erroneamente supôs ser o Colúmbia. Alguns anos mais tarde publicou um relato de sua viagem e sugeriu a política de abrir um tráfego entre os oceanos Atlântico e Pacífico, e de formar estabelecimentos regulares "através do interior e em ambos os extremos, bem como ao longo das costas e ilhas". Assim, pensava ele, podia ser obtida a inteira direção do comércio de peles da América do Norte, da latitude norte de 48° até o polo, excetuando-se aquela parte de posse dos russos. Quanto aos "aventureiros americanos" ao longo da costa, deles falou como merecedores de pequena consideração. "Desaparecerão instantaneamente, diz ele, diante dum comércio bem regulado." Devido ao ciúme existente entre a Baía de Hudson e a Companhia Noroeste, esta ideia de Sir Alexander Mackenzie jamais foi posta em execução.

A tentativa bem-sucedida dos Srs. Lewis e Clark se verificou, como é sabido, em 1804. Seu itinerário foi o proposto pelo Capitão Carver em 1774. Atravessaram o Missouri nas suas cabeceiras, cruzaram as Montanhas Rochosas, descobriram a nascente do Colúmbia e acompanharam este rio até sua foz. Ali passaram o inverno e retornaram pelos mesmos caminhos na primavera. Seus relatórios declararam praticável estabelecer uma linha de comunicações através do continente, e logo inspiraram ao Sr. Astor o desígnio de "agarrar com suas mãos individuais essa grande empresa que, durante anos, tinha sido hesitante embora cobiçadamente encarada por poderosas associações e governos pátrios".

Seu plano foi gradualmente amadurecido. Suas linhas principais eram as seguintes: uma linha de postos de comércio deveria ser estabelecida ao longo do

Missouri e do Colúmbia, até a embocadura do último, onde devia ser fundado o principal empório. Em todos os rios tributários, através dessa imensa estrada, deviam ser estabelecidos postos de menor importância, que negociariam diretamente as peles com os índios. Todos esses postos dependeriam do empório do Colúmbia para seu suprimento de mercadorias e para lá enviariam as peles coligidas. Neste último lugar, também, deviam ser construídos e armados navios de cabotagem para os fins do comércio, ao longo da costa noroeste, voltando com os resultados de suas viagens ao mesmo ponto de encontro geral. Desse modo, todo o comércio índio da costa do interior convergiria para um só ponto. Para esse ponto, em prosseguimento de seu plano, o Sr. Astor propôs despachar, cada ano, um navio com os suprimentos necessários. Esse navio receberia as peles conseguidas, levá-las-ia a Cantão, trocaria os produtos por mercadorias ali e regressaria a Nova York.

Outro ponto devia ser também atendido. Perlongando a costa de noroeste, o navio entraria em contato com a Companhia Russa de Peles estabelecida naquela região; e, como se podia seguir uma rivalidade, era de boa política conciliar a boa vontade daquela empresa. Ela dependia principalmente, para seus suprimentos, dos navios de carga que por ali passassem vindos dos Estados Unidos. Os proprietários desses navios, nada tendo a consultar além de seus interesses individuais, não tinham escrúpulos em fornecer aos indígenas armas de fogo, o que causava graves contratempos. O governo russo havia feito representações a esse respeito aos Estados Unidos, insistindo para que fosse proibido o tráfico de armas. Mas, como não era infringida qualquer lei municipal, nosso governo não podia interferir. Contudo, estava ele ansioso de não ofender a Rússia e procurou informações com o Sr. Astor sobre os meios de remediar o mal, sabendo-o bastante conhecedor de tudo quanto se referia ao comércio em questão. Essa manobra sugeriu-lhe a ideia de fazer uma visita periódica aos estabelecimentos russos, com seu navio anual. Assim, obtendo regularmente suprimentos, eles seriam independentes dos traficantes casuais, que, consequentemente, seriam excluídos da costa. O Sr. Astor comunicou todo esse plano ao Presidente Jefferson, solicitando o apoio do governo. O ministério "concedeu calorosa aprovação ao plano e garantiu-lhe a segurança de toda a proteção que lhe pudesse ser concedida, de acordo com a política geral".

Ao falar dos motivos que levaram o Sr. Astor a uma empresa tão extensa, o Sr. Irving, queremos acreditar, fez àquele cavalheiro de tão elevados propósitos apenas a mais simples espécie de justiça. "Ele já era — diz nosso autor — rico, além dos desejos comuns do homem, mas agora aspirava àquela fama honrosa que é concedida aos homens de semelhante alvo espiritual, os quais, por suas grandes empresas comerciais, enriqueceram nações, povoaram desertos e ampliaram os limites do império. Ele considerava seu projetado estabelecimento, na embocadura do Colúmbia, como o empório de um imenso comércio, como uma colônia que formaria o germe de uma vasta civilização e que, de fato, transportaria a população americana através das Montanhas Rochosas e a disseminaria ao longo das costas do Pacífico, do mesmo modo por que ela já vivificara as praias do Atlântico."

Poucas palavras em relação à Companhia do Noroeste. Essa empresa, acompanhando em parte a sugestão de Sir Alexander Mackenzie, já estabelecera uns poucos postos comerciais na costa do Pacífico, numa região a cerca de dois graus ao norte do Colúmbia, insinuando-se assim entre os territórios russos e americanos.

Concorreriam com o Sr. Astor, com imensas desvantagens; não tinham bons postos para a recepção de suprimentos pelo mar e deviam consegui-los, com grandes riscos, trabalhos e despesas, por via terrestre. Seus carregamentos de peles também deviam ser levados ao país pelo mesmo caminho, pois eles não tinham liberdade de interferir com o monopólio da Companhia das Índias Orientais, enviando-os por mar diretamente para a China. O Sr. Astor, por conseguinte, podia vender muito mais barato que eles, naquele mercado. Contudo, como qualquer competição se demonstraria prejudicial a ambas as partes, o Sr. Astor fez a Companhia do Noroeste ciente de seus planos, propondo interessá-la num terço de sua empresa. A Companhia Inglesa, porém, teve diversas razões para declinar da oferta, e presumimos que não era a menos importante dessas razões sua secreta intenção de adiantar-se imediatamente e preceder sua rival, instalando um estabelecimento na foz do Colúmbia.

Entrementes, o Sr. Astor não permanecia ocioso. Seu primeiro cuidado foi procurar auxiliares convenientes e foi induzido principalmente a procurá-los entre funcionários da Companhia do Noroeste que se achavam descontentes com sua posição naquela empresa, pois haviam esgotado o estágio probatório e ainda continuavam, por falta de pedidos influentes, sem expectativa de promoção rápida. Dentre estes (geralmente homens de experiência e capacidade em seu negócio particular) o Sr. Astor obteve os serviços do Sr. Alexandre M'Kay (que acompanhara Sir Alexander Mackenzie em suas duas expedições), do Sr. Donald M'Kenzie e do Sr. Duncan M'Dougal. O Sr. Wilson Price Hunt, cidadão nascido em Nova Jersey e cavalheiro grandemente considerado, foi em seguida escolhido pelo Sr. Astor como seu agente principal e como seu representante no projetado estabelecimento. Em junho de 1810 "um contrato" foi concluído entre o Sr. Astor e esses quatro cavalheiros, agindo em seu nome e no de diversas pessoas que já haviam concordado em tornar-se, ou mais tarde se tornariam, associadas da firma *Companhia de Peles do Pacífico*. Esse contrato estipulava que o Sr. Astor seria o chefe da companhia, dirigindo-lhe os negócios em Nova York e fornecendo tudo quanto fosse necessário para a empresa em seus primeiros compromissos e despesas, contanto que em tempo algum o adiantamento fosse superior a quatrocentos mil dólares. O capital era dividido em cem quotas, ficando o Sr. Astor com cinquenta e dividindo-se o resto entre os outros participantes e seus associados. Uma assembleia geral devia realizar-se anualmente em Colúmbia, na qual os membros ausentes poderiam votar por procuração. A associação era contratada por vinte anos, mas poderia ser dissolvida dentro dos cinco primeiros anos se fosse considerada não lucrativa. Durante esses cinco anos o Sr. Astor concordou em arcar com todos os prejuízos que pudessem sobrevir. Um agente, designado por tempo idêntico, devia residir no estabelecimento principal, e o Sr. Hunt foi a primeira pessoa escolhida.

O Sr. Astor decidiu começar sua empresa com duas expedições, uma por mar e outra por terra. A primeira devia levar tudo quanto fosse necessário para o estabelecimento de um posto fortificado na foz do Colúmbia. A última, sob a direção do Sr. Hunt, devia subir pelo Missouri e atravessar as Montanhas Rochosas em direção àquele mesmo ponto. No decurso dessa viagem por terra deveria ser explorada a linha de comunicação mais praticável e observadas as melhores situações para a localização do ponto de convergência do tráfico. Acompanhando o Sr. Irving em nosso breve sumário de sua narrativa, daremos agora um rápido relato da primeira dessas expedições.

Preparou-se um navio chamado *Tonquin*, de 290 toneladas, com dez canhões e vinte homens. O Tenente Jonathan Thorn, da marinha dos Estados Unidos, achando-se licenciado, recebeu o comando. Era um homem de coragem e distinguira-se na guerra tripolitana. Quatro dos sócios estavam no navio: M'Kay e M'Dougal, dos quais já falamos, e os Srs. David e Robert Stuart, novos associados da firma. M'Dougal estava autorizado a agir como procurador do Sr. Astor, na ausência do Sr. Hunt. Doze funcionários faziam também parte do grupo. Estavam eles contratados por cinco anos, para o serviço da companhia, e receberiam cem dólares anuais, pagáveis na expiração do prazo, além de uma provisão anual de roupas no valor de quarenta dólares. Por promessas de promoção futura, seus interesses estavam identificados com os do Sr. Astor. Treze viajantes canadenses e diversos artesãos completavam a lotação do navio. A oito de setembro de 1810, o *Tonquin* fez-se ao mar. De sua viagem até a foz do Colúmbia o Sr. Irving deu um relato algo burlesco. Thorn, o severo e retilíneo oficial de marinha, que poucas ideias tinha além das do dever e da disciplina, e olhava com supremo desprezo para os cômicos "marinheiros de água doce" que formavam a maior parte de seus companheiros, é pintado com o lápis fácil, embora espirituoso, de um real artista; enquanto M'Dougal, o astuto sócio escocês, alvorotado, embora pomposo, e impressionado com elevadas noções de sua própria importância, como procurador do Sr. Astor, é apresentado tão supremamente ridículo quanto é possível, sem o menor esforço aparente, como se poderia imaginar; os retratos, porém, trazem em suas faces o testemunho de sua autenticidade. A viagem prossegue com uma série de pequenas disputas e quiproquós entre o capitão e sua tripulação e, ocasionalmente, entre M'Kay e M'Dougal. As discussões entre esses dois cavalheiros eram breves, parece, embora violentas. "Dentro de quinze minutos — diz o Capitão Thorn numa carta ao Sr. Astor — eles estão fazendo agrados um ao outro, como crianças." O *Tonquin* dobrou o Cabo Horn no dia de Natal, chegou a Owhyhee a onze de fevereiro, tomou a bordo provisões frescas, navegou de novo, com doze ilhéus das Sandwich, a 28 de fevereiro, e no dia 22 de março chegou à foz do Colúmbia. Na procura de uma passagem, através da barra, perderam-se um bote e nove homens entre os recifes. No caminho de Owhyhee sobreveio violenta tempestade; e as picuinhas ainda continuavam entre os sócios e o capitão, suspeitando o último, de fato e gravemente, que os primeiros tinham a intenção de demiti-lo.

O Colúmbia, desde cerca de quarenta milhas de sua foz, é, estritamente falando, um estuário que varia de três a sete milhas de largura, sendo recortado por profundas baías. Baixios e outros obstáculos tornam a navegação perigosa. Deixando, no avanço para cima, a porção mais ampla da corrente, encontramos a embocadura do rio propriamente dita, que tem cerca de meia milha de largura. A entrada para o estuário, do lado do mar, é limitada ao sul por uma praia baixa, comprida e arenosa, que se estira para dentro do oceano e é chamada Point Adams. Do lado norte do estuário está o Cabo Desappointment, promontório alcantilado. Logo a leste desse cabo fica a Baía de Baker, e nela o *Tonquin* ancorou.

Ciumadas continuaram ainda entre o capitão e o digno M'Dougal, que não chegavam a um acordo a respeito da localização própria para o projetado estabelecimento. A cinco de abril, sem perturbar-se mais com as opiniões de seus ajudantes, o Sr. Thorn aportou à Baía de Baker e começou as operações. Diante deste procedimento sumário, os sócios ficaram, sem dúvida, bastante ressentidos, e uma franca rixa parecia prestes a seguir-se, com sério dano para a empresa. Estas dificuldades, porém, foram afinal aplainadas e, finalmente, a doze de abril começou-se a instalação, numa ponta de terra, chamada Point George, na praia meridional do estuário. Havia ali um bom porto, onde navios de duzentas toneladas poderiam ancorar a cinquenta jardas da praia. Em honra do sócio principal, o novo posto recebeu o nome de *Astória*. Depois de muita delonga, a parte da carga destinada ao posto foi desembarcada e o *Tonquin* ficou livre para continuar sua viagem. Deveria costear para o norte, para comerciar em peles em diferentes portos e tocar de volta em Astória no outono. O Sr. M'Kay seguiu nele como comissário e um tal Sr. Lewis como escrevente do navio. Na manhã do dia cinco de junho fez-se ao mar o barco, montando o número de pessoas a bordo a 23. Em uma das baías externas, o Capitão Thorn contratou os serviços de um índio chamado Lamazee, que já fizera duas viagens ao longo da costa e que concordou em acompanhá-lo como intérprete. Em poucos dias o navio chegou à Ilha de Vancouver e ancorou no porto de Neweetee, muito em desacordo com o conselho do índio, que preveniu o Capitão Thorn a respeito do caráter pérfido dos nativos. O resultado foi a matança impiedosa de toda a tripulação, com exceção do intérprete e do Sr. Lewis, o escrevente do navio. Este último, achando-se mortalmente ferido e sem companheiros, fez ir pelos ares o navio e pereceu com mais de uma centena de inimigos. Lamazee, misturando-se com os índios, escapou e foi por meio dele que se teve notícia em Astória do desastre. Relatando amplamente os apavorantes pormenores dessa catástrofe, o Sr. Irving aproveita a ocasião para referir-se ao caráter obstinado, embora bravo e estritamente honrado, do Tenente Thorn. O perigo e loucura da parte dos agentes em desobedecer às amadurecidas instruções daqueles que acuradamente planejam vastas empresas, como a do Sr. Astor, são também justa e energicamente mostrados. O infortúnio aqui citado originou-se inteiramente de um desrespeito a uma ordem muitas vezes repetida do Sr. Astor: de só se admitirem poucos índios a bordo do *Tonquin* de cada vez. A perda do navio foi um sério golpe para o novel estabelecimento em Astória. Voltemos agora a este posto.

Os nativos que habitavam as margens do estuário estavam divididos em quatro tribos, das quais a principal era dos Chinooks. Comcomly, índio cego de um olho, era seu chefe. Estas tribos assemelhavam-se umas às outras, sob quase todos os aspectos, e pertenciam, sem dúvida, a um tronco comum. Viviam principalmente da pesca, pois o Colúmbia e seus tributários abundavam em belos salmões e grande variedade de outros peixes. Um comércio de peles, não muito avultado, iniciou-se imediatamente e continuou. Muita inquietação foi provocada no posto por um boato surgido entre os índios de que trinta homens brancos tinham aparecido nas margens do Colúmbia e estavam construindo casas diante da segunda *corredeira*. Receava-se que fosse um grupo avançado da Companhia Noroeste tentando apoderar-se das partes superiores do rio e assim antecipar-se ao Sr. Astor no comércio da região circunvizinha. Sangrentas contendas podiam-se esperar nesse caso, tais como tinham existido entre companhias rivais em tempos antigos. Ficou provada a verdade da informação dos índios: a Noroeste havia levantado um armazém no Rio Spokan, que deságua no braço norte do Colúmbia. Os astorianos pouco podiam opor-se a eles no estado de reduzido número em que se encontravam.

Resolveu-se, porém, adiantar um contragolpe ao posto do Spokan, e o Sr. David Stuart preparou-se para realizar esse propósito, acompanhado de oito homens e de um pequeno sortimento de mercadorias. A quinze de julho, quando essa expedição estava prestes a partir, uma canoa tripulada por nove homens brancos e ostentando a bandeira britânica entrou no porto. Verificou-se que era o grupo despachado pela companhia rival para antecipar-se ao Sr. Astor no estabelecimento na foz do rio. O Sr. David Thompson, seu chefe, apresentou-se como sócio da Noroeste, mas mesmo assim manifestou atitudes cordatas. Parece, porém, segundo informações posteriormente derivadas de outras fontes, que ele se havia movimentado com desesperada pressa pelas montanhas, visitando todas as aldeias indígenas, em seu percurso, presenteando-as com bandeiras inglesas e "proclamando formalmente que tomava posse da região para a Companhia Noroeste e em nome do rei da Grã-Bretanha". Seu plano foi desfeito, ao que parece, pela deserção de grande parte de seus seguidores e considerou-se provável que ele descesse então simplesmente o rio tendo em vista apenas explorá-lo. M'Dougal tratou os cavalheiros com grande bondade e os supriu de mercadorias e provisões, para sua jornada de volta pelas montanhas, isso muito contra a vontade do Sr. David Stuart, "que não pensava que o objetivo de sua visita lhes desse direito a qualquer favor". Uma carta para o Sr. Astor foi confiada a Thompson.

A 23 de julho, o grupo destinado à região do Spokan partiu e, depois de uma viagem bastante interessante, conseguiu estabelecer o primeiro posto de comércio interior da companhia. Estava situado numa ponta de terra com cerca de três milhas de comprido e duas de largo, formada pela junção do Oakinagan com o Colúmbia. Entrementes, os índios perto de Astória começaram a manifestar disposições hostis e descobriu-se, logo depois, que uma das razões dessa alteração de conduta estava no conhecimento da perda do *Tonquin*. No começo de agosto os colonos tiveram notícia da sorte do navio. Achavam-se agora em situação perigosa, simples punhado de homens numa costa selvagem e cercados por inimigos bárbaros. Foram aliviados desse dilema, no momento, pela habilidade de M'Dougal. Os nativos tinham grande medo da varíola, que aparecera entre eles poucos anos antes, destruindo tribos inteiras. Acreditavam que era um malefício que lhes infligia o Grande Espírito ou que lhes era trazido pelos homens brancos. Lançando mão desta última ideia, M'Dougal reuniu muitos dos caciques que acreditava serem inimigos e informando-os de que tivera conhecimento da traição de seus irmãos do norte para com o *Tonquin*, tirou do bolso um frasco. "Os homens brancos entre vós — disse ele — são poucos em número, é verdade, mas são poderosos na medicina. Olhai aqui! Neste frasco eu conservo a varíola muito bem arrolhada. Basta apenas tirar a rolha e deixar escapar-se a peste, para varrer homens, mulheres e crianças da face da terra." Os caciques ficaram apavorados. Asseguraram ao "Grande Chefe Varíola" que eram os mais seguros amigos dos brancos, que nada tinham com os bandidos que assassinaram a tripulação do *Tonquin* e que seria injusto desarrolhar o frasco para destruir os inocentes juntamente com os culpados. M'Dougal mostrou-se convencido. Prometeu não desarrolhá-lo, a não ser que algum ato evidente o compelisse a assim fazer. Desta maneira restabeleceu-se a tranquilidade para o povoado. Uma grande casa foi então construída e armado o arcabouço de uma escuna. Deram-lhe o nome de *Dolly*, e foi o primeiro navio americano lançado à água, naquela costa.

Mas nossos limites não nos permitem acompanhar demasiado minuciosamente os pormenores da empresa. Os aventureiros conservavam-se animados, mandando ocasionalmente bandos de forrageadores no *Dolly* e esperando a chegada do Sr. Hunt. Assim se passou o ano de 1811, no pequeno posto de Astória. Passaremos agora a falar da expedição por terra.

Esta, como devem lembrar-se, deveria ser conduzida pelo Sr. Wilson Price Hunt, natural de Nova Jersey. Ele é apresentado como escrupulosamente reto, de temperamento cordial e maneiras agradáveis. Nunca estivera no coração do sertão; mas, tendo estado, durante algum tempo, em serviço do comércio, em São Luís, fornecendo mercadorias aos comerciantes índios, adquirira bastante prática no comércio de coisas de segunda mão. O Sr. Donald M'Kenzie, outro sócio, juntara-se a ele. Estivera dez anos no interior, a serviço da Companhia Noroeste, e tinha bastante experiência prática de tudo quanto dizia respeito aos índios. Em julho de 1810, os dois cavalheiros encaminharam-se para Montreal, onde se podia adquirir tudo quanto fosse necessário à expedição. Ali, depararam com muitas dificuldades, algumas das quais lhes eram opostas pelos seus rivais. Tendo conseguido, porém, aprovisionar-se de um sortimento de munições, provisões e mercadorias índias, embarcaram tudo a bordo de um grande barco e, com uma tripulação bastante ineficiente, a melhor que se encontrou, partiram de Santa Ana, perto da extremidade da Ilha de Montreal. Seu itinerário subia o Ottawa, perlongando uma série de pequenos lagos e rios. A 22 de julho chegaram a Mackinaw, situada na Ilha de Mackinaw, na confluência dos lagos Huron e Michigan. Ali foi necessário permanecer algum tempo para completar um sortimento de mercadorias índias e engajar mais *voyageurs*. Enquanto aguardava a realização desses objetivos, foi o Sr. Hunt alcançado pelo Sr. Ramsay Crooks, cavalheiro a quem ele convidara por carta a tomar parte na expedição como sócio. Era natural da Escócia, fora empregado da Companhia Noroeste e se entregava a aventuras particulares de comércio entre as várias tribos do Missouri. O Sr. Crooks descreveu, em termos veementes, os perigos que poderiam provir dos índios, especialmente dos Pés Pretos e Sioux, e concordou-se em aumentar o número do grupo para sessenta, ao chegar-se a São Luís. Trinta eram eles, quando deixaram Mackinaw. Ocorreu isto a doze de agosto. A expedição seguiu o roteiro usual dos comerciantes de peles: pela Green Bay, rios Fox e Wisconsin, até a Prairie du Chien, e dali, descendo o Mississípi até São Luís, onde aportaram a três de setembro. Ali, o Sr. Hunt encontrou certa oposição de uma sociedade chamada Companhia de Peles do Missouri, especialmente do seu sócio principal, um tal Sr. Manuel Lisa. Esta companhia tinha um capital de quase quarenta mil dólares e empregava cerca de 250 homens. Seu fim era estabelecer postos ao longo da parte superior do rio e monopolizar o comércio. O Sr. Hunt tratou de fortalecer-se contra a competição. Contratou para o Sr. Astor os serviços do Sr. Joseph Miller. Este cavalheiro fora oficial do Exército dos Estados Unidos, mas tinha dado baixa por lhe ter sido negada uma licença e se pusera a negociar com os índios. Juntou-se à empresa como sócio e, por causa de sua experiência e conhecimentos gerais, era considerado pelo Sr. Hunt como um colaborador valioso. Muitos barqueiros e caçadores foram também então alistados, mas só depois de uma demora de muitas semanas. Esta demora e as dificuldades prévias em Montreal e Mackinaw tinham deixado o Sr. Hunt muito aquém dos seus cálculos primitivos, de modo que verificou ele ser impossível efetuar sua viagem, subindo o Missouri, durante a estação presente. Havia todas as probabilidades de que o rio estivesse fechado antes que o grupo conseguisse atingir suas águas superiores. Invernar, porém, em São Luís seria dispendioso. Decidiu, portanto, o Sr. Hunt pôr-se a caminho e adiantar-se o mais possível até um ponto onde pudesse ser encontrada caça em abundância, e ali estabelecer seus quartéis até a primavera. A 21 de outubro partiu. O grupo estava dividido por três botes: duas grandes barcaças de Schenectady e um bote de fundo chato. A dezesseis de novembro atingiram a foz do Nodowa, a uma distância de 450 milhas, onde estabeleceram seus quartéis de inverno. Ali o Sr. Robert M'Lellan, a convite do Sr. Hunt, entrou para sócio da companhia. Era um homem de robusta reputação, de temperamento agitado e imperioso, e distinguira-se como oficial às ordens do General Wayne. John Day juntou-se também à companhia neste lugar. Era um caçador alto e atlético, das regiões incultas da Virgínia. Deixando o grupo principal em Nodowa, o Sr. Hunt voltou então a São Luís em busca de um reforço. Foi de novo impedido pelas maquinações da Companhia de Peles do Missouri, mas finalmente conseguiu alistar um caçador, alguns *voyageurs* e um intérprete sioux, Pierre Dorion. Com estes, depois de muitas dificuldades, voltou para o acampamento a dezessete de abril. Logo depois deste período foi reiniciada a viagem rio acima. A companhia consistia agora de quase sessenta pessoas: cinco sócios, Hunt, Crooks, M'Kenzie, Miller e M'Lellan; um escrevente, John Reed; quarenta *voyageurs* canadenses e muitos caçadores. Embarcaram em quatro botes, um dos quais, de grande tamanho, munido de um canhão móvel e dois morteiros.

Não pretendemos, naturalmente, continuar com os nossos viajantes através da vasta série de aventuras que encontraram à sua passagem pelo sertão. Ao curioso destes pormenores recomendamos o próprio livro. Que saibamos, em nenhum outro livro de viagens poderão ser encontrados pormenores mais intensamente excitantes. Por vezes, cheio de vida e gozando de todo o prazer que se pode encontrar na carreira de caçador, por vezes sofrendo todos os extremos de fadiga, fome, sede, ansiedade, terror e desespero, o Sr. Hunt persistia ainda assim na sua viagem e afinal conseguiu levá-la a um termo feliz. Um simples resumo da rota prosseguida é tudo quanto podemos tentar.

Subindo o rio, nosso grupo chegou, no dia 28 de abril, à foz do Nebraska (ou Platte), o maior tributário do Missouri, a cerca de seiscentas milhas acima de sua junção com o Mississípi. Pararam então durante dois dias para suprirem-se de remos e varapaus tirados da dura madeira do freixo, que não se encontra na parte mais alta do rio. A dois de maio, dois dos caçadores teimaram em abandonar a expedição e voltar a São Luís. No dia dez a companhia alcançou a aldeia de Omaha e acampou na sua vizinhança. Esta aldeia está situada a 830 milhas acima de São Luís, na margem ocidental do rio. Três homens ali desertaram, mas seus lugares foram felizmente supridos por três outros, levados a alistar-se graças a generosas promessas. No dia quinze, o Sr. Hunt deixou Omaha e continuou. Não muito depois foi avistada uma canoa tripulada por dois homens brancos. Verificou-se que eram dois aventureiros que, havia alguns anos, tinham estado caçando e armando laços perto da cabeceira do Missouri. Chamavam-se Jones e Carson. Estavam agora de viagem para São Luís, mas prontamente desistiram dela e voltaram-se de novo na direção das Montanhas Rochosas. A 23, o Sr. Hunt recebeu, por um mensageiro especial, uma carta do Sr. Manuel Lisa, o sócio principal da Companhia de Peles Missouri, o mesmo cavalheiro que tantos transtornos lhe causara em São Luís. Havia deixado aquela cidade, com um grande grupo, três semanas depois do Sr. Hunt, e tendo ouvido boatos de intenções hostis da parte dos Sioux, tribo de índios muito temida, fazia grandes esforços para alcançá-lo, a fim de que pudessem atravessar juntos a parte perigosa do rio. O Sr. Hunt, porém, estava justamente receoso do espanhol e prosseguiu. Na aldeia dos Poncas, a cerca de uma légua ao sul do Rio Quicourt, deteve-se apenas o tempo suficiente para arranjar uma provisão de carne-seca de búfalo. Na manhã de 25 descobriu-se que Jones e Carson tinham desertado. Foram perseguidos, mas em vão. No dia imediato três homens brancos foram vistos descendo o rio em duas canoas. Verificou-se que eram três caçadores do Kentucky: Edward Robinson, John Hoback e Jacob Rizner. Também eles tinham passado muitos anos no alto sertão e estavam agora de volta, mas de boa vontade juntaram-se à expedição. As informações colhidas desses novos recrutas induziram o Sr. Hunt a alterar seu itinerário. Até ali ele pretendera acompanhar o roteiro seguido pelos Srs. Lewis e Clark, subindo o Missouri até sua bifurcação e daí, por terra, pelas montanhas. Foi informado, porém, de que, assim fazendo, teria de atravessar a região dos Pés Pretos, tribo selvagem de índios exasperados contra os brancos por causa da morte de um dos seus homens às mãos do Capitão Lewis. Robinson aconselhou um caminho mais curto que os levaria pelo alto das montanhas, quase até onde as cabeceiras do Platte e do Yellowstone têm começo, passagem muito mais praticável do que a de Lewis e Clark. O Sr. Hunt concordou com este conselho e resolveu deixar o Missouri na aldeia dos Arickaras, aonde chegariam dentro de poucos dias. A 1º de junho alcançaram "a grande curva" do rio, que ali rodeia durante quase trinta milhas uma península circular, cujo istmo não chega a ter mais de duas mil jardas de largura. Na manhã de três de junho, a companhia foi alcançada por Lisa, muito a contragosto. O encontro esteve, sem dúvida, longe de ser cordial, mas uma aparência exterior de civilidade foi mantida durante dois dias. No terceiro travou-se uma questão que esteve a ponto de terminar seriamente. Foi, porém, em parte conciliada e os bandos rivais costearam margens opostas do rio, à vista um do outro. A doze de junho chegaram à aldeia dos Arickaras, entre os paralelos 46° e 47° de latitude norte e a cerca de 1400 milhas acima da foz do Missouri. Tendo realizado assim grande parte de sua jornada, o Sr. Hunt não podia deixar de deparar com uma multidão de dificuldades, às quais nem mesmo nos referimos. Achava-se frequentemente em extremo perigo de parte de grandes grupos de Sioux e, certa vez, foi apenas um mero acaso que evitou o massacre da expedição inteira.

Na aldeia de Arickara, nossos aventureiros tiveram de abandonar seus botes e continuar para o oeste através do sertão. Tiveram de comprar cavalos aos índios, que não podiam entretanto fornecê-los em número suficiente. Neste dilema, Lisa ofereceu-se para comprar os botes, agora sem utilidade, e pagá-los em cavalos, a serem obtidos em um forte pertencente à Companhia de Peles do Missouri e situado nas aldeias dos Mandan, a cerca de 150 milhas, bem acima do rio. Feita a troca, os Srs. Lisa e Crooks foram buscar os cavalos, voltando com eles dentro de uma quinzena. Na aldeia de Arickara, se não nos enganamos, o Sr. Hunt contratou os serviços de um tal Edward Rose. Alistou-se como intérprete para quando a expedição alcançasse a região dos Upsarokas ou índios Corvos, entre os quais residira outrora.

A dezoito de julho iniciou a companhia sua marcha. Estavam ainda insuficientemente providos de cavalos. A cavalhada compunha-se de 82 animais, a maior parte pesadamente carregada de mercadorias indígenas, armadilhas de castores, munições e provisões. Cada um dos sócios ia montado. Ao se despedirem de Arickara, os veteranos da companhia de Lisa, bem como o próprio Lisa, predisseram a total destruição de nossos aventureiros, entre os inúmeros perigos do sertão.

Para evitar os Pés Pretos, tribo feroz e implacável a que já nos referimos antes, a companhia tomou uma direção sudoeste. Este roteiro levou-os através de alguns dos rios tributários do Missouri e de imensas pradarias limitadas apenas pelo horizonte. Sua marcha foi a princípio vagarosa, e tendo o Sr. Crooks caído doente, foi necessário fazer uma liteira para ele entre dois cavalos. A 23 do mês acamparam nas margens de uma pequena corrente apelidada Rio Grande, onde permaneceram vários dias, encontrando várias aventuras. Entre outras coisas, conseguiram completar sua provisão de cavalos de um bando de índios Cheyenne. A seis de agosto foi retomada a marcha e, dentro em pouco, deixaram para trás a região hostil dos Sioux. Nesta ocasião foi descoberta uma conspiração da parte do intérprete Edward Rose. Este patife estivera aliciando os homens e propusera, logo que chegassem entre seus antigos conhecidos, os índios Corvos, desertar para o lado dos selvagens com um saque tão grande quanto pudesse ser levado. A questão foi resolvida, porém, e o Sr. Rose calmamente demitido, por meio da habilidade do Sr. Hunt. No dia treze, o Sr. Hunt alterou seu rumo para o oeste, rota que logo o levou a uma bifurcação do Pequeno Missouri, nas orlas das Montanhas Negras. São estas uma extensa cadeia que fica a cerca de cem milhas a leste das Montanhas Rochosas, estendendo-se para o nordeste desde a bifurcação sul do Rio Platte até a grande curva do norte do Missouri e dividindo as águas do Missouri das do Mississípi e do Arkansas. Os viajantes supuseram que se achavam a quase 250 milhas da aldeia dos Arickaras. Suas mais sérias dificuldades começaram então. Fome e sede, além dos perigos menores dos ursos-cinzentos, salteavam-nos a cada instante ao tentarem forçar uma passagem através das barreiras escarpadas em seu caminho. Afinal, desembocaram em um rio de águas claras, um dos braços do Rio Pó, e mais uma vez avistaram vastas campinas e grande quantidade de búfalos. Subiram este rio cerca de dezoito milhas na direção de uma elevada montanha que estivera à vista desde o dia dezessete. Alcançaram a base desta montanha, que se verificou ser um contraforte das Rochosas, no dia trinta, tendo então perfeito cerca de quatrocentas milhas desde que deixaram Arickara.

Durante um ou dois dias tentaram em vão descobrir um desfiladeiro nas montanhas. A três de setembro fizeram uma tentativa para forçar uma passagem para oeste, mas logo se viram embaraçados entre rochas e precipícios que desafiavam todos os seus esforços. Achavam-se também agora na região dos terríveis Upsarokas e os encontravam a cada passo. Encontraram-se também com bandos amigos de Shoshonies e Cabeças Chatas. Depois de mil dificuldades, adiantaram um pouco a viagem. No dia nove alcançaram o Rio Wind, que dá seu nome a uma série de montanhas que consiste em três cadeias paralelas de oitenta milhas de comprimento e *cerca de 25 de largura. "Um de seus cumes* — diz nosso autor — provavelmente está a 4500 metros acima do nível do mar." Durante cinco dias o Sr. Hunt subiu o curso do Rio Wind, atravessando-o e reatravessando-o. Haviam-lhe assegurado os três caçadores que o aconselharam a romper pelo sertão que, subindo o rio e atravessando apenas uma crista de montanha, ele chegaria às cabeceiras do Colúmbia. A escassez de caça, porém, levou-o a seguir rumo diferente. No decurso do dia, depois de chegar a essa resolução, avistaram eles três picos montanhosos, brancos de neve, e que foram reconhecidos pelos caçadores como erguendo-se precisamente acima de um braço do Colúmbia. Tais picos foram denominados pelo Sr. Hunt Pilot Knobs. Os viajantes continuaram o caminho por perto de quarenta milhas para sudoeste e afinal encontraram um rio que corria para oeste. Verificou-se ser um ramo do Colorado. Seguiram seu curso por quinze milhas. No dia dezoito, abandonando seu curso principal, tomaram uma direção noroeste, durante oito milhas, e alcançaram um de seus pequenos tributários que provinha do seio das montanhas e corria através de verdes pradarias abundantes em búfalos. Ali acamparam por diversos dias, pois um repouso se tornava necessário, tanto para os homens como para os cavalos. No dia 24, a jornada estava encerrada. Uma travessia de quinze milhas os levou a um rio de quinze metros de largura, que foi reconhecido como uma das cabeceiras do Colúmbia. Seguiram-no durante dois dias, em que ele se foi gradualmente ampliando numa corrente de certo volume. Afinal, outra corrente se lhe juntou, e ambas unidas se atiravam num rio desimpedido que, por sua rapidez e turbulência, recebera o nome de Rio Doido. Por ele abaixo previram uma viagem ininterrupta, em canoas, até o ponto de seu destino final; mas suas esperanças estavam bem longe de se realizar.

Os sócios fizeram uma reunião. Os três caçadores que até então haviam agido como guias nada conheciam da região a oeste das Montanhas Rochosas. Era duvidoso que o Rio Doido pudesse ser navegado e eles dificilmente se poderiam decidir a abandonar seus cavalos, na incerteza. Aprovou-se, entretanto, a viagem em barcos, e passaram a construir os botes necessários. Entrementes, o Sr. Hunt, tendo agora alcançado as cabeceiras do Colúmbia, afamadas como abundantes em castores, voltou o pensamento para o objetivo principal da expedição. Quatro homens, Alexandre Carson, Louis St. Michel, Pierre Detayé e Pierre Delaunay foram desligados da expedição para permanecer no sertão e caçar castores. Quando conseguissem uma quantidade suficiente de peles deveriam levá-las ao depósito, na foz do Colúmbia, ou a algum posto intermediário a ser estabelecido pela companhia. Mal haviam partido esses caçadores quando dois índios Cobras chegaram ao acampamento e declararam que o Rio Doido não era navegável. Exploradores enviados pelo Sr. Hunt confirmaram o informe. A quatro de outubro, por conseguinte, desfez-se o acampamento e o grupo prosseguiu à procura de um posto da Companhia de Peles do Missouri que se dizia estar nalguma parte da região vizinha, nas margens de outro braço do Colúmbia. Encontraram esse posto sem grande dificuldade. Estava abandonado e nossos viajantes tomaram alegremente posse dos toscos edifícios. O rio, ali, tinha mais de mil jardas de largura. Foram construídas canoas com toda a rapidez. Enquanto isso, outro destacamento de caçadores de castores foi deixado no sertão. Compunham-no Robinson, Rizner, Hoback, Carr e o Sr. Joseph Miller. Este último, como deve ser lembrado, era um dos sócios; abandonou, porém, sua parte na expedição, por uma vida de mais perigosas aventuras. A dezoito do mês (outubro), achando-se prontas quinze canoas, os viajantes embarcaram, deixando seus cavalos a cargo dos dois índios Cobras que ainda se achavam na expedição.

No decorrer do dia o grupo chegou à junção do rio que navegavam com o Rio Doido. Ali começa o Rio Cobra, cena de mil desastres. Depois de prosseguir por cerca de quatrocentas milhas, por meio de frequentes baldeações para terra, deparando inúmeras dificuldades de toda espécie, nossos aventureiros foram forçados a deter-se por uma série de espantosas cataratas, que raivavam até onde o olhar podia alcançar, entre estupendos paredões de rocha negra que se erguiam a mais de sessenta metros, perpendicularmente. Denominaram esse local The Caldron Linn. Ali, Antoine Clappine, um dos *voyageurs*, pereceu entre os torvelinhos; três das canoas se prenderam inamovivelmente nas rochas e uma foi carregada pela cachoeira com todas as armas e bagagens de quatro dos canoeiros.

A situação do grupo, de fato, era então lamentável: no coração de um sertão desconhecido, sem saber que rumo tomar, ignorando a distância a que se achavam de seu lugar de destino e sem qualquer ser humano junto deles cujo conselho pudesse ser pedido. Seu sortimento de provisões estava reduzido a uma ração de cinco dias e a fome os olhava de frente. Era, portanto, mais perigoso ficarem juntos do que separados. As mercadorias e provisões, exceto um suprimento pequeno para cada homem, foram escondidas em *caches* (buracos cavados na terra) e o grupo se dividiu em diversos destacamentos pequenos que partiram em direções diferentes, tendo em vista a foz do Colúmbia, como seu ponto final de destino. Estavam ainda distantes desse posto cerca de mil milhas, embora naquela ocasião tal fato fosse ignorado deles.

A 21 de janeiro, depois de uma série de quase incríveis aventuras, a divisão em que se encontrava o próprio Sr. Hunt foi ter às águas do Colúmbia, a alguma distância abaixo da junção de seus dois grandes ramos, os rios Clark e Lewis, e não longe da desembocadura do Wallah-Wallah. Após deixarem a Cachoeira Caldron Linn, haviam eles cortado 240 milhas através de nevados desertos e montanhas alcantiladas, e seis meses se haviam passado desde sua partida da aldeia de Arickara, no Missouri; de acordo com seus cálculos, todo o seu percurso, desde aquele ponto, fora de 1 751 milhas. Recebeu-se, então, certo vago informe acerca de outra divisão do grupo, bem como do estabelecimento na foz do Colúmbia. O Sr. Hunt alcançou as quedas do rio e acampou na aldeia de Wish-Ram. Ali, ouviram-se informes do massacre a bordo do *Tonquin*. A cinco de fevereiro, tendo conseguido canoas, com grande dificuldade, os aventureiros partiram de Wish-Ram e, a quinze, costeando um cabo que se adiantava, chegaram à vista da tão ansiada Astória. Entre os primeiros a saudá-los estavam, quando eles desembarcaram, alguns de seus velhos camaradas que se haviam separado deles na Cachoeira Caldron Linn, e que haviam alcançado o estabelecimento quase um mês antes. Achando-se incapazes de prosseguir, tinham sido os Srs. Crooks e John Day deixados aos cuidados de alguns índios, no sertão; chegaram depois. De Carrière, um *voyageur*, que foi também abandonado por não haver outro remédio, nunca mais se ouviu falar. Também Jean Baptiste Prévost, *voyageur*, alucinado pela fome, afogara-se no Rio Cobra. Todos os grupos haviam suportado os extremos da fadiga, da privação e do perigo. Haviam viajado 3 500 milhas desde São Luís. Voltemos agora ao Sr. Astor.

Como ainda não tivesse recebido informações da região do Colúmbia, teve ele de continuar, como se tudo corresse de acordo com seus desejos. Portanto, preparou um belo navio, o *Beaver*, de 490 toneladas. Sua carga era sortida, a fim de suprir Astória, o comércio ao longo da costa e as necessidades da Companhia Russa de Peles. Embarcaram, com destino ao estabelecimento, um sócio, cinco escreventes, quinze operários americanos e seis *voyageurs* canadenses. O Sr John Clarke, o sócio, era natural dos Estados Unidos, embora tivesse passado grande parte de sua vida no noroeste, entregando-se ao comércio de peles desde a idade de dezesseis anos. Os escreventes, principalmente, eram jovens cavalheiros americanos de boas relações. O Sr. Astor escolhera esse reforço no sentido de assegurar a ascendência da influência americana em Astória, tornando a associação decididamente nacional. Fora incapaz de fazê-lo no começo de seu empreendimento, dadas as circunstâncias especiais do caso.

O Capitão Sowle, o comandante do *Beaver*, tinha instruções de tocar nas Ilhas Sandwich, a fim de inquirir sobre a sorte do *Tonquin* e saber, se possível, se o estabelecimento se instalara em Astória. Se assim fosse, devia alistar tantos nativos quantos pudesse e prosseguir. Devia usar da maior precaução, ao aproximar-se da foz do Colúmbia. Caso tudo, porém, estivesse bem, deveria descarregar a parte de sua carga destinada ao posto e navegar para Nova Archangel com os suprimentos dos russos. Recebendo peles em pagamento, regressaria a Astória, tomaria as peles que ali se encontrassem e tocaria com rapidez para Cantão. Tal era a norma estrita de suas instruções e um desvio delas, subsequentemente, seria causa de grandes dificuldades e prejuízos, contribuindo vastamente para a falência de toda a empresa. O *Beaver* fez-se ao mar a dez de outubro de 1811 e, depois de engajar doze nativos nas Ilhas Sandwich, alcançou a salvo, a nove de maio, a foz do Colúmbia. Sua chegada deu vida e vigor ao estabelecimento e forneceu-lhe os meios de ampliar as operações da companhia e fundar numerosos postos de comércio no interior.

Tornou-se então necessário enviar relatórios por terra ao Sr. Astor, em Nova York, e uma tentativa de fazê-lo fora frustrada anteriormente pela hostilidade dos índios em Wish-Ram. A tarefa foi confiada ao Sr. Robert Stuart, que, embora nunca tivesse atravessado as montanhas, dera provas de sua competência para tais empreendimentos. Acompanhavam-no Ben Jones e John Day, de Kentucky; André Vallar e Francis Le Clerc, canadenses; e dois dos sócios, os Srs. M'Lellan e Crooks, que estavam desejosos de voltar aos Estados do Atlântico. Esse pequeno grupo partiu a 29 de junho e o Sr. Irving os acompanha, minuciosamente, por toda a sua longa e perigosa jornada. Como se podia esperar, eles encontraram infortúnios ainda mais terríveis do que os experimentados pelo Sr. Hunt e seus companheiros. Os principais acontecimentos da viagem foram a enfermidade do Sr. Crooks e a perda de todos os cavalos do grupo por uma vilania dos Upsarokas. Esta última circunstância foi a causa de excessivas dificuldades e grande demora. A trinta de abril, porém, o grupo chegou, com boa saúde e disposição, a São Luís, tendo levado dez meses a completar sua perigosa expedição. O caminho tomado pelo Sr. Stuart coincidiu aproximadamente com o do Sr. Hunt até as montanhas do Rio Wind. A partir desse ponto, o primeiro desviou-se um tanto para o suleste, seguindo o Nebraska até sua junção com o Missouri.

Tendo, afinal, irrompido a guerra entre os Estados Unidos e a Inglaterra, o Sr. Astor percebeu que o porto de Nova York seria bloqueado e que isso impediria a partida do navio anual, de suprimento, no outono. Nessa emergência, escreveu ao Capitão Sowle, comandante do *Beaver*, endereçando para Cantão. A carta ordenava-

-lhe que voltasse para o estabelecimento, na foz do Colúmbia, com os artigos de que a colônia pudesse necessitar e permanecesse ali às ordens do Sr. Hunt. Entrementes, nada ainda se ouvira acerca do empório. Contudo, sem desencorajar-se, o Sr. Astor decidiu enviar outro navio, embora o risco de perda fosse tão grande que nenhum seguro se pôde efetuar. Foi escolhido o *Lark*, notável por seu veloz andamento. Fez-se ele ao mar a seis de março de 1813, sob o comando do Sr. Northrop, seu imediato, pois o oficial primeiramente apontado para comandá-lo desistira de fazê-lo. Quinze dias depois de sua partida o Sr. Astor recebeu a informação de que a Companhia do Noroeste apresentara um memorial à Grã-Bretanha relatando o vasto alvo das operações projetadas em Astória e expressando o temor de que, não fosse o estabelecimento aniquilado, provocaria ele a falência do negócio de peles daquela companhia, e aconselhando a que se enviasse uma força contra a colônia. Em consequência, a fragata *Phoebe* teve ordem de comboiar o navio armado *Isaac Todd,* que pertencia à Companhia do Noroeste e estava guarnecido de homens e munições para a formação de um novo estabelecimento. Tinham eles ordem de "seguir juntos para a foz do Colúmbia, capturar ou destruir todas as fortalezas americanas que ali encontrassem e hastear a bandeira britânica nas suas ruínas". Tendo sido feita uma representação a esse respeito a nosso governo, a fragata *Adams*, com o comando do Capitão Grane, foi destacada para a proteção de Astória; e o Sr. Astor tratou de preparar um navio chamado *Enterprise*, para viajar junto com a fragata, carregando-o de suprimentos adicionais. Logo, porém, que se acharam prontos os dois barcos, foi necessário um reforço de marinheiros para o Lago Ontário e a tripulação do *Adams* foi obrigatoriamente transferida para aquele serviço. O Sr. Astor estava a ponto de enviar o *Enterprise* sozinho quando surgiu uma força britânica ao largo do Hook e o bloqueio de Nova York se efetivou. O *Enterprise*, portanto, foi descarregado e desarmado. Voltemos agora ao *Beaver*.

Esse navio, depois de deixar em Astória a parte de sua carga destinada àquele porto, rumou para Nova Archangel a quatro de agosto de 1812. Chegou lá a dezenove, sem encontrar incidentes de importância. Gastou-se longo tempo em negociações com o ébrio governador da colônia russa de peles, um tal Conde Baranoff, e, quando elas afinal se completaram, chegou o mês de outubro. Além do mais, em pagamento de seus suprimentos, o Sr. Hunt devia receber peles de foca, e não havia delas no local. Necessário era, portanto, prosseguir até um estabelecimento de caça de focas pertencente à Companhia Russa, na Ilha de São Paulo, no Mar de Kamtchatka. Navegou ele para aquele local a quatro de outubro, depois de haver despendido 45 dias em Nova Archangel. Chegou a 31 do mês, tempo em que, de acordo com suas providências, deveria estar de volta a Astória. Ocorreu então grande demora em colocar as peles a bordo, sendo vistoriado cada pacote para impedir fraudes. Para tornar os negócios piores, o *Beaver*, certa noite, foi arrancado da praia por uma tempestade e não pôde voltar antes de treze de novembro. Tendo afinal recebido a carga e fazendo-se ao mar, o Sr. Hunt estava em grande dúvida acerca de seu rumo. O navio tinha sofrido muito com a última tempestade e ele achou imprudente tentar alcançar a foz do Colúmbia naquela estação agitada do ano. Além disso, avançava muito o ano, e se ele seguisse para Astória, como primitivamente pretendera, poderia chegar a Cantão muito tarde para encontrar bom mercado. Infortunadamente, portanto, decidiu ele seguir logo para as Ilhas Sandwich, esperar ali o navio anual de

Nova York, tomar passagem nele para o estabelecimento e deixar o *Beaver* prosseguir sua viagem para a China. Deve-se, por justiça, acrescentar que ele foi induzido a esse roteiro, principalmente, pelas tímidas manifestações do Capitão Sowle. Alcançaram Woahoo sem novidade, recebendo ali o navio os reparos necessários, e de novo se fizeram ao mar, a 1º de janeiro de 1813, ficando o Sr. Hunt na ilha.

Em Cantão, o Capitão Sowle encontrou a carta do Sr. Astor, que lhe dava informações sobre a guerra e lhe ordenava levar essa notícia a Astória. Ele escreveu uma resposta em que declinou de cumprir essas ordens, dizendo que esperaria pela paz e depois voltaria para casa. Entrementes, o Sr. Hunt aguardava em vão o navio anual. Afinal, lá por vinte de junho, o navio *Albatroz*, do Capitão Smith, chegou da China, trazendo às Ilhas Sandwich as primeiras notícias da guerra. O Sr. Hunt alugou esse navio, por dois mil dólares, para levá-lo a Astória com alguns suprimentos. Alcançou aquele posto a vinte de agosto, achando ali os negócios da companhia em condição de perecimento, com os sócios inclinados a abandonar a colônia. O Sr. Hunt foi finalmente levado a concordar com essa resolução. Havia contudo, armazenado um vasto sortimento de peles, que era necessário negociar e fazia-se mister um navio para esse serviço. O *Albatroz* ia rumar para as Marquesas e dali para as Ilhas Sandwich; resolveu-se que o Sr. Hunt viajaria nele à busca de um barco, voltando, se possível, a 1º de janeiro e trazendo consigo um suprimento de provisões. Ele partiu a 26 de agosto e alcançou as Marquesas sem acidentes. O Comodoro Porter logo depois chegou trazendo a notícia de que a fragata britânica *Phoebe*, com um navio de provisões montado com peças de bateria, bem como as chalupas de guerra *Cherub* e *Raccon* haviam todos zarpado do Rio de Janeiro, a seis de julho, com rumo à foz do Colúmbia. O Sr. Hunt, depois de tentar em vão comprar do Comodoro Porter um navio baleeiro, partiu, a 23 de novembro, para as Ilhas Sandwich, chegando a vinte de dezembro. Ali encontrou o Capitão Northrop, do *Lark*, que naufragara na costa, nos meados de março. O brigue *Pedler* foi então comprado por dez mil dólares e, sendo investido o Capitão Northrop, navegou o Sr. Hunt para Astória, a 22 de janeiro, com o propósito de remover o estabelecimento dali, com a rapidez possível, para os estabelecimentos russos da vizinhança. Tais haviam sido as ordens do Sr. Astor enviadas pelo *Lark*. A 28 de fevereiro o brigue ancorou no Colúmbia, verificando-se então que, a doze de dezembro, os britânicos haviam tomado posse do posto. Em algumas negociações realizadas, antes da rendição, entre a Companhia do Noroeste e M'Dougal, essa digna personagem deu plena prova de que o Capitão Thorn não estivera muito errado ao suspeitar de que ela não era melhor do que parecia. Durante algum tempo ele fora, secretamente, sócio da companhia rival, e pouco antes da chegada dos britânicos valera-se da sua vantajosa posição, como chefe do posto, para negociar as propriedades da companhia por menos de um terço de seu valor.

Assim faliu a grande empresa do Sr. Astor. Feita a paz, a própria Astória, pelo tratado de Ghent, reverteu aos Estados Unidos, com a região circunvizinha, pelo princípio do *status ante bellum*. No inverno de 1815, o Congresso aprovou uma lei proibindo todo o tráfico dos comerciantes britânicos dentro de nosso território e o Sr. Astor sentiu-se ansioso de aproveitar essa oportunidade para renovar seu empreendimento. Por boas razões, porém, ele nada podia fazer sem a proteção direta do governo. Este demonstrou muita indiferença a respeito; deixou-se que o momento favorável ficasse desaproveitado, e, a despeito da proibição do Congresso, os ingleses usurparam finalmente o lucrativo negócio de peles, através de todos os nossos vastos territórios do noroeste. Uma pequeníssima ajuda da parte das fontes, de onde ele naturalmente teria direito a esperá-la, habilitaria o Sr. Astor a dirigir, para canais nacionais, esse proveitoso comércio e a tornar Nova York o que Londres desde muito tem sido: o grande empório das peles.

Já falamos da maneira magistral pela qual o Sr. Irving executou sua tarefa. Ocorre-nos que observamos uma ou duas discrepâncias em sua narrativa. Parece haver certa confusão entre os nomes de M'Lellan, M'Lennon e M'Lennan — ou esses três sobrenomes se referem ao mesmo indivíduo? Ao subir o Missouri, o Sr. Hunt chega à Grande Curva a 1º de junho, e o terceiro dia depois desse (o dia em que Lisa alcançou o grupo) é designado como três de *julho*. Jones e Carson juntaram-se à expedição logo acima da aldeia de Omaha. Na página 187, vol. I, é-nos dito que dois homens "que se haviam juntado à expedição na aldeia de Maha" (querendo dizer Omaha, creio) desertaram e foram perseguidos, mas não alcançados; na pág. 199, porém, Carson é reconhecido por um índio que estava palestrando com o grupo. O *Lark*, também, só zarpou de Nova York a seis de março de 1813 e a dez o encontramos, lutando contra o mar bravio, em alguma parte das proximidades das Ilhas Sandwich. Tais erros são de pouca importância em si mesmos, mas muito bem podem ser retificados numa futura edição.

Excertos da *Marginalia*

O progresso realizado em alguns anos pelas revistas e magazines não deve ser interpretado como quereriam certos críticos. Não é uma decadência do gosto ou das letras americanas. É, antes, um sinal dos tempos; é o primeiro indício de uma era em que se irá caminhar para o que é breve, condensado, bem digerido, e se irá abandonar a bagagem volumosa; é o advento do jornalismo e a decadência da dissertação. Começa-se a preferir a artilharia ligeira às grandes peças. Não afirmarei que os homens de hoje tenham o pensamento mais profundo do que há um século, mas, indubitavelmente, eles o têm mais ágil, mais rápido, mais reto, mais metódico, menos pesado. De outro lado, o fundo dos pensamentos se enriqueceu. Há mais fatos conhecidos e registrados, mais coisa para refletir. Somos inclinados a enfeixar o máximo possível de ideias no mínimo de volume, a espalhá-las o mais rapidamente que pudermos. Daí nosso jornalismo atual; daí, também, nossa profusão de magazines.

*

Depois de ter lido tudo o que se escreveu sobre a alma e sobre Deus, depois de haver pensado sobre esse assunto tudo quanto pode ser pensado, o homem que ainda puder dizer que reflete se encontrará face a face com esta conclusão: em tais matérias o mais profundo aforismo é o que mais dificilmente se puder distinguir do sentimento mais superficial.

*

A maldição de certos espíritos é não poderem nunca estar satisfeitos quando se sentem capazes de concluir uma obra. Nem mesmo são felizes depois que a executaram. É preciso que saibam e que mostrem aos outros como se dedicaram a ela.

*

A multiplicação dos livros em todos os ramos da ciência é um dos flagelos de nossa época. É mesmo um dos obstáculos mais sérios à aquisição de conhecimentos exatos. O leitor encontra seu caminho obstruído por uma multidão de materiais e só tateando é que, de vez em quando, encontra alguns restos úteis, misturados por acaso aos demais.

*

Não falta originalidade aos plagiários, necessariamente, nos trechos em que não imitam. Longfellow, que é decididamente o mais audacioso contraventor da América, é original num grau acentuado; em outros termos, não lhe falta imaginação. É mesmo por causa deste segundo fato que muitas pessoas se recusam a crer no primeiro. O sentimento delicado da beleza, o sentimento poético, em oposição à potencialidade poética, conduz inevitavelmente à imitação. Assim é que a maior parte dos grandes poetas tem sido composta de grandes plagiários. Partir daí, todavia, para afirmar que todos os grandes plagiários são grandes poetas seria uma simples *non distributio medii*.

*

Certamente, toda causa produz um efeito. Mas, em moral, é igualmente bem certo que uma repetição de efeitos tende, por sua vez, a tornar-se uma causa. Aí é que reside o princípio do que chamamos vagamente hábito.

*

"A filosofia — diz Hegel — é coisa sem qualquer utilidade, sem fruto, seja lá para o que for; e é precisamente por esse nada que ela é o alvo mais sublime, o que mais merece nossos esforços, o mais digno que objetivaremos." Toda essa algaravia lhe foi, sem dúvida, inspirada por aquele famoso trecho de Tertuliano: *Mortuus est Dei filius; credibile est quia ineptum — et sepultas ressurrexit; certum est quia impossibile*.

*

A tradução do *Livro de Jonas*, em hexâmetros alemães, por J. G. A. Muller! Eis uma coisa de que não posso deixar de rir e, contudo, rio-me sem saber por quê. Que a incongruência seja o princípio de todo o riso convulsivo, isso me é demonstrado tão claramente como um problema dos *Principia mathematica*. Mas, aí, não posso descobrir a incongruência: ela está lá, eu sei, e não a vejo. Nesse meio-tempo, deixem-me rir.

*

Em certo sentido, e até certo ponto, ser singular é ser original e não existe virtude literária superior à originalidade. Essa verdadeira originalidade, que se pode louvar, não implica, contudo, uma singularidade uniforme, mas uma constante singularidade que vem de um infatigável vigor da imaginação, ou, antes, de uma perpétua força de criação cuja natureza se manifesta em cada obra, sempre impelida, como é, a tudo renovar. Essa verdadeira originalidade jamais se esgota. Falar da possibilidade de um homem, verdadeiramente imaginativo, "esvaziar-se" à força de escrever é pura atitude e ignorância. Sua alma se nutre das próprias ondas que espalha. Significaria o mesmo falar da aridez do oceano. Enquanto o universo dos pensamentos fornecer os elementos de novas combinações, a alma verdadeiramente genial não cessará de ser original, inesgotável, ela e não outra.

*

Um autor acostumado à solidão, quando se mistura pela primeira vez aos homens de letras que o rodeiam, não deixa nunca de ficar tão surpreendido quanto encantado por verificar que as decisões imparciais de seu próprio julgamento (decisões que ele sempre evitou cuidadosamente exprimir, porque estão em flagrante desacordo com as da imprensa) são aprovadas e consideradas como inteiramente naturais por quase todas as pessoas a quem ele se dirigir. O fato é que, frente a frente, fazemos questão de evidenciar alguma honestidade, ainda que só pelo incômodo que a expressão de uma mentira impõe a nossos traços. Assim é que redigimos gravemente sobre o papel aquilo que, por coisa alguma deste mundo, poderíamos afirmar, pessoalmente, a um amigo, sem corar ou romper em gargalhadas.

*

Não posso deixar de pensar que muitos romancistas poderiam, de vez em quando, extrair algum proveito do exemplo dos chineses, que, embora construam suas casas começando pelo teto, têm contudo senso bastante para não começarem seus livros pelo desenlace.

*

Nossa afeição para com os antigos poetas deve ser atribuída, em grande parte, ao nosso amor pelo que é antigo. A grande atração que eles inspiram ainda em nossos dias só se explica pelo prazer particular que encontramos no sabor de sua linguagem e na originalidade impressionante de seu modo de exprimir-se. Mas não podemos ocultar a nós mesmos que os versos antigos, tão gabados por seu torneio agradável e original, deveriam ter tido uma aparência inteiramente diferente e muito mais familiar no tempo em que foram escritos. Assim, tais qualidades, independentemente da poesia em si e, por certo, bem estranhas às intenções dos autores, não podem nem devem ser encaradas como méritos próprios e inerentes a quaisquer deles. Importa antes, com efeito, precaver-nos contra uma tendência demasiado espalhada, e julgá-los tais como eram na época em que o encanto de suas produções só era apreciado por seu valor comum.

*

Acerca da Malibran. — O gosto mais correto, a sensibilidade mais profunda lhe prodigalizaram aplausos entusiásticos. A glória humana, em todos os seus deliciosos transportes, ninguém a conheceu mais do que ela, a não ser a Taglioni. Que significam as bajulações constrangidas que cabem aos soldados vitoriosos? De que valem as homenagens prestadas ao escritor popular, sua alta influência, as mais elogiosas manifestações públicas? Que é tudo isso diante dessa adoração encantada que se dirige à própria mulher, diante desses aplausos espontâneos, súbitos, presentes, diante dessas aclamações frenéticas, dessas lágrimas, desses suspiros eloquentes que a idolatrada Malibran viu e ouviu, compreendendo quanto era digna deles? Sua curta carreira foi apenas um sonho esplêndido. Os numerosos e tristes intervalos durante os quais ela sofreu nada mais foram do que um sopro em comparação com sua glória. Sua morte, sobrevindo cedo, foi a consequência de uma vida excessiva. Nenhuma pessoa sensata, depois de ter ouvido a Malibran cantar, podia duvidar de que ela devesse morrer na primavera de sua existência. Em uma hora, ela fazia um século fugir. Deixou este mundo aos 25 anos — tendo vivido milhares de anos!

*

Em geral, as invectivas contra a originalidade são proferidas somente por pessoas, a um só tempo, vulgares e hipócritas. Digo hipócritas porque o amor da novidade faz, incontestavelmente, parte de nossa natureza moral; e visto como a originalidade é uma espécie de novidade, o tolo que professa o desdém da originalidade, seja na literatura, seja em qualquer outra coisa, não poderia levar-nos a admitir que seja completamente sincero. Evidencia, antes, esse ódio vergonhoso que experimenta todo homem ciumento de uma superioridade a que não pode atingir.

*

Um homem de certa habilidade artística pode muito bem saber como se obtém certo efeito, explicá-lo claramente e, contudo, falhar quando quer utilizá-lo. Mas um homem que possua certa habilidade artística não é um artista. Só é artista aquele que pode aplicar, com felicidade, seus mais abstrusos preceitos. Dizer que um crítico não poderia escrever o livro que critica é emitir uma contradição nos termos.

*

Parece que o gênio de ordem mais elevada vive numa constante hesitação entre a ambição e o desprezo da ambição. Nas grandes inteligências, a ambição é apenas negativa. Luta, trabalha, cria não porque seja desejável ultrapassar os outros, mas porque é insuportável ver-se ultrapassado quando se tem o sentimento da capacidade de não o ser. Não posso impedir-me de pensar que os maiores espíritos, os que mais consciência têm da vaidade das gloríolas humanas, se contentaram em permanecer mudos e desconhecidos.

*

Quantas vezes ouvimos dizer que tais ou tais pensamentos são inexprimíveis! Não creio que qualquer pensamento, propriamente dito, não possa ser exposto pela linguagem. Inclino-me mais a crer que, quando experimentamos dificuldade em traduzi-lo em palavras, é porque há na inteligência uma falta de método ou de deliberação. Quanto a mim, jamais tive uma ideia que não tenha podido anotar em palavras, até mesmo de modo mais exato do que a havia concebido.

*

Aprouve-me, algumas vezes, imaginar qual seria a sorte de um homem dotado — para desgraça sua — de uma inteligência superior em muito à de sua raça. Naturalmente ele teria consciência dessa superioridade e não poderia, por ser, sem dúvida, constituído como os outros homens, deixar de manifestar essa consciência. Adquiriria, assim, inúmeros inimigos. E como suas opiniões difeririam profundamente das de todos, seria ele fatalmente classificado no número dos loucos. Doloroso, horrível suplício! O inferno não pode inventar tortura maior do que a de ser alguém tido por infinitamente fraco, justamente porque é infinitamente forte. Do mesmo modo, é por certo claro que um espírito generoso, experimentando realmente os sentimentos que os outros se limitam a confessar, deve fatalmente permanecer incompreendido por todos, permanecendo ininteligíveis os motivos de seus atos. E assim como um gênio supremo passaria por fatuidade, um excesso de senso cavalheiresco não deixaria de parecer o último grau do servilismo. E assim por diante, para as demais virtudes...

Essas considerações são muito tristes. Mal é possível contestar que tenham existido homens que pairaram assim acima do nível de sua época. Mas, se folhearmos a história, para descobrir os traços de sua existência, ser-nos-ia preciso deixar de lado as biografias das "pessoas de bem", para folhear, com cuidado, os poucos documentos que se relacionam com os desgraçados mortos na prisão, nos asilos de alienados ou sobre o cadafalso.

*

Os homens de gênio são muito mais numerosos do que se pensa. Com efeito, para apreciar completamente uma obra de gênio é mister possuir toda a superioridade que serviu para produzi-la. E, contudo, aquele que a aprecia pode não ser capaz de reproduzi-la, de criar uma semelhante, e isso simplesmente porque lhe falta o que se pode chamar a habilidade construtiva, aptidão inteiramente diversa do que entendemos comumente por "gênio". Essa habilidade particular depende muito da faculdade de análise pela qual o artista adquire uma visão de conjunto dos meios a empregar para atingir os alvos desejados. Mas essa habilidade depende também, em grande parte, de certas virtudes estritamente morais, tais como a paciência, a atenção sustentada, a faculdade de concentrar o espírito, o domínio sobre si mesmo, o desprezo de todos os preconceitos e, mais especialmente ainda, a energia e o trabalho. Estas duas últimas condições são tão indispensáveis, tão vitais, que se pode duvidar, com ampla razão, de que, sem elas, tenha sido possível, algum dia, realizar qualquer obra de gênio. Ora, é precisamente porque o labor e o gênio são mais ou menos incompatíveis que as obras-primas são raras, ao passo que os homens de gênio, como eu já disse, superabundam.

Os romanos, que são nossos mestres pela sagacidade da observação, embora nos sejam inferiores na interpretação dos fatos observados, parecem ter tido tão plena consciência da estreita conexão entre a construtividade e a obra de gênio que muitas vezes julgaram poder confundir os dois termos. Com efeito, quando o romano queria fazer o maior elogio de um poema, ou de outra obra qualquer, dizia-o escrito *industria mirabili* ou *incredibili industria*.

*

O mais alto gênio, o gênio que todos os homens reconhecem em primeiro lugar como tal, o que age sobre os indivíduos, tanto quanto sobre as massas, por uma espécie de magnetismo incompreensível, embora irresistível, esse gênio, que se manifesta nos mais *simples* gestos, ainda mesmo por sua ausência, esse gênio, que fala sem voz e que lampeja sob a pálpebra baixada, nada mais é do que o resultado de uma vasta potência mental num estado de *proporção absoluta* sem predominância ilegítima de qualquer faculdade. O gênio contrafeito, ao contrário, o que apenas é a manifestação de uma predominância anormal de alguma faculdade sobre todas as outras, é o resultado de uma enfermidade mental, de uma deformação orgânica do espírito, e nada mais. Esse gênio não falhará unicamente se se desviar do caminho para que o guia uma faculdade predominante; mas, ainda mesmo que siga esse caminho, ainda que produza obras para as quais evidentemente é o *melhor* predestinado, não deixará de fornecer provas inegáveis de seu estado mórbido em relação à inteligência geral. Daí essa ideia justa: o gênio é parente próximo da loucura.

*

Não é ilógico supor que, numa existência futura, possamos considerar esta vida terrestre como um sonho.

*

Não somente acho paradoxal atribuir a um homem de gênio um caráter vil como assevero que o mais elevado gênio é apenas a nobreza moral mais alta.

*

É por certo desconcertante verificar a facilidade pela qual qualquer sistema filosófico pode ser declarado em erro; não é, porém, igualmente triste reconhecer a impossibilidade em que nos achamos para conceber a verdade imutável de qualquer sistema particular?

*

Poder-se-ia imaginar uma filosofia muito poética e sugeridora de sérios pensamentos, embora talvez pouco sustentável, supondo que os virtuosos serão chamados a uma nova existência, enquanto seriam aniquilados os perversos. E a ameaça desse aniquilamento, proporcional à culpabilidade de cada um, poderia ser pressentida durante o sono e, às vezes, mais claramente ainda, durante o desmaio. A ausência de sonhos, durante o sono, seria, para a alma, um sinal de destruição final.

Da mesma forma, dormir e acordar em seguida, sem consciência do lapso de tempo decorrido, indicaria que a alma está condenada a morrer com o corpo.

Ao contrário, se, ao despertar de um desmaio, se encontrassem recordações de sonhos (e isso, às vezes, sucede), a alma teria certeza de achar-se em condições de escapar ao aniquilamento, sendo assim preditas a ventura ou a desgraça de nossa vida futura, pela frequência de nossas visões.

*

Prendendo-nos demais a pormenores de pouca importância acabamos por esquecer as generalidades essenciais. Assim foi que certo escritor se queixava um dia, amargamente, dos erros de impressão cometidos em seu livro, embora poupasse a seu impressor as censuras, bem merecidas, pela mais imperdoável das faltas: a de ter sido impresso o volume.

*

Não é realmente corajoso quem teme parecer ou ser, quando isso lhe convier, um covarde.

*

Caluniar um grande homem é, para os medíocres, o meio mais rápido de, por sua vez, alcançarem eles a grandeza. É provável que o escorpião jamais se tivesse tornado uma constelação se não tivesse tido a coragem de morder o calcanhar de Hércules.

*

Não é decente (para não dizer mais) e não me parece corajoso atacar um inimigo, abstendo-se de nomeá-lo, mas descrevendo-o tão minuciosamente que não haja pessoa que não saiba de quem se trata — e dizer em seguida: "Eu não designei esse homem pelo nome. Aos olhos e pela letra da lei sou, portanto, inocente." Quantas pessoas, porém, que se dizem *gentlemen* se tornam culpadas de tal baixeza! Ser-nos-ia mister reformar esse ponto de nossa moral literária, assim como este outro: o hábito de não assinar nossas críticas. Nada de convincente pode ser alegado em defesa dessa prática tão desleal, tão desprezível e tão covarde.

*

O movimento em favor da temperança terá certeza de persistir se, em vez de argumentos morais, recorrer a argumentos de higiene contra as bebidas alcoólicas. Persuadi alguém de que tais bebidas são venenos para o corpo e mal será necessário acrescentar que são a ruína da alma.

*

Estudar o mecanismo de uma obra de arte, ver de perto suas engrenagens, seus menores detalhes, podem proporcionar certo prazer especial, mas um prazer de que não podemos gozar sem renunciar ao gozo dos efeitos pretendidos pelo artista. Na realidade, considerar as obras de arte de um ponto de vista analítico é submetê-las, de algum modo, àqueles espelhos do templo de Esmirna, que só refletiam as mais belas imagens deformando-as.

*

Grande número de escritores obtém fama em filosofia graças ao hábito que os homens têm de considerar-se como cidadãos de um certo mundo, de um certo planeta, em vez de se reconhecerem, ainda que só de vez em quando, na sua condição exclusivamente cosmopolita de habitantes do universo.

*

Ao ler certos livros, interessamo-nos pelos pensamentos do autor; pela literatura de outros, limitamo-nos a desenvolver nossos pensamentos pessoais. Existem duas espécies de livros *sugestivos*: os positivos e os negativos. Aqueles nos dão matéria para reflexão, pelo que dizem; estes, pelo que poderiam e deveriam dizer. Afinal de contas, a diferença é apenas mínima, porque, em ambos os casos, o livro atinge realmente o seu alvo.

*

Os homens que exercem a profissão de jornalistas parecem constituídos como os deuses do Walhalla, que se cortavam em pedaços, todos os dias, e acordavam de perfeita saúde todas as manhãs.

*

Sabe-se que os poetas e, em geral, todos os artistas têm um caráter irritável; mas a razão desse temperamento especial parece bastante ignorada. Um artista somente o é pelo seu sentimento refinado da beleza, que para ele se torna assim uma fonte de gozo extático. Esse fato, todavia, implica um sentimento igualmente sutil da fealdade, da desproporção. Eis por que um erro, uma injustiça praticada contra um poeta, realmente digno desse nome, o excitam a um grau que pode espantar os espíritos ordinários. Os poetas nunca veem a injustiça onde ela não existe, mas muitas vezes a descobrem onde os espíritos prosaicos não a veem. A irritabilidade dos poetas não é, pois, "gênio", no sentido vulgar da palavra, mas simplesmente uma perspicácia superior com relação ao mal. Isso provém de que o poeta sente fortemente o reto, o justo, a proporção, ou, em uma palavra, o que os gregos chamavam: *tokalon*. Parece-me evidente que quem não se mostra irritável (no sentido comum da palavra) não é poeta.

*

Se eu tivesse de definir, com toda a brevidade, a palavra "arte", chamá-la-ia a reprodução do que os sentidos percebem na natureza através do véu da alma. A imitação pura e simples da natureza, por exata que seja, não autoriza ninguém a tomar o título sagrado de artista. Em minha opinião, Deuner não era um artista. As uvas pintadas por Zêuxis nada tinham de artísticas, senão *à vol d'oiseau*. Da mesma forma devemos confessar que a cortina de Parrhasius quase não podia esconder o que faltava de gênio a esse pintor.

Acabo de falar do "véu da alma". Algo de semelhante nos parece indispensável na arte. Podemos sempre duplicar a beleza de uma paisagem contemplando-a com os olhos semicerrados. Os sentidos, algumas vezes, percebem de menos; mas não poderíamos ajuntar que, em multidão de casos, eles percebem sempre demais?

*

Quando Luciano descreveu sua estátua "de mármore pentélico na superfície e, por dentro, cheia de farrapos sujos", certamente devia ter tido alguma visão profética de nossas *grandes instituições* financeiras.

*

Se apraz a algum ambicioso revolucionar, de uma só vez, o mundo inteiro do pensamento, da opinião e do sentimento humano, eis o que lhe dará o poder de chegar a esse fim. A estrada que conduz a uma glória imperecível está aberta à sua frente, reta e sem tropeços. Bastar-lhe-á escrever e publicar um livro, bem pequeno, cujo título será simples e formado de algumas palavras despretensiosas: "Meu coração posto a nu". Mas é preciso que esse livrinho cumpra todas as suas promessas. Não é singular que não se tenha achado homem algum, com bastante audácia, para escrever esse volumezinho, e isso apesar da sede de fama que consome tantos escritores, preocupadíssimos com o que se irá pensar deles depois de sua morte? Escrevam-no!, digo. Mas há milhares de pessoas que, uma vez composto o livro, se poriam a rir, caso lhes dissessem que não teriam ousado publicá-lo durante a vida e não poderiam imaginar por que se teriam oposto a seu aparecimento depois que morressem. Escrevê-lo, porém, é que é, em verdade, a grande dificuldade. Nenhum homem jamais o ousará escrever; nenhum homem poderia escrevê-lo — ainda que o ousasse —, pois o papel se amarfanharia e pegaria fogo ao simples contato de sua pena inflamada.

*

Um escritor de gênio, se não lhe for permitido escolher seu assunto, sair-se-á da obra pior do que se fosse desprovido de qualquer talento. E como sua liberdade é restringida! Certamente, ele pode escrever o que lhe aprouver, mas o editor terá opinião diversa e só imprimirá o que julgar conveniente.

*

A natureza de nossas leis sobre a propriedade literária furta ao escritor toda a sua força. Quanto à sua liberdade de ação, ela se assemelha à concedida ao deão e ao cabido de uma catedral episcopal inglesa convocados para uma eleição por certo decreto do rei que lhes dava a faculdade de eleger e especificava a pessoa a ser eleita.

*

Considero que os perfumes têm poderes dos mais particulares para provocar em nós associações de ideias, associações que diferem essencialmente das nascidas

das sensações que provêm do gosto, do tato, da vista e do ouvido.

*

Pode haver coisa de mais doce para o orgulho de um homem e para a satisfação de sua consciência do que o sentimento de se haver vingado plenamente das injustiças de seus inimigos com o ter-lhes sempre e simplesmente feito justiça?

*

Um argumento sólido em prol do cristianismo é este: os pecados contra a caridade são os únicos pelos quais um homem, em seu leito de morte, pode ser levado a declarar-se, a sentir-se culpado.

*

Samuel Butler, o autor de *Hudibras*, certamente teve algum sonho profético sobre o Congresso americano quando definiu assim uma balbúrdia:

"Um rebanho ou assembleia dos estados-gerais, em que cada qual é fatalmente inclinado a divergir da opinião dos outros, seja qual for o assunto. Reúnem-se — acrescenta ele — unicamente para entrar em discussões e depois voltam para casa muito satisfeitos, inteiramente dispostos a revogar o que disseram."

*

No gênero literário chamado "novela" não falta espaço para desenvolver os caracteres ou para acumular os incidentes variados; necessita-se aí mais imperiosamente de um plano do que num romance. Neste último, uma intriga mal apresentada pode ainda escapar à crítica; mas o mesmo não se dá com a novela. A maior parte de nossos autores, entretanto, não observa essa distinção. Parecem começar suas histórias sem de modo algum se preocuparem com o fim a que as devem conduzir. E seus epílogos, como outros tantos governos à Trínculo, parecem ter perdido a lembrança de seus inícios.

*

Mal se pode conceber qual deve ter sido o grau mórbido da inteligência e do gosto na Alemanha quando se sabe que um livro tal como os *Sofrimentos de Werther* não foi lá somente tolerado como admirado e aplaudido com entusiasmo. Essa aprovação, do outro lado do Reno, foi sem dúvida de boa-fé. Mas, entre nós, ela é a quinta-essência da insânia. E, contudo, fizemos o melhor que pudemos, como se se tratasse de um compromisso de honra, para colocar-nos no diapasão de loucura da obra de Goethe.

*

"*Les anges* — diz a Senhora Dudevant, mulher que semeia multidão de admiráveis sentimentos através de um caos de ficções das mais criticáveis — *ne sont plus purs que le coeur d'un jeune homme qui aime en vérité*."[1] Esta hipérbole não se afasta muito da verdade! E seria a própria verdade se se aplicasse ao amor fervente de um jovem que ao mesmo tempo fosse poeta. O amor juvenil de um poeta é, sem contradita, um dos sentimentos humanos que realiza de mais perto nossos sonhos de castos gozos celestes.

*

Em todas as alusões que Lorde Byron faz à sua paixão por Mary Chaworth circula um sopro de ternura e de pureza quase espiritual que contrasta de muito com o grosseirismo terrestre que penetra e desfigura seus poemas de amor vulgar. *The dream* (O sonho), onde se encontram traçados alguns dos incidentes de sua separação dela, no momento da partida para suas viagens, jamais foi ultrapassado em fervor, delicadeza e sinceridade, misturados a qualquer coisa de etéreo, que eleva e enobrece o poema. É o que nos permite duvidar que ele jamais tenha escrito coisa tão pouco popular. Temos certa razão para crer que sua atração por Mary (nome que para ele parece ter possuído um encanto especial) fosse séria e durável. Há, desse fato, cem provas evidentes em seus escritos. Mas a seriedade e a duração desse amor não vão de encontro à opinião de que essa paixão (se tal nome lhe pode ser propriamente dado) apresentou um caráter eminentemente romântico, vago e imaginativo. Nascida da ocasião, dessa necessidade de amar que a juventude experimenta, foi ela entretida e alimentada pelas águas, as colinas, as flores e as estrelas. Nenhuma relação direta tem com a pessoa o caráter ou a retribuição de afeição dessa Mary. Qualquer mocinha, desde que não fosse despida de atrativos, teria sido amada por ele, nas mesmas circunstâncias de vida comum e de relações livres. Eles se avistavam sem obstáculo e sem reservas. Daí esse amor não só natural, mas inevitável, como o próprio destino.

1 Os anjos não são mais puros do que o coração de um jovem que ama sinceramente Frase da escritora George Sand, a quem o autor denomina aqui pelo nome de Senhora Dudevant. (N. T.)

Em tais circunstâncias, Mary Chaworth, dotada de beleza incomum e de algum talento, não podia deixar de inspirar uma paixão desse gênero e era feita, por medida, para encarnar o ideal que encantava a imaginação do poeta. É talvez preferível, do ponto de vista do puro romance de seu amor, que suas relações tenham sido rompidas cedo e não mais se tenham reatado. Todo o calor, toda a paixão da alma, a parte real e essencialmente romanesca de sua ligação infantil, tudo isso deve ser inteiramente atribuído a Byron. Se ela sentia alguma coisa de análogo, não foi isso senão o efeito do magnetismo exercido pela presença do poeta. Se ela correspondia, de algum modo, à sua afeição, foi apenas uma correspondência inevitável, arrancada pelo sortilégio das palavras de fogo que ele lhe dirigia. Longe dela, Byron conduziu consigo todas as imaginações que eram o fundamento de sua flama e cujo vigor a ausência só fez aumentar; ao passo que seu amor pela mulher, menos ideal e ao mesmo tempo menos realmente substancial, não tardou a desvanecer-se inteiramente pelo desaparecimento do elemento que lhe havia dado a vida. Para ela, ele foi apenas um jovem que, sem ser feio nem desprezível, não tinha fortuna, era levemente excêntrico e, sobretudo, claudicava. Para ele, ela foi a Egéria de seus sonhos, a Vênus Afrodite saindo, em sua plena e sobrenatural beleza, da espuma cintilante, por sobre o oceano tempestuoso de seus pensamentos.

*

Se algum homem já impôs à palavra a impressão de seus pensamentos, esse homem foi Shelley. Se algum poeta já cantou, como um pássaro canta, por impulso natural, com ardor, com inteiro abandono, para si somente e para a pura alegria de seu próprio canto, foi esse o poeta da "Sensitiva". De arte, a não ser essa parte instintiva que é inseparável do gênio, ele nada tem, ou melhor, desdenhou-a completamente. Na realidade, ele desdenhava a regra que emana da lei, porque encontrava sua lei em sua própria alma. Seus cantos são apenas notas falhadas, esboços estenográficos de poemas, esboços que bastavam amplamente à inteligência dele e que ele não queria ter o trabalho de desenvolver, descuidoso como era de comunicá-lo a seus semelhantes. Por essa razão, a leitura de suas obras é das mais fatigantes. Mas, se cansa, é porque aquilo que nelas nos parece o desenvolvimento difuso de uma ideia não passa da concentração concisa de um grande número de ideias; e essa concisão muitas vezes se toma por obscuridade.

Um homem assim não podia pensar em imitar: isso de nada lhe teria servido, pois ele apenas se dirigia à sua própria alma, incapaz de compreender qualquer outra linguagem; daí resulta sua originalidade verdadeiramente profunda. A estranheza de Shelley provém da percepção intuitiva dessa verdade que só Bacon exprimiu em termos precisos, ao dizer: "Não há beleza à qual não se alie alguma estranheza". Mas, tenha sido Shelley obscuro, original ou estranho, o certo é que ele foi sempre sincero: esse poeta não conhecia a *afetação*.

*

Tomás Moore, o literato mais hábil de seu tempo e talvez de todos os tempos, é vítima da infelicidade singular e realmente maravilhosa de se achar depreciado por causa da profusão com que esparziu belezas por sua obra. O brilho de qualquer uma das páginas de *Lalla Rookh* bastaria para firmar-lhe a reputação; mas esta teve de sofrer, por causa da cintilância prodigalizada no livro inteiro. Parece que as leis da economia política não podem ser infringidas, nem mesmo pelos poetas inspirados! Se uma versificação perfeita, um estilo vigoroso, uma fantasia infatigável forem demasiadamente constantes, acabam por não ter mais valor: como a água que bebemos, sem a qual não podemos viver, e que, contudo, desprezamos.

*

Nossa literatura está infestada por um enxame de sujeitinhos que acabam por conquistar uma reputação real, quando mais não seja, pela continuidade e persistência de seus apelos ao público. Este nem um instante se pode desembaraçar de tais parasitas ou esquecer suas pretensões. Não consideraremos o trabalho desses animálculos como igual a nada, porque eles chegam, como já disse, a produzir um efeito positivo. Mas o zero, ainda que elevado à maior potência, jamais produzirá unidades; e tal trabalho será melhor expresso pelas quantidades negativas, pelos menos que zero.

*

Os romanos honravam suas insígnias, e a insígnia romana era algumas vezes a águia. A nossa insígnia não é senão o décimo de uma águia — um dólar —, mas nós não nos embaraçamos em adorá-lo com uma devoção dez vezes mais forte.

*

O mundo está atualmente infestado por uma nova seita de filósofos que ainda não reconheceram que formam uma seita e, por consequência, não adotaram nome. São os *crentes em todas as velharias* (o mesmo que dizer: pregadores do velho). O grão-sacerdote, a leste, é Carlos Fournier; a oeste, Horácio Greeley, e grão-sacerdotes são eles sinceramente. O único laço comum entre a seita é a credulidade; chamemos a isto demência, e acabou. Perguntai a um deles por que crê nisto ou naquilo: e, se for consciencioso (os ignorantes em geral o são), dar-vos-á uma resposta análoga à que deu Talleyrand, quando lhe perguntaram por que acreditava na Bíblia: "Acredito, respondeu ele, primeiro, porque sou bispo de Autun; e, segundo, *porque não entendo nada do que ela contém*". O que esses tais filósofos chamam *argumento* é uma maneira lá deles de *negar o que é e de explicar o que não é*.

*

Crescem nossos críticos em número a tal ponto que se deveria, pelo menos, dizimá-los. Será que não temos um crítico com bastantes nervos para estrangular dois ou três *in terrorem*? Deveria ele fazer uso, naturalmente, duma corda de seda, como se faz na Espanha, para os Grandes, de sangue azul.

*

Estas imensas bolsas, semelhantes ao pepino gigante, que estão em moda entre as nossas beldades, não têm, como se pensa, origem parisiense; são perfeitamente indígenas. Por que semelhante moda em Paris, onde uma mulher não guarda na bolsa senão seu dinheiro? Mas a bolsa duma americana! É preciso que esta bolsa seja bastante vasta para que ela possa ali encerrar todo o seu dinheiro — e mais toda a sua alma!

*

Um francês — talvez tenha sido Montaigne — diz: "Fala-se em pensar, mas, quanto a mim, nunca penso senão quando me sento para escrever". É o fato de nunca pensar, salvo quando nos sentamos para escrever, a causa de produções tão fracas. Mas talvez haja, na observação desse francês, alguma coisa demais que não se acreditaria à primeira vista. É certo que o ato apenas de redigir tende, em alto grau, a dar mais lógica ao pensamento. Todas as vezes que estou descontente com uma concepção do meu cérebro, por motivo de sua vaguidão excessiva, recorro imediatamente à pena com o fim de obter, graças ao seu auxílio, a forma, a coerência e a precisão necessárias.

Quantas e quantas vezes não ouvimos a observação de que tal ou qual pensamento ultrapassa a esfera das palavras?! Não acredito que um pensamento propriamente dito possa estar fora do alcance da linguagem. Prefiro imaginar que onde uma dificuldade se apresenta há, na inteligência que a ela se aplica, uma falta de decisão ou de método. Quanto a mim, jamais tive pensamentos que não pudessem ser expressos por palavras, e mesmo com uma nitidez superior à com que eu os havia concebido: como o observei acima, o pensamento se torna mais lógico pelo esforço exigido pela sua representação escrita. Há, todavia, uma classe de fantasias, duma delicadeza rara, que *não são* pensamentos, e as quais, *até aqui*, achei absolutamente impossível adaptar à linguagem. Sirvo-me da palavra *fantasias* ao acaso, e unicamente porque necessito empregar uma palavra *qualquer*; mas a ideia que se liga comumente a *este termo não é aplicável*, nem mesmo de longe, às sombras de sombras em questão. Elas me parecem mais psíquicas que intelectuais. Não se elevam da alma (ai, tão raramente!) senão no momento de suas fases mais intensamente sossegadas — quando a saúde corporal e moral é perfeita — e somente naqueles instantes de tempo em que os confins do mundo que desperta se fundem nos do mundo dos sonhos. Só me torno cônscio dessas "fantasias", quando me encontro à "beira" do sono e com a consciência do meu estado. Contentei-me em saber que esta condição só existe durante um tempo inapreciável e, no entanto, se incorpora ela a essas "sombras de sombras"; e um *pensamento* absoluto exige certa duração. Essas fantasias contêm um êxtase delicioso, tão afastado dos êxtases mais deliciosos do mundo da vigília ou dos do sonho quanto o é de seu inferno o céu das mitologias setentrionais. Considero estas visões, no momento em que se erguem, com um temor que, até certa medida, modera e tranquiliza o êxtase; considero-as assim pela convicção em que estou (convicção que parece ser uma parte do próprio êxtase) de que este êxtase é, em si mesmo, duma essência superior à natureza humana, que é um relance de vista sobre o mundo externo dos espíritos; e chego a esta conclusão — se este termo pode ser de alguma maneira aplicado à intuição instantânea — ao perceber que a delícia experimentada comporta, na sua base, o *absoluto da novidade*. Digo o absoluto porque nestas fantasias — permiti-me que as chame agora de impressões psíquicas — não há realmente nada que se aproxime do caráter das impressões geralmente experimentadas. É como se os cinco sentidos fossem suplantados por cinco miríades de outros sentidos estranhos à natureza mortal.

Ora, tenho tão inteira confiança no *poder da palavra* que, por momentos, acreditei possível dar corpo, na sua própria imaterialidade, às fantasias que tentei descrever. Em experiências, tendo este objetivo em vista fui bastante longe a ponto de controlar, à primeira vista (quando a saúde do corpo e da alma é satisfatória), a existência desta condição: quero dizer que sou agora capaz (salvo em caso de doença) de prever a vinda desta condição, se o desejar, no momento já descrito; desta vinda, jamais podia eu antes estar certo, mesmo nas circunstâncias mais favoráveis. Numa palavra: quero dizer que posso estar certo, quando todas as circunstâncias são favoráveis, da vinda desta condição, e sentir-me eu mesmo capaz de fazê-la nascer ou de obrigá-la a nascer. Entretanto, as circunstâncias favoráveis não deixam de ser raras; do contrário, já teria eu obrigado o céu a descer à terra.

Em segundo lugar, esforcei-me por impedir o deslizamento do *ponto* de que falei — o ponto de fusão entre a vigília e o sono —, de impedir, repito, à vontade, o deslizamento, desde as fronteiras até o reino do sono. Não é que eu possa *prolongar* esta condição — nem aumentar a duração desse ponto —, mas eu posso saltar desse ponto à vigília, *e assim transportar o próprio ponto ao reino da Memória;* enfim, conduzir essas impressões, ou mais propriamente a lembrança delas, a um estado em que (embora por um período bastante curto) eu possa examiná-las analiticamente. Por estas razões — isto é, pelo fato de me ter tornado capaz de dar esse grande passo — não desespero completamente de encarnar em palavras número bastante grande das fantasias em questão, para dar a certas classes de inteligências uma vaga ideia de seu caráter. Do que adianto não se deve concluir que suponho essas fantasias ou impressões psíquicas, às quais faço alusão, limitadas à minha própria pessoa e não, numa palavra, comuns à humanidade inteira; porque neste ponto é-me absolutamente impossível formar uma opinião; mas o de que estou mais certo do que tudo é de que a narração, mesmo parcial, de tais impressões faria estremecer a inteligência universal da humanidade com a *suprema novidade* dos elementos postos em ação e das sugestões que deles decorreriam. Em resumo: se jamais tivesse eu de redigir uma memória a respeito desta questão, o mundo seria obrigado a reconhecer que eu afinal levei a cabo uma coisa original.

Filosofia do mobiliário[1]

Na decoração interna, se não na arquitetura externa de suas residências, os ingleses são supremos. Os italianos têm apenas pequena atração para o que não é mármore ou cor. Na França, *meliora probant, deteriora sequuntur*: o povo é uma espécie de gente demasiado inconstante para manter aquela correção caseira de que, de fato, possui uma delicada apreciação ou, pelo menos, os elementos de um julgamento conveniente. Os chineses e o resto das raças orientais têm uma imaginação ardente, mas imprópria. Os escoceses são *pobres* decoradores. Os dinamarqueses, talvez, têm a vaga ideia de que uma cortina não é uma couve. Na Espanha, *tudo* é cortina: uma nação de enforcadores. Os russos não decoram. Os hotentotes e os kickapus vão muito bem no seu próprio jeito. Só os ianques são absurdos.

Não é difícil ver como sucede isto. Não temos uma aristocracia de sangue e tendo, portanto, como coisa natural, e na verdade inevitável, criado para nós uma aristocracia de dólares, a *ostentação da riqueza* tomou aqui o lugar e desempenhou a tarefa da ostentação heráldica nos países monárquicos. Por uma transição facilmente compreensível, e que também poderia ter sido facilmente prevista, fomos levados a transformar em simples *exibição* nossas noções do próprio gosto.

Para falar menos abstratamente, na Inglaterra, por exemplo, nenhuma simples exibição de custosos pertences seria destinada, como entre nós, a criar uma impressão do belo com relação aos próprios pertences, ou de gosto com relação a seu proprietário; e isso, pela razão de que a riqueza, em primeiro lugar, não é, na Inglaterra, o mais elevado objetivo de ambição como constituindo uma nobreza; e em segundo lugar, porque ali a verdadeira nobreza de sangue, encerrando-se dentro dos limites estritos do legítimo gosto, antes evita do que demonstra aquela suntuosidade em que uma emulação *parvenue* pudesse, a qualquer tempo, ser tentada vitoriosamente. O povo *quer* imitar os nobres, e o resultado é uma completa difusão do gosto conveniente. Mas, na América, como a conta-corrente é o único brasão da aristocracia, sua ostentação pode ser tida, em geral, como o único meio de distinção aristocrática; e a populaça, que procura sempre os modelos no alto, é insensivelmente levada a confundir as duas ideias, inteiramente distintas, de magnificência e de beleza. Em suma, o preço de um artigo de mobiliário chegou afinal a ser, entre nós, quase o único padrão de seu mérito do ponto de vista decorativo; e esse padrão, uma vez estabelecido, abriu caminho a muitos erros análogos, facilmente rastreáveis até seu disparate originário.

Nada poderia haver mais diretamente ofensivo ao olhar de um artista do que o interior do que se denomina nos Estados Unidos — isto é, em Appalachia[2] — um aposento bem mobiliado. Seu defeito mais comum é uma falta de harmonia. Falamos da harmonia de um quarto, como falaríamos da harmonia de uma pintura, pois tanto a pintura como os aposentos são submetidos àqueles princípios indesviáveis que regem todas as variedades de arte; e, muito aproximadamente, as leis

1 Publicado pela primeira vez no *Burton's Gentleman's Magazine*, maio de 1840. Título original: PHILOSOPHY OF FORNITURE.

2 Ilha ou continente que, na era paleozoica, segundo numerosos geólogos, ficava localizada na região em que hoje se situam os estados norte-americanos do leste. (N. T.)

pelas quais decidimos sobre os mais altos méritos de um quadro bastam, as mesmas, para a decisão sobre o arranjo de um aposento.

A falta de harmonia observa-se, às vezes, no caráter das diversas peças do mobiliário, mas é geralmente notada em suas cores ou modos de adaptação ao uso. Muitas vezes a vista é ofendida por seu arranjo nada artístico. São demasiado predominantes as linhas retas, continuando ininterruptamente demais, ou interrompidas desajeitadamente em ângulos retos. Se ocorrem linhas curvas, são repetidas numa uniformidade desagradável. Por indevida precisão, o aspecto de muitos belos apartamentos é completamente prejudicado.

Raramente as cortinas são bem colocadas ou bem escolhidas em relação às outras decorações. Com a mobília cerimoniosa, as cortinas estão fora de lugar; e um volume extenso de panejamentos de qualquer espécie é, sob quaisquer circunstâncias, irreconciliável com o bom gosto; pois o *quantum* conveniente, assim como o arranjo conveniente, dependem do caráter do efeito geral.

Compreendem-se melhor os tapetes ultimamente do que nos dias antigos, mas ainda com muita frequência erramos em seus modelos e cores. A alma do aposento é o tapete. Dele se deduzem não só os matizes como as formas de todos os objetos circunvizinhos. Um juiz da lei comum pode ser um homem comum; um bom juiz de tapetes *deve ser* um gênio. Temos ouvido, contudo, discorrendo sobre tapetes, com o jeito *d'un mouton qui rêve,* sujeitos em que não se deveria nem poderia confiar para o arranjo de seus próprios bigodes. Toda a gente sabe que um assoalho amplo pode ter uma cobertura de desenhos grandes e que um pequeno deve ter uma cobertura de desenhos pequenos; mas não é esta toda a ciência que existe. No que se refere à contextura, só o tecido de lã é admissível. O tecido de Bruxelas é o pretérito mais-que-perfeito da moda, e o turco é o gosto nas agonias da morte. No que toca aos modelos, um tapete *não* deveria ser todo pintalgado como um índio Ricari, todo vermelho-greda, ocre-amarelo e cor de penas de galo. Em suma, campos distintos e figuras vivas, circulares ou cicloides, *sem significado*, são aqui as leis médias. A abominação das flores ou das representações de objetos bem conhecidos, de qualquer espécie, não deveria ser suportada dentro dos limites da Cristandade. De fato, seja em tapetes, ou cortinas, ou tapeçarias, ou coberturas otomanas, qualquer estofaria dessa natureza devia ser rigidamente de arabesco. Quanto àquelas antigas "roupas de assoalho" que ainda ocasionalmente se veem nas casas do populacho, tapetes de vastos, espichados e irradiantes desenhos, intercalados de faixas, cintilantes de matizes inúmeros em que não se salienta um só campo, são apenas a invenção sagaz de uma raça de escravos do tempo e amantes do dinheiro, filhos de Baal e adoradores de Mammon-Benthams, que, para poupar pensamento e economizar imaginação, inventaram a princípio, barbaramente, o calidoscópio e, em seguida, estabeleceram companhias incorporadas para trançá-lo a vapor.

A luz é o erro principal da filosofia da decoração caseira americana, erro que facilmente se reconhece como provindo da perversão de gosto que acabamos de especificar. Somos violentamente enamorados dos bicos de gás e das lâmpadas. Os primeiros são totalmente inadmissíveis portas adentro. Sua luz vacilante e desagradável fere a vista. Ninguém que *tenha olhos* e cérebro ao mesmo tempo poderá *usá-los*. Uma luz suave, ou o que os artistas chamam "fria", com suas consequentes sombras cálidas, operará maravilhas, mesmo num aposento mal mobiliado. Nunca houve ideia mais amável do que a da "lâmpada astral". Queremos falar, naturalmente, da lâmpada astral propriamente dita, da lâmpada de Argand, com seu original quebra-luz plenamente fosco e seus raios de luar temperados e uniformes. O quebra-luz de vidro polido é uma fraca invenção do inimigo. A avidez com que o adotamos, em parte por causa de seu brilho difuso, mas principalmente por causa de seu *maior custo*, é um bom comentário à proposição com que começamos. Não é demais dizer que o emprego deliberado de um quebra-luz de vidro polido é não só radicalmente falto de gosto como cegamente subserviente aos caprichos da moda. A luz que dimana de uma dessas vistosas abominações é desigual, falha e incômoda. Só serve para desfigurar um mundo de bons efeitos do mobiliário sujeito à sua influência. A beleza feminina, de modo especial, perde bem mais da metade de seu encanto sob seu olhar maligno.

Nesta questão de vidros, geralmente, partimos de falsos princípios. Sua característica principal é o *brilho*, e nesta única palavra... quanto de tudo que é detestável exprimimos! Luzes vacilantes e agitadas são *algumas vezes* agradáveis (para os idiotas e as crianças, sempre); mas, no embelezamento de uma sala, deveriam ser escrupulosamente evitadas. Na verdade, até mesmo as luzes fortemente firmes são inadmissíveis. Os imensos e inexpressivos lustres, com vidros prismáticos, luz de gás e sem quebra-luz que estão pendentes de nossos salões mais elegantes, podem ser citados como a quinta-essência de tudo o que é falso no gosto, ou ridículo até a loucura.

A fúria pelo *brilho* — porque sua ideia, como observamos antes, veio a confundir-se com a da magnificência em abstrato — tem-nos levado também ao emprego exagerado de espelhos. Alinhamos grandes espelhos ingleses nas nossas residências e depois imaginamos ter feito uma bela coisa. Ora, a mais leve reflexão será suficiente para convencer qualquer um que tenha pelo menos olhos, do mau efeito de numerosos espelhos, e especialmente de grandes espelhos. À parte seu reflexo, o espelho apresenta uma superfície contínua, chata, sem cor e sem relevo, coisa sempre e evidentemente desagradável. Considerado como um refletor, produz uma forte uniformidade, monstruosa e odienta; e o mal é aqui agravado não na proporção simplesmente direta do aumento de suas fontes, mas numa razão constantemente crescente. De fato, uma sala com quatro, ou cinco espelhos arranjados ao acaso é, para todos os fins de uma exibição artística, uma sala absolutamente sem forma. Se acrescentarmos a este mal as cintilações que se sucedem, temos uma perfeita mixórdia de efeitos discordantes e desagradáveis. O mais perfeito simplório, ao entrar num apartamento assim adornado, terá instantaneamente a certeza de que algo não está direito, embora seja totalmente incapaz de achar uma causa para sua insatisfação. Mas levemos a mesma pessoa a uma sala mobiliada com gosto e ela deixará escapar uma exclamação de prazer e surpresa.

É um dos males crescentes de nossas instituições republicanas que um homem de larga bolsa tenha em geral uma alma bem pequena que conserva nela. A corrupção do gosto é uma parte ou o par dos produtos do dólar. À medida que nos tornamos ricos tornam-se nossas ideias rústicas. Não é, portanto, entre a *nossa* aristocracia (se existe alguma em Appalachia) que devemos procurar a espiritualidade de um *boudoir* inglês. Mas temos visto apartamentos pertencentes a americanos de modestas posses que, pelo menos, no mérito negativo, poderiam rivalizar com qualquer dos gabinetes *ouropelados* de nossos amigos de além-mar. Mesmo *agora* tenho presente aos olhos do espírito um pequeno quarto sem ostentação, em cujas decorações nenhum defeito pode ser encontrado. O dono jaz adormecido sobre um sofá, o tempo está frio, é quase meia-noite: faremos um esboço do quarto durante seu sono.

É quadrangular, com uns nove metros de comprimento e sete metros e meio de largura, formato que permite as melhores (e comuns) oportunidades para a arrumação da mobília. Tem apenas uma porta — mas de modo algum uma porta larga —, que se acha a uma extremidade do paralelogramo, e apenas duas janelas, que estão na outra extremidade. Estas são largas, chegando quase ao assoalho; têm vãos profundos e se abrem sobre uma *veranda* italiana. Suas vidraças são de cor carmesim, montadas em molduras de pau-rosa, mais maciças do que habitualmente. Nos vãos descem cortinas de um espesso tecido prateado adaptado à forma da janela e pendendo frouxamente em pequenas massas. Fora dos vãos há cortinas de um carmesim excessivamente vivo, de uma seda orlada de renda grossa cor de ouro e debruada com o tecido prateado que se encontra no cortinado exterior. Não há cornijas, mas as dobras de todo o tecido (que são mais leves do que maciças e têm uma aparência aérea) saem de debaixo de largo entablamento, ricamente dourado, que rodeia o aposento, na junção do teto com as paredes. O panejamento é também aberto, ou fechado, por meio de um espesso cordão dourado que o cerca frouxamente e forma facilmente um nó. Nem ganchos nem coisas semelhantes se veem. As cores das cortinas e de sua franja, os tons de carmesim e ouro aparecem por toda parte em profusão e determinam o *caráter* do aposento. O tapete, de tecido de lã, tem quase meia polegada de espessura e o mesmo campo carmesim, aliviado simplesmente pela presença de um cordão de ouro (igual ao que engrinalda as cortinas) levemente saliente na superfície do *campo*, e pregado sobre ele de modo a formar uma sucessão de curvas irregulares, sobrepondo-se às vezes uma à outra. As paredes estão cobertas de um papel lustroso de um tom prateado, riscado de pequenos arabescos de tonalidades mais fracas do que a do carmesim predominante. Muitos quadros suavizam a superfície do papel. São principalmente paisagens de uma espécie imaginosa, tais como as maravilhosas grutas do Stanfield ou o lago do Pântano Lúgubre, de Chapman. Há, no entanto, três ou quatro cabeças de mulher, de uma beleza etérea, retratos à maneira de Sully. O tom de cada pintura é quente, mas sombrio. Não há "efeitos brilhantes". O *repouso* fala em todos. Nenhum é de pequeno tamanho. Quadros diminutos dão a um aposento aquela aparência *manchada* que é o defeito de tantas belas obras de arte feitas com negligência. As molduras são largas, porém não fundas, e com ricos entalhes, sem serem sobrecarregadas ou filigranadas. Têm o brilho perfeito do ouro brunido. Estão encostadas por inteiro à parede e não pendem de cordões. Os próprios desenhos são vistos de maneira mais vantajosa nesta última posição, mas a aparência geral do quarto é prejudicada. Apenas um espelho — e não é um espelho bem grande — está à vista. Sua forma é quase circular e está pendurado de maneira a não refletir a imagem da pessoa em qualquer dos habituais lugares do assento no quarto. Dois grandes e baixos sofás de pau-rosa e seda carmesim, com flores douradas, constituem os únicos assentos, além de duas leves cadeiras, também de pau-rosa. Há um piano, igualmente de pau-rosa, sem capa, e aberto. Uma mesa octogonal, formada inteiramente do mais rico mármore de raias douradas, está colocada perto de um dos sofás, também sem toalha, tendo-se achado suficiente o pano das cortinas. Quatro grandes e esplêndidos vasos de Sèvres, em que vicejam flores delicadas e vivazes, em profusão, ocupam os ângulos ligeiramente arredondados do quarto. Um alto candelabro, suportando uma pequena lâmpada antiga, com azeite grandemente perfumado, ergue-se perto da cabeceira de meu amigo adormecido. Algumas leves prateleiras, graciosamente penduradas, de ângulos dourados e cordões de seda carmesim, com borlas douradas, sustentam duzentos ou trezentos livros magnificamente encadernados. Além dessas coisas não há outros móveis, se excetuarmos uma lâmpada de Argand, com um quebra-luz de vidro fosco e carmesim que pende do elevado forro abobadado por uma única e fina cadeia de ouro, e lança sobre tudo um clarão sereno, porém mágico.

Criptografia[1]

Como dificilmente podemos imaginar um tempo em que não existisse uma necessidade, ou pelo menos um desejo de transmitir uma informação de uma pessoa a outra, de maneira a fugir à compreensão geral, segue-se que bem podemos supor que a prática de escrever em cifra vem de alta antiguidade. Portanto, De La Guilletière, que, em sua *Lacedemônia antiga e moderna* sustenta serem os espartanos os inventores da criptografia, está evidentemente errado. Fala ele dos *scytalae* como sendo a origem dessa arte, mas só os deveria ter citado como uma de suas primitivas manifestações até onde se estendem os nossos documentos. Os *scytalae* eram dois cilindros de madeira precisamente iguais em todos os pontos.

O general de um exército, ao seguir numa expedição, recebia dos *ephori* um desses cilindros, enquanto o outro ficava de posse daqueles. Se um ou os outros tivessem ocasião de comunicar-se, enrolava o missivista uma estreita tira de pergaminho em volta do *scytala*, de modo que as extremidades se adaptassem uma à outra, rigorosamente. Fazia-se então a escrita em sentido longitudinal e a epístola, desenrolada, era enviada. Se, por má sorte, o mensageiro fosse interceptado, a carta se mostraria ininteligível para seus captores. Se, porém, alcançasse ele, sem novidade, o seu destino, aquele a quem fosse a carta endereçada tinha apenas que envolver o segundo cilindro, na faixa de pergaminho, para decifrar a inscrição. A transmissão até nossos tempos desse modo evidente de criptografia deve-se, provavelmente, aos usos *históricos* do *scytala* mais do que a qualquer outra coisa. Meios similares de intercomunicação secreta devem ter existido quase contemporaneamente à invenção das letras.

Pode ser útil notar, de passagem, que em nenhum dos tratados a respeito dessa mensagem que têm chegado ao nosso conhecimento observamos qualquer sugestão de um método (além daqueles que igualmente se aplicam a todas as cifras) para a solução do criptograma do *scytala*. Lemos, de fato, a respeito de casos em que os pergaminhos interceptados foram decifrados; mas não temos informações de que isso se tenha feito a não ser por acaso. Uma solução, contudo, deve ser obtida, com absoluta certeza, desta maneira. Sendo interceptada a tira de pergaminho, prepare-se um cone de extensão relativamente grande — digamos de um metro e oitenta centímetros de comprimento — e cuja circunferência na base seja, pelo menos, igual ao comprimento da tira. Enrole-se esta última sobre o cone, perto da base, extremidade contra extremidade, como se disse acima. Depois, conservando ainda a extremidade contra a extremidade e o pergaminho apertado no cone, façamo-lo deslizar gradualmente para o ápice. Deste modo, algumas das palavras, sílabas ou letras cuja conexão se pretenda, certamente se juntarão naquele ponto do cone cujo diâmetro for igual ao do *scytala* sobre que foi escrita a cifra. E como, ao passar o pergaminho da base ao ápice do cone, todos os diâmetros possíveis são experimentados, não há possibilidade de falhar. Verificada assim a circunferência do *scytala*, pode ser feito um igual, ao qual se aplicará a cifra.

---

1 Os escritos de Poe *sobre criptografia* formaram a base para a decifração de uma das mais importantes mensagens, em código *secreto*, enviadas pelos alemães durante a Grande Guerra de 1914-1918. O conto "O escaravelho de ouro" encerra minuciosa descrição do método empregado para a decifração de um criptograma. (N. T.)

Poucas pessoas podem ser levadas a crer que, absolutamente, não é coisa fácil inventar um método de escrita secreta que frustre a investigação. Pode-se, contudo, asseverar redondamente que a habilidade humana não pode inventar uma cifra que a habilidade humana não possa solucionar. Na facilidade, porém, com que tal escrita se decifra, existe diferença bem notável entre inteligências diferentes. Muitas vezes, no caso de dois indivíduos de reconhecida igualdade no que concerne aos esforços mentais comuns, verificar-se-á que, enquanto um não pode decifrar a mais comum das cifras, o outro dificilmente será embaraçado pela mais abstrusa. Pode-se observar geralmente que, em tais investigações, a capacidade analítica é bem por força chamada a agir; e por essa razão as soluções criptográficas poderiam, com grande propriedade, ser introduzidas nas academias como um meio de tonificar o mais importante dos poderes do cérebro.

Se dois indivíduos, totalmente sem prática de criptografia, quisessem manter, por carta, uma correspondência que fosse ininteligível a todos, exceto eles dois, o mais provável é que pensassem, imediatamente, num alfabeto especial, para o qual cada um teria uma chave. A princípio, talvez, convir-se-ia em que o *a* significaria *z*, o *b* estaria em lugar de *y*, o *c* de *x*, o *d* de *w* etc. etc. Isto é, a ordem das letras seria invertida. Depois de novos pensamentos, como esse arranjo pareceria demasiado evidente, poder-se-ia adotar um modo mais complexo. As primeiras treze letras poderiam ser escritas por baixo das últimas treze, assim:

n o p q r s t u v w x y z
a b c d e f g h i j k l m

E, com essa colocação, o *a* ficaria em lugar do *n* e o *n* em lugar do *a*, o *o* do *b* e o *b* do *o* etc. etc. Como isso, porém, continuaria tendo um aspecto de regularidade que podia ser sondado, o alfabeto seria construído inteiramente ao acaso. Assim:

a ficaria em lugar de *p*
b ficaria em lugar de *x*
c ficaria em lugar de *n*
d ficaria em lugar de *o* etc.

Os correspondentes, a menos que fossem convencidos de seu erro, pela solução de sua cifra, sem dúvida desejariam prosseguir com esse último arranjo, como concedendo plena segurança. Mas, se não desejassem, gostosamente cairiam no plano das marcas arbitrárias usadas em lugar dos caracteres comuns. Por exemplo:

(poderia ser empregado por *a*
. poderia ser empregado por *b*
: poderia ser empregado por *c*
; poderia ser empregado por *d*
) poderia ser empregado por *e* etc.

Uma carta composta de tais caracteres teria, inquestionavelmente, uma aparência intrincada. Se, contudo, ainda não desse plena satisfação, a ideia de um alfabeto, perpetuamente mutável, pode ser concebida e efetuada assim: preparem-se dois pedaços circulares de papelão, um de cerca de meia polegada de diâmetro menor que o outro. Coloque-se o centro do menor sobre o do maior, preso nesse ponto para não deslizar. Tracem-se raios do centro comum para a circunferência do círculo menor e desse ponto estendam-se até a circunferência do maior. Haverá 26 desses raios, formando em cada papelão 26 espaços. Em cada um desses espaços, sobre o círculo inferior, escreva-se uma das letras do alfabeto completando o mesmo, e se for sem ordem ainda melhor. Faça-se o mesmo com o círculo superior. Depois corra-se um alfinete através do centro comum e deixe-se o círculo superior mover-se, enquanto o de baixo é mantido firme. Em seguida, detenha-se o movimento do círculo superior e, enquanto ambos se mantêm parados, escreva-se a carta requerida, usando em lugar do *a* a letra que, no círculo pequeno, quadra com o *a* do grande; em lugar de *b*, a letra que, no círculo pequeno, quadra com o *b* do grande etc. etc. Para que uma carta assim escrita possa ser lida pela pessoa a quem é dirigida, basta apenas que esteja ela de posse de círculos construídos como os que acabamos de descrever e que conheça uns dois caracteres (um do círculo inferior, outro do superior) que estavam justapostos, quando seu correspondente escrevia a cifra. A respeito deste último ponto é a pessoa informada, vendo as duas letras iniciais do documento, as quais servem de chave. Assim, se vê *am* no começo, conclui que, fazendo girar seus círculos, de modo a colocar aqueles dois caracteres em justaposição, descobrirá o alfabeto empregado.

A um olhar apressado, estes vários modos de formar uma cifra parecem revestir-se dum ar de segredo inescrutável. Parece quase impossível decifrar o que foi assim arranjado com tão complexo método. E para algumas pessoas a dificuldade pode ser grande, mas para outras — as treinadas em decifração — tais enigmas são realmente muito simples. O leitor deverá ter em mente que a base de toda a arte de solução, até onde se refere a essas questões, encontra-se nos princípios gerais da formação da própria linguagem e assim é inteiramente independente das leis particulares que governam qualquer cifra ou a construção de sua chave. A dificuldade de ler um enigma criptográfico não está, de modo algum, sempre de acordo com o trabalho ou engenhosidade com que foi formado. A única utilidade da chave é, realmente, para os que estão *au fait* da cifra. Se é um terceiro que a lê, nenhuma informação lhe fornece ela. O ferrolho do segredo está surripiado. Nos diferentes métodos de criptografia, especificados acima, observar-se-á que há um progressivo aumento de complexidade. Mas esta complexidade é apenas uma sombra. Não tem substância alguma. Pertence somente à formação e não se apoia na solução da cifra. A última maneira mencionada não é, no mínimo grau, mais difícil de ser decifrada do que a primeira, qualquer que possa ser a dificuldade de ambas.

Na discussão dum assunto análogo, num dos semanários desta cidade,[2] há cerca de dezoito meses, o autor deste artigo tinha oportunidade de falar na aplicação de um *método* rigoroso, em todas as formas de pensamento, em suas vantagens, na extensão de seu uso, até mesmo ao que é considerado operação de pura fantasia, e, assim, em consequência, à solução de cifras. Aventurou-se mesmo ele a afirmar que nenhuma cifra do caráter acima especificado, enviada ao endereço do jornal, deixaria de ser por ele decifrada. Este desafio, com a maior das surpresas,

2 *Weekly (Express) Messenger*, de Alexander, Filadélfia.

excitou vivo interesse entre os numerosos leitores do jornal. Cartas choveram sobre o redator, de todas as partes do país, e muitos dos autores dessas cartas estavam tão convencidos da impenetrabilidade de seus mistérios, que se esforçavam por atraí-lo a apostas a respeito. Ao mesmo tempo, nem sempre eram escrupulosos em obedecer às condições prescritas. Em numerosos casos, as criptografias iam completamente além dos limites definidos originalmente. Empregaram-se línguas estrangeiras. Palavras e sentenças estavam escritas juntas sem espaços. Usaram-se vários alfabetos na mesma cifra. Um cavalheiro, apenas moderadamente dotado de consciência, compôs-nos um enigma formado de garatujas e garranchos que não se poderiam reproduzir, com as mais complicadas vinhetas da tipografia da oficina, e chegou ao ponto de embaralhar, simultaneamente, nada menos de *sete alfabetos distintos,* sem espaços entre as letras *nem entre as linhas*. Muitas das criptografias eram datadas de Filadélfia, e várias das que salientavam a questão da aposta eram escritas por cavalheiros desta cidade. Do total de talvez cem cifras recebidas, só uma houve que não conseguimos solucionar imediatamente. Essa, *provamos* que era uma impostura, isto é, demonstramos cabalmente que se tratava de uma mistura de caracteres ao acaso, sem qualquer significação. Com relação à epístola dos sete alfabetos, tivemos a satisfação de *confundir* completamente seu compositor, por meio de uma tradução pronta e satisfatória.

O semanário mencionado, durante vários meses, ficou muito ocupado com as soluções hieroglíficas e como que cabalísticas de criptogramas que nos enviavam de todos os recantos. Contudo, com exceção dos autores das cifras, não cremos que qualquer pessoa se encontrasse, entre os leitores do jornal, que encarasse o assunto à luz diversa da de uma perfeita mistificação. Queremos dizer que ninguém acreditou, realmente, na autenticidade das soluções. Um grupo assegurou que as figuras misteriosas só eram inseridas para dar um aspecto *excêntrico* ao jornal a fim de chamar a atenção. Outro pensou ser mais provável que não só resolvêssemos as cifras como as fizéssemos nós mesmos para serem resolvidas. Sendo esse o estado da questão, no período em que se julgou conveniente recusar mais assuntos de necromancia, o autor deste artigo vale-se da presente oportunidade para afirmar a verdade do jornal em apreço, repelir a acusação de "conversa-fiada" que lhe foi atirada e declarar, em seu próprio nome, que as cifras foram todas escritas de boa-fé e solucionadas com o mesmo espírito.

Um modo de correspondência secreta muito comum e um tanto evidente demais é o seguinte: abrem-se num cartão, a intervalos irregulares, espaços quadrangulares mais ou menos do tamanho das palavras comuns de três silabas, em tipo 9. Faz-se outro cartão que coincida com esse, exatamente. Cada parte fica de posse de um. Quando se tem de escrever uma carta, o cartão-chave é colocado sobre o papel e as palavras que encerram o verdadeiro sentido são escritas nos espaços. Remove-se então o cartão e enchem-se as linhas em branco de modo a dar um sentido fora do verdadeiro. Quando o destinatário recebe a cifra, apenas tem de aplicar seu próprio cartão a ela, escondendo assim as palavras supérfluas e só deixando aparecer as significativas. A principal objeção a essa criptografia é a dificuldade de encher as linhas em branco, de modo a não dar às sentenças uma aparência forçada. Também as diferenças na caligrafia entre as palavras escritas nos espaços e as escritas depois de retirado o cartão sempre serão notadas por um observador acurado.

Um baralho de cartas torna-se por vezes o veículo de uma cifra, deste modo: as partes determinam fazer, primeiramente, certos arranjos no baralho. Combina-se, por exemplo, que, quando se começar uma escrita, se faça uma sequência natural dos naipes; com espadas no princípio, depois copas, a seguir ouros e por fim paus. Sendo obtida essa ordem, o escritor passa a inscrever na carta de cima a primeira letra de sua epístola, na seguinte a segunda, na que se segue a terceira, e assim por diante, até acabar-se o baralho, ocasião em que, sem dúvida, ele terá escrito 52 letras. Embaralha então, de acordo com um plano pré-concertado. Por exemplo, toma três cartas do fundo e as coloca por cima, tira uma de cima colocando-a no fundo, e assim por diante, um dado número de vezes. Feito isto, escreve de novo 52 letras, como antes, continuando com o processo até terminar a carta. Recebido o baralho pelo correspondente, ele só tem que colocar as cartas na ordem combinada para o começo e ler, letra por letra, os primeiros 52 caracteres. Depois, tem apenas de embaralhar, da maneira pré-combinada para a segunda leitura, a fim de decifrar a série das seguintes 52 letras, e assim por diante, até o fim. A objeção a essa criptografia reside na natureza da missiva. Um *baralho de cartas* enviado de uma parte a outra raramente deixará de provocar suspeitas, e não pode haver dúvida de que é muito melhor evitar que as cifras sejam suspeitadas de o serem do que gastar tempo em tentativas de torná-las à prova de investigação, quando interceptadas. A experiência demonstra que os criptogramas mais engenhosamente construídos, se suspeitados, podem ser e serão decifrados.

Um modo incomumente seguro de intercomunicação secreta pode ser assim concebido: cada parte se mune de um exemplar da mesma edição de um livro: quanto mais raros forem o livro e a edição, tanto melhor. No criptograma somente se usam números, e estes se referem à localização das letras no volume. Por exemplo, recebe-se uma cifra começando por 121-6-8. O destinatário vai à página 121 e procura a sexta letra, da esquerda para a direita da página, na oitava linha a contar do alto. Qualquer letra que aí encontrar será a letra inicial da missiva, e assim por diante. Esse método é muito seguro; contudo, é *possível* decifrar qualquer criptograma escrito por esse meio; e, de outra parte, é ele merecedor de grandes objeções, por causa do tempo necessariamente requerido para sua solução, mesmo com o volume-chave.

Não se deve supor que a Criptografia, como coisa séria, como meio de participar importantes informações, esteja fora de uso nos dias presentes. É ela ainda habitualmente utilizada na diplomacia. E há pessoas, mesmo agora, nas repartições de vigilância de vários governos estrangeiros, cujo real emprego é o de decifradores. Já dissemos que uma ação mental especial é exigida na solução de problemas criptográficos, pelo menos naqueles de mais alta ordem. E bons criptografistas são raros, de fato; assim, seus serviços, embora muitas vezes requeridos, são necessariamente bem remunerados.

Um exemplo do emprego moderno da escrita cifrada é mencionado numa obra ultimamente publicada pelos Srs. Lea & Blanchard, desta cidade: *Esboços de destacados caracteres vivos da França*. Num capítulo sobre Berryer, diz-se que fora enviada uma carta pela Duquesa de Berry aos legitimistas de Paris, informando-os de sua chegada, carta essa acompanhada de uma extensa nota em cifra, cuja chave ela se esquecera de dar. "O penetrante cérebro de Berryer — diz o biógrafo — logo a descobriu. Era esta frase que substituía as 24 letras do alfabeto: *Le gouvernement provisoire*."

A asserção de que Berryer "logo descobriu a frase-chave" prova simplesmente que o autor dessa memória está inteiramente virgem de conhecimento criptográfico. O Sr. Berryer, sem dúvida, acertou com a frase-chave; mas foi simplesmente para satisfazer sua curiosidade, *depois que o enigma tinha sido lido*. Não fez uso da chave na decifração. O ferrolho estava arrancado.

Na nossa notícia do livro em questão (publicada no número de abril deste magazine) aludimos a este assunto da seguinte maneira:

> A frase *Le gouvernement provisoire* é francesa e a nota em cifra era dirigida a franceses. A dificuldade de decifração pode bem supor-se muito maior se a chave tivesse sido em língua estrangeira; contudo, quem quer que se der ao trabalho pode dirigir-nos uma nota da mesma maneira aqui proposta, e a frase-chave pode ser em francês, italiano, espanhol, alemão, latim ou grego (ou em qualquer dos dialetos dessas línguas) e nos comprometeremos a solucionar o enigma.

Este desafio suscitou apenas uma resposta, que está contida na seguinte carta. A única questão que temos contra a carta é que seu autor declinou de dar-nos seu nome por inteiro. Pedimos-lhe que não demore em fazê-lo, aliviando-nos assim da possibilidade daquela suspeita que estava ligada à criptografia do semanário acima mencionado: a suspeita de compormos cifras para nós mesmos. O carimbo da carta é de Stonington, em Connecticut.

S—, Ct., 21 de abril de 1841.

Ao redator do *Graham's Magazine*.

No número de abril de vosso magazine, ao criticardes a tradução feita pelo Sr. Walsh dos *Esboços de destacados caracteres vivos da França*, convidais vossos leitores a dirigir-vos uma nota em cifra, "cuja frase-chave pode ser em francês, italiano, espanhol, alemão, latim ou grego", e vos comprometeis a resolvê-la. Tendo sido minha atenção atraída pelas vossas observações para esta espécie de escrita cifrada, compus, para minha própria diversão, os seguintes exercícios, na primeira parte dos quais a frase-chave é em inglês e na segunda em latim. Como não tivesse visto (pelo número de maio) que qualquer de vossos correspondentes se tenha aproveitado de vossa oferta, tomo a liberdade de enviar-vos o incluso, no qual, se o considerardes digno de com ele perder tempo, podeis exercitar vossa habilidade.

Sou vosso, respeitosamente,

S.D.L.

NÚMERO 1

Cauhif fai if sdfirif sid fdds fhri hecdefarif saua fuaefshfhu hetiusaoidf fdoudfaf rd isa sdffia a iifua siu sdhi rd dfouhfa hidohcdi saua firif deodi asidid a sids dia tih iuhoheaisdefd rdffheara d a aufd rd affhs oisieohau hetiusaoidf fdcudfasdefd fds fhri oduaisdefd otasara ouhsfiouatha. Sihfaf dfsdhopf rd dfouhfa fodoudfa duas oietdohraf rif aefhoif. Af cdtdf uasacafd a oawdoa rd is dfouaci d dfoudchafd fiwud i ouaedi ois aiois tiihri oiiiuhri herdidcdi; rdsihf sid i oawdii tiicdffd oudfohri rd eici, a hetiusaoai sirha fdu fuaefshfhra ois siioi sduhoi rd sid tiffd rdfoiwdufa aefdf sid a dshffiia aswiiaefd otdoaffd a faici a fdi rdffhei. A ouhsfiouatha, dswiua fhssidf, awuaeod asididf sirif rd dfouhfa sid fi fd fiueas idohcdhf siu sdhi rd aioisa otacd desihoafhca sid fiuea fdi siffihriu oietdodriu ra udai fhoethoaoai ra ohtua dssudoara.

NÚMERO 2

Ttsii viiafoinsi i afduiosafii ioiieoitiastidsi vi ososrtsi afdf f otfotif oiniafetstf oittsvf titis afotiiisvf resovf faeotsi ifu aittsi atiotfetstiasi itrid osts oitovinitiast f ioriitiesvft aetifif i afoteovid dsii afdooitsdioti s oioittsasf vf rei fi dsii otfteovfi softiedsi vfi tiofiftfi itevitfi. Oiireiisi suitteisi vi iiafoisitsi iitisd iosi soiosi sotiiiotsvsi sot ioi of rfasueostif ioviitstasvf vi ies oioees dstitos...

Na solução da primeira dessas cifras tivemos pouca dificuldade, além da usual. A segunda demonstrou ser excessivamente difícil e só, afinal, conseguimos lê-la utilizando todas as nossas faculdades. A primeira diz assim:[3]

Vários são os métodos que têm sido inventados para transmitir informações secretas de uma pessoa a outra por meio de escrita ilegível para todos, exceto àquele a quem ela foi originalmente destinada; e a arte de assim comunicar informações secretamente tem sido geralmente chamada criptografia. Muitas espécies de escrita secreta eram conhecidas dos antigos. Às vezes rapava-se a cabeça de um escravo e escrevia-se sobre o crânio com algum fluido colorido indelével; depois que o cabelo houvesse crescido de novo, a informação podia ser transmitida com pouco perigo de que fosse descoberta antes que a epístola ambulante chegasse a salvo a seu destino. A criptografia, embora simples, abrange aqueles modos de escrita que só se tornam legíveis por meio de alguma chave explicativa que torna seu possuidor conhecedor da real significação da cifra empregada.

A frase-chave desse criptograma é a expressão inglesa: *A word to the vise is sufficient*.

A segunda cifra traduz-se assim:

Frases desconexas e combinações insignificativas de palavras, como o próprio lexicógrafo letrado teria confessado, quando ocultas sob cifras criptográficas, servem para *perpdexificar* o investigador curioso e confundem mais completamente a penetração do que os mais profundos apotegmas dos filósofos eruditos. Pesquisas abstrusas de escoliastas, seriam elas apenas apresentadas ante ele, no vocabulário indisfarçado de sua língua materna...

A última proposição aí (como se vê) está interrompida. Cingimo-nos estritamente ao original. *d*, por engano, fora posto em lugar de *l*, na palavra *perplexificar*.

A frase-chave é a expressão latina: *Suaviter in modo, fortiter in re*.

Na criptografia habitual, como se vê com referência à maioria dos exemplos especificados acima, o alfabeto artificial, combinado pelos correspondentes, é empregado, letra por letra, em lugar do alfabeto usual ou natural. Por exemplo: duas pessoas desejam corresponder-se secretamente. Combinam, antes de separar-se, que será usado um alfabeto composto, como o que se vê a seguir:

)	será usado em vez de	*a*
(	"	*b*
—	"	*c*
x	"	*d*
.	"	*e*
,	"	*f*
;	"	*g*
:	"	*h*

3 *Os criptogramas foram traduzidos em português, para o caso de que algum leitor quisesse experimentar decifrá-los, e sua leitura corresponde, palavra por palavra, às soluções apresentadas em português.* (N. T.)

?	”	*i* ou *j*
!	”	*k*
&	”	*l*
•	”	*m*
!	”	*n*
+	”	*o*
+ +	”	*p*
§	”	*q*
“	”	*r*
”	”	*s*
%	”	*t*
£	”	*u* ou *v*
$	”	*x*
¿	”	*w*
¡	”	*y*
=	”	*z*

Ora, deve ser comunicada a nota seguinte:

Precisamos vê-lo imediatamente para assunto de grande importância. Foram descobertas conspirações e os conspiradores estão em nossas mãos. Venha urgente.

Essas palavras seriam escritas assim:

+ + “. — ? ”) ° + ” £ . & + ? ° . * ?) % ° . ’ % . + +) “)
) ” ” £ ’ % + * . ; “) ’ * . ? ° + + + “ %) ’ — ?) , + “) °
* . ” — + (. “ %) ” — + ’ ” + + ? “) + . ” . + ”
— + ’ ” + + ? “) * + . “ . ” . ” %) + . ° ’ + ” ”) ” “ + (°
£ . ’ :) £ “ ; . ’ % .

Isso certamente tem uma aparência intrincada e aparecerá como cifra das mais difíceis para quem quer que não entenda de criptografia. Mas deve-se observar que *a*, por exemplo, só se representa pelo sinal *)*, que *b* apenas se representa por *(*, e assim por diante. Assim, pela descoberta, acidental ou não, de qualquer uma letra, aquele que interceptar a missiva ganhará uma permanente e decidida vantagem e poderá aplicar esse conhecimento a todas as vezes em que o sinal em questão estiver empregado na cifra.

Ao contrário, nos criptogramas que nos foram enviados por nosso correspondente de Stonington, e que são de forma idêntica à da cifra solucionada por Berryer, nenhuma vantagem permanente dessa espécie se pode obter.

Vejamos o segundo desses enigmas. Sua chave-frase é a seguinte:

Suaviter in modo, fortiter in re.

Coloquemos o alfabeto sob essa frase, letra debaixo de letra:

S u a v i t e r i n m o d o f o r t i t e r i n r e
A b c d e f g h i j k l m n o p q r s t u v w x y z

Vemos aí que

a	está em vez de	*c*
d	"	*m*
e	"	*g, u* e *z*
f	"	*o*
i	"	*e, i, s* e *w*
m	"	*k*
n	"	*j* e *x*
o	"	*l, n* e *p*
r	"	*h, q, v* e *y*
s	"	*a*
t	"	*f, r* e *t*
u	"	*b*
v	"	*d*

Desta maneira *n* está em vez de duas letras *e* e, *o* e *t* em vez de três *cada uma*, ao passo que *i* e *r* representam cada uma não menos de quatro. Treze caracteres são dispostos para executar as operações do alfabeto inteiro. O resultado de tal frase--chave, sobre a cifra, é dar-lhe a aparência duma simples misturada das letras *e, o, t, r* e *i*, sendo a última letra grandemente predominante, pelo fato acidental de empregar-se em lugar de letras que, elas mesmas, prevalecem descomedidamente na maior parte das línguas, queremos dizer *e* e *i*.

Sendo uma carta assim escrita interceptada e conhecida a frase-chave, o indivíduo que tentasse decifrá-la pode ser imaginado *adivinhando*, ou doutro modo, tentando convencer-se de que certa letra (*i*, por exemplo) representava a letra *e*. Olhando todo o criptograma, para confirmar esta ideia, outra coisa não encontraria senão uma negação dele. Veria a letra em posições em que não poderia representar o *e*. Poderia, por exemplo, ficar confuso por quatro *ii* formando por si mesmos uma única palavra, sem a intervenção de qualquer outra letra, em cujo caso, sem dúvida, não poderiam ser todos *e*. Ver-se-á que a palavra *seis* pode ser assim construída. Dizemos que isto pode ser visto *agora*, por nós, de posse da frase-chave; mas não ocorrerá, decerto, a pergunta de como, *sem* a frase-chave e sem conhecimento de uma só letra da cifra, seria possível ao interceptar de tal criptograma tirar algo duma palavra tal como *iiii*.

E ainda há mais. Pode-se facilmente arranjar uma frase-chave em que uma letra represente sete, oito ou dez do alfabeto normal. Imaginemos então a palavra *iiiiiiiiii* apresentando-se no criptograma a um indivíduo sem a frase-chave conveniente, ou, se essa pode ser uma suposição demasiado desconcertante, suponhamos que ela ocorra à pessoa a quem a cifra é destinada e que *tem* a frase-chave. Que fará essa pessoa com uma palavra tal como *iiiiiiiiii*?

Em quaisquer dos livros comuns de *álgebra* encontrar-se-á uma fórmula muito concisa (não temos os tipos necessários para inseri-la aqui) para calcular o número de arranjos em que *m* letras podem ser colocadas, tomando-se *n* letras de cada vez. Mas, sem dúvida, nenhum de nossos leitores ignora as inúmeras combinações que se podem fazer com esses dez *ii*. Assim, e a menos que aconteça de outro modo por acaso, o correspondente que receber a cifra terá de escrever todas aquelas combinações antes de alcançar a palavra desejada, e, mesmo quando as tiver escrito todas, poderá ficar indizivelmente perplexo com a escolha da palavra desejada entre o vasto número de outras palavras que surgem no desenvolvimento das permutas.

Para obviar, portanto, a excessiva dificuldade de decifrar essas espécies de criptogramas da parte do possuidor da chave e para limitar o profundo mistério da charada àqueles a quem não era destinada a cifra, torna-se necessário que alguma ordem se combine entre as partes correspondentes, alguma ordem referente àquela em que devem ser lidos os caracteres que representam mais de uma letra; e essa ordem deve ser tida em conta pelo autor do criptograma. Pode-se combinar, por exemplo, que a primeira vez em que ocorra um *i* na cifra deve ser ele compreendido como representando aquela letra, que aparece como o *primeiro i* na frase-chave; que a *segunda* vez que um *i* ocorra deve ser considerado como representando a letra que corresponde ao *segundo i* etc. etc. Assim, a *colocação* de cada letra da cifra deve ser considerada, em relação com a própria letra, a fim de determinar sua significação exata.

Dizemos que alguma *ordem* pré-combinada dessa espécie é necessária para que a cifra não se mostre uma "fechadura" demasiado difícil de abrir, mesmo com sua chave própria. Torna-se, porém, evidente à inspeção, que nosso correspondente em Stonington enviou-nos um criptograma em que *nenhuma* ordem fora mantida e em que cada letra, respectivamente, substituía, ao absoluto acaso, muitas outras. Se, portanto, em relação ao desafio que lançamos em abril ele estivesse semi-inclinado a acusar-nos de fanfarronada, admitirá, contudo, que fizemos *mais* do que tentar vangloriar-nos. Se aquilo que então afirmamos não foi dito *suaviter in modo*, o que agora fazemos, pelo menos, é feito *fortiter in re*.

Nessas rápidas observações não pretendemos, de modo algum, exaurir o assunto da criptografia. Com tal objetivo em vista poderia ser necessário um in-fólio. Na verdade, mencionamos apenas poucos dos modos comuns de cifra. Mesmo há dois mil anos, Eneas Tacticus pormenorizou vinte maneiras diferentes, e a habilidade moderna muito acréscimo deu a essa ciência. Nosso desígnio foi principalmente sugestivo e talvez já tenhamos enfastiado os leitores do magazine. Para aqueles que desejem mais informações sobre esse assunto podemos dizer que existem destacados tratados por Trithemius, Cap. Porta, Vignere e P. Niceron. As obras destes dois últimos podem ser encontradas, parece-nos, na biblioteca da Universidade de Harvard. Se, contudo, forem procuradas nessas obras de informação, ou em quaisquer outras, *regras para a solução* de cifras, o pesquisador ficará desapontado. Além de algumas sugestões relativas à estrutura geral da linguagem e alguns pormenorizados exercícios sobre sua aplicação prática, ele nada achará registrado além do que possua em sua própria inteligência.

FIM
DE "CRIPTOGRAFIA"
DE "ENSAIOS"
E DA FICÇÃO COMPLETA, POESIA & ENSAIOS
DE EDGAR ALLAN POE

ÍNDICE

INTRODUÇÃO GERAL

CONTOS

1ª Edição, 1965
1ª Reimpressão da 1ª Edição, 1981
2ª Reimpressão da 1ª Edição, 1986
3ª Reimpressão da 1ª Edição, 1997
4ª Reimpressão da 1ª Edição, 2001
2ª Edição, Editora Nova Aguilar, São Paulo 2021

Jefferson L. Alves – diretor editorial
Gustavo Henrique Tuna – editor executivo
Flávio Samuel – gerente de produção
Josias Aparecido de Andrade, Juliana Albuquerque Batista, Sabrina Ferreira de Lima, Luiz Maria Veiga e Tatiana Ferreira de Souza – revisão
Homem de Melo & Troia Design – projeto de design
Ana Claudia Limoli e Maira Spilack – editoração eletrônica

Dados Internacionais de Catalogação na Publicação (CIP)
(Câmara Brasileira do Livro, SP, Brasil)

Poe, Edgar Allan, 1809-1849
Ficção completa, poesia & ensaios : volume único / Edgar Allan Poe ; organização, tradução e notas Oscar Mendes ; colaboração Milton Amado ; versão precedida de estudos biográficos e críticos por Hervey Allen, Charles Baudelaire e Oscar Mendes, de uma breve cronologia e de uma bibliografia ; ilustrações de Eugênio Hirsch e Augusto Iriarte Gironaz. – 2. ed. – São Paulo : Editora Nova Aguilar, 2021.

Título original: Edgar Allan Poe
ISBN 978-65-89645-04-7

1. Contos norte-americanos 2. Ensaios norte-americanos 3. Poesia norte-americana I. Mendes, Oscar. II. Amado, Milton. III. Hirsch, Eugênio. IV. Gironaz, Augusto Iriarte. V. Título.

21-57880 CDD-813

Índices para catálogo sistemático:

1. Literatura norte-americana 813

Cibele Maria Dias - Bibliotecária - CRB-8/9427

Obra atualizada conforme o
NOVO ACORDO ORTOGRÁFICO DA LÍNGUA PORTUGUESA.

EDITORA
NOVA
AGUILAR

Editora Nova Aguilar.
Rua Pirapitingui, 111 – Liberdade
CEP 01508-020 – São Paulo – SP
Tel.: (11) 3277-7999
e-mail: global@globaleditora.com.br
www.novaaguilar.com.br

Impresso na Índia

Nº de Catálogo: **10040**